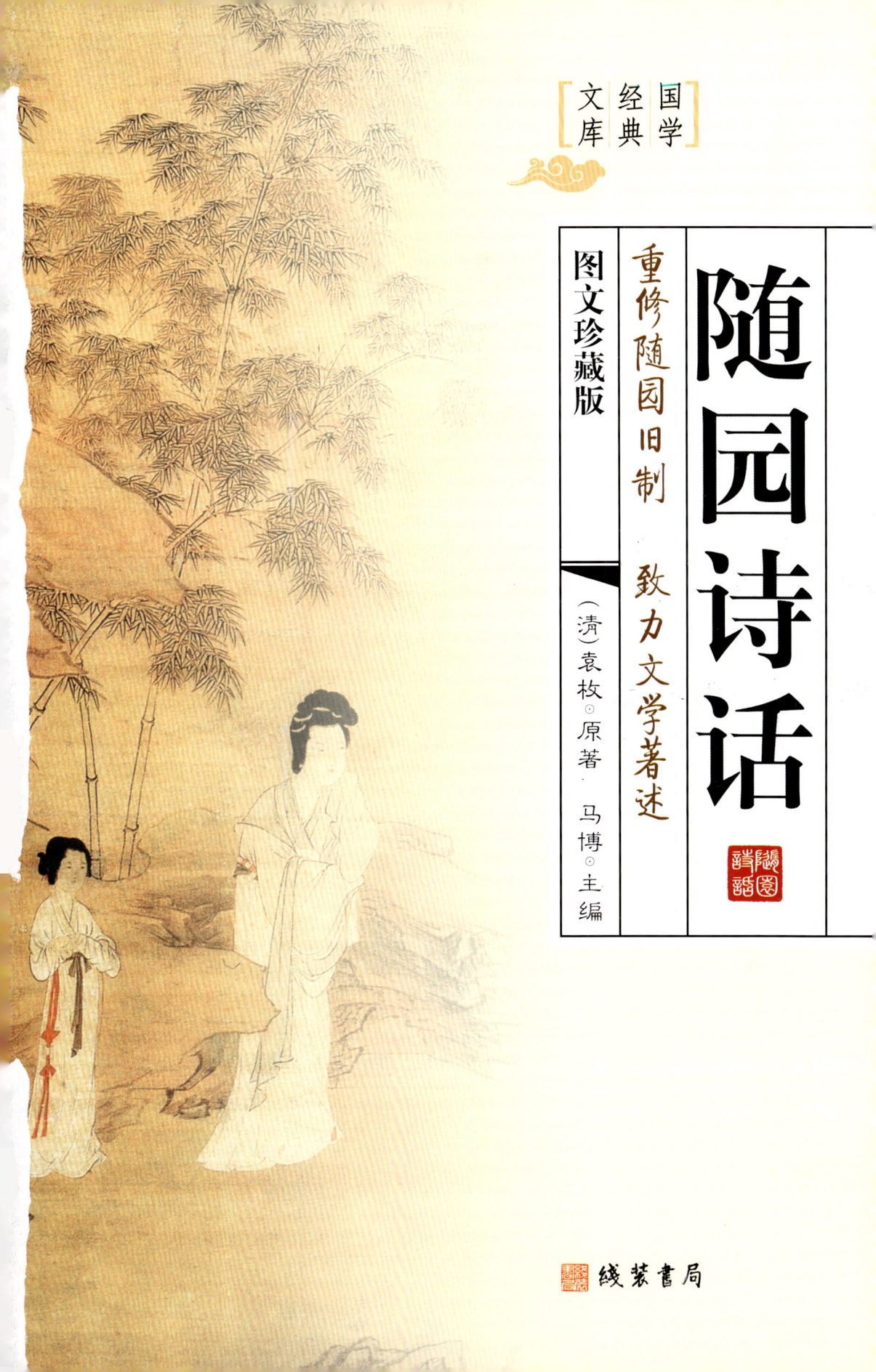

国学经典文库

图文珍藏版

重修随园旧制　致力文学著述

随园诗话

（清）袁枚·原著·马博·主编

线装书局

图书在版编目（CIP）数据

随园诗话 ：全4册 /（清）袁枚原著 ；马博主编 .
-- 北京 ：线装书局，2014.3
ISBN 978-7-5120-1174-8

Ⅰ . ①随… Ⅱ . ①袁… ②马… Ⅲ . ①诗话−中国−
古代 Ⅳ . ① I207.22

中国版本图书馆 CIP 数据核字 (2013) 第 293008 号

随园诗话

原　　著：（清）袁　枚
主　　编：马　博
责任编辑：杜　语　高晓彬
封面设计：博雅圣轩藏书馆 Boyashengxuan Cangshuguan
出版发行：线装书局
地　　址：北京市西城区鼓楼西大街 41 号 （100009）
　　　　　电话：010-64045283
　　　　　网址：www.xzhbc.com
印　　刷：北京彩虹伟业印刷有限公司
字　　数：1360 千字
开　　本：710×1040 毫米　1/16
印　　张：112
彩　　插：8
版　　次：2014 年 3 月第 1 版第 1 次印刷
印　　数：1-3000 套

定　　价：598.00 元（全四册）

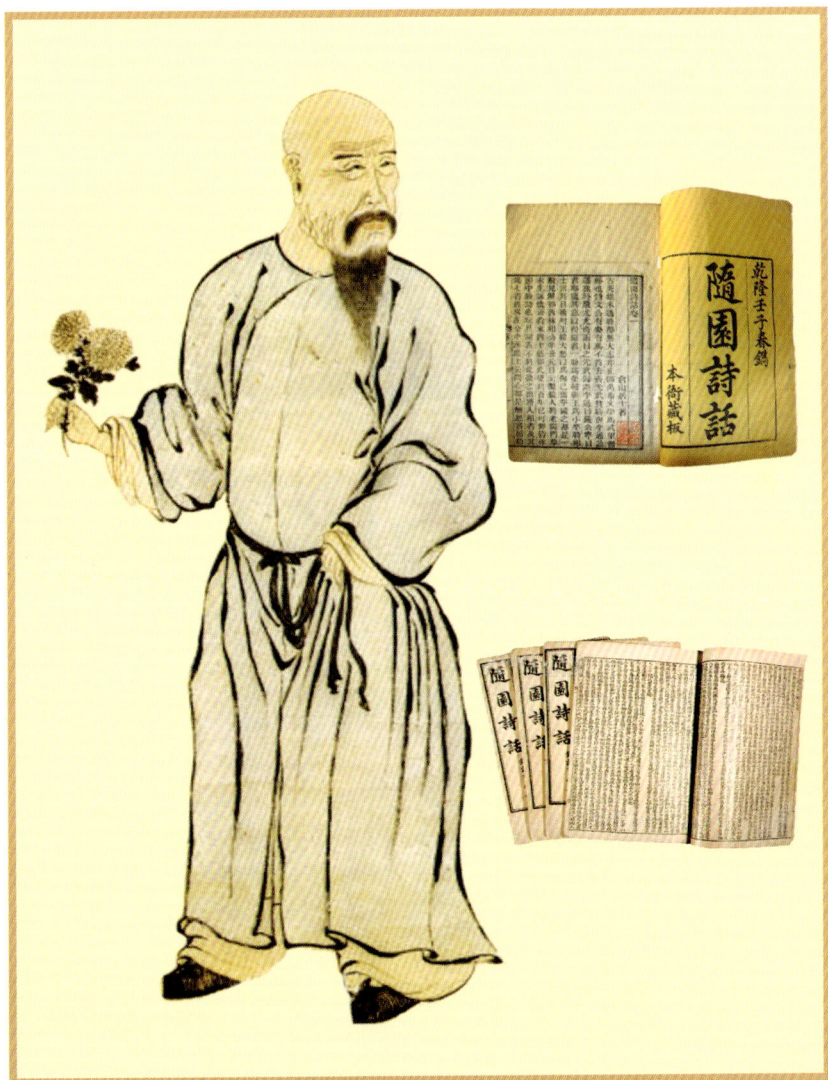

袁枚画像及《随园诗话》书影

　　《随园诗话》是清代袁枚的一部有为之作，有其很强的针对性。本书所论及的，从诗人的先天资质，到后天的品德修养、读书学习及社会实践；从写景、言情，到咏物、咏史；从立意构思，到谋篇炼句；从辞采、韵律，到比兴、寄托、自然、空灵、曲折等各种表现手法和艺术风格，以及诗的修改、诗的鉴赏、诗的编选，乃至诗话的撰写，凡是与诗相关的方方面面，可谓无所不包了。

袁枚夫人小像

袁枚留皮浅刻雕竹臂搁
（清·乾隆）

古木紫芝纹端砚（袁枚藏）

袁枚寿山石老印章

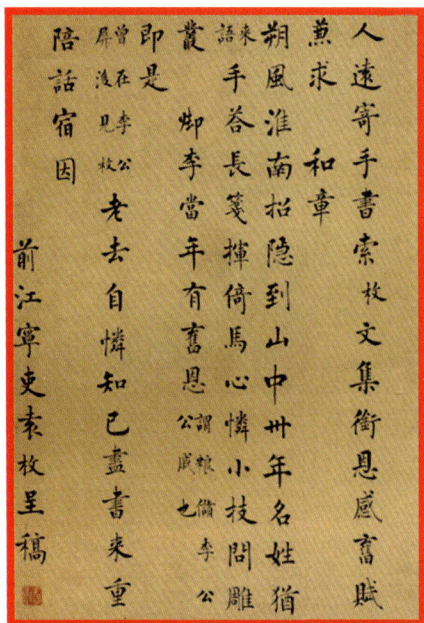

袁枚楷书七言律诗轴（局部）

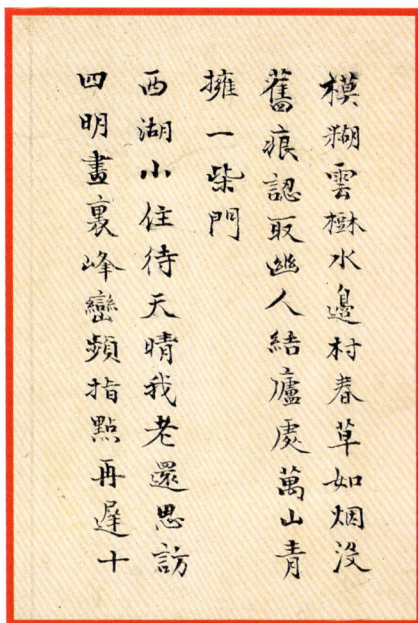

袁枚书法真迹

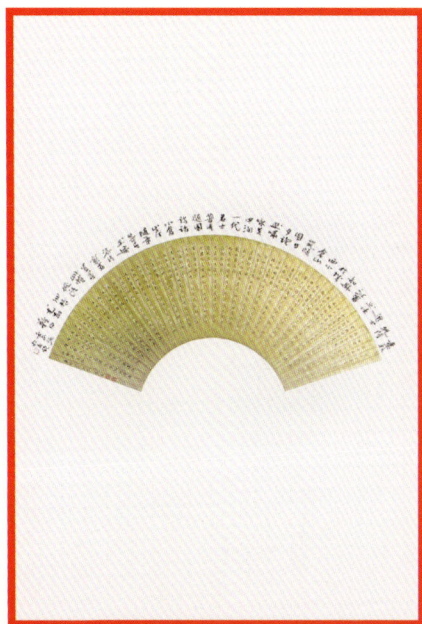

袁枚蝇头细楷泥金扇面

袁枚手植藤

袁枚故居随园——江宁小仓山

中国古代文人盒话图

赵孟頫牧马图（七十老人随园袁枚题跋）

随园诗意图（海上画家宗师钱慧安绘）

《随园湖楼请业图》手卷

（袁枚、龙诏、汪恭 1796 年作）

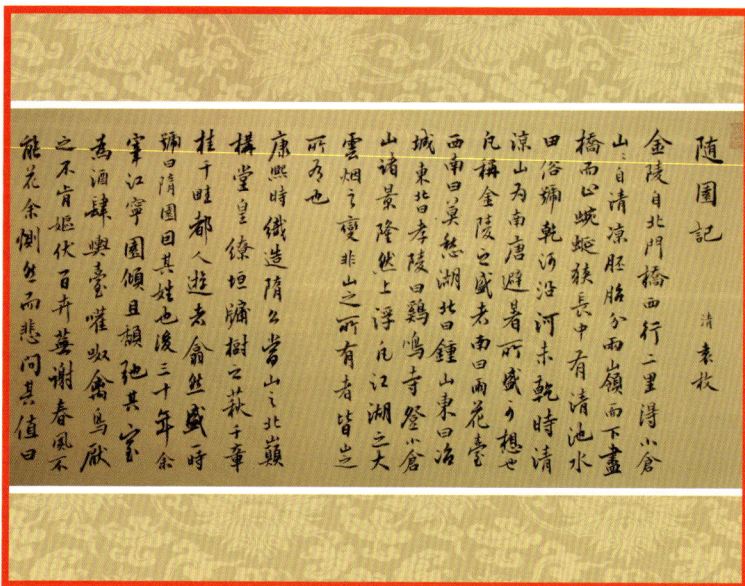

随园记（袁枚书法）

前　言

　　《随园诗话》是清代大文学家袁枚的代表作,此书由作者自己刻版印行,随编随刻,随刻随补,共 26 卷。此书洛阳纸贵,影响颇大,钱钟书《谈艺录》称其:"家喻户晓,深入人心,已非一日。自来诗话,无可伦比。"鲁迅先生称之为"不是每个帮闲都做得出来的"。

　　毛泽东对此书非常喜欢,经常把此书放在他的床头。据毛泽东身边的工作人员回忆,毛泽东每次外出视察,所带的书籍都是从卧床边堆放的书籍中挑选,《随园诗话》则是他老人家必带的书……

　　《随园诗话》记述了古今文坛故事、文人轶事,品评古今诗人及诗作。主张性情、学问、神韵三者并重,建立起以"性灵说"为核心的诗歌理论批评体系。其"性灵说"虽渊源于钟嵘与南宋杨万里,但更是直接继承了晚明公安派"独抒灵性,不拘格套"的口号,认为写诗要抒发人的真性情。作者在强调"性灵"的同时,他还倡导诗歌应有新鲜的风味,灵活的笔致,注重诗人的才情、个性与独创性,是袁枚在继承前人进步思想的基础之上的新发展,本书的精华在于"话",而基础却在于"诗",故书中采录了大量印证诗论的作品,不拘时代、流派,不拘作者身份、性格,尤可称道者是闺秀之什颇多,独开生面,别树一帜并集结起性灵诗派,为反拟古、反考据为诗及使诗歌回归抒写真性情的轨道上来做出重要贡献,是对清代以来道统文学观的挑战。

　　总之,《随园诗话》是一部有为之作,有其很强的针对性,全书所论及的,从诗人的先天资质,到后天的品德修养、读书学习及社会实践;从写景、言情,到咏物、咏史;从立意构思,到谋篇炼句;从辞采、韵律,到比兴寄托、自然、空灵、曲折等各种表现手法和艺术风格,以及诗的修改、鉴赏、编选,乃至诗话的撰写,凡是与诗相关的方方面面,可谓无所不包了。

　　《随园诗话》所选的诗虽然具有标准较严,作者面颇广,女子诗尤多,题材丰富等"集思广益"的特点,但所选的诗也有碍于情面,徇一己之交情的,某些"情诗"感情不够健康积极,记趣事、艳事过多,甚至还有宣扬迷信和唯从的思想,且引用古诗文多不注明出处,引文亦时有谬误而未曾校订,清人梁章钜《退庵随笔》对此书有所批评,近人郭沫若读《〈随园诗话〉札记》对此书几乎全部否定,所以说此书又是古今争议颇大的书,望读者在阅读中加以鉴别。

目　录

随园诗话

国学经典文库

随园诗话

随园诗话·卷一

诗写性情，唯吾所适

一

【原文】

古英雄未遇时,都无大志,非止邓禹希文学,马武望督邮也。晋文公有妻有马,不肯去齐。光武贫时,与李通讼逋租于严尤。尤奇而目之。光武归谓李通曰:"严公宁目君耶?"窥其意,以得严君一盼为荣。韩蕲王为小卒时,相士言其日后封王。韩大怒,以为侮己,奋拳殴之。都是一般见解。

汉光武帝刘秀像,图出自明·天然撰《历代古人像赞》。

鄂西林相公《辛丑元日》云:"揽镜人将老,开门草未生。"《咏怀》云:"看来四十犹如此,便到百年已可知。"皆作郎中时诗也。

玩其词,若不料此后之出将入相者。及其为七省经略,在《金中丞席上》云:"问心都是酬恩客,屈指谁为济世才?"《登甲秀楼》绝句云:"炊烟卓午散轻丝,十万人家饭熟时。问讯何年招济火?斜阳满树武乡祠。"居然以武侯自命,

皆与未得志时气象迥异。张桐城相公则自翰林至作首相,诗皆一格。最清妙者:"柳荫春水曲,花外暮山多。""叶底花开人不见,一双蝴蝶已先知。""临水种花知有意,一枝化作两枝看。"《扈跸》云:"谁怜七十龙钟叟,骑马踏冰星满天。"《和皇上风筝》云:"九霄日近增华色,四野风多杖宝绳。"押"绳"字韵,寄托遥深。

【译文】

古时候英雄还没遇上让自己一展才华的时势时,都并未具有异常远大的志向,这不只是邓禹从文学上寄托希望,马武以督邮为名门贵族。

晋文公有妻室有马匹,就不肯离开去齐国。光武帝少年贫穷的时候,和李通为逃脱租税同严尤打官司。严尤因为感到十分惊奇而盯着他看了看,光武帝回去后就对李通讲:"严公居然看了我?"揣摩他言下之意,是以严尤的一盼为荣。韩蕲王做小卒的时候,相面的人讲他日后必被封王。韩蕲竟然大怒,认为是侮辱自己,奋起用拳殴打相面之人。这都是一个意思。

鄂西林相公(鄂尔泰)在《辛丑元日》讲:"拿着镜子看,我将要老了,而推门一看外边春草却不曾新生。"在《咏怀》中又讲:"看来四十岁都已是这样了,那么我到老是何等模样了也就都知道。"这都是做郎中时作的诗。玩味他的诗词,谁也想不到以后他会出将入相。等他做了七省经略,在《金中丞宴请的酒席上》讲:"扪心自问,我们都是依托他人的提拔赏识,屈指数有谁又是济世奇才呢?"在他的《登甲秀楼》绝句中言到:"炊烟袅袅像千条丝线飘绕在中午的天空里,此刻正是十万人家饭菜已熟的时候。敢问什么时候能有济世救民的烈火?只见武侯旧祠被透过树梢的夕阳映照得一片金黄。"以武侯来自比,这都和未得志时气象极不相同。张桐城相公则从翰林做到首相,诗歌都是一个风格,最清新绝妙的诗句有:"柳荫下的一湾春水曲曲折折地流淌,重重山峦旁百花竞相开放。""叶子底下开的花,人虽然看不见,一双蝴蝶却早已知道。""临着溪水种花是十分有意境的,水中映花,一枝化作两枝看。"《扈跸》讲:"谁敢笑话七十老叟,却能趁着满天星斗骑马踏冰。"在他的《和皇上风筝》中又讲:"风筝飞到九霄上空,靠日光的照射而绚烂多彩,四面虽有旷野之风的吹拂,风筝却依靠宝绳的维护而逍遥自在。"在这句诗里,诗人借"绳"字暗含同韵"升"字义,而寄托自己内心的志向和远大的抱负。

【原文】

杨诚斋曰:"从来天分低拙之人,好谈格调,而不解风趣。何也? 格调是空架子,有腔口易描;风趣专为性灵,非天才不办。"余深爱其言。须知有性情,便有格律,格律不在性情外。《三百篇》半是劳人思妇率意言情之事;谁为之格? 谁为之律? 而今之谈格调者,能出其范围否? 况皋、禹之歌,不同乎《三百篇》;《国风》之格,不同乎《雅》《颂》,格岂有一定哉? 许浑云:"吟诗好似成仙骨,骨里无诗莫浪吟。"诗在骨不在格也。

【译文】

杨诚斋(杨万里)说:"古往今来,天分低拙的人,都在诗歌上爱大谈格调,而不懂得风情趣味。为什么? 因为格调是空架子,只要有嘴都能讲得出来;而风趣专门描写性灵,不是天才就办不到。"我十分喜欢这句话。要知道有性情,便有了格律;格律逃不脱性情的圈子。诗经《三百篇》多半是思恋、思乡,直率言情的,谁还注意它的格式呢? 谁还苛求它的音律呢? 而现在爱谈格调的,能逃脱这个范围吗? 大禹时代的歌谣,不同于《三百篇》;《国风》的格调,不同于《雅》《颂》,格式怎么有一定之规呢? 许浑讲:"吟诗就好比人的精气,骨子里没有这种精气就不要胡乱吟咏。"可见诗歌贵在精气而不在格式。

【原文】

前明门户之习,不止朝廷也,于诗亦然。当其盛时,高杨张徐,各自成家,毫

无门户。一传而为七子;再传而为钟、谭,为公安;又再传而为虞山。率皆攻排诋呵,自树一帜,殊可笑也。凡人各有得力处,各有乖谬处,总要平心静气,存其是而去其非。试思七子、钟、谭,若无当日之盛名,则虞山选《列朝诗》时,方将搜索于荒村寂寞之乡,得半句半言以传其人矣。故必当王,射先中马。皆好名者之累也!

【译文】

前明门户之规,不只是朝廷有,对于在诗歌上也是这样,当它处于昌盛的时候,高(高迪)、杨(杨孟载)、张(张来仪)、徐(徐幼文),各自成为一家,毫无门户。一传下来就是明七子;再传就是钟(钟惺)、谭(谭元春),成为公安派;又再传是虞山,相互攻击诋毁,自己树立一个旗帜,真是十分可笑。大凡每个人都有自己的长处,都有自己的缺点,总是要平心静气,保留正确的,去掉不对的。试想明七子、钟、谭,要是没有当时的盛名,则虞山选《列朝诗》时,才将他们的诗从荒村野岭无人知晓的地方搜集过来,哪怕是半句半言也传给了他们的后人。打敌人一定先擒王,射人要先射马。这是喜爱名声的人所特有的累赘,会在最紧要的时候葬送他们。

四

【原文】

于耐圃相公构蔬香阁,种菜数畦,题一联云:"今日正宜知此味,当年曾自咬其根。"鄂西林相公亦有菜圃对联云:"此味易知,但须绿野秋来种;对他有愧,只恐苍生面色多。"两人都用真西山语,而胸襟气象,却迥不侔。

【译文】

于耐圃相公建造了一座蔬香阁,种了几行菜,题了一副对联说:"今日正适合知道种菜的滋味,当年曾亲自吃过这些菜根。"鄂西林相公也有菜园对联说:

"这种滋味容易了解,只要求秋天在绿地里种下种子;对他很有愧疚,只怕苍生的花色品种太多。"他们两个人都用了真西山的语言,而胸襟气象,却迥然不同,各有各的风格。

五

【原文】

落第诗,唐人极多。本朝程鱼门云:"也应有泪流知己,只觉无颜对俗人。"陈梅岑云:"得原有命他休问,壮不如人后可知。"家香亭云:"共说文章原有价,若论侥幸岂无人?"又云:"愁看童仆凄凉色,怕读亲朋慰藉书。"王菊庄云:"亲朋共怅登程日,乡里先传下第名。"皆可与唐人颉颃。然读姚武功云:"须凿燕然山上石,登科记里是闲名。"则爽然若失矣。读唐青臣云:"不第远归来,妻子色不喜。黄犬恰有情,当门卧摇尾。"则吃吃笑不休矣。其他如:"不辞更写公卿卷,恰是难修骨肉书。""失意雅不惬,见花如见仇。路逢白面郎,醉簪花满头。""枉坐公车行万里,譬如闲看华山来。""乡连南渡思莼米,泪滴东风避杏花。"俱妙。

【译文】

写落第的诗,唐代的人有很多。本朝程鱼门说:"也应该对知己流泪感叹,但觉得没有脸面面对那些俗人。"陈梅岑说:"得到是原来就有的命,别人不要追问,到了壮年还不及第以后才能见分晓。"家香亭说:"都说文章原来是有价格的,但要说到侥幸取胜的难道就没这样的人?"又说:"愁容满面看童仆那凄凉的神色,怕读亲朋好友寄过来劝慰我的书信。"王菊庄说:"亲朋好友在我启程的那天十分惆怅,乡里现在却传扬着我落第的名字。"都可以和唐朝人写的诗一比高低。但是读姚武功说:"要在燕然山上的石头凿刻功名,登科及第的榜文里原来没有我的名字。"显得怅然若失。读唐青臣所写的:"没有及第从远处回来,妻子满脸不高兴。黄狗还是有情,卧在门口摇头晃尾。"看后让人吃吃笑个

不停。其他的还有:"夜不成眠为的是那考试的卷子,最难写的就是给亲人的书信。""失意的时候心情不好,看见花就像看见仇人一样。路上碰见白面郎君,喝醉了酒插了满头的花。""白白坐车行万里路,好像闲着无事看华山来了。""远离家乡思亲想家,泪水伴着东风不愿看见杏花。"这都是很妙的诗句。

六

【原文】

余作诗,雅不喜叠韵、和韵及用古人韵。以为诗写性情,惟吾所适。一韵中有千百字,凭吾所选;尚有用定后不慊意而别改者;何得以一二韵约束为之?既约束,则不得不凑拍;既凑拍,安得有性情哉?《庄子》曰:"忘足,履之适也。"余亦曰:忘韵,诗之适也。

【译文】

我写诗,最不喜欢叠韵、和韵以及用古人的韵,认为诗是用来抒发性情的,我很适合这样做。一个韵中有千百个字,让我来选;还有用后又觉得不合适改作别的,怎么能让一两个韵来约束呢?既要受它约束,就不得不按这个节拍;既有了节拍的限制,又怎么能讲性情呢?《庄子》说:"忘了脚,鞋子才会合适。"我也说:"忘了那些韵律,诗歌才能得以舒展、自然和清新。"

七

【原文】

常州赵仁叔有一联云:"蝶来风有致,人去月无聊。"仁叔一生,只传此二句。某《拟古》云:"莫作江上舟,莫作江上月。舟载人别离,月照人离别。"其人

一生,所传亦只此四句。金圣叹好批小说,人多薄之;然其《宿野庙》一绝云:"众响渐已寂,虫于佛面飞。半窗关夜雨,四壁挂僧衣。"殊清绝。孔东堂演《桃花扇》曲本,有诗集若干,佳句云:"船冲宿鹭排樯起,灯引秋蚊入账飞。"其他首未能称是。

【译文】

常州赵仁叔有一副对联:"蝴蝶一来连风也别有情致,人一走月亮也觉无聊。"赵仁叔一生,只留传下这两句。有人写《拟古》诗说:"不要作那江上的小船,不要作那江上的月亮。船载着亲人远去了,月亮照着将要分离的人。"这个人一生,也只传了这四句。金圣叹好批点小说,人们都轻视他;然而他有《宿野庙》一绝说:"众里乡村都已沉寂下来,小虫在佛像面前来回地飞。半夜起来关窗以挡风雨,四壁挂的都是僧人的衣服。"十分清新绝妙。孔东堂演《桃花扇》曲本,有好几本诗集,其中比较好的句子有:"船一动夜宿的白鹭便飞起来,使排排的樯橹也震起来,灯火引得秋天的蚊子飞入账里来。"其余的几首都不能算好,不值得为之称道。

八

【原文】

嵩亭上人《题活埋庵》云:"谁把庵名号'活埋'?令人千古费疑猜。我今岂是轻生者,只为从前死过来。"周道士鹤雏有句云:"大道得从心死后,此身误在我生前。"两诗于禅理俱有所得。

【译文】

嵩亭上人有诗《题活埋庵》说:"谁把庵名叫作'活埋'?让人千百年来都费神猜疑。我现在难道是轻生的人,只因为从前曾经九死一生。"周道士鹤雏有诗句说:"心死之后才悟出了大道理,此身就耽误在我的前生。"两诗在禅理上也

有一定的收获。

九

【原文】

　　乾隆丙辰,余二十一岁,起居叔父于广西。抚军金震方先生一见有国士之目,特疏荐博学宏词,首叙年龄,再夸文学,并云:"臣朝夕观其为人,性情恬淡,举止安详。国家应运生才,必为大成之器。"一时司道争来探问。公每见蜀吏,谈公事外,必及余之某诗某句,津津道之,并及其容止动作。余在屏后闻之窃喜。探公见客,必随而窃听焉。呈七排一首,有句云:"万里阙前修荐表,百官座上叹文章。"盖实事也。公有诗集数卷,殁后无从编辑,仅记其《答幕友祝寿》云:"浮生虚逐黄云度,高士群歌《白雪》来。"《题八桂堂》云:"尽日天香生画戟,有时鹤舞到匡床。"想见抚粤九年,政简刑清光景。

【译文】

　　乾隆丙辰年间,我二十一岁,在广西和叔父一起住。抚军金震方先生一见,觉得我有对国家有用的神色,就和我高谈阔论,首先互道年龄,然后再夸文学,并说:"我早晚观察他的为人,性情恬淡,举止安详。国家应运生才,必是大成之器"一时间司道争先来探问。金震方公每次见到自己的部下,谈完公事,必定谈到我的某首诗某句话,津津乐道,说时带着表情和动作。我在屏风之后听了窃喜。一听到金公有客人来,必定随到后边窃听。我写有七律一首说道:"在万里边关上还要写推荐别人的表文,百官座上夸赞别人的文章。"这都是实事。金公有好几卷诗集,死后却没人编辑,仅记他的一首《答幕友祝寿》说:"一生飘浮像云一样地虚度过去,交往的高士一起高唱《白雪》歌。"《题八桂堂》说:"满天都是香味,在我摆放画戟的屋里,有时在床上会梦见仙鹤在枕边跳舞。"从这儿可以想象出金公在广西做官九年,政治简练,刑法清明的景象。

【原文】

己未朝考题是《赋得"因风想玉珂"》。余欲刻画"想"字，有句云："声疑来禁院，人似隔天河。"诸总裁以为语涉不庄，将置之孙山。大司寇尹公与诸公力争曰："此人肯用心思，必年少有才者，尚未解应制体裁耳。此庶吉士之所以需教习也。倘进呈时，上有驳问，我当独奏。"群议始息，余之得与馆选，受尹公知，从此始。未几，上命公教习庶吉士。余献诗云："琴爨已成焦尾断，风高重转落花红。"

【译文】

己未朝考试的题目是《赋得"因风想玉珂"》。我想尽力刻画"想"字，就写了一句说："声音好像是从考院传出来的，但人与人都像隔天河一样遥远。"诸位总裁认为我这话涉及不庄重，准备不选我。大司寇尹公和众人力争说："此人肯用心思，必定是个年少有才的人，只是还没有了解应制这种体裁罢了。这就是庶吉士之所以需要教育的原因啊！倘若进呈皇帝，皇帝有驳斥，我便会独自上奏的。"群人的议论方才停息，我这才能进入馆选，被尹公相知，就从此时开始。没过几年皇上命令尹公教习庶士吉。我写了一首诗说："琴已被烧成了断尾琴，风太大将红花都吹满地。"

【原文】

尹文端公总督江南，年才三十，人呼"小尹"。海宁诗人杨守知，字次也，康

熙庚辰进士。以道员挂误,候补南河,年七十矣。尹知为老名士,所以奖慰之者甚厚。杨喜,自指其鬓,叹曰:"蒙公盛意,惜守知老矣! '夕阳无限好,只是近黄昏。'"公应声曰:"不然;君独不闻'天意怜幽草,人间重晚晴'乎?"杨骇然,出语人曰:"不谓小尹少年科甲,竟能吐属风流。"

尹文端公好和韵,尤好叠韵,每与人角胜,多多益善。庚辰十月,为勾当公事,与嘉兴钱香树尚书相遇苏州,和诗至十余次。一时材官僆从,为送两家诗,至于马疲人倦。尚书还嘉禾,而尹公又追寄一首,挑之于吴江。尚书覆札云:"岁事匆匆,实不能再和矣。愿公遍告同人,说香树老子,战败于吴江道上。何如?"适枚过苏,见此札,遂献七律一章,第五六云:"秋容老圃无衰色,诗律吴江有败兵。"公喜,从此又与枚叠和不休。押"兵"字,有"消寒须用美人兵","莫向床头笑曳兵"之句,盖探枚方娶妾故也。其好谐谑如此。己卯八月,枚江北获稻归,饮于公所。酒毕,与诸公子夜谈。公从后堂札示云:"山人在外初回,家姬必多想意。盍早归乎?"余题札后云:"夜深手札出深闺,劝我新归应早回。自笑公门懒桃李,五更结子要风催。"除夕,公赐食物。枚以诗谢,末首云:"知公得韵便传笺,倚马才高不让先。今日教公输一着,新诗和到是明年。"公见之,大笑。

【译文】

尹文端公出任江南总督时,年纪才刚刚三十,人都称呼他为"小尹"。海宁诗人杨守知,字次也,康熙庚辰年进士,以道员身份挂误,候补南河,年已达七十岁了。尹公知道他是老名士,所以对他奖赏抚慰,格外优厚。杨守知颇为高兴,自己指着面上的髯须,喟叹道:"承蒙尹公您的盛情美意,只可惜守知我已是年老了! '夕阳极为美好,只是临近黄昏'。"尹公应声答道:"事实并非如此,您难道没有听说过'天公有意垂怜幽草,世间之人看重傍晚时分的晴朗吗?'"杨守知惊异万分,出来对别人讲:"想不到小尹年纪轻轻及了第,谈吐居然能够如此风雅有致。"

尹公极爱和韵作诗,而尤其喜欢用叠韵,每次和人比着作诗,总是越多越好。庚辰十月,尹公因为要办件公事,同嘉兴的钱香树尚书在苏州相遇,和诗酬唱竟达十几次。一时间属官仆从,为了来来回回给两家传送诗歌,累得以至于人倦马乏。尚书返回嘉禾,而尹公又让人追上寄上一首诗,于吴江进行挑战,尚书回信道"今年事情颇多,实在不能够如此和诗了。希望您能遍告众人,就说香树这老头子,于吴江道上丢盔丧甲,一败涂地。您看这怎么样?"正好那时我路

过苏州,见了这封信,便吟成七律诗一首,第五六句为"古老破旧的菜园子在秋日里,尚且没有衰败凋零的气息,而在吴江道上,作诗酬唱却出现残兵败将"。尹公很高兴,从此便和我纠缠不休,往来和诗吟唱。押"兵"字韵,有"消寒须用美人兵"(必须用美人为兵士方才能够忍受漫漫寒夜),"莫向床头笑曳兵"(不要向着床头嘲笑败兵)这些句子。这是尹公探知我刚刚娶了妾的缘故。他就是这么喜欢戏谑打趣。己卯八月,我到江北收稻子回来,在尹公家里饮酒。酒足饭饱,我与诸公子做秉烛夜谈,尹公从后堂传出来一张纸条,上写着:"你从外面刚刚回来,家里妻妾一定很是思念,为什么不早一点回去呢?"我提笔在纸条后面附上几句诗道:"深夜从深闺中传出纸条,劝我从外初归应该早一点回家去,暗自好笑您家娇嫩的桃李,五更结子竟需要风来相催。"除夕,尹公赐予我食物。我写了诗相谢,最末一首为:"知道您得了好诗便要传出来让人酬和,仗着自己才华高深不肯相让。今天且让您输这么一着,要想和诗,只有等到明年了。"尹公见了,大笑。

一二

【原文】

托冢宰庸,字师健,作江宁方伯时,潘明府涵,极言公风雅,强余入谒。果一见如平生欢。读其《送人赴陕诗》云:"潞河冰合悲风生,欲曙不曙鸟飞鸣。寒山历历路不尽,班马萧萧君独行。公孙阁下正延士,博望关西方用兵。此去知君未即返,月明空有相思情。"音节可爱。遂献公二律,前四句云:"七十神仙海鹤姿,六年人悔见公迟。学穷宋理谈偏妙,诗合唐音自不知。"次日,公过访随园,坐定,忽正色曰:"吾欲借君一贵重之物,未知肯否?"余愕然,问何物?公笑出袖中和韵诗,第二句仍是"六年人悔见公迟"七字耳。彼此粲然。两人诗都遗失。余只记押"心"字韵。尹相国和云:"若非元老怜才意,争动闲灵出岫心?"

【译文】

冢宰托庸,字师健,在江宁为方伯之时,明府潘涵,对托公的谈吐风雅,赞不绝口,极力劝说我入府拜谒托公。相见之时,果然像我平生渴慕相交之人。我读他的《送人赴陕诗》中说:"潞河水面生寒,冻结成冰,悲风乍起,晨曦微露,欲明未明之际,群鸟盘旋飞翔,鸣唱不已,寒山轮廓分明,历历可见,幽僻曲折绵延,没有尽头。离群之马,仰首萧萧长鸣,我孑然一身,独自行走。公孙阁下正在延请高才良士,博望关西处正在用兵打仗。你这一去,知道你不能很快返回,月明之夜,低头怀想,空劳相思牵念。"音节婉致可爱。于是我给托公献上两首律诗,前四句是这样的:"您如高龄的神仙飘然有海上野鹤的闲冶风姿,真后悔数年来未能与您早日相见,读透穷尽宋理学说。谈吐愈加高妙,作诗有唐人之风而自己却并不知晓。"第二日,托公路过我居处登门造访,刚刚坐定下来,忽然郑重其事地说道:"我想借您一件贵重的东西,不知道您心下可否愿意?"我颇为惊愕,问是什么东西?托公笑着从袖里取出和我的韵而作的诗,第二句仍旧是"真后悔数年来未能与您早日相见"这句诗,彼此相视而笑。两个人所作之诗如今都已遗失。我只记得押的是"心"字韵。尹相国也和诗道:"假若没有本朝元老的惜才爱才之意,岂能使隐士高人如闲云流溢出幽谷群山,陡然而起入世做官的心情与愿望!"

二三

【原文】

以昌黎之倔强,宜鄙俳体矣;而《滕王阁序》曰:"得附三王之末,有荣耀焉。"以杜少陵之博大,宜薄初唐矣;而诗曰:"王、杨、卢、骆当时体,不废江河万古流。"以黄山谷之奥峭,宜薄西昆矣;而诗云:"元之如砥柱,大年若霜鹘。王、杨立本朝,与世作郭郭。"今人未窥韩、柳门户,而先扫六朝;未得李、杜皮毛,而已轻温、李:何蜉蝣之多也!

【译文】

以韩愈文风的倔强有骨，雄健豪放，应该鄙视俳体文，而他却在《滕王阁序》中说道："若是名字能够附在三王之后，很是荣耀。"以杜甫诗境的开阔狂放，博大精深，应该轻看初唐诗人，但他在诗中言称"王勃、杨炯、卢照邻、骆宾王初唐四杰的文体为当时的风尚，其所著诗文在别人人、身、名俱灭之时，仍能够像江河一样长流不

韩愈像，图出自明·天然撰《历代古人像赞》。

止，永远不废"。以黄庭坚诗歌的新奇挺拔，艰深奥涩，应该不屑于西昆派的；然而他在诗中讲道："元之如中流砥柱，大年像霜雪之中的鸿鹄。王、杨挺立于当代，共同构建诗之城郭。"当今之人未能窥得韩愈、柳宗元这些大家的门户，不识其法，而先摈弃六朝之文；没有得李白、杜甫的皮毛，未尝其妙，而已经先开始瞧不起温庭筠、李商隐：怎么卑小琐碎之人如此之多呢！

一四

【原文】

"怀仁辅义天下悦，阿谀顺旨要领绝。"子陵语也。"崇山幽都何可偶，黄钺一下无处所。"光武语也。两人同学，故言语相同，皆七古中硬句。

【译文】

"心怀仁爱，以义来治理天下，则百姓欢快拥护；顺承旨意，阿谀奉承，则要

腰斩砍头。"这是严子陵的诗句。"崇山峻岭,都城清幽,其幽美无可匹敌,一旦兵戈一起,攻城略地这地方也就化为夷地,无处可寻了。"这是光武帝的诗句。两个人过去曾是同学,因此遣词造句,风格气势都很相似,都是七言古诗里面铿锵有力、语句强硬的作品。

一五

【原文】

古无类书,无志书,又无字汇,故《三都赋》《两京赋》,言木则若干,言鸟则若干,必待搜辑群书,广采风土,然后成文。果能才藻富艳,便倾动一时。洛阳所以纸贵者,直是家置一本,当类书、郡志读耳。故成之亦须十年、五年。今类书、字汇,无所不备;使左思生于今日,必不作此种赋。即作之,不过翻摘故纸,一二日可成。而抄诵之者,亦无有也。今人作诗赋,而好用杂事僻韵,以多为贵者,误矣!

【译文】

古代没有分类之书,又没有志书,更没有字典,所以在《三都赋》《两京赋》中,言及草木则分若干类,言及飞禽又分若干类,必须要等待遍查群书进行搜辑,大范围地采集乡土风情的材料,然后才能下笔成文。若果然能够才情灿然,辞藻华美,便会使众人仰羡,倾动一时。左思所著《三都赋》之所以能使洛阳纸贵,只是因为家里添置此书,可以当作类书、志书来读罢了。因此写成这书,也必须得个十年、五年的。而当今类书、字典,都非常齐备;假使左思生于当今之世,一定不会写出这种辞赋。即使做了,也只不过是从故纸堆里翻录摘抄的事,一两天就能写成。至于说抄录下来咏诵不绝,这类事也不会再出现了,如今当世之咏诗作赋,喜好用积年旧事,冷僻险韵铺张开来,并认为用得越多越好,这实在算是一种谬误。

随园诗话

【原文】

"乐府"二字,是官监之名,见霍光、张放两传。其《君马黄》《临高台》等乐章,久矣失传,盖因乐府传写,大字为辞,细字为声,声词合写,易至舛误。是以曹魏改《将进酒》为《平关中》,《上之回》为《克官渡》,共十二曲,并不袭汉。晋人改《思悲翁》为《宜受命》,《朱鹭》为《灵之祥》,共十二曲,亦不袭魏。唐太白、长吉知之,故仍其本名,而自作己诗。少陵、张、王、元、白知之,故自作己诗,而创为新乐府。元稹序杜诗,言之甚详。郑樵亦言:"今之乐府,崔豹以义说名,

白居易像,图出自明·天然撰《历代古人像赞》。白居易为唐代著名诗人,是"新乐府运动"的代表人物之一。

吴兢以事解目,与诗之失传一也。《将进酒》而李余乃序烈女,《出门行》而刘猛不言别离,《秋胡行》而武帝云'晨上散关山,此道当何难':皆与题无涉。"今人

犹贸贸然抱《乐府解题》为秘本,而字摹句仿之,如画鬼魅,凿空无据,且必置之卷首,以撑门面。犹之自标门阀,称乃祖乃宗绝大官衔,而不知其与己无干也。

【译文】

"乐府"这两个字,本意指的是官府的名称,是一种音乐机关,从霍光、张放两个人的传记中可以看出。其中的《君马黄》《临高台》等乐章,由于日子久远,早已失传。因为乐府诗的传写,大字为辞,小字为声,声词合一块儿写,容易出现讹误,所以曹操把《将进酒》改为《平关中》,《上之回》改为《克官渡》,一共有十二首,并不沿袭汉代成规。晋代人将《思悲翁》改成《宜受命》,《朱鹭》改成《灵之祥》,一共有十二首,也不沿袭建安之体。唐朝李白、李贺了解这些情况,因此仍然沿用其本名,而自己来作诗。杜甫、张籍、王建、元稹、白居易也知道这些情况,因此借用乐府,自写己诗,从而创立了新乐府。元稹为杜甫诗作序,对这些都做了详细的解说。郑樵也说道:"如今的乐府诗,崔豹以字义解释题名,吴兢用事件来说明章目,这与失传的乐府是一致的。李余用《将进酒》为烈女作序,刘猛在《出门行》中不言及离别之情。而武帝在《秋胡行》中说:'清晨起来,登上散关山,道路盘盘,攀缘起来该有多么困难。'这些内容与题目都没有什么关联。"当今之人草率贸然将《乐府解题》视为秘本,一字一句模仿描画,好像画鬼一般,凭空无据,胡乱捏造,甚至一定要放在卷首,好支撑门面。这好比是自标门阀,自夸门第之高,言称自己的祖宗是高官,权倾一时,却不知这与自己毫不相干。

一七

【原文】

《左传》:"郑伯享赵孟于垂陇。七子赋诗。伯有赋《鹑奔》。赵孟斥之曰:'床第之言不逾阈,非使人之所闻也。'"然则其他之赋《野有蔓草》《有女同车》及《蒹兮》者,其非淫奔之诗,明矣。

【译文】

《左传》中说:"赵孟在垂陇设宴招待郑伯,七子赋诗。然而伯有赋了一篇《鹑奔》。赵孟斥责他道:'男女欢会,床第之间的私语不能超越过门坎儿,这不是要别人听得见的。'"即便是这样,但是显然其他人赋的如《野有蔓草》《有女同车》及《蓴兮》,不是描写男女偷情的诗,这是很明确的了。

一八

【原文】

"庚"字古音同"冈",故字法"康"从"庚",汉以前无读"羹"者。"庆"字古音同"羌",汉以前无读"磬"者。"令"字古音同"连",入"先""仙"韵,转去声作"恋",汉以前无读"灵"的。

【译文】

"庚"字古时发音与"冈"相同,因此,"康"字即是从"庚"字发展而来的。汉代以前是没有读"羹"音的。"庆"字古时发音与"羌"相同,汉代以前是没有读"磬"音的。"令"字古时发音与"连"相同,入"先""仙"韵,转化为去声则读"恋"音,汉代以前是没有读"灵"音的。

一九

【原文】

《文选》诗,有五韵、七韵者。李德裕所谓:"意尽而止,成篇不拘于双偶也。"

【译文】

萧统所编的《昭明文选》中所选的诗歌，有第五句和第七句押韵的（即奇句有押韵的）。这正符合李德裕所讲的“只要意思能够清楚完整地传达出来就可以了，不必要通篇都拘泥于格式中，讲究句子的双偶。”

二十

【原文】

陆放翁：“烧灰除菜蝗。”“蝗”字作仄声。徐骑省：“莫折红芳树，但知尽意看。”“但”字作平声。李山甫《赴举别所知》诗：“黄祖不怜鹦鹉客，志公偏赏麒麟儿。”“麒”字作仄声。王建《赠李仆射》诗：“每日城南空挑战。”“挑”字作仄声。《赠田侍中》：“绿窗红灯酒。”“灯”字作仄声。皆本白香山之以“司”为“四”，“琵”为“别”，“凝脂”为“佞”，“红桥三百九十桥”，“十”字读“谌”也。韩愈《岳阳楼》诗：“宇宙隘而妨。”“妨”作“访”音。《东都》诗：“新辈只朝评。”“评”作“病”音。元稹《东南行百韵》诗：“征俸封鱼租。”“封”音“俸”。《痁卧》诗：“一生长苦节，三省诅行怪。”“怪”音“乖”。《岭南》诗：“联游亏片玉，洞照失明鉴。”“鉴”音“间”。《夜池》诗：“高星无人风张模。”“张”音“丈”。“苦思正旦酬白雪，闲观风色动青旂。”“正旦”读作“真丹”。又白居易《和令狐相公》诗：“仁风扇道路，阴雨膏闾阎。”“扇”平声，“膏”去声。李商隐《石城》诗：“簟冰将飘枕，帘烘不隐钩。”自注：“‘冰’去声。”陆龟蒙《包山》诗：“海客施明珠，湘蕤料净食。”自注：“‘料’平声。”朱竹垞《山塘纪事》诗：“殷勤短主簿，端笏立阼阶。”“阼”音“徂”。杜少陵用“中兴”“中酒”“王气”“贞观”等字，忽平忽仄，随其所便。大抵“相如”之“相”，“灯檠”之“檠”，“亲迎”之“迎”，“亲家”之“亲”，“宁馨”之“馨”，“蒲桃”之“蒲”，“酂侯”之“酂”，“马援”之“援”，“别离”之“离”，“急难”之“难”，“上应”之“应”，“判舍”之“判”，“量移”之“量”，“处分”之“分”，“范蠡”之“蠡”，“弥衡”之“弥”，“伍员”之“员”，皆平仄两用。

【译文】

陆游有诗:"烧灰除菜蝗。""蝗"字作仄声。徐骑省诗中有"莫折红芳树,但知尽意看","但"字为平声。李山甫《赴举别所知》诗中有"黄祖不怜鹦鹉客,志公偏赏麒麟儿。""麒"字作仄声。王建《赠李仆射》诗,有"每日城南空挑战"。"挑"字作仄声。《赠田侍中》诗有:"绿窗红灯酒。""灯"字作仄声。这些都是根据香山居士白居易的诗中以"司"为"四","琵"为"别","凝脂"为"佞","红桥三百九十桥","十"字读"谌"而来的。韩愈所做的《岳阳楼》诗中有"宇宙隘而妨。""妨"做"访"音。《东都》诗中说:"新辈只朝评。""评"字作"病"音。元稹的《东南行百韵》诗有"征俸封鱼租"。"封"字发音为"俸"。《疟卧》诗中说"一生常苦节,三省讵行怪"。"怪"音"乖"《岭南》

陆游像,图选自清·顾沅辑《古圣贤像传略》。陆游,南宋著名诗人,字务观,号放翁。

诗中"联游亏片玉,洞照失明鉴"。"鉴"音同"间"。《夜池》诗有"高屋无人风张模"句"张"音同"丈"。"苦思正旦酬白雪,闲观风色动青旂。""正旦"读作"真丹"。又有白居易《和令狐相公》诗:"仁风扇道路,阴雨膏闾阎。""扇"字为平声,"膏"作去声。李商隐《石城》诗中有"蕈冰将飘枕,帘烘不隐钩"。自注道"'冰'为去声"。陆龟蒙《包山》诗中有"海客施明珠,湘蕤料净食。"自注:"'料'读为平声。"朱竹垞《山塘纪事》诗中有"殷勤短主薄,端笏立阼阶。""阼"音同"徂"。杜甫用"中兴""中酒""王气""贞观"等字,有时平声有时仄声,皆看实际情况而灵活运用。一般来说"相如"的"相","灯檠"的"檠","亲迎"的

"迎"字,"亲家"的"亲"字,"宁馨"的"馨"字,"蒲桃"的"蒲"字,"鄺侯"的"鄺"字,"马援"的"援"字,"别离"的"离"字,"急难"的"难"字,"上应"的"应"字,"判舍"的"判"字,"量移"的"量"字,"处分"的"分"字,"范蠡"的"蠡"字,"弥衡"的"弥"字,"伍员"的"员"都是平仄两用。

二

【原文】

宋人《雪》诗:"待伴不嫌鸳瓦冷,羞明常怯玉钩斜。"已新矣。郑所南《雪》诗:"拇战素手白相敌,酒潮上脸红不鲜。"更新。萧德藻《梅花》诗:"湘妃危立冻蛟背,海月冷挂珊瑚枝。"已新矣。徐巢友《梅》诗:"过墙新水滴眠鹤,压屋冷云眠定僧。"更新。

【译文】

宋代有人做《雪》诗,其中说:"等待伴友飘落下来相互为伴,因而不嫌恶鸳鸯瓦的冰冷,害怕天明,所以常常担心玉钩样的月亮西斜,隐没空中。"这诗的意境想象已够新颖的了。郑所南赋《雪》诗中有:"伸出纤纤玉手相互划拳猜枚,其洁白不相上下,饮多了酒,红晕涌面,其红色并不缺少。"则这首诗的诗境更加新颖。萧德藻咏《梅花》诗,中有:"湘妃婷婷袅袅,端庄地站立在冰冻的蛟龙背上。海上明月冰冷地斜挂在珊瑚枝上。"诗句想象奇特。而徐巢友的《梅》诗中则有:"初春之水穿墙潺潺流过,溅落在安睡的仙鹤身上,满含冷意的乌云,低低地垂压在屋顶,一位心神俱定的僧人酣眠着。"这首诗更是奇特至极。

二二

【原文】

《三余编》言："诗家使事，不可太泥。"白傅《长恨歌》："峨嵋山下少人行。"明皇幸蜀，不过峨嵋。谢宣城诗："澄江净如练。"宣城去江百余里，县治左右无江。相如《上林赋》："八川分流。"长安无八川。严冬友曰："西汉时，长安原有八川，谓：泾、渭、灞、浐、沣、滈、潦、潏也；至宋时则无矣。"

【译文】

《三余编》中说："作诗遣词用典，不要太拘泥于事实。"白居易在《长恨歌》中有"峨嵋山下少人行"（峨嵋山下，行人稀少）之句。唐明皇幸驾四川，并不路过峨嵋山。谢朓诗中云："澄江清彻净明，如洁白丝娟。"宣城离长江有一百多里，县的辖区左右并没有江湖。司马相如《上林赋》中有"八川分流"这句话，而长安并没有八川。严冬友说："西汉之时，长安原来曾有八川，分别是泾水、渭水、灞水、浐水、沣水、滈水、潦水、潏水。"到了宋代，便没有了这种说法。

版画《唐明皇入蜀图》，描绘了白居易在《长恨歌》中所描写的"峨眉山下少人行，旌旗无光日色薄"的情景。

随园诗话

【原文】

人称才大者,如万里黄河,与泥沙俱下。余以为:此粗才,非大才也。大才如海水接天,波涛浴日,所见皆金银宫阙,奇花异草,安得有泥沙污人眼界耶?或曰:"诗有大家,有名家。大家不嫌庞杂,名家必选字酌句。"余道:作者自命当作名家,而使后人置我于大家之中;不可自命为大家,而转使后人屏我于名家之外。尝规蒋心余太史云:"君切莫老手颓唐,才人胆大也。"心余以为然。

【译文】

人们评论所谓的大才,就像万里黄河,滔滔而来,和泥带沙,汹涌而下。我以为,这只可算得粗才,并不是什么大才。

但凡大才,就像海水接天,浩浩荡荡,波涛涌起,捧出红日,所能见的都是琼楼玉宇,金银宫殿,奇花异草,哪里能有泥沙浊物来污人眼目呢!

有人说:"诗人有大家、名家之分。大家不嫌庞杂,广为接纳,兼容并蓄,名家则是精选细挑,字斟句酌,反复推敲。"而我则说:"作诗文之人,必须先自命应属名家之列,而后人可将我的名字置于大家之中;却不可以大家自居,反而使后人把我的名字摈除于名家之外。"

我常规劝蒋心余太史:"千万不要这样因久谙写诗而妄自菲薄,萎靡不振,或恃才放旷,不拘细节,胆大妄为。"心余认为很正确。

二四

【原文】

凡神庙扁对，难其用成语而有味。或造仓颉庙，求扁。侯明经嘉繙，提笔书"始制文字"四字。人人叫绝。或求戏台对联。姚念兹集唐句云："此曲只应天上有，斯人莫道世间无。"又，张文敏公戏台集宋句云："古往今来只如此，淡妆浓抹总相宜。"苏州戏馆集曲句云："把往事，今朝重提起；破工夫，明日早些来。"俱妙。（或题诸葛庙，用"丞相祠堂"四字，亦雅切。）

【译文】

大凡要在神庙上题匾，所题之词既要用成语，即前人已经用过的语句，又要使其意味悠长。有人建仓颉庙，求人题匾。

明经侯嘉繙，提笔写下"始制文字"四个字，众人个个拍案叫绝。

有人求写一副戏台上的对联，姚念兹收集唐代人的诗句，凑成一联："此曲只应天上有，斯人莫道世间无。"意思是说："这乐曲，悠扬动听，妙不可言，是只应流天上才有的仙曲，但却不能否认人间就没有。"

还有，张文敏也是集宋人诗句，对成一联："古往今来只如此，淡妆浓抹总相宜。"意思是："古往今来大抵都是这个样子，或淡妆或浓抹都很适宜。"

苏州的戏馆刚是集曲句成联："把往事，今朝重提起，破工夫，明日早些来。"意思是："且将往日之事，今日重新提起；多费些工夫，明天要早一些来。"都是极妙的对联。（有人在诸葛亮庙题字，用了"丞相祠堂"四个字，也是非常雅致贴切和意味悠长的。）

二五

【原文】

余不喜黄山谷诗,而古人所见有相同者。魏泰讥山谷:"得机羽而失鲲鹏,专拾取古人所吐弃不屑用之字,而矜矜然自炫其奇,抑末也。"王弇州曰:"以山谷诗为瘦硬,有类驴夫脚跟,恶僧藜杖。"东坡云:"读山谷诗,如食蟛蜞,恐发风

黄庭坚像,图出自清·上官周《晚笑堂画传》。黄庭坚为北宋著名诗人。

动气。"郭功甫云:"山谷作诗,必费如许气力,为是甚底?"林艾轩云:"苏诗如丈夫见客,大踏步便出去。黄诗如女子见人,先有许多妆裹作相。此苏、黄两公之优劣也。"余尝比山谷诗:如果中之百合,蔬中之刀豆也,毕竟味少。

【译文】

我不喜欢黄庭坚的诗,而古人的看法也有和我相同的。

魏泰讥讽过黄庭坚说:"得到几根羽毛却失去了大鹏,专门拾取古人吐弃不用、鄙夷不屑的字词,而洋洋自得地炫耀自己的新奇,也只能算入得末流而已。"王弇州说:"黄庭坚的诗瘦硬嶙峋,类似赶驴夫的粗臭脚跟、面目可憎的和尚手拄的藜杖。"

苏东坡也评论道:"读黄庭坚的诗,好像吃了蟛蜞,生恐发风动气。"郭功甫说:"庭坚作诗,总是费很多气力,究竟为了什么? 何苦来着。"林艾轩则议道:"东坡的诗,像大丈夫见客人,大步流星走出去。黄庭坚的诗,则如小女子见生人,先就有装模做相,梳妆打扮之样。这便是苏、黄二公作诗的优劣。"

我曾经把黄庭坚的诗比做果实中的百合,蔬菜里的刀豆,毕竟味道中少了一点什么。

二六

【原文】

徐凝《咏瀑布》云:"万古常疑白练飞,一条界破青山色。"的是佳语。而东坡以为恶诗,嫌其未超脱也。然东坡《海棠》诗云:"朱唇得酒晕生脸,翠袖卷纱红映肉。"似比徐诗更恶矣! 人震苏公之名,不敢掉罄。此应邵所谓"随声者多,审音者少"也。

【译文】

徐凝《咏瀑布》诗中说道:"自古以来,都常常疑惑瀑布是银白素缎飘悬于空中,瀑布垂流而下,像一朵白色界线,将青青山色分隔开来。"的确是佳句。然而苏东坡却认为这是一首低劣粗糙的诗,嫌其意境未能超脱于现实。

然而苏东坡有咏《海棠》的诗,其内容为:"鲜红的嘴唇因沾了酒,则红晕生

于双颊,翠绿的衣袖卷着轻纱,红中映着肉躯。"这诗似乎看来比徐凝的诗更差。苏东坡名扬四海,人们震慑于他的名声,不敢轻易寻根问底,评其优劣,这便是应邵所说的"随声附和的人很多,而细细审视考察的人却很少"。

<h1>二七</h1>

【原文】

　　某孝廉有句云:"立誓乾坤不受恩。"盖自矜风骨也。余不以为然,寄书规之,云:"人在世间,如何能不受人恩?古人如陶靖节之高,而以乞一顿食,至于冥报相贻。杜少陵以稷、契自许,而感孙宰存恤,至于愿结弟昆。范文正公是何等人,而以晏公一荐故,终身执门生之礼。盖太上贵德,其次务施报,圣人之所不讳也。"若商宝意太史之诗则不然,曰:"名心未了难遗世,晚景无多怕受恩。"蒋苕生太史之诗亦不然,曰:"不是微禽敢辞惠,只愁无处觅金环。"此皆不立身份,而身份弥高。

【译文】

　　有一位孝廉作诗抒怀,说是:"大丈夫顶天立地于宇宙之间,誓不接受别人对我施加的恩惠。"是用这来夸耀自己的风骨气节。

　　我颇不以为然,寄上一封信进行规劝说:"人生活在这个世上,怎么可能不接受别人的一点儿好处?拿古时的人来说,像陶靖节那样高风亮节,居然为了在乞讨食物时,别人给他一顿饭吃的缘故,竟要死后报答。杜甫自比为稷、契(相传为虞舜的贤臣),然而因为感激孙县宰对他的体恤照看,竟愿意和他结为兄弟。文正公范仲淹又是何等不同凡响的人,却由于晏公曾经推荐过他,就终身以门生的身份来礼待晏公。大概是因为首先要求自己品德行止高尚,然后再对自己有恩之人进行报答。即使圣贤之人也对此并不讳言。"

　　像商宝意太史的诗就不是这样,说:"追求功名之心尚存,就难以遗世独立,脱离世尘,独来独往;人到了晚年,所剩下的时日已少,总不愿接受别人的恩惠,

害怕来不及报答。"蒋苕生太史的诗也不一样,说:"不是说像我这么卑微的人要谢绝恩惠,事实上只是担心无处寻觅金环来报答。"这都是不肯自抬身份之言,然而身份却显得愈加高了。

<h1 style="text-align:center">二八</h1>

【原文】

　　山阴胡天游稚威,以旷代才,受知于大宗伯任香谷先生。其待之之厚,不亚于令狐相公之待玉溪生也。馆于其家。八月五日,宗伯指庭前葡萄曰:"彼实垂垂矣。若能以'济''淮'险韵,刻画其状,当令某伶进酒为欢。"稚威刻烛二寸,成四十韵。其警句云:"一树微藏晓,添幽得小斋。挛藤高屋起,缚架碧霄排。翻水层筛网,行天爪掷钗。枚惊千钉错,结古百绳偕。见拟通身胆,环雕出目蛙。巧悬沤泡住,危累弹丸佳。多觉欺邻枣,贫犹敌庾鲑。粉粘云母腻,光逼水晶楷。软谢金刀切,津宜贝齿湝。人窥雨余馆,凉破日斜阶。寒别关门远,肥怜壤性乖。岂知根入塞,不比橘逾淮。"一时传诵。后乾隆辛卯冬日,严冬友侍读在沈学士云椒席上,偶谈及稚威以险韵咏葡萄事。沈因指席间橄榄,命其门人陈梅岑云:"汝能以十三'覃'韵赋此乎?"陈即席成二十韵。警句云:"青子尝秋熟,评芳自岭南。嘉名忠可喻,真意谏同参。种类炎方别,林园壮月探。阴还连野屋,高欲逼层岚。摘去梯难架,收来杖易担。求温凭箬裹,致远藉筒函。买或论千百,尝应只二三。颦眉今莫讶,苦口旧曾谙。细共槟榔嚼,香逾豆蔻含。讨寻偏耐久,风格在回甘。核试花生烛,仁桃栗缀簪。幸登君子席,佳话并传柑。"余亦在席上,命门人杨蓉裳仿之,《咏钱》云:"鱼伯飞来后,平添利海波。斫铜耶水曲,铸币历山阿。轻影翻鲸甲,花纹皱凤罗。五铢工剪凿,四柱细摩挲。轮郭分乌漉,文章备隶蝌。好从床脚绕,谁向梦中磨?萧库悬标榜,吴宫卫甲戈。营中赎才士,帐下买青娥。藏处同牛吼,行来倩马驮。无缘休慕'孔',有癖定归和。积窖千缗朽,当筵一掷多。裁皮嗤大业,剪叶记阇婆。只我偏穷薄,终年叹坎轲。逐贫空有赋,得宝不成歌。壁立已如此,囊空将奈何!画叉三十块,挂

壁羡东坡。"陈杨二君,年未弱冠。

【译文】

　　山阴的胡天游,字稚威,是位旷世奇才,受到大宗伯任香谷先生的赏识。相待十分优厚殷勤,其情形不亚于当年令狐楚对待李商隐。稚威在他家里做先生。

　　八月五日,宗伯指着庭院中的葡萄树,说:"藤蔓上如今已经果实累累了,先生若是能够用'济''淮'这样的险韵,来刻画描绘葡萄,并能贴切逼真,我就让我的伶人为你敬酒取乐。"

　　稚威在蜡烛两寸长短之处刻下记号,时间一到,即做了四十句诗,诗中比较精辟生动的诗句如下:"一树枝藤透泛着几分微微的晨光,更添了几分清幽,形成一座小巧的房斋。高高地架起枝藤,俨如高大的房屋,绑在架子上的藤条映着碧空排列起来。风雨来时,叶子仿佛是翻水的波浪,雨透过藤叶降落,好像有层层的网来筛隔,藤茎伸向天空,就如素手抛掷钗环一般。树藤上结了累累的葡萄,颇似千枚铜钉错错落落,蔓枝像打了很多结子的绳。拟将使出浑身解数,精雕细刻,制出双目怒出之蛙,巧妙地将泛起的泡沫悬包住,累累垂下,几乎坠地,如精巧的弹丸。葡萄多得比邻近的枣子还要稠密,即使说不多,也比

李商隐像,图出自清·上官周《晚笑堂画传》。李商隐为晚唐著名诗人,曾深得令狐楚的赏识。

得过仓中之鲑鱼。仿佛像细腻光滑的云母沾上了粉,圆润泛光如清净的水晶。因为果实柔软,不能用刀来切分,津汁只宜于细密洁白的牙齿中。人们在风雨

随园诗话

过后,张望书馆,凉意袭来,日已西斜,照在台阶之上。辞别寒冷的塞外,千里迢迢迁移过来,需要肥沃的土壤,壤性乖僻,谁知道根茎植入塞内后,果实依然甜美,而不像橘树那样,到了淮北便变异为枳。”

一时间这首诗流传甚广,争相传诵。后来到了乾隆辛卯年冬天,严冬友侍读在沈云椒学士席上,偶然谈起来稚威押险韵来吟咏葡萄的事来,沈云椒便指着席上的橄榄,问他的学生陈梅岑:“你能用十三‘覃’韵来赋首关于橄榄的诗吗?”

陈梅岑当场写成一首二十句的诗,其中精妙的诗句为:“青青的果实在秋天成熟,是生于岭南的佳果,美好的名声可以用来比喻忠诚,真心实意地谏劝同来之物。种类只有炎热的南方才有,明亮的月亮照耀在密密的林园中,林木森然和旷野中房屋相连接,树枝高大挺拔,几乎直插入云雾缭绕的云间,上树采摘橄榄之时,树木高拔,难以搭架梯子,采收下来之后,可以轻易地用杖挑走。为了保温,必须要用竹叶包裹装入筒函,才能寄到远方。买时要成千上万地买,品尝时要一粒两粒地嚼。紧皱了双眉如今不再惊诧,原是已经熟悉了它的苦味。和槟榔放在一起品嚼,比含到口中的豆蔻还要香。果实仔细品尝耐人回味,它的风格特点就在于这苦后可以品味出来的甘甜。可用生花之烛来燃烧,用长簪挑出仁来。如今有幸置于君子席上,和柑橘一同作传,以成佳话。”

我也在席上命门生杨蓉裳仿这首诗,作《咏钱》诗,内容是:“自从有了鱼贝之类的货币,利海之上又凭空添层波浪,在耶水之滨熔取铜,到历山之旁铸造钱币。制出的铜币真是精妙,五铢钱凿剪精细,四柱钱质地光滑。轮廓形状可分为乌漉,图形字体有隶书与蝌蚪文之分。拿这些钱放置床脚,有谁在梦中摩挲呢?库前悬挂着标榜,宫门前有兵士护卫。可以拿这些钱从敌方赎买回军营中良才,又可以在军中帐帷之下买歌舞女子。藏放之处,如同牛吼一般惹人注意担心。带走时要用马来驮,若是无缘有钱就不要苦苦羡慕追求它,若是有份必定会到自己手中。窖中积放有千缗之资,串钱的绳子都已经朽断了,在酒筵之上,一掷千金。裁制表皮之衣,嘲笑大业,剪叶之际方忆阇婆。只有我穷困寡薄,常年感叹坎坷。贫困之中空有诗赋,得了钱财却不能吟咏。孑然独立,囊中空空,一贫如洗,又有什么办法!用画又取挂在壁上的三十块钱,羡慕东坡不已。”

陈、杨两人,都不到二十岁。

二九

【原文】

方望溪删改八家文,屈悔翁改杜诗,人以为妄。余以为八家、少陵复生,必有低首俯心而遵其改者,必有反复辩论而不遵其改者。要之,抉摘于字句间,虽"六经"颇有可议处,固无劳二公之舍其田而芸人之田也。

【译文】

方望溪删改唐宋八家的文章,屈悔翁改篡杜甫诗歌,人们都认为这种做法很荒唐。我以为倘若八大家、杜少陵重生于世,必然有谦心折服而遵从所改之处的,也必然有反复争辩自持己见而不遵从所改之处的。总而言之,若要在字句间,细细推敲,吹毛求疵,即使"六经"也有可以引起争议的地方,这确实不须烦劳两位先生舍弃自己的田地,而在他人田地上辛苦耕作。

三十

【原文】

余甲戌春,往扬州,过宏济寺,见题壁云:"随着钟声入梵宫,凭谁一喝耳双聋?枒楞不解无言旨,孤负拈花一笑中。""山水争留文字缘,脚跟犹带九州烟。现身莫问三生事,我到人间廿四年。"末无姓名,但著"苕生"二字。余录其诗,归访年余。熊涤斋先生告以苕生姓蒋,名士铨,江西才子也。且为通其意。苕生乃寄余诗云:"鸿爪春泥迹偶存,三生文字系精魂。神交岂但同倾盖,知己从

来胜感恩。"已而入丁丑翰林,假归,侨寓金陵,与余交好。壬申春,余过良乡,见旅店题诗云:"满地榆钱莫疗贫,垂杨难系转蓬身。离怀未饮常如醉,客邸无花不算春。欲语性情思骨肉,偶谈山水悔风尘。谋生消尽轮蹄铁,输与成都卖卜人。"末亦无姓名,但书"箬村"二字。余和其诗,有"好叠花笺抄稿去,天涯沿路访斯人"之句。隔十三年,劳宗发观察来江南,云渠宰良乡时,见店壁有此二诗,为馆钦差故,主人将圬去;心甚爱之,抄诗请于制府方敏悫公。方亦欣赏,谕令勿圬。然彼此不知箬村何许人。壬辰,在梁瑶峰方伯署中,晤箬村。方知姓陶,名元藻,会稽诸生也。以此语告陶。陶感三人之知己,而伤方、劳二公之已亡,重赋云:"匹马曾从燕、蓟趋,桥霜店月已模糊。人如旷世星难聚,诗有同声德未孤。自笑长吟忘岁月,翻劳相访遍江湖。秦淮河上敦槃会,应识今吾即故吾。""三间老屋夕阳村,底事高轩过此门?飞盖翠摇新蘸墨,华镫红照旧题痕。不教画墁佣奴易,便胜纱笼佛殿尊。惆怅怜才青眼客,几番剪纸为招魂。"

【译文】

我在甲戌年春天,前往扬州去,沿途经过宏济寺,进去观瞻,只见墙壁上题有诗句,内容为:"随着钟声断续地敲响,我踏入佛门净地,进入庙中。凭谁来当头一喝,作狮子吼,使两耳发聋? 杪椤不理解无言之中的深意,空辜负了拈花一笑的会心解意之举。""山水壮丽多姿,文人游赏之时,总要留下来诗文,从此山水相结文字之缘,游遍天下,脚下仍带九州的尘烟,今生不问前生后世之事,我到这个世间已有二十四年。"诗的后面没有留下姓名,只注有"苕生"两个字。

我抄录下来这两首诗,归家之后,便开始访寻苕生有一年多时间。熊涤斋先生告诉我苕生姓蒋,名叫士铨,是江西才子。并且熊先生将我的相慕之意,传达给他,苕生于是寄给我诗,诗中说:"壁上题诗,犹如鸿雁踏经雪地泥中,偶然留下了指爪的痕迹,自己的情魂仍然萦系于自己作的三生之事的诗句中。心神倾慕,彼此神往,岂止是途中停车倾心交谈的亲密所能形容的? 这种心意投合的知音本来就比知恩图报的感情更为深切难忘。"后来苕生在丁丑年入了翰林院,告假回家时,旅居于金陵,和我往来密切,十分相得。

壬申年春天,我路过良乡,看见旅店墙壁上题有诗句,内容为:"榆钱落了满满一地,可惜这榆钱却不能充钱使用来解决囊中羞涩的贫穷状况,杨柳低低垂下,柔长的枝条难以系住漂泊不定的游子。不敢去想离别愁绪,没有借酒浇愁已是常常如喝醉了一般。客居他乡,旅店没有花草,就等于说春天没有来临,想谈谈自己的心绪却更加思念家中的骨肉亲人。偶然提及山水风景就后悔自己

不该风尘仆仆,离乡奔波。为了谋生,消磨尽车轮马蹄上的钉的铁,输与成都卖卜人。"诗后面也没有留下姓名,只写着"篁村"两个字。

我作诗唱和,其中有一句是:"用花笺抄录下这首诗,细心折叠好,然后离去,从此要走遍天涯去寻访作这首诗的人。"

事隔十三年,劳宗发观察来到江南,对我提及他做良乡令时,看见旅店壁上有这两首诗,因为旅店要招待钦差居住,店主人打算把诗粉刷抹去。由于他很喜爱这两首诗,便抄了下来,请制府方敏悫为此讲情,方公也颇欣赏这两首诗,于是命令不要抹刷去这诗。然而大家都不知道篁村是什么样的人。壬辰年,我在梁瑶峰方伯的官署中,遇到篁村,才知道他原来姓陶名叫元藻,是会稽秀才,我把往事告诉了他,陶生很感激三人对他的知遇赏识,而伤叹方公、劳公已经离世,又重新作诗,诗中说:"曾经驱马驰行于燕蓟一带,当年题作诗,留下痕迹之处如今已是愈来愈模糊。人就像旷野之星,难以托聚一起,有诗歌之中意气相投,情趣一致的人,不会感觉心灵的寂寥。自笑作诗长吟,忘了年月,却反而有劳先生走遍天下四处寻找。秦淮河上有佛家敦之会,应该悟出如今的我,也就是过去的我。"

"夕阳将要西下,余晖笼照着村庄旁几间古老破旧的房屋,为了什么事,乘着高大华美马车的贵人路过此处?华盖飘动晃着刚刚挥笔而就的诗句,红烛摇摇照着旧日题写诗歌的痕迹。不让粗媚俗眼的店主涂去诗歌,嵌以华砖。这种举动不亚于用纱笼住殿堂上的佛像。当年怜惜赏识人才之人如今只剩一抔黄土,几次剪纸召回亡魂,这真让我惆怅伤感喟叹不已。"

三一

【原文】

本朝王次回《凝雨集》,香奁绝调,惜其只成此一家数耳。沈归愚尚书选国朝诗,摈而不录,何所见之狭也!尝作书难之云:"《关雎》为《国风》之首,即言男女之情。孔子删诗,亦存《郑》《卫》;公何独不选次回诗?"沈亦无以答也。唐李飞讯元、白诗"纤艳不逞,为名教罪人"。卒之千载而下,知有元、白,不知有

李飞。或云："飞此言见于杜牧集中。牧祖佑,年老不致仕,香山有诗讥之,故牧假飞语以诋之耳。"

【译文】

本朝的王次回著有《凝雨集》,多写闺情香软侧艳,浓丽绝妙,可惜他只在这一方面有所成就,只能归为一个派类。沈归愚尚书选本朝诗文时,一概不录王次回的诗。他的目光见识真是何等短浅狭隘!我曾经写信责问他道:"《关雎》是《诗经》中《国风》的第一首诗,它的内容讲的即是男女相悦之情。孔子删编《诗经》,但还留下《郑风》《卫风》这些多写私情的部分,那么您为什么偏偏不选次回的诗呢?"沈归愚理屈词穷,竟无言可对。

唐朝李飞讥讽元稹、白居易,说他们的诗"纤巧缠绵,心怀怨望,是礼教中的罪人"。最终千年过去了,世上之人都知道唐朝有元、白二人,而不知道有李飞。有人说:"李飞这些言语评论可以从杜牧集中找到。杜牧的祖父杜佑,年已老迈,还不辞官,白居易作诗对他进行过嘲讽。因此杜牧假借李飞的评论来诋毁白居易他们,以泄其私愤。"

三二

【原文】

余戏刻一私印,用唐人"钱塘苏小是乡亲"之句。某尚书过金陵,索余诗册。余一时率意用之。尚书大加呵责。余初犹逊谢,既而责之不休,余正色曰:"公以为此印不伦耶?在今日观,自然公官一品,苏小贱矣。诚恐百年以后,人但知有苏小,不复知有公也。"一座哗然。

【译文】

我曾经开玩笑自己刻一枚私章,借用唐朝人"钱塘苏小是乡亲"(钱塘的苏小小是我同乡)这句话,刻于印章之上。

某尚书路过金陵,索要我的诗歌集卷给他看。我一时没有在意,盖上了这枚私章。尚书见了,对我进行了很严厉的训斥责备。

我开始还一直谦心谢罪致歉,然而他还在喋喋不休地数落、责怪,我于是严肃地对他说:"您以为这印章不伦不的吗? 当然从现在看,您身为一品官员,地位尊贵,而苏小小则卑微低贱。然而恐怕百年之后,人们只知道有苏小小,却不知道有您这个人哪!"

在座的人都哄然而笑。

≡≡

【原文】

高文良公夫人,名琬,字季玉,蔡将军毓荣之女,尚书珽之妹也。其母国色,相传为吴宫旧人。夫人生而明艳,娴雅能诗。公巡抚苏州,与总督某不合,屡为所倾,而公卓然孤立。咏《白燕》,第五句云:"有色何曾相假借。"沉思未对。适夫人至,代握笔曰:"不群仍恐太分明。"盖规之也。夫人博极群书,兼通政治。文良公之奏疏文檄等作,每与商定。诗集不传。记其《咏九华峰寺》云:"萝壁松门一径深,题名犹记旧铺金。苔生尘鼎无香火,经蚀僧厨有蠹蟫。赤手屠鲸千载事,白头归佛一生心。征南部曲今谁是? 剩有枯禅守故林。"此为其父平吴逆后,获咎归空门而作也。

【译文】

高文良公夫人,名琬,字秀玉,是蔡毓荣将军的女儿,尚书蔡珽的妹妹,夫人的母亲姿容盖世,是绝色佳人,相传曾经是吴宫中的人。

高夫人生得明艳绝伦,举止娴雅庄重,而且会写诗。高文良公在苏州做巡抚时,和某总督不和,屡次受倾轧排挤,然而高公依然是独来独往,高高挺立,不与之同流合污。

有一次,他作诗咏白燕,作到第五句为:"何曾去借过那些颜色?"沉思良

久,未能对出下句,适好夫人来到,代他握笔题道:"傲然独立,与众不合,恐怕也太明显了些!"此句暗合规劝之意。

高夫人博览群书,知识渊博,而且也颇懂政治,文良公的奏折文檄等等,必须要和她商量推敲一番再定下来。

她的诗集没有传下,我记下她的《咏九华峰寺》中说:"藤萝爬墙,松木挺立寺门,一条小径幽深曲折。寺院题额之中还可以依稀辨认出那几个旧损的金字。鼎上布满青苔,鼎内清冷,没有袅袅的香烟。放在书柜中,虫蛀了经书,显得十分残破,有蛀虫、蟫虫横行其间。赤手空拳搏杀鲸鱼的英勇业绩留传千载,白发苍苍皈依佛门,是一生一世的心。当年率兵征代吴三桂的将领如今何在?在清冷破旧的寺院中依灯伴佛,守着苍老的林木。"

高夫人的父亲平定了吴三桂的叛乱后,因为犯了过错,遁入空门做了和尚,高夫人由于内心的苦闷而作了这首诗。

三四

【原文】

宋《蓉塘诗话》讥白太傅在杭州,忆妓诗多于忆民诗。此苛论也,亦腐论也。《关雎》一篇,文王辗转反侧,何以不忆王季、太王,而忆淑女耶?孔子厄于陈、蔡,何以不思鲁君,而思及门耶?

【译文】

宋朝时作的《蓉塘诗话》中,讥讽白居易在杭州时,作的怀念歌妓的诗歌多于怀念老百姓的。

这种议论不仅过于苛刻,而且还迂腐不堪。《诗经》中的《关雎》这一诗篇,使文王辗转反侧,不能入眠,因为怀想一个女子的缘故。那么他为何竟不去怀想王季、太王呢?却为一美好端庄的女子成这个样。孔子受困于陈、蔡两国之军,为什么他不思念鲁国国君,而心里在想着可以出去之门呢?

白居易像，选自清·上官周绘《晚笑堂画传》。

国学经典文库

随园诗话

三五

【原文】

　　诗人陈制锦，字组云，居南门外，与报恩寺塔相近。樊明征秀才赠诗云："南郊风物是谁真？不在山巅与水滨。仰首陆离低首诵，长干一塔一诗人。"陈嫌不佳。余曰："渠用意极妙，惜未醒耳。若改'仰首欲攀低首拜'，则精神全出。仅易三字耳。"陈为雀跃。樊博学好古，尤精篆隶之学。余所得两汉金石文字，皆所赠也。卒后，余挽联云："地下又添高士伴，生前原当古人看。"

【译文】

诗人陈制锦,字组云,住在南门外,和报恩寺塔相距很近。

樊明征秀才赠送他一首诗,诗中说:"南门郊外有什么可以称颂的风雅景物呢?既不在重峦叠翠的山峰之上,也不在流水潺潺的河水之滨。仰起头来,看到的是巍峨高大的建筑,低下头来,听见吟诵不绝。这景物原是金陵城中的一座高塔,一位诗人。"

陈制锦嫌诗作得不好。我说:"他的这首诗立意很新奇高妙,只可惜不够清晰明了。若是将'仰起头来,看见的是巍峨高大的建筑,低下头来,听见诵声不绝'改为'仰起头来,极想攀援上去,低下头来,谦心下拜',那么这诗的精神意境全部描画出来,而也只改三个字就行了。"陈制锦为之雀跃称妙。樊明征学识渊博,崇尚古人,尤其精通隶书、小篆。我所得到的两汉时期的金石文字,都是他赠送的。

他死了之后,我题了一副挽联,意思是"黄泉之下高士又得良朋好伴,在他活着的时候,原本就是被当作古人前辈看待的"。

三六

【原文】

靖逆侯张勇,字非熊,国初定鼎,即仗剑出关,求见英王,王大奇之。提督甘肃,知吴三桂将反,命子云翼间道入都,首发其奸。圣祖亲解御袍赐之。功成后,谥襄壮。相传其封公梦夏侯淳而生侯。薨后葬坟,掘地得夏侯碑碣,亦一奇也!性好吟诗,《过峣峒》云:"蚩尤战后久消兵,此处犹存访道名。万里山河尘不起,松风常带凤鸾声。"

【译文】

靖逆侯张勇,字非熊,开国之初,国家刚刚安定下来,他就提着一把宝剑,闯

出关外,求见英王,英王觉得他是位奇才。

在甘肃任提督时,知道吴三桂将要谋反,命他的儿子云翼抄小路进入京都,告发吴三桂的作乱阴谋。

康熙帝亲自解下御袍赏赐给他。平定叛逆,功成之后,皇上赠号为襄壮。相传他祖父梦见夏侯惇时,靖逆侯出生。靖逆侯死后葬往坟地,掘地得到夏侯惇的碑碣,岂不是一桩奇事!

他生性喜好吟诗,作有《过崆峒》诗,诗中说:"蚩尤与黄帝交战之后,天下久没有再动干戈。这个地方依然还存有访道问仙之名,万里山河,一片清平,没有战事。这里松风连阵,凤鸣鸟唱,一派宁静祥和的仙境气象。"

三七

【原文】

人谋事久而不得,则意思转淡。何士颙秀才《感怀》云:"身非无用贫偏暇,事到难图念转平。"真悟后语也。其他如:"贫犹卖笑为身累,老尚多情或寿征。""书因补读随时展,诗为留删尽数抄。"皆不愧风人之旨。殁后,余闻信,飞遣人到其家,搜取诗稿,得三百余首。为付梓行世,板藏随园。

【译文】

人们长久地盘算谋求一个事,然而却难以实现,那么心中的想望就渐渐变得淡薄起来。

何士颙秀才作过一首《感怀》诗,诗中说:"本是可有所作为的人,由于贫困,却是终日无所事事,事情实在难以办成,这种愿望慢慢就平淡下来,不再那么强烈了。"

这真是彻悟之后而作的感慨!他其他的诗比如"为自身所牵累,贫穷困苦之中还要青楼买笑,年纪已老,却还如此多情,也许是长寿的征兆罢"。

"因为要不断读书,所以时时展开,诗为了要不断修改删留,所以都把它们

抄下来。"

这诗中所含都不愧是风雅诗人所有的意旨。他死之后,我得知消息,迅速派人到他家中,搜寻出他的诗稿,有三百多首,我就安排将其排版印刷出来,底版藏在随园。

三八

【原文】

余宰沭阳时,淮安诸生吕文光,馆于沭之吴姓家。其弟子某赴童子试,吕为代倩文字,被余侦获,爱其能文,不加之罪;且延为西席,以姨妻之。和余《春草》云:"绵力漫言承露薄,灵根自信济人多。"又云:"托根何必蓬莱上?得气均沾雨露中。"余笑曰:"此县令诗,不能作翰林者。"已而果中辛未进士,出知滑县。

【译文】

我在沭阳任宰令时,淮安诸生吕文光,在沭阳一家姓吴的家中坐馆教书。

他的一个学生赴童子试时,吕文光代他写文章,被我发现逮住。我因为爱惜他的作文才华,不但不治他的罪并把妻妹许配给他。吕文光和我的《春草》诗,诗中说:"不要由于纤弱柔嫩而怨说是因为承受雨露太少的缘故,这奇异灵验的草药不知治救了多少人。"又说:"何必一定要到蓬莱仙山上扎根生长呢?本来都是同样受天地之爱,共沾雨露的。"

我笑着说:"这是县令作的诗,而不是翰林作的诗。"后来果然在辛未年中了进士,在滑县任知县。

三九

【原文】

江西魏允迪,字懋堂,豪迈不羁,官中书侍读,以抚军公子,而家资散尽,因之失官。《咏山中积雪》云:"寂寞山涯更水滨,漫天匝地白如银。前村报道溪桥断,可喜难来索债人。""干霄篁竹翠盈眸,雪压风欺扑地愁。莫讶此君无劲节,一经沦落也低头。"又,《出门》云:"凭着牵衣儿女送,只挥双泪不回头。"读之,令人神伤。与余同召试友也。

【译文】

江西的魏允迪,字懋堂,为人豪放爽快,不拘小节,曾任中书侍读之职,因为抚军公子的缘故,把家中的钱财资物花个一干二净,接着又丢了官。

他作有《咏山中积雪》,诗中说:"深山一片静寂少有人行,溪水潺潺流过。天降大雪,漫天遍野,白雪茫茫。听说前边村子的人来说桥给雪压断了,看来索债的人是难以过来了,这真叫我高兴。"

"满眼都是青青翠竹,修竹挺拔直指云霄,风肆虐地吹,积雪压枝,竹子垂俯于地。不要惊诧何以竹子竟无傲骨气节,凡事一经潦倒沦落,也不得不委屈低头。"又有一首诗《出门》,诗中说:"任凭儿女们牵着我的衣衫,为我送行,我挥着眼中热泪,头也不回地走了。"

读了真叫人伤感叹息,魏允迪是当年和我一起参加殿试的朋友。

四十

【原文】

苏州舁山轿者最狡狯,游冶少年多与钱,则遇彼姝之车,故意相撞,或小停顿。商宝意先生有诗云:"直得舆夫争道立,翻因小住饱看花。"虎邱山坡五十余级,妇女坐轿下山,心怯其坠,往往倒抬而行。鲍步江《竹枝》云:"妾自倒行郎自看,省郎一步一回头。"

【译文】

苏州舁山的轿夫十分狡狯不老实,游山玩水,身着华丽衣服的浮华少年往往多给他们一点钱,那么若是遇到了容貌姣好的女子的车,便故意往上撞,或者干脆停下一会儿挡住车。

商宝意先生作诗说:"正好碰上和轿车夫争路,相持不下,因为这一停驻,反而能把车中美人看个够。"

虎邱山坡有五十多级台阶,妇女坐轿下山,心里怕摔倒掉下去,往往让倒着抬自己。鲍步江有《竹枝词》说:"妾让倒抬着走,郎只管跟着看,省得还得郎一步一回头地看。"

四一

【原文】

李义山《咏柳》云:"堤远意相随。"真写柳之魂魄。与唐人"山远始为容,江

奔地欲随"之句，皆是呕心镂骨而成。粗才每轻轻读过。吴竹桥太史亦有句云："人影水中随。"

【译文】

李商隐作有《咏柳》诗，中有一句为："堤畔幽远，杨柳烟笼雾绕，垂枝依依，顺着长堤而生，似乎要随堤而去。"

真是写尽了柳的意态情状。这和唐朝人写的："山从远处看，方显出它的全部韵致形容，大江奔流，大地似乎要随之奔走。"同样都是反复推敲，呕心沥血，凝炼而成。

粗才不体味其中的精妙，只是轻轻读过，毫不留心品玩。吴竹桥太史也有诗句，与之相仿佛，为："水中的人影和水边的人相随而行。"

李商隐像，图出自清·顾沅《古圣贤像传略》。

四二

【原文】

陆鲁望过张承吉丹阳故居，言："佑善题目佳境，言不可刊置别处，此为才子之最也。"余深爱此言。自古文章所以流传至今者，皆即情即景，如化工肖物，着手成春，故能取不尽而用不竭。不然，一切语古人都已说尽，何以唐、宋、元、明，才子辈出，能各自成家而光景常新耶？即如一客之招，一夕之宴，开口便有一定分寸，贴切此人、此事，丝毫不容假借，方是题目佳境。若今日所咏，明日亦可咏之；此人可赠，他人亦可赠之：便是空腔虚套，陈腐不堪矣。尹文端公在制府署

中，冬日招秦、蒋两太史及余饮酒，曰："今日席上，皆翰林，同衙门，各赋一诗。"蒋诗先成，首句云："卓午人停问字车。"公笑曰："此教官请客诗也。"秦惧不肯落笔。余亦知难而退。公不许。乃呈一律云："小集平泉夜举觞，春风座上不知霜。偶然元老开东阁，难得群仙共玉堂。"公大喜曰："开口已包括全题。白傅夸刘禹锡《金陵怀古》诗：'前四句已探骊珠。'此之谓矣！"

【译文】

陆鲁望路过张承吉在丹阳旧日居住的屋舍，进去观访，说道："承吉善于即景选择恰切的题目，内容、立意也好。一句一话都不能放到别处，照搬下来。这是才子中最为难得，最为杰出的一点。"我深爱这句话，古代的文章之所以能够流传到今天，是因古人能够针对眼前景物、事情，心有感触而作。就如画家摹画事物，点笔描画之处，皆有生气，因此能够取之不尽，用之不竭。若不是这样的话，那么一切话古代的人都已经说尽用完，为何唐、宋、元、明等历代的才子还是层出不穷，代代相随，能够自成一家，其风格语气体裁还会使人耳目一新呢？就像宴请一位客人，安排一个晚上的酒席，开口闭口都要把握一定的分寸，说的话必须和这个人或这件事的实际情况相贴切吻合，丝毫不能从别处照样搬来，这才是写作中内容、题目的高妙之处，如果今日所吟咏的诗，明日仍然可以这样咏，赠给这个人的诗，也可以拿来赠别人，这诗便是陈词滥腔，空套子，没有真实内容，并且是腐烂陈旧之物。尹文端公在制府官署中时，冬天的一日，招集秦、蒋两位太史和我一起饮酒，尹公说道："今天的席桌上的人，都入过翰林院，并且又都是一个衙门的，请大家即景各人赋上一首诗。"蒋太史的诗先作成，第一句为"正当中午之时，受邀赴宴的人停下车了"。尹公笑道："这诗是写教官请客吃饭的。"秦太史便有所畏惧，不肯下笔写。我也知难而退。尹公不答应，于是只好呈上一首诗："我们几个人平泉小集夜色沉沉之时举起酒杯开怀畅饮，座上众人都满面春风，十分尽兴，都忘了自己是鬓发斑白的老人。元老偶然开了东阁，难得这群翰林老神仙共聚一堂，畅饮叙欢。"尹公读了，大为高兴，评论道："一张开口，便把全部的内容都包括进去了。白居易夸奖刘禹锡的《金陵怀古》诗，'前面四句已达到精彩绝妙的境地'。说的就是这个道理啊！"

随园诗话

四三

【原文】

余每作咏古、咏物诗,必将此题之书籍,无所不搜,及诗之成也,仍不用一典。常言:人有典而不用,犹之有权势而不逞也。

【译文】

我每次作咏古、咏物诗,必定要把关于这个题目的书籍寻查翻阅个遍,然后等到诗歌作成之后,仍然不引用任何典故。

我常常说,眼前有典故而不引用,就像有权有势而不炫耀一样。

四四

【原文】

熊掌、豹胎,食之至珍贵者也;生吞活剥,不如一蔬一笋矣。牡丹、芍药,花之至富丽者也;剪彩为之,不如野蓼山葵矣。味欲其鲜,趣欲其真,人必知此,而后可与论诗。

【译文】

熊掌、豹胎是食物之中极为难得的珍品,若是生吞活剥,胡乱做好,不加精心烹调就吃下肚去,还不如家常的蔬菜有味。牡丹、芍药,是花草中最为富贵艳丽的名花,若是剪裁丝绦来仿造它们,那还不如田野里的蓼草野花来得自然。

风味必须鲜美,意趣必须真实,人必须知道这一点,然后才能和他一起议论诗歌的优劣。

四五

【原文】

襄勤伯鄂公容安,好吟诗,如有宿悟。《竹林寺》云:"初地相逢人似旧,前身安见我非僧?"《悼亡》云:"伤心最是怀中女,错认长眠作暂眠。"

《记》曰:"学然后知不足。"可见知足者,皆不学之人,无怪其夜郎自大也。鄂公《题甘露寺》云:"到此已穷千里目,谁知才上一层楼。"方子云《偶成》云:"目中自谓空千古,海外谁知有九州?"

【译文】

襄勤伯鄂容安公,喜好吟诗,好像有前世的悟性一般。他在《竹林寺》中说:"初次来到这个地方,相逢的人却仿佛是旧时相识,怎么见得我前世不是僧人?"《悼亡》诗中又说:"最可怜怀中的小女儿,错把长眠不醒当作暂时的酣睡,真叫人伤心。"

《礼记·学记》中说:"学了之后,才知道自己有不足之处。"由此可见,凡是自满自足的人,都是不爱学习的人,也难道他们夜郎自大,自认为很了不起,却事实上很一般。鄂公有《题甘露寺》诗,诗中说:"到了这个地方,穷尽目力,可望千里之遥,谁知才登了一层楼。"方子云有《偶成》诗,说:"自己以为目中所见,已是穷尽了千古景物,谁知道海外还有九州这个地方呢?"

四六

【原文】

　　昔人言白香山诗无一句不自在，故其为人和平乐易。王荆公诗无一句自在，故其为人拗强乖张。愚谓荆公古文，直逼昌黎，宋人不敢望其肩项；若论诗，则终身在门外。尤可笑者，改杜少陵"天阙象纬逼"为"天阅象纬逼"，改王摩诘"山中一夜雨"为"一半雨"，改"把君诗过日"为"过目"，"关山同一照"为"同一点"，皆是点金成铁手段。大抵宋人好矜博雅，又好穿凿，故此种剜肉生疮之说，不一而足。杜诗："天子呼来不上船。"此指明皇白龙池召李白而言。船，舟也。《明道杂纪》为："船，衣领也。蜀人以衣领为船。谓李白不整衣而见天子也。"青莲虽狂，不应若是之妄。东坡《赤壁赋》："而吾与子之所共适。"适，闲适也。罗氏《拾遗》以为："当是'食'字。"引佛书以睡为食。则与上文文义平险不伦。东坡虽佞佛，必不自乱其例。杜诗："王母昼下云旗翻。"此王母，西王母也。《清波杂志》以"王母"为鸟名，则与云旗杳无干涉。王勃《滕王阁序》："落霞与孤鹜齐飞。"此落霞，云霞也。与孤鹜不类而类，故见研妙。吴獬《事始》以落霞为飞蛾，则虫鸟并飞，味同嚼蜡。杜牧《阿房宫赋》："未云何龙。"用《易经》"云从龙"也。《是斋日记》以为用《左氏》"龙见而雩"。宫中，非雩祭地也。《文选》诗："挂席拾海月。"妙在"海月"之不可拾也。注《选》者必以"海月"为蚌蛤之类，则作此诗者，不过一摸蚌翁耳。少陵诗："无风云出塞，不夜月临关。"其妙处在无风而云，不夜而月故也。注杜者以"不夜""无风"为地名则何地无云，何地无月，何必此二处才有风、月耶？"三峡星河影动摇"，即景语也。注杜者必引《天官书》"星动为用兵之象"。未必太平时，星光不动也？宋子京手抄杜诗，改"握节汉臣归"为"秃节"。"秃"字不如"握"字之有神也。刘禹锡《瀼西》诗："春水縠纹生。"明是春水方生之义。而晏元献以"生"为生熟之生。岂织绮縠者，定用生丝，不用熟丝耶？东坡《雪诗》，用"银海""玉楼"，不过言雪色之白，以银玉字样亲托之，亦诗家常事。注苏者必以为道家肩目之称，则当下雪

诗,专飞道士家,不到别人耶?《明道杂志》云:"坡诗:'客厅万里半天下,僧卧一庵初白头。'黄元以为'白'字不可对'天'字,遂妄改为'日'字。对则工矣,其如'初日头'三字文理不通?"袁瓘《秋日》诗:"芳草不复绿,王孙今又归。"此"王孙",公子王孙之称也。《宋人》云:"王孙,蟋蟀也。"引《诗纬》云:"楚人名蟋蟀为王孙。"又以为"猿",引柳子厚"憎王孙"为证。博则博矣,意味索然。《冷斋夜话》云:"太白诗:'昔作芙蓉花,今为断肠草。'本陶弘景《仙方注》:'断肠草一名芙蓉,故也。乃知诗人无一字闲话。"方密之笑曰:"太白冤哉! 草不妨同名,诗人何心作药师父耶?"凡此种种,其病皆始于郑康成。康成注《毛诗》"美目清兮":"目上为明,目下为清。"然则"美目盼兮","盼"又是何物? 注"亦既觏止",为男女交媾之媾。注"五日为期",为"妾年未五十,必与五日之御。五日不御,故思其夫。"注"胡然而天,胡然而帝",便是"灵威仰,赤熛怒"。注"言从之迈",言"将自杀以从之"。其迂谬已作俑矣! 尧之时,老人击壤。壤,土也。周处《风土记》则曰:"壤,以木为之,长三尺四寸。"引皇甫元晏十七岁与从姑子击壤于路为证。不知尧之时,安得有木壤? 果有之,又何得历夏、商、周而不一见于咏乐耶? 要知周处《风土记》,亦宋人伪作。

【译文】

过去的人谈论香山居士白居易的诗,没有一句不平易自在:这是与他为人随和有关。而王荆公安石的诗读起来,没有一句平易自在,这也与为人拗强乖僻有关。以我拙见,荆公的古文可和韩愈的文章相匹敌相媲美,远远超过宋代其他人的文章,宋代人只有甘拜下风,尤其可笑的,是他将杜甫的"天阙象纬逼"(天象之中,有星冲犯朝廷)改为"天阅象纬逼"。把王维的"山中一夜雨"改为"山中一半雨",把"把君诗过日"改成"把君诗过目","关山同一照"改为"关山同一点。"这都是把好诗改成劣诗,点金成铁的作法。一般来说,宋代的人喜欢炫耀自己知识渊博品味高雅,又喜欢穿凿附会:因此这种剜肉生疮,去精华添糟粕的做法很多,难以一一举例说明。杜甫诗中说:"天子呼来不上船"(天子传旨见李白,白却因醉酒不愿乘船去见驾)这里指唐明皇在白龙池召见李白的事,船在此处指的是舟船之意。然而《明道杂记》中说:"船,是衣领的意思。蜀地人把衣领称为船,这里是说李白衣冠不整前去见天子。"李白为人虽然狂放不羁,然而也不会放浪形骸,意气用事,荒唐到这种地步。苏东坡的《赤壁赋》中有一句"而吾与子之所共适"(我与你共同欣赏沉醉在这美妙的大自然中),适,闲适的意思。罗氏在《拾遗》中则以为:"适,应该是'食'字。"根据是

佛教之中，把睡称为食。若是真的这么理解的话，那么这与上文的风格，意思不相协调，不伦不类。东坡虽然说爱好佛学，也必然不会自己乱了自己文章的体例。杜甫诗中有"王母昼下云旗翻"（西王母白天临下，但见云旗翻卷）这里的王母，即是西王母，而《清波杂志》中把"王母"解释为鸟名，则鸟与云旗毫无关系。王勃的《滕王阁序》中有"落霞与孤鹜齐飞"（夕阳西下，余晖中的云霞在天空中飘浮，水滨的一只野鸭飞冲起来，在霞光中飞翔。）这里的落霞，指的是天空中

苏轼像，选自清·上官周绘《晚笑堂画传》。

的云霞，与野鸭不是一类事物而用在一起类比，文章才显得活泼鲜明，极尽妍妙，吴獬的《事始》中则以为落霞是一种飞蛾，则虫鸟并飞，意趣全无，味同嚼蜡。杜牧的《阿房宫赋》中有"未云何龙"（没有云，何处飞来了龙）一句，这里是用了《易经》中"云从龙"，而《是斋日记》中则认为这是从了《左氏》中的"龙见而雨"（龙从空中出现而人们进行祈雨仪式。）。宫中，并不是祭拜之地。萧流《文选》有诗为"挂席拾海月"（张起风帆，驶向大海深处，去拾捞那海中月亮）此句妙就妙在"海月"是不能拾捞的。为《文选》作注的人非要说"海月"是蚌蛤之类的；这样说来，那么这首诗的作者看来不是一个摸河蚌的老头子罢了！杜甫诗中有"无风云出塞，不夜月临关"。（四野无风，乌云涌压倒要塞之下，夜色未降，而空中一弯月儿照临边关。）这里的精妙之处便在于没有风而云涌，不是夜晚而月出，何必非要这两个地方才有风，才有月呢！"三峡星河影动摇"（夜间天上星河，映在三峡江水面上，星河的倒影随波摇荡起来。）远是即景之语，然而为杜甫诗作注的人，非要引用《天官书》的说法"星动乃是用兵打仗的征兆"。

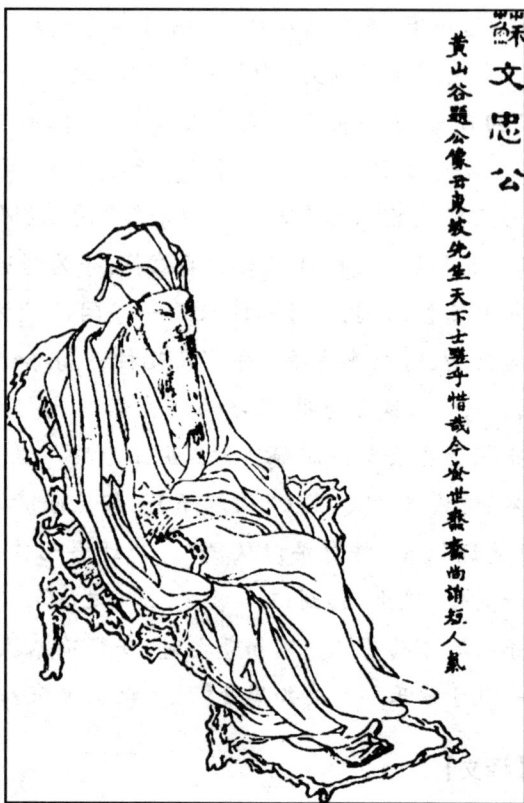

未必天下太平之时,星河之影就不会晃动了!宋子京亲手抄杜诗,把"握节汉臣归"(手握使节的汉家臣子回归本国)改为"秃节"。"秃节"字比不上"握"字传神。刘禹锡作《瀼西》诗,诗中有"春水縠纹生"(春水涨满地了,微风掠过,水面皱起细细的波纹。)这里明明是春水刚刚涨满的意思,而晏元献则把"生"理解为生熟的生。难道说织绮丽丝绢的,一定要用生丝,而不能用熟丝?东坡作的《雪》诗用"银海""玉楼"这些词,不过是说明雪色洁白,而用银玉之类的字样来比喻,这也是诗家常事。而为苏诗作注者,一定要说这是对道家眉目的称谓。看来当大雪纷飞飘扬之时,雪花专门飞入道士家里,而不飞到别的人家去。《明道杂志》中说:"东坡诗中有'客行万里半天下,僧卧一庵初白头'(游子行万里路,踏了半个天下,僧人卧伏在一座小庙中,鬓发初白。)黄元以为'白'字不能对'天'字,于是妄加篡改,把'白'换成'日',论对仗倒是够工整的了,但'初日头'三个字意思上却讲不通。"《秋日》诗中有"芳草不复绿,王孙今又归"(芳草不再翠绿,枯黄衰败,没有绿意,公子王孙如今又回来了)这里"王孙"就是公子王孙之意。宋代有人说:"王孙,乃是蟋蟀"引《诗纬》上说:"楚地人将蟋蟀呼为王孙。"又以为是"猿",引用柳宗元的《憎王孙》为证。渊博是够渊博的了,只是意趣俱失,索然无味。《冷斋诗话》中说:"太白有诗'昔作芙蓉花,今为断肠草。'根据陶宏造的《仙方注》'断肠草又叫芙蓉'来的,可见诗人没有一句闲而无用的话。"方密之笑道:"太白真冤枉!草不妨同名,诗人哪有心去做药师父呢!"类似这样的例子,毛病都是从郑康成那儿开始的,康诚注《毛诗》"美目清兮"(美丽的眼睛黑白分明,清澈如水)为"目上为明,目下为清"。那么"美目盼兮"(眼珠黑白分明)"盼"又是何物?注"亦既觏止"为男女交媾之媾。注"五日为期"为"妾年纪未到五十岁,必须五日欢爱一次,若未能如此,便因此思念丈夫。"把"胡然而天,胡然而帝"(心里糊里糊涂地把她当作天仙,又糊里糊涂地把她当作帝后。)解释为"天空中霞电交加,上苍发怒。"将"言从之迈"解释为"要以自杀来相随"。这也过于迂腐荒诞了。自此首开恶例,使后人仿效。尧时,有老人击壤,壤,是指的土。而周处的《风土记》中则说:"壤,是用木制成,有三尺四寸那么长。"引用皇甫元晏十七岁时和他从姑之子在路旁击壤为证。不知尧时哪来的木壤,即使真的有,那么何以经历了夏、商、周三代而却不见于咏唱之中呢?要知道周处的《风土记》,也是宋代人伪作的。

随园诗话

四七

【原文】

本朝有某孝廉献吴逆诗云："力穷楚覆求秦救，心死韩亡受汉封。"圣祖爱其巧于用典，遣人访之，其人逃。余以为此仿宋汪彦章为张邦昌《雪罪表》也。其词云："孔子从佛肸之召，卒为尊周；纪信乘汉王之车，将以诳楚。"可谓善于文过者。

【译文】

本朝有某孝廉献上一首关于逆贼吴三桂的诗歌，内容为："用尽心力而楚国还是不免于覆灭，只有求秦援救；韩信灰了心，逃走了，最终仍受到汉王加封。"康熙帝喜爱他能巧用典故，派人去查访他，这人就逃走了。我认为这诗是模仿宋朝汪彦章为张邦昌写的《雪罪表》内容是"孔子接受佛肸的召请，最终还是为了尊周，纪信乘上汉王刘邦的车，为的是诳骗楚军"，这可以说是善于用华美的文章来开脱掩饰罪责的那种无耻文人了。

四八

【原文】

有妓《与人赠别》云："临岐几点相思泪，滴向秋阶发海棠。"情语也。而庄苏服太史《赠妓》云："凭君莫拭相思泪，留着明朝更送人。"说破，转觉嚼蜡。佟法海吊《琵琶亭》云："司马青衫何必湿，留将泪眼哭苍生。"一般煞风景语。

【译文】

　　有妓女作有《与人赠别》诗,诗中说:"将客人送到临行岔道,将要分别之时,滴滴地垂下相思之泪,洒落到阶下,泪洒之处生长出秋海棠来。"这是情话。而庄逊服太史有《赠妓》诗为"随你不拭去腮边相思之泪,这样留到明朝还可以送别人"。一经说破,反而觉得味如嚼蜡,毫无意趣。佟法海在他的《吊琵琶亭》中说:"司马的青衫何必要为泪水沾湿,将眼泪留着待哭天下的老百姓去。"同样是大煞风景的话语。

四九

【原文】

　　有人哭一显者云:"堂深人不知何病,身贵医争试一方。"说尽贵人患病情状。

【译文】

　　有人哭一位显贵,说道:"高大的府门之内,不知贵人生了何种疾病,只因是地位尊宠之人,医生争着试用自己的药方。"说尽了贵人生病时的情形状况。

五〇

【原文】

　　吾乡陈星斋先生《题画》云:"秋似美人无碍瘦,山如好友不嫌多。"江阴翁

征士郎夫《尚湖晚步》云:"友如作尽须求淡,山似论文不喜平。"二语同一风调。

【译文】

我同乡陈星斋先生有《题画》诗,诗中说:"秋天就如美人一般,不妨清瘦疏淡一点,峰峦叠翠的崇山峻岭好似知心朋友,越多越好。"江阴的翁郎夫征士有《尚湖晚步》中说:"朋友就好比画水墨画,淡一点的好,山如议论性文章,不要平平无奇。"两人的语句风格相似,论调一致。

五一

【原文】

本朝开国时,江阴城最后降。有女子为兵卒所得,绐之曰:"吾渴甚,幸取饮,可乎?"兵怜而许之。遂赴江死。时城中积尸满岸,秽不可闻。女子啮指血题诗云:"寄语路人休掩鼻,活人不及死人香。"

【译文】

本朝开国之时,江阴城最后投降。有一女子被清兵掠获,她就骗他们说:"我很渴,不知可不可以去找点水喝?"兵士很可怜她,就答应了。于是女子就来到江边,投江而死。当时城中死尸很多,满岸都是,气味污浊,秽不可闻。这女子就咬破手指,在墙上题诗道:"路过的人不要嫌气味难闻而掩鼻而过,死去的人要比活着的芬芳,有气节。"

五二

【原文】

同征友万柘坡光泰，精于五七古。程鱼门读之，五体投地。近体学宋人，有晦无之病。陈古渔专工近体，宗七子；故闻鱼门赞万诗，大相抵牾。余为作跋，释两家之憾，且摘柘坡近体之佳者，以晓古渔。其《题开元寺》云："古树鸟巢密，疏寮客到稀。""铃空随瓦坠，碑断入墙填。"《方镜》云："自笑相逢同柄凿，封侯谁有面如田？"《金鳌玉蝀桥》云："晓来浓翠东西映，也算蛾眉对仗班。"陈乃折服。

【译文】

和我一同受征聘的朋友万光泰，字柘坡，对于五言，七言古诗很精通。程渔门读了他的诗，佩服得五体投地。而他的近体诗效仿宋朝人的风格，有艰涩隐晦的毛病，陈古渔专门研究近体诗，尊崇明朝七子，因此听说渔门称赞万柘坡的诗，意见与渔门大相抵触。我做了跋，释两家观点中不相容的隔阂，而且摘引了柘坡近体诗中比较出色的让古渔看，使他有所了解。柘坡的《题开元寺》诗中说："参天古木盘根错节，鸟巢密密地筑在上面，疏疏落落的小屋，少有客人探访。""残损的空铃和破败的屋瓦都坠落在尘土里，残断的石碑填放到院墙之中。"《方镜》中又有"却笑自己居然把柄和凿眼相逢在一起，哪有田字形的面容可以封侯？"《金鳌玉蝀桥》中说："清晨时分东西两岸烟笼雾罩，浓翠欲滴，好似姣好的女子排列而立。"陈古渔于是折服。

【原文】

余长姑嫁慈溪姚氏。姚母能诗,出外为女傅。康熙间,某相国以千金聘往教女公子。到府,住花园中,极珠帘玉屏之丽。出拜两妹,容态绝世。与之语,皆吴音,年十六七,学琴、学诗,颇聪颖。夜伴女传眠,方知待年之女,尚未侍寝于相公也。忽一夕,二女从内出,面微红。问之。曰:"堂上夫人赐饮。"随解衣寝,未二鼓,从帐内跃出,抢地呼天,语呶呶不可辨,颠仆片时,七窍流血而死。盖夫人赐酒时,业已酖之矣!姚母踉踉跄跄弃资装,即夜逃归。常告人云:"二女,年长者尤可惜。"有自嘲一联云:"量浅酒痕先上面,兴高琴曲不和弦。"

【译文】

我大姑嫁到慈溪的姚家。姚母颇知诗书,会赋诗,到外面给别人家的女子做女传。康熙年间,某相国以千金之资来聘请她去教授女弟子。到了府中后,住在花园里,珠帘玉屏,陈设极为华丽富贵。两位女子出来拜见,光华照人,容态极妍,可谓绝世美人。和她们说话,都是吴地口音。年纪约有十六七岁,学琴学诗,悟性颇好,十分聪颖。夜间陪伴女傅睡觉才知道年纪尚小,等待调教的女子还没有服侍过相国寝眠。忽然有一天傍晚,这两个女子从里面出来,面颊微微泛红。女傅就问她们,回答说是"堂上夫人赐我们饮酒。"于是解衣就寝,不到二更时分,她们从帐内赤足跳出,抢天呼地,语句呶呶,辨不出说的是什么,挣扎片刻,就七窍流血而死。夫人赐她们饮酒时,就已经在酒中下了毒药。姚母踉踉跄跄,丢弃衣服资财,当夜就逃回家里。她常常对别人讲:"两个女子,年纪大一点儿的尤为可惜。"作有《自嘲》诗中有一联,意思是:"由于酒量浅,刚一沾唇,红晕先涌到脸上,兴高意满,其乐融融,此中琴曲却显得极其不和谐,使人不能尽兴。"

五四

【原文】

咏物已难，而和前人之韵则更难。近惟陈其年之和王新城《秋柳》，奇丽川方怕之和高青丘《梅花》，能不袭旧语，而自出心裁。陈云：“尽日邮亭挽客衣，风流放诞是耶非？将军营里年光晚，京兆街前信息稀。愁黛忍令秋水见？柔条任与夜乌飞。舞腰女伴如相忆，为报飘零愿已违。”“鹅黄搓就便相怜，记得金城几树烟。未到阿那先丽歟，任为抛掷也缠绵。由来春好惟三月，待得花开又一年。此日秋山太迢递，株株摇落尽楼边。”又云：“似尔陌头还拂地，有人楼上怕开箱。”俱妙。方伯云：“枝头何处认轻痕，霜亦精神雪亦温。一径晓风寻旧梦，半林寒月失孤村。吟情欲镂冰为句，离恨难招玉作魂。寄语溪桥桥上客，莫从香里误柴门。”“点额谁教入汉宫，冻云合处路难通。胧胧照去月疑落，瓣瓣擎来雪又空。无梦不随流水去，有香只在此山中。松间竹外谁知己，地老天荒玉一从。”又云：“珊珊仙骨谁能近，字与林家恐未真。”“陇首只今春意薄，山中自昔故人稀。”其高淡之怀，梅花有知，尝呼知己。

【译文】

咏物已经很难，而和前人之韵咏物则更难。然而近年唯有陈其年和王新成的《秋柳》，奇丽川方伯和高青丘的《梅花》能够不沿袭采用原诗语句，而别出心裁，自成一体。陈其年诗中说：“柳条一天到晚在邮亭系绾行客衣衫，依依相留，这样地风流多情，放诞不羁不知是耶？非耶？在将军的军营里，年光已晚，京北街前，音信日稀。紧蹙着眉尖，面含忧愁，怎忍心让秋水映见？柔软的枝条在晚风里任凭风拂，与夜间的鸟儿一齐抛飞。风中舞着袅袅细腰的女伴如果对我长相思忆，请为我转告这样的飘零四散的景况是违背我的心愿的。”“从搓就了鹅黄嫩绿的枝条的春天，心下便生爱怜之意。如今还忆得金城里几株含烟雾的绿柳。还没有飘拂摇曳生姿之时，便先就柔条垂垂，任凭四处抛掷而依然缠绵多

情。向来只有阳春三月才是春日方好之际,要等待花开又需待上一年。这个时候秋山路途遥远,映着远山,株株柳树摇落在画楼旁。"又有"像你这样在阡陌纵横的田野上,还要枝条拂地,有人在本画楼之上,怕开妆箱。"都是佳句。方伯有诗为:"从枝头哪个地方可以依稀辨出一株淡淡的轻痕呢?如霜那样的冷峻有神又如雪一般温润可爱。一缕晨风沿着小径吹过,追寻旧时的梦,寒月清冷地洒照在林木间,半明半幽,远处的孤零零的村庄模糊一片,分辨不出来。吟风赏月,抒发情怀,欲镂冰为句,却难从离恨天上招玉为魂。托言告诉溪水桥上行走的客人,不要只顾沿着幽香的梅花林中走过,误了要访的柴门。""谁教公主的额头飘落上梅花,而成梅花妆呢?冷云四合之处,道路难以通达。朦胧的月儿笼照着梅花,似乎要沉落了,瓣瓣梅花怒放,像雪一样晶莹洁白,香梦已逝,不随溪水杳然流去,只有在此山之中,方可寻觅到芳香,松树林里,松涛阵阵,竹子丛中,风吟森森,另一位知友今在何方?地老天荒,悠悠天宇下,一树冰清玉洁的梅花傲然挺立。""飘飘有仙人之姿,有谁能够亲近呢?听说她许嫁给林家,恐怕这不是真的。""陇头如今还是春意尚薄,山中一直是故人稀少。"他情怀的高远淡泊,梅花若是有知,当呼他为知己。

五五

【原文】

康熙间,于清端公总督江南,举其族弟襄勤公来守江宁。二人俱名成龙,不以为嫌;且俱以清节卓行,名震海内,洵圣朝佳话也。襄勤巡抚京畿,不避权贵,故演戏者有《红门寺诛奸僧》一节。事虽附会,非无因也。其孙紫亭先生,名宗瑛者,甲戌翰林,人品高逸,善画工诗。余戊申游虞山,紫亭之子静夫明府适宰昭文,以《来鹤堂诗》见示。如《题画》云:"寒声两岸虫,秋怀千顷获。雨断月初明,孤篷犹滴沥。"《游马氏园》云:"隔树未知处,绿溪已到门。"《折杏花赠某》云:"灯红人影摇芳树,手动花荫落满身。"《归车》云:"急雨惊风翻碧沼,归云学水亦东流。"皆超超元箸,不食人间烟火。静夫云:"清端、襄勤二公,亦有诗集;

他日捡出，为余寄来。"

【译文】

康熙年间，于清端公任江南总督，推荐他的本家兄弟襄勤公来任江宁太守。两个人名字都叫作成龙，但都不以此为嫌；两个人都以为政清廉有操守、高风亮节而名震海内。可以说是康熙统治时期的一段佳话。襄勤公在京城郊区一带任巡抚时，秉公执法，不避权贵。过去演戏中有《红门寺诛奸僧》这一书，虽说事情有些牵强附会，但这也不是说是没有根据的。他的孙子紫亭先生，名叫宗瑛，甲戌年入的翰林院，人品清高飘逸，能诗善画。我在戊申年在虞山游玩，紫亭的儿子静夫明府当时在昭文任宰令，拿着《来鹤堂诗》出示给我看。其中如《题画》诗中有："江河岸边秋虫鸣唱不止，透着些许寒意，萧索的荻芦荻连结一大片，在秋风中摇曳。淅淅沥沥的雨刚刚歇住，月亮从云中刚刚移出，透出从蓬上滴滴地落下来。"《游马氏园》中说："隔着密密的树木，不知到了那个地方，沿着溪流走忽然竟已到了门前。"《折杏花赠某》中又说："红灯摇摇映出人的身影爬到花枝垂垂的芳树上，随着手动，花瓣飘落了一身。"《归车》诗中说："骤雨大作，狂风四起，碧绿幽深的潭水翻搅起来；悠悠浮云，潺潺溪水也都向东流去。"这些诗都是风骨奇清，飘逸超脱，不食人间烟火的作品。静夫说："清端、襄勤二公，也有诗集，等到他日捡寻出来后，给寄到我这里来。"

五六

【原文】

李尚书雍熙学道，散遣歌姬。王西樵责以诗云："听歌曾入忘忧界，不应忽缚枯禅戒。未是香山与病缘，何妨樊子同春在。安石携妓自不凡，处仲开阁终无赖。谁为公书此策者，狂奴恨不鞭其背！"阮亭亦云："万种心情消未尽，忍辞骆马遣杨枝？"余惜秦少游未闻此言。

王安石像,选自清·上官周绘《晚笑堂画传》。

【译文】

　　李雍熙尚书潜心学道,将歌姬舞女都遣散放还。王西樵作诗责怪他说:"当年歌乐一起,曾经听得入了神,忧愁烦恼都忘身后,不应该如今忽然将自己束缚起来,去遵守那些干枯刻板的清规戒律。若不是白居易与病结缘,又何妨与樊子同春长住呢!王安石携带妓女自是不同凡响,处仲打开阁楼无所事事,终是无聊。是谁给您出的这馊主意,恨不得拿鞭子抽他的背。"阮亭也说:"尘世之中万种留恋之情,未能斩断,又怎么能够忍心遣散这些歌姬呢?"我很可惜秦少游没能听到这些议论。

五七

【原文】

江西某太守将伐古树,有客题诗于树云:"遥知此去栋梁材,无复清阴覆绿苔。只恐月明秋夜冷,误他千岁鹤归来。"太守读之,怆然有感,乃停斧不伐。

【译文】

江西某位太守准备砍伐一棵古树,有位过路客人在树上题了首诗,诗中说:"早知道伐倒古树将要在构建房屋时充当栋梁,将再也没有浓荫覆盖,没有清凉的树影可以为青苔遮挡阳光。只是担心在月明星稀,露水浓重的清冷秋夜里,千年老鹤飞来,寻找不到旧日相知的古树。"太守读了这首诗,不觉感到伤感,于是撤销砍树的命令。

五八

【原文】

南宋宫嫔墓在越中者甚多:贺湖之滨,狮山之侧,茔址可识者,二十四处,俗传"廿四堆"是也。山阴邵姜畦先生诗云:"贺湖湖水莹如镜,照出兴亡事可哀。'二十四堆'春草绿,钱塘风雨翠华来。"绰有深情。先生尤长五言,《咏济南趵突泉》云:"倒翻庐阜瀑,长涌浙江潮。"一时诸名士,为之搁笔。又有句云:"溪澄花影耦,山静屐声孤。"

【译文】

南宋妃嫔宫女之墓,越城中特别多。无论在西湖岸边,还是在狮山之侧,都分布得有,其中坟茔可以辨得出来的,一共有二十四处,也就是俗话中说的"二十四堆"。山阴的邵姜畦先生诗中说:"西湖水面晶莹透彻,光滑如镜,照出当年兴亡之事,回想起来实在让人伤感。'二十四堆'青草平铺,草色青青。钱塘江上风雨俱来,潮水涌起,遥遥而视,仿佛是宫中的翠华随水而来。"诗中饱含深情,十分真挚。先生尤其善于五言诗,他的《咏济南趵突泉》中有:"仿佛将庐山瀑布倒挂过来,又如浙江钱塘浪湖,长涌不止。"诗成之后一时间,诸位名士都自叹弗如,以为是神来之笔,都为之搁笔。他又有诗句如:"溪水清澈,姣花照水,花影成双,山谷清幽,木屐踏过,声音孤寂。"

五九

【原文】

江南黄梅时节,潮湿可厌。徐金粟云:"不待雨来先地湿,并无云处亦天低。"

【译文】

江南的梅雨时节,终日阴雨,潮湿可厌,徐金粟作诗道:"雨还没有落下,地面先就湿漉漉地一片,天上没有云,但天仍是灰蒙蒙的,垂压很低。"

随园诗话

【原文】

丁巳前辈沈云蜚先生馆选后，乞假归娶，逾年入都，以习国书故，僦屋邻余，欲彼此宣究。未半年，以瘵疾亡。余入奠，见纸墨丛残，家僮殡殓，为之泣下。哭以四绝句，五十年来，全不省记。忽内子诵之琅琅，乃追录之，以存其人。诗云："仙山楼阁本茫茫，容易青年到玉堂。底事昙花才一现？已蒙上帝遣巫阳。""明知病体颓唐甚，何事间关万里来？想是神仙厌乡土，特教玉骨葬蓬莱。""几度蓬门歇小车，挥毫同习上清书。而今难字从谁问？旅榇灰停一寸余！""半年汤药滞天涯，腰瘦何人报沈家？少妇昨宵家信到，催君迎看帝城花！"

【译文】

丁巳年取中的前辈沈云蜚先生，选入翰林院内的教习馆后，向皇上请求休假回家娶妾。过了一年之后返回京都，因为要熟悉研究国书的缘故，就在我居住附近租下房屋，意欲两人可以彼此切磋研究。不到半年，就死于瘵病。我到他灵前祭奠，只见笔墨纸砚散乱地放置，家人仆僮都忙着安排他的丧事，不觉伤感流泪。做了四首绝句来哭悼他，五十多年来，全都记不清了，忽然闻听妻子琅琅诵背这首诗，忙将其追记下来作为对他一点永久的纪念。诗内容为："仙水飘渺，楼阁玲珑，渺茫不清，难以寻觅。然而您却年纪轻轻就这么容易入了翰林院。到底为何生命如此短促，就如昙花一现？原是上帝召去，派您去掌管巫阳。""明知道身体虚弱却为何还要不远万里扶病进说呢？想必是神仙厌倦了故土，特意将玉骨托交到蓬莱仙山。""我简陋清贫的房院前，曾经几次停过小车？你我为了熟悉，研究上清国书，而共同挥毫。如今遇到难解之字，又要向何人请教呢！客死他乡，棺材上的灰尘蒙落有一寸多厚了。""半年来远离家乡滞留天涯，汤药不断，身体日渐消瘦衰弱下去，有谁能报给沈家知道呢？昨天晚上，年轻的妻子寄到一封家书，催着您接她到京城好一起看美丽的花朵。"

【原文】

钱塘洪昉思升，相国黄文僖公机之女孙婿也。人但知其《长生》曲本，与《牡丹亭》并传，而不知其诗才在汤若士之上。《晓行》云："咿喔晨鸡鸣，仆夫驾轮鞅。四野绝无人，但闻征铎响。"《夜泊》云："竹箪随潮落，蒲帆逐月飞。维舟已深夜，还上钓鱼矶。"性落拓不羁。晚年渡江，老仆坠水，先生醉矣，提灯救之，遂与俱死。《送高江村宫詹入都》五排一百韵，沉郁顿挫，逼真少陵。

先生为王贞女作《金环曲》云："王家有女字秀文，少小绰约兰蕙芬。项郎名族学诗、礼，金环为聘结婚姻。十余年来人事变，富儿那必归贫贱。一朝别字豪贵家，三日悲啼泪如霰。手摘金环自吞食，将死未死救不得。柔肠九曲断还续，卧地只存微气息。讵料国工赐灵药，吐出金环定魂魄。至性由来动彼苍，一夜银河驾乌鹊。嗟哉此女贞且贤！项郎对之悲复怜。朝来笑倚镜台立，代系金环云鬟边。"其事、其诗，俱足千古。篇终结句，余韵悠然。

【译文】

钱塘的洪昉，字思升，是相国黄文僖公黄机的孙女婿，人们只知道他写有剧本《长生殿》与《牡丹亭》并传于世，而不知道他的诗才在汤显祖之上。他的《晓行》诗为："晨晓之时，雄鸡喔喔长啼，此时仆人就驾着车出发了，四野静寂，没有一个人，只听得征铎的响声。"《夜泊》诗中则说："竹箪随着潮水的涨落而逐波飘流。水上的帆船好似在追逐着月亮，划行如飞。系好舟船，已是夜深人静时分。但我却还要到钓鱼矶上去。"先生性格落拓不羁。他晚年渡江而行，老仆人失足落水，先生喝醉了酒，提着灯去救他，和仆人淹溺水中。他写的诗《送高江村宫詹入都》五言一百韵，风格凝重，涵浑雄健，沉郁顿挫，很有杜甫的诗歌风格。

先生为王贞女做过《金环曲》内容是："王家有个女儿名叫秀文，年少貌美，

风姿绰约,如兰花惠草一般清芬娴幽。项郎出身名族,是攻读诗书之生,一朝以金环为聘,定下婚事。十多年来世事变化莫测,项家败落下来,此时富家女儿怎么嫁给穷困人呢?王家便又将女儿改许给其他富豪显贵人家,秀文知道后,悲悲切切,泪流如雨,哭了三天,将金环摘取下来吞下自杀。将死未死,如何相救?柔肠几欲断裂却又勉强续着,躺卧在那儿,气息微弱。谁知道神医送来回春妙药,吐出金环,魂魄初定,保全了性命。这种忠贞不渝的情感感动了上苍,一夜间群鸟在银河两岸搭起了鹊桥。这女子可真是坚贞贤良!项郎对她感动伤悲而又怜惜。清晨起来,笑盈盈立于镜台前,代妻在浓密的鬈发旁系上金环。"此事,此诗都足以流传千古。诗篇结尾一句,余韵悠长含蓄,充满韵味。

六二

【原文】

苏州徐文靖公,明季殉难。二子昭文、贯时,俱守父志,不仕。尤西堂为贯时作传言其"少时美好,自称'三十六帝外臣'"。《过平原有行见》云:"玉面珠珰坐锦车,蟠云作髻两分梳。春风解下貂围脖,露出蟠蛴雪不如。""曲水池头倚玉兰,祓除初起晓妆寒。新来传得江南样,也是梳头学牡丹。"摩写燕、赵佳人,风流可想。贯时先生名柯。其孙龙饮,精赏鉴,与余交好。

【译文】

苏州的徐文靖公,明亡时为国殉难,他的两个儿子昭文、贯时,都遵循父亲的意旨,不出来做官。尤西堂为贯时作传,说他"少年之时,风度翩翩,自称是'三十六帝外臣'"。他的《过平原有所见》中说:"美人粉面如玉,衣饰华丽,佩珠戴玉。乘坐着华美的锦车,头发从中间分挽,挽成蟠龙样的发髻。春风吹过,吹掉了所围的貂围脖,露出玉颈,洁白如脂,压倒白雪。""在弯弯的池水旁倚着玉石栏杆,祓除过不祥,刚刚起床,梳起晨妆清晨还有些寒意。近来才从江南传来一种新的发式,梳出来是牡丹花样,如今也是学着梳成这样。"诗中描画燕赵

一带的美人，可以想象其风流情状。贯时先生名柯。他的孙子龙饮，精通鉴赏，和我交情很好。

六三

【原文】

　　洪昉思《咏燕女》云："燕姬生小习原野，春草茸茸猎城下。身轻不许健儿扶，捉鞭自上桃花马。"胡雅威亦咏此题，中四句云："蟫蛴明处缘裁领，莫手撩时为揽妆。云髻半笼花压额，巾罗斜挂水成行。"

【译文】

　　洪昉思作有《咏燕女》诗，诗中说："燕地美女，从小就在平原旷野里练习骑射，踏着茂盛的青草出城打猎。身轻如燕，不让矫健的男儿相扶，提着马鞭自己跨上桃花马。"胡稚威也吟咏这个题目，中间四句为："雪白的脖颈从裁除的衣领处露出，纤纤素手削得尖尖的，为的是揽上散乱的头发。乌云似的浓发半笼着，簪花垂在前额上，罗帕斜挂，汗水成行地滴落。"

六四

【原文】

　　梅定九先生以算法、《易》理，受知圣祖。人但知其卜学，而不知诗故风雅。其《继腾坑夜雨》云："万壑连为瀑，千峰撼欲平。虚堂渔艇似，短烛月华明。"《答周昆来》云："墨妙时看珍共璧，心期今见托双鱼。"周故奇士，舞刀夺槊，豪

气逼人。画龙一幅,人以千金相购。识戴雪村学士于未济时,以女妻之。

【译文】

梅定九先生善于推算,精通《易经》之理,由此受到康熙帝的赏识。人们只知道他擅长卜学,却不知道他作诗也十分风雅。他作有《继腾坑夜雨》诗:"沟壑山谷连结,积水下注形成垂落的瀑布,水声轰鸣咆哮,震撼群峰,峰头似乎要摇动削断成平地,风雨飘摇之中,空空的房屋仿佛水上泊着的渔船,点了根短短的蜡烛,看去却如月光一般明亮。"《答周昆来》诗中说:"欣赏那酣畅淋漓精妙的水墨画,如同美玉一般珍爱,期望今日相见可以在此以画相托。"周昆来是过去的一位奇士,武艺高强,舞刀夺槊,豪气逼人,他曾经画过一幅龙图,人们拿千金之资重价求购。在戴雪村学士没有发达之时,梅先生结识并很欣赏了他,把女儿许嫁给了他。

六五

【原文】

余翰林归娶,长安赠行诗甚多,记其佳者。邹太和学士云:"菊黄枫紫小春天,送尔南归是锦旋。才子扫眉宜赤管,洞房停烛有金莲。归鞍尚带同文课,吟箧新添却扇篇。此日和鸣谁不羡,凤皇山下着神仙。"张南华宫詹云:"艳雪飞新句,红丝系凤缘。人间留玉杵,天上撒金莲。官柳萦袍绿,宫花压帽鲜。君恩许归娶,仍鞚曲江鞭。""遥识催妆日,金花艳擘笺。湖山留粉黛,豪墨乱云烟。雨美应空越,双飞仁入燕。绿窗眉画早,银烛看朝天。"枕椒园御史云:"金闺才子爱袁丝,年少承恩出玉墀。丹诏命趋双鹤发,绣帏交护两琼枝。笙歌院落时衣锦,梅柳江村晓画眉。仁看还朝成《博议》,文章报国正相期。"蒋御史和宁,时作诸生,云:"金莲银烛数行低,照见鸳鸯两两栖。风动流苏侵夜漏,应疑铃索海棠西。"魏允迪中翰,以余文捷,戏云:"争传才子擅文辞,顷刻千言不构思。若使画眉须缓款,那容横扫笔尖儿?"大司空袭叔度,时为庶常,云:"袁郎走马

出京华,折得东风上苑花。一路香尘南国近,苎萝村是阿侬家。""画壁旗亭句浪传,蓝桥归去会神仙。从今厌看闲花草,新种湖头并蒂莲。"盖调余狎许郎也。又云:"玉镜台前一笑时,石螺亲为画双眉。乌丝竞艳催妆句,只恐流传恼雪儿。""双绾同心带一条,华灯椽烛好良宵。锦衾婉转留春住,莫忘鸣珂趁早朝。"昆陵相国程聘三,时作庶常,诗云:"金灯花下沸笙歌,宝帐流香散绮罗。此日黄姑逢织女,漫言'人似隔天河'。"盖戏用余朝考句也。

座主蒋文恪公,时为学士,诗云:"群山艳美送天涯,重叠诗笺压小车。马上玉郎春应醉,满身香雪落梅花。""我闻堂上两亲居,画荻含丸廿载余。此日江南花烛好,承欢同上紫泥书。"

【译文】

我选了翰林庶吉士后回家娶亲,京都之人为我写诗赠行的很多,我把其中写得好的记了下来。

邹和学士在诗中说:"天气和暖,有些春天的泥味,菊花黄黄的,开得正盛,枫叶渐渐转红转紫,您如今衣锦还乡,我们为您即将南归而前来送行。像您这样文章能一挥而就的人,适合拿笔来画眉,洞房红烛高燃,端坐新人。归乡的行装中还带着国文课(我当时正在温习清书),存放诗稿的箧箱之中又添了许多酬唱送行的题扇诗篇。今日又有谁不羡慕这良缘佳配呢!凤凰山下有您这样一位神仙。"

张南华宫詹则在诗中说:"新奇的诗句如雪花般地飞洒而来,一条红线,牵着前生已经定下的姻缘,这一对儿是天上的仙物留到人间,天宫中的玉女投奔凡世。青青垂柳,萦系着宫袍,鲜艳的宫花插在帽上。皇上恩准您回家娶妻,手里仍旧垂握着骑马离宫时的马鞭。"

"早早就知道了娶嫁日期,金花夺日,拆开书信来读。湖光山色,丽人盈盈,流连忘返,挥毫成书,落墨之处,酣畅淋漓宛如云烟鸟聚。这样的才子佳人可谓在越地空前绝后。两人双宿双飞就要离开越地,飞仁燕京,绿窗之下,早早为妻画好了眉,银烛高燃,看东方欲晓,等待朝见天子。"

沈淑园御史作的诗为:"大家闺秀爱惜袁枚,年纪轻轻就蒙皇上恩准,辞别京都回归故里,一封诏书下来命令赶快回去拜见堂下高龄的双亲,成亲之日精美的绣花纬帐围护着结为连理的恩爱夫妻。庭院深深,笙歌又起,您穿着华丽的衣裳,临江的树林中,梅树、翠柳种得很多,清晨起来为新人画眉。大家都盼望着您回京之后写成《博议》来,期待您以写文章来报效国家。"

蒋和宁御史当时还是儒生,写诗道:"烛火低低地燃照着,绣鞋排放下面,烛光中照见帐中的鸳鸯双双而栖,风吹动流苏,寝就更漏,好像是西边的海棠花系了铃,叮叮作响。"

魏允迪中翰,因为我才思敏捷,便开玩笑戏题一诗:"别人都盛传袁才子擅长作诗词,下笔千言,无不加点,顷刻间就挥笔写完了。如果说画眉必须轻柔舒缓,又哪容得你挥着眉笔横扫开来。"

大司空龚叙度,当时是庶常,作诗道:"袁郎骑着马奔出京城,采折到上苑东风中盛开的花。一路上踏香归去,南国日见接近,前面的苎萝村是阿侬的家。""画壁,亭子上都留下过的诗句,从蓝桥上归去去会神仙,从此以后再不喜欢看路旁的闲花野草,因为在湖头刚刚种了并蒂莲。"

这是调侃我亲近许郎。又有一句:"梳妆镜台前面嫣然一笑之时,亲手用螺黛为娇妻画眉。乌发如云,禁不住写佳妙的闺情诗,只恐怕流传出去,会惹恼了雪儿。""两个人共绾一条同心带,华灯高照,正是良宵。锦被尚暖,欢情尚在,只不要忘了早早乘马车早早上朝。"

昆陵相国程聘三,当时是庶常,作诗说:"金灯照耀,一片笙歌沸腾,热闹非凡,精美的帐中,散发出流动的香味,绮罗衣衫散乱地放着。"

这一日黄姑若是遇到了织女,不要再说:"人仿佛隔着天河。"这是戏用我朝考时的句子。

座主蒋文恪公,当时是翰林学士,也作诗说:"众位神仙对您十分艳羡,为你送行去赶赴迢迢道途。诗笺重重叠叠塞压在小车里,骑着高头大马的翩翩少年春风得意,如痴如醉梅花如雪,飘落满身。""我听说堂上双亲,二十年多来辛辛苦苦地教育孩子,此日江南洞房花烛,十分欢好,承受欢爱,共同递上盖着红印的婚书。"

六六

【原文】

余以翰林改官江南,一时送行诗甚多。

其佳者如：刘文定公纶，时官编修，诗云："弱水神仙少定居，词头草罢领除书。蒋山南去秦淮路，好雨潇潇梅熟初。""三载头衔共冷官，几人乡梦出长安。君行若过吾广外，五月江深草阁寒。""定子当筵唱石城，离堂烛跋不胜情。芰荷香动三千里，谁共编诗记水程？"

宗伯齐公召南，时为侍讲，诗云："尊前言别重踟蹰，一向推袁话岂虚？才子何妨为外吏，名山况可读奇书。携将佳偶花能笑，吟得新诗锦不如。转眼蒲帆催北上，未容风物恋鲈鱼。""官河柳色雨余新，故里风光更绝伦。书尽一船烟外月，湖山十里镜中人。浣衣香裹芙蓉露，评史清浇竹叶春。回首同时趋直客，蓬莱犹是在红尘。"

庄参政有恭，时为修撰，诗云："庐陵事业起夷陵，眼界原从阅历增。况有文章堪润色，不妨风骨露崚嶒。廉分杯水余同况，明彻晶笼尔独能。儒吏风流政多暇，新诗好与寄吴绫。"

副宪申请，时为孝廉，诗云："鹓行惊失凤池春，百里初除墨绶新。簿领竟须烦史笔，朝廷原自重词臣。交情未免怜今别，公论尤应惜此人。终是读书能有用，他时端不负斯民。""鹤书到日广求贤，殿上挥毫各少年。遭遇未尝非盛事，滞留或恐是前缘。公卿誉满君犹出，仆婢诗成我自怜。可忆僧窗风雨夜？灯花只为一人妍？"（戊午、榜发前一日，与张少仪诸人同饮，喜灯有花，惟君获隽。）"平台缥缈见烟峦，客至能令眼界宽。谈笑每欣多旧雨，杯盘常愧累贫官。由来气类关偏切，此后风流继必难。说与能诗姚秘监，豪情略为洗儒酸。"（戏南青）"临期草草话难穷，高柳飘弄袖风。客里惊心多聚散，酒边分手又西东。对衡山色浓于染，绕郭溪光淡若空。此景江南曾不少，有人时在梦魂中。"期时长安诸公，以笏山四首为独绝。

少宗伯刘公星炜，时为诸生，傲昌谷体作七古一篇，云："壬之年，癸之月，一鲸临云云不行，走上江南木兰楫。"诗长，不能备录。

【译文】

我作为翰林院学士，改任到江南去做官，临行前同僚好友们的送行诗很多，其中不乏佳品诗作，文定公刘纶，当时任编修之职。

他在赠诗中写道："弱水上的神仙是很少在一地久居的，先生的新词刚写好题目就接到了远迁为官的任命书，钟山以南的秦淮古道上，正是好雨飘飘梅子初熟的佳季。""我和先生同在清水衙门做了三年的穷官，有多少人在梦中离开京师重归故里？您在赴任途中若路经我的老屋之处，在五月水涨江深的季节我

那久别的屋宇更会冷落难堪了吧!"

"我刘文定在筵席上赋诗提起了南京,离开时灯烛和火把的光亮都不足以表达我依依的惜别之情,在那菱角与荷花飘香的漫漫长路上,有谁能和先生在一起编史记录这风雨各兼的行程?"

宗伯(官名)齐召南先生,当时身任侍讲,他的诗写道:"我在您面前欲话别时又开始踌躇,难道我平常推举赞扬先生的话都变得缥缈虚无?不过才华横溢的您何妨去外地做官呢?那名山圣地更是耐读的奇书,伴随佳人同游花儿都绽出笑容,华贵绚丽的织锦怎能比上新诗初成,转眼间京师的旨意就会召您买船北归,那时还等不到您熟悉江南的风土尝够鲜鱼的美味呢!"

"运河两岸的新柳在雨后翠色欲滴,江南故国的绮丽风光无处可以比拟。载一船书画,看烟影中月色依稀,倒影如镜,映出湖山千里,远人行迹,洗洗衣裙的芬芳蘸香了荷花上的朝露,评经典史的清雅灌溉修竹春叶,回想起您与我同在旅途的匆匆行色,更知道了蓬莱仙境就在尘世之中啊!"

参政(官名)庄有恭先生,当时任修撰,他的诗写道:"卢陵的事业在夷陵开创的,人的阅历愈深眼界也愈开阔,何况您的文章还需要(汲取更多的阅历)加以润色,所以您不妨显露一下峥嵘的风骨,我和先生同样的清廉惨淡,但先生却更加明白通达,透彻洒脱,儒士为政潇洒而多暇,写好的新诗正好抄在精美的吴地所产的绫绢之上。"

副宪(官名)申甫先生,当时是孝廉身份,他的诗写到"神鸟振翅远飞惊散了凤池的春色(君)行至百里那任命书上的墨迹依旧未干。绫绢依旧崭新,您办交割手续时还需要史官正式记录,看来朝廷本是重视文臣的。和先生同游关好,今日更感慨惜别之情,人们齐声说您更应得到朝廷的器重,但愿满腹经纶可以派上用场,以后为官时造福于这些百姓。"

"想起朝廷发生函告广召贤能,少年英姿的我们在殿试中奋笔挥毫的情景,今生相逢怎能不是件值得庆幸的事情。但不能在一地滞留恐怕也是生前注定,你我做官后口碑皆丰,但先生更加出众,奴仆的诗作好我独自感叹,可曾记起那个僧窗外斜风吹雨的夜晚?灯花跳跃向您报到佳讯传来?(戊午年,发榜之间你我与张少仪等众人畅饮,灯花报喜,唯先生金榜高中。)"

缥缈的平台之外见到了烟雾缭绕的山峦,出游可以使眼界更开阔,谈笑时坐看风雨如夕常常感到欢畅欣慰,然而杯盘交错之间却总是为为官清寒凄怆而汗颜,我们的生性偏执又追求完美,这以后风流倜傥恐怕难以维持,我把这个感受告诉善诗能文的姚秘监,这种气度也许可以冲去一些寒儒身上的腐酸(和南

青戏作)"临行时的草草话别难尽依依不舍之情,高处的柔柳随风摇曳像是在挥舞着衣裙,旅途中的相聚告别总是能引起心里的震颤,但残酒剩羹之侧人们又各奔前程,对着官府的山色浓得像染过一般,绕城流淌的溪水像无物般的透明,这种景色在江南随处可见,有此人时时在梦影中把它追寻。"

当时在京城的诸位友人中,申南先生这四首诗是写得最好的,少宗伯(官名)刘星炜先生,当时是儒生,他仿照李贺的风格写了七言古诗一篇,诗中写道:"壬之年,癸之日,一头巨鲸驱赶云朵,云朵却停滞不前,先生踏上了开往江南的方向……"

诗很长,就不能全部摘录了。

随园诗话·卷二

善取之皆成佳句

【原文】

丁巳,余流落长安,寓刑部郎中王公讳琬者家。同寓人常熟孝廉赵贵璞,字再白,倾盖相知,西林相公门下士也,欲荐余见西林,有尼之者,因而中止。夫几,王公出守与化。余偢然无归。赵以寒士而留余仍住王公旧屋,供其饔飧,彼

山水图。诗曰:"万竹扫天青欲雨,一峰受月白成霜。"

此唱和。赵诗才清警,《过仙霞岭》云:"万竹扫天青欲雨,一峰受月白成霜。"其曾祖某,生天启间,《题天圣阁》云:"天在阁中看世乱,民从地上做人难。"

【译文】

丁巳,我流落在长安,住在刑部郎中王琬的家里。

同住的还有常熟孝廉赵贵璞,他的字叫再白,谈得十分投机,他是西林相公门生,本来要把我引见给西林相公,因为有僧人前来拜访,只好暂且中止了。

没过多久,王公出守兴化,我便茫然没有了去处,赵贵璞以寒士的身份仍留我住在王琬的旧屋,供我吃喝,我们相互唱和,赵贵璞诗才清新警醒,在《过仙霞岭》一诗中讲:"无数的竹竿直耸入天,青翠欲滴,山峰在月光的照耀下像披上了一层霜。"

他的曾祖生在天启年间,有一首《题天圣阁》,其中有一句:"天空阁高耸入云,站在上边看世间纷乱,人民在大地上为生活而艰难地奔波。"

二

随园诗话

【原文】

丙子九月,余患暑疟,早饮吕医药,至日昳,忽呕逆,头眩不止。家慈抱余起坐,觉血气自胸偾起,性命在呼吸间。忽有同征友赵蓼村来访。家人以疾辞。曰:"我解医理。"乃延入,诊脉看方,笑曰:"容易。"命速卖石膏,加他药投之。余甫饮一勺,如以千钧之石,将肠胃压下,血气全消。未半盂,沉沉睡去,颡上微汗,朦胧中闻家慈啮曰:"岂非仙丹乎!"睡须臾醒,君犹在坐,问:"思西瓜否?"曰:"想甚。"即命买瓜,曰:"凭君尽量,我去矣。"食片许,如醍醐灌顶,头目为轻。晚便食粥。次日来,曰:"君所患者,阳明经疟也。吕医误为太阳经,以升麻、羌活二味升提之,将君妄血逆流而上,惟白虎汤可治。然亦危矣!"未几,君归。余《送行》诗云:"活我自知缘有旧,离君转恐病难消。"先生亦见赠云:"同试明光人有几? 一时公干冀先斑。"

蓼村《鸡鸣埭访友》云:"佳辰结良觏,言采北山杜。鸡鸣古埭存,登临浑漫与。萧、梁此化城,贻为初地祖。六龙行幸过,金碧现如许。欲辨六朝踪,风乱

塔铃语。江南山色佳,玄武湖澄澈。豁开几盎间,秀出庭木末。延陵敦风尚,藉以纡蕴结。山能使人澹,湖能使人阔。聊共发啸吟,无为慕禅悦。"(赵名宁静,江西南丰人。)

【译文】

丙子九月,我患了中暑,早上起床喝了吕大夫的药,到了傍晚,忽然开始呕吐,头晕目眩不止,性命存于呼吸之间。忽然有同乡好友赵藜村前来拜访。

家人以疾病而推辞,他说:"我懂医理。"家人就请他进去,给我诊脉、开方,他笑着说:"这很容易。"

就命家人赶紧去买石膏,加上其他的药一起煎熬。我刚喝一勺,就像千钧巨石,将我的肠胃堕下,血气全消。不一会儿,便沉沉睡去,脸上开始轻微出汗,朦胧中听母亲低声说:"这岂不是仙丹么!"睡了一会醒过来,赵君还在坐,问我:"你想吃西瓜吗?"我说:"非常想。"

刚吃一会,感觉就像醍醐灌顶,晚上头目十分轻松,起来吃饭。第二天,赵君又来,说:"你所患之病是阳气太甚,吕大夫却误诊,将生麻、羌活二味中药合起来使你的血气迷流而上,只有白虎汤可治。然而这也很危险!"没过多久,赵君归去。我写了一首《送行》的诗:"我知道是旧的缘分让你救活了我,你一走恐怕病就不能根除。"

赵先生也有赠诗说:"一同去参加考试的人还有几个?转眼间你的头发已经斑白。"

赵藜村的《鸡鸣埭访友》一诗中说:"这最好的时候去拜访亲友,却听说去北山采药。鸡鸣古埭依然存在,登上去却感慨万千。萧、梁时都在这里建成,赠谓初地祖。六朝皇帝都有幸在此经过,现在的城池仍然金碧辉煌。想分辨六朝的踪影,乱风之中只有塔铃的声音。江南的山色十分美丽,玄武湖清澈见底,在宽阔的湖水边,树木长得十分清秀。延陵还保存着过去的风尚,我借此来抒发自己胸中的感慨。青山能使人淡泊,湖水能使人开阔。借此来让我们共发啸吟,没必要去取悦佛祖。"

赵藜村名叫宁静,是江西南丰人。

随园诗话

三

【原文】

少陵云:"多师是我师。"非止可师之人而师之也;村童牧竖,一言一笑,皆吾之师,善取之皆成佳句。随园担粪者,十月中,在梅树下喜报云:"有一身花矣!"余因有句云:"月映竹成千'个'字,霜高梅孕一身花。"余二月出门,有野僧送行,曰:"可惜园中梅花盛开,公带不去!"余因有句云:"只怜香雪梅千树,不得随身带上船。"

【译文】

杜甫曾这样讲过:"很多人是我的老师。"

不只是可认当老师的人才能做我的老师,村童农夫,一言一笑,都是我的老师,只要善于摘取都是佳句。我的随园有一个挑粪的人,十月中,在梅树下坐着欣喜地说:"有一身的花啊!"我因此而有佳句:"月光照着竹子像成千上万的'个'字,霜花落地梅树盛开散我一身花瓣。"

我二月出门,有一个不知名的僧人前来送行,说:"可惜园中的梅花盛开,你却带不走!"我因此而有诗句:"真可惜那芳香而洁白的梅花满树盛开,而我却不能随身带上船去。"

四

【原文】

凡古人已亡之作,后人补之,卒不能佳:由无性情故也。束皙补《由庚》,元

次山补《咸英》《九渊》，皮日休补《九夏》，裴光庭补《新宫》《茅鸱》：其词虽在，后人读之者寡矣。

【译文】

大凡古代的人留下来的遗作，后人进行增补，最后都不能有佳作出现：这都是没有与故人同样性情的缘故。

束皙增补《由庚》，元次山补《咸英》《九渊》，皮日休补《九夏》，裴光庭补《新宫》《茅鸱》，他们的著作虽然还在，后人却很少去读它们。

五

【原文】

唐人《咏柳》云："长条乱拂春波动，不许佳人照影看。"宋人《咏柳》云："爱把长条恼公子，惹他头上海棠花。"

柳图，历代诗人多喜咏柳，宋有《咏柳》诗中"长条乱拂春波动，不许佳人照影看"的佳句。

随园诗话

【译文】

唐代有人写《咏柳》诗云:"长长的柳枝轻轻地拂着随波荡漾的一池春水,好像是不想让美丽的妇人把水当镜子照。"

宋代有人写同样的《咏柳》诗讲:"长长的柳枝有意逗弄在树下静待爱人的公子,柳絮飘飘,落在公子的头上像开满了海棠花。"

六

【原文】

张燕公称阎朝隐诗,炫装倩服,不免为风雅罪人。王荆公因之作《字说》,云:"诗者,寺言也。寺为九卿所居,非礼地之言不入,故曰:'思无邪'。"近有某太史恪守其说,动云诗可以观人品。余戏诵一联云:"'哀筝两行雁,约指一勾银。'当是何人之作?"太史意薄之曰:"不过冬郎、温、李耳。"余笑曰:"此宋四朝元老文潞公诗也。"太史大骇。余再诵李文正公昉《赠妓诗》曰:"便牵魂梦从今日,再睹婵娟是几时?"一往情深,言由衷发;而文正公为开国名臣:夫亦何伤于人品乎?《孝经含神雾》云:"诗者,持也。持其性情,使不暴去也。"其立意比荆公差胜。

【译文】

张燕公因做阎朝隐诗而被人称道,他平日穿华丽的服装,不免被有些人称为风雅罪人,王安石因此著有《字说》一书,上面讲:"诗,是寺中的语言,寺是九卿居住的地方,不是礼法中的言论是不能进入诗的,因此称诗叫'思无邪'。"

最近有某位太史严格遵守他的说法,动不动就讲从诗可以看出人的品质。我开玩笑读一对联:"孤单单的风筝伴着南归的大雁,相约的人却要在月初方还。"

并问太史这是何人所作? 太史随彦轻薄地说:"这不过是冬郎、温庭筠、李

商隐等人罢了。"

我笑着回答:"这是宋四朝元老文潞公的诗。"太史听罢不觉大为惊骇。我又读了李文正公《赠妓诗》一诗:"从今天起,我便对你魂牵梦绕,要想和你重逢不知要等到什么时候?"这首诗写得一往情深,衷心感慨而发此语。但李文公却是开国名臣,可见这又何伤人品呢?在一本书《孝经含神雾》中曾这样说:"诗歌,是一种把握的技巧。把握事物的性情,使它们不被忽略掉。"

这个主意比王安石的要强多了。

【原文】

刘昭禹曰:"五律一首,如四十贤人;其中着一屠沽儿不得。"余教少年学诗者,当从五律入手:上可以攀古风,下可以接七律。

【译文】

刘昭禹讲:"写一首五律的诗,就像已到中年的贤士;其中来不得一点虚假的东西。"

我教育少年人学习诗歌,常从五律诗歌入手,往前可以讲到古风诗经,往后可以接到七律。

八

【原文】

孔子与子夏论诗曰:"窥其门,未入其室,安见其奥藏之所在乎?前高岸,后深谷,泠泠然不见其里,所谓深微者也。"此数言,即是严沧浪"羚羊挂角,香象

八
一

渡河"之先声。

孔子像,图出自明·天然撰《历代古人像赞》。孔子是我国古代伟大的教育家,他与学生子夏论诗时说:"窥其门,未入其室,安见其奥藏之所在乎? 前高岸,后深谷,泠泠然不见其里,所谓深微者也。"所以严沧浪根据孔子的见解,品出了诗中"羚羊挂角,香象渡河"的意境。

【译文】

孔子与子夏论诗时说:"在门口偷看,而不进到屋子里来,怎么能了解其中的奥妙所在呢? 前边是高高的山峰,后边是深深的山谷。惊慌地发现看不见里边的东西,这就是所说的深奥。"这几句话,就是严沧浪所说的"羚羊挂角,香象渡河"的前身。

九

【原文】

卢雅雨《塞外接家书》云:"料来狼狈原应尔,便说平安那当真。"何南园《都

中寄家书》云:"每因疾病愁家远,强说平安下笔难。"

【译文】

卢雅雨有一首《塞外接家书》讲:"心中料想你原来应该是非常艰苦愉悦又怎么会是真的呢。"

何南园也有一首《都中寄家书》讲:"每次因为疾病忧愁地思念远方的家乡,可是在家信中却还要强说平安,真是下笔困难。"

【原文】

《宋稗类抄》第一卷《遭际类》云:"陈了翁之父尚书,与潘良贵义荣之父交好。潘一日谓陈曰:'吾二人官职、年齿种种相似;恨有一事不如公。'陈问之。潘曰:'公有三子,我乃无之。'陈曰:'吾有妾,已生子矣,可以奉借。他日生子,当即见还。'既而遣至,即了翁之母也。未几,生良贵。后其母遂往来两家。一母生二名儒,前所未有。"此事太通脱,今人所断不为;而宋之贤者为之,且传为佳话。高南阜太守题诗曰:"赠妾生儿古人有,儿生还妾古人无。宋贤豁达竟如此,寄语人间小丈夫!"杭州冯山公先生以春秋芦蒲嫳为齐之忠臣,云:"替庄公报仇,要灭崔氏,非庆封不可。欲输心庆封,非易内不可。五伦中,君、父最大,夫、妻为小。卢顾大伦,故不顾小伦也。"其言甚创,人多怪之。余按东汉《独行传》:犍为任永避王莽之乱,伪病青盲,妻淫于前,佯为不见。似山公之言,宋尝无证。

【译文】

《宋稗类抄》第一卷有《遭际类》中讲:"陈了翁的父亲尚书和潘良贵的父亲是好朋友。潘父一日对陈父说:'我们俩人官职、年龄种种都十分相似;只恨有一事比不上您。'

陈父追问缘由。潘父说:'你已有三个儿子,我却没有。'陈父说:'我有一妾,已经生了一个儿子,可以借给你。他日生了儿子,应当立即还给我。'过后陈父果真派她来了,这就是陈了翁的母亲。没过几年,她果然生了潘良贵。后来他们的母亲便往来两家。一母生了两个有名儒生前所未有。"

这件事太为离奇,现在的人断断不能仿效;而宋朝的贤士却这样做了,并且传为佳话。高南阜太守为此题了一首诗:"给别人赠一子前所未有,生了儿子后还是归还侍妾更是在古代也闻所未闻。宋朝贤士居然能豁达到这种程度,这种事足以让人间一些气量狭窄之人得以教益。"

杭州冯山公先生认为春秋时的卢蒲嫳是齐国的忠臣,他讲:"替庄公报仇,要灭崔氏,这事非要庆封做才行,可是要和庆封交心,必须用你的妻子才行。王伦中,君主、父亲最大,夫妻为小。卢蒲嫳这是顾大伦而不顾小伦啊!"

这话非常有意思,人们大多认为这很奇怪。我看东汉《独行传》中讲:"犍为任永为了躲避王莽的祸乱,假装病入膏肓,两眼已瞎,他的妻子在他面前淫乱,也装作看不见。可见像冯山公所讲的,也不是未有证据啊!"

——

【原文】

唐翰林学士最荣,入直,许借飞龙厩马。白香山《赠钱翰林》诗曰:"分班皆命妇,对苑即储皇。"盖最亲宫禁也。是以韦绶,学士也,而覆以蜀襭之袍。韩渥,学士也,而暗藏金莲之烛。《十国春秋》载:"后蜀王建待翰林过优,人尤之。建曰:'我昔值禁军,见唐天子待翰林之厚,虽朋友不如也。我不过万分之一耳。'"

【译文】

唐朝时,翰林学士十分荣耀,进入京都,可以允许借"飞龙厩"里的马来骑。
白香山在《赠钱翰林》一诗中有这样的句子:"朝中排列两行的都是大官,

有着自己猎场的都是皇亲国戚。"

　　说明翰林十分接近禁宫。因此韦绶,学士,可以披蜀地产的宽大的锦袍。韩渥,学士,可以暗藏精巧的烛台。《十国春秋》中记载:"后蜀王建对待翰林十分优惠照顾都有些过分了,人们都十分忧虑这件事。"

　　而王建说:"我过去在禁军里,见唐朝天子对待翰林是怎么优厚的,就连朋友也不能做到这样。我不到他的万分之一程度啊!"

一二

【原文】

　　古称状元,不必殿试第一名。唐郑谷登第后,《宿平康里》诗曰:"好是五更残酒醒,耳边闻唤状元声。"按:谷登赵昌翰榜,名次第八,非第一也。周必大有《回姚状元颖启》《回第二人叶状元适启》。当时新进士,皆得称状元。惟南汉状元不可作。《十国春秋》载:"刘龑定例,作状元者,必先受宫刑。"罗履先《南汉宫楚辞》云:"莫怪宫人夸对食,尚衣多半状元郎。"古称探花,不必第三名。《天中记》:"唐进士杏园初会,使少俊二人探花游园,若他人先折名花,则二人被罚。"蔡宽夫《诗话》云:"故事,进士朝集,择年少者为探花使。"是探花者,年少进士之职,非必第三名也。进士帽上多插花。太宗曰:"寇准少年,正插花饮酒时。"温公性严重,不肯插花。或曰:"君恩也。"乃插一枝。大概以年少者为贵。某《及第诗》曰:"人老簪花不自羞,花应羞上老人头。醉归扶杖人多笑,十里珠帘半下钩。"或又曰:"平康过尽无人问,留得宫花醒后看。"皆伤老之词。熙宁间,余中请禁探花,以为伤风化,遂停此例。后中以赃败,人咸鄙之。王弇洲曰:"禁探花之说,譬如新妇人门,不许妆饰,便教绩麻、造饭,理非不是也,而事太早矣。"余按李焘《长编》载:"陈若拙中进士第三名,以貌陋,人称瞎榜。"盖宋以第三名为榜眼,亦探花不必第三名之证。

【译文】

　　古代称作状元的,未必是殿试第一名,唐代的郑公登第后,在《宿平康里》

诗中讲:"刚好在五更的时候酒醉醒来,耳边就听到有人叫我为状元。"

而据记载,郑谷登赵昌翰榜,名次为第八,并不是第一。《十国春秋》中记载:"刘龚定下定例,作状元,必须先接受宫刑。"

罗履先在《南汉宫》词中有句话说:"不要奇怪宫人都爱夸耀显示,这些人多半是状元郎。"

古代称为探花的,也不一定就是第三名。《天中记》一书中说:"唐代的进士初次在杏园相会,先让两个年轻人在花园里巡游探花,如果有别的人先折了名花,则这两个人就被处罚。"

蔡宽夫在《诗话》里说:"过去,进士入朝云集,选择年纪轻的为探花使。"

看来称为探花的,是指年少的进士,不一定是第三名。进士的帽子上大多插花。太宗说:"寇准年轻英俊,正是插花饮酒的好时候。"

温公性情严谨,不肯插花。有人说:"这是皇帝的恩赐。"

才插上一枝。大概是认年少的为贵人。有人写《及第诗》说:"人年纪大了插花也不羞耻,可花却羞于插在老人头上,喝醉酒拄着拐杖人都笑我,一摇一晃十分难受。"

又有诗说:"年轻时虚度过去没人过问,留得宫花等上了年纪再戴。"

寇准像,选自清·顾沅辑《古圣贤像传略》。寇准,北宋名臣,古代进士帽上多插花。宋太宗曾有"寇准少年,正插共花饮酒时"之语。

这都是嘲讽年纪大的人的诗词。熙宁年间,余中请求在禁宫里探花,被认为是有伤风化,这项定例就被停止了。后来余中固为贪污败落,人们都十分鄙视他。王弇洲说:"禁止探花之说,就像新媳妇上门,不让打扮,就让织布、做饭,

道理上没什么不对的,就是这事干得太早了。"

我按李焘《长编》上记载的:"陈若拙中了进士第三名,因为相貌丑陋,人称瞎榜。"而后宗朝认第三名为榜眼,这也是探花不是第三名的证据。

二三

【原文】

商宝意有甥吴鉴南潢,为诗人尊莱之子,亦能诗。严海珊赠云:"何无忌酷似其舅,严挺之乃有此儿。"真巧对也。鉴南以主事从温将军征金川,大军溃于木果,中礮坠溪死。未死时,知不免,写诗两册,以一册付其妻叔周某,逃归;以一册自置怀中。今秋帆先生所刻者,周带回之一册也。与程鱼门交好。程诵其《陶然亭》云:"偶着芒鞋策策行,到来心迹喜双清。短芦一片低如屋,空翠千层远入城。野旷每留残烧久,地高先觉早凉生。老僧解得登临意,劝听残蝉曳树声。"《赠人》云:"波虽无恨终归海,人到忘情却省才。"与乃舅宝意"人因福薄才生慧,天与才多恰费心"之句相似。

米芾像,图出自清·孔继尧绘《吴郡名贤像传赞》。米芾为北宋著名书法家,其书法为后人争相模仿。袁枚认为后人只知模仿米芾,而不去深究汉字的源流,是学风不正、急功近利的行为。

【译文】

商人宝意有一个外甥叫吴鉴南,字潢,是诗人尊莱的儿子,也擅长写诗。

严海珊曾赠其诗说:"何无忌酷像他的舅舅,严挺之才有这样的儿子。"

国学经典文库

随园诗话

真是一副巧妙的对联。吴鉴南追随温将军征讨金川,大军败于木果,中箭掉到溪水而死。他在没死的时候,就知道自己不能生还,就写了两本诗,一本交给他的小舅子周某,让他逃回来,一本放在自己的怀中。现在秋帆先生所刻的,就是周某带回来的那一本。吴鑑南与程渔门交情很好。程渔门曾读过他写的《陶然亭》讲:"偶尔穿着草鞋慢慢地走,来到湖边心情也喜悦清明。一片短短的芦苇低矮像草屋,一层层翠绿如盖延伸到远方的城池。在旷野之外逗留的时间一长,因为地势很高便觉凉意袭身。老僧才能懂得登高远眺的意义,劝我静听那秋蝉摇树的声音。"

另外,他还有一首《赠人》说:"波浪虽然无怨无恨但终究消失在海里,人到忘情抒怀的时候才觉才疏学浅。"这和他的舅舅宝意:"人因为出身贫寒才有超人的智慧,上天为了给一些人较多的才气而费了不少心思。"的诗句诗风十分相近。

一四

【原文】

近今风气,有不可解者:士人略知写字,便究心于《说文》《凡将》,而束欧、褚、钟、王于高阁;略知作文,便致力于康成、颖达,而不识欧、苏、韩、柳为何人。间有习字作诗者,诗必读苏,字必学米。伈然自足,而不知考究诗与字之源流。皆因郑、马之学多糟粕,省费精神;苏、米之笔多放纵,可免拘束,故也。

【译文】

近代以来的文坛风气,有些不可理解的现象:凡是士人略知一些写字,便十分观心《说文》《凡将》,而把欧阳修、褚遂良、钟瑶、王羲之等人的著作束之于高阁;略知一些做文章的道理,便致力于康成、颖达,而不认识欧阳修、苏东坡、韩愈、柳宗元为什么人,偶尔有学写字,学写诗的人,诗一定学苏轼的,字一定学米芾的,怡然自得,而不知道去考究诗和字的源流。这都是因为姓郑的姓马的二人的学问有糟粕,省免许多精神,苏东坡、米芾的笔法多是放纵的,可以免去许

多拘束,因此造成这样的局面。

一五

【原文】

改诗难于作诗,何也? 作诗,兴会所至,容易成篇;改诗,则兴会已过,大局已定,有一二字于心不安,千力万气,求易不得,竟有隔一两月,于无意中得之者。刘彦和所谓"富于万篇,窘于一字",真甘苦之言。《荀子》曰:"人有失针者,寻之不得,忽而得之,非目加明也,眸而得之也。"所谓"眸"者,偶晲及之也。唐人句云:"尽日觅不得,有时还自来。"即"眸而得之"之谓也。

【译文】

修改诗歌比创作诗歌还难,为什么? 作诗是兴情、灵感所产生的,容易成篇;而改诗,则没这样的兴情、灵感,大局已定,只是有一两个字在心中不舒服,千力万气,换一个却不成,竟然有隔了一两个月,才在无意中得到的。

刘彦和这样讲过:"能写一万首诗,却为一个字而感窘迫。"这真是甘苦之后才能讲出的话。荀子曾说过:"人有掉针的,怎么找也找不着,忽然找到了,并不是眼比从前亮了,只是无意中得到的罢了。"

这里他所说的"眸",就是偶然发现的意思。唐人有诗句说:"每天找都找不到,有时它却自己送上门来。"就是无意获得的意思啊!

一六

【原文】

香亭弟出守广东,余赋诗送行云:"君恩深处忘途远,家运隆时惜我衰。"一

时和者甚多。惟押"衰"字颇难。胡书巢妹夫和云:"江南政绩新遗爱,海外文章旧起衰。"余作书深美之。胡答书云:"为押'衰'字颇费心,今果见许:足征兄之能知此中甘苦也。"书巢尤长五古,《途中望二华》云:"连山如洪涛,一泻不得住。散作平岗低,万壑此争赴。奔胜势未已,倔强有余怒。数里渐逶迤,坡陀相错互。草木何繁滋,容畜钦美度。落日下翠微,苍苍群峰暮。白云幻奇形,屡顾有时误。"《大散关》云:"蜀门自此爱,谷口望若合。日月互蔽亏,阴阳隐开阖,微径临深溪,马蹄畏虚踏。泉流乱石中,硠訇肆击磕。时节已初春,气候如残腊。黄叶间青条,风吹鸣飒飒。时见采樵人,行歌互相答。"《朝天峡》云:"旬月走云栈,登顿劳下上。舆中困掀簸,厌闻马蹄声。今晨改水涉,失喜听双桨。羌舟小如叶,羌水平如掌。健疑青鹃飞,疾类枋榆抢。滩转峡角来,双峙衰千丈。石裂怒欲落,畏压不敢仰。洞阴中惨栗,白日迷恛恍。其深蟠蛟龙,其毒聚蛇蟒。侧目望天关,阁道更渺茫。行人偶失足,一坠讵可想!"《寄香亭》云:"携手天水桥,送我北新关。君归我夜泊,咫尺不能攀。何况万余里,远隔千重山。子来既无期,我行犹未还。至今梦寐中,桥下闻潺潺。流水无已时,思君如连环。森森九种竹,灿灿十样笺。六六双鲤鳞,泠泠三峡泉。险易虽有殊,穷达何与焉。自惜结隆爱,金石贯贞坚。与子同一心,岂与时俗还?寓书奈不达,在远情空延。子即能我谅,我衷胡由宣?相思如萱草,忧愁何时捐!"书巢受业于嘉禾布衣张庚,而诗之超拔,青出于蓝。因书巢全集未梓,为代存数章。

【译文】

我的兄弟香亭出守广东,我写诗给他送行说:"你的恩情之深使我忘掉路途的遥远,待你家还兴隆之时不要忘了我的贫寒。"

一时间和我这首诗韵的人很多,只是押那个"衰"字很难。胡书巢是我妹夫,他和一首说:"江南地方政绩显赫刚刚留下美名,远方的诗文传来却早已不再流传。"

我写信发自心底地赞美了这句。胡书巢回信说:"为押那个'衰'字的韵,很费了一番功夫,今天果然被你赞许,足以证明兄长能明白这其中的甘苦。"

书巢尤其擅长五言古诗,他在《途中望二华》说:"山脉相连就像那大海中的波涛一泻千里不能收住。单单看来有低低的山岗,万丈深渊之间小峰争相簇拥。山脉奔腾之势不减,像倔强的人脸有余怒。数里之后渐渐绵延逶迤,山坡相互错杂,草木满山遍野,使得牲畜可以美美地饱食。落日照得树木一片翠绿,暮霭之中群峰显得苍劲有力。天上的白云变幻着各种形状,不停地抬头看却也

分不清哪一块是刚才见到的。"

还有《大散关》一诗讲："蜀地的门户就从这里相通,山谷中狭窄的口就像要合起来一样。日月相互映照,阴阳忽明忽暗,小路临着深深的溪水,马也缓步前行害怕踏空。泉水在乱石中奔流,清水击石之声在小谷中回响。时节已是初春,气候却像是残冬,黄叶中夹着一些青枝,风吹过去飒飒有声,不时见有砍柴的人,一边走一边唱歌互相应答。"

在《朝天峡》一诗中讲："半月都走在架在半空中的栈道,不停地登上爬下劳神费力。高兴时便在山谷中就地休息,厌倦疲劳时就听听马蹄之声。今天早晨改乘水路,听到双桨击水的声音感到异常高兴。一人的小船小得像一张树叶,这里的水平如手掌。天上似乎是矫健的青鹘在飞,树上蹦跳的是猴子之类。峡谷间水滩急转两岸山峰高过千丈。急流冲刷着岩石,似乎要裂开了,害怕那险峻的山峰,以至于不敢仰视进入山洞中,感到阴冷恐怖,白日之下迷恋那随波荡漾的阳光。水深足以有蟠龙出没,树木葱茏可以召聚蟒蛇。斜着身子看那天关,上关的小道更是十分渺茫,行人如果偶然失足,一旦掉下去后果可想而知!"

在《寄香亭》诗中讲："在天水桥旁携手话别,送我前去北新关。你回家了而我却不得不昼夜赶路,近在咫尺不能再相聚。更何况远隔万里,相距千重山,你要来既然没有定期,我远行也没有归还,至今在睡梦中,还能听到桥下潺潺的水声,流水永远没有停止的时候,想念你的心情像连环一样无法解脱,森森丛丛的竹片写满了您的心意,厚厚的信笺是我寄托的怀念,成对的红鲤鱼闪烁着粼光在水中游来游去,凄冷的泉水流下江入三峡江里,艰险和轻易虽然有所不同,穷困和亨达又能有什么区别呢?心中深深珍惜和你共同拥有的那份挚爱,你我的坚贞就像那金石一样。和你同一颗心灵,岂受时俗的改变?给你写信奈何不能传到,远在他乡空有深深的眷恋,你的心思我十分明了,但我的苦衷却怎样来表达呢?相思的情意就像那青青的萱草,忧愁的心情何时才能平息!"

胡书巢在嘉禾向平民百姓张庚学习,而诗文的出类拔萃,又青出于蓝。因为书巢的全集还没有印好,所以代为他保存几章。

一七

【原文】

尹文端公论诗最细，有"差半个字"之说。如唐人："夜琴知欲雨，晚如新秋。""新秋"二字，现成语也。"欲雨"二字，以"欲"字起"雨"字，非现成语也。差半个字矣。以此类推，名流多犯此病。必云"晚簟恰宜秋"，"宜"字方对"欲"字。

【译文】

尹文端公评论诗歌最为精细，有"差半个字"之说，像唐人有诗："夜里听到琴声知道将要下雨，晚上的彩霞使人觉出已是入秋。"

"新秋"二字，是现成的词。而"欲雨"二字，以"欲"来带"雨"，不是一个现成的词。差半个字。以此类推有名的人大多都犯过这个毛病。一定要说："晚上的彩霞和秋天十分相配。"

这个"宜"字才和"欲"对仗工整。

十八

【原文】

诗无言外之意，便同嚼蜡。杭州俞苍石秀才《观绳伎》云："一线胜身险复安，往来不厌几回看。笑他着脚宽平者，行路如何尚说难？"又，"云开晚雾终殊旦，菊吐秋芳已负春。"皆有意义可思。严冬友壮年不仕；《韦曲看桃花》云："凭

君眼力知多少,看到红云尽处无。"

【译文】

　　诗歌如果没有言外之意,便如同嚼蜡。杭州俞苍石秀才在《观绳伎》一诗中说:"在一条线中腾挪跳跃既惊险又安全,来来往往使人很喜欢看。笑那些脚长得又宽又平的,为什么偏偏说行路难呢?"又说:"早上云彩一开一合,晚上大雾起伏相差悬殊,菊花盛开在秋天显然辜负了春天的美意。"

　　都是在诗中有意义可以让你思考。严冬友壮年时不当官,在《韦曲春桃花》一诗中说:"任凭你的眼力有多好,看到桃花盛开似红云一样也不能望到尽头。"

十九

【原文】

　　痘神之说,不见经传。苏州名医薛生白曰:"西汉以前,无童子出痘之说。自马伏波征交保护阯,军人带此病归,号曰'虏疮',不名痘也。"语见《医统》。余考史书,凡载人形体者,妍媸各备,无载人面麻者。惟《文苑英华》载:"颍川陈黯,年十三,袖诗见清源牧。其首篇《咏河阳花》,时痘痂新落,牧戏曰:'汝藻才而花面,何不咏之?'陈应声曰:'玳瑁应难比,斑犀点更嘉。天怜未端正,满面与妆花。'"似此为痘痂见歌咏之始。

马援像,图出自清·顾沅辑《古圣贤像传略》。马援是东汉名将,被称为"伏波将军"。故后又称其为"马伏波"。后世苏州名医薛生白认为西汉之前并无童子出痘之说,是马援征交阯后,军人带此病归来造成的。

痘种的说法,没有看到记载。

苏州名医薛生白说:"西汉以前,没有听说儿童出牛痘的说法,自从马伏波征讨交阯,军人便带回了此病,称作'虏疮',不叫'痘'。"这话在《医统》里有记载。我考证了一下史书,凡记载人们形体的,妍媸美丑都有,就是没有记载人麻脸的。只有《文苑英华》记载:"颖川陈黯,年纪十三岁,有诗作装在袖子里去见清源牧。他的第一首诗叫《咏河阳花》,刚好他的痘痂新掉,清源牧跟他开玩笑说:"你肚里有才,面上有花,为什么不吟咏一番?"陈黯应声回答说:"玳瑁应该十分难与他物做比较,犀牛身上的斑点是十分可贵的。上天可怜我还不够端正;所以才让我满脸开满做装饰的花。"

这是为痘痂写歌作词的开始。

二〇

【原文】

唐人有"南宫歌管北宫愁"之句,盖赋体也。不如方子云《晚坐》云:"西下夕阳东上月,一般花影有寒温。"以比兴体出之,更妙。

【译文】

唐朝有人说:"南宫在歌舞升平而北宫却沉浸在忧伤里。"

这句诗是用赋这种体裁。不如方子云在《晚坐》一诗里说:"夕阳西下而东方的月亮刚刚升起,两种光亮照出同样的花影却有寒、温之分。"

这诗以比兴做体裁,比前句诗更妙。

二一

【原文】

安徽方伯奇丽川席间诵和亲王《风筝诗》云："风高欲上不得上,风紧求低不得低。"方伯《咏梅》云："淡影是云还是梦,暗香宜雨亦宜烟。"风调相似。

【译文】

安徽方伯奇丽川在酒席间朗诵和亲王的《风筝》诗说："风太大想上上不去,风紧时想低又不能低。"

方伯的一首《咏梅》中说："淡淡的花影是云还是梦,暗中流出的香气宜雨也宜烟。"这两首诗的风格十分相似。

二二

【原文】

康熙间,曹练亭为江宁织造,每出,拥八骑,必携书一本,观玩不辍。人问："公何好学?"曰:"非也。我非地方官,而百姓见我必起立,我心不安,故借此遮目耳。"素与江宁太守陈鹏年不相中。及陈获罪,乃密疏荐陈。人以此重之。其子雪芹撰《红楼梦》一部,备记风月繁华之盛。明我斋读而羡之。当时红楼中有某校书尤艳。我斋题云:"病容憔悴胜桃花,午汗潮回热转加。犹恐意中人看出,强言今日较差些。""威仪棣棣若山河,应把风流夺绮罗。不似小家拘束态,笑时偏少默时多。"

【译文】

康熙年间,曹练亭为江宁织造,每次出门,都要用八匹马,而且必带一本书,欣赏读书没有停止。

有人问:"你为什么好学?"

他回答说:"不是好学。我不是地方官,百姓一见我却要起立,我心里很不安,因此借书本来遮眼罢了。"

他平素和江宁太守陈鹏年不合,等到陈鹏年犯罪,却秘密上书为他申诉。人们都因为这件事而敬重他。他的儿子曹雪芹写了《红楼梦》一书,详细地记载了风月繁华的盛况。明我斋主人读后十分赞赏,当时红楼中有女子读这本书十分精通。明我斋主人题诗说:"病容憔悴但容颜仍然胜似桃花,中午出一回汗更感闷热,恐怕意中人看出自己身体不适,勉强说今天身体稍稍不适。"

"威仪出众像山河一样,应该把风月之事看得很平常。不像小家碧玉那样拘束作态,笑的时候很少而沉默不语的时候却比任何都多。"

二三

【原文】

青阳秀才陈蔚,字豹章,能文,爱客,受业随园。《江行杂咏》云:"日沉远树青,烟起遥山失。何处舣孤舟,一灯古渡出。昨发螃蟹矶,今泊针鱼嘴。秋风一夜生,吟冷半江水。"随其兄芳郁庭《远行》云:"江梅开遍雨霏霏,同驻邮亭整客衣。今日反嗟人似雁,一行齐向异乡飞。"郁庭有《草堂杂咏》云:"处士应门惟使鹤,高人去榻更无宾。小桥时有云遮断,不使游人过水西。"兄弟俱耽吟咏,人以双丁、二陆比之。莆田有吴荔娘者,疤人之女也。性爱洁,而能诗。豹章聘为旁妻。未二年,卒。豹章为其写《兰坡剩稿》。有《春日偶成》云:"瞳瞳晓日映窗疏,荏苒韶光一枕余。深巷卖花新雨后,开门插柳嫩寒初。莺儿有语还乔木,燕子多情觅旧庐。那用踏青郊外去,芊芊草色上阶除。"又,"深院不知春色早,

忽惊墙外卖花声。"

【译文】

青阳秀才陈蔚,字豹章,擅长写文章,喜爱交朋友,跟着我学习。

他写一首《江行杂咏》说:"太阳落山远方的树木青翠欲滴,烟雾起处把大山都遮掩了。那里有小船,一盏灯火陪伴便从古渡口出发了。昨天从螃蟹矶出发,今天就停泊在针鱼嘴。秋风一夜之间吹来,使半江水都变冷了。"

他的兄长芳郁庭有《远行》诗说:"江上梅花遍地胜开烟雨霏霏,同住在邮亭做客人。今天反而感叹别人像大雁一样来回迁徙,一行一齐向他乡飞去。"

郁庭另有《草堂杂咏》说:"处士应该在门前养仙鹤,高人走了从此再无别人追随。小桥经常被云彩所遮断,好像不愿让游人到水对岸似的。"

兄弟二人一块吟诗作赋,人们都以双丁、二陆相比。莆田有叫吴荔娘的,是一个厨子的女儿。生性爱干净,而且能作诗。被豹章聘为小妾。不到二年就死了。豹章帮她写成了《兰坡剩稿》,其中有一首《春日偶成》说:"晴天白日照着稀疏的窗格,时间一晃就过去了好似睡了一觉。下雨之后深巷有叫卖鲜花之声,开门插柳感到仍然寒冷。莺儿叫着搬了新家,燕子却多情地恋着旧屋。踏青何必到郊外去,芊芊的草色都爬到门前的台阶上来了。"

又有诗说:"深深的院子里不知道春天早来了,听墙外卖花的叫喊声才忽然惊醒。"

二四

【原文】

向读金陵孙秀才韶《咏小孤山》云:"江心突兀笋孤峦,飘渺迟疑月里看。绝似凌云一枝笔,夜深横插水精盘。"后过此山,万知此句之妙。

【译文】

过去读金陵孙秀才韶的《咏小孤山》说:"江心突然显出一座孤零零的山

峰,虚无缥缈好像在月亮里才能看到。特别像一支巨大的凌云之笔,在深夜里插到江水做的盘子里。"

后来路过这座山,才知道这句诗写的是多么巧妙传神啊!

二五

【原文】

河南抚军华秋帆生篷室周月尊,字漪香,长洲人也。酷嗜文墨,礼贤下士。《咏水仙》云:"影疑浮夜月,香不隔帘栊。"《偶成》云:"家如夜月圆时少,人似秋云散处多。"夫人还吴门,先生《七夕寄诗》云:"汴水吴山同怅望,今宵雨地拜双星。"

【译文】

河南抚军毕秋帆先生的妻子周月尊,字漪香,长洲人。酷爱写文作诗,礼贤下士。

有《咏水仙》一首诗说:"花影投来好似夜晚的月亮浮在水面上,香气连帘子也隔不住。"

还有《偶成》说:"家乡好比夜月圆的时候少,人却像秋云一样多有离散。"

夫人回到吴门家中,毕秋帆先生有《七夕寄诗》说:"汴水吴山都惆怅相望,今夜我们在两地同拜双星。"

二六

【原文】

泗州选贡毛侯园藻,辛卯秋,赴金陵乡试,主试为彭芸楣侍郎。其友罗孝廉

恕,彭门下士也,寓书索观近艺,戏为催妆俳语。毛答以诗云:"月影空蒙柳影疏,秦淮水涨石城隅。小姑独处无郎惯,争似罗敷自有夫?"榜揭,毛获隽。罗往贺,入门狂叫曰:"今日小姑亦嫁彭郎矣!"一时传为佳话。

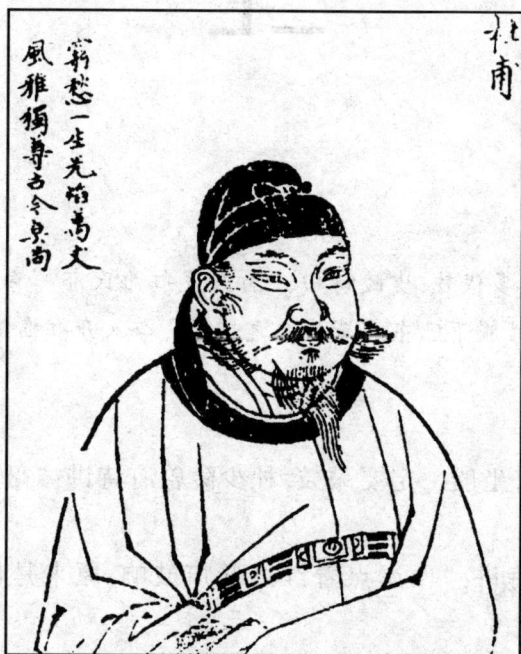

杜甫像,图出自明·天然撰《历代古人像赞》。杜甫号少陵野老。故后人又称其为"杜少陵",他曾以"打鼓发船谁氏郎"的诗句来记载古代大官坐船时打鼓的情景。

【译文】

泗州选贡毛藻字俟园,辛卯年秋,前往金陵参加乡试,主试的人为彭芸楣侍郎。他的朋友罗恕孝廉,是彭芸楣门下的,平日藏书、爱读的都是一些典故趣事,那回出的考题是关于女子化妆闺房之事的,毛俟园答以诗说:"空蒙明亮的月影伴着稀疏的柳树,秦淮河水环绕着石头城。小姑子一人独处没有郎君来陪伴,是不是要长得像美女罗敷一样才自然会有丈夫!"最后揭榜,毛俟园中榜。罗恕前去祝贺,一入门便狂叫:"今天小姑也出嫁给彭郎啦!"一时传为佳话。

随园诗话

二七

【原文】

古人官贵行舡多伐鼓,少陵诗曰:"打鼓发舡谁氏郎。"白香山诗曰:"两岸红灯数声鼓,使君楼艓下巴东。"皆伐鼓之证也。今人开舡鸣钲,未知起于何时。

【译文】

古代一些大官坐船一定要敲鼓,杜少陵曾有诗讲:"敲鼓发船的是哪个贵人。"

白香山也有诗讲:"两岸点着红灯几声鼓响,原来是使君坐船下巴东来了。"

这都是击鼓的明证。现在的人鸣钲开船,却不知起源于何时,也得不到考证。

二八

【原文】

刘曾灯下诵《文选》,倦而就寝,梦一古衣冠人告之曰:"魏、晋之文,文中之诗也;宋、元之诗,诗中之文也。"既醒,述其言于余。余曰:"此余夙论如此。"

【译文】

刘曾灯下朗诵《文选》,疲倦了就伏桌而睡,梦见一穿古衣戴帽的人告诉他

说:"魏、晋时候的文章,是文章中的诗歌;宋、元时的诗,是诗歌中的文章。"

醒来后,刘曾告诉我这件事,我说:"这是我一向所持的观点。"

二九

【原文】

余画《随园雅集图》,三十年来,当代名流题者满矣;惟少闺秀一门。慕漪香夫人之才,知在吴门,修札索题,自觉冒昧。乃寄未五日,而夫人亦书来,命题《采芝小照》。千里外,不谋而合,业已奇矣。余临《采芝图》副本,到苏州,告知夫人;而夫人亦将《雅集图》临本见示,彼此大笑。乃作诗以告秋帆先生曰:"白发朱颜路几重,英雄所见竟相同。不图刘尹衰颓日,得见夫人林下风。"

【译文】

我画了《随园雅集图》,三十年来,当代名流在上面题的字已经满了,只是少了由闺房才女这类的题字。因为钦慕漪香夫人的才名,又知道她住在吴门,于是就修书前去索要题字,自觉十分冒昧,可是寄过去还没有十天,夫人的题字就寄来了,命题为《采芝小照》。千里之外,却能不谋而合,这已经很奇怪了。我临摹了《采芝图》副本,到了苏州,告诉给夫人,夫人也将《雅集》副本拿给我看,彼此大笑,就作诗告诉秋帆先生说:"一个白发老人和一位红颜女子,相距遥遥,英雄所见居然相同。不用待到刘尹衰败之日,能得见夫人一面真是三生有幸。"

【原文】

王梦楼太守,精于音律,家中歌姬轻云、宝云,皆余所取名也。有柔卿者,兼工吟咏。成啸崖公子赠以诗云:"侍儿原是纪离容,红豆拈来意转慵。(时方示疾)一曲未终人不见,可堪江上对青峰?"柔卿和云:"生小原无落雁容,秋风偶觉病身慵。挂帆公子金陵去,望断青青江上峰!"

【译文】

王梦楼太守,精于音律,家中歌姬轻云、宝云,都是我给取的名字。

有个叫柔卿的,还兼会咏诗。成啸崖公子赠给她一首诗说:"小丫头原来是纪离容,病中闲来采摘红豆显得风情万种。一曲还没结束,人却不见了,怎能忍受一个人对那江岸上的青山。"

柔卿当即和了一首说:"我生下来就没有沉鱼落雁那样的容貌,秋风吹来不巧因此生病了。公子将要坐船到金陵去,让我望断江上那青青的山峰,思念你的心情却更加强烈了。"

三一

【原文】

杭州孙令宜观察,余世交也。女公子云凤,幼聪颖,八岁读书,客出对云:"关关雎鸠"。即应声曰:"嗈嗈鸣雁"。观察大奇之。和余《留别杭州》诗四首,

录其二云："扑帘飞絮一春终，太史归来去又匆。把菊昔为三径客，盟鸥今作五湖翁。囊中有句皆成锦，闺里闻名未识公。遥忆花间挥手别，片帆天外挂长风。""未曾折柳倍留连，纵得重来又隔年。远水夕阳青雀舫，新薄春雨白鸥天。三千歌管归花径，十二因缘属散仙。安得讲筵为弟子？名山随处执吟鞭。"

【译文】

杭州的孙令宜观察，是我的世交朋友。

他有个女儿叫云凤，从小就十分聪明，八岁就能够读书，有客人出对子说："关关雎鸠。"

便立即应声回答："嗈嗈鸣雁。"观察十分惊奇。与我唱和有《留别杭州》诗四首。在这儿录其两首，一首说："扑着门帘的飞絮表示着又一个春天结束了，太史公回来又行色匆匆。曾经在秋天赏菊做异地客人，今又乘船而去做五湖游翁。袋里所做诗句都十分锦绣，在闺房里早听你的大名却一直不能结识。想那遥远的过去与你在花中挥手告别，一人乘舟航行在水天之中。"

"还不曾到折柳之时便分外留恋，即是万事重来又需隔上一年。远远的湖面上夕阳照着画有青雀的大船，春雨敲打着新生的小草，白鸥在蓝天飞翔。一片歌管声中你回到了开满鲜花的地方，多少的因缘最终都还是分散，什么时候能做你的讲课弟子？与你游遍名山大川，吟咏唱和。"

三二

【原文】

羊后答刘曜语，轻薄司马家儿，再醮之妇，媚其后夫：所谓闺房之内，更有甚于画眉者。床笫之言不逾阈，史官何以知之？杨妃洗儿事，新、旧《唐书》皆不载，而温公《通鉴》乃采《天宝遗事》以入之。岂不知此种小说，乃委巷谰言；所载张嘉贞选婿，得郭元振，年代大讹，何足为典要，乃据以污唐家宫闱耶？余《咏玉环》云："《唐书》新、旧分明在，那有金钱洗禄儿？"盖雪其冤也。第李义山《西

郊百韵》诗,有"皇子弃不乳,椒房抱羌浑"之句。天中进士郑嵎《津阳门》诗,亦有"禄儿此日侍御侧,绣羽裆衣日屃赑"之句。岂当时天下人怨毒杨氏,故有此不根之语耶?至于杨妃缢死佛堂,《唐书》《通鉴》俱无异词;独刘禹锡《马嵬》诗云:"贵人饮金屑,倏忽舜英暮。"似贵妃之死,乃饮金屑,非雉经矣。传闻异辞,往往如是。

【译文】

羊后答刘曜说,轻薄风流的司马家奴,再婚的妇人,取媚于后夫:所谓在闺房之中,也有比张敞画眉更过分的。

床笫之间的言谈不可以说出来,史宫对这些东西又从何而知呢?杨贵妃为胡儿洗浴之事,新、

杨贵妃像,选自《百芙新咏》。杨贵妃认安禄山为义子,并按胡人的风俗对安禄山进行了"洗儿礼"。"杨妃洗儿"即指此事。

旧唐书都没有记载而温公在《通鉴》里却采用《天宝遗事》中内容而记了下来。难道不知道这种说法,是街头巷尾的谣言;上面所记载的张嘉贞选婿,得到了郭元振,年代上有很大的差错,不是为典故却被引用来谤蔑为唐朝宫中的秽事?我在《咏玉环》中说:"唐书新的、旧的都明明白白地放在那里,哪有用金钱来说安禄山的事?"是要说去加在杨玉环身上的冤。李义山有《西郊石韵》诗,中讲"皇帝的公子难道就不吃饭,闺房里怎会没有不雅的事"。

天中进士郑嵎也在《津阳门》一诗里说:"安禄山整天都陪伴在御座身边,和杨贵妃穿着华丽的衣服怎会不眉来眼去,谣言四起?"这岂不是因为当时的人十分怨恨杨氏才会说那些没有根据的话吗?至于杨贵妃在佛堂里上吊而死,《唐书》《通鉴》里都没有太大的出入;单单刘禹锡有《马嵬》诗说:"贵妃吞了金屑而死,顷刻间英雄美人都步入了黄昏。"好像杨贵妃的死,不是上吊,而是吞了金屑。传闻中的差错,往往是这样产生出来的啊!

≡≡

【原文】

唐人诗话:"李山甫貌美,晨起方理发,云鬟委地,肤理玉映。友某自外相访,惊不敢进。俄而山甫出,友谢曰:'顷者误入君内。'山甫曰:'理发者,即我也。'相与一笑。"余弟子刘霞裳有仲容之姣,每游山,必载与俱。赵云松调之云:"白头人共泛清波,忽觉沿堤属目多。此老不知看卫玠,误夸看杀一东坡。"

【译文】

唐人传有佳话:"李山甫貌美异常,早晨起来整理头发,长发委地,于是就站在窗前对镜整理。有位朋友从外地来拜访,惊叹不已竟不敢进。过一会山甫出来,朋友告罪说:'刚才我差点误入门'山甫说:'刚才整理头发的是我呀!'相互大笑。"我的弟子刘霞裳也有仲容这样姣美的容颜,每次游山,必定要和他一块去。赵云松对他开玩笑说:"头发斑白的人还在这些风月之中游荡,忽然觉得岸上很多的人都在观看,这位老人不知人家是看卫玠,错误地认为人们都把他当作苏东坡一样地看待欣赏。"

三四

【原文】

"忍冻不禁先自去,钓竿常被别人牵。"宋人句也。

默禅上人一联云:"水藻半浮苔半湿,浣纱人去不多时。"俱眼前语,而余韵

悠然。

【译文】

"忍不住寒冷终于先走了,钓竿结果也被别人顺手牵羊。"

这是宋人的诗句。默禅上人有一副对联:"水藻半沉半浮在水面上,青苔还是湿的,这说明洗衣的姑娘走没有多久。"

都是眼前常见的几个字,却余韵悠然。

三五

【原文】

余过袁江,蒙河督李香林尚书将所坐舡亲送渡河。席间读尚书诗,《野行》云:"香闻春酒熟茅店,红惜秋花开野塘。"《宿永平》云:"树树鸟相语,山山水上看。"皆佳句也。又见赠二律,已梓入集中矣。其尊人湛亭尚书,先督南河;《遥湾夜泊》云:"风雪荆山道,春帆滞水涯。几声深夜犬,知近野人家。"《赴南河》云:"过桑应知因搏致,彻桑须及未阴时。"用《孟子》语,而治河之道,思过半矣。

【译文】

我过袁江,承蒙河督李香林尚书用自己的坐船亲自陪我渡河。席上读尚书的诗作,中有《野行》说:"在路边茅店里闻着那扑鼻的酒菜香,野塘在秋天里还开着一些不知处的花。"

《宿永平》讲:"树木葱茏鸟儿互相啼叫,山水相映成趣。"

这都是极佳的诗句。又见赠送两律,都已收在我的集子里。他的先人湛亭尚书,以前督察过南河,写有《遥湾夜泊》,讲:"风雨还阳塞着山道,河面上却已有春帆点点。夜里听到几声狗叫,知道已到了野外居住的几户人家。"

《赴南河》说:"过桑应该明白要因势而做,彻桑却必须赶在天晴的时候。"

用孟子的话来阐述治河的道理,已讲明了一大半啦。

三六

【原文】

钱文端公少时,乡试落第,其科主试者赵侍郎也,别号长眉。公观演《小尼姑下山》,戏题云:"三寸黄冠绾碧丝,装成十六沙弥。无情最是长眉佛,诉尽春愁总不知。"毛西河选闺秀诗,独遗山阴女子王端淑。王献诗云:"王嫱未必无颜色,争奈毛君笔下何?"一藏其名,一切其姓。

【译文】

钱文端公小的时候,乡试落第,当时的主考官是赵侍郎,别号长眉。

他前去看戏《小尼姑下山》,戏题诗说:"三寸长的黄色帽子盖着柔美的头发,装扮成十六七岁的小尼姑。无情的是那长眉毛的如来佛,向它诉尽青春怨愁它却总不知。"

毛西河选闺秀诗作,独独忘了山阴女子王端淑。王献作诗说:"王嫱的诗作并不是不好,怎奈毛君下笔不选呢?"诗中不但藏有她的姓名,而且还嵌有她的性别。

三七

【原文】

尹似邨有句云:"自与情人和泪别,至今愁看雨中花。"蒋延镕有句云:"自从环佩无消息,檐马丁东不忍听。"

【译文】

尹似邨有诗讲:"自从和情人哭着离别,至今还忧伤地独自在雨中看花。"蒋延镕有诗讲:"自从自己的爱人没有了消息,路边马蹄铃声都不忍去听。"

三八

【原文】

阮亭先生,自是一代名家。惜誉之者既过其实,而毁之者亦损其真。须知先生才本清雅,气少排奡,为王、孟、韦、柳则有余,为李、杜、韩、苏则不足也。余学遗山,论诗一绝云:"清才未合长依傍,雅调如何可诋娸。我奉渔洋如貌执,不相菲薄不相师。"

【译文】

阮亭先生,自然是一代名家。爱惜他的人对他言过其实,恨他的人又对他毁蔑太甚。要知道阮先生才能本是十分清雅,气量不是很宽的王维、孟浩然、韦庄、柳宗元这样的人是有余的,但做李白、杜甫、韩愈、苏轼这样的人则显不足。我学遗山先生,论诗一绝说:"清秀的才气未必合任何人的口味,高雅的情调为什么会被人诋毁呢。我信奉王渔洋先生的信条,对人既不菲薄也不认其为师。"

三九

【原文】

本朝古文之有方望溪,犹诗之有阮亭:俱为一代正宗,而才力自薄。近人尊之者,诗文必弱;诋之者,诗文必粗。所谓佞佛者愚,辟佛者迂。

【译文】

　　现时代古文方面有方望溪,诗歌有阮亭:这都是一代宗师,还尚且自谦才力菲薄。近代崇拜他们的,诗文一定很弱,诋毁他们的诗文一定很粗。所谓污蔑佛的人都很愚笨,逃避佛的人都很迂腐。

四〇

【原文】

　　郑来漈笑韩昌黎《琴操》诸曲为兔园册子,薄之太过。然《羑里操》一篇,末二句云:"臣罪当诛,天王圣明。"

　　深求圣人,转转失之伪。按《大雅·文王》曰:"咨咨汝殷商,汝熇哮于中国,敛怨以为德。"文王并不以纣为圣明也。昌黎岂不读《大雅》耶? 东坡言孔子不称汤、武。按《革卦系词》:"汤、武革命,顺乎天而应乎人。"

　　《系词》,孔子所作也。东坡岂不读《易经》耶? 刘后村为吴恕斋作《诗序》云:"近世贵理学而贱诗赋,间有篇章,不过押韵之语录、讲章耳。"

孔子像,孔子晚年钻研《周易》,做《系传》,其中有"汤武革命。顺乎天而应乎人"之语。

　　余谓此风,至今犹存。虽不入理障,而但贪序事、毫无音节者,皆非诗之正宗。韩、苏两大家,往往不免。故余《自讼》云:"落笔不经意,动乃成苏、韩。"

【译文】

　　郑来溇笑韩昌黎的《琴操》诸曲是兔园册子,贬低的太过分了。可是《羑里操》一篇,最末两句说:"臣的罪过应当被诛,天王圣明。"深求圣人,这是转移过失的做法。按《大雅文王》说:"和你这些殷商量量商量,你们在中原嚣张咆哮,横征暴敛不显缺少德行吗?"文王并不认为纣王是圣明啊!韩昌黎难道就不读《大雅》?东坡对孔子不称汤、武。按《革卦系词》:"汤、武革命,顺乎天而人民响应。"系词,是孔子所作。东坡难道不读《易经》?刘后村为吴恕斋作《诗序》说:"近世认理学为贵而认诗赋为贱,中间有些篇章,不过是押韵的语录,讲章罢了。"我说这样的风气,至今还有所保留,虽不入理障,但贫求叙事,毫无音节修饰。这都不是诗的正宗。韩愈、苏轼两个大家,也往往不能避免。所以我在《自讼》里说:"落笔若不是处心积虑,就成了苏轼、韩愈这样的文笔、风格。"

四一

【原文】

　　为人不可不辨者:柔之与弱也,刚之与暴也,俭之与啬也,厚之与昏也,明之与刻也,自重之与自大也,自谦之与自贱也:似是而非。作诗不可不辨者:淡之与枯也,新之与纤也,朴之与拙也,健之与粗也,华之与浮也,清之与薄也,厚重之与笨滞也,纵横之与杂乱也:亦似是而非。差之毫厘,失以千里。

【译文】

　　做人不能不辨别清楚的:是柔与弱的区别,刚强与暴烈的区别,勤俭与吝啬的区别,厚道与昏庸的区别,明白与刻薄的区别,自重与自大的区别,自谦与自贱的区别,似是而非。作诗不能不辨别的是:淡雅与枯燥,新颖与陈旧,格式古朴与笨拙,稳健与粗糙,华丽与浮华,清盈与轻薄,厚重与笨滞,纵横与杂乱;这些也是似是而非的问题。相差毫厘,而意境相差千里之外。

四二

【原文】

明季以来,宋学太盛。于是近今之士,竞尊汉儒之学,排击宋儒,几乎南北皆是颖。豪健者尤争先焉。不知宋儒凿空,汉儒尤凿空也。康成臆说,如用麒麟皮作鼓郊天之类,不一而足。其时孔北海、虞仲翔早驳正之。孟子守先王之道,以待后之学者,尚且周室班爵禄之制,其详不可得而闻。又曰:"尽信书不如无书。"况后人哉?善乎杨用修之诗曰:"三代后无真理学,《六经》中有伪文章。"

【译文】

明朝以来,宋明理宗太盛行。于是近代的名士,都竞相尊崇汉代儒学,而排挤宋朝的儒崇,几乎南北地方都是这样。豪放的人尤其抢在前面。他们不知道虽然宋朝理学十分空洞,而汉代儒学更是如此,康成任意胡说,像用麒麟皮做鼓在郊祭天之类,不一而足,当时的孔北海、虞仲翔早就驳斥过这些。孟子遵守先王的道理,来对待后进的学者,周朝定的分封爵禄的制度,现在详细情况也不能知晓,又有人说:"什么都相信书本上的不如没有书。"何况后人呢?杨用修有句诗写的很对啊:"三代之后就没有了正宗的理学,六经中也有伪造的文章。"

四三

【原文】

后之人未有不学古人而能为诗者也。然而善学者,得鱼忘筌;不善学者,刻

舟求剑。

【译文】

后人从来没有不学习古人就能作诗的。然而善于学习的,往往像抓了鱼就忘了渔具一样,得其精髓,不善于学习的,则像刻舟求剑一样死搬硬套。

四四

【原文】

韩侂胄伐金而败,与张魏公之伐金而败,一也。后人责韩不责张;以韩得罪朱子故耳。然金人葬其首,谥曰忠缪,以其忠于为国,缪于谋身也。钱辛楣少詹过安阳吊之曰:"匆匆函首议和亲,昭雪何心及老秦。一局残棋偏汝著,千秋公论是谁伸? 横挑强敌诚非计,欲报先仇岂为身? 一样北征师挫衄,符离未戮首谋人。"少詹又吊姚广孝云:"空登北郭诗人社,难上西山老佛坟。"

【译文】

韩侂胄伐金而败,这和张魏公伐金而败是一样的啊! 后人却只斥责韩侂胄而不斥责张魏公;这是韩侂胄得罪了朱熹的缘故。可是金人却埋葬了他的首级,谥其号曰忠缪,以表彰他忠尽为国,却极少谋及自身。钱辛楣路过安阳吊唁他时作诗说:"匆匆去迎战而死,双方却议和了,平反昭雪什么时候才轮到你,一局残棋偏偏由你来下,千秋公论要由谁来伸张? 在沙场枪挑强敌虽然不是妙计,但要报先仇怎能顾惜身躯? 一样的北征受挫,符离没有被擒而自己却被杀。"少詹又吊唁姚广孝说:"空登上北边的城墙作诗,难以进入西山佛界的坟墓。"

国学经典文库

随园诗话

一一二

先儒朱子

名熹字元晦南直徽州府婺源县人父松甫冠罹进士第为福建延平府尤溪午牌生熹于封之馆舍合年十四松云从父遗言葬于建宁府紫芝县东南寂屋山迁家焉

元吴澄赞

义理玄微 蚕丝牛毛 心胷開豁 海阔天高

豪傑之才 聖賢之學 景星慶雲 泰山喬嶽

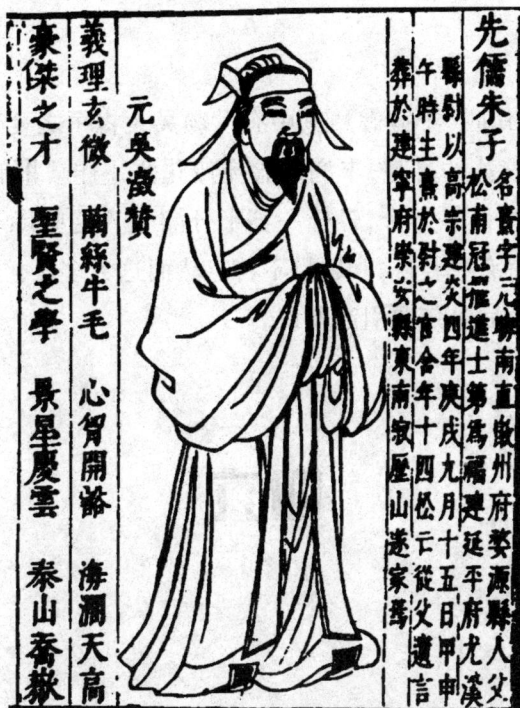

朱熹像,图出自明·吕维祺《圣贤像赞》。朱熹是南宋大儒,与当时的宰相韩侂胄不和,后来韩侂胄伐金失败,遭到了后世的斥责。而在韩侂胄之前,张浚伐金也曾遭到惨败,却没有人指责。袁枚认为之所以如此,是因为韩与朱熹不和之故。

四五

【原文】

唐僧大雅《半截碑》,颂吴大将军李夫人曰:"圆仪替月,润脸呈花。"邯郸淳作《孝女曹娥碑》曰:"令色孔仪,巧笑倩兮。"颂其德,及其貌,皆涉轻佻,与题不称。然大旨是版《硕人》一章。迂儒读之,必起物议。

【译文】

唐僧大雅有诗作叫《半截碑》，其中有歌颂吴大将军之妻李夫人的句子说："贤惠的举止像那皎洁的月亮，丰润的脸庞像花儿一样。"邯郸淳作《孝女曹娥碑》说："姣好的姿色仪态万个，轻轻一笑十分漂亮。"这些诗颂扬她的德行，谈到她的美貌，都显得有些轻佻，和题目不符。然而这大多是仿效《硕人》中的一章，迂腐的儒学家读后一定要引起非议。

四六

【原文】

方敏悫公三妹能诗，自画牡丹，题云："菊瘦兰贫植谢家，愧无春色缀年华。剩来井底胭脂水，学画人间富贵花。"公《咏清凉山桃花》云："倾将一井胭脂水，和就六朝金粉香。""似袭乃妹诗，而风趣转逊。"

敏悫公未遇时，祖、父俱以罪戍塞外。公南北奔走，备极流离。清凉寺僧号中州者，知为伟人，时周恤之。公赠诗云："须知世上逃名易，只有城中乞食难。"后官制府，为中州弟子丽雅重建清凉寺，殿宇焕然。余过而有感，亦题诗云："细读纱笼数首诗，尚书回首忆前期。英雄第一心开事，挥手千金报德时。"苏州薛皆三进士有句云："人生只有修行好，天下无如吃饭难。"意与方公相似。

【译文】

方敏悫公的第三个妹妹能作诗，自己会画牡丹，上面题诗说："清瘦的菊花和清贫的兰花都种在谢家，为不能用春色来点缀金色年花而感到羞愧。只好用剩下的胭脂水，学着画这人间的富贵之花。"方敏悫公在《咏清凉山桃花》中说："用尽一座井的胭脂水，才调和了六朝粉黛的金粉香。"好像是抄她妹妹的诗，而风趣又略逊一筹。

方敏悫公还不得志的时候，祖父、父亲都因犯罪而戍守塞外。公南北奔走，

尝尽流离失所的痛苦,清宗寺有个叫中州的僧人,看出他是一个伟人,时常周济他。公赠给他一首诗说:"要知道世上逃脱功名利禄还是容易的,只是在城中乞讨食物真是困难啊!"后来做知府,为中州的弟子丽雅重修了清凉寺,殿宇焕然一新,我从那里过十分感慨,也题了一首诗说:"细细读了纱笼的几首诗,尚书回头想自己的过去。英雄心中最高兴的事,莫过于挥手千金来报答恩德。"苏州薛皆三进士有诗句说:"人生只有修行好了,天下要知道讨饭实在是难。"意境和方敏悫相公相似。

四七

【原文】

　　虞山王次山先生峻风骨严峭,馆蒋文肃公家,晚不戒于酒,肆口谩骂。蒋家人群欲殴之。文肃呵禁。次日,待之如初。先生不自安,辞去。余已未会试,出文恪公门下,闻此说而疑之。后读先生《哭文隶公》诗云:"回首却伤门下士,少时无赖吐车茵。"方知此事信有;愈征文肃之贤,而先生之不讳过也。先生少所许可,独誉枚不绝于口。以故,枚虽报罢鸿词科,而名声稍起公卿间。惜无所树立,以酬先生之知。而先生自罢劾都御史彭茶陵,直声震天下。后竟卧病不起,悲夫!

　　博陵尹元孚先生,少孤贫,以母教成名。督学江南,好教人读小学,宗程、朱。余时宰江宁,意趣不合。一日,先生骑唱三山街,为某大将军家奴所窘,诈称某王遣来,太守不敢诘,予收缚置狱。先生以此见重。适高相国斌有事来江宁,先生面称枚云:"才如子建,政如子产。"亡何,先生薨。予感知己之恩,将赋挽诗,见次山先生四章,不能再出其右,遂搁笔焉。其警句云:"母教成三徙,君恩厚两朝。"又曰:"士幸方知向,天何遽夺公!"

　　从古文人得功于母教者多,欧、苏其尤著者也。次山题钱修亭《夜纺授经图》曰:"辛勤篝火夜灯明,绕膝书声和纺声。手执女工听句读,须知慈母是先生。"

【译文】

　　虞山王次山先生名峻，长得风骨奇峻，住在蒋文肃公家里，晚上没有停过喝酒，喝醉便肆意谩骂。蒋家的人都准备打他，被文肃公喝住了。第二天，待王次山先生像平日一样。先生心里很过意不去，自己就告辞走了。我那时还款曾会试，在文恪公门下听说此事有些怀疑，后读王次山先生写的《哭文肃公》诗中说："回想过去我伤过您家里的人，少年时不懂事乱讲胡说。"才知道确有此事，更加佩服文肃公的贤良，而先生胸襟坦白不掩饰自己的过错。先生很少夸人，而单单夸我赞不绝口。所以，我虽考上了进士，名声在公卿间也稍稍传扬。可惜却没什么大的建树，来报答先生的知遇之恩。而先生自从弹劾罢免了御史彭荣陵后，正直的名声便威震天下。后来竟然卧病不起，实在是可叹啊！

　　博陵的尹元孚先生，小时候无父家贫，因为母亲的教育而成名。在江南督学，喜欢教别人读《小学》，尊崇程、朱。我那时负责江宁事，和他意趣不合。一天，先生在吟唱诗作《三山街》，被某大将军的家奴所嘲笑，他诈称是某王派来的，太守便不敢责问，我把家奴收到监狱里。先生因为这事而十分看重我。刚好当时高斌相国来江宁，先生当面称赞我说："才华和曹子建一样，政事和子产一样。"没过多久，先生便去世了。我感谢他的知遇之恩，准备写几首挽诗，可看到王次山先生的四章，不能再比它好了，于是就搁笔不写。这四章中有名的句子有："母亲的教导使儿子成名，皇帝的恩泽遍布两代人。"又说："大家都为有这样的名士而庆幸，可苍天为何又夺走了你！"

　　过去故人中得益于母亲教导的人很多，欧阳修、苏轼是其中最著名的。王次山先生题钱修亭的《夜纺授经图》中说："晚上辛勤劳作灯火通明，孩子在膝旁读书的声音和着那织布纺线的声音。一手做着女功一手听着儿子读书，要知道这既是慈母又是先生。"

四八

【原文】

尹元孚先生任两淮醹务时,而衣鲍皋以诗受知,今有《海门集》行世,皆先生为之提倡。鲍奉陪先生《汎海口》诗云:"蓬莱清切逢仙侣,蛟鳄威稜避显官。"其相得如此。因忆明大学士刘健好理学,恶人作诗,曰:"汝辈作诗,便造到李、杜地位,不过一酒徒耳。"嘻!《记》云:"不能诗,于礼缪。"孔子教人学诗,在《论语》中,至于十一见;而刘公乃为此言,不如尹公远矣!

【译文】

尹元孚先生任两淮盐务一职时,布衣鲍皋因为擅写诗而被重用,现在的《海门集》流行于世,都是先生提倡的结果。

鲍皋奉陪尹元孚先生一首《汎海口》诗说:"蓬莱清晰亲切原是为了迎接仙客,蛟龙也为显官的威风所震慑。"可见他们相交极好。

因此回忆起明朝大学士刘健喜好理学,讨厌别人作诗,说:"你们这些人写诗,便是修行到李白、杜甫的地位上,也不过是一个酒徒罢了。"唉!《史记》中讲:"不能写诗,对礼仪实不应该。"

孔子教人学诗,在《论语》中,至于十一见,而刘公却说这种话,他不如尹元孚先生远了。

四九

【原文】

随园有对联云:"此地有崇山峻岭、茂林修竹;是能读《三坟五典》《八索九

丘》。"故是李侍郎因培所赠,悬之二十余年。忽一日,岳大将军钟琪之子参将名瀗者来谒。入门先问此联有否?现悬何处?予指示之。端睇良久,曰:"此后书舍,可有蔚蓝天否?"予问:"何以知之?"曰:"余在四川时,梦先大人引游一园,有此联额。且曰:'将我交此园主人。'瀗惊醒,遍访川人,无人知者。今来补官江宁,有人谈及,故来相访。"因出将军行状二十余页,稽首求传。予读之,杂乱舛错,为编纂七日方成。而岳又调往金川,不复再见矣。今年夏间,偶抄选鲍海门诗二十余首,其子之钟适渡江来。余告以选诗之事。问:"尊人有余集否?"鲍不觉泣下,曰:"异哉!余今而知梦之有灵也!吾渡江前三日,梦与先人游随园,先人与公同修舡,以纸补其窗棂。醒而不解。今思之:夫舡者,传也;纸者,诗之所附以传者也。今公抄选先人之诗,岂不暗相吻合耶?"甚矣!鬼神之好名也!

【译文】

随园有副对联:"此处有崇山峻岭,浓密的树林和修长的竹子;因此能在此地读《三坟五典》和《八索九丘》的知识。"这是李侍郎因培题赠的,悬挂有二十多年了。

忽然有一天,岳钟琪大将军的儿子岳瀗参将来拜访。入门先问这副对联是否有,现在挂在何处?我指给他看,他端详了很长时间,说:"这间屋舍的后边,有没有叫蔚蓝天的书房?"

我问:"你怎么知道?"回答说:"我在四川的时候,梦见死去的父亲引我游览一座园林,有这副对联。

并且说:'将我交给这个园的主人。'我惊醒过来,遍访川中之地,没有人能知道。现在到江宁做官,有人谈起你,故特来拜访。"并出示岳将军的文稿二十多页,作揖请求做传。

我读后,发现杂乱错综,要编撰七天才行。而岳瀗又调往金川,不能再见到了。今年夏天,偶然抄写鲍海门二十多首诗,他的儿子文钟刚好渡江而来,我告诉他选诗的事。

问:"你父亲有留下的文集吗?"

鲍不觉流下泪来,说:"真是奇异啊!我今天才知道梦公显灵啊!我渡江前三天,梦见父亲游随园,先父和您同修一条船,用纸来补窗户。醒后不解其意。现在想起来:所谓的船,就是文集啊!纸,就是文集中的诗歌啊!现在您抄写我先父的诗,这不是和梦中相吻合吗?"哎呀,可见鬼神是容易出名的啊!

五〇

【原文】

诗贵翻案。神仙,美称也;而昔人曰:"丈夫生命薄,不幸作神仙。"杨花,飘荡物也;而昔人云:"我比杨花更飘荡,杨花只有一春忙。"长沙,远地也;而昔人云:"昨夜与君思贾谊,长沙犹在洞庭南。"龙门,高境也;而昔人云:"好去长江千万里,莫教辛苦上龙门。"白云,闲物也;而昔人云:"白云朝出天际去,若比老僧犹未闲。""修到梅花",指人也;而方子云见赠云:"梅花也有修来福,着个神仙做主人。"皆所谓更进一层也。

【译文】

诗歌贵在翻案:神仙,是一种美称;而古人说:"大丈夫命太薄,不幸做了神仙。"杨花,是飘荡的东西,而过去有人说:"我比杨花更繁忙,而杨花只有春天才忙一阵。"

长沙,是十分遥远的地方,而过去有人说:"昨夜和你一块想起了贾谊,长沙还在洞庭湖的南边。"龙门,是一种很高的境界,而古人说:"哪怕痛痛快快地在长江万里之上游览,也别教你辛辛苦苦地去龙门。"

白云,闲散的东西,而有人说:"白云天一亮就出了天际,要是和老僧相比真是十分繁忙。""修到梅花一样的境界。"这是说人,而方子云有人赠他诗说:"梅花也有前生修来的福分,找个神仙做主人。"

这都是所谓更进一层的境地啊!

五一

【原文】

苕溪女子姚益鳞,嫁严林溪,以夭亡。《送姊之涤溪》云:"姊妹花窗下,相依两意同。拈针五夜火,拜月一襟风。忽逐分飞雁,都为断梗蓬。拟将苕水阔,送尽别离衷。"《闰七夕》云:"微云依约接银河,一月佳期两度过。倘把重逢欢较昔,翻教添得别愁多。"

古代文人离别时往往赋诗赠别,此图为《唐诗画谱》之《送人游湖南》插图,描述了古人送别时的依依不舍之情。

【译文】

苕溪的女子姚益鳞,嫁给了严林溪,却中途夭折了。她写有《送姊之花溪》说:"姐妹俩在闺房的花窗下,情意相投相依为命。在五更里还拈针作话,夜里乘风赏月。忽然都成了分飞的大雁,全变成了无根的莲蓬,那阔大的苕溪的水

啊,也流不尽我们别离的情衷。"另有首《闰七夕》说:"淡淡的云彩飘在银河的边上,一个月的美好时光让我们俩共同渡过。如果把重逢的欢乐和我们的往日相比,反而更添了一层别离的惆怅。"

五二

【原文】

沈学子有女弟子徐瑛玉,字若冰,昆山人,嫁孔氏,能诗,早亡。与兰泉夫人许云清,及吾乡方宜焴之女芷斋,唱和甚多。《和学子送春》云:"春光心事两蹉跎,愁见飞花槛外过。漫说穷愁诗便好,算来诗不敌愁多。"《病起》云:"重开鸾镜施膏沐,卷上珠帘怯晓风。病起不知秋几许,飞来黄叶满庭中。"《七夕》云:"银汉横斜玉漏催,穿针瓜果钉妆台。一宵要话经年别,那得工夫送巧来?"

【译文】

沈学子有一个女弟子叫徐瑛玉,字若冰,昆山人,嫁给了孔氏,能写诗,早早地就死了。她和王兰泉的夫人许云清,以及我老乡方宜焴的女儿芷斋,唱和的特别多。有一首《和学子送春》说:"春光随着心事蹉跎而去,忧愁地看着飞花从门外吹过。别说一心地忧伤能把诗写好,算起来再多的诗也没我的愁怨多。"一首《病起》说:"重新打开镜子梳妆打扮,卷上珠帘,害怕早晨的微风。一病下来便不知秋天到了什么程度,只见飞来的黄叶落了满院子。"《七夕》中讲:"银汉横斜在天空,时光匆匆而过,瓜果用针串了起来放在梳妆台上。一夜的悄悄话之后便是一年的别离,哪有功夫去做那些巧妙的诗句呢?"

五三

【原文】

顾东山有女,美而不嫁,好服坏色衣,持念珠,作六时梵语。其母晒之,曰:"汝故是优婆夷耶?"女微哂而已。行年三十,操修益坚。父母知其志,为筑即是庵处之,因号即是庵主人。许太夫人题其庵云:"上界遭沦谪,人言萼绿华。十年贞不字,一室语无哗。遣兴惟吟絮,逢春欲避花。结庵殊可美,萱草傍兰芽。"

【译文】

顾东山有一个女儿,美丽却不肯嫁人,喜爱褐色的衣服,手持念珠,念六朝时的梵语。她的母亲嘲笑她,说:"你是不是故意做那种最时髦的女人?"她只是微笑不答。将到三十岁的时候,操行修养更加坚强。父母知道了她的志向,为她修了即是庵让她住,因此号称是庵主人。许太夫人为她的庵题诗说:"在上天遭到贬谪,人人都说她美丽如花。十年来坚守贞操与家人住在一起,从不说俗气的话。平时只用写诗来消遣,逢上春天就躲避那花的纷扰。住在庵里真是让人羡慕,青青的萱草和着刚长出的嫩绿的兰花细芽。"

五四

【原文】

嘉善曹六圃廷栋少宰蓼怀之孙,隐居不仕,自号慈山居士,自为寿藏,不下

楼者二十年,著作甚富。余爱其晚年佳句,如:"废书只觉心无著,少饮从教睡亦清。""病教揖让虚文减,老觉婆娑古意多。""诗真岂在分唐宋,语妙何曾露刻雕。"余称其诗,专主性情。慈山寄札谢云:"老人生平苦心,被君一语道破。"屡招余往,而竟不遂其愿。卒已八十五矣。

【译文】

嘉善曹廷栋是少宰蓼怀的孙子,隐居起来不做官,自号慈山居士,自己养性修身,不下楼已经二十年了,著作很多。我十分喜爱他的晚年佳句,像:"每次写东西都觉心里没底,每天少吃,信佛睡觉就十分清静。""病中不能起身省去了许多繁琐的礼节,老来感觉树影婆娑古意盎然。""诗写得好怎能划分唐朝宋朝,语句妙处是不露雕痕的。"我称赞他的诗歌,是因为他专门注意性情。慈山寄信来感谢说:"我一生的良苦用心,被你一语道破。"屡次邀请我去,却没有遂了心愿,死时已经八十五岁了。

五五

【原文】

余性不饮酒,又不喜唱曲,自惭婆人子,故音律一途,幼而失学。偶读桐城张文和公《元夕寄弟药斋》诗云:"亦知令节休虚度,其奈疎慵本性何?天与人间清净福,不能饮酒厌闻歌。"公为大学士文端公之子,一生富贵,而独缺东山丝竹之好,何耶?岂金星不入命故耶?余亲家徐题客,健庵司寇孙也,五岁能拍板歌,见外祖京江张相国,相国爱之,抱置膝上,乳母在旁夸曰:"官官虽幼,竟能歌曲。"相国怫然曰:"真耶?"曰:"真也!"相国推而掷之曰:"若果然,儿没出息矣!"两相国性情相似。后徐竟坎壈,为人司音乐,以诸生终。《自嘲》云:"文章声价由来贱,风月因缘到处新。"此语,题客亲为余言。

【译文】

我生性不喝酒,又不喜欢唱歌,自己十分惭做学生,所以音律一途,从小就

没有当。偶然读到桐城张文和相公写的《元夕寄弟药斋》一诗说:"要知道不虚度此生,可是无奈何又天性疏慵? 情愿享受这人间的清静之福,不能饮酒讨厌听歌。"张文和是大学士张文端公的儿子,一生富贵,而独缺少这些音乐爱好,为什么? 是命里没有金星? 我的亲家徐题客,是健庵司寇的孙子,五岁便能击节唱歌,去拜见外祖父京江张相国,相国十分喜欢他,抱到膝盖上,乳母在一旁夸耀说:"官官虽然年幼,但却能唱歌。"相国很恼怒地说:"真的?"说:"真的。"相国把他扔在地上说:"若真是这样,这孩子将来定然没有出息!"两相国的性情相似。后来徐题客果真不得志,为别人掌管音乐,以此了结终生,曾写过《自嘲》说:"文章、音乐的身价从来就十分贱,像这种风月中的姻缘每天都有新的变化。"这些话,是题客亲自告诉我的。

五六

【原文】

吾乡孝廉王介眉,名延年,少尝梦至一室,秘帖古器,盎然横陈。榻坐一叟,短身白发,见客不起,亦不言。又有一人,顾而黑,揖介眉而言曰:"余汉之陈寿也,作《三国志》,黜刘帝魏,实出无心;不料后人以为口实。"指榻上人曰:"赖彦威先生以《汉晋春秋》正之。汝乃先生之后身,闻方撰《历代编年纪事》,凤根在此,须勉而成之。"言讫,手授一卷书,俾题六绝句而窹。窹后仅记二句曰:"惭无《晋汉春秋》笔,敢道前身是彦威?"后介眉年八十余,进呈所撰《编年纪事》,赐翰林侍读。

【译文】

我的老乡孝廉王介眉,名延年,少时曾经梦中到了一间屋,里边秘贴古代器皿,四处都有摆放,榻上坐一老人,矮矮的身子白白的头发,见客人来了也不站起,也不说话。又有一个人,个子瘦长而肤色黝黑,向介眉作揖说:"我是汉代的陈寿,作《三国志》,贬斥刘备,扶植魏武,实在是无心,不料后人以此为骂我的

魏太祖曹操像,图出自明·天然撰《历代古人像赞》。曹丕称帝后,追谥
曹操为魏武帝,所以后世又称曹操为"魏武"。据说陈寿所作之《三国志》即有
贬抑刘备,尊崇曹操的思想倾向。

口实。"指着榻上的人说:"赖彦威先生以《汉晋春秋》纠正了。你是先生的来世
之身,听说你正撰写《历代编年纪事》,有缘在此,一定要把它写成。"说罢,亲手
交给他一卷书,又说了六句诗便睡了过去。介眉醒来后只记了二句说:"惭愧没
有能写晋汉春秋这样的文笔,怎敢说前身是赖彦威?"后来到介眉八十多岁,向
皇上进呈他所撰写的《编年纪事》,赐官为翰林侍读。

五七

【原文】

同年储梅夫宗丞,能养生,七十而有婴儿之色。乾隆庚辰,奉使祭告岳渎,
宿搜敦邮旅店。是夕,灯花散采,倏忽出现,喷烟高二三尺,有风雾回旋。急呼

家童观之,共为诧异,相戒勿动。梦群仙五六人,招至一所,上书"赤云冈"三字,呼储为云麾使者,诸仙列坐联句,有称海上神翁者首唱曰:"莲炬今宵献瑞芝。"次至五松丈人,续曰:"群仙佳会飘吟髭。"又次,至东方青童,曰:"春风欲换杨柳枝。"旁一女仙曰:"此云麾过凌河句也,汝何故窃之?"相与一笑,忽灯花如爆竹声,惊而醒。

【译文】

同年储梅夫宗丞,擅长养生,七十岁了还有婴儿般的颜色。乾隆庚辰年间,奉旨去祭告岳读,住在搜敦邮旅店。当天晚上,屋里的灯花散开,倏忽万变,喷烟高二三尺,有风雾在上空盘旋,储梅夫急忙叫侍童来看,都十分惊诧,相互告诫不要乱动。梦见一群五六个仙人,招储梅夫到一个地方,上面写着"赤云冈"三个字,叫他为云麾使者,诸仙人并列坐着对句,有一个自称海上神翁的首先唱到:"莲炬今晚呈瑞祥。"接着是五松丈人,续着说:"群仙佳会来吟诗。"旁边一名女仙,说:"春风欲换杨柳枝。"又接下来到东方青童,说:"这是云麾《过凌河》一诗中的句,你为什么偷来?"大家相视而笑,忽然灯花像爆竹一样发出声响,使他从梦乡中惊醒。

五八

【原文】

蒋苕生太史序玉亭女史之诗曰:"《离》象文明,而备位乎中;女子之有文章,盖自天定之。玉亭名慎容,姓胡,山阴人,嫁冯氏,所天非解此者,遂一旦焚弃之。然其韵语,已流播人间,有《红鹤山庄诗》行世。其女兄弟采齐、景素,亦皆能诗,俱不得志。玉亭尤郁郁,未四旬,殁矣!"其《病中》云:"惚惚魂无定,飘飘若梦中。扶行惊地软,倚卧觉头空。放眼皆疑雾,闻声似起风。那堪窗下雨,寂寞一灯红。"《窥采齐晓妆》云:"徘徊明镜漫凝神,个里伊谁解效颦?一树梨花一溪月,隔窗防有断魂人。"《女郎》词云:"相呼同伴到帘帏,偷看新来客是

谁。又恐被人先瞥见，却从纨扇隙中窥。"《残梅》云："才发疏林便褪妆，水姿空对月昏黄。东风只顾吹零雨，那惜枝头有暗香。"采齐，名慎仪，《早起》云："一番花信五更风，哪管春青梦未终。起傍芳从频检点，夜来曾否损深红?"《夜眠》云："银蟾朗彻有余光，静坐庭轩寄兴长。地僻不知更漏水，瞥惊花影过东墙。"《赠茗生》云："沽酒每闻捐玉珮，济人时复典宫袍。"殊贴切茗生之为人。余问茗生："玉亭貌可称其才否?"茗生乃诵其《菩萨蛮》一阕云："人言我瘦形同鹤，朝朝揽镜浑难觉。但见指尖长，罗衣褪粉香。若能吟有异，不管腰身细。清减肯如梅，凋零亦是魁。"可想见风调，使人之意也消。

《红鹤山庄诗》，乃王菊庄孝廉为之刊行。玉亭作词谢云："多谢诗人，深蒙才士，不憎戚末堪因倚。吴头楚尾一相逢，白云红鹤传千里。南浦悲吟，西窗闲枝，居然卷附秋香里。寸心从此莫言愁，人间已有人知己。"其女思慧，嫁刘侍郎秉恬，亦才女也，《过岭》云："半岭梅花成故旧，两肩书本是行装。"

【译文】

蒋茗生太史给玉亭女史的诗作序说："好象远离文明，而又生活在中原，作为女子能写文章，这大概是上天的安排。玉亭名叫慎容，姓胡，是山阴人，嫁给了冯氏，因为她自觉无人能理解她，就把自己的创作一天内全部烧毁了。但是她写的一些诗，却已在人间流传，有《红鹤山庄诗》在世间流行。她的姐姐采齐、景素也都能写诗，都不得志。玉亭尤其悲惨，不到四十岁就去世了。"她的《病中》一诗讲："恍惚中魂魄不定，飘飘然像在梦中，扶着东西站起来只觉双脚发软，倚床而卧又觉得头中空空。睁开眼四周全是迷雾，耳旁似有风声在呜呜作响。更不能忍受的是窗外的雨滴，衬着屋子里一盏红灯显得寂寞凄惨。"在《窥采齐晓装》中说："在明亮的镜子前来回徘徊慢慢养神，有谁能明白你这种爱美的心思呢? 窗外一树梨花伴着一溪的月影，小心惹得外边有为你而断魂的人。"在《女郎词》里说："相互叫着来到客房前的帘帏中，偷偷看新来的客人是谁。又害怕被人看见，却从扇子的缝隙里偷偷细瞅。"在《残梅》中说："坐在疏散的林子中褪去化妆，映在水中的姿态空对着那昏黄的月亮。东风只顾伴着零星的雨下，那里顾惜枝头的花香。"采齐，字慎仪。写有《早起》说："一番花香的信物伴着五更的夜风而来，哪管我的春梦还未曾醒来。起来小心翼翼地检查花草，看看夜里的凉风是否折损了花朵?"在《夜眠》中说："皎洁的月亮放着光芒，静静地坐在庭院里意味悠长。地处偏僻不知时光流逝，一会儿功夫花影已挪到了墙的这边。"在《赠茗生》中讲："去打酒的时候总听有人卖玉珮，有时去典当

宫袍来接济别人。"十分符合苕生的为人。我问苕生:"玉亭的相貌与他的才气可否相称!"苕生就朗诵了他的《菩萨蛮》一首中说:"人们都说我瘦得像鹤一样,可我天天都照镜子却难以发现。只见指尖越来越长,轻盈的罗衣带着脂粉的香气。只要能吟出好诗来,不管是不是变瘦了。要想梅树一样清瘦,即使凋零也是花中之魁。"由此可以想见她的风格情调,使人的俗气顿时在她面前消失。

《红鹤山庄诗》是王菊庄孝廉为她刊行的,玉亭作词答谢说:"多多感谢诗人你,深蒙才士你的恩惠,不嫌弃我这种文弱女子。吴江头与楚江尾相遇在一起,就像红鹤在白云中飞,佳话传遍千里。在南浦悲吟,看西窗之外的闲枝居然能写出这秋天的浓香之意。心灵从此不再说忧愁了,人间已有了我的知己。"她的女儿思慧,嫁给了刘秉恬侍郎,也是一个才女,在《过岭》诗中说:"半山岭上全是梅花的故乡,带上几卷书本就成了我的行装。"

五九

【原文】

孔莪谷扶乩,有女仙,自称袁苴君,名沉,年十五,入蜀王泉宫中,给事花蕊夫人,未进御,而唐兵下蜀,苴君匿民间,被人搜得,将献之大帅,行次剑阁,投水死,年才十八。今石壁间有垂红珊瑚树者,即其薨葬所也。菊庄为题诗云:"剑阁崔巍万古存,西川宫殿总成尘。可怜殉国磨笄者,不是昭阳宠幸身!"

【译文】

孔莪谷占卜,有一个女仙,自称袁苴君,名沉,年十五,被选入蜀王泉的宫中,服侍花蕊夫人,还没有几天,唐兵便攻打蜀国,苴君藏在民间,被人搜出来,将要献给大帅,行到剑阁,投入水中而死,年纪才十八岁。现在石壁间有垂下来的红珊瑚树,就是她的栖身之地。菊庄为此题诗一首说:"剑阁高大崔巍万古长才,西川宫殿却成了往日烟尘,可怜投水而死的殉国者,不是昭阳被宠幸的人。"

花蕊夫人像,图出自《百美新咏》。花蕊夫人是五代蜀主孟昶的宠妃,宋灭后蜀,花蕊夫人被宋太祖纳为妃。

六十

【原文】

苏州杨文叔先生,掌教吾乡敷文书院,以实学教人。余年十九,即及门焉。后宰江宁,而先生掌教钟山,又复追随绛帐。近闻其家式微,诗稿遗失,仅传《孝陵》二首,云:"鼎湖龙去上升天,弓剑埋藏四百年。金碗玉鱼无恙在,不需清泪滴铜仙。""竖襦瞻拜旧山陵,落日平芜百感生。欲奏通天台下表,只怜才谢沈初明。"先生名绳武,康熙癸巳翰林,维斗先生孙也。

【译文】

苏州杨文叔先生,掌教我家乡的敷文书院,用自己平生所学来教人。我那年十九岁,就入了他的门下。后来我在江宁当官,而先生在钟山掌教,我又在他门下学习。最近听说他家经济拮据,诗稿丢失,仅传了《孝陵》二首,说:"鼎湖的龙早已上天了,弓箭已埋了四百年。金碗玉鱼都完好无损地保存着,不用让伤心的泪流在那铜做的仙人上。""一介儒生前去瞻拜过去的皇帝陵墓,夕阳落在地平线上我不禁百感交集。想写一首通天台下的奏表,只可惜才干不如沈初明。"先生名绳武,是康熙癸巳的翰林,维斗先生的孙子。

六一

【原文】

江宁方伯永公之子明新,字竹岩,性耽风雅。其弟亮,字铁崖,亦聪颖。在江这时,与余交好,选胜征歌,时时不绝。后永公内用。竹岩《留别》诗云:"春风几度坐琼筵,玉屑霏霏细雨天。盛会忽然成往事,别情无那到尊前。挂帆江上三秋雨,写恨争灯五色笺。此后梦魂来不易,琴声重听是何年?"铁崖云:"雁唳空天气沉寥,骊歌未唱已魂消。两年师弟情何重?一别关山路正遥。海上瑶琴惊忽断,岩前丛桂怅难招。离怀此际凭谁说,只可长亭折柳条!"其师严翼祖孝廉,亦留别四首,末云:"子云笔札君卿舌,到处听人说感恩"铁崖《游河房》云:"水深不觉渔舟过,橹动先看月影摇。"

【译文】

江宁方伯永公的儿子明新,字竹岩,性爱风雅。他的兄弟亮,字铁崖,也十分聪明。

在江宁的时候,和我交好,总是找名胜的地方去吟诗,经常不断。后来永公被皇上起用。

竹岩写《留别》诗说:"春风吹了多少个年头都是在这庭院里,想起下着霏霏细雨的天气。过去我们的盛会忽然成了往事,离别之情无可奈何地到了我们面前。此次远行有绵绵的秋雨相送,我在银色的灯台下用五色的纸给你写信,以后梦中和你相遇也很不容易,再重新听到你的琴声要到哪一年啊?"

《铁崖》说:"大雁那凄厉的叫声使大气显得十分阴冷,骊歌还未唱魂已消。两年师兄弟的情意是何等重要?一别关山实在太遥远了。海上的琴声忽然断了,岩前的树木看似很近却难以碰到。离别的情怀这时候说给谁听,只能在长亭旁边折柳条。"

他的师父严翼祖孝廉,也有留别诗四首,最后一首说:"子云的笔记君卿的舌头,到处都听说他们十分相敬爱。"铁崖的《游河房》说:"水深处不知不觉渔舟已经驶过,橹搅动水面看到了月光在来回地摇摆晃动。"

六二

【原文】

咏物诗无寄托,便是儿童猜谜。读史诗无新义,便成《廿一史弹词》。虽着议论,无隽永之味,又似史赞一派,俱非诗也。余最爱常州刘大猷《岳墓》云:"地下若逢于少保,南朝天子竟生还。"罗两峰《咏始皇》云:"焚书早种阿房火,收铁还留博浪椎。"周钦来《咏始皇》云:"蓬莱觅得长生药,眼见诸侯尽入关。"松江徐氏女《咏岳墓》云:"青山有幸埋忠骨,白铁无辜铸佞臣。"皆妙。尤隽者,严海珊《咏张魏公》云:"传中功过如何序?为有南轩下笔难。"冷峭蕴藉,恐朱子在九原,亦当干笑。

海珊自负咏古为第一,余读之果然。《三垂冈》云:"英雄立马起沙陀,奈此朱梁跋扈何?赤手难扶唐社稷,连城犹拥晋山河。风云帐下奇儿在,鼓角灯前老泪多。萧瑟三垂冈下路,至今人唱百年歌。"

【译文】

咏物诗如果无寄托,便是儿童猜谜。

秦始皇焚书之举被历代诗人所诟病,罗两峰诗中有"焚书早种阿房火"之句,意思是说焚书之事已埋下了亡秦的祸根。图为《秦并六国平话》版画之秦始皇焚书坑儒图。

读史诗如果没有新义,便成了《二十一史弹词》。虽然有议论,但却没有隽永的味道,又像史书中的论赞一样,这都不是真正的诗。

我最喜爱常州刘大猷的《岳墓》说:"如果能在九泉之下碰上于少保,南朝天子也能生还。"

罗两峰的《咏始皇》说:"焚书的时候已经埋下了将来烧阿房宫的种子,尽管把天下的铁都收缴了,却还有博浪刺杀的大铁锥。"

周钦来《咏始皇》说:"蓬莱即使能找来长生不老的药,却也只能眼见着诸侯攻打入关。"松江姓徐的女子作《咏岳墓》诗:"青山有幸能掩埋了忠臣的尸骨,白铁无辜却被用来铸造奸臣。"却是十分妙绝的诗句。

更为隽永的,是严海珊的《咏张魏公》说:"在你传记中的过失功劳怎样来议论?因为有了南轩而下笔更难。"

这诗写得冷峭而又有内涵,恐怕朱夫子在九泉之下得之,也只能干笑。

严海珊自负自己的咏古诗为天下第一,我读后觉得果然是这样。

《三垂冈》中说:"英雄立马而起卷起沙土飞扬,却不能奈何朱梁的骄横跋扈,赤手难以扶持唐的江山,连城却依然拥有晋时留下的地方。风云战水之中传奇式的男子还在,角声中烛光下却是老泪横流。三垂冈下的道路落叶萧瑟,直到今天人们还歌唱着这一百年前的往事。"

六三

【原文】

桐城张药斋宗伯,三任江南学政,奖擢名流,诗尤清婉。《题三妹澄碧楼》云:"小轩近对碧波澄,隔着疏杨唤欲应。最好淡云征月夜,半帘相望读书灯。"《寄女》云:"香羹洗手调晨膳,书案分灯补旧襦。"《喜若需归里》云:"一匹绢堪怜宦况,五车书足艳归装。"余以翰林改官,公向其兄文和公作元相语曰:"韩愈可惜!"

【译文】

桐城张药斋字宗伯,三任江南学政,可以算得社会名流,他的诗尤其清新婉丽。

在他的《题三妹澄碧楼》中说:"小亭子正对着碧波荡漾的湖水,隔着稀疏的杨树能此相互呼应最美好的是那月光不甚明朗且有淡淡的云彩的夜晚,隔帘相望在灯下读书。"

《寄女》中说:"用香羹洗手调煮早晨的饭菜,从书桌上拿起一盏灯来整理旧时的被襦。"《喜若需归里》说:"带着一匹绢布回家可见当官之清廉,但五本书已足以为你的归来增添光辉了。"我改作翰林后,张宗伯公向他的兄长文和公作元相语说:"韩愈可惜了。"

六四

【原文】

崔念陵进士《鄱阳道中》云:"斑鸠呼雨两三处,毛竹编篱四五家。流水声

中行半日,薰风不动晚禾花。";《折柳》云:"陌头杨柳正垂丝,泣雨含风送别离。今日儿心正飘荡,折枝休折带花枝。"崔有如此才,而以微罪褫职,漂泊江宁僧舍,当事者欲逐回籍,予力为护持,久之乃行。

【译文】

崔念陵进士作《鄱阳道中》说:"斑鸠在雨中偶尔叫那么两三声,路边有稀落的四五家都是用毛竹编成的篱笆。在流水声中走了半天,晚风吹不动那沉甸甸的禾花。"

《折柳》说:"阡陌边上杨柳正变成绿色,哭泣的雨水伴着风声诉说别离的忧伤。今天的心情难以平静,折枝一定不要折那带花的柳枝。"

崔念陵有这样的才情,却被以莫须有的罪名免职,漂泊住宿在江宁的僧人房里,当权的人还要驱逐他回老家,我竭力保护,时间长了才允许。

六五

【原文】

年家子任进士大椿,诗学《选》体;独《了义寺》一首,脱尽齐、梁金粉,词曰:"过坞指归林,到寺停双楫。风吹烟穗斜,入户气骚屑。境僻罕来踪,日落见残雪。不识此何人,隔竹闻僧说。"又有句云:"抱琴看月去,吹鬓爱风来。"

【译文】

年家子任大椿进士,诗歌的风格近于学于《文选》中的体例,独有《了义寺》一首,脱尽齐、梁时的那种华丽的风格,词中说:"船到了码头,望见回去要的树林,到得寺旁,放下双楫,风吹得尘烟轻斜上天,入门来闻到腐朽的味道,地处偏僻因此很少来这里,夕阳照耀下还能看见残留的积雪。不知道这个人是谁,听见僧人在身后的竹里这样地窃窃私语。"还有一句说:"在月光下抱琴独弹,和煦的晚风吹着我的胡须感觉恬然自乐。"

六六

【原文】

壬申冬,阳羡诗人江溥,落魄金陵,余小有周济,蒙赠诗云:"邂逅得蒙青眼顾,此生今已蜀明公。"还家后,寄其弟玉珩《图山草堂诗》来,有"屋角响松涛,晴日长疑雨"之句。又《柳絮》云:"明知绣阁多春思,故傍帘前款款飞。"

【译文】

壬申冬,阳羡诗人江溥,在金陵十分失意,我对他小有周济,蒙他赠诗说:"邂逅承蒙你对我青眼相加,我的生命已是你的了。"回家后,寄给他弟玉珩《图山草堂诗》,有"屋角里有漏下的积水,晴天也害怕猜疑有雨。"又有《柳絮》说:"明明知道绣房里的女子多思春,所以才故意靠着窗帘让自己的絮花轻盈地飞。"

六七

【原文】

竹筠女子早卒,自焚诗稿,仅传其《宫词》云:"中官宣诏按新筝,玉指轻弹别恨声。恰被东风吹散去,君王乍听未分明。"高东井题云:"丛残私字叠鸳鸯,零乱残脂尽断肠。赖是六丁收不尽,一编擎出返魂香。"

随园诗话

【译文】

竹筠女子早死,自己把书稿焚烧了,仅传下她的《宫词》:"中官宣诏要听新曲,我只好轻弹那些离愁别恨的曲子。刚好被东风吹过去,君王猛一听还不能明白。"高东井为她题诗说:"一心所想的只是与有情人长相厮守,却只剩下零乱的胭脂和断物的情思。都怨那六丁收不尽,否则也能点上返魂香再看看她的音容笑貌。"

六八

【原文】

同年邵叔岩太史《玉芝堂四六》一编,直逼齐、梁,诗亦高雅。掌教常州,余泊舟相访。别后寄七律四章,有句云:"兴来不觉风吹帽,坐久方知露湿衣。"《北归》云:"终朝济水随船尾,尽日淮山在眼中。"

【译文】

同年进士邵叔岩太史的《玉芝堂四六》一编,才气直逼齐、梁、诗也写得高雅,在常州掌教,我坐船前去拜访。别离之后寄给他七律四首,有句说:"兴致起来连风吹落帽子也不觉得,坐的时间长了才知道露水打湿了衣裳。"一首《北归》说:"终有一天自己要在济水中尽情泛舟,待明日,自由自在地在淮山中游玩逍遥。"

六九

【原文】

曹学士洛籍言,少时过市,买《椒山集》归,夜阅之,倦,掩卷卧,闻叩门声,启视,则同学迟友山也。携手登台联句云:"冉冉乘风一望迷。"(迟)"中天烟雨夕阳低。来时衣服多成雪,"(曹)"去后皮毛尽蜀泥,但见白云侵月冷,"(迟)"微闻黄鸟隔花啼。行行不是人间象,手挽蛟龙作杖藜。"(曹)吟罢,友山别去。学士归语其妻,妻不答;呼仆,仆不应。复坐北窗,取《椒山集》,掀数页,回顾,则身卧竹床上,大惊,始知梦也。少顷,友山讣至。

【译文】

曹洛籍学士说:小的时候路过集市,买了《椒山集》回去,夜里读它,困了掩卷而睡,听到了叩门的声音,开门一看,是同学迟友山手拉手坐在窗台止对句说:"乘着冉冉而上的微风,眼前一片迷茫。"曹学士接着说:"天正下着雨,使得夕阳低垂,来时你的衣服都落满雪。"迟学士对句说:"走时衣服上的皮毛都已湿了。但见白云伴着清冷的月光,"曹学士对答说:"隐隐约约听见黄鸟在花中啼叫。走着走着觉得不是在人间,看看手中的藜杖,原来是蛟龙变成的。"对完诗,迟友山告辞而去。曹学士回去告诉他的妻子,妻子不搭理他,叫仆人,仆人也不答应。又坐在北窗台上,取《椒山集》,掀了几页回头一看,原来是躺在竹床上,大吃一惊,这才明白刚才是在梦里。过了一会,迟友山才来。

随园诗话

【原文】

周少司空青原未遇时，梦人召至一处，金字榜云："九天元女之府。"周入拜，见元女霞帔珠冠，南面坐，以手平扶之，曰："无他相嘱，因小女有像，求先生诗。"出一卷，汉、魏名人笔墨俱在，淮南王刘安隶书最工，自曹子建以下，稍近钟、王风格。周题五律四首，元女喜，命女出拜。神光照耀，周不敢仰视。女曰："周先生富贵中人，何以身带暗疾？我为君除之，作润笔资。"解裙带，授药一丸。周幼时误吞铁针，着肠胃间，时作隐痛。服后霍然。醒来，诗不能记，惟记一联云："冰雪消无质，星辰系满头。"

【译文】

周青原少司空没有得志的时候，梦见有人招呼他到一个地方，有一金字榜，上面写着："九天元女之府。"周青原进入参拜，见元女戴着镶珠的帽子披着彩色的衣衫，面朝南坐着，以手做平扶他的姿势说："没有别的要求，因为小女有相片，请先生题一首诗。"拿出一卷，汉、魏名

曹植像，选自《图像三国志》。曹植，字子建，曹操第三子，以文才闻名于世。

人的笔迹都在，淮南王刘安的隶书最漂亮，在曹子建之下，而近钟瑶、王羲之的风格。周青原题了五律四首，元女大喜，命女儿出来拜谢。顿觉神光照耀，周不敢仰视。女说："周先生是富贵中的人，为什么会带有暗病？我为你去除，作为润笔费。"解裙带，授药一丸，周青原小时候误吞铁针，落在肠胃之间，时时有隐痛。服药后霍然痊愈。醒来后，诗都记不起来了，只记得一联："冰雪一样的药为我消去了痛苦，星辰照得满头生光。"

七一

【原文】

尤琛者，长沙人，少年韶秀，过湘溪野庙，见塑紫姑神甚美，题壁云："藐姑仙子落烟沙，冰作栏杆玉作车。若畏长夜深风露冷，槿篱茅舍是郎家。"夜有叩门者。启之，曰："紫姑神也。读郎诗，故来相就。"手一物与尤曰："此名紫丝囊，吾朝玉帝时，织女所赐，佩之，能助人文思。"生自佩后，即登科出宰。女助其为政，有神明之称。余按尤诗颇蕴借，无怪神女之相从也。其始末甚长，载《新齐谐》中。

【译文】

尤琛，是长沙人，少年韶秀，很有才气，路过湘西野庙，看见塑有紫姑神像十分漂亮，就在壁上题诗一首："这么漂亮的仙姑流落在烟尘俗世，冰作栏杆白玉作车。要是担心夜里风露太冷，不远的竹篱茅舍就是我的家。"夜里，他听见有叩门声，开门一看，听来人说："我是紫姑神，读你的诗，特来相就。"手中拿出一件东西说："这叫紫丝囊，我朝见玉帝的时候，织女送给我的，戴上，能助人文思。"尤琛自从佩带后，就登科出任宰相。紫姑神助他在政治上发展，有神明的称号，我读尤琛的诗特别有内涵，无怪乎神女也随从他。他的传记很长，记在《新斋谐》中。

七二

【原文】

先祖旦釜公有诗一册,皆蝇头草书,予幼时曾手录之,一行为吏,屡移眷蜀,竟尔遗失。仅记其《咏雪》云:"忽然卷幔如逢月,可惜开窗不见山。"《途中遇雪》云:"四望平林飞鸟绝,一肩行李店房疏。"《巩县幕中五十自寿·沁园春》二阕,云:"自寿三杯,仰天稽首,屈指徘徊。叹一经糟粕,挂名入泮;八场傀儡,逐队登台。渐渐消磨,人生老矣,富贵功名安在哉! 休伤感,且搜寻秃管,别作生涯。佣书事属吾济,权混迹藩篱学卖呆。任纡青拖紫,名齐北斗;论黄数白,富比长淮。与我无干,事皆前定,何苦攒眉不放开? 与君约,在醉乡深处,不饮休来。"又云:"自寿三杯,从今客邸,追数年华。忆金灯纵饮,呼卢喝雉;雕鞍驰射,问柳寻花。此与非遥,廿年前事,倏忽幡然老缺牙。尤来处,把唾壶敲缺,羯鼓频挝。几年浪迹天涯,若个是狂夫不忆家。看伶仃弟妹,睁睁望我;娇柔儿女,悄悄呼爷。恨不乘风,飘然归去,可奈关河道路赊! 黄昏后,问有谁伴我,数点寒鸦。"先祖慈溪籍,前明槐眉侍御之孙。槐眉与其父茂英方伯,有《竹江诗集》行世。

【译文】

先祖旦釜公有一册诗,都是用蝇头草书写成的,我小时候曾用手抄过一遍,后来作了官,常常搬家,竟然把它给弄丢了。只记得他有一首《咏雪》诗说:"忽然漫天飞雪像有月光的夜晚一样,可惜推开窗户却不见山脉。"《途中遇雪》说:"四处张望但见林中连飞鸟都绝迹了,扛着一肩行李疲惫之中却找不到一间店。"《巩县幕中五十自寿·沁园春》二阕,说:"自己给自己祝寿三杯,仰天长叹,屈指徘徊叹自己一生的遭遇,像那傀儡一样,虚名入仕逐队登场。渐渐地消磨时光,人已经老了,富贵功名又在哪里呢! 不要伤感,且找一找笛子寻别的生路吧! 我干过那么多的庸俗之事,混迹于乡村篱舍之间学读古文。任凭青春在

渐渐逝去,希望自己能比上北斗的名气,论黄数白谈论学问,富有好像那长长的淮河之水,凡事都是前生注定的,与我有什么相干,何苦愁眉苦脸地不开心!和你相约一醉方休,如果不喝酒就不要来。"又说:"自己给自己祝寿三杯酒,从今以后,住在家里要好好回想回想过去。想当年在金灯下纵情欢娱,与朋友呼三吆六,骑着雕有花鞍的马来打猎,寻花问柳。这都是二十年前的事,并不十分遥远,把壶都敲碎了,鼓也被我敲得震天响。这几年浪迹天涯,真像个狂夫不想家,看一群兄弟姐妹,都眼睁睁地盼着我,娇柔的儿女,悄悄呼喊着我。恨不能乘风飘然回去,怎奈道路遥远沟河纵横!每当黄昏之时,问有谁能来和我做伴,只有几个寒鸦罢了。"先祖是慈溪人,是前明槐眉侍御的孙子。槐眉和他的父亲茂英方伯,有《竹江诗集》流传于世。

七三

【原文】

叔父健磐公游西粤三十余年,卒时,香亭弟年才十岁,以故诗多散失。余归其丧,搜箧中,仅存见寄五律云:"独向空庭立,诗思入沭阳。才先施简邑,俸可养高堂。汝岂池中物,吾愁鬓上霜。何时一尊酒,相对话沧桑。""吾生最飘泊,泪迹满征衣。紫陌春犹在,青年事已非。水宽鱼未活,树密鸟难依。朽骨埋何处,秋原瘴雨飞。"

【译文】

叔父健磐公游历西粤三十多年,死的时候香亭弟才十岁,因此诗作多有散失。我回去奔丧,搜罗一些,只存下见寄的五律说:"一个人孤独地站在院里,诗思回到沭阳故地,能可以施于简邑,俸禄也可以养护父母,你怎么会是没有志向的人,我只为自己胡子在渐渐变白而感到忧伤。什么时候能与你一壶热酒,对饮诉说人世沧桑。""我这一生最是漂泊不定,悲伤的泪洒满了衣服。田野上春天还明显地存在,可我的青春已没有了。水面很宽但鱼却没有活,树林虽然

茂密鸟却难以依靠。我这把老骨头要埋在何处,站在秋天的旷野中任那雨水满天飞流。"

七四

【原文】

尹似村《小园》绝句云:"春草自来烧不尽,与花无碍不妨多。"深得司马温公所云"草非碍足不芟"包容气象。

司马光像,明·天然撰《历代古人像赞》。司马光曾封爵温国公,所以后世称其为司马温公。

【译文】

尹似村有《小园》绝句:"春草从来都是烧不尽的,不妨碍花朵就没人嫌它多。"这句诗深得司马温公所说的"草并不是因为太多了而不再生长"的包容气

七五

【原文】

所州郭元釪,字于宫,江左十五子之一也。秋闱文卷,偶误一字,乃挖小孔,补缀书之,收卷官勘以违例,不许入场。于宫作《挖孔》诗云:"吾道真成一喟然,仰高未已忽钻坚。似餐脉望三枚字,未补娲皇五色天。眼底金锒昏待刮,年来玉楮刻将穿。海山伴侣飞腾尽,惭愧偏为有漏仙。""一罅亏成抵海宽,功我赢得齿牙寒。世情毕竟吹毛易,笔力须知透背难。混沌画眉良可已,虚空著楔本无端。些些纰缪无多子。劳动诸君反复看。"又:"谁知百步穿杨手,如此夸张洞札工。""身世自怜还自笑,此生相误只毛锥。"真不愧才人吐属。

【译文】

扬州人郭元釪,字于宫,是江左十五才子之一。听说他秋天答卷子应试,偶然发现错了一字,就在错的地方挖个小孔,再用纸补上重写,收卷官认为这是违例,不许他入考场。于宫就做《挖孔诗》说:"我感叹我多年修成的道行,遇到'仰之弥高'这样的难题,没想到就是这个错字,不如女娲补成的五色天空。眼底直冒金星站立不稳,年年用的玉楮都快被磨穿了。海山之上的仙侣都飞走完了,惭愧的是偏偏把我给遗漏了。""一个小洞抵得上那宽阔的海水,为功名奔波让人心寒。世上事吹毛求疵实在容易,早知如此何必下笔那么用力呢。糊里糊涂去弥补良心可鉴,挖空原来的地方就是为修补这个目的。就是这样一点小小的差错,却劳累诸位考官反复地看。"又有一首:"谁知那百步穿杨的神手,也会夸张地去做那挖洞的工作。""可叹可笑自己的身世,一生都误在那一锥大小的地方上。"这些诗真不愧是才子才能吐露的心声和感受。

随园诗话

七六

余在王孟亭太守处，翻阅旧簏，得刘大山先生手书诗册。贺其祖楼村修撰《移居》云："官如蚕受茧丝缠，郁郁惟将邸舍迁。家具无多移较易，街坊太远住堪怜。月逢庙市刚三日，俸算词林已六年。闭户忍饥都不患，只愁囊乏卖书钱。""碧山堂里老尚书，二十年前此卜庐。任昉交游今在否，羊昙涕泪痛何如。颓廊有壁奔饥鼠，废圃无墙种野蔬。此日君居最相近，教余一到一踟蹰。"大山名岩，江浦人，人但知其工作时文，而不知诗才清妙乃尔。所去碧山堂尚书者，即东海徐健庵司寇，领袖名场者也。查浦先生亦有诗云："分明万壑归东海，不到朝宗转自疑。"可谓善于推尊者矣。

【译文】

我在王孟亭太宗那儿，翻阅书卷，得到刘大山先生的手书诗册。有一首是祝贺他的祖父楼村修撰的《移居》说："做官就像是蚕作茧自缚一样，郁郁寡欢地只有搬家。家具很少很容易就搬走了，街坊邻居从此相距太远十分可怜。每月逢上酒市三天，算来已入仕途六年了。关上门户忍着饥饿什么都不想，却还是忧愁囊中羞涩没有买书的钱。""碧山堂里住着的老尚书，二十年前在这个小草屋里住与任昉交游现在还在吗？羊昙为此而痛苦又有什么办法。空空的走廊下破坛里有饥饿的尧鼠在奔跑，废弃的花园也没有围墙种着稀疏的野草。今天我和你住得最近，但却使我触景伤情一步一踟蹰。"刘大山名严，江浦人，人们都知道他找文奏章写得好，却不知诗才也是十分精妙。所说的碧山堂尚书，是东海徐建庵司寇，是名场的领袖。查浦先生也有诗说："分明是万道溪流都奔向东海，不到目的地转头又自我怀疑。"这可谓善于推崇长辈啊！

七七

【原文】

芜湖范兆龙,字荔江,馆江宁宰陆兰村署中,时以诗见示,归后身亡。记其《雨宿韩家庙》一首云:"阴云蔽空白日冥,疾风满路驱雷霆。幸接招提投一宿,空廊寂寂飞鼯鼬,斋厨无人烟火熄,佛前几卷堆残经。燃灯枯坐双耳冷,侧听万斛松涛倾。檐溜须臾声渐止,门外潺湲犹未已。开轩月露浩盈阶,仰看天光净如洗。"

【译文】

芜湖范兆龙,字荔江,住在江宁宰陆兰村的公署里,时常写诗让我看,回家后就死了,记得他有《雨宿韩家庙》一首说:"阴云遮空,白天也变得昏暗,疾风呼啸伴着震耳的雷声。幸运地被接待住了一晚,空空庙里寂静无声只有蝙蝠飞来飞去,厨房里没有人也没有水,佛像前堆着几卷残缺不全的经书。点上灯冷冷地坐在那里,倾耳倾听外边那松涛的回响。过了一会儿声音渐渐停止了,门外潺潺的小溪还没有休歇。打开窗户,月光沾着露水打湿了台阶,仰头看天显得光净如洗过的一样。"

七八

【原文】

上虞陈少亭爱童二树五言,为《摘句图》,仿阮亭之摘施愚山也。余尤喜其

"早烟山际重,春雾水边多","看花蜂立帽,间水鹭随人","晴流鸣断壑,山影卧空田"数联。

【译文】

上虞人陈少亭喜欢童二树的五言古诗,作《摘句图》,模仿阮亭图的摘愚山。我喜欢他其中的,"早晨的烟雾遮着层层山峦,春天的水边也显雾气腾腾。""香花见蜜蜂在忙碌,赏水时那鹭鸟像人一样地站在那里。""晴天里溪边小鸟在尽情地啼叫,山的倒影映在山田里"几句。

随园诗话·卷三

求诗于书中，得诗于书外

一

【原文】

余尝语人云:"才欲其大,志欲其小。才大,则任事有余;志小,则愿无不足。孔北海志大才疏,终于被难。邴曼容为官不肯过六百石,没齿晏然。"童二树诗云:"所欲不求大,得欢常有余。"真见道之言。

【译文】

我曾经对人说:"才气应该很大,志向却要适当。才气大,则做事有余地,志向适当,则不会老不满足。孔北海志大才疏,终于被杀。邴曼容做官俸禄不肯要超过六百石的,所以安然老死。"童二树有诗说:"欲望不要太大,一有得到就会觉得心喜异常。"这真是有见识的人才能说出的话。

二

【原文】

夫用兵,危事也;而赵括易言之,此其所以败也。夫诗,难事也;而豁达李老易言之,此其所以陋也。唐子西云:"诗初成时,未见可訾处,姑置之,明日取读,则瑕疵百出,乃反复改正之。隔数日取阅,疵累又出,又改正之。如此数四,方敢示人。"此数言,可谓知其难而深造之者也。然有天机一到,断不可改者。余《读诗品》有云:"知一重非,进一重境;亦有生金,一铸而定。"

【译文】

用兵打仗,是一件危险的事;而赵括却说容易,这是他失败的原因。诗歌,是难做的事,而豁达李老却认为容易,这就是他写诗差的原因。

坑弃万军图,图选自清·马骀《百将图传》,讲述战国时期秦赵长平之战中,秦将白起打败赵将赵括,坑杀赵军降卒之事。袁枚认为战争本来是十分危险的事,而赵括却认为用兵打仗很容易,所以才遭惨败。

唐子西说:"诗刚写成时,看不到可以修改的地方,暂且放一段时间,隔天再取出来读,瑕疵则百出,要反复改才行。隔几天再读,疵露又出,又改一遍。像这样反复三四次,才敢拿给别人看。"这几句话,可以说是知道诗歌创作的困难,并愿意去深造啊!当然也有灵感一时来了,是不可以修改的。我的《读诗品》有句诗说:"知道一重的错误,又进入了一重的境界;也有天生的纯金,一次铸就够了,根本不用更改。"

三

【原文】

《西河诗话》载:曹能始先生《得家信》诗:"骤惊函半损,幸露语平安。"以为佳句。一客谓:"'露'字不如'剩'字之当。大抵'平安注函外,损余曰'剩',若内露,不必巧值此字矣。"人以为敏。余独谓不然。"剩"字与"半"字不相叫应,函不过半损,则剩者正多,不止"平安"二字。"幸露语平安",正是偶然触露,所以羁旅之情,为之惊喜耳。若曰不必巧值;则又何以知其必不巧值耶?

【译文】

《西河诗话》中记载:曹能始先生有《得家信》说:"猛一听说家信被毁坏了,却有幸露出的是报平安的话。"我认为是好的诗句。一客人说:"'露'字不如'剩'字恰当。大概是'平安'这几个字写在信外,损坏了叫'剩',要是在里边,不会这么巧刚好是这几个字。"人们都认为他太过敏感了。我独不以此为然。"剩"字与"半"字不对称,信不过损坏了一半,而剩下的还很多,不止"平安"两个字。"幸运地露出报平安",正是偶然碰出来的,因为客居异地,所以为此而特别欣喜,如果说不必那么巧地放置,那么又怎么知道它不会那么巧呢?

四

【原文】

卢雅雨先生与蒋萝村副宪,同谪塞外。蒋年老,虑不得归。卢戏作文生祭之。文甚谲诡。尹文端公一日谓余曰:"汝见卢《出塞集》乎?"曰:"见矣。"曰:

"汝最爱何诗?"余未答。公曰:"汝且勿言,我猜必是《生祭蒋萝村》文。"余不觉大笑,而首肯者再:喜师弟之印可也。其词曰:"先生之寿,七十有七。先生之壮,如其壮日。先生旷达,不讳其恤。先生有教,乃载之笔。先生书来,示我云云。昔同转运,与君为寅。今同谪戍,与君为邻。我欲生祭,乞君一言。仆谢不敏,非甘懒惰。诅老咒生,无乃不可! 既而思之,公非欺我。辱公之教,奈何弗果。爰卜吉日,乃驾黄骊。羔羊烝炙,酪酥淋漓。乾馔窖酒,载携载随。造庐展笑,大放厥词。昔公早达,久食天禄。遭际尧廷,而登副宪。有其志之,非仆所绿。仆识公晚,盖始投荒。过公信宿,示我周行。何以图报,祝寿而康。今年闻公,报三周岁。忆公语我:军台有制;诸弛形徒,考绩为例;瓜代为常,喜而不寐。何期命宫,磨蝎流连。帝闻臣罪,未闻臣年。草霜风烛,能否再延? 有死之心,无生之气。仆忝同群,敢忘敦慰。言之违心,听之无味。破涕用奇,于是乎祭。世之祭者,罗鼎列牲。岂无酹奠? 谁进一觥。岂无呼告? 谁应一声。祷尔曰谍,莫若及生。我闻设台,防厄鲁特;雪山为窟,师老难克。鬼能为厉,殊便杀贼。生不如人,死当报国。我闻西域,佛教常新:恒河沙数,皆不坏身。此去天竺,无间关津。一灵不昧,便入法门。我闻阎罗,即包孝肃:其家庐州,仆曾为牧。牧不负神,神应电瞩。为问年来,神颇忆不? 我闻冥司,分隶城隍。我辈头衔,颇与相当。定容抗礼,谦尊而光。岂如井底,妄肆蛙张。我闻此地,李陵所窜。苗裔及唐,犹通祖贯。游子河梁,妙绝词翰。地下相逢,定非冰炭。我闻归化,葬古昭君:青冢表表,血食为神。乃心汉阙,同乡是亲。死如卜宅,请傍佳人。凡诸幻想,谓死有觉;有觉而死,不改其乐。若本无知,何嫌沙漠? 沧桑以来,谁非委壑? 公曰信哉,君言慨慷;君浮我白,我奉君觞。饮既尽兴,食亦充肠。饮食醉饱,是为尚飨。"

【译文】

卢雅雨先生和蒋萝村副宪,一同被贬到塞外,蒋先生年纪大,老考虑回不了家。卢先生开玩笑作文生祭他。文章十分诡秘。

尹文端公一日对我说:"你见过卢先生的《出塞集》吗?"

我说:"见过啊!"又问:"你最喜欢什么诗?"我没有回答。尹文端公说:"你先不要说,我猜一定是《生祭蒋萝村文》。"

我不觉大笑,而再三点头称是,十分高兴师兄弟间的相互印证。

他的这篇祭文说:"先生的寿命,七十七岁。先生的身体之壮,像壮年时一样。先生生性豁达,不避讳什么。先生十分有教养,是连书也早有记载的。先生一有信,定要让我也看看。过去一块走出的时候,你我相互十分尊敬。如今

一同被贬到塞外,又和你成了邻居。我准备给你生祭一番,请你说一说。可你自己总是说没有灵感来创作,并不是甘于懒惰。诅咒苍老的生命,有什么不可以的!回过头又想想,你可能并没有欺骗我。依你的指教,文章就一直没有了结果。改算到一个吉利的日子,就请你驾着黄马车归去。为你蒸一头羔羊,畅快淋漓,干喝那陈年老酒,载歌载舞,造栋草房会使你开心大笑,兴致来时大放厥词。希望你能早日到达这种地方,永远享受上天的俸禄。遇上像尧这样的皇帝,而登上副宪的官位。这是有记载的,并不是我所虚构,我认识你太晚了,一开始就是奔往塞外。路过你的住地,你总是周到地招待我,怎么样来报答你,只有祝你长寿健康,今年见你,已到塞外三年了,记得你对我说:军中有特殊的制度,军士们都常常疲于奔命,考察功绩也有定例,常常要互相替换,因此而高兴得睡不着觉。为什么宫里却没有消息,使我们在这里流连不归。皇帝只知我的罪责,却不管我的年纪。风烛残年,是否还能活下去?有死去的心愿,再没有活下去的勇气。我和你本是一样,只能去安慰你。听你的话为之连心,但心里却很不是滋味。说罢伤心事,来生祭你博欢笑。世上祭祀的,都要摆上鼎和牲畜。怎能没有祭品呢?谁来为你敬一杯酒。怎么能没有司仪呢?可谁又来答应一声。为你祈祷不如在生的时候。我听说设祭祀台,要防止厄鲁特;雪山作为洞窟,师老难以克服。鬼中有厉鬼之说,用来追杀贼人。生既不如别人,死了倒应当报效国家。我听说在西域,佛教常新:恒河的佛教像汉子一样多,都是劝人修身养性的。从这儿到天竺国,没有关隘把守。只要灵魂不灭,便可加入法门。我听说阎罗,就是包孝肃;他的老家在泸州,我曾经做过太守。为太守时不曾得罪鬼神,神应该看得明白。为此问问这几年,可有神仙来过问我们?我听说在阴间,有城隍庙。我们这些人的头衔,和他们还十分相当。在这样的位子上讲究礼节,谦虚而又有尊严。这那里如在井底的青蛙,可以放肆地鸣叫。我听说在这里,有李陵的墓,苗裔的人以及唐的遗民,都还互相通婚。游子在这个地方,留下了许多绝妙的好词。你在这儿与他们地下相逢,肯定相处得十分融洽,我听说在旧化葬有昭君之墓,坟墓青青,四季都有人把她作神来祭祀。可她的心还是属于汉朝的,同家乡的人才是亲人。死了如果选择住处,就请挨着这位佳人。太多的幻想,听说死后会有感觉:死后如果有感觉,也一定会十分快乐的。如果心中本来没有感觉,又怕什么沙漠?多少年来,谁不怕那些沟沟坎坎?你说是这样,话既然讲得这么慷慨,就让我们来喝口酒吧,我敬你一大杯。喝酒要尽兴,吃饭要充饥,酒足饭饱,是不是太爱吃了?"

五

【原文】

松江曹黄门先生陆夫人,自号秀林山人,归先生时,年才十七;查具旁,皆文史也,尤爱《楚辞》,针黹暇,必朗诵之。侍婢私语曰:"夫人所诵,与在家时何异?"先生因赠诗云:"幽意闲情不自知,碧窗吟遍楚人词。添香侍女听来惯,笑说书声似旧时。"因戒夫人曰:"卿爱屈子词,此生不当得意。"已而果亡,先生为梓其《梯山阁遗稿》。《冬日病起》云:"病里生涯百事赊,一弦一柱谱《平沙》。弹来却怪人偷听,闲倚栏杆看雪花。"《寄外》云:"烟水迢迢泛木兰,寒风残雪怯衣单。客裘自着江边雨,莫作临行泪点看。"余闻方问亭宫保,少时亦爱《离骚》。自单云:"爱读《离骚》便不祥。"其后功名显赫。然则黄门先生之言,亦未必尽然与? 先生讳一士,官御史。

【译文】

松江曹黄门先生的夫人姓陆,自号秀林山人,嫁给先生的时候,才十七岁,嫁妆旁边,都是文史书籍,她特别喜爱《楚辞》,做针线活休息的时候,一定朗诵它。

侍婢私下说:"夫人读的,与在娘家时有什么区别呢?"

先生因此写诗相赠说:"幽幽的意境闲适的心情,连自己都不察觉,在那碧绿的小窗下,把楚人的词都读遍了。添香的侍女听习惯了,笑着议论那读书声和过去的一样。"

因而告诫夫人说:"你爱屈原的词,看来今生不会如意。"后来果然早死了。先生印刷了她的《梯山阁遗稿》,有《冬日病起》说:"病里什么事都干不成了,只有在香注下弹奏《平沙》,弹着弹着又责怪别人来偷听,闲倚栏栏看那雪花飘飘。"

《寄外》说:"烟水茫茫千里迢迢要坐船归来,我在这里寒风飞雪只觉身上衣服单薄。你在远方伴着那满江的细雨,是不是像我们临别时的点点泪滴。"

我听说方向亭宫保,年轻时也爱《离骚》,自己给自己预言说:"爱读《离骚》

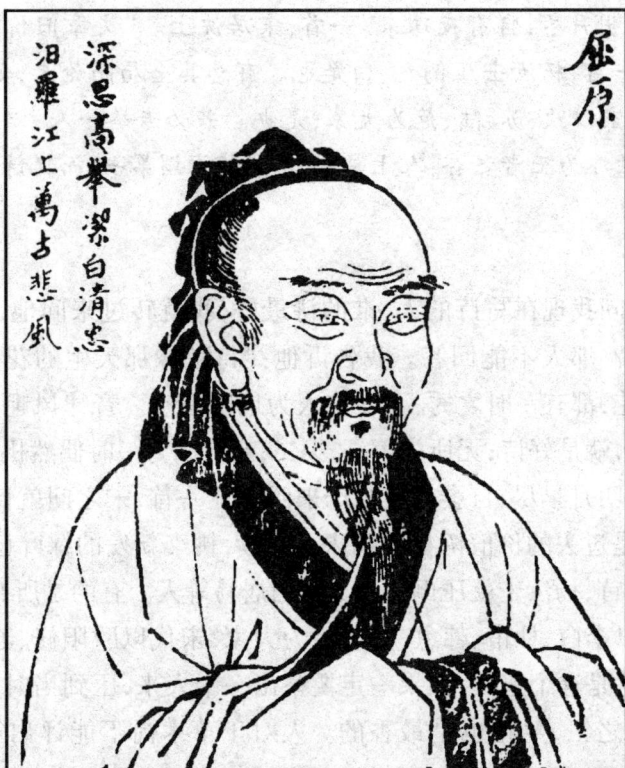

屈原像，图出自明·天然撰《历代古人像赞》。屈原是
我国古代著名爱国诗人，他的代表作《离骚》受到后世文人
的喜爱。

是不吉祥的。"后来却功名显赫。可见黄门先生的话，也不一定对？黄先生字一
士，任御史之职。

六

【原文】

人或问余以本朝诗，谁为第一？余转问其人，三百篇以何首为第一？其人
不能答。余晓之曰：诗如天生花卉，春兰秋菊，各有一时之秀，不容人为轩轾。
音律风趣，能动人心目者，即为佳诗；无所为第一、第二也。有因其一时偶至而

论者,如"不愁明月尽,自有夜珠来"一首,宋居沈上。"文章旧价留鸾掖,桃李新阴在鲤庭"一首,杨汝士压倒元、白是也。有总其全局而论者,如唐以李、杜、韩、白为大家,宋以欧、苏、陆、范为大家,是也。若必专举一人,以覆盖一朝,则牡丹为花王,兰亦为王者之香:人于草木,不能评谁谓第一,而况诗乎?

【译文】

有人曾经问我现在写诗的人,谁的诗最好,我就转过来问他,《三百篇》中哪一首为第一? 那人不能回答。我告诉他:"诗就像那天生的花卉,春天的兰花,秋天的菊花,都有一时之秀,不允许人为地限制它。音律风趣,只要能感动人心境眼睛的,就是好诗;无所为第一、第二,有人因为一时偶然机会而有诗的,像:"不必忧愁明月早尽,自会有夜明珠来照明。"一首,宋之问就比沈佺期写得好。"文章还是过去的价值留在我躺床上时读,桃李新发的绿叶已能成荫默立在庭院中。"一首,杨汝士就压倒了元稹与白居易等人。有的是所有的诗都写得特别好,像唐以李白、杜甫、韩愈、白居易为大家,宋代以欧阳修、苏轼、陆游、范仲淹为大家,就是这个道理,如果一定要举出一个人来,压到当时所有的人,那么牡丹是花中之王,兰花也是最香的。人对于草木尚不能评出第一,何况诗歌呢?

七

【原文】

王阳明先生云:"人之诗文,先取真意;譬如童子垂髫肃揖,自有佳致。若带假面伛偻,而装须髯,便令人生憎。"顾宁人与某书云:"足下诗文非不佳;奈下笔时,胸中总有一杜一韩放不过去,此诗文之所以不至也。"

【译文】

王阳明先生说:"人们写出的诗文,先要看看他的真实用意,就像垂着发髻的童子相互作揖,自然也十分别致。如果是假情假意,而要装模作样,就令人生

厌了。"顾宁人和我写信说:"你的诗文并不是不好,奈何下笔的时候,胸中总有一个杜甫一个韩愈放不下,这就是诗文不能达到极致的原因啊!"

几

【原文】

王梦楼侍讲云:"诗称家数,犹之官称衙门也。衙门自以总督为大,典史为小,然以总督衙门担水夫,比典史衙门之典史,则亦宁为典史,而不为担水夫。何也? 典史虽小,尚属朝廷命官,担水夫、衙门虽尊,与他无涉。今之学杜、韩不成,而矜矜然自以为大家者,不过总督衙门之担水夫耳。"叶横山先生云:"好模仿古人者,窃之似,则优孟衣冠;窃之不似,则画虎类狗,与其假人余焰,妄自称尊;孰若甘作偏裨,自领一队?"

【译文】

王梦楼侍讲说:"诗在家中,就像当官的坐在衙门里,衙门中自然是总督大人为大,典史为小;但以总督衙门里的挑水的人和典史衙门里的典史,那也宁肯做典史而不做担水夫。为什么? 典史虽然官职低,但却是朝廷命官;担水的人,衙门虽然很尊贵,却和他无关。现在的人学杜甫、韩愈不成,却矜持地认为自己已是大家,不过像总督衙门中的挑水夫一样啊!"叶横山先生说:"喜欢模仿古人的,学的像,是穿着优孟衣服的人,学的不像,则是画虎类狗。与于借别人的火焰,妄自称大,不如甘作偏裨将官,自领一队?"

九

【原文】

东坡近体诗,少酝酿烹炼之功,故言尽而意亦止,绝无弦外之音,味外之味;阮亭以为非其所长,后人不可为法,此言是也。然毛西河诋之太过。或引"春江水暖鸭先知",以为是坡诗近体之佳者。西河云:"春江水暖,定该鸭知,鹅不知耶?"此言则太鹘突矣。若持此论诗,则《三百篇》句句不是:在河之州者,斑鸠、鸤鸠皆可在也;何必"雎鸠"耶?止丘隅者,黑鸟白鸟皆可止也,何必"黄鸟"耶?

【译文】

苏东坡的近体诗,少酝酿烹炼的功底,因此话说完意境也就完了,根本没有弦外之音味外之味;阮亭认为这不是他的长处,后人不可以学,这话很对。但是毛西河又贬低的太过分。有人引"春天江水变暖鸭子先知道",认为是东坡近体诗中写得好的。西河说:"春江水暖,难道一定要鸭先知道,而鹅就不知道?"这话太为莽撞了。如果按这种论调,那么《三百篇》中每句都不对:在河水中绿洲的,斑鸠、鸣鸠都可以在嘛,何必一定是"雎鸠"呢?停在丘隅的,黑鸟、白鸟都可以啊,何必一定是"黄鸟"呢?

一〇

【原文】

富贵诗有绝妙者,如唐人:"偷得微吟斜倚柱,满衣花露听宫莺。"宋人:"一院有花春昼永,八荒无事诏书稀。""烛花渐暗人初睡,金鸭无烟却有香。""人散

秋千闲挂月,露零蝴蝶冷眠花。""四壁宫花春宴罢,满床牙笏早朝回。"元人:"宫娥不识中书令,问是谁家美少年。""袖中笼得朝天笔,画日归来又画眉。"本朝商宝意云:"帘外浓云天似墨,九华灯下不知寒。""那能更记春明梦,压鬓浓香侍宴归。"汤西崖少宰云:"楼台莺蝶春喧早,歌舞江山月坠迟。"张得天司寇云:"愿得红罗千万匹,漫天匝地绣鸳鸯。"皆绝妙也。谁谓"欢娱之言难工"耶?

【译文】

富贵诗也有绝妙的,像唐朝人:"突然而至的灵感使我倚柱轻声吟咏,听着宫中的钟声,落我满身的花香和露水。"宋人有诗:"一个院里有花春天就驻在这里了,国家安定诏事自然也就少了。""烛花渐渐地暗淡下来,人刚刚睡下,金鸭嘴里的香火没有烟却香气扑鼻。""人都散去了月光下秋千独自悠荡着,露水下来了,蝴蝶冷冷地睡在花丛中。"四面都是宫花春宴刚刚进行完,满床的牙笏是早朝的官员回来了。元朝有诗:"宫中的侍女不认得中书令,问这是谁家的漂亮少年。""袖中笼着朝见皇帝用的笔,公事办完回来又给夫人画眉。"本朝商宝意有诗说:"帘外浓云密布天像墨汁一样,九华灯下不觉得寒冷。""哪里记得春天中的美梦,胡须上还带着浓香饮宴归来。"汤西崖少宰说:"楼台上突然有蝴蝶出现才知道春天早早地来了,歌舞升平的时候月亮也归去得很迟。"张得天司寇说:"愿意有红罗千万匹,漫天盖地绣鸳鸯。"这都十分绝妙,谁又能说:"欢娱的话难以写成工整的诗歌。"

【原文】

贫士诗有极妙者,如陈古渔:"雨昏陋巷灯无焰,风过贫家壁有声。""偶闻诗累吟怀灭,偏到荒年饭量加。"杨思立:"家贫留客干妻恼,身病闲游惹母愁。"朱草衣:"床烧夜每借僧榻,粮尽妻常寄母家。"徐兰圃:"可怜最是牵衣女,哭说邻家午饭香。"皆贫语也。常洲赵某云:"太穷常恐人防贼,久病都疑犬亦仙。""短气莫书赊酒券,牵道先长扣门声。"俱太穷,令人欲笑。

【译文】

贫士之中有诗写得十分绝妙的,像陈古渔:"细雨纷飞天空昏黄,简陋的小巷里灯都似明似暗,风吹过去贫家四壁空空都有回音。""偶然觉得吟诗很累写诗少了,但到了这么大年纪饭量却增加了。"杨思立:"家里贫苦又留客吃饭使妻子十分恼怒,身体有病闲散游玩惹得母亲为此而忧愁。"朱草衣:"床被烧了夜里常要借用僧人的床,粮食吃光了只好把妻子寄在娘家。"徐兰圃:"最可怜的是小女儿,哭着说邻居家的饭菜香。"这是贫穷者的诗。常州赵某说:"太穷了常害怕别人把自己当贼看,长期有病,人们都怀疑我快死了。""最气短的不过是写赊酒的东西,最害怕的是要账的人敲门的声音。"这都是太穷,让人想笑。

一二

【原文】

杨花诗最佳者,前辈如查他山云:"春如短梦初离影,人在东风正倚栏。"黄石牧云:"不宜雨里宜风里,未见开时见落时。"严遂成云:"每到月明成大隐,转因云热得佯狂。"薛生白云:"飘泊无端疑'白也',轻盈真欲类'虞兮'。"王菊庄云:"不知日暮飞犹急,似爱天晴舞欲狂。"虞东皋云:"飘来玉屑缘何软,看到梅花尚觉肥。"意各不同,皆妙境也。近有人以此命题,燕以均云:"小院无端点绿苔,问他来处费疑猜。春原不是一家物,花竟偏能离树开。质洁未堪污道路,身轻容易上楼台。随风似怕儿童捉,才扑栏杆又却回。"蔡元春云:"沾裳似为衣添絮,扑帽应怜弯鬓有霜。似我辞家同过客,怜君一去便无归。"李葵云:"偶经堕地时还起,直到为萍恨始休。"杨芳灿云:"掠水燕迷千点雪,窥窗人隔一重纱。""愿他化作青萍子,傍着鸳鸯过一生。"方正澍云:"春尽不堪垂老别,风停亦解步虚行。"钱履青云:"风便有时来砚北,月明无影度墙东。"

【译文】

杨花诗写得最好的,像前辈中查他山说:"春天像短暂的美梦一样刚刚离开

而去，人还在东风下倚着栏杆。"黄石牧说："不适合雨却适合风，不见开的时候只见落的时候。"严遂成说："每到月明的时候就长出一大片，到了白天顺风就装着疯狂飞去。"薛生白说："飘泊无端像是下雪，轻盈的姿态真像虞姬跳舞。"王菊庄说："不知天已黑了还飞得那么着急，像是喜欢这样的晴天而发狂一样地飞舞。"虞东皋说："飘来的玉屑为什么这样柔软呢？看到梅花还觉得长得十分好。"意思不同，但都描述了一种奇妙的意境，近代有人用这绿色的青苔，想知道他的来处却费了功夫。春天原来不是一家的东西，花怎么会离开树而依然开放。品质高洁不能污染道路，借着身轻登上楼台。随风而飘似乎怕儿童捉它，才扑向栏杆就又飞回去了。蔡元春说："沾到衣裳上像为衣服添些花絮，补到帽子上应该怜惜那满头的白发。像我一样离开家如过客一样，可怜你一去便没了归期。"李葇说："偶然落到地上又飞起来，直到作了浮萍恨才罢休。"杨芳灿说："掠水的燕子被这千点'雪花'所迷惑，看窗户外的人就像隔了一层纱。""愿它化作浮萍伴着鸳鸯度过一生。"方正澍说："春天将尽不能忍受老时的分离，风一停，才知道空走了那么远。"钱履青说："就是有风的时候才能去往北而去趁着明亮的月光悄悄地飞到了东边的墙上。"

一三

【原文】

严海珊《咏桃花》云："怪他去后花如许，记得来时路也无。"暗中用典，真乃绝世聪明。

【译文】

严海珊《咏桃花》说："很奇怪他走后依然有这么多的花，记得来时也没有路。"暗中用了典故，真是绝顶的聪明。

一四

【原文】

最爱周栋园之论诗曰:"诗,以言我之情也,故我欲为则为之,我不欲为则不为。原未尝有人勉强之,督责之,而使之必为诗也。是以《三百篇》称心而言,不著姓名,无意于诗之传,并无意于传我之诗。嘻!此其所以为至与!今之人,欲借此以见博学,竞声名,则误矣!"

【译文】

最喜爱周栋园的论诗说:"诗,是用来诉说我的心情的,因此我想写就写,我不想写就不写。根本就不可能有人来勉强我,督责我,而使我必须写诗。因此《三百篇》凭心来说,不写姓名,无意于诗歌的传播,并无意于后人来传我的诗作。嘻!这就是所谓的尽兴!今天的人,想借这些来表现博学,夺名声,是错误的!"

一五

【原文】

英梦堂相公,诗才清绝,作里河同知,与余游扬州僧寺,云:"萧寺廊回水一层,栏杆闲处有人凭。书生自笑酸寒甚,不看春灯看佛灯。"后三十年,金陵弟子龚元超有一首云:"烟萝暗处石棱嶒,翠竹玲珑月作灯。总是谁家吹玉笛,画栏清冷夜深凭。"何其风韵之相似也?

【译文】

英梦堂相公,诗才清文妙绝,作里河同知,和我游扬州僧寺,说:"萧瑟的寺院走廊春水一层又一层,栏杆旁边都有人倚靠。书生自己笑自己穷酸贫穷,不去看春灯却在佛灯下读书。"后三十年,金陵弟子龚元超有一首说:"烟萝暗处有峻峭的石头,翠竹玲珑可爱明月可以做灯。听见谁家的玉笛在吹响,靠着雕花的栏杆看夜的清凉。"他们的风韵怎会十分相似呢?

一六

【原文】

合肥进士田实发,庚戌会试,梦其母浴小儿子盆,意颇恶之。过黄河,资尽,不能雇车,意阑珊欲返,有驮夫苦劝前行。问夫:"何姓?"曰:"姓孟。"因忆梦中:儿者,子也;盆者,皿也:或者此行其有益乎? 果以是科获售。《咏晓钟》云:"雨云魂梦初惊后,名利心思未动前。"又:"鸟立树梢徐坠果,风来檐隙自翻书。"颇近放翁小品。《咏花下鸳鸯》云:"翠幄红帱梦未阑,频倾香露不知寒。除非花上蜂儿落,才肯抬头仔细看。"

【译文】

合肥进士田实发,庚戌会试,梦见他母亲在盆里为小儿洗澡,心里十分恶心。过黄河,盘缠用完了,不能雇车,心里想回去,有一个驮夫苦苦劝他往前走。他就问驮夫:"姓什么!"说:"姓孟。"因回忆梦中:儿者,是指子,盆,是器皿,或许是这一回有收益? 后来果然中了举。《咏晓钟》说:"雨云的梦境被惊醒之后,名利的思想已不如从前。"又:"鸟儿站在树梢之上使果子渐渐掉了下来,风儿吹来透过檐前的缝隙翻开了书本。"与陆游的小品十分相似。《咏花下鸳鸯》说:"在翠红相间的幄帐中梦还没有醒来,香气扑鼻的晨露进来也不知道寒冷,除非是花上的蜜蜂掉下来,才肯抬头仔细看。"

一七

【原文】

余常谓：诗人者，不失其赤子之心者也。沈石田《落花诗》云："浩劫信于今日尽，痴心疑有别家开。"卢仝云："昨夜醉酒归，仆倒竟三五。摩挲青莓苔，莫嗔惊着汝。"宋人仿之，云："池昨平添水三尺，失却捣衣平正石。今朝水退石依然，老夫一夜空相忆。"又曰："老僧只恐云飞去，日午先教掩寺门。"近人陈楚南《题背面美人图》云："美人背倚玉阑干，惆怅花容一见难。几度唤他他不转，痴心欲掉画图看。"妙在皆孩子语也。

【译文】

我常说："诗人，不要丢了他赤子一样的心。"沈石田《落花》诗说："浩劫应该在今天完结了，心有疑惑要靠别人来打开。"卢仝说："昨天晚上喝醉酒回来，倒地都有三五次，用手摸摸那青苔，不要怪我惊动了你。"宋朝有人模仿着作诗说："池子昨晚凭空添了三尺水，衣服放在平整的石头上不见了。今天水退了石头依然还在，我原来是一夜的空相思。"又说："老僧只害怕云会

卢仝像，图出自清·顾沅《古圣贤像传略》。卢仝为唐代诗人，初唐四杰中的卢照邻之嫡孙。

飞去，日到正午先教关了寺门。"近人陈楚南《题背面美人图》说："美人背靠着玉做的栏杆，惆怅花容易一见面是如此困难。几次叫他他都不回来，痴心要将她当图画看。"妙就妙在都是孩子的话。

【原文】

诗有认假为真而妙者，唐人《宿华山》云："危栏倚遍都无寐，犹恐星河坠入楼。"宋人《咏梅花帐》云："呼童细扫潇湘簟，犹恐残花落枕旁。"有认真为假而妙者，宋人《雪中观妓》云："恰似春风三月半，杨花飞处牡丹开。"元人《美人梳头》云："红雪忽生池上影，乌云半卷镜中天。"

【译文】

诗歌有认假为真十分巧妙的，唐朝有人写《宿华山》说："倚遍那高高的栏杆也不能入睡，害怕那星河满天坠入小楼。"宋朝有人写《咏梅花帐》说："喊童子来仔细扫那用潇湘竹作的器皿，还是怕那残花落在枕头旁。"有认真为假十分巧妙的，宋朝有人写《雪中观妓》说："就好像是三月间的春风里，杨花飞的地方牡丹也开了。"元朝有人写《美人梳头》说："脸色白里透红映照在水里，头发乌黑像云一样遮住了镜中的天空。"

一九

【原文】

黄藜洲先生云："诗人萃天地之清气，以月露风云花鸟为其性情。月露风云

花鸟之在天地间,俄顷灭没;惟诗人能结之于不散。"先生不以诗见长,而言之有味。

【译文】

黄藜洲先生说:"诗人集中了天地之间的清气,以月光露水风云花鸟为其性情。月露风云花鸟在天地之间,稍稍一会就变化万端;只有诗人能抓住这些事物的特点。"

先生写诗不是他的特长,但话却说得有理。

二〇

【原文】

江洲进士崔念陵室许宜媖,七岁《玩月》云:"一种月团滦,照愁复照欢。欢愁两不着,清影上栏杆。"其父叹曰:"是儿清贵,惜福薄耳!"宜媖不得于姑,自缢死。其《春怀》云:"无穷事业了裙钗,不律闲拈小遣怀。按曲填词调玉笛,摘诗编谱入牙牌。凄凉夜雨谋生拙,零落春风信命乖。门外艳阳知几许,兼花杂柳鸟喈喈。"《寄外》云:"花缸封月相怜夜,恐是前身隔世人。"进士已早知其不祥,解环后,颜色如生。进士哭之云:"双鬟双绾娇模样,翻悔从前领略疏。"崔需次京师,又聘女鸾媖为妾。崔故贫士,归来省亲,媖之养父强售之于某千户,媖不从,诡呼千户为爷,而诉以原定崔郎之故。千户义之,不夺其志,仍以归崔。媖生时,母梦凤集于庭。崔赠云:"柳如旧皱眉,花比新啼频,桃灯风雨窗,往事从头说。"

崔有《灌园余事》一集,载宜媖事甚详。陈淑兰女子阅之,赋诗责崔云:"可惜江洲进士家,灌园难护一枝花。若能才子情如海,争得佳人一念差?""自说从前领略疏,阿谁牵绕好功夫。宜媖此后心宜淡,莫再人间挽鹿车。"呜呼!淑兰吟此诗后十余年,亦缢死,可哀也!然宜媖死于怨姑,淑兰死于殉夫:有泰山鸿毛之别矣。

随园诗话

【译文】

　　江州进士崔念陵娶了许宜媖,七岁作诗《玩月》说:"一样的圆月,既然忧愁又照欢乐。欢乐与忧愁都看不见,既照忧愁又照欢乐。欢乐与忧愁都看不见,清影照上了栏杆。"

　　她的父亲感叹说:"这孩子清雅高贵,可惜就是福薄。"宜媖和她的婆婆不合,后来上吊死了,她有《春怀》说:"无穷的事业都是由女子来做的,做些小诗来遣怀解闷,按曲填词调五笛,摘取一些诗歌编成集子送到东坊,凄凉夜雨感叹生命艰难,零落春风使我相信命运不幸。门外的艳阳不知有多好,花柳相间中有鸟的鸣叫。"《寄外》说:"绣花的缸子对着月亮在夜里相互爱怜恐怕他们前世是没有缘分的有情人。"进士也早已知道她的死讯,解了绳子下来,颜色和生的时候一样。进士哭她说:"两鬓绾成两个发髻娇美的模样,后悔以前我对你了解得太少也太疏忽了。"崔进士要进京师,又聘了鸾媖为妾。崔念陵本来是贫寒的士人,归来省亲,宜媖被她的养父强迫卖给某个户,她不从,用计称千户为爷爷,诉说她原来早定给崔进士了,千户十分讲仁义,不强夺她的志向,仍旧让她嫁给崔进士。要生下来的时候,她的母亲梦见有凤凰聚集在庭院里。崔进士赠诗说:"柳叶好像你以前的眉毛,花好比你的脸颊,在风雨夜里临窗挑灯,往事须从头说起。"

　　崔进士有《灌园余事》一本,记载宜媖的事迹很详细。陈淑兰女子读了,写诗给崔念陵说:"可惜江州崔进士的家里,偌大的一个灌园还护不了一枝花。如果才子是情深如海,佳人又怎会产生那一念之差呢?""自己说自己从前太疏忽了,可是谁在这其中作怪呢。宜媖自己应想开一些,不要再在人间受这种气了。"呜呼!淑兰写这些诗十年后,也上吊死了,可哀呀,然而宜媖是因为婆婆而死,淑兰却是为了殉夫:她们俩有泰山鸿毛的区别啊!

二一

【原文】

　　常宁欧永孝序江宾谷之诗曰:"《三百篇》《颂》不如《雅》,《雅》不如《风》。

何也?《雅》《颂》,人籁也,地籁也,多后王、君公、大夫修饰之词。至十五《国风》,则皆劳人、思妇、静女、狡童矢口而成者也。《尚书》曰:'诗言志。'《史记》曰:'诗以达意。'若《国风》者,真可谓之言志而能达矣。"宾谷自序其诗曰:"予非存予之诗也;譬之面然,予虽不能如城北徐公之面美,然予宁无面乎? 何必阙观焉?"

【译文】

常宁欧永孝为江宾谷的诗作序说:"《三百篇》中,颂不如雅,雅不如风,为什么? 雅、颂、属于人籁、地籁,多是后五、君公、大夫修饰赞美的词。到了十五国风,则都是劳动的人、思亲的妇人、娴静的女子、狡猾的牧童脱口而成的。"《尚书》说:"诗是用来讲志向的。"

《史记》说:"诗是用来表达意境的。"像《国风》其可以算得上既讲志又达意的。宾谷自己对他诗作序说:"我并不是一定要保存我的诗,随之便便而已,我虽然不能像城北徐公那么漂亮,但我就不能见人了吗? 何必那么悲观失望心情不好呢?"

＝＝

【原文】

吾乡吴修撰鸿,督学湖南。壬午科,湖南主试者为嘉定钱公辛楣;陕西王公伟人。

诸生出闱后,各以闱卷呈吴。吴所最赏者,为丁甡、丁正心、张德安、右鸿翯、陈圣清五人,曰:"此五卷不售,吾此后不复论文矣。"榜发日,吴招客共饮,使人走探。俄而抄榜来,自第六名至末,只陈圣清一人。吴仿偟莫释。未几,五魁报至,则四生已各冠其经,如联珠然。吴大喜过望。一时省下传为佳话。先是,陈太常兆伦在都中,以书贺吴云:"今科楚南得人必盛。"盖预知吴、钱、王三公之能知文,能拔士也。吴首唱一诗,云:"天鼓喧传昨夜声,大宫小徵尽含鸣。当头玉笋排班出,入眼珠光照乘明。喜极传添知已泪,望深还慰树人情。文昌此日欣连曜,谁向西风诉不平。"一时和者三十余人。后甲辰三月,余游匡庐,遇丁君宰星子,为雇夫役,作主人,相与序述前事,彼此憬然。且曰:"正心管领庐

山七年,来游者先生一人耳。”

【译文】

我的老乡吴鸿修撰,督学湖南。壬午科,湖南主试者为嘉定钱辛楣公;陕西王伟人公。

诸位考生出围后,都将闱卷上交给吴鸿,吴鸿最欣赏的,是丁甡、丁正心、张德安、右鸿鷔、陈圣清五个人,说:“这五份卷如果不入榜,我今后就不再议论文章了。”发榜的那天,吴鸿招许多客人一块喝酒,叫人去打探。

一会儿抄榜地回来了,从第六名到最后,只有陈圣清一个人。吴鸿一时慌张得不知该如何解释。过一会儿,王魁报到了,前四个人已都入选,如珠联结在一起,吴鸿大喜过望,一时在省里传为佳话。

首先,陈兆伦太常在都中,寄书信给吴鸿祝贺他说:“今年科举中湖南出的人才一定很多。”朝上下都知道吴鸿、钱梓楣和王伟人能选拔名士,能选拔文章。

吴鸿先做了一首诗,说:“朝廷的鼓声喧天还在昨夜里回荡,各种音调的乐器都唱着。当头的玉笋排着队出来了,珠光明亮刺人眼睛。高兴极了反而落下知己人的泪,往前看都是我培育人才的一片深情。文章才华今天一展无余,谁还会对着西风抱怨不公平。”一时间和他这首诗的有三十多人。

后来甲辰三月,我游匡庐,遇上丁星子君宰,在做一些苦力,我请他吃饭,彼此诉说以前种种见闻,相互感到心潮澎湃。

他说:“我管理这庐山七年了,来游玩的只有先生一个人啊!”

二三

【原文】

钱香树先生为侍读时,出都,泊济宁,立船头,为霜所滑,失足入水,家人救以篙,得不死。笑谓宾客曰:“吾闻坠水死者,必有鬼物凭之;倘昨夜遇李太白,便把臂去矣!”明日过李白楼,题云:“昨夜未曾逢李白,今朝乘兴一登楼。楼中人已骑鲸去,楼影当空占上游。”

李白像,图出自明·天然撰《历代古人像赞》。传说李白为坠水而死,所以钱香树坠水获救后有"倘昨夜遇李太白,便把臂去矣"之语。

【译文】

钱香树先生做侍读的时候,出京城,坐船到济宁,站在船头上,被霜滑了一下,不小心掉进水里,家人用篙救他上来,才免去一死,后来他笑着对宾客说:"我听说掉水里死去的,肯定有鬼怪来拖拉他,如果昨天晚上碰上李太白,我的手臂就可能没有了。"

第二天过李白楼,题诗说:"昨天晚上没有遇见李白,今天乘兴就登一次李白楼。楼里的人已经到水里去了,楼的投影正照在河的上游之中。"

二四

【原文】

予在转运卢雅雨席上,见有上诗者,卢不喜,余为解曰:"此应酬诗,故不能

佳。"卢曰:"君误矣! 古大家韩、杜、欧、苏集中,强半应酬诗也。谁谓应酬诗不能工耶?"予深然其说。后见粤西学使许竹人先生自序其《越吟》云:"诗家以不登应酬作为高。"余曰:不然。《三百篇》行役之外,赠答半焉。逮自河梁洎李、杜、王、孟,无集无之。已实不工,体于何有? 万里之外,交生情,情生文;存其文,思其事,见其人,又可弃乎? 今而可弃,昔可无赠;毋宁以不工规我。"

【译文】

我在转运使卢雅雨的酒席上,见有人送诗来,卢雅雨不喜欢,我替他做解释说,"这是应酬诗,所以写得不好。"

卢雅雨说:"你错啦! 古代的大家韩愈、杜甫、欧阳修、苏轼都在一个时代,多半都是应酬诗。谁说应酬诗不能写好?"我深深认为他说的对。

后来见到广西学使评竹人先生自己为他的《越吟》写序说:"诗作家以不写应酬诗为高的境界。我说:不对。《三百篇》中行役之外,有一半的诗歌都是应答之作,大概从河梁到李白、杜甫、王维、孟浩然,没有不是应答的诗。确实写得不好的,和体例又有什么关系。万里之外,交往也能产生情感,情感可以产生文章;保存他的文章,想着交往时的事情,见到这个人,又怎会放弃呢? 如今如果丢弃,过去又没有相互赠送的诗文,因此宁可用写应答不好来规我。"

二五

【原文】

比来闺秀能诗者,以许太夫人为第一。其长嗣佩璜,与余同微鸿博。读太夫人《绿净轩自寿》云:"自分青裙终老妇,滥叨紫绶绰拜乡君。"《元旦》云:"剩有湿薪同爆竹,也将红纸为宜春。"《喜雨》云:"愆期休割乖龙耳,破块粗安野老心。不独清凉宜翠簟,可知点滴尽黄金。"皆佳句也。夫人为徐清献公季女,名德音,字淑则。王太仓相公掞出清献之门,其视学浙江也,遣人告墓。夫人有句云:"渔菽荐羹惟弱女,松揪醉酒属门人。"

【译文】

比较起女子能写诗的,以许太夫人为第一,她的长子佩璜,和我一样看了很多的书。

读了太夫人写的《绿净轩自寿》说:"自己知道已老了,因此穿上青色的衣裙,看见亲人总是爱唠叨个没完。"《元旦》说:"剩下些湿的柴草和爆竹但也要用红纸写些迎春的话。"《喜雨》说:"长期不下雨也不能割去龙的耳朵,雨水湿透了土地安慰了老农的心。雨水都是黄金。"这都是十分漂亮的诗句。

夫人是徐清献公的第三个女儿,名叫德音,字淑则。王太仓相公从徐清献公的家里把她选出来,他视学到了浙江,派人修墓。夫人有诗说:"做饭什么的只是弱小的女子,但作为门人也应该在松树下为你倒酒。"

二六

【原文】

尹望山制府在途中寄鄂夫人诗云:"正因被冷想装绵,又接音书短榻前。暖阁遥思春雪冷,长途更犯晓冰坚。不言家事知予苦,频寄征衣赖汝贤。依旧疏狂应笑否,偷闲时复耸吟肩。"夫人为鄂文端公之从女,贤淑能诗。常侍尹、鄂侍尹、鄂两公小饮。鄂公老矣,向尹公云:"阁务殷繁,何日得抽身是好?"夫人正色曰:"女闻圣人云:'事君能致其身,'其次则明哲保身;未闻有抽身之说。"公为莞然。

【译文】

尹望山制府在途中寄给鄂夫人诗说:"正在因为嫌被子太冷想装棉花,又在短短的床前接到你的信。住在温暖的房子里想着外边春雪的寒冷,长途跋涉更知道旅途的艰难。你不说家事我也知道你很辛苦,你给我寄衣服全靠你的贤惠。你还笑我轻狂放浪的做法吗?忙中偷闲来与你闲聊几句。"夫人是鄂文端公的女儿,贤惠并且能写诗。

常侍奉伊望山和鄂文端公喝酒。鄂公老了，向尹望山公说："你事务繁忙，什么时候能抽身空闲？"夫人正色说："我听圣人说：'嫁给夫君要促使他修身进取，'其次才是明哲保身，没听说有抽身的说法。"鄂公不好意思地笑了。

二七

【原文】

　　辽东三老者：戴亨，字遂堂；陈景元，字石闾；马大钵，字雷溪。三人皆布衣不仕，诗宗汉、魏，字学二王，不与人世交接，来往者李铁君一人而已。戴诗不传。陈有《崇兆》寺诗云："世外招提境，浮生寄一时。铃声吟殿角，涧影落松枝。鸟语留归念，山僧笑索诗。东方明月上，若遇此心期。"马《闻西师振旅寄宁远大将军》云："雪飘组练归榆海，花满弓刀入玉关。"《偶成》云："晒药偶然来竹外，修琴不复到人间。"石闾弟景钟，字橘洲，有《夜阑曲》云："春夜频倾金叵罗，胡姬按板对筵歌。低回笑语牵红袖，如此风光可奈何。"明七子论诗，蔽于古而不知今，有拘墟皮傅之见。辽东三老，亦复似之。铁君作《尚史》，专搜三代以上事，而竟不知本朝有马骕之《绎史》，亦囿于闻见之一端。然近今士人，先攻时文，通籍后，始学为诗，大概从宋、元入手，俗所称"半路上出家"是也。源流不清，又不若三家之力争上乘矣。

　　铁君名锴，父为总督，而能隐居不仕，自称荐青山人，有《蟪蛄斋集行世》。录其《梅花》云："众木正如梦，一枝方自春。遂令江水上，真见独醒人。"《咏月》云："清绝自成照，何曾挂树生。有时通夜白，一片得秋明。远水若相接，浮云或并行。年年圆便缺，谁悟善持盈。"

【译文】

　　辽东三老是：戴亨，字遂堂；陈景元，字石闾；马大钵，字雷溪。三人都是百姓而不做官，诗歌以汉、魏之风为宗旨，字学二王之风，不和世间俗人交往，和他们有来往的只是李铁君一个人罢了。

　　戴亨的诗没有流传下来，陈景之有《崇北寺诗》说："世外是佛祖的境界，人的生命只是一时之间。殿角的铃声响亮，山涧的流水倒映着松枝。鸟儿唱鸣使

人起回家的感觉，山寺中的僧人笑着向我要诗。东方的明月已冉冉升起，就像我此刻的心情。"

马大钵有《闻西师振旅寄宁远大将军》一诗说："大雪像丝练一样绵延不断地落到榆梅，使玉门关上的守将的弓刀都如同开满了花。"《偶成》说："偶然来到竹林外晒药，不再到俗世中去弹琴。"陈景元的弟弟景钟，字橘洲，有《夜阑曲》说："春天的夜里帐幄随风飘荡，胡姬按着节奏在廷筵上歌舞，低头一笑红袖飞舞，这样的风光实在是让人陶醉。"明朝七子论诗，都被古代的知识所蒙蔽而不知现在的，有拘墟皮傅这样的见解。

辽东三老，也是这样，李铁君作《尚史》，专门搜集三代以上的事，而竟然不知本朝有《绎史》，也局限于听见这样弊端。然而近代和现代的人士，都是急于攻读现时的文章，中举后，才学作诗，大概是从宋、元入手，俗话说："半路上出家。"就是这个意思。源流不清楚，又不像三家那样力争上乘诗作。

李铁君名锴，父亲是总督，但他却隐居不再做官，自称为青山人，有《蝤蛑斋集》传世，摘录他的一首《梅花》说："这样的树木就像梦境一样，即使是一枝开花也来报春。让它落在江水之上，才能真正见到清醒的人。"

《咏月》说："清丽绝顶自成美境，何必挂在树梢上，有时一夜都十分明亮，显出秋天的明快。远方的水似乎和她相接一起，浮动的云彩似乎在和她并行。年年有圆有缺，谁能明白这其中的变化规律呢。"

二八

【原文】

康熙初，吴兆骞汉槎谪戍宁古塔。其友顾贞观华峰馆于纳兰太传家，寄吴《金缕曲》云："季子平安否？谅绝塞苦寒难受。甘戴包胥曾一诺，盼乌头马角终相救。置此札，兄怀袖。辞赋从今须少作，留取心魂相守。归日急翻行戍稿，把空名料理传身后。言不尽，观顿首。"太傅之子成容若见之，泣曰："河梁生别之诗，山阳死友之传，得此而三。此事三千六百日中，我当以身任之。"华峰曰："人寿几何？公子乃以十载为期耶？"太傅闻之，竟为道地，而汉槎生入玉门关矣。顾生名忠者，咏其事云："金兰倘使无良友，关塞终当老健儿。"一说："华峰

之救吴季子也,太傅方宴客,手巨觥,谓曰:"若饮满,为救汉槎。"华峰素不饮,至是一吸而尽。太傅笑曰:"余直戏耳!即不饮,余岂遂不救汉槎耶?虽然,何其壮也!"呜呼!公子能文,良朋爱友,太傅怜才:真一时佳话。余常谓:"汉槎之《秋笳集》,与陈卧子之《黄门集》,俱能原本七子,而自出精神者。"

【译文】

　　康熙初年,吴兆骞汉槎被贬去戍守宁古塔,他的朋友顾贞观华峰住在纳兰太传的家中,寄给吴一首《金缕曲》说:"你现在平安吗?想必你戍守边关一定是苦寒难受。二十年前包胥曾答应过,希望鸟会南飞马会回头有一天相救。你把这封信放在你的袖中。辞赋从今以后要少写,把心魂留在心间。回来时再整理你在边关上的文稿,把一生空名抛在脑后,言不尽意,顾贞观拜上。"

　　太傅的儿子成容若看见了,哭着说:"河梁生死离别时的诗,山阳为死去朋友写的传记,也如此而已。这种事十年之中,我会亲身体验到的。"

　　华峰说:"人能活多久呢?公子却以十年为期限?"太傅听说了,竟然深深认为这是可能的,而汉槎活着进入玉门关。有一个叫顾忠的书生,歌咏这件事说:"在朋友中若没有良师益友,在边塞上一辈就只当一个老兵卒了。"有一个说法,是华峰救了吴季子,太傅正大宴宾客,手拿着巨大的酒杯,说:"谁愿救槎,就请满满地喝一杯。"华峰平时就不喝酒,这时候却一饮而尽。

　　太傅笑着说:"我是开个玩笑,你就是不喝,我怎么能不救汉槎?虽然这样,也表明了你的真诚!"哎呀,公子能写文章,是良朋益友,太傅爱惜才干:真是一时的佳话。

　　我常说:"汉槎的《秋茄集》,与陈卧子的《黄门集》,都能与七子意境一样,而又有独到的精神。"

二九

【原文】

　　阮亭《池北偶谈》笑元、白作诗,未窥盛唐门户。此论甚谬。桑弢父讥之云:"大辨才从觉悟余,香山居士老文殊。渔洋老眼披金屑,失却光明大宝珠。"

余按：元、白在唐朝所以能独竖一帜者，正为其不袭盛唐窠臼也。阮亭之意，必欲其描头尽角若明七子，而后谓之窥盛唐乎？要知唐之李、杜、韩、白，俱非阮亭所喜，因其名太高，未便诋毁；于少陵亦时有微词，况元、白乎？阮亭主修饰，不主性情，观其到一处必有诗，诗中必用典，可以想见其喜怒哀乐之不真矣。或问："宋荔裳有'绝代销魂王阮亭'之说，其果然否？"

余应之曰："阮亭先生非女郎，立言当使人敬，使人感且兴，不必使人消魂也。然即以消魂论，阮亭之色，亦并非天仙化人，使人心惊者也。不过一良家女，五官端正，吐属消雅；又能加宫中之膏沐，熏海外之名香，倾动一时，原不为过。其修词琢句，大概掇撷于大历十子，宋、元名家，取彼碎金，成我风格，恰不沾沾于盛唐，蹈七子习气，在本朝自当算一家数。奈归愚子逊奉若斗山，玙沙、心余弃若刍狗；余以为皆过也。"

【译文】

阮亭在《池北偶谈》中笑元、白作诗，连盛唐时诗作的门户都未能看清。

这种论调很不正确。桑弢父讥笑他说："那么好的辩才原来是空想出来的，香山居士原来是一个老文殊。王渔洋眼睛昏花夹金屑，连放着光明的大宝珠也看不见。"我认为：元稹、白居易在唐朝之所以能够独树一帜，正因为他们不承袭盛唐的老套子。

阮亭的意思，一定要他们描头画角像明朝七子一样，而后才说他们领略了唐诗的奥妙吗？要知道唐代的李白、杜甫、韩愈、白居易，都不是阮亭所喜欢的，因为他们的名气太高，不使诋毁，对杜甫他也经常有些指责，何况元稹、白居易呢？阮亭主张写诗要修饰，不主张宣泄性情，看他到一个地方必定写诗，诗中肯定用典可以想见他喜怒哀乐不真实啊，有人问："宋荔裳有'绝代销魂王阮亭'的说法，果真是这样吗？"

我回答说："阮亭先生又不是女人，说话当使人尊敬，使人感动并且有趣味，不用使人销魂。而且即是认销魂论，阮亭的姿色，又不是天仙化的，使人触目心动，不过像一位良家少女，五官端正，吐字清秀雅致，又能涂抹宫中的脂膏；熏上海外传来的名香，倾动一时，原应该是正常的。他修词琢句，大概与大历十子相似，宋朝、元朝的名家，都是取别人的长处，来形成自己的风格，都不因与盛唐相似而沾沾自喜，重复明七子那样的文风习气，在本朝应当算上一家之教。无奈旧愚子逊把它奉若高山，玙沙、心余又像狗一样抛弃：我认为这么做都太过分。"

三〇

【原文】

杭州周汾,字蓉衣,《咏春柳》云:"西湖送我离家早,北道看人得第多。"不脱不粘,得古人未有。惜客死于清江。

【译文】

杭州人周汾,字蓉衣,写有《咏春柳》一诗说:"家里人早早地在西湖边送我赶考,回来后有许多人站在北边的大道上看我得第归来。"

诗写得不脱不粘,得古人所未有的意境。可惜后来客死于清江。

三一

【原文】

壬寅,余过天台,齐侍郎召南亡久矣。其昆季延余小饮,捧侍郎全集,高尺许,乞作序。尽半日之暇,为之翻撷,见其鸿富,美不胜收。仅记其《咏汉武》七律一首,后四句云:"亲承文、景升平业,开辟唐、虞未有天。到底英雄晚能悔,轮台一诏是神仙。"其兄周南、弟世南,俱以甲秭作广文,庞眉白发,年八十余。

【译文】

壬寅年,我路过天台,齐南侍郎已经死了很长时间了。他的兄弟邀请我小喝两杯,拿着侍郎的全部文集,高有一尺多,请我作序。我用了半天的空闲时间,看了文稿,见里边的许多作品,都写得美不胜收。

仅记得他的《咏汉武》七律一首,后四句说:"亲自继承了文帝、景帝的太平大业,开辟了唐朝、大禹所未有的新天地。到最后英雄却有所悔恨,一棋下错就是求仙长生。"他的兄长周南、弟世南,都是甲科出身,会做文章,浓眉白发,年纪都已八十多了。

$$\begin{array}{c}\equiv\\\equiv\end{array}$$

【原文】

陶篁村置屋孤山,余月夜访之,怜其孤寂,观置燕玉,为暖老计。篁村以为然,购一小鬟。梁山舟侍讲调以诗云:"病来久不见陶潜,隔着重城似隔天。昨夜中庭看星象,小星正在少微边。""见说榕江泛橹枝,已成阴后未凉时。一根椰栗无人管,吩咐樵青好护持。""不比朝云侍老坡,也如天女伴维摩。对门有个林和靖,冷抱梅花奈尔何?""好将班管画眉双,莫染星星鬓上霜。比似诗人张子野,莺花还有廿年狂。"山舟又有句云:"毕竟人间胜天上,不然刘、阮不归来。"余适从天台山归,诵此,为之一笑。

【译文】

陶篁村在孤山上购置了一间小屋,我月夜去拜访他,可怜他的孤单寂寞,劝他召个丫鬟,为老来做伴。

篁村认为很对,就买了一个小姑娘,梁山舟侍讲作诗调笑他说:"大病一场好久看不见陶潜,隔着几座城就像隔着天。昨天晚上在院里看星象,发现小星在少微星的旁边。""听说榕江有橹枝树,不到夏天就已成荫了。一根椰栗却没人管,吩咐看树的人好好护理它。"

"这即使不能和朝云服侍苏东坡相比,也和天女伴着维摩相似。对门有个人叫林和靖,孤零零一人抱着梅花又有什么办法?""好好用笔像诗人张子野,看见鲜花还能多活二十年。"梁小舟还有一句说:"毕竟人间还是比天上好,要不然刘、阮为什么不回来。"我恰好从天台山回来,读了这些句子,不禁为之一笑。

≡≡

【原文】

余寓西湖漱石居,有徽州汪明府见访,名乔年,字绣林,年八十矣。适余外出,未获相见。蒙其题壁云:"无人不识元才子,今我来寻李谪仙,底事闲云无处捉? 教侬空荡钓鱼船。"

【译文】

我住在西湖漱石居,有徽州汪明府前来拜访,汪名乔年,字绣林,年纪已经八十了。刚好他来时我出去了,没有见面。

幸蒙他题壁上一诗说:"没有人不知道元才子,今天我却是来找李太白,你是闲云野鹤找不到? 教我白白地坐在钓鱼船上等候。"

三四

【原文】

诗,如言也,口齿不清,拉杂万语,愈多愈厌。口齿清矣,又须言之有味,听之可爱,方妙。若村妇絮谈,武夫作闹,无名贵气,又何藉乎? 其言有小涉风趣,而嚅嚅然若人病危,不能多语者,实由才薄。

【译文】

写诗,就像讲话,如果口齿不清,拉拉杂杂千言万语,越多越让人讨厌。口齿清楚,还要言之有味,听着觉得可爱,这才叫妙。如果像村妇慢慢道

来,武夫闹闹嚷嚷,没有名贵之气,又有什么可以称赞呢?

语言如果稍稍涉及风趣的事,但却嗫嚅像病危的人一样,不能多说的,实在是因为才薄。

三五

【原文】

诗不可不改,不可多改。不改,则心浮;多改,则机室。要像初拓《黄庭》,刚恰到好处。孔子曰:"中庸不可能也。"此境最难。予最爱方扶南《滕王阁》诗云:"阁外青山阁下江,阁中无主自开窗。春风欲拓滕王帖,蝴蝶入帘飞一双。"叹为绝调。后见其子某云:"翁晚年嫌为少作,删去矣。"予大惊,卒不解其故。桐城吴某告予云:"扶南三改周瑜墓诗,而愈改愈谬。"其少作云:"大帝君臣同骨肉,小乔夫婿是英雄。"可称工矣。中年改云:"大帝誓师江水绿,小乔卸甲晚妆红。"已觉牵强。晚年又改云:"小乔妆罢胭脂湿,大帝谋成翡翠通。"真乃不成文理!岂非朱子所谓"三则私意起而反感"哉?扶南与方敏恪公为族兄,敏恪寄信,苦劝其勿改少作,而扶南不从。方知存几句好诗,亦须福分。

【译文】

诗写好后不可以不改,但也不可以多改。不改,则心浮,多改,就失了趣味,要像第一次拓摹黄庭坚的字,要刚刚恰到好处。

孔子说:"中庸是做不到的。"这种境界最困难。我最喜欢方扶南《滕王阁》诗说:"阁外青山阁下的江水,阁中没有主人窗户却自己开了。春风想来拓印滕王帖,蝴蝶成双起飞进来。"叹为绝唱。

后见他的儿子说:"父亲晚年嫌它是年轻时写的把它删了。"我大吃一惊,最后也不理解其中的缘故。

桐城吴某告诉我说:"扶南曾三次修改周瑜墓诗,但却越改越差。"他年轻时写:"大帝君臣原是一家,小乔的丈夫是个英雄。"可以称得上对仗十分工整。中年改作:"大帝誓师北伐时正值春天,小乔夫婿卸下盔甲换上晚妆。"已经觉得十分牵强。

晚年又改诗:"小乔化完妆胭脂还是湿的,大帝谋略过人就像纯色的翡翠。"真是不成文理! 这岂不是朱子所说的:"私下里三次回想反而疑虑起来吗? 方扶南和方敏恪公是族兄弟,敏恪去信,苦劝他不要改年轻时的作品,而扶南就是不听,这才知道要保存几句好诗,也得有福分。"

三六

【原文】

诗虽奇伟,而不能揉磨入细,未免粗才。诗虽幽俊,而不能展拓开张,终窘边幅。有作用人,放之则弥六合,收之则敛方寸,巨刃摩天,金针刺绣,一以贯之者也。诸葛躬耕草庐,忽然统师六出;靳王中兴首将,竟能跨驴西湖;圣人用行舍藏,可伸可屈,于诗亦可一贯。书家:北海如象,不及右军如龙,亦此意耳。余尝规蒋心余云:"子气压九州矣;然能大而不能小,能放而不能敛,能刚而不能柔。"心余折服曰:"吾今日始得真师。"其虚心如此。

墨池笔阵闲亭文章
传之百代绵延飙光

王羲之

王羲之像,图出自明·天然撰《历代古人像赞》。王羲之是晋代著名书法家,因曾做过右军之职,故后世又称其为"王右军"。

【译文】

诗虽然写得雄奇伟岸,但如果不能处理好细节,也不免粗才。

诗写得虽然幽静俊逸,但不能拓宽意境,终究会受限制。有作为的人,放开则能充斥于天地之间,收回则可在方寸之间,巨刀直插青天,金针刺绣,都是统一的。

诸葛亮在草庐躬耕田地,又忽然统率大军四面出击;靳王是中兴首将,但却

能在西湖边骑驴漫游;圣人用行来掩藏真心,能屈能伸,对诗也是一个道理。

书家说:"孔北海像一头大象,比不上王右军如龙,也是这个意思。"我曾经劝蒋心余说:"你的气概可以压倒九州,但却能大而不能小,能放而不能收,能刚而不能柔。"蒋心余服气地说:"我今天才算真的找到了老师。"他竟然虚心到这种地步。

三七

【原文】

梦中得诗,醒时尚记,及晓,往往忘之,似村公子有句云:"梦中得句多忘却,推醒姬人代记诗。"予谓此诗固佳,此姬人尤佳。鲁星村亦云:"客里每先顽仆起,梦中常惜好诗忘。"

【译文】

梦中得到一首诗,醒时还记得,等到天亮了,往往就忘记了,似村公子有诗句说:"梦中得来的诗句往往忘掉了,推醒爱人代我记下来。"我说这诗固然是好,这个女人更可爱。

鲁星村也说:"在外地居住每每都比顽皮的小僮先起床,梦中常常叹惜又遗忘了好的诗句。"

三八

【原文】

徐雨峰中丞士林,巡抚苏州,人以为继汤文正公之后,一人而已。母丧去

官,有诏夺情,不起,其方正如此。然其诗极绵丽。官中书时有句云:"归来惹得山妻问,侍女熏香近有无?"

【译文】

徐雨峰中丞字士林,巡抚苏州,人们认为他是继汤文正公之后,一个出色的人。母亲死后,他辞官奔丧,寄诏书来要他回去,他竟然不站起来接待;其梗直到这种地步。但是他的诗写得缠绵美丽。在做官时有诗说:"归来惹得妻子问,侍女最近有没有和你亲近!"

三九

【原文】

金陵僧药根,工楷法,住扬州某庵。商人洪姓者,欲买其庵旁隙地起花园。药根意不欲,乃投以诗云:"自笑蜗庐傍寺开,邻园树木迥崔巍。侬家院小难栽树,但有青青一片苔。"洪知其意,乃不果买。药根《泊瓜渚》云:"星光全在水,渔火欲浮天。"《喜晴》云:"雨收亦似瘥沉病,日出浑如见故人。"

【译文】

金陵僧人药根,擅长楷书,住在扬州一个庵里,有一个姓洪的商人,想买她的庵旁一块空地修花园。

药根不想卖,就寄他一首诗说:"自己嘲笑那蜗牛样的草庐挨着寺巷,旁边园子里的树木长得十分高大。我的院子小不容易栽树,只有青青的一片苔衣。"洪知道了她的意思,果然不去买了。

药根写《泊瓜渚》说:"星光全在水里,渔火像浮在了半天上。"《喜晴》中说:"雨水停止了就像大病好了,日出就像见到了故朋好友。"

【原文】

贤者多情，每离所官之地，动致留连。韩魏公离黄州，依依不舍。尹太保四督江南，三十余年；乙酉入相，正值重九之时，先别栖霞，再辞蜀阜，凄然泣下。公不能舍江南，犹江南之人亦不能舍公也。余送至清江浦，每晚必见。及渡黄河，公犹教以明晨作别。临期，余乍知面，而公遣家人来云："公已上马行矣！"盖恐面别之难为情耳。后从京师寄诗云："歌到离亭声断续，人分淮浦影东西。"又曰："三年只觉流光速，一别方知见面难。"

【译文】

贤能的人一般都十分多情，每次离开当官的地方，都流连不忍离去。韩魏公离开黄州的时候，依依不舍。

尹太保四次督察江南，三十多年，乙酉年又当了宰相，正值重阳节的时候，先生别了栖霞，又辞离蜀阜，凄凉悲伤地哭了。

公不能舍弃江南，就像江南人不能舍弃尹太保一样。我送他到清江浦，每

韩琦像，图出自清·顾沅辑《古圣贤像传略》。韩琦为北宋名臣，曾被封为魏国公，故后世又称其为"韩魏公"。

国学经典文库

随园诗话

天晚上都相见。等到渡黄河,公还在说明天再告别。到了时候,我刚洗好脸,而公就派家人来说:"公已经上马走了!"肯定怕当面告别难为情。

后来又从京师寄诗说:"歌声到了离别的亭子前就断了,两人分别在淮浦,河中的影子已分了东西。"又说:"三年只觉得时光飞快,离别时才知道重逢有多困难。"

四一

【原文】

古之忠臣、孝子,皆情为之也。胡忠简公劾秦桧,流窜海南,临归时,恋恋于黎倩;此与苏子卿娶胡妇相类。盖一意孤行之士,细行不矜,孔子所谓"观过知仁",正此类也。乃朱子讥之云:"十年浮海一身轻,归对黎涡恰恰有情。世上无如人欲险,几人到此误平生。"高守村和云:"批鳞一疏死生轻,万死投荒尚有情。不学遁翁捧蓍草,甘心钳口自偷生。"

【译文】

古代的忠臣、孝子,都是性情的作用。胡忠简公弹劾秦桧,被流放到海南,回来的时候,对黎倩十分留恋,这和苏子卿娶少数民族女子十分类似。

都是一意孤行的人,细节都不拘束,孔子所说的:"观察他的过失才深知他的仁德。"正是这样啊!

可朱子却讥笑这类人说:"十年在海外一身轻松,回来对黎涡却十分有情。世上没人愿意去历险,多少人到这儿几乎误了一生。"高守村和一首诗说:"冒犯皇帝造成被贬谪,万死一生的流落他乡却还有恋情,不学遁翁去采蓍草,心甘情愿在缄默偷生,又有什么意义呢。"

【原文】

闺秀能文,终竟出于大家。张侯家高太夫人著《红雪轩稿》,七古排律至数十首,盛矣哉! 其本朝之曹大家乎? 夫宗仁,袭封靖逆侯,家资百万,以好客喜施,不二十年,费尽而薨。夫人暗埋三十万金于后园,交其儿谦,始能袭职:其识力如此。夫人名景芳,父琦,为浙闽总督。作女儿时,年十五,《晨妆》云:"妆阁开清晓,晨光上画栏。未曾梳宝髻,不敢问亲安。妥贴加钗凤,低回插佩兰。隔帘呼侍婢,背后与重看。"又《示谦儿》云:"高捧名花求插髻,遍寻佳果劝尝新。"

【译文】

闺房小姐能够写文章,毕竟都是出于大家闺房。张侯家高太夫人写有《红雪轩稿》,七古律诗有几十首,太丰富了! 还有本朝曹大家的丈夫是宗仁,承袭分封为靖逆侯,家中有资产百万,好客乐于施舍,不到二十岁,就累死了。

夫人暗暗埋了三十万金在后花园,交给他的儿子谦,这才有承袭他父亲的职位,夫人的见识能远到这种地步。夫人名叫景芳,父亲叫琦,是浙闽总督。

做姑娘的时候,年纪才十五,有诗《晨妆》说:"清晨的阳光照进我梳妆的房子里,照上了房子上那彩绘的栏杆,不梳妆好,就不敢去向父亲问安。""妥帖地插好钗凤,低头再戴上玉佩。隔着门帘叫侍女,从我背后看好不好看。"又有《示谦儿》说:"高高地捧着名花请你帮我插入发中,找遍美好的果实使它能够常年新鲜。"

四三

【原文】

　　余不喜佛法,而独取"因缘"二字,以为足补圣经贤传之缺。身在名场五十余年,或未识面而相憎,或未识面而相慕:皆有缘、无缘故也。己亥,省墓杭州。王梦楼太守来云:"商丘陈药洲观察,愿见甚切。"予不解何故。晤后,方知其尊

林逋像,选自清·顾沅辑《古圣贤像传略》。林逋是北宋著名诗人,卒后,宋仁宗赐谥"和靖先生"。故后世又称其为林和靖。

人讳履中者,曾在尹制府署中读余诗而爱之,事已三十余年。其地人李氏见余名纸,诧曰:"是子才耶? 吾行君门下士也。"盖夫人为存存先生之女。先生名惺,宰钱塘时,枚年十二,应童子试,受知入泮。因有两重世好,欢宴月余。别后,观察《见怀》云:"早从仙佛参真谛,且向渔樵伴此身。"又曰:"犹记何郎年少

日，新诗赏共沈尚书。"

【译文】

我不喜欢佛法，而单单取了"因缘"二字，认为他是可以弥补圣经贤传的不足。

我在官场上混了五十多年，有一见面就讨厌的人，也有没有见面就十分倾慕的：这都是有缘与无缘的原因。已亥，省墓杭州。王梦楼太守来说："商丘陈药洲观察，非常想见你。"我不懂这是为什么。见面后，才知道他的长辈中有叫履中的，曾在尹制府宫邸中读我的诗而喜爱，这事已过三十多年了。他的夫人见了我的名纸，惊诧地说："是子才吗？这是我先君门下的客人。"夫人是存存先生的女儿，先生名惺，主管钱塘的时候，我才十二岁，应童子试，受到他的照顾。因为有两重的世交，一起就欢宴一日多。

别后，观察怀念说："早就跟着仙佛参透了真谛，和打柴的人一块度过余生吧！"又说："还记得何郎年轻的时候，一有新诗就和沈尚书一块欣赏、朗读。"

四四

【原文】

汪度龄先生中状元时，年已四十余，面麻身长，腰腹十围。买妾京师，有小家女陆氏，粗通文墨，观弹词曲本，以为状元皆美少年，欣然愿嫁。结婚之夕，于烛下见先生年貌，大失所望。业已郁郁矣。是夕，诸同年觞饮巨杯，先生量宏与豪，沉醉上床，不愿新人，和衣酣寝，已而呕吐，将新制枕衾尽污腥秽。陆女恚甚，未五更，雉经而亡。或嘲之曰："国色太娇难作妾，状元虽好却非郎。"

【译文】

汪度龄先生中状元的时候，已经四十多岁了，身材高大脸上有麻子，腰粗十围。在京师买一小妾，有一小家女子陆氏，粗通文墨，观看弹词曲本，以为状元都是美少年，欣然愿嫁，结婚那天晚上，在灯下见先生年纪，大失所望，但已

晚了。

晚上,状元和朋友欢聚畅饮,先生豪爽量大,酒醉上床,不顾新人,和衣酣睡,过一会开始呕吐,将新制的衣服被衾都弄脏了。陆女十分恼怒,不到五更,便自杀身亡了。

有人嘲笑说:"国色天香难以做妾,状元虽好却不是年轻少年。"

【原文】

商宝意诗集刻成,有人摘其疵累,余为怅然。仲小海曰:"但愿人生一世,留得几行墨,被人指摘,便是有大福分人。不然,草亡木卒,谁则知之?而谁识之?"余谓此言沉痛,深得圣人疾没世无名之意。然古来曹蜍、李志,又转以庸庸而得存其名,岂非不幸中之幸耶?宝意先生有句云:"明知爱惜终须割,但得流传不在多。"

【译文】

商宝意的诗集印成后,有人指责它的错处,我十分怅然。

仲小海说:"但愿人一生一世,留得几行笔墨,却被人指摘,这便是有大福分的人。不然的话,草木都死了,谁还能知道他呢?而又有谁来议论他呢?"我对这话十分沉痛,认为它十分得圣人的白玉微瑕而俗人却无声无息地意思。然而古代的曹蜍、李志,又转而因庸庸碌碌而留下名字,这岂不是不幸中的幸事?宝意先生有诗说:"明知道爱惜也终得割断,只要留传下来并不在乎多少。"

四六

【原文】

黄允修云:"无诗转为读书忙。"方子云云:"学荒翻得性灵诗。"刘霞裳云:"读书久觉诗思涩。"余谓此数言,非真读书、真能诗者,不能道。

【译文】

黄允修说:"没有诗可写的时候就为读书而忙碌。"方子云说:"学业荒芜了反而能得到有灵性的诗句。"刘霞裳说:"读书时间长了就觉得诗十分难懂。"我认为这几句话,不是真能读、真能写诗的人,说不出来。

四七

【原文】

谚云:"死棋腹中有仙着。"此言最有理。余平生得此益,不一而足;要之,能从人而不徇人,方妙。乐取于人以为善,圣人也;无稽之言勿听,亦圣人也。作史三长:才、学、识缺一不可,余谓诗亦如之,而识最为先。非识,则才与学俱误用矣。北朝徐遵明指其心曰:"吾今而知真师之所在。"其识之谓欤?

【译文】

谚语说:"死去的棋肚子中有仙物。"这话十分有道理。我平生因此而受益,不一而足;重要的是,能跟别人而又不苟从别人,这才是圣人,才能取乐为舞为好事服务;不听没有根据的话这也是圣人。

作史书要有三长:才、学、识缺一不可。我对诗也是这样,而见识是最重要的,没有见识,那么才和学都会被误用啊!北朝徐遵明指他的心说:"我今天才知道真正的老师在什么地方。"这不是指见识眼光吗?

四八

【原文】

汪舟次先生作周栋园诗序曰:"《赖古堂集》欲小试神通,加以气格,未必不可以怖作者;但添出一分气格,定减去一分性情,于方寸中,终不愉快。"

【译文】

汪舟次先生作周栋园诗序说:"《赖古堂集》想小试神通,加以气格,不是不能令作者心惊,但添出一分气格,一定会减去一分性情,在方寸中,最终是不会愉快的。"

四九

【原文】

淡莲洲明府称芜湖胡泉秀才,有"日影度花轻"五字,得五言妙境。江君旭东亦赏沙斗初"花气半湖阴"五字,所见与莲洲同。

【译文】

淡莲洲明府称芜湖胡漱泉秀才,有"日影度花轻"五个字;江君旭也欣赏沙斗初"花气半湖阴"五字,所见和莲洲的一样。

五〇

【原文】

诗境最宽,有学士大夫读破万卷,穷老尽气,而不能得其闻奥者。有妇人女子、村氓浅学,偶有一二句,虽李、杜复生,必为低首者。此诗之所以为大也。作诗者必知此二义,而后能求诗于书中,得诗于书外。

【译文】

诗的意境最为宽广,有学士大夫读破万卷书,穷老尽气,而得不到其中的奥妙,有妇人女子、村夫浅学的人,偶然有一二句,就是李白、杜甫重生,也要被折服的。这就是诗之所以变化这么大的缘故。写诗的人一定要知道这两层含意,尔后才能在书中寻求诗歌,在书外得诗句出来。

五一

【原文】

陶悔轩方伯任衡阳时,署中小池,为署外居民所买。先生赎归,置轩其上。朱玉阶督学赠句云:"官廨买归三径内,夜窗补惜寸阴余。"一咏其事,一切其姓。石君文或为序云:"先失楚弓,旋归赵璧。汶阳田反,合浦珠还。支公之鹤可高飞,子产之鱼真得所。鲲鹏待化,行看君去朝天,台榭长存,知是谁来做主。"

　　陶悔轩方伯在衡阳任职时,官府中有一个小池子,被府外的居民买下了。先生赎了回来,在上面盖了一个小亭子。朱玉阶督学赠一句诗说:"在官府里买

　　陶悔轩在衡阳任职时。官府中的小池子被府外的居民买去。陶将其赎回,并在上面盖了一个小亭子。督学朱玉阶为此事赠诗云:"官廨买归三径内,夜窗补惜寸阴余。"

回来三径大小的池子,夜里可以有消磨光阴的地方了。"一边歌咏了这件事,一边又把他的姓加了进去。石君文曾写序说:"先丢了楚弓,一会又追回了赵璧。汶阳田反,合浦的宝珠又得到归还。以后支公的鹤可以在池中高飞,子产的鱼也得到了生涯的地方。鲲鹏待化,要看你去朝天,台榭长存,谁知道以后由谁来作主。"

五二

【原文】

癸酉春,余在王孟亭太守处见建德布衣徐凤木席间吟一绝云:"自笑不如原上草,春风吹到也开花。"《除夕在外》云:"阅历深知客路难,非关白首恋江干。岁除一息争千古,莫作寻常旅夜看。"武进庄念农初宰建德,即往相访,赠诗云:"玉峰花影扬帘旌,罨户闲云静不扃。未必山城无绮、皓,斯人即是少微星。""粗官未敢师严武,泥饮无由续旧题。剧喜少陵居杜曲,得闲还过浣花溪。"凤木得诗喜,刻之集中。后庄殁十余年,诗多散失,其子宸选搜寻不可得,予于凤木集中抄此与之。呜呼! 使无凤木代为之存,则人琴俱亡矣;岂非爱才之报乎?

【译文】

癸酉年春天,我在王孟亭太守处见到建德百姓徐凤木在席间吟一绝句说:"自己笑自己不如荒原上的青草,春风一吹来就能开花。"

《除夕在外》说:"在经历中深知在外作客的难处,不到头发白是不会回家的。又是一年过去,这一晚却和往日有许多不同之处。"武进人庄念农初次在建德做官,就前去拜访,赠诗说:"玉峰花影飘在门帘外,关上门静坐凝思,山中城里不一定没有美丽的衣服和漂亮的人,这个人就是启明星。""小小的官职不敢以严武为师,喝足了酒却没来由地想写几句。十分高兴地得知杜甫原来住在杜曲,只要有空我就还要去浣花溪拜访。"徐凤木得到这两首诗十分高兴,刻印在自己的文集中。

后来庄念农死了十多年,诗文大部分都丢失了,他的儿子宸选找不着,我在徐凤木的文集中抄了这两首诗给他。哎呀! 假如没有徐凤木代为他保存,则人和诗都没有了;这岂不是因为爱才而得到的回报吗?

五三

【原文】

　　蒋用庵侍御罢官后,与姚云岫观察同修《南巡盛典》。《过随园咏菊》云:"名花自向闲中老,浮世原宜淡处看。"后姚为广西巡抚,寄信来犹吟及之。

【译文】

　　蒋用庵侍御罢官之后,和姚云岫观察一起修撰《南巡盛典》。

　　有《过随园咏菊》说:"名花也会在闲散中老去,浮在世上应该处处往淡泊处看。"后来姚云岫做广西巡抚,寄信来还常提到这句诗。

五四

【原文】

　　余年二十三,馆今相国稽公家,教其幼子承谦。今四十三年矣;承谦官侍读,行走上书房,假满赴都,过随园,赠云:"万事由来凤有缘,七龄问字记当年。读书好处心先觉,立雪深时道已传。每盼凤巢阿阁上,果摩麟顶绛帷前。德门善庆知无限,仁见骊珠颗颗圆。"余附书相国云:"当日七龄公子,为问字之佳儿,此时白发词臣,作青宫之师傅。能无对之欣然,思之黯然也乎?"

【译文】

　　我二十三岁那年,住在今天的相国稽公家里,教他的小儿子承谦。

　　今已四十三年过去了,承谦做侍读一官,行走上书房,假期间到京都路过随

园,赠诗说:"万事都有来由都是缘分,七岁时跟您学识字依然记得。读书读到好处,心里先感觉到了,雪下大时您已向我讲了许多的道理。每次都盼望凤凰都在您的阁楼上筑巢,看见麒麟立在您的门前。您的德行被越来越多的人所熟知,可以想见您的修养就像明珠一样闪闪发光。"我把它附在信里寄给相国说:"当年七岁的孩子,是学习的好材料,今天已成白发文臣,在青宫里做人师傅。我们能不对他感到欣慰,而心里又十分黯然吗?"

五五

【原文】

千古善言诗者,莫如虞、舜,教夔典乐曰:"诗言志。"言诗之必本乎性情也。曰:"歌永言。"言歌之不离乎本旨也。曰:"声依永。"言声韵之贵悠长也。曰:"律和声。"言音之贵均调也。知是四者,于诗之道尽之矣。

【译文】

千古年间善于谈诗的,莫过于虞、舜了,他们教夔典乐时说:"诗歌是用来表达志向的。"写诗必须要根据自己的性情。

说:"诗歌永远是代表语言的。"讲诗歌不离本意。

说:"声韵要有持久性。"讲声韵贵在悠远长久,说:"节律要和谐。"讲音韵要贵在协调。这四点,将诗歌的理论讲尽了。

五六

【原文】

每见热中人锐进不已,身家交瘁,未尝不隆隆而升,一旦化去,若烘开花,精

神已竭,次年必萎。尝咏《唐花》云:"百花开落虽天定,倘不烘开落或迟。"又见媚长官者,损下益上,徒招怨尤,而于己毫无享受。《戏咏箸》云:"笑君攫取忙,送入他人口。一世酸咸中,能知味也否?"

【译文】

每次看到熟人锐意进取,累得精疲力尽,没有不很快就升上去的,一旦掉下来,就像那催开的鲜花,精神已经枯竭,第二年一定会枯萎。

过去有《咏唐花》诗说:"百花的盛开和败落虽然有一天来决定,但若不是时间的催逼或许败落得会迟一点。"又有那些向长官取媚邀宠的,损下捧上的,白白招来别人的怨尤,而对自己又毫无收益享受。《戏咏箸》说:"笑你整天忙着争夺,却把果实抛到他人口中,一生都在酸咸之中度过,谁能了解这其中的酸甜苦辣呢?"

五七

【原文】

己未翰林五十人,蒋君麟昌,年才十九,大京兆晴崖公讳炳之长子也;目空一世,尝言:"同馆中,吾服叔度、子才耳。归愚先生虽耆年重望,意不属也。"和皇上《消夏》诗,援笔立就,赐葛二疋。旁观者疑君正簏青云,而竟一病以卒。余《别后寄怀》云:"干将莫邪虞缺折,我有数言赠李邕。"乃成谶语。诗有奇气,《咏七夕》云:"一报人间箫鼓喧,羊灯无焰秋云碧。"《中元》诗云:"两岸红沙多旋舞,惊风不定到三更。"刘相国纶序其诗曰:"十八载夜莼菇太白,知臣则但问王公;廿七年昼见绯衣,召汝而重呼阿奶。阿翁投杖,谁当荷此析薪;稚子牵衣,未得预其元草。"盖静存亡时,大父犹存,子尚幼故也。同年金质夫哭之云:"渐看豪气笼人上,不料英年似梦中。"余哭之云:"一榜少年今剩我,九原才子又添君。"

【译文】

己未年的翰林一共五十人,蒋麟昌君,年纪才十九岁,大京兆晴崖公的长

子,目空一世,曾说:"同馆中,我最佩服叔度、子才。归愚先生虽然德高望重,但和皇上的《消夏》诗,拿着笔立刻就写成了,皇上赐给他两匹绸缎,旁边的人都认为他要平步青云了,却一病而死,我写《别后寄怀》说:"干将、莫邪被折断了,我有几句话要赠给李邕。"这却成了咒语。他的诗写得有奇气,《咏七夕》说:"一极人间箫简鼓乐十分喧闹,羊灯没有了,火焰秋天的云彩碧绿轻盈。"《中元》诗说:"两岸的红沙都在旋转飞舞,风不停地乱到三更。"刘纶相国为他的诗作序说:"十八年的苦读使你才能比得上李白,要想了解你只需去问王公,二十七岁时梦见仙女,召唤你叫你阿奶。你的老父把拐杖都扔了,谁能担当这样的打击;孩子还小,甚至来不及称告别。"这是因为静存死的时候,祖父还健在,而孩子还小的缘故。

同年的金质夫哭他说:"渐渐看你凭你的才干正青云直上,不料却英年早逝。"我哭他说:"一起上榜的少年如今只剩下了我,九泉下的才子中又添上了你。"

五八

【原文】

某侍郎督学江苏,罗致知名之士,所选五古最佳,七古则不拘何题,动辄千言,引典填书,如涂附,杳不知其命意之所在。程鱼门阅之,掀髯笑曰:"欲吓人耶?此杨子云所谓'鸿文无范也',吾不受其吓矣。"

【译文】

某侍郎督学江苏,网罗知名的士人,选人从五言诗中选最好,七言古诗则不拘泥题目,动不动就写了上千言,引经据典,像在涂颜料一样,根本不知道他的用意何在,程渔门读了,捋着胡子笑着说:"是要吓人吗?这就是杨子云所说的,鸿大的文章却没有规范,我不受他的吓。"

五九

【原文】

　　乾隆辛未，予在吴门。五月十四日，薛一瓢招宴水南园。座中叶定湖长杨、虞东皋景星、许竹素廷镳、李客山果、汪山樵俊、俞赋拙来求，皆科目耆英，最少者亦过花甲；惟余才三十六岁，得遇此会。是夕大雨，未到者沈归愚宗、谢淞洲征士而已。叶年八十五，诗云："潇潇风雨满池塘，白发清尊扫叶庄。不有忘形到尔汝，那能举座尽文章。轩窗远度峰影，几席平分水竹光。最是葵榴好时节，醉吟相赏昼方长。"虞八十有二，句云："入座古风堪远俗，到门新雨欲催诗。"俞六十有九，句云："社开今栗里，树老古南园。"次月，一瓢再招同人相会，则余归白下，竹素还太仓，客山死矣。主人之孙寿鱼赋云："照眼芙蕖半开落，满堂名士各西东。"

【译文】

　　乾隆辛未年，我在吴门，五月十四日，薛一瓢在水南园召开宴会。座中叶定湖长杨、虞东皋景星许竹素廷镳、李客山果，汪山樵俊、俞赋拙来求，都是科举中的老英雄了，最年轻的也年过花甲，只有我才三十六岁，得幸遇上这次宴会。当晚大雨，没有到的只是沈归愚宗伯、谢淞洲征士。

　　叶定湖已年过八十五岁，写诗说："潇潇的雨声打着池塘，白发老翁伴着美酒在这扫叶庄上聚会，没有你我的尽情忘形，哪有大家的诗文辞赋。小窗远远可看见山峰的影子，竹叶倒影水中。这正是葵花、石榴花开的时节，酒醉吟诗互相欣赏意境悠长。"虞东八十二岁了，有诗句说："满座都是文人远离俗世，下到门口的春雨促使我们写诗。"俞赋拙六十九岁了，有诗说："在栗里开这样的聚会，有南国的老树做伴。"第二个月，一瓢又招这些人相会，可是我回到了白下，竹素远到太仓，客山已经死了。主人的孙子寿鱼写诗说："耀眼的芙蕖花半开半落，满堂的名士都各奔西东，分散各地。"

二〇

六〇

国学经典文库

随园诗话

【原文】

升平日久，海内殷富，商人士大夫慕古人顾阿瑛、徐良夫之风，蓄积书史，广开坛坫。扬州有马氏秋玉之玲珑山馆，天津有查氏心穀之水西庄，杭州有赵氏公千之小山堂，吴氏尺凫之瓶花斋，名流宴咏，殆无虚日。许佩璜刺史赠查云："庇人孙北海，置驿郑南阳。"其豪可想。此外，公卿当事，则有唐公英之在九江，鄂公敏之在西湖，皆以宏奖为己任。不四十年，风流顿尽。唐公号蜗寄老人，司九江关，悬纸墨笔砚于琵琶亭，客过有题诗者，命关吏开列姓名以进。公读其诗，分高下，以酬赠之。建白太傅祠，肖己像于旁。甲辰冬，余过九江，则太傅祠改作戏台，唐公像亦不见。

【译文】

太平盛世时间长了，海内各地都很富裕，商人士大夫羡慕古人顾阿瑛、徐良夫的风范，藏蓄史书，广开坛坫。扬州有马秋玉的"玲珑山馆"，天津有查心穀的"水西庄"，杭州有赵公千的"小山堂"、吴尺凫的"瓶花斋"；名流都在这些地方设宴吟咏，没有一天空闲的日子，许佩璜刺史赠查心穀说："像孙北海那样庇护别人，

顾瑛像。顾瑛，元朝诗人。又叫顾阿瑛，他在当时的文化界及商界都有一定的影响，曾筑"玉山草堂"建筑群，总称为"玉山佳处"，为后世商人及文人所羡慕。

像郑南阳那样设置驿站。"他的豪情可想而知。此外,公卿当事的时候,有唐英公在九江,鄂敏公在西湖,都是以培养别人为己任。不到四十年,这些风流人物都消失了。

唐公号蜗寄老人,管理九江关,在琵琶亭上悬挂笔墨纸砚,有路过的客人题诗的,就让关吏开个名单然后请进来,盲公读他写的诗,分出高下,并做出酬谢,修建了白太傅祠,画自己的像挂在旁边。甲辰年冬,我路过九江,太傅祠已改作戏台,唐公的像也不见了。

六一

【原文】

马氏玲珑出馆,一时名士如厉太鸿、陈授衣、汪玉枢、闵莲峰诸人,争为诗会,分咏一题,衰然成集。陈《田家乐》云:"见童下学恼比邻,抛堕池塘日几巡。折得松梢当旗纛,又来呵殿学官人。"闵云:"黄叶溪头村路长,挫针负局客郎当。草花插鬓偎篱望,知是谁家新嫁娘。"秋玉云:"两两车乘毂触轻,田家最要一冬晴。秋田晒罢村醪熟,翻爱糟床滴雨声。"汪《养蚕》云:"小姑畏人房闼潜,采桑那惜春葱织。半夜沙沙食叶急,听作雨声愁雨湿。"陈云:"蚕娘养蚕如养儿,性知畏寒饥有时。离根卖炭闻汤桨,屋后邻园桑剪响。"皆可诵也。余题甚多,不及备载。至今未三十年,诸诗人零落殆尽;而商人亦无能知风雅者。莲峰年八十三岁,傀然尚存;闻其饥寒垂毙矣!

【译文】

马氏有玲珑小馆,一时闻名士家厉太鸿、陈授衣、汪玉枢、闵莲峰等人,争着召开诗会,分别认一个题目作诗,然后汇编成集。陈授衣有《田家乐》诗说:"儿童放学了给邻居捣乱,把石子扔进池塘,折断松枝当旗帜,被闻风而来的客人呵斥开来。"闵莲峰说:"溪水旁落黄叶,乡村道路十分悠长,丈夫出去下棋,妻子在屋里做针线,头上插着草花隔着篱笆向外望,谁知道这是谁家的新嫁娘。"秋玉说:"三三两两的车子轻快地推着,田家人最喜欢有一冬的晴天。秋天田地晒得太厉害了,在床上翻来覆去只盼能听到雨声。"汪玉枢有《养蚕》说:"小姑怕

人在房里养蚕,采桑喂养哪顾得上桑叶的青翠欲滴。半夜蚕吃桑叶有沙沙的声音,却被小姑认为是下雨声而忧愁半天。"陈授衣还有诗说:"蚕娘养蚕就像养儿子一样,知道它的性情怕冷也知道它什么时候就该饿了。篱笆前卖炭的人能听见蚕吃叶的声音,屋后还能听着剪采桑叶的响声。"这些诗都可传诵。他们题诗很多,不能一一说到。至今不到三十年,这些诗人都零落殆尽;而商人里有没有能懂诗歌的,闵莲峰八十三了还健在,听说他饥寒交迫快死了。

六二

【原文】

金陵女徐氏,适桐城张某,未久客不归,寄诗云:"残漏已催明月尽,五更如度五重关。"又有鲁月霞者,嫁徽邑程生而寡,有《扫花》诗云:"触我朱栏三日恨,费他青帝一春功。"陈淑兰读两诗而慕之,题其集云:"吟来恍入班昭座,恨我迟生二十年。"

【译文】

金陵女徐氏,嫁给桐城张某,丈夫常年外出不回,她就寄诗过去说:"惨淡的打更声已经表示天要亮了,度过五更就像度过五重关隘。"有叫鲁月霞的,嫁给安徽的程生守寡,有《扫花》诗说:"把我的兰花树弄得落花满地,惹得我三天愁恨,要知道这花可是春天才能开的。"陈淑兰读过她的诗后十分羡慕,为她的诗集题序说:"读起来好像见到了班昭,恨我迟生了二十年。"

六三

【原文】

本朝诗家,序事学古乐府《孔雀东南飞》而绝妙者,如陈元孝之《王将军歌》,许衡紫之《伍节女歌》,马墨麟之《戴烈妇歌》,胡稚威之《孝女李三行》,皆古藻淋漓。惜篇页繁重,不能尽录。

【译文】

本朝诗家,讲述学习乐府《孔雀东南飞》学得好的,像陈元孝的《王将军歌》,许衡紫的《伍节女歌》,马墨麟的《戴烈妇歌》,胡稚威的《孝女李三行》,都写的是古藻淋漓,可惜篇页繁重,不能一一记下来。

六四

【原文】

乾隆初,杭州诗酒之会最盛。名士杭、厉之外,则有朱鹿田樟、吴鸥亭城、汪抱朴台、金江声志章、张鹭洲湄、施行田安、周穆门京,每到西湖堤上,攲裳联袂,若屏风然。有明中、让山两诗僧留宿古寺,诗成传抄,纸价为贵。《南屏坐雨》,朱云:"一角山昏秋欲晚,满窗弈战雨来初。"张云:"荷声冷带跳珠雨,铎语遥飞泼墨山。"汪云:"云气半遮山下塔,秋光早入水边村"施云:"浓云拥树湖先暝,凉雨到窗山欲应。"让山句如:"多情无过鸟,到处似留人。""室敞许云住,竹深无暑通。""树声满壑秋初到,山影一池泉洗青。"明中句如:"烧烟隔岸水犹静,初日到窗山自移。"皆可爱也。四十年来,儒、释两门,一齐寂灭,竟无继起者。

【译文】

乾隆初年,杭州的诗酒之会十分盛行。名士中除杭、厉之外,还有朱鹿田字樟,吴欧亭字城,汪抱朴字台,金江声字志章,张鹭字洲湄,施行字田安,周穆门字京,像次到西湖堤上,衣衫飘飘相互联句谈文,像在家中欢聚一样。

有明中、让山西诗僧留宿在一座古寺里,诗写好后,被相互传抄,一时连纸都因此而涨价了。朱鹿田有《南屏坐雨》诗说:"秋天的黄昏照得山角发黄,雨初下来拍打窗外树叶沙沙作响。"张鹭说:"冷冷的雨水打着荷叶发出声响,在房中的谈话遥遥的似乎能传到泼墨水上。"汪抱朴说:"云气半遮着山下的塔,秋天的晨光早早地照到了村旁的水中。"施竹田说:"浓厚的云彩拥着树木潮水先暗了下来,冰凉的雨水将要来临连山也感觉到了。"让山有诗句说:"多情的无过于鸟了,到处都像是要留人。""门张开着像是让云彩来住,竹林深处暑气也达不到。""秋天初到满山谷有风吹树的声音,泉水很清山到影水中。"明中有诗句说:"隔着清静的小溪有冉冉的炊烟飘起,初升的太阳从山头移到窗前。"都是十分可爱的。

四十年来,儒学、佛学两门,都沉寂了,竟然没有能继他们再起来的名家学士。

六五

【原文】

山阴吴修龄有句云:"雁将秋色去,帆带好山移。"人因呼之曰"吴好山"。好山《晚晴》云:"江皋收宿雨,征雁卷帘闻。野戍空千里,高秋无片云。海明天落日,风响马归群。赋罢衫巾岸,应书白练裙。"与胡稚威交好,两序皆胡所作。胡和其《寒夜》一联云:"冻苦星辰白,霜明鼓角干。"真乃不愧孟郊。

【译文】

山阴人吴修龄有诗句说:"大雁飞走,知道秋天就要来了,千帆竞走,好像山

孟郊像，图出自明·天然撰《历代古人像赞》。孟郊为唐代诗人，诗风清寒，有"郊寒"之称。

也在移动。"人们因此而叫他"吴好山"。吴好山有《晚晴》说："昨天的雨今天才刚刚停止，长途跋涉的大雁也收翅落下休息。千里草原一望无际，秋高气爽天空万里无云。太阳西下就像落在海里，风声过去传群马的蹄声。站在岸边吟诗作赋，这样好的诗句应该写在白练裙上。"吴好山和胡稚威是好朋友，这两首诗的序都是胡稚威写的。胡稚威和其他的一首《寒夜》诗中的一联说："天气寒冷连星辰也被冻得发白，霜落满天，号角声听起来十分干燥。"真不愧不逊色于孟郊的诗。

六六

【原文】

或云："诗无理语。"予谓不然。《大雅》："于缉熙敬止"；"不闻亦式，不谏亦入"：何尝非理语？何等古妙？《文选》："寡欲罕所缺，理来情无存。"唐人："廉岂活名具，高宜近物情。"陈后山《训子》云："勉汝言须记，逢人善即师。"文文山《咏怀》云："疏因随事直，忠故有时愚。"又，宋人："独有玉堂人不寐，六箴

将晓献宸旒。"亦皆理语；何尝非诗家上乘？至乃"月窟""天根"等语，便令人闻而生厌矣。

【译文】

有人说："诗歌中不应有俗语。"我认为不对《大雅》说："於缉熙敬上。""不问也有格式，不劝谏也能做高官。"这些难道不是俗语？何等美妙啊？《文选》说："清心寡欲这十分少见，按理来说这样的人根本就没有感情。"唐朝有人说："廉洁岂能徒有其名，清交也要近于人情。"陈后山《训子》说："我勉励你的话你要记住，与人为善，要虚心向别人讨教。"文文山《咏怀》说："是因为对什么事都十分耿直，忠心才会使人有时十分愚笨。"又，宋朝有人写："独自在玉堂睡不着觉，一气写了六封信天已蒙蒙亮了。"这些也都是俗语，又怎不算诗歌中的上乘？至于"月窟""天根"等语，更是令人一听就感到讨厌。

六七

【原文】

诗家有不说理而真乃说理者，如唐人《咏棋》云："人心无算处，国手有输时。"《咏帆》云："恰认己身住，翻疑彼岸移。"宋人："君王若看貌，甘在众妃中。""禅心终不动，仍捧旧花归。"《雪》诗："何由更得齐民暖，恨不偏于宿麦深。"《云》诗："无限旱苗枯欲尽，悠悠闲处作奇峰。"许鲁斋《即景》云："黑云莽莽路昏昏，底事登车尚出门？直待前途风雨恶，苍茫何处觅烟村？"无名氏云："一点缁尘涴素衣，斑斑驳驳使人疑。纵教洗遍千江水，争似当初未涴时？"

【译文】

诗家中有看似不是讲道理而实际上是说理的，像唐朝有人写《咏棋》说："人心也有算不到的地方，国手也有输棋的时候。"《咏帆》说："只知道自己的身子停住了，便认为岸在移动。"宋朝有人写道："君王如果只注意相貌，会甘心呆在众妃之中。""禅心终究不为所动，仍捧着旧花回来。"《雪》诗说："为什么要使

老百姓暖和呢？恨不得让雪下各冬麦都盖上。"《云》诗说："无尽的干旱的禾苗都要死了，闲云在空中悠悠变幻奇境。"许鲁斋写《即景》说："黑云莽莽路途昏暗，为什么事还要登车出门？要知道前面路途风雨险恶，苍茫茫处那生能见到炊烟村庄？"有无名氏写道："一点黑色的尘土沾了洁白的衣服，斑斑驳驳使人不舒服。纵使用遍千江之水来洗涤，怎么能和当初未染时候比呢？"

六八

【原文】

苏州黄子云，号野鸿布衣能诗。有某中丞欲见之，黄不可，题一联云："空谷衣冠非易觏，野人门巷不轻开。"《郊外》云："村角鸟呼红杏雨，陌头人拜白杨烟。"《上王虚舟先生》云："两晋而还谁翰墨，九州之内独声名。"皆佳句也。子云于城外构一草屋，客至，则具鸡黍，夜留榻焉。父子终夜读书。客叹其好学。曰："非也。我父子只有一被，撤以供客，夜无以为寝，故且读书耳。"

【译文】

苏州人黄子云，号野鸿，虽是平民百姓却能写诗。有某中丞想见他，黄子云不愿意，题一联说："容谷里粗衣布裳不宜相

清人黄子云的《郊外》诗中有"村角鸟呼红杏雨，陌头人拜白杨烟"之句，勾勒出一幅乡村田园风景。

见,野人门巷的门是不轻易开的。"写有《郊外》说:"春天里村外有鸟叫呼唤那红杏之雨,田地头白杨下人们在歇息吸烟。"写《上王虚舟先生》诗说:"两次及第又回来谁是真正的翰林,九州之内独有你的名声流传。"这些都是上佳的诗句。黄子云在城外建了一间草屋,客人来了,就备上鸡肉菜饭,晚上留着住下,父子一夜都在读书。客人感叹他们好学。他们说:"不是啊!我父子只有一床被子,用来给客人,夜里没法睡觉,只好权且读书啦。"

六九

【原文】

已卯乡试,丹阳贡生于震,负诗一册,踵门求见,年五十余矣。曰:"苦吟半生,无一知己,今所望者惟先生,故以诗呈教。如先生亦无所取,则震将投江死矣。"余骇且笑,急读之。是学前明七子者,於唐人形貌,颇能描摹,因称许数言。其人大喜而去。黄星岩戏吟云:"亏公宽著看诗眼,救得狂人蹈海心。"

【译文】

已卯年乡试,丹阳贡生于震,拿着一册诗,跟到门上来求见,年纪已经五十多岁了。说:"我苦吟半生,没有一个知己;今天只有希望先生啦,因此将诗呈给你并讨教。如果先生也认为我的诗没有可取之处,我就只有投江死了。"我震惊而且感到好笑,赶快读了读,诗风是学习前明七子的,和唐人的诗形很相像,很能描绘,因此夸了他几句,这人大喜而去。黄星岩戏作诗说:"你心怀宽容去看诗稿,救下狂人去赴海而死的心思。"

七〇

【原文】

刘春池《赋白牡丹》云："神仙队里风流易,富贵场中本色难。"陈紫澜宫詹浩《赋白桃花》云："后庭歌罢醒初醒,前度人来鬓已华。"蒋用庵御史亦赋《白桃》云："亡息国因红粉累,避秦人是白衣尊。"皆妙。

【译文】

刘春池《赋白牡丹》说："神仙堆里讲风流十分容易,富贵场中要讲自己的本色却很难。"陈紫澜宫詹字浩,他写《赋白桃花》说："后庭唱完歌酒却刚醒,以前的旧人再来头发已经变白。"蒋用庵御史也写有《白桃》说："息国之所以灭亡就是因为被女人所害,逃避秦国统治去远离世俗都穿着白衣。"这些句子都写得十分巧妙。

七一

【原文】

山阴胡西垞素行诡激,落魄扬州,屡谒卢转运不得见,乃除夕投诗云："莽莽乾坤岁又阑,萧萧白发老江干。布金地暖回春易,列戟门高再拜杂。庾信生涯最萧瑟,孟郊诗骨剧清寒。自怜七字香无力,封上梅花阁下看。"雅雨先生见之,即呼驺往拜,馈未提数笏。

随园诗话

【译文】

山阴胡西垞平素爱施诡计,落魄到扬州,屡次拜见要转运却不得见,就在除夕写诗说:"莽莽乾坤转眼又是一年,萧萧白发年纪愈来愈大。遍地金黄大地变暖春秋交易,你的门户却高大遍列兵器使人难以拜访。庾信一生十分萧瑟悲凉,孟郊的诗骨格清寒。自己怜惜自己的七言古诗没有写出力度,把它封存起来藏于阁楼留待以后再看。"雅雨先生见了这首诗,就骑上马前去拜访,赠送给他几笏红色的篮子作为拜访的礼物。

七二

【原文】

卢招人观虹桥芍药,诸名士集二十余人,独布衣金司农诗先成,云:"看花都是白头人,爱惜风光爱惜身。到此百杯须满饮,果然四月有余春。枝头红影初离雨,扇底狂香欲拂尘。知道使君诗第一,明珠清玉比精神。"卢大喜,一座为之搁笔。

【译文】

卢招呼别人观看虹桥芍药,诸名士聚集有二十多人,只有平民百姓金司农的诗先写好,说:"看花的人头发都已经白了,爱惜风光的同时也爱惜自身。到这里来一定要痛饮好酒,果然四月里还有春天的影子。枝头红影表示雨刚刚下过,扇子扇起香味使人欲拂拭这些灰尘。知道春神的诗歌才是第一流的,明珠清玉好像人的精神。"卢大喜,满座的人都搁笔不写了。认为他写的最为绝妙。

七三

【原文】

诗家闺秀多，青衣少。高明府继允有苏州薛筠郎，貌美艺娴，《赋秋月》云：
"风韵乱传杵，云华轻入河。"《旅思》云："如何野店闻钟夜，犹是寒山寺里声。"
《晓行》云："并马忽惊人在后，贪看山色又回头。"皆有风调。筠郎随主人入都，
卒于保阳。高刻其还稿，属余题句。余书三绝，有云："绝好齐、梁诗弟子，不教
来事沈尚书。"

【译文】

诗歌大家中闺秀女子多，而青楼女子却少，高明府继允有苏州薛筠郎，貌美
而又技艺娴熟，有《赋秋月》一诗说："风韵高雅乱了传说中的典故，云彩光华似
水一样流入河里。"《旅思》说："为什么在野店里听到夜半钟声，好像是寒山寺
里传出的声音。"《晓行》说："并马而行忽然感觉有人在后边，贪恋那湖光山色
又回头去看。"这些诗都写得十分有风格情调。薛筠郎随主人入都，死在保阳。
高明府刻了她的遗稿，让我题句。我写了三首绝句，有一句说："是绝好的齐、梁
间诗歌传人，不用教导也是以作沈尚书能干的事。"

七四

【原文】

沈归愚选《明诗别裁》，有刘永锡《行路难》一首，云："云漫漫兮白日寒，天
荆地棘行路难。"批云："只此数字，抵人千百。"予不觉大笑。"风萧萧兮白日

寒"，是《国策》语。"行路难"三字是题目。此人所作，只"天荆地棘"四字而已，以此为佳，全无意义。须知《三百篇》如"采采芣苢""薄言采之"之类，均非后人所当效法。圣人存之，采南国之风，尊文王之化；非如后人选读本，教人模仿也。今人附会圣经，极力赞叹。章豁齐戏仿云："点点蜡烛，薄言点之。点点蜡烛，薄言剪之。"注云："剪，剪去其煤云。"闻者绝倒。余尝疑孔子删诗之说，本属附会。今不见于《三百篇》中，而见于他书者，如左氏之"翘翘车乘，招我以弓"，"虽有姬姜，无弃憔悴"；《表记》之"昔吾有先正，其言明且清"；古诗之"雨无其极，伤我稼穑"之类，皆无愧于《三百篇》：而何以全删？要知圣人述而不作，《三百篇》者，鲁国方策旧存之诗，圣人正之，使《雅》《颂》各得其所而已，非删之也。后儒王鲁斋欲删《国风》淫词五十章，陈少南欲删《鲁颂》，何迂妄乃尔！

【译文】

沈归愚选《明诗别裁》，有刘永锡《行路难》一首，说："云漫漫今白日寒，天荆地棘行路困难。"批注说："就这几个字，抵得上千百人写的诗。"我不觉大笑。"风萧萧兮白日寒"是《国策》里的原话。"行路难"三字是题目。这人所写的只是"天荆地棘"四个字而已，以这些句子为佳，全无意义。

要知道《三百篇》像"采采薇""薄言采之"之类，都不是后人所应当效法的。圣人存留下来的，有采南国之风，尊崇周文王的教化，不是像后人的选读本，教人模仿啊！今人附会圣人的经典，却又极力赞叹。章薇齐戏称说："点点蜡烛，薄言点之。点点蜡烛，薄言剪之。"注释说："剪，是剪去它的煤火啊！"听的人为之叫绝。我常怀疑孔子删诗的说法，本来就是附会出来的。如今在《三百篇》里找不着，却在别的书里有，像左丘明的"翘翘车乘，招我以弓"，"虽然有姬姜，也显得十分憔悴"。《表记》中有"过去我有先生，他的话明白而又清新"。古诗中的"雨水下得很大，伤了我的稼穑。"之类，都无愧于《三百篇》，而为什么都要删去！要知道圣人都是只管讲而不管写，《三百篇》，不过是鲁国方策旧存的诗，圣人校正了它，使"雅""颂"各得其所而已，不是删去啊！

后来有儒生王鲁斋想删《国风》淫词五十章，陈少南想删《鲁颂》，这都是多么胆大妄为而又迂腐的想法啊！

七五

【原文】

宋人好附会名重之人,称韩文杜诗,无一字没来历。不知此二人之所以独绝千古者,转妙在没来历。元微之称少陵云:"怜渠直道当时事,不着心源傍古人。"昌黎云:"惟古于词必己出,降而不能乃剽贼。"今就二人所用之典,证二人生平所读之书,颇不为多,班班可考,亦从不自注此句出何书,用何典。昌黎尤好生造字句,正难其自我作古,吐词为经,他人学之,便觉不妥耳。

【译文】

宋朝时有人好附会名声重的人,称韩愈的文章和杜甫的诗,没有一字没有来历。不知此二人之所以独绝千古的,就妙在用字没有来历,元微之称杜少陵说:"怜渠只说当时的这件事,不去故意依靠古人。"韩昌黎说:"只有古代人对于词必定要是自己写出来的,再低也不能作剽窃的贼。"现在就这两个人所用的典故,来考证这二人生平所读的书,并不是很多,一点点都可考证? 也从不自己注释这一句出于什么书,用的是什么典故,昌黎先生尤其喜爱造字句,真难为他自我作古,吐词成为经典,他人去学,便觉得不妥。

七六

【原文】

女宠虽自古为患,而地道无成,其过终在男子。使太宗不死,武氏何能为祸? 李白云:"若教管仲身常在,宫内何妨更六人。"杨诚斋云:"但愿君王诛宰

嚭,不愁宫里有西施。"唐人咏《明皇》云:"姚、宋不亡妃子在,胡尘那得到中华?"僖宗《幸蜀》诗云:"地下阿瞒应有语,这回休更怨杨妃。"范同叔云:"吴国若教丞相在,越王空送美人来。"此数首,皆为美人开脱。余《咏陈宫》云:"若教褒、妲逢君子,都是《周南》传里人。"亦此意也。唐人又有句云:"吴王事事都颠倒,未必西施胜六宫。"尤妙。

越女西施像,选自《于越先贤像传赞》。古人认为红颜是祸水,而袁枚认为过错最终在男人,并举古人诗句"吴王事事都颠倒,未必西施胜六宫"加以佐证。

【译文】

女宠虽然自古为患,而在道理上,过错终在男子。假如太宗不死,武则天又怎能为祸?李白说:"如果要使管仲常在身边,宫内就是换了六个人又有何妨。"杨成斋说:"但愿君王都能诛杀宰嚭一样的奸臣,就不再害怕宫里有西施这样的美人了。"唐朝有人写《咏明皇》说:"姚宗、宋璟如果不死,妃子也会在,胡人安禄山那里能造反直到中原?"僖宗有《幸蜀》诗说:"地下阿瞒如果有知,这回不要再埋怨杨贵妃了。"范同叔说:"吴国如果有丞相在,越王空送美人来。"这几首,都是为美人开脱。我在《咏陈宫》说:"如果要使褒、妲二人遇上君子,都会成为《周南》传里的人。"也是这个意思。唐朝又有人有句子说:"吴王事事都颠三倒四,并不是因为西施美貌压过六宫粉黛。"这一句尤其妙绝。

七七

【原文】

余雅不喜四皓事,著论非之;且疑是子长好奇附会,非真有其人也。后读杜牧"四皓安刘是灭剑";钱辛楣先生"安吕非安刘"二诗,可谓先得我心。顾禄伯亦有诗诮之云:"垂老与人家国事,几闻巢、许出山来?"

【译文】

我一贯不喜欢四皓的事,写书批评它;而且怀疑是子长好奇附会,并不是真有其人。

后来读杜牧的"四皓安刘是灭剑";钱辛楣先生"安吕非安刘"二诗,可以说是先得到我的心。

顾禄伯也有诗讥诮说:"年纪已经老了还参与人家的国家大事,谁听说巢许出山来过?"

七八

【原文】

己酉夏间,鳌静夫(图)明府与张荷塘过访随园,蒙见赠云:"太史藏书地,因山得一园。西风吹蜡屐,凉雨叩蓬门。霜重枫将老,秋酣菊已繁。十年荒旧学,诗律待深论。"此诗虽成,逾年不寄。直至鳌公调任金山,余过松江,舟中相晤,方出以相示。予问何不早寄?曰:"荷塘道:不佳。"余笑曰:"此诗通首清老,一气卷舒,不求工于字句间。古大家往往有之,颇可存也。想荷塘引《春

秋》之义,必欲责备贤者,诱出君惊人之句耶?"彼此辴然。鳌第三句是"西风吹倦客。"荷塘道:"倦字对不过蓬字。"为改作"西风蜡山屐。"余道:"蜡字又与风字不相连贯,不如改'西风吹蜡屐',益觉清老也。"

【译文】

己酉年夏间,鳌静夫和张荷塘造访随园,蒙他赠诗说:"这是太史公藏书的地方,靠山造这样一个地方。西风吹着我的木头鞋,冰凉的雨水敲打着门板。霜雪枫叶快要老去了,秋天深处菊花盛开。十年荒芜了旧学,对于诗歌音律还要进一步深刻讨论。"这诗虽然写成了,过了一年也没有寄来。

直到鳌公调任金山,我路过松江,舟中相见,才拿出来给我看。我问他为什么不早早寄来?他说:"荷塘说:不好。"我笑着说:"这诗通篇清新老到,一气舒卷,不求在字句间工整。古代大家往往是这样,颇值得留存。想那荷塘引用《春秋》中的议论,一定会责备贤能的人,这才诱出你的惊人之句?"彼此会心而笑。鳌公第三句是"西风吹着疲倦的客人。"荷塘说:"倦字对不过蓬字,"因此又改作"西风蜡山屐。"我说:"蜡字和风字没有什么关系,不如改作'西风吹蜡屐',也十分清新老到。显得贴切。"

七九

【原文】

奇丽川方伯,笃友谊而爱风雅。辛亥,清明后三日,寄札云:"有惠山侯生,名光第,字枕渔者,常携之同至黔中,诗多清妙,而身亡后,散失无存,向其家搜得古今体一卷,特耑函寄上。倘得采录入《诗话》中,则鲲生附以不朽,而余亦有以报故人也。"余读之,颇近中唐风格,为录其《送友之河南》云:"亲老难为别,家贫耐远行。东风吹客梦,落日已孤征。尽此一樽酒,相将无限情。梁园春正好,莫听鹧鸪声。"《山塘竹枝词》云:"当垆十五鬓堆鸦,称体单衫浅碧纱。玉盏劝郎拼醉饮,更无花好似侬家。""陂塘春水碧于油,树树垂杨隐画楼。楼上玉人春睡足,一帘红日正梳头。"其他佳句,五言如:"蝉吟出高树,山色落孤逢。""隔水犬争吠,断桥僧独归。"七言如《吊李白》云:"千载比肩惟杜甫,一生

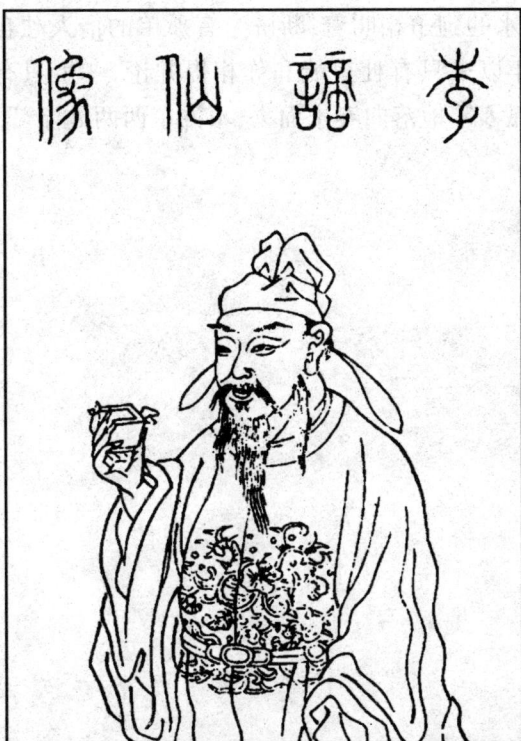

李白像,选自《吴郡名贤图传赞》。李白得到
历代诗人的尊崇,清人在《吊李白》中说"千载比
肩惟杜甫,一生低首只宣城"。

低首只宣城。"《落花》云:"丁宁落向春波去,不许东西两处流。"

【译文】

　　奇丽川方伯,忠于友谊而又喜爱风雅。辛亥年间,清明后三天,寄信来说:"有惠山侯生,名光第,字叫枕渔的,常和我同去黔中,诗写得十分清妙。而在死后,散失没有留下什么保存的,曾经在他家里搜得古今体诗一卷,特别用专函寄上,倘若采录到《诗话》中,则鲰生附以不朽,而我也有回报故人的。"我读后,觉得它十分接近中唐的风格,因此记下了他的《送友之河南》一诗说:"亲人难以告别,家贫却耐得住远行。东风吹醒异乡人的梦,太阳西下照着远去的人影,喝尽这一杯酒,记下我们无限的感情。梁国春天正好,不要去听那鹧鸪的叫声。"《山塘竹枝词》说:"满头秀发的十五岁的小姑娘坐在炉前卖酒,得体的单衫是用浅绿的纱做的。玉盏劝郎多喝一点酒,没有比我们家的花更好的了。""陂塘春水碧如油,一棵棵的垂杨绿树掩映着画楼。楼上的玉人睡好了觉,迎着一帘红日独自梳头。"其他佳句,五言像:"蝉在高树上高声吟唱,夕阳照着群山和孤

零零的小船。""隔水的狗争相叫着,断桥旁有孤单的僧人独自回寺。"七言诗象
《吊李白》说:"千年以来只有杜甫能和你相提并论,一生只有在宣城低过首。"
《落花》诗中说:"孤零零地落向春水而去,不许东西两处流。"

随园诗话

随园诗话·卷四

人所易言，我寡言之；
人所难言，我易言之

【原文】

凡做诗者,各有身份,亦各有心胸。毕秋帆中丞家漪香夫人有《青门柳枝词》云:"留得六宫眉黛好,高楼付与晓妆人。"是闺阁语。中丞和云:"莫向离亭争折取,浓荫留覆往来人。"是大臣语。严冬友侍读和云:"五里东风三里雪,一齐排着等离人。"是词客语。夫人又有句云:"天涯半是伤春客,飘泊烦他青眼看。"亦有慈云护物之意。张少仪观察和云:"不须看到婆娑日,已觉伤心似汉南。"则是名场者旧语矣。

【译文】

凡是写诗的,各有身份,也各有心胸。毕秋帆中丞家的漪香夫人有《青门柳枝词》说:"留得六宫粉黛好,高楼都交给早晨梳妆的人来住。"这是闺房里的话。

中丞和这首诗说:"不要在离别亭上争相折取枝条,留下浓荫来遮盖往来的人。"这是大臣所讲的话。

严冬友侍读和这首诗说:"五里东风三里雪,都在等待着将要分离的人。"这是旅居在外的人所讲的话。

夫人又有诗句说:"天涯之中一半是伤春的人,漂泊之中又烦劳他青眼相看。"也有慈云护物的意思。张少仪观察和这首诗说:"不用看到树影婆娑的日子,已经觉得伤心和汉南一样。"这表现的却是名利场中的常见的现象啊!

【原文】

恽南田寿平之父逊庵,遭国变,父子相失,寿平卖杭州富商某为奴。其故人谛晖和尚在灵隐,坐方丈,苦无救策。会二月十九日,观音生辰,天竺烧香者,过灵隐寺必拜方丈。谛晖道行高,贵官男女来膜拜者,以万数,从无答礼。富商夫人从苍头婢仆数十人,来拜谛晖。谛晖探知颀而纤者,恽氏儿也,蘧然起,跪在前,膜拜不止,曰:"罪过!罪过!"夫人惊问故。曰:"此地藏王菩萨也。托生人间,访人善恶。夫人奴畜之,无礼已甚;闻又鞭扑之,从此罪孽深重,奈何!"夫人惶急归告某商。次早,某商来,长跪不起,求开一线佛门之路。谛晖曰:"非特公有罪,僧亦有罪。地藏王来寺,而僧不知迎,僧罪大矣!请以香花清水,供养地藏王入寺,缓缓为公夫妇忏悔,并为僧自己忏悔。"某商大喜,布施百万,以儿付谛晖。谛晖教之读书、学画,一时声名大起。寿平佳句,如:"蝉移无定响,星过有余光。""送迎人自老,新旧岁无痕。""只为花荫贪坐久,不须归去更熏衣。"皆清绝也。《十四夜望月》云:"平开图书含千岭,尽扫星河占一天。"真乃自喻其笔墨之高矣。其时,石揆僧与谛晖齐名。石揆有弟子沈近思,后官总宪。人问谛晖:"孰优?"曰:"近思讲理学,不出周、程、张、朱范围;寿平作画,能脱文、沈、唐、仇窠臼,似恽优矣。"

【译文】

恽南田字寿平,他的父亲逊庵,逢上国家有变,父子相互失散,寿平被卖给杭州富商某为奴。

他的故人谛晖和尚在灵隐,坐方丈,苦无救策。恰好二月十九日,是观音的生日,去天竺烧香的,过灵隐寺必拜方丈。

谛晖道行很高,贵官男女前来膜拜的,数以万计,从来没有答礼。富商夫人和一群苍头婢仆几十个人,来拜谛晖。

谛晖探知已长得高而漂亮的,是恽氏的儿子,便蘧然而起,跪在他面前,不

停地膜拜,说:"罪过! 罪过!"夫人惊奇地问这是为什么。

说:"这是地藏王菩萨。托生人间,访人善恶。夫人却以奴仆的身份来留下他,已经十分无礼了;听说你还鞭打他,从此罪孽深重,有什么办法呢!"

夫人惶急回去告诉商人。第二天早上,商人来长跪不起,求开一线佛门之路。谛晖说:"这不仅是你有罪,我也有罪。地藏王来寺,而我不知道迎接,我的罪大了! 请让我用香花清水,供养地藏王入寺,缓缓为你夫妇忏悔,也为我自己忏悔。"

某商大喜,布施百万钱财,把恽氏的儿子交给了谛晖。谛晖教他读书、学画,一时声名大起。

寿平有诗句,像:"蝉四处乱飞没有定音,流星过去会留下遗光。""送来迎去人白会老去,新旧交替年华一去没有痕迹。"

"只因爱花荫而坐得太久,不用回去再用香熏衣服了。"这都十分清绝。

有诗《十四夜望月》说:"平摆出的图画中有千山万峰,画尽星河在这天空之中。"这是自己比喻他的笔墨之高。

当时,石揆僧和谛晖齐名。石揆有弟子沈近思,后来做官做到总宪。人问谛晖:"他们俩谁更优秀?"

回答说:"近思讲究理学,不出周、程、张、朱范围,寿平作画,能脱去文、沈、唐、仇的俗套,看来还是恽寿平要更优秀一点。"

三

【原文】

诗用经书成语,有对仗极妙者。前辈卢玉岩云:"头既责余余责头,腹亦负公公负腹。"近人吴文溥云:"人非磨墨墨磨人,我自注经经注我。"姚念慈云:"野无青草霜飞后,菊有黄花雁到初。"汪韩门云:"白兔化后成衰老,黄雀飞来谢少年。"胡稚威云:"春水绿波芳草色,杂花生树乱莺飞。"朱鹿田《得子》云:"我求壮艾三年药,汝似王瓜五月生。"皆用经书、乐府成语也。余戏集乐府云:"背画天图,子星历历;东升日影,鸡黄团团。"

【译文】

诗歌中用经书成语,有对仗极妙的。前辈卢玉岩说:"头来责备我我也责备它,腹有负于你你也有负于腹。"

近代人吴文溥说:"人并不专门来磨墨而是借此来写字,我自己注释经文的同时经文也使我提高了许多。"

姚念慈说:"霜降之白荒野上再没了青草,菊花盛开的时候大雁也刚刚到来。"

汪韩门说:"白鸟化后就衰老了,黄雀飞来感谢少年。"胡稚威说:"春水漾着绿波草色青青,杂花绿树中有小鸟在飞。"

朱鹿田有《得子》诗说:"我求了三年生子的药,你却像王瓜一样五月份才出生。"

都用的是经书、乐府中的成语。我戏集乐府诗说:"背后画有天空图案,子星历历在目;东升的月影,照着团团的黄鸡。"

四

【原文】

题古迹能翻陈出新最妙。河南邯郸壁上或题云:"四十年中公与侯,虽然是梦也风流。我今落魄邯郸道,要替先生借枕头。"严子陵钓台或题云:"一着羊裘便有心,虚名传到如今。当时若着蓑衣去,烟水茫茫何处寻?"凡事不能无弊,学诗亦然。学汉、魏《文选》者,其弊常流于假;学李、杜、韩、苏者,其弊常失于粗;学王、孟、韦、柳者,其弊常流于弱;学元、白、放翁者,其弊常失子浅;学温、李、冬郎者,其弊常失于纤。人能取诸家之精华,而吐其糟粕,则诸弊尽捐。大概杜、韩以学力胜,学之,刻鹄不成,犹类鹜也。太白、东坡以天分胜,学之,画虎不成,反类狗也。佛云:"学我者死。"无佛之聪明而学佛,自然死矣。

【译文】

题古迹能翻陈出新是最妙的。河南邯郸有一块墙壁上有人题诗说:"四十

严光像,图出自明·天然撰《历代古人像赞》。严光,字子陵,是汉光武帝刘秀的老同学,却拒不出仕,甘作渔夫。他的行为为后世人所敬仰,至今富春江畔尚有严子陵钓鱼台。

年中公与侯,虽然是梦也足风流。我如今落魄在这邯郸道上,要替先生借枕头。"

严子陵钓台有人题诗说:"身穿羊皮大衣有心在此,虚名传诵一直到了今天,当时如果穿着蓑衣而去,烟水茫茫何处寻?"凡事不能没有弊端,学诗也是这样。

学汉、魏《文选》的,其弊端常流于太假;学李白、杜甫、韩愈、苏轼的,其弊端常失于太粗,学王维、孟郊、韦庄、柳三变的,其弊端常流于功底太弱;学元稹、白居易、陆游的,其弊端常流于浮浅;学温庭筠、李煜、冬郎的,其弊端常在于过细。

人能吸取从前名家的精华,而吐其糟粕,则这些弊端尽数扔去。大概杜甫、韩愈靠自身渊博的学问来取胜,学习他们,就像要雕刻鸿鹄一样,不成反像鹜。

太白、东坡靠天分取胜,学他们,画虎不成反类犬。佛教说:"学习我的人就

会死。"没有佛祖的聪明却去学佛,自然是找死了。

五

【原文】

　　昔人称谢太傅功高百辟,心在一丘。范希文经略西边,犹恋恋于曩日之圭峰月下,与友人书,时时及之。秋帆尚书巡抚陕西,有《小方壶忆梅诗》,节其大概云:"仙人家住梅花村,寒香万顷塞我门。门巷寂繁嵌空谷,冷艳繁枝环破屋。尘缘未了出出去,回头别花花不语。北走燕云西入秦,问梅精舍知何处?岁云暮矣风雪骤,驿使音稀断陇首。天涯人远乍黄昏,料得花还如我瘦。松林翠羽最相思,梦绕南枝更北枝。花神曩日盟言在,重订还山在几时?香落琴弦弹一曲,尔音千里同金玉。花如不谅余精诚,请问邓尉山樵徐友竹。"徐名坚,苏州木渎人,能诗工画,余旧交也。张文敏公《题横山西庐》云:"壶中长日静中缘,我亦曾经四小年。不及苍髯墙外叟,梅花看到菊花天。"与毕公同有心在一丘之想。

【译文】

　　过去的人称谢太傅功高百辟,心在朝廷之外,范希文经略镇守西边,还恋恋在圭峰山月下的情景,给友人写信,时常提起了这些。

　　秋帆尚书巡抚陕西,写有《小方壶忆梅》,大概意思说:"仙人们家住在梅花村。寒香遍地都堵住了我们住的门。房屋坐落在冷清的山谷里,冷艳繁枝环绕着我的小破屋。尘缘还没有尽因此又出山去,回头向花儿告别花儿不说话。向北到了燕山向西到秦晋之地,问梅精气到底在什么地方?冬天的云霭浓厚风雪说来就来,使我与别人联系的音讯也断了。天涯之人总是在黄昏上映上心头,料想家里的花也和我一样瘦,松林翠鸟最懂相思,梦里在南北间来回飞翔。当着花神的面曾经许下过誓言,重新回去又在什么时候?香落琴弦弹一曲,两音相隔千里但心是相通的,花儿如果不体谅我那精心赤诚的心,请问邓尉山樵和徐友竹。"徐坚,是苏州木渎人,能写诗歌,工于画画,是我旧日交的朋友。张文

敏公写《题横山西庐》说："壶中长日静中缘，我也曾经过了四年。比不上墙外的白发苍苍的老头子，从梅花盛开时一直看到菊花盛开的时节。"这诗和毕公一样有同在一丘的想法和心思。

范仲淹像，图出自《吴郡名贤图传赞》。范仲淹，字希文，为北宋名臣，曾驻守西部边境。

六

【原文】

尹文端公年七十七而薨。薨时，满榻纷披，皆诗草也。病革，闻皇上有驾临

之信,才略收拾。前一月,命诸公子作送春时。《西席解吉庵赋》云:"也知住已经三月,其奈逢须隔一年。遗爱只留庭树好,余晖空托架花鲜。"公甚赏之,动笔加圈。殁后,方知皆谶。公第四公子树斋为尚书,应第三句。又一联云:"千红万紫费安排,底事功成驾便回。"亦暗藏骑箕之意,皆无心偶触云。

【译文】

尹文端公死时七十七岁。死的时候,堆满榻的,都是诗稿。病中,听说皇上要来看望他,才略微收拾了一下。上个月,命几个儿子作《送春诗》。《西席解去吉庵赋》写道:"也知道一住就要三个月,可惜一去就要隔上一年,留一片爱心只愿庭院树木长得好,有心使鲜花一直开得鲜艳。"尹文端公十分欣赏这首诗。用笔来圈点。死后,才知这首诗是预言他本人的。尹文端公的四公子树斋做尚书,应了第三句。又有一联说:"千红万紫费尽了安排,把事情办成后便回去了。"也暗藏着他死去的意思,都是无心碰到这样的事情的。

七

【原文】

副宪赵学斋先生提倡后学,爱才如命。掌教万松书院,识拔英俊少年,一时遂有《北史》张雕武之谤。不数年,所识拔者,云蒸霞起,如:吴云岩、叶登南辈,皆作状元词翰,浮言始息。有项春台秀才早卒,先生哭之,云:"文章灵气归何处,师弟情缘结再生。"余在京师,《送王卿华归里》云:"风怀似我能怜我,客路逢君又别君。"先生读之,谓卿华曰:"此种才人,当铸黄金事之。"先生讳大鲸。

【译文】

副宪赵学斋先生提倡后辈中年轻有为的人,爱才如命。掌教万松书院的时候,常常识拔英俊少年,一时间有《北史》中张雕武的风言风语。没有几年,他所提拔的,都青云直上,如:吴云岩、叶登南等人,都做了状元词人翰林,说怪话的人才闭上了口。有一个叫项春台的秀才早死了,先生哭吊他说:"写文章的灵

气要往那里去,师弟情缘只有等来生再续。"我在京城的时候,有《送王卿华归里》说:"风中使我想起了你,在他乡路上碰上你又远离了你。"先生读后,对卿华说:"这样的人才,应当像铸黄金一样来培养他。"先生的名叫大鲸。

八

【原文】

蒋南庄守颖州,有句云:"人原是俗非因吏,仕岂能优且读书。"谦而蕴藉。《过泷喉》云:"乱石磨舟泉有骨,双桡拨雾水生尘。"与徐凤木布衣"水浅搁舟沙怒语,山弯转舵月回眸"相似。蒋名熊昌,常州人。

【译文】

蒋南庄守颖州的时候,有诗句说:"人原来就很俗气不是因为作了官,当官也能读的书做好人。"谦虚而又有内涵。

有《过泷喉》诗说:"乱石不停地摩擦着船就像泉水中的骨头,双桨拨水击起水雾像尘埃一样。"这诗和徐凤木的"水浅因而小船搁浅沙子怒而不语,在小弯间行船月亮也同眸相望"相似。蒋南庄名熊昌,是江苏常州人。

九

【原文】

汤潜庵巡抚江苏,《出郭》云:"按部雨余香稻熟,课农花发晓云轻。"人言公理学名儒,何诗之清婉也?余记座师孙文定公亦有《咏梅》云:"天地心从数点,

河南春借一枝回。"诗不腐,而言外俱含道气。

【译文】

汤潜庵巡抚江苏,有《出郭》诗说:"按部雨后能闻见稻子熟后的香味,夜雨使花儿更加鲜艳,伴着那轻盈的早晨云霭。"人们都称赞他是理学名儒,为什么写诗也这样清婉? 我记得老师孙文定公也有《咏梅》诗说:"天地间有心人都能看见,山河之中是它借回了一片春天。"

诗不但没有腐儒之气,而且语言之外还显示出一些道气来。

十〇

【原文】

朱子立中丞,高颧长髯,多权谋,人称"双料曹操",与西林相公共事云南,彼此抵牾。朱有句云:"畏暑铺长簟,思风去短屏。"颇闲雅,不类其为人。康熙间,施漕帅讳世纶者,亦刚不可犯。有句云:"爱山移舫对,隔水问花多。"与中丞同调。朱名纲。

【译文】

朱子立中丞,高高的颧骨长长的胡须,善于权谋,人称"双料曹操",和西林相公在云南共事,彼此互相攻击。

朱子立有诗说:"害怕天热而铺上了席子,想着那短屏外边的凉风。"诗写得十分娴雅,不像它的为人。康熙年间,施世纶漕帅,也是刚不可犯。

有诗句说:"因为喜欢山峰而靠近了船去,隔水看岸上诸多的鲜花。"这诗和朱子立中丞的格调相同。朱子立名字叫纲。

一一

【原文】

己未冬,余乞假归娶,路过扬州,转运使徐梅麓先生止而饯之。席无杂宾,汪席龄应铨、唐赤子建中,皆翰林前辈。余科最晚,年最少,终席敬慎威仪,不敢发一语。但见壁上有赤子先生《端午竹枝》云:"无端铙鼓出空舟,赚得珠帘尽上钩。小玉低言娇女避,郎君倚扇在船头。"

【译文】

己未年冬,我请假回去娶亲,路过扬州,转运使徐梅麓先生留住款待我。席上没有别的人,汪席龄应铨先生、唐赤子建中先生,都是前辈翰林。

我中科最晚,年纪最小,到席终也是谨小慎微、敬惧参半,不敢说一句话。

但见壁上赤子先生的《端午竹枝》诗说:"没来由鼓声响出有空船出现,赚得珠帘都上了当。小家碧玉低声说着话也回避,郎君在船头挥着扇子看。"

一二

【原文】

湖南张少廷尉名璨,字岂石。紫髯伟貌,议论风生,能赤手捕盗,与鲁观察亮侪,俱权奇自喜。题所居云:"南轩北牖又东扉,取次园林待我归。当路莫栽荆棘草,他年免挂子孙衣。"言可风世。又《戏题》云:"书画琴棋诗酒花,当年件件不离他。而今七事都更变,柴米油盐酱醋茶。"殊解颐也。又谓人云:"见鬼

莫怕,但与之打。"人问:"打败奈何?"曰:"我打败,才同他一样。"

【译文】

　　湖南张少廷尉名璨,字岂石。长着红胡子相貌威武,许多人议论,他能空手抓强盗,他和鲁亮侪观察,都为此而心内自喜。题所住的居子说:"地北有窗东也有门,道路西边的树林等我回去。当路不要栽那荆棘草,以后免得挂住子孙们的衣服。"这些话可以传世。又有《戏题》诗说:"书画琴棋诗酒花,当年件件都离不开他。到现在七件事都改变了,柴米油盐酱醋茶。"十分可乐,又对人说:"见鬼不要害怕,只要和他打就行了。"人问他:"被鬼打败了怎么办?"他说:"我打败了,才和他一样。"

一三

【原文】

　　冯古浦在西林相公席上《咏牡丹》云:"诗到清平能动主,花虽富贵不骄人。"西林喜,赠遗甚厚。此诗若在他人席上作,便觉无谓。

【译文】

　　冯古浦在西林相公设的酒席上做《咏牡丹》说:"诗到清平能动主,花虽然富贵却不骄人。"西林十分高兴,赠送他十分丰厚的东西。

　　此诗如果在别人的席上作,便无所谓了。

【原文】

丙辰,余在都中,受知于张鹭洲先生,先生作御史,立朝侃侃,颇著风绩。有《柳渔集》行世;余购得,被人攫去,时为忧闷。甲午岁,余泊舟丹阳,旁有小舟相并,时天暑,彼此窗开。余舱中诗稿堆积几上,邻舟一女子,容貌庄姝,每伺余出舱,便注目偷视,若领解者。余心疑之。问其家人,乃先生女,嫁汪文端公从子某。因招汪入舱话旧。问先生诗,不能记。入问夫人,夫人乃诵其《巡台湾》作云:"少寒多暖不霜天,木叶长青花久妍。真个四时皆是夏,荷花度腊菊迎年。"

【译文】

丙辰年间,我在都中,受教于张鹭洲先生。先生作了御史,在朝中行事刚直,颇有建树。

有《柳渔集》传于世上;我买到后,被人抢走了,时常忧闷。甲午年底,我在丹阳稍停,旁边有小船和我的船并立,当时天很热,彼此都开着窗户。

我舱中的诗稿堆在茶几上,邻舟上有一女子,容貌十分庄重秀丽,每回等我出舱,便注目偷看,好像有所理解。我心里十分怀疑。问他的家人,是先生的女儿,嫁给了汪文端公的第二个儿子。因此请汪入舱叙旧。

问她先生的诗,都记不得了,又问夫人,夫人乃朗诵他的《巡台湾》诗作说:"少有寒冷而多温暖不下霜的天,木叶长青花开的十分长久。真个是四时都是夏天,荷花能度过腊月菊花也能迎来新年。"

国学经典文库

随园诗话

【原文】

宛平黄昆圃先生,康熙辛未,词林予告后,在长安主持风雅,人有一技这长,必为榆扬,无须识面。李方伯渭来江南,余往衙参。一见,便云:"昆圃先生交好耶?"余曰:"未也。"方伯云:"我出都时,黄公以足下再三托我。"方知先生怜才,有古人风。《庚午重赴鹿鸣》诗曰:"蕊榜新开敞盛筵,漫劳车马问衰年。雀罗门巷群相讶,鹤发重联桂籍仙。"《辛未重赴琼林》诗曰:"天鼓声喧晓漏余,春风吹雨洒庭除。婆娑老眼看新榜,仿佛青云接敝庐。""鹤返故巢无宿侣,花开仙洞见新枝。辎轩南国追畴昔,风雨桥山怆梦思。"先生巡抚浙江,追感两朝恩遇,故诗中及之。

【译文】

宛平黄昆圃先生,康熙辛未年间,词林予告后,在长安主持风雅,人有一技之长,必定要大肆宣扬,不用见面。李渭方伯来到江南,我到衙门参拜。

一见面,便说:"昆圃先生和你相交很好吗?"我说:"不。"方伯说:"我出都的时候,黄公把你再三托付给我。"才知道先生十分爱才,有古人的风范。《庚午重赴鹿鸣》诗说:"花儿新开敞开盛筵,晚年驾车在人间漫游。门庭冷落人们都很惊讶,年老重叙桂籍仙。"《辛未重赴琼林》诗说:"天鼓声音喧哗早晨的雨水倾泻下来,春风吹着雨水落在庭院里。老眼昏花看看那崭新的榜,好像青天白云连接着自己的草房。""驾鹤返回到故里没有过去的伴侣,花在仙洞里重新长枝开花。在南国的小窗之下追忆往昔,风雨桥山多有梦怀。"先生巡抚浙江,追忆感念两朝的恩遇,因此诗中常常提到这些过去的事情。

姜夔像
图片

姜夔像,图出自清·顾沅《古圣贤像传略》。
姜夔为南宋著名词人。自号"白石道人",故后人
又称其为"姜白石"。

一六

【原文】

姜白石云:"人所易言,我寡言之;人所难言,我易言之:诗便不俗。"

随园诗话

【译文】

姜白石说:"人们容易说的,我就少说;人们难以言传的,我要多说,这样诗写出来就不落俗套了。"

一七

【原文】

古人诗有全篇用平声者,天随子《夏日诗》,四十字皆平声。有全篇用仄声者,梅圣俞《酌酒与妇饮》一篇皆仄声。有通首不用韵者,古《采莲曲》是也。有平仄各押韵者,唐末章碣,以八句诗平仄各有一韵,是也。诗家变体,宋魏菊庄《诗人玉屑》,言之最详。

【译文】

古人中有的诗全篇都用平声的,天随子的《夏日》诗,四十个字都是平声。也有整篇都用仄声的,梅圣俞的《酌酒与妇饮》一篇都用的是仄声。也有整篇都不用韵的,古代的《采》就是,有平仄各样一半的,唐朝末年的章碣,八句诗中平仄各有一韵,诗家写诗变体,宋魏菊庄《诗人玉屑》,书中讲得十分详细。

一八

【原文】

税关巡拦书吏,如捕役缉贼,虎视眈眈,但一见书册,兴便索然。姚云上作

七古，前四句云："劬劳王事前旌驱，咿唔星夜关山逾。笋束牛腰橐负载，关吏疾呼书书书！"此辈声口宛然，读之欲笑。南丰谢鸣篁有句云："近海风涛壮，当关仆隶尊。"或和云："客久囊虽破，船装书便尊。"

【译文】

税关巡拦书吏，像捕役抓贼，虎视眈眈，但一见书册，便兴趣索然。姚云上做七言古诗，前四句说："为朝运的事十分劳累辛苦，在夜里关山脚下独自叹息。用绳负着牛的腰，关吏急呼着让小心牛背上的书。"这些人的声音笑貌宛如再现，读着令人想笑。南丰谢鸣篁有诗句说："近海风涛壮，当关仆隶尊。"有人和这首诗的韵说："旅途长了袋子虽然破了，用船只装书不就好嘛。"

一九

【原文】

郑所南井中《心史》，虽用铁匣浸水中，然年历二百，纸墨断无不坏之理。所载元世祖剖割文天祥，食其心肺，又好食孕妇腹中小儿，语太荒悖，殊不足信。惟四言诗一首殊妙，曰"今日之今，霍霍栩栩；少焉瞩之，已化为古。"

【译文】

郑所南把《心史》放在井中，虽然用铁匣装了浸在水中，但是年历二百，纸哪能有不坏的道理。书中记载的元世祖剖割文天祥，食去他的心肺，又好吃孕妇腹中的小儿，望言太过荒诞悖谬，很不足信。只有四言诗一首特别妙，说："今天的现在，栩栩如生，很少能注意它，转眼就变为过去。"

【原文】

女心外向，自古为然。南越古蛮洞，秦时最强，俗尤善弩，每发铟箭，贯十余人。赵佗畏之。蛮王有女兰珠，美而艳，制弩尤精。佗乃遣子某赘其家。不三年，尽得其制弩破弩之法。遂起兵伐之，虏蛮王以归。此事见《粤峤志》。余赋诗云："赵王父子开边界，赖种兰珠一朵花。铜弩三千随婿去，女儿心太为夫家。"按后世开边，往往收功于妇人。洪武时，贵州宣慰使霭翠妻奢香，为都督马骋所裸挞，乃走愬京师。太祖问："腾为汝报仇，何以报我？"曰："愿立龙场九驿，通黔、蜀之道。"后果如其言。吴明卿诗云："君不见蜀道之辟五丁神，犍为万卒迷无津。帐中坐叱山河走，谁道奢香一妇人。"

【译文】

女人心向外，自古就是这样。南越古蛮洞，秦时最为强盛，俗人凡夫都擅长射箭，每发一箭，可以穿十个人，赵佗十分害怕它。

蛮王有女兰珠，美丽艳绝，作弓箭特别精巧。赵佗就让他的儿子上门做女婿。

不到三年，尽得他制弓破弓的方法。于是起兵讨伐他，虏掠蛮王归来。这事在《粤峤志》里有记载。

我赋诗说："赵王父子开边界，全赖兰珠一朵花。铜弩三千随女婿而去，女儿心里全是为了夫家。"后世开拓边界，往往在妇人身上成功。

洪武时候，贵州宣慰使霭翠娶了奢香作妻，被都督马骋所害，于是就逃到了京师。太祖问："我为你报仇，你用什么来报答我？"他说："原在龙场建九道驿站，以通贵州、四川的道路。"后来果然做到了。吴明卿有诗说："你不见蜀道被五丁神打开，犍为万千士卒都找不到道路。帐中坐着让山河更换了主人，谁说奢香只是一个弱女人。"

二一

【原文】

　　古来奇女子，如冯嫽及洗夫人，事载史书，惜见于诗者绝少。惟石柱土司之秦良玉，能为国杀贼，明怀宗赐诗云："桃花马上请长缨。"又云："试看他年麟阁上，丹青先画美人图。"本朝朱鹿田先生作七古美之，警句云："一时巾帼尽须眉，马上红旗马前酒。蜀亡不肯树降旗，残疆犹为君王守。"又曰："绿沉枪舞春

督师御寇图，出自清·马骀《百将图传》。讲述明末著名女将秦良玉，镇守山海关，督师与后金作战之事。

星转,花桶裙拖锦带红。"

【译文】

古来的奇女子,像冯嫽和冼夫人,她们事迹都记在史书里,可惜在诗里见到的很少。

只有石柱土司的秦良玉,能为国杀贼,明怀宗赐诗说:"桃花马上请求带兵打仗。"又说:"试看他年麟阁上,丹青先画上美人图。"本朝朱鹿田先生作七言古诗来赞美她,有警句说:"一时间女子都像男人一样能干,马上红旗前喝酒,蜀国灭亡了也不肯树起降旗,还独自为君王守着残破的疆土。"又说:"绿沉枪舞得春星乱转,花裙拖红常绿。"

二二

【原文】

僧无称"郎"之理;而北魏谚云:"支郎眼中黄,形躯似智囊。"是僧可称"郎"之一证。魏有三高僧:支谦、支谅、支谶也。

【译文】

僧人没有被称作"郎"的道理;而北魏谚语说:"支郎服中的和尚,形体就是智慧的化身。"这是僧人可以称作"郎"的一个明证。魏有三个高僧:支谦、支谅、支谶。

二三

【原文】

香山诗:"杨柳小蛮腰。"妓名也。后《寄禹锡》诗:"携将小蛮去,招得老刘来。"自注云:"小蛮,酒榼也。""小蛮"竟有二解。

【译文】

香山的诗:"杨柳一样的小蛮腰。"这是妓女的名字。后来有《寄禹锡诗》:"携带着小蛮女离去,招得老刘来。"自己注释说:"小蛮,酒壶啊!"原来小蛮竟有两种解释。

二四

【原文】

汪舒怀先生云:"钱笺杜诗,穿凿附会,令人欲呕。如以黄河十月水为楝盖之冰,煎弦续胶为美撰愈疾,以《洗兵马》《收两京》二篇为刺肃宗,比这商臣、杨广,此岂少陵忠君爱国之心耶?尤可笑者,跋元人汪水云诗:'客中忽忽又重阳,满酌葡萄当菊觞。谢后已叨新圣旨,谢家田土免输粮。''第二筵开八九重,君王把酒劝三宫。酏酥割罢行酥酪,又进椒盘剥嫩葱。'就此二首,遂以为谢后有失节之事。按《宋史》:理宗谢后宝庆三年册立,垂四十年,而度宗嗣位,尊为太皇太后,已老病不能听政。德祐二年,宋亡,徙越七年而崩,寿七十四。是至燕时,已六十七矣:宁有刘曜羊后之虑哉?水云又咏宋宫人分嫁北匠云:'君王不

重色,安肯留金闺? 则世祖为人可知。《元史》又称宏吉剌皇后见幼主入朝而不乐,为全太后不习水土,代奏乞放还江南。帝虽不许,而封幼主为瀛国公。则别置邸第,完全眷属可知。水云诗云:'昭仪别馆香云暖,手把诗书授国公。'是王昭仪亦未入元宫也。"

【译文】

　　汪舒怀先生说:"钱笺杜诗,穿凿附会,令人作呕。就像以黄河十月间的水作为卖的饮水,煎的弦、胶作为治病的美食,以《洗兵马》《收两京》来讽刺肃宗,和商臣、杨广相比,这难道是杜少陵忠君爱国的心? 最为可笑的是,跋元朝人汪水云的诗:'旅途中匆忙间又是重阳节到了,端着葡萄酒来欣赏菊花。谢后已经有了新的圣旨,谢家的土地免受遭殃。''第二次筵席开了很多桌,君王拿着酒杯来给三官劝酒。吃罢酡酥又吃酥酪,还端上了椒盐拌嫩葱。'就这两首,就认为谢后有失节的事。《宋史》上说:理宗谢后在宣庆三年被册上,一直有四十年,而后度宗才被立为继位人,尊谢后为太皇太后,已经病得不能听政了。德佑二年,宋朝灭亡,又过了七年就死了,终年七十四岁。到燕京的时候已经六十七了;怎么会有刘曜羊后所虑的事呢?"水云又咏宋宫人分嫁北匠说:'君主不重色,怎么会留那些美人在宫中呢?'从这宋世祖的为人可以想见。《元史》又称宏吉剌皇后见幼主入朝而感到不高兴,因为全太后水土不服,代奏乞求放还江南。帝虽然不许,却封幼主为瀛国公。又在别处建了官邸,可以知道把家眷都安排到了那里。水云的诗说:'把家眷安排在那舒服的另一个地方,手把手地给瀛国公传授诗书。'这说明王昭仪一直没有进入元的后宫。"

二五

【原文】

　　陈后山吟诗最刻苦,《九日》云:"人事自生今日意,寒花只作去年香。"郑毅夫云:"夜来过岭忽闻雨,今日满溪都是花。"此种句,似易实难。人能知易中之难,可与言诗。

【译文】

陈后山吟诗最为刻苦,有诗《九日》说:"今天的人今天的事才有意义,冬天里的花带的还是去年的香气。"郑毅夫说:"夜里过山岭忽然碰上下雨,今天满溪水旁都是鲜花。"这种句子,看似容易实际难得。人能知道容易中的难处,可以和他谈论诗歌了。

二六

【原文】

雍正甲寅,海宁陈文简公予告在家,来游西湖。人知三朝元老,观者如堵。余年十九,犹及仰瞻风采。先生仙风道骨,年已八十,犹替人题陈章侯《莲鹭图》云:"墨花吹得绿差差,小景分来太液池。白鹭不飞莲不谢,摇风立雨已多时。"书法绝似董香光。余生平所见翰林前辈,如徐蝶园相国、陈文简公、黄昆圃中丞、能涤斋太史,皆鲁灵光也。

【译文】

雍正甲寅年,海宁陈文简公请假在家,来游玩西湖。人们知道他是三朝元老,成千上万的人都来看他。我那时十九岁,也十分荣幸见到了他。先生仙风道骨,年已八十岁了,还替人题陈章侯《莲鹭图》说:"水墨画出来的花伴着绿绿的树枝,景色像太液池的风景。白鹭不飞莲花依旧盛开,在风雨摇摆之中已立了很长时间。"书法和董香光十分相似。

我生平所见到的翰林前辈,像徐蝶园相国、陈文简公、黄昆圃中丞、熊涤斋太史,都是鲁灵光这一类的人。

二七

【原文】

　　谚云："读书是前世事。"余幼时，家中无书，借得《文选》，见《长门赋》一篇，恍如读过；《离骚》亦然。方知谚语之非诬。毛俟园广文有句云："名须没世称才好，书到今生读已迟。"

　　杜甫像，选自清《古圣贤像传略》。杜甫为唐代著名诗人，有"诗圣"的美誉。清人汪舒怀认为后人单纯模仿杜诗，穿凿附会，令人作呕。

谚语说:"读书是前世的事情。"我小的时候,家中无书,借别人的《文选》,见到一篇《长门赋》,好像读过;《离骚》也是这样。才知道谚语说的是真的。毛俟园广文有诗句说:"名气要称不世之才才好,书本等到这辈子读已经晚了。"

二九

【原文】

凡作人贵直,而作诗文贵曲。孔子曰:"情欲信,词欲巧。"孟子曰:"智譬则巧,圣譬则力。"巧,即曲之谓也。崔念陵诗云:"有磨皆好事,无曲不文星。"洵知言哉!

或问:"诗如何而后可谓之曲?"余曰:"古诗之曲者,不胜数矣";即如近人王仔园《访友》云:"乱乌栖定夜三更,楼上银灯一点明。记得到门还不扣,花荫悄听读书声。"此曲也。若到门便扣,则直矣。方蒙章《访友》云:"轻舟一路绕烟霞,更爱山前满涧花。不为寻君也留住,那知花里即君家。"此曲也。若知是君家,便直矣。宋人《咏梅》云:"绿杨解语应相笑,漏泄春光恰是谁?"《咏红梅》云:"牧童睡起朦胧眼,错认桃林欲放牛。"咏梅而想到杨柳之心,牧童之眼,此曲也;若专咏梅花,便直矣。

【译文】

大凡做人贵在耿直,而作诗文贵在曲婉。孔子说:"抒情要真诚,作词要巧妙。"孟子说:"智慧多了则生巧妙,圣理熟知则有力量。"巧,就是指曲折委婉。崔念陵诗说:"有磨难都是好事,没有曲折不是文曲星。"可以知道这话的意思了。

有人问:"诗如何作才能称为曲折委婉?"我以为:"古诗中曲折委婉的,不计其数";就像近代人王仔园《访友》说:"三更里千百万鸟在树上歇息,楼上有一盏灯还发着光。记得到门口也不敲门,在花荫里悄悄听那读书声。"这就是曲

折委婉。如果一到门口就敲,就太直啦,方蒙章的《访友》说:"小船一路上云绕雾围,但我更喜欢山前那一涧的鲜花。就是不是来找你我也要住下,那知道你的家就在这花丛里。"这也是曲折委婉。要知道就是朋友家,就太直了。宋朝人写《咏梅》说:"绿绿杨树如果能理解我的,便会笑出来,将春光外泄的又是谁呢。"《咏红梅》说:"牧童刚睡醒两眼朦胧,把桃林认错了准备在里边放牛。"咏梅花而又想到了杨柳的心,牧童的眼,这就是曲折委婉;如果专门吟咏梅花,便太直了。

二九

【原文】

诗虽贵淡雅,亦不可有乡野气。何也?古之应、刘、鲍、谢、李、杜、韩、苏,皆有官职,非村野之人。盖士君子读破万卷,又必须登庙堂,览山川,结交海内名流,然后气局见解,自然阔大;良友琢磨,自然精进。否则,鸟啼虫吟,沾沾自喜,虽有佳处,而边幅固已狭矣。人有乡党自好之士,诗亦有乡党自好之诗。桓宽《盐铁论》曰:"鄙儒不如都士。"信矣。

【译文】

诗歌虽然贵在淡雅,但也可以有乡野之气。为什么?古代的应、刘、鲍、谢、李、壮、韩、苏,都有官职,并且不是村野里的普通人。

世上士君子读破万卷书,又必须要当上官,以览山川,结交海内外的名流,然后再写诗时的气势见解,自然广阔宏大;良友相互鼓励,自然诗文精进。

否则,鸟啼虫吟,沾沾自喜,虽有可取的地方,而视野太狭窄了。人有乡党交好的朋友,诗也有乡党结交相好的诗。

桓宽在《盐铁论》里说:"鄙薄的儒生不如京城的士人。"从这些事例和古人所写的诗句中都足以让我们相信啊!

三〇

【原文】

吾乡宋笠田明府女,名右研,能诗,有"残溜积来频洗砚,炉灰拨去屡添香"之句。嫁婿徐金粟。亦少年能诗。《七夕》云:"一湾河汉影,万国女儿情。"《晚坐》云:"风带残云归远岫,树摇余滴乱斜阳。"

【译文】

我的老乡宋笠田明府的女儿,叫右研,能写诗,有:"浅留的水来洗去砚台,灰烬过去使我屡屡添上香火。"的句子。嫁给了徐金粟,也是年少能写诗,有《七夕》诗说:"夜空中弯弯银河的影子,难道他们也有女儿之情。"《晚坐》说:"风卷残云是远方的仙人回来了,斜阳下风摇树动掉下水珠来。"

三一

【原文】

丙辰,以布衣荐鸿词者,海内四人:一江西赵宁静,一河南车文,一陕西屈复,一嘉禾张庚。车之著作,余未经见。张善画,长于五古,人亦朴诚。独屈叟傲岸,自号悔翁,出必高杖,四童扶持。在京师,见客,南而坐;公侯学诗者,入拜床下,专改削少陵,訾诋太白,以自夸身分。耳食者、抵死奉若神明。山左颜懋伦心不平,独往求见。坐定,即问曰:"足下诗,有《书中干蝴蝶》二十首,此委巷小家子题目,李、杜集中,可曾有否?"屈默然惭。人以为快。沈归愚刻《别裁

集》，仅录屈《王母庙》一首，云，"秦地山河留落日，汉家宫阙见孤灯。如今应是蟠桃熟，寂寞何人荐茂陵？"

【译文】

丙辰年间，以普通百姓的身份而诗词出名的，海内共有四人：一是江西人赵宁静，一是河南车文，一是陕西人屈复，一是嘉禾人张庚。车文的著作我没有见过。

张庚擅长写字，长于五言古诗，人也十分朴实诚挚。独屈复傲举，自号悔翁，一出门必定要手持高杖，有四童子扶持。

在京师的时候，见客人，要面南而坐，公侯学诗的，要拜在床下，专门改杜甫的诗，挑李白的毛病，来自夸自己的身份。听他言论的人，至死都把他供为神明。山左人颜懋论心怀不平，单独前去求见。

坐下后，就向他："您的诗，有《书中干蝴蝶》二十首，这是委巷小家子的题目，李白、杜甫文集中，可曾有吗？"屈复无言以对，满面羞愧。人们都认为是快事。

沈归愚刻有《别裁集》，仅录有屈复的《王母庙》一首，说："秦地的小河被夕阳照耀着，汉家宫殿中还亮有孤灯。如今应是六月桃熟的时节，寂寞中是什么人还留恋着茂陵这种地方呢？"

＝＝

【原文】

庆雨峰玉观察芜湖，因旧署荒芜，前任刘公未加修葺。雨峰抵任，为培花树，戏题一绝寄刘云："笑杀河阳旧吏来，地无青草长莓苔。岭梅岩桂江千竹，都是刘郎去后栽。"

【译文】

庆雨峰玉观察芜湖，因旧的官署荒芜，前任刘公未加修葺。雨峰抵任，为了

栽培花树,戏题一绝寄给刘公说:"笑杀河阳旧吏来,地上没有青草却长着青苔。岭梅岩桂江那么多的竹子,都是你刘郎离开这里以后才栽上的。"

☷

【原文】

辛未,圣驾南巡,西湖僧某迎于圣因寺,上以手抚其左腕,其僧遂绣团龙于袈裟之左偏,客来相揖者,以右手答之,而左臂不动。杭堇浦嘲之云:"维摩经院境清嘉,依旧红尘送岁华。夸道赐衣曾借紫,竹边留客晒袈裟。"

【译文】

辛未年间,圣驾南巡,西湖僧人迎接他到圣因寺,皇上用手抚其左腕,这个僧人就在袈裟的左袖上绣了一团龙,客人来作揖时,以右手作答,而左臂不动。

杭堇浦嘲笑他说:"维摩经院环境清净可嘉,依旧是红尘之中送走年华。向人夸耀是皇上赐衣并借以为荣,每次在竹子旁边留客人,等着晒好袈裟再穿上这件衣服前去和客人见面。"

☳

【原文】

丙辰征士王藻,字载扬,吴江人,贩米为业。《偶题桃源图》云:"相看何物同尘世?只有秦时月在天。"以此受知于沈舵翁先生,四处榆扬,遂弃业读书。吴大宗伯荆山荐举鸿词科,廷试报罢,往来扬州,与诗人结社吟咏。貌琐瘦急

遶,小声音,好蓄宋板书、青田石印章。有友借观,误堕地碎,载扬垂泣三日,其风趣如此。《读梅村集》云:"百首淋浪长床体,一生惭愧义熙民。"《剪梅》云:"大抵端相求入画,最难割爱似删诗。"

【译文】

丙辰年间征士王藻,字载扬,吴江人,以贩卖大米为业,写有《偶题桃源图》一诗说:"相看是什么东西同在尘世?只有秦时月亮还在天边。"因这首诗他被沈翁所欣赏,四处宣传,他于是就放弃原来的职业而读书。

吴荆山大宗伯推荐他参加词科,廷试报罢,在扬州吴江间来往,与诗人结社吟咏。长得瘦而性急,声音很小,好藏宋板书、青田石印章。有朋友借来观看,失手掉地下碎了,载扬哭了三天,其风雅趣味到这种地步。

《读梅村集》说:"百首诗都用长庆体淋漓地表现出来,一生惭愧作义职民。"《剪梅》说:"大多长得漂亮的都希望能被画入画中,最难割爱的就是删诗中的句子。"

三五

【原文】

余少时过江西泸溪,舟中把书吟咏,岸上儿童指曰:"此学士船也。"余喜而成句,云:"衣冠僧识江南客,翰墨儿呼学士舟。"后三十年,读无锡顾公奎光《赴辰州》诗云:"村民久识沪溪令,笑指篷窗满几书。"两意相同,而俱成于泸溪,亦奇。《顾咏傀儡》云:"闲来惟挂壁,用我也登场。"《过沅江》云:"名场似弈无同局,吏道如诗有别才。"

【译文】

我小的时候路过江西泸溪,在船中拿着书朗诵,岸上有儿童指着我说:"这是学士坐的船。"我因此高兴地写了一句,"儿童认识从江南来的客人,识字的孩子称为学士坐的船。"后来过了三十年,读无锡顾奎光公的《赴辰州》诗说:

"村民认识泸溪公已经很久了,笑着指那篷窗中满茶几的书。"两首诗的意思相同,而且都在泸溪写成,这也十分令人惊奇。顾奎光的《咏傀儡》诗说:"闲了就把我挂在墙上,用我时我再上场。"《过沅江》说:"名利场中就像下棋没有相同的,做官像作诗一样要有别样的才干方能超出一般。"

三六

【原文】

陈沧州先生守苏州,《重游虎丘》诗云:"雪艇松龛阅岁时,廿年踪迹鸟鱼知。春风再扫生公石,落照仍衔短薄祠。雨后万松全沓匜,云中双塔半迷离。夕佳亭上凭阑处,红叶空山绕梦思。""尘鞅删余半晌闲,青鞋布袜也看山。离宫路出云霄上,法架春留紫翠间。代谢已怜金气尽,再来偏笑石头顽。楝花风后游人歇,一任鸥盟数往还。"其时总督噶礼,以诗为诽谤,句句旁注,而劾奏之,摘印下狱,圣祖诏云:"诗人讽咏,各有寄托,岂可有意罗织,以入人罪?"命复其官。寻擢霸昌道。

【译文】

陈沧州先生守苏州,写有《重游虎丘》诗说:"雪覆盖看亭子松树如盖正是年终的时候,二十年来的踪迹只有鸟和鱼才能知道。春风又来吹生公石,夕阳照着那短薄祠。雨水过后松树都变得轻松起来,双塔直入云中让人看不清楚。站在夕佳亭上凭栏眺望,空山红叶惹人相思。"

"骑马写诗之余有半天的空闲,穿上青鞋布衣去看山。离宫的路在青云之上,神仙住的紫翠间里仍旧春意盎然。时光飞逝金气尽,再来笑那石头的顽固。风吹着楝花游人在下边歇息,任凭那鸟在来回地飞。"当时总督噶礼,以诗作为诽谤,句句作注,而后又弹劾他,被迫罢官下狱。圣祖下诏说:"诗人讽刺吟咏,各有寄托,怎么可以有意罗织罪名,来让人获罪?"命令恢复他的官职,不久又升为霸昌道。

三七

【原文】

杭州赵钧台买妾苏州,有李姓女,貌佳而足欠裹。赵曰:"似此风姿,可惜土

蔡文姬像,图选自《百美新咏》。中国历代都
有很多人才能工诗擅文。而东汉的蔡文姬更是
才女中的才女。

重。"土重者,杭州谚语:脚大也。媒妪曰:"李女能诗,可以面试。"赵欲戏之,即

以《弓鞋》命题。女即书云："三寸弓鞋自古无，观音大士赤双趺。不知裹足从何起？起自人间贱丈夫！"赵悚然而退。

【译文】

杭州人赵钧台在苏州买妾，有一个姓李的女子，长得很漂亮而足却很大。

赵钧台说："像这样的风姿绰约，可惜太土重了。"土重，杭州的谚语是指脚大。

一个媒婆说："李女能写诗，可以见见面。"赵钧台想戏弄她，就以弓鞋为题。

女立刻写道："三寸弓鞋古代是没有的，观音大士也是赤着一双大脚，不知裹足是从何时开始的？都是人间贱丈夫干的。"赵惭愧惊惧退了下去。

三九

【原文】

古闺秀能诗者多，何至今而杳然？余宰江宁时，有松江女张氏二人，寓居尼庵，自言文敏公族也。姊名宛玉，嫁淮北程家，与夫不协，私行脱逃。山阳令行文关提，余点解时，宛玉堂上献诗云："五湖深处素馨花，误入淮西估客家。得遇江州白司马，敢将幽怨诉琵琶？"余疑倩人作，女请面试。予指庭前枯树为题，女曰："明府既许婢子吟诗，诗人无跪礼，请假纸笔立吟，可乎？"余许之。乃倚几疾书曰："独立空庭久，朝朝向太阳。何人能手植，移作后庭芳？"未几，山阳冯令来，予问："张女事作何办？"曰："此事不应断离；然才女嫁俗商，不称，故释其背光之罪，且放归矣。"问："何以知其才？"曰："渠献诗云：'泣请神明宰，容奴返故乡。他时化蜀鸟，衔结到君旁。'"冯故四川人也。

【译文】

古代闺秀中能写诗的人很多，为什么今天都没有了消息？我在江宁为县令的时候，有松江女子张氏二人，寓居在尼姑庵里，自称是文敏公的族人。

姐姐叫宛玉,嫁给淮北程家,和丈夫合不来,私自逃跑了。

山阳令行文关提,我在解释评点时,宛玉堂上献诗说:"五湖的深处是素馨花,失误进入淮西的估客家,遇上了江州白居易的司马,敢将将自己的幽怨用琵琶诉说出来?"我怀疑是别人替他写的,她请求面试。

我指庭前一枯死的树为题,该女说:"明府既然允许我吟诗,诗人没有跪的礼节,请让我拿纸笔来可以吗? 我允许了她"。于是在茶几上立即写道:"孤独地立在庭院很久了,天天向着太阳。什么人能亲手种它,移它作后院的花?"不一会,山阳冯县令来了,我问他:"张女的事怎么办?"他回答说:"这事不应轻易判断;可是才女嫁给俗气的商人,不相称,因此应该免去她背离逃跑的罪名,放她回去吧!"我又问:"凭什么知道她有才?"回答说:"渠献诗说:'哭着请求神明来做主,让我回到故乡。他年化作蜀地的鸟也要衔着一枝来到你的身旁报答你。'"冯县令是四川人。

三九

【原文】

雍正间,京师伶人刘三,色艺冠时,独与翰林李玉渊先生交好。苏州张少仪观察为诸生时,封公谪戍军台,徒步入都,为父赎罪,一时有三子之称,盖云公子、才子、孝子也。沿门托钵,尚缺五百余金,偶于先生席上言及此事。刘慨然曰:"此何难? 公子有些孝心,我能相助。"遂偏告班中人云:"诸君助张,如助我也。"择日,设席江南会馆,请诸台贵来,己乃缠头而出,一座倾靡,掷金钱者如雨,果得五百余金,尽以与张;而封公之难遂解。余丙辰入都,在先生处见刘,则已老矣。但闻先生未第时,甚贫,刘爱其才,以身事之。余疑而不信。偶过薙发铺壁上,无名氏题云:"欲得刘三一片心,明珠十斛万黄金。一钱不费偏倾倒,妒杀江南李翰林。"方知果实事也。先生在吴门,与朱约岑《送采官北上》云:"莫惜当筵舞鬋斜,多情曾为损才华。玉郎此会成长别,飞尽江南陌上花。"朱和之,有"春灯红照一枝花"之句。朱为张匠门先生之故人,相见京师,年已八十,恶见发须之白,日日薙之,与翁霁堂同癖。

【译文】

雍正年间,京师伶人刘三,色艺都是当时第一流的,独和翰林李玉渊先生交往相好。苏州张少仪观察作诸生的时候,父亲被贬戍守军台,他徒步进入京城,为父亲赎罪,一时间有三子这样的称谓,意思是全才子、公子、孝子与一身。

沿门托着一个钵,还少五百多金,偶然在李先生席上讲了这件事。

刘三慷慨地说:"这有什么困难?公子有这样的孝心,我能相助。"就像帮助我一样。"选了一个日子,在江南会馆设宴,请各个豪绅贵人来,自己缠头而出,满座都站了起来,扔钱如雨,果然得到了五百多金,尽数送给了张少仪,而封公的难处也被解决了。我在丙辰年间进入京都,在李先生处见到刘三已经老了。

但听说先生没有及第的时候,十分贫穷,刘三爱其才气,以身相许。我不信这件事。偶然路过见薙发铺壁上,有无名氏题道:"要想得到刘三的一片心,须要明珠十斛,万两黄金。可有人却不费一钱倾倒刘三,那就是江南的李翰林。"才知道这果然是实事。李先生在吴门的时候,与朱约岑和有《送采官北上》诗说:"不要怜惜当筵跳舞,多情曾经为才华而损伤。玉郎这次相会已成长久的别离,飞尽江南田野上的花。"朱约岑和了这首诗,有"春灯下照着一枝花"这样的句子。朱约岑是张匠门先生的故人,在京师相见时,已经八十多了,十分讨厌头上的白发,天天拨它,和翁霁堂一个癖好。

四〇

【原文】

乾隆己未,京师伶人许云亭名冠一时,群翰林慕之,纠金演剧。余虽年少,而敝车羸马,无足动许者。许流目送笑,若将呢焉。余心疑之,未敢问也。次日侵晨,竟叩门而至,情款绸缪。余喜过望,赠诗云:"笙清簧暖小排当,绝代飞琼最擅场。底事一泓秋水剪?曲终人反顾周郎。"

【译文】

乾隆己未年间,京师伶人许云亭名冠一时,群翰林十分羡慕,集钱让她演戏。

我那时虽然年少,而且又是弊瘦老马,没有可以打动许云亭的。

许对我流目送笑,好像对我有意,我心内十分怀疑,也不敢问。第二天早上,她竟叩门而入,情意缠绵。

我大喜过望,赠给她一首诗说:"音乐清新悦耳,唱戏的人可以说是绝代美人。眼睛像秋水一样明亮,好像含着心事? 散场了原来是要去约会周郎这样的美男子见面呢。"

四一

【原文】

李桂官与毕秋帆尚书交好。毕未第时,李服事最殷,病则秤药量水,出则授辔随车。毕中庚辰进士,李为购素册界乌丝,劝习殿度卷子,果大魁天下。溧阳相公康熙前庚辰进士也,重赴樱桃之宴,闻桂郎在座,笑曰:"我揩老眼,要一见状元夫人。"其名重如此。戊子年,毕公官陕西,李将往访,路过金陵,年已三十,风韵犹存。余作长歌赠之,序其劝毕公习字云:"若教内助论勋伐,合使夫人让诰封。"

【译文】

李桂官和毕秋帆尚书交往很好。毕秋帆没有及第的时候,李桂官服侍十分勤快周到,毕秋帆病了就秤药量水,出门则穿衣随车。

毕秋帆中了庚辰年间进士,李桂官为他买来素册界乌丝,他勤习殿试卷子,果然一举夺魁。

溧阳相公是康熙前庚辰年间的进士,重赴樱桃宴,听说桂郎在座上,笑着说:"我眼老昏花,想见见状元夫人。"她名声大到这种地步。

戊子年间,毕秋帆到陕西做官,李桂官前去探望,路过金陵,年已三十了,仍旧风韵犹存。

我做长歌赠给她,告诉她劝毕秋帆公练字说:"要教屋里的帮手讲究点功名,日后也应该将夫人封为诰命。"

四二

【原文】

今人论诗,动言贵厚而贱薄,此亦耳食之言。不知宜厚宜薄,唯以妙为主。以两物论:狐貉贵厚,鲛绡贵薄。以一物论:刀背贵厚,刀锋贵薄。安见厚者定贵? 薄者定贱耶? 古人之诗,少陵似厚,太白似薄;义山似厚,飞卿似薄:俱为名家。犹之论交,谓深人难交,不知浅人亦正难交。

【译文】

现在的人议论诗歌,动不动就说长了就好而短则不好,这是不在行的话。不知哪里应该长哪里应该短,只认妙为主。

用两件东西来做比喻:狐貉贵厚重,鲛绡贵轻薄。用一物来讲:刀背贵厚重,刀锋贵在薄利。怎么可以说厚重了就好,而薄短的就不好? 古代人的诗,杜甫的像十分厚长,而李白的好像薄短,义山像十分厚长,而飞卿则像薄短:但他们都是名家。

这就像谈交往,都说有本事的人难以交往,不知道浅薄的人也难以和他交往,这两者的道理都是一样的。

随园诗话

四三

【原文】

庚寅元旦,皇上登保和殿受朝贺,望见远处有烟腾空而起,问大学士曰:"得毋民间有失火者乎?"首相舒文襄公奏曰:"似烟非烟。"诸公服其吐属典雅。古语:"似烟非烟,是谓庆云。"

【译文】

庚寅元旦,皇上登保和殿接受朝贺,望见远处有烟腾空而起,就问大学士说:"是不是民间有失火的?"首相舒文襄公上奏说:"像烟其实不是烟。"诸人都佩服他吐字文雅。(古语:"似烟非烟的,是说的云彩。")

四四

【原文】

杭人土音,呼"朋"作"蓬"之本音,"崩"为"蓬"之阳音,皆"一东"韵也。韵书都收入"十烝",则与"一东"远矣。然《左传》:'翘翘车乘,招我以弓;岂不欲往,畏我友朋。'"《三国志》:"张昭作《陶谦哀词》曰:'丧覆失恃,民知困穷。曾不旬月,五郡溃崩。'"是将"朋""崩"二字,俱押入"一东"也。

【译文】

杭州人的土话,叫"朋"作"蓬"的本音,"崩"为"蓬"的阳音,都是"一东"

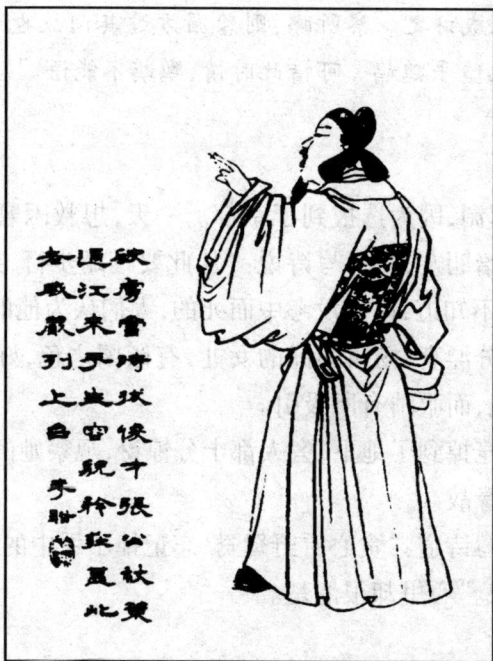

张昭像,选自《图像三国志》。张昭是三国
时吴国的重要谋士。

韵。韵书都收到"十烝"里去,这和"一东"远了。然而《左传》中有:"翘翘的车子,拿来我的弓箭,不想前去,但却害怕得罪我的朋友。"《三国志》:"张昭作《陶谦哀词》说:'论丧后就失去了可依仗的东西,人民也就懂得了穷困。不用半个月,五个郡都会崩溃。'"这是将"朋""崩"两个字,都押入"一东"韵的一个明显的例证。

四五

【原文】

彭城李涓,字蓉湄,以选拔入京师。一日,欲救某友之窘,卖所乘小驷赠之,赋诗云:"从此蹒跚懒行步,好花都让别人看。"亡何,不第而亡。人以为谶。蓉湄貌美,扬州绸铺女儿,有国色,好养鹦鹉,每早喂食,一日方提笼,而目有所睇,

不觉笼落于地，旁人咸讶之。察所睇，则蓉湄方过其门故也。刘霞裳闻而赋诗云："贪看野鸳鸯，忘堕手鹦鹉。可惜此时情，鹦鹉不能语。"

【译文】

彭城李涓，字蓉湄，因为选拔到了京都。一天，想救困窘中的朋友，就卖了自己乘的小马来赠给朋友，并且写诗说："从此要蹒跚步行，好花都让别人看去吧！"死在什么时候不知道，但是没考中而死的，人们认为他的诗就是一种预言。

李蓉湄长得十分漂亮，扬州绸铺的女儿，有倾国之色，好养鹦鹉，每天早上都喂它，一天刚提笼，而眼睛有所吸引。

不知不觉中鸟笼掉到了地下，旁人都十分惊讶，观察她的眼神，原来是蓉湄刚才路过她的门的缘故。

刘霞裳听说就写诗道："贪心看野鸳鸯，忘记掉了手中的鹦鹉。可惜这一刻的情，鹦鹉说不出来。"心里却很清楚。

四六

【原文】

陆陆堂、诸襄七、汪韩门三太史，经学渊深，而诗多涩闷，所谓学人之诗，读之令人不欢。或诵诸诗："秋草驯龙种，春罗狎雉媒。""九秋易洒登高泪，百重经广武场。"差为可诵，他作不能称是。相传康熙间，京师三前辈主持风雅，士多趋其门。王阮亭多誉，江钝翁多毁，刘公㦡持平。方望溪先生以诗投汪，汪斥之。次以诗投王，王亦不誉。乃投刘，刘笑曰："人各有性之所近，子以后专作文不作诗可也。"方以故终身不作诗。近代深经学而能诗者，其郑玑尺、惠红豆，陈见复三先生乎？

【译文】

陆陆堂、诸襄七、汪韩门三位太史，经学渊深，但诗却写得晦涩难懂，所谓的学别人的诗作，读了让人不懂其意。

有人读诸襄七的诗:"秋草喂养了龙种,春风调笑雄鸡。""秋天里登高容易掉泪,百战之后又过广武场。"这些还可以读,其他的作品都不行。相传在康熙年间,京都这三位前辈主持风雅,士人多找上门。王阮亭多赞誉,江钝翁多遭诋毁,刘公戤则持平。方望溪以诗给江钝翁,江公斥责他。又把诗给王阮亭,王公也不赞誉。于是投给刘公戤。刘公戤笑着说:"人都有性情接近的地方,你以后只可以写文不可以写诗。"方望溪因此终身不写诗。近代熟悉经学而又能写诗的,就只有郑玑尺、惠红豆、陈见复三位先生吗?

四七

【原文】

吟诗自注出处,昔人所无。欧公讥元稹注《桐柏观碑》,言之详矣。况诗有待于注,便非佳诗。韩门先生《蚊烟诗》十二韵,注至八行,便是蚊类书,非蚊诗也。《赠友》云:"知来匪鹊休论往,为主如鸿喜得宝。"上句注:"《淮南子》:'乾鹊知来而不知往。'"下句注:"《孔疏》:'鸿以先至者为主,后至者为宾。'"作诗何苦乃尔?惟张雪子云南典试归,将近长安而殁,先生哭之云:"路纡双节重,天近一星沉。"便觉清妙。又有《咏柳絮》一绝云:"沾襟撩袖自矜妍,未化为萍绝可怜。叹息春风竟何意,团揉无处不成绵。"

【译文】

吟诗自己注出处的,过去人没有过。欧公讥笑元稹注《桐柏观碑》,说得太详细了。

何况诗有待于注释,就不是好诗。韩门先生《蚊烟诗》十二韵,注到了八行,这是蚊类书,不是蚊烟诗。

《赠友》中说:"知道来的不是喜鹊就不要论及往事,因为鸿鸟先到做主人而贵宾后来。"上句注释:"《淮南子》:'乾鹊知道来而不知道回?'"下句注:"《孔疏》:'鸿以先到的是主人,后来的是贵宾。'"做这样的诗是何苦来?只有张雪子从云南典试回来,将到长安时死了,先生哭他说:"路长身体很重要,就要

到了却像星辰一样坠落。"觉得写得十分清妙。又有《咏柳絮》一绝说:"沾着衣襟、袖子自己十分矜持,没有化为浮萍显得十分可怜。叹息这春风是什么意思,团团揉得到处都是棉絮。"

四八

【原文】

恽南田少时受知王太仓相国,有监司某延之作画,不即赴,乃迫致苏州,拘官厅所,明旦将辱之。南田以急足至娄水乞援,时已二更,相国急命呼舟,将出,复击案曰:"马最速,舟不如。"遽跨马,命仆以竹竿挑灯缚背上,行九十里,抵郡城,尚未五鼓也。守门者知为相国,遽启门,直诣监司署,问南田所在,携之以归。盐司随诣太仓谢过,乃释。南田画《拙修堂宴集图》,题诗云:"花残江国滞征缨,绿浦红潮柳岸平。芳草有心抽夜雨,东风无力转春晴。艰难抱子还乡国,落拓浮家仗友生。只为踟蹰千里别,归期临发又重更。"

【译文】

恽南田小的时候很受王太仓相国赏识,有某监司请他去作画,他不去,于是监司就强迫他到了苏州,拘留在厅所里,第二天将要侮辱他。

恽南田因此急忙到娄水救援,这时已经是二更天了,相国急忙叫了一只船,将要走,又重新击案说:"马最快,船不行。"于是就骑马命仆人用竹竿挑灯绑在背上,行了九十里,抵达郡城,还不到五鼓。

守门的人知道了他是相国,就开了门,直接到监司署,问了恽南田所在的地方,带了回去。监司也跟着到太仓谢罪,才被释放。

恽南田画《拙修堂宴集图》,题诗说:"花儿残败江国太平,绿树红花江岸平坦。芳草有心等夜雨,东风无力扭转春天由阴变晴。艰难抱子返回到家乡,落魄的人靠朋友生存,只因为犹豫千里相别,才使归期变成在夜里。"

【原文】

黄莘田妻月鹿夫人,与莘田仝有研癖。先生罢官时,囊余二千金:以千金市十研,以千金购侍儿金樱以归。有二女:长曰淑窕,字姒洲;次曰淑畹,字纫佩。《题杏花双燕图》云:"艳阳天气试轻衫,媚紫娇红正斗酣。记得春明池馆静,落花风里话呢喃。""夕阳亭院曲阑东,语燕时飞扇底风。不管春来与春去,双双长在杏花中。"金樱明艳,能诗。许子逊酒间举其《夜来香》绝句云:"知隔绛纱帷蝉坐,谢娘头上过来风。"

【译文】

黄莘田娶了月鹿夫人,和莘田一样有收藏砚台的癖好,先生罢官的时候,囊中乘了二千金,以一千金换了十块砚台,以一千金买了侍儿金樱回去了。他们有两个女儿。

长女叫淑窕,字姒洲;次女叫淑畹,字纫佩。写有《题杏花双燕图》说:"艳阳高照的天气里试着穿上轻薄的衣衫,娇媚的紫色和艳丽的红色十分好看。记得春光明媚的天气里池馆十分安静,落花的风声里听见呢喃私语。""夕阳照着亭院里曲折的栏杆,燕子低飞叫个不停。不管春天的流水流过来流过去,双双长在杏花丛中。"金樱长得十分明艳,能写诗。

许子逊在酒间举她的《夜来香》绝句为例:"知道隔着绛纱左帷帐里面坐着,香气如从娘子头上吹过来的风。"

五〇

【原文】

白云禅师作偈曰:"蝇爱寻光纸上钻,不能透处几多难。忽然撞着来时路,始觉平生被眼瞒。"云窦禅师作偈曰:"一兔横身当古路,苍鹰才见便生擒。后来猎犬无灵性,空向枯桩旧处寻。"二偈虽禅语,颇合作诗之旨。

【译文】

白云禅师作偈帖说:"苍蝇都爱光线因此老往纸上爬,不知何去何从十分艰难。忽然有走到来时的老路上,才觉得平生被欺骗了。"云窦蝉师也作偈帖说:"一只兔子横着身子挡在路中,苍鹰一看见便把它生擒。后来猎犬没有灵性,只知道到那枯木树丛中寻找。"二张偈帖虽然说的是禅语,但颇合作诗的内在一些基本道理和作诗的主旨。

五一

【原文】

冬友侍读出都,过天津查氏,晤佟进士潘,言其母赵夫人苦节能诗,《祭灶》云:"再拜东厨司命神,聊将清水饯行尘。年年破屋多灰土,须恕夫亡子幼人。"查恂叔言其叔心谷《悼亡姬》诗,和者甚众,有佟氏姬人名艳雪者,一绝甚佳,其结句云:"美人自古如名将,不许人间见白头。"此与宋笠田明府"白发从无到美人"之句相似。

【译文】

冬友侍读离开京都,路过天津查氏,会见佟濬进士,讲他的母亲赵夫人苦守贞节能作诗歌,有《祭灶》说:"再次朝拜管东厨的神,用清水来为你的远行饯行。多年的破屋里灰尘很多,你要原谅我丈夫死了,儿子还年幼。"

查恂叔讲他的叔叔心谷有《悼亡姬》诗,和这首诗的人很多,有佟氏姬人叫艳雪的,写绝句很妙,它的结尾有一句说:"美人自古和名将一样,不允许人间的人看见自己的白头发。"这和宋笠田明府的"白头从来不会长到美人的头上。"的语句十分相像和神似。

五二

【原文】

乙丑岁予宰江宁,五月十日,天大风,白日晦冥。城中女子韩姓者,年十八,被风吹至铜井村,离城九十里。其村氓问明姓氏,次日送女还家。女已婚东城李秀才之子,李疑风无吹人九十里之理,必有奸约,控官退婚。余晓之曰:"古有风吹女子至六千里者,汝知之乎?"李不信。予取元郝文忠公《陵川集》示之,曰:"郝公一代忠臣,岂肯定诬语者?第当年风吹吴门女,竟嫁宰相,恐汝子没福耳!"秀才读诗大喜,两家婚配如初。制府尹公闻之,曰:"可谓宰官必用读书人矣!"其诗曰:"八月十五双星会,花月摇光照金翠。黑风当筵灭红烛,一朵仙桃落天外。梁家有子是新郎,芊氏负从钟建背。争着灯下来鬼物,云鬈欹斜倒冠佩。须史举目视旁人,衣服不同言语异。自说吴门六千里,恍惚不知来此地。甘心肯作梁家妇,诏起高门榜天赐。几年夫婿作相公,满眼儿孙尽朝贵。须知伉俪有因缘,富者莫求贫莫弃。"

【译文】

乙丑年终我在江宁做官,五月十日,天有大风,白天的阳光也变得昏暗。城中女子有一个姓韩的,年十八,被风吹到铜井村,离城有九十里。

村民们问明她的姓名,第二天送女子回家。女子已嫁给了东城李秀才的儿子,李怀疑风吹走人九十里是不可能的,必有通奸之约,控告到官府要求退婚。我告诉他:"古代有吹女子六千里的,你知道吗?"李不信。

我取元朝郝文忠公的《陵川集》给他看,说:"郝公是一代忠臣,怎么会骗你呢?当年风吹吴家女,后来竟然嫁给宰相,恐怕你儿子没这个福气啊!"秀才读诗后大喜,两家婚配和以前一样。

制府尹公听说了这件事,说:"所以说宰官今后一定要用读书人。"他的诗说:"八月十五是双星相会的日子,花影月光摇金翠。黑风当庭吹灭了红烛,一朵仙桃落在九天之外。梁家有儿子是新郎,芈氏负从钟建背。争着看灯下来的是什么东西,衣裳破旧玉冠歪戴。过了一会抬眼看旁边的人,衣服穿的不一样语言也不同。自己说是千千里外的吴家女,恍惚不知道怎么会来这里。甘心来做梁家媳妇,这是上天赐予的。几年后夫婿作了相公,满眼儿孙都成了贵人。要知道夫妇是有缘分的,富贵的人不要贫穷的人,贫穷的人不要自暴自弃。"

五三

【原文】

或问"明七子模仿唐人,王阮亭亦摹仿唐人,何以人爱阮亭者多,爱七子者少?"余告之曰:"七子击鼓鸣钲,专唱宫商大调,易生人厌。阮亭善为角徵之声,吹竹弹丝,易入人耳。然七子如李崆峒,虽无性情,尚有气魄。阮亭于气魄、性情,俱有所短:此其所以能取悦中人,而不能牢笼上智也。"

【译文】

有人问:"明七子写诗模仿唐朝人,王阮亭也模仿唐朝人,为什么人们喜爱阮亭诗的多,而喜爱明七子诗的人少?"

我告诉他说:"明七子击鼓鸣钲,专门吟唱一些宫商大调,容易让人生厌,王阮亭善作角徵的声音,吹竹弹丝,容易进入人的耳朵。可是七子像李崆峒,虽然缺乏情趣,但却有气魄。王阮亭在气魄、性情,都有短缺的地方,这就是他之所

能取悦一般人，却不能让那些有学问的人折服。"

五四

【原文】

近有《声调谱》之传，以为得自阮亭，作-七古者，奉为秘本。余览之，不觉失

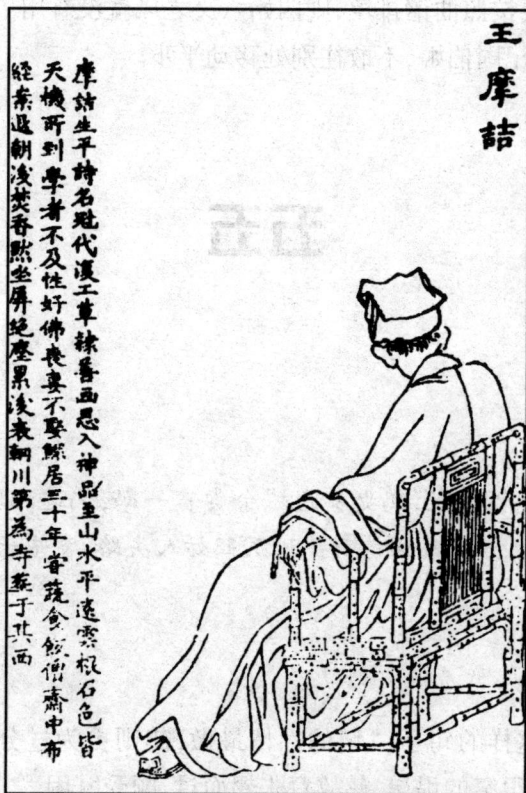

摩诘生平诗名独代渡工草隶善画思入神品至山水平远云峰石色皆天机所到学者不及性好佛食不茹荤居三十年斋中无长物晚岁得辋川别墅馆中无长物晚岁得辋川别墅经营退朝後焚香独坐屏绝尘累麦辋川第为寺葬于其西

王摩诘

王维像，图选自清·上官周绘《晚笑堂画
传》。王维为盛唐著名诗人，袁枚认为王维与杜甫
的七言古诗中，平仄均调，有七律诗的特点。

笑。夫诗为天地元音，有定而无定，恰到好处，自成音节，此中微妙，口不能言。
试观《国风》《雅》《颂》《离骚》《乐府》，各有声调，无谱可填。杜甫、王维七古

随园诗话

中,平仄均调,竟有如七律者;韩文公七字皆平,七字皆仄;阮亭不能以四仄三平之例缚之也。倘必照曲谱排填,则四始六义之风扫地矣。此阮亭之七古,所以如杞国伯姬,不敢那移半步。

【译文】

近来有《声调谱》留传,认为是从王阮亭哪儿传下来的,写七古诗的,都奉为秘本。我看后不觉失笑。诗是天地元音。有规定也没有一定规矩,到了恰好的地方,自然会成音节,此中微妙,口不能言。试看《国风》《雅》《颂》《离骚》《乐府》,各有声调,无谱可填。杜甫、王维七言古诗中,平仄均调,竟有像七律诗的;韩文公七字都是平调,七字都是仄调;王阮亭不能以四仄三平的例子来束缚它。倘若必须要按照曲谱排填,则四始六义之风就没有用了。这是王阮亭的七言古诗,所以像杞国伯姬,不敢往别处移动半步。

五五

【原文】

南朝人云:"鹅性最傲,鹤更甚焉。"余尝畜一鹤,偶过池堤甚窄,鹤故意张翅拦之,颇为所窘。后读陆甥诗云:"境仄鹤妨人去路,窗虚云搅雨来天。"方赏其词之工。

【译文】

南朝人写有这样的句子:"鹅的性情最傲,鹤则更为过分。"我曾经养有一只鹤,偶然过一个很窄的堤岸,鹤故意张翅而过,颇受窘困。

后来读陆甥的诗说:"环境不好妨碍了鹤的去路,虚掩的窗户外云翻雾滚像要下雨。"才十分欣赏他的对句是多么的工整。

五六

【原文】

诗虽小技，然必童而习之，入手先从汉、魏、六朝，下至三唐、两宋，自然源流各得，脉络分明。今之士大夫，已竭精神于时文八股矣；宦成后，慕诗名而强为之，又慕大家之名而狭取之。于是所读者，在宋、非苏即黄，在唐、非韩则杜，此外付之不观。亦知此四家者，岂浅学之人所能袭取哉？于是专得皮毛，自夸高格，终身由之，而不知其道。《书》曰："德无常师，主善为师。"子贡曰："夫子焉不学？而亦何常师之有？"此作诗之要也。陶篁村曰："先生之言固然，然亦视其人之天分耳。与诗近者，虽中年后，可以名家；与诗远者，虽童而习之，无益也。磨铁可以成针，磨砖不可以成针。"

【译文】

诗歌虽然是雕虫小技，但是却必须从孩子时就学习，入手先从汉、魏、六朝学起，下到三唐，两宋，自然而然各派都能学到，脉络分明。

今天的士大夫，都把精力全放在时文八股上；当官后，羡慕诗名而强去写，又羡慕大家的名气去要挟获取。

于是所读的，在宋朝，不是苏轼就是黄庭坚，在唐朝，不是韩愈就是杜甫，此外的都不看。

他不知道这四家的诗，难道是学问浅薄的一下就能学来的？于是得了一些皮毛，自夸风格很高，终身引以为豪，而不通他们的深刻道理。《书》说："德行上没有长久的师傅，只要以善为师就可以了。"子贡说："夫子为什么不学？而为什么又经常有老师？"这是写诗的要旨。陶篁村说："先生的话固然是对的但是这也要看人的天分。和诗歌接近的人，虽是中年之后才学的，也可认成为名家；和诗歌缘分远的人，虽是从孩童时就学，也没有益处，磨铁可以成针，但是如果想把磨石磨成针却成不了针。"

五七

【原文】

余于古人之诗,无所不爱,恰无偏嗜者;于今人之诗,亦无所不爱,恰于高文良公《味和堂集》、黄莘田先生《香草斋诗》,有偏嗜焉。岂亦性之所近耶?

【译文】

我对于古人的诗,没有不喜欢的,没有什么偏好的;对于现在人的诗,也没有什么不喜欢的,只是对高文良公的《味和堂集》,和黄莘田先生的《香草斋诗》,有偏好的,也是性情接近吧?

五八

【原文】

丙戌年,庆树斋、雨林两公子过苏州,余招饮唐氏棣华书屋,一时都知、录事佳者云集,三人各有所属。雨林即席云:"度曲花犹遮半面,迎眸春已透三分。"别后又寄诗云:"天河落向碧窗纱,十二瑶台雾不遮。香暖绣帏春似海,一鸳鸯抱一枝花。"友人陶夔典赠余一姬,载还家,方知已有娠,乃送还之。雨林所昵,以事到官,有困于株木之惨。雨林和余《懊恼词》云:"无奈别春何,诗筒驴背驮。花开仍散影,水小亦生波。顿改繁华梦,惟余《懊恼歌》。金钗虽十二,难解此情多。""沧浪烟水际,无复荡舟来。完璧仍归赵,明珠别有胎。倚栏频缱绻,对月暗低回。环佩声偏远,销魂又几回。""犹记旗亭夜,红灯语不休。芙蓉

经雨损,凤蝶为花愁。薄命原应尔,无情笑此流。心同天外月,空自照苏州。"又寄《游仙》一首云:"吹残琼树下蓬莱,自断仙缘万念灰。底事无风花也落,方知立地有轮回。"树斋公子后一年为威远将军,出镇伊犁,予寄七律三章,末二句戏云:"倘夺胭脂好颜色,江南儿女要平分。"

【译文】

丙戌年,庆树斋、雨林两位公子路过苏州,我招待他们在唐氏的棣华书屋喝酒,一时间都知、录事好的都来了,三个人都有创作。

雨林即席赋诗说:"在曲径处散步花儿含羞半遮面,抬头看发现春已入深了。"别后又寄诗说:"天落在碧窗纱外,没有雾十二瑶台看得清清楚楚。香火正暖帐帷绣花屋里春深似海,一个鸳鸯抱着一枝花。"友人陶夔典赠我一姬,把她带回家,才知道已经怀孕了,于是就送回去。雨林所亲近的,从普通人到当官人家,总是独身一人。雨林和我的《懊恼词》说:"无可奈何地与春分别,背上背着自己的诗筒。花开了但影子仍很孤单,水上因风而生波澜。一下子就变了过去的繁华之梦,只剩下懊恼歌。虽然有十二金钗但也难解此种情怀。""沧浪渺茫的水天一色,没有在被中荡漾的小船来。完璧仍旧要还给赵国,明珠有别的生育它的地方。倚栏感到困倦,对着月亮独自徘徊。随着环佩声音的远去,不知道几句魂飞魄散。""还记得在旗亭的夜晚,红灯下不停低语。芙蓉花经过雨的折磨,凤蝶也在为花而忧愁。薄命应该如此,无情人笑这花随水流。心和那天外月亮一样,空自思念苏州。"又寄《游仙》一首说:"吹掉了琼树下的蓬莱梦,自己断了成仙的念头万念俱灭。心里空荡荡的花也开始凋谢,才知道万事万物都有轮回。"树斋公子又过一年做了威远将军,出于镇守伊犁,我寄了七律三章,末二句戏说:"如果夺来漂亮的女子,要和江南的故人来平分。"

五九

【原文】

乙丑,余知江宁,救火水西门,见喧嚷时,一美少年着单缣衣,貌颇闲雅,异

而问焉。曰:"秀才也。姓龚,名如璋,号云若。"次日,以文作贽,来往甚欢。后十年,中进士,改名孙枝。过随园见赠云:"早结山堂水竹缘,朝簪重脱未华颠。有诗何但称循吏,不老方知是谪仙。细雨渐消寒食候,秾花争放鞠尘天。谢公墩外峰峰好,屐齿逡巡又一年。"龚后出宰山西榆次县,王师西征,烹羊享兵,得奇句云:"拔刀割肉目眦裂,太平时羊乱时妾。"

【译文】

乙丑年,我在江宁做官,在水西门救火,听见有喧嚷的声音,见一美少年穿着单衣,长得十分儒雅,就十分惊异地问他。

他说:"我是个秀才,姓龚,叫如璋,号云若。"第二天,我们以文作礼,往来十分快乐。十年后,如璋中了进士,改名孙枝。过随园赠我一首诗说:"早在山堂水竹旁就与你结识,在朝堂上重新相见头发还未变白。有诗作怎么能说是循规蹈矩的官,不到老才知道自己是真的神仙。细雨渐渐停了感到一些寒冷,花开争放在这样的天气里。谢公墩外山峰十分漂亮,转眼就是一年过去了。"龚如璋后来出任山西榆次县县令,带兵西征,杀羊款待士兵,得奇句说:"拔刀割肉眼都瞪得快裂开了,要做太平年间的羊和动乱时的女侍妾。"

六〇

【原文】

诗得一字之师,如红炉点雪,乐不可言。余祝尹文端公寿云:"休夸与佛同生日,转恐恩荣佛尚差。"公嫌"恩"字与佛不切,应改"光"字。《咏落花》云:"无言独自下空山。"丘浩亭云:"空山是落叶,非落花也;应改'春'字。"《送黄宫保巡边》云:"秋色玉门凉。"蒋心余云:"'门'字不响,应改'关'字。"《赠乐清张令》云:"我惭灵运称山贼。"刘霞裳云:"'称'字不亮,应改'呼'字。"凡此类,余从谏如流,不待其词之毕也。浩亭诗学极深,惜未得其遗稿。

【译文】

写诗如果能得到一字之师,就像红炉点雪,那种快乐是不能言传的。

我给尹文端公祝寿说:"不要夸你和佛祖一样的生日,转过头来怕你和佛祖的恩荣相差太远。"尹文端公觉得"恩"字和佛不全适,劝我改为"光"字。《咏落花》说:"无言无语独自下空山。"丘浩亭:"空山上是落叶,而不是落花,应该为'春'字。"《送黄宫保巡边》说:"秋色中连玉门也感到清凉。"蒋心余说:"'门'字不好,应改为'关'字。"《赠乐清张令》说:"我心里把灵运作山贼。"刘霞裳说:"'称'字不好,应改为'呼'字。"大凡此类事,我都是从谏如流,不让这个词再保留。浩亭的诗学问很深,可惜没有得到他的遗稿。

六一

【原文】

苕生分校礼闱,做诗云:"再燃丹炬照波心,恐有遗珠碧海沉。记得当时含木石,十年辛苦作冤禽。"朱香南太史有句云:"寄语群公高着眼,青衫明日泪痕多。"金甲子分校,亦有句云:"带入秋闱示同伴,当时落第泪痕衫。"

【译文】

苕生分校礼仪完罢,写诗说:"再次点火炬照亮江心,害怕有剩下的明珠沉在碧海里。记得当年含着木石,十年辛苦作冤禽。"朱香南太史有诗句说:"寄语君公要从高处着眼,青衫明日泪痕多。"我是甲子分校,也有句说:"带着秋天考试的卷子给同伴看,当年落第的时候,泪水哭湿的衣衫。"

随园诗话

六二

【原文】

桐城女子方筠仪嫁左君文全而寡,年二十有六,即守节以终,有《含贞阁集》。其《偶检先夫遗草》云:"鹦鹉才高屈数奇,未开箧笥泪先垂。平生映雪囊萤力,不见腾蛟起凤时。狱底龙埋光诡掩,墓门鹤返事难期。九京应悔呕心血,百卷文章待付谁。"

【译文】

桐城女子方筠仪嫁给左文全君后守寡,年纪二十六岁,就守节而终,留有《含贞阁集》。

她的《偶检先夫遗草》说:"鹦鹉才高却在这里受委屈,没开笼子泪先流下来了。平时下了映雪读书借萤读书的力气,不见腾蛟起凤的时候,龙被关在监狱里光芒被埋没了,守墓的仙鹤回来十分艰难。九京应该后悔浪费的心血,百卷文章要交给谁。"

六三

【原文】

春江公子,戊午孝廉,貌如美妇人;而性偶傥,与妻不睦,好与少俊游,或同卧起,不知乌之雌雄。尝赋诗云:"人各有性情,树各有枝叶;与为无盐夫,宁作子都妾。"其父中丞公见而怒之。公子赋诗云:"古圣所制礼,立意何深妙!但

有烈女祠,而无贞童庙。"中丞笑曰:"贱子强词夺理,乃至是耶!"后乙丑入翰林,妻杨氏亡矣。再娶吴氏,貌与相抵,遂欢爱异常。余赠诗云:"安得唐宫针博士,唤来赵国绣郎君。"尝观剧于天禄居,有参领某,误认作伶人而调之,公子笑而避之。人为不平。公子曰:"夫狎我者,受我也。子独不见《晏子春秋·谏诛圉人》章乎? 惜彼非吾偶耳,怒之则俗矣。"参领闻之,踵门谢罪。

【译文】

春江公子,是戊午年的孝廉,貌如美妇人;而性情风流潇洒,和他的妻子不和睦,喜欢和年轻的俊杰们游玩,甚至一起起居,不分雌雄。

曾经写有一首诗:"人各有各的性情,树各有各的枝叶;喜欢作无盐的丈夫,宁愿作子都的妾。"他的父亲中丞公见了十分恼怒。

公子又写诗说:"古代圣人所订下的礼制,主意十分深妙! 只有烈女祠,却没有贞童的庙。"中丞笑着说:"贱人强词夺理,真是没办法。"后来在乙丑年考上了翰林,他的妻子杨氏死了。又娶了吴氏,相貌和他十分般配,于是非常宠爱。

我赠给他一首诗说:"你是唐朝时宫中的针博士,又像赵国的绣郎君。"他曾有一次在天禄居看戏,有某参领来,误把他认作伶人调戏,公子笑着避开了。人们都为他抱不平。

公子说:"他调戏我,是因为爱我,你没有看过《晏子春秋·谏诛圉人》的文章吗? 他又不是我的伴侣,恼怒就显得很俗了。"参领听说了,专门登上门去表示谢罪。

六四

【原文】

诗少作则思涩,多作则手滑,医涩须多看古人之时,医滑须用剥进几层之法。

【译文】

诗写得少了思维就变得十分霉涩；写多了手则熟练；要想改变思维的艰涩，就要多看古人的诗歌，要想使手法熟练，就要用分层练习的方法。

六五

【原文】

萧子显自称："凡有著作，特寡思功；须其自来，不以力构。"此即陆放翁所谓"文章本天然，妙手偶得之"也。薛道衡登吟榻构思，闻人声则怒；陈后山作诗，家人为之逐去猫犬，婴儿都寄别家：此即少陵所谓"语不惊人死不休"也。二者不可偏废：盖诗有从天籁来者，有从人巧得者，不可执一以求。

【译文】

萧子显自称："凡有著作留世的，都是思考的功劳；须要它自己送上门来，不用力气地去构造。"这就是陆放翁所说的："文章本是天然生成的，妙手偶然得到了，"薛道衡在床上构思诗歌，听见人的声音就十分恼怒；陈后山作诗，家里人为他撵走猫狗，连婴儿都要放在别人家里：这就是杜少陵所说的："语句不让别人惊羡就死也不罢休。"二者都不可偏废：尽管有些诗是从天而降的，有的是靠人巧妙创作的，不可以执一点来要求这些。

陆游像,选自《于越先贤像传赞》。陆游为南宋著名诗人,字务观,号放翁,他曾有"文章本天然,妙手偶得之"之句。

六六

【原文】

　　己未殿试,子《予傲诸同年》云:"霓裳三百都输我,此处曾来第二回。"盖试鸿博曾在保和殿也。同征友邃云墀曾与章藻功太史、蒋文肃相公,同时角逐名场,而流落不偶,誓不登科不娶妻。寓京师晋阳庵五十余年而卒。康熙庚子中北闱副车。妻年五十,竟以处女终。余有诗吊之云:"五十四年萧寺老,终身一曲《雉朝飞》。"云墀名骏,常熟人。

　　云墀七十生日,金江声观察率同人携樽晋阳庵,即席赋诗云:"卅三十年京

洛已成翁,经学人推驿子弓。酒熟漫将孤影劝,诗成先拣妙香烘。龛灯清昼同弥勒,慧业前生定玉童。天眼视君多道气,纷纷真愧可怜虫。"

翕东张学林为京江相公之孙,守河南时,云墀荐余司记室事,公欣然相延。余以道远,不果往。记其赠蓬云:"征尘才拂卸行縢,巫叩禅扉访旧朋。七度春明惟剩尔,卅年萧寺竟同僧。卖文自昔家悬磬,爱士于今局似冰。我亦栖栖倦行役,二毛相对感髯鬑。"公暮年升观察,阅河工,愈甚,有女六岁,泣曰:"爷何不归家?"婢戏云:"做官岂不好耶?"女答曰:"大家原好,爷一个独苦耳。"公凄然泣下,赋诗云:"恩重难抽七尺身,愧他黄口语酸辛。"

【译文】

己未年殿试,我写《傲诸同年》诗说:"霓裳三百都输给了我,这个地方我来过两回了。"当时所有会试的有学问的人都在保和殿。

同一年的朋友蓬云墀曾与章藻功太史、蒋文肃相公,同时角逐功名,又都是一样发誓不登科就不娶妻。

住京都晋阳庵五十多年而死。康熙庚子年中了北闱副车。妻子年五十岁,竟然以处女的身份死了。

我有诗祭吊她说:"五十四年一直坚持到死,终身只为一曲《雉朝飞》。"云墀名骏,江苏常熟人。

云墀七十岁生日,金江声观察带着同人带酒到晋阳庵为他祝寿,即席赋诗说:"在京三十年已成了老人,经学之深被推认为是子弓。酒热了慢慢来劝说你,诗写好了要烧一炷好蚝,佛灯下你的清新的画和弥勒相伴,你的慧根证明你是前生的玉童。天眼看你满身都是道气,纷纷愧对那些可怜虫。"

图东张学林是京江相公的孙子,镇守河南的时候,云墀推荐我做司记室事,公欣然来邀请我。我以路远为借口,不去。

记得他的赠诗说:"刚刚远征回来御下行装,就前去祥门拜访过去的朋友。七年的时光过去只剩下了你,住在萧寺里三十年如同僧人一样。过去靠卖文章为生,爱你到如今还能淡泊如水。我也厌倦了在官府做事,二人默默相对头发都白了。"公晚年升为观察,检查河工,十分尽力,有一个六岁的女儿,哭着说:"爸爸为什么不回来?"婢女戏弄他说:"做官难道不好吗?"女儿回答说:"这样他一个人受苦,大家都好。"公凄凉地哭了,赋诗说:"皇上恩重如山使我难以抽身,但却对小孩子的话感到辛酸惭愧。"

【原文】

康熙中年,金陵诗人有三布衣:一马秋田,一袁古香,一芮瀛客。古香年老,在都中馆康亲王府。芮年少后至,意颇轻之,常短袁于王前。一日,王命宦者封一纸出付客,题是《贺人新婚》,韵限'阶''乖''骸''埋'四字,外银二封,一重一轻,能做此诗者取重封,留邸;不能者持轻封,作路费归。芮辞不能;而袁独咏云:"裴航得践游仙约,簇拥红灯上绿阶。此夕双星成好会,百年偕老莫相乖。芝兰气吐香为骨,冰雪心清玉作骸。更喜来宵明月满,团圆不为白云埋。"王大欣赏。芮惭沮,即日辞归。马客中有句云:"二更闻雁月在水,半夜打钟天有霜。"

【译文】

康熙中年,金陵诗人中有个人是布衣出身,一个叫马秋田,一个叫袁古香,一个叫芮瀛客。古香年纪大,在京都康亲王府里住。

芮瀛客是一个年轻后生,十分轻瞧袁古香,常在亲王面前讲他的坏话。一天亲王命宦官拿一张纸出去给客人,题目是《贺人新婚》,韵限在"阶""乖""骸""埋"四个字,又封了两封银子,一重一轻,能做这首诗的取重的一封,留在官邸;不能写的拿轻的一封,作为路费回家。芮瀛客辞谢表示不能作;而袁古香独自咏道:"裴航有幸能赴仙人的约会,红灯簇拥着他登上绿绿的台阶。这个晚上双星要相会,百年白头到老不相背叛。芝兰香气扑鼻沁人脾骨,心像冰雪一样骨骸像玉。更喜欢有一天满月的夜晚,团团圆圆地不用白云来掩盖。"亲王十分欣赏,而芮瀛客十分惭愧并且沮丧,当天就告辞走了。

马秋田有诗句说:"二更天听见大雁叫声月亮倒映在水,半夜天空已经下霜,却听见敲钟的声音远远地传来。"

六八

【原文】

宋王禹偁《咏月波楼》,自注:"不知月波出处。"按汉乐府:"月穆穆以金波。"昌黎诗:"微风吹空月舒波。"已用之矣。

【译文】

宋朝人王禹偁写有《咏月波楼》,自己注释说:"不知月波出处在哪里。"按照汉乐府里说:"静静的月亮照着水面漾起金色的波澜。"韩愈有诗:"微风在空中吹拂像要吹动月亮的波纹。"已经用过了。

六九

【原文】

松江张梦喈之妻汪氏,名佛珍,能诗而有干才。梦喈外出,有偷儿入其室,汪佯为不知,喈曰:"今夕赖得某在家相护,可无忧矣。"某者、某戚中之有勇力者也。偷儿闻之潜逃。夫人佳句,如《对月》云:"万户恍临城不夜,千年惟有兔长生。"《对雪》云:"自携尊酒酬滕六,莫损篱边竹外枝。"两子兴载、兴镛,皆能诗。来江宁秋试,兴载见赠云:"海内论交皆后辈,江南何福着先生。"兴镛见赠云:"绝地通天双管擅,登山临水一筇先。"人夸其妙,不知皆母训也。兴载云:"桐乡有程拱宇者,画《拜袁揖赵哭蒋图》,其人非随园、心余、雪松三人之诗不读。"想亦唐时之任华,荆州之葛清耶?程字墨浦,廪膳生。

【译文】

松江张梦喈的妻子汪氏，名叫佛珍，能写诗而且有才干，张梦喈外出，有小偷进入房屋，汪氏假装不知道，叹息说："今晚上多亏有某人在家看护，可以没有忧虑了。"说的这个人是她亲戚中有勇力的。小偷听后便逃跑了。

汪夫人还写有佳句，像《对月》说："千家万户都以为城里没有了夜晚，千年只有月亮中的兔子长生。"《对雪》说："自己带着酒来酬谢滕六，不要损坏篱笆外的竹枝。"两个儿子兴载、兴镛，都能写诗。

到江宁参加秋试，兴载赠诗说："海内论交情我们都是晚生后辈，在江南要托先生您的福。"兴镛赠诗说："绝地通天双腿不便，登山临水要靠竹作的手杖。"人夸他写得好，却不知这是他们母亲的教诲。

兴载说："桐乡有一个叫程拱宇的，画有《拜袁揖赵哭蒋图》，这个人不是随园、心余、雪松三个人的诗他就不读。"想着也是像唐代的任华、荆州的葛清吧！程拱宇字墨浦，廪膳生。

七○

【原文】

李敏达公抚浙时，威不可犯，独能敬读书人。设志局修书，所延皆一时名士。公馀之暇，放艇西湖，屡开文宴。汪西颢沆赋诗云："西湖大好作春游，环佩如云簇水头。谁似尚书能爱士，日斜堤外未回舟。"其时，余才九岁。后五十年，西颢在庄相国席上见赠云："花卮同泛小山堂，回首星霜三载强。野史尚能夸旧政，群公每见誉文章。君卿老去言逾妙，陶令归来乐未央。莫道随园秋色淡，萱庭日月闭门长。"与余在席上沦元次山文，有《恶圆》一篇。余道："天体尚圆，何可见恶？"西颢因指身上衣袖冠领，席上盘碗壶碟，曰："诸物皆圆，才适于用。"彼此大笑。

【译文】

李敏达公巡抚浙江的时候,威严不可冒犯,但独敬重读书人。设有志局专门写书,请来的都是当时的名士。

李敏达公闲暇的时候,在西湖的船上,屡次作文。汪西颢沉赋诗说:"西湖阔大可以进行春游,环佩如云簇拥在湖水头。谁像尚书一样能爱才,日头西落的时候船还没有回来。"当时,我才九岁。

五十年后,西颢在庄相国的席上赠诗说:"带着酒一起游玩小山堂,回头见斗转星移已经三年多了,野叟还能夸过去的政绩,群众每次见了都夸你的文章。君卿年纪愈大语言越妙,陶县令回到乡村快乐非常。不要说随园的秋色惨淡,堂庭长年累月与世隔绝。"他和我有酒席上论元次山的文章,有《恶圆》一篇,我说:"天体还是圆的,为什么会被厌恶?"西颢因此指着身上的衣袖冠领,席上的盘碗壶碟说:"各种东西都是圆的,才适合实用。"彼此大笑起来,心领神会。

七一

【原文】

诗文用字,有意同而字面整碎不同,死活不同者,不可不知。杨文公撰《宋主与契丹书》,有"邻壤交欢"四字。真宗用笔旁抹批云:"鼠壤?粪壤?"杨公改"邻壤"为"邻境",真宗乃悦。此改碎为整也。范文正公作《子陵祠堂记》,初云:"先生之德,山高水长。"旋改"德"字为'风'字,此改死为活也。《荀子》曰:"文而不采。"《乐记》曰:"声成文谓之音。"今之时流,知之者鲜矣!

【译文】

写诗文用字,有意思相同而字不同的,死活不同的,不可不知道。

杨文公写《宋主与契丹书》,有"邻壤交权"四个字。真宗用笔在旁边抹批说:"是鼠壤?粪壤?"杨文公改"邻壤"为"邻境",真宗这才高兴。这是改不妥的为整。范文正公作《子陵祠堂记》,起初说:"先生的德行,山高水长。"后又改

范仲淹像，图出自《群英杰》。范仲淹为北宋名臣，他十分敬仰东汉的严光（子陵），在其文章《子陵祠堂记》中曾用"云山苍苍，江水泱泱。先生之风，山高水长"来赞誉严光。

"德"为"风"字，这是改死为活。《荀子》说："文章有条理而没有文彩。"《乐记》说："声音成文就叫作音。"现在写诗的人，知道懂得的人就很少啦！

七二

【原文】

昔人有"王琨回面避家姬"之句，嗤其迂也。元相燕帖木儿侍妾数百，一日宴侍郎赵世延家，是帘内人，惊为绝色，窜取至家，即其第二十九房妾也。

虞启，蜀秀才，题其事云："一帘相隔未模糊，上眼心惊即故夫。绝似采桑相遇处，大元宰相作秋胡。"

【译文】

过去的人有"王琨回头躲避家里的女姬"的句子,都笑他迂腐。

元朝相国燕帖木儿有侍妾数百名,一日侍郎在赵世延家请他喝酒,见帘内的女子,惊艳绝色,就索取到家,这就是他的第二十九房小妾。

虞启是四川秀才,为这事作诗说:"一帘相隔还不够模糊,一上眼就变成了自己的。这和采桑相遇十分相似,大元朝的宰相作了秋胡。"

七三

【原文】

《唐书》载:"贺知章在礼部选挽郎,取舍不公,门荫子弟喧闹盈门。知章不敢出,乃于后园舁一梯,出头墙外,以决事。"康熙辛丑会试,李穆堂先生用通榜法,所取皆一时名士。落第者纠众作闹,新进士无由入谒。

或呈一时云:"门生未必敢升堂,道路纷纷闹未央。我献一梯兼一策,墙头高立贺知章。"丙辰,予在都中,见先生白须伟貌,有泰山岩岩气象。待后辈,当而必训斥,逢人必赞扬,人以故畏而服这。余谓此张乖崖待彭公乘法也。前辈率真,亦可不必。

【译文】

《唐书》记载:"贺知章在礼部选挽郎,取舍不公,门荫子弟喧闹非常登禅拜访。贺知章不敢出来,就在后园设了一个梯子,在墙上露一个头出来,来决定事情。"

康熙辛丑年会试,李穆堂先生用通榜的方法,所取的都是当时的有名之士。

落第的纠众喧闹,新进士根本进不去拜见。有人送上一首诗说:"门生培养必敢闹事,纷纷从各路上来喧闹。我献一个梯子和一个计策,墙头上高高地站着贺知章。"

丙辰年,我在都中,见先生白发伟岸,有泰山一样的威严气势。对待后辈,

贺知章像，图出自清·顾沅《古圣贤像传略》。贺知章为唐代著名诗人。曾任秘书监。

当面必定训斥，逢人则会夸赞，人因此而惊惧并且佩服他。

我认为这是张乖崖对待彭公乘的方法。前辈率直认真，也没有必要这样。

七四

【原文】

周青原云："不知谁把芙蓉摘，枝上分明见爪痕。"刘悔庵云："镜影不知双鬓白，书声宁识此翁衰。"余谓："不知得妙。"王至淳云："水边红影一灯过，知有人从堤上行。"

杨子载云:"忽惊雨后青龙爪,知是苍松倒挂枝。"余谓:"知得妙。"乔慕韩云:"梦回枕上窗微白,知是天明是月明?"余谓:"似知非知得妙。"

【译文】

周青原说:"不知是谁摘了芙蓉花,枝头上分明留有爪痕。"

刘悔庵说:"镜里的影子还不知道双鬓都已斑白,从读书的声音里便可听到衰老的声音。"我说:"不知道的好。"

王至淳说:"水边的红影是因为有灯路过,知道这是有人从堤上走过。"杨子载说:"忽然惊讶地看到雨后有青龙的爪子出现,细看才知道这是倒挂的松枝。"我说:"知道的好。"

乔慕韩说:"梦里在枕头上看见窗户发白,谁知道这是天亮了还是月亮发白?"我说:"这妙就妙在似知非知,让人升起许多的想法。"

七五

【原文】

宜兴储氏多古文经义之学,少吟诗者。吾近今得二人焉:一名润书,字玉琴,《赠梅岑》云:"一曲吴歌酒半醺,当筵争识杜司勋。天花作骨丝难绣,春水如情剪不分。话到西窗刚近月,人于东野愿为云。应知此后相思处,日日江头倚夕曛。"又句云:"山气作寒喧鸟外,春阴如梦落花初。"其一,名国钧,字长源。《梁溪》云:"纸鸢轻飏午晴开,杂沓游人傍水隈。多半画船犹未拢,知从池上饲鱼来。"《即目》云:"日午横塘缓棹过,风吹花气荡层波。依篷不肯轻回首,近水楼台茜袖多。"

晚年漂泊,《六十自寿》云:"谁言老云离家惯,转恐归来卒岁难。"窘状可想。他如:"树凉宜散帙,梅尽始熏衣。""烟消松翠淡,雪堕柳枝轻。""酒旗翻冻雪,土锉燎征衣。""岚翠忽从亭午变,扇纨都向嫩晴开。""银筝度曲徐牵舫,镜槛悬灯不隔纱。"皆诗人之诗。殁后,知之者少矣!

宜兴储氏有古文经义的学问，很少吟诗。我最近得两个人的诗：一个叫润书，字玉琴，写有《赠梅岑》说："一曲吴歌之后酒正喝到好处，在酒席上争相结识杜司勋。用天上的花作骨用丝也难以绣，春水就好像情剪不断。在西窗靠近月光的地方坐下闲聊，人在田野中愿意做一朵云。应该知道今后相好的地方，天天在江头晒太阳。"

又有诗句说："山气变寒啼鸟声越来越远，春天的浓荫像梦一样已经到了落花时节。"另外一个人名叫国钧，字长源。写有《梁溪》说："中午天气晴朗，纸鸟直飞上天，水边都是游玩之人。多半的画船都没有靠岸，知道这是在喂池中的鱼。"

有《即目》说："中午在池塘后经过，看见风吹的花气在水中漾起清波。靠着船篷不肯回头，近水楼台的女子很多。"

晚年四处漂泊，写有《六十自寿》说："谁说老了离家已经习惯，恐怕不到回来就死了。"困窘的形状可想而知。

其他的诗像："树荫很清凉应该邀朋友来坐，梅花尽了才开始熏衣服。""烟渐渐散去松树发出淡淡的绿色，雪落在地下松枝顿感轻松，""酒店的旗子飘扬伴着冬雪飞来，挖土而成的锅烤着征战的衣服。""山风在中午的亭子上突然改变了方向，扇子衣服都是等着晴天才出来。银色的风筝慢慢远离画船而去，镜中悬挂着的灯原来是隔窗的。"这都是诗人才写得出的诗。死后，了解他的人很少。

七六

余宰江宁时，查宣门居士(开)赠《蔗塘诗》一集，盖其族人心谷先生为仁所作。本籍海宁，寓居天津，十九岁即经患难，以狱八年，始得释归；怜才爱士，置驿通宾，其诗清妙，盖深得初白老人之教者。

《同友集空谷园》云:"郊居尘墙少,幽访共沿回。柳下孤篷泊,花间白版开。高人还掩卧,稚子识曾来。小立窥欧鹭,忘机客不猜。"《秋夜病中》云:"巷尾迢迢报柝声,虚堂如水断人行。云移一朵月吞吐,竹啸几声风送迎。不向枚生求《七发》,只凭麴部觅三清。调糜煮药经旬卧,白发萧萧又几茎。"他如:"酒无千日醉,事有百年忙。""风愁撼树响,鼠厌数钱声。""为问亭边三五树,春来花发几多枝?"皆可诵也。己未,余乞假归娶,杭董浦前辈,为余通书,先生命其子俭堂登船厚照,至今未敢忘也。

先生有《莲塘诗话》,载初白老人教作诗法云:"诗之厚在意不在辞,诗之雄在气不在句,诗之灵在空不在巧,诗之淡在妙不在浅。"其言颇与吾意相合,特录之。

【译文】

我主宰海宁的时候,查宣门居士赠我一本《蔗塘诗》,里边都是他的族人心谷先生为仁所写的诗。

心谷原来的籍贯就在海宁,寓居天津,十九岁时就几经患难,在狱中呆了八年,才得以放回来;他平生怜才爱士,设有驿站款待宾客,诗写得十分精妙,是深得初白老人教诲的人,写有《同友集空谷园》说:"住在郊外尘埃少,悄悄地去拜访他,柳树下停着船,花儿正静静地开放,高人还在睡觉,小孩子不知道这是谁来了。稍站一会儿看天上的鸥鹭,竟然忘了来这里的用意。"

清人心谷先生的《同友集空谷园》诗中有"高人还掩卧,稚子识曾来"之句。描述了隐士闲适的生活。

有《秋夜病中》说:"小巷的尽头遥遥传来报更的声音,弄堂清静如水没有

人的走动声。一朵云彩飘过去月亮露了出来,风儿吹过,竹林发出啸声。不去向枚生求《七发》,只凭借着这些境物去找三清。调药养伤成月躺着,白发之中又多了几根。"

其他的像:"酒没有一醉千日的,事情有一百年也忙不完的。""忧愁的风摇着树发出声响,老鼠听厌了数钱的声音。""问问那亭子边的三五棵树,春来花开几个枝?"都是可以传诵的句子。己未,我请假回去娶亲,杭董浦前辈给我写信,先生让他的儿子俭堂登船相送,至今也不敢忘记。

先生有《莲塘诗话》,载有初白老人教作诗的方法有:"诗写得好不在辞句而在于意境,诗歌雄壮不在句子而在于气势,诗歌空灵在于灵气而不在技巧,诗歌淡雅在于妙而不在于浮浅。"

这话和我的意思十分相合,特意在这里记下来,留作纪念。

随园诗话

随园诗话·卷五

凡诗之传者，都在灵性

一

【原文】

　　余春圃、香亭两弟,诗皆绝妙,而一累于官,一累于画,皆未尽其才。春圃有《扬州虹桥》二律云:"出郭聊为汗漫游,虹桥晓放木兰舟。芰荷香气宜初日,鸥鹭情怀赴早秋。自喜琴尊今雨共,敢夸风雅昔贤俦。盈盈绿水依依柳,暂拟名园作小留。""雁落平沙古调稀,冰弦声彻树间扉。荷亭避暑茶烟飐,竹院寻僧木叶飞。山雨暗移游客舫,水风凉上酒人衣。林鸦枥马都喧散,宾从传呵子夜归。"又:"山堂胜迹先贤重,莲界慈云大士尊。"皆佳句也。

【译文】

　　我有春圃、香亭两个弟弟,诗写得都很绝妙,而一人受累于做官,一人受累于绘画,不能在写诗上倾尽全才。

　　春圃有《扬州虹桥》二律说:"出城且做一回漫游,早上在虹桥坐上小船。满湖都是芰花、荷叶的香气,鸥鹭纷飞显出一些秋意。自己为能在雨中弹琴而高兴,敢于和过去的贤人夸风雅。盈盈的绿水伴着湖边依依的柳树,暂且到名园小坐一会儿。"

　　"大雁落在平整的沙滩上,林间的水声清新悦耳。荷花亭中为避暑沏上茶抽支烟,到竹院里去找熟悉的僧人。山雨不知不觉落在游船上,水面上的风吹着喝酒人的衣裳顿觉凉意。林中的乌鸦大路上的马都喧闹着散去了,宾客们互相呵护着深夜才回来。"又"山堂名胜古迹先贤十分看重,供着坐在莲花皇座上的大士尊像。"这都是妙绝的诗句。

随园诗话

【原文】

戊辰秋,余初得隋织造园,改为随园,王孟亭太守、商宝意、陶西圃二太史,置酒相贺,各有诗见赠。西圃云:"荒园得主名仍旧,平野添楼树尽环。作吏如何耽此事,买山真不乞人钱。"宝意云:"过江不愧真名士,退院其如未老僧。领取十年卿相后,幅巾野服始相应。"盖其时,余年才过三十故也。惟孟亭诗未录,只记"万木槎枒绿到檐"一句而已。嗟乎!余得随园之次年,即乞病居之。四十年来,园之增荣饰观,迥非从前光景,而三人者,亦多化去久矣!

【译文】

戊辰年秋天,我初次得到隋朝的织造园,改为随园,王孟亭太守、商宝意、陶西圃二太史,置酒席祝贺,各人都有诗相赠。

陶西圃写道:"荒废的园子有了新主人但名字却是旧的,平野中添了楼房四周环绕着树。做官如何这样的事,买山不用求别人的钱。"宝意说:"过了的便不愧是真的名士,退住院中就像未老的僧人。干了十年的卿相之后,带着头巾穿着便服才与这园相衬。"这是因为当时我刚过三十的缘故。

只有王孟亭的诗没有记下来,只记得一句:"树木都重新换上了绿装。"一句而已。唉!我得了随园的第二年,就患病回来闲住。

四十年来,随园增加不少景观,已远不是从前的光景,而这三人,都死了很长时间了。

【原文】

西林鄂公为江苏布政使，刻《南邦黎献集》，沈归愚尚书时为秀才，得与其选。后此本进呈御览，沈之受知，从此始也。公《春风亭会文赠华豫原》一律，中四句云："谬以通家尊世讲，敢当老友列门生。文章报国科名重，洙、泗寻源

管仲像，图出自清·顾沅辑《古圣贤像传略》。管仲为春秋时期著名政治家，其事迹为后代诗人所吟咏。清代诗人的《春风亭会文赠华豫原》中有"文章报国科名重，洙泗寻源管乐轻"，其中的"管"即指管仲，"乐"指乐毅。

管、乐轻。"其好贤礼士，情见乎词。公亡后，门下生杨潮观梓其诗五百余首。《苦热》云："未能作霖雨，何敢怨骄阳？"《偶成》云："杨柳情多因带水，芭蕉心

定不闻雷。"《题某寺》云:"飞云倚岫心常住,明月沉潭影不流。"《别贵州》云:"身名到底都尘土,留与闲人袖手看。"呜呼!公出将入相,垂二十年,经略七省,诸郎在两督、两抚,故吏门生,亦多显贵,而平生诗集,终传于一落托书生。檀默斋诗云:"不有三千门下客,至今谁识信陵君?"

【译文】

西林鄂公做江苏布改使时,刻印有《南邦黎献集》,沈归愚尚书当时是一名秀才,被他选中了几首诗。

后来这本书被呈送给皇上看,沈归愚公被皇上所知道,也是从这里开始的。

鄂公写有《春风亭会文赠华豫原》一首律诗,中间有四句说:"错误地认通家尊世来称呼,怎敢在老朋友的门下来收门生。文章足以扳效国家,名气很大,洙、泗寻根究源也比管、乐轻得多。"他的好喜贤人礼待名士,从他的词中便可看出来。

他死后,门生中有名杨潮观的印了他五百多首诗出来。有一首《苦热》说:"没有能够作那甘甜的雨水,怎么敢埋怨那炽热的太阳?"《偶成》一诗说:"杨柳之所以多情是因为带了雨水,芭蕉心神安定所以听不见雷声。"《题某寺》说:"飞云倚着山恋心里十分向望在这里住下来,明月沉在潭水里,连所有的影子都不动。"《别贵州》一诗说:"身份名誉到底都是尘土,留给闲人去袖手相看。"哎呀!鄂公出将入相,已有二十年之久,管着七个省份,他的几个儿子都是两督两抚,故旧的官吏与门生,已多有显贵的,而自己平生的诗集,却终传落在一名落魄的书生手里。檀默斋有诗说:"不是有了那三千名门下客,到今天又有谁能知道信陵君是什么人呢?"

四

【原文】

扬州孝廉马力葊,自负古文作家,与汪可身会于卢转运席上。汪虽布衣,诗才实出马上。马意颇轻之,汪又不肯自下。于是二人终席不交一语。后五日,

马病卒。沙斗初戏可舟曰:"汝与马君前日席间,已阴阳分界矣。"汪《送方守斋之白下兼怀随园》云:"此邦赖有旧神君,除却斯人孰与群? 久卧林泉犹未老,只谈风月别无闻。山中白石同谁煮? 座上名香待尔焚。听说扁舟去吴会,料应归看早秋云。"

【译文】

扬州孝廉马力畚,自负自己擅长写作古文,和汪可舟在卢转运使的筵席上相会。

汪可舟虽然是百姓出身,但写诗的才能却在马力畚之上。马力畚意思中十分轻视汪可舟,汪可舟又不肯甘心居于其下。于是二人在酒席上自始至终不说一句话。

五天后,马力畚病死了。沙斗初戏说汪可舟说:"你和马力畚在前天的酒席上,已经阴阳分界了。"汪可舟写《送方斋之白下兼怀随园》说:"这个邦依赖过去的神君,除了这个人又有谁可以为伴呢! 经常在林泉之间坐卧停留还不显老态,只谈风月之事别的不管不问,山中的白石头谁来煮? 座上的名香等着你去点上。听说你要坐船去吴会,相信你会在秋天赶回来看秋云的。"

五

【原文】

丁丑,余觅一抄书人,或荐黄生,名之纪,号星岩者,人甚朴野。偶过其案头,得句云:"破庵僧卖临街瓦,独井人争向晚泉。"余人奇之,即饷米五斗,自此欣然大用力于诗。五言句云:"云开日脚直,雨落水纹圆。""竹锐穿泥壁,蝇酣落酒尊。""钓久知鱼性,樵多识树名。""笔残芦并用,墨尽指同磨。"七言云:"小窗近水寒偏觉,古木遮天曙不知。""旧生萍处泥犹绿,新落花时水亦香。""旧瞀恐闲都贮水,破墙难补尽糊诗。""有帘当槛云仍入,无客推门风自开。"

【译文】

丁丑年,我找一名抄书的人,有人向我推荐一名姓黄的后生,他的名字叫作纪,号星岩,为人十分朴素。

偶然路过他的案头,见他写有诗句说:"破旧庵里的僧人在街上叫卖那些破瓦,共同拥有一口井的人晚上都挤向那口泉水。"我大为之事而惊奇,就奖给了他五斗米。

从此之后他十分高兴把精力全用在了写诗上。有五言古诗说:"云彩绽开,太阳直直地照了下来,雨水落在水面上,溅出圆圆的水纹。""锐利的竹子穿过泥做的墙壁,蝇子被酒气熏到落到了酒杯里。""钓鱼时间长了已经了解鱼的习性,破柴多了自然知道树的名字。""笔坏了可以用芦苇来代替它使用,墨水用完了指头也可以磨。"有七言古诗说:"小窗靠近水边因此觉得有些寒意,古木高大遮天连天亮了也不知道。""过去生有浮萍的地方现在泥土还是绿的,新落下花的地方,连水也是香的。""旧的瓦罐忙闲住了也装满了水,破墙难以补救只好糊上我的诗稿。""有门帘挡着门仍旧有云彩进来,没有客人来,风却把门吹得自动地打开了。"

六

【原文】

曾南村好吟诗,作山西平定州刺史,仿白香山将诗集分置圣善东林故事,《乃上党咏古诸》作,命门人李珍聘书藏文昌祠中。身故十余年,陶悔轩来牧此州,过祠拈香,见此藏本,既爱诗之清妙,而又自怜全为山左人,乃序而梓之,并附己作于后。曾《过盘石关》云:"盘石关前石路微,离离黄叶小村稀。斜阳忽送奇峰影,千叠层云屋上飞。"陶《咏遗诗轩》云:"一代文章擅逸才,开轩吟罢兴悠哉。官闲且喜能医俗,为与诗人坐卧来。"陶又《咏嘉山书院》云:"新开艺苑育群英,文学风传古艾城。借得公余无俗累,携朋来听读书声。"

【译文】

　　曾南村十分喜欢吟哦诗歌,他做山西平定州的刺史的时候,仿照白香山将诗集分别放在圣善东林处的故事一样,把《上党咏古》等诸多作品,命令门人李珍聘写好藏在文昌祠中。

　　死后十多年,陶悔轩来做这一州的长官,路过这个祠烧香,见了这个藏本,

白居易像,选自《吴郡名贤图传赞》。白居易
号"香山居士"。故又被后人称为"白香山"。

既喜爱诗的清新妙绝,又自怜他是山左人,于是替他写序并出钱印了它,并且在后边附上自己的作品。

　　曾南村写《过盘石关》说:"盘石关前的石路十分狭窄,透过离离黄叶可以看到稀疏的村庄。太阳忽然映照出奇异山峰的影子,千层的云彩都在屋顶上飞过。"陶悔轩写《咏遗诗轩》说:"一代文人擅长写诗,打开窗外吟罢诗十分悠闲。做官闲暇时高兴地看到能改变俗气,只因可以和诗人坐卧交谈。"陶悔轩又写《咏嘉山书院》说:"新开的艺苑就是为培养人才,文学在古艾城十分有名。如果你能不为俗事所累,带着朋友来这儿听钟声。"

【原文】

　　吴门名医薛雪,自号一瓢,性孤傲,公卿延之不肯往;而予有疾,则不招自至。乙亥春,余在苏州,庑人王小余病疫不起,将掩棺,而君来,天已晚,烧烛照之,笑曰:"死矣!然吾好与疫鬼战,恐得胜亦未可知。"出药一丸,捣石菖蒲汁调和,命舆夫有力者,用铁箸镽其齿灌之。小余目闭气绝,喉汩汩然似咽似吐。薛嘱曰:"好遣人视之,鸡鸣时当有声。"已而果然,再服二剂而病起。乙酉冬,余又往苏州,有厨人张庆者,得狂易之疾,认日光为雪,啖少许,肠痛欲裂,诸医不效。薛至,袖手向张脸上下视曰:"此冷瘰也,一刮而愈,不必诊脉。"如其言,身现黑瘰如掌大,亦即霍然。余奇赏之。先生曰:"我之医,即君之诗,纯以神行;所谓人居屋中,我来天外是也。"然先生诗亦正不凡,如《夜别汪山樵》云:"客中怜客去,烧烛送归桡。把手各无语,寒江正落潮。异乡难跋涉,旧业有渔樵。切莫依人惯,家贫子尚娇。"《嘲陶令》云:"又向门前栽五柳,风来依旧折腰枝。"《咏汉高》云:"恰笑手提三尺剑,斩蛇容易割鸡难。"《偶成》云:"窗添墨谱摇新竹,几印连环按覆盂。"

【译文】

　　吴门名医薛雪,自号一瓢,性情孤傲,公卿请他都不肯去,而我有病,则不叫自来。乙亥年春,我在苏州,厨子王小余病到卧床不起,就要埋了,而薛雪到了,天色已晚,点蜡烛照他,笑着说:"已经死了,但我爱和疫鬼作战,要得胜利也未可知。"拿出一丸药,捣碎和菖蒲汁调和,让有力气的人,用铁钳镽开他的嘴灌下去。王小余已经目闭气绝,但喉头却似咽似吐汩汩有声。

　　薛雪嘱咐说:"好好派人看着他,鸡叫时应该有声音了。"后来果然如此。又吃了两剂药病就好了。

　　乙酉年冬,我又去苏州,有厨子叫张庆的,得了疯癫病,认日光是雪,吃了一点,腹痛欲裂,怎么治都治不好。薛雪到了,抄着手上下看张庆的脸说:"这是冷

痧，一刮就好了，不必诊脉。"如他所说，身上出现巴掌大小的黑斑，也立即就好了。我特别欣赏他。

薛先生说："我的医术，就像你的诗，纯粹是以神而行，所谓的人住在屋里，而我却到了天外。"可是先生的诗也不错，如《夜别汪山樵云》说："旅途中不想你离去，点起蜡烛送你走，握着手默默无语，寒冷的江水正落潮异乡路途难走，旧业有打鱼砍柴的事。千万不要依靠别人，家里清贫儿子还小。"《嘲陶令》说："又在门口栽下五棵柳树，风吹过来依旧要弯下腰。"《咏汉高》说："笑你手里提着三尺宝剑，斩蛇容易割鸡却难。"《偶成》说："窗外有新长的竹子摇动，在窗纸的上面印出好多种花纹来。"

八

【原文】

张文敏公以书法掩诗名，余见手书《春莺啭》云："绸压香筒坠宿云，花魂愁杀月如银。独听鱼钥西风冷，又是深秋一夜人。"

【译文】

张文敏公因为书法的名气而盖过了诗文的名气，我见他手写《春莺啭》说："丝绸厌倦了躺在筒里，流出来成了云彩，如银子般的月光下花魂惆怅。独自在冷冷的西风里听鱼戏水声，又是一人在深夜里徘徊。"

九

【原文】

方敏恪公勋位隆赫，而诗情极佳。未第时，《途中看花》三绝云："数枝红艳困轻尘，陇后风前别有春。袖底飞英吹特地，似怜驴背有诗人。""女儿装罢鬓鬖鬖，鬓底桃花一面酣。结伴前村携手去，每逢花处又重簪。""稽首茅庵古白华，道旁人献道旁花。慈云座下无我愿，每到花时婿在家。"

【译文】

方敏恪公官位显赫，而诗情也极好。没有中举的时候，写《盆中看花》三绝说："数枝红艳的花被困在红尘中，陇后风儿吹过别有一番春意。袖底的飞花吹落地，似乎知道驴背上有一位吟诗的人。""女儿化完妆头发高耸，发边有一朵红艳的桃花。到前村找个伴携手而去，每碰到有花就又重新插一朵。""在古老的白桦树旁有一座茅草庵，道旁的人在采摘开在路边的花。屋里的人没有太多的愿望，只希望每到花开的时候他能在家。"

一〇

【原文】

己卯夏，蒋秦树中翰偶过金陵，箧中藏海宁许衡紫名灿者诗一卷。《湖上》云："秋思动孤往，凌波遂渺然。湖云多上树，山雨忽如烟。白鹭来菱外，红蕖落槛前。淡妆西子笑，风急莫回船。"作《河西杂诗》，有明七子气魄。如："龙沙扫

清人许灿的诗中有"铁马寒风日日秋，绣莂猎猎卷蚩尤"之句，袁枚十分赞赏，认为写得十分雄健。

雪秋驰马，兔魄凝霜夜照旗。""边丁日课屯田麦，使者星驰属国瓜。"皆极雄健。又绝句云："铁马寒风日日秋，绣旗猎猎卷蚩尤。何缘身作平安火，一夜东还过肃州。"余慕其人，遍访卅年，卒无知者。

【译文】

己卯年夏，蒋秦树中翰偶尔路过金陵，箱中藏有海宁人许衡紫名叫灿的人的一卷诗文，有一首《湖上》说："独自住在这里忆起秋天的相思，湖水凌波渺茫，一望无际。湖中的云朵笼罩着岸边的树木，山雨下来像烟雾一样。白鹭飞到菱花外，红色的荷花落在门前。就像淡妆的西施在笑，风虽然刮得急但却不要调回船头。"作《河西杂诗》，有明七子的气魄。像："龙沙扫雪在秋天里骑马，月光像凝结的霜一样照着夜里的旗帜。""边疆的兵丁们正屯田种麦，大路上使者正快马加鞭送呈皇上的瓜果。"都写得十分雄健。又有绝句说："铁马寒风天天都是深秋,绣旗被风吹得猎猎作响卷蚩尤。什么时候才能点上平安的火把,一夜往东赶回肃州。"我羡慕他的人品,寻访了三十年,至死也没有知道他的。

一一

【原文】

丙辰秋,召试者同领月俸于户部。同乡程郎渠指一人笑曰:"此吾家娘子秀才也。"入学时,初名默,寓居金陵,工诗,今遁而穷经,改名廷祚,别字绵庄,以其间静修洁,故号"程娘子"。因与数言而别。读其《海淀园林》一绝云:"隔岸迢遥御路明,林间倒影见人行。朝天多少朱轮过,添入山泉作水声。"《京中忆女》云:"三龄幼女萦离梦,一自能言未得看。戏罢颇闻知记忆,书来渐解问平安。慰情欲比真男子,努力应加远客餐。啼笑更教听隔舍,茫茫愁思到更阑。"《武林怀古》云:"一自休兵国怨除,君王酣醉九重居。云开凤岭笙歌满,梦冷龙城驿使疏。海日忽惊宫漏尽,春潮犹笑将坛虚。谁知立马吴山客,不惜千金买谏书。"诗甚绵丽,不作经生语。后苏抚雅公荐先生经学,卒报罢。年七十七,无子而卒。著书盈尺,俱付随园。

【译文】

丙辰年秋,召试的人都去户部领取月俸,同乡程郎渠指着一个人笑着说:"这是我娘子家的秀才。"他入学时,初叫默,寓居在金陵,工于写诗,如今逃去而穷于钻研经学,改名廷祚,别字绵庄,因为他为人雅致爱净,故有雅号"程娘子"。

因为和他曾有几句离别的话,读他的《海淀园林》一绝说:"隔着河岸明亮的月光可以看见前方的路,林间行走能看见自己的影子。朝见天子的多少人在此经过,都化入山泉的水流声。"《京中忆女》说:"三岁的女儿常使我魂牵梦绕,自从会说话就没见过面。逗逗她她都能记住,家信来往问个平安。宽慰自己比作真男子,为了不想家而多吃一点,啼笑的声音好像就在隔壁,茫茫愁思一直到夜深人静的时候。"《武林怀古》说:"一旦休兵罢战说明国家间的恩怨已经没有

了,君王酣醉在皇宫里。云开山岭到处都是笙歌,龙城的驿使却做着冷冷清清的梦。在海边忽然被宫里打更的声音惊动,春潮滚滚还在笑帝王的欢宴。谁知道立马吴山客,不惜千金买劝谏的书。"诗写得十分缠绵清丽,不做终生说的话。后来苏州巡抚雅公推荐程先生的经学,刚报罢,年七十七,没有儿子就死了。著书一尺多高,都交给了随园主人留作纪念。

一二

【原文】

乙亥秋,余吊于绵庄家。绵庄指一少年告我曰:"此严冬友秀才也。年未弱冠,前日学使问《笙诗》有声无辞,生条举十六家之说,以辨其非。"余心敬之。

崔莺莺像,图出自《百美新咏》。唐代元稹与崔莺莺相恋,始乱终弃,后又撰传奇小说《莺莺传》,到元代被王实甫演绎成元曲《西厢记》。

已而见过,以《秀容小草》相示。《晚眺》云:"别院鸣钟鼓,登楼报晚晴。一山清有待,千树暖无声。渐得东风信,弥伤旅客情。沧洲明发早,应负好春生。"《舟次仇湖》云:"际天双岸失,出雾一帆轻。"

【译文】

乙亥年秋,我到绵庄家,绵庄指一少年告诉我:"这是严冬友秀才。年纪不到二十,前几天学使问《笙诗》有声无辞,他举了十六家的学说,来辩驳他的不对。"我心里十分尊敬他。过了一会见过面,他拿一首《秀容小草》让我看,写《晚眺》说:"旁边的院子里有钟鼓鸣起,登楼看傍晚天晴之后的景色。山峰显得青翠秀气,树木都静无声息。渐渐有东风吹来,更动了旅客的思乡之情,沧州的春来得早,会有一个美好的春天来临。"《舟次仇湖》说:"大雾漫延到天边两岸都看不见了,一只船儿轻盈地从雾中钻出来。"

一三

【原文】

通州保井公工填词,自号四乡主人,盖言睡乡、醉乡、温柔乡、白云乡也。《咏崔莺莺》一阕,甚佳,末二句云:"交相补过,还他一嫁。"癸酉秋,见访随园,相得甚欢。别三十年,余游狼山,井公久亡矣。其子款接甚殷,壁上糊余手札数行,视之,乃游客某所假也;然已厚腒之矣,其两代之好贤若此。

【译文】

通州的保井公工于填词,自号四乡主人,说的是睡乡、醉乡、温柔乡、白云乡。写《咏崔莺莺》一阕,十分好,最后二句是:"互相弥补过失,就嫁给了他。"癸酉年秋,他来随园拜访,我们交谈十分愉悦。别后三十年,我去狼山游玩,井公已经死去很长时间了。他的儿子十分殷勤地款待了我,壁上贴着我的几行手札,仔细一看,却是一位游客假冒的,然而他们却把它买了过来,他们父子俩喜爱贤士已到了这样的地步。

一四

【原文】

陕州巩、洛间,人多凿土而居,余自西秦归,遇雨,住窑中三日,吟诗未成。后二十年,年家子沈孝廉琨有《过陕》一联云:"人家半凿山腰住,车马都从屋上过。"直是代予作也。又《过高淳湖》云:"凉生宿鹭眠初稳,风静游鱼听有声。"

【译文】

陕州的巩、洛之间,人们大多是挖土成窑住在里面。

我从西秦回来,碰上下雨,在窑中住了三天,没有写成诗,二十年后,年家子沈琨孝廉有《过陕》一联说:"人家都在山腰上挖土成穴而居,车马都从屋上面过往。"这真是代我写了。

又有《过高淳湖》说:"凉夜里鸥鹭刚睡稳,没有风因此能听见湖水里鱼游动的那种美妙的声音来了"。

一五

【原文】

宋维藩字瑞屏,落魄扬州。卢雅雨为转运,未知其才,拒而不见。余为代呈《晓行》云:"客程无晏起,破晓跨驴行。残月忽坠水,村鸡初有声。市桥霜渐滑,野店火微明。不少幽居者,高眠梦不惊。"卢喜,赠以行资。苏州浦翔春《晓行》云:"早出舁山口,秋风襥被轻。背人残月落,何处晓鸡声。客久影俱瘦,宵

阑气更清。行行远树里,红日自东生。"二人不相识,而二诗相似,且同用"八庚"韵,亦奇。浦更有佳句云:"旧塔未倾流水抱,孤峰欲倒乱云扶。"又,"醉后不知归路晚,玉人扶着上共骢。"

【译文】

宋维藩字端屏,落魄于扬州,卢雅雨在这儿做转运使,不知道他的才气,拒绝不见。

我替他送他作的《晓行》给卢雅雨说:"在旅途中不能睡懒觉,天刚亮就骑驴走了。残月印在水中,村鸡刚刚啼叫,桥上有霜路很滑,野店的烟火忽明忽暗。有不少幽居于此的人,此时正高卧酣睡。"卢见后大喜,赠给他盘缠。

苏州的浦翔春写《晓行》说:"早晨出了弇山口,秋风轻轻吹着我的衣襟。月亮在我背后渐渐落下了,那里有鸡叫的声音。长期在外连影子都瘦了,夜晚的空气十分清新。前方一行行的树木中,红日渐渐从东方升起。"两个人不认识,但诗写得十分相似,而且同用的是"八庚"韵,也十分奇怪了。浦翔春还有佳句说:"古老的塔还没倾斜有水流环抱着它,孤零零的山峰像要到似的有白云相扶。"又:"酒醉后不知道,回家太晚了,美人扶着我上了马鞍。"

一六

【原文】

杭州宴会,俗尚盲女弹词。予雅不喜,以为女之首重者目也,清眸不盼,神采先无。有王三姑者,雅好文墨,对答名流,人人如其意之所出。王梦楼侍讲作七古一章,中有八句云:"成君游磬子登墪,金醴曾经侍玉霄。谪降道绿犹未减,不将青眼看尘嚣。纵质由来兼黠慧,传神岂待秋波媚。轻云冉冉月宜遮,香雾蒙蒙花爱睡。"杭董浦赠诗云:"晓妆梳掠逐时新,巧笑生春又善颦。道客胜常知客姓,目中莫谓竟无人。""檀槽圆股晓生寒,也学曹刚左手弹。众里自嫌衰太甚,幸无老态被卿看。"

【译文】

杭州有宴会,习惯于请盲女弹词,我不喜欢,认为女子最重要的就是眼睛,清波没有流盼之姿,神采就先没有了。

有一个叫王三姑的,十分爱好文墨,对答名流士,人人都好像按她意愿讲出来的。

王梦楼侍讲作七古一篇,中间有八句说:"成君吹磬子登吹,金玉之体曾经在上天当过差。被谪降到人间道行仍未减退,不用眼睛去看尘埃。美质向来都是有灵性的,传神根本不用媚俗的秋波。轻云冉冉升起遮住了月光,香雾蒙蒙里花儿也要睡觉了。"杭董浦赠诗说:"早晨起来梳妆打扮一新,甜甜地一笑有如春风拂面。对客都知道你的名和姓,别说我现在目中无人。""早晨弹起琵琶还有些凉意,也学着曹刚用左手弹。众人里觉得自己衰老很快,幸亏这样的老态龙钟自己也看不见心不烦。"

一七

【原文】

乾隆戊寅,卢雅雨转运扬州,一时名士,趋之如云:"其时刘映榆侍讲掌教书院,生徒则王梦楼、金棕亭、鲍雅堂、王少陵、严冬友诸人,俱极东南之选。闻余到,各捐饩廪延饮于小全园。不数年,尽入青云矣。鲍见赠《玉堂仙人》篇,不及省记;仅记梦楼《偕全公魁使琉球》二首,云:"一行金垍向琼琚,公子群过水竹居。卵发也须千万值,绮年多是十三余。将离更唱红兰曲,相忆应看青李书。鹦鹉香醪斟酌遍,不知凉月透交疏。""那霸清江接海门,每随残照望中原。东风未与归舟便,北里空销旅客魂。尽夜华灯舞鹍鸹,三秋荒岛狎鲸鲲。他时若话悲欢事,衣上涛痕并酒痕。"余按:琉球国王贵戚子弟,皆傅脂粉,锦衣玉貌,能歌,以敬天使,故移尊度曲。汪舟次先生集中所咏,与梦楼同。

【译文】

　　乾隆戊寅年,卢雅雨做扬州转运使,一时间名士如云一样聚集在他那里。

　　当时刘映榆侍讲掌教书院,他的徒弟学生有王梦楼、金棕亭、鲍雅堂、王少陵、严冬友等人,都是俊杰名士。

　　听说我要来,我对钱在小全园饮酒,没有过几年,都做上官了。

　　鲍雅堂赠我的《玉堂仙人篇》,没有来得及记下,仅记下王梦楼的《偕全公魁使琉球》二首,说:"一行意气相投的人聚集在这美好的地方,公子们成群结队路过这水竹生长的住处。在这儿连毛发也能值万金,最美的时候多是在春天。将要离别高唱红栏曲,如果回忆起就看看交往的书信。互相敬祝美酒,不知不觉中清凉的月亮已升上了稀疏的树林上空。""是谁霸占着江海连接的地方,每回都随夕阳望中原。东风不给归去的船只方便,北方的晴空让旅居他乡的客人黯然魂伤。夜里华灯初上鹦鹉欢叫,秋天的荒岛上只有鱼儿在翻腾。以后如果说起悲欢离合的事,衣服上会留下酒痕和泪痕。"

　　我查证:琉球国的贵戚子弟,都抹脂粉,锦衣打扮长相漂亮,能歌,为善天国的使节,所以前来唱曲,汪舟次先生集中所咏的,和王梦楼的一样。

一八

【原文】

　　有某太史以《哭父》诗见示。余规之曰:"哭父,非诗题也。《礼》:'大功废业'。而况于斩衰乎? 古人在丧服中,三年不作诗。何也? 诗乃有韵之文,在哀毁时,何暇挥毫拈韵? 况父母恩如天地,试问:古人可有咏天地者乎? 六朝刘昼赋六合,一时有'疥骆驼'之讥。历数汉、唐名家,无哭父诗。非不孝也,非皆生于空桑者也。《三百篇》有《蓼莪》,古序以为刺幽王作。有'陟岵'、'陟屺',其人之父母生时作。惟晋傅咸、宋文文山有《小祥哭母诗》。母与父似略有间,到小祥哀亦略减;然哭二亲,终不可为训。"

【译文】

　　有某太守让我看他写的《哭父》诗,我劝他说:"哭父亲,不能作为诗的题目。《礼》说:大功都作废了,又何况这点悲伤呢? 古人在服侍期间,三年不作诗。为什么? 诗是百韵的文章,在悲伤的时候,怎么有空挥毫求韵呢? 更何况父母恩如天地,试问:古人有咏天地的吗? 六朝时的刘昼写六合赋,一时有疥骆驼的讥讽。历数汉、唐名家,没有写过哭父诗的,这不是不孝,也不是生在没人烟的地方。《三百篇》中有《蓼莪》,古序中认为是幽王写的。有'陟岵'、'陟屺'这是这个人的父母生他时写的。只有晋传咸、宋文文山有《小祥哭母诗》。母亲和父亲还有些区别,至于小祥的悲哀也略微有些消减;然而哭双亲的诗,终究是不能做榜样来仿效的。"

一九

【原文】

　　常州庄莤蒪太史《冬日》诗云:"磨来冻墨无浓色,典后朝衣有皱痕。"扬州程午桥太史赠唐改堂前辈云:"春生秋扇随新令,霉久朝衣检旧斑。"

【译文】

　　常州的庄莤蒪太史写《冬日》诗说:"把冻着墨汁磨起来颜色不浓,典当过的朝衣皱巴巴的。"扬州程午桥太史赠唐改堂前辈说:"随节令的改变扇子不用了,时间长了上朝的衣服上布满了霉点。"

二〇

【原文】

常州顾文炜有《苦吟》一联云："不知功到处,但觉诵来安。"又云："为求一字稳,耐得半宵寒。"深得做诗甘苦。

【译文】

常州顾文炜有《苦吟》一联说："不知道功力到了一定程度,只觉得吟出来心才安宁。"又说："为追求一个字的恰当,耐得住半夜的寒冷。"深知作诗的甘苦之味。

二一

【原文】

人畏冷,卧必弯身。高翰起司马《明港驿》云："炫昏妨睡频移背,衾薄愁寒屡曲腰。"野行者尝见牛背上负群鸟而行。鲁星村云："春田牛背鸠争落,野店墙头花乱开。"船小者,人不能起立。程鱼门云："别开新样殊堪晒,跪著衣裳卧读书。"

【译文】

人害怕寒冷,因此躺下必定要蜷身。高翰起司马写《明港驿》说："昏暗的灯光妨碍睡眠频频移动身子,被子单薄害怕寒冷屡娄屡起身。"在野外行走的人

常见牛背上有一群鸟在慢慢行走。鲁星村说:"春天田野里鸠鸟争着落在牛背上,野店的墙头上花儿乱开。"有小船,人在里边直不起腰。

程鱼门说:"可笑的是有一些新鲜的景象,那就是看见人们在船中半跪半躺地看书。"

【原文】

黄星岩《随园偶成》云:"山如屏立当窗见,路似蛇旋隔竹看。"厉樊榭《咏崇先寺》云:"花明正要微阴衬,路转多从隔竹看。"二人不谋而合。然黄不如厉者,以"如"字与"似"字犯重。竹垞为放翁摘出百余句,后人当以为戒。

【译文】

黄星岩写《随园偶成》说:"从窗口看山如屏风样立在那里,隔着竹林见小路像蛇一样蜿蜒向前。"厉樊榭写《咏崇先寺》说:"花儿开得十分明艳下面已能成荫,隔着竹林看小路蜿蜒盘旋。"二人不谋而合。

然而黄星岩不如厉樊榭的地方,在于以"如"字和"似"字重用了。竹垞为陆放翁挑毛病挑出了百余句,后人应当以此来引以为戒。

【原文】

戊戌九月,余寓吴中。有嘉禾少年吴君文溥来访,袖中出诗稿见示,云:"将

随园诗话

梅花图。古代文人多以梅花入诗,清代吴文
溥《游孤山》诗中即有"笑问梅花肯妻我,我将抱
鹤家西湖"之句。

就陕西毕抚军之聘。"匆匆别去。予读其诗,深喜吾浙后起有人,而叹毕公之能
怜才也。录其《游孤山》云:"春风欲来由已知,山南梅萼先破枝。高人去后春
草草,万古孤山迹如扫。巢居阁畔酒可沽,幸有我来山未孤。笑问梅花肯妻我,
我将抱鹤家西湖。"其他佳句,如:"不知新月上,疑是水沾衣。""底事春风欠公
道,儿家门巷落花多。"深得唐人风味。

【译文】

戊戌年九月,我住在吴中,有嘉禾少年叫吴文溥的来拜访,从袖中拿出诗稿
让我看,说:"将要去应陕西毕抚军之聘。"匆匆告别而去。

我读他的诗,深为我浙江后起有人而高兴,而叹毕公能爱怜人才。

录他的《游孤山》说:"春风要来我已经知道了,小南的梅花先开花了。商
人去后只剩下草色青青,万古孤山像被清扫过一样。住在阁楼上可以打酒来
喝,幸亏有我群山才不孤单。笑问梅花肯不肯嫁给我,我要抱着仙鹤住在西

湖。"其他的佳句,像:"不知新月已后升上来了,疑是水沾衣。""春风为什么欠公道,在小孩子家门口的落花就多。"觉得他的诗深得唐人的风韵。

二四

【原文】

巢县汤郎中,名懋纲,性高淡,如其吟咏。《早起》云:"老杏着东风,红芳几回变。何必远寻春,日日墙头见。昨夜雨无声,地上青苔遍。早起快登楼,钩帘进双燕。"他如:"溪清山影入,风动竹阴移。""游山心在山,合眼飞岚绕。"真得静中三昧者。其子扩祖能诗,有父风,过随园见访不值,寄诗云:"花含宿雨柳含烟,隐士园林别有天。高卧白云人不见,一家鸡犬翠微巅。"

【译文】

巢县的汤郎中,名叫懋纲,性格高淡,就像他写的诗。

有《早起》诗说:"东风吹着老杏树,红花不知变了几回。何必到远处去找寻春天,天天在墙头就可以见到。昨夜下雨细无声音,地下的青苔都偏向一边。早早起来赶快登楼,卷起帘子飞进一双燕子。"其他的像:"溪水清清山影到映水中,风儿吹拂竹荫频频移动。""游山玩水时山就装在心中,闭上眼睛心中都是山岚的影子。"真是深得静景中的三昧。

他的儿子扩祖也能写诗,有他父亲的风范;到随园拜访我没有见面,寄诗说:"花儿含着昨晚的雨水杨柳笼着烟雾,隐士配园林别有洞天。高卧白云之中找不见人,一群鸡犬伴着青翠的山峦显得安详静谧。"

二五

【原文】

杭州符郎中,名曾,字幼鲁,诗主高淡。嵇相国为余诵其"三日不来秋满地,虫声如雨落空山"一联。余仝召试,记其《斋宫》云:"寒云添暝色,老屋聚秋声。"咏《唐花》云:"当时不藉吹嘘力,少待阳和也自开。"《哭扬州马秋玉》云:"心死便为大自在,魂归仍返小玲珑。"小玲珑山馆者,马氏花园也,属对甚巧。《贺周石帆学士纳妾》云:"药炉经卷都抛却,只向灯前唤夜深。"尤蕴藉。

【译文】

杭州的符郎中,名曾,字幼鲁,诗写得十分高雅淡泊。嵇相国为我读他的"三天不来秋已充满水池,空山回荡着虫的鸣叫声像是在下雨"一联。

我和他同去应召试,记得他有《斋宫》一诗说:"傍晚的冬云透出寒意,陈旧的屋子显出深秋的景象。"《咏唐花》诗说:"当时不费任何力气,等到春天便自己开放。"《哭扬州马秋玉》说:"心死便是大自在,魂归仍返小玲珑。""小玲珑山馆"是马氏的花园,这副对子对的很巧妙。《贺周石帆学士纳妾》说:"把香炉、书卷都放在一边,走向灯前告诉夫君已是夜深。"写得很蕴意。

二六

【原文】

吴中七子,有赵损之而无张少华,二人交好,忽中道不终,都向余啧啧有言,

而余亦不能为两家骑驿也。未十年,张一第而座,赵亦殉难金川。史弥远云:"早知泡影须臾事,悔把恩仇抵死分。"信哉!少华《苏堤》三首,云:"拍堤新涨碧于罗,堤上游人连辟歌。笑指纷纷水杨柳,那枝眠起得春多。""碧琉璃净夜云轻,萧管无声露气清。好是柳阴花影里,月华如水踏莎行。""沙棠衔尾按筝琶,邻舫停挠静不哗。云母窗中双鬟影,亭亭低映小红纱。"《消夏》云:"水厄不辞茶七碗,火攻愁对烛三条。"

【译文】

吴中七子有赵损之却没有张少华,二人交情很好,忽然半途二人产生矛盾,都向我诉说不平,而我也不能劝解他们。

不到十年,张少华中举后第一个死了,赵损之也在金川殉难。

史弥远说:"早知道这些琐碎小事不足挂齿,后悔反目成仇至死不和。"唉!张少华写《苏堤》三首说:"湖水拍打着堤岸,岸上的游人手拉手唱歌,笑着指点那水边的杨柳,那一枝刚睡醒春意最多。""碧色的琉璃瓦十分干净,夜空中的云彩十分轻盈,箫管没有声音露水清新。最好是在柳荫花影里,月光如水踏着沙子而行。""船挨着船有琵琶声,邻船停桨寂静无声。云母窗里透出美人的影子,亭亭的身材映照在纱窗上。"有《消夏》诗说:"太渴了能一气喝下七碗茶水,太热了晚上愁眉苦脸地对着桌上的三根蜡烛。"

二七

【原文】

王道士至淳有句云:"东风大是无知物,吹老春光昼转长。"黄星岩有句云:"饭余一睡都成例,五月何曾觉昼长。"陈古渔有句云:"静坐晴冬昼亦长。"三押"长"字,俱妙。

【译文】

王道士字至淳,有诗句说:"东风大多是不知情的东西,把春光都吹老了白

昼显得愈来愈长。"黄星岩有诗句说:"饭后睡一觉已成为惯例,五月里,怎会觉得白天长。"陈古渔有诗句说:"在晴朗的冬天里静坐也觉得白天很长。"三首诗都押"长"字韵,写得都十分精彩。

二九

【原文】

朱草衣《哭槎儿》云:"罗浮南海历秋冬,烟水云山隔万重。前日寄书书面上,红签犹写汝开封。"洪銮《赠徐小鹤》云:"早离讲席赋离居,知己逢难别易疏。正是开门逢去使,接君三月十三书。"严冬友《忆女》云:"料得此诗依母坐,看封书札寄长安。"三诗,人传诵以为天籁;不知蓝本皆出于王次回。其《过妇家感旧》云:"归宁去日泪痕浓,锁却妆楼第二重。空剩一行遗墨在,丙寅三月十三封。"

【译文】

朱草衣写《哭槎儿》说:"罗浮在南海历经春夏秋冬,烟水云山路隔万重山蛮。前天寄去的信皮上,用红笔写着让你开启。"洪銮写《赠徐小鹤》说:"早早离开讲座写离居的话,知己难以重逢离别又很久长。正好开门碰上了送信的人,接到你的三月十三号的信。"严冬左写《忆女》说:"料想你这时候靠着你母亲坐着,看你母亲写信寄往长安。"三首诗,人们争相传诵,认为写得亲切自然,不知它们都出于王次回的《过妇家感旧》说:"回娘家时哭得十分伤心,把二楼的梳妆楼锁好,空留下你的墨迹还在,落款是丙寅年三月十三日。"

国学经典文库

随园诗话

二九

【原文】

余挂冠四十年，久不阅《缙绅》，偶有送者，撷之都非相识。偶读赵秋谷《题缙绅》云："无复堪容位置处，渐多不识姓名人。"为之一笑。先生康熙己未翰林，至乾隆己未，而身犹强健，惟两目不能见物，与余为先后同年。相传所著《谭龙录》痛诋阮亭，余索观之，亦无甚牴牾。先生名执信，以国忌日演戏被劾，故有句云："可怜一曲《长生殿》，直误功名到白头。"

【译文】

我辞官四十年，长时间不读《缙绅》，偶尔有送来的，读了也都不认识。

偶读赵秋谷的《题缙绅》说："没有可以察下我的位置，渐渐大多都成为不认识的人。"读后不禁为之一笑。

先生是康熙己未年的翰林，到乾隆己未年，身体还十分强健，只有两眼看不见东西了，和我是先后同年。

相传他写《谭龙录》大骂阮亭，我要来看，也没有什么新见解。先生名叫执信，因为在国忌日演戏而遭弹劾，故而有诗句说；"可怜听一曲《长生殿》，以至于在白头时耽误了功名。"

三〇

【原文】

祝太史芷塘以诗集见示，予小献刍荛，太史深为嘉纳。别后从京师《寄怀》

云:"盖世才名大,游仙福量深。江河不废业,松柏后凋心。酌咒祈难老,将雏得好音。平生行乐处,古少莫论今。""孤踪淹丙舍,公亦返乡间。一见笑谈剧,廿年倾倒余。定文丁敬礼,赋海木元虚。何日秦淮曲,相逢重起予。"

【译文】

祝太史字芷塘,拿他的诗集让我看,我献了一些小意见,太史十分赞许。别离之后从京师给我寄一首《寄怀》说:"你是旷师之才名气很大,做一名游仙福气无边。江河永恒地流着,松柏四季常青。酌酒祈求不要苍老,希望能听到更多的美妙音乐。平生快乐的地方,就在于讨论古事不论今日。""一个人躲在屋子里,你也返回了乡里。重新见面都高兴地大说大笑,二十年来让我为你倾倒。写文章像丁敬礼,赋诗像木元虚。何时能再演奏《秦淮曲》,相逢盼来日。"

三一

【原文】

咏古诗有寄托固妙,亦须读者知其所寄托之意,而后觉其诗之佳。卢雅雨先生长不满三尺,人呼"矮卢",故《题李广庙》云:"明禋自有千秋貌,不在封侯骨相中。"薛皆三进士,门生甚少,《题桃源图》云:"桃花不相拒,源路自家寻。"余起病补官,年未四十,《题邯郸庙》云:"黄粱未熟天还早,此梦何妨再一回。"

【译文】

咏古诗有寄托当然十分妙,也得要读者能知道你寄托的意思,而后才觉得你的诗写得好。

卢雅雨先生算长不满三尺,人叫"矮卢",故而写《题李广庙》说:"在人间自有千秋容颜,不在乎骨相中是否有封侯相。"薛皆三进士,门生很少,写《题桃源图》说:"桃花不加拒绝,源头来路要靠自己去找。"我病好后补官,不到四十岁,写《题邯郸庙》说:"黄粱美梦还不到做的时候,但已经做了,这样的梦又何妨再做一回。"

【原文】

从古权贵在朝，未有能和协者。宋人《登山》诗云："直到天门最高处，不能容物只容身。"唐人《闺情》云："茗非形与影，未必肯相容。"《宫词》云："闻有美人新进入，六宫无语一齐愁。"又曰："三千宫女如花貌，几个春来没泪痕？"皆可谓说尽世情。

【译文】

从古到今只要有权贵当朝，没有人能和他们和谐一致的。宋人有《登山》诗说："一直到天门最高处，不能容物只容自身。"唐人写有《闺情》一语说："要不是身和影是一体，未必就能容忍下来。"《宫词》说："听说有新的美人进来，天宫粉全世界都默默无语一齐忧愁。"又说："三千宫女像花一样美丽，那个春天没有哭过了。"都可以说是说尽世情。

【原文】

人有满腔书卷，无处张皇，当为考据之学，自成一家。其次，则骈体文，尽可铺排，何必借诗为卖弄？自《三百篇》至今日，凡诗之传者，都是性灵，不开堆垛。惟李义山诗，稍多典故；然皆用才情驱使，不专砌填也。余续司空表圣《诗品》，第三首便曰《博习》，言诗之必根于学，所谓不从糟粕，安得精英是也。近

见做诗者,全仗糟粕,琐碎零星,如剃僧发,如拆袜线,句句加注,是将诗当考据作矣。虑吾说之害之也,故续元遗山《论诗》,末一首云:"天涯有客号冷痴,误把抄书当做诗。抄到钟嵘《诗品》日,该他知道性灵时。"

【译文】

人有满肚子的学问,却无处施展,应当去钻研考据的学问,自成一家。

其次,是骈体文,尽可以大肆铺排,何必借诗去卖弄呢?自《三百篇》到今天,凡是诗歌能留传在世的,都是有灵性的作品,没有堆杂起来的诗文。

只有李义山的诗,稍微多一些典故;然而都是由才情为中心,不专门的填词造句。

我续司空表圣的《诗品》,第三首便是《博习》,讲诗歌创作必扎根于学问,所谓不先剔除糟粕,又怎么能获得精英呢。

近来见一些写诗的人,全是糟粕堆砌,琐碎零星,就好像剃和尚的头发,拆鞋上的线,句句加注,这是将诗当考据来做啊,考虑到我讲的诗歌危害,因此续元遗山的《论诗》,最后一首说:"天底下有叫冷痴的人,误把抄诗当作写诗。抄到钟嵘《诗品》的那一天,就应该是他了解什么是灵性的时候了。"

三四

【原文】

宋人论诗多不可解。杨蟠《金山》诗云:"天末楼台横北固,夜深灯火见扬州。"的是金山,不可移易。而王平甫以为是牙人量地界诗。严维:"柳塘春水慢,花坞夕阳迟。"的是静境,无人道破。而刘贡父以为"春水慢"不须"柳坞"。孟东野《咏吹角》云:"似开孤月口,能说落星心。"月不闻生口,星忽然有心,穿凿极矣,而东坡赞为奇妙。皆所谓好恶拂人之性也。

【译文】

宋人议论诗歌大多不可理解,杨蟠写《金山》诗说:"天尽头有楼台横在北

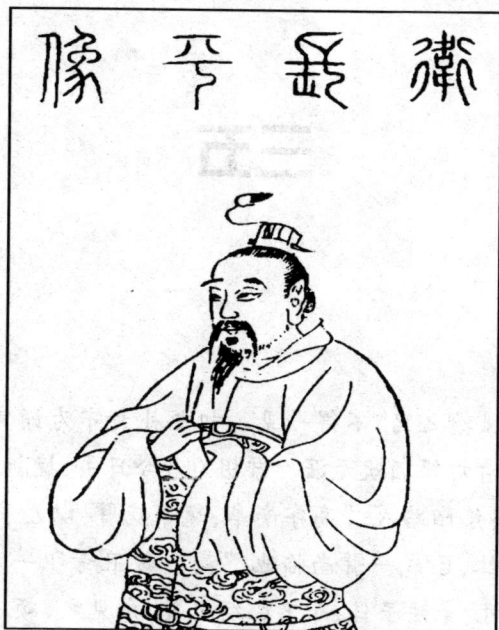

卫青像，图出自清·顾沅辑《古圣贤像传略》。卫青是汉代抗击匈奴的名将。

固，站在楼上夜深万家灯火时可以看到扬州。"这的确是金山，不能移动更换啊！而王平甫认为这是仆人量丈地界的诗。严维说："柳树低垂的池塘里流水缓慢，花开的地方夕阳总是迟迟不归。"这明确写的是静境，没有人道破罢了。而刘贡父认为"春水慢"就不如用"柳坞"。孟东野写《咏吹角》一诗说："像是打开了孤独月亮的开口，能倾诉星星坠落时的心情。"月亮没听说过开口，星星又忽然有了心事。

太为穿凿附会了，而苏东坡却称赞他为奇妙。这都说明了好恶要靠人的性情。

随园诗话

【原文】

余素慕山左高凤翰之名,不得一见。初之朴太守为诵其《送人》一首,云:"君胡为者昨日来,青灯绿酒欢无涯。君胡为者今日去,挽断征鞭留不住。君来君去总伤神,不如悠悠陌路人。"高字南阜,晚年病臂,以左手作书,卢雅雨哭之云:"再散千金仍托钵,已残一臂尚临池。"高珍藏卫青印一方,临终,赠陕中刘介石刺史。斗纽方寸,篆法虽佳,而玉已经火炙,余见之,颇不当意。按《明史》亦有卫青,此印未必便是汉大将军之物。

【译文】

我平素羡慕山左高凤翰的名气,却不能见一面。

初主朴太守为我读他的《送人》一首,说:"你为什么昨天来,让我们青灯绿酒欢歌之极,你为什么又要今天离去,挽断了马鞭也留不住你,你来来去去总伤神,不如悠悠的陌路之人。"高南阜晚年胳膊有病,以左手写书,卢雅雨哭他说:"再散发千金也要托着钵去施舍,已残了一臂仍要写文章。"高南阜珍藏着一方卫青的印,临死时,赠给了陕中的刘介石刺史。

方寸之间,篆法虽然很好,但是经过大烤,我见了,颇不当回事。《明史》里记载也有一个卫青,此印未必就是汉大将军卫青的真东西。

三六

【原文】

　　苏州袁秀才钺,自号青溪先生,嫉宋儒之学,著书数千言,专驳朱子;人以怪物目之。年八十余,犹生子,善医工书,诗多自适,不落古人家数。《明觉寺题壁》云:"灯火荧荧满法堂,僧家爱静却偏忙。亦知世上逍遥客,踏月吟诗到上方。"《夏日写怀》云:"风过静听松子落,雨余闲数药苗抽。"《冬暖》云:"似闵敞裘留质库,为开薄雾送朝暾。"颇见性情。青溪解"唯求则非邦也与?惟赤则非邦也与?"皆夫子之言,非曾点问也。人以为怪。不知《论语》何晏古注,原本作此解。宋王旦怒试者解"当仁不让于师""师"字作"众"字解,以为悖古。不知说本贾逵,并非杜撰。少所见之人,以不怪为怪。

【译文】

　　苏州有个袁钺秀才,自号青溪先生,嫉妒宋朝的儒家之学,写书数千言,专心驳斥朱熹。人以怪物来看待他。

　　年已八十多岁,还生了儿子,善于看病工于书法,诗歌大都是自己随心所作,不落古人俗套。

　　有《明觉寺题壁》一首说:"灯火荧荧满法堂,僧人性爱清净却偏偏繁忙。也知道作世上的逍遥人在天界去踏月吟诗。"《夏日写怀》说:"风吹过去静听松子落地,雨后闲来无事细数庄稼树苗的多少。"《冬暖》说:"好像还留恋穿单衣敞皮衣的时候,太阳推开薄雾慢慢升了起来。"挺见他的性情。青溪先生解释:"只有求不是邦国,只有赤就不是邦国?"都是夫子的言论,不是曾点问的。人们都引以为怪。不知道《论语》何晏有过古注,原本就是做这种解释。宋朝王旦十分恼怒人把"当仁不让于师"中的"师"字作"众"字解,认为它有悖于古意。

　　不知道此说出于贾逵,并非杜撰。少见识的人,把不怪的事也认为奇怪。

三七

随园诗话

【原文】

元遗山讥秦少游云:"有情芍药含春泪,无力蔷薇卧晚枝。拈出昌黎'山石'句,方知渠是女郎诗。"此论大谬。芍药、蔷薇,原近女郎,不近山石;二者不可相提而并论。诗题各有境界,各有宜称。杜少陵诗,光焰万丈;然而"香雾云鬟湿,清辉玉臂寒";"分飞蛱蝶原相逐,并蒂芙蓉本是双。"韩退之诗,横空盘硬语,然"银烛未销窗送曙,金钗半醉坐添春。"又何尝不是女郎诗耶?《东山》诗:"共新孔嘉,其旧如之何?"周公大圣人,亦且善谑。

【译文】

元遗山讥笑秦少游说:"有情的芍药含着春泪,无力的蔷薇卧晚枝。拾出黎先生的'山石'句,才知你是为女郎写的诗。"这些论点十分错误。

芍药、蔷薇,原是性近女郎,不近山石,二者不能相提并论。诗题各有各的境界,各有各的宜称。

杜少陵的诗,火焰万丈,然而"香雾缭绕着湿湿的黑发,清辉照着玉一样的乡臂""纷飞的蝴蝶相互追逐,并蒂的芙蓉成双成对"。韩愈的诗,语气硬邦,然而银烛还未烧尽窗户已透出曙光,美女喝醉酒坐在那里平添春色。又怎么不是女郎才能写的诗?《东山》诗说:"他新的是赞许的,旧的又怎么样呢?"周公是大圣人,看来也十分善于戏谑、幽默。

三八

【原文】

抱韩、杜以凌人,而粗脚笨手者,谓之权门托足。仿王、孟以矜高,而半吞半吐者,谓之贫贱骄人。开口言盛唐及好用古人韵者,谓之木偶演戏。故意走宋人冷径者,谓之乞儿搬家。好叠韵、次韵、刺刺不休者,谓之村婆絮谈。一字一句,自注来历者,谓之古董开店。

【译文】

抱着韩愈、杜甫来凌驾于别人之上,而又粗手笨脚,这叫作权门托足。

傲视王维、孟浩然以示清高,而又说话吞吞吐吐的,这叫贫贱骄人。

开口就讲盛唐以及好用古人韵的,叫作木偶演戏。故意走宋人冷僻的,叫作乞儿搬家。

喜爱叠韵、次韵、刺刺不休地,这叫村婆叙谈。一字一句,自注来历的,叫作古董商开店铺摆得好看。

三九

【原文】

余咏《春草》,一时和者甚多,独徐绪和"人"字韵,云:"踏青渺渺前无路,埋玉深深下有人。"余为叹绝。其他则周青原,云:"拾翠暗遗金钿小,踏青微碍绣裙低。"严冬友云:"坐来小苑同千里,梦去朱门又一年。"龚元超云:"春回地上

随园诗话

人难测，绿到门前柳未知。"李参将炯云："旷野有人知醉醒，荒园无主自高低。"诸作虽佳，皆不如徐之沉着也。惟程鱼门有"长共春来不共归"，七字殊觉大方；惜忘其全首。

【译文】

我歌咏《春草》，一时间和我韵的人很多；独有徐绪和"人"字韵，说："踏在无边的草地上前方似乎没有路途，埋玉很深原来大有人才。"我为之叹绝。

其他的像周青原，说："拾花暗暗丢下小金钿，踏在草地上怀疑是用花绣了底衣。"严冬友说："坐在小花苑里心驰千里之外，梦去朱门又是一年。"龚元超说："春回大地人是难以预测的，为什么门前的柳树还无动于衷呢。"李炯参将说："旷野有人知道酒醉醒来，荒园无主草长得高低不等。"这些诗作虽然都显得很好，都不如徐绪的沉稳。

只有程鱼门有"喜爱和春天呆在一起永不回归"，七字觉得十分大方，可惜没有全记下来。

四〇

【原文】

作古体诗，极迟不过两日，可得佳构；作近体诗，或竟十日不成一首。何也？盖古体地位宽余，可使才气卷轴；而近体之妙，须不着一字，自得风流，天籁不来，人力亦无如何。今人动轻近体，而重古风，盖于此道，未得甘苦者也。叶蔗子书山曰："子言固然。然人功未极，则天籁亦无因而至。虽云天籁，亦须从人功求之。"知言哉！

【译文】

写古体诗，最迟不过两天，就能写出佳作，写近体诗，有时竟然十天也写不出一首来，为什么？因为古体诗地位宽徐，可认使才气横溢；而近体诗的妙处，在于不着一字，自得风流；追求自然不成，人力也没什么办法。

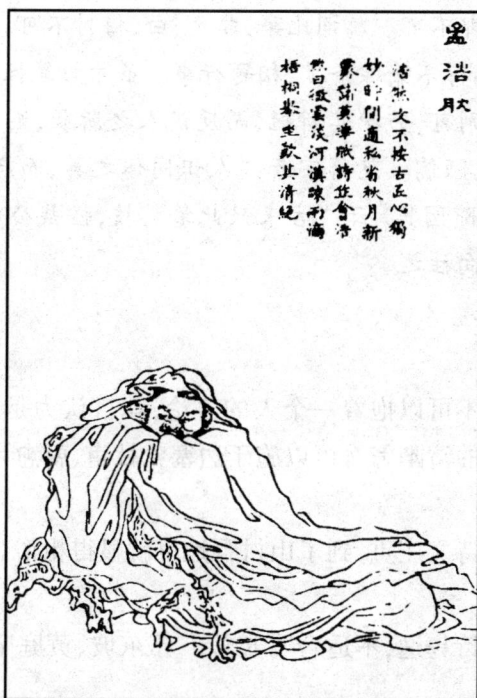

孟浩然像，图出自清·上官周《晚笑堂画传》。孟浩然为唐代诗人，他与同时代的著名诗人王维均以诗风清幽著称，故此袁枚认为他们的诗不适合描述边塞生活。

现在有人动不动就写近体，而又重古风，对于此道，看来还没有尝出甘苦来。叶书山庶子说："你说的固然对。然而人的功力不高，自然天成的妙句不会因此而来。虽说是天成也要从个人功力做起。"这话很有道理啊！

四一

【原文】

诗人家数甚多，不可硁硁然域一先生之言，自以为是，而妄薄前人。须知王、孟清幽，岂可施诸边塞？杜、韩排奡，未便播之管弦。沈、宋庄重，到山野则俗。卢仝险怪，登庙堂则野。韦、柳隽逸，不宜长篇。苏、黄瘦硬，短于言情。俳

随园诗话

恻芳，非温、李、冬郎不可。属词比事，非元、白、梅村不可。古人各成一家，业已传名而去。后人不得不兼综条贯，相题行事。虽才力笔性，各有所宜，未容勉强；然宁藏拙而不为则可，若护其所短，而反讥人之所长，则不可。所谓以宫笑角，以白诋青者，谓之陋儒。范蔚宗云："人识同体之善，而忘异量之美，此大病也。"蒋苕生太史《题随园集》云："古来只此笔数枝，怪哉公以一手持。"余虽不能当此言，而私心窃向往之。

【译文】

诗人家数很多，不可以抱着一个人的言论，就自认为是，而妄自菲薄前辈。要知道王维、孟浩然的清幽怎么可以施于边塞？杜甫、韩愈诗文矫健，未必便于谱成音乐传唱。

沈佺期，宋之问诗文庄重，到了山村野地也就显得粗俗。卢仝险怪，一登上庙堂则十分粗野。

韦庄、柳三变写诗隽逸，不适合写长篇。苏东坡、黄庭坚下笔瘦硬，在写情上不拿手。

悱恻芳，这种情调没有温庭筠、李煜、冬郎不行。属词之类文章，不是元稹、白居易、梅村就不行。

古人各成一家，早已留名而去。后人不得不兼从他们的各项优缺点，根据题目来行事。虽然才力笔性，各有所适合的，不容勉强；然宁愿藏拙而不去写还行，如果护自己的短处，而又反去笑别人的长处，就不行了。

所谓的以宫笑角，以白色诋毁青色，叫作陋儒。范蔚宗说："人们都认识了同体的好处，而忘了容忍异样的美德，这是个大毛病啊！"蒋苕生太史写《题随园集》说："古来只有这几个笔杆，奇怪的是你都有他们的长处。"我虽然不能担当此话，而心底却暗暗向往。

四二

【原文】

古人门户虽各自标新,亦各有所祖述。如《玉台新咏》、温、李、西昆,得力《于风》者也。李、杜排奡,得力于《雅》者也。韩、孟奇崛,得力于《颂》者也。李贺、卢仝之险怪,得力于《离骚》《天问》《大招》者也。元、白七古长篇,得力于初唐四子;而四子又得之于庾子山及《孔雀东南飞》诸乐府者也。今人一见文字艰险,便以为文体不正。不知"载鬼一车","上帝板板",已见于《毛诗》《周易》矣。

【译文】

古人的门户虽然有各自的标新立异,然而也各有所追述。像《玉台新咏》、温庭筠、李煜及西昆得力于《风》。

李白、杜甫文章有力,得力于《雅》。韩愈、孟浩然写诗奇峻,得益于《颂》。李贺、卢仝的险怪,得力于《离骚》《天问》《大招》。元稹、白居易的七古长篇,得益于初唐四子;而四子又得益于庾子山和《孔雀东南飞》诸乐府。

今天的人一见文字艰险,便认为文体不正。不知道"载鬼一车","上帝板板",已见于《毛诗》《周易》啦。

四三

【原文】

诗宜朴不宜巧,然必须大巧之朴;诗宜淡不宜浓,然必须浓后之淡。譬如大

贵人,功成宦就,散发解簪,便是名士风流。若少年纨绔,遽为此态,便当笞责。富家雕金琢玉,别有规模;然后竹几藤床,非村夫贫相。

【译文】

诗宜朴实不宜取巧,但是是必须大巧的朴实;诗宜淡不宜浓,然而又必须是先浓厚的淡。

就像大贵人,功成宦就,散发解簪,便是名士风流。

如果是少年纨绔,就做种种姿态,就应当鞭打责怪他。富人家雕金琢玉,别有规模;然后才有竹几藤床,不是村夫那种贫穷的样子。

四四

【原文】

牡丹诗最难出色,唐人"国色朝酣酒,天香夜染衣"之句,不如"嫩畏人看损,娇疑日炙消"之写神也。其他如:"应为价高人不问,恰缘香甚蝶难亲。"别有寄托。"买栽池馆疑无地,看到子孙能几家。"别有感慨。宋人云:"要看一尺春风面。"俗矣!本朝沙斗初云:"艳薄严妆常自重,明明薄醉要人扶。"裴春台云:"一栏并力作春色,百卉甘心奉盛名。"罗江邨云:"未必美人多富贵,断无仙子不楼台。"胡稚威云:"非徒冠冕三春色,真使能移一世心。"程鱼门云:"能教北地成香界,不负东风是此花。"此数联,足与古人颉颃。元人《贬牡丹诗》云:"枣花似小能成实,桑叶虽粗解作丝。唯有牡丹如斗大,不成一事又空枝。"晁无咎《并头牡丹》云:"月下故应相伴语,风前各自一般愁。"

【译文】

牡丹诗难写出色,唐人写的"国色早晨似乎酒醉未醒,天香夜晚直袭人衣"的句子,不如"嫩得怕人看见就伤害了,娇美得让人觉得会被太阳烤得消失了"写得传神,其他的像"因为价高没人过问,因为太香了连蝴蝶也难以亲近。"别有寄托。"买来栽在池馆里怕没有地方,看到子子孙孙能有几家。"写得别有感

慨。宋人说:"要一分春风面。"十分俗气! 本朝沙斗初说:"艳极但装扮十分庄严经常自重,明明没有醉却要人扶。"裴春台说:"一栏并为显示出春色,百花甘心侍奉它的盛名。"罗江邨说:"未必美人就多富贵,从没有过仙子不坠楼台。"胡稚威说:"不是白白要冠压三春颜色,真的能使人一世倾心。"程渔门说:"能教北方也成为香的世界,不负东风的就是这种花。"这几联,足以和古人抗衡。元朝人写《贬牡丹诗》说:"枣花虽小但能结果,桑叶虽粗但能转化成丝。只有牡丹开得像山一般大,不成一事又空枝。"晁无咎写《并头牡丹》说:"月亮下应该相互做伴低低私语,东风吹来各自都有各自的忧愁。"

四五

【原文】

诗以比兴为佳。王孟亭箴舆守怀庆时,与卢中丞焯同寅。王被劾罢官。二十年后,卢为浙江巡抚,王往见之,卢相待甚优,许其荐举。而王自伤老矣,不欲再谈往事。《西湖小集》诗云:"再移画舫春应老,重拨朱弦怅转生。"

【译文】

诗以比兴为最好。王孟亭字箴舆镇守怀庆的时候,和卢焯中丞同年。王孟亭遭弹劾被罢了官。

二十年后,卢焯为浙江巡抚,王去拜见他,卢焯待他十分优厚,并答应为他荐举。而王孟亭感叹自己老了,不想再谈往事。

有《西湖小集》诗说:"再移画船春已经老去了,重拨红色的琴弦应恨来生。"

四六

【原文】

江阴翁明经照,字朗夫,馆稽相国家。相公非朗夫倡和不吟诗,人呼为"诗媒"。雍正乙卯,以鸿博荐。朗夫谢诗云:"此身得遇裴中令,不向香山老一生。"一时传诵。朗夫有《春柳》云:"千里因依惟夜月,一生消受是东风。迎来桃叶如相识,猜得杨枝是小名。"皆佳句也。平生有谦癖,拜起纡迟;年登八十,犹熏衣饰貌,寸髭不留。余初相见,知其多礼,乃先跪叩头,逾时不起,先生愕然。余告人曰:"今日谦过朗夫矣!"

【译文】

江阴翁照明经,字朗夫,住在稽相国家。

相公不和翁朗夫唱和就不吟诗,人称他为"诗媒"。雍正乙卯年,以博学多闻被推荐。朗夫写诗作谢说:"此身得以遇上裴中令,不去香山老此一生。"一时广为传诵。

朗夫写有《春柳》诗说:"千里相依的只有晚上的月亮,一生消受的只有东风。迎来桃树叶似曾相识,猜出它的小名叫杨枝。"都是很漂亮的诗句。平生有谦逊的癖好,在屋里也要行拜礼,年已八十,还熏衣装饰容貌,一点胡子也不留。

我们第一次相见,知道他多礼节,就先跪叩头,多时也不起来,先生感到愕然。我告诉别人说:"我今日谦逊有力超过朗夫啦。"

四七

【原文】

李啸村《虎丘竹枝词》，已极新艳。而杨次也先生《西湖竹枝》，乃更过之。李云："横塘七里路西东，侍女如云踏软红。才到寺门欢喜地，一时花下笋舆空。""仰苏楼畔石梯悬，步步弓鞋剧可怜。五十三参心暗数，欹斜扶遍阿娘肩。""佛座烧香一瓣新，慈云低覆落花尘。不妨诉尽痴儿女，那有如来更笑人。""女冠装裹认依稀，只少穿珠百八围。岂是闺人真好道，阿侬爱着水田衣。"杨云："自翻黄历拣良辰，几日前头约比邻。郎自乞晴侬乞雨，要他微雨散闲人。""斟酌衣裳称体难，回时暄热去时寒。侍儿会得人心意，半臂轻绵隔夜安。""乍晴时节好天光，纨绮风来扑地香。花点胭脂山泼黛，西湖今日也浓妆。""乌油小轿两肩扶，纸缦窗纱有若无。里面看人原了了，不知人看可模糊？""时样梳妆出意新，鄂王坟上小逡巡。抬头一笑匆匆云，不避生人避熟人。""游人鱼贯各分行，就里妍媸略自量。老婢当头娘押尾，垂鬟娇女在中央。""珠翠丛中逞列才，时新衣服称身裁。谁知百裥罗裙上，也画西湖十景来。""白石敲光细火红，绣襟私贮小金筒。口中吹出如兰气，侥幸何人在下风。""苔阴小立按双鬟，贴地弓鞋一寸弯。行转长堤无气力，累人挽着上孤山。""白舫青尊挟妓游，语音清脆认苏州。明知此地湖山胜，偏要违心虎丘。""悄密行踪自戒严，朱藤轿子绿垂檐。轻风毕竟难防备，故拣人丛揭轿帘。""朋誉游妃略相同，里外湖桥婉转通。觌面几番成一笑，刚才分路又相逢。""画舫人归一字排，半奁春水净如揩。斜阳独上长堤立，拾得花间小凤钗。"黄莘田先生《虎丘竹枝》云："昏崖老树落朱藤，漏出红纱隔叶灯。不畏霓裳有风露，吹笙楼上坐三层。""斑竹薰笼有旧恩，湘妃节节长情根。吴娘酷爱衣香好，个个将钱买泪痕。""千点琉璃八角亭，剑池寒水浸华星。天生一片笙歌石，留与千人广坐听。""画鼓红牙节拍繁，昆山法部斗新翻。顺郎年少何戡老，海燕亭前较一番。""楼前玉杵持红牙，帘下银灯素点茶。十五当垆年少女，四更犹插满头花。""湘帘画楫趁新凉，衣带盈盈隔水香。好是一行乌桕树，惯遮朱舫坐秋娘。"又《西湖竹枝》云:"画罗纨扇总如云,细草新泥簇蝶裙。孤愤何关儿女事,踏青争上岳王坟。""梨花无主草堂青,金缕歌残翠黛凝。魂断萧萧松柏路,满天梅雨下西陵。"三人《竹枝》,皆冠绝一时。又,程太史午桥《虹桥竹枝》云:"青溪碧草两悠悠,酒地花场易惹愁。月暗玉钩人散后,冷萤飞上十三楼。""米家舫子只琴书,秋水新添二尺余。一带管弦归棹晚,桥边帘幕上灯初。""游人争唤酒家船,儿女心情更可怜。未出水关三四里,家家开阁整花钿。""不厌朝阴爱晚晴,园林相倚百花生。梨红杏白休轻唤,帘底防人认小名。""法海桥头酒半阑,水嬉烟火尽余欢。笑他避客双环女,一半搴帘侧鬓看。"

【译文】

李啸村写《虎丘竹枝词》,已经非常新艳了。而杨次山先生有《西湖行枝》,却更超过它。

李啸村说:"与池塘并行面向东西的路走七里,便看见侍女如云一样多。才到寺门欢天喜地,一时间花下竹笋都没有了。"

"仰苏楼畔悬着石梯、弓鞋一步一步十分可怜。五十三级台阶心里暗暗地数,又扶又靠着阿娘的肩。"

"佛前烧香表示我的一片心,佛祖头上的云彩低覆落在花尘中,不妨向它诉说痴儿怨女的心事,那有如来佛来笑话我呢。"

"从你的女装里认你的往昔模样,只是少穿了一串珠。难道是闺中人真的好道,我就是爱穿在水田劳作时的衣服。"

杨次山说:"自己翻开皇历找一个好的日子,几日前约了邻居。郎自要晴我要下雨,要他微下雨散尽闲人。"

"挑衣服来适合自己很难,回来时十分闷热去时却很寒冷。侍儿懂得人的心意,穿着薄薄的棉衣来信找过一个安静的夜晚。"

"天刚晴的时候是好天气,香风吹来连地下也充满香气。花显胭脂的颜色山显黑色,西湖今天也显得浓妆打扮。""乌油漆出的小轿坐在里边,薄薄的窗纱有好像没有一样。从里面看人就是那样,不知道别人从外面看我是否模模糊糊?"

"时新的梳妆打扮出新意,到鄂王坟上来回转,抬头一笑匆匆而去,不避生人避熟人。""游人鱼贯而行,在人群中自己估量自己的美貌是否引人注意。老婢女打头娘押尾,垂鬓娇女夹在中间。"

"在女子中有别样才干,时新的衣服很称身材。谁知在百褶罗裙上,也画了

西湖十种景色来。""洁白的石头相互敲击露出火红的光,衣服里私自藏着小金筒。口中出气如兰,不知是谁站在下风中。"

"按着火发站在台阶上一会,贴地的弓鞋一寸大小。在长堤上来回走动没有力气,麻烦别人搀扶着登上孤山。"

"白船青酒挟带歌妓游玩,歌妓声音清脆地叫着前方是苏州。明知道这个地方景色美丽动人,偏要违心称赞虎丘的更好。"

"悄悄的保密行踪,轿子挂着绿帘子,毕竟难以防备轻轻的风故意拣人多的地方掀帘子。"

"朋友的兴趣都十分相通,里外湖桥都是相通的。美丽的容颜笑如花开,刚才分开了走现在又碰上了。""画船回来时一字排开,梳妆镜里映出的容颜美丽动人。夕阳下时独上长堤站立,在花丛中捡起了一支小凤钗。"

黄莘田先生写《虎丘竹枝》说:"昏暗山崖上的老树长满了山藤,透过树叶可以看见小屋里的灯光。不怕衣服受风露侵袭,高高地坐在楼上吹笙。"

"斑驳的竹子做的灯笼有着过去的恩情,湘妃竹上一节节地都写满情恨。吴地的女子都爱穿漂亮的衣服,个个拿钱买眼泪。"

"用玻璃砌成的八角亭,寒冷的星辰倒影映在剑池的水中。天生的一块笙歌台,留给后人坐在这儿听。""画鼓声声红牙板清脆悦耳节拍十分紧凑,昆山法部的调子又有了新花样。顺郎年少而何戡已经老了,还要在海燕亭前较量一番。"

竹图,选自《唐诗画谱》,取王维名诗《竹里馆》之景。

"楼前手拿玉杵红牙板,帘后灯光下坐着喝茶。正是十五岁的妙龄少女,四更天里还插着满头的花。"

"坐着画船隔着竹帘感到水的清凉,衣带盈盈隔水也能闻到香味。最漂亮的是一行乌柏树,遮住了坐在红船里的美丽女郎。"

又有《西湖竹枝》说:"画罗纨扇像云一样多,细草新泥簇拥着蝴蝶裙。自己孤单愤恨与儿女之事又有什么相干,踏青的时候争着去岳王坟。"

"梨花无主草色常青,金缕衣服歌声凄惨花容无色。魂魄都留在了这松柏路上,西陵这时正有梅雨下个不停。"

三个人的《竹枝》词,都红极一时。又程午桥太史有《虹桥竹枝》说:"青青的溪水碧绿的水草都显得悠闲自得,花天酒地中容易让人感到忧愁。月亮暗下之后人影散去,冷冷的萤火虫却飞上了楼。"

"米家的画船里只有琴和书,秋水又长了二尺多。管弦声声回船很晚,桥边的屋子里已有了灯光。"

"游人争着呼唤酒家的船,儿女心情更是可怜。还没有出水关三四里,家家女子都打开窗户整理梳妆。""早晨天阴与傍晚天晴都不讨厌,百花倚着园林而生。梨花红的杏花是白色的不要呼叫出声,小心帘子里后面有人叫这样的小名。"

"法海桥头有酒楼半间,水嬉烟火热闹非凡。笑那个躲避客人的扎着双环的小姑娘,用手挑起一半的帘子侧着头在看。"

四八

【原文】

岳大将军钟琪,为一代名将;容状奇伟,食饮兼人,而工于吟诗。丙辰赦归后,种菜于四川之百花洲。尹文端公赠诗云:"他日玉书传诏日,江天何处觅渔翁?"未几,王师征金川,果复起用。《过邯郸题壁》云:"只因未了尘寰事,又作封侯梦一场。"周兰坡学士祭告西岳,所遇僧壁山岩,见题诗甚佳,字亦奇古,款落容斋;不知即岳公也。

【译文】

　　岳大将军名钟琪，是一代名将；长得容貌奇伟，食量过人，都工于吟诗。丙辰年赦归后在四川的百花洲种菜。

　　尹文端公赠诗说："他日玉书传诏的那一天，江天何处去找渔翁？"没过多久，朝廷的军队征伐金川，果然重新起用了他。写有《过邯郸题壁》说："只因还没有结束尘世间的事，才又做了一场封侯梦。"周兰坡学士在西岳山作祭告，路过僧壁山岩，见上面题的诗很好，字也写得漂亮，落款是容斋，他不知这就是岳钟琪公啊！

四九

【原文】

　　明将军瑞殉节缅甸，赐谥忠烈，工于吟诗。《雨中过石门》云："自怜马上橐鞬客，独立溪边问渡船。"《元夜归省》云："陌上晚烟飞素练，渡头残雪踏银沙。"《送弟瑶林使乌斯藏》云："寒分百战袍，渴共一刀血。"皆名句也。弟明义，字我斋，诗尤娴雅。其《醉后听歌》云："官柳萧萧石路平，欢场回首隔重城。可怜骄马情如我，步步徘徊不肯行。""凉风吹面酒初醒，马上敲诗鞭未停。寄语金吾城慢闭，梦魂还要再来听。"又，《偶成》云："东风不解瞒人度，才入竹来便有声。"《早起》云："平明钟鼓严寒夜，不负香衾有几人。"将军三娶名媛，皆见逐于姑，有放翁之恨。最后娶都统常公季女，伉俪甚笃。征缅时，夫人送行诗，有"但愿同凋并蒂莲"之句。公果死节，而夫人亦自缢。

【译文】

　　明将军字瑞，在缅甸殉节而死，皇上赐予为忠烈，他工于吟诗。有《雨中过石门》说："自己可怜自己是过往客人，独自立在溪边寻找渡船。"

　　《无夜归省》说："田野上的傍晚炊烟飞得像飞练一样，渡口还留有残雪，踏

上就像踩在沙子上。"

《送弟瑶林使乌斯藏》说："冷了就分战袍取暖,渴了就饮一刀之血。"这都是名句。

弟明仪,字我斋,诗写得十分娴雅。有《醉后听歌》说："平整的马路边上种着萧萧的柳树,欢娱一场回头就发现已经分离。可怜骄傲的马性情和我一样,一步一徘徊不肯往前走。""凉风吹面酒初醒,马上推敲诗歌,鞭子就没停过。寄语金吾城门不要关上,梦中还要再来听。"又有将军三娶明妓,都被小妓驱赶走了,有陆放翁一样的恨事。最后娶了都统常公的小女儿,夫妻俩感情很好。

征伐缅甸的时候,夫人写送行诗,有:"但愿同像并蒂莲一样一起凋谢。"的句子。后来明将军果然战死了,而夫人也跟着自己上吊死了。

五〇

【原文】

京师故事:凡缙绅陪吊于丧家者,闻前辈至,则易吉服相见;然有易有不易者,以来客之未必皆前辈也。余陪吊于座主甘大司马家,忽然闻徐蝶园相公来,则满堂尽吉服矣。公名元梦,康熙癸丑进士,与韩慕庐同年,满朝公卿,皆其后辈。时年九十余,短身赤鼻,面少松髯。诗宗盛唐。《送人出塞》云:"君到居庸北,应怜一雁回。沙平疑地尽,山豁讶天开。落日重关闭,秋风万马来。勉旃从此役,莫上望乡台。"大学士舒公赫德,其孙也。

【译文】

京城有一些惯例:凡是缙绅大夫到别人家吊丧,听说前辈来了,要换吉服相见;然而有换的也有没换的,因为来客未必都是前辈。

我一次陪吊到甘大司马家,忽然听说徐蝶园相国来拜见,满堂人都换了衣服,徐蝶园名之梦,是康熙癸丑的进士,和韩慕庐同年,满朝公卿,都是他的后

辈。当时已九十多岁了，短小身材红鼻子，面上很少胡须。诗歌学自盛唐。

有《送人出塞》诗说："你到了居庸关的北边，应该让一只大雁回来送信。无边沙漠让人怀疑地到了尽头，山峰露出缺口似乎是天门大开。太阳下去时关隘都关上了门，秋风瑟瑟万马奔腾。勉力服这回劳役，从不敢登上望乡台。"大学士舒赫德，是他的孙子。

五一

【原文】

　　苏州逸园，离城七十里，在西碛山下，面临太湖，古梅百株，环绕左右，溪流潺潺，渡以石桥，登腾啸台，望缥缈诸峰，有天际真人想。主人程钟，字在山，隐士也。妻号生香居士。夫妇能诗。有绝句云："高楼镇日无人到，只有山妻问字来。"可想见一门风雅。予探梅郑尉，往访不值。次日，程君入城作答，须眉清古，劝续前游。而予匆匆解缆，逾年再至苏州，程君已为异物。记其《杂咏》一首云："樵者本在山，山深没樵径。不见采樵人，樵声谷中应。"

【译文】

　　苏州有个逸园，离城七十里，在西碛山下，面临太湖，园里有古梅一百多棵，环绕左右，溪流潺潺，有石桥可以渡过，登里边的腾啸台，望远方的缥缈诸峰，会有天际神仙的想法。

　　主人是程钟，字在山，是一名隐士。妻子号生香居士，夫妇俩都能写诗。有绝句说："高楼经常没人来，只有妻子前来问字。"可以想见一家人的风雅程度。

　　我到邓尉家看梅花，屡次去都没碰上面。第二天，程钟入城拜访，须眉间透出清古之气，劝我继续往前游玩。而我匆匆启程，过了一年又到苏州，程钟君已去世了。记得他有《杂咏》一首说："砍柴的人本来就在山里，山路太深没有路径，不见砍柴人，但却听见砍柴声在山谷中回荡。"

【原文】

诗家活对最妙。宋人《赠某》云:"每怜民若子,还喜稻成孙。"真山民《咏杜鹃》云:"归心千古终难白,啼血万山都是红。"华亭李进《哭友》云:"谏词作自先生妇,遗稿归于后死朋友。"王介祉《咏牡丹》云:"相公自进姚黄种,妃子偏吟李白诗。"李穆堂《贺安溪相公生子》云:"其间原必有,几日辨之无。"沈椒园《登陶然亭》云:"每来此地皆重九,有约同游至再三。"胡宗绪祭酒《赠友》云:"两人拍手齐大笑,一路同行到小姑。"皆活对也。

【译文】

诗人写活对最妙。宋人有《赠某》一首说:"每回都把人民当儿子般爱怜,把稻子当孙子一样喜爱。"真山民写《咏杜鹃》说:"归家的心千古不灭头发却难以变白,啼血万山使四处都开红花。"

华亭的李进写《哭友》说:"自己写完谏词就去世了,遗稿都交给了后死的朋友。"

王介祉写《咏牡丹》说:"相公自己进入姚黄种,妃子却爱吟李白的诗。"

李穆堂写《贺安溪相公生子》说:"这中间原来必定会有的,几日之后又变没有了。"

沈淑园写《登陶然亭》说:"每回都是重阳节来这里,约好了再三游玩这里。"

胡宗绪祭酒写《赠友》诗说:"两个人拍手齐声大笑,一路同行到小姑山。"都是活泼生动的妙对。

五三

【原文】

扬州为盐贾所居，风尚侈靡。崔尚书应阶诗云："青山也厌扬州俗，多少峰峦不过江。"郑板桥诗云："千家生女先教曲，十里栽花当种田。"

【译文】

扬州为盐商聚集的地方，风俗崇尚糜烂奢侈，崔尚书字应阶写诗说："连青山也讨厌扬州的俗气，多少峰峦都不肯过江去。"郑板桥写诗说："家里生了女儿都先教曲子，十里栽花当作种田。"

五四

【原文】

常熟陈见复先生为海内经师，而诗极风韵。《悼亡》云："出门交寡入门求，晤语居然近士流。寂寞于陵停织屦，他时谁舆谥黔娄？""何必他生订会期，相逢即在梦来时。乌啼月落人何处，又是一番新别离。"中进士，不殿试而归，曰："马力健知游冀北，橹声柔觉到江南。""题名浪逐看花伴，去国还同落第人。"

【译文】

常熟的陈见复先生是国内知名的经师，写诗又极有风韵。

有《悼亡》一首说:"出了门孤单单的回家来求你做伴,和你窃窃私语居然有名流韵味。你在于陵一定十分寂寞不再做鞋了,他年谁给你追谥黔娄?""何必在下辈再订约会的时间,相逢就在做梦的时候。夜里月落乌啼人又在哪儿呢,又变成了别一番的离别。"陈先生中了进士,只参加殿试就回来了,说:"马儿健壮驮我到冀北去,桨声柔和载我来到江南。""中了举后有花做伴,我离去时和落第人没什么两样。"

五五

【原文】

钱稼轩司寇之女,名孟钿,嫁崔进士龙见,为富平令。严侍读从长安归,夫人厚赠之。严问:"至江南,带何物奉酬?"曰:"无他求;只望寄袁太史诗集一部。"其风雅如此。因诵其五言云:"啼鸟空绕树,残梦只随钟。"有《浣青集》行世。其号"浣青"者,欲兼浣花、青莲而一之也。夫人通音律,常在秋帆中丞座上,听客鼓琴,曰:"角声多,宫声少,且多杀伐之音。何也?"问客,果从塞外军中来。余庚申夏,乘舟北上,遇稼轩南归,时未中状元也。见其手抱幼女,才周晬。今四十八年矣,在杭州见夫人,谈及此事。夫人笑云:"所抱者,即年侄女也。"余故题其诗册有云:"尔翁南下赋归软,值我新婚北上初。水面匆匆通数语,怀中正抱女相如。"

【译文】

钱稼轩司寇的女儿,名叫孟钿,嫁给崔龙见进士,作富平县令。严侍读从长安归来,夫人厚赠了他。

严问:"到了江南,你想让我带回点什么作答谢?"回答说:"没有别的要求,只希望寄来袁太史诗集一部。"她风雅到这种地步。因读过她的五言绝句说:"啼叫的鸟儿空绕着树飞,残梦被钟声惊醒。"有《浣青集》流传于世上。她之所

以号浣青的原因,大概是想念浣花、青莲二者为一的缘故。

夫人通晓音律,曾在秋帆中丞的酒席中,听客人弹琴,说:"角声多,宫声少,而且多有杀伐的声凌晨,为什么?"问客人,果然是从塞外军中来的。

我庚申年夏天,乘船北上,碰上稼轩南归,当时还未中状元。见他手抱幼女,才刚满周岁,如今已四十八年过去了,在杭州见夫人,谈到这件事。夫人笑着说:"父亲当年抱的,就是我呀!"我因此在她的诗册上题诗说:"你的父亲南下探亲的时候,正是我新婚北上的日子,在水面上匆匆相遇说了几句话,没想到当时怀中正抱着的是你这位未来的女相如呀!"

五六

随园诗话

【原文】

诗有有篇无句者,通首清老,一气浑成,恰无佳句令人传诵。有有句无篇者,一首之中,非无可传之句,而通体不称,难入作家之选。二者一欠天分,一欠功夫。必也有篇有句,方称名手。

【译文】

诗有写得有篇幅而没有好句子的,全篇显得苍白清老,浑然一体,就是没有好的诗句让人们传诵。有只有好的句子而全篇写得不协调的诗,一首之中,不是没有可取之处,就是通篇显得不对称,这也难以选入作家之列。这二者一个是欠天分,一个是欠工夫。必须是既有全篇的连贯,又有好的诗句,这才是名家的好作品。

五七

【原文】

杭州布衣吴颖芳，字西林，博学多闻，尝自序其诗曰："古人读书，不专务辞章，偶尔流露讴吟，仅抒所蓄之一二。其胸中所贮，渊乎其莫测也。递降而下，倾泻渐多。逮至元、明，以十分之学，作十分之诗，无余蕴矣。次焉者，或溢其量以出。故其经营之处，时露不足；如举重械，虽同一运用，而劳逸之态各殊。古人胜于近代，可准是以观。"予尝试武童，见有开弓至十石而色变手战者。晓之曰："汝务十石之名，而丑态尽露；何若用五石、六石之从容大方乎？"颇与吴言相合。

西林与杭、厉诸公同时角逐。及诸公俱登科第，而西林如故也。故《咏笋腊》结句云："回头看同队，一一上云烟。"又，《答客至》曰："田间住却携锄手，来与诸公话白云。"

【译文】

杭州的一个普通百姓吴颖芳，字西林，博学多闻，曾经自序其诗说："古人读书，不专门追求辞章，偶尔流露出要修饰，也只写出储备中的一二。他胸中所贮存的，要渊博得别人汲法揣测。慢慢下来，吐出的越来越多。等到到了元明时期，以十分的才学，作十分好的诗，没有保留了。次一点的，或者溢满而出，因此他构想的地方，时常露出不足，就像举重的器械，虽然同样运用，而疲劳、安逸的形态却不一样。古人胜过近代的人，从这一点可以看出来。"我曾考试过武举童子，看见有开十石的弓就变色手颤的。我告诉他："你称了开弓十石的名声，却丑态尽露；那里如开五石、六石的从容大方？"这和吴颖芳的话十分相投。西林和杭、厉诸公同时角逐。等到他们都登科及第了，而西林还和原来一样。因此在他的《咏笋腊》一诗中有这样的结句："回头看看同队中的人，一个一个都直

升云烟。"又有《答客至》说："在田间停住拿锄的手,来和诸公谈谈白云。"

五八

【原文】

诗须善学,暗偷其意,而显易其词。如《毛诗》"嗟我怀人,实彼周行。"唐人学之云:"提筐忘采叶,昨夜梦渔阳"是也。唐人诗云:"忆得去年春风至,中庭

周公像,图出自明·天然撰《历代古人像赞》。周武王死后,年幼的周成王即位,周公摄政。天下纷传周公会代成王自立,故白居易诗中有"周公恐惧流言日"之说。

桃李映琐窗。美人挟瑟对芳树,玉颜亭亭与花双。今年花开如旧时,去年美人不在兹。借问离居恨深浅,只应独有庭花知。"宋人学之云:"去年除夕归自北,

行李到门天已黑。今年除夕客南方,雪满关山归不得。老妻望我眼将穿,只道今年似去年。古树夕阳鸦影乱,犹同小女立门前。"

【译文】

写诗要善于学习,暗中偷去它的意思,但表面上要换掉它的词。如《毛诗》说:"感叹我怀念的人,正在他乡奔走。"

唐朝人学他说:"提篮忘了摘菜,昨夜梦到了渔阳。"唐人有诗说:"忆起来去年春风来的时候,院中的桃李花开映照着窗户。美人拿琴瑟对着芳香的树木,玉颜亭亭和花成双成对。今年花开和过去的一样,但去年的美人却不在这里了。想问问远离亲人是什么样的恨事,这只有庭院中的花儿能够知道。"宋人学它说:"去年除夕从北方回来了,行李到家时天已黑了。今年除夕又到了南方,雪满关山却回不来。老妻盼我望眼欲穿,只说今年像去年,夕阳古树下乌鸦乱飞,就好像小小女儿站在门前。"

五九

【原文】

白香山诗云:"周公恐惧流言日,王莽谦恭下士时。若使当时身早死,两人真伪有谁知?"宋人反其意,曰:"少年胯下安无忤,老父圯边愕不平。人物若非观岁暮,淮阴何必减文成?"

【译文】

白香山有诗说:"周公害怕流言传播的时候,正是王莽谦恭求士的时候。要是当时就死去了,两个人的真伪有谁能区别呢?"

宋人反其意,说:"少年受了胯下之辱而不恼怒,连老年纪人也在旁边愤愤不平。人物要是不观察到最后,淮阴侯怎会减为文成?"

六〇

【原文】

毗陵王菽山明府,女玉瑛,字采薇,嫁孙星衍秀才,伉俪甚笃,年二十四而夭。秀才求予志墓。其《舟过丹徒》云:"幽行已百里,村落半柴扉。只鸟时依树,孤萤不上衣。月高人影小,潮定橹声稀。沿水星星火,归惊宿鹭飞。"其他佳句,如:"户低交叶暗,径小受花深。""研墨污罗袖,看鱼落翠钿。""虫依香影垂帘网,蛾怯晨光堕帐纱。""一院露光团作雨,四山花影下如潮。"皆妙绝也。秀才后中丁未榜眼;采薇竟不及见,悲夫!

【译文】

毗陵王菽山明府,有女儿叫玉瑛,字采薇,嫁给了孙星衍秀才,夫妇俩关系很好,到了二十四岁就死了。秀才求我为她写墓志铭。她有《舟过丹徒》说:"静静地走了一百里,看见村落中的住户半掩着门。双鸟时时偎依着树,孤单的萤火虫不往人的衣上飞。月亮高高在天上人影显得很小,湖水平静下来桨声稀疏可听。沿着水面似乎有星星火光,归来时惊得夜鹭飞了起来。"其他的佳句。像:"门户低矮掩映在树叶里,窄窄的路径踩处花儿正悄悄开放。""磨墨污了罗袖,看鱼儿落在翠钿上。""小虫依着香影垂下帘网上,飞蛾害怕晨光而掉落在纱帐里。""月光倾泻在院子里好像下雨,四面山峦环抱中花影像汹涌的潮水。"都写得十分妙绝。秀才后来中了丁未年的榜眼,采薇却看不见了,可悲可叹啊!

六一

【原文】

李北海见崔颢投诗,曰:"十五嫁王昌。"骂曰:"小儿无礼!"秦少游见孙莘老投诗,曰:"平康在何处,十里带垂杨。"孙骂曰:"小子又贱发!"二前辈方严相似,而考其生平,均非能做诗者。

【译文】

李北海见崔颢投诗,说:"十五岁就嫁给了王昌。"就骂他说:"小儿无礼!"秦少游见孙莘老投诗,说:"平康在什么地方,十里处处有垂杨。"孙莘老骂他说:"小子的贱劲又发作了!"二位前辈方严相似,而又考他的生平,都不是能写诗的人。

六二

【原文】

镇江布衣李琴夫《咏佛手》云:"白业堂前几树黄,摘来犹似带新霜。自从散得天花后,空手归来总是香。"咏佛手至此,可谓空前绝后矣。

【译文】

镇江普通百姓李琴夫写《咏佛手》说:"白业堂前的树叶都发黄了,摘下来

叶子上好像还带着霜。自从散了天花之后,空手归来还带着香气。"咏佛手到了这种地步,可以说是空前绝后啊!

六三

【原文】

余少贫不能买书;然好之颇切,每遇书肆,垂涎翻阅,若价贵不能得,夜辄形诸梦寐。曾作诗曰:"塾远愁过市,家贫梦买书。"及做官后,购书万卷,翻不暇读矣。有如少时牙齿坚强,贫不得食;衰年珍馐满前,而齿脱腹果,不能餍饮,为可叹也! 偶读东坡《李氏山房藏书记》,甚言少时得书之难,后书多而转无人读,正与此意相同。

【译文】

我小的时候十分贫穷买不起书;然而特别喜欢读书,每回路过书店,都垂涎翻阅,如果书价贵买不起,晚上就会梦起它。

曾写诗说:"私塾很远害怕路过集市,家里贫穷连做梦都是在买书。"等到做官后,买万卷书,来不及读了。就好像年轻时牙齿坚硬,却因为穷而吃不好;年纪大了美味佳肴都堆放在眼前,却掉了牙齿,不能大吃,实在是可叹! 偶然读苏东坡写的《李氏山房藏书记》,说了很多小时候买书的艰难,后来书多了却没有人读,这和我的情况相同。

六四

【原文】

黄石牧太史言："秦禁书，禁在民，不禁在官；故内府博士所藏，并未亡也。

萧何像，图出自清·顾沅辑《古圣贤像传略》。萧何助刘邦与项羽争
天下时，每到一处。总是搜集当地的地图而忽视书籍的整理与收藏，故后
人《萧相》的诗中说"独恨未离刀笔吏，只收图籍不收书"之句。

自萧何不取，项羽烧阿房，而书亡矣。"年家子高树程《咏萧相》云："英风犹想入
关初，相国功勋世莫如。独恨未离刀笔吏，只收图籍不收书。"

【译文】

黄石牧太史说:"秦朝时禁书,主要是禁民间的书,不在官员中禁书;因此内府博士所藏的,并没有遗失。自从萧何献计不取,项羽烧了阿房宫,而书本尽失。"

年家子高树程写《咏萧相》说:"英雄风范一心想进入关中,相同的功勋世上人都不知道。只恨没有带上写史的人,不取书籍只拿了地图。"

六五

【原文】

扬州转运使朱子颖,工画能诗。王梦楼为诵其佳句云:"一水涨喧人语外,万山青到马蹄前。"

【译文】

扬州转运使朱子颖,擅长绘画能写诗歌。王梦楼读他的佳句说:"河水涨潮盖住人语的喧哗,马蹄声声转眼就到了青山前。"

六六

【原文】

老年之诗多简练者,皆由博返约之功。如陈年之酒,风霜之木,药淬之匕

首;非枯槁闲寂之谓。然必须力学苦思,衰年不倦,如南齐之沈麟士,年过八旬,手写三千纸,然后可以压倒少年。

【译文】

老之后诗作大多变得简练,这都是由博而返到精的缘故。就好像陈年老酒,经过风霜后的树木,用药浸泡过的匕首,并不是常说的越老越变得枯槁闲寂。然而必须力学苦思,即使人年纪大了也不疲倦,就像南齐的沈麟士,年过八十,手写三千纸稿,然后才能压倒少年人。

六七

【原文】

上官仪诗多浮艳,以忠获罪。傅玄善言儿女之情,而刚正嫉恶,台阁生风。杨子云自拟《周易》,乃附新莽。余中请禁探花,而后以赃败。席豫一生不作草书,而荐安禄山公正无私。

【译文】

上官仪的诗大多浅浮艳丽,因为尽忠却反得了罪名。传言擅长描述儿女之情,却又性情刚正不阿、疾恶如仇,使台阁生风。杨子云自拟《周易》,又附上新莽。余中请求取消探花,后来又以贪污而败露。席豫一生不写夸人的书信,但却推荐安禄山公正无私,也算得上智者千虑必有一失。

六八

【原文】

余门生谈羽仪,字毓奇,家富而好买书;自署一联曰:"闭户自知精力减,贮书还望子孙贤。"

【译文】

我的门生谈羽仪,字毓奇,家境富裕又好买书;自己写一联说:"关上门自己知道自己的精力在一天天减退,藏书只希望子孙能通过它们变得贤良。"

六九

【原文】

宋严有翼诋东坡诗:"误以葱为韭,以长桑君为仓公,以摸金校尉为摸金中郎。"所用典故,被其掯摘,几无完肤。然七百年来,人知有东坡,不知有严有翼。

【译文】

宋朝严有翼诋毁苏东坡的诗:"误把葱当作韭菜,以为桑君为仓公,以摸金校尉为摸金中郎。"所用的典故,被他断章取义,几乎没有可取的地方。然而七百年来,人们只知道有苏东坡,却不知道有严有翼。

七〇

【原文】

　　用事如用兵,愈多愈难。以汉高之雄略,而韩信只许其能用十万。可见部勤驱使,谈何容易。有梁溪少年作怀古诗,动辄二百韵。予笑曰:"子独不见唐人《咏蜀葵》诗乎?"其人请诵之。曰:"能共牡丹争几许,被人嫌处只缘多。"

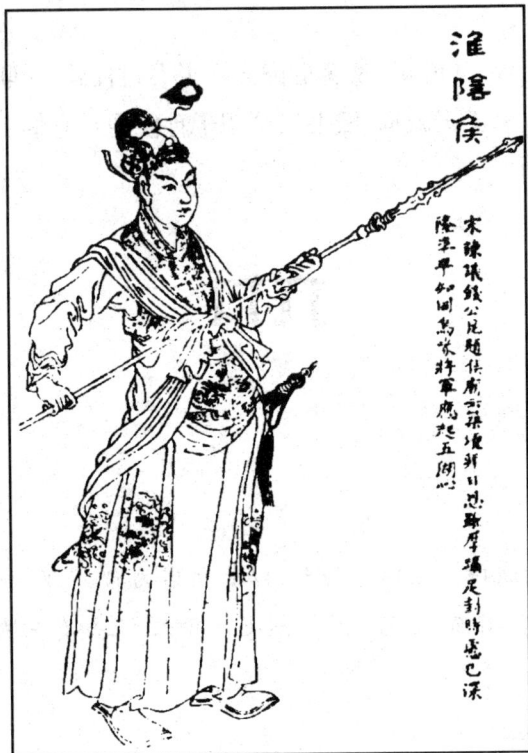

　　韩信像,图出自清·上官周绘《晚笑堂画传》。韩信是西汉名将,一次他与汉高祖刘邦谈论带兵之事,说刘邦只能带十万兵,而自己则多多益善。

【译文】

做事就好像用兵,事越多越难做,以汉高祖这样雄才大略的人,而韩信以为他只能带十万兵。可见驱使众兵,谈何容易。有叫梁溪的人,年轻时作怀古诗,动不动就写二百多韵。我笑他说:"你怎么不见唐人写《咏蜀葵》诗吗?"他请人读给他听,说:"能和牡丹争夺什么东西,被人讨厌只因为枝叶太多了。而花却没有多少。"

七一

【原文】

某太史掌教金陵,戒其门人曰:"诗须学韩、苏大家,一读温、李,便终身入下流矣。"余笑曰:"如温、李方是真才,力量还在韩、苏之上。"太史愕然。余曰:"韩、苏官皆尚书、侍郎,力足以传其身后之名。温、李皆末僚贱职,无门生故吏为之推挽:公然名传至今,非其力量尚在韩、苏之上乎?且学温、李者,唐有韩偓,宋有刘筠、杨亿,皆忠清鲠亮人也。一代名臣,如寇莱公、文潞公、赵清献公,皆西昆诗体,专学温、李者也,得谓之下流乎?"

【译文】

某太史掌教金陵,告诫他的门人说:"写诗要学韩愈、苏东坡等大家,如果读了温庭筠、李愚的作品,便终身下流啦。"我笑这句话说;"像温庭筠、李商隐这样的才是真才子,力道还在韩愈、东坡之上。"太史十分吃惊。我说:"韩愈、苏东坡官职都达到了尚书、侍郎,足以能令在他们身后传诵美名。而温庭筠、李愚都是最末一等的官僚卑职,没有门生故吏来为他们推荐歌咏,居然能够名传至今,难道不是他们的诗歌才力在韩愈、东坡之上吗?而且学习温庭筠、李愚的,唐朝有韩偓,宋代有刘筠、杨亿,都是忠直高风亮节的人。

一代名臣,像寇莱公、文潞公、赵清献公,都是西昆诗体,专学温庭筠、李恩的,难道能说他们也是诗歌写得属于下流吗?"

七二

【原文】

"传"字"人"旁加"专",言人专则必传也。尧、舜之臣只一事,孔子之门分四科,亦专之谓也。唐人五言工,不必七言也;近体工,不必古风也。宋以后,学者好夸多而斗靡。善乎方望溪云:"古人竭毕生之力,只穷一经;后人贪而兼为之:是以循其流而不能溯其源也。"

【译文】

"传"字是"人"字旁再加上"专"字,这是说人只要专心则必有美名可传。

尧、舜的臣子们只做一件事,孔子的门下分四科,这就是听说的专唐朝人善于写五言诗,不必说七言诗,近体诗写得善长,不必谈到古风。宋朝以后,学者都喜爱夸耀,方望溪说的好:"古人竭尽毕生的精力,只穷尽一本经书,后人贪多而什么都学,所以才只能跟着古人转,而找不到一些知识的根源。"

七三

【原文】

乾隆丙辰,召试博学宏词。海内荐者二百余人。至九月而试保和殿者一百

八十人。诗题是《山鸡舞镜》七排十二韵,限"山"字。刘文定公有句云:"可能对语便关关。"上深嘉奖,亲拔为第一,遂以编修,致身宰相。二百人中,年最高者,万九沙先生讳经;最少者为枚。全谢山庶当作《公车征士录》,以先生居首,枚署尾。己亥,枚还杭州,先生之少子名福者,持先生小像索诗。余题一律,有"当年丹诏召耆英,骥尾龙头记得清"之句。诗载集中。

【译文】

乾隆丙辰年,皇上召试国内博学鸿词的人。海内外推荐有二百多人。到了九月去保和殿应试的有一百八十人。诗题是《山鸡舞镜》七行十二韵,限押"山"字韵。刘文定公有诗句说:"可能对语便关关。"皇上深表嘉奖,亲自提为第一名,最终以编修的身份,一直做到了宰相。二百人中,年纪最大的,万九沙先生名经,最年轻的是袁枚我。全谢山庶当作《公车征士录》,把万九沙先生放在第一位,袁枚放在最后。

己亥年,我回到杭州,先生的小儿子叫福的,拿着先生的小像要我题诗。我题了一律说:"当年皇帝亲自召见你,马尾龙头都记得很清楚。"的句子。诗歌记在他的文集中。

七四

【原文】

明洪紫溪自言:"三十年读书,才消得胸中'状元'二字。"陋哉言乎!如欲状元之名副其实,则状元二字,胸中不可一日忘也。如倚状元为骄人之具,则状元二字,胸中不可一日不忘也。何待读书三十年哉?味其言,紫溪自以为忘,正其终身不忘之证。同年钱文敏公《胪唱第一口号》云:"自惭才出刘蕡下,独对春风转厚颜。"其胸襟出紫溪上矣。

【译文】

明朝的洪紫溪自己说:"三十年读书,才消除了胸中的'状元'两个字。"这话太错误了!要想使状元这个名字名副其实,则状元二字,胸中不可一天忘记。但如果倚仗状元这两个字来做骄人的工具,则状元二字,胸中更是不能有一天忘记。何必等读书三十年呢?品尝他的话,紫溪自认为是忘了,正是他终年不忘的明证,同年钱文敏公写《胪唱第一口号》说:"自己为才气在刘賁之下而惭愧,独自对着春风转厚颜。"他的胸襟的宽广超出了紫溪啊!

七五

【原文】

郑来溧极夸杜征南之注《左传》,颜师古之注《汉书》,妙在不强不知以为知。杜不长于鸟兽虫鱼,颜不长于天文地理,故俱缺之,不假他人以訾议也。余谓做诗亦然;青莲少排律,少陵少绝句,昌黎少近体。善藏其短,而长乃愈见。

【译文】

郑来溧极力夸奖杜征南为《左传》写的注,颜师古对《汉书》的注,妙处就在于不把自己不知道的便说成是知道的。杜征南不擅长写鸟兽虫鱼,颜师古不擅长天文地理,因此都把这些内容空了下来,不借别人的东西来议论。我认为作诗也是这样,青莲居士很少用排律,杜少陵极少写绝句,韩昌黎很少写近体诗。善于隐藏自己的短处,因此长处才更被人容易看见。

七六

【原文】

《大雅》,《文王》在上,《毛传》称:文王受命而作。然则文王生而谥文乎?自以为"于昭于天"乎?郑笺"平王之孙"为"平正之王","成王不敢康"为"成此王功,不敢自安勉";"不显成康"亦解为"成安祖考之道。"皆舍先王之谥法,而逞其穿凿之臆说。朱子驳而正之,是矣。

周文王像,图出自明·天然撰《历代古人像赞》。

【译文】

《大雅》中《文王》在上。《毛传》称:文王受命而写书。然而文王活着的时候就谥号"文"了吗?自认为"于昭于天"吗?郑写"平王之孙"为"平正之王","成王不敢康"为"成此王功,不敢独自安逸";"不显成康"也解释成为"成安祖

考之道。"都是听先生的说法，而自己穿凿附会胡说八道。朱嘉驳斥并对这些话进行修正，是正确的。

七七

【原文】

顾宁人曰："夫其巧于和人者，其胸中本无诗，而拙于自言者也。"又曰："舍近今恒用之字，而借古字之通用以相矜者，此文人之所以自文其陋也。"

【译文】

顾宁人说："巧于和别人诗的，他的胸中本无诗，却拙于自己说。"

又说："舍弃近代现代常用的字，而借古代的字来通用以表示自己的矜持，这是文人使自己的文章丑陋的根本原因所在啊！"

七八

【原文】

人悦西施，不悦西施之影。明七子之学唐，是西施之影也。

【译文】

人十分欣赏西施，却不欣赏西施的影子。明七子学唐诗，就像是西施的影子。

七九

【原文】

皋陶作歌,禹、稷无闻;周、召作诗,太公无闻;子夏、子贡可与言诗,颜、闵无闻。人亦何必勉强作诗哉?

【译文】

皋陶作歌,禹、稷都没有听过会做歌;周公、召公写诗,太公没有听说会写诗,子夏、子贡可以和他们谈诗,颜回、闵都没有听说过会谈诗。因此人又何必去勉强写诗呢?

八〇

【原文】

《宋史》:"嘉祐间,朝廷颁阵图以赐边将。王德用谏曰:'兵机无常,而阵图一定,若泥古法,以用今兵,虑有偾事者。'"《技术传》:"钱乙善医,不守古方,时时度越之,而卒与法会。"此二条,皆可悟做诗文之道。

【译文】

《宋史》说:"嘉祐年间,朝廷颁发阵势图给边塞守将。王德用进谏说:'兵事多变无常,而阵图却是一定的,如果拘泥古代兵法,来指挥今天的战役,恐怕

要坏事。'"

《技术传》中记载："钱乙擅长看病，不遵循古方，时时改变这些古代的药方，而最后终于有了自己的一套方法。"这二条，都可以悟出写诗文的道理和方法出来。

八一

【原文】

崔念陵进士，诗才极佳；惜有五古一篇，责关公华容道上放曹操一事。此小说演义语也，何可入诗？何屺瞻作札有"生瑜生亮"之语，被毛西河诮其无稽；终身惭悔。某孝廉作关庙对联，竟有用"秉烛达旦"者，俚俗乃尔，人可不学耶？

《三国志通俗演义》版画之华容道义释曹操图。清人崔念陵
将此事写入诗中，袁枚认为这是以小说家之说入诗，滥于俚俗。

【译文】

崔念陵进士,诗才非常好;可惜有五言古诗一篇,责备关公毕容道上放过曹操一事。

这是小说中演绎的故事,怎么可写入诗中呢?何屺瞻作札记,有"生瑜生亮"的话,被毛西河讥讽为无稽之谈,终身惭愧。

某孝廉写关庙的对联,竟有用"秉烛达旦"的,俚俗到这种地步,人怎么能去学呢?

八二

【原文】

宋曾致尧谓李虚己曰:"子诗虽工,而音韵犹哑。"《爱日斋诗话》曰:"欧公诗,如闺中孀妇,终身不见华饰。"味此二语,当知音韵、风华,固不可少。

【译文】

宋曾致尧对李虚己说:"你的诗虽然写得很工整,但音韵不十分响亮。"

《爱日斋诗话》中说:"欧阳修写诗,就像闺房中的寡妇,一生也不见她修饰。"

体味这两句话,应当知道写诗时,音韵、风华,都不可以缺少。

八三

【原文】

某太史自夸其诗,不巧而拙,不华而朴,不脆而涩。余笑谓曰:"先生闻乐,喜金丝乎? 喜瓦缶乎? 入市,买锦绣乎? 买麻枲乎?"太史不能答。

【译文】

某太史自己夸自己的诗:虽然不巧但很拙朴,不华丽但很朴实,不清脆而艰涩。

我笑着对他说:"先生听音乐,喜欢金丝之音吗? 喜欢瓦缶之音吗? 进入市场,是买锦绣呢,还是买麻布?"太史回答不上来了。

随园诗话·卷六

诗情愈痴愈妙

一

【原文】

王荆公作文,落笔便古;王荆公论诗,开口便错。何也? 文忌平衍,而公天性拗执,故琢句选词,迥不犹人。诗贵温柔,而公性情刻酷,故凿险缒幽,自堕魔障。其平生最得意句云:"青山扪虱坐,黄鸟挟书眠。"余以为首句是乞儿向阳,次句是村童逃学。然荆公恰有佳句,如:"近无船舫犹闻笛,远有楼台只见灯。"可谓生平杰作矣。

【译文】

王荆公写散文,一落笔便古朴劲健;王荆公评议诗歌,一开口便谬误百出。这是什么原因呢? 文章忌讳平铺直叙,啰唆无味,而荆公生性拗强固执,因此遣词造句,反复斟酌,与别人迥乎不同。

诗歌贵在温柔敦厚,而荆公脾气刻板严厉,所以追求冷僻艰险,喜造硬句,押险韵,作茧自缚,陷入其中,不能自拔。而他平生最为得意的诗句是:"青山悠悠,苍翠,我傍山闲坐,手中拿衣逮捉虱子;黄鸟鸣飞,我挟着书卷,卧地而眠。"我以为诗的第一句是乞丐在懒洋洋地晒太阳,第二句是描写村中顽皮学童逃学的情状。

然而荆公也偏偏有好诗句,比如:"附近没有船舫,却听得水面上笛声悠扬,远处有楼阁平台,而只能依稀分辨得出灯光。"这可以算得上荆公一生中杰出诗作了。

二

【原文】

宋沈郎奏:"《关雎》,夫妇之诗,颇嫌狎亵,不可冠《国风》。"故别撰《尧

《舜》二诗以进。敢翻孔子之案,迂谬已极。而理宗嘉之,赐帛百疋。余尝笑曰:"《易》以《乾》《坤》二卦为首,亦阴阳夫妇之义。沈郎何不再别撰二卦以进乎?"且《诗经》好序妇人:咏姜嫄则忘帝喾,咏太任则忘太王;律以宋儒夫为妻纲之道,皆失体裁。

【译文】

宋代沈朗上奏理宗,声称:"《关雎》是讲夫妇之间的事的,内容颇有亲昵,不庄重之处,不可以用来做《国风》之篇看。"因此另外撰写了《尧》《舜》两首诗进献上去。

沈朗敢翻孔子的案,真是迂阔荒唐到极点了。然而理宗也居然称赞嘉奖他,赐给了百疋丝帛。我曾经笑过这件事道:"《易经》以乾、坤二卦作为开首,也是取阴阳夫妇之意。沈朗为什么不再重新编撰二卦进献上去呢?"《诗经》之中常好讲述妇人:咏姜嫄而不提帝喾,咏太任而不提太王;若是按照宋代儒学的夫为妻纲这一条来衡量,那么这些诗都算得上是失礼节的了。

三

【原文】

顾宁人言:"《三百篇》无不转韵者。唐诗亦然。惟韩昌黎七古,始一韵到底。"余按《文心雕龙》云:"贾谊、枚乘,四韵辄易;刘歆、桓谭,百韵不迁:亦各从其志也。"则不转韵诗,汉、魏已然矣。

【译文】

顾守人说:"《诗经》三百篇,没有一篇不转韵的。唐诗也是这样。只有韩愈所做的七言古诗,从头到尾一韵到底。"我引用《文心雕龙》中之所讲"贾谊、枚乘,每四句便换韵;刘歆、桓谭,诗有百句也不换韵,也是各自尊从自己的意愿风格罢了。"然而整篇诗歌都不转韵,从汉,魏时期已经有了。

《东周列国志》版画之晏平仲二桃杀三士图,讲述晏子用计除掉齐国三个桀骜不驯而又功高震主的勇士的故事。

四

【原文】

今诗称"篇什"者,本《左传》所谓"以什其车,必克"之义。"什"者,十人为耦也。《国风》诗少,可以同卷;《雅》《颂》篇多,故每十为卷,而即以卷首之篇为什。

【译文】

如今诗歌被称为"篇什",原本出自《左传》中所说:"以什其车,必克。"(战车以十辆为组编排,定能够取胜。)"什"即是十个为一组的意思。

《国风》诗篇数目比较少,所以可以编录到一卷之中。而《雅》《颂》的诗篇比较多,因此把每十篇定为一卷,而把卷首的诗篇称作什。

五

【原文】

晏子以二桃杀三士,事本荒唐;后人演为《梁父吟》,尤无意味。而孔明好吟之,殊不可解。秋胡一妒妇,刘知几《史通》诋之甚力。乃乐府外,前人又有诗云:"郎心叶荡妾冰清,郎说黄金妾不应。若使偶然通一语,半生谁信守孤灯。"

【译文】

晏子设计,以二桃杀三士,此事本来就比较荒唐;而后世之人又把这段事演变成乐府《梁父吟》,更是无聊,没什么意思。谁知孔明居然喜欢吟诵《梁父吟》,尤其令人难以理解。

秋胡原是一个妒忌心很重的妇人,刘知几在《史通》之中对她大加批判,甚为严厉。而除这乐府外,前人又有诗,内容是:"郎心荡神驰而妾自是冰清玉洁,郎说有黄金,妾也不应一声。假若不小心偶然和你说了句话,又有谁能相信我这半辈子坚守贞节,深夜独对孤灯呢?"

六

【原文】

杨用修笑今之儒者,皆宋儒之应声虫。吾以为孔颖达,真郑康成之应声虫也。最可笑者,郑注"曾孙来止,以其妇子",以"曾孙"为成王,"妇子"为王后太子。王肃非之云:"劝农不必与王后太子同行。"而孔颖达以为"圣贤所训,与日月同悬"。其识见之谬如此,安得不误认王世充为真主乎?

【译文】

杨用修讥笑如今的儒家学派的弟子,都是宋儒们的应声虫。我认为孔颖达,可以说郑康成不折不扣的应声虫。

最为荒唐可笑的是,郑康成在解释"曾孙来止,以其妇子"(主祭的国王来到田边,见那种田人的妇女和种田人的儿子)时,将"曾孙"解为成王,"妇子"解为王后和太子。王肃提出异议说:"鼓励农夫耕作不必要与王后太子一起来。"而孔颖达则认为"这是前辈圣贤的解释,就如同空中日月一般,长悬于世。"他的观点看法荒谬到这种地步,又怎能不把王世充误认为是真主来受拜呢?

七

【原文】

安徽方伯陈密山先生,讳德荣,人淳朴而诗极风趣,每瞻园花开,必招余游赏,不以属吏待。适阶下蚁斗,公用扇拂之,做诗云:"退食展良觏,逍遥步深院。

树根见群蚁,纷纷方交战。呼童前布席,拂以蒲葵扇。顷刻缘草根,求穴各奔
窜。伊有记事臣,载笔应上殿。大书某日月,两军正相见。忽然风扬沙,师溃互
踏践。收队各依垒,蓄锐更伺便。人生亦保虫,扰扰盈赤县。嗜欲各有求,情伪
递相煽。吞噬蠢然动,吉凶见常变。岂无飞仙人?乘鸾注遐眄。"余按宋人诗
云:"蟭螟杀敌蚊眉上,蛮触交争蜗角中。何异诸天观下界,一微尘里斗英雄。"
即此意也。先生《郊行》云:"芳园青草绿离离,好是人家祭扫时。何处纸钱烧
不尽,东风吹上野棠枝。"又《女儿曲》云:"睡眼蒙眬春梦觉,不知额上有梅花。"

【译文】

安徽方伯陈密山先生,名字叫作德荣,为了淳朴而诗歌极为风趣幽默,每逢
瞻园有花盛开,必定叫我去游玩观赏,不把我当作下属看待。

有一次,正好台阶下一群蚂蚁在打架,陈公用扇子把它们扇拂开来,并做了
首诗,内容是:"撤下食物,来赏玩美景。心里轻松闲适,逍遥自得地缓步踱进深
深的庭院之中。发现树根上爬了一堆蚂蚁,正在纷纷交战。连连呼叫童儿,在
树前铺下席子,用蒲扇来扇拂蚂蚁。片刻之间,群蚁爬绿草根,各自找自己的洞
穴,急急忙忙四下乱窜。"

他们有记事大臣,应当上殿记载这件事,洋洋洒洒郑重其事地记道,某年某
月某日,两军正交战方酣,忽然天空中扬起大风,带着黄沙铺天盖地而来,顿时
阵脚大乱,双方人马互相践踏。两军各自收兵回到阵垒中去,养精蓄锐,以待时
机重新开战。人生也如虫蚁,在全国纷纷扰扰不得安宁。各自都有所贪求,都
有所想望。蠢蠢而动相互厮杀吞并,也像常常有胜有负。

"空中应有仙人,乘骑着鸾凤遥遥下视。"我引用宋代人的诗"在蚊虫的眉
毛这么一小片地方,小虫子正在奋力杀斗,在蜗牛角这么一小片地方,小虫子正
在纷争不止。这与诸神下看人间又有什么区别? 在几粒微尘之中英雄在厮杀
搏斗。"讲的也是这么个意思。

陈先生的《郊行》诗中说道:"芬芳幽美的园中,芳草萋萋,青青茸茸的,好
像是人们扫墓的时节。哪个地方的纸钱没有烧尽,随风一吹,落到野棠枝上。"
又作有《女儿曲》:"春梦沉酣欲醒之际,睡眼朦朦胧胧的,不知道梅花已飘落到
额头之上。"

八

【原文】

鲁星村《得雨》诗云："一雨人心定，歌声四野闻。"何南园《春雨》诗云："芳草不知春，一雨猛然省。"曹澹泉《偶成》云："东风力尚微，一雨众山绿。"同用"一雨"二字，俱可爱。

【译文】

鲁星村作有《得雨》诗："一雨人心定，歌声四野闻。"（天一降雨，人心安稳下来，愉快的歌声在田野里处处可以听得到。）何南园《春雨》诗中则说："芳草不知春，一雨猛然省。"（芳草不知道春天已经到来，萎靡不振的，一场春雨过后，仿佛猛然苏醒省悟了一般，生机勃发，青葱可爱。）而曹澹泉则有《偶成》诗："东风力尚微，一雨众山绿。"（东风轻拂，娇弱无力，一场春雨之后，群山转为嫩嫩绿，苍翠欲滴。）几首诗了"一雨"二字，都贴切可爱。

九

【原文】

福建郑王臣，为兰州太守，年未六十，以弟丧乞病归。《留别寅好》云："畏闻使过频移疾，懒答人言但托聋。"《闺情》云："最怜待月湘帘下，银烛烟多怕点灯。"俱暗用故事，使人不觉。杭堇浦题其《归来草》云："东京风俗由来厚，每为期功便去官。陈寔、谯玄吾目汝，莼鲈人错比张翰。""东皋舒啸复西畴，人较柴

桑更远游。《七录》异时标别集,竟应题作郑兰州。"在随园小住,一日,买书两舡,打桨而去。

【译文】

福建的郑王臣,做兰州太守,年龄不到六十岁,因为弟弟丧事的原因,向朝廷托口有病归回故乡。

他在《留别寅好》诗中说:"害怕听到差使来访常常推托说自己有病,懒得回答别人的话语只是言称自己耳聋听不清。"《闺情》诗中有:"湘帘之下,等待月亮出来,银烛因为烟太多,所以不愿点燃。此时最具意境情趣。"都是暗中运用典故,而使人觉察不出来。

杭堇蒲的《归来草》诗为"东京风土民俗向来很淳厚,常常力有所功业辞官而去。我将您当作是陈寔、谯玄一类的人,而人们却错将您比为思念莼羹鲈脍这些家乡美味而辞官归乡的张翰。""无论在临水高地还是在田野阡陌间仰天长啸,游子远游更比柴桑还远。若是将来什么时候《七灵》别标题目,竟可以题上郑兰州。"郑王臣曾在随园小住一段时间,忽有一天,买了两船的书,摇桨而去。

一〇

【原文】

湖州徐溥雨亭,在金陵为人司织局,每吟诗,与机声相和。《钱塘竹枝》云:"荒心脉脉夜迢迢,郎在江南第几桥?欲寄尺书写肠断,西湖只恨不通潮。""落尽杨花郎未师,空烦刀尺制罗衣。人前怕卷珠帘看,蝴蝶一双相对飞。"《虎丘题壁》云:"好景半藏峰顶寺,美人多住水边楼。"

【译文】

湖州的徐溥,字雨亭,在金陵为别人掌管织局,他吟咏诗歌时,常常和织机之声相应和。

他在《钱塘竹枝》中说："黑夜沉沉，美人心怀牵念，脉脉含情，不知郎君在江南第几座桥处居住？欲写书信以寄情思，柔肠已断，只可恨西湖水路不通，往来不便。""杨花空中扬飘，如今已是落尽，而郎君你还是没有回来，空让我素手执刀尺为你裁制罗衣。常常愿卷上珠帘向外看，蝴蝶成双成对翩翩飞起，惹我一腔愁绪。"作《虎丘题壁》诗："幽美的风景多隐藏于山顶的寺院之中，美人常常住在临水的阁楼上。"

一一

【原文】

常熟王介祉之弟，名岱，字次岳，能继其家风。宿随园见赠云："贫分鹤俸还留客，老惜鸿才尚著书。"其他句云："片雨前村过，微云半岭阴。""故山解慰归人望，隔水先迎一髻青。"《清明》云："忽忽春光过半时，浴蚕天气雨如丝。无端柳色侵书幌，忆着河桥折处枝。"

【译文】

常熟王介祉的弟弟，名叫王岱，字次岳，能够继承家庭的传统风格。曾经住在随园，赠诗相送，"家境清贫却还要苦留客人，才华特出，年纪已老仍要著书立说。"

他作的其他的诗中则有如"疏疏啪啪，一场阵雨洒落到前边村子又过去了，天空中有薄薄的轻云笼着，使得半座山岭幽暗起来。""久别的故乡青山似乎理解远游归来之人心中所盼，隔着一道弯弯的溪水，先透出一片青葱来迎接，以慰抚怀乡之心。"

《清明》诗中则说："光阴匆匆，不觉春天已经过了一半，正是浴蚕天气，细雨如丝飘落起来，青青柳色无缘无故映到书房帏幢上，使我不禁回忆起河流桥边折枝之处了。"

随园诗话

随园诗话

【原文】

　　锡山邹世楠过孟庙，梦悬对句云："战国风趋下，斯文日再中。"觉而异之。遍观廊庑，无此十字。后数年过苏州，得黄野鸿集读之，乃其集中句也。岂孟子爱之，而冥冥中书以自娱耶？田实发音《题孟庙》云："孔门功冠三千士，周室生虚五百年。"似逊黄作。黄以论诗忤沈归愚，故吴人多摈之。然其佳句，自不可掩。《夜归》云："儿童喧笑各纷纷，未解灯前刺绣纹。夜半醉归人不觉，叩门独有老妻闻。"

孟子像，图出自明·吕维祺《圣贤像赞》。
孟子为战国儒家代表，后人称其为"亚圣"。
其故里有孟庙，后人路过，多去拜谒。

【译文】

锡山的邹世楠路过孟庙进去观瞻;梦中看庙中悬挂一副对联说:"战国风趋下,斯文日再中。"(战国策士之风日趋低落,儒家之礼仪如日在中天,正值昌盛。)梦醒之后觉得很奇异,观看遍廊台房屋,都没有这十个字。

后来过了好几年路经苏州,得到黄野鸿的诗集翻阅,原来是诗集里的句子。莫非孟子喜爱这句诗而在冥冥之中书写下来以自娱?田实发题《孟庙》中有:"孔子广收门徒,喻以礼乐,功劳在三千学生之中该列第一,周朝王室徒然存在了五百年。"似比黄野鸿的句子逊色一些。黄野鸿因为评论诗歌而触怒了沈归愚,因此吴中人多排斥他。然而他的佳句,自然是掩抹不去的。

《夜归》中诗:"孩子们嬉闹欢笑纷纷阵阵,不知道如何在灯前绣花做活。喝醉了酒到半夜回来,人都沉睡不觉,敲门只有老妻听见来开门。"

一三

【原文】

在都,余与金质夫文淳、裘叔度日修居最相近。金棋劣于裘,而偏欲饶裘。金移居,裘以诗贺云:"追趋秘阁两年余,一日何曾赋索居?雪苑对裁新著稿,风帘同校旧抄书。吟筒惠我宁嫌数,棋局饶人实自誉。早有声华传日下,故知名士定无虚。"余作七古一首,中四句云:"我愿同年如春树,枝枝叶叶相依附。不愿同年如落花,鸾漂凤泊飞天涯。"裘读而叹曰:"子才终竟有性情。"呜呼! 此皆四十年前事。今裘官至尚书,声施赫奕;而质夫为太守,两遭罪遣,谪戍以死。岂亦如花之飞茵飞溷,各有前因耶? 金死后,余搜其遗诗,了不可得,仅得其《游张园》云:"绿杨门外板桥横,新水如船接岸平。三月春寒花尚浅,一帘烟重雨初成。欹危瘦竹扶衰步,高下疏畦入晚晴。莫便酒阑催晚棹,野怀吾欲与鸥盟。"《偶成》云:"一虫吟到晓,两客淡无言。"

【译文】

我在京都之时，和金质夫文淳，裘叔度日修住得最近。金质夫的棋艺比不上裘叔度，却还偏偏喜欢让裘叔度。金质夫后来搬走，裘作诗相贺："在秘阁相随了两年多，又何尝一日空闲过？苑林飘雪之时我们一起裁刚刚写出的书稿，风吹帘动，我们共同抄写旧书。送我吟筒还嫌太多，太频繁下棋饶人原是为了显示自己棋艺高超。美好的名声早已传遍天下，本来就知道名士之称是名副其实的。"

我做了一首七言古诗，中有四句为："我愿同年考取之友，如春天的树木，枝枝叶叶相依相附，风华茂盛。而不希望同年考取之友如飘零的落花。漂泊不定飘洒天涯。"裘叔度读后叹道："袁子才究竟还是性情之人。"唉！这都是四十年前的事了。如今裘官至尚书，声势显赫，而金质夫做太守，两次获罪受到迁遣，贬谪到边防，死在那里。莫非也如落花，或飞落到青草地上，或污淖于茅坑之中，都是前生注定？金质夫死后，我搜寻他的遗诗，然而却无甚收获，仅得到他的《游张园》诗："门外绿杨成荫，板桥横斜，新涨上来的春水像船只一样与岸相接平。三月天气春寒料峭，花也刚刚含苞欲开，透过竹帘看去绿树含烟，刚落过雨，一片凄迷。拄着细细的竹杖缓缓慢慢地走，走下畦田傍晚时分天已放晴，不要酒将喝尽便急着乘船回去，沉醉于原野之中，陶然忘机，愿与沙鸥为伴。"《偶成》诗中说道："一只虫子鸣吟到天光放晓，两客相对却淡然无话。"

一四

【原文】

阎百诗云："百里不同音，千年不同韵。《毛诗》凡韵作某音者，乃其字之正声，非强为押也。"焦氏《笔乘》载：古人"下"皆音"虎"。《卫风》云："于林之下"，上韵为"爰居爰处"；《凯风》云："在浚之下"，下韵为"母氏劳苦"；《大雅》云："至于岐下"，下云："率西水浒。""服"皆音"迫"。《关雎》云："寤寐思服"，下韵为"辗转反侧"；《候人》云："不濡其翼"，下句为"不称其服"；《离骚》云：

"非时俗之所服",下句为"依彭咸之遗则"。"降"皆音"攻"。《草虫》云:"我心则降",下句为"忧心忡忡";《旱麓》云:"福禄攸降",上韵为"黄流在中"。"英"皆音"央";《清人》云:"二矛重英",下句为"河上乎翱翔";《有女同车》云:"颜如舜英",下句为"佩玉将将";《楚词》云:"华采衣兮若英",下句为"烂昭昭兮未央"。"风"皆读"分";《绿衣》云:"凄其以风",下句为"实获我心";《晨风》云:"知彼晨风",下句为"郁彼北林";烝民云:"穆如清风",下句为"以慰其心"。"忧"皆读"噎";《黍离》云:"谓我心忧",上句为"中心摇摇";《载驰》云:"我心则忧",上句为"言至于漕";《楚词》云:"思公子兮徒离忧",上韵为"风飒飒兮木萧萧"。其他则"好"之为"吼","雄"之为"形","南"之为"能","仪"之为"何","宅"之为"托","泽"之为"铎":皆玩其上下文,用户他篇之相同者,而自见。"风"字,《毛诗》中凡六见,皆在"侵"韵,他可类推。朱子不解此义,乃以后代诗韵,强押《三百篇》,误矣!至于"委蛇"二字有十二变,"离"字有十五义,"敦"字有十二音:徐应秋《谈荟》言之甚详。

【译文】

阎百诗说:"相隔百里,说话口音便有差异;差距千年,音韵便不相同。《毛诗》中凡是注韵为某一音时,那原是字的正规发音,并非勉强相凑以押韵脚。"

焦氏《笔乘》中记载:古人"下"字都发"虎"音。《卫风》中"于林之下,上韵是爱居爱处";《凯风》中:"在浚之下",下韵是"母代劳苦";《大雅》中"至于岐下",下面一句则是:"率西水浒。"

"服"字都发"迫"音。《关雎》中"寤寐思服",下韵则是"辗转反侧";《侯人》中"不濡其翼",下句则是"不称其服";《离骚》中"非时俗之所服",下句则是"依彭咸之遗则。"

"降"字都发"攻"音。《草虫》中:"我心则降",下句则是"忧心忡忡";《旱麓》中:"福禄攸降。"上韵则是"黄流在中"。"英"字都发"央"音,《清人》中说:"二矛重英,"下句则是:"河上乎翱翔";《有女同车》中"颜如舜英"下句'则为"佩玉将将";《楚辞》中"华采衣兮若英",下句为"烂昭昭兮未央"。

"风"字都读"分"。《绿衣》中有"凄其以风",而下句则为"实获我心";《晨风》中有"知彼晨风",下句则为"郁彼北林";《烝民》中"穆如清风",下句则为"以慰其心"。"忧"字都读"噎";《黍离》中"谓我心忧",上句则是"中心摇摇";《载驰》中"我心则忧",上句则是"言至于漕",《楚辞》中"思公子兮徒离忧,"上韵则为"风飒飒兮木萧萧"。

其他则如"好"字发"吼"音,"雄"字发"形"音,"南"字发"能"音,"仪"字发"何"音,"宅"字发"托"音,"泽"字发"铎"音,都可以品玩上下文,以及其他篇目相同的,而其音自然就出来了。"风"字,《毛诗》中共出现六次,都在"侵"韵中,其他可以类推下去。

朱熹不懂得这个道理,用后代的韵,来勉强押《三百篇》中韵,错了! 至于《委蛇》二字有十二变,"离"字有十五义,"敦"有十二音,徐应秋《谈荟》之中解说得很详细。

一五

【原文】

王氏《续通考》言:"唐武夷山人吴棫深恶沈约、周颙之韵,以为穿凿无理。乃稽考《毛诗》《周易》《尚书》,而别为韵书,分'麻''遮'、'归''飞'为二,合'东''冬''江''阳'为一。"予以为此洪武正韵之先声也。然积习已久,虽帝王之力,尚不能挽;况其下乎? 文公逆祀,去者三人,定公顺祀,叛者三人。商鞅废井田而天下怨,王莽复井田而天下怨。一改旧习,人以为怪。从前解经者,河北宗王,河南宗郑。今之经解,专宗程、朱,亦《诗韵》类耳。

【译文】

王氏在《续通考》中说:"唐代武夷山人吴棫极其厌恶沈约、颙容的韵律之说,认为他们穿凿附会,没有什么凭据道理。

于是遍查参阅《毛诗》《周易》《尚书》,而另外著写韵书,将'麻''遮'、'归''飞'分成二种不同的音韵,而将'东''冬''江''阳'合为一种音韵。"我以为这是《洪武正韵》的先生。"然而积习已久,难以改变,即使以帝王的权力,还不能纠正挽回,何况是在其以下的王民呢?"当年文公反对祭祀,三人离去,定公顺承祭祀,三臣叛违。商鞅废除井田而天下怨谤,王莽回复井田而天下怨谤。一旦改除旧有习惯,人们便都认为奇怪不经。从前解注《诗经》,河北尊奉王,河南尊奉郑。

《东周列国志》版画之说秦君卫鞅变法图。卫鞅即商鞅，他在秦国推行
变法，废除井田制，触动了贵族的利益，故此招致怨恨。袁枚以此事为例，说
明改变诗界恶俗的文风也是很困难的事。

如今《诗经》解注，专一尊奉程、朱，也是《诗韵》类罢了。

一六

【原文】

山左朱文震，字青雷，在慎郡王藩邸；善画，能诗，兼工篆刻。偶宿随园，为
镌小印二十余方。余惊其神速。君笑曰："以铁画石，何所不靡？凡迟迟云者，
皆故作身分耳。"记其《红桥晚步》云："西风开遍野棠花，垂柳丝丝数点鸦。多

少画船归欲尽,夕阳偏恋玉钩斜。"《过扬子江》云:"笑对篷窗酒一罂,黄梅时节恰扬舲。凭君说尽风波恶,贪看金、焦漫不听。"《雨霁》云:"雨霁碧天阔,夕阳蝉复吟。偶然行树下余点湿衣襟。"

【译文】

山左朱文震,字青雷,在慎郡王的府邸,善于作画,频繁作诗,而且精通篆刻。偶然宿居随园,为我刻了二十多枚印章。我对他的神速惊叹不已。

朱君笑道:"用铁来划刻石头,有什么难刻之处,但凡说必须得迟迟而到的,都是故作身份罢了。"记有他的《红桥晚步》诗"西风吹来,遍地的野堂花都被催开,垂柳丝丝连连,几只乌鸦立于树间。有多少画船划桨归去,都快归尽了,夕阳将要西沉,偏偏恋着玉钩般的月儿,不肯落下。"《过扬子江》中说:"含笑面对篷窗抱一瓮酒畅饮,黄梅时节阴雨绵绵却要扬起帆起程。随便听你说尽江上风波之险恶,因为贪看金、焦两地就是听不进去。"《雨霁》中说:"雨后初晴,天空清澈明净,碧青空阔,夕阳西下蝉儿又长鸣起来。偶然走到树下,枝叶上残留的雨滴点点续续落下,打湿了身上的衣衫。"

一七

【原文】

杨公子播,父笠湖公,刺邛州,公子自任上归,其弟蓉裳索蜀中土宜。公子赠蜀椒、雅莲,附诗云:"宦久并无囊,土物置何许。且开药笼看,赠子辛与苦。"有《雨后》一联云:"坐吹紫玉树声杂,行近白莲人影香。"《渔父词》云:"若使樵青绝世,闲身愿作渔童。"

【译文】

公子杨播,父亲是笠湖公,任邛州刺史,公子从任上回家,他弟弟杨蓉裳向他索要蜀中的地方特产。公子赠他蜀椒、雅莲,并附上一首诗:"久为官宦而并没有什么积蓄,一些土特产又值得了什么。且打开药笼查看,赠给你辛味与

苦味。"

作有《雨后》诗中有一联："树下盘坐吹起紫玉笛,风吹叶动,哗哗作响,走近盛开的白莲,人影也变得清香起来。"《渔父词》中说："若使世上没有可以破获的木柴,此身闲散下来,愿意去做渔童。"

一八

【原文】

随园西有放生庵,余偶至其地,见僦居一寒士,衣敝履穿,几上有诗稿,题是《夏日杂吟》,云:"香焚宝鸭客吟哦,万轴牙签手遍摩。此事未知何日了,著书翻恨古人多。"余惊问姓名。曰:"丁珠,字贯如,怀宁人,访亲不值,流落于此。"因小有馈赠,劝其攻诗。作札,荐与安庆太守郑公时庆。郑拔作府案首入学,次年即举乡试。记其《遣怀》云:"我口所欲言,已言古人口。我手所欲书,已书古人手。不生古人前,偏生古人后,一十二万年,汝我皆无有。等我再来时,还后古人否。"《咏淮阴侯》云:"淮阴当穷时,乞食一饿莩。乃其封王后,被诛尤草草。穷不能自保,达不能自保;万古称人杰,为之一笑倒。"陈古渔尤爱其"江心浪险鸥偏稳,舡里人多客自孤"之句。

【译文】

随园西边有一座放生庵,我偶然到过那个地方,见里面住着一位清寒之士,衣衫破损鞋履也穿透了,桌几上放有诗稿,题的是《夏日杂吟》说:"宝鸭里插香点焚,客人吟哦不已,手里摩挲万轴牙签。不知这样的事何时才是一个尽头,题笔著书反而怨恨古人太多。"我很惊异,问他姓名。他说自己"名叫丁珠,字贯如,怀宁人,走访亲戚却扑了个空,没有遇到,后流落到这个地方"。于是我对他资助了一些钱财,劝他攻诗。又写了信,推荐他到安庆太守郑时庆公处。郑公将其提拔为府案长,入了学,第二年即在乡试中中了举。

我记有他的《遣怀》诗:"我口中所想说的话,已是古人所说过的。我手中所想写的,古人早已写过的。没有坐到古人前面,而偏偏生于古人之后,十二

万年后，你我皆化为乌有。等我再到这世间，不知道还遵从不遵从古人呢。"
《咏淮阴侯》诗中有"淮阴侯韩信穷困不遇时，只是饿肚的乞食之人，待他封了王之后，也被草草诛杀。穷困之时不能保全自己，腾达之时也不能自保：千古以来人皆称他为人中之杰，而我却为此而大笑他。"

淮阴侯韩信像，图出自清·顾沅辑《古圣贤像传略》。韩信曾经非常贫穷，以乞食度日。所以后人诗中有"淮阴当穷时，乞食一饿殍"之句。

　　陈古渔特别喜欢他的一句诗，"江心风浪涌起十分险恶，而沙鸥偏偏飞得稳，船里乘坐人很多而他乡之客自是觉得孤寂。"

一九

【原文】

乙酉乡试，徽州汪秀才廷昉，以诗受业。《路过淳安》云："扁舟一叶枕江滨，邑小如村俗尚淳。出郭千家围竹木，浪游五日识风尘。云垂有脚疑成雨，水落无声欲断津。偻指故园归信早，天涯极目倚同人。"俄而竟以丁忧归。

【译文】

乙酉年乡试时，徽州汪廷昉秀才，以攻诗而中举。他曾作过《路过淳安》诗，诗中说："一叶扁舟依岸而泊，仿佛枕着江滨，邑县很小像一个村庄而民风淳朴。出了城邑看千家万户房屋周围都是竹木合绕，漫游五日方识民间风情，乌云垂压，笼罩天空，使人不禁疑惑天是否要降雨，雨水细细地下，没有声响，河水上涨，几乎要断了渡口通道。能很快地指出故乡方向但归期还尚早，倚门而望的亲人看断天涯归路。"后来竟以母丧回家。

二〇

【原文】

卢抱经学士，有《张迁碑》，搨手甚工。其同年秦涧泉爱而乞之。卢不与。一日，乘卢外出，入其书舍，攫至袖中。卢知之，追至半途，仍篡取还。未半月，秦暴亡。卢往尊毕，忽袖中出此碑，哭曰："早知君将永诀，我当时何苦如许客耶？今耿耿于心，特来补过。"取帖出，向灵前焚之。予感其风义，为做诗云：

"一纸碑文赠故交,胜他十万纸钱烧。延陵挂剑徐君墓,似此高风久寂寥。"

【译文】

卢抱经学士,有《张迁碑》,碑帖拓印十分精美。与他同年而取的秦涧泉非常喜欢,向他乞要。卢抱经不给他。

有一天,乘卢外出之际,秦涧泉潜入他的书房,拿取碑帖藏入衣袖之内。卢抱经知道后,一直追到半途之中,仍旧夺要回来。不到半月,秦竟暴亡。卢前往奠祭,完了后,忽然从袖中取出碑帖,哭说道:"要早知道你要与我诀别,我当时又何必这么吝惜呢?如今我耿耿于心,不能释怀,特来弥补自己的过失。"取出碑帖,在灵前焚烧。我深为卢的义气风范感动,为他作诗道:"一幅碑帖赠给老朋友,胜过别人烧十万纸钱,季扎因为将剑心许给徐君,徐君已死,将剑系于徐君墓边之树,像这样高尚的风范我很久没有听说过了。"

二一

【原文】

卢抱孙先生转运扬州,名流毕集,极东南坛坫之盛。己卯十月,余饮署中,见其少子谟,年甫十五六,玉雪可念。后三十年,家籍没矣。公子虽举孝廉,而飘泊无归。《上渤海公》二首,云:"城旦余生剩藐孤,十年飘泊到江湖。桐花久堕怀中羽,香饭谁抛屋上乌?蹡蹡葛衣留冻骨,栖栖寒足耐征途。年来鸡鹜同争食,不是当年小凤雏。""拂拭知谁眼独青?襁褓弱鸟许梳翎。量来碧海输愁浅,嗅到黄粱感涕零。将母谁怜栖逆旅,忍饥犹勉诵残经。箫声吹彻吴门市,敢望山阳旧雨听?"

【译文】

卢抱孙先生在扬州任转运使,当时的名流都汇集于此,极尽东南天坛之盛况。

己卯十月,我在官署之中饮酒,见他的小儿子卢谟,年纪才十五六岁,粉雕

随园诗话

玉琢般，十分可爱，后来过了三十年，家庭没落。公子虽然举了孝廉然而却漂泊不定，没有归期。曾经做过《上渤海公》诗两首，说："城中只剩下我孤弱一人，漂泊十年，浪迹天涯。"

桐花堕落满地，怀中的鸟雀早已无踪迹。又有谁再似当年向屋瓦上的鸟儿抛洒香饭呢！孑然一身穿着粗布衣服，常受饥寒之苦，忙忙碌碌没有安顿之时，蹒跚着双足艰难地走着漫漫长途，这些年来同鸡鸭争食，不再是当年的小凤凰了。拂拭双目又知谁来赏识垂青于我？羽毛濡湿粘去的弱鸟愿让梳理羽翎。浩瀚碧海细细量来还比不上忧愁深广，闻到黄粱香味感伤得泪水涕零。准养老母谁来怜悯远客他乡的凄楚，忍着饥饿勉强拿起残经破卷来诵读。

想起当年伍子胥于吴市吹箫乞食，如我今日一介书生穷困潦倒，又何敢想望像向秀痛伤嵇康那样来伤逝旧事呢！

二二

【原文】

用巧无斧凿痕，用典无填砌痕，此是晚年成就之事。若初学者，正要他肯雕刻，方去费心；肯用典，方去读书。

【译文】

作诗巧妙而没有刻意凿磨的痕迹，浑身天成；运用典故而没有堆砌填加的嫌疑，如信手拈来，这是到了晚年文章浑厚有成就之时的事。

若是初学写诗之人，正是要下功夫去雕刻，才肯去费心费力；要用典故，才去孜孜读书用功。

☷

【原文】

宝山范秀才起凤，字瘦生，有诗癖。《咏梅》云："微月云际升，独鹤踏花影。"又："风急众香齐度水，夜深孤月独当天。"皆可喜也。万华峰应馨赠云："瘦真同鹤立，命若与仇谋。"共困踬可想。《送别》云："酒惟可化当前泪，诗尚能传别后情。"《咏桃源》云："树木自生无税地，子孙常读未烧书。""避地不知谁日月，成仙可惜废君臣。"范后遭奇祸，竟得脱免，终落托以死。

古代文人常咏梅花，清代宝山范秀才有咏《梅》诗云："微月云际升，独鹤踏花影"之句，为袁枚所赞赏。图为《雪梅图》，选自《唐诗画谱》。

【译文】

宝山的范起凤秀才,字瘦生,有作诗癖。作有《咏梅》诗说:"淡淡的月,在云际之间升了起来,一只孤鹤踏着月下花影行走。"又有"大风一起,众花吓落,飘零水面,仿佛要渡水而去;夜色沉沉,一轮孤月独自当空相照。"都是可喜可爱的诗句。

他赠我的诗《万华峰应馨》中说:"身体瘦弱伶仃,可以用孤鹤独立相比,命运多舛,仿佛与我有仇。"他平生的困顿坎坷可想而知。《送别》诗中有:"唯有酒可以化作当前的眼泪来抛洒,诗歌能够传达表明别后的伤情。"《咏桃源》诗中说:"树木葱葱,都生长在没有苛政赋税的地方,子孙后代常常译读未曾焚烧的书籍。""避世而居,遁入此地,不知外面天下属于何人,生活在这仙境之地,而无君臣之纲。"范起凤后来遭到奇祸,竟然得以免脱,最终还是潦倒而死。

二四

【原文】

吴下进士苏汝砺,宰黄陂;有句云:"水面星疑落,船头树似行。"与宋人"山远疑无树,湖平似不流"相似。吾乡王麟征有句云:"鸟翻仍恋树,波定尚摇人。"与宋人"窥鱼光照鹤,洗钵影摇僧"相似。李铁君:"斗禽双堕地,交蔓各升篱。"与唐人"惊蝉移别树,斗雀随闲庭"相似。

【译文】

吴下进士苏汝砺,在黄陂任县案,作有诗句如:"水面波光粼粼,映着星空,仿佛星星落入水中,船在水上行驶,给人一种错觉,像是岸上的树在行走。"这与宋代人"放眼看远山,相距遥遥看不清,猜疑山上没有树木,湖面平静如镜好似水凝滞不流一般。"很相似。

我家乡的王麟征有诗句是:"鸟雀在空中翻飞却还依恋着树丛,水波已经平定,照上去人影还是摇摇不定。"这与宋代人的"鹤在水边窥看游鱼却见到自己

羽毛洁白的光,僧人来洗钵,水面晃动,身影也在水中摇动开来"相似。李铁君的诗句"两只飞鸟打架双双堕到地上来,交缠环绕的蔓藤各自爬升到篱笆上。"这与唐代人诗句:"蝉受了惊,飞到别的树上去了,雀儿打架堕落到寂寂庭院之中。"相似。

二五

【原文】

诗情愈痴愈妙。红兰主人《归途赠朱赞皇》云:"大漠归来至半途,闻君先我入京都。此宵我有逢君梦,梦里逢君见我无?"许宜媖《寄外》云:"柳风梅雨路漫漫,身不能飞着翅难。除是今宵同入梦,梦时权作醒时看。"

【译文】

诗中情感愈是痴便愈是妙,红兰主人的《归途赠朱赞皇》中说:"从漫漫的大戈壁滩归来,到半途之中听说你比我先入了京都。这一夜我做梦遇到了你,梦中与你相遇,不知你可也见到了我?"许宜媖有《寄外》诗,诗中说:"风拂杨柳,梅雨绵绵不断,前面的路途还远着呢!身上不生双翅如何能够飞起来赶路!只有你我今夜一同入梦,梦里相逢,权当是醒时来细看。"

二六

【原文】

吴竹桥太史见访湖上,赠诗,有"湖气逼人将上楼"之句。范瘦生《观梅太

湖》,亦云:"湖光都欲上楼来。"两意相同。吴《题扬州天宁寺》云:"铃声得路清如语,塔势随云远欲奔。"尤妙。

【译文】

吴竹桥太史在湖上访见我,赠我一首诗,有诗句"湖光清凌,水气逼人,将要登上楼来一样"。范瘦生的《观梅太湖》诗中也说:"湖光粼粼,好似要映入楼中来。"两个人的意思相同,吴竹桥的《扬州天宁寺》中有"铃上沾露,随风作响,清脆可人的像说话一般,高塔危立,随势入云,高远得仿佛要随云而奔。"尤其显得精彩绝妙。

二七

【原文】

欧公学韩文,而所作文,全不似韩:此八家中所以独树一帜也。公学韩诗,而所作诗颇似韩:此宋诗中所以不能独成一家也。

【译文】

欧阳修公文章学习韩愈,然而他所作之文,一点都不像韩愈的,这是他在唐宋八大家中之所以能独树一帜,与众不同的原因。欧阳修公写诗学习韩愈,而自己所作之诗颇像韩愈的风格,这是他在宋诗之中不能自成一家的缘故。

允儒欧阳子　修字永叔江西吉安府庐陵县人　父观宋真宗咸平三年进士及第　泰州判官承　四岁而孤母郑氏守节亲诲

明吕兆祥赞

文忠作相　声高宋世　奇专五代　书分唐志

撰脉宗韩　艺雄天地　圣宫配祀　俟圉待篆

欧阳修像，图出自明·吕维祺《圣贤像赞》。

二八

【原文】

　　七律始于盛唐，如国家缔造之初，宫室粗备，故不过树立架子，创建规模；而其中之洞房典室，网户罘罳，尚未齐备。至中、晚而始备，至宋、元而愈出愈奇。明七子不知此理，空想挟天子以临诸侯，于是空架虽立，而诸妙尽捐。《淮南子》曰："鹦鹉能言，而不能得其所以言。"

【译文】

　　七律诗开始于盛唐，就像国家刚刚缔造建立，宫殿房舍粗陋简朴，只不过是先树立好一个框架，创立修建一个大致的规模；而其中房屋的曲折幽深，精巧雅

随园诗话

致，却还不齐备。

七律到中唐，晚唐才开始健全齐备，而到了宋元之时则越来越精奇佳妙。

明朝的七子不知道这个道理，想入非非，挟天子以令诸侯；结果是空架子虽说扎了起来，然而其中的精妙之处都捐弃不用。《淮南子》中说："鹦鹉能够说话，而不理解自己说的话是什么意思。"

二九

【原文】

朱竹君以学士降编修，分校得老名士程鱼门，京师传为佳话。殁后，张中翰埙哭以一律，后四句云："丹旐书铭前学士，青山送葬老门生。从今前辈无人哭，拼与先生泪尽倾。"瘦铜诗多雕刻，而此独沉着。

【译文】

朱竹君从学士降职翰林编修，分校之时得老名士程鱼门为门生，一时间京都之中都传为佳话。

他死后，张埙中翰做一首律诗来哭悼，后面四句为："引魂幡上书写着前任学士的名字，青山之中有老门生前去送葬。从此以后再无人来痛哭前辈，如今拼却双眼中泪都倾洒给先生。"张埙的诗常常雕刻不自然，而唯独这首诗却雄厚沉着。

三〇

【原文】

郑板桥爱徐青藤诗,尝刻一印云:"徐青藤门下走狗郑燮。"童二树亦重青藤,《题青藤小像》云:"抵死目中无七子,岂知身后得中郎?"又曰:"尚有一灯传郑燮,甘心走狗列门墙。"

【译文】

郑板桥喜爱徐青藤的诗歌,曾经刻过一枚印章,上写道:"徐青藤门下走狗郑燮。"童二树也喜爱徐青藤,他在《题青藤小像》中说:"直到身死,也目中无明代七子,对他们鄙夷不屑谁知道身死之后竟得中郎?"又说:"还有一盏灯传与郑燮,甘心做门下走狗列于门墙外,做他们的门生。"

三一

【原文】

二树名钰,山阴诗人。幼时,女史徐昭华抱置膝上,为梳髻课诗。及长,少所许可,独于随园诗,矜宠太过。奈从未谋面。今春在扬州,特渡江见访。适余游天台,相左。嗣后,寄声欲秋间再来。余以将往扬州,故作札止之。旋为他事滞留。到扬时,则童已殁十日矣。闻其临终时,帘开门响,都道余之将至也。故余人哭,作挽联云:"到处推袁,知君雅抱千秋鉴;特来访戴,恨我偏迟十日期。"童病中梦二叟,自称紫阁真人、浮白老人,手牵鹤使骑。童辞衣装未备。真人晓

以诗曰："昔从赤身来,今从赤身去。一丝且莫挂,何论麻与絮?不若五铢衣,随风自高举。"童答云:"多谢群真招我归,殷勤持赠五铢衣。相从化鹤吾真愿,要傍先人陇上飞。"吟毕,求宽期。紫阁真人立二指示之。果越二十日而卒。

二树临终,满床堆诗,高尺许,所以殷殷望余者,为欲校定其全稿而加一序故也。余感其意,为编定十二卷,作序外,录其《黄河》云:"一气直趋海,中含万古声。划开神禹甸,横压霸王城。几见荣光出,刚逢彻底清。浮槎如何借,应犯斗、牛行。"《金山》云:"三山名胜岂寻常,彼岸居然一苇航。重叠楼台知地少,奔腾江海觉天忙。梵音只许鱼龙听,佛面时分水月光。回首蓬莱应不远,几声长啸极苍茫。"五言如:"落花随掉转,隔树看山移。""蚁闲缘水过,蜂健负花归。""山远云平过,天空月直来。"《观潮》云:"一气自开辟,众星相动摇。"齿落云:"无烦重漱石,所恨不关风。"《七言》如:"秋声如雨不知处,落月带霜还照入。""风梅落纸画犹湿,松雪扑弦琴一鸣。""客感每从孤馆集,老怀常觉暮秋多。""茶声响杂花哨雨,帘影晴通竹坞烟。""讵有庚寅同正则,敢夸丁卯是前生?""花犹解媚开如笑,水不忘情去有声。"皆可传也。二树画梅,题七古一篇,叠"须"字韵八十余首,神工鬼斧,愈出愈奇。余雅不喜叠韵,而见此诗,不觉叹绝。易篑时,令儿扶起,画梅赠我。梅成,题诗三句,而气绝矣。余装潢作跋,传子孙,以表不识面之交情,拳拳如此。

【译文】

童二树,名叫做钰,是山阴诗人。他年幼之时,女史徐昭华曾把他抱到膝上,给他梳理头发,教他学诗。

等他长大后,佩服赞叹的诗人很是寥寥;而独独喜爱我的诗,十分倾心赞叹。无奈我们从来都没有见过面。

今年春天他在扬州,特意渡江来寻访我。当时我正好游天台去了,扑了个空,未能相见。

后来,童二树又来信说要秋天再来相访。我因为要去扬州,所以写信告诉他不要来。后却为别的事耽误滞留下来。我到扬州之时,而童已经死有十天了。听说他临终之时,听见门帘掀动,门声作响,都说我来了。我进入灵堂哭奠,作一挽联意思是:"您到处都赞许推重袁枚,知道你怀抱千年铜镜,来审视评议的,我特地赶来相访,可恨我偏偏来晚了十天。"童二树生病时,梦见两个老叟,自称是紫阁真人,浮白老人,手里牵着仙鹤让他骑上,童推辞说没有收拾整理衣物。真人以诗来劝导他:"当初赤身来到世间,如今仍是赤身离开世间。浑

身一丝都不要挂,又何况要麻絮呢? 不若穿上五铢衣,随风而起。"童回答道:"多谢真人招我归去,殷勤地拿五铢衣来赠我。我真心愿意随从你们仙鹤而去,依傍着先人在陇上飞行。"吟诗完毕,请求宽限日期。

紫阁真人伸出两个指头示意给他。果然过了二十天就离世而去。

二树临终之时,满床堆的都是诗稿,有一尺那么高,之所以恳切地盼我去,为的是给他校定全部诗稿而为他作一篇序文。我深为他的真意所感动,给他编定十二卷书,除了作序外又抄录了他的《黄河》诗中说:"一气贯通,直奔大海,万古以来的历史都含在不息的水流声中,划开大禹治水时的甸,横穿而来,直逼霸王城。什么时候才有清平安稳的圣贤之治,使黄河之水从此清澈明净起来。若是能够借来可以登天入天河的木筏,也应该客星冲犯斗、牛星了。"

《金山》诗中说:"三山名胜之地到底不同寻常,对岸居然有一只篷船在漂流。楼台亭榭重重叠叠究竟能有多少,地面只嫌太狭窄。江河奔腾不息只觉得天公好不忙碌。梵音只能让鱼龙倾听,佛面对时分开水目之光。回头相望,料想蓬莱仙山说是相距不远,仰天几声长啸,天地一片苍茫。"他的五言诗如:"落花飘零水面,随着桨棹流转,隔着密密树林看山好似移动。""蚂蚁闲来无事,顺着水爬,蜜蜂健壮有力,背着花粉飞回巢去。""远山一痕,看去天空中的云就从力面飘移过来,天空明净无物,月亮径直升了上来。"《观潮》诗中又说:"气涌起辟开水来,群星倒映水中,摇动不止。"《齿落》中说:"从此以后便不用以石漱口了,所遗憾的是口不能关风。"七言诗中有"秋声像雨一般不知何处而来,将落的月亮犹带霜花冷冷地照着人。""风拂梅花落到纸上,刚做成的画墨水犹没有干,松枝上的雪落下来,扑降到琴弦上,发出一丝鸣响。""旅居他乡的客人总是聚到孤零零的馆中,人之将暮,年老常常觉得晚秋太多。""烹茶之声掺杂着雨打树梢渐渐沥沥的雨声,竹帘幽幽,与晴天下竹林笼着的绿烟相映衬。""如果和正则同年而生,岂敢夸说前生是丁卯年的人?""花自知妩媚舒张开来,却似含笑,流水有情,流过之时犹自带潺潺之声。"这些诗都是可以传世的。二树画梅花,题了一篇七言古诗,叠"须"字韵有八十多首,神工鬼斧,精妙无比,愈写愈奇。我向来不喜欢叠韵,然而读了这首诗不觉赞叹称绝。临终之时,命他的儿子扶起他,画一幅梅花来赠给我。梅花画成之后,题了三句诗,气绝而亡。

我拿这幅画装裱起来题上跋,传给子孙们看,以表明从未识面的交情,深切厚重到这种地步。

【原文】

芜湖观察张茞亭先生，性耽风雅，工诗善书。有《散步》一首云："霜林落叶点人衣，散步郊原趁夕晖。禾熟更经新雨润，雀驯常傍旧檐飞。余霞近水添红艳，远岫排空接翠微。洗却纤尘天宇近，闲吟不觉带星归。"己酉秋，来江宁监试。余以竹叶裹粽饭之，附诗云："劝公莫负便便腹，不嚼红霞嚼绿云。"公和云："倘得携筇亲奉访，管教嚼尽岭头云。"

【译文】

芜湖观察张茞亭先生，性情风雅，书法、诗歌俱佳。他作过一首诗《散步》中说："林木经霜，疏疏朗朗，落叶飘下，点打人衣，趁着夕阳西下的余晖，到原野去散步。禾稻将熟，新经一场雨润，鸟雀驯服，常常贴着原来的屋檐飞翔。天空的晚霞临近水面，更添了几分红艳，远山横空，连接着青翠的山气，一场雨洗清了空中的微尘，只觉天空很近，这样边走边吟，闲闲散散，不觉暮色已重，带星而归。"

乙酉年秋，张茞亭来到江宁监试。我送他竹叶裹的粽子，并附上一首诗："劝您不要亏待了自己的便便大腹，不嚼红霞而嚼绿云。"公和诗道："倘若能携拄着竹杖亲去拜访，一定要嚼尽岭头白云。"

三三

【原文】

汉军董元镜在京师市上买端砚,中有黄气一缕,即砚谱中所谓"黄龙"也。旁题云:"虽有虹贯日,竟无客入秦。可怜易水上,愁杀白衣人。"

【译文】

汉军董元镜在京城集市上买来一方端砚,中间有一缕黄色的气痕,这即是《砚谱》中所说的"黄龙"。旁边题有一首诗说:"虽然说荆轲当年气贯长虹的悲壮,然而居然没有客人入秦地。可怜萧萧易水上,愁杀身着白衣,前来相送诀别之人。"

三四

【原文】

尹文端公于近体诗,推敲最细。常招陈太常星斋、申副宪笏山小集。申和"廉"字,云:"得天厚只论诗刻,待客丰惟自奉廉。"余按:宋人亦有句云:"诗律伤严似寡恩。"

【译文】

尹文端公对于近体诗,推敲得最为仔细认真。常常招集陈星斋太常,申笏山副宪小聚一起。申笏山和"廉"字,说:"得上天独厚然而论起诗来十分严刻,

待客丰盛对自己却十分清廉。"我说明一下,宋代人也有诗句说:"诗律过分严格颇似寡恩薄义。"

三五

【原文】

唐有无名氏诗云:"烈风拔大树,未拔根已露。上有寄生草,依依犹未悟。"明季国事危矣,姚雪庵大司马在朝,有友画猴儿抱藤眠枯树上寄之,题云:"猴儿要醒而今醒,莫待藤枯树倒时。"

【译文】

唐代有无名氏诗:"强劲的狂风摧拔大树,还没用力拨动,根先露了出来。树上长着寄生的草依依不舍还没有悟出形势的危机。"

明代国事已到危难时分,姚雪庵大司马仍在朝中,有朋友画一幅画寄给他,画面上是猴儿抱着藤睡在枯树上,上面题有一句诗:"猴儿要醒也如今该醒了,不要等到藤蔓干枯,大树倾倒时才醒。"

三六

【原文】

白门张启人句云:"书为重看多折角,诗因待酌暂存双。"陈古渔亦有句云:"却恐好书轻看过,摺将余页待明朝。"

随园诗话

【译文】

白门的张启人有诗句为："书因为要重新翻看所以常常折起书角,诗歌为了要进一步斟酌推敲暂时存了两份。"陈古渔也有诗句说："恐怕书中精彩部分就那么轻轻翻略而过,就把剩下的书页折起来等到明天再看。"

三七

【原文】

桐城张文端公贺同馆翰林某新婚云："坐对玉人无辨处,只分云鬟与花钿。"可想见其人之美。余,故史文靖公门生,而其子抑堂少司马,则儿女亲家也。壬寅二月,访抑堂于溧阳,席间出文靖公《玉堂归娶图》,命题。画美少年骑马、行亲迎礼于扬州许氏。事在康熙庚辰,公才十九岁,至今八十余年矣。抑堂笑谓余曰："亲家当日亦系翰林归娶。何不归娶人题归娶图乎?"卷中前辈诗之最佳者,郭元钎云："采灯十道簇香轮,花满游缨踏路尘。似有路人传盛事,公然许、史是天亲。"徐葆光云："华灯夹道拥鸣驺,诏许乘鸾衣锦游。十里珠帘春尽卷,谁家少妇不登楼。"蒋仁锡云："宴罢红绫乐事赊,翩翩走马帽檐斜。似闻却扇先私语,谁夺迎门利市花。"余题四绝,末一首云："愧作彭宣拜后堂,绝无衣钵继安昌。算来只有归迎事,曾学黄粱梦一场。"

【译文】

桐城的张文端公庆贺同馆某位翰林新婚,做诗说："一对清美俊秀的新人对坐,不知何人为新郎、何人为新娘,只能从乌云般的浓发和发间插缀的花钿处分辨得开来。"

这位翰林的清美可想而知。我是以前史文靖公的门生,而他的儿子史抑堂少司马,与我是儿女亲家。壬寅二月,我在溧阳探访抑堂,他酒席间出示文靖公的《玉堂归娶图》,命令题诗。画中有一翩翩美少年骑着骏马,到扬州的许家去迎亲娶妇。

事情发生在康熙庚辰年,文靖公才十九岁,到今日已是八十多年过去了。柳堂笑着对我说:"亲家您当时也是入了翰林后归家娶妻的。为什么不让归娶之人来题写归娶之图呢?"画卷之中前辈们题诗最佳的当数:郭元钎的诗中题道:"香车熙熙攘攘地行驶着,前面有十道彩色灯笼开道,彩带系绛缀结得都是花,踏着尘土而去。路旁争相观看之人纷纷议论赞叹这件美事,大家都公认许、史两人是天赐的良缘。"

徐葆光诗中说:"华美辉煌的彩灯夹道而行,簇拥着萧萧长鸣的骏马,君王一封诏书下来恩准衣着锦衣张灯结彩去亲。气势好不宏大,以至于途中各家把珠子缀结而成的帘子都卷了起来,一路上竟有十里之长,哪一家的少妇不登楼卷帘观看叹赏。"蒋仁锡诗中说:"喜宴数罢,因为这桩美事而找来了许多红绫,帽檐微斜,在尘道上翩翩飞马而行,好似听见有人拿着扇子掩口窃窃私语,看谁去先夺到迎门的利市花。"我题了四首绝句,最末一首为:"拜堂娶亲,人将我比之彭宣,心中不免含愧,自己没有继承安昌公的一点风雅功业,细细算来,只有归家迎亲这回事,算是如做了一场黄粱美梦。"

<h1 style="text-align:center">三八</h1>

【原文】

人问:"妓女始于何时?"余云:"三代以上,民衣食足而礼教明,焉得有妓女?惟春秋时,卫使妇人饮南宫万以酒,醉而缚之。此妇人当是妓女之滥觞。不然,焉有良家女而肯陪人饮酒乎?若管仲之女闾三百;越王使罢女为士缝衽:固其后焉者矣。"戴敬咸进士过邯郸,见店壁题云:"妖姬从古说丛台,一曲琵琶酒一杯。若使桑麻真蔽野,肯行多露夜深来?"用意深厚,惜忘其姓名。

【译文】

有人问:"妓女是什么时间开始出现的?"我答道:"自尧、舜、禹这三代算起,这三代往上在那个时候,人民丰衣足食,晓明礼教,怎么会有妓女呢?只有到了春秋之时,卫让一妇人陪南宫万饮酒,大醉之后,将其捆绑起来。这个妇人

古代多有言妓女之诗,有人问妓女始于何时。袁枚认为应始于春秋之时。

想来该是妓女的发源开道之人,若不是这样的话,想一想哪有好人家的女子肯愿意去陪人饮酒的? 至于说管仲设置三百平民女子;越王命令俘虏来的妇女为兵士缝补洗褪衣服:这已是后来的事了。"戴敬咸进士路过邯郸,见客店的墙壁上题有诗句:"艳美的乐姬弹着琵琶,说唱从古至今的事迹,饮着酒,听着唱曲。如果说桑麻漫山遍野都长得密密麻麻,丰饶富足,妇女忙着做活,能肯半夜中,露水浓重之时,涉露夜行而来吗?"其意味深长厚,只可惜忘了作者姓名。

三九

【原文】

霞裳从余游琴溪归,次日,同游之盛明经复初以二律见投。余问:"盛公何句最佳?"霞裳应声云:"惟'赤鲤去千载,青山留一峰。'"余曰:"然。果近太白。"后三日,路遇雨。霞裳曰:"偶得'雨过湿云忙'五字。"余极称其得雨后云走之神,代作出句云:"风停干鹊噪。"家春圃观察曰:"'噪'字对不过'忙'字,为改'喜'字。"霞裳《过鄱阳湖》云:"风能扶水立,云欲带山行。"亦佳。

【译文】

霞裳跟从我游玩琴溪之后归了家。第二天和我们一块儿去游玩的盛夏初明经投送来二首律诗。

我问道："盛公的哪一句诗最佳妙？"霞裳应声答道："'红色的鲤鱼游去千载，只有青青苍山留下一座险峰。'这一句。"我道："正是如此，诗中颇有李太白的风格。"过了三天之后，我在路上行走，途中遇雨。霞裳说："我偶然想得了雨过湿云忙。（风雨过后，湿重的云朵忙忙而散去）这五个字。"我极口称赞这句诗将雨过之后，乌云散走的样子形象描绘得非常传神，又替她补出上一句"风停干鹊噪"（风静止下来，羽毛已干的鸟鹊嘻嘻闹闹也吵叫。）回家春圃观察说："'噪'字对不过'忙'字，我为你把它改为'喜'字"。霞裳做过《过鄱阳湖》，诗中说："风一吹起，将水吹翻起来，好似风扶水起，云在山际飘过，仿佛要把山带走。"也是佳句。

四〇

【原文】

余在安庆许司狱席上，见小伶扇上画一白头公，题曰："山中一只鸟，独立心悄悄。所欢胡不来，相思头白了。"又《题蜡嘴鸟》云："世味嚼来浑似蜡，莫教开口向人啼。"

【译文】

我在安庆的许司狱宴席上，看见一个幼小的伶人扇子上画一只白头翁，上题有一句诗："山中有一只鸟雀，独立梢头，悄然无语。自己心中所爱为何还不到来，相思的煎熬愁苦使头都白了。"又有《题蜡嘴鸟》："世间情味嚼来如蜡般淡而无味，不要开口向人哀怨地啼叫。"

四一

【原文】

　　高文端公第七公子,字雨亭,从京师寄小照索题;画美少年,着缥单衣,坐松石上。余题就寄去,而公子死矣。其弟广德搜其遗稿,属余为序。录其《七夕》一首,云:"女伴穿针乞巧时,半弯新月动相思。天边星宿人间客,一样明朝有别离。"《咏柳》云:"柳色边溪碧,依依傍玉台。门前无知己,青眼为谁开?"又:"怀人随梦去,隔世带愁来。"皆不似富贵人语。

古人诗中常常咏柳,清人高雨亭《咏柳》诗中
即有"柳色边溪碧,依依傍玉台"之句。

【译文】

高文端公的第七个儿子,字雨亭,从京城中寄来一张他的画像,请求题句,画中有一丰姿俊雅的美少年,身穿细缣制的单衣,坐在松下的石头上。

我题完诗就寄了过去,而公子已经死去。他弟弟广德搜集他的遗稿,嘱托我为诗稿作序。我抄录了他的一首《七夕》诗,诗中说:"女伴穿针引线在七夕晚上乞巧,此时一轮弯弯的月牙升起,引起了相思愁绪。天上的牛郎、织女星和人间他乡异客一样,明天早晨不得不离别伤情。"《咏柳》诗中则有:"柳色青青,枝条垂在河边和溪水交映,一片青翠碧绿,柳枝依依傍玉台。门前来来往往没有知己,我又对谁倾心意识呢!"又有"心中苦苦怀念着,梦中就随着也去了,感觉恍若隔世,含着愁绪又来到世间。"这些诗句读来都不像是富贵人家说的话。

四二

【原文】

有某以诗见示,题皆"雁字""夹竹桃"之类。余谓之曰:"尊作体物非不工,然享宴者,必先有三牲五鼎,而后有葵菹醢醯之供;造屋者,必先有明堂大厦,而后有曲室密庐之备。似此种题,大家集中,非不可存,终不可开卷便见。韩昌黎与东野联句,古奥可喜。李汉编集,都置之卷尾:此是文章局面,不可不知。"

【译文】

有人拿诗稿让我观看,题咏的都是"雁字""夹竹桃"之类的。于是我对他说道:"您的诗作中,吟咏描述事物并不是不够细致传神;然而但凡款待宾客之时,必定先要上牛、羊、猪肉等等的主菜,然后才有别致精巧的小菜;盖房子的,也必须先盖主房厅房大厦,然后才备有密室别室。"

像咏吟这类题目,都集中到这上面,并不是没有留存,但终究不能够打开书卷就可以观看的。韩愈和东野联句,都是古老深奥,精雅可爱的诗句。

李汉编诗集,把这都放置到书本最后面;这是文章的布局安排之法,是不可

以不知道的。

四三

【原文】

凡作诗,写景易,言情难。何也? 景从外来,目之所触,留心便得;情从心出,非有一种芬芳悱恻之怀,便不能哀感顽艳。然亦各人性之所近:杜甫长于言情,太白不能也。永叔长于言情,子瞻不能也。王介甫、曾子固偶作小歌词,读者笑倒,亦天性少情之故。

【译文】

凡是作诗,描画景物容易,抒写情感困难。这是为什么呢? 景物是属于外界的,眼睛可以看到,只要留心观察便可以写入诗中;情感是发自内心的,若是没有一种多愁善感在叹惜心性情致,便不能够写出哀伤凄恻,缠绵宛致的诗来。然而这也是人的天性所决定的。

杜甫善于抒发感情,而李白就不行。永叔善于抒发感情,子瞻却不行。

王安石、曾巩偶然也写一些小巧咏情的歌词,读的人禁不住大笑,这也是天性之中少一份情肠的缘故。

四四

【原文】

甫东顾鉴沙,读书伴梅草堂,梦一严装女子来见,曰:"妾月府侍书女,与生

有缘。今奉敕赍书南海,生当偕行。"顾惊醒,不解所谓。后做官广东,于市上买得叶小鸾小照,宛如梦中人,为画《横影图》索题。钱相人方伯有句云:"怪他才解吟诗句,便是江城笛里声。"余按:小鸾,粤人,笄年入道,受戒于月郎大师。佛法、受戒者,必先自陈平生过恶,方许忏悔。师问:"犯淫否?"曰:"微歌爱唱《求凤曲》,展画羞看《出浴图》。""犯口过否?"曰:"生怕泥污嗔燕子,为怜花谢骂东风。""犯杀否?"曰:"曾呼小玉除花虱,偶挂轻纨坏蝶衣。"

【译文】

甬东的顾鉴沙,有一日在伴梅草堂读书,梦见有一个女子,打扮得十分齐整来见他,自称:"我是月府中的侍书女,和你有缘分,如今奉命到南海宣恩赏诏书,你应当和我一块去。"顾鉴沙从梦中惊醒过来,百思不得其解,闹不清梦中所言究竟指的是什么。

后来他到广东做官,在集市上买到叶小鸾的一张画像,宛然是梦中所见之人,便画了一幅《横影图》索求题诗。钱相人方伯有诗句为:"颇觉奇怪怎么刚刚学会吟咏诗句,便能这么高雅感人。"我说明一下:"小鸾,是广东人,笄年即十五岁之时,拜月郎大师为师,出家为尼。佛教规定,受戒之人,必须先自己讲明平生做过的错事,方才允许忏悔。"大师问道:"可曾犯过淫的罪过?"小鸾答道:"我喜欢唱《求凤曲》这类情歌,展开画卷羞看《出浴图》这种画。""可曾犯过与人吵骂的罪过?"小鸾答道:"恐怕燕子衔泥,点点落下来显得脏污曾经嘲骂过燕子,东风吹来,满院娇美的花都谢落飘地,心中怜惜不已,谴责过东风。""可曾犯过杀生的罪过?"小鸾又答道:"我曾经呼叫丫头小玉把花中生的虫子除掉,偶然挂晾轻绢衣裳时不小心扑掠破了蝴蝶的翅膀。"

四五

【原文】

余在杭州,杭人知作《诗话》,争以诗来,求摘句者,无虑百首。余只爱朱亦钱《春晚书怀》云:"春当三月原如客,人过中年欲近僧。"沈菊人一联云:"双雀

露浓移别树,孤萤风静引归人。"福建女子林氏《贺黄莘田重赴鹿鸣》云:"丹桂花开六十秋,振衣人到广寒游。嫦娥细认曾相识,前度人来竟白头。"

【译文】

我在杭州的时候,杭州人知道我在写《随园诗话》,便争相拿着诗过来,请求摘抄诗句录入书中,数日恐怕不下于上百首。

我只喜欢朱亦篯的《春晚书怀》,诗中说:"春天到三月份之时,就像客人一般过往匆匆,人过了中年想接近僧人,听其演说佛法。"沈菊人有一联,意思是:"一对鸟雀因为嫌露水太重飞移到另一棵树上,没有风孤零零的萤火虫忽上忽下飞着,给归家的人照明引路。"福建女子林氏做有《贺黄莘田重赴鹿鸣》诗,为:"丹桂花开已经有六十个年头了,整理衣服到广寒月宫去游玩。嫦娥细细打量,辨认出以前曾经相识,上次来的人如今竟然白发苍苍了。"

四六

【原文】

周德卿之言曰:"文章徒工于外者,可以惊四筵,不可以适独坐。"斯言也,余颇非之。文章非比阴德,不求人知。景星庆云,明珠美玉,谁不一见即知宝贵哉? 吟蛩唧唧,呓语惜惜,彼虽自鸣得意,岂足传之不朽? 得之虽苦,出之大幅度城;出人意外者,仍须在人意中,古名家皆然。况四座之惊,有知音,有不知音;独坐之适,有敝帚之享,有寸心之知:不可一概而论。

【译文】

周德卿曾经说过:"文章仅仅是辞藻华美精致的话,只可以使四座震惊赞叹,却不能自己独坐一处。"他这一说法,我颇不赞成。文章不比阴德,不要求别人知道。璀璨的星星,祥瑞的彩云,夺目的明珠,晶莹的美玉,谁不是一见就知道是宝贵难得的东西? 若如秋虫般唧唧吟鸣,像呓语样安和静寂,怎么能够永远流传于世呢? 咏得这些诗虽然很辛苦,拿出来则是很欢悦的;有使人出乎意

料的地方,然而仍旧在人的意料之中,古代的名家都是这个样子。何况在四座都惊异赏叹之中,有的是真正欣赏的,有的则是随众喧哗;而独处之时,有破敝的扫帚可来清扫,有一两知音可来赏玩品味:这是不能一概而论的。

四七

【原文】

司空表圣论诗,贵得味外味。余谓今之作诗者,味内味尚不能得,况味外味乎?要之,以出新意、去陈言,为第一着。《乡党》云:"祭肉不出三日,出三日,则不食之矣。"能诗者,其勿为三日后之祭肉乎!

【译文】

司空表圣评论诗歌,认为诗贵在有味外之味,意蕴篇长,耐人品玩。我以为当今所做的诗歌,味内之味还达不到(即诗本身所应有的意趣还都没有),何况是味外之味呢?诗歌意趣外又蕴含的意趣更是可望而不可即的了。

总而言之,首先应该是诗有新意,去除陈词滥调。《乡党》中说:"祭祀用的肉不能超过三天,若过了三天,就不能吃了。"作诗的人,不要使诗如三天以后的祭肉一样变得索然无味。

四八

【原文】

博士卖驴,书券三纸,不见"驴"字,此古人笑好用典者之语。余以为:用典如陈设古玩,各有所宜:或宜堂,或宜室,或宜书舍,或宜山斋;竟有明窗净几,以绝无一物为佳者,孔子所谓"绘事后素"也。世家大族,夷庭高堂,不得已而随意横陈,愈昭名贵。暴富儿自夸其富,非所宜设而设之,置槭罳于大门,设尊罍于卧寝:徒招人笑。吴西林云:"诗以意为主,以辞采为奴婢;苟无意思做主,则主弱奴强,虽僮指千人,唤之不动。古人所谓诗言志,情生文,文生韵:此一定之理。今人好用黄,是无志而言诗;好叠韵,是因韵而生文;好和韵,是因文而生情。儿童斗草,虽多亦奚以为!"

【译文】

博士去卖驴,文书证券写了整整三页纸,还是没有提到一个"驴"字。这句话是古人用来嘲笑那些好用典故的人的。

我认为:运用典故就像是陈设古玩,各有所宜:有的适合放到正堂,有的适合放到室屋,有的适合放到书房,有的适合放到山间斋室;也竟还有明亮窗户下,净洁茶几之上,而不放置任何摆设,以此为佳,这就是孔子所说的"先绘饰事物,然后再清淡素净"。至于说门弟颇高,世代为官之家和人丁昌盛的豪门望族,深宅大院,房高屋敞,不得已而随意加以点缀陈设,愈加显得名贵。是暴富人家为了自己炫耀家中富有,不宜摆设的而偏加摆设,在大门处设个华丽的小门,在卧室中摆一个铜鼎:只能引别人发笑。吴西林有诗说:"诗歌当以立意为主人,以文彩辞藻为奴婢,若是没有什么内容意思为主人,则主人屡弱而奴婢强横,即使仆僮指使千人,一个人也使唤不动;古人所讲的以诗来表达自己的意趣志向,有情感才能落笔成文,有文章才有韵律:这是固定不变的道理。

现在的人喜欢用典,是没有什么意向而作诗;喜欢叠韵,是根据韵律来写文章;喜欢和韵,是根据文章而生情感。如小孩子儿斗草玩儿,即使有很多,又有

四九

【原文】

欲作佳诗,先选好韵。凡其音涉哑滞者、晦僻者,便宜弃舍。"葩"即"花"也,而"葩"字不亮;"芳"即"香"也,而"芳"字不响:以此类推,不一而足。宋、唐之分,亦从此起。李、杜大家,不用僻韵;非不能用,乃不屑用也。昌黎斗险,掇《唐韵》而接杂砌之,不过一时游戏;如僧家作盂兰会,偶一布施穷鬼耳。然亦止于古体、联句为之。今人效尤务博,竟有用之于近体者。是犹奏雅乐而杂侏儒,坐华堂而宴乞丐也,不已慎乎!

【译文】

想作好诗,应该先选好韵。凡是音韵之中有哑暗滞迟、晦涩生僻的,最好是舍弃不用。"葩"的意思也就是"花",而"葩"字发音不响亮;"芳"的意思也就是"香",而"芳"字发音也不响亮;这样推算下去,不能一一枚举。

宋、唐诗诗风之分别,也是从这上面讲起的。李白、杜甫是大家手笔,不用生僻的韵脚;不是不能用,而是不屑于用。韩愈之用险韵,从《唐韵》之中胡乱取韵乱七八糟堆砌到一块儿,也不过是一时的文字游戏;就像僧人们做盂兰会,偶尔布施一下穷鬼罢了。

然而这也仅仅限于古体诗,联句之中用一下。当今之人效法前人的错误行为,显示自己博才多学,而竟然有把险韵用到近体诗中去。就好比是奏高雅的音乐而掺杂一个侏儒在其中,坐于华美大厅堂之上而宴待乞丐,岂不是颠倒错乱么!

【原文】

唐人近体诗,不用生典:称公卿,不过皋、夔、萧、曹,称隐士,也不过梅福、君平,叙风景,不过"夕阳""芳草",用字面,不过"月露风云",一经调度,便日月崭新。犹之易牙治味,不过鸡猪鱼肉;华佗用药,不过青粘漆叶;其胜人处,不求之海外异国也。余《过马嵬吊杨妃》诗曰:"金鸟锦袍何处去,只留罗袜与人看。"用《新唐书·李石传》中语,非僻书也,而读者人人问出处。余厌而删之,故此诗不存集中。

【译文】

唐代人作近体诗,不用生冷的典故:称公卿,也不过用皋、夔、萧、曹,称隐士,也不是梅福、君平,叙讲风景,只不过为"夕阳""芳草",用于字面,仅仅是"风露月云"经过调度改换,便面目全新,浑然而成。

就好比是易牙作烹制美味,原不过是鸡、猪、鱼肉之类的家常物什;华佗用药治病,不过是青粘漆叶之类的易得寻常药草;他们高妙超人之处,并不借重于海外异地之物。

我作过《过马嵬吊杨妃》诗,其中有一句"金鸟锦袍如今都不知到了何处,只留有罗袜给后人观看"。这是用《新唐书·李石传》中的话,并非是从什么难寻少见的僻书中选用的,然而读的人个个都问这话出于何处,我颇觉厌倦就把它删除了,因此这首诗不存在我的诗集之中。

华佗像。华佗为东汉名医，袁枚认为他给人治病用的不过是寻常的草药，其高妙之处不在于借重于海外异地之物，以此说明作诗用典不可过于生僻。

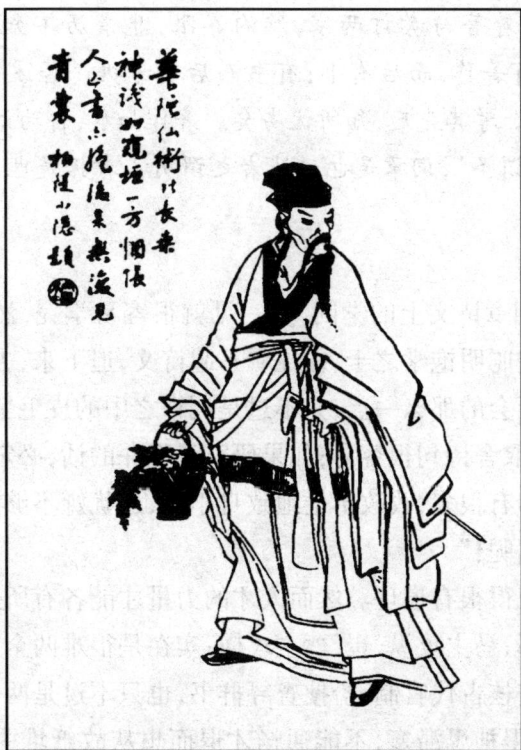

五一

【原文】

王梦楼云："词章之学，见之易尽，搜之无穷。今聪明才学之士，往往薄视诗文，遁而穷经注史。不知彼所能者，皆词章之皮面耳。未吸神髓，故易于决舍；如果深造有得，必愁日短心长，孜孜不及，焉有余功，旁求考据乎？"予以为君言是也。然人才力各有所宜，要在一纵一横而已。郑、马主纵，崔、蔡主横：断难兼得。余尝考古官制，捡搜群书，不过两月之久，偶作一诗，觉神思滞塞，亦欲于故

纸堆中求之,方悟着著与考订两家,鸿沟界限,非亲历不知。或问:"两家孰优?"曰:"天下先有著作,而后有书;有书而后有考据。著述始于三代六经,考据始于汉、唐注疏。考其先后,知所优劣矣。著作如水,自为江海;考据如火,必附柴薪。'作者之谓圣',词章是也;'述者之谓明',考据是也。"

【译文】

王梦楼说:"词章诗文上的学问,人一见就很容易学完,然而搜寻起来便无穷无尽。如今那些聪明饱学之士,往往看不起诗文,退下来,去研究经书注解史料。却不知自己所会的那么一点,只不过是词章之中的皮毛罢了。没有吸取精髓之处,因此觉得取舍诗句很容易;如果研究得很深的话,必定会发愁日子太短促而心中想作的却有很多,孜孜不倦地致身于此,还犹嫌不够,岂有闲余的精力去从别处寻考凭据呢!"

我认为梦楼说得很有道理。然而人才的力量才能各有所适宜,区别只不过是一纵横而已。郑、马主攻纵,崔、蔡主攻横;实在是很难两全兼顾双方的。

我曾经考察查核古代官制,捡搜查寻群书,也只不过是两个月的时间,而偶然想作一首诗,觉得神思滞塞,不能通畅才退而想从故纸堆中发现句子。方才悟出著写诗文和考察审订两家,其中的界限距离,必须亲身经历才有所体会。有人问道:"著写与考订两家,哪一家更好一些呢?"答曰:"世界上先有著作堆积,然后有书籍,有了书籍之后才有考据。"

著书立说是从三代六经之时开始出现的,而考据则从汉代、唐代注疏开始的。明白了出现的先后顺序,就可以知道两者的优劣。著作就像水,自成江海,而考据则如火,必须依附于木柴才可以存在。"作者可以称为才智非凡之士。"说的是词章。"解述之人可以称为聪明通晓之士。"说的是考据。

五二

【原文】

余任江宁时,送尹文端公移督广州,云:"天上本无常照月,人间还有再来春。"未五年,果仍督江南。

【译文】

我在江宁任职之时,送尹文端公迁移往广州任总督,我说:"天上本来就没有经常笼罩大地的月亮,人世之间还有再次来临的春天。"不到五年,果然尹文端公仍然回到江南任总督这一原职。

五三

【原文】

元相称韩舍人诗:"欲得人人服,能教面面全。"又曰:"玉磬声声彻,金铃个个圆。"韩舍人,即昌黎也。昌黎硬语横空,而元相以此二联称之。此中消息,非深于诗者不知。

【译文】

元稹评论韩舍人的诗说:"为了使每个人都从心底折服,能使每个方面都做得齐全完美。"又说:"如敲击美玉,声声都是清澈滑润,又如是金铃,个个都很丰圆。"韩舍人也就是韩愈。韩愈文章硬语横空,雄奇奔放,而元稹用这两联来

韩愈像。图出自明·吕维祺《圣贤像赞》。韩愈为唐宋八大家之首,因其是昌黎人,故后人又称其为"韩昌黎"。

称论他。这其中的意思,只有深通于诗的人才可能有所领悟知晓。

五四

【原文】

怀古诗,乃一时兴会所触,不比山经地志,以详核为佳。近见某太史《洛阳怀古》四首,将洛下故事,搜括无遗,竟有一首中,使事至七八者。编凑拖沓,茫然不知作者意在何处。因告之曰:"古人怀古,只指一人一事而言,如今陵之《咏怀古迹》:一首武侯,一首昭君,两不相犀也。刘梦得《金陵怀古》,只咏王濬楼船一事,而后四句,全是空描。当时白太傅谓其'已探骊珠,所余鳞甲无用'。

真知言哉！不然，金陵典故，岂王濬一事？而刘公胸中，岂止晓此一典耶？"

【译文】

怀古之诗，乃是一时触动情怀，兴致所至而作，比不得山经地志，只要考核得精细确凿便可称得上好的。

近来见某一位太史作了四首《洛阳怀古》诗，将有关洛阳的故事，搜寻出来，竟无遗漏，以至有一首诗中，居然七八处都用典。凑拼编撰到一块儿，拖沓迟滞，竟不知作者用意何在。

于是我告诉他："古代人写怀古之诗，只是指一人一事而发感慨以抒情怀，比如杜甫的《咏怀古迹》：一首是咏诵武侯诸葛亮的，一首是咏诵王昭君的，两者不相掺杂。刘梦得的《金陵怀古》，只咏王濬楼船之一件事，而后面四句，全是空写。当时白居易说他'已是精妙之处，所剩余部分都是无用之物'。说得真是精辟至极！若不是这样，那么金陵典故，哪只有王濬一事？而刘梦得胸中，岂止只有这一个典故。"

五五

【原文】

松江有徐媛者，十峰先生之女。黄石牧太史述其《续绣余集》一绝云："仰视天无星，俯视月如霜。月正人影短，月斜人影长。"其母张夫人能诗，所云《续绣余集》者，以母夫人先有此集名也。

【译文】

松江有一个名叫徐媛的，是十峰先生的女儿。黄石牧太史讲她的《续绣余集》中有一首绝句："仰看天空，空中寥无星辰，俯视地面目光冷冷相照，仿佛地上结满了霜。月照头顶，横于天化之时，人影便短小起来，月儿斜照，人影便拉得很长。"她的母亲张夫人善于作诗，徐媛之所以称其诗集为《续绣余集》，是因为她的母亲以前有诗集命名于此。

五六

【原文】

黄石牧太史未遇时,馆于青浦盛氏,范笏溪先生访之,为阍人所阻,懊恼而返。华亭至青浦,已百里矣。黄知之,深不自安,赠诗云:"高鸿渺渺过无迹,凡鸟匆匆去未题。妒杀绿杨丝万缕,曾牵范舸在长堤。"

【译文】

黄石牧太史还没有发迹之时,在青浦的盛家坐馆教书,范笏溪先生去探访他,而被看门人阻止,不能入见,懊恼不已只好返回去。从华亭到青浦,已有一百多里地。黄石牧知道这件事后,非常不安,赠给笏溪先生一诗:"高飞的鸿浩从空中渺渺飞去,过地无留痕迹,凡鸟匆匆掠过不必为之题留诗句。我真是嫉妒那些丝丝缕缕的杨柳,为的是曾经在长长的堤岸上牵挽过范先生的行过的小船罢了。"

五七

【原文】

余幼时家贫,除《四书》《五经》外,不知诗为何物。一日,业师外出,其友张自南先生携书一册,到馆求售,留札致师云:"适有亟须,奉上《古诗选》四本,求押银二星:实荷再生,感非言罄。"予舅氏章升扶见之,语先慈曰:"张先生以二星之故,而词哀此,急宜与之。留其诗可,不留其诗亦可。"予年九岁,偶阅之,如

获珍实。始《古诗十九首》，终于盛唐。伺业师他出，及岁终解馆时，便吟咏而模仿之。呜呼！此余学诗所由始也。自南先生其益我不已多乎！

【译文】

我年幼之时，家境贫寒，除了《四书》《五经》之外，不知道诗是什么东西。有一天，我的私塾先生外出去了，他的朋友张自南先生携了一册书卷，到书馆中要求卖掉，留下一张便信给我老师说："不巧急需用钱，特奉上《古诗选》四本，恳求抵押二星银子；若我能够再生，感激之情也说不尽。"我舅舅章升扶见了，告诉我母亲说："张行生就因为需要二星银子，而措辞如此哀婉，应该快一点给他钱。留下他的诗可以，不留下他的诗也行。"当时我九岁，偶然翻阅诗卷，如获至宝。诗从《古诗十九首》开始，到盛唐为止，我在老师外出或者年底散馆的时候，便吟咏诵读此书，并模仿着作诗。我的学作诗便是由此开始的。自南先生真是帮了我不少的忙，使我受益匪浅，学到不少的东西呵！

五八

【原文】

阮亭尚书自言一生不次韵，不集句，不联句，不叠韵，不知古人之韵。此五戒，与余天性若有暗合。

【译文】

阮亭尚书自己声称一生中不次韵，不集句，不联句，不叠韵，不和古人之韵。他这五条戒律，倒和我的天性有暗暗相合的地方。

五九

【原文】

甲辰秋,余在广州,有传蒋苕生物故者。未几,接苕生手书,方知讹传。到桂林,告岑溪令李献乔有府。李喜,《口号》一绝云:"狂生有待两公裁,未便先期一岳摧。岂为路逢章子厚,端明已自道山回。"李心折袁、蒋两家诗,与赵云松同癖。

【译文】

甲辰年秋天,我在广州,听得有传闻说蒋苕生已离开人世。不久,我便接到苕生的亲笔信,才知道传闻原是讹误。后来到桂林去,把这件事讲述给岑溪县令李献乔明府。李献乔听了大喜,随口吟出一首绝句来:"狂放的书生苦待两公为我裁定评议诗稿,还没有得到机会便先听说我仰慕的一岳已先遭摧折。并不是路途中遇到了章子厚,先生已自己从道山返归,回到世间。"李献乔对袁枚、蒋苕生两家的诗十分赞叹折服,和赵云松癖好相同。

六〇

【原文】

余在桂林,淑兰女弟子偶过随园,题壁见怀云:"为访桃源偶驻车,仙云何处落天涯?喜看几笔簪花字,犹领春风护绛纱。""几度蒙招未得过,居然人似隔天河。(偷公朝考句。)非关学得嵇康懒,半为风多半病多。"

【译文】

我在桂林,淑兰女弟子偶然路过随园去拜访我,未遇,便在墙壁上题了一首诗以示怀念之情,诗中说:"为了访桃源仙地偶然驻车巡视,仙云飘落悠荡,到天涯何处,满怀欣喜翻看写满簪花小字的几卷书,独领得春风来遮护深红色的轻纱。""几次受您邀请总是没机会相见拜访,我们两人居然像隔了天河一般。(偷公朝考诗句),并不是说我学得像嵇康那样懒散,一半是因为风多,一半是因为病多。"

六一

【原文】

戊辰秋,余宰江宁,将乞病归,适长沙陶士璜方伯调任福建;路过金陵,谓余曰:"子现题升高邮州,宪眷如此,年方三十,忽有世外之志,甚非所望于贤者也。"余虽未从其言,而至今感其意。甲辰,在广州,遇方伯之孙诵乃祖《买书歌》曰:"十钱买书书半残,十钱买酒酒可餐。我言舍酒僮曰否,咿唔万卷不疗饥。斟酌一杯酒适口,我感僮言意良厚。酒到醒时愁复来,书堪咀处味逾久。淳于豪饮能一石,子建雄才得八斗。二事我俱逊古人,不如把书聊当酒。一编残字半蠹鱼,区区蠡测我真愚;秦灰而后无完书。"

【译文】

戊辰年秋,我在江宁任宰令,将要告病请求恩准回乡,值长沙的陶士璜方伯调到福建任职,路过金陵,对我说:"你现在提升为高邮州刺史,皇上对你如此恩宠,而年纪刚刚三十,就忽然想隐退,不再任官,这绝不是对贤者所抱的期望。"我虽然没有听从他的话,而直到今天还感激他的殷切之意。

甲辰年,我在广州,碰到方伯的孙子诵读他祖父的《买书歌》,诗中说:"拿十文钱来买书,只能买到残破不全的书,拿十文钱来买酒,可以痛饮一顿。我说不喝酒好了,僮儿却说不行。咿咿呀呀读万卷书还是抵不住肚子饿。倒了一杯

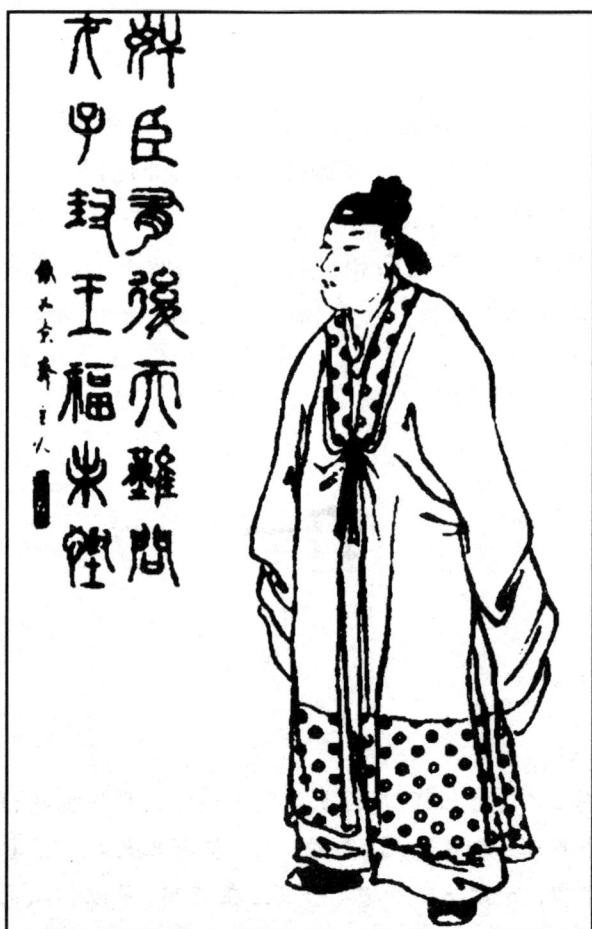

曹植像。曹植,字子建,曹操第三子,谢灵运誉其为"才高八斗",所以后人诗句
中有"子建雄才得八斗"之句。

酒细细品味,酒很合口,我感觉到僮儿的话意深厚,用心良苦。酒醒之后我又发愁到心头,书本可以供长久品嚼,滋味更远久。淳于豪饮,每次能喝一石酒,子建胸有大才,才高八斗。这两件事我都比不上古人,不如拿着书权当成酒。虽然说书本卷破字残,然而我见识短浅真是傻到了家,自从秦朝焚书之后,哪里有完整的书保存下来?"

六二

【原文】

同年李湖,字又川,巡抚广东,以清严为政。与人歌云:"广东真乐土,来了李巡抚。"圣眷甚隆,而积劳成疾。薨时,香亭往送入殓,见公面目手足作黄金色,光耀照人,亦一奇也!巡抚贵州,《入境口号》云:"双旌遥指贵阳城,紫盖红旗夹道迎。自愧书生当重任,不知何以报升平?"

【译文】

和我同科及第的李湖,字又川,任广东巡抚,为政清廉严正。众人做歌颂扬他说:"广东真是个快乐的好地方,因为来了个李巡抚。"皇上对他十分恩宠,然而他过于辛劳,积劳成疾。

去世时,香亭前往送他入殓,看李公面目及手足都是金黄之色,闪亮有光,光耀照人,也是一桩奇事!李湖在贵州任巡抚之时,做过《入境口号》诗,诗中说:"一对旌旗遥遥指向贵阳城,看到道路两旁满是紫盖、红旗以欢迎我,心中暗自惭愧一介书生来当此重任,不知怎样才能报答这种太平欢悦的迎盼深厚情意呢?"

六三

【原文】

周栎园论诗云:"学古人者,只可与之梦中神合;不可使其白昼现形。"至哉言乎!

【译文】

周栎园议论诗歌说:"学习古人的诗,只可以和它在梦中神合,不可以使它的画现形。"这话说得十分正确!

六四

【原文】

乙丑,余宰江宁。有张漱石名坚者,持故人陈长卿札,求见,赠云:"他年霖雨知何处?记取烟波有钓徒。"后岁丙子,同杨洪序来随园,年七十余,喜所居不远,月下时时过从。别三十年,杳无音耗。丙午二月,过洪武街,遇老人,乃其子也,方知先生八十三岁,委化陕中,为黯然者久之。次日,其子抱先生余集,属为点定。《偶成》云:"细雨潇潇欲晓天,半床花影伴书眠。朦胧正作思乡梦,隔院棋声落枕边。"鄂文端公为苏藩司,《选南邦黎献集》,擢君第三。

【译文】

乙丑年,我做江宁县令。有一个叫张漱石名坚的人,拿着故人陈长卿的信

函,前来求见,赠诗说:"他年的霖雨知道在哪里,记得在烟波之中有钓鱼的人。"后来在丙子年,他又和杨洪序来随园,年纪已经七十多了,高兴的是住得不远,晚上常常相互走动。离别三十年,杳无音信。

丙午年二月,路过洪武街,遇见一位老人,是他的儿子,才知先生在八十三岁时,死在陕中,我感到黯然神伤。第二天,他的儿子抱着先生的全集,请我来点定。有一首《偶成》说:"细雨绵绵天快亮了,半床花影伴着书本入睡。朦胧中正做着思乡的美梦,隔院的下棋声音在枕边回响。"鄂文端公做苏藩司,选有一本《南邦黎献集》,选君为第三。

六五

【原文】

茗生携妇游摄山,余寄诗调之。茗生答云:"樵夫汲妇互穿云,老佛低眉苦不分。客路偶然携眷属,游踪未必感星文。漫劳史笔传佳话,却被山灵识细君。谁与洪崖描小影,鹿皮冠伴水田裙。"

【译文】

茗生带着媳妇游摄山,我寄诗过去逗他们。茗生写诗作答说:"砍柴的男子和打水的女子似乎在云中穿行,老佛低眉苦乐不分。偶尔带着家属出去游玩,但这种做法未必使上天感动。劳费你大手笔来写这一段佳话,却被山神认为是你的诗来。谁来和洪崖先生描绘影像,鹿皮帽子伴着水田裙。"

六六

【原文】

余得绍兴十八年《题名碑》,朱子乃五甲进士也。王蒉亭中翰戏题云:"若使当时无五甲,先生也合落孙田。"朱子小名沈郎,亦载碑中。

【译文】

我得到绍兴十八年的《题名碑》,朱熹乃是五甲进士。王蒉亭中翰开玩笑,戏题诗句:"假如当时没有五甲的话,先生也应该是名落孙山,不能及第了。"朱熹小名叫沈郎,也记载在碑中。

六七

【原文】

武将能诗,皆由天授。刘大刀名綎,本姓龚,湖广人。其七世孙某来作江宁都司,诵其先人遗句云:"剪发接缰牵战马,拆袍抽线补旌旗。胸中多少英雄泪,洒上云蓝纸不知。"戚继光亦有警句云:"风尘已老塞门臣,欲向君王乞此身。一夜秋霜零短鬓,明朝不是镜中人!"

【译文】

武将能够赋诗,都是上天授赋给的才能。刘大刀名字叫作綎,本来姓龚,是湖广人。他的一个七世孙来到江宁任都司,曾诵读他先人的诗句,内容是:"剪

掉头发来接战马的缰绳,拆开衣袍抽出线来,以补旌旗。胸中能有多少英雄热泪抛洒,诉之笔端,纸却无知不懂。"

戚继光也有警句,如:"边塞争战的将军年岁已老,想请求君王恩准放我这残躯归隐回乡。一夜之间短短的髯须却染上秋霜变得花白,明朝照镜简直认不出这就是自己。"

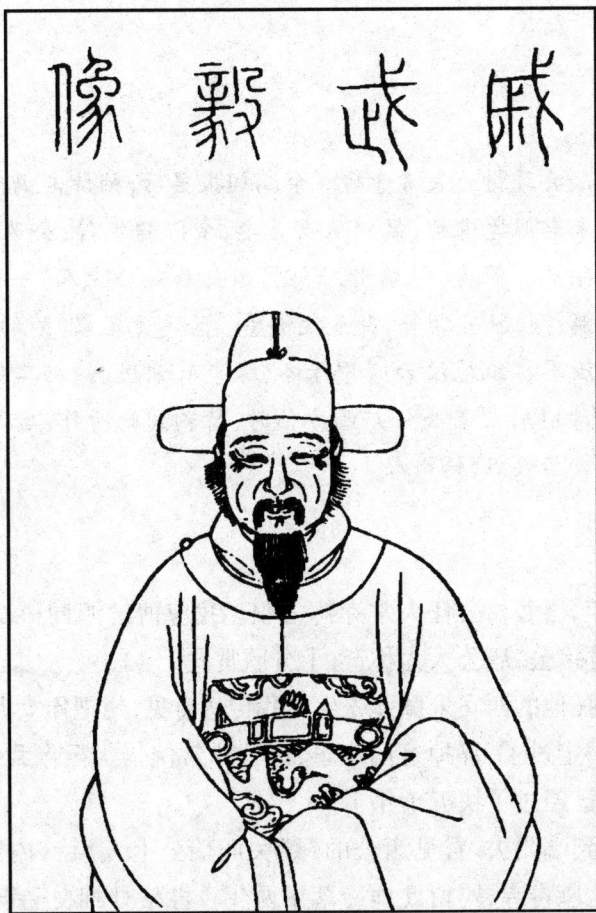

戚继光像,图出自清·顾沅辑《古圣贤像传略》。戚继光是明朝抗倭名将,能文能武,有诗作传世。

六八

【原文】

乾隆丙辰,唐公莪村为太常寺卿。余鸿词报罢后,袖诗走谒,公奇赏之。次日,即托其西席朱君佩莲道意,欲以从女见妻,余以聘定辞,公为惋惜。至今感不能忘,垂五十年矣。甲辰,到端州,见公《赠关庙瑞公上人》一律云:"何因来古寺,冷落二年羁。性拙宜僧朴,身危仗佛慈。险夷无定象,梦幻有醒时。一笑成今别,前途最汝思。"纸尾注云:"甲子冬,缘事来肇庆,羁栖二年。今丙寅夏,将之任山左,赋诗留别。"盖公任广西方伯时,待鞫到此所作,后巡抚江西,三仕三已,以官寿终。名绥祖,扬州人。

【译文】

乾隆丙辰年,唐莪村公任太常寺卿之职。我应博学鸿词科试选后,袖里装着诗稿走访谒拜诸公,唐公大为称奇,十分欣赏我。

第二天,就托他的西宾朱佩莲先生向我传达意见,想把侄女儿许嫁给我,我告诉他我已经聘定过了,辞掉这门亲事,唐公非常惋惜。至今我深感其厚意而不能忘怀,事情已经过了快五十年了。

甲辰年,我到端州去,看见唐公的《赠关庙瑞公上人》诗,内容是:"是什么原因我来到了这座古寺,羁留此地冷落了两年。性格朴拙,正宜于僧人所需的质朴无华,依仗佛祖的慈悲来使自己免于危境。险恶平坦没有固定的像,大梦一场终有醒来的时候。相对一笑从此分别,前面路途中最是思念你。"纸的末端注了一行字说:"甲子年冬天我因为有事来到肇庆,羁旅栖居于此有两年时间。今丙寅年夏天,我将要去山之东部任职,赋成一诗,以此作别。"唐公任广西方伯之时,等待审问到这个地方住,后来任江西巡抚,三次出仕为官,三次罢官,终在官任上寿终正寝。唐公名绥祖,是扬州人。

六九

【原文】

余过永州,时值冬月,远望秃树上立数鹭鸶,疑是木兰花开,方忆戴雪村先生"高湍散作低田雨,白鸟栖为远树花"二句之妙。

【译文】

我路过永州,当时正是冬天,远远望见光秃秃的枝杈上立着几只鹭鸶,疑是木兰花开,方才忆起悟出戴雪村先生有两句诗很是精妙:"高高湍急的流水溅洒出来,竟成了低处田地的雨水,白鸟栖于树枝上,远远看去误认为是树上开的花。"

七〇

【原文】

周元公云:"白香山诗似平易,间观所存遗稿,涂改甚多,竟有终篇不留一字者。"余读公诗云:"旧句时时改,无妨悦性情。"然则元公之言信矣。

【译文】

周元公说:"白居易的诗读起来好似浅显易懂,间或观看他存留下来的遗稿,涂改的地方很多,竟有通篇连一个字都不留的情况。"我读白居易的诗有:"旧时所做的诗句时时要改动,这并不妨害愉悦性情。"这样看来,元公所说之

七一

【原文】

王荆公矫揉造作,不止施之政事也。王仲圭"日斜奏罢《长杨赋》,闲拂尘埃看画墙"句,最浑成。荆公改为"奏赋《长杨》罢",以为如是乃健。刘贡父"明

王安石

王安石像。因为王安石曾被宋神宗封为荆国公,故又称"王荆公"。

日扁舟沧海去,却从云里望蓬莱。"荆公改"云里"为"云气",几乎文理不通。唐刘威诗云:"遥知杨柳是门处,似隔芙蓉无路通。"荆公改为"漫漫芙蓉难觅路,萧萧杨柳独知门。"苏子卿《咏梅》云:"只应花是雪,不悟有香来"。荆公改为"遥知不是雪,为有暗香来。"活者死矣!灵者笨矣!

【译文】

王安石做事矫揉造作,没有自然意趣,不仅仅表现在他处理政事之中。王仲圭的诗句"夕阳西斜之时吹奏罢《长杨赋》,闲来拂拭掉尘埃来观看墙上的画",最为浑然天成。而王安石称为:"吹奏赋成《长杨》立后",以为这样改就会显得雄健。刘贡父有"明日扁舟沧海去,却从云里望蓬莱。"明天驾着一叶扁舟向沧海深处划去,从茫茫的云海里张望蓬莱仙山。'王安石将"云里"改为"云气",几乎是文理不通。唐刘威诗中有"遥知杨柳是门处,似隔芙蓉无路通。"(遥遥相看,早知道杨柳树下是院门的所在之地,隔着芙蓉花好似无路可通。)王安石把诗改为"漫漫芙蓉难觅路,萧萧杨柳独知门。"(到处都是芙蓉难以寻觅到路径,只有杨柳萧萧作响,知道门在何处。)苏子卿有《咏梅》诗有"只应花是雪,不悟有香来"。(觉得只应该梅花是雪,却不知花有芳香递来)王安石则改为"遥知不是雪,为有暗香来。"(遥遥相看,知道这不是雪,因为有花香飘来。)这种改诗之法,将活诗改为死诗,灵性之诗改为笨拙之诗。

七二

【原文】

余游南岳,往谒衡山令许公。其仆人张彬者,沅江人,年二十许,见余名纸,大喜,奔告诸幕府,以得见随园叟为幸。既而许公招饮,命彬呈所作诗,有"湖边芳草合,山外子规啼";"远岫碧云高不落,平湖萤火住还飞"之句,果青衣中一异人也。性无他嗜,酷好吟咏;主人赏婚费,乃不聘妻,而尽以贾书。

【译文】

我游玩南岳衡山之时,前去拜访衡山令许公。他的仆人张彬,是沅江人,年纪有二十来岁,看见我的名片,大喜,向府中之人奔走相告,以能够见上随园老头一面为荣。接着许公邀请我去饮酒,命令张彬献呈他自己作的诗,有"湖水旁边芳草合拢一片,青山之外子规啼鸣声声。""远山上碧云环绕而不飘落下来,平静的湖面上萤火虫似乎停了下来,但还是接着飞了。"这些诗句;果然是奴仆丛中一奇异不凡的人。他没有别的嗜好,酷爱吟咏诗歌;主人赏给他钱,让他娶亲,他却不聘妻子,而都拿来买书,算得一个书痴了。

图文珍藏版

重修随园旧制 致力文学著述

随园诗话

（清）袁枚◎原著　马博◎主编

线装书局

二七

【原文】

余入学,年才十二。龚立夫名本者,亦髫年,同覆试时,立夫著绣领红袴,为学使王交河先生所呵。今五十余年矣,老而不遇。有人传其《看庭桂》一首,云:"牡蛎墙阴碧藓封,连蜷古干影重重。晓风吹过叶微动,夜雨渍来香更浓。好就曲栏敷坐具,时从幽境策吟筇。天香满院娱清书,一任泥深断客踪。"

【译文】

我入学的时候,才刚刚十二岁。龚立夫名本,也是一名少年,和我一块去应试的时候,立夫穿着绣花衣领红色裤子,被学使王交河先生所呵斥。今已五十多年过去了,一直未再能和他见面。

有人传来他的一首《看庭桂》说:"牡蛎在墙角的绿色藓苔上爬动,干枯的树影重重叠叠。早晨的风吹得树叶微微颤动,夜雨下来香味更浓。好好地在曲折栏杆旁放好坐具,时不时坐在这幽静的环境下抒发情怀。满院清香好一幅清新的画卷,任那雨后的泥水掩了客人的足印。"

二八

【原文】

余泊高邮,邑中诗人孙芳湖、沈少岑、吴螺峰招游文游台;是东坡、莘老、少游、定国四人遗迹。席间,沈自诵其《春草》云:"山经烧后痕犹浅,雪到消时色已浓。"余甚赏之。屏上有王楼村诗,云:"落日倒悬双塔影,晚风吹散万家烟。"

真台上光景。螺峰云:"楼村以七律一联,受知于宋商丘中丞,遂聘在门墙,列江左十五子中,大魁天下。诗云:'尊中腊酒翻花熟,案上春联带草书。'不过对仗巧耳。前辈之爱才如此。"十五子中,宰相、尚书,不一而足;惟李百药一人以诸生终。而诗尤超绝。

【译文】

我停船在高邮,邑中诗人孙芳湖、沈少岑、吴螺峰招我同游文游台,这儿是东坡、莘老、少游、定国四人的遗迹,酒席上,沈少岑读他的《春草》说:"山经过烧青后还留有淡淡的痕迹,雪到化去的时候颜色已很重了。"我十分欣赏。屏风上有王楼村的诗,说:"落日照出倒悬着的双塔的影子,晚风吹散了万家的炊烟。"真正描绘了台上风光。螺峰说:"楼村靠一首七律,被宋商丘中丞赏识,于是聘在门墙,列江左十五子之中,大魁天下。有诗说:'杯中的腊酒沸了,案上的春联是用草书写的。'不过是对仗巧罢了。前辈爱才到这种地步。"十五子中,宰相、尚书不一而足;只有李百药一人以诸生的身份终了一生。但诗却最为超出,比其他都写得妙。

二九

【原文】

熊观察学骥,字蔗泉,自楚中归,两目盲矣。其晋接周旋,较胜有目者。居秦淮水阁,与余晨夕过从,死前半月,赋《秦淮杂咏》云:"秦淮三月画帘开,便有游人打桨来。燕子不归春又暮,几家闲煞好楼台。""笑语勾留画舫停,红妆绿鬓影娉婷。帘前灯映楼头月,十里人家一画屏。"亡后,余哭之哀,作挽联云:"生祭有祠,楚国至今歌善政;风骚无主,秦淮那可丧斯人!"

【译文】

熊学骥观察,字蔗泉,从楚地归来,两眼瞎了,但他接客周旋,还胜过有眼睛的。住在秦淮水阁,和我早晚都要相会,死前半月,写《秦淮杂咏》说:"秦淮人家三月份便打开画帘,于是就有游人划船来了。燕子不归春天又过去了,有几

家的楼台得以清闲。""笑语逗留画船停下来,红妆黑发身材姣好。帘前的灯光映照着楼头的明月,十里人家一画屏。"死后,我哭得十分伤心,作挽联说:"活着时便有生祠,楚地至今还歌颂你的好政绩;风骚没人能比,秦淮哪里能死去这样的人!"

三〇

【原文】

六合孝廉张廷松,清才不寿,诗不多,而饶有唐音。《古意》云:"荷弃风香隔水涯,吴姬荡桨湿裙纱。晚来满载新莲子,月上横塘正到家。"

【译文】

六合孝廉张廷松,才气诸绝却短命,诗写的不多,而颇有唐诗的韵味。有《古意》一首说:"隔着水风儿吹来荷叶的香气,吴姬划船湿了裙纱。晚上满载一船莲子,月上横塘的时候正好到家。"

三一

【原文】

金坛虞广文景星,康熙壬辰进士,年八十余,与余相遇苏州。诗才清妙,都未付梓。《偶成》云:"贫不卖书留子读,老犹栽竹与人看。""将雪论交人尚暖,与梅相对我犹肥。"《解组》云:"人情验自休官后,我意浑如出梦时。"《训儿》云:"偶然为汝父,未免爱吾儿。"

【译文】

金坛虞广文字景星,康熙壬辰年的进士,年纪已八十多岁了,和我在苏州相遇。他的诗才清妙,都没有印刷出来。有《偶成》一首说:"贫穷也不卖书留给

孩子读,老了还要栽竹给别人看。""下雪时与人在暖和的屋里交谈,和梅花相对我还算胖的。"《解组》说:"人情只有到辞官以后才能验证,我的意境就像刚做完梦。"《训儿》说:"偶然才做了你的父亲,因此未免有些溺爱你。"

三三

【原文】

壬戌,余与陶西圃镛,俱以翰林改官。陶先乞病。庚午,余亦解组随园。陶与余同踏月,云:"偷得闲身是此宵,白门何处不琼瑶?芒鞋醉踏三更月,犹认霜华共早朝。"壬申,余从陕西归,陶方起病赴都,见赠云:"草草销魂过白门,故人招我住随园。同看昨岁此时雪,仍倒空山累夕尊。竹压千竿青失影,峰铺四面白无痕。君行万里诗奇绝,何意重逢一快论。"余置酒,出路上诗示。陶读至《扁鹊墓》云:"一坏尚起膏肓疾,九死难医嫉妒心。"不觉泪下。询其故,为一爱姬被夫人见逐故也。余欲安其意,适家婢招儿,年将笄矣,问:"肯事陶官人否?"笑曰:"诺。"遂以赠之。正月七日,方毓川掌科、王孟亭太守、朱草衣布衣、吕星垣进士,添箱赠枕,各赋《催妆》。陶有诗云:"脱赠临岐感故人,相携风雪不嫌贫。当他意处无多少,未老年华欲仕身。"余和云:"故人临别最销魂,万里携囊襆被身。欲折长条无别物,自家山里一枝春。"十余年后,陶从山右迁楚中司马,挈招儿再过随园,则子女成行矣。子时行,小名佛保,亦能诗。《听雨》云:"连朝三日碧苔生,疏馆萧条夜气清。红烛当筵花拂帽,爱听春雨到天明。"《雨窗》云:"照眼花枝压短墙,晓看风雨太颠狂。生憎帘卷危檐近,点点飘来溅笔床。"佛保入泮后,年二十,以瘵疾亡。

【译文】

壬辰年,我和陶西圃字镛,都以翰林的身份改官,陶西圃先乞病回家。庚午年,我也解官回到随园。

陶西圃和我一起赏月,说:"今晚偷得空闲,白门哪里不是琼瑶?穿着草鞋醉醺醺的踏着三更月而走,还认为是踏着晨露上早朝呢。"壬申年,我从陕西回来,陶西圃刚刚病好赶往京都,赠我一首诗说:"每回经过白门都感到销魂,故人招我前去随园。同看去年这时候的雪,仍是夕阳照耀下的空山。千层竹子影叠

随园诗话

着影,山峰四面都发白得没一点草痕。你行程万里诗才奇绝,什么时候再重逢痛痛快快地谈论一番。"我备了酒,拿出路上写的诗让他看。

陶西圃读到《扁鹊墓》说:"刚刚病好起来,九死一生也难医嫉妒的心。"不觉掉下泪来,询问他缘故,是因为一个爱姬被夫人驱逐了。我想安慰他,刚好家婢招儿,快到十五了,问她:"肯事俸陶官人吗?"她笑着说:"行。"于是就赠给了他。正月七日,方毓川掌科、王孟亭太守、朱草衣布衣、吕星垣进士,添箱赠枕,各写《催妆》。陶西圃有诗说:"临别时要互赠送感动老朋友,在风雪中相互携手不显贫穷。没有多少别的想法,趁着未老再去做官。"我和了一首说:"故人临别最销魂,万里之行还带着被褥行李。没有别的东西想折一柳条相送,这可代表着自家山里的春天。"十多年后,陶西圃从山右升为楚中可马,带着招儿再次路过随园,则已子女成行了。儿子叫时行,小名佛保,也能写诗。有《听雨》说:"接连下了三天有绿苔生出,清凉的夜里疏馆萧条。筵席上点着红烛有花拂帽子,喜欢听着春雨一直到了天明。"《雨窗》诗说:"惹眼的花儿压在短墙上,早上看风雨太癫狂。憎恶卷着帘子时雨水便追过来,点点飘来溅到我的笔和床上。"佛保考中秀才后,年已二十,害病而死。

☰

【原文】

山东曾南村尚增,风貌伟然,以庶常改知芜湖,尝诗戏西圃云:"几载柴桑为刺史,当年元亮是州民。"因西圃居芜湖故也。同舟访余白下,一路唱和,云:"潮通燕子趋京口,帆带峨眉认小姑。""风微渔火重生焰,寺僻钟声半代更。"皆佳句也。后刺郴州,署中不戒于火,女以救母故,与母俱焚;郴人为立孝女祠,南村亦以悖卒。

【译文】

山东的曾南村字尚增,长得风貌伟岸,以庶常之职改为芜湖知府,曾写诗戏弄陶西圃说:"几年柴桑为刺史,当年元亮是州民。"这是因为陶西圃住在芜湖的缘故。

他们一起坐船来白下看我,一路唱和,说:"潮水通往燕子流向京口,帆带着船从峨嵋到了小姑。""风儿微微渔火重生火焰,寺院偏僻钟声代替了打更。"都是好的诗句,后来做郴州刺史,家里不小心着火,女儿因为救母亲,母女二人都被烧死,郴州人为她立了孝女祠,曾南村因为过分忧伤而很快死去了。

三四

【原文】

漕帅杨清恪公锡绂,德望冠时,而诗才清妙。《夜行》云:"好风潜入夜,明月正当头。宇碧兼空阔,舟轻足泳游。微凉双袖薄,小照一萤流。此意凭谁识,前矶有钓钩。"《杨村》云:"微云不成雨,片月复宵明。柳外烟无际,河边市有声。飞流缘涨急,气肃为秋清。咫尺杨村近,吾宗有送迎。"《泊北夏口》云:"舟维凉雨后,人坐晚灯初。叶湿全低柳,波寒不上鱼。揽衣嫌葛细,得酒爱更余。亦有耽吟客,瑶篇孰起予?"《夕阳》云:"一棹秋风里,行行又夕阳。飞远鸦影乱,舞罢柳丝黄。客意衔山急,帆阴卧水凉。何人方独立?觅句向苍茫。"

【译文】

漕帅杨清恪公字锡绂,德高望重,名冠当时,而诗才也十分清新绝妙。有《夜行》说:"好风在夜里偷偷来,明月正当头。天空十分空阔,小船轻盈地往前行去。双袖单薄微微感到凉意,流萤匆匆飞过,这种意境曾认识,前也有钓钩矶。"《杨村》说:"微云不能成雨,片月一直到天明。柳树外烟雾无边,河边的集市有喧闹之声。飞流是水涨得太急,清秋气肃肃。离杨村近在咫尺,我的亲朋都来迎接。"《泊北夏口》说:"小船在凉雨过后才出发,人坐在华灯初上的时候,因叶子湿了柳树都低着头,水波寒冷鱼儿不上钩,揽衣嫌腰细,有酒爱更多。也有爱吟诗的人,美丽的文章从谁开始?"《夕阳》说:"在秋风里划船,走着走着便夕阳西下了。回家的鸟儿从头上飞过,柳丝随风而舞都已变黄。客人意思是急于上山,帆下面的水冰凉冰凉。是什么人独自立在那里?向苍茫的天空里寻觅诗句。"

三五

【原文】

　　裴文达公日修，与余同出蒋文恪公门下。己未入都，过阜城，悦女校书采玉，意殊拳拳。后乞假归觐，余《送行》诗戏云："阜阳女儿名采玉，发筵一曲歌《杨柳》。今日临邛负弩迎，可还杜牧寻春否？"又十年，余入都补官，裴典试江南，相逢荏平道上，见赠云："车中遥指影翩翩，忽讶相逢古道边。粗问行藏知大概，谛观颜色胜从前。南来我愧山涛鉴，北去君夸祖逖鞭。后会分明仍有约，归程期在暮春天。"是夜，宿旅店，见余壁上有诗，和其后云："漫空飞絮搅春情，十日都无一日晴。水断虹桥迷古渡，云埋雉堞隐孤城。故人已别心犹惜，旧壁来看眼忽明。我正笋肩闲觅句，不劳津吏远相迎。"己卯秋，裴又典试江南，到山中

描绘古人送别情景的画作

为余诵之。

公出使伊犁，襄赞军事；《在黄制府行台即席有作》云："使相钧衡大将旗，西来宾阁喜追随。谈深席上杯行数，坐久窗间日过迟。任事肩无旁卸处，安边功是已成时。天兵讨叛非勤远，此意须教万姓知。"又《元旦试笔》云："年年染翰挥毫手，乍喜金鞭控铁骢。"呜呼！以一书生，而能走万里，赞军机；与沈文悫公以诗人而受宠者，皆近今所未有。可称吾榜中得人最多，张乖崖不得擅美于前。

【译文】

裴文达公字日修，和我同出于蒋文恪公门下。已未年入京都，教习阜城时，和女校书采玉相好，情意绵绵。后来请假回去探亲，我戏写《送行诗》说："阜阳女儿名叫采玉，在筵席上唱过一曲《杨柳》。今天在临邛背着弩来迎接你，问你还像杜牧一样寻花问柳吗？"又过了十年，我入京都补官，裴文达则去江南主考，在荏平道上相逢，赠诗说："坐在车中遥指那翩翩的身影，对于我们在古道边的相逢十分惊讶。粗略问问彼此情况知道一个大概，细观颜色胜过从前。我从南边来愧作山涛鉴，你往北去敢夸祖逖的鞭子，以后相会分明是约好的，回去的日期应该在春天快完的时候。"当天晚上，住在旅店，见我在壁上题诗，于是在后边和一诗说："漫空飞絮搅动春情，十天都没有今天晴的好，水断虹桥在古渡口迷茫，云彩遮住了孤单单的城。故人已经离别心还十分可惜，一看旧的墙壁眼睛忽然发亮。我正耸肩找诗句，不劳津吏老远来迎接。"己卯年秋，裴文达再次去江南主考，到山中为我读了这首诗。

裴文达公出使伊犁，辅助管理军事；写《在黄制府行台即席有作》一诗说："使节和大将的军旗差不多，西边来的宾客都爱追随汉使。交谈深处在酒席上多喝了几杯，在窗前坐的时间长了只觉得日子过得太慢，肩上的重任责无旁贷，安抚边疆的功劳已快成功了。天兵去讨伐叛乱不怕路途遥远，这种情况要让老百姓都知道。"又有《元旦试笔》说："年年都要挥笔写字，却猛的为骑着马抵着鞭感到惊喜。"哎呀！以一个书生，而能行走万里，赞军机，和沈文悫公以诗人身份而受皇帝宠爱，这都是近代所未有过的。可以说是我们当年中榜人中的佼佼者，连张乖崖也不能独自超出于前。

三六

【原文】

卢雅雨先生转运扬州,以渔洋山人自命,尝赋《红桥修禊》四章,一时和者千余人。余俱未见。而先生原唱,余亦不甚爱诵也。及其致仕,《留别扬州》诗,竟成绝调:真所谓欢愉之词难工,感怆之言多妙耶?其词曰:"脱却银黄敢自怜?不才久任受恩偏。齿加孙冕余三岁,归后欧公又九年。犬马有情仍恋主,参苓无效也凭灭。养疴得请悬车日,五福谁云尚未全?""平山回望更关愁,标胜家家醉墨留。十里亭台通画舫,一年箫鼓到深秋。每看绛雪迎朱旗,转似青山恋白头。为报先畴墓田在,人生未合死扬州。""长河一曲绕柴门,荒径遥怜松菊存。从此风波消宦海,始知烟月足家园。岁时社集牛歌好,乡里筵开鹤发尊。痴愿无多应易遂,杖朝还有引年恩。"呜呼!后公果将杖朝矣,乃竟不得考终。余吊之曰:"潘岳闲居竟不终,褚渊高寿真非福。"《列子》云:"当生而生,福也;当死而死,福也。"其信然欤!

【译文】

卢雅雨先生做扬州转运使,以渔洋山人自命,曾写《红桥修禊》四章,一时唱和的人有一千多。我都没有见过,而先生的原唱,我也不太喜欢。等到他又去别处做官,写《留别扬州》一诗,不料竟成了绝调:真是所说的欢愉的词难于工整,感怆的话多妙吗?

他的词说:"脱去银黄怎敢自爱自怜?自己才气不高受皇上偏爱。岁数比孙冕还小三岁,归去后比欧阳修公早了九年。犬马有情还恋着过去的主人,参苓无效只好任凭上天。我一个不出车的日子养病,五福谁说还没享受全?""平山远望更添了乡愁,很多名家都在上面留有自己的墨迹标记。十里亭台通向画船,一年箫鼓到了深秋。每回看到白雪迎着红旗,好像青山恋着白头一样。为了告诉先人墓园还在,我是不是要死在扬州。""长河弯曲地绕过紫门,荒芜的小路上有松菊还在生长。从此宦海中的风波不再存在,才知道以后可以在家团

圆。过年时集市上的牛歌十分好听,乡里筵席上最尊重的是年纪大的人。心愿平平淡淡应该容易满足,死时还记着当年的皇恩。"哎呀!后来公果然死去了,但却不得老死。我吊念他说:"潘岳一样闲居竟然没有善终,褚渊高寿也不是福。"《列子》说:"该活着时就活着,是福分;该死时就死,也是福啊!"我算相信了!

<h1 style="text-align:center">三七</h1>

【原文】

余髫年入泮,人来相贺,而余不知其何以贺也。读宋人李昉《赠贾黄中童子》云:"见榜不知名字贵,登筵未识管弦欢。"方知古人措辞之切。

【译文】

我童年时便考中了秀才,人们来向我祝贺,而我却不知有什么可以值得庆贺的。读宋朝人李昉的《赠贾黄中童子》说:"见榜不知道名字的贵重,登上筵席不知道管弦的欢歌。"这才知道古人措辞的贴切。

<h1 style="text-align:center">三八</h1>

【原文】

声音不同,不但隔州郡,并隔古今。《谷梁》云:"吴谓善伊为稻缓,淮南人呼母为社。"《世说》:"王丞相作吴语曰:何乃𪡁?"《唐韵》:"江淮以'韩'为'何'。"今皆无此音。

【译文】

声音不同,不但隔着州都是这样,古今也是如此。《谷梁》说:"吴地人说善伊是稻缓,淮南人呼母为社。"《世说》中说:"王丞相学吴地方言说:何乃淘?"《唐韵》说:"江淮人以'韩'为'何'。"如今都没有这个音了。

三九

【原文】

偶见坊间俗韵,有以"真元"通"庚青"者,意颇非之。及读《三百篇》,爽然若失。"山榛""隰苓","十真"通"九青"。"有鸟高飞,亦傅于天。彼人之心,于何其臻。曷予靖之,居以凶矜。"是"一先""十一真""十蒸"俱通也。《楚辞》:"肇锡余以佳名","字余曰灵均"。"八庚"通"十真"也。其他《九歌》《九辨》,俱"九青"通"文元"。无怪老杜《与某曹长诗》,"末"字韵旁通者六;东坡《与季长诗》,"汁"字韵旁通者七。

【译文】

偶然见坊间俗韵,有以"真元"通"庚青"的,我认为不对。等到读了《三百篇》,好像丢了什么似的。"山榛""隰苓","十真"通"九青"。"有鸟在高处飞过,也傅于天空。别人的心怎么可以知道。何时扰乱它,对着这种凶猛十分慎害。"是"一先""十一真""十蒸"都相通啊!

《楚辞》说:"肇锡余以佳名","字余曰灵均"。"八庚"通"十真"。

其他像《九歌》《九辨》都是"九青"通"文元"。无怪乎老杜写《与某曹长诗》,"末"字韵旁通六;东坡写《与季长诗》"汁"字韵旁通七。

四〇

【原文】

余祝彭尚书寿诗,"七虞"内误用"余"字,意欲改之。后考唐人律诗,通韵极多,因而中止。刘长卿《登思禅寺》五律,"东"韵也,而用"松"字。杜少陵《崔

随园诗话

大历有集十卷高仲武论其诗虽不新奇亦能练饰又朝关足以摧埋风雅至谓其思锐才窘诚者不以为然元格之曰学诗家有白首不能遗长卿一句者

刘长卿

刘长卿像，选自清·上官周绘《晚笑堂画传》。刘长卿为唐朝诗人。

氏东山草堂》七律，"真"韵也，而用"芹"字。苏颋《出塞》五律，"微"韵也，而用"麑"字。明皇《饯王晙巡边》长律，"鱼"韵也，而用"符"字。李义山属对最工，而押韵颇宽，如"东、冬""萧、肴"之类，律诗中竟时时通用。唐人不以为嫌也。

【译文】

我写给彭尚书的祝寿诗，"七虞"内误用"余"字，想改过来。后又考证唐人律诗，通韵的非常多，因而又停下了。刘长卿写《登思禅寺》五律，"东"字韵，而用"松"字。杜少陵写《崔氏东山草堂》七律，"真"字韵，而用了"芹"字。苏颋写《出塞》五律，"微"字韵，而用了"麑"字。唐明皇《饯王晙巡边》长律，"鱼"字韵，而用了"符"字。李义山写对子最为工整，而押韵却很宽松，像"东、冬""萧、肴"之类，律诗中竟然时时通用。唐人不认为嫌啊！

四一

【原文】

沈总宪近思,在都无眷属。项霜泉嘲之,云:"三间无佛殿,一个有毛僧。"鲁观察之裕,性粗豪而屋小,署门曰:"两间东倒西歪屋;一个南腔北调人。"薛征士雪善医而性傲,署门曰:"且喜无人为狗监,不妨唤我做牛医。"

【译文】

沈总宪名近思,在京都没有眷属,项霜泉嘲笑他,说:"三间没有佛像的殿,一个长有头发的僧人。"鲁之裕观察,性格粗豪而住的屋子很小,写对联说:"两间歪向东西的小屋,一个南腔北调的人。"薛征士名雪,擅长医学而且性格孤傲,在门上贴一副对联说:"高兴的是没人为狗作监牢,不妨叫我做牛医。"

四二

【原文】

同年成卫宗,宰南安,小婢春桂于后园获石印,文曰:"忠孝传家。"成题云:"孔龟张鹊难重觏,此石摩挲亦颇宜。愧我平生期许在,尽教世守作良规。"余宰江宁时,聘史苕湄为记室,成识之于署中。后为台湾司马;史馆冯观察家,相见甚欢。秩满将西渡,留别史云:"卅年旧雨各西东,忽漫相逢大海中。自是壮怀同做客,不堪衰鬓已成翁。世情转烛贫交久,物态浮云老眼空。他日故园应聚首,一樽相对话松风。"

【译文】

同年进士成卫宗,作南安县宰,小婢春桂在后园得了一块石印,上面写着:"忠孝传家。"成卫宗题诗说:"孔龟张鹊难再见面,此石摩挲着感觉很好。惭愧我平生的一些作法,要教导世人遵守良规。"我做江宁县宰的时候,聘史苕湄为

记室,成卫宗在官署中认识了他。后来作台湾司马;史苕湄住在冯观察家里,相见十分欢娱。任满要西去,留诗给史苕湄说:"三十年风雨各西东,忽然相逢在这大海中。具有同样壮志满怀去异乡,不堪岁月流逝已变成了老翁,世情变幻我们这种贫贱之交已经很长时间了,万物似浮云老来全看空了。他日在故园里重聚首,一杯酒相对而坐谈清风松柏。"

四三

【原文】

寇莱公梦中诗云:"渡海只十里,过山已万重。"后贬雷州渡海,方悟前诗成谶。范文正公《咏月》云:"已知千里共,犹讶一分亏。"后终于参加政事。

【译文】

寇莱公梦中有诗说:"渡海只需要十里,转眼已过了万重山。"后来被贬到雷州渡海,才明白前边写的诗已做了预言。范文正公写《咏月》说:"已知千里之外共有一轮明月,还是惊讶怎么少了一块。"后来终于作了参知政事这样的考官。

四四

【原文】

姑母嫁沈氏,年三十而寡,守志母家。余幼诗,即蒙抚养。凡浣衣盥面,事皆依赖于姑。姑通文史。余读《盘庚》《大诰》,苦聱牙,姑为同读,以助其声。尝论古人,不喜郭巨,有诗责之云:"孝子虚传郭巨名,承欢不辨重和轻。无端枉杀娇儿命,有食徒伤老母情。伯道沉宗因缚树,乐羊罢相为尝羹。忍心自古遭严谴,天赐黄金事不平。"余集中有《郭巨埋儿论》,年十四时所作,秉姑训也。

【译文】

姑母嫁于沈氏,年纪三十就守寡了,在母家守节。我小的时候,就蒙他抚养,凡是洗衣洗脸,都依赖姑母,姑母通晓文史。我读《盘庚》《大诰》,苦于不懂,姑母和我一起读,以便帮助我。曾经论古人,不喜欢郭巨,有诗责备他说:"孝子里虚传了郭巨的名,承欢不分重和轻。没有理由枉杀娇儿性命,虽然有吃的了却白白伤了老母的感情,伯道沉宗是因为被捆绑在树上,乐羊罢相是为了帮助母亲做饭。忍心从古到今遭指责,上天赐他黄金十分不公平。"

我集中有《郭巨埋儿论》,十四岁时写的,完全是接受姑母的教训而写出来的。

四五

【原文】

江西帅兰臬先生,名念祖,督学浙江,一时名宿,都入网罗;半皆苏耕余广文为之先容。苏故癸巳进士,长于月旦,吾乡名士,多出其门。惟余年幼未往。帅公来时,余年十九,考古学,《赋秋水》云:"映河汉而万象皆虚,望远山而寒烟不起。"公加叹赏。又问:"'国马'、'公马',何解?"余对云:"出自《国语》,注自韦昭。至作何解,枚实不知。"缴卷时,公阅之,曰:"汝轻年,能知二马出处足矣;何必再解说乎?"曰:"'国马'、'公马'之处,尚有'父马';汝知之乎?"曰:"出《史记·平准书》。"曰:"汝能对乎?"曰:"可对'母牛'。"出《易经·说卦传》。"公大喜,拔置高等。苏先生闻之,招往矜宠,以不早识面为恨。先辈之爱才如此。后帅公为陕西布政使,窜死台上。余赋五古哭之,末四句曰:"青蝇宦海飞,白骨沙场抛。何当抱孤琴,塞外将魂招。"

【译文】

江西帅兰臬先生,名叫念祖,在浙江督学,一时间所有名人,都被他网罗来;一半都是苏耕余写招聘文书招来的。苏耕余是癸巳年的进士,非常有名望,我家乡的名士,多出于他的门下。只有我因为年小而没有去。帅兰臬公来的时

候,我十九岁,研究古学,写《赋秋水》说:"在星星的照耀下万物都是虚的,望远山见寒烟低垂升不起来。"帅公十分欣赏,又问:"'国马'、'公马',怎样解释?"我回答说:"出自《国语》,注出自韦昭的手。至于做什么解释,我实在不知道。"缴卷的时候,公看后,说:"你还年轻,能知道这两句的出处已足够了,何必再解说呢?"又问:"'国马'、'公马'之外,还有'父马';你知道吗?"我回答:"出于《史记·平准书》。"又问:"你能对这一句吗?"我回答:"可对'母牛'。出于《易经·说卦传》。公大喜,把我列为头等。苏耕余先生听说后,把我叫去,以没有早认识为恨事。先辈们爱才到这种地方。后来帅公作陕西布政使,死于位上。我写五言古诗来哭吊他,最后四句说:"青蝇在宦海里飞,白骨抛在沙场上,什么时候抱着孤琴,到塞外去招你的魂灵返回中原的家乡里来。"

四六

【原文】

诗有正喻夹写,似是而非之语,最妙。王介祉《咏铁马》云:"依人檐宇下,底作不平鸣?"香亭《阻风》云:"想通天上银河易,力挽人间风气难。"周之桂《咏秋暑》云:"傍晓灯偏光焰大,罢官人更热中多。"董曲江太史《过十八滩》云:"漫夸利涉乘风便,始信中流立脚难。"周诗成时,适有罢官者冒酷暑入都,读者愈觉其佳。

【译文】

诗歌中有正面比喻和夹写议论的,似是而非的话,最为绝妙,王介祉写《咏铁马》说:"站在别人屋檐下,怎能作不平的呼声呢?"香亭写《阻风》说:"想通天上银河十分容易,力挽人间风气却很难。"周之桂写《咏秋暑》说:"傍晚灯偏一边火焰增大,罢官的人又觉得这十分炎热。"董曲江太史写《过十八滩》说:"别夸耀说乘着风很方便地便过去了,才相信在中流连立脚都十分艰难。"周之桂的诗写成时,刚好有罢官的人冒着酷暑入京都,读后更觉他写得十分好。

四七

【原文】

余少时气盛跳荡，为吾乡名宿所排。惟柴秀才名致远、号耕南者，一见倾心。乙卯春，柴读书孤山，余寄札云："秋将至矣，颇欲掩帷；春实佳哉，未能端坐。"余数行，泛论友朋。柴答云："赤炜未来，青春可爱。足下端坐未能，仆且懒索香薰矣。来书惓惓人物，此间俗子如春萍，何从觅佳客？昨无聊，闲步登孤山之巅，折梅谁赠，可怜可怜！某某辈，仆不能定其为人。鄙意：以仲翔针芥之言求知己，以君子全交之道待泛交：如是而已。晴日早来，当以此论，质之通老。"余爱其措词隽雅，有谷子云笔札之妙，藏箧中五十余年。耕南《夜游孤山》，有句云："月行疑踏水，花坐当熏衣。"后客死广西。己亥年，余至其家，夫人出见，白发萧然，有陆鲁望重过张处士故居光景。

丙辰春，余欲西行，苦无路资。适耕南之兄东升就馆高安，挈余同至署中，赠金一笏，裁得裹粮至粤。一路舟中联句。过鄱阳湖，野有树，大可蔽牛，已朽折委地矣；旁一小枝，穿根而出，高十丈余。相传，明太祖与陈友谅战时，此树代受炮，故封为将军。至今尚有烧灼痕。柴首唱云："大树兵火余，枯根尚委地。"余续云："曾抱纪信忠，一死代汉帝。"柴云："轮囷根盘存，焦枯枝叶弃。"余云："丛丛莓苔痕，郁郁霜露气。"柴云："祖干扶桑倾，孙枝小龙继。"余续云："穿出盘古坟，犹作拿云臂。"东升叹曰："二语险绝，可不必续成矣。"彼此一笑而罢。东升赠余五古，仅记二句云："浩气盘九疑，晴襟豁万谷。"呜呼！当日无柴君，则余何由得见金公？又何由得从粤西至都下哉？后戊戌年，余往杭州访柴。邻人云："全家都在广东。"东升亡后，未曾归葬。余哭以诗，载集中。

【译文】

我年轻时气盛傲气，被我家乡里的名人前辈所排挤。只有和柴致远秀才，号耕南的，一见倾心。乙卯年春，柴致远去孤山读书，我寄信过去说："秋天将要来了，很想掩上帷帐；春天实在好，不能端坐。"余下数行，泛泛地谈论朋友。柴秀才回信说："赤炜没有来，青春可爱。足下端坐不能，我却要熏香，信中所写的

真诚人物,此间俗子像春天的浮萍一样,从哪里找寻佳客? 昨天无事,闲步登上孤山之巅,折一枝梅赠给谁呢? 可怜可怜! 某某辈,我不能定他为人。私下认为:以仲翔针芥之言求知己,以君子全交之道待泛交:如此而已。晴天再来,当以此论,送给通老。"

我喜欢他的措辞隽雅,有谷子云笔札的美妙,藏在我的箱子里已有五十多年了。柴耕南写有《夜游孤山》一诗,有诗句说:"月光如水在光下走路好像踩在水上一样,坐在花的下边花香可以薰衣。"后来他客死在广西。己亥年,我到他的家里,他的夫人出来和我见面,白发苍苍,有陆鲁望重过张处士故居的光景。

丙辰年春天,我想往西边去,苦于没有路费。刚好柴耕南的兄长东升在高安处,拉着我到他屋里,赠我一笼金子,才得以有钱粮到达广东。一路上我们在船中对诗句。过鄱阳湖,野外有树,大的可以遮住牛,但是已朽枯趴在地上;旁边有一个小枝,穿根而出,高十几丈。相传,明太祖和陈友谅作战时,这棵树代受了一炮,因此封为将军。至今还有烧灼的痕迹。柴东升首先说道:"大树在兵火之后,枯萎的树根还在地上。"我续下去说:"曾抱着纪信那样的忠心,代了汉帝一死。"

柴东升又说:"树死了根还盘在地上,焦枯的树叶还在。"我又说:"到处都有莓苔的痕迹,透出一股霜露的气味。"柴东升又说:"老树杆倒在地上,小枝叶又长出来了。"我又续着说:"穿出盘古的坟,还伸着向云空的臂膀。"东升又欢快地说:"这两句十分险绝,可以不必往下续了。"彼此一笑作罢。东升又赠我五言古诗一首,只记得两句说:"浩然之气盘于九疑,像晴空一样的胸襟使万谷豁然开朗。"哎呀! 当日如果没有柴东升君,我怎么得以见到金公? 又怎么能从广东西部到都下呢? 后来等到戊戌年,我去杭州拜访柴东升君。邻人说:"全家都在广东。"东升死后,不曾葬回老家,我写诗来凭吊他,记在我的诗集中以作纪念。

四八

【原文】

余弱冠时,与王复旦卿华为至交,其父星望公官御史。丙辰春,余从广西入

都。卿华举浙江乡试,漏尽,作家信,报其尊人,犹再三道余不置。已而同到京师,彼此失意,往来更密。其大父子坚先生,亦以国士相待。次年八月,卿华归娶,同骑马至彰义门外,两人泣别。戊午秋,星望公病笃,犹读余闱墨,许为第一。初十日,榜发,余获隽,而先生即于是日委化。余感生平知己之恩,往视含殓;颜色惨凄,其戚唐某疑余落第,再三道屈,坐客无不掩口而笑。卿华赠余改官云:"朝士尽将韩愈惜,都人争作李邕看。"又数年,闻其再落第,缢死长安。余哭以七古一章,载集中。己亥春,余归杭州,访其墓,则四至埏道,被势家侵占;为告之官,而断还其后人。

【译文】

　　我二十岁的时候,和王复旦字卿华是至交朋友,他的父亲星望公作御史。丙辰年春天,我从广西入京都。卿华举去参加乡试,不中,写家信给他的父亲,还再三问候我,不久我们回到京师,彼此失意,往来更加密切。他的大伯父子坚先生,也是国士待遇。第二年八月,卿华回去娶亲,我们一起骑马到彰义门外,两人哭着告别。戊午年秋,星望公病重了,还读我的文章,夸赞为第一流的。初十日,发榜了,我名列前茅,而先生却在那一天死去了,我感他生平遇我的恩惜,去探望办丧;脸色十分悲伤,他的亲戚唐某认为我落第了,再三为我抱屈,座中客人无不掩口而笑。卿华写诗赠我改作他官说:"朝中人士都为韩愈可惜,京城中人都把你当作李邕来看。"

　　又过了几年,听说他又落第了,缢死于长安。我写七古一首来哭吊他,记在文集之中。己亥年春,我从杭州回来,拜访他的墓,则四面都有蜿蜒的小道,被有权势的人所侵占;他们家因为这事而去告了官,最后断还给了他的后人。

四九

【原文】

　　余六十三岁,方生阿迟。时家弟春圃观察在苏州,勾当公事;接江宁方伯陶公飞檄文书,意颇惊骇,拆之,但有红笺十字云:"令兄随园先生已得子矣。"常州赵映川舍人诗云:"佳问有人驰驿报,贺诗经月把杯听。"

【译文】

我六十三岁,才生了阿迟。当时家弟春圃观察在苏州,办理公事;接到江宁陶方伯的紧急文书,十分惊讶,拆开一看,只有十个红字说:"令兄随园先生已生子了。"常州赵映川舍人写诗说:"听说有人飞马送来喜报,贺诗写得够你一月内都边喝酒边听诗。"

五〇

【原文】

余弱冠在都,即闻吴江布衣徐灵胎有权奇倜傥之名,终不得一见。庚寅七月,患臂痛,乃买舟访之,一见欢然,年将八十矣,犹谈论生风,留余小饮,赠以良药。门邻太湖,七十二峰,招之可到。有佳句云:"一生那有真闲日,百岁仍多未了缘。"《自题墓门》云:"满山灵草仙人药,一径松风处士坟。"灵胎有《戒赌》《戒酒》《劝世道情》,语虽俚,恰有意义。《刺时文》云:"读书人,最不齐,烂诗文,烂如泥。国家本为求才计,谁知道,变做了欺人技。三句承题,两句破题,摆尾摇头,便道是圣门高弟。可知道《三通》《四史》是何等文章?汉祖、唐宗是那一朝皇帝?案头放高头讲章,店里买新科利器:读得来肩背高低,口角嘘唏,甘蔗渣儿嚼了又嚼,有何滋味?辜负光阴,白白昏迷一世。就教他骗得高官,也是百姓朝廷的晦气!"

【译文】

我二十岁时在京都,就听说吴江百姓徐灵胎有风流倜傥的名声,终不得一见。庚寅年七月,臂膀痛,我于是坐船去拜访他,一见面十分高兴,年纪快到八十了,还谈论生风,留我小喝几杯,赠给我良药。房门邻着太湖,七十二峰,招之可到。有佳句说:"一生中哪有真闲的日子,活了一百岁仍有未了的情缘。"《自题墓门》说:"满山都是灵草仙人才吃的药,青松微风吹拂着坟头。"灵胎写有《戒赌》《戒酒》《劝世道情》,语言虽然十分鄙俗,却很有意义。《刺时文》说:"读书人,最不齐,烂诗文,烂如泥。国家本来是为了求才,谁知道,变作了欺骗

随园诗话

唐太宗李世民像,图出自明·天然撰《历代古人像赞》。唐太宗是中国历史上著名的帝王。清代人士徐灵胎在文章中曾痛斥一些读书人只知写八股文,甚至不知汉祖、唐宗是哪朝皇帝的现象。

人的伎俩。三句承题,两句破题,摆尾摇头,便说是圣门高弟。可知道《三通》《四史》是什么样的文章?汉祖、唐宗是哪一朝皇帝?案头放着高高的文章,店里买有新科利器,读起来摇头晃脑,口角流沫,甘蔗渣嚼了又嚼,有什么滋味?辜负光阴,白白昏迷一世,即使他骗得高官,也是百姓朝廷的晦气!"

五一

【原文】

　　唐当治平时,或咏所见,曰:"可惜数枝红艳好,不知今夜落谁家?"及世乱矣,或咏所见,曰:"无穷红艳烟尘里,骤马分香散入营。"

随园诗话

【译文】

唐代治平的时候，有人歌咏所见到的，说："可惜数枝红艳的好花，不知今夜落在谁家？"等到社会纷乱的时候，有人歌咏见闻，说："无数的红艳落在烟尘里，急驰而来的马把这些花都分带入军营。"

五二

【原文】

广东称妓为老举，人不知其义。问土人，亦无知音。偶阅唐人《北里志》，方知唐人以老妓为都知，分管诸姬，使召见诸客，一席四环，烛上加倍，新郎君更加倍焉。有郑举举者，为都知；状元孙偓颇恋之。卢嗣业赠诗云："未识都知面，先输剧罚钱。"广东至今有老举之名，殆从此始。

【译文】

广东称妓女为老举，人们不知它是什么意思。问当地的人，也不知道。偶然读唐人的《北里志》，才知道唐朝人以老妓为都知，分管诸姬，使她们召见诸客，一席上四个人，有的还加倍。新郎君更是加倍，有一个叫郑举举的，为都知；状元孙偓十分迷恋她。卢嗣业赠诗说："不见都知的面，先输了许多钱。"广东至今仍有老举的称呼，大概都是从这里开始的。

五三

【原文】

谢深甫云："诗之为道，标举性灵，发舒怀抱，使人易于矜伐。"此言是也。然如杜审言临终谓宋之问曰："不见替人，久压公等。"袁虾自称己所作诗，"须

以大材迮之，不尔，飞去"。言虽夸，尚有风趣。汉桓帝时，马子侯自谓知音，弹《陌上桑》，左右尽笑，而子侯犹摇头自得。则蚩狞太过矣。今之未偕竞病而诗狂欲上天者，毋乃类是！

【译文】

　　谢深甫说："写诗的诀窍，在于标举性灵，抒发情怀抱负，使人易受它的感染。"这话说得很对。然而杜审言临终对宋之问说："不见替人，压制你们很长时间了。"袁毂自称自己写的诗，"须用大的木树来关住它，要不然，就飞走了"。语言虽然夸张，还是很有风趣的。

　　汉桓帝时，马子侯自称是知音，弹《陌上桑》，左右尽笑，而子侯还是摇头晃脑自得其乐。这是放松得过分。如今不得病而自称诗能上天的，没有这类人！

五四

【原文】

　　孙兴公说高辅佐"如白地光明锦，裁为负版绔。虽边幅颇阔，而全乏剪裁。"宋诗话云："郭功甫如二十四味大摆筵席，非不华侈，而求其适口者少矣。"一以衣喻文，一以食喻诗：作者俱当录之座右。

【译文】

　　孙兴公说高辅佐"像那白底的发亮的锦缎，裁成裤子，虽然边幅十分宽阔，但剪裁得不好"。宋诗话说："郭功甫像是二十四味大摆筵席，不是不华丽奢侈，而是适合口味的太少啦。"一个以衣服比喻文章，一个以食物比喻诗歌：写诗文的人都应该把它们记在座位旁，来作为座右铭来提醒自己。

五五

【原文】

淮南程氏虽业禺英甚富,而前后有四诗人:一、风衣,名嗣立;一、夔州,名鉴;一、午桥,名梦星;一、鱼门,名晋芳。四人俱与余交,而风衣、夔州,求其诗不得。鱼门虽呼午桥为后父,意颇轻之。余曰:"午桥先生古风力弱,近体风华,不可没也。"如《看花不果》云:"蜡屐也思新草色,病醒偏负晓莺声。"《赠僧》云:"楼前常设留宾榻,岸下多栽献佛花。"《桐庐》云:"百里烟深因近水,一年秋早为多山。"皆佳句也。

【译文】

淮南程氏虽然家业十分富有,但前后却出了四位诗人:一个是风衣,名叫嗣立,一个是夔州,名叫鉴,一个是午桥,名叫梦星,一个是鱼门,名叫晋芳。四人都和我有交往,而其中的夔州、风衣,没有要来他们的诗。鱼门虽叫午桥为伯父,但言语中颇为轻视。我说:"午桥先生古风力弱,但是近体诗风华绝代,不可没有。"

像《看花不果》说:"连鞋也想踏上新生的绿草,病里偏偏听见早上黄莺快乐的鸣叫。"《赠僧》说:"楼前常设留客人的床,岩下多栽献佛的花。"《桐庐》说:"百里之内都有烟雾这是因为靠水很近,一年的秋天来得早是因为这里多山。"这些都是佳句。

五六

【原文】

齐武帝于兴光楼上施青漆,谓之"青楼"。是青楼乃帝王之居,故曹植诗:

"青楼临大路";骆宾王诗:"大道青楼十二重":言其华也。今以妓为青楼,误矣。梁刘邈诗曰:"倡女不胜愁,结束下青楼。"殆称妓居之始。

【译文】

齐武帝在兴光楼上漆上青漆,称之谓"青楼",这说明青楼是帝王居住的地方,因此曹植诗中说:"青楼临着大路。"骆宾王的诗:"大道上青楼有十二重。"说明它的华丽。今天把妓女叫作青楼,是错误的。梁时的刘邈有诗说:"倡女不胜忧愁,束妆后下了青楼。"从此称妓女住的地方叫青楼。

五七

【原文】

《小雅》:"惟桑与梓,必恭敬止。"考上下文,并无乡里之说。张衡《南都赋》:"永世克孝,怀桑梓焉。真人南巡,睹旧里焉。"后人因之,遂以桑梓为乡里。

【译文】

《小雅》中说:"只有桑和梓,一定要毕恭毕敬。"考证上下文,并没有乡里的意思。张衡的《南都赋》说:"承世孝顺,心怀桑梓。真人南巡,是去看过去住的地方。"后人根据这些,称桑梓为家乡。

五八

【原文】

宋潜溪曰:"人皆云:'陶渊明不肯用刘宋年号,故编诗但书甲子。'此误也。陶诗中凡十题甲子,皆是晋未亡时,最后丙辰,安帝尚存,琅琊王未立,安得弃晋

家年号乎？其自题甲子者,犹之今人编年纂诗,初无意见。"

【译文】

宋潜溪说:"人都说: '陶渊明不肯用刘宋的年号,因此写书时只写甲子。' 这不正确。陶渊明的诗一共有十处题有甲子,都是晋还没有死亡的时候,最后丙辰年,安帝还活着,瑯琊王又未立,怎么能放弃晋家年号呢? 他之所以自立题为甲子,就像现在的人编诗的年代,并没有太多的想法。"

五九

【原文】

黄鲁直诗:"月黑虎夔藩。"用少陵《课伐木诗序》云:"有虎知禁,必昏黑揎突夔人屋壁。"夔者,夔州人也。鲁直以"夔"字当"窥"字解,为益公《题跋》所讥。

【译文】

黄鲁直的诗:"月亮被遮住的时候,老虎闯入夔人居住的地方。"用杜少陵的《课伐木诗序》说:"有虎知道宵禁,一定要等到天昏黑了才闯入夔人的屋里。"夔,就是指夔州人。鲁直把"夔"字当"窥"字理解,被益公的《题跋》诗所讥讽和嘲笑。

六〇

【原文】

郭注《尔雅》:"阏逢摄提格,未详。"司马贞《索隐》以《尔雅》为近今所作,所记年名不符古。钟鼎从未有以阏逢摄提纪年者。郑夹漈曰:"今人编年,好用

《尔雅》,名甲为阏逢,乙为旃蒙:是以一元大武为牛也。夫隐语为智井逃难之言,岂可施于简编乎?"顾宁人有古人不以甲子纪岁之说。又云:"古人不以王父字为字。"按《通志》列举春秋时以王父字为字者八十余条。顾最博雅,竟不曾见过《通志》,何耶?

【译文】

郭注《尔雅》:"阏逢摄提格,不大清楚年。"司马贞写《索隐》认为《尔雅》是近代才写出来的,所记的年名不符合古代习惯。钟鼎从未有以阏逢提纪年的。郑夹漈说:"现在的人记年号,好用《尔雅》,叫甲为阏逢,乙为旃蒙。因此一元大武就是头牛。不清楚的话是逃难的人才讲的,怎么能用于简编呢?"顾宁人有古代人不以甲子纪年的说法。又说:"古人不以王父字为字。"《通志》中列举春秋时以王父字为字的有八十余处。顾宁人虽然博闻文雅,竟然没有看过《通志》,为什么会出现这样的问题呢?

六一

【原文】

吴冠山先生言:"散体文如围棋,易学而难工;骈体文如象棋,难学而易工。"余谓古诗如象棋,近体如围棋。

【译文】

吴冠山先生说:"散体文好似围棋,学着容易难于精;骈体文好比象棋,难于学习但会后却容易精进。"我认为古诗像象棋,近体诗像围棋。

六二

【原文】

何南园《咏野菊》云:"绝无人处偏逢我,不寄篱边独美君。"写"野"字妙。李琴夫《咏瓶菊》云:"未许园林终晚节,不妨风雨到重阳。"写"瓶"字妙。李又有"风定雨丝直",五字亦佳。

【译文】

何南园写《咏野菊》说:"绝无人的地方偏偏遇上了我,不去站在篱笆前羡慕你。""野"字用得十分绝妙。李琴夫写《咏瓶菊》诗说:"没有答应过园林却保持了晚节,不妨顶着风雨等到重阳。""瓶"字写得很妙。李琴夫还有"风定雨丝直"的诗句,五字写得特别好。

六三

【原文】

鱼门太史云:"古文有可读者,有可观者。"余谓诗亦然,有可读者,有可观者。可观易,可读难。

【译文】

程鱼门太史说:"古文中有可以读的,也有可以看的。"我认为诗也是这样,有可读的,也有可以看的。可看的容易,可读的创作出来就难了。

六四

【原文】

鲍雅堂之妹,诗人步江女也,名季姒,工吟诗。金棕亭赠云:"续史正堪兄做伴,工吟恰好父为师。"

【译文】

鲍雅堂的妹妹,是诗人步江的女儿,名叫季姒,工于吟诗。金棕宁赠她诗说:"续写史书可以和兄长做伴,工于写诗是因为有父亲做她的老师。"

六五

【原文】

己卯冬,余在扬州,见门生刘伊有《游平山诗册》,作者十余人,俱押"厄韵"。余独赏如皋顾秀才驹:"清响忽传楼外笛,严寒争避手中厄"之句。后官湖北归,卜筑于如皋百步。余过其居。主人感二十年前知己,欣然款接,宴饮水窗,出新诗相示。《西湖》云:"白沙堤外荡舟行,烟雨空濛画不成。忽见斜阳照西岭,半峰阴间半峰晴。""花坞斜连花港遥,夹堤水色淡轻绡。外湖艇子里湖去,穿过湖西十二桥。"《虎丘》云:"片石尚留金虎迹,千花都是玉人魂。"

【译文】

己卯年冬,我在扬州,见门生刘伊有《游平山诗册》,作者有十几个人,都押"厄韵"。我单单欣赏如皋的姓顾名驹的秀才的诗:"楼外忽然传来笛子的清响,严寒中争着避开手中的厄"的句子。后来从湖北做官回来,建房子离如皋很近。我到他的住处,主人为我是他二十年前的知己而感动,欣然接待,在临水的窗前

宴吟,拿出新诗让我看。有《西湖》一首说:"白沙堤外有小船在游动,烟雨空濛是一幅迷茫的画。忽然看见夕阳照着西岭,半座山峰是阴半座山峰是晴。""花坞斜连着远方的花港,堤外的水色清淡透明。外湖的船往里湖划去,穿过了湖水西边的十二座桥。"《虎丘》诗说:"片石上还留有金虎的踪迹,千朵花中都是玉人的魂魄。"

六六

【原文】

余过如皋,访冒辟疆水绘园。荒草废池,一无陈迹;惟败壁上有断句云:"月因恋客常行缓,风为吹花不忍狂。"刘霞裳有句云:"一片乱红吹满地,看来最忍是东风。"正与此意相反。

冒襄像,图出自清·顾沅《古圣贤像传略》。冒襄字辟疆,为明末清初著名诗人。水绘园为冒氏经营的著名的古园林,冒辟疆与董小宛婚后即在此居住。

我路过如皋,寻访冒辟疆水绘园,只见荒草废池,没有一点陈迹,只有破败的墙壁上有断句说:"月亮因为留恋客人而缓缓地走,风为吹花而不忍狂放。"刘霞裳有诗句说:"一片乱红吹得满地都是,看来最残忍的就是东风。"正和他的意思相反。

六七

【原文】

杭州何春巢年少耳聋,而风情独绝。有《秦淮竹枝》云:"猩红一点着樱唇,淡抹春山黛色匀。压鬓素馨三百朵,风来香扑隔河人。""远近听来笑语声,板桥西畔泛舟行。寻常一柄芭蕉扇,摇动春葱便有情。""兰桡最是晚来多,万点红灯映碧波。我已三更鸳梦醒,犹闻帘外有笙歌。""夕阳两岸尽楼台,红藕香中一棹回。别有芳心卿不解,扁舟岂为纳凉来?"

【译文】

杭州有一个叫何春巢的少年,虽然有耳聋,但风情独绝。他写的《秦淮竹枝》说:"樱桃小口显出一点猩红,春山淡抹颜色搭配得很均匀。鬓角插上几百朵白色的花,风来吹过香气香到河对岸的人。""远近听来都有笑语声,板桥西边慢慢地划船而行。普普通通的一把芭蕉扇,春葱似的小手摇动它便有了情调。""小船总是来得晚,万点红灯映照碧绿的波浪。我三更时便在鸳鸯梦中被惊醒,还听见帘外有笙歌的声音。""夕阳照着两岸的画楼台,红藕香中牙船回来。我别有芳心你不能理解,扁舟划来难道只是为了乘凉?"

六八

【原文】

吾乡王百朋先生《过李白庙》云:"气吞高力士,眼识郭汾阳。"只此十字,可以概太白生平。

【译文】

我的老乡王百朋先生写有《过李白庙》一诗说:"气势可吞下高力士,眼中能识出郭汾阳。"只有这十个字,便可以概括李白的生平中的一些主要经历。

六九

【原文】

郭明府起元,字复堂,闽中孝廉,受业于蔡闻之宗伯。蔡为理学名儒,而郭以任侠闻。蔡有家难,郭为证佐,至受宫刑,交臂历指,口无二辞。后宰盱眙,与余同官。有《客中秋思》一绝,云:"销魂何处盼仙槎?客鬓逢秋白更加。遥指断桥垂柳岸,前年曾宿那人家。"《赠方南堂》云:"一瓢自可轻千乘,三径还堪抵十湖。"《比舍》云:"薰衣香出红窗外,斗草声喧绿树边。"其母夫人陈玉瑛,自称左芬侍史。佳句云:"欲别难为别,吞声古渡头。妾心如此水,相送下渝州。"

【译文】

郭起元明府,字复堂,是闽中孝廉,跟着蔡闻之宗伯学习,蔡闻之是理学明儒,而郭起元则以行侠出名。蔡闻之家遭难处,郭起元为他出庭作证,受尽处罚,也口无二辞,后来做盱眙县宰,和我一起做官。写有《客中秋思》绝句说:"魂销何处才能盼来仙槎?旅居在外碰上秋天便又添了些许白发,远远指着断

桥垂柳岸,前年曾住在那里的一个人家。"《赠方南唐》说:"一瓢水便可以渡千乘之军,三条小路抵得上十个湖。"《比舍》说:"薰衣服的香气直透出窗外,绿树边的兰草丛中一片闹。"他的母亲陈玉瑛夫人,自称是左芬侍史。好的诗句有:"要离别时却难以离别,在古渡头忍住眼泪和哭声。我心就像这水一样,送你一直往渝州流去。"

七〇

【原文】

刘悔庵有句云:"石交惟旧砚,火伴是寒炉。"陈古渔《吊六朝松》云:"剧怜儿辈不及见,真似古人难再生。"俱有东坡风味。

【译文】

刘悔庵有诗句说:"和石头相交的只有旧的砚台,与火为伴的只是一只冰冷的炉子。"陈古渔写《吊六朝松》诗说:"十分可怜没来得及见儿子辈,真像古人一样难以再生。"都很有东坡的风味。

七一

【原文】

霞裳与其父役于慈湖,舟覆江中,时当腊月,两人赖衣裳,故浮水不沉。有救船至,父曰:"我老矣,速救我儿。"儿曰:"不救吾父,我不受救。"父子推让,适又有船来,遂得两全。陶京山明府赠以诗曰:"本是龙门客,龙宫今到来。孝慈应默佑,风浪不为灾。"其孙涣悦亦赠云:"从今吸尽西江水,吐属文章更不同。"

【译文】

霞裳和他的父亲在慈湖服役，船翻在江中，当时正是腊月，两人依靠身上的皮衣，所以没有沉下去。有救人船来了，父亲说："我老了，快救我儿子。"儿子说："不救我父亲，我不让人救。"父子推让，刚好又有船来，才得两全。陶京山明府赠给他们诗说："本是龙门客人，今天来到了龙宫。因为孝慈而被保佑，风浪也不作灾。"他的孙子涣悦也赠诗说："从今吸尽西江水，吐出来的文章便会与往日不同。"

七二

【原文】

程鱼门《覆舟诗》原稿，写眼前惊悸情景最真。后改本有意修饰，转不如前。今录其原作云："扬州西去一宵程，小艇无端夜忽倾。制命不烦沧海阔，澡身先试暮流清。诗书失后无余本，戚友来时话再生。莫叹遭逢磨蝎重，世间风浪几曾平。""客舟猛疾势如风，南北相持力不同。绝叫已惊身在水，举头犹见月如弓。慈航倏至关天幸，支履飘然悟大空。搅芷搴裳平日愿，险随骚魄葬珠宫。"余赋诗调之云："《水经》注疏河渠考，此后输君阅历深。"

【译文】

程鱼门的《覆舟诗》原稿，写眼前的惊悸情景最为真实。后来的修改本有意修饰，反而不如以前。如今特记下他的原作说："从扬州往西去一夜的路程，小船无缘无故夜里突然翻了。制命也不敢烦劳这阔大的沧海之水，只为洗澡先试试这清流水。诗书丢后没有剩下一本，亲朋好友都来说这简直是再生。不要感叹遭遇的艰辛，世上的风浪什么时候有过平静。""客船像风一样驰过，南北的风力相持不同，绝望地叫一声身已在水里，抬头还能看见弯弯如弓的月亮，上天有幸不久就有船乘了，只剩下一只鞋捡回命来忽然有所顿悟。平日总是穿好玩好，今天却毫无办法险些葬身水中。"我写诗戏弄他说："《水经》注疏上有河渠考，此后只有你的阅历深了。"

【原文】

善写风水之险者,吾乡粮道程公光钜有《华阳行》云:"滔滔汩汩长江水,扁舟一叶天涯子。船头船尾白浪高,片云黑处狂风起。舟子喧呼语未终,布帆半曳浪浇篷。桅竿百尺横斜立,欲卧不卧奔涛中,涛涌如山高莫比,青山头落江心里。一倾一仄强撑风,欲上船舷见船底。小儿无知向母啼,大儿解事欲登堤。面面相看心胆折,男号女哭一齐歇。翻身挣立唤邻舟,邻舟早向潮头没。须臾岸回风势顺,回首惊魂才一瞬。电掣雷轰万马驱,举头已到华阳镇。华阳已到惊未平,老妻尚有念佛声。"

【译文】

善于写风水险情的,我老乡程光钜粮道有《华阳行》说:"滔滔流去的长江水,天涯浪子乘一叶扁舟。船头船尾白浪高,一片黑云过来狂风便随之而起。撑船的人一句话还没叫完,船帆便被风浪所击。百尺桅竿斜立着,欲卧不卧地直向浪涛中去。浪涛像山一样涌过来,连青山的山峰也落在江心里。一倾一歪地强撑着船,要上船舷却看见了船底。小儿无知向母亲啼哭,大儿懂事了想往岸上跑。大家面面相看心惊胆战,男号女哭响成一片。翻身挣扎着起来叫邻船,邻船早已被浪吞没了,不一会到了岸边风势也顺了,回首刚才的惊魂好像只是一瞬间,电闪雷鸣万马齐叫,抬头已经到了华阳镇。到了华阳心还未平静下来,听见老妻还在轻轻地念佛保佑。"

七四

【原文】

金陵张秀才培饶有风貌。正月间,与画师邹若泉来。余心识之。亡何,又

与常君得禄来。余转问:"可认张某乎?"已而知即前人,自惭老眼之昏。乃诵刘悔庵诗曰:"闲行那可忘携杖,欲揖还愁错认人。"

【译文】

金陵张培饶秀才,有风度有美貌。正月间,和画师邹若泉一起来我这儿,我心里十分喜欢他。不久,他又和常得禄君一块来。我就问他:"可认识张某吗?"马上知道就是眼前的人,自己惭愧已老眼昏花。于是读刘悔庵的诗说:"闲走时忘了带拐杖,要作揖又怕认错了人。"

七五

【原文】

杭州孙中翰传曾,与余三世通家,诗才清逸。《春朝》云:"莺啼迎晓天,蝶梦怯花寒。"《上巳》云:"人临曲水偏愁雨,天惜桃花忽放晴。"

【译文】

杭州的孙传曾中翰,和我三代通家交好,诗才清新飘逸。有《春潮》一首说:"黄莺啼叫着飞上了早晨的天空,蝶儿做梦怕花冻着了。"有《上巳》诗说:"人站在曲曲折折的小河旁忧愁雨的来临,上天可怜桃花突然又变得晴朗起来。"

七六

【原文】

近人起句之妙者:新安张节《夜坐》云:"雨霁月忽满,墙阴树影摇。"陈月泉《舟中》云:"独起对江月,满船闻睡声。"某《春早》云:"不待清明近,莺花已自

忙。"三起，俱超。结句之妙者："月中无事立，草上一萤飞。""殷勤语江岭，归梦莫相妨。""远山深树里，钟断有余声。"三结，俱超。惜忘题目与作者姓名。

【译文】

　　近人有起句绝妙的：新安的张节写《夜坐》说："雨停后一轮圆月出来，在墙的阴影里树影在摇动。"陈月泉写《舟中》一诗说："独自起来面对江上明月，满船都能听见睡觉的声息。"某人写《春早》说："不等清明临近，莺花已忙着开放了。"三诗的起句，都十分高超。结句写得好的："无事站在月光中，草上有一萤火虫飞起。""殷勤地话说江岭，不要妨碍我做回家的梦。""远山深树里，钟声断了仍有余音。"三首诗的结句，也十分高超。可惜忘了题目以及作者的姓名。

【原文】

丁未，余游武夷，夜泊江山，闻邻舟有客说鬼，口杭音。余喜语怪，乃揖而进之。其人姓陆，名梦熊，字莹若，乃吾乡诗人也。别后蒙寄《晚香堂诗》二十余卷。《晓起见雪》云："夜静无风冷莫支，檐前冻雀早应知。关心喜见头番雪，扫径先扶竹树枝。红友有情还爱我，绿梅无梦亦相思。断桥久废冲泥屐，欲踏琼瑶访莫迟。"《鹅湖寺》云："地寒花未放，僧朴语无多。"皆妙。

【译文】

丁未年，我游武夷山，夜里在江山停船，听邻船有客人在讲鬼，带杭州口音，我喜欢他的怪言怪语。于是就施礼进去。这个人姓陆，名叫梦熊，字莹若，是我老家的一位诗人。离别后承蒙他寄诗《晚香堂诗》二十多卷给我。有一首《晓起见雪》说："夜静无风十分寒冷，檐前冻着的麻雀早应该知道。十分高兴看见头一场雪，扫路时先扶起竹枝。红友有情还爱我，绿梅无梦也有相思。断桥早就废弃了泥污不堪，想踏琼瑶前去拜访不知是不是已经晚了。"《鹅湖寺》说："地下寒冷花还没有开放，僧人朴实话语不多。"都写得十分绝妙。

【原文】

读诗不读史，便不知作者事何所指。李焘《长编》载：宋真宗为李沆还债三十万。故宋人诗云："新祠民祭祀，旧债帝偿还。"《唐书》载：王毛仲奏明皇：愿得宋璟为客。帝许之。故徐骑省《赠陈侍郎花烛》云："坐客亦从天子赐，更筹

须为主人留。"

唐玄宗李隆基像,图出自明·天然撰《历代古人像赞》。唐玄宗又称唐明皇。徐骑省的《赠陈侍郎花烛》诗中的"坐客亦从天子赐"的"天子赐"即指唐明皇赐宋璟为王毛仲的门客之事。

【译文】

读诗不读史,便不知道诗歌作者在诗中指的是什么。李焘在《长编》中记载:宋真宗为李沆还债三十万。因此宋人有诗说:"新立的祠百姓去祭祀,旧债有皇帝偿还。"《唐书》记载:王毛仲启奏明皇:愿意得宋璟为客。明皇答应了。因此徐骑省诗《赠陈侍郎花烛》说:"坐客也是天子亲赐的,更筹要为主人留下来。"

七九

【原文】

高文端公之父嵩瞻都统,《赠弟赋》云:"与君一世为兄弟,今日相逢第二

场。"想见勋贵家,国而忘家之义。有《积翠轩诗集》。文端公嘱余为注释,编上、下两卷。

【译文】

高文端公的父亲嵩瞻都统,写《赠弟赋》一诗说:"和你一世为兄弟,今日相见算是第二场了。"可以想见成了贵人,都忘了家中的情义。有《积翠轩诗集》留在世上。文端公嘱托我为他写注释,编成上、下两卷。

八〇

【原文】

雅谑自佳。或以诗示仲小海。仲曰:"诗佳矣,可惜太甜。"其人愕然问故。曰:"有唐气,焉得不甜?"蔡芷衫好自称"蔡子",以诗示汪用敷。汪曰:"打油诗也。"蔡怒曰:"此《文选》正体,何名打油?"曰:"菜籽不打油,何物打油?"

【译文】

文雅地戏谑十分有趣。有人拿诗给仲小海看。仲说:"诗好是好,可惜诗味太甜。"那人惊愕地问为什么。回答说:"有'唐朝'的气息,怎么会不甜呢?"蔡芷衫好自称为"蔡子",拿诗给汪用敷看。汪说:"这是打油诗。"蔡芷衫生气地说:"这是《文选》中的正体,怎么可以说它是打油诗?"汪回答说:"菜籽不打油,什么东西打油?"

八一

【原文】

前朝说部,有俚语可存者,如《晓学仙者》云:"服药求长生,莫如孤行子。

一食西山薇,万古长不死。"《戒谿刻者》云:"倖门如鼠穴,也须留一个。若皆堵塞之,好处都穿破。"刺暴贵者,《咏鸥吻》云:"而今抬在青云上,忘却当年窑内时。"嘲官昏者,《咏伞》云:"当时撑向马前去,真个有天没日头。"刺好谮人者,《咏蝉》云:"莫倚高枝纵繁乡,也应回首顾螳螂。"刺代人劾友者,《咏金》云:"黄金自有双南贵,莫与游人作弹丸。"

【译文】

前朝的《说部》,有俚语俗话可以保留的,像:《晓学仙者》中说:"吃了药以求长生,不如孤行的儿子,又吃西山的草薇,万古长不死。"

《戒谿刻者》说:"倖门像老鼠的洞穴一样,也要留下一个。如果都把它堵住了,好的地方就又被穿破了。"

讽刺暴富的人,有《咏鸥吻》说:"如今站在青云之上,忘了当年在窑内的时候。"

嘲笑昏官的,像《咏伞》说:"常常叫侍从撑到马的前面去,真个是有天没日头。"

讽刺好谮人的,写《咏蝉》说:"不要靠着高枝乱叫一气,也应该回头看看有没有螳螂。"

刺讽代别人弹劾朋友的人,写《咏金》说:"黄金自然有双南那么贵重,别给游人作弹丸。"

八二

【原文】

元人《吊脱脱丞相》云:"百千万贯犹嫌少,堆积黄金北斗边。可惜太师无脚费,不能搬运到黄泉。"

【译文】

元朝人写《吊脱脱丞相》一诗说:"家有财产千万贯还嫌少,堆黄金一直堆到北斗边。可惜太师没有脚费,不能搬运到黄泉之下供他享用。"

八三

【原文】

杨子载《漫兴》云:"客中恍过曾游境,梦里常逢未见书。"郭麟才见赠云:"园疑曩昔曾窥处,人似生平未见书。"

【译文】

杨子载《漫兴》诗中说:"旅行中恍惚又来到了曾经游历过的地方,睡梦里时常会遇见从未阅读过的书籍。"秀才郭麟读罢以诗相赠说:"花园就像往昔曾经暗中审视的地方,人儿好似生平从未得以阅读的书籍。"

八四

【原文】

耿上舍湘门《题素斋舫壁》云:"背郭临河静不哗,一轩深筑抵山家。茶烟出户常蒙树,池水过离欲漂花。小睡手中书欲堕,半酣窗下字微斜。丛兰不合留香久,勾引游蜂入幕纱。"

【译文】

上舍耿湘门在《题素斋舫壁》一诗中说:"背靠城郭面临河流宁静而不喧哗,一道亭榭建筑在幽深之处连接着山里的人家。煮茶的清烟飘出小屋笼罩在树梢间,清澈的池水载着凋落的花瓣,漂过篱笆。屋中人闭目小睡,手中的书卷摇摇欲坠,睡意正浓,临窗挥洒的诗句飘然若飞。一丛丛的兰花含苞怒放,芬芳绕梁,久久不去,三两只觅花的蜂儿被吸引着,飞入了幕纱。"

八五

【原文】

海宁陈心田寅,与诸友以禁体《咏梅》云:"已看无不忆,未兄必先探。"汪秋白云:"一枝怀故宅,几度忆前生。"陈古湖云:"交枝香不断,一白树难分。"顾竹坡咏《绿梅》云:"窥春自怯荷衣薄,倚竹谁怜翠袖寒。"俱妙。又有梅花宜称诸咏:《夕阳》云:"残香漠漠山家暝,犹作宫人半额黄。"《疏篱》云:"有客来探门未启,先从麂眼认琼枝。"《微雪》诗云:"料峭寒凝天半黄,霏烟漠漠集池塘。是梅是雪两三点,飞絮因风想谢娘。"《枰下》云:"花底消闲对弈时,棱棱石角拥寒枝。微风吹堕两三朵,绝似山人落子时。"

【译文】

海宁人陈心田字寅,和诸位朋友以禁体作《咏梅》诗:"看过后都会留下记忆,没见时定要争先观赏。"

汪秋白作诗说:"那一枝梅花勾起对故宅的思念,这几度花开花谢唤醒对前生的追忆。"

陈谷湖有诗一首:"枝杈相连花香不断,一片银白树影难分。"

顾竹坡的《咏绿梅》诗说:"梅花争春更显荷叶单薄怯弱,倚竹怒放衬得翠竹畏寒若怜。"这几首都是咏梅的佳句。此外还有将梅花描写得十分得体的诗句,《夕阳》诗说:"梅香残韵中,广漠的大山中的人家像是被笼罩在昏暝的夜幕中,恰似晨昏时宫女们在装扮着粉脂。"

《疏篱》诗说:"有客人来造访,还没把门打开时,客人已从很小的门缝中看到了如琼枝般盛开的梅花。"《微雪》诗说:"春寒料峭,天色昏暗,池塘边云烟漠

梅竹图

漠。两三点飞絮是梅花又像雪,乘着风儿想来探望闺中的姑娘。"《枰下》诗说:"闲中取乐对弈梅花下,棱棱怪石将寒枝依夹。微风过处两三朵花儿飘落,恰似山人我落下白子。"

八六

【原文】

戊寅二月,过僧寺,见壁上小幅诗云:"花下人归喧女儿,老妻买酒索题诗。为言昨日花才放,又比去年多几枝。夜里香光如更好,晓来风雨可能支?巾车归若先三日,饱看还从欲吐时。"诗尾但书"与内子看牡丹",不书名姓。或笑其浅率。余曰:"一片性灵,恐是名手。"乃录稿问人,无知者。后两年,王孟亭太守来看牡丹,谈及此时,方知是国初逸老顾与治所作。余自负赏识之不误。王因云:"国初前辈,不登仕途,与老妻相对,往往有此清妙之作。"因诵吴野人《寿内》云:"潦倒丘园二十秋,亲炊葵藿慰余愁。绝无暇日临青镜,频过荒年到白头。海气荒凉门有燕,溪光摇荡屋如舟。不能沽酒持相祝,依旧归来向尔谋。"觉风趣更出顾诗之上。

【译文】

戊寅二月,我路过一座寺院,看见墙壁上挂着一幅诗:"归家后和儿女们在花丛中喧闹,妻子买来了酒要我题诗。她说花儿昨日方开放,又比去年多了几枝。如果说夜里花儿更香美,若是明早有风雨它能否支撑?你若是能早三两天回来,在花儿含苞未放时观赏才会令人大饱眼福。"诗句末尾只写"和妻子观赏牡丹",没有写姓名。有人讥笑这首诗浅显草率。我说:"诗中满溢性情灵气,恐怕是大家手笔。"于是就抄录下来,四处打听作者,没有人知道。过了二年,太守王孟亭来观看牡丹,谈起了这首诗,才知道原来是开国之初的避世隐居的顾与治老者所作。我因为对这首诗的欣赏鉴别没有错误而自负。王孟亭于是说道:"开国之初的隐世前辈,不愿走仕途,而愿与妻儿相守,往往能创作出这样清妙的佳作。"他又背诵了吴野人的《寿内》诗:"我在丘园时曾贫困潦倒近二十个年头,爱妻亲自下厨来安慰我的忧愁。她忙得连梳妆打扮的空闲都没有,和我

度过一个个的荒年直到白头。海风的气味让人有荒凉之感，门前燕子飞翔，太阳照在荡漾的溪流中感觉房屋像是变成了舟。我虽然穷得连买酒相庆祝都不行，却依旧归来与你共话春秋。"我觉得这首诗的风趣要比顾与治的诗还要高出一筹。

八七

【原文】

尹文端公曰："言者，心之声也。古今来未有心不善而诗能佳者。《三百篇》，大半贤人君子之作。溯自西汉苏、李五言，下至魏、晋、六朝、唐、宋、元、明，所谓大家、名家者，不一而足。何一非有心胸、有性情之君子哉？即其人稍涉诡激，亦不过不矜细行，自损名位而已。从未有阴贼险狠，妨民病国之人。至若唐之苏涣作贼，刘叉攫金，罗虬杀妓：须知此种无赖，诗本不佳，不过附他人以传耳。圣人教人学诗，其效可观矣。"余笑问："曹操何如？"公曰："使操生治世，原是能臣。观其祭乔太尉，赎文姬，颇有性情：宜其诗之佳也。"

【译文】

尹文端先生说："语言是心灵的声音。古往今来还没有一个心眼不好却能做出好诗的人。《诗经》中的三百多篇诗句，多半都是贤人君子所作。上至西汉苏武、李陵的五言诗，下至魏、晋、六朝、唐、宋、元、明，所谓的大家、名家大致都是如此。为什么他们都必须是有心胸、有性情的君子呢？即便是他们中有人稍稍心诡言激，也不过是不拘小节、自损名声而已，却从来没有一个是阴险狠毒、于国于民有害的人。至于说唐代的苏涣做了贼，刘叉抢夺金银，罗虬杀死了妓女：要知道这样的无赖之人，诗写得本来就不好，不过附会他人的诗作以传世罢了。圣人教人学诗，其效果是可以想见的。"我笑着问道："曹操这个人诗学才能如何？"尹文端说："让曹操治理国家，当然是能手。我观他祭奠乔太尉，赎回文姬的举动，颇有性情，他的诗也应该是很不错的。"

几几

【原文】

余以雍正丁未年入泮,今又丁未矣,戏仿重赴鹿鸣故事,作《重赴泮宫诗》,云:"记得垂髫泮水游,一时佳话遍杭州。青衿乍著心虽喜,红粉争看脸尚羞。梦里荣华如顷刻,人间花甲已重周。诸公可当同年看,替采芹香插白头。"杭州同入学者,只钱玙沙方伯一人。和云:"岁岁黉门文运开,刘郎老去又重来。壶中日转前丁未,册上名存旧秀才。两领青衫真法物,一头白发笑于髭。平生几枕邯郸梦,屈指黄粱第一回。"此外,和者百馀人;如毛俟园广文云:"久于馆阁推前辈,又向宫墙领后生。"梅衷源云:"锦袍笑赴青衿会,似把灵光照泮宫。"卢元珩云:"子衿一赋年周甲,圣阙重来岁又丁。"

【译文】

我于雍正丁未年去过泮宫,今年又是丁未年,便模仿重赴鹿鸣的故事,作《重赴泮宫诗》,诗中说:"还记得少年时在泮水边观游,一时间被誉为佳话传遍了整个杭州。刚系上青衿时心中虽然很高兴,但被女孩子争相观看不免脸色发红。梦中的荣华富贵只是顷刻间的事,而人世间的岁月却悠悠溜去。诸公可以把我作为同年中举之人,替我摘取芹香插在斑白的鬓角。"在杭州和我一同入学的,只有钱玙沙一人。他赋诗一首相和:"每年科举考试的大门打开,已经年迈的刘郎再次前来。光阴流转,想起那个丁未年,花名册上还留着秀才的大名。两领青衫如同法物一般,满头白发的人须腮边露出了笑容。这一辈子做过几次邯郸美梦,屈指算来这般黄粱美梦却还是第一回。"

此外,以诗相和的还有一百多人;像毛广文俟园诗云:"在馆社中长期被推崇为前辈,如今又到泮宫中做教书先生。"梅衷源作诗一首说:"身着锦袍,笑意满面地去赴青衿会,就好像把灵光照到了泮宫。"卢元珩作诗说:"你这首青衿诗吟成已有一个甲子了,这前来泮宫又是在丁未年。"

九九

【原文】

余不喜时文,而平生颇得其力。壬寅游天台,渡钱塘江,到客店,无舟可雇,遇查广文耕经有赴任船,用名纸借之,欣然来见,曰:"向读先生文登弟,让船,所以报也。"余赠诗云:"一支孝廉船肯让,期君还作后来人。"到新昌,邑令苏公曜,素不相识,遣车远迎,供张甚饰。余骇然,询其故,如查所语。余赠诗云:"羁旅忽逢倾盖客,文章曾是受知人。"苏宣化孝廉,做官有惠政,解饷入都,后任反其所为,民苦之。余到时,适苏回任,邑人争迎,上匾云:"还我使君。"对联云:"三春花雨重携鹤,百里笙歌早入云。"不料新昌僻县,竟有文人颂扬甚雅。

【译文】

我不喜欢世俗文人,但平生却颇得他们的帮助。壬寅时我游天台山,欲渡钱塘江,到客店后却发现无舟可雇,正遇查广文耕经上任乘船经过,我用名帖前往借用,查耕经很高兴地前来拜会我,说:"以前我诵读先生的文章,得以考中,今日上船,正是为了报恩。"我作诗一首赠予他:"连船都肯让出可以称得上是一双孝廉,希望君能成为后来人。"

到新昌后,县令苏曜虽然和我素不相识,却派车马远远地前来迎接,供应物品很是丰盛。我很奇怪,问他是什么原因,苏曜的回答和查耕经相似。我也赠他一首诗云:"旅途中忽然遇到推崇我的人,原来我的文章曾使他受益匪浅。"苏宣化是孝廉出身,为官政绩很好,他运送粮饷入都后,接任他的官违背了他的做法,老百姓深受其害。我到那儿的时候,正逢苏宣化从京都回到任上,当地的百姓争先恐后地来迎接他,并送上了一块匾:"还我使君。"旁边的对联是:"春天的花雨再一次迎来了仙鹤,笙曲歌声传遍百里直入云霄。"不曾想新昌虽然是偏僻小县,文人的颂扬之词却很是雅致。

【原文】

余过处州,想游仙都峰,以路远中止。出县城,到黄碧塘,将止宿矣,望前村瓦屋罩如,随缓步焉。与主人虞姓者,略通数语,即还寓,将驰衣眠,闻户外人声嗷嗷,询之,则虞氏见余名纸,兄弟六七人来问:"先生可即袁太史耶?"曰:"然。"乃手烛上下照,诧曰:"我辈读太史稿,以为国初人。今年仅花甲,是古人复生矣,岂容遽去?愿做地主,陪游仙都。"于是少者解帐,长者卷席,诸奴肩行李,相与舁至其家。余留诗谢云:"我是渔郎无介绍,公然三夜宿桃源。"

【译文】

我经过处州,想去游仙都峰,因为路遥而作罢。出了县城,来到黄碧塘,是回去休息的时候了,望见前面村子里有间高大的瓦屋,就缓步走了过去。屋主人姓虞,我和他随便聊了几句,就回到寓所,正要脱衣睡下,忽然听到门外人声鼎沸,出去一问,原来那虞姓之人见到我的名帖后,忙和兄弟六七人前来打听:"先生可就是袁太史吗?"我答道:"正是。"那几个人用手上的烛光上下打量了我一下,诧异地说:"我们这些人读了太史的诗文,都以为您是开国之初的人。没想到才年仅花甲,真是古人复生,哪能就让您这样离去呢?我们愿尽地主之谊,陪您到仙都峰游玩。"说罢,年轻人给我解下床帐,老者给我卷起铺盖,仆人们扛起行李,簇拥着我来到他们家。我留下了一首诗以示谢意:"我只是个不用介绍的渔郎,竟然可以在桃源住了三夜。"

【原文】

　　游仙之梦,斑竹最佳。离天台五十里,四面高山乱滩,青楼二十余家,压山而建。中多女郎,簪山花,浣衣溪口,坐溪石上。与语,了无惊猜,亦不作应,楚楚可人;钗钏之色,耀入烟云,雅有仙意。霞裳悦蒋校书,为留一宿。次日,天未明,披衣而至,云:"被四面滩声惊醒。"余赋诗云:"茅屋背山起,山峰枕上看。饭香人弛担,梦醒客闻澜。花野得真意,竹多生暮寒。青溪蒋家妹,欢喜遇刘安。"

【译文】

　　在游仙的梦境中,唯有斑竹最是可人。在离天台山五十里的地方,四面都是高山险滩,有二十余家青竹小楼,依山而建。其中有位女郎,鬓插山花,在小溪边洗衣,她坐在溪旁的石块上。我过去和她说话,她并没有惊慌猜疑之意,也不故作姿态,却楚楚动人;钗钏的光泽在烟云间闪耀,一副典雅的样子,很有些仙人的味道。霞裳为讨蒋姓人家的喜欢而为他们校正书籍,因此被留宿了一夜。第二天,天光尚未大亮,霞裳披衣而至,说道:"四面险滩中的浪击声把我惊醒了。"我作了一首诗:"茅屋背靠着山而建,躺在床上就望见山峰。诱人的饭香松弛了紧张的心情,一觉醒来就听到了山间的波浪声。花儿越是野生土长的就越有一番真意,竹子越多便给人一种夜幕降临时的轻寒。青溪的蒋家妹子,欢天喜地地遇上了像刘安一样的才子。"

九二

【原文】

温州虽多佳丽,而言语不通。有织藤盘者,甚明媚,彼此寒暄,了不通晓。余戏赠云:"安得巫山置重译,替郎通梦到阳台?"

【译文】

温州虽然美女如云,但苦于言语不通。有一位织藤盘的女子很是明媚,我和他互相寒暄了几句,无法明白她的意思。我便戏赠她一首诗:"若能有巫山神女帮助解释,定可给郎君编织美梦。"

九三

【原文】

温州风俗:新婚有坐筵之礼。余久闻其说。壬寅四月,到永嘉。次日,有王氏娶妇,余往观焉。新妇南面坐,旁设四席,珠翠照耀,分巳嫁、未嫁为东西班。重门洞开,虽素不识面者,听入平视,了无嫌猜。心美其美,则直前劝酒。女亦答礼。饮毕,回敬来客。其时,向西坐第三位者,貌最佳。余不能饮,不敢前。霞裳欣然揖而爵焉。女起立侠拜,饮毕,斟酒回敬霞裳,一时忘却,将酒自饮。傧相呼曰:"此敬客酒也!"女大惭,嫣然而笑,即手授霞裳。霞裳得沾美人余沥以为荣。大抵所延,皆乡城粲者,不美不请,请亦不肯来也。太守郑公以为非礼,将出示禁之。余曰:"礼从宜,事从俗:此亦亡於礼者之礼也。"乃《赋竹枝词》六章,有句云:"不是月宫无界限,嫦娥原许万人看。"太守笑曰:"且留此陋俗,作先生诗料可也。"诗载集中。

【译文】

温州有一个风俗:新婚之人有端坐于筵席上的礼节。我很久以前就听说过。壬寅四月,我来到永嘉。

第二天,有一个姓王的娶妻,我前去观看。新媳妇面向南而坐,旁边设下四个席位,都是满头珠翠动人的女子,分为已嫁和未嫁东西两边坐着。

一道道的门打开了,即便是素昧平生的人,也允许进入观看新娘,并无一点避嫌猜疑之心。客人如果羡慕她们的美貌,就可以上前劝酒。该女子也会回礼。她把酒喝完后,便回敬来客。当时,面向西坐在第三个位子上的女子容貌最是美丽。

我不善饮酒,不敢上前劝酒。霞裳却欣然上前,深施一礼,将杯中酒一饮而尽。那女子忙站起施礼,自饮一杯酒后,满斟一杯酒回敬给霞裳,不想她一时忘情,将酒自己喝下了。

傧相连忙大呼道:"这是敬给客人的酒!"那女子很是惭愧,嫣然一笑,立刻把杯子交给霞裳。霞裳因为得以一沾美人杯中残酒而以为荣。

主人所请来的女子,大都是城乡中貌美者,不漂亮的便不去请,请也请不来。郑太守认为这种风俗有违礼仪,想要颁布告示禁止。

我说:"礼仪要随着时宜,事情要随着风俗,这便是消亡于礼仪中的礼仪。"

于是,我便作了《竹枝词》六章,其中有一句是:"又不是月宫何来界限,嫦娥本应该允许众人观看。"太守笑着说:"那就暂且留下这个陋俗,权且作为先生诗文的素材吧!"这几句诗收集在集子中。

九四

【原文】

雁宕观音洞最高敞,可容千人,石坡共三百七十七级,余贾勇登焉。相传:嘉靖三十年,按察使刘允升偕二女,成仙于此。塑像甚美。余低回久之,下坡留恋,《口号》云:"垂老出仙洞,一步一踌躇。自知去路有,断然来时无。"

随园诗话

【译文】

雁荡山观音洞最宽敞的地方,可以容纳上千人,共有三百七十七级石阶,我鼓起勇气奋力攀登。

相传:嘉靖三十年,按察使刘允升和他的两个女儿在这里成仙。塑像做得很是精美。

我在塑像下低头徘徊了良久,下山时仍心存留恋,作诗一首,名为《口号》,诗中说:"我垂头丧气地走出仙洞,每走一步都要踌躇一下。虽然我知道我的去路,但恐怕没有机会再重游了。"

九五

【原文】

余游览久,得人佳句,必手录之。过安庆,见司狱许健庵扇上自题云:"权支薄俸初成阁,自爱闲曹好种花。"到黄公垆杏花村,见陈省斋太守有对云:"至今村酿黄公酒,依旧花开杜牧诗。"庐山开先寺见程巨山有对云:"树里月光才露影,山中云气不分层。"小姑山有俞楚江对句云:"入寺恍疑雨,终宵只觉寒。"(巨山字严,己巳年与余同科进士,官至少宰)。

【译文】

我长期在外游历,看到他人的佳句,一定要摘录下来。

经过安庆时,见到司狱许健庵在扇子上自题一诗道:"就靠着低微的俸禄盖起了房舍,我偏爱这种轻闲的差事得以种花取乐。"

来到黄公垆杏花村,看见太守陈省斋有副对联道:"到如今村中还酿造着黄公酒,花儿开得也依然像杜牧诗中描绘的那样。"

在庐山开先寺,我见到程巨山的一副对联:"月光在树丛中斑斑驳驳,刚露出踪影;山中的云雾却弥漫飘惚,从不分层次。"

小姑山上有俞楚江的对联:"入寺时恍惚感觉在下雨,一夜到头只觉得寒气逼人。"(巨山姓程字严,和我同是己巳年进士,官至少宰。)

杜牧像,图出自清·顾沅辑《古圣贤像传略》。杜牧为晚唐著名诗人,其诗句"借问酒家何处有,牧童遥指杏花村"为历代传诵。至清代,杏花村仍有"至今村酿黄公酒,依旧花开杜牧诗"的对联。

九六

【原文】

罗浮只华首台、五龙潭数处,景尚幽渺;其余如梅花村、冲虚观,平衍散漫,颇无足观。不知何以洞天福地,负此盛名?节相李侍尧勒石曰:"黄土卧黑石,此外一无有。只可一回来,不堪再回首。"

【译文】

罗浮山只有华首台、五龙潭等几个地方景色还算幽远飘渺;其余各处像梅

花村、冲虚观,平淡无奇,分布散漫,实在没什么可观赏的。

不知为何要称之为洞天福地,空负这一盛名?节相李侍尧在石头上刻诗一首,诗云:"黄土中躺卧着几块黑石头,除此之外再无其他风景。这种地方只能来一次,绝不能再度重游。"

九七

【原文】

游武夷,路过苏岭,见关庙中公卿题句甚多。庄培因太史云:"竹林初过雨,僧寺乍生凉。"朱石君侍郎《己亥过》云:"山僧谈旧雨,使者阅流星。"《癸卯再过》云:"字迹惊分雁,参居竟隔星。"盖第一次与其兄竹君作学使交代,第二次伤竹君之已亡也。秦大学士题云:"幽境爱耽禅悦永,老僧阅尽使星忙。"

【译文】

我游历武夷山,路经苏岭,看到关庙中公卿大人题写的诗句颇多。

庄培因太史诗云:"竹林刚刚被雨冲刷,僧寺猛然生出凉气。"

朱石君侍郎的《己亥过》诗中说:"山中的僧人在谈论着旧时的风雨,身负公事的使者仰望疾逝的流星。"

他的《癸卯再过》诗中说:"字迹依旧,让我震惊,就好似雁儿分离,你已住在参星,和我隔星居。"

大概第一次的诗他是和他的兄长竹君作学使时所记,第二次的诗便是哀叹竹君的亡故了。

大学士秦公题诗一首,诗云:"幽雅的环境使人喜爱,多耽搁来愉快地参禅,老僧一颗颗地数着星星,连星星都忙乱了。"

九八

【原文】

武夷胜处，以第七曲天游一览亭为最。寺中揭炼师字子文者，颇能诗，留宿一宵。诵其《自寿》云："病能自乐容身健，道不人谈免俗讥。"庭柱有对云："世间有石皆奴仆；天下无山可弟兄。"末署"毛大周题"。

【译文】

武夷山的风景胜迹，要以第七曲天游一览亭为最佳。寺中有一位名叫子文的揭炼师，擅长写诗，他留我住了一晚。

我诵读他的《自寿》诗："只要身体健康疾病也能自愈，道不能和人谈论以免被俗人讥笑。"

庭院柱中的对联云："世间的石头只能作为奴仆，天下的名山没有能称兄弟的。"对联末尾署着："毛大周题。"

随园诗话·卷十三

诗如人眸子，一道灵光

【原文】

李穆堂侍郎云:"凡拾人遗编断句,而代为存之者,比葬暴露之白骨,哺路弃之婴儿,功德更大。"

何言之沉痛也!余不能仿韦庄上表,追赠诗人十九人。乃录近人中其有才未遇者诗,号《幽光集》,以待付梓。采取未毕,姑先摘数首及佳句,存《诗话》中。归安姚汝金,字念慈,初名世铼,性落拓,冠履欹斜,有南朝张融风味。《谢吴眉庵少司马荐鸿博启》云:"十年老女,犹画蛾眉;百战将军,空争猿臂。"一时传其工整。

《题李将军夜逢醉尉图》云:"陇西将军雄且武,猿臂闲来聊射虎。良宵与客饮田间,饮罢归遭亭尉侮。羸马单车野次偕,昏灯澹月残更吐。是时将军正失官,意岂须臾忘灭虏?暂屈龙沙熊豹姿,试听莺堠虾蟆鼓。画师摹写如目睹,面带微酣色微怒。古者门官各有司,彼候人分实主之。夜行必禁犯必罚,由来启闭唯其时。今将军尚不得尔,斯言良是非醉词。倘师文帝奖细柳,此尉应得蒙恩知。或如丙相恕酒失,异日可藉闻边机。请俱一旦快私怨,将军之量宜偏褝。"

《看剑》云:"齐金楚铁擅名高,碧血模糊旧战袍。不跃不鸣兼不化,问渠何处异铅刀?"念慈受知于鄂文端公。公卒,念慈哭云:"未报公恩徒一恸,自怜此泪亦千秋。"在山左时,有讹传其死者。后入都,诸桐屿太史赠诗云:"学道终朝银阙去,入都快比玉门还。"念慈答云:"欠来一事能逃否,闻到同心自愕然。"

【译文】

李穆堂侍郎说:"凡是整理他人的遗编断句,并且代为保存,这比掩埋暴露在外的白骨,哺养路边被遗弃的婴儿,功德更大。"

说得多么沉痛啊!我不能模仿韦庄上表,追赠诗人十九人。于是便把近人中怀才不遇之人的诗收集起来,编成《幽光集》,等待印刷出版。收集挑选工作尚未结束,姑且先摘录其中几首和佳句,收存在《诗话》中。归安人姚汝金,字念慈,初名世铼,性情放荡不羁,落拓不俗,经常帽斜鞋歪,大有南朝张融的遗

风。《谢吴眉庵少司马荐鸿博启》中说："十年老女,犹在描画蛾眉;百战将军,凭空舒展猿臂。"对仗工整,一时被传为佳对。

《题李将军夜逢醉尉图》中说:"陇西将军雄壮而且威武,猿臂舒展闲来无事就射虎。良宵夜晚与客田间畅饮,饮罢归来却遭亭尉欺侮。将军喝醉了亭尉也没有醒来,睡在亭中把好事搞成坏事。荒野中一匹瘦马和一辆单弱的马车相互挨着,昏黄的灯光下月色淡淡,将军吐得越发厉害。当时将军正丢了官职,但怎会因一时失意而忘记灭胡虏? 暂且委屈自己如龙似熊般的身姿,试听鹭堞边青蛙虫儿的鼓噪。画师临摹得惟妙惟肖就仿佛亲眼目睹了一般,将军脸上微带酒意露出生气的模样。古时候各种官僚各司其职,那些等在路边的亭尉实际上有权抓他。夜里行路是被禁止而且违者必罚,只是根据当地的季节来决定启闭道路。如今将军还不能得以通过,他所说的话倒是实话而不是醉汉胡说。他曾经随同文帝一同出师并在细柳受到奖赏,这个亭尉应该知道他曾经受过圣恩。或者像丙丞相那样宽恕将军的酒后违禁,他日还让他能为边关军机事务。如果都是想痛快地泄私愤,将军的气量也就只能和副将的相比了。"

《看剑》诗中说:"齐国的金矿楚国的铁器天下扬名,破旧的战袍上的碧血模糊。如果宝剑不跳、不鸣又不化,那么它和铅刀又有什么区别呢?"姚念慈师从鄂文端先生求学。鄂文端死后,念慈哭道:"未能报答先生大恩只能空悲一场,自己怜惜自己的泪水,因为这是对先生的永久记忆。"

西汉名将李广像,图出自清·顾沅辑《古圣贤像传略》。因司马迁曾为李广作《李将军列传》,故后世以"李将军"代指李广。

他还在大山的东面的时候,就有人讹传他已经死了。后来他来到了京都,太史诸桐屿赠诗一首与他:"学道后终于为朝廷所用,入都为官要比从玉门关归来快捷。"

念慈赋诗一首作答:"有负别人的事又怎能逃脱,我听到相知之人的话语不免愕然。"

【原文】

金陵刘春池,名芳,织造府计吏也。不戒于火,将龙衣贡物,俱付焚如。赔累后,既贫且老,而诗与不衰。如:"贫难好客如当日,老觉逢人羡少年。"

"三间屋仅栖儿女,一领裘还共祖孙。"

"从古诗惟天籁好,万般事让少年为。"皆佳句也。其《忆半野园旧居》云:"半野园堪遂隐沦,山为屏障水为邻。林亭已入天然画,休息难终老去身。乔木昔会经我种,好花今复为谁春?伤心最是重来燕,不见堂前旧主人。"

《吊香橼树》云:"自别园林甫二旬,忽枯此树是何因?伊如义不迎新主,我独悲同哭故人。物与情通原有感,木经岁久岂无神?尚须留取根株在,犹望仍回旧日春。"

刘以欠帑入狱,予向尹文端公诵其诗。尹惊其才,即命宽限,一时传为佳话。其子会,字悔庵,亦好吟诗,不省家事,人目为痴。然得一二句,便写示余。《岁晏》云:"以低檐常暖,裘因敞转轻。"见赠云:"新稿只呈萧颖士,长据不谒郑当时。"呜呼!胸襟如此,何得目为痴哉?

春池尚有佳句云:"道在己时惟自适,事求人处总难凭。""衰龄转作无家客,多寿还须有福人。"

"异地几忘身是客,禅门今已熟于家。"

春池富时,有穷胥倚以生活,后竟负之。故《咏落叶》云:"积怨堆愁委地深,西风衰草乱虫吟。此时狼藉无人问,谁记窗前借绿荫。"

《雨中海棠》云:"黑云若得明朝霁,红雪犹余未放枝。我独笑花花笑我,今年俱未得逢时。"此虽仿罗隐《赠妓诗》意,而运用恰新。

【译文】

金陵刘春池,名芳,是织造府负责核算的小官。一次不小心失了火,把库存的龙衣等上贡物品悉数焚毁。他受了赔偿的拖累,一贫如洗,年事又已高,但诗兴却丝毫不减。他的诗作如:"虽然我贫穷受难但仍好客如初,只是年老后遇见别人不免要羡慕他们年青。"

"我的三间小屋正容儿女居住,那一件衣服祖辈穿罢世代传。""从古到今的诗句越是自然越好,为磨炼少年要让他们多做事情。"

这些都是极佳的诗句。他的《忆半野园旧居》中说:"半野园正可让我隐居其中,有山为屏障水作邻居。林中小亭幽静正是一幅天然画卷,休养天年终要驾鹤西去。那棵棵高大的乔木正是昔日我所栽种,美丽的花儿如今又为谁而开?最伤心的还是那只飞回的燕子,它再也见不到屋前那位隐居的老主人。"

《吊香橼树》诗中说:"我离别这片园林刚二旬,这株香橼树为何忽然枯萎?它如果是记着旧主的仁义而不愿迎见新主人的话,我便会像悲伤死去之人那样独自哭泣。大自然融入情意就和人有了感情,此树久历岁月又怎会无灵性?我要把它的根株好好保存,盼望它枯树发芽又逢春。"

刘春池因为赔不起钱而锒铛入狱,我曾对尹文端先生诵读过他的诗句。尹文端对他的诗才大为惊异,立即命令宽大处理,此事一时被传为佳话。刘春池的儿子刘会,字悔庵,也喜好吟诗,不会操持家事,被人看作痴呆之人。但他每作一首诗,便抄录下给我看。他的《岁晏》诗说:"屋檐低矮显得室内温暖,皮裘宽大就变得轻盈。"

他还赠诗一首给我,诗云:"我的新诗稿只呈给萧颖士那样的人,身着长裙而不会去拜谒郑当时之流。"呜呼!有这样广阔的胸襟,为何会被人视为痴呆呢?

刘春池还有几首好诗:"自己有理时只会感觉舒适,需要求人处总是无所凭借。"

"年老体衰又沦为无家可归之人,必须是有福之人才能长寿。""在异地飘泊几乎已忘了自己原是客,我如今对寺院比对家还要熟悉。"

刘春池生活富足之时,有一个穷苦的差役靠他接济,但后来竟背叛了他。因此春池作《咏落叶》诗,诗中说:"厚厚的落叶堆积在地下像是积淀着愁怨,西风吹过,枯草摇动,不知名的虫儿在低唱。此时树下一片脏乱却无人过问,有谁还能记起得到过树叶的荫凉。"《雨中海棠》诗云:"黑云压空,若是明朝雨后转晴,含苞未放的海棠花还将残存些许红雪般的神韵。我独自对着花儿长笑,那花儿便也对着我笑,今年我俩都还遇到好时候。"

这首诗虽说是模仿了罗隐的《赠妓诗》中的意味,但运用得仍十分适当新鲜。

三

【原文】

乌程凌云,字香坪,少有《吴门纪事诗》,极酒场花径之乐。晚年就馆李参戎家,郁郁不得志而卒。《胥门感旧》云:"金阊曾度五清明,选胜携朋取次行。杨柳堤边调细马,杏花村里听娇莺。春风久负青山约,旧雨难寻白鹭盟。今日胥江重舣棹,斜阳芳草不胜情。"

《过汾水龙王庙》云:"汶河西注水汪洋,南北中分界两行。从此空弹游子泪,随波流不到家乡。"他如:"雨积山多瀑,烟收树满村。""鱼跳惊烛影,鸡唱乱拿音。"俱有风味。

【译文】

乌程人凌云,字香坪,年少时有《吴门纪事诗》把酒场花径中的乐趣描述得惟妙惟肖。晚年他在一位李姓参戎的家中做教师,郁郁寡欢,不得志而死。他的《胥门感旧》诗中说:"我曾在金阊度过五个清明,选择名景胜地携同友人依次游览。河堤上柳枝飞舞,我抚摩着马儿,杏花村里细听黄莺的娇啼。青山久久盼不来负约的春风,嬉戏的一群白鹭仰头渴望旧日的雨。今日又在胥江荡舟,西落的斜阳和江边的芳草也不能表达我的心情。"

《过汾水龙王庙》诗中说:"汶河向西注入汪洋大河,雨行界限从中把河水分开。我从此踏上流浪的旅途,随波漂流于尘世间却找不到家乡。"

他的诗句还有:"雨水多了山中的瀑布也多了起来,村庄中炊烟缭绕,树木葱郁。""河中鱼儿惊跳,连烛影都随着摇曳起来,雄鸡的啼叫无疑使本已纷杂的声音更加杂乱。"都是很有风味的诗句。

四

【原文】

表弟章薖斋秀才,名袁梓,性迂碎,有洁癖,好神仙吐纳之术,自谓可长生,而卒不验。《睢阳客兴》云:"几度飘蓬动客嗟,况逢迟日感韶华。阶前杖响谁看竹,月下烟飞自煮茶。游骑踏残零露草,幽禽含过隔墙花。寻芳孺子知时节,也着新衣到酒家。"

《对雪》云:"素光灿烂映檐楹,未许疏狂叹独清。隔夜江山都改色,连朝猿鸟并无声。风飘堕瓦寒冰响,鼠灭残灯外户明。画帐香茵初睡起,举头错认是天晴。"其他佳句云:"有梅人坐静,踏雪鹤行徐。"

"风枝挑瓦堕,石笋青藤缠。""宵柝暗惊孤客梦,寒鸡时作故乡声。""蜂能负子应知老,燕屡升堂若贺贫。"

"花香夹路人归缓,水影摇天月上迟。""投杖惊逃穿屋鼠,围棋引进过门人。"俱妙。

【译文】

表弟章薖斋是个秀才,名叫袁梓,性格迂腐,有洁癖,喜爱修炼神仙吐纳之术,自认为可以长生不老,但最后没有实现,他死了。他的《睢阳客兴》诗中说:"多少次扯帆远行引发了我的感叹,每逢路程被耽搁更是感到韶华易逝。石阶前响起竹杖点地声不知是谁在赏竹,月光下炉烟袅袅我煮起了茶。游荡的马儿踏碎零星的含露草,幽雅的鸟儿含着伸过墙头的花。外出赏花的小孩也知道花季来临,身着新衣来到了酒家。"

《对雪》诗中说"雪地反射出的光照得窗棂闪闪发光,我不能够再在纸上狂写而赞叹自己的清白。一夜大雪后江山都变成白色,就连早晨爱出没的猿猴和小鸟都没了声息。风吹落了屋上的瓦片落到寒冰上一声清脆,老鼠偷喝完灯中的油倒显得屋外一片光明。在馨香的睡帐中小梦初醒,一抬头竟误认为天已大亮。"

他的其余好诗句还有:"梅花下有人静静打坐,一只仙鹤在路上踏雪前行。""风吹枝杈挑落了瓦片,长长的石笋上缠满了青绿的藤条。"

"深夜中遥远的打更声惊醒孤身在外人的好梦,寒风中雄鸡的长啼使人感到又回到了故乡。""蜜蜂能背负起子蜂就应该知道老了,燕子几次飞上屋梁仿佛在向我祝贺贫穷。"

"小路边花香袭人让他舍不得走开,水波中荡漾着的月亮缓缓升起。""扔出手杖吓跑了穿屋而过的老鼠,弈围棋引来了过路的行人。"都是很好的诗。

五

【原文】

高文照字东井,少年韶秀,嶷嶷自立。父植,宰德化,有贤声。所得俸,尽为东井买书。年未二十,诗已千首。目空一世,于前辈中所心折者,随园与心余而已。举甲午乡试,后卒于京师。诗稿不知流落何处。见赠云:"万壑千峰裹一门,仙家住老百花村。重开朱户楼墓出,未改青山面目存。执手各探新得句,惊心难定旧离魂。怜才谁似先生切,替拭襟前积泪痕。"

"宏奖何人得到斯,文章风义一身持。眼无后起偏怜我,座有先生敢论诗?转柁风看收柁候,在山泉话出山诗。才名官职谁多少,未要区区世上知。"

"此身几肯受人怜?低首为公拜榻前。不朽文章传郭泰,得闻丝竹许彭宣。女嬺詈予申申日,邓禹嗤人寂寂年。想到平生知己报,商量只有祖生鞭。"其他佳句,如:《过衢州》云:"水回双破落,滩急一篙争。"

《寿山庵》云:"一磬隔花出,片幡当殿阴。"《送人》云:"且将一点思乡泪,洒向君衣好寄归。"《赠方子云》云:"门外市声三日雨,帘前风色一床书。"《过阮怀宁故宅》云:"写语尚疑偷法曲,池波无复照明妆。"

【译文】

亭文照字东井,少年时秀气俊美,身形修长高大。他的父亲高植,在德化县做官,名声很好。他把自己的薪俸都用来给东井买书。高东井还不到二十岁时,就作了千余首诗。难免有些目空一切,他所佩服的前辈只有我和心余。甲午年乡试中他考中了,后来在京师逝去。他所作的诗稿不知流落到什么地方去了。他的一首赠予我的诗云:"万山丛峰中有一道门,老神仙们就在这个百花村中养老。朱户轻户楼阁掩映,丝毫也没有改变青山的本来面目。手握着手各自

探讨新吟成的诗句,旧事涌上心惊难定。有谁能像先生您那样怜惜人才,替我拭去胸襟前的泪迹。"

"谁才能得到那种巨大的荣誉,才华横溢又有道义风骨。您并没有因我是诗学后进而瞧不起我,反而关怀我,有先生您在身旁我哪敢谈论诗呢?掌舵的收舵时都要看风,在山里出山里总会说起泉水。无须考虑才气名声和官职的多少大小,没必要让这区区世人之上知道。"

"我这一辈子几时肯受别人的可怜?但我心甘情愿拜倒在先生您的床前。郭泰凭着他那不朽的文章而扬名,得以听到优美的音乐而夸奖彭宣。女婆骂我虚废了这么多日子,邓禹讥笑我默默无闻这么多年。想到这辈子要报答的知己,思量着似乎只有祖生的教鞭了。"

其他的好诗句还有,例如:《过衢州》诗说:"水流迂回时要放下两个石碓以保持稳定,险滩湍急忙把竹篙支撑。"

《寿山庵》诗中说:"一块巨石隔开了花丛,几面旗幡挡住了大殿的荫凉。"《送人诗》说:"暂且把我思乡的泪水,满撒在你的衣襟上寄托我的归乡情。"《赠方子云》中说:"阴雨连绵,门外叫卖声不断,风吹帘动,满床书页翻飞。"

《过阮怀宁故宅》诗云:"鸟鸣声声好像是偷得了法曲,一池碧波再也照不出亮丽的装扮。"

六

【原文】

昆山徐柱臣,字题客,健庵尚书之孙,余亲家也。《饮外舅张氏青山庄》云:"东风报花信,春色来南枝。辍棹风渐细,到门香已知。绿野占胜迹,青山似昔时。登楼俯林杪,雪影何离离。"

《舟中晚眺》云:"天垂余霭横,船在镜中行。拍手沙禽起,回头明月生。向志寒气减,入夜酒怀清。不有兰陵酿,衔杯空复情。"题客性耽词曲,晚年落魄扬州,为洪氏司音乐以终。惜哉!又有句云:"看惯旧书多脱线,移来新树少开花。"

【译文】

昆山人徐柱臣,字题客,是尚书徐健庵之孙,也是我的亲家。他的《饮外舅张氏青山庄》诗中说:"东风捎来了花季的信息,春天的色彩穿点了向阳的树枝。放下船浆后只觉风雨渐细,刚过山庄门口就闻到了香味。绿油油的田野春意盎然胜过了风景名胜,青碧的山峰还像昔日一样美丽。登上小楼俯看树梢,雪影迷离。"

《舟中晚眺》说:"天边晚霞横映,小舟漂行于如镜的水中。拍拍手惊起沙边鸥鹭,转回首一轮明月不知何时升起。舟向南行越来越暖,入夜后饮杯酒胸怀清净。虽不是兰陵美酒,一饮而尽酬情怀。"

徐题客酷爱词曲,晚年生活落魄,在扬州为姓洪的人家教音乐,最后死去。真可惜! 还有一句诗:"经常翻开的旧书大多脱了线,移栽的新树都很少开花。"

七

【原文】

徐绪字征园,苏州人,貌短小,为李守备炯记室。终日以酒一壶,杜诗一卷自娱。此外,不知有人间事。余题其小像云:"吴市布衣大,杜陵诗骨尊。"卒贫死。诗稿散失。余录其《雨阻胥江》云:"击柝严城闭,相依再宿舟。一天惟是雨,六月竟如秋。渐觉江湖满,能无稼穑忧? 萍踪怜乞食,华发早盈头。"

《移居》云:"剥啄衡门启,时过话老农。却欣环泮水,不厌托萍踪。对酒东邻树,催诗南寺钟。隔城山色好,落日见芙蓉。"《归舟至盘溪》云:"漂泊仍长铗,归来买钓艖。顺流风势缓,近岸雨声多。小鸟冲烟起,低桥拨棹过。家人应识我,篷低远闻歌。"

《盆菊》云:"束瓦为花盎,无须金屋藏。带霜移牗下,就日列阶旁。种细开尤晚,名多记辄忘。到残应匝月,不限举壶觞。"《寒檐》云:"寒檐短景如风驰,迢迢长夜占八时。弱女刺绣补不足,一灯豆大燃残脂。呼儿剧论千古事,老妻来聒明朝炊。掩耳疾走且相避,隔屋吾弟能吟诗。不图转落乃嫂笑,小郎亦有儿啼饥。"

《西邻哭》云:"夜间西邻哭,哭声一何悲。云是母哭儿,声声哭入老夫耳。老夫亦有丈夫子,同日辞家分路死。死弗及见哭凭棺,三月到今泪未干。伤心有口那能言,君不见,乌生八九子,一一飞上青林端。"《新竹》云:"森森碧玉已成竹,一雨长梢尽过墙。微露粉痕初解箨,疑君已带九月霜。"

【译文】

徐绪字征园,是苏州人,五短身材,是守备李炯的幕僚。每天以一壶酒、一卷杜少陵的诗聊以自乐。除此之外,不问世事。我在他的一幅画像下题诗:"在吴地买布衣偏大,杜少陵的诗体在他这里受到尊敬。"

最终徐绪贫困潦倒而亡。他作的诗稿已经散失。我抄录了他的《雨阻胥江》一诗,诗中说:"城门紧紧地关闭只能听到打更的声音,我只能躲在船上度过夜晚了。整整一天都在下雨,六月的气候竟然像是秋天。逐渐感到大江小河中水已涨满,怎能不为庄稼担忧呢?漂泊流浪四处可怜地乞食,根根白发早早地长在了我的头上。"

《移居》诗云:"清脆的敲门声响,横设的小门轻轻开启,农时过后便与老农聊天。我喜爱环着泮宫的水,甘愿在这结束漂泊的生活。在东边的树下对酒当歌,南面寺庙的钟声催我作诗。隔着城墙望见远方美丽的山色,落日时又可欣赏盛开的荷花。"

清人徐绪作《新竹》诗:"森森碧玉已成行,一雨长梢尽过墙。微露粉痕初解箨,疑君已带九月霜。"

《归舟至盘溪》诗云:"在外漂泊时始终佩着长剑,归家后便要买只钓鱼的小船。顺流而下风势减缓,靠近岸边雨声骤多。小鸟伴着烟雾冲天飞起,我拨

动桨穿过低矮的小桥。家中的亲人应该能够认识我,我在船篷下歌唱的声音传得很远很远。"

《盆菊》诗中说:"捆起几片瓦做成花盆,菊花不用深藏在屋中。移到窗下迎接霜寒,列在台阶面对太阳。菊花的品种细弱花开得很晚,名称很多动不动就忘记。从花开到花谢要满一个月,那时我举起酒杯心中无限感伤。"

《寒檐》诗中说:"清冷的房檐下风景如逝,漫漫长夜无边无际。弱不禁风的女儿在学刺绣以补偿自家的生计不是,豆粒大小的灯芯在所剩无几的灯油中燃烧。唤来儿子一起谈论千古往事,老妻偏过来聒噪明早吃什么。我连忙掩起耳朵快步如飞地避开她,听到隔壁屋子中我的弟弟正在吟诗。没料想他的诗却被大嫂讥笑,你是否还记得小时候饿得乱叫的事。"

《西邻哭》中说:"深夜中听到西边的邻居在哭泣,声声呜咽多么伤心。据说是年迈老母在为死去的儿子而悲咽,一声声传进我的耳中。我成年后也生有一子,与我同日离家远游死在了异乡。临死前我连一面都没见上,只有扶棺痛哭,这么长时间过去了,我的眼泪仍没有哭干。伤心无法用语言来表达;您见到没有,大鸟生了许多小鸟,每只都飞上了高高的树梢。"

《新竹》诗中说:"碧绿如玉的竹子排成了行,在雨中长梢全都伸到了墙外。竹子正褪老叶略微显出红色,让人疑心是带上了九月秋天的霜。"

八

【原文】

杭州仲蕴檠,字烛亭,与余同庚。雍正癸丑,两人初学为诗,彼此吟成,便携袖中,冒雨欣赏。后余官白下,而烛亭亦就幕江南,常得把晤。岁辛卯,相见苏州,怪其消瘦,不类平时壮佼;然意致尚豪,犹令小妻出拜,尚无子。亡何,讣至。记其《长至日饮随园》云:"老大空怜役库车,清樽小语过精庐。两千里客易中酒,半百外人无熟书。断雁贴云寒雨后,归鸦拥树晚晴初。今朝卷画轩西醉,觅句差贪一线余。"

《莫愁湖》云:"晴波嫩柳旧歌台,一眺愁心略小开。湖影淡拖山色去,春烟冷送夕阳来。游丝不绾金跳脱,水调空沉《阿滥堆》。谁更风流问徐九,销魂无那索茶杯。"

《郊行》云:"雨霁郊圻笑语哗,裙腰碧过四娘家。游思解渴问荒店,春尚慰

人留病花。远寺钟随迟日度,隔江山挟晚青斜。零星满地榆钱好,贱买村醪敌岁华。"他如:"月於低处作湖色,山渐暝时生水烟。"皆瘦硬自喜。

【译文】

杭州人仲蕴檠,字烛亭,和我年龄相同。雍正朝癸丑年间,我和他刚开始学作诗,各人吟成诗句后,就装在袖中,两人冒雨共同欣赏。后来我到白下做官,烛亭也到江南作了幕僚,还能经常见面。

辛卯年我们相会于苏州,我为他日益消瘦而奇怪,他不像以前那样强壮超群;但意致还算豪放,还让他的小妻出来相见,他还没有孩子。记不清是在什么时候,我接到了他死去的讣告。

我还记得他的《长至日饮随园》诗中说:"年岁已大还无可奈何地押送库车,经过随园那别致的小屋和你畅饮交谈。行了这么远的路容易喝醉,年过半百的人对以前的诗书也都淡忘了。一场寒雨后孤独的大雁贴着云低飞,晴朗的傍晚归巢的鸟儿挤满了树梢。今朝醉倒在西轩的字画上,所作的诗也还有一点没有完成。"

《莫愁湖》诗中说:"旧歌台边水波荡漾嫩柳婀娜,登台远眺忧郁的心情略有好转。湖水倒映着青山向远方荡去,春日云烟缥缈转眼夕阳西下。披散的头发没有绾起,金簪脱落,诗词歌曲在阿滥堆这里空荡沉寂。要知道谁更风流可以去问徐九,她索要茶杯的动作真令人销魂。"

《郊行》诗云:"雨过天晴郊外笑语喧哗,身着绿色衣裙经过四娘家门。游玩累了想要解渴去问店家,春天为了安慰人还保存着残花。远寺的钟声伴着漫长的日子一天天敲响,隔着大江的山脉在傍晚的暗青中似乎倾斜了。榆树下撒满了一地好看的榆钱,买些便宜的村酿土酒痛饮来抗拒易逝的年华。"

其他的诗句还有:"月亮在低处化成一片湖光幽色,山脉中夜幕降临时便有云烟生出。"都是烛亭自己所喜爱的。

九

【原文】

余甲子分校南闱,题《乐则韶舞》。有一卷云:"一人奏琯而八伯歌风。"爱其文有赋心,荐而未售。出榜后,遇外监试商宝意先生,曰:"我收卷,见一文绝

丽,问之,乃吴梅村先生孙也。我告之曰:'此文若遇袁太史,必能赏识。'"因诵
此二句。予告以果力荐矣,彼此大喜,觉论文有心心相印之奇。未几,吴到沐来
谒,貌如美女,年才弱冠,益器重之。癸酉,余从秦中归随园,而吴已中经魁,来
见,则呕血失音,非复囊时玉貌。予心忧之。赴都会试,竟死场中,年二十七。
其时同荐者,有松江廪生陈迈晴,亦奇才也。场后赋百韵诗来谒,惜未存其稿,
先吴卒。吴在席上《题盆中飞白竹》云:"渭水清风谱,流传有别文。出蓝夸逸
品,飞白擅奇姿。名以中郎重,根从子敬移。森然一笔起,暖若八分披。卷叶轻
于縠,抽枝弱比丝。映花风独转,拂草露俱垂。细细分龙节,轻轻洗玉肌。生来
凤尾贵,不怕雀头痴。影落屏风小,香传棐几迟。恰添承旨石,同上伯英池。专
室居何愧,登床赏自奇。地依萧寺好,人在晚晴宜。擢彼东南秀,珍逾十二时。
品题无与可,笃好有羲之。北馆承家学,南宫得画师。绿窗窥窈窕,红烛照参
差。兰墨传新样,鱼笺写折枝。好将端献笔,追取顺陵碑。"

吴讳维鹓,太仓人。佳句尚多,仅录其吉光片羽者,不料其即赴玉楼也。陈
生五策,博引群书,两主试愕然不知来历。余尔时年少气盛,语侵主司,以故愈
不得售;亦其命运使然耶?有《哀两生》诗,存集中。

【译文】

甲子年我分掌南考场的考试工作,试题是《乐则韶舞》。其中有一份试卷
上写着:"一个人吹奏琯,八方有人歌唱相和。"

我欣赏他的文章中大有赋的味道,就举荐他但没被选拔上。名单上榜公布
后,我遇见负责外监考试的商宝意先生,他说:"我收卷时发现有一份卷子文笔
非常华丽,一打听,方知道是吴梅村先生的孙子所作。我告诉他说:'这篇文章
若是让袁太史看了,一定会赏识你。'"

于是就背诵了那两句诗。我告诉他这果然是我全力推荐的那个人,我们都
很欣喜,感觉到在欣赏评论诗文时有心心相通之感。没过多久,这个姓吴的年
轻人来拜见我,貌如美女,年龄方到二十岁,于是我更加器重他了。癸酉年时,
我从陕西中部回到随园,吴姓青年已经高中经科魁首,又来拜见我,但他因吐血
而说不出话来,也不像从前那样貌美如玉。我很为他担忧。后来他到京师去参
加会试,竟然死在考场之中,年仅二十七岁。和他一同被举荐的,还有松江受资
助的生员陈迈晴,也是一个奇才。他在考试后做了百余首韵律诗来拜见我,可
惜我没能保存下来他的诗稿,他比姓吴青年早死。吴生在酒席上作的《题盆中
飞白竹》诗说:"渭水的清风育成,流传中衍生出异种。蔚然有蓝色被夸为濒临
灭绝的品种,又化作一片轻白呈现出奇异美妙的姿态。它的名声因为中郎而大

振,它的生长地随着子敬而迁移。竹子像一枝大笔森然挺立,大部分都沐浴在蜡黄的日光中。小小的卷叶比谷子还轻,嫩嫩的幼枝比丝还纤弱。在风中独自摆动和鲜花相辉映,轻拂着小草儿上面都露珠欲滴。枝杆细细地分为小节,露水轻轻洗涤着表面。生来就像凤尾那般高贵,不怕鸟雀们痴呆呆地望着它。竹子在屏风上留下的阴影很小,香气传至茶几也较慢。恰似增添了一块承旨小石,和我同上伯英池。身居专室不用羞愧,放在坐床上欣赏自己的奇异之处。这地方挨着萧寺位置非常好,人在晴朗的傍晚感觉十分舒适。它的光彩露于东南,珍贵超过了时间。虽然没有与可来品味题辞,却有王羲之的情有独钟。在北馆时继承了家学,于南宫中跟随画师学艺。透过绿窗看到了竹子的窈窕姿态,红烛照在上面落下一片斑驳的暗影。用兰墨画出竹子的新姿态,在纸笺上描绘下枝叶飘摇的形象。喜好拿出砚台和笔,临摹顺陵碑。"

吴姓青年名叫维鹗,是太仓人。他作的好诗句还有很多,我仅仅收录几首,没想到他这么快就归西了。陈迈晴在五道策试中,博引众书,两位主监考人都很惊奇,但却不知道他的来历。我那时年轻气盛,说话冒犯了主监大人,因此我举荐的人得不到提拔;这难道是他们的命运吗?我做了《哀两生》的诗,收存在文集中。

一〇

【原文】

常熟王陆禔,字介祉,瘦长骨立,两眸荧然。家贫母老,又遭冯敬通之厄,客死长沙,年三十二。其诗清丽。《苏台纪事序》云:"仆本恨人,尤希好事。趁兰膏之余焰,述花月之新闻。则有参佐名流,宏农妙裔,王昌居处,迹近金堂;韩寿来时,香通青琐。墙头一笑,秋风客钻穴相窥;枕畔五更,夜度娘凿坏而遁。不需青鸟,为约佳期;何必玄驹,始谐欢梦。手提金缕,逾沓冒以声希;怀落钿钗,冒流苏而影乱。轻拢屈戍,潜由顾恺之厨;反合仓琅,永匿梁清之洞。遂致空闺大索,徒劳阿母阐门;邻壁旁求,共讶彼姝履阒。倘属无妻之牧犊,或易牵丝;偏为有婿之罗敷,难收覆水。雾生三里,叶不翳蝉;风挂一帆,花终恋蝶。可怜月姊,随蟾魄以俱奔;讵耐冰人,赋鼠牙而作讼。谋成秘计,大都鹦鹉之禅;下得官符,不是鸳鸯之牒。怅三生兮永别,未消圆泽之烟;纵九死以无辞,难觅茅山之

药。是则炼娲皇之石，莫补离天；弯后羿之弓，长仇怨日者矣。呜呼！人生行乐，难禁赠芍遗椒；我辈钟情，未免焚芝叹蕙。触哀弦于旧轸，侬亦情狂；戒覆辙于前车，卿休放诞。不逢白傅，谁裁《长恨》之歌？为语双文，我做《会真》之记。"

诗云："东风如梦春如画，萝蔓须扶薇待架。黄雀飞飞镜槛边，斑雅得得楼栏下。绿杨门巷是儿家，青粉墙高隔乱鸦。惜艳羞窥留影镜，耽闲懒逐斗风车。柔怀脉脉怜幽独，少小红丝曾系足。萧史迟吹引凤萧，马卿忽奏《求凰曲》。寻常声息互知闻，促漏遥钟两断魂。侧帽望残窗竹影，抽钗划遍砌苔痕。蓬莱咫尺休嗟远，绰约轻裙便往返。晓把豪犀故别梳，宵扪了鸟还加键。怀中转侧掌中擎，殷龋描画螺婼形。蛤帐霞光犹恍惚，蜃窗日彩更日荧。刻骨恩同胶漆洽，迷藏秘戏贪嬉狎。连天梦雨罥阳台，平地风波生楚峡。无端阿母唤匆匆，卷幔披帷室是空。鹦鹉搅翻脂盝粉，狸奴搔乱绣妆绒。待儿寻觅争牵惹，瞥见微光抽替闲。间道斜通鸟鼠山，颓垣近接鸳鸯社。防闲始悔未周遭，直待亡羊与补牢。瓜字分明惭碧玉，耦丝婉转怨金刀。多生久作双飞侣，岂忍禁持别离苦？携手潜登范蠡舟，齐眉共寄梁鸿庑。夭桃已放出墙枝，元稹从题《决绝词》。无奈鸠媒偏作恶，不容雁婿永追随。诉牒佟偬控花县，狐城兔窟微求遍。里胥排日计邮签，亭长分程驰驿传。替戾冈旋劬尤当，可怜屈体受银铛。淋铃雨泣红颜妇，贯索星临白面郎。刿誓从今消旧宠，刀环约在要离冢。驮金纵许赎文姬，化玉何时见韩重？君不见雪絮漫空扬作尘，沾衣拂幌总前因，柳枝逸去樊娘嫁，我亦情伤潦倒人。"

《留须》云："渐看郁郁复离离，忍遣芟除累剃师？潘鬓见来增老态，飞胡学得忆儿嬉。依稀草活抽芽日，仿佛花残露蒂时。犹自堪摩未堪捋，免教人把彦回嗤。""属体风怀梦里春，霏霏羞忆啮妃唇。好陪觅句拈髭客，休对熏香别面人。青缕细含微见影，紫珍才展便伤神。从渠长到星星日，敢向中涓戏效颦？"《咏题名录》云："倚棹同通津，红笺阅市尘。买时惭启齿，展处暗伤神。千佛名经录，三生慧业因。未看先郑重，回视更逡巡。几辈曾盟笠，伊谁是积薪。名场惊绝迹，号舍记比邻。药铫相依切，风檐问讯频。独怜从手客，未遇点头人。何敢轻余子？徒教怨不辰！穷通知有命，俯仰总嫌身。"

《孙园剪牡丹归》云："寻春闲访野人家，扶醉归来日未斜。买得扁舟小于叶，半容人坐半容花。"其他如：《落梅》云："驿使再来休问信，美人已嫁莫相思。"

《杏花》云："开当落日怜微倦，嫁与东风恐不甘。"《偶成》云："误书因想得，微倦觉眠佳。"

介祉好作无题诗,如"衣上石华新唾迹,帐中霞采旧丰神。""登墙不惜三年望,展画谁甘百日呼。"人诮其轻薄。则云:"毕竟闲情累何德? 不言唯有息夫人!"

【译文】

常熟人王陆祉,字介祉,身材瘦长,两眼荧然有神。家中贫困,母亲年事已高,又遭受冯敬通的变故,死于异乡长沙,年仅三十二岁。他的诗作清新秀丽。他在《苏台纪事序》中说:"我天生不喜和人来往,特别是那些好事之人。趁着兰香粉脂的余火,述说风流韵事花边新闻。那是参事僚佐、名流和宏妙的好后代所喜好的事,香气可穿过青色的大门。美人墙头一笑,过路的客人忙钻墙窥视;睡至五更天,陪我过夜的女人凿坏门而逃。用不着青鸟为我们约定良辰吉日;也不需黑马使欢梦和谐。手执金线,翻墙时多铺几层以求降低声音;怀中细钗坠落,身挂流苏显得人影纷乱。轻轻收缩弯曲身体,偷偷经过顾恺之厨;把青玉般的苍天关在外面,永远藏匿于梁清之洞。于是导致了闺房中的大搜索,白白害得阿母闯门;到隔壁寻找,都很惊讶于这个美貌女子的鞋印留在那里。如果我是没有妻子的牧犊,或者还容易牵线促成;她偏偏也是有了夫婿的罗敷,像倒出的水一样再也难以收回。大雾笼罩了方圆几里,树叶稀疏得挡不住蝉儿;风儿劲吹着一只白帆,花儿始终眷恋着蝴蝶。可怜月中嫦娥,随着玉蟾的魂魄共同奔月;怎么能忍耐这冷冰冰的人儿,借着伶牙俐齿而引发诉讼。谋划出的秘密,大都是类似鹦鹉的多嘴之人所传的计谋;传下的官符,也不是成全有情人的公文。永别了,我憎恨我这一辈子,没能消除圆泽的烟火;纵然我可以死九次还是无话可说,难以寻觅到茅山的仙药。因此练就女娲补天的玉石,不补破离的天空;拉弯后羿的弓箭,和讨厌太阳的人长期做伴。啊! 人生追求欢乐,很难禁止赠芍送椒兰;像我们这样钟情的人,未免会焚烧灵芝悲叹蕙兰。在旧马车上弹奏哀怨的曲调,你也是个情疾;要提防前车之鉴避免重蹈覆辙,千万不可如此放荡。不读《白居易传》,有谁可以评论《长恨歌》? 告诉我双文的故事,我也能作《会真记》。"

王陆祉在诗中说:"东风如梦而至春天如画秀丽,萝蔓需要支撑,蔷薇等待搭架。黄雀儿在门外飞翔,花斑马在楼下奔走。门洞前绿杨高耸的就是我孩子的家,高高的青砖墙隔开了鸟雀的聒噪。珍惜自己艳丽的容貌偷偷地在镜中打量,闲居久了连赛风车都懒得去玩。可怜你柔情脉脉幽然独处,年纪小小连一根红丝都缠住脚。萧史久久不吹呼唤凤凰的箫声,马卿却忽然奏起《求凰曲》。平常的声音语息都相互知晓,为约会一个盼时间飞逝一个望着尚早的时钟相思

欲断魂。侧头凝神望着窗外残竹的影子,抽下金钗把石阶上的苔痕一一画遍。蓬莱仙境近在咫尺不要伤叹它的遥远,轻装前行便可以往返。清早手持长毛犀角梳精心地梳理妆饰,夜晚门内拴上铁系还要加上门栓。她在我的怀中翻转,我将她举在手上,众多的香草都难以描绘出她那婀娜多姿的姿态。恰帐中的霞光还比较恍惚,蠡窗上太阳的光彩更加晶莹。刻骨铭记的恩情如同胶膝相粘,贪图和她嬉闹亲热我们玩起捉迷藏的游戏。漫天的大雨像梦一般笼罩在南面的楼台上,楚国巫峡中平地起了风波。阿母无缘无故急匆匆地走来呼唤,我们连忙卷起幔帐,房内因此空静下来。匆忙中鹦鹉搅翻了装脂粉的小匣,狸猫搔乱了绣床的绒丝。丫鬟们互相拉扯着前来找人,瞥见抽替间大开内有微光闪现。当中有一条秘道斜着通向鸟兽老鼠遍地的山坡,这断壁残垣竟和鸳鸯窝近在咫尺。后悔当初为防止闲话考虑得不够全面,直到丢失了羊才想起去修补羊圈。西瓜上的纹理清晰晶莹让碧玉都感到羞惭,藕断丝连都是因为金刀没能斩断。如是早生几年我们早就成为一对相栖相飞的伴侣,哪里能够忍受这不能手握手的别离之苦?手牵手一起偷偷登上范蠡当年和西施乘坐的小船,两人相敬如宾寄居在梁鸿曾经住过的侧屋。茂盛的桃树已经把枝条伸出了墙外,元稹随即题写了一封辞别、绝情的书信。怎奈狠毒的媒人从中作梗,不允许我这个不正式的女婿永远相伴着心上人。她们急忙向县衙投诉指控我是个淫贼,整个地方连狐狸和野兔的窝都彻底搜索过。村里的小吏按日计算邮戳,乡长分路段由驿站传递消息。为了赎罪在光秃秃的山冈顶上辛苦劳动,戴着镣铐弯着腰一幅可怜的样子。淋湿了风铃的雨在为红颜薄命的妇人哭泣,象征着绳索的星座降临到白面郎君的头上。我发誓从今以后彻底忘记以前的恩情,我的金刀和她的玉环相约在墓中相见。纵然允许用金银来赎回蔡文姬,何时才能仙化成玉去见韩重?君不见漫天的雪花像尘土一样地飞扬,沾在衣服上拂在帷幕上都是前世注定。柳枝姑娘随人私奔了樊娘也出嫁了,我也就成了因伤情而失意潦倒的人。"

《留须》诗中说:"渐渐发现胡须长得繁多,怎忍心劳累剃师把它剪去?鬓角渐长有点露出老态,胡子长起回忆起逗闹孩童的情景。就像草儿萌生发芽的日子,又仿佛花儿残败露出蒂柄的时候。还可以自己抚摩但禁不起梳掯,免得别人讥笑我像彦回。"

"风儿吹拂着我的身体,我的梦中含着春天,胡须长长我很羞愧地回忆起吻着你的香唇。胡须可以陪着那些因苦思冥想好诗而常捋胡须的人,但不要面对那些熏香的美人。黑色的胡须好像是轻轻地含在口中一样,轻轻一动就可以见影子,稍一展动紫珍般的胡须就很费劲伤神。随着河渠长呀长,直长到星星太阳那里,敢不敢学东施向渠中涓涓流水嬉戏?"《咏题名录》诗中说:"摇着桨随舟漂向大河,红色的信纸就像尘土一样在大街小巷中飘浮。买的时候感到惭愧羞于启齿,展开后又暗自伤神。这是一本记载了千座大佛和著名经书的集录,这是三生中能领悟真理的事业所凭借的。我还没看就先做出郑重的样子,回头一看就更有所顾虑而不敢向前了。几辈人曾经对着竹笔起誓,他们都是奠基人。社交场合中突然没有踪迹,只记得房舍的号码是相挨着的。草药在铫子中熬着宛如相偎依,风吹屋檐像是频繁地来打听消息。独自为这个治手伤的人而怜伤,但从未遇到过对我点头赞赏的人。为什么他们会这样轻视我?白白让我怀怨日子不好!穷尽通晓道理后就知道生死有命,对别人以居高临下的态度或是迎合总是会对自己不满。"

杨贵妃月夜密誓图。白居易的《长恨歌》描写了杨贵妃与唐玄宗立誓相爱的场景,诗中说:"七月七日长生殿,夜半无人私语时。在天愿作比翼鸟,在地愿作连理枝。"

《孙园剪牡丹归》诗中说:"为了寻找春光我信步走访了农夫的家,喝醉了被人扶着回来时太阳还没有西斜。雇了一只比叶子还小的扁舟,一半留着人坐一半留下放花。"

其他的诗句还有:《落梅》诗中说:"驿站的送信人再来的时候不要去打听消息了,那位美丽的姑娘早已出嫁你就不必空相思了。"

《杏花》诗中说:"落叶时开放可惜略带倦色,但仍不甘心被东风吹落。"《偶成》诗中说:"因为想得到而写错了字,有些疲倦后才感觉睡得香。"

王介祉喜爱写些无题诗,例如:"衣服上玉石光彩照人但有新被唾过的痕迹,锦帐中霞光流彩有旧时的美好风采。""登上墙头远望我不惜站上三年,展开自己的书画有谁甘心只被称赞一百天。"

人们讥讽他的轻薄。他则回答说:"我的闲情诗毕竟积累了什么德?只有

息夫人才不回答!"

一一一

【原文】

常州李检讨英,字芋圃,余甲子科所得士。为人醇古淡泊,一望而知为君子。年老乞归,掌教六安州,过随园,宿十日去,竟永诀矣!卒无子。《归雁》云:"清秋雁声落屋檐,春早急去程期严。此邦之人非汝嫌,高飞冥冥去且金。稻粱虽谋退亦恬,江湖暑湿难久淹。吁嗟物性尚避炎!"《春深》云:"春深淹久客,门掩即山家。闷遣摊书坐,吟耽倚杖斜。晚风敲径竹,微雨润窗花。不觉苍苔暗,深林已暮鸦。"《僻处》云:"僻处无喧嚣,闲中耐寂寞。一卷味可耽,双屐懒不著。荏苒春将残,东风卷罗幕。庭前碧桃花,迟开亦迟落。"

【译文】

常州检讨官李英,字芋圃,是我在甲子年科举考试中选得的人才。为人宁静淡泊有古人风范,一看就知道是个君子。他年老后要求归还故乡,掌管六安州,经过随园时,住了十天后离去,不想一别竟成永诀!他死前没有孩子。

他的《归雁》诗说:"清高的秋日里雁叫声声传到了屋檐下,因为日期紧张它们春日中一大早就急着飞去。这个地方的人并不是你们所厌恶的人,在高空中全都悠悠离去。稻粱等生活物品虽需要挣取,但退休后的生活非常恬静,江湖之上湿热的天气让人难以久留。我慨叹大雁也有避离炎热的天性!"

《春深》一诗中说:"浓重的春意陶醉了久居的客人,把大门紧闭就好像隐居在山庄中一样。为消遣解闷我摊开书在桌前,斜挂着手杖沉醉于吟诗之中。晚风敲打着路旁的竹林,细雨滋润了窗外的小花。不知不觉中天黑地上的苔藓也暗了下来,浓密的树林中满是晚归的鸟雀。"

《僻处》诗中云:"偏僻的地方没有繁杂的喧嚣声,闲居中能耐得住寂寞。品味一卷诗书就令我沉迷,连双鞋也懒得穿上。时光渐逝春天已残,东风吹起了罗幕。院子前那株绿色的桃花,开的迟落得也迟。"

一二

【原文】

丙辰在都,诗人大会,有常州储君师轼,字学坡者,年最长,为坐中祭酒。后三十年,会试出余门生李英名下,选作校官,监钟山书院。久不来见。余与庄君念农先往,大呼而入,曰:"太老师来捉小门生矣!"彼此大笑。招饮随园。兄赠云:"廿年名姓达安昌,应许彭宣到后堂。问字久辞松径杳,传觞重嗅竹林香。楼台近水千层曲,草木连山一带长。只恐徵书来北郭,未容老住白云乡。"

"高筑天风百尺楼,凭栏怀古意悠悠。声诗不堕开元后,法物还从宣政收。借箸风生磨盾鼻,登山云起遂蒐裘。中林猿鹤无猜忌,绕树银灯蜡屐游。"卒,无子。诗多散失。

【译文】

丙辰年在京都时,召开了诗人大会,有一位常州人储师轼,字学坡,年龄最长,担任大会的首领。

三十年后,他参加会试出自我的门生李英的名下,被选派作校书官,管理钟山书院,长时间不来拜会我。我和庄念农先去看望他,大呼着进入他的家门,说道:"太老师来捉小门生了!"彼此大笑起来。我请他去随园做客。他赠诗与我,诗中说:"二十年名声远扬到安昌,还允许彭宣来家中做客。松林小路遥远,我已很久没来求学了。如今被唤来饮酒又得以重嗅竹林之香。近水的楼台曲折蜿蜒,连山的草木葱郁漫长。只恐怕又有诏书传下,不容您常住在这白云的故乡。"

"百尺小楼高筑入天,凭栏感叹怀古意味深远。开元年间以来歌诗的创作没有走下坡路,法物诗还是从宣政年间开始获得丰收。到随园饮酒风吹得我鼻子僵硬,登山时云雾生出就披上虎皮裘衣。林中猿猴和仙鹤和平相处,手执银灯足穿蜡屐绕着树林游逛。"储师轼死后没有子女。他的诗作大多散失。

【原文】

杭州潘涵,字宇情,宰六合,以循吏称。两子早卒,家竟绝嗣;甚矣天道之难知也!仅录其《随园小集》云:"安住林亭远放舟,境随人转水随鸥。好山刚近长江口,老屋深藏大树头。叱驭原同招隐别,买园先为种花然。解还墨绶铜章贵,换得繁英与素秋。"

陶渊明像,图选自清·上官周绘《晚笑堂画传》。清代诗人潘涵羡慕陶渊明的田园生活,曾写诗说"陶令获田偿酒债,敬姜操绩伴书声"。陶令即陶渊明,因陶渊明曾任彭泽令。

"香名弱冠饮都城,壮志空山踽踽行。陶令获田偿酒债,敬姜操绩伴书声。渔童歌好垂丝听,长者车来拂袖迎。一片仓山梅影水,回头还比玉堂清。"

"西亭北榭斗阑干,阁引天风猎猎寒。旧约飞鱼传去杳,新诗走马借来看。风生咳吐追唐调,礼失威仪谢汉官。笑我热中心未死,偷闲来弄钓鱼竿。"

【译文】

杭州人氏潘涵,字宇情,在六合县任县令,被称为循规蹈矩的官吏。他的两个儿子死得早,家庭竟然断了后代;天道真是太难以知道了!我仅收录了他的《随园小集》,诗中说:"安心地住在山林中的小屋里,驾船远行,环境随着人而改变,水流随着水鸥而转向。一座秀美的山峰坐落在山江口,几间老屋深藏于大树前。呵斥驾车的人原本和招揽隐士不同,买花园时先为种花而发愁。将象征权力地位的墨绶铜章解下归还朝廷,换来满园盛开的鲜花和平淡的秋日。"

"二十岁时美名饮誉京师,怀着远大的志向我孤独地独行。陶令在农田中获得丰收得以偿还酒债,敬姜在读书时纺织麻线。渔童动人的歌声吸引我低头倾听,长者的马车到来时我拂袖相迎。远处仓山苍茫,近处梅花倒映在水中,回头望去,一片清莹赛过了玉砌的殿堂。"

"西面的亭台和北边的楼榭在一起纵横交错,阁楼中寒风袭袭。托飞鱼向远方带去旧时的约定,骑着马去借阅新吟成的诗。风声呜咽像唐朝时的曲调,礼仪失去的威严要感谢汉代的官员。可笑我在暑天里还不死心,忙里偷闲去钓鱼。"

一四

【原文】

同年许朝,字光庭,常熟人。诗似放翁,殁后,家无继起者。录其佳句云:"泉碍石流无意曲,草经霜陨不须芟。"

"倚床爱就胠边枕,揽镜贪看背后山。""得月便佳还值望,是山都好不须名。"

"预思煮雪炉先办,不会裁花谱借抄。"五言如:《病骡》云:"眠沙深有印,啮草嫩无声。"《山村》云:"峰乱向人涌,泉分界石流。"又,"舟隔堤撑半露篙",七字亦佳。

【译文】

我的同年许朝,字光庭,是常熟人。他的诗作很似陆放翁,死后,家中没有

继承人。我抄录了他的佳句,如:"泉水被石块阻碍后并没有拐弯的意图,草儿经霜一打就再不用剪除。"

"躺在床上时我喜爱靠着胳膊旁的枕头,把镜子揽到怀中贪婪地通过它看着背后的山峰。""正当望日的满月肯定美好,未必非是名山才好看。""想要煮雪就应先准备好炉火,不会裁剪花样时可以借图谱模仿。"他的五言诗饲如《病骥》,诗中说:"睡在深深的沙坑中有痕迹,吃着嫩嫩的青草一点声音也没有。"《山村》诗中说:"山峰错综突兀像是要向人压下,泉水遇到界石就会分流。"

此外,"隔着河堤望见小舟只露出正在撑动的半只竹篙",这七个字都用得很好。

一五

【原文】

苏州周钰,字其相,相过于江雨峰家。蒙一见倾心。每过苏州,必主其家。家道甚丰,而性啬且傲,卒无子;以葬亲故,坠水死。见赠云:"零乱花飞又一年,思君时问北来舡。随园清夜三更月,应照幽人独自眠。"

"空吟场藿《白驹》诗,往事伤心不可思。南国至今悲贾谊,为他偏值圣明时。"咏《落花》云:"莺从此日空啼树,人到明朝懒上楼。"

【译文】

苏州人周钰,字其相,我和他相遇于江雨峰的家中。两人一见倾心。我每经过苏州,必定要到他的家中去。他家中资财颇丰,但人却吝啬高傲,死后无子;因为埋葬亲人的缘故,坠水而死。我见到他赠给我的一首诗:"空中飞花又是一年过,由于想念你我时常向北方来的船打听消息。随园的静夜中月亮高高升起,伴着你独自安睡。"

"面对着田野中藿丛我空吟着《白驹》诗,往事令人伤心不堪回首。南国各地至今还替贾谊伤心,因为他偏偏是生在君主圣明的时代。"

他的《咏落花》诗中说:"黄莺从今天以后只能在树上空鸣,明日人儿也懒得上楼观花。"

国学经典文库

一六

【原文】

张长民秉政,予表侄也。父灏,官侍读学士。长民十五举京兆,三十天亡。《送余出都》云:"芙蓉双阙致君身,误逐飘风落九旻。丹穴有天翔凤鸟,金羁何术扰麒麟。关前候吏觇青犊,江介行舟荡白蘋。此去未须怜左授,下方欲识谪仙人。"

【译文】

秉政官张长民,是我的表侄。他的父亲张灏,任侍读学士。张长民十五岁时在京都被举荐,不幸三十岁时早亡。他在《送袁随园出都》诗中说:"芙蓉花的两个缺点发生在您的身上,错被放逐随风飘落九天。世外仙境中凤凰飞翔于天,金笼头究竟有何魔力使得麒麟为之困扰。守候在城关前的小吏偷偷打量着我的小青牛,小舟行进在江中摇荡着白色的蘋草。此去不须为降职而叹惜,下面的老百姓都盼着认识您这位被贬下凡尘的神仙。"

一七

【原文】

史梧冈进士,名震林,湛深禅理,半世长斋,知余不喜佛,而爱与余谈,以为颇得佛家奥旨。余亦终不解也。记其《观荷》云:"露折朱霞裹旭开,凄凉心付蓼花猜。银河正晒天孙锦,风雨欺香禁早来。"

"蕊绽华峰斗锦年,序班宜在牡丹先。携琴笑坐如船藕,去访蓬莱海外天。"梧冈言:"修行无他慕,只求免入轮回,少认世间无数爷娘耳!"

【译文】

进士史梧冈,名震林,对佛学禅理学问深湛,半生都是吃斋饭度过的,他知

道我不喜欢佛学,但却很爱和我谈论,自以为深得佛学奥妙宗旨。我却始终不能理解佛学。记得他在《观荷》一诗中说:"露珠轻滴,荷花含苞吐艳好像红色的朝霞拥抢着东升的太阳,我伫立塘前把凄凉的心情交给荷花去揣摩。银河正被暴晒,使得天空还不及锦缎美丽,风雨无情吹打着荷花,让我不能够一早前来观赏。"

"吐蕊绽放似华美的山峰在锦绣的岁月中争奇斗艳,按顺序排序它的名次还应该在牡丹的前面。我微笑着抚琴赏荷,那洁白的耦实恰似一只只小船,乘风破浪要去海外探访蓬莱仙境,"史梧冈说:"我修行佛学并没有其他的念头,只求免受轮回转世之苦,少到人世间拜认许多爹娘罢了。"

一八

【原文】

闽人刘南庐,名芳,貌若枯僧,以布衣云游,所到必栖深山古刹,受群僧供养。问何不还乡,笑而不答。晚年,卒于通州之狼山。群僧为葬于骆右丞墓侧,置石碣焉。丁丑九月宿随园,见赠七律,仅记中一二联云:"安仁尚有栽花兴,孟博全无揽辔心。水影到窗知月上,松风揽枕信秋深。"

《焦山避暑》云:"千丈洪涛一小舠,乘危逃暑到僧寮。衣沾湿翠晴犹滴,榻拂凉云午不消。压槛有天连水阁,开门无路入尘嚣。浊醪我欲酬高隐,千古幽魂未可招。"《瓦官寺》云:"瓦官瓦破佛庐荒,三绝空怀旧讲堂。曲径云深僧笠重,闲门花落客鞋香。行经河畔闻箫鼓,坐近台边想凤凰。吊古一尊沽未至,烟钟风磬立斜阳。"《军山夜坐》云:"星辰夜影窗间落,江海秋潮枕上生。"

【译文】

福建人刘南庐,名芳,相貌极像一位枯瘦的老僧,他身穿布衣云游天下,每到一个地方都要住宿于深山古刹之中,由众僧人供养。

僧人们问他为什么不回家乡,他笑而不答。他晚年死于通州府的狼山。

群僧把他葬在骆右丞的墓旁,立了一块石碑。

丁丑年九月,他留宿在随园,见我后赠七律诗一首,我只记得其中的二联:"安仁还能有兴致栽花,孟博却无心揽辔。水波映射到小窗上便知月儿已经升起,松林中凉风习习吹过枕旁,深信原来已是深秋了。"

他在《焦山避暑》诗中："水面上波涛汹涌有一只小舟飘摇，为了避暑我冒着危险来到山中僧人的小屋中。润湿的树丛把衣襟打湿，即使是晴天，树上也有水珠欲滴，星榻上空飘浮着清凉的白云，即便是正午时分，也不用躲避消暑。门槛外天水相连，打开大门也无路进入尘世的烦嚣。浊酒一杯我想要酬谢这位高人隐士，却招不来千古的幽魂。"《瓦官寺》云："瓦官寺砖瓦破碎佛堂荒废，僧人们徒然感怀着旧日诵经的场所。僧人带着大大的竹笠走在云深处弯弯的小路上，清闲的小屋旁馨香的花儿恰好落入了客人的鞋子中。走过河畔时听到箫鼓的声音，坐在楼台旁默默地盼望着凤凰。想用一樽酒凭吊古事，酒却还没买来，香烟缭绕钟磬齐鸣我悠然立于斜阳中。"

《军山夜坐》诗中说："夜影星辰的光辉坠落到窗间，秋日江海的潮涌随风传至枕边。"

一九

【原文】

汤西崖少宰，幼有美人之称。其幼子名学显，戊寅见访，长身玉立，想见少宰风仪。有《慧山》二首云："九峰郁云根，蜿蜒罗青苍。夤缘入幽磴，长史旧草堂。只今法象空，宝幡驯鸽翔。叶落拂床尘，花放见佛光。癯僧不谈禅，哦诗草木香。孤意与俱永，随在如坐忘。""飒漓林风生，寒空弄清樾。山禽隔叶鸣，好音闻不绝。访碣剔烟萝，钗脚半磨灭。蝶老抱秋花，松疏漏凉月。际此孰含毫，秀采芙蓉发。"

【译文】

汤西崖少宰小时候被人称为美人。他的小儿子名叫学显，戊寅年曾来访我，只看他的长身玉立便可想见他父亲当年的风度仪表。有《慧山》诗二首。诗中说："九座山峰上萦绕着白云，山势蜿蜒曲折青翠苍苍。有缘进入山中踏上幽静的石磴，拜访长史昔日的草堂。只见当今法象已空，宝幡却依然能使白鸽驯顺。树叶飘落拂去床上的尘土，山花开放处可以见到佛光。病重的僧人不谈禅理，吟哦诗句草木跟着生香。一心一意要与此相伴直到永远，随在你的身边就犹如进入淡泊无虑、物我两忘的奇妙境界。""飒飒林风吹来，空气顿觉清凉。

山鸟在树后鸣唱,声音悦耳令人百听不厌。寻访僧人墓前的石碣而披萝向前,钗脚也被磨去了一半。蝴蝶将老仍然紧抱着秋花,疏散的松枝漏下了清凉的月光。当此时此境人还有什么割舍不下,但见秀娟的芙蓉花又开放啦。"

二〇

【原文】

李啸村最长绝句,人有薄其尖新者;不知温子升云:"文章易作,遒峭难为。"若啸村者,不愧遒峭矣。其《泰州舟次》云:"烟汀月晕影微微,办得宵衣草上飞。垂发女儿知荡桨,不辞风露送人归。"

《夜泛红桥》云:"天高月上玉绳低,酒碧灯红夹两堤。一串歌喉风动水,轻舟围住画桥西。"

《废园》云:"谁家亭院自成春,窗有莓苔案有尘。偏是关心邻舍犬,隔墙犹吠折花人。"《青溪》云:"粉墙经扫花落尘,一带楼台树影昏。雨细风斜帘未卷,纵无人在亦消魂。"

《却人写真》云:"有影正嫌无处匿,不才尚觉此身多。"此是啸村最佳诗;而《归愚别裁集》只选《上巳忆白门》一首,云:"杨柳晚风深巷酒,桃花春水隔帘人。"

不过排凑好看字面,最为下乘。舍性灵而讲风格者,往往舍彼取此。

【译文】

李啸村最擅长绝句,有人批评他的诗标新立异;那是不知温子升曾说过:"文章容易作,文笔优美可就难了。"

像啸村这样的人,他的诗作毫不愧对文笔的评价。他的《泰州舟次》诗中说:"云烟氤氲的水边月影朦胧,月光好似披着夜衣在蒿草上低飞。未成年的女儿知道客人欲乘舟远去,便冒着夜风晨露来送别。"

《夜泛红桥》诗云:"天高云淡月儿初上,玉绳似的月光低撒,河堤两边灯红酒绿,一片欢歌笑语。一声声动听的歌喉传到我的耳中,就像夜风轻拂水面,驾起小舟我荡漾在画桥西边。"

《废园》诗中说:"谁家的亭院中百花齐放,一片喜人春色,窗前莓苔生长,

清代李啸村擅长绝句,其《泰州舟次》诗中有"垂发女儿知荡桨,不辞风露送人归"之句。

案上鹿尾拂尘。偏偏邻居家的狗关心园内动静,一听到有人折花便隔墙狂吠起来。"他在《青溪》一诗中写道:"粉红色的墙壁用拂尘一扫有如落花一般,这一片楼台亭院掩映在树影中。斜风细雨中竹帘未卷,纵然无美人在赏雨也令人销魂。"《却人写真》诗中说:"正在着急无处可藏身却发现自己的身影,没有才华才知道活着很是多余。"

这一首是啸村最好的诗作;但归愚《别裁集》中只选收了他们的《上巳忆白门》诗一首,诗中写道:"杨柳绿,晚风吹,深巷中人痛饮酒;桃花开,春水流,竹帘里人盼春来。"这首诗只不过对仗整齐字面好看,但实际上却是最差的。舍弃性情灵气而只追求风格的人,往往舍丢弃内涵偏爱对仗工整。

二一

【原文】

白太傅云:"有唐衢者爱其诗,亡何,唐死;有邓访者爱其诗,亡何,邓死。"吾于金陵,得二人焉:一金光国;一高步瀛。时笔超隽,受业未及三年,俱死。金之诗,唯存《祝寿》数章。高有《未灰稿》二编。《晚春》云:"百花开落草

芊芊,杰阁层楼白石边。埋没春光全是雨,初长天气却如年。客来未惯惊雏燕,人到无愁爱杜鹃。棐几一灯三径晚,垂帘影里是茶烟。"

七绝云:"风刀瘦剪绿杨丝,一路芳菲落日时。山曲不妨随径转,隔云早见酒家旗。""静里消磨墨数升,封书远问作诗僧。寻君曾到闻钟后,流水村桥照蟹灯。"佳句云:"不是近霜偏爱菊,要需时日始看梅。"

"灯非报喜花争结,人惯离家梦转无。""同人催上马,临水废观鱼。""名每输王后,嫌终避阘前。"皆有心精结撰,不入平浅一流。

【译文】

白太傅说过:"有个叫唐衢的人喜爱他的诗,不多久,唐衢亡故;有个叫邓访的人喜爱他的诗,不多久,邓访亡故。"

我在金陵的时候,收了两个弟子:一个叫金光国;一个叫高步瀛。他俩的诗作特别隽永,跟我学了不满三年都死掉了。金光国的诗,仅收存了《祝寿》等几章。高步瀛作了《未灰稿》二编。《晚春》诗中说:"百花开了又谢,草木茂盛,突兀的楼阁耸立在白石旁边。都是无尽的雨埋没了春光,天气刚变得稍长一些却好像一年那么长。客人初到还不习惯惊动了栖息的雏燕,人在无忧无虑的时候特别喜欢啼血的杜鹃。檀木做的茶几上灯火明亮,户外的小路已黑,放下竹帘把身影溶在茶烟中。"

有几首七绝诗写道:"如刀的春风剪瘦了条条绿杨丝,一路芳菲我一直走到落日时分。山峰曲折我不妨跟着小路转弯,穿过云雾早就看到了酒家飘动的酒旗。""静静的包裹上消磨了数升墨汁,修书一封去询问远方的作诗僧。为了寻找你听到钟声后我曾来到这里,看到了村边小河桥头的照蟹灯。"好的诗句还有:"还没到降霜时偏偏喜爱菊花,尚需要一段时间才能看到梅花。"

"一盏盏灯光并不是在报喜,花儿争相结果,人儿习惯了离家,梦境转眼即逝。""同路之人催促我上马赶路,临近水边却舍弃观鱼的机会。""名声总是不如王维,为避免垫底排到了颜阘的前面。"这些诗都是用了心有心创作的,和那些平庸浅陋的诗作是不同的。

【原文】

绍兴布衣俞楚江,名翰,久客京师,金少司农辉,荐与望山相公。公称其诗有新意,卒无所遇,卖药虎丘而亡。《登九龙山遇雨》云:"浮生徒碌碌,冒雨渡寒津。策马山头过,云横不让人。"《偶成》云:"安贫求自寡,书剑漫相从。且筑数椽屋,将为一老农。亭空云可贮,院小树还容。居近开元寺,卧听清夜钟。"

清代俞楚江曾作《登九龙山遇雨》,其中有"策马山头过,云横不让人"之句,描绘了登山遇雨后的情景。

"戒饮原因病,村旗莫浪招。忙酬花事毕,闲养睡魔骄。霜色归蓬鬓,秋声上柳条。竹炉茶未熟,一缕细烟飘。"他如:"谁与吾来往,西山一片云。""柳倦

欲眠风劝舞,鸟歌未和雨催归。"俱有意趣。

【译文】

绍兴的平民百姓俞楚江,名翰,长期客居京师,少司农金辉把他推荐给望山相公。望山称赞他的诗很有新意,但俞楚江最终没有得到很好的待遇,在虎丘卖药为生,后死去。

他的《登九龙山遇雨》诗中写道:"漂泊一生空忙碌,冒着雨渡过清冷的河流。赶着马在山头驰骋,云雾横过眼前不让我通过。"

《偶成》一诗中说:"安于贫穷但求自我淡泊平静,诗书和宝剑陪我到处游。姑且盖起几间小屋,我将要成为一个老农。亭中空荡荡的,可以装满云雾,院子虽然小,但还是能够容下大树。住在开元寺旁,每夜躺在床上倾听清脆的钟声。"

"戒酒原本是因为生病,村头的酒旗千万别放纵地招引我。忙着应酬完花事,闲居久了睡意浓。蓬乱的鬓角白发如霜,枯黄的柳条上秋意已浓。竹炉上煮的茶还没有沸熟,只见一缕细烟袅袅升起。"

其他的诗句如:"有谁和我来往,是西山上的一片云。"

"风儿吹舞着昏昏欲睡的柳条,小雨催促等回声的鸟儿归巢。"这些诗都很有意境和情趣。

≡≡

【原文】

仪真诸生张日恒,受知梁瑶峰学使,写诗一册,属尤贡父先容,将来见余;呼舟未行,以暴疾亡,年未三十。册书《山中早春》云:"不知芳信转,但觉鸟声和。倚槛听溪水,纤行绕竹坡。池香生草细,树暖着花多。雅意春风惬,还应倒白醝。"

《青山守风》云:"野戍依沙岸,孤帆守客涂。劳心虚怅望,终夜恋菰芦。江影时明灭,星光乍有无。晓风狂不定,神女弄波珠。"《江令宅》云:"南都多旧第,江令最知名。长板双桥合,青溪一水迎。仙台回骑杳,高树晚鸠鸣。怅望城东路,年年春草生。"

【译文】

　　仪真有个叫张日恒的读书人,在学使梁瑶峰门下学习,写成一册诗集,是属于尤贡父早期的风格,他要来拜会我,唤船但船没开,后来他得了暴病而亡,年龄还不满三十岁。他的一册诗中有一首《山中早春》:"不知花草芬芳的气息已转到这里,只是觉得山中的鸟鸣声柔和了。倚着门槛倾听喧腾的溪流,慢步绕过长满翠竹的山坡。池塘中香气扑鼻,生长着的水草很细小,花树遇暖绽开的花朵很多很多。春风给人带来雅志和惬意,还应该提防山中的天上会落下小冰雹。"

　　《青山守风》诗中说:"偏僻的哨所偎依着沙质的河岸,孤独的帆影守候在旅行的路途中。我白白地费神惆怅观望,整夜都痴痴地看着那棵菰芦。江面上灯火时明时灭,星光乍有乍无。晨风狂吹不定,好像一位神女在拨弄着江水。"

　　《江令宅》诗中说:"南方的都市中有很多旧房宅,江令宅是其中最出名的一座。一块长木板把两座桥连在了一起,一条清澈的小溪迎面流来。仙境般的楼台中回家的骑马人还很远,高高的大树上晚归的斑鸠在鸣叫。惆怅地望着城东面的那条大路,每年春天小草都会恣意地生长。"

二四

【原文】

　　杭州宋笠田明府,名树谷,宰芜湖,有贤声;罢官再起,补陕西两当县,过随园一宿而别。闻为甘肃案,谪戍黑龙江,年近七旬,恐今生未必再见。幸抄存其诗。《立秋柬顾孝廉》云:"前宵白雨昨清风,烁石炎威转眼空。万窍商声先蟋蟀,一年落叶又梧桐。花开凉夜香偏久,吟入秋来句易工。为报湖头二三子,好修游展理诗筒。"

　　《独步净业湖》云:"风吹堤柳绿斜斜,净业湖波乱似麻。京国清明初断雪,故园二月已飞花。青帘易买三升酒,白乳空思七碗茶。日暮一行飞雁落,知渠曾事过吾家?"《山村小步》云:"如此春光不自持,宽鞋短策步来迟。得时花柳有矜色,入画云山无定姿。佳节放闲村学散,丰年预兆老农知。日斜碧水桥头坐,何处笛箫向客吹。"《出京留别》云:"六年燕市聚游踪,酒席歌场处处同。一

夕西风人去远,便从天上望诸公。"

《对月》云:"桂花庭院晚风轻,帘卷西窗看月生。只费一钩悬树杪,已教秋思满江城。"《盆梅》云:"数枝也复影横斜,惹得羁人乡梦赊。抛却西溪千树雪,瓦盆三迟看梅花。"《山塘闲步》云:"疏狂犹记少年时,几处歌场斗雪时。今日旧游零落尽,酒痕只有故衫知。""似此风光绝可怜,相携朋好踏春烟。怪他杨柳舒青眼,只向长街看少年。"《红花埠题壁》云:"六年京国梦江城,此是江南第一程。为算还家多少事,昨宵枕上听三更。"《林处士墓》云:"岩居尚恨云常出,世事惟余诗未删。"《僧舍》云:"新花倚石俨相待,古佛候门如欲迎。"

《近郊小饮》云:"风吹池水干何事?人映桃花忆此门。"

笠田诗甚多,子又年幼,虑其散失,故再录其《咏屋上草》云:"秋雨积我檐,秋草繁我屋。分行随瓦沟,踞胜等山麓。行天虽有余,资地苦不足。践踏幸免加,滋蔓遂逞欲。率尔占万间,偶然余一角。下止骇飞鸟,仰望馋奔犊。垂垂映垣衣,密密成翠幄。高先偃疾风,柔能格响雹。惯被炊烟遮,不受樵采辱。鸥吻日以藏,龙鳞日以驳。省牵萝补苴,代索绹约束。宁肯事剪除,留作百花褥。"

【译文】

杭州明府宋笠田,名树谷,在芜湖任县令,声誉很好;一度被罢官后又再次被起用,补陕西两当县县令的缺,经过随园时,留宿一夜后相互告别。我听说因为牵涉进甘肃的一个官司中,降职到黑龙江去守边,宋笠田已年近七十古稀,恐怕今生不能再与他相见了。幸运的是,我抄录保存下他的诗作。他的《立秋柬顾孝廉》诗中说:"前日夜晚阴雨绵绵,昨天清风拂面,足以炼石的炎热转眼威风扫地。蟋蟀的鸣叫引发了千万个洞穴中百虫齐唱秋声,梧桐树又飘撒下每年一落的树叶。清凉的静夜中花开的香气特别长久,秋天里吟诗句子也容易对仗工整。为了报答湖那边的几位朋友,我收拾好外出用的鞋子又整理了存放诗作的竹筒。"

《独步净业湖》诗中写道:"风儿吹拂堤边的杨柳一片绿色飘飞,净业湖中水波荡漾乱如麻线。京都清明时节才刚刚停下雨,故乡的花园二月就已飞起了柳絮。青色的竹帘很容易使人去买回三升老酒,白白的乳汁使人凭空想起了要喝几碗茶。夕阳西下天上的一行飞雁也落下栖食,不知道它们是否曾经飞过我的家乡?"

《山村小步》诗中说:"如此明媚的春光令人难以把握自己,脚穿肥大的鞋手拉短小的手杖步子迈得也慢。占了天时的花草绿柳好像有些骄傲之色,在画中云雾缭绕的山峰没有固定的姿态。过佳节村中的村学放学休假,老农们知道

预示丰年来临的兆头。日已西斜我坐在桥头观碧水,什么地方的卖糖人在向客人吹着箫。"

《出京留别》一诗中说:"六年中燕京城留下我的游踪,到处都是相同的酒场歌楼。今天我伴着西风走远,他日会从天上俯视诸位先生。"

《对月》诗中说:"庭院中桂花盛开晚风轻吹,卷起西窗的竹帘遥看月儿升起。今夜的月高仅是一弯月牙挂在树梢,已经让整座江城笼罩了浓浓的相思。"

《盆梅》诗中说:"虽仅有几枝也要枝影横斜,引发了客人长长的思乡梦。放弃了去西溪看千树万树梨花开般的雪景,偏偏爱欣赏这三尺瓦盆中盛开的梅花。"

《山塘闲步》一诗中写道:"还记得年轻时狂妄放荡的样子,到处和人在歌场比试赋雪的诗句。今日以往的老友都一个个地逝去,只有我那件旧长衫满是当年豪情痛饮的痕迹。""像这样的风光绝对令人喜爱,呼朋携友来踏春赏景。只怪那枝杨柳放眼正视,只面向长街看那些过往的少年郎。"

清人宋笠田《对月》诗中有"桂花庭院晚风轻,帘卷西窗看月生"之句。

《红花埠题壁》诗中说:"在京城住了六年我每每都梦回江城,此地是我回江南的第一段路程。为了考虑好回家后有多少事情要做,昨天夜里我在床上想到了三更天。"

《林处士墓》诗中说:"住在高峻的岩上还恨云雾时常涌出,世上值得牵挂的事只剩没有把自己的诗作修改。"

《僧舍》诗中说:"新开的花儿倚着石头庄重地等待,古老的大佛守候在门旁像是在欢迎。"

《近郊小饮》诗中云:"风儿吹皱池水和我有何相干? 回忆起这扇门中人面桃花相映红的景象。"

宋笠田的诗作很多,儿子又很小,我担心会散失,因此又收录了他的《咏屋上草》,诗中说:"秋雨积聚在我的屋檐上,秋草在我的屋上茂盛的生长。它们沿着屋瓦的沟痕分成行,盘踞了这样的好地方像山麓一样。虽然得到天上的日照降水很充分,但苦于可以扎根的土地不足。幸运的是它们可以免受践踏,于是便四处滋生蔓延表现出强烈的生长欲。千万间房屋顶大都被占据,偶然才有没有长草的一小片屋顶。茂盛的秋草吓得天上的飞鸟不敢落上,地上奔走的牛犊仰头想吃。自然地垂下映在墙壁上,密密麻麻的一片像是绿色的帷幕。高高的草儿可以挡住迅疾的大风,柔柔的草儿可以挡开落地有声的冰雹。习惯了被炊烟熏烤,不会受到樵夫采集时的耻辱。屋脊两端陶制的鱼尾形装饰物每天被遮盖起来,龙鳞似的瓦片每在被草儿装点得色彩斑驳。秋草可以用来补垫子从而节省藤萝,代替绳索起到束绑的作用。我宁肯不辞劳苦地把它们剪下,留着填塞我的花被褥。"

二五

【原文】

孤甥陆建与香亭弟同受诗於余,而建早亡,余已梓《湄君集》行世矣。其弟炘,年未及冠而夭。《咏小沧浪》云:"十里横塘路,舡摇明月春。鸳鸯相识否?前度采莲人。"《春暮》云:"吟窗昼静独徘徊,绿上疏帘认翠苔。忽见飞花三两片,回风舞过小溪来。"《落花》云:"伤春无奈落花红,夹在《离骚》一卷中。葬汝自怜非玉匣,开书到底见春风。"

【译文】

我唯一的外甥陆建和我的弟弟香亭同时跟着我学习作诗,陆建死得早,我

已经付梓《湄君集》出版流传于世上了。陆建的弟弟陆炘,还未成年就夭折了。陆建的《咏小沧浪》诗中说:"横塘的十里水路上,一只小船在明月春风中荡桨。这一对有情人相互认识吗?她就是以前来采莲的姑娘。"

《春暮》诗中说:"白日静悄悄,我在窗前默默地独自徘徊,青翠的苔藓把绿色带上了稀疏的竹帘。忽然看见三两片在空中飞舞着的花片,在风中盘旋飘荡飞到了小溪这边。"《落花》诗中说:"飘落的红花儿撒满了一地,我感叹春天的逝去却无可奈何,拾起落花夹在一卷《离骚》中。把你埋在这里虽然可惜不是玉匣,但每当我翻开书本就会又见到春风。"

二六

【原文】

湖州进士沈澜,字惟涓,诗近皮、陆,人多轻之,然典雅处,不可磨灭。《寄怀杭菫浦》云:"休向江潭怅独醒,青山偃蹇称闲庭。枕函自秘《琅嬛记》,农社还修《耒耜经》。小艇瓜皮乘月泛,清歌菱角隔帘听。朝衫抛却饶幽兴,好伴维摩著素屏。""步屧经过屡结跌,同床各梦一悲吁(谓举阳马事)。篷窗听雨都元敬,酒郡移官张藐姑。琴作家资空送别,鹤分俸料耐偿逋。偶耕他日期相访,稳卧瓜牛号野夫。"

【译文】

湖州的进士沈澜,字惟涓,诗风类似皮日休、陆游,人们大都瞧不起他;但他的诗有些地方很是典雅,不可被磨灭。他在《寄怀杭菫浦》一诗中写道:"醒来后不要面对江潭独自惆怅,泛舟江上只见两岸青山向后倒去就像闲庭信步。枕头中装着自己偷藏的《琅嬛记》,农村的各地方还需学习《耒耜经》。形状像瓜皮一样的小艇在月光下漂荡,隔着竹帘听到了采菱女清脆的歌声。我雅兴大发脱去官服,这样方好陪伴维摩在白色的屏风上写诗。"

"穿着木板拖鞋走路多次跌倒,同床异梦真是可悲。(指阳马起义。)都元敬喜爱在带着遮雨篷的窗下听雨声,张藐姑从盛产好酒的地方调离官职。穷得只剩下一台琴的我只能空着手和他告别,仙鹤分走了部分俸米正好使我偿还了对它的拖欠。他日我偶然耕种时希望你能来拜访我,我今看到我自号田野农夫

稳稳地躺地南阳牛上。"

二七

【原文】

丹徒朱竹楼《怀人》云："何处飞来残笛声，西窗月落鸟争鸣。谁言夏夜夜偏短，万里梦回天未明。"

【译文】

丹徒人朱竹楼的《怀人》诗中写道："何处悠然传来断续的笛声，西窗外月儿将要落下百鸟争鸣。谁说夏天的夜晚比较短暂，我在梦中游荡了万里醒来后天还未亮。"

二八

【原文】

苏州汪缙，诗学七子，《游穹隆》云："星满天坛河泻影，月离海峤树生烟。"《栖霞》云："云埋大壑封秦树，雷劈阴崖见禹碑。"乙酉秋闱，遗才不录，遽登舟归。余闻之，急往见学使彭公芸楣。公廉云："某在此衡文三年，得毋有人怨我乎？"答曰："有。"彭骇然变色。余笑曰："公毋惊也。诗人汪大绅，公不许其入场，何也？"彭更骇云："此某所拔岁考案首也，岂有遗才不取之理？"余云："渠已买舟归矣。"乃手书其名，补付提调，而遣人追之。时已八月初七日矣。傍晚，汪到。见谢诗云："业已湛庐归越国，忽蒙追骑唤王孙。"

【译文】

苏州人汪缙，曾跟随七个人学过诗。他的《游穹隆》诗写道："星星布满了

天空仿佛银河一泻而下,月亮离开海边的高山好像树梢中烟雾袅袅。"

《栖霞》诗中说:"云雾浓厚把深深地山涧淹埋也遮住了秦时的古树,闪电劈倒了北面的山崖露出了纪念大禹的石碑。"汪缙在乙酉年秋天的会试中,其才华被遗忘而没被录取,于是登船返回家乡。我听说后,急忙前去拜会学使彭芸楣。彭学使自谦地说:"我在此地评定文章已有三年了,有没有人怪罪我呢?"我回答说:"有。"

彭芸楣一下子变了脸,满是惊奇恐惧之色。我笑着说:"您不要吃惊。有一个叫汪大绅的诗人,您不让他入场考试,是为了什么?"彭芸楣更是惊骇了,说道:"此人是我所选拔的今年考卷中的第一名,怎会有将有才华人遗忘不录取的道理?"我说道:"他已经雇船回家了。"

彭学使于是亲手写下汪缙的名字,候补提升调动,同时派人去追赶。当时已经是八月初七日了。傍晚时候,汪缙回来了。见到我后作诗一首表示感谢,诗中说:"湛庐已经回到了越国,忽然身后有人骑马赶来呼唤着他的名字。"

二九

【原文】

考据家不可与论诗。或訾余《马嵬》诗曰:"'石壕村里夫妻别,泪比长生殿上多。'当日,贵妃不死于长生殿。"余笑曰:"白香山《长恨歌》:'峨嵋山下少人行。'明皇幸蜀,何曾路过峨嵋耶?"其人语塞。然太不知考据者,亦不可与论诗。余《钱塘江怀古》云:"劝王妙选三千弩,不射江潮射汴河。"

或訾之曰:"宋室都汴,不可射也。"余笑曰:"钱镠射潮时,宋太祖未知生否。其时都汴者何人,何不一考?"

【译文】

不能和那些擅长考证训法的人谈论诗歌。他们有人非议我的《马嵬》诗,说:"杜甫笔下的石壕村中夫妻别离,他们的泪水比《长生殿》中唐玄宗和杨贵妃的生离死别还要多。实际上当日杨贵妃没有死在长生殿中。"

我笑着说:"白居易的《长恨歌》中写道:'峨嵋山下很少有人经过行走。'唐明皇到四川去,什么时候路过的峨嵋山呢?"那个人当时说不出话来。但是对考

七夕私语图,描述了唐玄宗与杨贵妃于七夕之日在长生殿盟誓的情景。

证训法之学丝毫不知的人,也不可以和他谈论诗歌。我的《钱塘江怀古》诗中说:"奉劝大王精选三千弓箭手,不是去射钱塘江潮而是去进攻汴河。"

有人非议说:"宋朝定都于汴梁,怎么能去射呢。"我笑着说:"钱鏊箭射钱塘潮时,宋太祖还不知是否出生了呢。那时定都汴梁的人是谁,何不去考证一下呢?"

三〇

【原文】

唐相陆扆云:"士不饮酒,已成半士。"余谓诗题洁用韵响,便是半个诗人。

【译文】

唐朝宰相陆扆说过:"士人不饮酒,已经只能算是半个士人。"我则说诗人的

题目整洁、韵脚响亮，就算是半个诗人。

【原文】

芜湖洪进士銮，以"江山好处浑如梦，一塔秋灯影六朝"句驰名。沈归愚爱其"夕阳无近色，飞鸟有高心"二句。余道不如"窗边落微雪，竹外有斜阳"之自然也。七言云："人居客馆眠常早，家寄空书写最难。"

【译文】

芜湖县进士洪銮，因一句"江山优美浑然有如梦境，高塔上的灯火在秋夜中闪烁不定好像是在预示着六朝的命运。"诗而名声大振。沈归愚先生则喜爱他的"夕阳的余晖无法沐浴着近处的景物，在天上高飞的鸟儿志向宏远。"

这两句诗，我以为还不如"窗棂边些许小雪花飘落，竹枝外斜阳余晖映照"写得自然。洪銮的一首七言诗中写道："行人在旅途中投宿客馆通常睡得较早，给家中寄信容易但写起来却很难。"

【原文】

壬戌秋，余补官江宁，途逢豫长卿，以弟子礼见。其人修洁自好，以《咏帘波》为戴雪村先生所赏。诗宗温、李。其《秦淮曲》云："灯船歌吹酒船迟，天鼓声闲唱《拓枝》。石上蝉潮呜咽语，无人解拜侍中祠。"可谓曲终奏雅矣。《咏竹床》云："微吟留枕席，残梦入潇湘。"

【译文】

壬戌年秋天,我候补到江宁为官,路上遇见了豫长卿,他以弟子的礼仪拜见我。这个人能够修身养性洁身自好,曾以一首《咏帘波》诗而得到戴雪村先生的赞赏。他的诗风属温庭筠、李煜一派。他的《秦淮曲》一诗中说道:"秦淮河上灯火通明歌酒行乐之色不绝,游船慢慢地行进,和着天上的声响悠闲地唱起了《拓枝》小曲。夜潮涌上岸边礁石像是在哭泣低诉,没有人能理解并去拜祀侍中祠。"

真可谓是歌曲终了时的一声优雅的旋律。他的《咏竹床》诗中说:"我躺在床上低吟诗句,在梦中我来到了湖南这片潇湘之地。"

☰☰

【原文】

癸未四月,京口程君梦湘同游焦山,一路论诗;渠最心折於吾乡樊榭先生,心摹手追,几可抗手。有绝句云:"昨宵忘记下帘钩,吹得梅花满竹楼。五夜兰衾清似水,梦凉酒醒雪盈头。"《在随园赏海棠》云:"隔著紫玻璃一片,夕阳红得可怜生。"又曰:"朦胧月色温馨酒,错认钗钿列两行。"呜呼!有才如此,宰湘阴未二年,以事罢官。《口号》云:"舌在犹生路,诗多即宦囊。"甫四十岁而死,惜哉!然《松寥山房集》四卷,颇足不朽。君字荆南,天资绝高,好吟诗,畏作时文,壬午乡试,向家人诡云入闱,乃私匿随园数日,为余斟酌诗集,颇受其益。

【译文】

癸未年四月,京口人程梦湘和我一同游览焦山,我们一路上谈诗论句,他最佩服的是我家乡的樊榭先生,心中仰慕手中笔在学习、追赶,几乎到了可以平起平坐的水平。他的一首绝句中写道:"昨夜忘记了把竹帘的钩子放下,风儿把梅花吹得满竹楼都是。午夜时兰花被在月光下清亮似水,梦做完了酒也醒了却发现满头的雪花。"

《在随园赏海棠》诗中说:"隔着一片紫玻璃看去,夕阳红得让我心生怜

爱。"又说:"在朦胧的月色中小酌温馨的美酒,错把盛开的海棠花当作是女人头上的钗钿排成了两行。"唉!有这样的好才华,但在湘阴县做县令未满二年,就因为一些官司被罢免了官职。

他在《口号》诗中说:"口舌在就还有生路,诗作多了便可投进大官们的口袋。"他才四十岁就死去了,真是可惜!但他作有《松寥山房集》四卷,很称得上是不朽之作。他的名字叫荆南,天资极高,喜好吟诗,害怕作时下盛行的八股文,壬午年乡试时,他骗家里人说是去参加考试,然后偷偷躲在我的随园中住了几天,和我一起斟酌探讨诗集,我从他那儿学到了不少东西,受益匪浅。

三四

【原文】

尹似村诗,虽经付梓,而非其全集也。集外佳句云:"鹊非报喜何妨少,雨纵浇花也怕多。""欲穿竹笋泥先破,才放春花蝶便忙。""水去砚池防夜冻,春生布被藉炉温。""买将花种分儿女,试验谁栽出最多。"《接尚方伯书》云:"惹得妻孥来笑我,柴门那说没人敲。"数联,可谓专写性情,独近剑南矣。

【译文】

尹似村的诗集,虽然已经刻版印行,但不是他的全集。诗集没有收录的佳作有:"不是来报喜的喜鹊不妨少一些,雨水纵然可以浇花但也怕过多。"

"竹笋从泥土中破土而出,春花刚一开放蝴蝶便忙碌起来。""为防止夜晚冻上要把水从砚台中倒出,春寒料峭粗布棉被还得靠着炉火来取暖。"

"把花种买回分给儿女们,试试他们谁栽出的最多。"他的《接尚方伯书》诗中云:"惹得妻子儿女都来笑话我,谁说没有人敲我家的柴门。"这几句诗联,可以说是专门抒发了诗人的性情,风格已接近白居易了。

三五

【原文】

甲午二月,予过真州南监,挈张东皋招观并头牡丹。一时作诗者,无不以二乔为比;独杨鲲举二句云:"似承周、召桃天化,绝胜渔阳麦两歧。"

【译文】

甲午年二月,我经过真州府南监时,拉着张东皋招人观赏并蒂牡丹,一时之间,作诗的人都以二乔比牡丹,唯独杨鲲举的二句诗写道:"好似继承了周公、召公时桃花繁茂的风气,却比渔阳的小麦分杈好看得多。"

三六

【原文】

古名士半从幕府出,而今则读书不成,始习幕,此道渐衰。犹之古称秀才,杨素以为惟周、孔可以当之,非若今之读时文诸生也。康熙、雍正间,督抚俱以千金重礼,厚聘名流。一时如张西清、范履渊、潘荆山、岳水轩等,皆名重一时。范诗最清,无从访觅。只记西清《过浔阳》云:"浔阳江上客,一岁两经过。去日梅花好,归时枫叶多。橹声摇夜月,帆影落晴波。为向山僧问,尘容添几何?"

【译文】

古代的名士大半是从将帅的幕府中出来的,而现在的士人是读书没有成就后,才学习去做幕僚,于是这个风气逐渐衰落了。例如说,古代称秀才的人,杨素认为只有周公、孔子方可以胜任担当。而不是现在这些只能读写八股时文的书生。康熙、雍正年间,各地总督、巡抚等封疆大吏都用千两黄金的重礼,聘请

名流雅士做自己的幕僚。一时间像张西清、范履渊、潘荆山、岳水轩等人,都名声大振。

范履渊的诗作最是清灵,可惜无法寻访得到。只记录下张西清的《过浔阳》诗,诗中说:"我是浔阳江上的行路人,一年之中要经过两次。去的时候梅花正开,回来时已是枫叶红满树。静夜中月光下摇橹声轻轻传来,晴空万里白帆的影子清晰地倒映在江波中。我为此向山中的僧人打听,尘世间的面貌又增添了什么变化?"

三七

【原文】

杨蓉裳金陵乡试,偕舅氏顾公斗光来。顾长不满四尺,而诗笔特佳。仿铁崖《咏史乐府》,《伏生女》云:"坑不得闺内儒,烧不得腹中书。伏生父女皆口授,典谟训诰如其初。吁嗟伏生女!强记人不如。"

《漂母》云:"哀王孙,在淮阴,一饭之恩如海深。哀王孙,不求报,千金之赠不可少。千金容易一饭难,沛公家有辗釜嫂。"

【译文】

杨蓉裳在金陵乡试时,和他的舅舅顾斗光一同前来。顾斗光身高不满四尺,但诗作文笔却非常好。他仿照铁崖的《咏史乐府》而作的《伏生女》诗中说:"秦始皇坑杀儒生却坑不得闺室中的女儒,也烧不得她腹中熟记的诗书。汉代大儒伏生父女的诗书学问都是口授所得,就像当初重要的文献记载的古代上级对下级的训告一样。啊,伏生的女儿!她极强的记忆力无人能比。"

《漂母》诗中说:"我为王孙哭泣,在淮阴这个地方,还牢记着他在我饥饿时给了一顿饭吃的如海深的大恩。我为王孙哭泣,不求什么报答,他赠给了我千两黄金。千金容易得,饥饿时一顿饭难求,当初汉高祖刘邦的家中还有个铁锅被车轮碾坏的大嫂。"

三八

【原文】

吾乡王麟征秀才,名曾祥,工古文,不甚作诗,而五言独工。如:"星芒林际大,雪滴晚来疏。"《慰某落第》云:"曾说捐金能市马,俄闻买椟竟还珠。"

【译文】

我家乡的秀才王麟徵,名字叫曾祥,专心钻研古文字,不怎么写诗,但是唯独他作的五言诗很工整。例如:"星空茫茫林海一望无际,夜晚雪水融化稀疏地滴落。"

《慰某落弟》诗中说:"曾经说过舍弃金钱便能够买到马,很少听说只买盛放宝珠的锦盒而把宝珠退回。"

三九

【原文】

山右王峨园先生名师,为江苏方伯,为巡抚安公所劾,夺职归。余时宰江宁,赋诗送行云:"他日终为黄阁老,此时权作白云夫。"公见答云:"期君远作中流柱,愧我曾为上大夫。"尝题书舍云:"曲院回廊留月久,中庭老树阅人多。"

【译文】

住在山西边的王峨园先生名字叫师,在江苏任方伯之职,曹安巡抚所弹劾,被罢免官职回了家。我当时在江宁县作县令,赋诗一首为他送行,诗中说:"有朝一日你终究会成为朝廷大员,现在暂时先做一个与白云为伴的闲人。"

王峨园读诗后回赠一首:"希望你将来能成为国家的中流砥柱,我为我曾经

做过上大夫而深感羞愧。"他曾为他的书房题辞:"曲折迂回的庭院已建成多年了,连院子里的老树也都认得很多人。"

四〇

【原文】

苏州刘潢,字企山,有清才,与顾景岳齐名。尝因召试,来随园。貌瘦而弱,旋以瘵亡。仅记其《晚步》云:"缺月依桥断,孤云背郭流。"

【译文】

苏州人刘潢,名字叫企山,才学清秀,和顾景岳齐名。曾经因为应召参试,来到随园。他长得很瘦弱,不久因病死去。我仅仅收录了他的《晚步》诗,诗中说:"月牙儿紧挨着桥仿佛被隔断了一样,孤独的一片云被风吹得向远离城市的方向飘去。"

四一

【原文】

明铁崖孝廉,性肮脏不羁,年四十早亡。其兄竹岩为诵其《落花》云:"薄命谁怜倾国色,受风偏是最高枝。"《赠友》云:"空肠得酒生芒角,交友因人判浅深。"

【译文】

孝廉明铁崖,性格落魄,放荡不羁,年仅四十岁就英年早逝。他的兄长竹岩给我诵读了他的《落花》诗,诗中说:"有谁怜爱这些容貌倾城倾国的薄命红颜,偏偏是最高枝的花儿受到了风吹。"

国学经典文库

随园诗话

他的《赠友》诗中说:"空腹喝酒肚子里会像生出芒刺一样难忍,交朋友时可以根据人来判定友情的深浅。"

四二

【原文】

己未年,余乞假归娶,见吕观察守曾于完颜桌使署中。读其《松坪集》,乐府最佳,如云:"雨雪思见晲,欢去泪如霰。来时笑相迎,啼时欢不见。夏日冬之夜,犹有旦暮时。与郎情难满,如醑醨漏卮。"《登云山》云:"石径巉崖花气纷,偶乘余兴送斜曛。不知绝壑何人啸,遥带钟声入暮云。"未二年,署布政使,以卢案受内臣周丙,愤而雉经,非其罪也。

【译文】

己未年间,我请假回家娶妻,在完颜桌使的官署中见到了观察官吕守曾。我阅读了他的《松坪集》,其中的乐府诗写得最好,例如:"雨雪中越发思念见面,愉快地见面后别离时眼泪如雨。来的时候你笑脸相迎,哭泣时笑容就不见了。无论是夏日还是冬天的夜里,都还有早晨和傍晚的时候,与郎的情意很难完满,就像把美酒倒在盛酒的漏卮中。"《登云山》诗中说:"陡峭曲折的山路上花儿的气息浓浓,偶然趁着余兴送走落日的余晖。不知悬崖深渊中是什么人在长啸,远远地带着钟声传入傍晚的云层中。"还不到两年时间,他署理布政使之职,因为卢大人的案子被宦官从中操纵,气愤不过,从经书中引经据典,指责他们的罪行。

四三

【原文】

洞庭山人蒋恩谷喜吟诗,致贫其家,以瘵疾亡。其《成仁庵》云:"心安静看

闲云过,地僻浑忘夏日长。"《虎丘》云:"鸟栖深树斜阳影,风过虚堂贝叶声。"愚谷每来随园,往往有匆遽之色。死后,予挽联云:"生为谁忙,学业未成家已破;死亏君忍,高堂垂老子初啼。"

【译文】

蒋愚谷号称洞庭山人,他喜爱吟诗,导致家境贫寒,因病死去。他的《成仁庵》诗中说:"心平气和地静观天上悠闲的云彩飘过,地处僻壤浑然忘记了夏日的漫长。"

《虎丘》诗中说:"鸟儿栖息在茂密的树枝中,斜阳映照风儿吹过空旷的厅堂,一片风吹树叶的哗哗声。"蒋愚谷每次来随园,往往都是很匆忙的样子。他死后,我送去的挽联上写道:"活着时为谁在忙碌,学业还没有修成已经家破人亡;死后亏得你能忍下心来,父母年迈孩子还刚生下不久。"

四四

【原文】

余知江宁,过观象台,见有题壁者云:"草色荒台过雨迟,短墙古柏暮云垂。桃花红引游人去,独自斜阳读断碑。"

问之僧人,乃嘉兴夏培叔名复森者所题。因聘修志书。耳聋兴豪。一日,从嘉兴还金陵,告余曰:"家中手植老梅一本,去冬为童所伐,乃吊之云:'老梅移植廿余载,客里归看已作薪。无复横斜旧时影,负他多少后来春。'"《秦淮夏集》云:"傍晚纷纷载酒卮,有筝琶处过船迟。一河风月无人管,都付桥南杨柳枝。"

亡何,归里卒。相隔三十余年,闻其子鼎,中庚子副车。余感诗人有后,为之狂喜。

【译文】

我在江宁任知府时,经过观象台,见到有人在墙壁上题诗,诗中说:"在雨中我缓慢地经过绿草青青一片荒荒的石台,只见矮小的墙壁古老的松柏天上傍晚

的云朵低垂。桃花一片粉红吸引游人前去观赏,我独自一人在斜阳中默读着断碑上的碑文。"

我问僧人这首诗是什么人所题写,回答说是嘉兴一个叫夏培叔名字是复森的人所题。于是我便聘请夏培叔来修编志书。他虽然耳朵有些聋但是兴致精神却很豪放。

有一天,他从嘉兴回到金陵,告诉我说:"家中有我亲手栽种的一棵老梅树,去年冬天被家童伐掉了,于是作诗吊唁它:'老梅树移来种植已有二十多年了,

清人《秦淮夏集》诗云:"傍晚纷纷载酒卮,有筝琶处过船迟。
一河风月无人管,都付桥南杨柳枝。"

从外地归来一看已被砍倒作了木柴。再也不会有过去横枝斜伸的身影,辜负了它今后多少个春天繁茂。'"《秦淮夏集》诗中说:"傍晚时分人们纷纷端起了酒杯,在有演奏古筝和琵琶的地方船行得就慢了下来。这一河的轻风明月竟然无人欣赏,倒是桥南面的那行杨柳枝飘叶摇。"

不多久,回到家乡后死去。相隔了大约三十多年后,我听说他的儿子夏鼎,考中了庚子年的副车,我有感于诗人有后,为之狂喜不已。

四五

【原文】

沈归愚选本朝诗,不知杭州王百朋,几有遗珠之叹。余告之曰:"百朋、诸生,名锡,毛西河高弟子也。有《啸竹轩集》。"

《无题》云:"灯暗频疑虚室响,衾多不敌半床寒。""金针入处心俱痛,素线添时恨共牵。"皆余幼时所熟诵句。其子厚斋与余邻居交好,和余《落花》云:"乍惊彼美从天降,直觉斯文扫地来。"

余觉不祥,果一第而卒。厚斋名风淳。

【译文】

沈归愚选编本朝人的诗集时,不知道杭州有位诗人叫王百朋,几乎让人有遗漏了宝珠的感叹。我告诉他说:"王百朋是众多书生中的一个,名字叫王锡,是毛西河门下的高足。作有《啸竹轩集》。"

他的《无题》诗中说道:"灯光昏暗我多次怀疑这座空房子中有响声,被褥再多也抵不了一个人独眠的凄凉寒冷。"

"金针扎入皮肤时连心也感到疼痛,添画眉纹时牵动了往日的怨恨。"这两首诗都是我年幼时能够熟练背诵的诗句。他的儿子沈厚斋和我相邻而居相处很好,曾和着我的《落花》诗作诗一首说:"猛然间惊异于那朵美丽的花瓣从天上飘落,直到发觉一个读书人边扫花边走来。"

我觉到这首诗很不吉利,果然在参加第一次科举考试时就死去了。沈厚斋的名字是风淳。

四六

【原文】

人但知商宝意先生以诗名海内,而不知其弟名书、字乡意者,亦诗人也。作贵州吏目。有《消夏吟》云:"雨后壑全响,日中崖半阴。坏檐蛛网结,嘉树雀巢深。永日无公事,闲居有道心。短衣随意着,凉意满衣襟。"

又,"六月无三伏,一朝有四时,""蜂巢当午闹,蚓壤趁凉歌。"真能写黔中风景。

【译文】

人们通常只知道商宝意先生因为诗作而名扬海内外,而不知道他的弟弟商书字乡意,也是一位诗人,在贵州任官府公务人员的头目。作有《消夏吟》,诗中写道:"大雨瓢泼后河沟之中全都水声大作,日出正午悬崖有一半是在阴凉之中。旧的檐角下蜘蛛在结蛛网,美好的大树上鸟儿把巢筑在树枝深处。长时间没有公事可做,闲居之中逐渐悟道。随便穿着一件短衣,一时间满身都是凉意。"

此外,"六月之中没有三伏天,一天之中就有春夏秋冬四季之分。"

"蜂窝每到中午时便热闹起来,蚯蚓趁着凉爽时在土壤中低歌。"真写活了贵州地方的风景。

四七

【原文】

唐人诗中,往往用方言,杜诗:"一昨陪锡杖。""一昨"者,犹言昨日也。王逸少帖:"一昨得安西六日书。"

随园诗话

晋人已用之矣。太白诗："遮莫枝根长百尺。""遮莫"者,犹言尽教也。干宝《搜神记》："张华以猎犬试狐。狐曰:'遮莫千试万虑,其能为患乎?'"晋人亦用之矣。孟浩然诗："更道明朝不当作,相期共斗管弦来。"

"不当作"者,犹言先道个不该也。元稹诗："隔是身如梦,频来不为名。"

"隔是"者,犹云已如此也。杜牧诗："至竟薛亡为底事。""至竟"者,犹云究竟也。

【译文】

唐朝人的诗句中,往往喜欢用方言。杜甫的诗中说："一昨陪着手持锡杖的僧人。"一昨,就是指昨天。王逸少的字帖上写着："昨日收到了来自新疆安西府的寄出了六天的书信。"

晋朝人也已经使用了"一昨"这个方言。李白的诗中说："遮莫树枝和根茎有百尺那么长。""遮莫"就是指尽管让。干宝的《搜神记》中写道："张华用猎狗来试着对付狐狸。那狐狸说:'就让你想尽办法来对付我,又能给我带来什么祸患呢?'"可见晋朝人也已经使用了"遮莫"这个方言。孟浩然的诗中说："再说明早不当作,相约一同来比试管弦音乐。"

"不当作"是指先说个不该。元稹在诗中说："隔是好像身处梦境中,频繁地出现并不是为了名利。"

"隔是"就像是说已经如此。杜牧的诗中写道："至竟薛君之死是为了什么事情。""至竟"就像是说究竟。

四八

【原文】

《古乐府》："碧玉破瓜时。"或解以为月事初来,如瓜破则见红潮者,非也。盖将瓜纵横破之,成二"八"字,作十六岁解也。段成式诗："犹怜最小分瓜日。"

李群玉诗："碧玉初分瓜字年。"此其证矣。又诗中用"所由"者,盖本《南史·沈炯传》。文帝留炯曰："当勒所由,相迎尊累。"

一解以为州县官,一解以为里保。又,和凝诗："蜘蟳领上诃梨子。"人多不解。朱竹垞曰："诃梨,妇女之云肩也。"

吕钟玉《言鲭》云："禄山爪伤杨妃乳，乃为金诃子以掩之。或云即今之抹胸。"

【译文】

《古乐府》中有一句诗："小家女年正十六。"

有的人把它理解为女人月经初潮，就像西瓜破开后就见到了红色的瓜瓤，这种说法不对。我想大概是指把西瓜横竖切开，成两个"八"字形，理解为十六岁之意。段成式在诗中说："还应怜爱她小小的十六岁年龄。"

李群玉在诗中说："小家闺女刚满十六岁。"这些都是证据。另外诗中所用的"所由"一词，大概是源自《南史・沈炯传》。文帝挽留沈炯说："我当命令地方官员，迎接你和随从。"

一种解释是指州官县官，一种解释是指乡村的村长乡长。此外，和凝在诗中说："白色天牛幼虫的脖子上像是裹着一层披肩。"人们大都不理解"诃梨子"的意思。朱竹垞说："诃梨，是妇女们常戴的披肩。"

吕钟玉在《言鲭》中说："安禄山用手抓伤了杨贵妃的乳房，杨贵妃于是用金黄色的披肩来遮掩。有的人说：'诃子'就是现在所说的抹胸。"

四九

【原文】

偶读冯益都相公集，有《吊明季杨左二公》诗，云："忠魂莫再伤冤抑，今日犹能厪圣衷。"下注："面奉圣祖云：'二臣死于廷杖，非死于狱也。'"

【译文】

偶然读到冯益都相公的诗集，其中有一首《吊明季杨左二公》诗，诗中说："忠臣的魂魄别再为冤屈而伤悲抑叹，今天你们还能稍稍引发圣上的内心感动。"

诗下注释中说："谨奉圣祖皇帝的话语：'二臣是死于朝廷上的乱杖之下，而不是死于狱中。'"

五〇

【原文】

　　相传世有空青，人无瞽目。其真者，余未之见也。惟南兰张天池家藏一颗石巅，趾仅寸许，面带波痕，光彩空灵，中伏一兔。兔腹下藏银母浆，摇荡有声。据云："其先人得自海上，传家已三世矣。"同年储梅夫太史题七古云："白云缥缈太素含，波光隐现细浪蹙。入水能教霞采生，舟行怕有馋龙逐。"《博物志》载：龙嗜空青与燕肉。

【译文】

　　相传世上生有空青这种治眼仙草，于是没有盲人了。但空青的真实模样，我从未见过。只有南兰人张天池家中珍藏了一颗石巅，脚趾仅有一寸多长，面部带着波浪的痕迹，光彩照人，灵活而不可捉摸，当中趴伏着一只兔子。兔子的肚子下面藏着银母浆，摇晃起来还有声响。据说：他的先祖是从海上得到的这颗石巅，已经相传了三代。和我同年考中进士的太史储梅夫特地题写了一首七言古体诗："白云缥缈中月亮闪现，海中波光时隐时现细小的浪花在收缩。空青入水能使天空中彩霞涌出，驾船在海中航行时则害怕有饿龙追逐。"（《博物志》中记载：龙喜爱吃空青和燕肉。）

五一

【原文】

　　海盐马世荣，字焕如，墨林观察之祖，与陆稼书先生交好。所著诗集，有《白生歌》云："白生者，蛇精也，化美男子，为钱千秋孝廉所狎。孝廉谪戍山塞，白与偕行，情好绸缪。后遇赦归。钱官司李，白以手帕托钱求张真人用印，事破受

诛。乃乞钱以玉瓶装其骨,道百年后,可仍还原身。"

事甚诡诞。而马乃理学人,非诳语者;惜诗有百韵,不能备录。

【译文】

海盐人马世荣,字焕如,是观察马墨林的祖父,和陆稼书先生过从甚密。

他所做的诗集中,有一首名叫《白生歌》,诗中说:"姓白的年轻人,是蛇精,它变成了美男子,被孝廉钱千秋所亲近。钱千秋被贬出塞守边,白生和他同行,感情越发深厚缠绵。后来,钱千秋遇到大赦,得以回归。钱千秋的官职是主管李树的,白生便用手帕托钱千秋求张真人用印,事情败露被杀,死前,恳求钱千秋用玉瓶把他的骨头装起来,说是百年以后,仍然可以恢复原身。"

这件事很是诡秘怪诞。但马世荣是理学一派的人,不是善说谎言的人,可惜他的诗有一百多首,不能全部收录。

五二

【原文】

苏州老红豆惠周迪先生有句云:"花浮小盏三投酒,乳拨深炉七品茶。"人疑"七品"当是"七碗"之误。余曰非也。金人,七品官,才许饮茶,事见《金史》。惟"三投酒"未详所出,或是"三辰酒"之讹。先生有《香城驿》一绝云:"缦田乘雨破春耕,落日柴车带犊行。绕屋马通高一尺,地名还自号香城。"

【译文】

苏州有位号称老红豆的惠周迪先生的一首诗中说:"小酒杯中有花瓣飘浮,这是泡了三遍的花酒,高炉中奶味溢出,那是七品官才能喝的奶茶。"

有人怀疑"七品"应当是"七碗"的误写。我说不是这样。金朝的规定,七品官以上才允许饮茶,详细记载可参见《金史》。只是"三投酒"不清楚是从哪儿出的典故,也可能是"三辰酒"的误写。

惠周迪先生作了一首《香城驿》七绝,诗中说:"像丝缎一样的田地中农民们趁着春雨破土耕地,落日时分母牛拉着柴车还带着小牛犊在行走。绕着屋子

五三

【原文】

桐城二诗人,方扶南与方南塘齐名。鱼门爱扶南。余独爱南塘;何也? 以其诗骨清故也。扶南苦学玉溪、少陵两家,反为所累,天阏性灵。南塘如:"风定孤烟直,天遥独鸟沉。"

"因潮通估客,隔苇见渔灯。""闰年入夏花犹在,积雨逢晴草怒生。"皆扶南所不能。至于"无意怀入偏入梦,未报恩门羞再入。"其妙在真。又:"清风时一来,悠然复徐歇。"真陶诗之佳者。

【译文】

桐城的两位诗人,方扶南和方南塘有同样的名望。鱼门先生喜爱扶南的诗。我却偏爱方南塘的诗,这是什么缘故? 因为南塘的诗句文骨清新。

方扶南刻苦学习玉溪、少陵两家诗歌,反被他们所拖累,诗风刻意模仿,缺少性情灵气。方南塘的诗作,如:"风静的时候一缕青烟笔直地飘向天空,海天茫茫远方孤独的小岛好像要沉下去一样,""借着水流联系上了商贩们,隔着芦苇见到了闪烁的渔灯。"

"闰年时即便到了夏天花儿都还没凋谢,阴雨连绵的天气若是突然转晴草儿就会疯狂地生长。"这样的诗都是方扶南所不能写出的。至于说"没想去思念别人偏偏要进入梦乡,还未能报答师门大恩羞愧得不愿再进。"

这首诗的妙处在于它的情真意浓。另外,"清凉的风儿一会儿吹,一会儿又悠然地慢慢停下。"这真是带有陶渊明诗风的佳作。

五四

【原文】

顾侠君先生选《元百家诗》,梦有古衣冠者数百人,拜而谢焉。杭州严曙声烺赠云:"但见三吴书板盛,不知十载选楼忙。"王介眉撰《通鉴》,成而未梓。储梅夫赠云:"二十一史加前明,王郎镂板胸中行。"

【译文】

顾侠君先生选编《元百家诗》,梦见有数百个身着古代衣冠的人,向他行礼表示谢意。杭州人严曙,字声烺,赠给顾先生一首诗,诗中说:"只见到三吴地区刻书出版的风气很盛,却不知顾先生十年来为了选编元诗在小楼上操劳。"

王介眉撰写《通鉴》,书写成后还没有付印。储梅夫向他赠诗一首:"二十一部正史加上前代的明朝史,王先生了然于胸就像是在心中雕版刻书一样。"

五五

【原文】

凡咏险峻山川,不宜近体。余游黄山,携曹震亭、江鹤亭两诗本作印证。以为江乃巨商,曹故宿学;以故置江而观曹。读之,不甚慊意,乃撷江诗,大为叹赏。如:《雨行许村》云:"昨朝方戒途,雨阻欲无路。今晨思启行,开门满晴煦。雨若拒客来,晴若招客赴。山灵本无心,招拒讵有故?"又曰:"非是山行刚遇雨,实因自入雨中来。"

皆有妙境。《云海》云:"白云倒海忽平铺,三十六峰遭吞屠。风帆烟艇虽不见,点点螺髻时有无。一笑尘中局缩辕下驹,曷不来此登斯须?垣遮瓦压胡为乎?"《云谷》云:"领妙如悟禅,搜秘等居鬵。看山得是法,善刃无全牛。"

黄山图

其心胸笔力,迥异寻常。宜其隐于禺荚,而能势倾公侯,晋爵方伯也。卒无子,年逾六十而终。呜呼!非余与交四十年,又谁知其能诗哉?

【译文】

凡是咏唱险峻的高山大川,最好不要离得太近。我游览黄山时,就随身携带了曹震亭和江鹤亭的两本诗集加以印证比较。

原以为江鹤亭是一个大商人,而曹震亭是老资格的饱学之士,因此就把江鹤亭的诗集收起而先欣赏曹震亭的诗作。诵读之后,觉得不太满意,于是摘读了几首江鹤亭的诗,很是赞叹欣赏。

例如:《雨行许村》诗中说:"昨日早晨刚刚停止赶路,因为大雨阻止了我前行。今天一早思量着准备出发,一推门只见满眼晴朗的天和温暖的太阳。大雨好像是拒绝客人的到来,晴日仿佛在招呼着客人前往。大自然本来就没有思想,这招呼拒绝客人难道还会另有原因?"诗中又说:"不是我在山路上行走刚刚遇到下雨,实际是我自己走进了雨中。"

都很有美妙的意境。他的《云海》诗中说:"白云像是被倒入大海中一样平平地铺展开,三十六座山峰都被云雾掩埋了。虽然云海中看不见鼓帆冒烟的船艇,却能发现时有时无状似螺髻的山峰。可笑隐入尘世迷局的人和蜷缩在车辕下的马驹,为何不到这儿来登一会儿山?那种被墙壁遮挡屋瓦压迫的情形是谁造成的?"他的《云谷》诗中说:"领略云雾的奇妙就像是悟出禅理一样,搜寻秘密等于是住在对面。欣赏山景要是得到了这种方法,就像好善于解牛的人眼中

没完整的牛一样。"

他的心胸和笔力,都和寻常人很不一样。他虽然隐居在山林之中,却能够权势压倒公侯,爵位晋升为方伯,这也是应该的。江鹤亭一生无子,年龄超过六十后死去。

哎呀!要不是我和他交往了四十年,又有谁能够知道他的诗作呢?

五六

【原文】

正喻夹写之诗,前已载数条矣。兹又得黄莘山《骤冷》云:"今日蒙茸昨缔绤,炎凉只在一宵中。"阐乘僧《园上》云:"纵教吹出桃花去,自有山风吹送回。"王云《上山行》云:"敢云阅历多艰苦,最好峰峦最不平。"

【译文】

比喻夹杂于叙事之中的诗作,前面已经记载了几首了。现在又得到了黄莘山的《骤冷》诗,诗中说:"今天套上了毛衣而昨日还穿着单薄的布衣,炎热和凉爽就在一夜之中发生了变化。"

阐乘僧《园上》诗中说:"纵然让你把桃花吹放出去,自然会有山风把它又吹送回来。"王云《上山行》诗中说:"怎敢说自己一生经过了许多艰苦,最好还是看一看起伏不定的山峦。"

五七

【原文】

闽中郑兰州太守《无题》云:"此身愿化催归鸟,到处逢人苦劝归。"余仿其意,《贺人致仕》云:"我是嘉宝慕高隐,喜人归胜自家归。"

郑有骈体自序云："羊叔子不娶铜雀妓,虽近于谐;卓文君得嫁马相如,尚嫌其晚。"

【译文】

福建中部地区的一位太守郑兰州作了一首《无题》诗,诗中说:"我愿意化作一只催人回家的鸟儿,到处遇见人就苦苦劝说他回家。"

我仿照他的立意,作《贺人致仕》诗:"我是一个仰慕高深隐士的嘉宾,喜欢别人归居胜地自己也归隐。"

郑兰州还做了骈体文的自序,序中说:"羊叔子不娶铜雀台的妓女,虽然二人接近于和谐完美;卓文君得以嫁给司马相如,还嫌有些晚了。"

五八

【原文】

合肥才女许燕珍《元夜竹枝》云:"鳌山烟火照楼台,都把临街格子开。椒眼竹篮呼卖藕,金钱抛出绣帘来。"题余三妹素文遗稿云:"彩凤随鸦已自惭,终风且暴更何堪? 不须更道参军好,得嫁王郎死亦甘。"

呜呼! 班代《人物表》,原有九等。王凝之不过庸才中下之资,若妹所适高某者,真下下也。燕珍此诗,可谓实获我心。

【译文】

合肥的才女许燕珍作《元夜竹枝》诗,诗中说:"状似大龟的山上烟火通明,照亮了酒楼歌台,他们都把临着街的窗户打开。明眸善睐的姑娘手提竹篮吆喝着卖藕,客人们纷纷把钱抛出绣花的竹帘。"

许燕珍为我的三妹袁素文的遗稿题诗说:"彩色的凤凰随着乌鸦一起飞自己已经觉得有些惭愧,始终听任风吹日晒又怎能忍受? 不要更说高参军这个人好,能够嫁给王凝之这样的人便是死了也心甘。"

哎! 班固所作《人物表》中,本来就把人物分成了九等。王凝之不过是个平庸之才,中下等的资质,像妹妹所嫁的高某人,更是下等的人物,许燕珍的这

首诗,真可以说是说到了我的心里。

五九

【原文】

　　同年钱文敏公维城,在都时,所居绿云书屋,陈乾斋相国之故宅也。公女浣青,有诗才,与婿崔君龙见、弟维乔、戚里庄君炘、管君世铭五人倡和。宅有古桑,绿阴㲃㲃,映一亩许,视其影将逾屋,则公必退朝,各呈诗请政。公欣然为甲乙之。有《鸣秋合籁集》两卷,真公卿佳话也。余尝戏之曰:"唐、虞之际,于斯为盛;有妇人焉,四人而已。"

　　诸君诗不能备录,惟摘浣青《通天台》云:"当涂代汉逾百年,铜人之泪流作铅。移经灞水亦伤别,回头立飞东关烟。"

　　《华清宫故址》云:"新台之水古所耻,老奴遂为良娣死。盛衰转眼五十年,始知李峤真才子。"

【译文】

　　我的同年进士钱文敏先生,字维城,在京都时,所居住的绿云书屋,是陈乾斋相国的老宅子。

　　他的女儿浣青,有赋诗的天才,和丈夫崔龙见、弟弟维乔、亲属邻居庄炘、管世铭五个人带头作诗相和。她家的宅子中有一棵老桑树,枝条长长,绿荫遮地,笼罩了近一亩多地,看到桑树的树影即将要越过屋子,便知道钱文敏先生一定已退朝回家了,于是各人都把自己的诗作呈上请求评定,钱文敏欣然给他们的诗评出了高低优劣。他们著有《鸣秋合籁集》两卷,真是王公卿相们中间的一大佳话。

　　我曾经开玩笑地对他们说:"唐尧、虞舜那个时代,很盛行和诗;不过有妇女在内,至今也就有四个人罢了。"

　　诸位先生的诗不能够一一抄录,只能选摘浣青的《通天台》一诗,诗中说:"朝代兴替,自汉朝灭亡已有一百多年,铜人的眼泪也早已化成了铅。经过灞水桥头我也感到了离别时的悲伤,回头望去,东面关隘中的烟火尽收眼底。"

　　她的《华清宫故址》诗中说:"新台的水为古人所耻,一位老奴仆因此为一

位好妹妹而死。兴盛衰亡转眼间五十年过去了,方知道李峤是真正的才子。"

五〇

国学经典文库

随园诗话

一〇〇〇

【原文】

余甲子科从沭阳就聘南闱,过燕子矶,见秦秀才大士题诗壁上,有"渔火真疑星倒出,钟声欲共水争流"之句,心甚异之。次年,奉调江宁,秦以弟子礼见。见赠一律,中二联云:"门生半为论文至,大吏都邀作赋还。玉麈清谈时善谑,乌纱习气已全删。"

予月课多士,拔其尤者,如车研、宁楷、沈石麟、龚孙枝、朱本楫、陈制锦及秦君等,共二十人,征歌选胜,大会于徐园,有伶人康某为余所赏,秦即席赋诗云:"秋云幂历午阴长,舞袖风回桂蕊香。忘是将军门下客,公然仔细看康郎。"

一坐为之解颐。余尤爱其《游秦淮》云:"金粉飘零野草新,女墙日夜枕寒津。兴亡莫漫悲前事,淮水而今尚姓秦。"后中状元,官学士。

【译文】

甲子年科举我从沭阳被请到南京考场,经过燕子矶,见到秀才秦大士在墙壁上的题诗,其中有"我真疑心江上的渔火就是由天上的繁星倒下来变成的,远处的钟声和近处的江水一同争先流动"的诗句,心中感到很惊异。第二年,我遵旨调任江宁,秦大士以弟子的礼节来拜见我。他赠给我一首诗,其中有二联是:"门生我此来一半目的是为了和您谈论诗文,许多高官贵人都邀请我去写诗作赋但我还是回来了。在如玉冰洁的环境中谈诗论理时而讥讽时政,官场习气已经全然丢弃了。"

我每月给许多人上课,挑选了其中的佼佼者,例如车研、宁楷、沈石麟、龚孙枝、朱本楫、陈制锦和秦大士等人,征集歌曲选择名胜之地,在徐园举行盛大集会,有一个姓康的戏子是我所欣赏的,秦大士当场作诗说:"秋日的云朵给正午带来了长时间的凉影,长袖像风一样飘舞把桂花香送来。我忘记了自己是将军门下的食客,在大庭广众之下仔细地看着康郎。"

在坐的人都被他的诗逗笑了。我特别喜欢他的《游秦淮》诗,诗中说:"乐曲声和脂粉香在秦淮河上飘荡河边的野草新绿,女艺人日夜住宿在游玩于寒冷

河水上的船中。不要对历史上的兴亡故事漫无目的悲伤，秦淮河现在还姓秦。"
秦大士后来考中状元，官至学士。

六一

【原文】

　　徐园高会时，余首唱一绝，诸生和者十九人。龚孙枝绘图以记其胜。挂冠后，诗画俱遗失，园亦荒圮。越四十年，有邢秀才作主人，葺而新之，求亭上对联。余题曰："旧地怕重经，记当年丝竹宴诸生，回头似梦；名园须得主，看此日楼台逢哲匠，著手成春。"

【译文】

　　在徐园聚会时，我首先吟唱了一首七绝，众人按照韵脚写诗相和的有十九人。龚孙枝画了一幅图把当时的胜状记录了下来。我辞官归隐后，诗和画都流失了，徐园也荒废了。过了四十年，有一位姓邢的秀才做了徐园的主人，把它修葺一新，请求我为园中的亭子题写对联。我写道："害怕再次经过曾经去过的地方，想起当年用乐曲招待众人，回首往事如同在梦中；著名的花园必须有好主人，今日看到这些楼台亭阁涡到了有智慧的人，一下就把本已破废的徐园修好了。"

六二

【原文】

　　庚申在京，余与裴叔度同年同车遇雨，裴诵其师梁仙来太史一联云："飞雨不到地，轻烟吹若尘。"
　　太史名机，雍正癸卯翰林，外出为令，高安相公荐鸿博，入都，与余相遇于琉

璃厂书肆中。咏《桃花》云:"浑疑人面隐,下马误题门。"

《赠妓》云:"欲作歌声畏花落,选词先唱《锁南枝》。"

《墈簜》云:"老去还嗟耳力退,自吹羌管不闻声。"《沙丘》云:"荆卿匕首渐离筑,惜不逢祖三十六。"

【译文】

庚申年在京都的时候,我和同年进士裴叔度同坐一辆马车时遇到了雨,裴叔度背诵了他的教师梁仙来太史的一首对联,对联说:"细雨纷飞似乎没有落地,轻烟飘忽好像尘土。"

梁太史名机,是雍正朝癸卯年翰林,外派作了县令,后来遇到高安推荐知识渊博的人,他又得以进入京都,和我在琉璃厂的书店中相遇。他的《咏桃花》诗中说:"我全然怀疑有人的粉面隐藏在桃花之中,下马错在门上题写了诗句。"

《赠妓》诗中说:"想舒展开歌喉又害怕把花儿震落,挑选词曲时先唱《锁南枝》。"

《墈簜》诗中说:"人已老了还伤叹听觉的衰退,自己吹奏羌管都听不见声音。"

《沙丘》诗中说:"荆轲的匕首和高渐离的筑琴,可惜都没有赶上秦始皇三十六年预示秦始皇将要死去的石碑出现的时候。"

六三

【原文】

扬州江宾谷白首名场。余每过邗江,宾谷必呼子侄出见,曰:"余少时得见前辈某某,至今夸说于人。汝等不可与随园先生当而错过。"

余感其意,录其《与弟蔗畦夜坐》云:"宵中更警严城柝,暑退人亲小室灯。"

《冬晴》云:"剩菊尚支苔径赏,冻绷微触纸窗闻。"《咏古梅》云:"乍见根疑石,旋惊雪作香。"

蔗畦名恂。《咏穹庐雪》云:"穹庐雪,嚼复咽。毡毛已尽雪不歇,雪能冷骨不冷心,十九年来觉长热。风沙大地惨无春,只有手中之节冻不折。君节臣执臣不辞,臣节君蔑君不知。泪零红雪香不得,洒在茂陵松柏枝。"蔗畦刺亳州,守

徽州，俱有善政。所藏金石文字最多。

【译文】

扬州人江宾谷在科举场上直考到满头白发。

我每次经过邗江时，江宾谷一定要把他的儿子侄子等后辈叫起来拜见我，他说："我年少时有幸得以见到某某前辈高人，至今还可以在别人面前夸耀。你们不可当面错过和随园袁牧先生的见面机会。"

我有感于他的深意，收录了他的《与弟蔗畦夜坐》诗，诗中说："黑夜中对官理严密的城中的打更声感觉更敏锐，暑热退去后人们很爱在小屋中挑灯夜读。"

《冬晴》诗中说："残放的菊花还够我在长满苔藓的小路上欣赏，被冻硬了的绳子稍一碰动纸窗我就听到了。"

《咏古梅》诗中说："猛一见到梅树的根以为是石头，不久更惊异于白雪似的梅花中发出了清香。"

江宾谷的弟弟江蔗畦名恂。

他的《咏穹庐雪》诗中说："苍天下飞雪笼罩着帐篷，苏武大嚼着雪再咽下肚。毡毛房顶已被大雪覆盖但雪还是不停，雪能冻冷人的骨头却冻不冷人的心，十九年来常常觉得热情满怀。风沙把大漠之地吹得一片惨淡毫无春意，只有手中的符节没有被冻折。君主让臣子持节出使边塞臣子不会推辞，臣子持节坚守边塞君主死后不能知道。血泪染红了白雪再也吃不下去，一滴滴撒在汉武帝陵墓——茂陵前的松柏枝头。"

江蔗畦曾在亳州任主管监察的县丞，在徽州任太守，都有很好的政绩，他所收藏的金鼎文和石鼓文很多。

六四

【原文】

余作《春寒》诗，黄星岩和云："寒深疑历误，春久没花知。"何士颙和云："流细水初活，花迟春转宽。"

随园诗话

【译文】

我作了一首《春寒》诗，黄星岩和诗一首说："寒气深重我怀疑历法出错了，春天已经来到很久了却没有花儿知道。"

何士颙和诗说："细水长流水面解冻恢复活力，花儿开得迟春天转眼便宽广一片。"

六五

【原文】

常州徐太史昂发，《上韩慕庐尚书》云："佳士姓名常在口，好官阶级不关心。"孔雪谷《赠龙明府雨樵》云："有意怜寒士，无心媚长官。"呜呼！古之人欤！

【译文】

常州太史徐昂发在《上韩慕庐尚书》诗中说："才华出众之人常把名字挂在嘴边，好官并不关心自己的官阶大小。"孔雪谷《赠龙明府雨樵》诗中说："我有去关心天下生活贫寒的读书人的意图，却没有讨好上司的心思。"啊！真像古代的人哪！

六六

【原文】

丙戌三月，余过京口，宿茅耕亭秀才家。庭宇幽邃，膳饮精妙，灯下出诗稿见示。余为加墨，记其佳句云："邻船通客语，虚枕纳潮声。""千里月明天不夜，五更风急海初潮。"《官亭道上》一绝云："细道绕平畴，时听农歌起。回头不见人，声在禾麻里。"未数年，秀才入词林。丁酉乡试，作吾乡副主考。

【译文】

丙戌年三月,我经过京口,住宿在秀才茅耕亭的家中。他家庭院幽深,饮食很精致美妙,在灯下他把自己的诗稿拿出来给我看。我给他往砚台中加墨汁,记录了他的佳句,诗中说:"相邻的船中互相能听到客人们的谈话,中空的枕头中传来潮水涌流的声音。"

"一轮明月映射千里大地如同白昼一般,五更时分海风疾吹正是海水刚刚涨潮的时候。"他的一首绝句《官亭道上》中说:"窄窄的小道蜿蜒伸展在一望无际的田野上,不时地听到周围有农夫在高歌。回头四处张望却看不见人,歌声却从庄稼苗从中传了出来。"

没几年时间,茅秀才进入了词人的圈子中。丁酉年乡试时,担任了我们乡的副主考官。

六七

【原文】

淮宁诗人黄浩浩《秋柳》云:"小驿孤城风一笛,断桥流水路三叉。"余曰:"佳则佳矣,惜其似梅花诗。"有某公《咏梅》云:"五尺短墙低有月,一村流水寂无人。"或笑曰:"此似偷儿诗。"

【译文】

淮宁的诗人黄浩浩在《秋柳》诗中说:"小小的驿馆,孤单的城镇,风中有一曲笛声悠扬,残破的石桥,哗哗的流水,前面是一个三岔路口。"

我说:"要说好诗当然是好诗,可惜和别人的梅花诗有些相似。"有一位先生的《咏梅》诗这样写道:"五尺高的短墙上月亮低低地悬着,小村中除了流水外寂静得像是没有人一样。"

有人笑着说:"这首诗好像是剽窃别人的诗。"

赏梅花图

六八

【原文】

许竹人侍御《题路上去思碑》云:"君看去思官道石,深镌镂不到人心。"足补白太傅《咏碑》之所未及。

【译文】

侍奉皇上的许竹人在《题路上去思碑》中说:"你可以去看去想那些官道旁的路碑,尽管上面深刻着字却怎么也不能让人铭记在心。"

这首诗足以补充了白太傅《咏碑》诗中所没提到的东西。

六九

【原文】

壬寅春,余游西湖,寓漱石居,闲步断桥,遇一少年问路,愁容可掬。扣其故。曰:"我平湖秀才,来游湖上,进钱唐门,行李被窃,无处投宿。"

予疑不实。问:"既是秀才,可能诗乎?"曰:"能。"命咏落花。操笔立就,有句云:"入宫自讶连城价,失路偏多绝代人。"余大惊,留宿赠金而别。但记姓郁,忘其名。

【译文】

壬寅年春天,我游览西湖,住宿在漱石居,在断桥漫步的时候,遇到一位少年问路,他满脸愁容。我询问他究竟是为了什么。他回答说:"我是平湖来的秀才,到西湖来游玩,进钱塘门后,行李物品被人偷走,也没有地方可以投宿。"

我怀疑他所说未必真实。于是问道:"你既然是秀才,可能够作诗?"他说:"能。"我就以《落花》为题让他赋诗咏之。少年提起笔来立刻就写成了,其中有一句说:"被选入宫后连自己都惊讶于自己的无价,迷失路径的人偏偏大都是绝代才子。"

我大为惊叹,留他住下并赠给他一些钱让他回去。只记得他姓郁,名字已经忘记了。

七〇

【原文】

余苦春寒不已。中州吕柏岩诗云:"朔风烈烈知何意,不许江春入得来。"张自南云:"春寒不逐早已去,今日又从何处来?"两押"来"字,俱妙。

【译文】

　　我为没完没了的春寒而苦恼。中州人吕柏岩作诗说:"我知道这凛冽的北风的意图,它是不允许江南的春风吹过来。"

　　张自南作诗说:"春寒早已不赶自去,今日又是从何处袭来?"两首诗都押"来"字韵,都非常巧妙。

七一

【原文】

　　王中丞恕,四川人,号楼山。《过潮州感旧诗》曰:"金山遥对凤凰洲,策马崆峒忆旧游。二十七年如昨日,八千里外是并州。空余大树翻斜日,尚有遗丁说故侯。路过西州秋欲老,旧参军也雪盈头。"通首唐音。许竹素先生为余诵之。

【译文】

　　中丞王恕,是四川人,号楼山。他的《过潮州感旧诗》中说:"金山和凤凰洲遥遥相对,上马上了崆峒山又回忆起了往日的游踪。二十七个春秋一晃如昨天一样历历在目,八千里外是我曾驻守的并州城。只剩下一棵大树那遒劲的枝干托着西斜的太阳,还有当年的遗民在说着老侯爷的故事。路过西州的时候已是深秋了,旧日年轻的参军如今也已是白发苍苍。"

　　整首诗带有唐代诗歌的味道。这首诗是许竹素先生给我诵读的。

七二

【原文】

　　余尝谓鱼门云:"世人所以不如古人者,为其胸中书太少。我辈所以不如古

人者,为其胸中书太多。昌黎云:'非三代、两汉之书不敢观。'亦即此意。东坡云:'孟襄阳诗非不佳,可惜作料少。'施愚山驳之云:'东坡诗非不佳,可惜作料多。诗如人之眸子,一道灵光,此中着不得金屑,作料岂可在诗中求乎?'予颇是其言。或问:'诗不贵典,何以少陵有读破万卷之说?'不知'破'字与'有神'三字,全是教人读书作文之法。盖破其卷,取其神;非囫囵用其糟粕也。蚕食桑而所吐者丝,非桑也;蜂采花而所酿者蜜,非花也。读书如吃饭,善吃者长精神,不善吃者生痰瘤。"

【译文】

我曾经对程鱼门说:"现代的人之所以比不上古人,是因为他们胸中懂得的书太少。我们这些人之所以也比不上古人,是因为胸中懂得的书太多。韩愈说过:'不是夏商周三代和西汉东汉的书我不敢去阅读。'说的也就是这个意思。苏东坡说过:'孟浩然的诗并不是不好,只不过其中的典故作料较少。'施愚山反驳他说:'苏东坡的诗并不是不好,可惜诗中的典故作料太多。诗就像是人的眼睛,有如一道灵光,这里面容不得金银,容不得作料,又怎能在诗中寻求典故作料呢?'我很赞同施愚山的话。有的人也许会问:'诗不以引经据典为好,为什么杜甫还会有读破万卷书,下笔如有神的说法呢?'他是不知道这"破"字与"有神"三个字,全是在教人如何读书做文章。大概是说读透书卷,汲取书中的精神灵魄;而不要囫囵吞枣连糟粕也一同吸取。蚕儿吃桑叶吐出来的是丝,而不是桑叶;蜜蜂采花粉酿成的是蜜,而不是花。读书就如同吃饭,会吃饭的人能够长精神,不会吃饭的人就会生出痰液和毒瘤。"

七三

【原文】

严冬友曰:"凡诗文妙处,全在于空。譬如一室内,人之所游焉息焉者,皆空处也。若室而塞之,虽金玉满堂,而无安放此身处,又安见富贵之乐耶?钟不空则哑矣,耳不空则聋矣。"

范景文《对床录》云:"李义山《人日诗》,填砌太多,嚼蜡无味。若其他怀古诸作,排空融化,自出精神。一可以为戒,一可以为法。"

【译文】

严冬友说:"凡是诗句文章的精妙之处,都在于它的空灵。譬如说在一间屋子中,人可以自由地走动休息,都是因为有空间。如果把屋子塞得满满的,即便是满屋金银珠宝,但却无处容身,又从哪里能看得出富贵的乐趣呢? 钟如果中间不空就不会响,耳朵如果中间不空就聋了。"

范景文在《对床录》中说道:"李义山的《人日诗》,里面典故材料堆砌得太多,整首诗如同嚼蜡一样毫无味道。像其他的许多首怀古诗作,把典故材料推开而融会贯通,自然会使诗文神韵大增。一条可以作为教训,一条可以作为经验。"

七四

【原文】

保励堂侍郎《送人纳妾》七律,后四句云:"席上偶然教进酒,灯前何敢遽呼郎? 只因未识夫人性,试问明朝那样妆?"

【译文】

侍郎保励堂所做的七律诗《送人纳妾》的后四句是:"酒席之上她偶然被叫来敬酒,在灯前她怎么就敢呼郎唤君? 只因为还不了解夫人的性格,先试探着询问她明天如何梳妆?"

七五

【原文】

明季用兵时,有女子刘素素者,被掠,题诗店壁云:"天明吹角数声残,将士

传呼上玉鞍。恰忆当时闺阁里，晓妆犹怯露桃寒。"

【译文】

明朝对外作战的时候，有一个叫刘素素的女子被敌人掠走，她在店铺的墙壁上题诗一首说："天亮时吹响了几声呜咽的号角，众将士们相互呼唤着上了战马。还恰好记得当时我在闺阁中，晨妆还未画好脸上便露出了害怕的样子。"

七六

【原文】

宛平袁明府增，字保侯，宰江宁时，与余通谱。有句云："天远望穷飞去鸟，春寒误尽早开花。"咏《瓶》云："饮水自知胸最冷，衔花应觉口常香。"

【译文】

宛平明府袁增，字保侯，在江宁任县令时，他的家谱和我的家谱相通。他写有诗句，诗中说："广阔的天空一眼望到尽头看到了一只飞去的小鸟，春寒错误地提前结束使花儿早早开放。"

他的《咏瓶》诗中说："喝水时自己感觉胸口最冷，嘴里衔着鲜花应该觉得口中常香。"

七七

【原文】

先慈九十生日，祝寿诗无虑百余首；予独爱龚旭开秀才五律一结云："为有称觞客，今朝户不扃。"淡而有味。

【译文】

我死去的母亲九十岁生日那天,人们所写的祝寿诗无疑有一百多首;但我唯独喜爱秀才龚旭开的一首五律诗中的一句:"为了让客人喝得称心开怀,今日大门不关闭。"诗句清淡却有意味。

七八

【原文】

杭州风俗:人家作酱,瓮上镇压,必书"姜太公在此"五字。余尝疑之。孙文和秀才笑曰:"君岂不知太公不能将兵,而善将将乎?"又过张息侯家,见其奴携灯笼来,上题"赖有此耳"四字,两用史书语,令人莞然。

【译文】

杭州有个风俗:家家户户在做酱时,坛子封口处都要写"姜太公在此"五个字作为镇符。我曾经对此迷惑不解。秀才孙文和笑着说:"您难道不知道姜太公不会带兵打仗,却会领导将官吗?"还有一次,我经过张息侯的家中,看到他家的仆人手提灯笼走来,灯笼上写着"赖有此耳"四个字,以上两处都运用了古书中的话,不禁令人莞然生笑。

姜太公像,图出自明·天然撰《历代古人像赞》。

七九

【原文】

蒋戟门观察招饮，珍馐罗列，忽问余："曾吃我手制豆腐乎？"曰："未也。"

公即着犊鼻裙，亲赴厨下。良久，擎出，果一切盘餐尽废。因求公赐烹饪法。公命向上三揖，如其言，始口授方。归家试作，宾客咸夸。毛俟园广文调余云："珍味群推郇令庖，黎祈尤似易牙调。谁知解组陶元亮，为此曾经三折腰。"

【译文】

观察官蒋戟门请我去饮酒，酒席上摆满了山珍海味，他忽然向我问道："你可曾吃过我亲手做的豆腐吗？"我回答说："没有吃过。"

他立即穿上像牛鼻子一样两边穿过的围裙，亲自到厨房烹饪。很长一段时间后，他端出一盘豆腐，果然我们都不再想吃其余盘中的菜了。我于是向蒋戟门求教烹饪豆腐的方法。他让我向上拱手行了三礼，才开始口授烹饪的方法。我回家后试着做，受到了客人们的交口称赞。广文毛俟园向我开玩笑地做了一首诗："山珍海味中众人公推郇令的手艺最好，祭祀时用的黍米特别像是易牙调制的。谁人知道陶渊明解职归农后，还曾为学这门手艺向别人鞠了三次躬。"

八〇

【原文】

南宋末年，士大夫簠簋不饬。有郑熏者，素作贼，以军功得主簿，众不礼焉。郑乃献诗云："郑熏素行本非端，熏有狂言上众官。众官做官还做贼，郑熏做贼还做官。"

【译文】

南宋末年,官场中人不修仪礼,行为举止很不检点。有一个叫郑熏的人,平日里爱偷别人东西,后来因为立了军功而被提拔为主簿,众官对他很是瞧不起。郑熏于是写了一首诗献给众官,诗中说:"郑熏平日里的行为本来就不端正,现在我有一句狂言要说给你们这些做官的听。你们做官的是当了官后还要做贼,我郑熏是做了贼后还要做官。"

八一

【原文】

方亨咸《论画》云:"神品如孙、吴。能品是刁斗森严之程不识。逸品则解鞍纵卧之李将军。"又曰:"厚不因多,薄不因少。"余爱其言可通于诗,故录之。

【译文】

方亨咸在《论画》中说:"描绘佛道人物的作品有唐朝孙位、吴道子的画作。显示出才能的作品有程不识狡猾而又严肃的画像。表现安逸的作品有飞将军李广卸下马鞍横卧地下的画作。"

他又说:"不能因为某人作品多就褒扬他,也不能因为某人作品少而轻视某人。"我喜爱他的话中的道理可通用于诗作之中,因此记录下了他的话。

八二

【原文】

唐太宗云:"泥龙竹马,儿童之乐也;翠羽明珠,妇女之乐也。"余亦云:"急流勇退,后起有人:士大夫之乐也。"

今之人，惟扬州秦西严先生以观察致仕，子又继入翰林，宜其诗之自然骀宕也。《南庄题壁》云："郭绕村烟水绕堤，数椽屋可托卑栖。百年老树留花坞，二顷荒田杂菜畦。庾信小园枝下上，王珣别墅涧东西。谁云巢、许买山隐，家在城南认旧溪。"

"策杖登楼眼界宽，邗沟一水迅奔湍。天边漕运梯云上，江外山光带雾看。南北塔高双鹄立，东西桥锁九龙蟠。往来多少风帆急，孤棹何如斗室安？"

【译文】

唐太宗说过："捏泥龙骑竹马，是儿童们的乐趣；穿青绿色的羽衣头戴明珠，这是妇女们的乐趣。"

我也说过："急流勇退，事业有了接班人，这是读书做官的人的乐趣。"

当今的人，只有扬州的秦西严先生以观察官的身份辞职退休，他的儿子继承了他的事业进入了翰林院，因此他的诗自然而又柔和是在情理之中的。

他的《南庄题壁》诗中说："城郭外村烟缭绕，河水绕着河堤流动，几间小屋就可作为我的容身之所。百年的老树下留有一片种花的凹地，二顷荒田中间种着几畦青菜。庾信的小园和我家只有一树之隔，王珣的别墅和我的住所隔涧东西相望。谁说巢父，许由买下深山隐居起来，他们的家就在城南，我还记得那条旧日的小溪。"

"拄着竹杖登上小楼视野登时开阔许多，只见远处邗沟中的水流奔腾湍急。刊沟中运粮的船队像登梯一样直入天边的云层深处，更远处的山色风光看过去就像是笼罩了一层雾。一南一北的两座塔高耸入云，东西走向的桥身上雕刻着九杂盘曲的龙。江面上来来往往多少船只扯帆疾驶，一只秤锤哪里比得上我那小小的屋子安稳呢？"

随园诗话·卷十四

诗能令人笑者，必佳

【原文】

嘉兴江浩然幕游江西,于市上得一银光笺楷书云:"妾年十五许嫁君,闻说君情若不闻。十七于归见君面,春风乍拂心长恋。为欢半载奈离何,千里江山渺绿波。未成锦字肠先断,零落胭脂泪更多。西江、浙江隔一水,天上银河亦如此。银河犹有渡桥时,奈妾奄奄病将死。伤心未见宁馨育,仰负高堂愆莫赎。倘蒙垂念旧时情,有妹长成弦可续。君年喜得正英英,莫更蹉跎无所成。无成岂特违亲意,泉下亡人亦不平。要知世事皆前定,明珠一粒遥相赠。非求见物便思人,结缡来世于今定。"

后书:"政可夫君。康熙癸酉仲夏,垂死妾颜玉敛衽。"玩此诗,盖有才女子也。第所谓政可者,不知何人。

【译文】

嘉兴人江浩然在江西漫游的时候,在集市上买到了一封白色信札,上面用楷书写着:"我十五岁那年才允许嫁给夫君你,我听到的关于夫君你的情况就像不知道一样。十七岁那年你回来后才得以相见,仿佛春风忽然吹拂,我的心永久地爱恋着你。两人欢欢喜喜地过了上半年无奈你又要离去,千里的江山遥远绿水缥缈。还没能写上几句关怀的话就已愁肠寸断,泪水不断滴在了胭脂上。

西江和浙江虽然只隔着一条江,就像天上牛郎织女隔着银河一样。但银河还有鹊桥相通的时候,无奈妾身我染病已是奄奄一息。只是我伤心自己未能生下孩子,空负了父母大人的期望,罪大不可赎。倘若蒙夫君垂念旧日情分,我有个妹妹已经长成可以给你作续弦。夫君你正值英年,不要再让光阴虚度而一事无成。事业没有成就岂不是有违双亲大人的意愿,就连我在黄泉之下心情也不能平静。要知道世上的事都是前生注定的,我将一颗明珠遥赠给你。不求你睹物思人,但求今世相定来世能再嫁给你。"

后面写着:"政可夫君。康熙朝癸酉年仲夏,垂死的妾身颜玉致礼。"我玩味这首诗,才知道世上有这样一位才女。只是所说的政可这个人,不知道是谁。

二

【原文】

选家选近人之诗，有七病焉，其借此射利通声气者，无论矣。凡人全集，各有精神，必通观之，方可定去取；倘据摭一二，并非其人应选之诗，管窥蠡测：一

蔡琰像。蔡琰即蔡文姬，东汉末年的才女，曾流落匈奴，后被曹操赎回。宋代曾有儒生认为不应将其选入《列女传》。

病也。《三百篇》中，贞淫正变，无所不包；今就一人见解之小，而欲该群才之大，于各家门户源流，并未探讨，以已履为式，而削他人之足以就之：二病也。分唐界宋，抱杜尊韩，附会大家门面，而不能判别真伪，采撷精华：三病也。动称纲常名教，箴刺褒讥，以为非有关系者不录：不知赠芍采兰，有何关系？而圣人不删。宋儒责蔡文姬不应登《列女传》；然则《十七史》列传，尽皆龙逄、比干乎？

学究条规,令人欲呕:四病也。贪选部头之大,以为每省每郡,必选数人,遂至勉强搜寻,从宽滥录:五病也。或其人才力与作者相隔甚远,而妄为改窜;遂至点金成铁:六病也。徇一己之交情,听他人之求请:七病也。末一条,余作《诗话》,亦不能免。

【译文】

编辑家编选近时期诗人的作品,常犯有七个毛病;那些想借此赚钱扬名的人不包括在内。大凡诗人的全集,各有各人的神韵特色,必须要通读纵览,才能确定所取舍的诗;倘若从该诗人全集中选取的几首诗,并不是他应该被选入的代表诗作,这就犯了从竹管里看天,用瓢来量海水这种眼光短浅的错误:这便是第一个毛病。《诗经》的三百多首诗歌中,忠于原则、放荡不羁、态度端正、变化多端等多种类型无所不包;如今就凭集一个人的粗浅见解,去审评那众多才子的博深才华,对于名家门派的源流演变,也没有加以探讨,只好用自己固有的眼光模式去硬套他人的作品,就像把自己的鞋子作为样本,而要去削砍别人的脚来适合它一样:这就是第二个毛病。把唐诗、宋词截然分开,推崇杜甫或是尊重韩愈,把一些并没有联系的诗说成是出自大家之手笔,却不能判别它们的真伪,从中采摘出精华之作:这是第三个毛病。动不动就请出纲常伦理这条法宝,对一些诗人或劝诫、或褒扬、或讽刺,认为除非是和纲常名教有关的诗便不能选录;却不懂得那些描写采花赠花的情诗,又和纲常名教有什么关系?而且古代的圣人们对这种情况也是不加删除的。宋代的儒生指责不应该把蔡文姬列入《列女传》;但在《十七史》的列传中,哪能全都是像关龙逢、比干那样的忠烈之臣呢?这些学究们一味地循规蹈矩,令人作呕:这就是第四个毛病。贪图编辑出大部头的诗集,认为全国每个省每个郡的诗人都必须选入几个人,于是到了勉强搜罗的地步,放宽了收录的条件,选择太滥:这是第五个毛病。有的编辑人他本身的才智能力和诗作者相差太远,却胡乱地修改原诗;以至于点金成铁,把一首好诗变成了坏诗:这是第六个毛病。为了自己的交情而徇私,听从了他人的请求:这是第七个毛病。这最后一个毛病,我在写《随园诗话》时,也不能够免除。

三

【原文】

冬友侍读昵伶人登元,将之陕西,未能携去;路上见笼中卖相思鸟者,戏题云:"同眠复同食,何处号相思?"

【译文】

侍读官冬友和戏子登元关系亲密,冬友将要去陕西,没能把登元一同带去,在路上他看到一个人手持鸟笼,售卖一对相思鸟,开玩笑地题诗一首说:"睡在一起又吃在一处,什么地方配得上相思这个称号?"

四

【原文】

山左冯康斋观察,名廷丞,学颇渊博,居官以廉闻。其夫人为吾乡周叔大太史之女,亦好客,观察诗云:"谈经客过频搜字,脱珥妻贤解治厨。"

【译文】

家住大山西侧的观察冯康斋,名廷丞,学识很是渊博,做官也以廉洁被传颂。他的夫人是我家乡的周叔大太史的女儿,也很好客,冯康斋观察曾写了一首诗:"和经过的客人谈论诗书时我经常搜肠刮肚地寻求佳句,我那贤惠的妻子御去耳环等装饰在厨房中准备酒菜。"

五

【原文】

丙辰召试,有康熙癸巳编修云南张月槎先生,名汉,年七十余,重入词馆。先生以前辈自居,而丙辰翰林欲以同年视之:彼此牴牾。后五十年,余游粤东,饮封川邑宰彭公竹林署中。西席张旭出见,询知为先生嫡孙,急问先生遗稿,渠仅记《秋夜回文》一首云:"烟深卧阁草凝愁,冷梦惊回几树秋。悬壁四山云上下,隔帘一水月沉浮。翩翩影落飞鸿雁,皎皎光寒静斗牛。前路客归萤点点,边城夜火似星流。"

余按:回文诗相传始于苏若兰,其实非也。《文心雕龙》云:"回文所兴,道原为始。"傅咸有回文反复诗,温太真亦有回文诗:俱在窦滔之前。

【译文】

丙辰年召集各地书生应试,有一位康熙朝癸巳年的翰林院编修云南的张月槎先生,名汉,年龄已有七十多岁了,再次考入了翰林院。张先生以翰林院前辈的身份自居,而丙辰年考入的翰林们想以同届考中的同年关系来对待他:彼此之间不免有些矛盾。五十年后,我到两广东部地区游玩,在封川县令彭竹林的官署中饮酒。彭竹林府上的教书先生张旭出来拜见,我一询问,知道他原来是张月槎先生的亲孙子,急忙追问张月槎先生的遗稿,我仅仅记录下《秋夜回文》这一首诗,诗中说:"烟云深处我静卧在楼阁中看到窗前的草儿上都像是凝结着愁绪,从清冷的梦境中惊醒我的目光又回到了弥漫在那几棵树上的浓浓秋意上。从悬崖断壁上望去只见四周山峰上云雾上下浮动,隔着竹帘看到水中的月亮沉下去又浮上来。几只南飞的大雁翩然落下,皎洁的月光带着一丝寒意静照在斗牛的身上。前面的路上有人在赶路回家,他手中的灯笼像萤火虫一样一闪一闪,夜晚偏远小城中的灯火像星星似的连接着星空。"

我加按语说:回文诗相传是从苏若兰开始的,其实不是这样。《文心雕龙》上说:"回文诗的兴起是从道原开始的。"傅咸作有回文诗,温太真也作有回文诗:他们都在窦滔之前。

六

【原文】

真州张啸门游鸠江,遇邻舟一女子,倚篷窗而哦,与语,凄绝不言。但见其《题青罗带寄人》云:"扁舟一夜灯如雪,无限深情羞不说。东风何苦又天明,抵死催人江上别。"

【译文】

真州人张啸门在鸠江游玩时,看到邻船的一位女子,倚靠着小船的篷窗在叹息,和她说话,她并不回答,一幅凄惨痛苦的样子。只是见到了她的《题青罗带寄人》诗,诗中说:"小舟上一夜灯火通明,我的无限深情在灯下不好意表达出口。东风啊,你为什么又把天空吹亮,好像拼命一样催促着我们在江上话别。"

七

【原文】

咏史有三体:一借古人往事,抒自己之怀抱:左太冲之《咏史》是也。一为隐括其事,而以咏叹出之:张景阳之《咏二疏》,卢子谅之《咏兰生》是也。一取对仗之巧:义山之"牵牛"对"驻马",韦庄之"无忌"对"莫愁"是也。

【译文】

咏唱历史的诗作有三种形式:一种是,借着古人的往事,来抒发自己的情怀抱负:这一类的诗有左太冲的《咏史》。一种是,为了剪裁改写史事,而通过咏叹来表达出来:这一类的诗有张景阳的《咏二疏》、卢子谅的《咏兰生》。一种是,利用巧妙的对仗手法:这一类的手法有李义山用"牵牛"对"驻马",韦庄用"无忌"对"莫愁"。

【原文】

　　周月东游海潮庵,得谢文节公小方砚,额镌"桥亭卜卦砚"五字,背有元人程文海铭。周珍重之,抱砚以寝;临死,乃赠查恂叔。一时题者如云。钱辛楣云:"眼中只有石丈人,江南更无厮养卒。"

　　纪心斋云:"远过一片寒陵石,留伴千秋玉带生。"

　　尤贡甫在真州市得东坡石铫,容水升许,以铜为提,铸茨菰叶一瓣,上篆"元祐"二字:盖即周妹所馈坡公物也。郑炳也题云:"炼石天留云气古,煎茶人去水云乾。"

　　谢登隽云:"毋矜酒户大,独许石文深。"未几,有人买献上方矣。一砚一铫,主人俱绘形作册,传播艺林。余在扬州汪鲁佩家,见桓圭,长七寸,葵首垂缫,质粹沁红,真三代物也。惜无人题咏,终年蕴椟而藏。物亦有幸有不幸焉。

【译文】

　　周月东在海潮庵游玩时,得到了谢文节先生的一个小小的方砚台,砚额上刻着"桥亭卜卦砚"五个字,背面刻有元朝人程文海的铭文。周月东把它视为珍宝,每天怀抱着这块砚台睡觉;临死前,他把它赠给了查恂叔。一时间为此事题诗者很多。钱辛楣题诗说:"眼中只有这块石砚台,在江南再没有第二个人像他这样看护着砚台而死去。"

　　纪心斋题诗说:"远远胜过一片寒陵石,像栩栩如生的玉带陪伴他直到千秋万代。"

　　龙贡甫在真州买到了当年苏东坡用过的石铫子,可以盛下一升多的水,配有铜制的提柄,铫子上铸有一片茨菰叶,上面用篆书刻着"元祐"两个字:大概就是周妹馈赠给苏东坡的礼物。郑炳也对此题诗一首说:"女娲炼石补天留下了古老的云气,人走开后炉上煮的茶都煮干了。"

　　谢登隽题诗说:"不因客酒量大而自矜,唯独允许在身上深深地刻有文字。"不多久,有人买去后献给了上级。一块砚台和一个铫子,主人都给它们画了像收集成册,在艺术品之林中传播。

　　我在扬州汪鲁佩家中的时候,见到一块宝玉,长有七寸,葵花型的头部垂着

程钜夫像。程钜夫，字文海，元代诗人，官至翰林学士。封楚国公。

丝带，质地纯粹，宝玉中透有红色，真是祖传三代的宝物。可惜由于没有人题诗咏唱，整年都收藏在匣子中。可见事物也有幸运和不幸运之分。

九

【原文】

前明万历五年，常熟赵文毅公劾张江陵，廷杖谪戍，其友庶子许国铭觥觫为赠。盖取神羊一角触邪之义。后流传数易其主。五世孙王槐探知在山左颜衡斋家，乃制玉觫银船，托宫詹翁覃溪先生作诗，请易之，竟得返璧。一时题咏如云。覃溪作七古一篇，后八句云："颜公奉觫向君笑，赵叟倾心誓相报。觫喜多年逢故人，叟泣还乡告家庙。昔人赠觫事偶然，今日还觫世更传。谱出咒觫新乐府，压倒米家虹玉船。"

【译文】

前朝明方历五年,常熟人赵文毅因弹劾张江陵,遭廷杖后被解职去守卫边疆,他朋友的庶子许国赠给他一个刻了字的犀角酒杯。大概是取神羊的一只角可以触破邪气的含意。后来流失了,中间换了好几位主人。赵文毅的五世孙王槐打听到那只犀角杯在大山东边的颜衡斋的家中收藏着,于是就赶制了一只玉环和一艘银制的小船,又请翁覃溪先生作诗咏唱,请求和颜衡斋交换那只犀角杯,没想到竟然得以完璧归赵,一时之间为此事题诗咏唱的人很多。翁覃溪作了一篇七言古诗,后八句是:"颜先生微笑着把犀角杯交还给赵王槐老人大为感动发誓一定要报答他的大恩。犀角杯很高兴它在许多年后不能遇到老朋友,赵王槐哭着回到家向先祖祈告。当年赠给犀角杯纯属偶然,今天奉还它会在世上广为传扬。我要为犀角杯谱写出一首新的乐府诗,使它胜过米家那艘用虹玉做成的船。"

一〇

【原文】

安庆徐兰坡,少年好学,得余断章零句,必手抄之。余游黄山,来舟中诵所作,《夏夜》云:"萤火绕篱飞,风轻荷气微。几竿斜竹影,随月上人衣。"《偶成》云:"屋边松树经春长,栖鸟不知巢渐高。"《大观亭宴集》云:"新旧痕留衣上酒,往来影乱席前舡。"又:"绿杨深护倚楼人",七字亦佳。

【译文】

安庆人徐兰坡,少年时勤奋好学,每见到我的一些零散诗文,他都一定要抄下来。我游览黄山时,在船中诵读他的诗作,他在《夏夜》诗中说:"萤火虫绕着竹篱飞舞,微风轻吹送来点点荷花的芬芳。那几根倾斜着的竹子,伴着月亮的升起而把竹影映到了人的衣服上。"

《偶成》诗中说:"屋旁的这棵松树经过一春的滋润后茁壮成长,在树上栖息的鸟儿还不知道自己的巢也在逐渐升高。"

他的《大观亭宴集》诗中说:"衣服上留下了一道道新旧酒痕,酒席前来往

的小船往来穿梭。"

此外，"青绿的白杨树用它浓浓的树荫掩映着小楼上倚窗远望的人儿，"这句七字诗也很好。

【原文】

平湖张香谷与其兄敤坡最友爱。敤坡殁后，香谷逾年亦病，临终，有"清魂同到梅花下"之句。敤坡之子熙河孝廉，继先人之志，墓旁种梅三百树，题云："卜兆经营亲负土，栽花爱护当承欢。"可谓孝矣。熙河爱游山，作《梅花诗话》一百卷，至随园，一宿去。《登峨嵋绝顶见怀》云："峨嵋高绝天，八月雪浩浩。我持谪仙筇，飘然上秋昊。众星向檐低，群峰入望小。佛光日中明，圣灯夜半皎。五色兜罗绵，叠叠岩前绕。苍茫四顾间，忽忆随园老。奇景不共赏，何以惬幽抱？焉得缩地方，与公立云表。"

熙河在峨嵋，见神灯佛光，又到净土山下，观小龙在池中，长四寸，五爪，携过雷洞坪便死。佛光飞至台上，掬之，乃木叶一片。

【译文】

平湖人张香谷和他的兄长张敤坡最为友爱。敤坡死后，香谷过了一年后也病倒了，临终前，作有"两缕清魂一同游到梅花下"的诗句。敤坡的儿子张熙河被举为孝廉，他继承了先人的遗志，在父辈的坟旁种下三百棵梅树，题诗说："占卜吉凶后我来自背土种树，我栽种梅花并精心爱护它我的父辈也会高兴。"

真可以称得上是孝顺了。张熙河喜爱游览名山，作有《梅花诗话》一百卷，曾到过我的随园，住了一夜后才离去。他在《登峨嵋绝顶见怀》诗中说："峨嵋山高耸入云，即便是八月山顶仍是白雪皑皑。我手持仙人被贬下凡尘时拿的竹杖，飘然飞上了秋日的天空。从屋檐下看去星星显得特别低，往远处眺望群山好像变得非常小。白日里佛光闪现，半夜中圣灯明亮。藤萝有如五彩的大网，层层叠叠地缠绕在岩壁之上。我举目四望山中的苍茫风景，忽然想起了随园老人袁枚。这种奇丽的风景不能一同欣赏，又怎能使幽静的怀抱得到安慰和惬意之感呢？怎样才能缩短我们之间的距离，让我和您一同站在云端赏景。"

张熙河在峨嵋山的时候，曾见到过神灯和佛光，还曾到过净土山下，在水池

中看到一种像小龙样的动物,长四寸,有五爪,他带着它刚走过雷洞坪它就死掉了。那佛光飞到了平台上,他用手一抓,原来不过是一片树叶。

一二

【原文】

余知江宁时,胡秀才某招饮,席间出乃祖《甲戌胪唱图》为题,系邗江王云所画。卷首何义门云:"鸿胪三唱名姓香,一龙骧首群龙翔。金吾仗引从天下,长安门外人如堵。方山神秀信有钟,焦夫子后生胡公。江左周星推首冠,意气肯输渴睡汉?"胡公名任舆,字芝山,康熙甲戌状元,未十年而卒。同年高章之哭云:"十年不分君终此,累月犹疑死未真。"

卷中题者如彭定求、陈恂、杨仲讷,大半追挽之章。余题云:"九关天门荡荡开,先皇亲手策群才。南宫莫讶祥云见,臣自白门江上来。"

"我亦曾追香案踪,卅科前辈企高风。人间春梦醒何速,未了浮云一梦中。""名园晚到夕阳斜,老树无声覆落花。赢得儿童齐拍手,县官还醉壮元家。"此乙丑冬月事也。诗不留稿,丙午闰七夕,重展此卷,为之怃然。

【译文】

我在江宁作知府的时候,有一位胡秀才请我去饮酒,酒席间他向我出示他祖父题字、系邗江人王云所画的《甲戌胪唱图》。卷首有何义门的一首诗:"被皇帝三次召见因而声名显扬,一龙昂首领头群龙便跟着飞舞。跟随皇帝的仪仗队巡游天下,长安城城门外人山人海争先恐后地来观看。四面的青山神奇而秀美相信当中一定有寺庙和钟声,在焦循老夫子之后又涌现出胡先生这样的才子。江东的众多文人把您推为首领,意气风发怎肯输给爱睡懒觉的人?"

胡先生名叫任舆,字芝山,是康熙朝甲戌年状元,还没过十年就死去了。他的同届考生高章之哭着作诗一首说:"十年来我们没有分开过你终于死在了这里,过了好几个月我仍然怀疑你的死讯不是真的。"

画卷中题字的如彭定求、陈恂、杨仲讷,大部分都写了追悼缅怀他的文章。我题诗一首说:"九天上天门浩荡地敞开,前代皇帝来自选拔考试众位才子。不要惊讶于南天门上吉祥的云雾出现,老臣我来自白门江。"

"我也曾寻找过您写作的踪迹,仰望三十年前的科举老前辈的高人风范。

人世间的美好梦境为什么醒得这么快,人生就像浮云飘逝一样。"

"美丽的花园在傍晚有斜阳西照,枯老的大树无声无息地飘下落叶盖在已落的花儿上。引来了一群儿童一同拍手叫嚷,县官今日醉倒在状元郎的家中。"这是乙丑年冬天的事情。他的诗没有留下稿子,丙午年闰七月傍晚,我又打开欣赏这幅画卷,不免为之失落感叹。

一二

【原文】

叶书山侍讲,常为余夸陶京山同年之孙,名涣悦者,英异不群,时才八九岁。稍长,好吟诗,尤好余诗,大半成诵。《偶成》云:"午课初完卧短床,立春节过昼微长。高檐向日难留雪,小室藏花易贮香。阶下绿初浮远草,路旁青未上垂杨。呼童添贮炉中火,午后温馨薄暮凉。"又:"人因待月窗常启,书是传诗口不封。"贺余生子云:"公有未全天必补,老犹得见子非迟。"俱有剑南风味。惜侍讲先亡,未之见也!

【译文】

陪伴皇帝读书讲课的叶书山,常对我夸起他的同届考生陶京山的孙子名叫陶涣悦的小孩,当时他才八九岁。长大一些后,喜爱吟诗,尤其喜好我的诗句,我的诗有一多半他都能背诵。他的《偶成》诗中说:"刚做完午课我躺卧在短床上,过了立春这个节气后白昼就逐渐长了起来。高高的屋檐朝着太阳自然难以留住残雪,小小的屋子中收藏着鲜花当然容易把芳香挽留。台阶下远处的小草刚刚返绿,路旁垂杨的枝条却还没有变青。唤来童子把炉火添旺些,午后的天气虽然温馨但傍晚时却有些凉。"

此外还有一首:"屋中的人儿因为等待月升常把窗户开启,书籍是传播诗文的手段不可不读。"

他为祝贺我得了儿子作诗一首说:"先生一生中有的遗憾上天一定会弥补,老年得子还不算晚。"这几首诗都很有白居易的诗风。可惜叶书山早亡,没能见到!

【原文】

中州吕公滋,字树村,宰介休归,因从子仲笃宰上元,来游白下,见赠云:"地兼白下三山胜,诗比黄初七子工。"读三妹集云:"鸳鸯飞来因绣好,蠹鱼仙去为香多。"

年未老而乞病。有劝其再出者,乃作《老女嫁》云:"自制罗纨五色裳,晶帘低卷绣鸳鸯。不如小妹于归日,阿母搜勤为理妆。""检点新妆转自思,于今花样不相宜。嫁衣肥瘦凭谁剪,羞问邻家小女儿。"

《戏仲笃》云:"怜余增马齿,看尔奏牛刀。"《潼关》云:"三峰天外立,一骑雨中行。"

【译文】

中州人吕滋,字树村,在介休任县令后辞职归隐,因为跟从儿子吕仲笃到上元任县令,于是来白下游览,赠诗一首:"这个地方兼有白下三座山峰的胜景,诗作比黄初七子还工整精致。"

《读三妹集》云:"刺绣惟妙惟肖把鸳鸯都吸引来了,因为香气重把蠹鱼都熏死了。"吕滋年龄还没老就因病请求辞职回家。有人劝他复出为官,他于是作了一首《老女嫁》,诗中说:"自己织成五色的丝衣,把明亮的竹帘低低卷起绣着鸳鸯。不像小妹从夫家回娘家时,母亲热情地给她梳妆打扮。"

"查看新妆扮是否合适时我忽然思索起来,它和现在的式样相比很不适宜。嫁衣的肥瘦程度我凭什么来裁剪,不好意思去问邻居家年轻的小女儿。"他的《戏仲笃》诗中说:"可怜我一天天衰老,等待着你一显才华。"《潼关》诗中说:"三座山峰在天边耸立,一个骑马人在大雨中行走。"

一五

【原文】

唐李揆自负才望;嘲人云:"龙章凤姿士不见用;獐头鼠目乃欲求官耶?"或反其意,赠相士云:"相法于今在不伦,我将秘诀告诸君。要看世上公侯相,先取獐头鼠目人。"

【译文】

唐朝的李揆对自己的才华很是自负,他讥讽别人说:"有龙的身形凤的姿态的士人都没被选用;那些獐头鼠目的人还想去求得一官半职吗?"

有人把他的用意反过来说,并赠给算命先生:"如今的相面法术和以前大不一样,我把其中的秘诀告诉大家。要是给世上的公侯将相看相的话,就要去找那些獐头鼠目的人。"

一六

【原文】

余游武夷,过浦城,遇钮明府之弟闾圃,有诗三册求阅。《七夕》云:"黄昏无人伴牵牛,独对江山半壁愁。今夕卢家楼上月,莫愁未必不知愁。"

又句云:"星沉残水鱼吞饵,月上空廊犬吠花。"皆可诵也。余按宋曾三异云:"莫愁乃古男子,神仙隐逸者流,非女子也。楚石城有莫愁石像,男子衣冠。见刘向《列仙传》。"

语虽不经,亦可存此一说。犹之龙阳君、郑樱桃,古皆以为女妃:一见国策鲍注,一见《十六国春秋》。

【译文】

我在武夷山游玩时,经过浦城,遇到知府钮大人的弟弟钮阆圃,他有三册诗集请求我评阅。其中《七夕》诗中说:"黄昏时没有人陪伴的我牵着牛,独自对着半壁江山发愁。今晚对着卢家小楼上的月亮,莫愁女未必就不知道忧愁。"

还有一句诗说:"星星倒映在池水中鱼儿正在吞食鱼饵,月亮悬挂在空无一人的走廊上狗儿朝着摇动的花朵狂吠着。"都是值得诵读的佳句。我下按语:宋曾三有不同意见说:"莫愁是古代的一位男子,是类似于神仙家隐士的人,而不是女子。楚国的石城筑有莫愁的石像,全是男子衣冠装束。可以参见刘向的《列仙传》。"

他的话虽然不合经典,但可以作为一种说法保留。就犹如龙阳君、郑樱桃,古人都把他们当作女子:此事一则可以参见《战国策》鲍注,一则可参见《十六国春秋》。

一七

【原文】

锡山钱秀才泳,字立群,居梅里。丙午腊月七日,张止原居士招游灵岩,与秀才两宿舟中,谈古文金石之学,极渊博。《游西湖》云:"十年不识钱唐路,今到翻疑是梦中。峦翠难分南北寺,舟轻易瞳往来风。数湾碧水通仙宅,一带苍烟没宋宫。何处吾家表忠观?几回搔首问渔翁。"

"跃马登山松四围,梵王宫殿郁崔巍。老僧迎客来幽迳,少女焚香上翠微。鹫岭楼高沧海阔,冷泉水急湿云飞。何当端坐三生石,说破游人去路非。"是日,舟泊木渎鹭飞桥。秀才往访其友孙镜川。俄而同至舟中,见余即拜,背小仓山房古文,琅琅上口,亦奇士也。

【译文】

锡山的秀才钱泳,字立群,家住梅里。丙午年腊月七日,居士张止原请我同游灵岩山,我和钱秀才在船中同住了两晚,谈论古文和金石学,他的学识很是渊

博。他的《游西湖》诗中说:"十年来不认识去钱塘江的路,今日来到这里反而怀疑是到了梦中。山峦青绿一片让人难以区分南寺和北寺,轻舟容易在江风中扬帆往来。几湾碧水连通着仙境般的楼台,一片苍茫的云烟淹没了南宋朝的王宫。什么地方才是我家的表忠观?好几次不好意思地搔着头向渔翁询问。"

"我骑着马登上了山,只见四周松林茂盛,把梵王珠宫殿映衬得越发高大。老僧人走上幽静的小路来迎接客人,少女们爬上翠绿的山去焚香许愿。登上鹫岭的高楼只见沧海辽阔,冷泉的水流很急溅起一片水雾。不如坐在三生石上,告诉游人们走的路错了。"

当天,船停泊在木渎的鹭飞桥。钱秀才去拜访他的朋友孙镜川。不久他们一同回到了船中,孙镜川一见到我就行礼,并把《小仓山房》的古文背得琅琅上口,也是一位奇士。

一八

【原文】

新安王氏,一家能诗。蒉亭《李夫人歌》曰:"生能一顾留君心,死不肯一顾留君忆。乃知结君自有术,擅宠非徒在颜色。君不见,生长门,死钩弋!"其兄于庭比部,不轻作诗,而多佳句。《病起》云:"修竹似怜人病起,青青垂叶不摇风。"

《示儿》云:"寸阴劝汝须知惜,到底秋花总让春。"其子名养中者,《醉归》云:"不是老奴扶住好,模糊几打别人门。"

《咏虾》云:"须鬐似戟双睛瞪,失水蛟龙见亦惊。"其弟孔祥,年十七,亦有句云:"见月忙将薄扇掩,怕都花影上身来。"

【译文】

新安有个姓王的,他一家人都能写诗。王蒉亭的《李夫人歌》中写道:"生前能够用回头一笑留住君主的心,死时却不愿用回眸一笑来留住君主的记忆。于是知道她结交君主自有方法,擅长得宠并非只靠美丽的外表。你难道没有见到,她生于长门,死在钩弋!"

他的兄长王于庭和他相比,不轻易作诗,但有很多佳句。他的《病起》诗中

李夫人像，图出自《百芙新咏》。李夫人为汉武帝宠姬，后因病重，武帝时常前往探望，而李夫人始终背时武帝，不以正面侍君，说是病颜憔悴，怕有损在武帝心中的美好形象。故清人在《李夫人歌》中写道："生能一顾留君心，死不肯一顾留君忆"。

说："修长的翠竹好像是可怜我带病起来，它那青春的竹色轻垂着一动不动。"

《示儿》诗中说："劝诫你即便是一小段时间也一定要珍惜，到头来秋天的花儿总要被春花取代。"

他的儿子名叫养中，作有《醉归》诗："要不是老家人上前把我扶住，我昏头昏脑几乎要去敲打别人家的大门。"他的《咏虾》诗中说："虾儿胡须像戟一样挺直双眼圆睁，连离了水的蛟龙见了它都会吃惊害怕。"他的弟弟孔祥，年仅十七岁，也作有诗句："看到月亮升出我忙用手中的蒲扇遮掩，害怕花影会映到我的身上。"

一九

【原文】

《荆楚岁时记》以七月八日雨为洒泪雨。说本荒唐。然赋诗非失之笨,便失之迂,将错就错,以伪为真,方有风味。一说煞味又索然。余与香亭同作,忽王甥健庵有句云:"不解女牛分别意,一年有泪一年无。"两人叹其超绝。

【译文】

《荆楚岁时记》中把每年七月八日的雨称为洒泪雨。这个说法本来就很荒唐。但为此所作的诗不是失于笨拙,就是失于迂腐,将错就错,把假的当作真的,才有风味。只采用一种说法不仅大煞风景又索然无味。我和香亭一同写诗,忽然外甥王健庵吟成一句诗:"不了解织女牛郎分别的深意,一年哭泣一年却没有眼泪。"我们两个人都称赞这首诗的超群绝伦。

二〇

【原文】

马相如有《渔父》诗,云:"自把长竿后,生涯即水涯。尺鳞堪易酒,一叶便为家。晒网炊烟起,停舟月影斜。不争鱼得失,只爱傍桃花。"真王、孟也。有人传其"月影分明三李白,水光荡漾百东坡",则弄巧而反拙矣。

【译文】

司马相如作有《渔父诗》诗中说:"自从手握钓竿当了渔父后,也就把自己的一生交给了这一汪池水。一尺长的鱼儿正好可以去换酒,一叶扁舟就是我的家。傍晚晒起渔网点起炊烟,把船儿停在水中时月亮已经西斜。不求捕的鱼有

多少,只爱在桃花旁闲度残生。"大有王维、孟浩然田园诗的风格。

有的人传唱他的那句"描写月影赶得上三个李白,歌唱水光荡漾超过了百个苏东坡"诗,不免有些弄巧反成拙了。

【原文】

福建布政使张廷枚,有《瓶花绝句》云:"垂帘莫放西风入,留取寒香在草堂。"吾乡诗人沈方舟主于其家,遗稿在焉。张三使高丽。杭堇浦赠云:"一参羽猎长杨乘,三绘《宣和奉使图》。"

【译文】

福建布政使张廷枚,作有《瓶花绝句》诗,诗中写道:"垂下竹帘挡住西风,好让幽寒的花香留在这草堂之中。"我家乡的诗人沈方舟曾在他家中小住,因而他的遗稿得以保存下来。张廷枚曾经三次出使高丽。杭堇浦赠给他一首诗:"长杨乘坐的船队旌旗招展,你三次出使像是绘制了《宣和奉使图》一样。"

【原文】

咏始皇者:朱排山先生云:"诗书何苦遭焚劫,刘、项都非识字人。"崔念陵进士云:"刘、项生长长城立,枉用民膏筑万里。"

【译文】

歌咏秦始皇的诗有:朱排山先生的:"你何苦要把诗书都焚烧掉,刘邦和项

秦始皇像,选自《剑锋春秋》。

羽都不是熟读诗书的文人。"进士崔念陵的:"刘邦、项羽还年轻时雄伟的长城
已经修起来了,你白白花费了民脂民膏来筑建它。"

二三

【原文】

刘介石请仙,忽乩盘大书云:"眼如鱼目彻宵悬,心似柳条终日挂。月明风
紧十三楼,独自上来独自下。"众人惊曰:"此缢鬼诗也!"至夜,果有红妆女子犯
之。乃急毁其盘而迁寓焉。

【译文】

刘介石作法请仙,他忽然在占卜用的沙盘上狂写了一首诗:"眼睛像鱼眼似
的整夜突起,心却如柳枝一般终日悬垂着。十三楼上月儿明亮疾风紧吹,一个
人影独自爬上楼去又走了下来。"旁边的人惊讶地说:"这是吊死鬼妖的诗!"到

了夜里,果然有一个全身红色装扮的女子来冒犯他。刘介石急忙把在沙盘中写的诗破坏掉,然后搬了家。

二四

【原文】

写怀,假托闺情最蕴藉。仲烛亭在杭州,余屡为荐馆;最后将荐往芜湖,札问需修金若干。仲不答。但寄《古乐府》云:"托买吴绫束,何须问短长?妾身君惯抱,尺寸细思量。"宋笠田宰鸠江,官罢,想捐复。余劝其不必再出山。已而宰两当,以事谪戍,悔不听余言,亦札外寄前人《别妓》诗云:"昨日笙歌宴画楼,今宵挥泪送行舟。当时嫁作商人妇,无此天涯一段愁。"某明府欲聘陈楚南,以路远不决。陈寄《商妇怨》云:"泪滴门前江水满,眼穿天际孤帆断。只在郎心归不归,不在郎行远不远。"

【译文】

抒发情怀,假借女儿闺情最是含蓄。仲烛亭在杭州的时候,我多次把他推荐给人家作私塾先生,最后终于被推荐到了芜湖,我去信问他需要准备多少盘缠。仲烛亭不正面回答,只给我寄来了一首《古乐府》,诗中说:"托你买江南产的绸缎做衣裙,你为什么还要问绸缎的长短尺寸呢?妾的身体你经常搂抱,大小尺寸可以你仔细考虑。"宋笠田在鸠江做县令,被罢官后,想用捐钱的方式恢复官职。我劝他不要再重入仕途。不久他做了两当的县令,因为办错了事被降职去守边,他很后悔不听从我的劝告,也像仲烛亭那样在书信之外又附了前人的《别妓》诗,诗中说:"昨日还在雕花酒楼中饮酒载歌载舞,今夜却洒泪为你远行的船儿送别。那时候我若是嫁给了一位商人,也就不会有今日天涯海角的这段相思离别苦。"一位知府想要聘请陈楚南,因为他离得太远而犹豫不决。陈楚南寄给他一首《商妇怨》,诗中说:"我的眼泪滴滴洒落把门前的江水都加满了,眺望着天边的一片孤帆我望眼欲穿。问题只在于郎君你心里想不想回家,而不在于路程远不远。"

二五

【原文】

鲍步江《有赠》云："双烟已换博山香,正对金荷卸晚妆。手剔兰煤须仔细,好留半焰解衣裳。"

【译文】

鲍步江在《有赠》诗中说："两炷博山香在屋中点燃,她正对着荷叶铜镜卸下晚妆。用手拨剔灯芯时一定要仔细,要留下一丝火焰供褪除衣裙时照明。"

二六

【原文】

安庆鲁凤藻《有赠》云："携得芳枝返故村,悔将玉貌共花论。低声还向小姑嘱,阿母跟前莫要言。"陈梦湘《嘲某》云："画莺衫子褪轻红,料峭春寒豆蔻风。双鬓乱云堆未稳,日高犹是背人拢。"商宝意《喜环娘到》云："药饵急须财病后,佩环亲自解灯前。"金台衡《赠妓》云："春葱欲送玫瑰酒,冷暖先教樱口尝。"皆善言儿女之情。

【译文】

安庆人鲁凤藻在《有赠》诗中写道："手携一枝芳香的花树我返回故乡的小村庄,后悔不该把她的美丽容颜和花儿相提并论。我压低声音向妻子的小姑嘱咐几句,在母亲面前千万不要提及此事。"陈梦湘在《嘲某》诗中说："织着凤凰鸟的粉红色衣衫稍稍褪色,在春寒料峭的风中飘来豆蔻草的香味。双鬓上的头发像乱云一样没有束好,日上三竿她还在那里偷偷背着人拢头发。"商宝意在

《喜环娘到》的诗中写道:"生病后草药要赶紧配制,在灯前我亲自为你解下玉佩和耳环。"金台衡在《赠妓》诗中说:"春葱似的玉人手臂要把玫瑰色的葡萄酒送给我,是冷还是暖我让她的樱桃小口先尝一下。"这些诗都善于写儿女之情。

二七

【原文】

写景有句同而意不同者:元人云:"石压笋斜出。"宋人云:"断桥斜取路。"近人刘春池云:"鸟喧晴树乐于人。"鲁星村云:"炎天几席热于人。"啸村云:"雪中无陋巷。"星村云:"远岸无高树。"皆句同而意不同也。亦有句不同而意同者,如:"岸阔树难高","远树浪头生"与"远岸无高树"意思相同,皆不害其为佳也。

【译文】

描写景物的诗有句式相同但意思却不同的:元朝人的诗中说:"竹笋在石块的挤压下斜着长出。"宋朝人的诗中说:"桥断了只得从斜刺里寻找道路。"近人刘春池写道:"晴朗的天空下,鸟儿在树上喧闹,人们为此而高兴。"鲁星村作诗一首说:"暑天里桌几竹席比人的体温还热。"啸村有诗说:"大雪中巷子都同样的整洁悦目。"星村有诗说:"遥远的江岸边的树看上去都很低矮。"这些都是句式相同但意思却全然不同的诗。也有句式不同但意思却相同的诗句,例如:"河岸越宽阔对岸的树就显得越矮,""远处河对岸的树像是生长在浪头上,"这两句诗与"遥远的江岸边的树看上去都很低矮"这句诗意思都一样,但却丝毫不会影响到它们的妙处。

二八

【原文】

余有句云:"人无风趣官多贵。"一时不得对。周青原对:"案有琴书家必贫。"吴元礼对:"花太娇红子必稀。"

【译文】

我做有一句诗:"缺少风趣的人多半是高官贵人。"一时之间想不出下联。周青原对出下联:"书桌上有琴和书的家庭一定是贫穷的人家。"吴元礼也对出一句:"十分娇贵红艳的花儿它的后代一定很稀少。"

二九

【原文】

雍正乙卯春,余年二十,与周兰坡先生同试博学鸿词于杭州制府。其时,主试者:总督程公元章,学使帅公念祖。诗题是《春雪十二韵》,因试日下雪故也。先生有句云:"堆从梨蕊销难辨,进入梅花认亦稀。"今乾隆戊申矣,其孙云翮为上海令,招余入署,谋刻先生诗集,因得重读一过。追忆五十四年前同试光景,宛然在目。

【译文】

雍正朝乙卯年春天,我和周兰坡先生在杭州制府中一同参加考试,检验平生所学的广博学识和鸿篇巨作。当时的主考官是总督程元章,学使帅念祖。诗的题目是《春雪十二韵》,是因为考试当日正午下了一场雪的缘故。周兰坡先生作成了一首诗:"飞雪飘落到梨花中立刻融化让人难以分辨,飞撒入梅花中同

样很难认清。"

现在已是乾隆戊申年了,周先生的孙子云翮在上海做县令,请我到他的官府中,商量着出版周先生的诗集,我因此得以又重新阅读了一遍那首诗。回想起五十四年前我们一同应试时的情景,都历历在目。

三〇

【原文】

余方送鲁星村出门,而雨势将下。鲁吟云:"雨声犹在云,风色已到树。"余为击节,命司阍者录登门簿中。鲁曰:"我不料公之爱诗若此也。"大笑去。

【译文】

我正要送鲁星村出门的时候,天下大雨转眼就要落下。鲁星村吟诗一首:"雷雨声虽然还在云端响起,但狂风已把树枝吹得摇摆不定。"我为他击掌喝彩,随即让看门人把诗抄录在门前的记事簿上。鲁星村说:"我没想到袁先生喜爱诗句到了这般地步。"说罢大笑着走去了。

三一

【原文】

余泊舟滕王阁下,有扬州孙生名湘者见访,自言相慕垂三十年。见示《蕉窗八咏》,《绳》云:"飞扬莫入幽人室,一种芬芳不称君。"《蝶》云:"偶因误堕金钱劫,耻逐青蚨一处飞。"孙故庠生,工吟咏,为人司禺荚事,既而悔之,故寄托如此。

【译文】

我的小船停泊在滕王阁下,有一个叫孙湘的扬州书生前来拜访我,他说他仰慕我已有三十多年了。他把他作的《蕉窗八咏》诗拿给我看,其中《蝇》诗中说:"不要飞到那位幽雅美丽的女子屋中,那里的芬芳气味和你大不相称。"《蝶》诗写道:"偶然因为错误跌入了金钱的劫难中,不屑追逐着青蚨(虫名,借指铜钱)一同飞舞。"孙湘是以前扬州府学中的生员,精于吟诗咏句,曾给别人管事并出谋划策,不久又后悔了,因此写诗寄托了这种心情。

三二

【原文】

余在南昌,谢蕴山太守招饮,以诗见示;题其妾姚秀英小照云:"宜男花小最宜春,故故相偎意态真。并作一身形与影,不应仅号比肩人。"太守有《升官图》五排最佳,警句云:"森森罗众宿,粲粲列周庐。考制遵三百,登贤占一隅。凭陵争入局,将相遂分途。唾手功名得,推班气象殊。握拳矜后获,制胜在中枢。偶尔观成败,从何论智愚。云泥区尺幅,升降在须臾。"

【译文】

我在南昌的时候,太守谢蕴山请我前去饮酒,席间他把诗作拿给我看;他在为小妾姚秀英的画像所题的诗中写道:"她最适合男人的口味就像最适合春天的一朵小花,故故相偎依情真意深。两人合成一个身影,不应该仅把夫妻称为比肩人。"谢太守有《升官图》五言诗句写得最好,其中的警句说:"众位星宿森然罗列,锦服亮丽地排列在周围。考查官制遵照三百的定例,登上贤人之位占据了一方宝地。争相排挤以进入官场,将相因此分道扬镳。功名唾手可得,推次排序后气象果然不同。手握拳头对后来者保持矜持,制胜之机在于中枢之地。偶尔可以看出成败,从何处能够谈论智慧和愚蠢。区区尺余宽的云雾,升降就在须臾之间。"

䷓ 三三

【原文】

余七十以后,遇宴饮太饱,夜辄不适。读黄莘田诗曰:"老似婴儿防饮食,贫如禁体作文章。"叹其立言之妙。然不老亦不能知。古渔有句云:"老似名山到始知。"

【译文】

我七十岁以后,遇到酒宴中吃得太饱,就会整夜不舒服。我读到了黄莘田的一首诗:"年迈如同婴儿注意饮食一样令人担忧,贫困好似按严格的文体来做文章一样使人头疼。"我感叹他诗文立意的巧妙。但是年龄不老也就没有阅历,不能知天命,陈古渔有一句诗:"老年就像名山一样只有到了那儿才知道它的真面目。"

䷓ 三四

【原文】

讥刺语,用比兴体,便不露。英梦堂云:"桃花嗜笑非无故,燕子矜飞太自轻。"陈古渔云:"无名草长非关雨,得暖虫飞不待春。"皆有所指也。

【译文】

讽刺的话语,若是使用比喻和衬托的手法,便不会太显露。英梦堂在诗中说:"桃花喜欢笑并非是无缘无故,燕子因为身轻而骄傲地高飞。"陈古渔在诗中说:"无名的草儿生长出来和雨水并没有关系,天气暖了虫儿不等春天来到就飞了出来。"这几首诗中都是另有所指的。

三五

【原文】

余游天台,诗人张雨村外出,其子秀墀,极尽东道之谊。雨村寄诗,有"千山结翠延词客,一杖挑云过石梁"之句。余读其《天台游稿》,一路访求,如得导师焉。

【译文】

我在天台山游玩时,恰逢诗人张雨村外出不在家,他的儿子张秀墀非常热情地招待了我,尽了主人的情谊。雨村寄来诗作,其中有"千山相连翠碧连天吸引来了大诗人,拄着拐杖经过石梁时拐杖似乎可以挑起云朵"的诗句。我读着他的《天台游稿》,一路之上寻访风景名胜,如同得到了向导。

三六

【原文】

李竹溪守广东惠州,《归赠》云:"此行曾向贪泉过,留得冰心见故人。"呜呼! 竹溪真能不愧此言,故记之。

【译文】

李竹溪在广东省惠州任太守,他作有《归赠》诗:"此行我曾经路过贪泉,但我要保持我清廉的气节回去会见老朋友。"啊! 李竹溪真的能够不愧此言,因此我记下了他的诗句。

三七

【原文】

严冬友尝诵厉太鸿《感旧》云:"'朱栏今已朽,何况倚栏人?'可谓情深。"余曰:"此有所本也。欧阳詹《怀妓》云:'高城不可见,何况城中人?'"或称东坡"冻合玉楼寒起栗,光摇银海炫生花。"余曰:"此亦有所本也。晚唐裴说诗:'瘦肌寒起栗,病眼馁生花。'"

【译文】

严冬友曾经给我背诵厉太鸿《感旧》诗:"'朱红色的栏杆如今已经朽烂,更何况当年倚栏幽叹的人儿?'真可以说是一往情深。"我回答说:"这首诗是有所模仿的。欧阳詹在《怀妓》诗中说:'高高的城楼高不可见,更何况城中的人呢?'"有的人称赞苏东坡的诗"被冰雪包围着的白玉似的小楼在寒冷中颤抖,阳光照耀着银色的海面折射出炫目的光辉。"我说:"这首诗也是模仿来的。晚唐诗人裴说有诗一首:'瘦弱的身体因寒冷而颤抖,生病的双眼因饥饿而产生幻觉。'"

三八

【原文】

钱竹初《题豫让桥》云:"爱士须爱彻,畜马尽马力。长刍数束豆数升,纵有骅骝气先塞。"余亦《题养马图》云:"一挑刍草三升豆,莫想神龙轻死生。"

【译文】

钱竹初在《题豫让桥》诗中说:"爱护士兵要爱得彻底,养马也要挖掘它的

全部潜力。几捆长长的野草加上几升豆料，即便是骓骝骏马也会闭过气去。"我也曾写过《题养马图》诗，诗中说："只用一挑青草和三升黄豆，别想让你神龙般的马儿为了你不顾生死。"

<h1 style="text-align:center">三九</h1>

【原文】

近人怀古诗，有绝佳者，不能全录：如光禄沈子大《赤壁》云："漫讶东风烧北岸，可知赤帝在南军。"太史杜紫纶《戏马台》云："尽教宿土归刘氏，剩有斯台与项王。"王麟照侍郎《平原村》云："八王兵甲无臣主，两晋文章有弟兄。晚节不堪思鹤唳，旧交闻已赋莼羹。"姜西溟《乌江》云："《虞歌》曲尽怨天亡，潮落沙平旧战场。千里江东羞不渡，六朝曾此作金汤。"

项羽像，图出自明·天然撰《历代古人像赞》。项羽的事迹为后人景仰，历代诗人的咏史诗多以项羽的故事为题材。

【译文】

近世之人的怀古诗作,有不少非常好,但不能一一抄录:例如光禄大夫沈子大的《赤壁》诗:"人们都惊讶于吴蜀联军借东风火攻大败北岸的曹军,可曾知道汉朝皇族的后代刘备在南岸的军队中。"太史杜紫纶在《戏马台》诗中写道:"就算旧有的土地全部被刘邦占据了,还会有这座戏马台陪伴着项羽。"

侍郎王麟照在《平原村》中写道:"八王之乱时兵荒马乱已不分君臣,在两晋的诗文中要数陆机、陆云两兄弟。晚节不保想起战场上的风吹鹤唳真是不堪回首,老朋友听说后已经吟诵了莼菜汤。"姜西溟在《乌江诗》中说:"虞姬的歌声唱尽怪怨天亡项羽,乌江旧战场上潮水落下沙滩平静。虽然有千里广阔的江东可作为根据地,但项羽却羞于去见江东父老,东吴、东晋、宋、齐、梁、陈这六个国家都凭借它而固若金汤。"

四〇

【原文】

汉军刘观察廷玑,号葛庄,康熙间诗人。或嫌其诗过轻俏,然一片性灵,不可磨灭。《渔家》云:"一家一个打鱼舟,结得姻盟水上浮。有女十三郎十五,朝朝相见只低头。"《偶成》云:"闲花只好闲中看,一折归来便不鲜。"

【译文】

绿营军观察刘廷玑,号葛庄,是康熙朝年间的诗人。有的人嫌他的诗有些轻浮俏皮,但诗中洋溢着性情灵气,这一点却不可被磨灭。他在《渔家》诗中说:"渔民们一家一户都有一只打渔船,他们之间互相结亲长期生活在水面上。这家有十三岁的女儿,那家有十五岁的青年,天天见面时都害羞地低下了头。"《偶成》诗中写道:"悠闲的花儿只能在悠闲中欣赏,把它采折回家就不新鲜了。"

四一

【原文】

沈椒园太史所居烂面胡同,接叶亭汤西崖少宰之故居也。丁巳,余主其家,记其《秋夜》云:"薄病闲身坐小厅,乡心三度见流萤。水云凉到庭前树,一夜秋声带雨听。"

【译文】

太史沈椒园所居住的烂面胡同,和汤叶亭(汤西崖)少宰的故居相邻。丁巳年,我在他家小住,记录下了他的《秋夜》诗,诗中说:"偶然小病我闲坐在小厅中,好几次看到飞动的萤火虫勾起了我的思乡情。阴雨中天井中的树木也在凉风中抖动,在夜里我听到了秋风带雨的萧瑟声。"

四二

【原文】

布衣史青溪诗云:"多情自古空余恨,好梦由来最易醒。"余反其意云:"只求无好梦,转觉醒时安。"唐人《咏梦》云:"乍觉犹言是,沉思始觉空。"

【译文】

平民百姓史青溪在诗中说:"从古到今多情的人总会白白地给自己带来怨恨,美好的梦境历来是最容易被惊醒的。"我反着他的意思作诗一首:"如果只是希望不要有好梦出现,反而会觉得还是醒来的时候最安全。"唐朝人有一首《咏梦》诗,诗中说:"刚开始还感觉所说的很对,仔细一想方知道原来是一场空。"

四三

【原文】

宋牧仲抚苏州,为唐六如修墓。韩宗伯慕庐题云:"在昔唐衢常恸哭,只今宋玉与招魂。"俗传太白捉月而死。李孚青《题太白楼》云:"脱身依旧归仙去,撒手还将月放回。"余按:《宋史》有唐寅,名伯虎,亦在《文苑传》。

【译文】

宋牧仲在苏州任巡抚的时候,给唐六如修建坟墓。宗伯韩慕庐题诗说:"在以前有唐衢常为他痛哭,如今只有宋玉来给你修墓招魂。"民间传说李太白为了去捉水中的月亮而被淹死。李孚青在《题太白楼》诗中说:"脱离人世仍然是回到仙界去,撒开手还是把月亮放了回来。"我下按语:《宋史》中有唐寅这个人,名叫伯虎,还可参见《文苑传》。

四四

【原文】

蒲城雷国楫,字松舟,撰《龙山诗话》二卷,官松江丞;有"云行花荡水,风动草浮山"之句。彭芝亭先生赠以诗云:"官阁哦诗思不群,一编风雅抗吾军。情亲吴会山间友,身带函关马上云。吊古频怀杨伯起,论诗应继杜司勋。篚中剑气双龙跃,那向江头看夕曛。"

【译文】

蒲城人雷国楫,字松舟,撰写有《龙山诗话》二卷,在松江县作县丞;作有"云朵在天上飘行落花在水中漂荡,劲风吹过草儿在山坡上起伏不定"的诗句。

国学经典文库

随园诗话

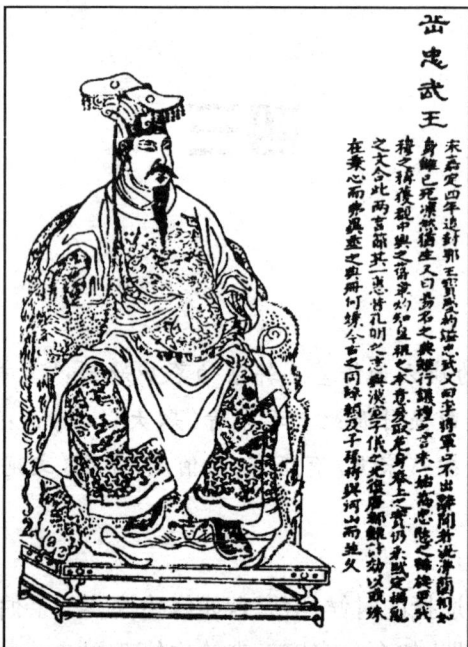

岳飞像，图出自清·上官厨绘《晚笑堂画传》。岳飞，南朝名将，宋嘉
定四年被追封为鄂王，谥忠武，又称岳武穆、岳忠武王。

彭芝亭先生赠给他一首诗，诗中说："身居官府吟诗在思想上能不同凡响，编写
风雅的诗作和我辈一争高下。和吴会山的朋友们情深意切，骑着马一身风尘仆
仆，还带着函谷关上的云彩。凭吊古事多次怀念杨伯起，谈论诗作应该是继承
了杜司勋的风格。书箱中剑气隐隐像是有双龙跳跃，移到江头观赏落日的余
晖。"

四五

【原文】

凡诗带桀骜之气，其人必非良士。张元《咏雪》云："战罢玉龙三百万，败鳞
残甲满天飞。"《咏鹰》云："有心待捉月中兔，更向白云高处飞。"韩、范为经略，
嫌其投诗自媒，弃而不用。张乃投元昊，为中国患。后岳武穆驻兵之所，江禁甚
严。有毛国英者，投诗云："铁锁沉沉截碧江，风旗猎猎驻桅樯。禹门纵使高千

尺，放过蛟龙也不妨。"岳公笑曰："此张元辈也。速召见，以礼接之。"

【译文】

凡是诗文中带有倔强不驯服气息的，那么作者一定不是个好文人。张元曾作《咏雪》诗一首，诗中说："和三百万玉龙刚刚打完，只见残败丢弃的龙鳞盔甲满天飞舞。"他在《咏鹰》诗中说："有心去捉那月亮上的玉兔，于是更向白云生处高飞。"当时韩琦、范仲淹任经略使，嫌弃他献诗有自我吹捧的含义，于是丢弃了他的诗并且不任用他。张元于是便投奔了西夏国王元昊，成为北宋的一大祸患。

后来，岳飞领兵驻扎的地方，对江面严加封锁。有一个叫毛国英的人前来献诗一首："沉重的铁锁把黄绿色的大江拦腰截断，战船的桅杆上旌旗在风中猎猎作响。即便是禹门有千尺高，把蛟龙放下来也冲不破这严密的封锁。"岳飞笑着说："这个人是张元一类的人。赶快召见他，要有礼貌地接待他。"

四六

【原文】

咏雪佳句：缪雪庄云："卷帘半树带花落，吹烛一窗如月明。"

章智千云："伏枕旅人惊看月，扫阶童子学为山。"陈明卿云："填平世上嵚崎路，冷到人间富贵家。"皆昔人所未有。

【译文】

咏唱飞雪的佳句有：缪雪庄的"卷起竹帘只见树上雪花飘落，吹熄蜡烛发现窗外一片洁白如同明月当空一般。"

章智千的"旅客们躺在床上惊奇地看着月亮，童子清扫着台阶上的雪并堆成了小山的形状。"

陈明卿的"雪花填平了世上高低不平崎岖蜿蜒的道路，把寒冷带进了人间的富贵人家。"这几首诗都是前人所未曾写过的。

随园诗话

四七

【原文】

游山诗,贵写得出。陶庭珍《盘豆驿》云:"丛山如破衣,人似虱缘缝。盘旋一线中,欲速不得纵。"沈石田《天平山》云:"登临风扶身,谈笑云入口。直上忽左旋,方塞复旁剖。"洪稚存《林屋洞》云:"盘涡既深入,覆釜不获仰。微白怵来踪,扪黑撼虚象。凭湍同矢注,转迳识蛇枉。不惜口耳濡,惊此腹背响。"梅岑《极乐峰》云:"碎石随足动,危迳不容步。支笻愁孤撑,扪葛等悬度。欲止势难留,将前意终怖。"万柘坡《盘山》云:"青山喜客来,为首相拱揖。中峰极云深,旁岭俨鱼立。行人踏树梢,飞鸟触屐齿。后来用尾衔,先到试足揣。"宗介帆《磨笄山》云:"分明寻丈恰隔里,指点平夷偏落陡。东西俄转望若失,呼应已逼侍还久。中央簇簇攒牛宫,四角层层布鱼笱。更疑去路即来处,几讶迷途欲退走。入世敢云肱折三,立峰顿觉肠回九。"沈树本《磨笄山》云:"回顾不见入山处,此身已在盘中住。百千旋折眼生花,三五回环神失据。才思左往复右行,正欲仰登先俯注。坡平幸获寻丈宽,径仄只留分寸度。鞭丝帽影蚁悬窗,马足车轮蛇绕树。乍阴乍阳日向背,在前在后风来去。山远不逾三十里,山高不越万余步。从卯到酉历未穷,自壮至老陟犹误。"

【译文】

写游玩山景的诗作,贵在写出亲临其境的感受。陶庭珍在《盘豆驿》中说:"丛山峻岭就如同破烂的衣服一样,人们就像虱虫一样沿着衣缝向上爬。在狭窄的山路上左拐右拐,想走快些却又不想放纵自己的脚步。"沈石田在《天平山》诗中说:"登至山顶极目眺望时山风疾吹恰好扶住人的身体,谈笑间云雾就飘入了人的嘴中。沿山路向上径直爬去时忽又向左拐去,山路看似被堵住时一旁又露出一条小道。"洪稚存在《林屋洞》诗中说:"山洞盘旋着像漩涡一样深入,又像一口倒盖的大锅让人不能仰望。洞中稍有亮光人们便因为看清了来时的崎岖道路而害怕,摸黑前行时又被面前虚幻的景象所吓倒。紧挨游人身体的急流如同飞箭似的流下,在小路上蜿蜒前行才知道了蛇的弯曲。我不惜嘴脸被水打湿,惊讶于这前后呼应的声音。"梅岑在《极乐峰》诗中说:"脚下的碎石随

着脚步在滚动,危险的山路容不得游人迈开步伐。拄着竹杖我为只有这一个支撑而发愁,拉紧葛藤等待走过峭壁。想要停下来地势又不允许,想继续向前又感到害怕。"万柘坡在《磨盘山》诗中说:"青翠的群山向客人们露出了笑脸,像马头那样向游人点头作揖。当中的主峰高耸到云雾深处,旁边的山峰也威严地鱼贯而立。行人走在山路上几乎踩到了山下的树梢,飞翔着的鸟儿险些碰到了游人的鞋。后面的人紧跟着前面的人走,前面的人却不停地用脚试探着路。"宗介帆在《磨盘山》诗中说:"看上去分明只有一丈多宽其实却有一里多宽,原本指点着的一片平地偏偏往下涌落成陡坡。东转西转看上去好像是迷了路,朋友的呼应声已经很近了但仍要等很久才能见到人。中央石块耸立组成了牛宫的形状,四角上层层山峦像是个大鱼篓。甚至怀疑前面要走的路就是来时走过的路,几次担心迷路想退回去。来到这个地方我敢说肱骨已经折断了三次,站立在峰顶我立即感到有如九曲回肠胸中无比舒畅。"沈树本在《磨盘山》诗中说:"回头望去已然不见了进山时的路口,我们已经完全进入了这座山。山路蜿蜒转得我头晕眼花,绕了几个大圈后我便心中紧张起来。刚想向左走一会儿路又往右拐。正想向上攀登却要先向下移动。平缓的山坡幸好有几丈宽,狭窄的小道却仅有分寸之宽。鞭梢、帽影和虫蚁都在马车窗上出现,马儿拉着车子就像蛇绕着树爬那样行进。天空忽阴忽晴太阳时前时后,风儿也在车的前后无规律地刮着。前面的山看上去不会超过三十里远,高也不会超过一万多步。但我从早晨卯时走到下午酉时还是没走完,自壮年跋涉到老年也还是没爬过去。"

四八

【原文】

　　余常劝作诗者,莫轻作七古。何也?恐力小而任重,如秦武王举鼎,有绝脰之患故也。七古中,长短句尤不可轻作。何也?古乐府音节无定而恰有定,恐康昆仑弹琴,三分琵琶,七分筝弦,全无琴韵故也。初学诗,当先学古风,次学近体,则其势易。倘先学近体,再学古风,则其势难。犹之学字者,先学楷书,后学行草,亦是一定之法。杭堇浦先生教人多作五排,曰:"五排要对仗,不得不用心思。要典雅,不得不观书史。但专作五言八韵之赋得体,则终身无进境矣。"

【译文】

我经常劝诫作诗的人,千万不要轻易作七言古诗。为什么呢? 是恐怕能力小而任务太重了,就好比是秦武王举鼎,有把膑骨折断的危险。七言古诗中,长短句尤其不可轻易写作。

为什么呢? 古乐府诗中音节看似无规律其实恰恰是有规律的,轻易去写恐怕会像康昆仑学弹琴,有三分琵琶的味道,又有七分古筝弦乐的旋律,全然没有琴的韵味,这就是原因。刚开始学诗,应当先学古代的民歌,再学近体诗,这样学起来才会容易些。倘若先学近体诗,再学古代民歌,这种情形也会很难。就像学习书法的人,先学习楷书,后学习行草,这也是必然的方法。杭堇浦先生教导学生多作五言诗,他说:"五言诗讲求对仗,因此不得不要花费心思去做。它又讲求典故和文采,学习者不得不去学习诗书和历史。但如果只作这种五言八韵类型的诗,则你一辈子也不会有进步。"

四九

【原文】

汤扩祖《春雨》云:"一夜声喧客梦摇,春风送雨夜潇潇。不知新水添多少,渔艇都撑近板桥。"庄廷延《听雨》云:"梅花风里雨霏霏,人卧空堂静掩扉。一夜沧浪亭畔水,料应陡没钓鱼矶。"二诗相似,均有天趣。

【译文】

汤扩祖在《春雨》诗中说:"一夜雨声把行客从梦中唤醒,黑夜里春风吹潇潇。也不知道究竟下了多少雨,只知道撑小渔船时都已碰着了木板桥。"庄廷延在《听雨》诗中说:"带着梅花香的风儿吹落了绵绵细雨,我躺在空空的屋子中静静地掩上了门。一夜过后沧浪亭畔的水,料想应该把供钓鱼用的石块淹没。"两首诗很相似,都很有天然的情趣。

五〇

【原文】

有中丞某,自称平生不好名。余戏之曰:"人之所以异于禽兽者,以其好名也。孔子曰:'君子去仁,恶乎成名?'又曰:'君子疾没世而名不称焉。'大圣人尚且重名如此,后世人不好名而别有所好,则鄙夫事君,无所不至矣。"屈悔翁云:"才子多贪色,神仙不好名。"不如司空表圣曰:"名能不朽轻仙骨,理到忘机近佛心。"高东井《赠方子云》曰:"从来贫士贪留客,未有庸人解好名。"

【译文】

有一位中丞,自称平生不喜好名声。我打趣地说:"人之所以和禽兽有区别,就在于他的喜好名声。孔子说:'君子抛弃仁义,难道是厌恶成名吗?'他又说:'君子最怕人死了但却没有名声流传于世。'像孔子这样的大圣人尚且这么看重名声,后世的人不喜好名声却另有所好,就会像庸俗鄙陋的人侍奉君主,什么事情都能做得出来。"屈悔翁在诗中说:"才子们大多好色,神仙不喜好名声。"这句诗不如司空表圣说得好:"名声能使人不朽于世而瞧不起神仙,追求道理到了忘记俗事的时候就接近了佛学的境界。"高东井在《赠方子云》诗中说:"从来穷人都爱挽留客人,却没有庸俗的人能够理解为何要喜好名声。"

五一

【原文】

王次回诗,往往入人心脾。余年衰无子,宾朋来者,动以此事相询,貌为关切,余深厌之,有诗云:"厌听人询得子无,些些小事不关渠。逍遥公有儿孙累,未必云烟得自如。"后见次回句云:"最是厌人当面问,凤凰何日却将雏?"余评

女以肤如凝脂为主。次回亦有句曰:"从来国色玉光寒,昼视常疑月下看。"

【译文】

王次回的诗,往往能打动人的内心。我年老却没有儿子,来访的宾客朋友,动辄便询问此事,表面是关心我,但我却很讨厌,作了一首诗说:"厌恶听别人询问我有没有生了儿子,这些琐碎小事和你们无关。逍遥公就被儿孙所累,未必有我这般闲云野鹤自由自在。"后来见到了王次回的诗,诗中说:"最讨厌别人当面追问我,尊夫人什么时候生孩子?"我评论女子的美貌都以肤色如凝脂般为主要标准,次回也有诗一首说:"从来那些国色天香的女子的肌肤上都闪着白玉的光芒,为她们作画时看上去常常怀疑她们是在月光下。"

五二

【原文】

《爱日斋丛谈》云:"《琵琶记》为明初王四弃妻而作。太祖恶之,谪戍海外,致伯喈贤者,蒙此恶声。"不知南宋时,有诗刺高宗云:"陌头盲女无愁恨,犹抱琵琶说赵家。"放翁亦云:"身后是非谁管得,沿村听唱蔡中郎。"似乎《琵琶记》,宋时已有。

【译文】

《爱日斋丛谈》中说:"《琵琶记》是明朝初年一个叫王四的人因为抛弃了妻子而创作的。明太祖朱元璋很讨厌他,就把他发配到了海外,致使他这样一位像伯喈一样的贤人,遭受了如此的恶名声。"却不知南宋时,有一首诗讽刺高宗说:"田间的小路上一位盲女心中没有其他的愁和恨,只是抱着琵琶弹着婉约的曲子诉说着赵家王朝。"陆游也说过:"谁能管得了死后的是是非非,沿着小村听到琵琶女在唱着蔡中郎的故事。"似乎《琵琶记》这本书在宋朝时就已经有了。

五三

【原文】

厉太鸿《宋诗纪事》，采取最博。余阅《北盟会编》，为补所未采者，如：徽宗在五国城诗，曰："噬脐有愧平燕日，尝胆无忘在莒时。"李若水曰："五鼓可回千里梦，一官妨尽百年身。"宇文虚中云："传闻已筑西河馆，自许能肥北地羊。"皆佳句也。金主亮《中秋无月词》云："恨剑锋不快，一一挥断紫云根，要见嫦娥体态。"亦颇豪气逼人。

【译文】

厉太鸿的《宋诗纪事》中，博采众书，广征博引。我阅读了《北盟会编》，为《宋诗纪事》补充了没有收录采用的诗，例如：徽宗在五国城时所作的一首诗，诗中说："吃螃蟹有愧于平定燕地的日子，舐尝苦胆是为了不要忘记在莒县的那段时间。"李若水在诗中说："鼓楼中的五声鼓响把我从漫游千里的梦中唤醒，做一次官影响了我一生的声誉。"宇文虚中在诗中说："听说黄河西边设立了管理机构，自认为可以为养肥汉北的羊群起作用。"

这些都是好的诗句。大金国皇帝完颜亮在《中秋无月词》中说："只恨我的剑锋不快，想把天上的紫云斩断，见到嫦娥婀娜多姿的体态。"诗中很有些咄咄逼人的豪迈气势。

五四

【原文】

作诗能速不能迟，亦是才人一病。心余《贺熊涤斋重赴琼林》云："昔着宫袍夸美秀，今披鹤氅见精神。"余曰："熊公美秀时，君未生，何由知之？赴琼林

不披鹤氅也。"心余曰:"我明知率笔,然不能再构思。先生何不作以示我?"余唯唯。迟半月,成七绝句,心余以为佳。余乃出簏中废纸示之,曰:"已七易稿矣。"心余叹曰:"吾今日方知先生吟诗刻苦如是;果然第七回稿胜五六次之稿也。"余因有句云:"事从知悔方徵学,诗到能迟转是才。"

【译文】

作诗可以快却不能慢,这也是才子们的一个毛病。心余在《贺熊涤斋重赴琼林》诗中说:"昔日身穿宫袍人们都夸他美丽秀气,今天披上白色披风越发显出他的精神焕发。"我对他说:"熊涤斋先生相貌美丽秀气的时候,你还没有出生,怎么会知道呢? 去琼林是不用身穿白色披风的。"心余说道:"我明知这一句诗写得草率,但却不能再构思下去了。先生您何不作首诗给我做示范呢?"我答应了。半个月后,我作成了一首七言绝句。心余看后认为是首好诗。我于是拿出了纸簏中作废诗稿给他看,说:"这首诗我已改写了七遍了。"心余感叹地说:"我今天才知道先生您作诗竟是如此的刻苦用功,这第七次的修改稿果然要比前五六次的诗稿高明得多。"我因此又吟成了一首诗:"做事从知道后悔后才会去追求学习,写诗到了能够放慢速度的人才真是人才。"

五五

【原文】

黄莘田《重赴鹿鸣》云:"得染新香本旧栽,桂花重为故人开。月宫不是玄都观,也学刘郎去又来。""云阶月地事如何? 谁共《霓裳》咏大罗? 未免被他猿鹤怨,小山连日有笙歌。"

【译文】

黄莘田在《重赴鹿鸣》诗中说:"我以前栽种的桂树使我得以沐浴在新香中,它为老主人再次开放。月宫虽然不是玄都观,但我也要学刘郎去了又来。""云雾缭绕月光普照的台阶上人儿在做什么? 是谁在像《霓裳曲》那样歌唱罗衣? 当然不免要被山中的猿猴和仙鹤埋怨,因为连日来这座小山上笙箫歌曲不

断。”

五六

【原文】

《全唐诗》凡和尚道士仙人,都无好诗。不如才鬼山魈,颇有佳句。

【译文】

《全唐诗》中凡是和尚、道士、神仙等人的诗都没什么好诗。倒不如那些被认为是山魈鬼才的怪才们往往能写出佳句。

五七

【原文】

诗人笔太豪健,往往短于言情;好征典者,病亦相同。即如悼亡诗,必缠绵婉转,方称合作。东坡之哭朝云,味同嚼蜡,笔能刚而不能柔故也。阮亭之《悼亡妻》,浮言满纸,词太文而意转隐故也。近明杭堇浦太史《悼亡妾》诗,远不如樊榭先生,今摘数首为比例。历《哭月上》云:“一场短梦七年过,往事分明触绪多。捫管自称诗弟子,散花相伴病维摩。半屏凉影颓低鬓,三径春风曳薄罗。今日书堂觅行迹,不禁双翳为伊皤。”“无端风信到梅边,谁道蛾眉不复全。双桨来时人似玉,一查去后月如烟。第三自比清溪妹,薄命已知因药误,残妆不惜带愁描。闷凭盲女弹词话,危托尼姑祝梦妖。几度气丝先诀别,泪痕兼雨洒芭蕉。”“郎主年年耐薄游,片帆望尽海西头。将归预想迎门笑,欲别俄成满镜愁。消渴频繁供茗碗,怕寒重与理薰篝。春来憔悴看如此,一卧枫根尚忆否?”廖古檀《悼亡》云:“合欢花瓣委轻尘,风雨边城不见春。苦忆小窗扶病起,脂五粉褪写遗真。”商宝意《哭环娘》云:“待年略住娉婷市,却聘曾嫌富贵家。还余清净

三生体,欠汝滂沱泪数行。"宝山黄燮鼎《悼亡》云:"无多奠酒谙卿量,未就埋香谅我贫。"皆言情绝调。董浦先生诗,以《岭南集》为生平极盛之作。《题陈元孝遗像》云:"南村晋处士,汐社宋遗民。湖海归来客,乾坤定后身。竹堂吟莫雨,山鬼哭萧晨。莫向崖门去,霜风正扑人。""秋井苔花渍,荒庐蜃气蒸。飞潜雨难问,忧患况相仍。拄策非关老,裁衣只学僧。凄凉怀古意,岂是屈、梁能。""巢覆仍完卵,皇天本至公。《蓼莪》篇久废,薇蕨采应空。劫已归龙汉,家犹祭鬼雄。等身遗著在,泉下告而翁。""袁粲能无传,嵇康亦有儿。古人谁汝匹,信史岂吾欺?寂寞徒看画,苍凉只益诗。怀贤兼论世,凄绝卷带时。"此种诗,悲凉雄壮,恐又非樊榭、宝意所能矣。

【译文】

诗人的文笔过于豪迈,往往就会在表达言情上有所不足;喜好引用典故的,也会犯同样的毛病。好比哀悼死者的诗,必须要写得情意缠绵婉转,方称得上合体之作。苏东坡为朝云而含泪写下的诗,如同嚼蜡一般没什么味道;因为他的文笔刚阳豪迈却不善于写温柔言情。阮亭的《悼亡妻》诗中,满纸的空洞话语,是因为他使用了太多的文绉绉的典故而使真情实意被掩盖了。近来太史杭董浦的《悼亡妾》诗,远比不上樊榭先生,现摘录几首做些比较。历《哭月上》诗中说:"过去的七年就像一场短促的梦,往事历历在目触动了我满怀的哀思。你执笔写诗时自称是我的弟子,我生病时你又撒着花陪伴着像病维摩似的我。半扇屏风的凉影遮盖着你低低的发髻,几缕春风吹动了你薄薄的罗裙。今日我到书房之中想再次寻找你的踪影,不禁我的双鬓为你生出了白发。""漫无目的的风儿把信捎到梅花边,是谁说你的蛾眉不再完整。来的时候我们共摇双桨你那似玉的容颜,你梳妆用的镜奁不再使用后月光如烟朦胧。你排行第三常把自己比作清溪妹,这个最小的姑娘遇到了白石仙。小楼上的碧玉栏杆我一一重新倚靠,追忆那美好的岁月我怎能忍受断肠相思之苦!""病中你轻倚绣枕静坐在秋夜中,听遍江城中遥远的更漏声。你已经知道薄弱的命运是被药物耽搁了,不惜带着忧愁去描绘惨淡的妆梳。烦闷时听凭盲女弹唱词话,病危时请尼姑们作法祈祷神妖。几度气若游丝我俩提前作了诀别,滴滴泪珠混着雨滴洒落在芭蕉叶上。""薄情郎年年都外出游历,你眺望着海西尽头的一片孤帆。我快回家时你设想着要笑着迎出大门,临离别前镜中的你转眼满脸愁云。为解渴频繁地烦劳你沏茶,怕冷又重新把炉火点燃。春天来临时你是如此憔悴,还记得你独卧枫树下的情景吗?"廖古檀在《悼亡》诗中说:"合欢花的花瓣在轻轻的尘土上委谢,边城中风雨连天不见春日。带病站在小窗前苦苦回忆,脸上脂粉的消褪记

录了遗下的真实。"商宝意在《哭环娘》诗中说："等待出嫁的年龄时娉娉多姿的你小住在城市中,曾因为嫌弃那个富贵的人家而推却了聘礼。""还给我一生中清净的身体,欠你数行滂沱泪流。"宝山人黄燮鼎在《悼亡》诗中写道:"祭奠你的酒不多是因为熟知你的酒量,没能很好地埋葬你请原谅我的贫穷。"这些都是抒发感情的千古绝唱。杭堇浦先生的诗作,要算《岭南集》是他一生写作高峰期的代表作。他在《题陈元孝遗像》诗中写道:"南村是晋朝的处士,汐社是宋朝的遗民。你是从江湖中归来的游客,今后将在天地间自由生活。在竹堂中吟诗歌唱暮日小雨,山鬼

兰革图,出自《唐诗画谱》。清人有"兰草同心多半弱,海棠自恨不能香"之句

哭泣着萧索的清晨。不要到崖门去,那儿的寒风刮得正紧。""秋日的深井边长满了苔藓和小花,荒废的草庐上虚幻的蒸气在升腾。今后的命运是飞黄腾达还是隐居虽然还不清楚,但对国家人民的忧患之情依旧。手拄拐杖并不是因为老迈,裁剪衣服只是向僧人们请教学习。这一份悲凉的怀古伤感之情,又岂是屈原、梁鸿两人能比得上的。""鸟巢翻倒鸟蛋仍然完好无缺,老天爷本来就是最公道的。很久不读《蓼莪》篇了,薇菜蕨菜也都应该被采空了。在劫难逃你的魂已升天,家中仍祭奠你这位鬼魂中的英杰。留下了齐身高的著作,在九泉之下可以告慰你的父亲。""袁粲怎能没有传人,嵇康也有儿子继承父业。古人中有谁能和你媲美,真实的历史又怎会欺骗我?寂寞时只有欣赏图画,心中的苍凉感也只对写诗有好处。胸怀才智又能谈论世事,还给这个时代一幅凄绝的画卷。"这种诗,写得悲凉而又雄壮,这恐怕又不是樊榭、商宝意所能写得出的。

随园诗话

五八

【原文】

金陵何南园、陈古渔俱能诗而贫,余不能资助,常诵唐人句云:"相知惟我独,无补与人同。"又《自讼》云:"兰草同心多半弱,海棠自恨不能香。"

【译文】

金陵人柯南园、陈古渔都擅长写诗,但家境贫寒,我不能够用钱帮助他们,因而经常诵读唐朝人的一首诗句:"你们的相知只有我一个人,但却和别人一样没法帮助你们。"此外,我在《自讼》诗中说:"兰草心儿一致却大多很脆弱,海棠花恨自己不能散发出沁人的芳香。"

五九

【原文】

诗者,人之精神也;人老则精神衰葸,往往多颓唐浮泛之词。香山、放翁尚且不免,而况后人乎?故余有句云:"莺老莫调舌,人老莫作诗。"

【译文】

诗,能够反映人的精神面貌;人老了精神也衰退萎缩了,因此写的诗往往大多是颓废萎靡空洞无力的话语。白居易、陆游也不能逃过这一步,何况后人呢?因此我做了一句诗:"黄莺老了就不要再啼叫了,人老了就不要再写诗了。"

六〇

【原文】

劝人知足者:杭州汪积山先生有句云:"盈虚物理都如许,那有东餐宿又西。"楚中戴喻让孝廉有句云:"天地犹憾尧、舜病,人生何必为其尽。"二意相同,而俱足以醒世。戴屡赴礼围,不第,归颜其室曰佳士轩。人问:"君自命为佳士乎?"曰:"非也。'佳'字不成'进'字,为欠一'走'耳。"

【译文】

劝诫别人知足的诗句,杭州汪积山先生有一句:"事物道理的盈足和缺乏都是一定的,哪里有在东边吃了饭又要去西边住宿这样贪便宜的。"湖北人戴喻让孝廉有一句:"天和地都还为尧、舜的病亡而遗憾,我们这一生又何必要长生不老。"二句诗的意思相同,但都足以用来提醒世人。

戴喻让多次去应试礼部的科考,都没有中举,回家后在屋子的门楣上挂一块匾,上写:佳士轩。有人问他:"你是自诩为佳士吗?"他回答说:"不是。'佳'字之所以没有成为'进'字,是因为缺了一个'走'字。"

六一

【原文】

本朝高文良公,诗为勋业所掩;不知一代作手,直驾新城而上。如:《值夜》云:"一幕新寒雨后生,宫槐黄叶下重城。意中故国偏无梦,风里银河似有声。万马夜嘶秋待猎,一封宵奏远论兵。杞人孤坐听残角,落月光中太白明。"其他佳句,雄壮则:"宴罢白沉千帐月,猎回戏上六街灯。""自在骑牛今贤子,苦辛逐鹿昔英雄。"奇惊则:"风铎闲同山魅语,鬼灯红出寺门游。""万点城乌惊曙鼓,

一炉村酒闪风灯。"绵丽则："白蘋风细鱼苗长,红杏花深燕子低。""老树无花三月半,旧游如梦六年馀。"委婉则："白月无声秋漏水,红灯有影夜楼深。""天涯日日思归日,觉有归期日倍长。"淡宕则："长河暂伏潜仍出,高岭遥看到恰平。""才穿云过扪衣润,欲觅诗行任马迟。"至于"东南生意偕谁计,数仰江云掉白头",则又大臣报国忧民,深情若揭矣。

本朝赏花翎、黄马褂,最难着笔。公诗云："冠飘孔翠天风细,衣染鹅黄御气浓。"庄雅独绝。

【译文】

本朝的高文良先生,他的诗被他所建立的功勋业绩所掩盖;人们却不知他作为一位独领风骚的诗人,成就要经直凌驾于新城之上。例如他的《值夜》诗中说："雨后突然变冷,宫中槐树上的黄叶飘落在皇宫层层的楼台中。心里想去看看故国偏偏又无梦可做,秋风中天上的银河好像也有了声响。夜中万马齐鸣等待着外出秋猎,趁夜给皇帝上奏谈论边疆的战事。我像杞人忧天似的孤独地坐着倾听远处断断续续的号角声,月光洒落地面东方的太白金星已经亮了。"他的其他好诗句,诗风雄壮的有："酒宴散后白色的月光笼罩在军营的帐篷上,打猎归回红色的灯笼已在多条大街上点亮。""今日的孩童们悠闲自在地骑着牛儿,而当年英雄们为了打江山而辛苦争夺。"诗风奇妙敏锐的有："悠闲的风铃像是山中的精灵的碎语,寺门外红色的灯笼像是鬼灯一样在游动。""清晨的鼓声惊飞起千万只小鸟,风中灯光闪烁显示出小山村的酒店。"诗风缠绵婉丽的有："细风轻拂白色的蘋草,水中的鱼苗在自由地生长,绝色的杏花浓浓燕子们在低空中盘旋。""这棵老树已经三个半月没有开花了,六年前的那次游历还像梦一样萦绕在心间。"诗风委婉的有："白色的月光无声无息地照着漏壶中的水在永不停息地滴着,小楼上的红灯笼的影子说明夜已很深了。""人在天涯无日不思念着回家,当归期临近时又觉得日子过得特别长。"诗风恬淡而无约束的有："长长的河流虽说是暂时屈服却仍偷偷流走,远远看去的那座高高的山峰到了近处却是一片平地。""刚刚穿云而过回手摸衣服还是湿的,行走时为了寻觅好诗句而听任马儿缓慢地走。"至于这首"东南地方的民生大计要和谁商议,我几次仰望江上的白云轻轻摇着白发苍苍的头"诗,又把大臣报国忧民的深情恰如其分地显现出来。

关于本朝赏花翎顶戴、赐穿黄马褂的事,最难在诗中下笔。高文良先生有诗一首："冠帽上飘动着密密麻麻的翠绿色花翎觉得天上的风儿都柔和了,身着鹅黄色的黄马褂散发出浓浓的皇家风度。"写得端庄典雅,自成一绝。

六二

【原文】

《望海诗》：朱草衣云："地影全无着，天形转不高。"沈子大云："天水无边孤月在，鱼龙欲起大风生。"王次岳云："晓传鼍吼占风起，夕闪鱼睛讶日生。"江舟次云："万里全凭针作路，六时只见浪摇天。"

【译文】

关于《望海诗》：朱草衣写道："陆地踪影全无，天空也变得低矮。"沈子大写道："天水茫茫无际只有一轮孤独的圆月当空，一阵大风袭来是海中的大鱼蛟龙蠢蠢欲动。"王次岳写道："清晨传来鼍龙的吼声我推测快起大风了，傍晚海面上鱼眼闪动像是日出一样让我惊讶。"江舟次写道："万里海路全凭指南针指引，六个时辰中全都是大浪滔天。"

六三

【原文】

诗文之道，全关天分。聪颖之人，一指便悟。霞裳初见余时，呈诗十余首。余不忍拂其意，尽粘壁上。渠亦色喜。遂同游天台，一路唱和，恰无一言及其前所呈诗也。往反两月，霞裳归家，急奔园中，取壁上诗，撕毁摧烧之，对余大笑。余亦戏作桓宣武语曰："可儿！可儿！"

【译文】

写诗作文的学问，全在于人的天资如何。天资聪颖的人，稍加点拨就可以领悟。霞裳第一次见到我时，呈上了十多首诗。我不忍违背他的诚意，便把诗

全部贴在墙壁上。他看到了也非常高兴。于是我们一同到天台山游览，一路上互相吟诗相和，却都没有一句话提及他前几天呈送给我的诗。路上一往一返约两个月，霞裳回家后，急忙赶到随园中，取下墙壁上的诗，撕毁并点火烧掉了，对着我大笑起来。我也打趣地学着桓宣武的话说："孺子可教！孺子可教！"

六四

【原文】

　　苏州汪端揆秀才，与婢小珠有情。《咏秋海棠》云："海棠花嫩不禁秋，小朵含烟月下愁。记得旧时庭院里，凭人看杀只垂头。"

　　清代秀才汪端揆的《咏秋海棠》诗云："海棠花嫩不禁秋，小朵含烟月下愁。记得旧时庭院里，凭人看杀只垂头。"

【译文】

　　苏州的秀才汪端揆,和丫鬟小珠颇有感情。他写有《咏秋海棠》诗,诗中说:"娇嫩的海棠花难以抵挡秋风的摧残,一朵朵小花含着云烟在月下发愁。记得以前的庭院中,她不管别人如何盯着看只是低头不语。"

六五

【原文】

　　陈鲁斋太守梦人赠句云:"梦回碧落三千里,笔泻银河十二时。"醒后,不解。后守端州,卒于亥年。"十二时"亥也,碧落山,在端州。

【译文】

　　陈鲁斋太守梦见有人赠给他两句诗:"梦中又回到三千里青天外,在十二时笔儿泻入了银河。"他梦醒后,不理解诗中的含意。后来他在端州做太守,在亥年死去。"十二时",指的是亥;碧落山也正是在端州。

六六

【原文】

　　余幼《咏怀》云:"每饭不忘惟竹帛,立名最小是文章。"先师嘉其有志。中年见查他山《赠田间先生》云:"语杂诙谐皆典故,老传著述岂初心?"近见赵云松《和钱屿沙先生》云:"前程云海双蓬鬓,末路英雄一卷书。"皆同此意。

【译文】

　　我年幼时作的《咏怀》诗中说:"我吃每顿饭的时候都不能忘记诗书,从小就下决心靠文章来扬名。"先师夸我有志气。中年以后我见到了查他山的《赠田间先生》诗,诗中说:"言语中夹杂着诙谐并且都是典故,老年著书立说莫非是当年的心愿?"近来见到赵云松的《和钱屿沙先生》,诗中说:"前程似茫茫云海飘忽不定我双鬓蓬松贫困潦倒,陪伴末路英雄的只有一卷诗书。"这三首诗写的都是同一个意思。

六七

【原文】

　　洪素人朴性冷官京师,独与陈梅岑最厚,督学楚中,寄诗云:"三十六湖湖水清,使君鉴此自分明。琉璃砚匣生花笔,诗为怀人倍有情。"洪在部时,某相国问:"汝向人说我刚愎自用。有之乎?"曰:"然。"相国怒曰:"汝是我门生,乃谤我?"洪谢曰:"老师只有一'愎'字,何曾有'刚'字?门生因师生故,妄加一'刚'字耳!"

【译文】

　　洪素人有个姓朴的性格冷僻,在京师官场中和别人交往很少,唯独和陈梅岑交情最深,他在湖北管理学政时,曾寄诗一首说:"三十六湖湖水清澈映人,你要是来这儿照一下自然会心中分明。琉璃做的砚台盒和那枝生花妙笔,怀念故人的诗写起来格外有感情。"洪素人在京都六部中任职的时候,一个相国问他:"你对别人说我刚愎自用。有这回事吗?"他回答说:"是的。"相国很是恼怒,说道:"你是我的门生,为何这样诽谤我?"洪素人略带歉意地说:"老师您只有一个'愎'字,什么时候有过'刚'字?门生我因为师生的缘故,妄自给您加了一个'刚'字罢了!"

六八

【原文】

尹氏昆季皆能诗,而推三郎两峰为最。一日,文端公退朝,召两峰曰:"今日我惫矣。皇上命和《春雨诗》,我不及作,汝速拟一稿,我明早要带去。"两峰构成送上,公已酣寝。黎明,公盛服将朝,诸公子侍立阶下,两峰惴惴,虑有嗔喝。忽见公向之拱手,曰:"拜服!拜服!不料汝诗大好。"回头呼婢曰:"速煨我所吃莲子,与三哥儿吃。"两峰大喜过望。四公子树斋笑曰:"我今日却又得一诗题。"诸公子问何题。曰:"《见人吃莲子有感》。"(两峰名庆玉。)

【译文】

尹家兄弟几人都能作诗,其中首推老三尹两峰写得最好。一天,尹文端先生退朝回家,把两峰叫来,说:"今天我太累了。皇上命我和《春雨诗》,我来不及写出,你快给我拟成一首诗稿,我明日一大早就要带去。"两峰把诗写好送上,尹文端先生已经酣然入眠了。第二天早晨,尹文端先生穿上朝服将要上朝,几位公子都站在台阶下侍候,两峰心中惴惴不安,担心会遭到父亲的呵斥。忽然他见到尹文端先生向他拱手行礼,说:"佩服!佩服!我不曾想到你的诗写得如此好。"他回头唤来丫鬟,说:"快去把我所吃的莲子煨成汤,给三哥儿喝。"两峰喜出望外。四公子树斋笑着说:"我今日却又得到了一个好的诗题。"几位公子问他是什么题目。他说:"《见人吃莲子有感》。"两峰的名字叫庆玉。

六九

【原文】

如皋布衣江干,字黄竹,貌陋家寒;《咏疲驴》云:"落叶踏不碎,四蹄今可

知。"《咏巢》云:"草穷一生力,风碎五更心。圆影月中堕,冻痕霜外深。"《登大观台》云:"残夜海明知月上,隔江风远送钟来。"又"飘零何地托孤踪,古佛门空或见容。"俱有孟郊风味。

【译文】

如皋县的平民百姓江干,字黄竹,相貌丑陋家境贫寒;他在《咏疲驴》诗中说:"连地上的落叶都踏不碎,从它的四蹄就可以看出这头驴劳累的程度。"他在《咏巢》诗中写道:"用尽一生的气力衔草筑窝,五更时的寒风把心儿吹醉。圆圆的月影在巢中落下,深深的霜痕凝冻在巢外。"在《登大观台》诗中他写道:"入夜时海面上一片光明原来是月亮升起来了,风儿隔江送来远处的钟声。"

此外,"四处漂泊何地才能容纳我孤单的踪影,古老的佛堂寺院或许可以收留我。"这些诗都很有些唐朝诗人孟郊的风味特点。

七〇

【原文】

余游天台诸寺,僧多撞钟鼓,请余礼佛。余不耐烦,书扇示之云:"逢僧我必揖,见佛我不拜。拜佛佛无知,揖僧僧现在。"王梦楼见之,笑曰:"君不好佛,而所言往往有佛意。"陈梅岑《赠朱竹君》云:"游山灵运常携客,辟佛昌黎也爱僧。"

【译文】

我在天台山诸寺中游玩时,寺中的僧人大都击鼓撞钟,请我向佛像行礼。我对此很不耐烦,在扇上写了一首诗给他们看,诗中说:"遇到僧人我一定要作揖,见到佛像我却不愿拜。对佛像下拜佛像又不知道,给僧人作揖僧人却正在眼前。"王梦楼见到这首诗后,笑着说道:"你不喜好佛教,但所说的话却往往带有佛理。"陈梅岑在《赠朱竹君》诗中说:"游览山景时谢灵运常常携朋带友,驳斥佛教的韩愈也非常喜爱僧人。"

七一

【原文】

杭州应仔传秀才《过弋阳》云:"沙清鱼上晚,春冷燕来稀。"《郊外》云:"断崖残照晚将入,隔岸野风波欲秋。"

【译文】

杭州的应仔传秀才在《过弋阳》诗中说:"河水清澈鱼汛来得很晚,春天尚冷燕子回来得也稀少。"《郊外》诗中他写道:"断崖边残阳斜照夜晚将至,对岸毫无拘束的风吹起波浪秋天快到了。"

七二

【原文】

余赴广东,过鸠江,适梅岑官其地。与之别,扬帆二十里矣,梅岑遣人追送肴蒸,剪江而至。余诗谢云:"远寄荒江酒一尊,一帆穿破水云奔。蛟龙知是先生撰,白浪如山不敢吞。"霞裳亦谢云:"羹调金屋里,香入浪花中。"

【译文】

我到广东去,经过鸠江,正是陈梅岑做官的地方。我和他告别后,扬起风帆沿江行了二十里了,梅岑又派人追赶着送来了许多酒肉菜肴,从江边横渡而来。我作诗以示谢意,诗中说:"远远地给在荒凉的江面上远航的我送来了一坛酒,船儿乘风破浪在云雾间飞奔而下。江中的蛟龙知道是先生您送来的食物,虽说是掀起了如山的白浪却也不敢去吞食。"霞裳也作诗相谢:"美羹在金屋中调成,香气传入浪花之中。"

【原文】

唐荆川云:"诗文带富贵气者,便不佳。"余道不然。金桧门总宪《郊西柳枝》云:"西直门边柳万枝,含烟带露拂旌旗。长是至尊临幸地,世间离别不曾知。"程午桥太史《菊屏》云:"低枝芬馥当书幌,细蕊离披近笔床。六曲屏风花万叠,人间何处五更霜?"两绝句俱富贵,何尝不佳?又记宋人《富贵诗》曰:"踏青驸马未还家,公主传宣赐早茶。十二阑干春似海,隔窗闲杀碧桃花。""画烛烧阑暖复迷,殿帷深锁下银泥。开门欲作侵晨散,已是明朝日向西。""千官已醉犹教坐,百戏皆呈未放休。共看拜恩侵晓出,金吾不敢问来由。"

古人离别常以咏柳诗相赠,清人《郊西柳枝》云:"西直门边柳万枝。含烟带露拂旌旗。长是至尊临幸地,世间离别不曾知。"

【译文】

唐荆川说过:"诗文中带有富贵气味的,就不是好诗文。"我说不是这样。金桧门总宪在《郊西柳枝》诗中说:"西直门边万条柳枝飞舞,含着烟雾带着露

珠像旌旗一样飘动。这里永远是皇帝驾临的圣地,却不曾知晓世间令人悲痛欲绝的离别情。"太史程午桥在《菊屏》诗中说:"菊枝低展馥香扑面可以当作书房的帷幕,细小的花蕊离散开正接近放笔的木匣。这个六曲屏风上千万朵菊花重叠绽放,让人怀异世间什么地方还会有五更天的寒冷?"这两首绝句都写得富丽堂皇,但何尝不是好诗呢?

还记得宋朝人的一首《富贵诗》中说:"驸马外出踏青还没有回来,公主传唤赏赐他早茶。楼台中栏杆交错春天似海一样深浓,窗外的那株碧桃花却因无人观赏快要在无聊中死去。""雕花的红烛已残温暖中人儿还在贪睡,宫殿中帷幕紧闭大门深锁。等他睡醒想打开门迎接清晨时,却已是第二天斜阳西挂了。""千余名官员都已醉了仍端坐不让走,百十种歌舞都已表演过了还不肯罢休。等到第二天早晨大家拜过皇恩走出大殿时,守殿的官兵都不敢询问来由。"

七四

【原文】

赵云松观察谓余曰:"我本欲占人间第一流,而无如总作第三人。"盖云松辛巳探花;而于诗只推服心余与随园故也。云松才气,横绝一代,独王梦楼不以为然。尝谓余云:"佛家重正法眼藏,不重神通。心余、云松诗,专显神通,非正法眼藏。惟随园能兼二义,故我独头低;而彼二公亦心折也。"余有愧其言。然吾乡钱屿沙前辈读《瓯北集》而奇赏之,寄以诗云:"忽堕文星下斗台,声华藉藉冠蓬莱。探花春看长安偏,投笔身从绝城回。风雅名谁争后世,乾坤我欲妒斯才。登坛老将推衰久,不道重逢大敌来。"

【译文】

观察赵云松对我说:"我本来是想做这世上第一的人物,但却不知为何始终做排名第三的人物。"大概是因为他是辛巳年的探花;而在诗文上只推崇佩服心余和我的缘故。赵云松才气超群,在一代人中独领风骚;但唯独王梦楼不这样认为。他曾经对我说:"佛家看重正果、道理、精要和内敛;而不看重神奇变化。心余、云松的诗,在神奇变化上特别显露,这不符合佛家的正果、道理、精要和内敛。只有随园先生您能够兼做到这两点,因此我只低头臣服您一个人;对于他

们两位先生也很钦佩。"我对他的话感到很惭愧。但我家乡中的前辈钱屿沙先生读过《瓯北集》后特别欣赏，给我寄来了一首诗："天上的文曲星忽然落到了凡尘，声名才华很盛大在蓬莱仙山中称雄。春天为了欣赏花儿在长安城寻访了一遍，曾投笔从戎现在已从偏远的边疆归回。风流大雅的名声后世有谁能和你竞争，在天地间连我都要妒忌他的才华。长期以来公推袁先生你是文坛中的老将，想不到又一次遇到了有力的对手。"

七五

【原文】

常州杨青望《南涧晚归》云："岳寺风声起暮钟，残阳归去兴尤浓。停车欲认登临处，忘却西南第几峰。"陈郁庭《造假山》云："历尽嶙峋兴愈浓，归来犹自忆芙蓉。阶前叠石呼僮问，认是曾游第几峰？"两首相似，俱有"羚羊挂角"之意。

【译文】

常州人杨青望在《南涧晚归》诗中说："高山上风儿把傍晚的钟声送来。夕阳西下但我游览的兴致仍然很浓。停下车想辨认上山的路径，却忘记了是从西南方第几座山峰登山的。"陈郁庭在《造假山》诗中说："走遍了嶙峋崎岖的山路我的游兴更浓，回家后还回忆着那美丽的荷花。看见台阶前的层叠石块我连忙叫来童子询问，你认得这是我们曾经游历过的第几座山峰？"两首诗很似，都有"羚羊挂角"即羚羊晚上睡觉时把角挂在树上以预防祸患的含义。

七六

【原文】

癸未，圣驾南巡。尹太保欲觅任书记者。庄念农太守荐其族弟炘。尹公甚

重之。亡何,试京兆,不第。赵云松《送行》云:"科因一士关轻重,迹有群公问去留。"想见在都文名之盛。其子伯鸿,有父风;《咏帘钩》云:"待引春云入槛不,高悬画阁结青楼。心通恨隔玲珑望,腕弱怜将窈窕收。多婉转时能约束,未团圆处好勾留。漫言眼底除牵挂,放下依然万缕愁。"

【译文】

癸未年,皇上圣驾南巡。尹太保想寻求一人提任文书。太守庄念农推荐了他的族弟庄炘。尹太保很是看重他。不久,庄炘来京师应试,没有中举。赵云松在《送行》诗中说:"科举因为有他这样的一位人才而举足轻重,有众多的达官贵人询问他的形迹去留。"可以想象他在京城诗文名声的响亮。他的儿子叫庄伯鸿,很有其父的风度;他在《咏帘钩》诗中写道:"是要把春云引入帘栊么;高悬在雕梁画栋上也和青楼结缘。心意相通两人隔着精巧的竹帘依依不舍地相望,娇弱无力的玉手极不忍心地把帘子放下遮住自己窈窕婀娜的身姿。辗转不安时可以用它约束自己思念的心,不能团圆在一起可以用它勾起竹帘见面。都说放下竹帘后可以使眼前无牵挂,但心中的千万缕愁丝依旧。"

七七

【原文】

郭秀才麟《彭城中秋》云:"西风联袂鹿城秋,旧侣偕行话旧游。罗袜双钩人半臂,夜深谁立板桥头?"诗非不幽艳,而觉有鬼气。吴竹桥《法源寺》云:"街头日仄渐风沙,步屧闲寻古寺花。一树绿阴两黄鸟,春深门巷是谁家?"同一风调,恰是人间光景。

【译文】

秀才郭麟在《彭城中秋》诗中说:"西风中两人一同走在鹿城的秋日中,旧日的情侣携手同行中又谈起了往日的经历。一双罗袜钩在手臂上,深夜中是谁伫立在木板桥头?"这首诗并非不幽雅华丽,只是让人觉得有阴森森的鬼气。吴竹桥在《法源寺》中说:"街头上日影西斜风沙渐大,脚穿木拖鞋我悠闲地在古寺中寻找盛开的鲜花。一棵绿油油的大树上有两只黄色的小鸟在歌唱,这个春

意盎然的门户究竟谁居住的地方？"这首诗虽说和上一首风格相同，但却恰好写出人世间的景致。

七八

【原文】

名士气习多傲兀，惟锡山之顾立方进士，嘉定之李书田孝廉，恂恂讷讷，虑以下人。顾《不雨叹》云："外河水浅今成沟，内河水涸今成丘。螺蚌纷纷杂瓦石，童稚踏歌桥下游。大船抽却舵，小船沙上过。长年袖手篙师饿，估客篷窗三月坐。清晨妇子喜，浓云在天雨至矣。雨不来，风飔飔，先讹作乌尾，后涣作渔鳞，六龙跃出光陆离。朝不雨，夕不雨，老农低头泪如雨。浮云闲闲自来去。安得侬家稻，多于原上草；有雨固佳晴亦好。安得侬家田，生近沧海边；朝潮暮汐高于天。无水不可车，有稻不可割，路逢一士大笑乐，先世薄田今卖却。"李见赠云："一百八十余征士，只有先生最少年。风雅偏能兼乐寿，聪明直欲傲神仙。官如抱朴怀勾漏，人指栖霞作洞天。若使悬车须此岁，转因簪笏误林泉。"

【译文】

有名气的读书人脾气都很高傲不合群，只有锡山的进士顾立方和嘉定的孝廉李书田，为人恭敬不善言辞，能够考虑委屈自己而尊重别人。

顾立方在《不雨叹》诗中说："外河中的水很浅如今已变成小水沟，内河的水已经干涸如今已变成了小土丘。田螺和河蚌纷纷杂露在河底裸露的瓦片和石块中，天真的儿童唱着歌在桥下游走。大船只有把舵抽掉，小船从沙地上拉过。撑篙人长年袖手无事可做难以维持生计，贩货的行商坐的乌篷船已有三个月动弹不得。

清晨时分妇女儿童一片欢呼，天上浓云密布大雨就要到了。雨还没有下，凉风习习，先假装成乌尾，后又流散成鱼鳞，河中像是有六条龙跃出一样色彩繁杂。早晨不下雨，傍晚也不下雨，老农低头哭泣泪水如雨，天上的浮云悠悠飘飘去。怎样才能使农家的水稻比草原上的草还要多；有雨固然好天晴也不错。怎样才能使农家的田地临近大海边；潮水朝夕涨落比远方的天还要高。没有水不可以使用水车，有稻谷也不能去割，路上遇到一个人仰天高兴地大笑，祖上传

下来的几分薄地今日被我卖掉了。"

李书田赠诗一首说:"皇家征召的一百八十八名进士中,只有顾先生最年轻。风流雅致而又能欢乐长寿,聪明才智直可以傲视神仙。做官的例如抱朴子怀念勾漏山,还有人指着栖霞山把它当作洞天圣地。假使必须在这个时候停车永驻山林,反而是因为做官使我耽搁了隐居林泉的生活。"

七九

【原文】

某画《折兰小照》,求题七古。余晓之曰:"兰为幽静之花,七古乃沉雄之作;考钟鼓以享幽人,与题不称。若必以多为贵,则须知米豆千斛,不若明珠一粒也。刀枪杂弄,不如老僧之寸铁杀人也。世充万言,何如阮咸三语?成王冠,周公使做庆祝祝词曰:'达而勿多也。'此贵少之证也。若夫谢艾虽繁不可删,王济虽少不能益,则各极其妙,亦在相题行事耳。唐人句云:'药灵丸不大,棋妙子无多。'"或问:"如先生言,简固佳乎?"余曰:"是又不可以有意为也。宋子京修《唐书》,有意为简,遂硬割字句,几于文理不通。顾宁人摘出数条。余摘百十余条,载《随笔》中。"

【译文】

有人画了一幅《折兰小照》,请求我题一首七言古诗。我向他解释说:"兰花是一种性情幽雅宁静的花,七言古诗是一种沉毅雄壮的文体;用敲击钟鼓来款待性情幽雅的人,可以说是和题目不相符合。如果一定要把数量多作为贵重的话,那么必须知道即使是一千瓶的大米也不如一粒明珠珍贵。把刀和枪混夹着使用,还不如老僧人手中的一根铁针同样可以置人于死地。世充洋洋洒洒数万言,哪里比得上阮咸的三言两语?周成王登基称王时,周公命祝雍作庆祝词说:'意思表达到但不要多写。'这就是少反而贵重的证明。假如谢艾的文章字数虽然繁多但却不能再删除了,王济的文章字数虽少但却无法再增添;那么他们的文章各自恰到好处,也在于针对题目而行文的原因。唐朝人的一首诗说:'药灵验但药丸却不大,棋下得妙却不一定要很多子。'"有人问我说:"按照先生你所说,文字简单就一定是好文章吗?"我回答说:"这一点是不可以有意做

国学经典文库

随园诗话

一〇七九

周公像。图出自清·顾沅辑《古圣贤像传略》。武周王死后，年幼的
成王即位，周公执政。成王登基时周公嘱咐写贺词的人说，意思表达到
但不要多写，要少而精。

到的。宋子京在修纂《唐书》时，想把它编得简略些，于是便生硬地删减字句，
几乎导致了文字不通顺。顾宁人曾从中摘出过几条，我也摘录了百十条，收藏
在《随笔》中。"

⼝O

【原文】

人言黄鹤楼无佳对；惟鲁亮齐观察一联云："到来径欲凌风去；吟罢还思借
笛吹。"差胜。鲁星村云："'凌风'二字，改'乘云'二字，更佳。"

【译文】

人们说黄鹤楼上没有一幅好对联；只有鲁亮齐观察的一副对联："来到这儿

都直接想驾风而去;吟诗后还想借来竹笛吹奏。"大致不错。鲁星村说:"把对联中'凌风'二字改成'乘云'二字就更好了。"

八一

【原文】

　　文字之交,有无端而契合者;殆佛家之所谓缘耶?乙酉秋试,四方之士,来修士相见礼者甚多。予答拜章姓,误投刺于张秀才处。张大惊,次日来答。见其仪容秀整,遂招饮之。张赠诗云:"就得濒江小屋居,敢将踪迹混樵渔?平生不识金闺彦,剥啄无端到敝庐。""篮舆款款赴清凉,夹路松花间稻香。一院青山人不见,飞来岚翠满衣裳。"

　　"折柬招邀酌旧醅,主人原是掞天才。两江月旦归名士,又报文星入座来。"(时梁阶严公适至。)

　　"《霓裳曲》度广寒宫,鉴槛银灯照碧空。夜半酒阑星斗醉,天风吹堕小池中。"秀才名邦弼,苏州人。

【译文】

　　通过文章结下的交情,常常无缘无故却非常默契投缘;大概这就是佛家所说的缘分吗?乙酉年秋天的会试,四面八方的读书人向我修书致礼的很多。我给一个姓章的回信答谢,却把信误投到张秀才的住所去了。

　　张秀才大吃一惊,第二天连忙亲自来答谢。我见他外表端正相貌堂堂,于是就招呼他留下饮酒。张秀才赠诗一首说:"租得临江的一间小屋居住,哪里就敢把自己的行踪混同在樵夫渔人之中?平生并不认识您这位深居的饱学之士,不料您竟会无缘无故到我的寓所敲门拜访。"

　　"竹轿吱吱呀呀地走向清凉世界,路两旁松树鲜花夹道中间还夹杂着稻谷的清香。青山隐隐院中不见人影,满天弥漫的山雾和翠绿萦绕在我的身边。"

　　"有人送来请柬邀请我去喝酒,主人原来是一位很铺张的天才。两江的月亮照着清晨归来的名士,又有人通报一位大文人又到了。"当时梁阶严先生刚好到来。

　　"《霓裳曲》传到了广寒宫,照射着栏杆的银灯照耀着深碧的天空。午夜时

随园诗话

吃完了酒像是连星斗都喝醉了,被天上的大风吹落到小水池的中央。"张秀才名叫邦弼,是苏州人。

八二

【原文】

河东君藏一唐镜,背铭云:"照日菱花出,临池满月生。官看由帽整,妾映点妆成。"查他山《金陵杂咏》刺之云:"宗伯奁清世莫知,菱花初照月临池。点妆巾帽俱新样,不用喧传镜背词。"

【译文】

河东君收藏着一面唐代的铜镜,镜子背面刻着铭文:"照着太阳就会有菱花出现,临着水池镜中会有一轮满月。做官的用它来察看衣帽是否整齐,女人用它来梳妆打扮。"

查他山在《金陵杂咏》中讥讽了这些铭文:"世人不知宗伯的镜匣很明净,初照菱花镜时月亮已升上了水池。用来打扮的披巾和帽子都是新式样,用不着再宣扬镜子背面的铭文。"

八三

【原文】

诗以进一步为佳:杜门悬车,高尚也;而张宝臣《致仕》云:"门为看山宁用杜?车还驾鹿不须悬。"别离,苦事也;而黄石牧《送别册子》云:"一度送行传一画,人生那厌别离多。"《寄衣》,古曲也;而盛青嵝《出门》云:"检点篮中裘葛具,早知别后寄衣难。""打起黄莺儿",惧惊梦也;而朱受新《春莺》云:"任尔楼头啼晓雨,美人梦已到渔阳。"

【译文】

诗作以能深入一定为好诗:闲门不出把车子悬起,这是种高尚举动;但张宝臣在《致仕》诗中说:"大门是为欣赏远处的山而开的,为什么一定要关上?车子还要用鹿来拉没有必要高高悬起。"

别离,是一件令人痛苦的事;但黄石牧在《送别册子》诗中说:"送别一次就为后世传下一幅动人的图画,人生在世怎么会嫌弃别离太多呢。"

《寄衣》是一首古曲;但盛青嵝在《出门》诗中说:"检查清点背篓中的毛布衣物,老早就知道离别后再寄送衣物就很困难了。"

"赶走黄莺儿"是担心它会扰乱好梦;但朱受新在《春莺》诗中说:"任凭清晨的雨中它在小楼前随意歌唱,美人儿在梦中已来到了遥远的渔阳。"

八四

【原文】

春学士台,常言其门人谢又绍侍郎乞病养母。人问:"何不奏终养而奏病耶?"曰:"为人子,养可也;闻'终'字,便伤心耳。"其《忆母》诗云:"儿来前:自尧经今凡几年?儿可记,自尧经今凡几帝?儿时应对稍逡巡,母怒恋色旋喝嗔。陈篚逊志学人责,稽古胡不如妇人?吁嗟!母言在耳,儿颜犹泚,安得我母常嗔儿常泚?于今劝学无闻矣!"鸣呼!今士大夫溺于时文之学,谈及史鉴,衰如充耳;读先生诗,能无作乎?先生名道承,福建晋安人。

【译文】

学士春台常常向人说起侍郎谢又绍请求因病辞职回家侍奉老母亲的事。有人问谢又绍:"为何你不上奏侍奉老母终养天年两要上奏请求因病辞职呢?"他回答说:"作为儿子,侍奉老母亲是本分;只要一听到'终'这个字,我便会很伤心。"

他在《忆母》诗中写道:"儿子我来到母亲的面前:母亲问从尧到现在共经过了多少年?我儿可曾记得,从尧到现在共经历了多少个皇帝?我回答得稍有犹豫,母亲就面生怒色立刻呵斥批评我。苦读牢记史书是读书人的职责,查考

古史你为何还比不上一个妇道人家？哎！母亲的话萦绕在我耳畔，儿子我现在仍汗颜满面，怎样才能让我母亲常常能呵斥我使我汗颜呢？现在世上这种劝勉别人学习的事已经听不到了！"啊！当今做官的读书人一味沉迷于时下流行的八股文学，谈到历史并对照当世时，袖手旁观，充耳不闻；我读谢先生的诗，怎能不感到惭愧呢？谢先生名字叫道承，是福建晋安人。

八五

【原文】

解中发秀才，馆尹文端公家。一日，鲍雅堂来访，见十四公子庆保。问年几何。曰："十四岁。"

鲍戏出对云："十四世兄年十四。"解应声曰："三千弟子路三千。"杭州沈既堂在高相公署中，公出对云："可能子面如吾面？"沈应声曰："未必他心即我心。"

【译文】

秀才解中发在尹文端先生家的私塾中执教。有一天，鲍雅堂前来做客，见到了尹家的十四公子庆保。问他多大年龄。他回答说："十四岁。"鲍雅堂开玩笑地做出上联："十四公子年龄只有十四岁。"

解中发应声对出下联："三千个弟子却有三千条不同的道路。"杭州人沈既堂在高相公的官署中时，高相公做出上联："你的长相可能会和我的长相相似吗？"沈既堂应声对出下联："他人的心思却未必就是我的心思。"

八六

【原文】

永安寺壁上有梅田女史题诗云："灵妃齐驾玉龙回，留得清阴满绿苔。来岁

春风一相待,囊琴便约懒仙来。"(所云"懒山",不知何人。)

【译文】

　　永安寺的墙壁上写着女史官梅田的一首题诗:"灵妃一同驾着银白的玉龙飞回,只留下永安寺满院的清凉和绿苔。来的时候一路上春风吹拂,用口袋装起瑶琴便去相约懒仙。"这里所说的懒仙,不知是什么人。

【原文】

　　金姬小妹凤龄,幼鬻吴门作婢,余为赎归,年十四矣,明眸巧笑,其姊劝留为峻室,凤龄意亦欣然。余自伤年老,不欲为枯杨之稊,因别嫁隋氏,为大妻所虐,雉经而亡。余哭以诗。一时和者甚多。新安巴隽堂中翰云:"粉蛾贴幛尘沾幕,绰约佳人嗟命薄。恼鸦打凤海难填,桃叶离根泪珠落。往事泥中善说诗,吴音娇软含春姿。因情割爱反成悔,缔非其偶尤堪悲。驾材讵足亲仙骨?狮子何曾怜委发?风传柑果味全殊,雨暗合欢花不发。锄兰门内影枸泙,伤哉逝水难归瓶!芳魂仍返仓山早,虚廊簌簌鸣幽筱。"

　　杨蓉裳亦有《凤龄曲》云:"汝南太史人中杰,文采风流世无敌。羊侃筵前摆袖围,马融帐外金钗列。我是彭宣到后庭,隔帏丝竹许同听。酒酣怅触平生事,向我低徊说凤龄。凤龄本是苏台女,贫向豪家傍门户。牙郎那解惜娉婷,灶妾由来耐辛苦。携出淤泥一瓣莲,青衣乍脱便登仙。漫拈郭璞三升豆,判费初明十万钱。关情三五韶年纪,逋发初齐试罗绮。碧玉娇痴未有夫,桃根婉转长依姊。爱惜盈盈掌上身,恐教辜负永丰春。谁言络秀堪同老,愿把西施别赠人。堂前文燕多宾从,隋郎风貌偏殊众。照影人夸城北徐,嬉春女爱墙东宋。珍偶相看已目成,许将红粉嫁书生。重重锦帐凭私语,叩叩香囊易定情。兰期初七银河度,啼痕满面登车去。从此茫茫万劫尘,回头迷云仙山路。铜街别馆贮娇姿,踪迹难教大妇知。绡帐香浓檀枕暖,一缕丝络几多时。宜城郡主威名重,搜牢惊破巫云梦。浪说王家九锡文,短辕长柄成何用。架上抛残金缕衣,篋中夺去紫鸳篦。粉痕狼籍云鬟卸,扶入车中不敢啼。檀郎隔绝无由见,秋雨秋风闭空院。九转柔肠对暗灯,千行愁泪吟团扇。绝粒非关爱细腰,典衣何计度寒宵。

肤凝寒玉心还热,口嚼红霞怨不销。忍苦含辛经半载,九死穷泉更何悔。只是难忘旧主恩,留将一线残魂待。更念同根两地分,兰帏应亦痛离群。一朝霎梦花辞树,百种痴情泥忆云。谁知路比蓬山峻,更无青鸟通芳讯。绣领幌迎那许还,黄柑遥赠知无分。(二句用本事。)絮果兰因去住难,挤将弱息自摧残。腰间三尺冰文练,百转千回掩泪看。黄昏人静重门闭,逡巡竟向南枝系。红蜡才灰辗转心,冰蚕永断缠绵意。郁郁埋香土一杯,长干西去板桥头。空林鹃语三生恨,幽圹萤飞独夜愁。浮花浪蕊消弹指,毕竟韶颜为谁死。杀粉亲书堕泪碑,燃脂好续伤心史。只悔当初作鸩媒,生将珠玉委蒿莱。纵教采尽中州铁,铸错无成剧可哀。"

洪稚存嫌容裳诗,多肉少骨。余曰:"张燕公评许景先丰肌腻理,惜乏风骨;李华文词绵丽,气少雄杰。宋子景亦云:'恃华者质少,好丽者壮违。'人各有性之所近也。"

蓉裳年十六,即来受业,为余注四六文方半,而出宰甘肃矣。与陈梅岑皆翰林才,而困于风尘俗吏,亦奇!

【译文】

我的一个姓金的姬妾有一个小妹叫金凤龄,年幼时被卖给了吴门做丫鬟,我把她赎了回来,已经十四岁了,明眸善睐,笑靥可人,她的姐姐劝我把她留做小妾,金凤龄也欣然同意。

但我自感年事已高,不愿像枯老的杨树生出新芽那样再娶少妻,金凤龄于是就嫁给了姓隋的人家,受到隋家正妻的虐待,上吊而亡。我哭泣着写诗悼念。一时间有许多人写诗相和。

新安人巴隽堂中翰在诗中说:"粉蛾趴在围幛上尘土沾满了帷幕,风姿绰约的佳人却可惜命薄。因乌鸦攻击凤凰而恼火却无法把怨海填平,我的眼泪如同桃叶离开根茎一样纷纷滚落。往事永驻心中善于用诗来表达,娇柔的江浙口音饱含春情丽姿。因于感情而忍心割爱不料反铸成大错,嫁给了不匹配的人才更为悲伤。驽马似的人物不愿亲近你那仙姿风骨?狮子般凶残的人什么时候惜怜过委身于它的人?风儿吹拂口中吃的柑果已索然无味,雨儿默默地洒落合欢花再也没有绽开。门内倩影倾斜是你荷锄栽种兰花,倒出的水难以回归瓶中多么令人悲伤!一缕芳魂仍然早早地回到仓山中,空无一人的画廊中只听见幽竹的簌簌声响。"

杨蓉裳也写有《凤龄曲》:"汝南太史是人中的英杰,文采出众才华风流世上无人能比。羊侃的酒宴前舞女们长袖飘飘,马融的军帐外美女们排列成行。

我像彭宣一样来到后院，被允许一同隔着帐幔聆听丝竹小曲。酒喝到好处触发了平生的往事，向我低语慢慢地说起了凤龄姑娘。凤龄本是苏台地方的姑娘，因为贫穷而到豪门大户作丫鬟。买卖的中间人哪里知道怜香惜玉，作为奴仆在厨房中历来要忍受辛劳。她是出污泥而不染的一瓣莲花，青色的衣裳刚刚脱去便登天化成了仙子。信手拈来郭璞的三升大豆，断定要初明花费十万贯铜钱。十五岁的锦绣年华正是情窦初开的妙龄，一头美丽的秀发刚刚齐整便要试穿五彩的衣裙。像碧玉姑娘那样娇柔怀疑她还有夫君，似桃根仙子那样长大后依然跟随着她的姐姐。爱惜她那轻盈娇小可以在掌上起舞的身躯，恐怕会辜负了她有如永丰那样的美好的青春。是谁说络秀可以白头偕老，甘愿把这西施般的美人赠给他人。堂前温柔的燕子都听从跟随她，隋姓郎君的才华相貌偏偏又与众不同。面对镜子人们都夸他有城北徐公那样的相貌，追逐青春的女子喜爱住在东边像宋玉一样的美男子。这一对好伴侣一见面就在目光中露出许可之意。于是答应把这位红颜丽人嫁给隋姓书生。重重锦缦中任凭他们低声细语，手儿拉着手儿用香囊最容易定情。初七定为迎娶日银河可渡，她满面泪痕哭泣着登车而去。从此沦入了茫茫尘世中的万劫千难，回头望去迷失了通往仙山的路径。在铜街另置了一座别馆让她容身，她的踪影却不敢让正妻知晓。绫绡锦帐中香气醉人檀木枕更觉温暖，一缕丝络又能绕多长时间。正妻宜城郡主威名远扬，她命人到处搜寻惊破了两人的巫山云雨梦。她胡说皇家有九纸命令，车辕短小而车柄很长怎么能相配使用。衣架上的金缕衣被扔破了，梳妆箱中刻有紫凤的笼子也被夺走了。泪痕把脸上的脂粉冲掉乌发披散，被强扶到小车中还不敢啼哭。从此和郎君隔离起来无法见面，被关闭在一所空空的院落中只有秋风秋雨相伴。空有九转柔肠只能面对昏黄的灯火，洒下千行忧愁的泪水在圆扇上写下了伤心的诗句。她拒绝进食并不是因为喜欢细小的腰身，变卖了衣物怎么能度过寒冷的长夜。肤如凝脂似寒玉她的心口还有热度，同一缕红绡结还了自己的生命但心头的怨恨却难以消除。含辛茹苦地忍耐了半年，已历九死直抵黄泉路又何必后悔。只是难以忘却旧主的恩情，愿半一缕残魂留下相侍。更惦记着一对夫妻两地分离，夫妻被隔离更应令人心痛。花儿从树上飘落就像是做了一场噩梦，百种痴情只能停留在对浮云的追忆中。谁知道此去竟比蓬山还要险峻，又没有书信相通讯息。彩车频繁前来迎接哪许你回来探望，遥赠去橙黄的柑橘我知道也不会分到你的手上。（这二句说的确有其事。）离散的结局使美好的结合难以留住，她放弃了自己弱小的生命自杀了。她的腰间围着三尺长绞练似的冰冷冷的彩带，犹豫不决的她多少次含着泪再看着它。黄昏时人迹杳无紧闭上重重门户，她徘徊再三还是把红绸挂上了树枝。红蜡刚刚成灰辗转跳动

随园诗话

的心就停止了跳动,冰蚕似的绸练永远地勒断了她那缠绵的情怀。郁郁寡欢地用土埋葬了她,就在那长干西面的木反桥头。听着空旷的树林中杜鹃的啼叫引发了三生的仇恨,看到幽静的池塘上飞来飞去的萤火虫我独自在静夜中忧伤。她的生命像浮花浪蕊弹指间消逝,那美丽的容颜究竟为了谁而憔悴死去。倒去脂粉亲自书写让人落泪的碑文,烧掉胭脂以便继续写下这段伤心史。只是悔恨自己当初做了个可恶的媒人,生生地把一块珠玉扔到了蒿叶杂草之中。纵然让我把中州地方的铁全部采尽,铸成大错或是没有成功都是很值得悲哀的事。"

洪稚存嫌弃杨蓉裳的诗血肉多却缺少骨干。我说:"张燕公评论许景先的诗文细腻丰满,可惜缺乏雄健有力的风骨;李华的诗文华丽而情意绵绵,只是缺少雄健出众的风格。宋子景也说:'依仗辞藻华丽的诗文往往缺乏质朴的风骨,喜好美词的诗文不一定就气势雄壮。'人在性情上各有偏好罢了。"

杨蓉裳在十六岁的时候,就跟随我学习,给我注解四六体诗文刚有一半,就到甘肃做官去了。他和陈梅岑都有翰林学士的才华,却困扰于风尘和俗吏之中,也是位奇才!

几几

【原文】

断句入耳,有终身不能忘者。言情,则周兰坡《送别》云:"临行一把相思泪,当作珍珠赠故人。"写景,则周起渭《西湖》云:"若把西湖比明月,湖心亭是广寒宫。"

寄托,则朱赞皇《咏牡丹》云:"漫道此花真富贵,有谁来看未开时?"感慨,则徐方虎《赠冒辟疆》云:"人逢沧海遗民少,话听开元旧事多。"

【译文】

有一些精妙的诗句片段一入耳就令人终生不能忘记。

抒发感情的,有周兰坡《送别诗》,诗中说:"临行前我把一把相思泪水,当作珍珠赠给远行的老友。"

描写景致的,有周起渭的《西湖》诗,诗中说:"若是把西湖比作月亮,那么湖心这就是广寒宫。"

托物言表志的，有朱赞皇的《咏牡丹》诗，诗中说："都说牡丹花代表着富贵，可是有谁在它还没开放的时候就来欣赏它呢?"感叹伤怀的诗，有徐方虎的《赠冒辟疆》，诗中说："人们遇到战乱巨变后能幸存下来的不多，聊天时所听到的很多都是唐朝开元盛世时的故事。"

九九

【原文】

人必先有芬芳悱恻之怀，而后有沉郁顿挫之作。人但知杜少陵每饭不忘君；而不知其于友朋、弟妹、夫妻、儿女间，何在不一往情深耶? 观其冒不违以救房公，感一宿而颂孙宰，要郑虔于泉路，招李白于匡山；此种风义，可以与，可以观矣。后人无杜之性情，学杜之风格，抑末也! 蒋心余读陈梅岑诗，赠云："一代高才有情者，继袁夫子是陈君。"

【译文】

诗人必须先具有美好的品德和悲苦的情怀，然后才会写出沉雄、有文采而又语调抑扬顿挫的作品。

人们只知道杜甫吃每顿饭时都念念不忘君主；却不知他和朋友、弟妹、夫妻、儿女之间又何尝不是一往情深呢? 看到他甘冒天下之大不韪去救房官，为感谢孙宰对他一家人一夜的招待而写诗称颂他，邀请郑虔笑谈共赴黄泉路，招呼李白齐登匡山：这种风格胸怀，是应该赞扬，应该欣赏的。

后代的人缺少杜甫的这种情情胸襟，却要一味模仿他的诗风，这真是丢弃了最根本的东西! 蒋心余读了陈梅岑的诗后，赠诗一首说："一代人中才高八斗而又有情有义的人，在袁枚夫子后就要数陈兄你了。"

九〇

【原文】

何义门曰:"冯定远谓:'熟观义山诗,可免江西粗俗槎枒之病。'余谓熟观义山诗,兼悟西昆之失。西昆只是雕饰字句,无义山之高情远识;即文从字顺,犹有间也。"

【译文】

何义门说:"冯定远曾说:'仔细研究李义山的诗,可以免除江西诗中粗俗草率不严谨的毛病。'我认为仔细阅读李义山的诗,同时还能领悟到西昆诗中的不足。西昆的诗只注重精雕粉饰词句,却没有李义山高远的情怀和远见卓识;即便同时通顺的文字,也还是有区别的。"

九一

【原文】

彭尺木进士,为大司马芝亭先生之子;生长华腴,而湛深禅理,中年即茹素,与夫人别屋而居。每朔望,则相晶曰:"大家努力修行。"彼此一见而已。后闭关西湖,恰不废吟咏。尝作《钱塘旅舍杂句》云:"处士当年百不营,偏于梅鹤剧多情。梅枯鹤去人何在,冷彻孤亭月四更。"

"结趺终夕复终朝,眼底空华瞥地消。尚有闲情消不得,起寻松子当香烧。""酸虀薄粥少人陪,雪霁南窗昼懒开。不是一枝梅破萼,阿谁与我报春回?"《病起》云:"帘深蝇自迸,花尽蝶无营。"皆见道之言,不著人间烟火。

【译文】

彭尺木进士是大司马彭芝亭先生的儿子;长得华美而丰满,却对佛家的禅理有很深的研究,到中年后就吃素食,并和夫人分开屋子居住。每月初一和十五的时候,两人相互兴致旺盛地说:"大家都要努力修行佛法。"两人也就是见一面而已。

后来他在西湖畔闭关修行,只是没有放弃吟诗。他曾经作了一首《钱塘旅舍杂句》诗:"没当官的读书人当年不愿从事百行各业,偏偏对种梅驾鹤的修行多有偏爱。梅树已枯死仙鹤已飞离人却在何处,四更天的月光冰冷地洒落在孤零零的凉亭上。"

"夜以继日地整天盘腿打坐,眼前空若无物看到地下的光影就可以知道时光在消逝。还有些闲情无法打消,便起身到外面寻找些松子当作香来焚烧。"

"喝着微酸的稀粥很少有人相陪,雪晴后朝阳的窗户也懒得打开。不只一枝梅花破萼绽放,是谁为我把春天迎回?"《病起》诗中说:"竹帘幽深蝇虫被吸引得碰了上去,花朵败落后蝴蝶也不会去管它了。"

这些话都体现了佛家的道义,不沾人间烟火。

九二

【原文】

龙铎,字震升,号雨樵,宛平己卯举人。十二岁时,杭州老宿朱桂亭先生命即席赋瓜子皮。应声曰:"玉芽已褪空余壳,纤手初抛乍有声。莫道东陵无托意,中间黑白尽分明。"朱叹曰:"此子将来必以诗名。"

《观鱼》云:"子不知鱼乐,君其问水滨。"《题画》云:"乱泉寻石窦,归雾断山腰。"《赠友》云:"篷转三年雨,兰言一夕秋。"

皆少作也。后宰吴江。余扫墓杭州,必过其署。美膳横列,如入护世城中;豪气飞腾,胜坐元龙床上;洵风尘中一奇士也。

【译文】

龙铎,字震升,号雨樵,是宛平县己卯年举人。

他十二岁的时候,杭州的老前辈朱桂亭先生命令他当场作诗咏瓜子皮。他应声说:"白色的瓜芽已经褪去只留下一个空壳,纤手抛出后落地有声。不要说东陵没有寓意,中间的黑与白全然分明。"

朱桂亭叹道:"这个人将来一定会凭借诗而成名。"

龙铎在《观鱼》诗中写道:"你又不知道鱼儿的乐趣,可以到水边去问问。"

在《题画》诗中说:"众多的泉流从石洞中涌出,返回时浓雾围绕在山腰中。"他在《赠友》诗中说:"乌篷船辗转三年经历了不少风雨,兰花诉说了一晚的秋意。"

这些诗都是他年少时写。他后来到吴江作了县令。我去杭州扫墓,一定要经过他的官署。面前技放着众多美味佳肴,如同进入了护世城中;豪气冲天,像是腾空端坐在元龙的床上;他诚然是风尘中的一位奇人。

随园诗话

九三

【原文】

小伶凤珠,善歌,能解人意。雨樵即席赋《浣溪沙》(按此词是《减字木兰花》。)以"凤珠可儿"为韵。词云:"彩云么攀,何处飞来红玉凤。笑倩人扶,一曲《梁州》一斛珠。眉欢目妥,教人坐立如何可。偏解相思,学语雏莺小意儿。"

【译文】

小戏子凤珠,擅长唱歌,善解人意。龙雨樵即席赋词一曲《浣溪沙》(按:这个词牌调是《减字木兰花》。),把"凤珠可儿"作为韵脚。

词中说:"像彩云似的梦,从何处飞来一只红色的玉凤凰。笑意盈盈在丫鬟的搀扶下,唱了一曲动听的《梁州》曲得到了一斛珍珠。眉宇间露出笑意目光温柔,让人如何能够坐得住。偏偏你又善解相思愁,像只牙牙学语的小黄莺真是个讨人喜欢的小精灵儿。"

九四

【原文】

康熙间,汪东山先生绎,精星学。桐城吴贡生某以女命与算。汪云:"此一品夫人命也;但必须作妾。"吴愕然怒,以为轻己。汪曰:"我早知君之必怒也。然君不信我言,请待我某科中状元时,君方信我。"

及期,果中状元。吴再问汪。汪曰:"勿急。待我再算郎君命中有一品者而后许之。"半年后,走告吴曰:"桐城张相国之子名廷玉者,将来官一品。现在觅妻。君何不以女归之?"吴从之。遂生若霭、若澄,受两重诰封。汪题其灯笼曰:"候中状元某。"

人多笑之。在京师与方灵皋、蒋南沙、汤西崖齐名。三人皆疏放,而方独迂谨,时相牴牾。堂上挂沈石田芭蕉一幅,所狎二美伶来,错呼白菜;人因以"双白菜"呼之。方大加规谏。先生厌之,乃署其门曰:"候中状元汪,谕灵皋,免赐光。庶几南蒋,或者西汤:晦明风雨时来往,又何妨。双双白菜,终日到书堂。"

先生自知不寿,《自赠》云:"生计未谋千亩竹,浮生只办十年官。"又尝望岱云:"闲云莫恋山头住,四海苍生正望君!"

【译文】

康熙年间,有一位汪东山先生,字绎,精于星象算命之学。桐城一位姓吴的贡生请他给女儿算命。

汪东山说:"这是一品夫人的命;但是必须是给人作小妾。"

吴贡生勃然大怒,认为他是蔑视自己。

汪东山说:"我早就知道你一定会生气。虽然你现在不相信我的话,请你等到我在一次科举考试中考中状元时,你就会信我了。"

到了考试时,他果然考中了状元。吴贡生又去向他请教女儿的命运。

汪东山说:"你不要着急。等我再算出命中注定会当上一品官的男子,然后你再把女儿嫁给他。"

半年后,汪东山跑去告诉吴贡生说:"桐城张相国的儿子张廷玉,将来会做一品官。现在他正想纳妾。你为何不把女儿许配给他?"吴贡生听从了他的话。

后来生下了若霭、若澄，两次被封为诰命夫人。汪东山在自己的灯笼上题字道："考中状元的某人。"别人都嘲笑他。在京师，他与方灵皋、蒋南沙、汤西崖齐名。他们三个人性情懒散而豪放，而方灵皋却为人迂腐谨慎，他们之间常产生小矛盾。汪东山家中大厅上悬挂着沈石田所画的一幅芭蕉图，他所带来的两个漂亮女歌女，错把芭蕉称为白菜；人们因此称他为"双白菜"。方灵皋为此曾多次规劝他，为人检点些。

汪东山很讨厌，在大门上写道："考中状元的汪东山，告行方灵皋，就不用再都通知了。大概是蒋南沙，或者是汤西崖；夜晚白天刮风下雨都时常来往，又有什么关系。一双白菜，整天陪我到书房。"

汪先生自知活不长久，便作了《自赠》诗："未曾为生计而谋算只有千亩竹林，我这飘浮云般的一生只要做十年官就够了。"

他还曾经望泰山而作诗一首："悠闲的白云千万不要因迷恋山峰而久住在那里，五湖四海的黎民百姓都正祈望着它。"

九五

【原文】

钱塘令曹江庐明府，有子名一熊，乳名顺生，聪颖异常，有李邺侯、晏元献之风，对客挥毫。《赋秋声》云："西风飒飒日相催，桐叶飘摇满绿苔。最爱秋霜添逸韵，树中传出一声来。"其时，曹公方逐土娼。客问："娼应逐否？"笑曰："好事者为之也。"客又问："汝想做官否？"曰："要作，又不要作。"问："何也？"曰："学而优则仕；学而不优则不仕。"问："做官可要钱否？"曰："要钱，又不要钱。"问："何也？"曰："取之而燕民悦，则取之；取之而燕民不悦，则不取。"

【译文】

钱塘县令曹江庐，有个儿子叫曹一熊，乳名叫顺生，非常聪明，大有李邺侯、晏元献的风范，面对客人写诗可以挥笔立就。

他的《赋秋声》诗中说："西风萧瑟秋日逼近，梧桐树叶悠悠飘落覆盖在青苔上。我最喜爱秋日的霜降增添了安逸的韵味，树上的鸟儿忽地啼叫了一声。"当时，曹江庐正在追求讨好当地的一个娼妓。

　　有客人问曹一熊:"娼妓应不应该去追求?"他笑着回答:"多管闲事的人才会去追求。"

　　客人又问他:"你想当官吗?"回答说:"应该做官,又不应该做官。"客人追问他:"为什么?"他回答说:"学业有成才可以去做官;学业无成就不去做官。"

　　客人又问他:"你做官可想要金钱?"他回答说:"想要钱,又不想要钱。"客人问:"为什么?"他回答说:"得到钱同时又能使燕地的百姓高兴,那么我就收下钱;得到钱不能使燕地的百姓高兴,那么我就不要钱。"

九六

【原文】

　　宋元俊作四川提督,有恩威,苗人畏而爱之。王师征金川,颇立功。以性刚,犯上,被劾。临讯时,苗民护从者千余人,挥之不散。宋公怒,取其头目杖四十,终不忍去。有参戎哈某,宋素轻之。哈画牡丹花于扇。宋戏题曰:"已缩征西节,新吹幕府笳。如何贪富贵,又画牡丹花?"哈衔之刺骨,卒为所构。

【译文】

　　宋元俊任四川省提督时,恩威并重,苗族人对他是又怕又爱。清军征伐金川时,宋元俊立下许多战功。后来因为性格刚直,冒犯了皇帝,遭到弹劾。被审讯时,一千多苗族人跟随护送他,赶也赶不走。宋元俊大怒,把苗人的头领抓住打了四十军棍,苗人终于依依不舍地离去了。有一位姓哈的参军,宋元俊历来瞧不起他。哈参军在自己的扇子上画了一幅牡丹花。宋元俊就题诗戏弄他说:"征西时击掉的竹节已经收,身为幕僚新近又吹起了胡笳。你是多么贪图富贵,又在扇子上画上了牡丹花?"宋元俊被哈参军恨之入骨,最终遭到了他的挑拨离间。

九七

【原文】

　　扬州洪锡豫,字建侯,年甫弱冠,姿貌如玉;生长于华腴之家,而性耽风雅,以诗书为鼓吹,与名流相过从。昔人称谢览芳兰竟体;知其得于天者异矣。为余梓尺牍六卷,寄诗请益。其《暮雨》云:"衰柳拂西风,虫鸣乱叶中。片云将暮雨,吹送小楼东。萤火生寒碧,檐花坠小红。那堪终夜里,萧瑟傍梧桐。"《春日》云:"青蓑白袷了春耕,上冢人归月二更。灯影半残眠未稳,碧空吹落纸鸢声。"意思萧散,真清绝也。

【译文】

　　扬州人洪锡豫,字建侯,年仅二十,相貌如玉;他生长在富有的家庭中,却沉迷于诗文风雅之中,以谈论诗书为乐趣,和文人名流相交往。

　　以前的人称誉谢览是芳草和兰花合于一体的人才;都知道他得天独厚,异于常人。他给我印刻了书信集六卷,并寄来诗作请求增改。

　　他在《暮雨》诗中说:"衰败的杨柳在西风中飘动,虫儿在纷乱的树叶中鸣叫。片片乌云预示着傍晚大雨将至,被风儿吹到了小楼的东面。在寒冷的黑夜中萤火点点,一朵朵红色的小花从屋檐上坠落。怎能忍受漫漫长夜里,独自伴着秋风中萧瑟的梧桐。"

　　他在《春日》诗中说:"身披青蓑衣白夹袄忙完春耕,二更天时上坟的人们踏月而归。灯火尚未熄灭人也未睡熟,只听青碧色的夜空中传来纸折的老鹰飞落的声音。"

　　诗意萧然,真是首清新绝世的好诗。

九八

【原文】

　　苏州闺秀江铭玉,有《堂上视膳诗》,云:"明知温情时时缺,隐惧春秋渐渐

高。"真能道人子之心。余读之,为泣下。

【译文】

苏州的一位大家闺秀江铭玉作了一首《堂上视膳诗》,诗中说:"明明知道父母对子女经常缺少温情,又隐隐害怕他们的年龄一天天地增长。"

真是写出了做儿女的心声。我读了这首诗后,不禁黯然泪下。

九九

【原文】

如皋张乾夫有《南坪集》八卷。其子竹轩太守托其宗人荷塘明府索序于余。余适撰《诗话》,为摘一二,以志吉光片羽之珍。其《荆溪》云:"离墨山前路,千林望郁苍。人烟聚茶市,沙鸟绕渔梁。白雨江声急,孤舟水气凉。今宵高枕梦,不减在潇湘。"《不寝》云:"春更隐隐夜迢迢,愁不能祛酒易消。断送落花窗外雨,生憎一半在芭蕉。"《夜出南郊》云:"霜华散白满长堤,堤柳萧萧带月低。树上冻鸦栖不定,屡惊人影过桥西。"《慕园即事》云:"松影平分半窗月,漏声散作满城霜。"《癸酉除夕》云:"要问春从何处到,开元寺里一声钟。"皆可爱也。

【译文】

如皋人张乾夫作有《南坪集》八卷。他的儿子张竹轩太守托他同族的张荷塘县令请我为他写序。

我正在写《随园诗话》,特地摘出其中的几首诗,以记录下有如神兽的一小块皮毛的珍贵诗作。他的《荆溪》诗中说:"离墨山前的道路上,千顷林海望去郁郁葱葱苍茫一片。逢买卖茶叶时人们聚到一起,生长在江边沙丘上的鸟儿绕着捕鱼用的拦网盘旋。瓢泼大雨使得江水哗哗疾流,一叶孤舟在寒冷的江流中漂荡。今夜高枕无忧安然入梦,比起在湖南时也毫不逊色。"

在《不寝》诗中他写道:"春夜中打更声隐隐传来长夜漫漫,忧愁不能去除只有饮酒时才能消除。窗外阴雨绵绵打落了残花,我产生憎恶之情的原因有一

半是因为芭蕉在雨中声声扰人。"

他在《夜出南郊》诗中说："银白的秋霜散布在整个长堤上，堤上的杨柳在风中瑟瑟飘拂，月儿低是在树梢。树上的寒鸦也不安于栖息，屡次惊动我飞向桥的西边。"

他在《慕园即事》诗中说："窗上一半是松影一半是月光，报时的更漏声传来满城覆盖着一层银白色的霜。"

他在《癸酉除夕》诗中写道："要问春天是从什么地方来到的，请听开元寺里的那一声钟鸣。"这些诗写得都很可爱喜人。

一〇〇

【原文】

仁和高氏女，与其邻何某私通。女已许配某家，迎娶有日，乃诱何外出，而自悬于梁。何归见之大恸，即以其绳自缢。两家父母恶其子女之不肖，不肯收殓。邑宰唐公柘田，风雅士也，为捐赀买棺而双瘗之；作四六判词，哀其越礼之无知，取其从一之可悯。城中绅士，均为赋诗。余按此题着笔，褒贬两难。独女弟子孙云鹤诗最佳。词曰："由来情种是情痴，匪石坚心两不移。倘使化鱼应比目，就令成树也连枝。红绡已结千秋恨，青史难教后代知。赖有神君解怜惜，为营鸳冢播风诗。"后四句，八面俱到，尤为得体。钱谢弇枚、玙沙方伯第五子也，亦有句云："解识巫山云雨意，始知唐勒是骚人。"亦佳。

【译文】

仁和县一个姓高人家的女儿，和她的邻居何某私通，她已许配给了别人，过几天就要来迎娶她了，于是她骗何某外出，自己悬梁自尽了。

何某回来见到后大哭，就用同一根绳索上吊身亡，两家的父母对他们的儿女们的不肖行为而深恶痛绝，不肯把他们的尸体收验安葬。

县令唐柘田，是一个饱读诗书的风雅之士，给他们俩捐钱买了棺木并葬在了一起；并下了褒贬相当的判词，为他们违背礼教的无知行为而悲哀，又同情他们的从一而终。城中的绅士们都为这件事写了诗。

我按照这个题材动笔写诗，深感是褒是贬两头为难。唯能我的女学生孙云

随园诗话

鹤的诗写得最好。

诗中写道："历来多情种子都是情痴，两人的心不是石头做的却坚定不移。倘若让他们化成鱼儿也是比目鱼，就算让他们成为树木也会是连理枝。一缕红绸了结了生命留下千古遗恨，写在史书上也难以让后代人知晓。多亏有英明的人士同情怜惜解囊相助，为他们营建鸳鸯墓传播风雅的诗篇。"

后面四句诗，面面俱到，写得尤其得体。钱谢，字蒻枚，是方伯钱玙沙的第五个儿子，他也作了一首诗："了解认识了巫山云雨的意境，才知道唐勒是个骚人墨客。"写得也很好。

———○———

【原文】

近见作诗者好作拗语以为古，好填浮词以为富；孟子所谓"终身由之而不知其道"者也。朱竹君学士督学皖江，来山中论诗，与余意合。因自述其序池州太守张芝亭之诗，曰："《三百篇》专主性情。性情有厚薄之分，则诗亦有浅深之别。性情薄者，词深而转浅；性情厚者，词浅而转深。"余道："学士腹笥最富，而何以论诗之清妙若此？"竹君曰："某所论，即诗家唐、宋之所由分也。"

因诵芝亭《过望华亭》云："昨夜望华亭，未睹九峰面。肩舆复匆匆，流光如掣电。当境不及探，过后心逾恋。""九叠芙蓉万壑深，登临不到几沉吟。何当直上东峰宿，海月天风夜鼓琴。"

又《江行》云："犬吠人归处，灯移岸转时。"《端阳》云："看人悬艾虎，到处戏龙舟。"《太白楼》云："何时江上无明月，千古人间一谪仙。"《同人自齐山泛舟》云："聊以公余偕旧友，须知与到即新吾。"皆极浅语，而读之有余味。昔人称陆逊意思深长，信然。芝亭字仲谟，名士范，陕西人，今观察芜湖。其长君（汝骧）亦能继声继志。《题署中小园》云："风吹花气香归砚，月过松心凉到书。"《将往邳州》云："此去正过桃叶渡，归来不负菊花期。"又，《华盖寺》云："曲径松遮洞，岸深寺隐山。"皆清雅可传。

【译文】

最近见到作诗的人爱用拗口晦涩的词语并自以为有古人的风范，好使用浮华

虚美的词句自以为是学富五车;这就是孟子所说的一生任其发展也不能明白真义道理的人。

学士朱竹君在皖江主管学政时,到山中来和我谈论诗学,和我意见相合。

他于是给我讲述了他为池州太守张芝亭的诗写的序,他说:"《诗经》中的诗特别注重性情。性情有宽厚和浅薄之分,所以诗作也有浅显深奥的区别。性情浅薄的诗,词句浮华看似深奥但含义却浅薄;性情宽厚的诗,词句浅显易懂但含义却深厚。"

我说道:"学士你学富五车,但为何在评估诗学上竟如此精妙?"朱竹君说:"我所谈到的,正是区分唐宋两派诗家的根据。"

他于是又背诵了张芝亭的《过望华亭》诗,诗中说:"昨夜经过望华亭,没能欣赏九华山的奇景。我坐的轿子行走匆匆,时光飞逝有如风驰电掣。而对性境来不及观望,事后心中越发地思恋它。"

"九华山像九朵盛开的荷花沟壑深有万丈,苦于攀登不上几次暗自沉吟思索。如何才能径直登上东峰小宿,夜晚面对云海清月在凉风习习中弹响瑶琴。"

此外,张芝亭在《江行》诗中说:"人儿回归的地方犬吠声声,江流转向时岸上灯火也跟着户户插着辟邪的艾蒿,到处都有乘舟戏水的景象。"

他在《太白楼》诗中写道:"什么时候江面上才能没有明月,李白是千百年来被贬下凡世的神仙。"

在《同人自齐山泛舟》诗中他写道:"姑且在办完公事之余携着旧日老友泛舟,要知道兴致一起我就焕然一新。"

这些诗都是很简单浅显的词语,但读起来余味无穷。过去的人称赞陆逊的诗意味深长,确实如此。

张芝亭字仲谟,名士范,是陕西人,现在芜湖任观察之职。他的长子汝骧也能继承他的志向写诗成名。

他写的《题署中小园》诗中说:"风儿把花香直吹到砚台旁,月亮照在松树顶上一股凉气袭向读书的我。"

在《将往邳州》诗中他写道:"此去路上正好经过桃叶渡,回来时也不会错过菊花盛开的时间。"此外,他的《华盖寺》诗中说:"弯曲的小道上浓密的松树遮住了黑漆漆的洞口,岸面高耸寺庙隐藏在连绵的崇山中。"这些诗清新雅致,值得流传。

随园诗话·卷十五

诗赋为文人兴到之作,不可为典要

一

【原文】

元相《连昌宫词》:"夜半月高弦索鸣,贺老琵琶定场屋。"

因《隋书·音乐志》:每岁正月十五日,"于端门外、建国门内,绵亘八里,列为戏场。百官起棚夹路,从昏达旦以纵观之。"谓之"场屋"故也。今误称场屋为试士之处。

【译文】

元朝丞相在《连昌宫词》中写道:"深夜中月亮高悬弦乐齐鸣,贺老的一曲琵琶使场屋安静下来。"

根据《隋书·音乐志》中记载:每年正月十五,"在端门外、建国内内,连绵八里的地方被列为听戏的场所。文武百官在路两旁搭成棚台,从黄昏到第二天早晨一直都在听戏。"

这就是被称为"场屋"的原因。现在错把场屋称为策试选拔人才的场所。

二

【原文】

今人动称"勾栏"为教坊。《甘泽谣》辨云:"汉有顾成庙,设勾栏以扶老人。非教坊也。"教坊之称,始于明皇,因女伎不可隶太常,矿别立教坊。王建《宫词》、李长吉《馆娃歌》,俱用"勾栏"为宫禁华饰。自义山《倡家诗》有"帘轻幕重金勾栏"之词,而"勾栏"遂混入妓家。

【译文】

现在的人动辄就把"勾栏"称为教书的场所。《甘泽谣》书中对此辨正说:"汉代有座顾成庙,庙中设栏杆供老年人扶持。勾栏并不是指教书的场所。"勾栏被称为教书场所,开始于唐明皇,因为女艺人的教育事务不能隶属于太常寺来管理,便为她们专门设立了教书的场所。

王建的《宫词》、李长吉的《馆娃歌》中都用"勾栏"来形容皇宫禁地的华丽装饰。自从李义山在《倡家诗》中写下了"竹帘轻轻帐幕重重一片金黄色的勾栏"的诗句,于是"勾栏"这个词就借指妓院了。

三

【原文】

今人以荷包为荷囊,盖取刘伟明诗曰:"西清寓直荷为囊,左蜀宣风绣作衣"之句。按:紫荷者、以紫为夹囊,服外,加于左肩,是周公负成王之服,一名"契囊",见张晏注《丙吉传》。《宋书·礼志》:"朝服、肩上有紫生裌囊,缀之朝服外,俗呼曰:'紫荷'。以盛奏章。"是紫荷非今之荷包明矣。惟《三国志》云:"曹操好佩小革囊。"似今之荷包。

【译文】

现在的人把荷包作为随身携带装零散东西的小包,大概是取自刘伟明的诗:"西清地方的人为了表示正直把荷花作为口袋。东蜀地方的人为了招引别人的关注把锦缎作成衣服。"按:紫荷,是用紫色的布缝制的双层布袋,放在衣服外,挎在左肩上,这是周公背负成王时所穿的服饰,另一个名称是"契囊",可参见由张晏注释的《丙吉传》。

《宋书·礼志》中说:"官服上有紫色的双层布袋,背在官服外俗称为'紫荷'。用来盛放奏章。"因此,这里的紫荷很明显不是指现在的荷包。只有《三国志》中说:"曹操喜好佩带小皮囊。"有些类似今日的荷包。

丙吏定侯像

丙吉像，图出自清·顾沅辑《古圣贤像传略》。丙吉，汉朝人，官至丞相，
《汉书》中有《丙吉传》。

四

【原文】

柴钦之年少貌美，赋诗自夸云："即今叔宝神清少，敢坐羊车有几人?"余按:《汉书》注:"羊车，定张车也。非羊所牵之车也。"然晋武帝在宫中乘羊车游，宫人以竹叶一酒盐以引羊。是牵车者羊也。犹之如淳注:"《楚歌》《鸡鸣歌》也:非楚人所歌也。"然高帝谓戚夫人曰:"若为吾楚歌，吾为若楚舞。"又明是楚人之歌。

国学经典文库

随园诗话

【译文】

柴钦之年纪轻轻长得漂亮,他写诗自夸说:"我是当今的秦叔宝神伟清秀又年轻,有几个人敢像我一样去坐羊车?"我下按语:《汉书》注解说:"羊车,是指定张车。而不是羊拉的车子。"不过晋武帝在皇宫中乘坐羊车四处游走,宫妃们用撒了盐的竹叶来引诱羊希望得到武帝的宠幸。这里的羊车是用羊拉的车。

就像如淳注解的那样:"《楚歌》,是指《鸡鸣歌》;而不是楚人所唱的歌。"不过汉高祖对戚夫人说:"你为我唱楚人的歌曲,我为你跳楚人的舞蹈。"这里的楚歌又分明是指楚人的歌曲。

五

【原文】

《魏书·礼志》曰:"徒歌曰谣,徒吹曰和,比音而乐之及干戚羽毛谓之乐。"

然则素琴以示终,笙歌以告哀,不可谓之乐也。宋王黼传遭钦圣之丧,犹召乐妓,舞而不歌,号曰:"哑乐"。

余故题息夫人庙有"箫鼓还须哑乐迎"之句。

【译文】

《魏书·礼志》中说:"仅仅唱歌而不用乐器伴奏叫作谣,仅仅吹奏乐器而不唱歌叫作和,伴着音乐而歌唱以至于手执鸟羽和牦牛尾装饰的旗杆与盾牌大斧跳舞就叫作乐。"

但是用悲哀的琴声来表示有人逝世,用吹笙来宣布丧事,是不可以称为乐的。

宋朝的王黼传遇到宋钦宗的丧事时,还召来乐手和舞妓,但只起舞却不歌唱,被叫作"哑乐"。

因此,我在题息夫人庙诗中有"欢迎时不能吹箫击鼓只有采用哑乐的形式"的诗句。

六

【原文】

人疑东坡诗云:"龙钟三十九,劳生已强半。"三十九不得称"龙钟"。按:苏鹗《演义》:"龙钟,谓不昌识、不翘举之貌。"《广韵》:"龙钟,竹名。老人如竹摇曳,不能自持。"唐人《谈录》载:"裴晋公未第时,过洛中,有二老人言:'蔡州未平,须待此人为相。'仆闻,以告。公笑曰:'见我龙钟,故相戏耳。'"王忠嗣以女嫁元载,岁久,见轻,游学于秦,为诗曰:"年来谁不厌龙钟?虽在侯门似不容。"二人皆于少年未第时,自言龙钟。

【译文】

有的人怀疑苏东坡的一首诗:"三十九岁时就已经衰老,劳累的一生已是强弩之末。"诗中三十九岁不应该称为"龙钟"。按:苏鹗在《演义》中说:"龙钟,是说精神面貌不够焕发、不够高昂。"

《广韵》中说:"龙钟,是竹子的名称。老人往往像竹子一样摇摆不定,难以自己把稳自己。"唐朝人写的《谈录》中记载:"裴晋公没有中举时,经过洛阳地区,有两个老人说:'蔡州还没有被平定,必须要等这个人做了宰相后才能平定。'我听到后,便告诉了裴晋公。他笑着说:'他们见到我老态龙钟的样子,因此和我开个玩笑。'"王忠嗣把女儿嫁给了元载,时间长了,元载被轻视了,他在甘肃地方游学时,作诗说:"时间长了谁不讨厌老态龙钟的?虽然是在侯爷的府上也好似不能相容。"这两个人都是在少年还没有中举时,自己说自己老态龙钟。

七

【原文】

张平子《归田赋》:"仲春令月,时和气清。"盖指二月也。小谢诗因之,故

曰："首夏犹清和，芳草亦未歇。"令人删去"犹"字，而竟以四月为"清和"。

【译文】

张平子在《归田赋》中写道："春季第二个月，时节祥和天气清爽。"大概是指农历二月份。

小谢在诗中因袭了这种说法，因此他写道："刚入夏季天气还清爽和暖，芬芳的花草也没有衰败。"现在的人把诗中的"犹"字删去，竟然把四月份说成是"清爽和暖"。

八

【原文】

今动以"菑宿""广文"称校官。余按非也。唐开元中，东宫官僚清淡，薛令之为左庶子，以诗自悼曰："朝日上圆圆，照见先生盘。盘中何所有？菑蓿上阑干。"盖是东宫詹事等官，非今之学博也。说见宋林洪《山家清供》。杜诗曰："诸公衮衮登华省，广文先生官独冷。"按《唐书》："明皇爱郑虔之才，欲置左右，以不事事，更为置广文馆，以虔为博士。虔闻命，不知广文曹司何在，诉之宰相。宰相曰：'上增国学，置广文馆以居贤者。令后世言广文博士自君始，不亦美乎？'虔始就职。"是"广文"者，乃明皇为虔特设之馆，非今之学官也。

【译文】

现在动辄就用"菑宿""广文"来称呼负责校勘书籍的官员。我认为不是这样。

唐朝开元年间，东宫太子手下的官僚清静淡泊，薛令之任左庶子之职，写诗悲叹说："早晨圆圆的太阳升起，照到了先生手中的盘子。盘子中有些什么东西？是纵横交错的菑蓿草。"诗中的先生大概是指东宫中的詹事等官员，而不是指现在所谓的学识渊博之人。这种说法可参见宋林洪的《山家清供》。

杜甫的诗中说："各位王公大臣身着绣有卷龙的礼服前往富丽堂皇的皇宫禁地，唯独广文馆的先生们冷冷清清。"按《唐书》上记载："唐明皇爱惜郑虔的

才华,想让他跟随在自己左右,因为他不愿做事,便为他设立了广文馆,封郑虔为博士。郑虔接到任命后,却不知广文馆的官署在何处司职是什么,便向宰相询问。宰相告诉他:'皇上为了加强国学,设置了广文馆以广招贤人学者。今后世人说起广文博士是从你开始的,不是很好吗?'郑虔才接受了广文博士的官职。"这里的"广文"官职,是唐明皇为郑虔特别设立的学馆,而不是现在的学官。

九

【原文】

今人动以"金马玉堂"称翰林。余案:宋玉《风赋》:"徜徉中庭,比上玉堂。"《古乐府》:"黄金为君门,白玉为君堂。"泛称富贵之家,非翰林也。汉武常命文学之士,待诏金马门。"金马"二字,与文臣微有干涉。至于谷永对成帝曰:"抑损椒玉堂之盛宠。"颜师古注:"玉堂,嬖幸之舍也。《三辅黄图》曰:'未央宫有殿阁三十二,椒房、玉堂在其中。'"是"玉堂"乃宫闱妃嫔之所,与翰林无干。宋太宗淳化中赐翰林"玉堂之署"四字,想从此遂专属翰林耶?

【译文】

现在的人动辄把翰林学士称为"金马玉堂"。我下按语:宋玉在《风斌》中说:"在庭院中徜徉,好比登上了白玉殿堂。"

《古乐府》中说:"你的大门是黄金做成的,殿堂是用白玉做成的。"这里的玉堂泛指富贵人家,而不是指翰林学士。

汉武帝常常命令文人才子,在金马门等待诏书。"金马"这两个字,和文官稍有些关系。至于在永谷向成帝献策中说:"削减椒房、玉堂等宠幸宫妃的规模数量。"

颜师古注解说:"玉堂,是皇帝宠幸的妃子的寝宫。《三辅黄图》中说:'未央宫中有三十二座殿堂楼阁,椒房、玉堂都是其中之一。'"这里的"玉堂"是指后宫嫔妃的住所,和翰林毫无关系。宋太宗淳化年间封赐翰林院"玉堂之署"四个大字,试想是否从此"玉堂"就专指翰林了吗?

一〇

【原文】

今称人迁官曰:"莺迁",本《诗经》"还于乔木"之义。按《伐木》章:"鸟鸣嘤嘤,出自幽谷,还于乔木。"是"嘤"字不是"莺"字。"嘤"乃鸟之鸣声耳。"绵蛮黄鸟",当是莺,而又无"迁乔"字样。然唐人有《莺出谷》诗题,《卢正道碑》有"鸿渐于磐,莺迁于木"之文:则以"嘤"为"莺",自唐已然。

【译文】

现在把人调动官职称为"莺迁",这是出自《诗经》中"迁移到乔木上"的意思。按:《伐木》一章中写道:"鸟儿叽叽喳喳地鸣叫着,从幽静的山谷中飞出,落到高高的乔木之上。"

这里的"嘤"字不是"莺"字。"嘤"是指鸟儿的鸣叫声。《诗经》中"远远飞翔的黄鸟",应当是指黄莺;但是又没有"迁移到乔木上"的字句。但唐朝人有题为《莺出谷》的诗,《卢正道碑》有"大雁落在巨大的石头上,黄莺落到了高高的乔木上"的文字:那么把"嘤"当作"莺",自从唐朝就已经如此了。

一一

【原文】

《生民》之诗曰:"诞弥厥月。"《毛笺》:"诞、大也。弥、终也。"此诗下有八"诞"字:"诞置之隘巷","诞置之平林"。朱子以"诞"字为发语词。今以生日为诞日,可嗤也!余又按:古人以宴享为礼,而以介寿为节文。故《诗》《书》所称,逐日可以为寿。今人以生日为礼,而以宴饮为节文,故介寿必生日。

【译文】

《诗经·生民》中说："后稷满十月而生。"《毛笺》中说："诞，是大的意思。弥，是终结的意思。"

这句诗的下文还有八个"诞"字："把它放到狭窄的小巷中"，"把它放到广漠的平林中。"朱熹认为"诞"字是发语词。

现在把生日说成诞辰，真可笑！我又下按语："古人把酒宴享乐作为仪式，而把介绍诞辰作为其中的一个片段。因此《诗》《书》中所说，每天都可以过寿。现在的人把生日作为礼节仪式，而把酒宴和为其中一个部分，因此必然要在生日那天介绍诞辰。"

一二

【原文】

《珍珠船》言："萱草、妓女也。人以比母，误矣。"此说盖本魏人吴普《本草》。按：《毛诗》："焉得萱草，言树之背。"注云："背，北堂也。"人盖因"北堂"而附会于母也。《风土记》云："妇人有妊，佩萱则生男。故谓之宜男草。"《西溪丛语》言："今人多用'北堂萱堂'於鳏居之人，以其花未尝双开，故也。"似与比母之义尚远。

【译文】

《珍珠船》中说："萱草，是指妓女。人们把它比作母亲，这是错误的。"这种说法大概是来源于魏国人吴普的《本草》。按：《毛诗》中说："如何才能得到萱草，种在北面的屋子旁。"注解说："背，是指北面的屋子。"人们大概是因为"北堂"这个词而附地于母亲上。《风土记》上说："妇人怀孕后，佩带萱草就会生男孩。因此萱草被称为宜男草。"《西溪丛语》中说："现在的人多用'北堂萱堂'来称呼独居的鳏夫，这是因为萱草的花从未开过两朵的缘故。"这似乎和比喻为母亲的含义差得还很远。

一三

【原文】

　　戴氏《鼠璞》云："《鲁颂》所称'泮宫'者,泮、鲁水也,非学宫也。若以泮水为半水,则下文'泮林',岂是半林乎?况《鲁颂·泮宫》诗,乃是僖公献馘演武之所,非尚文之地。《王制》:'天子曰辟雍,诸侯曰泮宫。'是汉儒误解《鲁颂》,而至今因之。"

【译文】

　　戴震在《鼠璞》中说:"《鲁颂》中所提到的'泮宫',泮,是指鲁水,而不是指学宫。若是把泮水当作半水,那么下文中的'泮林',岂不就成了半林了吗?可观《鲁颂泮宫》中的诗,写的是鲁僖公献功演武的场所,而不是尊尚文字的地方。《王制》中说:'天子的学宫叫辟雍,诸侯的学宫叫泮宫。'这是汉朝的儒者错误地理解了《鲁颂》,而到如今也就因袭了这种说法。"

一四

【原文】

　　杜诗有:"起居八座太夫人"之句。今遂以八人扛舆者为八座。按宋、齐所"八座"者:五尚书、二仆射、一令。《唐六典》曰:"后汉以令、仆射、六曹尚书为八座。今以二丞相、六尚书为八座。唐不置令。"考《宋书》《六典》之言,是"八座"者、八省之官;非八人舁之而行之谓也。南齐王融曰:"车前无八驺,何得称丈夫?"是则有类今所称"八座"之说矣。

【译文】

杜甫的诗中有"太夫人的行动起居坐的八抬大轿"的句子。现在于是就把八人抬的大轿称为八座。按：南朝宋、齐所说的"八座"是：五位尚书、二位仆射、一位尚书令。《唐六典》中记："后汉设尚书令、仆射、六部尚书称为八座。现在把二丞相、六部尚书称为八座。唐朝时没有设置尚书令。考证《宋书》《唐六典》等书中的记载，所谓的"八座"，是八省的官职；不是八人抬轿而是官职的称谓。南齐的王融说："座车前若是没有八匹骏马，怎么能称得上大丈夫呢？"这里和现在所称的"八座"有类似的地方。

一五

【原文】

"老泉"者，眉山苏氏茔有老人泉，子瞻取以自号，故子由《祭子瞻文》云："老泉之山，归骨其旁。"而今人多指为其父明允之称，盖误于梅都官有《老泉诗》故也。

【译文】

"老泉"这个词，眉山姓苏人家的坟墓旁有一个老人泉，苏轼把它作为自己的名号，因此苏辙在《祭子瞻文》中说："老泉山旁，尸骨埋葬在那儿。"而现在的人都用"老泉"指他们的父亲苏洵的名号：大概是因梅都官做过《老泉诗》而产生错误的缘故。

一六

【原文】

今人称伶人女妆者为"花旦"，误也。黄雪槎《青楼集》曰："凡妓以墨点面

者号花旦。"盖是女妓之名,非今之伶人也。《盐铁论》有"胡虫奇妲之语"。方密之以"奇妲"为小旦。余按:《汉郊祀志》:"乐人有饰女妓者。"此乃今之小旦、花旦。"奇妲"二字,亦未必作小旦解。

【译文】

现在的人把戏曲艺人中扮女妆的称为"花旦"是错误的。黄雪槎在《青楼集》中说:"凡是用墨点面的擅长歌舞的妓女都被称为花旦。"花旦大概是指善歌舞的女妓的名称,而不是现在对戏曲艺人的称呼。《盐铁论》中有"胡虫奇妲之语"。方密之把"奇妲"理解为小旦。我按《汉郊祀志》中记载:"乐人中有饰女妓的"。这就是如今的小旦、花旦。"奇妲"二字,也未必就做小旦理解。

一七

【原文】

程绵庄云:"孔子庙有棂星门,其误已久,不可不知。"《诗经小序》云:"《丝衣》,绎宾尸也。"高子曰:"灵星之尸也。"汉高祖始令天下祀灵星。《后汉书》注云:"灵星,天田星也。欲祭天者,先祭灵星。"《风俗通》:"县令问主簿:'灵昨天城东南,何法?'曰:'惟灵星所以在东南者,亦不知也。'《宋史·礼志》云:"仁宗天圣六年,筑南郊坛,外墙周以短垣,置灵星门。"夫以郊坛外垣为灵星门者,所以象天之体,用之于圣庙,盖以尊天者尊圣也。其移用之始,始于宋。《景定建康志》《金陵新志》并言:"圣庙立灵星门。"惟《元志》误以'灵'作'棂',后人承而用之,则不知义之所在矣。《晋史·天文志》云:'东方角二星为天关,其间天门也。'与《后汉书》注正相印证。俗儒解"棂星"以为养先于教,犹知"棂"之为"灵"也。今竟解作疏通之义,则大谬矣!余戏题云:"绎祭灵星有乐章,故将圣庙比天阊。如何解作疏通义?钻入窗棂上讲堂。"

【译文】

程绵庄说:"孔子庙中有棂星门,这个错误由来已久,不可以不知道。《诗经小序》中说:'《丝衣》这篇文章,是祭奠死去的客人而作的。'高子说:'这是指

灵星的尸体。'从汉高祖开始命令天下祭祀灵星。《后汉书》的注解中说:'灵星,就是天田星。想要祭祀上天的人,就要先拜祭灵星。'《风俗通》中说:'县令问主簿:"灵星出现在县城的东南方,是什么道理?"主簿回答说:"只有灵星所以出现在东南方的原因,我也不知道。"《宋史·礼志》上记载:'仁宋天圣六年,在南郊筑建祭坛,外围筑了一圈矮矮的土墙,设立了灵星门。'把郊祭的祭坛外墙当作灵星门的是用它来象征天的形状,把它用在圣庙中,大概是取尊崇上天也尊崇先皇的意思。它被移用是从宋朝开始的。《景定建康志》《金陵新志》中都说:'圣庙中设立灵星门。'只有《元志》中误把'灵',写成'棂',后沿袭并使用了这个说法,却不知它的含义所在。《晋史·天文志》中说:'东方的两个星星是天关,中间是天门。'和《后汉书》的注解正好相互印证。俗儒解释'棂星',认为养育要先于教育,就像知道'棂'就是'灵'一样。现在竟然把它理解为疏通的意思,那就大错特错了!"我开玩笑地题诗一首:"祭祀灵星谱有专门的乐章,特地把圣庙比作天门。为什么要理解为疏通的意思? 这种说法钻入窗棂登上了讲台。"

一八

【原文】

刘孝威《结客少年场》云:"少年李六,郡李,使也。"故《左氏》:"不便一介行李告于寡君。"杜注:"李,使人也。"凡言信者,亦使人也。《古乐府》:"有信数寄书,无信长相忆。"今误以"行李"为作客之衣装。

【译文】

刘孝威在《结客少年场》中说:"少年李六是郡中的信使。"因此《左传》中说:"不派一名信使去禀告君王。"杜预注解说:"李,是指使者。"凡是提到信这个词的,也是指使者。《古乐府》中说:"有信使来往就多次寄书信,没有信使就只能长时间的相思了。"现在误把"行李"称作是客人出门所带的衣物包裹。

一九

【原文】

　　今称夫妻为"结发"，女拜曰"敛衽"，皆误也。按《李广传》："广自结发与匈奴战。"苏武诗："结发为夫妻。"泛称自幼束发之意，非指称结两人之发也。成婚之夕，男左女右，合其髻曰："结发"，始于刘岳《书仪》。《战国策》："江乙谓安陵君曰：'国人见君，莫不敛衽而拜。'"《留侯世家》曰："陛下南面称霸，楚君必敛衽而朝。"皆指男子也。今称女拜为"敛衽"，不知始于何时。

　　《昭君传》版画之李广像。袁枚在解释"结发"一词的来历时，曾引《李广传》中的"广自结发与匈奴战"之句。

【译文】

现在把夫妻称为"结发"夫妻，女子行礼称为"敛衽"，都是错误的。按:《李广传》中写道:"李广自从童年束发时就和匈奴作战了。"苏武的诗中说:"年轻束发时就结为夫妻。""结发"泛指自幼束发的意思，而不是指两人结发成夫妻的意思。举行婚礼的当晚，男子在左女子在右，把两人的头发合在一处叫作"结发"，这种礼节始于刘岳的《书仪》。《战国策》中说:"江乙对安陵君说:'国人见到了您，没有不整理衣襟恭敬下拜的。'"《留侯世家》中说:"陛下面南称王，楚君必然会毕恭毕敬地来朝拜。"这些书中的"敛衽"都是指男子的。现在把女子行礼称为"敛衽"，不知是从何时开始的。

二〇

【原文】

令人称诗题为"题目"。按:二字始见于《世说》:"山司徒前后选百官，举无失才，凡所题目，皆如其言。"又:"时人欲题目高坐上人而未能。桓公曰:'精神渊箸。'"是"题目"者，品题之意，非今人之诗题、文题也。

【译文】

现在的人把诗的题称为"题目"。按:题目这两个字最先见于《世说》:"司徒山涛在选举百官的前前后后过程中，所举荐的人没有才华太差的，凡是他们所评论的题目，都像他们所说的一样。"此外，"当时的人想评论诗题以求高人一等而没能成功。桓公说:'精神渊深而显明。'"这里所说的"题目"，是品论题目的意思，而不是现在所谓的诗题、文题。

二一

【原文】

余到南海,阅《粤峤志》:"景炎二年,端宗航海,有香山人马南宝献粟助饷,拜工部侍郎。帝幸沙浦,与丞相陈宜中、少傅张世杰即主其家。居数日,文州陷。南宝募乡兵千人扈送至香山岛。元兵追至砜州,陈宜中走占城求救。帝崩。卫王昺立,走崖山,以曾子渊充山陵使,奉梓宫,殡于南宝家。宋亡。南宝泣不食。作诗曰:'目击崖门天地改,寸心不与夜潮消。'又曰:'众星耿耿沧波底,恨不同归一少微。'后卒殉节。"其诗其事,正史不传,故志之。

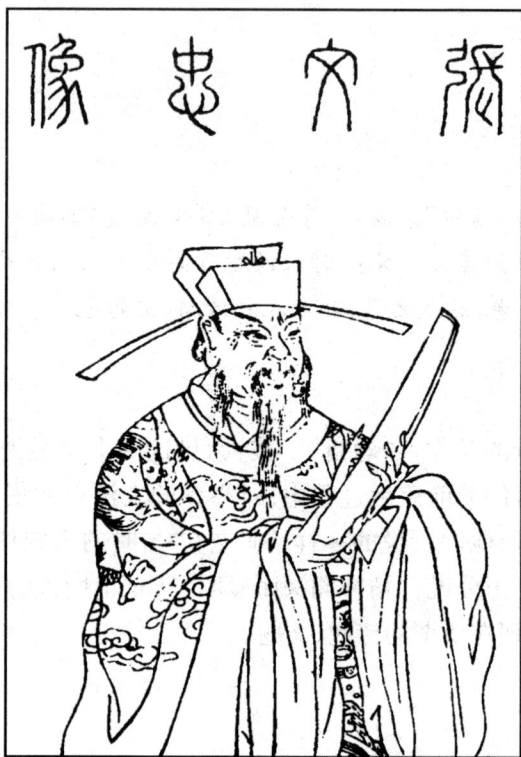

张世杰像,图出自清·孔继尧绘《吴郡名贤像传赞》。张世杰为南宋末年抗元名臣,元军出兵灭宋。张世杰与皇帝一起逃难到海上,与元兵死战,最后殉国。

我来到南海县,查阅了《粤峤志》:"景炎二年,宋端宗在海上巡视,有一个香山县的人叫马南宝捐献粮食资助军饷,被封为工部侍郎。端宗皇帝来到沙浦,和丞相陈宜中、少傅张世杰就住在了他的家中。住了几天后,文州城陷入敌军之手。南宝招募了二千多名乡兵把端宗护送到了香山岛。元兵追击到了砜州,丞相陈宜中奔到占城去求救兵。端宗皇帝不幸驾崩。卫王赵昺被立为新皇帝,逃到了崖山,封曾子渊为山陵使,奉命把皇帝的灵柩,运送到南宝的家中。宋朝就这样灭亡了。南宝伤心地大哭吃不下饭食。他作诗一首说:'我在崖门亲眼目睹了天地间的改朝换代,我的三寸忠心却不随夜晚的潮水而消褪。'诗中又说:"众位官员忠心耿耿随皇帝一同沉入沧海,我恨不得和他们一同奔向少微星。'后来他以死殉节。"他的诗作和事迹,正史中没有记载,因此我记了下来。

二二

【原文】

李太守棠《喜晤故人》云:"问年人是旧,见面老惊新。"储宗丞麟趾《落齿》云:"失辅悲新别,观颐念旧勋。"

【译文】

太守李棠在《喜晤故人》诗中说:"问起年龄来都是旧日的老友,见面后老朋友对后辈的成长而欣喜惊奇。"宗丞储麟趾在《落齿》诗中说:"失去它的辅助我为这新近的离别而悲伤,观看下颌我又想起了它旧日的功勋。"

二三

【原文】

江南俗例:登科报捷者,例用红绫书喜帖。方近雯方伯家本寒素,举京兆,报到,夫人仓促无力买绫,不得已,截衫袖付之。家婢戏云:"留取一半,待明年中进士作赏。"先生闻之,在长安寄诗云:"朔风寒到柔荑手,忆杀麟衫两袖红。"次年,果宴琼林。先生又寄诗云:"榜下忆来常欲泣,朝中说去半能知。"

【译文】

江南有个老规矩:科举考试考中的人在报喜时,按规矩要用红绸书写喜帖。方伯方近雯的家中本就贫寒,在京都中举后,喜报传来,他的夫人仓促间无力购买红绸,迫不得已,把自己衣衫的袖子截下来写喜帖。家中的丫鬟开玩笑地说:"留下一只袖子,等明年老爷中进士时留作赏赐。"方先生听说后,从长安寄回一首诗,诗中说:"凛冽的寒风吹到了你柔荑般的手臂上,回忆起你撕去两袖红绸的情景。"第二年,果然因中进士而在琼林摆宴祝贺。方先生又寄回了一首诗说:"金榜发下回忆往事我常常想哭泣,朝中都说留下的那一半袖子能知道我的今天。"

二四

【原文】

诗人能武艺,自命英雄,晚年有王处仲击唾壶之意。许子逊《咏飞将》云:"垂老犹横槊,穷愁未废诗。荐章终日上,不到傅修期。"沈子大《咏怀》云:"落笔一身胆,结交寸心血。"薛生白《咏马》云:"尔不嘶风吾老矣,可知俱享太平时。"

【译文】

诗人精通武艺,自命为英雄,大有王处仲晚年击打痰盂的意味。许子逊在《咏飞将》诗中说:"年纪已老还能手舞大槊,在穷苦忧愁中也不曾丢弃写诗。整天不断地递上奏章,传修期却还没有到。"沈子大在《咏怀》中说:"落笔写诗显示出一身胆气,结交朋友更见满腔心血。"薛生白在《咏马》诗中说:"马儿再不迎风嘶鸣我也已老迈,可以知道我们都共享一个太平的年代。"

二五

随园诗话

【原文】

西林相公勋业巍巍,而赋诗时有感慨。《石桥扫墓》云:"石桥西下白杨堆,宿草初从暖气回。一陌纸钱三滴酒,几家坟上子孙来?"

【译文】

西林相公功勋卓著,但他写的诗却时常有感慨之言。他在《石桥扫墓》中写道:"石桥往西走白杨成林,枯草随着暖气又发出了芽。奉上一百文的纸钱和三杯酒,有几家的祖坟上有子孙们来扫墓?"

二六

【原文】

诗有无意相同者:徐太夫人《咏蝶》云:"试向青陵台上望,可曾飞上别家枝?"王次岳《咏蝶》云:"果是青陵旧魂魄,不应到处宿花房。"

随园诗话

【译文】

诗作有无意间相同的:徐太夫人写的《咏蝶》诗中说:"试向青陵台上望去,蝴蝶可曾飞到别人家的树枝头?"王次岳的《咏蝶》诗中也说:"如果还是旧日青陵的蝴蝶,不应该到处寻花吸蕊。"

二七

【原文】

《封氏闻见录》曰:"切字始于周颙。颙好为体语,因此切字,皆有纽,纽有平上去入之分。沈约遂因之,而撰《四声谱》。"沈括、曾慥俱以切字始于西域佛家。汉人训字,止曰读如某字而已,无反切也。吴獬以为始于后魏校书令李启撰《声韵》十卷,夏侯咏撰《声韵略》十二卷。李涪《刊误》亦主其说。至于叶韵之说,古人所无。顾亭林以为始于颜师古、章怀太子二人。王伯厚以为始于隋陆法言撰《切韵》五卷。余按:汉末涿郡高诱解《淮南子》《吕氏春秋》有"急气、缓气、闭口、笼口"之法。盖反切之学,实始于此。而孙叔然炎犹在其后。

【译文】

《封氏闻见录》中说:"用两个切合成一个字音是从周颙开始的。周颙喜爱使用身体语言,因此用两个字切合成一个字音都有关键,关键就是有平声、上声、去声、入声之分。沈约于是因袭了这种方法,写出了《四声谱》。"沈括、曾慥都认为切字是从西域佛教开始的。汉朝的人训诂文字,只不过是说像某字一样读音罢了,而没有用两个字合切一个字音。吴獬认为切字是开始于后魏的校书令李启撰写的十卷本《声韵》和夏侯咏撰写的十二卷《声韵略》。李涪的《刊误》中也主张这种说法,是古人所没有的。顾亭林认为是从颜师古、章怀太子两个人开始的。王伯厚认为是开始于隋朝陆法言写的《切韵》五卷书中。我下按语:"汉朝末年,涿郡从高诱在注解《淮南子》《吕氏春秋》时,使用了"急气、缓气、闭口、笼口"的方法。大概切音的方法,是从这开始的。孙叔然炎还在他的后面。

二九

【原文】

诗赋为文人兴到之作，不可为典要。上林不产卢橘，而相如赋有之。甘泉不产玉树，而杨雄赋有之。简文《雁门太守行》而云："日逐康居与月氏。"萧子晖《陇头水》而云"北注黄河，东流白马。"皆非题中所有之地。苏武诗，有"俯看江汉流"之句。其时武在长安，安得有江汉？《尔雅》："山有穴为岫。"谢玄晖诗："窗中列远岫。"徐浩文："孤岫龟形。"皆误指为山峦。刘琨《答卢谌》诗："宣尼悲获麟，西狩涕孔丘。"宣尼即孔丘也。谢掉《秋怀》诗："虽好相如色，不同长卿慢。"长卿即相如也。康乐："扬帆采石华，挂席拾海月。""扬帆"即"挂席"也。孟浩然："竹间残照入，池上夕阳微。""夕阳"即"残照"也。使后人为之，必有"关门闭户掩柴扉"之诮矣。杜少陵《寄贾司马》诗："诸生老伏虔。"东汉服虔并不老。所云伏虔者，伏生也；伏生不名虔。《示僚奴阿奴》云："曾惊陶侃胡奴异。"胡奴、侃之子；非奴仆也。"不闻夏殷兴，中自诛褒妲。"褒、妲是殷周人，与夏无干。

杜诗："乘槎消息近，无处问张骞。"此即世俗所传张骞乘槎事也。然宋之问诗云："还将织女支机石，重访成都卖卜人。"是明用《荆楚岁时记》织女教问严君平事。独不知君平为王莽时人，张骞乃武帝时人：相去远矣！

汪韩门云："《檀弓》：'齐庄公袭杞。杞梁死焉。其妻迎其枢于路而哭之哀。'《孟子》：'杞梁妻善哭其夫，而变国俗。'《左传》但言杞妻辞齐侯之吊，而不言哭。《檀弓》《孟子》虽言哭，未言崩城事也。《说苑·立节篇》云：'其妻闻夫亡而哭，城为之擄。'《列女传》云：'枕其夫之尸于城下，哭十日而城崩。'亦未言长城也。长城筑于齐威王时，去庄公百有余年；而齐之长城，又非秦始皇所筑长城。唐释贯休乃为诗曰：'秦人筑士一万里，杞梁贞妇啼呜呜。'则竟以杞梁为秦时筑城之人，而其妻所哭崩，乃即秦之长城矣。"

俗传梁灏八十登科，有"龙头属老成"七言诗一首。《黄氏日抄》《朝野杂记》俱驳正之，以为灏中状元时，年才二十六耳。余按《宋史》灏本传：雍熙二年是士，赐进士甲科，解褐，大名府观察推官。景德元年卒，年九十二。雍熙至景德相隔只十余年，而灏寿已九十二；则八十登科之说，未为无因。

　　诗词赋文是文人兴致盎然时所写的,不可把它们作为引经据典的根据。上林这个地方不出产卢橘,但司马相如却在赋中说它有。甘泉并不出产玉树,但杨雄却在赋中说它出产。简文在《雁门太守行》诗中说道:"太阳向西追逐着康居国的大月氏人。"萧子晖在《陇头水》中说:"向北注入黄河,向东流到白马。"这些地名都不是诗题中所说的地方。苏武的诗中有"俯视长江汉水奔流"的句子。当时苏武正在长安,怎能看到长江和汉水?《尔雅》中说:"山中有山洞就叫作岫。"谢玄晖的诗中说:"从窗中望去远处的山脉延伸。"徐浩在诗文中说:"单独的一座山峰像乌龟的形状。"这些都是把"岫"错误地说成了山峦。刘琨在《答卢谌》的诗中说:"宣尼因捕获了麒麟而悲伤,孔子因在西方打猎而流泪。"文中的宣尼就是指孔丘。谢朓在《秋怀》诗中说:"虽然喜爱司马相如的相貌,却不像长卿那样动作迟缓。"文中的长卿就是司马相如,《康乐》中说:"扬帆远航去采集石中精华,挂席出海去摘拾海中的月亮。""扬帆"就是"挂席"的意思。孟浩然写道:"竹林间残照射入,水池上夕阳微照。""夕阳"就是"残照"。若是让后人也使用这种方式,必然会受到"关闭门户掩上柴扉"之类的讥讽。杜少陵在《寄贾司马》诗

司马相如像,选自《大汉三合明珠宝剑全传》。司马相如为汉代著名文学家,以擅赋而著称,《上林赋》是其代表作品之一。

中说:"诸生认为伏虔已老。"东汉的服虔并不老。诗中所说的优虔,是指伏生;但伏生的名字却不是伏虔。《示僚奴阿奴》诗中说:"曾经因为陶侃和胡奴长相不像而惊奇。胡奴是陶侃的儿子;而不是指奴仆。人没听说夏朝和商朝的兴盛,是从诛杀了褒姒和妲己而中止的。"褒姒、妲己是周朝和商朝的人,和夏朝没

有关系。

杜甫的诗中说："乘木筏航海离天河已近,却无处去问张骞。"这所说的就是世俗说传中的张骞乘木筏到天河的故事。但是宋之问的诗中说："把织女们支撑织机的石块奉还,再次去造访在成都卖萝卜的严君平。"这里很明显是引用了《荆楚岁时记》中记载的织女让乘木筏到天河的人回去问严君平的故事。却不知严君平是王莽时候的人,张骞是汉武帝时候的人:两人在时间上相差很远!

汪韩门说:"《檀弓》上记载:'齐庄公发兵袭击杞国。杞梁战死。他的妻子在路旁迎接他的灵柩,哭得很伤心。'《孟子》中写道:'杞梁的妻子很善于为她丈夫的死而哭泣,但却把一国的风俗给改变了。'《左传》中只说杞梁的妻子拒绝齐侯的吊丧,而没有提到她为丈夫的死而哭。《檀弓》《孟子》虽然说起了她的哭泣,却没有说城墙因此而崩塌的事情。《说苑·立节篇》中说:'他的妻子听到他的死讯就大哭起来,连城墙都被哭倒了。'《烈女传》中说:'在城下她枕着丈夫的尸体,大哭了十天把城墙给哭倒了。'不过也没有说起长城。战国时的齐长城是在齐威王时筑建的,离齐庄公有一百多年,而且齐国的长城又不是秦始皇筑建的长城。唐朝的释贯休却因此写诗说:"秦朝人修筑了万里长城,杞梁的妻子这位贞烈的妇人却像鸟儿悲鸣一样啼哭,直到把长城哭倒了。竟然把杞梁说成是秦朝时修筑长城的人,而且他的妻子所哭倒的,就是秦朝的长城。"

俗传梁灏八十岁时考中科举第一名,作有"状元属于老年有成就的人"的七言诗一首。《黄氏日抄》《朝野杂记》都对此进行批驳改正,认为梁灏中状元时,年纪才有二十六岁。我下按语:《宋史》梁灏传中记载;梁灏在雍熙二年考中进士,被赏赐进士甲科出身,从而脱下了平民百姓穿的布衣,出任大名府观察推官。梁灏在景德元年死去,年龄是九十二岁。从雍熙年到景德年只相隔了十多年,但梁灏却已有九十二岁高寿;那么关于他八十岁中状元的说法,并非是没有缘由的。

二九

【原文】

班史称霍光不学无术,故不知伊尹放太甲之事。乃《西京杂记》载光《答弈生兄弟书》,先引殷王祖甲,再引许螯公一产二女,楚唐勒一产二子,事甚博雅。

《蜀志》：刘巴轻张飞云："大丈夫何暇与兵子语？"似飞椎鲁无文。乃涪陵有飞所作《刁斗铭》，流江县有飞所书题名石。前明张士环有诗云："江上祠堂横剑佩，人间刁斗重银钩。"

【译文】

班固在史书中说大将军霍光是个不学无术的人，因此他不知道历史上有伊尹把太甲流放的事情。但《西京杂记》中记载了霍光的《答娈生兄弟书》，先是征引了殷王祖甲的事，又引用了历史上许螯公生下双胞女儿的事，楚唐勒生下双胞儿子的事，所引用的事很广博高雅。《蜀志》中记载：刘巴瞧不起张飞，他说："像我这样的大丈夫哪有时间和一个士兵莽夫交谈？"似乎张飞是个粗鲁不通文墨的人。但涪陵县有张飞所做的《刁斗铭》，流江县有张飞所题写名字的石头。明朝张士环有诗说："江边的祠堂中的塑像个个横着宝剑，人世间刁斗的声音在月儿当头的寒夜响起。"

三〇

【原文】

宋人多称曾子固不能诗。乃《上元祥符寺宴集》云："红云灯火浮沧海，碧水瑶台浸远空。"又，《享祀军山庙歌》："土豪起兮，流泉驶兮。"凡二百余言，俱不减作者。

【译文】

宋朝人都说曾巩不会写诗。但他的《上元祥符寺宴集》中写道："红云和灯火漂浮在沧海之上，碧水之上一轮明月高悬在遥远的夜空。"此外，《享祀军山庙歌》："山脉起伏，泉水流淌。"共有二百多句诗，都丝毫不减作者的名声。

国学经典文库

随园诗话

公性孝友父亡奉继母益至抚四弟九妹於委廉单羽中官学婚嫁一出其力为

文章节驰骋本原六经卒论於司马迁韩愈时辈能过也

曾文定

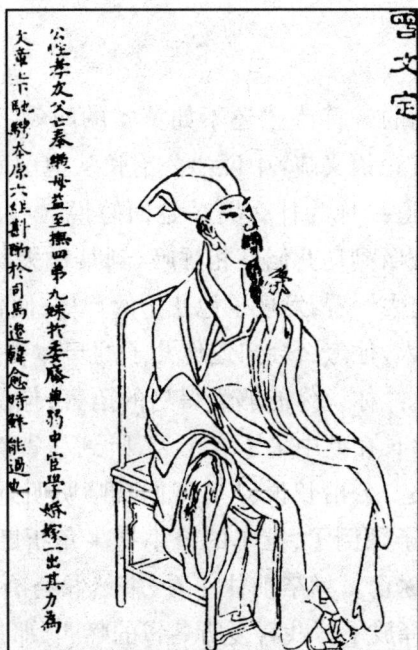

曾巩像，图选自清·上官周绘《晚笑堂画传》。曾巩为宋代著名文学家，唐宋八大家之一。

三一

【原文】

　　或问唐沈佺期诗云："不如黄雀语，能免冶长灾。"余按皇侃《论语义疏》云："冶长从卫还鲁，见老妪当道哭，问：'何为哭？'云：'儿出未归。'冶长曰：'顷闻鸟相呼，往某村食肉：得毋儿已死耶？'妪往视，得儿尸，告村官。官曰：'冶长不杀人，何由知儿尸？'遂囚冶长。且曰：'汝言能通鸟言，试果验，裁放汝。'冶长在狱六十日，闻雀鸣而大笑。狱主问何笑。冶长曰：'雀鸣啧啧嗺嗺，白莲水边，有车翻黍粟；牡牛折角，收敛不尽，相呼往啄。'狱主往视，果然。乃白村官而释之。"余爱雀言音节天然，有类古乐府。

【译文】

有人问唐朝沈佺期的一首诗："还不如黄雀的叫声,可以免去公冶长的灾祸。"我下按语:皇侃在《论语义疏》中说:"公冶长从卫国回到鲁国,看到一个老妇人在路上哭泣,他问道:'你为什么哭?'她回答说:'我的儿子外出还没有回家。'公冶长说:'刚才我听到鸟儿们互相呼唤,到某村去吃肉,该不会你的儿子已经死了吗?'老妇人前去一看,发现了他儿子的尸体,便告诉了村官。村官说:'如果不是公冶长杀的人,他怎么会知道你儿子的尸体在那儿呢?'于是便把公冶长囚禁起来。并且说:'你说你能够懂得鸟的语言,你试一下如果真的灵验,我便下令放了你。'公冶长在狱中呆了六十天,听到鸟雀啼叫后大笑起来,监狱的狱卒问他为什么大笑。公冶长说:'鸟雀们喷喷叽叽地叫,是说在白莲水塘边,有一辆装谷麦的车子翻倒了,拉车的公牛把牛角折断了,但麦没有捡拾干净,相互呼唤着去那儿啄食。'狱卒前往一看,果然像公冶长所说的一样。于是禀告了村官,把公冶长释放了。"我喜爱听鸟雀的啼叫,那是天然的音律节拍,类似于古乐府诗。

三二

【原文】

萧子荣《日出东南隅》云:"三五前年暮,四五今年朝。"梁元帝《法宝联璧序》云:"相兼二八,将兼四七。"此等算博士语,最为可笑。其滥觞盖起于东汉《唐君颂》,曰:"五五六七,训道若神。"用曾点"冠者五六人,童子六七人"也。棠邑《费凤碑》曰:"菲五五。"言居丧菲食二十五月也。皆割裂太过,不成文理。

【译文】

萧子荣在《日出东南隅》中说:"前年那个傍晚我十五岁,今年这个早晨我已二十了。"

梁元帝在《法宝联璧序》中说:"相兼二八,将兼四七。"这种算博士们的话,最为可笑。它大概是起源于东汉的《唐君颂》,上面说:"五六个人或是六七个

人,教诲道义时像神灵一样。"

这里是套用曾点的"五六个成年人,六七个儿童"。

棠邑的《费凤碑》上说:"素食五五二十五日。"是说服丧期内吃二十五天的素食。这些文字都过于割裂原意,不成文理。

☲

【原文】

或问:"梅定九先生诗云:'乾道炎三伏,坤灵乐四游。'作何解?"余按《史记》秦德公二年"初伏"注:"三伏始于秦,周无伏也。"刘熙《释名》云:"金气伏藏也。故三伏皆庚。"王大可云:"三伏者,庚金伏于夏火之下。金畏火,故曰伏。"惟"四游"不得其解。后见《尚书考灵耀》曰:"地体虽静,而终日旋转,如人坐舟中,身自行动,人不能知。春星西游,夏星北游,秋星东游,冬星南游。一年之中,地有四游。"此定九先生之所本也。

【译文】

有人问我:"梅定九先生的诗中说:'乾道时三伏炎热,坤灵时地球四向游动。'这如何理解呢?"我下按语:《史记》秦德公二年"初伏"中注解说:"三伏从秦国开始,周朝时没有三伏这种说法。"

刘熙的《释名》中说:"金气容易伏藏,因此三伏都属庚。"

王大可说:"三伏,是指庚金伏于夏火之下。金畏惧火,因此叫伏。"

只有"四游"无法理解。后来见到《尚书·考灵耀》中说:"地球表面虽然平静不动,但它终日旋转不止,就好像是人坐在舟中,舟自身向前行动,而人却不能知道,春天地球向西移动,夏天地球向北移动,秋天地球向东移动,冬天地球向南移动。在一年之中,地球向四个方向移动。"

这就是梅定九先生诗中的根据。

随园诗话

三四

【原文】

毛西河以诗赋为试帖。按唐"明经":先帖文,然后试帖经之法,以所习经,帖其两端,中留一行行之;非指诗赋也。然"明经"亦有试诗者:王贞白有《帖经日试宫中瑞莲诗》。

【译文】

毛西河把诗赋理解为试帖。按:唐朝时的"明经"规定:先帖文章,然后试帖经之法,用所学习的经文,帖在两端,中间留出一行作为考试用;而不是指诗赋。但是"明经"也有考试诗赋的:王贞白作有《帖经日试宫中瑞莲诗》。

三五

【原文】

今举子于场前揣主司所命题而预作之,号曰"拟题"。按宋何承天私造《铙歌》十五篇,不沿旧曲,而以己意咏之,号曰"拟题",此二字之始。今遂以为士子揣摩之称。

【译文】

现在的举子在考试前揣测主考官所出的题目预先做出,叫作"拟题"。按:宋朝的何承天私自创造了十五篇《铙歌》。不沿袭老曲调,而是按照自己的意愿歌唱,称作"拟题",这便是这两个字的起源。现在便把"拟题"用来表示读书人揣摩的意思。

三六

【原文】

俗传黄崇嘏为女状元。按《十国春秋》："崇嘏好男装，以失火系狱，邛州刺史周庠爱其丰采，欲妻以女。乃献诗云：'幕府若容为坦腹，愿天速变作男儿。'庠惊，召问，乃黄使君女也。幼失父母，与老妪同居。命摄司户参军，已而乞罢归，不知所终。"今世俗讹称女状元者，以其献诗时，自称"乡贡进士"故也。严冬友曰："徐文长的《四声猿》剧，末一折为《女状元》，即崇嘏事。此俗称所始。"

【译文】

俗传黄崇嘏是女状元。《十国春秋》中记载："黄崇嘏喜爱穿男装，因为失火被关进监狱，邛州刺史周庠爱惜她的丰采，想把女儿嫁给她。黄崇嘏于是献诗一首说：'将军若是容许我坦言不讳，我愿老天速速把我变成男子。'周庠大惊，把黄崇嘏召来询问，才知道她本是黄使君的女儿，她自幼失去父母，和老奶奶一同生活，于是命她作司户参军，不久她请求辞职回家，不知她的后事如何。"

现在人们误传她是女状元，是因为她在献诗中自称"乡贡进士"的缘故。严冬友说："徐文长的戏剧《四声猿》中，最后一折戏是《女状元》，写的就是黄崇嘏的事，这就是俗称她为女状元的开始。"

三七

【原文】

孔毅夫《杂说》称退之晚年服金石药致死。引香山诗："退之服硫磺，一病讫不愈"为证。吕汲公辩之云："卫中立字退之，饵金石，求不死、反死。中立与香山交好，非韩退之也。韩公之痛诋金石，已见李虚中诸人墓志矣：岂有身反服

之之理?"

【译文】

孔毅夫的《杂说》中称退之是晚年吞服金石药而死亡的。并且引用白居易的诗"退之吞服硫磺,一直卧病没有痊愈"作为证明。吕汲公分辩说:"卫中立字退之,用金石作药饵,想求长生不老,反而死去。卫中立和白居易交情很好,并不是韩愈韩退之。韩愈对金石痛恨,可以从李虚中等人的墓志中看出:怎么会有自身痛慨金石反而会吞服金石的道理?"

三八

【原文】

近人新婚,贺者作催妆诗,其风颇古。按:《毛诗》"间关车之牵兮"一章,申丰曰:"宣王中兴,士得行亲迎之礼,其友贺之而作是诗。"北齐婚礼,设青庐,夫家领百余人,挟车子,呼新妇,催出来。唐因之有催妆诗。中宗守岁,以皇后乳媪配窦从一,诵《却扇诗》数首。天峋中,南平王钟女适江夏杜洪子,时已昏瞑,令人走乞《障车文》于汤荦,荦命吏四人执纸,倚马而成:即催妆也。《芥隐笔记》《辍耕录》俱云:今新妇至门,则传席以入,弗令履地。唐人已然。白乐天《春深娶妇》诗云:"青衣捧毡褥,锦绣一条斜。"

两新人宅堂参拜,谓之拜堂。唐人王建《失钗怨》:"双杯行酒六亲喜,我家新妇宜拜堂。"

【译文】

近时的人在新婚时,庆贺的人写催促新娘梳妆的诗,这种风气很古老。按:《毛诗》中"间关车之牵兮"这一章中,申丰说:"宣王中兴,士人得以实行亲迎之礼,朋友们祝贺他于是写下了这首诗。"

北齐的婚礼风俗,设置一个青色的茅屋,由夫家带着百余人,携着车子,呼唤新娘子,催她出来上车,唐朝因此有催妆诗。中宗守岁时,把皇后的奶娘许配给了窦从一,并诵读了数首《却扇诗》。天峋年间,南平人王钟的女儿嫁给了江

夏人杜洪的儿子,当时天色已经昏黑,仍命人跑去向汤芋求写《障车文》。汤芋命四个小仆拿着纸,他倚着马挥笔而就:这就是催妆。

《芥隐笔记》《辍耕录》中都说道:如今新媳的过门,要用席铺地,不让她双脚踩地。这个风俗在唐朝时就有了。白居易在《春深娶妇》诗中说:"青衣婢子手捧毯褥,一条锦绣走道斜通新房。"

两位新人在宅堂中相互参拜,叫作拜堂。唐朝人王建在《失钗怨》诗中写道:"双杯敬酒六亲大喜,我家新媳妇正在拜堂。"

三九

【原文】

诗能令人笑者必佳。云松《咏眼镜》云:"长绳双目系,横桥一鼻跨。"古渔《客邸》云:"近来翻厌梦,夜夜到家乡。"张文端公云:"姑作欺人语,报国在文章。"尹似村《咏贫》云:"笥能有几衣频典,钱值无多画幸存。"刘春池《立春》云:"门前久已无车马,尚有人来送土牛。"古渔《哭陈楚筠》云:"才可闭门身便死,书生强健要饥寒。"蒋心余《咏京师鸡毛炕》云:"天明出街寒虫号,自恨不如鸡有毛。"

香亭和余《咏帐》云:"垂处便宜人语细。"余乍读便笑。香亭问故。余曰:"纵粗豪客,断无在帐中喊叫之理。"又,《咏杖》曰:"隔户声先步履来"皆真得妙。

【译文】

能让人发笑的诗一定很好。雪松的《咏眼镜》诗写道:"长长的绳链系在双眼上,镜架横跨在鼻梁上。"

陈古渔在《客邸》诗中说:"近来翻来覆去地做梦,夜夜都在梦中回到家乡。"张文端先生说:"姑且说一些欺骗别人的话,我要用写文章来报国。"

尹似村在《咏贫》诗中说:"衣箱中能有几件衣可以称得上频繁地典当,虽然钱财不多幸好我的画还保存着。"

刘春池在《立春》诗中说:"门前已很久没有车马来往,却还有人前来送一头牛给我。"陈古渔在《哭陈楚筠》诗中说:"才把门关上人便死去了,书生要想

抵御饥饿和寒冷就必须要身体强健。"

蒋心余在《咏京师鸡毛炕》诗中说:"天亮时走上街道只听到寒风中虫儿在叫,恨自己不像鸡身上长有羽毛。"

香亭和我的《咏帐》诗说:"帐幕垂落的地才适合人儿低声细语。"我刚一读到便笑了出来。香亭问我为什么,我回答说:"即使是豪爽粗犷的人,也肯定没有会在帐幕中喊叫的道理。"

此外,他的《咏杖》诗写道:"隔着屋子竹杖点地声比脚步声先传了过来。"这些诗都写得很妙。

四〇

【原文】

曹震亭与史梧冈潜心仙佛,好为幽冷之诗。曹云:"肃肃秋干风,萧旷野无已。桥孤朽柱摇,落日动野水。"史云:"一峰两峰阴,三更五更雨。冷月破云来,白衣坐幽女。"皆阴气袭人。曹又有句云:"秋阴连朔望,黯黯白云平。似听前村里,呼鸡有妇声。"此首便冷而不阴。

【译文】

曹震亭和史梧冈潜心钻研仙佛之道,喜好写些幽深清冷的诗句。曹震亭的诗中说道:"肃杀的秋风干冷地吹着,萧瑟的旷野已空无一物。一座孤独小桥的木柱因朽蚀而摇动,落日余晖下田野中一条小河在流淌。"

史梧冈在诗中说:"一两座山峰笼罩在阴云之中,三更五更时分雨儿不停地下。清冷的月亮破云而出,像一位幽静的白衣少女端坐云端。"诗中都有阴森森的气氛。曹震亭还有一首诗:"秋日中阴雨天气从月初连绵到月末,霭霭的白云在天上平伸好象听到前面的村庄中,有一位妇人正在呼唤鸡儿。"

这首诗便只有些清冷但不让人有阴森之感。

四一

【原文】

诗有听来甚雅,恰行不得者。金寿门云:"消受白莲花世界,风来四面卧中央。"诗佳矣,果有其人,必患痎瘧。雪庵僧云:"半生客里无穷恨,告诉梅花说到明。"诗佳矣,果有其事,必染寒疾。

【译文】

诗句有听起来非常雅致的,却不能按照它所说的去做。金寿门写道:"尽情享受这一片白莲花的世界,躺卧在莲花中央风儿从四面吹来。"

诗是好诗,但如果真有这样的人,他一定会得疟疾。雪庵僧在诗中说:"半生的漂泊中我有无穷无尽的仇恨,对着梅花倾诉从夜中一直说到天明。"

诗写得好,但如果有人这么做,他也一定会受寒染病的。

四二

【原文】

今人称曲之高者,曰"郢曲",此误也。宋玉曰:"客有歌于郢中者。"则歌者非郢人也。又曰:"《下里巴人》,国中属和者数千人。《阳春白雪》,和者不过数十人。引商刻羽,杂以流徵,则和者不过数人。"是郢之人能和下曲,而不能和妙曲也。以其所不能者名其俗,不亦诬乎?

【译文】

现在的人把曲调高亢的曲子叫作"郢曲",这是不对的,宋玉说:"有位行客在郢中高歌。"

那么所说唱歌的人便不是郢人。他又说:"楚国的民歌《下里巴人》,楚国中跟着合唱的有几千人,而高雅的《阳春白雪》却只有不超过几十人跟着合唱。引用古曲五声宫、商、角、徵、羽,相混杂合声,那么跟着合唱的人就只有几个人了。"

因此郢人可以合唱乡俗之曲,却不能合唱高雅美曲,用他们所做不到的来称呼他们的风俗,难道不是一个错误吗?

四三

【原文】

《毛诗》:"流离之子。"郑《笺》:"流离,鸟名。"今论以为离散之词。犹之"狼狈",兽名也,今论以为困顿之词。"琐尾"二字,《笺》:"美好也。"今亦讹为琐碎之词。

【译文】

《毛诗》中说;"流离鸟的雏鸟。"郑玄的《笺》中注释说:"流离,是一种鸟的名字。"

现在把它错误地用作表示失散分离意思的词语。就好像"狼狈"一词,本是两种野兽的名字,现在误用作表示苦困窘迫的词语。"琐尾"这两个字,《笺》中说:"是美好的意思。"现在也把它误用作表示细小琐碎的词语。

四四

【原文】

谢位联《贺进士》云:"赴宴琼林早,题名雁塔高。"余有旧拓《雁塔题名记》十余张,皆缙绅大夫、僧流羽士之名,非止新进士也。唐进士于曲江宴赏之余,

多有各题名姓者。今人遂以"雁塔题名"为称贺进士之言。

【译文】

谢位联在《贺进士》一诗中说："早早赶到琼林来赴庆贺宴，名字被高高地题写在大雁塔上。"

我有十多张《雁塔题名记》的旧拓片，都是些缙绅士大夫、僧人道士等的名字，并不只是新中举的进士名字。唐代的进士在曲江设宴庆贺的时候，大多各自题写下自己的名字。现在的人于是便把"雁塔题名"用来称作向进士表示庆贺的话。

四五

【原文】

世传苏小妹之说。按《墨庄漫录》云："延安夫人苏氏，有词行世，或以为东坡女弟适柳子玉者所作。"《菊坡丛话》云："老苏之女幼而好学，嫁其母兄程濬之子之才先生。作诗曰：'汝母之兄汝伯舅，求以厥子来结姻。乡人婚嫁重母族，虽我不肯将安云。'"考二书所言，东坡止有二妹：一适柳，一适程也。今俗传为秦少游之妻，误矣！或云："今所传苏小妹之诗句对语，见宋林坤《诚斋杂记》，原属不根之论。犹之世传甘罗为秦相。"按《国策》："甘罗年十二，为少庶子，请张卿相燕。又事吕不韦，以说赵功，封上卿。"并无为秦相之说。然《仪礼疏》亦云："甘罗十二相秦。"则以讹传讹久矣。

【译文】

社会上流传着苏小妹的传说。按：《墨庄漫录》中说："延安夫人苏氏，有诗词流传在世上，有人认为是嫁给柳子玉的苏东坡的妹妹所作。"

《菊坡丛话》中说："苏老泉的女儿年幼但好学，嫁给了她的舅舅程濬的儿子程之才先生。并作诗一首说：'你母亲的兄长是你的大舅父，请求让你和他的儿子结成姻亲。本乡人在婚嫁时看重母亲的宗族，虽然我不肯把你嫁过去。'"考证以上二书所载内容，苏东坡只有两个妹妹，一个嫁给了柳子玉，一个嫁给了程之才。现在流传是秦少游的妻子，真是大错特错了！有人说："现在所传世的

苏小妹的诗句对联,见于宋林坤的《诚斋杂记》,原本是没有根据的言论。就好比世上所流传的甘罗曾为秦国宰相的故事。"

按:《国策》上记载:"甘罗十二岁进任少庶子之职,邀请张卿到燕国任宰相。后来跟随吕不韦,由于游说赵国的功劳,被封为上卿。"并没有说他被封为秦国宰相。但是《仪礼疏》中也说:"甘罗十二岁时在秦国任宰相。"

可见这种以讹传讹的现象由来已久了。

四六

【原文】

张翰诗:"黄花若散金。"菜花也。通首皆言春景,宋真宗出此题,举子误以为菊,乃被放黜。

【译文】

张翰在诗中说:"黄色的花朵像散落的黄金。"描写的是油菜花。

整首诗写的都是春天的景象,宋真宗出了这道诗题,举子们错误地认为描写的是菊花,于是遭到了流放贬职。

四七

【原文】

外祖章师鹿诗云:"高足多金紫,先生已白头。"人问"高足"出处。按《世说新语》:"郑康成在马融门下,三年不得相见,高足弟子传授而已。"言融不能亲教,使高弟子传授之耳。然颜师古注《高祖本纪》云:"凡乘传者:四马高足为置传,四马中足为驿传,四马下足为乘传。"是"高足"二字,在汉时以之名马,而《世说》竟以之称弟子,何也?师鹿先生年八十四,犹冒雨着屐,赴康熙庚子乡

试。使遇今上，必受殊恩无疑也。《与及门游西湖》云："师弟同游兴不孤，呼僮挈榼更提壶。分明柳暗花明处，年少丛中一老夫。"

【译文】

我的外祖父章师鹿在诗中说："门下的高足多已穿金带紫作了大官，而老先生却已白发苍苍。"

有人问我"高足"的出处。按：《世说新语》中说："郑康成在马融门下求学，三年都没有见到过马融，只是由马融的得意弟子传授他罢了。"这里是说马融不能亲自教授，而指派高足弟子代为传授他。但颜师古在《高祖本纪》中注解说："凡是乘传：四匹好马牵引的叫置传，四匹中等马牵引的叫驿传，四匹下等马牵引的叫乘传。"因此"高足"这两个字，在汉代时是用来称呼马匹的，但《世说新语》中竟用来称呼弟子学生，这是为什么？章师鹿先生以八十四岁高龄，还冒着雨穿着木屐，赶赴康熙庚子年乡试。若是他遇上当今圣上，一定会受到特殊恩典，这是毫无疑问的。他在《与及门游西湖》诗中说："老师和学生一同游玩兴致高更不孤单，让小僮提着酒坛还带着酒壶。在柳暗花明处看得清楚分明，一群少年人中间站着一位老人。"

马融像。马融为东汉著名学者，郑康成曾在马融门下学习。

四八

【原文】

令人称女子加笄为"上头"。按《南史·孝义传》："华宝八岁，父成往长安，临别曰：'须我还，为汝上头。'长安陷，父不归。宝年至七十，犹不冠。"是"上头"者，男子之事。今专称女子，心颇疑之。读《晋乐府》云："窈窕上头欢，那得

及破瓜?"则主女说亦可。

【译文】

现在的人把女子用簪子束发叫作"上头"。按:《南史·孝义传》中记载:"华宝八岁时,父亲华成前去长安,临别时对他说:'一定要等到我回来,给你在头上束发戴冠。'长安被攻陷,他的父亲华成没有回来,华宝到了七十高龄,还没有束发戴冠。"

因此,所谓"上头"是男子的事。现在专指女子束发,我的心中很是疑惑。《晋乐府》中说:"窈窕少女在束发时的喜悦,哪里比得上新婚时的幸福?"那么,主张"上头"是女子的事情也是可以的。

四九

【原文】

唐耿纬《长门怨》云:"闻道昭阳宴。"杨衡云:"望断昭阳信不来。"刘媛云:"愁心和雨到昭阳。"按:昭阳为成帝时赵氏姊妹所居,与武帝之陈后长门无涉。

【译文】

唐朝耿纬在《长门怨》诗中说:"在路上听到昭阳宫中的酒乐之声。"杨衡在诗中说:"望断昭阳宫却盼不来一封信。"刘媛在诗中说:"我忧愁的心绪掺杂着细雨飞到了昭阳。"

我下按语:昭阳宫是汉成帝时赵飞燕姐妹所居住的地方,和汉武帝的陈皇后居住的长门宫没有关系。

五〇

【原文】

章槐墅观察曰："泰山从古迄今，皆言自中干发脉。圣祖遣人从长白山，踪
至旅顺山口，龙脉入海，从诸岛直接登州，起福山而达泰山，凿凿可据。"余虽未
至旅顺福山，然山左往来，不惟岱岳位震面兑，即观汶、泗二水源流，亦皆自东而
西：则泰山不从中干发脉，又一确证也。因纪以诗云："两条汶、泗朝西去，一座
泰山渡海来。笑杀古今谈地脉，分明是梦未曾猜。"

【译文】

章槐墅观察说："从古到今，都说泰山山脉是从中干发源的。圣祖皇帝派人
从长白山，追寻山脉走向来到旅顺山口，只见长白山的龙脉延伸入海中，通过一
系列岛屿和登州连接，又从福山垄起，从而抵达泰山，这是确凿可靠的。"

我虽然从来没有到过旅顺和福山，但经常在泰山的西面往来经过，不仅泰

泰山图

山位于震雷之区而面向沼泽，即便是观看汶水、泗水的源流，也全都是从东流向
西的，因此泰山不是从中干发脉的，这又是一个确凿的证据。我于是用诗的形

式记录下来："汶水、泗水两条河向西方流去,高高的泰山从海上发源而来。可笑这些谈论地脉走向的古今之人,分明是在做梦而不是在猜测。"

五一

【原文】

乐府云:"五马立踟蹰。"香山诗云:"五疋鸣珂马,双轮画刊载车。"注:"五马者,不一其说。按《汉官仪》:四马载车,惟太守出,则增一马;故称太守曰五马。"此一说也。程氏《演繁露》以为始于《毛诗》:"良马五之。"亦一说也。《南史·柳元莫传》:"兄弟五人,同为太守,各乘一马出入;时人荣之,号柳氏门庭,五马委蛇。"则又一说矣。

【译文】

乐府诗中说:"五匹骏马徘徊不前。"白居易在诗中说:"五匹佩着玉环的骏马长嘶,一辆双轮雕花的战车。"

注:"五马,说法不一。按《汉官仪》中记载:马车由四匹马拉头,只有在太守出巡的时候,则再增加一匹,因此称太守为五马。"

这是一种说法。程氏的《演繁露》中认为五马起始于《毛诗》:"五匹好马驾车而行。"

这也是一种说法。《南史·柳元莫传》中说:"兄弟五人,同时担任太守,各自乘一匹马出入;当时的人以之为荣耀,因此把柳家的门庭称为五马委蛇。"这又是一种说法。

五二

【原文】

《古乐府》:"十五府小史,三十侍中郎。"似令史之年轻者名小史,即今之小书办也。张翰有《周小史诗》,曰:"翩翩周生,婉娈幼童。年甫十五,如日在

东。"谢惠连有《赠小史杜德灵诗》，似乎亵狎。然吴祐举孝廉，乃越道，共雍丘小史黄真欢语移时，人以为荣。则小史又以人重矣。高俅为东坡小史，后见苏氏子孙，执礼犹恭。

【译文】

《古乐府》中说："十五岁的府中小文书官，三十岁当上了侍中郎。"好像主管文书档案官员中的年轻人叫作小史，就是现在的小文书官。

张翰作有《周小史诗》："风度翩翩的周姓小史，是个相貌俊美的年轻人。年龄刚过十五岁，就好像是东方刚出升的太阳。"

谢惠连写有《赠小史杜德灵诗》，写的似乎有些亵狎。然而吴祐被举荐为孝廉后，就有越轨举动，和雍丘的小史黄真在一起欢声笑语共度美好时光，人们都引以为荣，那么小史又会因人而受重视。高俅曾做过苏东坡的小史，后来他见到苏东坡的子孙时，所持有的态度礼节都还很恭敬。

五三

【原文】

唐人争取新进士衣裳以为吉利。张文昌诗曰："归去惟将新诰命，后来争取旧衣裳。"唐宣宗自称"乡贡进士李道隆"。进士之荣，至于天子慕之。宋时尤重出身，无出身者，不得入相。故欲相此人，必先赐进士出身，而后许其入祖。其重如此。然亦有时而贱。李赞皇不中进士，故不喜科目，曰："好骡马不入行。"金卫绍王喜吏员，不喜进士，曰："高廷玉人才非不佳，可惜出身不正。"嫌其中进士故也。

【译文】

唐朝的人争相索要新考中的进士的衣裳，认为是很吉利的。张文昌在诗中说："衣锦还乡时仅带着皇帝新下的诰令，后来人纷纷来索要旧衣裳。"

唐宣宗常自称是："乡贡进士李道隆"。进士的荣耀，甚至于连天子都羡慕他们。宋朝的时候尤其看重出身，没有进士出身的人，就不能当宰相。因此要

国学经典文库

任某人做宰相,一定要先赏赐给他相当于进士的出身,然后方能允许他成为宰相。进士身份的重要到了这个地步。但是有时候也会很低贱。李赞皇没有考中进士,因此不喜欢科举考试,他说:"好的骡马从不入骡马行。"

金卫绍王喜欢那些小吏出身的官员,却不喜欢进士,他说:"高延玉的才能不是不好,可惜他的出身不端正。"

他是嫌弃高延玉曾考中过进士的缘故。

五四

【原文】

宋咸淳辛未,正言陈伯大议:考试士子,诸路运司牒州县,先置士籍,编排保伍,取各人户贯三代年甲,书明所习经书;年十五以上能文者,许其乡之贡士结状保送。一样四本,分送县、州、漕、部。临唱名时,重行编排保伍,各人亲书家状,以验笔迹。士人苦之,赋诗云:"刘整惊天动地来,襄阳城下哭声哀。庙堂束手全无策,只把科场闹秀才。"

【译文】

宋咸淳朝辛未年间,正言陈伯大上奏说:参加科举考试的读书人,应由各路转运司传文州县,把他们的户籍按十户一保五户一伍的制度编排起来,取各人户口籍贯中三代的年甲,写明各人所习读的经书,年龄在十五岁以上能写诗作文的,允发地的贡士结状保送他。状本一式四份分送到县、州、漕、部。

到唱名前,再重新编排保伍,各人亲自书写家状,以验明笔迹。读书人因此叫苦连天,写诗说:"刘整惊天动地地杀来,襄阳城下哭声一片。高居庙堂中的君主对此束手无策,只好到科举考场中去折腾秀才。"

嵇康像，图选自清·顾沅辑《古圣贤像传略》。嵇康是魏晋时期著名文学家，竹林七贤之一，被司马氏所杀害，临终在刑场弹奏古曲《广陵散》。

五五

【原文】

邵又房《赠友》云："《广陵散》里求知己，不特弹无听亦无。"余叹其意包括甚广。按《文苑英华》顾况序：弹琴者王女继之，名"日宫""月宫"；有《归云引》《华岳引》诸曲，皆《广陵散》之遗音。是叔夜所弹，未尝绝也。《唐书·韩皋传》，解《广陵散》为嵇康思魏之意。因毌丘俭、诸葛诞俱起兵于广陵，思兴复魏室，而兵皆散亡，故曰从此绝矣。非专指琴也。

随园诗话

【译文】

邵又房在《赠友》诗中说:"通过弹奏《广陵散》来寻求知己,不只是没有弹奏者连听众也没有。"

我感叹他的含意中包括了很多意思。按:《文苑英华》中顾况在序言里说:"弹奏琴的手法被一位姓王的女子继承下来,起名叫"日宫""月宫";有《归云引》《华岳引》等曲子,都是《广陵散》中流传下来的古曲。因此叔夜所弹奏的曲子,并没有绝灭。《唐书·韩皋传》中把《广陵散》解释为嵇康思念魏国的意思。因为毋丘俭、诸葛诞都是从广陵起兵,想光复魏国。但都兵败逃亡,因此说从此绝灭了,并不是专指琴曲绝世。

五六

【原文】

或问:"杨升庵有句云:'一桶水倾如佛语,两重纱夹起江波。'应作何解?"余按:徐骑省不喜佛经,常云:"《楞严》《法华》,不过以此一桶水,倾入彼一桶中。倾来倒去,还是此一桶水。识破毫无余味。"此升庵所本也。方空纱用一层糊窗,原无波纹;夹以两层,必有闪烁不定之波。恐升庵即事成诗,未必有本。余亦有句云:"水痕泻地方圆少,雪片经风厚薄多。"一用《世说》,一用《东坡志林》。

【译文】

有人问:"杨升庵的诗句'一桶水倒来倒去像佛家所说的道理一样,两重窗纱看上去好似江水中波光闪动'。应该如何理解?"我下按语:徐骑省不喜欢读佛经,他常说:"《楞严经》和《法华经》,都不过像是用这一桶水,倒入另一桶水中。倒来倒去,就是这一桶水,认识到这一点就一切都索然无味了。"

这是杨升庵诗中所根据的。本来用一层空纱糊在窗户上,原不会出现波纹,用了两层窗纱,必然就会出现闪烁不定的波纹。但恐怕杨升庵就事写诗,未必会有所依据。

我也写了一首诗："倒在地上的水迹占地很小,雪花被风一吹落在地面就厚薄不均了。"

其中一个是引用了《世说》中的典故,一个是引用了《东坡志林》中的典故。

五七

【原文】

熊蔗泉观察《听雪》云:"一夜朔风急,重衾尚觉寒。料应阶下白,及早起来看。"童二树《盼月》云:"佳绝娟娟月,秋窗逼晓开。卧看桐竹影,渐上卧床来。"两首格调相同。商宝意《顾曲》云:"一曲明光三十段,自弹先要听人弹。"赵云松《论诗》云:"背人恰向菱花去,还把看人眼自看。"两首用意相反。

【译文】

熊蔗泉观察在《听雪》诗中说:"一夜北风紧吹,盖着厚厚的被褥还觉得有些寒冷。料想台阶下应该是银白一片,我赶早起床出外观看。"

童二树在《盼月》诗中说:"一轮秀美的明月风光绝好,破晓时我把秋窗打开。躺着看那桐竹的树影,渐渐地移到我的床上来。"两首诗的格调相同。商宝意的《顾曲》诗写首:"一首三十小节的明光曲,在自己弹奏之前先要听别人弹奏。"

赵云松在《论诗》中说:"背对着人把菱花镜来照,还要把看别人的眼光自己先看一下。"这两首诗的用意正好相反。

五八

【原文】

诗文自须学力,然用笔构思,全凭天分。往往古今人持论,不谋而合。李太

白《怀素草书歌》云："古来万事贵天生,何必公孙大娘浑脱舞。"赵云松《论诗》云："到老始知非力取,三分人事七分天。"

【译文】

诗文写作自然需要用心苦学,然而下笔构思,却全凭个人的天分。往往古今诗人所持的观点不谋而合。李太白在《怀素草书歌》中写道:"自古以来世上的万事重在天生才智,何必像公孙大娘舞剑那样浑然一体。"

赵云松在《论诗》中说:"到老了才知道做事不能全凭力取,其中只有三分人事却有七分在天意。"

五九

【原文】

士大夫热衷贪仕,原无足讳;而往往满口说归,竟成习气,可厌。黄莘田诗云:"常参班里说归休,都作寒暄好话头。恰似朱门歌舞地,屏风偏画白蘋洲。"

【译文】

士大夫们热衷于贪图做官,这原本没什么可以避讳的;但他们却往往满口说些退休归隐的事,竟然成了一种习气,真是讨厌。

黄莘田在诗中说:"上朝参见皇帝的官员中常常说起退休,他们都把它用作寒暄时的好话题。恰似朱门大院歌舞升平的地方,却偏偏在屏风上画着荒凉的长着白色蘋草的小洲。"

六〇

【原文】

近人佳句,常摘录之,以教子弟,过时一观,亦有吹竹弹丝之乐。明知收拾

不尽,然捃摭一二,亦圣人"举尔所知"意也。毛琬云:"乍寒童子怯,将雨野人知。"童钰云:"病闻新事少,老别故人难。"张节云:"行善最为乐,观书动畜疑。"孔东堂云:"纤低时掠水,帆饱不依桅。"廖古檀云:"山风枯砚水,花雨慢琴弦。"王卿华云:"断香浮缺月,古佛守昏灯。"汪可舟云:"客久人多识,年高众病归。"吴飞池云:"凉风不管征衣薄,落日方知行路难。"李穆堂云:"云在岫无争出意,石当流有不平鸣。"何南园云:"闲愁早释非关酒,旧学重温为课孙。"杨次也云:"浅水戏鱼如可拾,密林藏鸟只闻声。"周青原云:"鸟自下山人自上,一齐穿破白云过。"刘果云:"花间看竹嫌逢主,梦里闻鸡似到家。"章智千《送春》云:"青山驻景如留客,绿树成阴已改妆。"姚念慈《哭孙虚船》云:"有泪直从知己落,无文可共别人论。"尹似村《送南园·出京》云:"乍亲丰采归偏速,不惯风尘住自难。"袁蕙缠云:"功名何物催人老?车马无情送客多。"宝意《哭环娘》云:"乍分烟岛情犹恋,略享春风死未甘。"香亭《渡淮》云:"田家饭麦风仍北,游女拖裙俗渐南。"春池《顺风》云:"天上鸟争帆影速,岸边人恨马行迟。"又有五七字单句亦妙者。鲁星村之"老怕送春归",杨守知之"随身只有影同来",王家骏之"园不栽梅觉负春",啸村之"讳老偏逢人叙齿",飞池之"孤鸿与客争沙宿":皆是也。

【译文】

近代人的一些好诗,我常摘录下来,用来教弟子们学习,过后自己拿出观赏,也有一种吹弹丝竹般的乐趣。明知道不可能一一抄录,但摘取其中的一些,也暗合圣人所说"把你所知道地告诉别人"的意思。毛琬在诗中说:"天气猛然变冷使孩童们害怕起来,快要下雨前田野里的农夫已经知道。"

童钰在诗中说:"卧病在床听到的新鲜事便少了,年迈后老朋友之间的别离就更难舍难分了。"

张节在诗中说:"做善事最能给人带来乐趣,读书时要像动物那样多疑。"

孔东堂在诗中写道:"低低的纤绳时而掠起水花,鼓鼓的风帆不再偎依着桅杆。"

廖古檀在诗中说:"山风吹干了砚台中的水,满天花雨我悠闲地弹拨琴弦。"

王卿华在诗中说:"芬芳时断时续的花丛上一轮缺月高悬,古老的佛像守着一盏昏黄灯火。"

汪可舟在诗中说:"在外行走多年人们大都认识我,年事已高又身染各种疾病我只得回到家中。"

吴飞池在诗中说:"寒风呼啸不管你身上只穿着薄薄的征衣,太阳落山后才真正知道行路的困难。"

李穆堂在诗中说:"云雾在山洞中缭绕并无飘出之意,石头挡住激流却有澎湃的涛声。"

何南园在诗中说:"早已忘记了闲愁并不是因为喝酒的缘故,重新温习以前学过的诗书是为了教授孙儿。"

杨次也在诗中说:"浅水中鱼儿相戏好像可以俯身捞取,密林中鸟儿深藏只能听到啼叫的声音。"

周青原在诗中道:"鸟儿从山上飞下人却从山下向上攀登,一齐从山间缭绕的白云中穿过。"

刘果在诗中说:"在花丛中欣赏竹林唯恐会遇上主人,睡梦中听到鸡鸣声好似回到了家中。"

章智千在《送春》诗中写道:"青山永驻风景如画好像在挽留客人,绿树成荫已改变了当初光秃秃的样子。"

姚念慈在《哭孙虚船》诗中说:"有眼泪只在知己面前流落,没有诗文可以和别人讨论。"

尹似村在《送南园·出京》诗中说:"刚刚得以一睹风度翩翩你这么快就要走,不习惯在风尘中生活便是到死也不甘心。"

袁蕙缵在诗中说:"功名是什么东西这样催人老? 车马无情送走一位又一位的客人。"

商宝意在《哭环娘》诗中说:"突然分别我仍深深地眷恋着你,才稍稍享受了人生就死去很不甘心。"

香亭在《渡淮》诗中说:"农家以麦为主食风儿仍从北方吹来,行走的姑娘身穿长裙风俗已逐渐接近南方。"

春池在《顺风》诗中写道:"天上的飞鸟和江中的小舟争相前行,岸边的人却恨坐下的马儿跑得太慢。"又有五言、七言绝句也写得很绝妙。鲁星村的"老人们害怕送走春天",杨守知的"随身别无他物只有我的影子和我一同前来",王家骏的"花园中若是不栽种梅树就觉得有负春天",啸村的"忌讳说我老偏偏遇到人谈起牙齿",飞池的"孤单的鸿雁和行客争着在沙滩上住宿",都是这一类的好诗句。

六一

【原文】

孔子曰："刚毅木讷近仁。"余谓：人可以木，诗不可以木也。人学杜诗，不学其刚毅，而专学其木；则成不可雕之朽木矣。潘稼堂诗，不如黄瘖堂：以一木而一灵也。余选钱文敏公诗甚少，家人误抄十余章，余读之，生气勃勃，悔知公未尽。居亡何，有人云："此孙渊如诗也。"余自喜老眼之未昏。

孔子像，图出自明·吕维祺《圣贤像赞》。孔子曾有"刚毅木讷近仁"之说。

【译文】

孔子说："刚强、坚毅、质朴、不轻易言语的人接近于仁人。"我认为：人可以

质朴,但诗却不可以质朴干瘪。人们学习杜甫的诗,不去学他那刚强坚毅的风格,却专门学习他的质朴干瘪:则成为不可雕的朽木了。潘透堂的诗文,不如黄瘁堂:是因为一个木讷而一个清灵。

我摘选的钱文敏先生的诗很少,家人们误抄了十多章,我读后,觉得他的诗写得勃勃有生气,后悔没有完全了解先生。过了不久,有人说:"这是孙渊如的诗。"我为自己的眼光尚未昏花而沾沾自喜。

六二

【原文】

余尝极赏健庵甥《咏落花》云:"看它已逐东流去,却又因风倒转来。"或大不服,曰:"此孩童能说之话,公何以如此奇赏?"余曰:"子不见张燕公争魏元忠事乎? 燕公已受二张嘱托矣,因宋璟一言而止。一生名节,从此大定。在甥作诗时,未必果有此意;而读诗者,不可不会心独远也。不然,《诗》称'如切如磋'与'贫而无谄'何干?《诗》称'巧笑倩兮'与'绘事后素'何干? 而圣人许子夏、子贡'可与言诗':正谓此也。"

【译文】

我曾经很欣赏外甥健庵的诗《咏落花》:"看到落花在水中随波向东流去,不料它又被风吹了回来。"

有人很是不服,说:"这是小孩都会说的话,先生为什么特别欣赏它呢?"我回答说:"你难道没有听过张燕公冒死营救魏元忠的故事吗?"

张燕公已经受到了权臣张易之、张昌宗的嘱托,要他作伪证陷害魏元忠,但由于听到宋禹的一席话而没有这么做。他一生的名誉和贞节,从此基本定下。

在外甥写诗的时候,未必真有这个意思,但读诗的人,却不能不超然中立用心体会。不然,《诗经》中说:"'要像对待骨、角、象牙、玉石一样,切磋它',和'贫穷却不巴结奉承,有何关联?《诗经》中说:'有酒窝的脸儿笑得美呀',和'先有白色底子,然后在上面画花'有什么关系?而且孔夫子赞许子夏、子贡,说可以和他们谈论诗经':说的正是这个意思。"

六三

【原文】

高文良公巡抚江苏,为制府某所凌,势岌岌乎殆矣,而公声色不动,《咏天平山》云:"倚天峭擘无尘玉,堕地孤留不动云。"其时沈子大先生在幕府,和云:"白浪静教翻石下,碧云高不受风移。"

【译文】

高文良先生在江苏任巡抚的时候,受到一位制府的欺凌,形势很是危急,但他却面不改色,他写的诗《咏天平山》中说:"倚天而立陡峭入云像一块不染尘土的玉石,坠落到地上只留下一动不动的云雾。"

当时,沈子大先生正在他的府上任幕僚,和诗一首说:"静静的白浪从石块上翻滚而下,碧空中高高的云彩不随风吹而飘移。"

六四

【原文】

阐乘上人《对月吊以中》云:"共玩君何往,江头独怆神。难将一片月,分照九泉人。"余在小市,买一古镜,背有诗云:"宝匣初离水,寒光不染尘。光如一轮月,分照两边人。"毛西河《咏镜》云:"与余同下泪,惟有镜中人。"三押"人"字,俱佳。

【译文】

阐乘上人在《对月吊以中》诗中说:"一同游玩你要到何处去,我在江边独自沉思。难以把这一片月光,分出来照到九泉下的你。"

我在小集市，买到了一面古镜，镜背面写着一首诗，诗中说："宝匣刚刚离水，一片寒光晶莹丝毫不沾染尘埃。光泽有如一轮满月，分别照在两地相思的人儿。"

毛西河在《咏镜》诗中说："和我一同落泪的，只有那镜中的人儿。"三首诗押的都是"人"字韵，写的都很好。

六五

【原文】

高翰起司马《路上喜晴》云："声传乾鹊喜，步觉寒驴轻。"乔慕韩《舟中》云："雨声篷背重，鸥影浪头轻。"

【译文】

高翰起司马在《路上喜晴》诗中写道："耳旁传来喜鹊清脆的叫声，连坐下的跛脚驴的步子也轻快起来。"

乔慕韩在《舟中》诗中写道："雨点重重地落到船篷上，鸥鸟在浪头轻捷地掠过。"

六六

【原文】

有人过刘智庙，见壁上题云："明时如此拔幽沦，荐祢须看士贡身。敢拟石渠容散木，竟教尘海作劳薪。变名梅尉非无地，捧檄毛生尚有亲。异日《儒林》与《循吏》，一编位置听他人。"诗尾署"竹初"二字。自命如此，可想见其不凡。

【译文】

有人在经过刘智庙时,见壁上题诗一首说:"英明君主的统治时期如此选拔隐身尘世中的才子,推荐祢时还要看他是否是贡生出身。敢于自比石渠包容得下众多散木,竟然把茫茫尘世变看作是劳薪,改名为梅尉并非是没有了容身之地,像捧着圣旨的毛生一样我还有亲人。他日《儒林传》和《循吏传》中,任听他人给我安排下一个位置。"

诗尾署名"竹初"两个字。如此自命,可以想象出他的不凡气势。

六七

【原文】

王梦楼做云南太守,有纳楼夷民李鹤龄献诗云:"玉堂老凤留衣钵,沧海长虹卷钓丝。"梦楼喜,即用其二句为起句,续六句以赠别云:"旧事都随云变灭,新诗喜见锦纷披。殊方那易逢佳士,识面无如是别时。自负平生能说项,珊瑚几失网中枝。"

【译文】

王梦楼当云南太守时,有纳楼族的李鹤龄献诗一首说:"玉堂上老凤留下传人,沧海中长长的彩虹像是卷起的钓鱼线。"

王梦楼看罢大喜,立即用这二句作为起首句,续作了六句诗以留赠别,诗中说:"往事都随云烟变迁湮灭,欣喜地见到这首如披锦衣的新诗。在这偏远的地方哪容易遇上良才,见面还不如说是告别。自负平生口齿伶俐能说动项羽,珊瑚几乎失掉了遮掩在网中的枝节。"

【原文】

　　昌黎云："横空盘硬语。"硬语能佳,在古人亦少。只爱杜牧之云："安得东召龙伯公,车干海水见底空。"又云："鲸鱼横脊卧沧溟,海波分作两处生。"宋人句云："金翅动身摩日月,银河翻浪洗乾坤。"本朝方问亭《卜魁杂诗》云："龙来阴岭做游戏,雷电光中舞雪花。"赵秋谷《秋雨》云："油云泼浓墨,天额持广帕。风过日欲来,艰难走云罅。"《大雨》云："日月皆归海,蛟龙乱上天。"赵云松《从李相国征台湾》云："人膏作炬燃宵黑,鱼眼如星射水红。"赵鲁瞻云："江星动鱼脊,山果落猿怀。"

【译文】

　　韩愈说："横空萦绕着刚劲有力的诗句。"刚强苍劲的诗能够写得好的,在古人中也不多见。我只爱杜牧之的一句诗："怎样才能召唤来东海龙王,车干海水见到空空的海底。"

　　他还写道："鲸鱼横露着脊背躺卧在沧海中,把相连的海水分隔成两块。"

　　宋朝有人在诗中写道："金翅大鹏抖动身躯摩日擦月,银河中波涛汹涌洗净了乾坤。"

　　本朝的方问亭在《卜魁杂诗》中说："游龙飞临阴岭来做游戏,雷电光中雪花飞舞。"

　　赵谷秋在《秋雨》诗中说："油黑的乌云泼下浓墨般的大雨,苍天的额头像是一块宽广的巾帕。风吹过太阳欲破云而出,它步履蹒跚地走出云缝。"

　　他在《大雨》诗中说："日月都回归大海中,蛟龙却升上天空肆意狂舞。"

　　赵云松在《从李相国征台湾》诗中说："用人的油脂点燃火炬照亮天边黑夜,鱼眼像星星般闪亮映得水面通红。"

　　赵鲁瞻在诗中说："鱼儿的鳞脊像星星在江面上闪烁,山果落入到猿猴的怀中。"

国学经典文库

随园诗话

六九

【原文】

丙辰召试鸿词,到丙申四十余年矣。申笏山在都中,与钱箨石、曹地山小集赋诗云:"尺五城南逐散仙,欢场一散似飞烟。多生那得离文字,后死何容卸仔肩。醉后吟声惊户外,雨余山色入窗前。百人尚有三人在,似得天怜亦自怜。"呜呼!笏山殁又十余年矣!今海内召试者,只余与箨石二人尚在。而近闻其年过八十,亦已中风。然则"天怜自怜",能无再三诵之乎?

【译文】

丙辰年应召策试鸿篇大论,到丙申年已经过了四十多年了。申笏山在京都时,和钱箨石、曹地山聚会时赋诗说:"五尺男儿在城南追逐游仙,自从考场欢聚又别离后时光飞逝如烟。活得越长越离不开诗文,便是死后也不容卸下肩上的重担。喝醉后大声吟诗惊动了房外的人,雨后站在窗前欣赏那一片怡人的山色。一百多个人中还有我们三人活着,好似得到了老天的怜惜当然也应自己怜惜自己。"

唉!申笏山去世也有十多年了!当今世上参加过那年召试的,只有我和钱箨石二人尚且在世。不过最近我听说他已经八十多岁了,也已不幸中风。但想起那句"老天怜惜自己也应怜惜"的诗,我能不一遍又一遍地诵读吗?

七〇

【原文】

周青原《咏杨妃》云:"彩舆花下禄儿狂,此说终疑是渺茫。惟小刘郎曾爱惜,坐怀亲为画眉长。"用史事,补前人未有。将录寄秋帆中丞,镌杨妃墓上。

【译文】

周青原在《咏杨妃》诗中说:"在彩辇和花前与安禄山嬉戏,这个说法我始终怀疑它是不真实的。只有年轻的刘郎和她相互爱慕怜惜,让她坐在怀中为她亲自描画长长的柳眉。"

这里采用的史料,补充了前人所没有用过的。我把它抄录并寄给了中丞秋帆,请他把诗镌刻在杨贵妃的墓碑上。

七一

【原文】

水仙花诗无佳者,惟杨次也先生七律,前半首云:"汀蘅洲草伴无多,以水为家奈冷何。生意不须沾寸土,通词直欲托微波。"余按:《焦氏易林》云:"凫雁哑哑,以水为家。"杨暗用之,而使人不觉:可为用典者法。

【译文】

咏唱水仙花的诗历来没有好的;只有杨次也先生的一首七律诗颇佳,前半首是:"水中的小洲上和它伴生的香草不多,把水作为家并不惧怕寒冷,它的生长并不需要有一点点土壤,清翠直立像是被水托起。"

我下按语:《焦氏易林》中说:"野鸭、鸿雁鸣叫着,把水当作了它们的家。"

杨次也暗中引用,却让人感觉不出:值得引用典故的人效法。

七二

【原文】

赵云松太史入闱分校,作《杂咏》十余章,足以解颐。《封门》云:"官封恰似

悬符禁,人望居然入海深。"《聘牌》云:"金镕应识披沙苦,礼重真同纳采虔。"
《供给单》云:"日有双鸡公膳半,夜无斗酒客谈孤。"《分经》云:"多士未遑谈虎
观,考官恰似划鸿沟。"《荐条》云:"品题未便无双士,遇合先成得半功。佛海渐
登超渡筏,神山犹怕引回风。"《落卷》云:"落花退笔全无艳,食叶春蚕尚有声。
沉命法严难自诉,返魂香到或重生。"《拨房》云:"未妨螺蠃艰生子,笑比琵琶别
过船。"

【译文】

赵云松太史到考场分校。写了十余章《杂咏》诗,足以让人开怀发笑。《封
门》诗中说:"官家的封条恰似悬挂起的禁令,人们看到后居然还愿意投入到像
海一样深的官场中来。"

《聘牌》诗中说:"金子炼成的聘牌应该知道在风尘中赶路的辛苦,接受重
重聘礼真是如同接纳彩礼一样虔诚。"

《供给单》中写道:"每天膳食中的两只鸡先生只能吃下半只,夜晚没有一
斗酒助兴客人们谈兴大减。"

《分经》中说:"多位文士在一起却没时间谈论虎观,考官们恰似在划分鸿
沟。"

《荐条》中说:"评点考题时并没有给这位才华无比的人才提供方便,机遇
巧合也就先成功了一半。这好比是要苦渡佛海先登上了超渡筏,身处神山之中
还害怕吹向回路的风。"

《落卷》中说:"退笔批回的试卷好像凋谢的花朵没有一只鲜艳的,春蚕吞
食蚕叶时尚且细微有声。严肃的命令和威严的法令让人难以上诉,一缕返魂香
飘到后或许可以重生再考。"

《拨房》中说:"没有妨碍螺蛉虫艰难地生子,笑着把这比拟成用琵琶向过
往的船只作别。"

七三

【原文】

余自幼闻"月华"之说,终未见也。同年王大司农秋瑞梦月华而生,故小字

华官。后见平湖陆陆堂先生云："康熙辛酉，八月十四夜，曾见月当正午，轮之西南角，忽吐白光一道。已而红黄绀碧，约有二十余条，下垂至地，良久结轮三匝，见月不见天矣。"先生赋云："今宵才见月华圆，织女张机也失妍。五色流苏齐着地，三重轮廓欲弥天。"先生名奎勋，掌教桂林，作《礼经解义》，请序于金中丞。中丞命余代作，先生夸不已。中丞以实告之。先生曰："此古文老手，不似少年人所作也。"纪先生有句云："檐低丝网蛛当断，沼浅莲房子半空。"

先生祖名棻，字义山，当国初鼎革时，马将军兵破平湖，掠其父，将杀之。棻才九岁，伏草中，跳出，抱将军膝，求代。将军爱其貌韶秀，取手扇示之，曰："儿能读扇上诗，即赦汝父。"棻朗诵曰：'收兵四解降王缚，教子三登上将台。'此宋人赠曹武惠王诗也。将军不杀人，即今之武惠王矣。"将军大喜，抱怀中，辟咡曰："汝能随我去，为我子乎？"曰："将军赦吾父，即吾父也。"遂哭别其父而行。将军为之泪下。已而将军身故，棻得脱归。康熙己未，举鸿博，入词林。圣祖爱其才，一日七迁，从编修、赞善、庶子，授内阁学士，才一年，先生引疾归。又十年，卒。自题华表云："一日七迁千古少，周年致政寸心安。"有病不治，吟曰："无药能延炎帝寿，有人曾哭老聃来。"

【译文】

我从小就听说了"月华"这个传说，但始终没能见到。我的同届举人大司农王秋瑞因他的母亲梦见月华而生下了他，因此小名叫作华官。后来见到平湖的陆陆堂先生说："康熙辛酉年八月十四日夜，曾见到月亮像正午的太阳一样，高挂在西南方的天空中，忽然从月亮中吐出一道白光。然后是红色、黄色、绀青、绿色约有二十多道光，一直垂到地上，过了很久结成个大圆绕了三圈，只能见到月亮已看不到天空了。"

陆陆堂先生赋诗说："今夜才得以见到圆圆的月华，连织女张开织机编织云彩都黯然失色。五彩的流苏一齐垂到地面上，结成三层圆圈想要把整个天空充满。"

陆先生名奎勋，在桂林掌管教育，著有《礼经解义》，请金中丞给他作序言。中丞让我代他写，陆先生对写的序赞叹不已。金中丞把实情告诉了他。陆先生说："这种古文功底和大家笔法，不像是少年人能写得出的。"

记得陆先生写有一句诗："低矮房檐下结成的蛛网常被碰断，浅水塘中的莲蓬大半是空的。"

陆先生的祖父名棻，字义山，在开国初期战争岁月中，马将军领兵攻破了平湖，俘虏了他的父亲，将要把他杀掉。陆棻那时才九岁，藏在草丛中，他跳了出

焚香禁杀图，出自清·马骀《百将图传》。讲述北宋名将曹彬，为人宽厚
仁和，率军攻南唐，在眼看就要攻破金陵城时。与手下诸将焚香立誓，约定城
破之日不得妄杀之事。曹彬因其赫赫战功而被加封为武惠王。所以又被称作
"曹武惠王"。

来，抱住马将军的小腿，请求代父去死，马将军见他相貌秀美很是喜爱，取出手
摇的扇子给他看，对他说："你这个孩子若是能读出扇子上写的诗，我便饶你父
亲不死。"

陆菜于是朗诵道："'取胜收兵四次给投降的敌军首领松绑，教育儿子三次
登上上将军的宝座。'这是宋朝人赠给曹武惠王的诗。将军您不杀人，就是当今
的武惠王。"

马将军大喜，把陆菜抱在怀中，把嘴贴在他的耳边说："你愿跟随我走，做我
的儿子吗？"陆菜回答道："将军宽赦了我的父亲，也就是我的父亲了。"

于是和他的父亲洒泪而别。马将军也为这种感人的情景而落泪。不久，马
将军去世，陆菜得以回到家中。康熙己未年，从民间推荐学识渊博的人，他得以
进入翰林院。清圣祖爱惜他的才华，在一日之内让他升了七次官职，从编修、赞

善、庶子,到封为内阁学士。刚刚过了一年,陆荥抱病回乡。又过了十年,与世长辞了。他自己在华表上题诗说:"一日之内升官七次真是千百年不遇的绝代少年,有一整年的时间参与政事我的心也已安稳。"

他身患疾病难以治愈,吟诗说:"没有什么药能延长炎帝的寿命,有人曾哭着请求太上老君来救我。"

七四

【原文】

相传"天开眼",余亦未之见也。平湖张斆坡晓步于庭,天无片云,忽闻有声骁然,天开一缝,当中宽,两头狭,状类大船。宽处有圆睛,闪闪,光芒照耀,似电非电。眼旁碎芒,如人之有睫毛。良久乃闭,斆坡赋诗曰:"霹雳年年响,何曾殛恶来?今朝才省悟,天眼不轻开。"

【译文】

相传有"天开眼"的景象,我也没能亲眼见到。平湖人张斆坡清晨在庭院中散步,只见天上一朵云彩也没有,忽然听到"轰"的一声巨响,天上裂开了一道缝,中间宽,两头狭窄,形状类似于一般大船,中间宽的地方有圆圆的眼睛,闪闪发光,光芒四射,似电非电。眼睛旁有细小的光芒,像是人长着睫毛。过了很长时间天眼才闭上。

张斆坡赋诗一首说:"霹雳年年都响,什么时候曾劈杀过恶来?今天我才恍然大悟,天眼从不轻易打开。"

七五

【原文】

诗含两层意,不求其佳而自佳。或《咏太行山》云:"但有路可上,再高人也

行。"《咏烛》云："只缘心尚在，不免泪长流。"《咏相见坡》云："劝君行路存余步，山水还留相见坡。"

【译文】

诗中含有两层含义的，即使没有刻意把它写成好诗它自身也不失为好诗。

有人写了一首《咏太行山》，诗中说："只要是有路可上，山再高人也敢向上攀登。"

《咏烛》诗中说："只因我的心还在，不免会泪水长流。"

《咏相见坡》诗中说："奉劝你行路时要留有余地，便是山水风景也还留有相见坡。"

七六

【原文】

余十二岁入学，廪生程郎渠云："渠甥吴冠山，名华孙，亦以髫年入学。今已赋鹿鸣，年才十五。"袖文一册示余。余读之，望若天人。及余登词馆，先生督学闽中，无由相见。五十年后，先生致仕在家，年八十矣。余游黄山，新安何素峰秀才招游仇树汪园，离先生所居，仅十里余，竟未走谒。别后，心悄悄如有所失。乃作诗寄之。先生见和云："英才硕望是吾师，咫尺相逢愿又违。自昔直庐欣识面，（己未科，收掌试卷，公所相识。）于今花径少抠衣。无人不把神仙度，独我偏教遇合稀。犹忆神交年尚幼，两株弱柳共依依。"

【译文】

我十二岁时进入县学读书，生员程郎渠说："他的外甥吴冠山，名字叫华孙，也是在童年时就入学读书。现在已经能写诗作赋，年龄才有十五岁。"

从袖中取出一册诗文递给我。我读后，把他当作神人一样看待。等到我进入翰林院，先生在福建任督学，没有机会再见面。五十年后，先生退休回家，已八十高龄了。

我到黄山游玩时，新安县秀才何素峰请我去游览仇树汪园，那儿离先生的

国学经典文库

随园诗话

家只有十多里路,竟然未能前去拜访。我和他分别后,心中恍惚若有所失。于是便作诗寄给了他。

先生见到诗后和诗一首说:"才高望众的你可以做我的老师,近在咫尺间就可相逢偏偏又于愿相违。自从那年你径直造访高兴地相识后,(己未年科举考试,我收取并掌管试卷,在先生的寓所中相识。)如今也能在随园的花径上担衣行礼。(他多次想造访随园都没成)。没有人不想向有神仙风度的你作揖施礼,唯独我偏偏让相遇机会越来越少。还记得我们心意投合地做朋友时年龄尚小,像两株弱小的嫩柳随风摇摆。"

七七

【原文】

张仪封观察谓余曰:"李白《清平调》三章,非咏牡丹也。其时,武惠妃薨,杨妃初宠,帝对花感旧,召李白赋诗。白知帝意,故有'巫山断肠'、'云想衣裳'之语:盖正喻夹写也。至于'名花倾国',则指贵妃矣。"余按《唐书·李白传》称:"帝坐沉香亭,意有所感,乃召李白。"则观察此说,未为无因。(张名裕谷,字诒庭。)

【译文】

张仪封观察对我说:"李白所写的三章《清平调》,并非是咏唱牡丹的。当时,武惠妃去世,杨贵妃刚得宠,唐玄宗赏花时感伤旧事,召李白前来赋诗。李白明白皇帝的心思,因此写有'望断巫山愁肠断'、'看到云雾又想起了她的霓裳'等诗句:正是把正面描写和比喻夹在一起写。至于那句'名花美丽倾国',则是指杨贵妃。"

我下按语:《唐书·李白传》中说:"皇帝静坐在沉香亭中,往事感怀,于是召来了李白。"

如此说来张观察的这种说法,并非无稽之谈。(张仪封名裕谷,字诒庭)。

阮籍像,图选自清·顾沅辑《古圣贤像传略》。阮籍是魏晋时期文学家,竹林七贤之一,著有《咏怀诗》。

七九

【原文】

曹子建《美女篇》押二"难"字。谢康乐《述祖德》诗押二"人"字。阮公《咏怀》,押二"归"字。以故,杜甫《饮中八仙歌》,香山《渭村退居》,昌黎《寄孟郊》诗,皆沿袭之。

【译文】

曹子建的《美女篇》中押了两个"难"字韵。谢康乐的《述祖德》诗中押了两个"人"字韵。阮先生的《咏怀》诗中押了两个"归"字韵。因此,杜甫的《饮中八仙歌》,白居易的《渭村退居》,韩愈的《寄孟郊》,这三首诗都沿袭以上的用法。

七九

【原文】

田实发云："我偶一展卷,颇似穿窬入金谷,珍宝林立,眩夺目精;时既无多,力复有限,不知当取何物,而鸡声已唱矣。"此语甚隽。鱼门《晒书诗》云："老饕对长筵,未啖空颐朵。"

【译文】

田实发说："我偶然一翻开书,很像是爬进了一个满是金子的山谷,珍宝林立,珠光宝气令人耳昏目眩;时间已不多了,能力又有限,不知应该获取些什么,不知不觉中雄鸡已经报晓了。"

这句话说得很是意义深远。鱼门在《晒书诗》中说："贪吃的人面对着丰盛的酒筵,还没吃嘴中就在空嚼着。"

八〇

【原文】

如皋布衣林铁箫有"老至识秋心"五字,余颇赏之。《与吴松崖看海棠》云:"万朵仙云轻欲滴,多情红向白头人。"松崖云:"娇来浑欲睡,愁杀倚阑人。"两押"人"字,俱妙。林名李,买得古铁箫,能吹变徵之音,因字铁箫,盖取王子渊"愿得谥为洞箫"之意云。

【译文】

如皋县平民百姓林铁箫写有"到老才识得秋天的真谛"的句子,我很是欣赏。他在《与吴松崖看海棠》诗中说:"好像千万朵仙云轻柔欲滴,它是那么多

情竟向白发人开放。"松崖在诗中写道:"那种娇媚让人昏昏欲睡,简直把倚栏而立的人打入了无底愁渊。"两首诗都押了"人"字韵,写得都很巧妙。林铁箫名李,买到了一支古代的铁箫,能够吹到五声中的徵音,因此取名字叫铁箫,大概是用了王子渊"我愿被封谥号为洞箫"的意思。

八一

【原文】

乩仙诗,都无佳者;惟盱眙许家有仙降坛,《咏燕》云:"燕子衔泥认旧巢,飞来飞去暮连朝。哺儿不耐秋风老,回首空梁月正高。"读者云:"诗虽佳,恐非吉兆。"果未十年,许零落殆尽。当许与仙倡和时,分咏"薛涛笺",限"陵"字。诸客搁笔。仙云:"便宜节度高千里,错过诗人杜少陵。"

【译文】

有关占卜神仙的诗,都没有好的;只有盱眙一家姓许的人家中筑有一座仙降坛,并作有《咏燕》诗:"燕子衔来泥土认出了旧时的巢,一次又一次地衔泥筑巢从傍晚一直忙到天明。哺育乳燕却难以忍耐萧瑟的秋风,回首向空空的屋梁上望去屋外月儿正高。"读到这首诗的人说:"诗虽然写得好,但恐怕不是好兆头。"果然不出十年时间,许家家破人亡支离破碎。当这个姓许的人和神仙们相互和诗的时候,分别吟咏了"薛涛笺"辞令,并限"陵"字韵。诸位客人写不出,神仙们作诗说:"便宜了节度使高千里,错过了大诗人杜少陵。"

八二

【原文】

余不解词曲。蒋心余强余观所撰曲本,且曰:"先生只算小病一场,宠赐披

览。"余不得已,为览数阕。次日,心余来问:"其中可有得意语否?"余曰:"只爱二句,云:'任汝忒聪明,猜不出天情性。'"心余笑曰:"先生毕竟是诗人,非曲客也。"余问何故。曰:"商宝意《闻雷诗》云:'造物岂凭翻覆手,窥天难用揣摩心。'此我十一个字之蓝本也。"

【译文】

我不懂得词曲。蒋心余却逼着我看他所写的词曲本,并且说:"先生就当是小病一场,算是皇上命你阅览这本词曲。"我迫不得已,为他审阅了几段。第二天,心余前来问我:"词曲中可有能让您中意的?"我回答说:"我只喜欢其中的两句,就是:'任凭你有多么聪明,也猜不出老天爷的性情。'"蒋心余笑着说:"先生毕竟是位诗人,而不是词曲客呀!"我问他是什么缘故,他回答说:"商宝意的《闻雷诗》中说:'大自然怎会只靠它那翻来覆去的变化,很难用常人的心思去揣摩猜测上天的意旨。'这就是我那一句词的蓝本。

八三

【原文】

余梓诗集十余年矣。偶尔翻撷,误字尚多;因记椒园先生《咏落叶》云:"看月可知遮渐少,校书真觉扫犹多。"

【译文】

我的诗集已经印成发行十多年了,偶尔从中翻看,里面的错别字还有很多;我于是想起了椒园先生的《咏落叶》诗:"仰望月亮可以知道能遮挡它的树叶逐渐减少,校对书籍时真有种扫落叶越扫越多的感觉。"

八四

【原文】

王载扬接家信,知两子孪生,喜赋诗以寄云:"可无致语来清照,会有明妆避伯喈。"用典切而雅。

【译文】

王载扬收到家中来信,知道得了一对双生子,高兴地赋诗一首并寄给了我,诗中说:"可以没有来自清照的贺信,定会有躲避伯喈的亮丽妆饰。"引用典故贴切而又雅致。

八五

【原文】

昆山城隍祠四宜轩有积土,道士将筑亭其上,阶石甫甃,雷击之,三甃三击,掘地,乃是黄子澄墓。邑志载:公被戮,其门下士拾骨葬此。钱溉亭进士诗云:"昔时诛戮无遗婴,此日风雷护残骨。"

【译文】

昆山城隍祠四宜轩有积存的土,道士们想在上面盖座亭子,台阶上的石块刚砌好,就遭到了雷击,砌了三次,被雷击了三次,掘地一看,原来下面是黄子澄的坟墓。据当地的邑志中记载:黄子澄被杀死后,他门下的弟子把他的尸骨埋葬在这里。钱溉亭进士作诗说:"当年惨遭杀害时连后代香火都没有留下,今日上天用风雷保护了他的残余尸骨。"

随园诗话·卷十六

美人之光，可以养目；诗人之诗，可以养心

随园诗话

【原文】

　　徐朗斋(嵩)曰:"有数人论诗,争唐、宋为优劣者,几至攘臂。乃援嵩以定其说。嵩乃仰天而叹,良久不言。众问何叹。曰:'吾恨李氏不及姬家耳!倘唐朝亦如周家八百年,则宋、元、明三朝诗,俱号称唐诗;诸公何用争哉? 须知:论诗只论工拙,不论朝代。譬如金玉,出于今之土中,不可谓非宝也。败石瓦砾,传自洪荒,不可谓之宝也。'众人闻之,乃闭口散。"余谓:"诗称唐,犹称宋之斤、鲁之削也,取其极工者而言,非谓宋外无斤,鲁外无削也。朗斋,癸卯科为主考谢金圃所赏,已定元矣,因三场策不到而罢。谢刊其荐卷,流传京师,故朗斋《咏唐寅画像》云:"锦瑟华年廿五春,虎头金粟是前身。虚名丽六流传遍,下第江南第一人。""丽六"者,其场中坐号也。次科亦即登第。

【译文】

　　徐郎斋字嵩,他说过:"有几个人在一起讨论诗学,为了争论唐、宋诗的优劣好坏,几乎到了卷袖动手的地步。于是便请我下结论。我仰天长叹,很长时间一言不发。众人都问我为何叹息。我说:'我只恨唐朝的李氏比不上周朝的姬氏!倘若唐朝也像周朝那样可以存在八百

唐寅像,图出自清·孔继尧绘《吴郡名贤像传赞》。唐寅即唐伯虎,能诗善画,为明代江南著名的才子。

年,那么宋、元、明三朝所作的诗,都该叫作唐诗;你们为什么还要争论呢? 要知道:讨论诗作只能讨论诗写作的精致与拙劣,而不要讨论朝代。譬如说金玉宝物,在今日被挖掘出来,不能说不是宝物。破石烂瓦,即便是从上古传下来的,也不能说它是宝物。'众人听罢,都闭口不言四散而去。"

我认为:诗推崇唐朝的,就好像是说宋国的斧、鲁国的刀一样,这是就它们是同类中最好的而言的,而不是说宋国以外就没有斧头,鲁国以外就没有刀。徐朗斋被癸卯年科举的主考官谢金圃所赏识,已经被定为第一了,后因三次策试都没有到而被取消。谢金圃把推荐他的考卷刊登出来,在京师流传,因此徐朗斋在《咏唐寅画像》中说:"二十五岁时正是锦绣青春年华,身着虎头官服成就辉煌是前生注定的。我座在丽六号应考虚名在京师到处流传,虽然落第却仍不失为江南第一才子。"

"丽六",是指考场中的坐号,次科也就是考中的意思。

二

【原文】

明季士大夫,学问空疏,见解迂浅,而好名特甚。今所传三大案,惟"移宫"略有关系。然拥护天启,童昏瞀乱,遂致亡国,殊觉无谓。杨慎《大礼》一议,本朝毛西河、程绵庄两先生引经据古,驳之甚详。"挺击"一事,则汉、晋《五行志》中,此类狂人,不一而足。焉有一妄男子,白日持棍,便可打杀一太子之理? 蕲州顾黄公诗云:"天伦关至性,张桂未全非。"又曰:"深文论宫闱,习气恼书生。"议论深得大体。黄公与杜茶村齐名,而今人知有茶村不知有黄公。因《白茅堂诗集》贫多,稍近于杂,阅者寥寥;然较《变雅堂集》,已高倍蓰矣。

黄蒙圣祖召见,宠问优渥,以老病乞归,再举鸿词,亦不赴试;有杨铁崖白衣宣至白衣还之风。《忆内》云:"静夜停金剪,含情对玉钰。数声风起处,花雨上纱窗。"《观姬人睡》云:"玉腕明香葇,罗帷奈汝何。不知梦何事,微笑启腮窝。"风韵独绝。余尝见小儿睡中,往往启颜而笑,讶其不知,缘何事而喜。今读先生诗,方知眼前事,总被才人说过也。

【译文】

明代的士大夫们,才疏学浅,见解迂腐浅陋,但却特别喜好虚名。当今所流

传的三大案：只有"移官"案和他们略有关系。

但他们拥护天启皇帝，像孩童一样昏乱地执政，于是导致了亡国，让人觉得很是无谓。杨慎《大礼》这一奏议，本朝毛西河、程绵庄两位先生引经据典，查证古今，批驳得已经很详尽了。

"梃击"一事，参见汉朝、西晋的《五行志》，此种狂人，不值得一提。哪里会有一个狂妄的男子，在白日中手持棍棒，就可以把一位太子打死的道理？蕲州的顾黄公在诗中说："天伦之乐是人的天性，张桂并非一无是处。"

他又说："用深邃的文章去谈论宫闱之事，这种书生气很令人气恼。"

这种议论深得大体。顾黄公与杜茶村齐名，但当今的人只知道有茶村而不知有黄公。这是因为他的《白茅堂诗集》很是贪多，稍近于杂乱，读者很少；但比起《变雅堂集》，已高出数倍了。

顾黄公蒙圣祖召见，对他恩宠有加待遇丰厚，后因年老多病请求辞官回乡，再度举荐鸿词时，他也不去赴试：大有杨铁崖白衣平民被宣召来仍以平民的身份回归的风范。他在《忆内》诗中说："静夜中停下金剪，含情脉脉地顾盼着玉灯。数声风声传来，一阵花雨袭上花窗。"在《观姬人睡》诗中他写道："玉腕在清香的竹席上伸出。轻纱罗帐也关不住你。不知你梦到了什么事，腮边露出了一丝微笑。"

这首诗的风韵特别绝妙。我曾经见到睡梦中的小儿，常常露颜而笑，我惊讶他们还不懂事，不知因为什么事而高兴。今日读到先生的诗，才知道眼前的事情，总是被才子们说过了。

三

【原文】

同年杨大琛太史，在部以聋告归，专心攻诗，见示一册。有句云："金钏手摇春水影，玉楼女卷卖花声。"风致嫣然。惜未录其全稿。今太史已亡，诗稿不知散落何处。太史字宝岩，苏州人。

【译文】

我的同届进士杨大琛太史，在部中任职，后因耳聋而请求离职回乡，专心攻研诗学，他给我看了他写的一本诗稿，上面有一句诗："春水中倒映着手摇金钏

的婀娜身影,卖花女叫卖声引得玉楼中人卷起竹帘。"

写得精雅美妙。可惜没能录下全部诗稿。现在杨太史已经过世,他的诗稿不知流散到什么地方去了。杨太史字宝岩,是苏州人。

四

【原文】

古人诗集之多,以香山、放翁为最。本朝则未有多如吾乡吴庆伯先生者。所著古今体诗一百三十四卷,他文称是,现藏吴氏瓶花斋。先生哺乳时,哑哑私语,皆建文逊国之事。年过十岁,方闭口不言。初为前朝马文忠公世奇所知,晚为本朝李文襄公之芳所知。康熙戊午,荐鸿词科,不遇而归。少时,在陈公函晖家作诗会,以《芙蓉露下落》为题,操笔立就,赠陈云:"一辈少年争跋扈,明公从此愿躬耕。"陈大奇之。惜其集浩如烟海,不能细阅;欲梓而存之,非二千金不可。著述太多,转自累也。

【译文】

古人中诗集数量多的,当推白居易、陆游为最。本朝的诗人中则没有能超过我的同乡吴庆伯先生的。他所写的古体、今体诗共一百三十四卷,其他像这样的文章,现在收藏在吴家的瓶花斋中。先生还在吃奶的时候,就呀呀地自言自语,说的都是建文帝退位的事情。年龄超过十岁后,才闭口不言。最初被前朝的文忠公马世奇所赏识,晚年被本朝的文襄公李之芳所赏识。康熙戊午年间,举荐鸿词科考,没有受到重视而回到家中。年少时,在陈函晖先生家中举办诗会时,以《芙蓉露下落》为题,提笔立就,并赠诗陈函晖先生:"一群少年人争相飞扬跋扈,明智的人从此只愿隐居在农家。"

陈函晖对他的才能很是惊奇。可惜他的诗集浩如烟海,不能一一仔细阅读;想要刻印后保存下来,又非得要两千两白银不可。著述太多,反而自受其累。

五

【原文】

余在广东新会县,见憨山大师塔院,闻其弟子道恒,为人作佛事,诵诗不诵经。和王修微女子《乐府》云:"剥去莲房莲子冷,一颗打过鸳鸯颈。鸳鸯颈是睡时交,一颗留待鸳鸯醒。"殊有古趣。圆寂后,顾赤方微士哭之云:"已沉千日磬,犹满一床书。"

【译文】

我在广东新会县时,见到了憨山大师的塔院,听说他的弟子道恒,在给别人作佛事的时候,诵读诗文而不是念佛经。他在和一位女子王修微的《乐府》中说:"剥掉莲房的莲子便会觉得冷,用一颗莲子去砸鸳鸯的脖颈。鸳鸯的脖子在睡觉时才相互缠绕,于是再留下一颗莲子等鸳鸯醒来时再砸。"很有些古趣。

道恒圆寂后,徵士顾赤方哭着作诗说:"铜磬已有千余日没有敲响了,你的床上仍然堆满了书。"

六

【原文】

丹阳鲍氏女自称闻一道人,遭难流离,嫁竟陵陆蓑云,年二十四而夭。《咏溪钟》云:"溪外声徐疾,心中意断连。是声来枕畔?抑耳到声边?"颇近禅理。昔朱子在南安闻钟声,矍然曰:"便觉此心把握不住。"即此意也。

【译文】

丹阳一位姓鲍的女子自称闻一道人,后遇难流落在外,嫁给了竟陵的陆蓑

云,年仅二十四岁就早逝了。她写的《咏溪钟》诗中说:"小溪外传来的钟声忽慢忽快,心中的思绪时断时连。是钟声传到了枕头旁? 或者是我的耳朵来到了钟声边?"很有些禅理。当年朱熹在南安听到钟声时,猛然一惊,说:"我感到把握不住自己的心。"说的就是这个意思。

七

【原文】

康熙时,吾乡女子卞梦珏有句云:"夕阳交代笙歌月,曙色轻移灯火楼。"又曰:"花谢六桥春色暗,雨来三竺远山无。"

【译文】

康熙年间,我同乡的女子卞梦珏写有一句诗:"笙歌中夕阳西下晓月初上,黎明的天色轻轻地移上了灯火独明的小楼。"

还有一句诗:"六桥的花儿已谢春色逝去,三竺雨丝朦胧远山已模糊不见。"

八

【原文】

吴文溥《咏月》云:"清晖半边缺,似妾独眠时。"顾赤方《咏月》云:"不分月宫人耐老,蛾眉一月一回新。"

【译文】

吴文溥在《咏月》诗中说:"月儿散发着清静的光芒却缺了一半,好似妾身我在独自睡眠一样。"

顾赤方在《咏月》诗中说:"不分月宫还是人间人儿—天天地老去,蛾眉新月却每月出现一回。"

九

【原文】

国初说书人柳敬亭、歌者王紫稼,皆见名人歌咏。王以黯昧事,为李御史杖死,有烧琴煮鹤之惨。顾赤方哭之云:"昆山腔管三弦鼓,谁唱新翻《赤凤儿》?说着苏州王紫稼,勾栏红粉泪齐垂。"王送公卿出塞,必唱骊歌,听者不忍即上马去;故又云:"广柳纷纷出盛京,一声呜咽最伤情。行人怕听《阳关曲》,先拍冰轮上马行。"悼王郎诗,只宜如此,便与题相称。乃龚尚书竟用"坠楼""赋鹏"之典,拟人不伦,悖矣!御史名森先,字琳枝,性虽伉直,诗恰清婉。《过云间亭》

柳敬亭像。柳敬亭为明末清初的说书艺人。

随园诗话

云:"空亭积水松阴乱,小阁张灯夜气清。"卒以忤众罢官。

【译文】

建国初期的说书人柳敬亭、歌唱艺人王紫稼,都被知名的诗人所咏唱。王紫稼因为一些不明不白的事,被李御史命人重杖打死,让人有烧毁心爱的瑶琴烹煮美丽的仙鹤的惨痛之感。顾赤方写诗为他而哭泣,诗中说:"昆山的管弦和鼓声已响起,是谁在重新翻唱《赤凤儿》?说起苏州的歌唱艺人王紫稼,连妓院中的红尘中人全都不禁怆怆然泪下。"

王紫稼在送王公大臣远行塞外时,一定要唱骊歌,听歌的人都不忍心立即上马远走;因此又有人写诗说:"一路柳枝飘拂离开了盛京,那一声幽咽的呜咽声最令人伤怀。行人都害怕听到《阳关曲》,纷纷拍动车轮上马先行远去了。"

悼念王紫稼,只有这样比较合适,才能和诗题相称。但龚尚书在诗中却使用了"坠楼""赋鹏"的典故,比拟他做了有背伦常的事,真是大错特错!御史名叫森先,字琳枝,性格虽然耿直而清高,写的诗却清丽委婉。他的《过云间亭》诗中说:"空旷的小亭中积了一层水风儿吹乱了松树荫,小阁楼中灯火通明更显夜晚空气清新。"

他后来因为冒犯了众人而被罢官。

一〇

【原文】

龚芝麓尚书失节本朝,又娶顾横波夫人,物论轻之。顾黄公为昭雪云:"天寿还陵寝,龙輴葬大行。义声归御史,疏稿出先生。浮议千秋白,余生七尺轻。当年沟渎死,苦志竟谁明。""怜才到红粉,此意不难知。礼法憎多口,君恩许画眉。王戎终死孝,江令苦先衰。名教原潇洒,迂儒莫浪訾。"文士笔墨,能为人补过饰非:往往如是。

【译文】

尚书龚芝麓是投降本朝的官员,他又娶了顾横波为夫人,众人对他议论纷纷,都瞧不起他。

顾横波像,图出自《秦淮八艳图》。顾横波,明末清初秦淮名妓,为秦淮八艳之一。

顾黄公写诗为他平反昭雪,诗中说:"享尽天年寿终正寝葬在了陵园中,雕龙的灵车运送着您这位德高望重的人。在御史那儿获得好名声,众多的奏疏文稿都出自先生您的手笔。广泛地评论千古大事了然于胸,丝毫也不看重自己的身体。当年为了疏通河渠而九死一生,您的良苦用心又有谁能够明白。"

"怜惜人才即便她是风尘女子,这种心情并不难被人了解。礼法森严难容千言万语,得受君恩允许再娶妻子。如同王戎那样一世忠孝而死,好比江令为自己的衰老而发愁。您的名声原本清白潇洒,迂腐的书生们千万不要胡说乱言。"

文人的笔能为人弥补过失掩饰错误,往往如此。

——

【原文】

余过于忠肃公墓,题诗甚多;惟山阳阮中翰紫坪五排最佳,警句云:"汉统愁

中绝,周京喜再昌。股肱知已竭,日月得重光。天意还思祸,星缠又告祥。遁荒非太伯,守节异曹臧。未睹遗弓剑,先闻缺斧斨。三章凭翁章,一剑答忠良。像少祈连冢,歌怜石子冈。谁怜十世有,难赎百夫防。"

【译文】

我经过于忠肃先生的墓前,见到许多题诗;其中只有山阳人阮紫坪中翰的五言诗写得最好,其中的警句有:"因汉朝江山的中断而忧愁,为周朝京城的再度兴盛而喜悦。股肱之臣知道国运已竭,日月将重现光明。上天的心中还想着要降祸于人世,星星环绕又预示着吉祥。逃避到荒蛮之地的不是吴太伯,坚守节操的也不是曹臧。还没见到丢弓弃剑,就先听见斧斨被击缺的声音。听信奸臣的三篇奏章,用一剑来报答忠良之臣。像一座小小的祈连冢石子冈上高歌伤人。谁会宽恕这十世大错,一人死去难以用百人防守来赎回。"

二

【原文】

庚午春,苏州韩立方先生掌教钟山,以其姑名锡玉者《寸草轩诗集》见示,慕庐宗伯之季女也。诗只十一首,而风秀可诵。《病中》云:"月落霜寒叶满墀,卧病正及晚秋时。风檐网结长垂幌,砚匣尘封久废诗。瘦影怕从明镜见,泪痕空有枕函知。何因乞得青囊术,拟向《南华》叩静师。"又有顾颉亭之妻黄汝蕙字仙佩者,有《送春绝句》云:"九十春光暗里催,花飞红雨变芳埃。流莺日日枝头唤,底事东皇驾不回?""柳絮穿帘燕扑衣,林园红瘦绿偏肥。可怜花底多情蝶,犹恋残香绕树飞。"

【译文】

庚午年春天,苏州人韩立方先生在钟山书院执教,把他的姑姑韩韫玉的《寸草轩诗集》拿给我看,她是宗伯韩慕庐最小的女儿。诗只有十一首,但风雅清秀值得诵读。

她的《病中》诗写道:"月儿落山寒冷的秋霜降下落叶堆满了台阶,我正在晚秋时节抱病卧床不起。屋檐下长长的蜘蛛网垂落,砚台盒尘封已久很长时间

没能写诗了。害怕从明亮的铜镜中看到自己消瘦的身影,滴滴泪痕只有枕头才能知道。怎样才能得到青囊医术,思量着从《南华经》上向法师们叩拜。"

还有顾颉亭的妻子黄汝蕙,字仙佩,写有《送春绝句》:"九十个春光暗中催促,风吹落花像下了一场红色的雨芬芳满尘埃。到处飞翔的黄莺每天都在枝头呼唤,是什么事情使得掌管春天的东皇的车驾不再转回?""柳絮穿帘而入燕子低飞有时会碰到人的衣裳,园林中花儿渐渐萎谢而草木却枝叶茂盛。可怜那些在花下飞舞的多情蝴蝶,还惦恋着那一缕残香绕着花树在飞。"

一三

【原文】

万华亭云:"孔子'兴于诗'三字,抉诗之精蕴。无论贞淫正变,读之而令人不能兴者,非佳诗也。"华亭进士名应馨。

【译文】

万华亭说:"孔子说的'诗应该令人兴奋'这几个字,说出了诗的精髓。诗无论是高尚淫迷正派怪诞的诗,读后若是不能使人兴奋的,就不是好诗。"万华亭进士名叫应馨。

一四

【原文】

毗陵黄仲则有《岁暮怀人诗》;《怀随园》云:"近来辞赋谐兼则,老去心情宦作家。建业、临安通一水,年年来往看梅花。"

【译文】

毗陵人黄仲则作有《岁暮怀人诗》;他在《怀随园》中说:"近来写的诗词和

谐而规范,虽然年迈却在心中把出外游学看作是在家中一样。建业(南京)、临安(杭州)有一条河相连通,我每年都到随园中欣赏梅花。"

一五

【原文】

"小姑嫁彭郎",东坡谐语也。然坐实说,亦趣。胡书巢《过小姑山》云:"小姑眉黛映秋空,衫影靴纹碧一弓。不识彭郎缘底事?凭他抛掷浪花中。"

【译文】

"小姑山嫁给彭郎山",是苏东坡的一句玩笑话。但如果以实情来说,也很有趣。胡书巢在《过小姑山》诗中说:"小姑山像青黑色的柳眉映衬着秋日的天空,她的衣衫飘飘靴子多彩像一张碧玉般的弓。到底为什么她不认识彭郎山,任凭他拍打江水激起朵朵浪花。"

一六

【原文】

义山讥汉文,召贾生问鬼神,不问苍生。此言是也。然鬼神之理不明,亦是苍生之疾。嗣后武帝巫蛊惑起,父子不保;其时无前席之问故耳。余故反其意题云:"不问苍生问鬼神,玉溪生笑汉文君。请看宣室无才子,巫蛊纷纷死万人。"

【译文】

李义山讥讽汉文帝召贾谊询问鬼神占卜之事,却不问天下黎民百姓的疾苦。这话说得对。但如果不明白鬼神的道理,也会给黎民百姓带来灾祸。

贾谊像,图选自清·顾沅辑《古圣贤像传略》。贾谊为西汉著名文学家,汉文帝曾问贾谊鬼神之事,后人写诗讽刺汉文帝"**可怜夜半虚前席,不问苍生问鬼神**"。

后来汉武帝因巫术而遭难,父子二人性命难保;这就是没有像汉文帝那样问鬼神的缘故。因此,我按照反意题诗一首:"不关心黎民百姓却去问鬼神之术,为此玉溪生嘲笑了汉文帝。请看到宣帝时由于没有才子,巫术之毒害死了成千上万的人。"

一七

【原文】

丁未八月,余答客之便,见秦淮壁上题云:"一溪烟水露华凝,别院笙歌转玉

绳。为待夜凉新月上,曲栏深处撤银灯。""飞盏香含豆蔻梢,冰桃雪藕绿荷包。榜人能唱湘江浪,画桨临风当板敲。""早潮退后晚潮催,潮去潮来日几回? 潮去不能将妾去,潮来可肯送郎来?"三首,深得竹枝风趣。尾署"翠云道人"。访之,乃织造成公之子啸崖所作,名延福。有才如此,可与雪芹公子前后辉映。雪芹者,曹楝亭织造之嗣君也。相隔已百年矣。

【译文】

丁未年八月,我乘着客人的便船,看到秦淮河堤壁上题写着诗文:"满河烟水凝结着玉露英华,小院中打开户门传来陈陈笙歌。为的是等到夜深时新月初上,曲折的亭栏深处便可以撤去银灯。"

"遥相举杯祝酒芬芳中显示了她的豆蔻年华,脸似冰桃臂似雪藕身上还佩着一个绿色的荷包。船夫能放声歌唱湘江的波浪,站在风中把手中的画桨当作竹板敲打。"

"早潮退去后晚潮又翻涌而来,潮去潮来就这样几天过去了。潮水退去时不能把妾身我带走,潮水涌来时能否可以把我的郎君送来?"这三首诗,深得七言绝句的风格和意境。诗尾署名"翠云道人"。我四处寻访他,才知道诗是织造官成先生的公子成啸崖所作,他名叫延福。他的才华这般横溢,可以和曹雪芹公子前后相互辉映。曹雪芹,是织造官曹楝亭的儿子。他俩相隔已有上百年了。

一八

【原文】

吴门张瘦铜中翰,少与蒋心余齐名。蒋以排奡胜,张以清峭胜;家数绝不相同,而二人相得。心余赠云:"道人有邻道不孤,友君无异黄友苏。"其心折可想。《过比干墓》云:"只因血脉同先祖,真以心肝奉独夫。"《新丰》云:"运至能为天下养,时衰拼作一杯羹。"读之,令人解颐。瘦铜自言,吟时刻苦,为钟、谭数所累。又工于词,故诗境琐碎,不入大家。然其新颖处,不可磨灭。《咏风筝美人》云:"只想为云应怕雨,不教到地便升天。"《借书》云:"事无可奈仍归赵,人恐相沿又发棠。"真巧绝也。至于"酒瓶在手六国印,花霞上身一品衣":则失

之雕刻,无游行自在之意。

【译文】

吴门人张瘦铜中翰,年轻时和蒋心余齐名。蒋心余以诗文矫健有力而取胜,张瘦铜以诗文清秀冷峻而胜出;两人的诗文渊源路数截然不同,但两人却相得益彰,蒋心余赠诗给他说:"道人有了友邻学道就不再孤单,和你交友无异于黄庭坚和苏轼交朋友。"

蒋心余对张瘦铜的钦佩从中可以想见。张瘦铜在《过比干墓》诗中说:"只因为血脉相同祖先相同,真心愿意把自己的心肝奉送给君主。"

在《新丰》诗中他写道:"运气来了能够被天下人供养,时势败落时却要为一杯羹而奋斗。"

读后,不禁让人发笑。张瘦铜自己说,他吟诗时非常刻苦,受到钟、谭两家风格的束缚。同时他又致力于写词,因此所写的诗意境琐碎,不能进入诗文大家的行列。但他诗中新颖奇妙的地方,却不能被磨灭忽略。他在《咏风筝美人》诗中说:"只想化作一朵云彩但害怕下雨,不等它落地转眼间却又飞上了天。"

他在《借书》诗中说:"无可奈何只得把书完璧归赵,主人唯恐书又像棠棣树开花一样被人借走。"写得很是巧妙绝伦。至于他写的"手中的酒瓶像是天国的帅印,花瓣和露珠沾落到身上像是穿着一品官的官服":则太过于雕刻,缺少了诗文自在游行的意味。

一九

【原文】

近日十三省诗人佳句,余多采录诗话中。惟甘肃一省,路远朋稀,无从搜辑。戊申春,忽江宁典史王柏崖光晟见访,贻五律四首,一气呵成,中无杂句。余洒然异之,问所由来。云:"幼讲诗于吴信辰进士。"吴诗奇警,《咏蜡梅》云:"阳春如开辟,盘古即梅花。牡丹僭称王,富贵何足夸?群芳诉天帝,鹅雁纷喧哗。乃呼罗浮仙,冒雪诣殿衙。帝曰咨尔梅,首出冠群葩。白裕与绛襦,何以惩奇邪。梅花未及对,黄袍已身加。"《榆钱曲》云:"桃花笑老榆,汝是摇钱树。不

解济王孙,飞来复飞去。"《午梦》云:"竹迳凉飚入,芸窗午梦迟。偶然高枕处,便是到家时。"《木兰女》云:"绝塞春深草不青,女郎经久戍龙庭。军中万马如挝鼓,只当当窗促织听。"或訾其存诗太多,乃答云:"诗自心源出,妍媸惑爱憎。譬如不才子,挝杀竟谁能。"或訾其存诗太少,又答云:"诗似朱门宴,谁甘草具餐?三千随赵胜,选俊一毛难。"吴名镇,甘肃临洮人。

唐高骈节度西川,又调广陵。《咏风筝》云:"依稀似曲才堪听,又被风移别调中。"吴官山左,又调楚江。《咏怀》云:"阿婆经岁抚婴孩,饥饱寒暄总费猜。才识呱呱真痛痒,家人又报乳娘来。"两意相同。余雅不喜陈元礼逼死杨妃。《过马嵬》云:"将军手把黄金钺,不管三军管六宫。"吴《过马嵬》云:"桓桓枉说陈元礼,一矢何曾向禄山?"亦两意相同。吴又有《韩城行》云:"良人远贾妾心哀,秋月春花眼倦开。忍死待郎三十载,归鞍驮得小妻来。"《咏虞美人花》云:"怨粉愁香绕砌多,大风一起奈卿何。乌江夜雨天涯满,休向花前唱楚歌。"

柏隐崖《送客》云:"握手才经岁,含情复送君。不堪秋色老,重使雁行分。岳麓山前月,崇台岭外云。都添孤客恨,回首念同群。"诗甚清老,不料衙官中乃有此人。

【译文】

近日来,关于十三个省诗人的佳诗绝句,我大都搜集抄录在诗话之中。只有甘肃一个省,路途遥远朋友又少,无法搜集该省的好诗。戊申年春天,江宁典史官王柏崖字光晟忽然前来造访,赠给我四首五言律诗,都是一气呵成的,诗中毫无杂病。我肃然起敬又感到惊奇,便询问他这四首诗是从什么地方得到的。他说:"年少时跟随吴信辰进士学诗。"

吴信辰写的诗特别敏锐犀利。他的《咏蜡梅》诗中说:"温暖的春天才如同开天辟地一般,盘古就是那绽开的梅花。牡丹花超越本分冒称花王,它的华丽富贵有什么值得夸耀的?众花向天帝诉怨,连鹅雁们也都喧哗吵闹。于是唤来了罗浮仙子,冒雨来到了天帝的殿衙中。天帝说你这朵梅花呀,一出现就在群花中称雄。你身穿白夹衣和褐短袄,用什么去惩治那些阴邪之气。梅花还没来得及回答,天帝就把花王的黄袍披到了它的身上。"

他在《榆钱曲》中写道:"桃花笑着对老榆树说,你是棵摇钱树。但却不能解济王孙们的挥金如土,只有在风中飞来飞去。"

在《午梦》诗中他写道:"竹林小道凉风袭人,散发着芸香的窗户内看我沉睡还没有醒来。偶尔高枕小憩,便会在梦中回到了家乡。"

他在《木兰女》诗中说道:"边远的塞外虽然春日已深草儿却仍然没有变绿,木兰女已久经守边的戎马生涯。军队中万马奔腾时像是巨鼓擂响,就只当

它是窗外传来的蟋蟀叫声。"

有的人非议他存诗太多,他于是回答说:"诗从心灵中发源而出,或是美丽或是丑陋或是迷惑或是爱怜或是憎恨。就像那些不成才的人,随意抓杀又有谁能够相比。"

有的人非议他存诗太少,他又回答说:"诗好比是朱门大户中的酒宴,谁甘愿吃粗劣的菜肴?有三千门客追随平原君赵胜,从中选出一位很有才能的毛遂却很难。"吴信辰名镇,是甘肃临洮人。

唐高骈任西川节度使,又调任广陵。他写的《咏风筝》诗中说:"依稀像首曲子才刚刚能够听到,风儿又把别的曲调吹了过来。"

花木兰像,图出自《北魏奇吏闺孝烈传》。清人《木兰女》诗中有"绝塞春深草不青,女郎经久戍龙庭",描写了木兰替父从军的故事。

吴信辰在山西任官,后又调到楚江。他的《咏怀》诗写道:"老婆婆喂养婴儿有一年时间,孩子的饥饱吵闹总是让她费神猜测。才能够认识到喂养婴儿的难处痛处,家人却禀报说请了位乳娘。"

两首诗的意思相同。我历来不喜欢陈元礼逼死杨贵妃。我写的《过马嵬》诗中说:"将军手执黄金制成的斧钺,不去指挥三军却来管六宫后妃的事。"

吴信辰写的《过马嵬》中也写道:"可惜了陈元礼的威武形象,他哪里曾向安禄山的叛军射过一弓一箭?"两首诗用意也完全相同。吴信辰还写有《韩城行》诗,诗中说:"丈夫去外地做生意令妾身我心中悲哀,连美丽的秋月春花也懒得睁眼去看。我忍受着孤独和死亡的折磨苦苦等候郎君你三十年,没想到你回归时的马鞍上竟然驮着一位小妾。"

他在《咏虞美人花》诗中说:"愁怨的脂粉香气缭绕而浓郁,大风吹起又能把你怎么样。乌江之战的那天夜里天上的雨水把整个世界都淹没了,千万不要在虞美人花前唱起楚地的歌谣。"

随园诗话

王柏崖在《送客》诗中写道:"握手相聚才满一年,又要双眼含情再度送别。怎堪忍受这浓浓的秋意,浓重得把天上飞行的大雁都分成了两行。那岳麓山前的月光啊,还有那崇台岭外的云。都增添了孤身行客的愁绪,频频回首还记挂着志同道合的朋友。"

诗写得清新而老道,没料到衙门小官员中会有此等人才。

二〇

【原文】

李义山诗云:"愿得化为红绶带,许教双凤一齐衔。"黄甘泉秀才《途中》诗云:"惘惘行百里,多情毋乃太。安得笼鹅生,全家口中带。"风趣殊佳。甘泉,名世垲,徽州人。

【译文】

李义山在诗中说:"愿意将身化为红绶带,好让双凤一齐衔。"

黄甘泉秀才在《途中》诗中写道:"神情惘惘地走了百里路,多情越走越浓。从何处能找到笼鹅,将全家在口中一同带来。"诗中的风味意趣特别好。黄甘泉,名世垲,是徽州人。

二一

【原文】

庐江孙啸壑工琴,有《琴余集》。《咏蔷薇》云:"半红半白袅风条,雨后春光未寂寥。自笑看花人渐老,让他一岁一回娇。"《夜吟》云:"有灯相对好吟诗,准拟今宵睡更迟。不道兴长油已没,从今打点未干时。"余爱其结句,颇近禅悟,故录之。又,"得意水流壑,无心云出山。"亦佳。

【译文】

　　庐江人孙啸壑精于琴艺,作有《琴余集》。其中的《咏蔷薇》诗说道:"半红半白的花儿在风中摇摆的细长枝条,在雨后的大好春光中并不寂寞。自顾取笑那些看花的人儿逐渐老去,让他们一年之中有一次娇媚的时候。"

　　在《夜吟》诗中他写道:"有灯火相对陪着我正好可以吟诗,准备打算今夜要晚一些再睡。没曾想兴致虽高但灯油已经耗尽,从今以后要在灯油未干之时就准备妥。"

　　我喜爱诗中的最后一句,很有些悟禅得道的意味,因此抄录了下来。此外,"自由自在的小溪轻快地流入深沟,悠闲的白云无意之中飘出了山外。"

　　写得也非常好。

☷

【原文】

　　杭州秋闱榜发,仁、钱两县,往往中者五六十人,赴鹿鸣宴时,倾城士女,垂帘而观,见美少年,则啧啧叹美。戊午科,年少尤多。有周孝廉名鼎者,年才三十,而满面于鬣,尝谓余曰:"人以赴鹿鸣为乐,我以赴鹿鸣为惨。"余问:"何也?"曰:"余在路上揭帘坐,则儿童妇女嗟嗒曰:'大胡子,何必赴鹿鸣?'余下轿帘,则又簇簇然笑指曰:'此人不敢揭帘,定坐一白发翁矣。'岂非教我进退两难乎?"徐朗斋有句云:"有酒体辞连夜饮,好花须及少年看。"真阅历语。又句云:"幽榻琴书偏爱夜,异乡风月不宜秋。""新凉半床月,残醉一帘花。"皆可爱也。

【译文】

　　杭州秋天考试结果张榜公布后,仁和、钱塘二县往往有五六十人能够中举,前去赴中举后所设的鹿鸣宴时,满城的男女,都在路旁垂帘观看,每见到一位美少年,便啧啧赞叹羡慕。戊午年科举考试中,中举的年轻人特别多。有一位叫周鼎的教廉,年仅三十,但满脸络腮胡须,他曾对我说:"别人都以赴鹿鸣宴为乐,我却以赴鹿鸣宴为惨事。"

　　我问他:"为什么?"他回答说:"我在路上打开轿帘,就会听到儿童和妇女

们惊奇地说:'大胡子,你又何必去赴鹿鸣宴呢?'我放下轿帘,他们又聚在一起笑着指着我的轿子说:'这个人不敢打开轿帘,一定是一位白发老翁。'这难道不是教我进退两难吗?"徐朗斋写诗说:"有酒就不要推辞连夜地痛饮,好花要在少年时观赏。"

这真是有阅历的语言。他还在诗中说:"偏偏喜爱夜中躺在幽静的床榻上弹琴读书,异乡的风月不宜在秋天观赏。"

"天气初凉月光洒了半床,人儿残醉笑看一帘花影。"这几首诗写得都很可爱。

二三

【原文】

山左李呈祥少詹谪戍时,有李现田者,赠云:"洗耳自同高士洁,抵襟不让大王雄。"及到辽东,押解者姓高名士洁。抵戍所,后至者为侍郎王舜,舜初名雄。归后偶话其事。尤展成曰:"二句是余戏作'浴乎沂,风乎舞雩'诗也。"

【译文】

家在大山西边的李呈祥少詹事被贬发配守边时,有一位叫李现田的人,赠给他一首诗:"和高士洁一样恭敬地倾听训示,身披战袍守卫边关毫不逊色于大王雄。"

等到了辽东,押解他的人姓高名士洁。低达边防哨所后,后来又押解来一个叫王舜的侍郎。王舜最初的名字叫王雄。李呈祥服刑期满回到家乡后偶然说起了这件事。尤展成说:"那两句诗是我开玩笑地做出的'在沂水中沐浴,在舞雩台上吹风'的诗。"

二四

【原文】

胶州李世锡进士,字霞裳;《咏甘草》云:"历事五朝长乐老,未曾独将汉留

侯。"借人咏药,真甘草身份。又有人《咏菊枕》云:"野人枕此增颜色,似有床头未尽金。"亦酷是菊枕。

【译文】

胶州的进士李世锡,字霞裳;他写的《咏甘草》诗中说:"它是经历了五朝的长乐老人,未曾独自留给汉留侯张良。"

借古人来咏唱草药,很符合甘草的身份。还有人作了首《咏菊枕》的诗,诗中说:"农夫们枕着菊枕可以装点门面,似乎床头还有不是金制的物品。"

也非常符合菊枕的特点。

二五

【原文】

冯益都相国溥,访高念东侍郎于松云僧舍,竟日留连。高赋绝句云:"户倚双扉禅宇开,无人知是相公来。相看一笑忘尘市,风味依然两秀才。"

冯答曰:"隐几僧寮户不开,天亲无著忆从来。而今相对浑忘却,但识维摩是辩才。"

相传:公二十一岁,乡举报到,而公酣眠不醒。太夫人大惊,以水噀面,乃张目,曰:"梦登泰山,云气拥身而行,至一殿上,碧霞元君迎之,置锦幔,张乐饮酒,未终,见海日如车轮,大惊而醒。"醒时犹带酒气。

【译文】

相国冯益都名溥,在松云僧舍拜访了侍郎高念东,整整一天都不舍得离开。高念东作了一首绝句说:"在屋中参禅忽然大门打开,却没有人知道原来是相国你前来造访。相见一笑忘了尘世的烦恼,那风格品味仍然像是两个秀才相见。"

冯益都作诗相答:"隐迹在僧舍中连屋门都不愿打开,天空低平让我无从回忆是从什么路走来的。如今二人相对已经全然忘却了烦恼,只知道和尚你是个口才极佳的人。"

据传,冯相国二十一岁时,乡试成绩传来,但他却还酣睡不醒,太夫人大惊,用凉水喷到他的脸上,他这才睁眼醒来,说道:"我在梦中去登泰山,两旁云雾伴

随着我行走，来到一座大殿上，碧霞元君迎了出来，布置了锦帐，和我饮酒取乐，酒没喝完，见到海上升起的太阳有车轮那么大，于是大吃一惊，就醒来了。"他醒来的时候身上还带着酒气。

二六

【原文】

　　李杜，字云帆，山阴人，贫不能自存，流转燕、赵、吴、楚间，依僧而居。年三十余，卒于京师。性耽吟咏，尝有"黄河水阔秋飞雁，银汉风疏夜堕星"之句。友人某书之扇头，过查楼，有江南顾姓者，见而爱之，询姓名，往访，知其寒困，为赠金置裘而去：殊难得也。云帆又有《题伍大夫庙》诗云："入吴虽是成兄志，破楚终非望子心。"《客怀》云："一江凉月呼同载，到处名山恨独看。"皆有逸气。

伍员像，图出自清·孔继尧绘《吴郡名贤图传赞》。伍员即春秋时期伍子胥，其父兄被楚王所杀，他逃到吴国后任相国，后发兵攻破楚国国都。

【译文】

李杜,字云帆,是山阴县人,家贫难以生存下去,在河北、山西、江浙、湖北等地流浪,长期居住在寺院中。他三十多岁时,在京师去世。他迷恋吟诗作赋,曾经写有"秋天黄河水涨河阔上有大雁飞过,夜里银河中风儿变小有流星坠落。"的诗句。他的一位朋友把诗写在了扇子上,经过查楼时,有江南一位姓顾的人,见到了诗非常喜欢,询问了他的姓名,前来拜访,知道他生活穷困,给他留下钱购买了裘衣才离去,真是太难得了。李云帆还写有《题伍大夫庙诗》,诗中说:"来到吴国虽说是成全了你的志愿,攻破楚国却始终不是你希望的结果。"

他在《客怀》诗中说:"江上月明风凉忙叫来友人同船游乐,到处寻访名山却恨只能自己一个人欣赏。"写得都很飘逸。

二七

【原文】

元遗山惜义山诗无人笺注。渔洋先生亦有"一篇锦瑟解人难"之句。近时,冯养吾太史注《玉溪集》,断定以为此悼亡之诗。"思华年",原拟偕老也。"庄生晓梦",用鼓盆事。"蓝田日暖",用吴宫事。皆指夫妇而言。曰:"无端"、曰"不忆"者,云从何得此佳妇。曰"惘然"者,早知好物不坚牢。《湘素杂记》以"锦瑟"为令狐家青衣者,非也。又注《漫成》五章,专为李卫公雪冤而作。"代北"二句,为石雄发。"韩公""郭令"推尊德裕也。以史证之,殊为确切。

【译文】

元遗山痛惜李商隐的诗没有人注释。渔洋先生也写有"一篇《锦瑟》诗令注释的人为难"的诗句。最近一段时间,冯养吾太史注释《玉溪集》,断定这首诗是一篇追悼亡人的诗。"联想自己逝去的年华",原是比喻白头偕老。"庄周梦见自己化为蝴蝶,"引用的是庄子妻子死去的典故。"蓝田县温暖的太阳",引用的是吴国宫中的故事。都是指夫妻之间而说的。说"无端"、说"不忆",是说从何处得到这样美丽的妻子。说"惘然"是指早就知道美好的事物不会长久。《湘素杂记》中把"锦瑟"解释成令狐楚家的丫鬟之名,这是不对的。元遗

山还做了五章《漫成》，是专门为李卫公申冤昭雪而写的。诗中"代北"这二句，是从石雄身上引发的。"韩公""郭令"，是他对李德裕的推崇尊称。用史实来证实，可见诗中引用很是确切。

【原文】

寿光安致远诗曰："试罢三雅与《五经》，密云小酌付樵青。""雅"字读平声，人以为疑。按刘表三雅之说，出于《典论》。一作"盉"，《方言》曰："盉，杯也。秦晋三郊谓之盉。"周礼："大胥、小胥"，即《诗》之《大雅》《小雅》也。《诗》曰："边豆有且，侯氏宴胥。"《太玄》曰："不宴不雅。"宴胥、犹宴雅也。

【译文】

寿光人安致远在诗中说："考试完三雅与《五经》，在浓云深处对着青青的林木喝酒。"

诗中的"雅"字读平声，有人产生了怀疑。

按：刘表有三雅之说，出自《典论》。一种说法是"盉"，《方言》中说："盉，是指杯，秦国和晋国在三郊祭礼中用的礼器就叫作盉"；《周礼》中说："大胥，小胥"，就是指《诗经》中的《大雅》和《小雅》。

《诗经》中说："祭器并用，王侯们举行雅宴。"

《太玄》中说："不举行宴会不行雅事。"宴胥，就好比是宴雅。

【原文】

孙子未先生(襄)幼孤贫，鬻某家为青衣，聪颖非凡。伴主人之子读书，代其作文。塾师大奇之，告知主人，养为己子。遂中康熙乙丑进士，官至通政司参

议。以时文名重天下。诗亦清超。有《鹤侣斋集》。《次渔洋谢公村》云:"荒凉九龙口,寂寞谢公村。溪水空浮岸,风帆不到门。"马墨麟维翰与卢抱孙见曾未第时,出公门。公赠云:"卢仝马异总能诗,韩孟云龙意可师。交比芝兰投臭味,韵将丝竹迭参差。古人不作原无恨,此日齐名更勿疑。老去自怜才力尽,恰欣二妙正同时。"

【译文】

孙子未先生名襄,年少时家中贫寒父母亡故,被卖给一户人家作僮子,他非常聪明。

陪同主人的儿子读书,并代替他写文章。

私塾中的老师非常吃惊,告诉了主人,主人把他当作自己的儿子一样来抚养。于是,他考中了康熙朝乙丑年进士,官至通政司参议。以写时事文章而名扬天下。他写的诗也非常清丽超脱。著有《鹤侣斋集》。

他写的《次渔洋谢公村》诗中说:"荒凉的九龙口,寂寞的谢公村。空有溪水拍打着河岸,却没有船儿来往。"

马墨麟字维翰,卢抱孙字见曾,他俩在没有中举之前,出自孙子未先生的门下,孙先生赠诗他们说:"卢仝和马异都善于写诗,韩愈和孟郊那有如龙游云间般的诗风值得效仿,交情好比芝兰又有些臭味相投,曲调把琴瑟、箫管等乐器的声音相互融合。古人述而不作原本没什么可遗憾的,他日会齐名并举更不用怀疑。我已年迈自叹才华气力已经耗尽,恰恰使我欣慰的是你们二人正当美好年华。"

三〇

【原文】

余幼时闻吾乡督学何公世璂之贤,和若春风,廉如秋月。世宗时,总督直隶,赠尚书,谥端简;渔洋先生之高弟子也。有《畅春苑》诗云:"出郭逢新霁,垂鞭信马蹄。松林微见日,沙路净无泥。鸟语含风软,杨花扑水低。不妨随意歇,流水小桥西。"《咏史》云:"丞相安知狱吏尊,将军争似外家亲。七诸侯破亚夫死,社稷臣非少主臣。"

随园诗话

【译文】

我小时候听说了我家乡的督学何世璂先生的贤明。像春风一般和蔼，似秋月一样廉洁。

世宗在位时，他任直隶总督，被封赠为尚书，赐谥号"端简"，是渔洋先生门下的高足。他作有《畅春苑诗》，诗中说："来到城外正是雨过天晴的好天气，放下手中的马鞭任由马儿奔驰，松林中郁郁葱葱依稀可以见到太阳，沙土路上干净得没有一点污泥。鸟儿的啼叫声在风中特别的轻柔，杨絮一点一点坠落到低平的水面上。不妨随意下马歇息，就在那流水畔小桥的西边。"

他在《咏史》诗中说："丞相怎能知道监狱中小吏的威风，将军们争相攀附得势的外戚，七路地方叛军被击败后周亚夫将军也战死沙场。这种国家重臣不是年幼无知的小皇帝所能安抚的。"

三一

【原文】

余幼时府试，见杭州太守李慎修，长不满三尺，而判事明决，胆大于身，吏民畏之。与卢雅雨同年，一时有"两短人"之号。李喜步韵。卢道："非古也。"规以诗云："每以歌行矜短李，笑将月旦诩前卢。"李初不以为然，后和"卢"字，屡押不妥，乃喟然服曰："君言是也。"引见时，尝劝上勿以吟咏劳圣躬。上嘉纳之。出外，不言。后恭读《御制初集》，始知有此奏；其慎密如此。

【译文】

我年轻时在州府中参加会试，见到了杭州太守李慎修，他身高不满三尺，但处事明白果决，胆识比身体还要大，当地的官吏百姓都很敬畏他。他和卢雅雨是同年考中的进士，一时之间被人称作"两个矮子"。李慎修喜爱追随别人的韵角写诗，卢雅雨说："这不是古人的做法。"并用诗规劝他说："每每用诗歌和行动去傲视矮小的李慎修，笑把日月比作是卢雅雨。"李慎修开始还不以为然，后来写诗和"卢"字韵时，多次用押不好韵，于是感叹而佩服地说："你说得很对呀！"

他被皇上召见时,曾劝皇子不要因吟诗咏歌而劳累圣体。皇上嘉许并听从了他的建议。他走出殿外后却闭口不提此事。后来我有幸恭读《御制初集》,才知道他有过这样的建议;他的谨慎周密到了如此地步。

三二

【原文】

徐公士林,巡抚苏州,凡谳决,先摘定案大略,牌示于外,而后发缮文册:所以杜书吏之影射也。世宗谓曰:"尔风格凝重,当为名臣。"程中丞元章荐三人,一公,一卢雅雨,一陈文恭公也。后皆称职。卢赠云:"贤名久讶龙图近,异相应从麟阁看。"

【译文】

徐士林先生,在苏州任巡抚,凡是在断案定罪时,先把案情的大致情况摘录下来,写在牌子上向外公布,然后才开始缮写文书:这样就杜绝了书吏们的含沙射影。世宗感叹地说:"他的为人风格沉稳凝重,应当成为一代名臣。"

程元章中丞向皇帝举荐了三个人:一个就是徐士林,一个是卢雅雨,一个陈文恭先生。后来,他们都很称职。卢雅雨写诗赠给他说:"你的贤名久传仿佛是包龙图在世,从麟阁的身上就可以看出你的不同常人的相貌。"

三三

【原文】

李远敬太史以刚直将劾,惠半农先生救之,得免。或谓曰:"何不劝以和柔?"曰:"渠尚不肯为朱考亭折腰,何能降心当道耶?"其《咏怀》云:"临风一杯酒,对水一曲琴。稼生禽鹿性,庄叟濠鱼心。"自成冲淡一家。注书与朱子不合。

【译文】

李远敬太史因为刚正不阿将要受到弹劾，惠半农先生极力维护相救，才得以幸免。

有人说："为什么不劝他为人处事灵活些？"惠半农先生说："他尚且不肯向朱考亭折腰臣服，又有什么能让他向当权之人屈服呢？"李远敬的《咏怀》诗中说："临着清风饮下一杯水酒，面对江水拨响一曲瑶琴。嵇康有闲云野鹤般的性情，庄子有水中游鱼似的心境。"

庄子像，图选自清·顾沅辑《古圣贤像传略》。庄子是战国时期的哲学家，他曾与好友惠子在水边展开了一场关于鱼是否快活的辩论。清人李远敬在其《咏怀》诗中用"嵇生禽鹿性，庄叟濠鱼心"来描述此事。此处的庄叟即指庄子。

他的诗自成清淡的一家风格。他对诗书的理解注释和朱熹很不一致。

三四

【原文】

王清范太守,观察浙江,月课诸生。余以童子受知。后落职再起,来守江宁,到园文宴,自诵其《海塘诗》云:"沧桑直似争三岛,捍御时防溃六州。"公名敛福,与卢抱孙辛丑同年,时相过从。卢赠云:"席尝散后犹呼坐,马到门前总不行。"

【译文】

王清范太守在浙江巡视时,每月都给众多的书生授课。我当时还是小孩,受到了他的教海。后来他遭贬职后又再次被起用,来江宁任太守,在花园中以诗文作酒宴,诵读了自己的《海塘诗》:"沧桑变迁真好比是争夺三岛,捍御它时要时刻提防六州县被淹。"

先生名叫敛福,和卢抱孙同是辛丑年进士,经常来往。卢抱孙赠诗与他说:"酒席散去后还唤我坐下,骑马经过你的府门前总是不再前行。"

三五

【原文】

余在李晴洲家,见高南阜山人小像,须眉奇伟,颇似先大夫。晴洲为言:山人宰歙县时,人诬以贼。卢抱孙转运两淮,营救甚力,有指为党者,并卢谪戍。故山人诗云:"几曾连茹茅同拔,却为锄兰蕙并伤。"卢和云:"不妨李固终成党,到底曾参未杀人。"山人诗才敏捷,制府尹文端公试以"雁字",操笔立就,警句云:"无意回波风错落,有时泼墨雨模糊。"又曰:"落霞点出簪花格,骤雨催成急就章。"尹公喜,将欲荐拔之,而公调云贵矣。在狱中诗云:"敢道案无三字定,终期心有一人知。"

山人《泰州题壁》曰:"鸢堕无端逢腐鼠,角触那信有神羊。"按:"触"字韵本无平声,惟毛西河引《西京赋》:"百兽凌遽,骙瞿奔触。丧精忘魄,失归妄趋。"作平声押。其博览如此。《游孤山》云:"寒香飞尽不成花,何处清风问水涯。石罅竹根残雪里,还留数点认林家。"山人落魄扬州,适卢守永平,贫不自聊,乃以书告急;卢尚未答,而山人化去矣。卢哭云:"巫咸不为刘蕡下,邑宰谁迎杜甫来?"

【译文】

我在李晴洲家中,见到了高南阜山人的一幅小小的画像,他的须眉奇伟,很有些像古代的士大夫。李晴洲告诉我:山人在歙县任县令时,有人诬陷他贪赃受贿。

卢抱孙当时任两淮转运使,为营救他很出力气,有人指控他是同党,所以和卢抱孙一样被贬职发配守边。因此高南阜写诗说:"什么时候把蔬菜和茅草一同拔出,却为了锄兰把蕙草也一起碰伤了。"

卢抱孙写诗相和:"李固最终被指为同党并没什么,到底曾参没有杀过人。"高南阜山人才思敏捷,制府尹文端先生用"雁字"考他,他提笔立即写成一首诗,其中的警句是:"风儿虽无意把水流吹回却恣意变向,有时挥笔泼墨却被雨水冲得字迹模糊。"

他还写道:"落日的云霞映衬出簪花的格子,一阵急雨催促我急忙写成一篇文章。"尹先生大喜,想要推荐并提拔他,但却被调到云贵去了。高南阜在狱中写诗说:"敢说这案子中没有哪三个字是确实的,到底期盼着我的心能有一个人知晓。"

高南阜山人在《泰州题壁》诗中说:"老鹰急坠直下是因为无缘无故碰上了老鼠;我不信只有神羊会触角。"

按"触"字韵本没有平声;但毛西河曾引用《西京赋》说:"百兽急速扑来,马儿害怕狂奔触地。丢魂落魄,迷了路到处乱跑。"

这里的"触"押的是平声韵。从中可以看出高南阜的博览群书。他在《游孤山》诗中说:"花儿的清香散尽就算不上花了,清风在什么地方轻问着水涯。石缝中竹根上残雪点点,那儿还留存着几朵小花让我认得去林家的路。"

山人在扬州穷困潦倒时,卢抱孙正在永平任太守,由于贫困无所依靠,于是写信向卢抱孙告急;卢抱孙还没来得及回信,山人就已仙去了。卢抱孙哭着写诗一首:"巫咸不嫌弃刘蕡的身份低下,是哪一位县令出城相迎大诗人杜甫?"

三六

【原文】

　　牛进士运震，字阶平，号真谷，学问渊雅，年五十有三，无疾而终。未死前一月，屡梦游金碧楼台，光华照耀。一日谓家人曰："昨夜我又游前处，殆将复位，临去时，汝辈慎毋惊我。"次日，无疾而终。余得公文集，未得其诗，但见《题画》一绝云："泼墨似云林，秋意森满幅。石气翻空青，古树寒如束。樵迳寂无人，西风下丛竹。"

【译文】

　　进士牛运震，字阶平，号真谷，学问渊博而高雅，在五十三岁时无疾而终。临死前一个月，多次梦见在金碧辉煌的楼台中游玩，楼台中金光闪耀。有一天，他对家中人说："昨夜我又游玩了以前去过的地方，大概是要归位了。我临走时，你们千万不要惊扰我。"

　　第二天，他无疾而终。我得到了他的文集，却没有得到他写的诗作，只是见到了他写的一首绝句《题画》中说："像云林一样泼墨作画，满幅之上秋意浓浓。石头发出冷风吹动了空青仙草，古老的树木有如一束寒气。樵夫惯走的小径如今静无一人，西风把竹林吹得更低了。"

三七

【原文】

　　孙子未先生尝于其师秀水徐华隐坐中，见一贫客，乃徐年家子也。先生仰体师意，留养家中，待之甚厚，忽谓孙公曰："受恩未报，明年当生公家。"未几卒，公果生女。六岁时，戏抱之谓家人曰："此华隐师客也。说来报恩。乃是女儿，恐报恩之说虚矣。"女勃然曰："爹憎我女耶？当再生为男。"逾十日，以痘

殇。明年,公果举子,顶有痘瘢,名子亶,字庄天,雍正乙卯举人。有《织锦词》
一首,载《山左诗抄》;诗不佳,故不录。

【译文】

孙子未先生曾经在他老师徐华隐的坐客中,看到一位贫穷的人,乃是徐华
隐的年家子。孙先生体会到老师的意图,便把他留养在自己的家中,对他照顾
得很好。他忽然对孙子未说:"我受了你的大恩还没有报答,明年我会降生在你
的家中。"

没过多久,他就死了;孙子未先生果然得了个女儿。女儿六岁的时候,孙子
未先生抱着她玩耍,对家人说:"她是徐华隐老师的客人。说是来报我的大恩,
不过却是个女儿,恐怕这报恩之说是假的。"

女儿勃然大怒说:"爸爸你是嫌弃我是女的吗?我会再转世降生为男儿。"
过了十多天,她因得天花而夭折。明年,孙子未先生果然得了个儿子,头顶上有
得天花留下的疤痕,他名叫于亶,字庄天,是雍正乙卯年的举人。作有《织锦
词》一首,收录在《山左诗抄》中;诗写得不好,因此我没有抄录。

三八

【原文】

功臣子孙封荫多袭武职,其中颇多文学之士,用违其才。然唐以前,文武原
无分途;具韬略者,未尝不雅歌投壶也。吾所交好者,如威信公岳公之三子濬;
昭武将军杨公之子玄孙大庄:皆官参戎,彬彬好学。现任赣州总镇王午堂先生,
世袭冠军侯,尤好吟诗;《登鸡母澳演炮》云:"小队来秋阅,穷崖出石陉。沙喧
山雨白,龙过海天青。远舶千帆挂,苍溟一气停。自惭非锁钥,烽静仰皇灵。"
又,《黄冈即事》云:"贾航风是路,蛋户水为家。"俱有唐音。公讳集,正红旗人。
杨《巡海》云:"欲回刁悍俗,将吏先和衷。多谢良守令,君子之德风。"其胸次可
想。

【译文】

功臣的子孙后代受恩荫被封官的大多是因袭了武官,其中有很多人是长于

文学的人,这种任命和他们的才能相违背。但是在唐朝以前,文官和武官原本并没有分开,有雄韬伟略的人,没有不能投壶作诗放歌的。

　　和我交情很好的,如威信公岳先生的三儿子岳潚;昭武将军杨先生的玄孙杨大庄:都是在军队中做官,但都很爱学习。现任赣州总镇的王午堂先生,世袭冠军侯,特别喜爱吟诗;他写的《登鸡母澳演炮》诗中说:"一小队士兵来这里进行秋天的操练,看似无路的险峻山峰中闪现出一条石头小径,沙滩把山雨映衬得一片白亮,神龙飞过大海天色一片碧蓝。远航的船只上挂起众多的白帆,苍茫的天空也为之风轻云静。自己惭愧自己并非是关键人物,只能站在平静的烽火台上仰望皇帝的旨意。"

　　此外,他在《黄冈即事》诗中写道:"乘船做买卖的人把风向作为航行的指示,以养鸭生蛋为生的人家把水面作为自己的家。"

　　这两首诗都很有些唐诗的风格。王午堂先生名集,是正红旗人。杨大庄在《巡海》诗中写道:"想要找回以往野蛮凶悍的风俗,将军和官吏先在思想上达成一致。多多感谢贤明善良的地方官,他们有君子的胸怀和风格。"诗人的胸怀可以想见。

三九

【原文】

　　吾乡高翰起司马,髫年入学,会稽王瞻山广文命赋《琢玉亭听雨诗》,有"未见草逾碧,先看花减红"之句。王大奇之,许以少女,未婚而卒:方知诗已成谶也。高同余举戊午乡试,而入学则后余一年。和余《重赴泮宫诗》云:"难老依然在泮身,飞腾逸乐两奇人。(玙沙方伯与子才同入学。)我嗟迟暮呼庚癸,岁到明年又戊申。蒲柳滋生空度日,莺鸠决起不离尘。只余往事堪追想,琢玉亭边雨后春。"

【译文】

　　我的同乡高翰起司马,年少时入学,广文馆的会稽人王瞻山命他作《琢玉亭听雨诗》,诗中有"没见到草儿更绿,先看到花儿褪去红艳"的句子。王瞻山很是吃惊,把自己的小女儿许配给他,他还没能结婚就已死去。

这才知道他写的诗已经成为应验的预言。高翰起和我一同在戊午年乡试中考中,但入学却比我晚一年。他写诗和我的《重赴泮宫诗》说:"虽然老迈却依然再入泮宫执教,有两个奇才飞黄腾达潇洒快活。(方伯玙沙和子才一同入学)。我感叹已至暮年呼唤庚癸年的到来,到了明年又是戊申年。我那蒲柳般的体质使我苟延残喘度过一年又一年,鸠鸟被惊起却不高飞离去。只剩下往事还可以供我回忆,琢玉亭边雨后一片春光明媚。"

四〇

【原文】

余向读孙渊如诗,叹为奇才。后见近作,锋芒小颓,询其故,缘逃入考据之学故也。孙知余意,乃见赠云:"等身书卷著初成,绝地通天写性灵。我觉千秋难第一,避公才笔去研经。"

【译文】

我以前读孙渊如的诗,叹为观止,认为他是位奇才。后来见到他近来的作品,锋芒已失,吃力有颓废之感,询问他是何缘故,原来是因为醉心于考据学的结果。

孙渊如明白了我的意思后,便赠诗一首给我,诗中说:"和身体一样高的著作诗文刚写成,从天到地无所不包尤其写出了性灵。我感觉自己今世难以在诗学上称得第一,为了避开先生你的诗才妙笔这才去潜心研究经书。"

四一

【原文】

投赠佳句,余摘录甚多;今又得常州钮牧村云:"一语惯申寒士气,五云常护老人星。"年家子管粤秀云:"刻鹄每为童稚喜,登龙还伏祖宗缘。"孙键云:"比

红得句寻花笑,飞白挥毫对雪书。"郭麟云:"生尚见公休恨晚,天留此老亦多情。"

【译文】

相互寄赠的好诗佳句,我摘录了很多;现在又抄录了常州人钮牧村的诗:"一说话就习惯地表明了清寒的读书人的风格,五朵云彩经常围绕保护着老人星。"

年家子管粤秀在诗中说:"每次模仿别人的诗都有种孩子般的欢喜,若是要金榜高中还得仰仗祖宗的缘分保佑。"

孙健在诗中说:"在寻访名花时我为写了能与花儿比美的好诗而欣喜,大雪纷飞时我对着雪景挥笔疾书。"

郭麐在诗中说:"活着时还能见到你这位老前辈就不再怨恨见面太晚,老天还保佑着您老人家长寿也算是多情有义。"

四二

【原文】

杭州钱进士圮,号北庭,过随园,余晨卧未起,乃题壁而去。亡何,患奇疾,一日夜饮三石水,犹道渴甚,遂卒。其诗云:"三径亭台水一隈,萧萧落叶点莓苔。小舟隔岸穿花出,怪树当门揖客来。看竹何妨人竟入,题诗好是雨先催。袁安稳卧云深处,怕引西风户未开。"北庭乃玛沙方伯之族弟,在随园赏梅,一见陈梅岑,即妻以女。梅岑大父省斋,向作江宁司马,余旧长官也。梅岑年十五,即携至山中,命受业门下,曰:"此儿聪明跳荡,非随园不能为之师。"果一见相得。为取名曰熙;其梅岑,则渠所自号也。性爱吟诗,不爱时文。余每见其诗,必喜;见其文,必嗔。尝规之曰:"此事无关学问,而有系科名;奈何勿习耶?"卒以此屡困场屋。后受知于李香林河督,得官河厅司马,亦以诗也。

【译文】

杭州的进士钱圮,号北庭,经过随园时,我早睡尚未起床,于是在墙上题诗而去。不久,他患了一种奇怪的病症,一天一夜喝下三石水,还说渴得厉害,于是便死去了。

他的诗中写道："亭台楼阁中三条小道绕着水面曲折蜿蜒,萧萧的落叶星星点点坠落在莓苔上。一只小船从对岸的花丛中穿越而出,形状奇异的大树在大门外欢迎客人的到来。欣赏竹子时自始至终人流不断又有什么关系,题诗时还得要先有雨声催促才写得好。袁安平稳地仰卧在云雾深处,害怕有西风穿堂连大门都没有打开。"

钱北庭是玙沙方伯的族弟,在随园赏梅时,一见到陈梅岑,就把女儿嫁给了他。梅岑的大伯陈省斋,以前任江宁司马,是我的老上司。陈梅岑十五岁的时候,陈省斋把他带到了山中,命他在我门下受业学习,并且说:"这个孩子聪明活泼,除了你随园先生外没有人可以做他的老师。"

果然我一见到陈梅岑就很是满意。我给他取名字叫陈熙;梅岑是他自己称呼自己的号。他非常喜爱吟诗,不喜欢作时事文章。我每次见到他的诗,都很高兴;见到他写的文章,一定会责怪他。我曾经规劝过他说:"这种东西和学问没有什么关系,但却和科举考试的名次息息相关;你为什么不好好学习呢?"他最终因为没好好学习时文而在科举考试中屡试不中。后来他跟随河督李香林学习,做上了官河厅司马,也是因为诗写得好的缘故。

四三

【原文】

吴涵斋太史女惠姬,善琴工诗,嫁钱公子东,字袖海。伉俪笃甚。钱善丹青,为画《探梅小照》。亡何,钱入都应试,而惠姬亡,像亦遗失。钱归家。想象为之,终于不肖。忽得之于破簏中,喜不自胜,遂加潢治,遍求题咏。且载其《鸳鸯吟社笺》诗稿。《赠夫子》云:"白云红叶青山里,双隐人间读道书。"后入梦云:"已托生吴门赵氏,郎可以玉鱼为聘。"钱因自号玉鱼生,赋诗云:"可怜女士已成尘,翻使萧郎近得名。听说只今吴下路,歌场人说玉鱼生。"

【译文】

吴涵斋太史的女儿吴惠姬,擅长弹琴精于写诗,嫁给了公子钱东,钱东字袖海。小夫妻俩感情很好。钱东擅长书画,为她作了一幅《探梅小照》的画。

不久，钱东赴京师赶考应试，而惠姬却不幸亡故，画像也遗失了。钱东回到家中。凭着自己的记忆和想象来重新作画，但最终还是不像她。忽然在竹箱中发现了那幅画像，他喜出望外，于是把画加框装潢起来，到处请人题诗咏唱，并且在上面写下了他的《鸳鸯吟社笺》诗稿。

他在《赠夫子》诗中说："青山中的白云和红叶，双双隐身人间研读道书。"

后来他在梦中梦见惠姬说："我已托生在吴门的赵氏人家，郎君可以用玉鱼作为聘礼。"钱东因此自号玉鱼生；他赋诗一首说："可怜女士又投世红尘，翻过来又让萧郎近来又得了个名字。我听说的只有去吴门的路径，歌舞场中人人都知道玉鱼生。"

四四

【原文】

龚端毅公《定山堂集》，有《观袁凫公水部演西楼传奇》一首。所云"虞叔夜"者，即凫公之托名，盖康熙初年事也。王子坚先生曾亲见凫公：短身赤鼻，长于词曲。莫素辉亦中人之姿，面微麻，貌不美，而性耽笔墨：故两人交好。为赵某所忌，故假赵伯将以刺之。龚诗云："词客幸随明月在，新声应逐采云飞。"

【译文】

龚端毅先生所著的《定山堂集》中，有一首《观袁凫公水部演西楼传奇》诗。诗中所说的"虞叔夜"这个人名，就是袁凫公假托的名字，说的大概是康熙初年的事情。王子坚先生曾亲自拜会了凫公：他身材矮小，长着红鼻子，擅长写词作曲。

莫素辉也不过是中等相貌，脸上略有些麻子，相貌虽然不美，但却沉溺于对笔墨诗画的热爱中；因此两个人交情很好。后来遭到一位姓赵的人的忌妒，因而借赵伯将之手来刺杀。

龚端毅在诗中说："诗人词客幸运地与明月同在，新的名声应该伴着彩云同飞。"

【原文】

常州钮牧村,天才继逸,倜傥不羁。壬申岁,在苏州福仁山邑宰幕中,与余元旦登妓楼,遍召诸姬,评花张饮。今三十六年矣,历幕楚、粤、中州,为督抚上客,忽来见访。

见赠云:"才子神仙且莫论,襟期当代有谁伦。惊人眉宇光先照,传世文章笔有神。天下已无书可读,意中唯有物同春。香山蕴藉东坡达,知是前身是后身。"

"昔年吴下许从游,元旦寻春上酒楼。桃叶娇持名士笔,梅花亲插美人头。板桥歌舞轻云散,(庄令农席上。)铃阁壶觞逝水流。(谓望山相公署中。)忽漫相逢怀旧侣,空余江上几沙鸥。"牧村名孝思,受业于李芋圃检讨。李故余本房弟子,牧村亦自称弟子。或訾之。

牧村曰:"曾晳、曾参同事孔子,未闻有太老师之称。"人莫能难。余亦鄂文端公之小门生也,公命称师,曰:"太老师尊而不亲,不必从俗。"

【译文】

常州人钮牧村,是天生的人才,为人飘逸倜傥,放纵不羁。

壬申年间,他在苏州的福仁山县令府中任幕僚,和我在元旦那天一同登上妓院小楼,叫来了所有的美女,一边评论她们的美貌,一边喧哗着饮酒。

到今天已经有三十六年过去了,他先后在湖北、广东、河南等地做幕僚,成为各地总督和巡抚等要员的座上客,忽然前来拜访我,他赠诗与我,诗中说:"是才子还是神仙先暂且不说,你的胸怀与志向当代有谁能比。眉宇惊人目光炯炯,流传在世上的文章笔风有如神助。天下已经没有什么书可供你阅读;在你心中只有如春的世界。白居易的含蓄和苏东坡的豪放,知道他们都是你的前身和后身。"

"当年在江南时你允许我和你一同游玩,元旦那天为寻美女登上了酒楼。美女桃叶娇羞地手持一代名士的笔,亲手把梅花插上了美人的鬓角。板桥的歌舞像轻云般飘逸,(庄令农也在席上。)在酒楼中饮酒因流水逝去而伤痛(是指

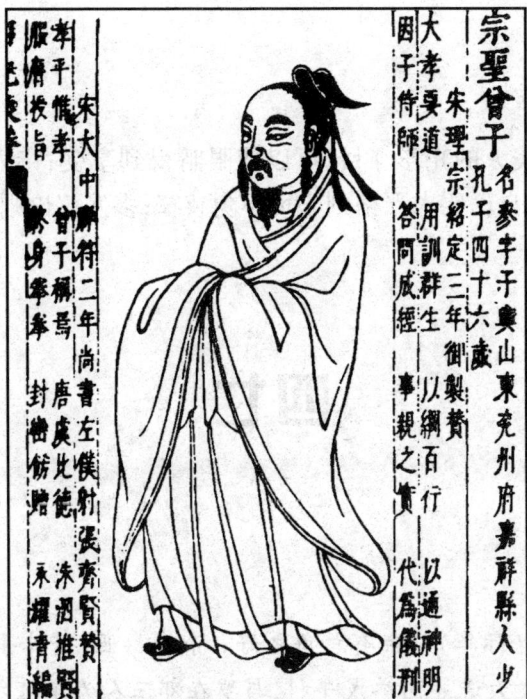

曾参像，图出自明·吕维祺《圣贤像赞》。曾参是孔子的弟子，与其父曾皙同处于孔子门下。

在望山相公署做幕僚）。忽然无意中相遇追忆以前的伙伴，只见江面上空余着几只飞翔的沙鸥。”

钮牧村名孝思，受业于李芊圃检讨官。李芊圃本是我本族弟子；因此牧村也对我自称弟子。有的人讽刺批评他。

他说：“曾皙、曾参一同从师孔子；却没有称孔子为太老师。”

人们无法难倒他。我也是鄂文端先生门下的小学生，先生让我称他为老师，他说："叫太老师虽然尊重却不够亲切，没必要附会世俗之称。"

四六

【原文】

余常谓：美人之光，可以养目，诗人之诗，可以养心。自格律严而境界狭矣，

议论多而性情漓矣。

【译文】

我常常认为：美人的光彩夺目，可以使眼睛得到享受；诗人的诗，可以使人的心灵得到熏陶。自己要求严格则心境不免狭窄；多发议论则性情可以得到淋漓尽致地表现。

四七

【原文】

吾乡王文庄公(际华)与余有总角之好。余游粤西，借其手抄《韩昌黎集》，久假不归；诗学因之大进。同举戊午科，与罗在郊三人为车笠之会。后三十年，余乞养随园，而公官司农，典试江南，班荆道故。今公委化已久，次子朝飏选江宁司马，来修通家之礼，与谈竟日，清远绝尘，真《孟子》所谓："无献子之家者也。"见赠云："梦想名园二十年，今朝花里识神仙。款门行处真如画，人胜浑疑别有天。槛外烟云饶供奉，榻前图史任丹铅。久知福慧双修到，赢得声名海内传。""先生风味爱林泉，循吏词林总偶然。杖履晚游天下半，文章早列古人前。三层楼阁居宏景，一卷《琅嬛》记茂先。(公著《子不语》。)我劝上清姑少待，缓迎公返四禅天。(今年二月八日，公梦有僧道二人，乘请公复位。)"

【译文】

我家乡中的王文庄先生字际华，和我在小时候就很好。我在广东西部游览时，借了他手抄的《韩昌黎集》，在外游玩长期不回家；我的诗学才能也因此大有长进。

他和我一同在戊午年科举中考中，和罗在郊一起结下了深厚的友谊。三十年后，我辞官回到随园中休养，而王文庄先生任司农，在江南掌管科考时，和我在途中相遇，共话故旧之情。

如今先生逝去已有很长时间了，他的二儿子王朝扬就任江宁司马，前来致世家交好的礼节，我和他交谈了半天，胸怀清秀远大非世上常人所有，真像《孟子》中所说的"不愧是献子的后子。"他向我赠诗说："二十来一直在梦中想象着

袁枚幼时曾作《赋古离别》，诗中有"今日君与妾，遂至泪盈裾"之句，表达了情侣在离别时的依依不舍之态。

随园，今日才在花丛中认识了您这位诗仙。敲开门走在园中所，到之处真像图画一般，人儿喜不自胜怀疑世上别有洞天仙地。门槛外云烟缭绕可见供养丰富，床榻前的书画任你用笔去描绘。早就知道今生福分和智慧双双修到，赢得了名声在四海内传扬。"

"先生的风格和情趣喜爱山林泉水，循规蹈矩的官吏跻身诗词之林总是出于某种偶然。拄杖踏木屐虽已年高却仍把天下游玩了大半，您的文章早已排名在古人的前面。像是三层楼阁中居住的宏景，又似一卷《琅嬛》中记载的茂先（先生著有《子不语》一书）。我奉劝道姑们稍稍等候，缓缓地迎接先生返回四禅天(今年二月八日，先生梦见有一僧一道两个人，前来请他归位)。"

四八

【原文】

余读钱注杜诗，而知钱之为小人也。少陵"鄜州月"一首，所云"儿女"者，

自己之儿女也。钱以为指肃宗与张后而言。则不特心术不端,而且与下文"双照泪痕干"之句,亦不连贯。善乎黄山谷之言曰:"少陵之诗,所以独绝千古者,为其即景言情,存心忠厚故也,若寸寸节节,皆以为有所刺,则少陵之诗扫地矣!"

【译文】

我读了钱廉益作注的杜甫诗文,才知道他是个小人。杜甫的那首《鄜州月》诗,所说的"儿女",是指自己的儿女。钱谦益以为指的是唐肃宗和张太后所说的。那么他就不仅是心术不正,而且和下文的"双双照干了脸上的泪痕"的诗句,也不连贯。黄山谷的话说得好:"杜甫的诗,所以称绝千古,是因为他对景抒情,心胸忠厚的缘故,若是诗中的每句每字,都认为是有所借指讽刺,那么杜甫的诗就名声扫地了!"

四九

【原文】

余幼时《赋古别离》云:"无情生山川,无情造舟车。今日君与妾,遂至泪盈裾。"后五十年,见陈楚南有句云:"天不欲人别,星辰分方隅。地不欲人别,山河界道途。吁嗟古圣贤,乃造舟与车!"

【译文】

我小时候写的《赋古别离》诗中说:"大自然无情地造出了山与河,无情地创造出船和车,导致今日郎君和妾身,到了为别离而泪流满襟的地步。"

五十年后,我见到了陈楚南写的诗:"上天不想让人分离,众多星辰分布四方。厚土不想让人分离,高山磊河都有道路相通。可叹古代的圣贤啊,却造出了会让人分别的船和车!"

五十

【原文】

余每作诗,将草稿交阿通誊正。通不识草书,往往误写。刘悔庵句云:"诗稿儿童猜草字,书声病妇笑华颠。"叹其真实情实事。

【译文】

我每次写完诗,都把草稿交给阿通抄写工整。阿通不认识草书,常常抄错字。

刘悔庵在诗中说:"儿童对着诗稿在猜测其中的草字,生病的妇人听到读书声后讥笑诗中岁月的颠倒。"我感叹他写的确有实情实事。

五一

【原文】

沐阳吕观察名昌际,字峄亭,出身非科目,而诗似香山,字写东坡,好谈史鉴:真豪杰之士也。乾隆癸亥,余宰沐阳。观察尊人又祥为功曹,有异才,相得甚欢;官至常德太守。其时,观察才四岁,今作冀宁道,养母家居,书来见招。余欣然命驾,则须已斑白,相对怃然。主于其家,园亭轩敞,膳饮甘鲜,致足感也。因赋诗云:"黄河水照白头颅,重到潼阳认故吾。竹马儿童三世换,琴堂书吏一人无。笑非丁令身为鹤,喜是王乔舄化凫。四十六年如顷刻,沧桑何处问麻姑。""此邦赖有吕公贤,肯读淮南《招隐》篇。旧雨不忘云外客,官声久付晋阳烟。萧斋论史灯花落,子舍承欢彩服鲜。我奉慈云三十载,喜君追步到林泉。"一时和者如云。钱接三文学云:"百姓讴歌随路有,使君城府一分无。"吴南昀中翰云:"胸中武库谁能测,天下名山历尽无?"余因近体易招人和,故草草赋此二章,而别作五古四首,存集中。

峄亭闻余到,以诗迎云:"使回捧读五云笺,如获珍珠满百船。引领南天非一日,者番望月月才圆。""膏泽流传五十年,甘棠蔽芾已参天。忽闻召伯重来信,父老儿童喜欲颠。"又和余《留别》云:"半月追陪兴正豪,平生饥渴一时消。相逢不敌相思久,忍听骊歌过野桥?""河桥送别满城悲,驻马临风怨落晖。人影却输原上草,江南江北傍征衣。"

【译文】

沭阳的观察官吕昌际,字峄亭,他不是科举出身,但他的诗有些像白居易,字体临摹苏东坡,好谈历史:真是位豪杰之士。乾隆癸亥年,我到沭阳任县令。

吕昌际的父亲吕又祥为功曹官,身怀异才,我们很是投机合缘;他后来升官做到了常德太守。当时,吕昌际才四岁,如今作了冀宁道台,在家侍奉母亲,写信请我前去做客。

我欣然前往,我们都已须发斑白,一见面都有很多感叹。我住在他的家中,园亭宽敞,餐饮甘美新鲜,足以让我感激不尽。

于是赋诗一首说:"黄河水映照着我的苍苍白发,重新来到潼阳相会故人。骑着竹马玩耍的儿童已经换了三代人。琴堂中的书吏却少了一个人。不是因为丁令化作仙鹤而笑,而是因王乔把鞋变成了鸭子而高兴。四十六年转瞬即逝,到什么地方去向麻姑询问沧桑变化。""这个国家多亏有吕先生这样的贤臣,愿意用心研读淮南子的《招隐》篇。旧时的雨儿没有忘记云外的仙客,官场上的话语早就随晋阳的烟云飘远了。在萧瑟的书斋中谈史论书直到油尽灯熄,孝子侍奉老人穿上鲜艳的衣服。我在慈祥的云雾中闲居了三十年,今天高兴地看到你追随我来到了林泉之中。"

一时之间作诗相和人很多。文学官钱接三在诗中说:"沿着大路到处都可以听到讴歌声,使君心胸坦荡也一点城府都没有。"

吴南昀中翰在诗中说:"胸中的文武韬略有谁能够猜出,天下的名山是否已经游历尽?"我因为考虑到近体诗容易招来别人的附和,因此草草写了两章诗,又另外写了四首五言古诗,收存在诗集中。

吕峄亭听说我到了,写诗相迎说:"让我回去捧起五云信笺读看,就好像得到了满满一百船的珍珠。您引导领袖江南文坛已非一日半载,从这里望月月亮才更加圆亮。""丰硕成果和光辉在世上流传了五十年,甘棠树参天入云茂密蔽日。忽然听说召伯又来信,老人和儿童都高兴得要跳起来。"

他又和我的《留别》诗说:"追随您半个月我的兴致正高,平生对诗文如饥似渴的追求一时之间得到了满足。相逢难敌长期的相思苦,怎能忍心去听别人的歌声从田野中的小桥上传来?""在河中的小桥上送别满城人都悲伤难忍,临

着风勒住马儿埋怨落日的余晖。远行的身影在田野中拉长,大江南北的人民都将要穿起征衣作战。"

五二

【原文】

　　沭阳教谕朱鸒,字竹江,江阴诗人也。闻余至,朝夕过从,间一日不至,余与吕公必遣人促之。《咏落花》云:"名园酒散春何处,剩有归来屐齿香。"《春草》云:"萋萋那得不关情,画裙拂遍花时节。"皆清丽可爱。为余送别云:"世间皆小住,诗卷已长留。"和五古四章,尤佳,因太长,载《续同人集》中。

【译文】

　　沭阳的教谕官朱鸒,字竹江,是江阴县的诗人。听说我来了,从早到晚都陪着我,隔了一天不见他,我和吕先生都一定会派人去催他来。

　　他的《咏落花》诗中写道:"美丽的花园中酒席已散春天又在何处,只残留在我归来后满鞋的花香中。"

　　他在《春草》诗中说:"芳草萋萋的样子怎能牵动人的情感,花开时节身着花裙把花儿都赏遍了。"写得都很清新可爱。

　　他在为我送别的诗中说:"在世间生存都不过是小小的停留,您的诗篇却已长留人间。"他和我的四章五言古诗,写得尤其好,因为诗太长了,收入了《续同人集》。

五三

【原文】

　　有礼房吏张朝魁者,年八十三矣,甲子科,因其工书,携入秋闱;此番献诗云:"南天旭日光同肃,灵鹊惊飞噪高树。恍似青牛紫气来,哪知旧尹幨帷驻。

三门初见城四围,黄童白叟未全非。汉南依依柳将落,东篱团团菊正肥。忆昔瀛洲推独步,殿前曾作《摩空赋》。让他老凤蹲池边,著我双凫下云路。蓬莱顶上飞朱霞,散作河阳一县花。仁风不负东山扇,甘雨真随百里车。尔时给役有小吏,簿书堆里常陪侍。眼看剖决速如流,直疑手口同游戏。药笼参苓得士赊,探珠几辈握灵蛇。争褰夫子扶风帐,不眜欧阳贡举纱。出宰郎官移列宿,叹息当年难借寇。岂料睽违五十年,尚教胥吏瞻依就。喜见商山采药行,敢随杖屦话平生。仙人不弃凡鸡犬,许向云中作吠鸣。"

【译文】

有一位叫张朝魁的礼部官吏已经有八十三岁了,甲子年科举时,因为他书法很好,我便把他带入了秋天的会试中;这次他向我献诗说:"南方的天空中早晨的太阳光高高洒落,惊起了机灵的喜鹊在枝头高声啼叫。恍惚中好似有青牛和紫气出现,哪知是旧日的官员藏身在帷幕之中。城池四周有三座城门刚刚打开,黄发少年的白头老人没有改变。飘摇的汉南柳的叶子将要落尽,东篱中一簇簇菊花绽开得正鲜艳。回想当年您在仙山中独领群雄,在宝殿前曾经做过《摩空赋》。让那只老凤凰在池边静候,带着我的一对小鸭飞上云端。蓬莱山顶红霞灿烂,纷飞化作河阳满城的鲜花。仁义的风度没有辜负那把东山的扇子,秋雨伴着您的车马一路追随。那时候还有小书吏可以使唤,经常陪同您查簿观书。眼看这么快就做出了判决,我简直怀疑这行为和语言都是场游戏。药笼中的人参苓草被读书人赊去,为了探寻珠宝几辈子人都手握灵蛇。争相撩起老头子您的帐篷,而不羡慕欧阳贡举的绸纱帐。外任县令的郎官们列队住宿,我叹息当年借宿时的艰难。怎料到分别五十年后,仍让手下的胥吏们依依景仰。欣喜地见到您在高山中采药,冒昧地请求跟随着您倾诉平生之事。仙人升天不肯丢弃凡世中的鸡犬,也允许它们在云中犬吠长啼。"

五四

【原文】

又有吴廷贡秀才者,赠诗云:"五十年来迹已陈,新侯不及故侯亲。追思竹马欢迎日,一世人如两世人。"

【译文】

还有一位叫吴廷贡的秀才，赠诗给我说："五十年来虽然交往已少，新侯爷仍比不上旧侯爷亲切。回想用竹马欢迎您的日子，同是一个时代的人却好比是两个世界的人。"

五五

【原文】

《金陵怀古》诗，最难出色。皖江潘兰如（瑛）云："《玉树庭花》唱已遥，金陵王气又重消。龙蟠不去怀双阙，牛首空回望六朝。故垒云低天漠漠，荒林秋尽雨潇潇。石头城畔多情月，夜夜来看江上潮。"通首音节清苍。又，《宛转歌》云："宛转松上萝，松枯萝公喜。同体不同心，安望同生死？"殊堪风世。又，"船头山月落，人指海云生。"活对亦佳。

【译文】

《金陵怀古》诗，最难写得出色，皖江人潘兰如字瑛，在诗中写道："《玉树庭花》的歌谣声已远去，金陵的王气又再度消失。那虎踞龙盘的地势不去怀念皇宫前的一对大门，中首山无奈地回头望着六朝的兴衰。旧朝遗址上云低天苍，荒芜的树林中阴雨绵绵秋天已到了尽头。只有石头城畔的多情月，夜夜都来观看江水的潮起潮落。"整首诗音节清丽苍劲。

此外，他在《宛转歌》中说："松树上弯曲攀附着的藤萝，松树枯死而藤萝却枝茂叶绿。它们本是同体不同心，又怎能希望能够同生共死？"真可以传扬于世。另外，"从船头望去月亮慢慢地落下山头，人们用手遥指海面上缓缓升起的云雾。"这一幅机智灵活的对联也非常好。

五六

【原文】

新安方如川秀才,来金陵乡试,赠墨百螺,上镌"随园先生著书之墨"。余不觉惊喜,觉弟子束脩,未有雅如秀才者。录其《席间有赠》云:"烟笼明月月笼烟,十里湘帘卷画船。阿翠不知秋已老,调筝犹唱杏花天。"

【译文】

新安县的秀才方如川,来到金陵参加乡试,赠送我大量杯墨汁,上面刻着"随园先生著书之墨"。我又惊又喜,觉得学生们送给我的礼物中,没有像方秀才送的东西这样别致的。

我记录下了他的《席间有赠》诗:"烟云笼罩着月亮月光也笼罩着烟云,十里江面上画船卷起湘帘欣赏夜景。阿翠姑娘不知道秋天已要过去,弹着古筝还唱着杏花满天时的曲儿。"

五七

【原文】

曹剑亭侍御《胥江》云:"市近人声杂,船多夜火明。"王廷取太守《沙河》云:"危巢双燕宿,破屋一驴鸣。"汪守亨秀才《佛寺》云:"塔影冲霄直,亭阴向午圆。"王麓台司农《题画》云:"蛟龙疑有窟,风雨若闻声。"此数联,皆闻人传诵,而余爱之,故摘记者也。曹又有《送梁阶平司农随驾木兰》云:"猎猎旌旗拥玉珂,森森帐殿碧嵯峨。三秋月色临边早,万马风声出塞多。晨捧金泥随辇草,暮翻玉靶落天鹅。知君奏罢《长杨赋》,合有新诗寄薜萝。"通首唐音。

曹剑亭侍御在《胥江》诗中说:"临近集市人声嘈杂,船只众多夜晚江面灯光通明。"

王廷取太守在《沙河》诗中说:"危险的巢穴中宿着一双燕子,破烂的土屋中一头驴子在鸣叫。"汪守亨秀才在《佛寺》诗中说:"塔影冲天般的笔直,亭子的阴影在正午时最圆。"

王麓台司农在《题画》诗中说:"画中的蛟龙似乎是从洞中钻出,画中的风雨是可以听到声响。"

这几副对联,我都听过别人传诵,因此摘抄下来。曹剑亭还作有《送梁阶平司农随驾木兰》诗,诗中说:"旌旗在风中猎猎飘扬马上的人们紧握马勒,阴森森的帐幕天殿阴黑而高峻。深秋的月光早早地照到了边关,出塞后万马奔腾风儿怒吼。清晨我手捧官印金泥跟随在您的辇车之后,傍晚打翻靶牌射落天鹅。知道先生弹奏完了《长杨赋》,就该有新诗寄给身穿薜荔和女萝的隐士。"整首诗充满了唐诗的风格。

五八

"愿作卢生不愿寤,饱食黄粱追梦去。"皆读之令人欲笑。

宋荔裳在《赠犬》诗中说:"吃饱了食物趴在床榻边低头睡去,也像英雄那样久处安逸功业未成。"

宋荔裳《赠犬》云:"榻边饱饭垂头睡,也似英雄髀肉生。"高念东《过邯郸》云:高念东在《过邯郸》诗中说:"愿作卢生不想醒来,终日饱食俸禄却在梦中追寻。"都让人读后忍不住要大笑。

邯郸道省悟黄粱梦图。讲述邯郸道上的卢生，在梦中经历了由富贵到贫贱的人生，阅遍了人生悲喜。世态炎凉之事。

五九

【原文】

余常谓收帆须在顺风时，急流勇退，是古今佳话；然必须嘿而不言，趁适意之际，毅然引疾，则人不相疑。若时时形诸口角，转觉落套；而上游闻之，以为饱则思飏，翻致挂碍矣。钱竹初擅郑虔三绝之才，抱梁敬叔州郡之叹，屡次书来，欲赋遂初。余寄声规其濡滞。今秋才得解组，余贺以诗。渠答云："海上秋风江

上莼,尘颜久已怅迷津。窃公故智裁今日,劝我抽身有几人?世事楸枰留黑白,老怀薤白杂酸辛。退闲自此陪裙屐,长作田间识字民。""劳生那复计年华,归识吾生本有涯。未定新巢同燕子,早营孤冢付梅花。千秋欲借先生笔,十亩从添处士家。他日并登皇甫《传》,始知真契在烟霞。"

【译文】

我常说收帆要在顺风的时候,急流勇退,是古今流传的佳话;但是必须笑而不说,趁自己得志之时,毅然称病辞退,这样人们才不会怀疑你。

若是动不动就表现在语言中,反而会落入俗套;而且上司们听到后,以为你养尊处优就想到要表现自己,反而会招致怀疑。

钱竹初身怀郑虔那样的三绝之方,却有梁敬叔在州郡中的感叹,屡次书信中,想象当初一般赋诗清辞。

我去信劝他三思而后行。直到今年秋天他才得以脱去官服,我写诗表示祝贺。

他作诗相答说:"海上的秋风和江上的莼草,尘世中的人们早已渴望指点迷津。多亏先生多年的教诲才使我有了今日,劝我从官场中退出的能有几个人?世上的事就像棋盘上黑白分明,人老了心中想着薤白还有辛酸。辞官归隐从此便穿长裙和木屐,永远地作一位田间识字的老农。""操劳的人生哪里能够推算美好的年华,辞官后才清醒地认识到人生是有限的,和燕子一样还没安定新居,早早在梅树下修盖自己的坟冢。想要借先生的笔扬名千秋历史,处士的家中又增添了十亩田地。他日同登皇甫写的《传》中,才知道人生的真谛蕴藏在烟霞深处。"

六〇

【原文】

诗余之佳者,余已附载数首入《诗话》矣。兹检旧册,又得蒋用庵侍御送余出都《沁园春》二首,时侍御尚作秀才也。其词云:"聊作粗官,萧然一琴,五月治装。正中朝元老,闻而扼腕;(西林铁崖两相公。)一时学者,望輗沾裳。仆窃

有言:先生此去,厚意还须识彼苍,江南好,舍惊才绝代,管领谁当。江山东晋南唐,便雨打风吹未就荒。更画船七里,灯烘虎阜;珠帘二月,花绣雷塘。洗马愁乎,阿龙超矣,人物由来数过江。凭君到,把斜阳草树,收入春光。”

“一代词场,谁则如君,历落多姿。每奋衣而起,词都滚滚;酒酣以往,语更霏霏。随意判花,闲情顾曲,赢得三生杜牧之。今行矣,剩东涂西抹,付并州儿。城南频岁栖迟,笑末坐偏容平子知。记绛纱剪烛,纵横商略;平台啜茗,次第敲推。侬本阿蒙,君将南去,肯向缁尘恋染衣?须记取,待杏花春雨,予亦遄归。”

又,周之桂作《金缕曲·送同刘郎游天台》云:“春是先生主,怎频年寻春不倦,又摇柔舻。家有梅花愁轻别,一半娇波不语。看瘦减云英如许,只有多情新桃李,逐春风、还共寻南浦。杨柳饯,《柘枝》舞。谁知密意留行苦,似花神从天暗乞,者回风雨。烟水殢人应难出,况是江流寒阻。唤不到吴娘六柱。我本冲泥遥相送,乍闻言,也觉宽离绪。歌《水调》,且延伫。”

及余返棹,周喜,又赠《沁园春》云:“如此先生,老更清豪,行歌采芝。正西湖妆靓,重牵乡梦;天台花笑,易惹游思。足任生云,怀堪贮月,万壑千岩一杖携。掀髯处,每逢人夸健,涉险忘疲。文章流播天涯,听处处推袁事更奇。凭瓣香争奉,人间香祖;一经难质,旷代经师。忽拜灵光,都疑绛岁,苦向三生认冀丝。归来笑,似还乡羽客,出梦希夷。”

【译文】

诗以外的好作品,我也已收录了几首附在《诗话》中了。

翻检旧文本,又看到了蒋用庵侍御为送我出京城而写的二首词《沁园春》,当时他还是个秀才。

他在词中写道:“暂且作一位远行的官员,孤身携带一张瑶琴,在五月中打点行装。朝中元老们,听说后纷纷扼腕叹息;(西林、铁崖两个人。)一时间诸位学人,望着您远去忍不住泪水沾湿衣襟。我也献上一句话:先生此去,还要认识到苍天的厚意。江南地灵人杰,除了您的惊世才华,有谁可以做那里的领袖人物。东晋和南唐的那片江山,即便是雨打风吹也不会立刻荒芜。更有乘画船江上漫游,灯火映衬着虎阜;珠帘外的江南二月,一片鲜花灿烂在雷塘。为洗民而忧愁,阿龙已经赶上,风流人物历来要数江南。依仗着先生的一来,把那斜阳草树,一同收入春光中。”

“当代的词坛中,有谁能像您一样,诗词简洁利落多彩多姿。每次从睡梦中披衣而起,诗词就从笔端源源涌出;酒饮到畅快时,词句更是洋洋洒洒。随意地谈花论草,闲来弹琴吟曲,被人称作是杜牧之重生。今日您远行了,只留下的涂鸦之作,都交给并州的儿童去读。多年来我在城南起早贪黑地练诗,笑自己位

居末尾却偏偏还要让平子知道。还记得在紫红色的纱幕中共剪灯烛,畅谈古今大事谋略;在平台上啜茶,一首首地所诗词仔细推敲。我本是阿蒙式的人物,您将要南行,怎肯在尘世中留恋沾染俗气? 要记得,等到江南杏花开春雨飞,我也会迅速地回归。"

此外,周之桂写了《金缕曲·送同刘郎游天台》,词中说:"春天本由先生操纵,怎么多年来不知疲倦地寻找春天,如今又轻轻地摇起了橹,家中的梅花为小别而忧愁,还有那娇羞的水波平静不语。看云英那样地消瘦,只有多情的新生桃李,追逐着春风,一同在南岸苦苦寻觅。杨柳为你钱行,飘然舞起了《柘枝》。谁知它们深情厚谊苦苦的挽留,好似有花神在天上晴中乞求,唤来了风雨,云雾茫茫风雨交加使人难以出门,更何况有汹涌的江流和寒风阻挡。唤不来江南新娘的琴弦声。我本踏着泥泞遥遥远送,猛一听这句话,也感到离别的愁绪宽减。放歌一曲《水调》,暂且长时间地伫立雨中。"

等到我返桨回船,周之桂大喜,又赠给我一首《沁园春》,词中说:"像您这样的老先生,年纪虽老却更加清矍豪迈,唱着歌边走边采摘芝草。正逢西湖美景怡人,再度牵动思乡的幽梦;天台山鲜花烂漫,容易惹起游子的思绪。任凭足下生云,怀中可以包容明月,千座陵峭万道险壑只要携带一根竹杖。手持胡须,每次遇到人都夸自己身强体健,遇到险境时便忘记了疲劳,您的文章在世间传颂,听各地推崇您的事情更是稀奇古怪。听任人们争相烧香侍奉,你这位人间香祖;没有哪本经书可以难住你,真是绝代的经学大师。忽然向灵光朝拜,都怀疑你有春秋绛老的年龄,从斑白的鬓发中可以知道人的辛苦经历。归来时笑意盈盈,像是还乡的仙人,从希夷的梦境中走出。"

六一

【原文】

先君子幕游楚南,旧主人高公名清者,在衡阳九年,亡后,以亏帑故,妻子下狱。先君子出全力援之,竟得归殡。有杨朗溪太史赠诗云:"袁夫子,当今真义士。一双冷眼看世人,满腔热血酬知己。恨我相见今犹迟,湘江倾盖缔兰芝。"

余时尚幼,读而记之,今忘其全首矣。太史名绪,武陵人,权奇倜傥;诗宗少陵,字写《争坐位》。雍正间,苗民蠢动,王师征之,未捷;公学郦生,单身入洞说

之,群苗罗拜乞降。亦奇士也。

【译文】

先父在楚南做幕僚时,旧主人高清先生,在衡阳住了几年,他死后,由于亏欠国家钱粮的缘故,他的妻子被关进了监牢。

先父尽全力救助她,才被允许放出来送葬。有一位杨朗溪太史赠诗说:"袁夫子,真是当今的仁义之士。用一双冷静的双眼审视世人,以满腔的热血报答自己的知己。今日我相见恨晚,湘江地方的官吏们纷纷尊敬和结成兰芝之好。"

我当时还小,读诗后便记了下来,如今早已记不得整首诗了。太史名叫杨绪,是武陵人,足智多谋而风流偶傥;诗风源自杜甫,写过《争坐位》的书法。雍正年间,苗民发生暴乱,清军前去镇压,没有成功;杨先生仿照郦生的做法,只身进入苗人聚居的山洞中游说,苗人对他顶礼膜拜请求清军纳降。他也称得上是一位奇人。

六二

【原文】

康熙间,山左名臣最多,如:相国李文襄公(之芳)之功勋;湘广总督郭瑞卿(琇)之刚正;两江总督董公(讷)之经济:皆赫赫在人耳目;而皆能诗。世人不知者,为其名位所掩也。李与施愚山《陪祀郊坛》云:"太乙瑶坛接露台,龙旌遥拂翠华来。仙韶细度《云门》奏,玉殿初明泰时开。千尺炉烟天外转,九重环珮月中回。祠官解有登封意,独愧甘泉作赋才。"

董《兴化道中》云:"村从烟际出,草逼浪头生。"

《沅州道中》云:"云里诸峰堪入画,雨中无树不含秋。"

郭撰《太皇太后挽词》云:"抚孤三十载,两世际和丰。渭水开姬历,涂山助禹功。鸡鸣问曙切,乌哺报刘同。遥想含饴日,徽音宛在躬。"

又,《偶成》云:"去官人易嫩,无累病常轻。"皆可诵也。相传:郭公之劾纳兰太傅也,趁其庆寿日,列款奏之。旋带疏草,登门求见。太傅疑此人倔强,何以忽来称祝。延之入,长揖不拜,而屡引其袖。太傅喜曰:"御史公亦有寿诗见赠乎?"曰:"非也。弹章也。"

太傅读未毕,公从容曰:"郭琇无礼,应罚自饮一巨觥。"趋而出。满座愕

然。少顷，太傅廷讯之旨下矣。一说：郭初宰吴江，簋簋不饬，闻汤潜庵来抚苏州，自陈改悔之意，请另择日到任，果声名大震。汤遂惊之。后汤为太傅所倾；郭故劾之报师恩，亦以申公谕也。

【译文】

康熙年间，山的西面所出的名臣最多，例如：相国李文襄（字之芳）的卓著功勋；湘广总督郭瑞卿（字绣）的刚正不阿；两江总督董讷的理财经营能力；都在当时赫赫有名；而且都能吟诗。世人之所以不了解这一点，是被他们的名声和地位所遮掩住的缘故。

李文襄和施愚山在《陪祀郊坛》诗中说："太乙仙坛接着露天的祭坛，龙旗远远地从翠柳绿树中飘扬而来。仙曲悠扬地传来《云门》曲不停地奏着，打开了太庙玉殿一片明亮。祭炉中的烟火绵绵不绝升上了云霄，九重环珮像是从月中飞回。主祭的官员解释说这有登山封禅的意义，只是因为比不上甘泉的诗赋才华而惭愧。"

董讷在《兴化道中》中说："村庄从远升起的炊烟中时隐时现，岸边的小草在江浪的拍击下倔强地生长。"

他在《沅州道中》写道："云雾中诸峰优美简直像一幅美丽的图画，阴雨中没有哪一棵树不含着浓浓的秋意。"

郭瑞卿写了《太皇太后挽词》，诗中说："抚养小皇帝历经三十个春秋，保证两朝交替时国泰民安。渭水女帮助周朝姬发走上创业的历程，涂山女辅佐大禹建立了不朽功勋。雄鸡长啼急切地要见到东方的曙光，鸟儿哺育为了报答刘郎。遥想含着饴糖逗弄孙小玩耍的情景，美好的音容笑貌仿佛就在身旁。"

此外，他的《偶成》诗写道："离开了官场的人容易变得不老练，没有了事务的劳累多病的弱体常觉轻松。"

都是值得一读的诗作。相传："郭瑞卿先生劾纳兰太傅时，是趁着他过寿的时候，拟成奏章上奏了皇帝。然后立即又带着奏疏草稿，到纳兰太傅的府上求见。太傅起了疑心，这个人平常一向倔强，为什么忽然前来为自己祝寿。把他请进来后，郭瑞卿深施一礼却不拜寿，而是多次在袖中摸索。"太傅高兴地说："御史大人也有祝寿诗赠给我吗？"郭瑞卿回答说："不是祝寿诗。而是弹劾你的奏章。"

太傅还没读完奏章，郭瑞卿从容不迫地说道："我郭琇这么做太是无礼，应该自罚一大杯酒。"说罢急步走了出去。

满座宾客都惊呆了。不一会，要把太傅捉拿审讯的圣旨传下。还有一个传说：郭瑞卿最初在吴江任县令时，不整饬祭祖的礼器，听说汤潜庵在苏州任巡抚，便自述悔改之意，请求另外择日前去上任，果然他的名声从此大震。汤潜庵

于是便向上举荐了他,后来汤大人被纳兰太傅所陷害;郭瑞卿因此弹劾他以报师恩,同时也是为了伸张正义。

六三

【原文】

久闻广东珠娘之丽。余至广州,诸戚友招饮花船,所见绝无佳者,故有"青唇吹火拖鞋出,虽近多如鬼手馨"之句。相传:潮州六篷船人物殊胜;犹未信也。后见毗陵太守李宁圃《程江竹枝词》云:"程江几曲接韩江,水腻风微荡小舠。为恐晨曦惊晚梦,四围黄蔑悄无窗。"

"江上萧萧暮雨时,家家篷底理哀丝。怪他楚调兼潮调,半唱销魂绝妙词。"读之,方悔潮阳之未到也。

太守尤多佳句:《潞河舟行》云:"远能招客汀洲树,艳不求名野径花。"《姑苏怀古》云:"松柏才封埋剑地,河山已付浣纱人。"

皆古人所未有也。又,《弋阳苦雨》云:"水驿萧骚百感生,维舟野戍听鸡鸣。愁时最怯芭蕉雨,夜夜孤篷作此声。"

《珠梅闸竹枝词》云:"野花和露上钗头,贫女临风亦识愁。欲向舵楼行复止,似闻夫婿在邻舟。"

【译文】

早就听说广东的姑娘相貌美丽。我到广州去,诸位亲戚朋友请我在花船中饮酒,所见的姑娘没有一个长得漂亮的,故而作了"暗黑色的嘴唇的她拖着鞋子走出来要把烛光吹熄,虽然香气扑鼻却像鬼一样让我难以接近"的诗句。

相传:潮州六篷船中的人物特别出众,我一直不信。后来见昆陵太守李宁圃在《程江竹枝词》中写道:"程江水蜿蜒曲折地流入韩江,在水气清爽微风轻拂中我们荡起了小舟。为了防止清晨的日光惊扰了我早晨的好梦,放下四周的黄竹帘把船儿围得见不到窗。"

"傍晚的江上雨水潇潇洒落,渔户们家家的船篷底都传出婉约的小曲。曲声中兼杂了湖北民歌和潮州民歌的风格,唱出的词曲确实令人销魂。"

我读罢这首诗,才后悔没有去潮阳。李宁圃太守的佳句很多:他的《潞河舟行》诗中说:"河中小洲上的大树远远地招引着行客,野外小路的小花虽然格外艳美却不求名利。"

　　他在《姑苏怀古》诗中说:"埋剑之地上的松树刚刚种上,大好河山却已交给了浣纱人。"

　　这些诗都是古人所没过写到的。此外,在《弋阳苦雨》诗中他写道:"在水中远行心情落寞忧愁而又百感交集,在荒野中拴好船停泊水上只听得四面野鸟啼叫。人忧愁时最害怕听雨打芭蕉声,而每夜独枕孤舟时我都会听到这种雨声。"

　　他在《珠梅闸竹枝词》中说:"摘一朵带着晨露的野花插在头上,贫穷的农家女对着拂面的西风也尝到了忧愁的滋味。想要走上舵楼却又停了下来,好像听到夫婿的声音从邻舟中传来。"

随园诗话

随园诗话补遗·卷一

佳诗者,其言动心,其色夺目,
其味适口,其音悦耳

一

【原文】

《诗》始于虞舜,编于孔子。吾儒不奉两圣人之教,而远引佛老,何耶?阮亭好以禅悟比诗,人奉为至论。余驳之曰:"《毛诗三百篇》,岂非绝调?不知尔时,禅在何处?佛在何方?"人不能答。因告之曰:"诗者,人之性情也。近取诸身而足矣。其言动心,其色夺目,其味适口,其音悦耳:便是佳诗。孔子曰:'不学诗,无以言。'又曰:'诗可以兴。'两句相应。唯其言之工妙,所以能使人感发而兴起,倘直率庸腐之言,能兴者其谁耶?"

【译文】

《诗经》中的诗篇的创作始于虞舜时期,而由孔子编成书。我们读书人不尊奉两位圣人的教诲,却要从佛老之学中引经据典,这是为什么呢?阮亭爱把禅悟比作写诗,被人们奉为至理名言,我反驳他说:"《毛诗三百篇》,难道不是稀世之音吗?不了解那个时代,又怎能知道禅在何处?佛又在何处?"人们都答不上来。于是,我告诉他们说:"诗,表达的是人的性情,从自己本身中取材引申就足够了。它的语言能使人心动,它的光彩耀眼夺目,它的风格适合人的口味,这就是好诗。孔子说:'不学习诗,便无话可说。'他又说:'诗可以引发人的兴致。'这两句话前后呼应也正是因为诗的语言精致巧妙,所以才能使人有所感触而兴致萌生;倘若只是些直露而庸俗迂腐的语言,又能激起谁的兴致呢?"

二

【原文】

李玉洲先生曰:"凡多读书,为诗家最要事。所以必须胸有万卷者,欲其助我神气耳。其隶事、不隶事,作诗者不自知,读诗者亦不知:方可谓之真诗。若

有心矜炫淹博,便落下乘。"

又有人问先生曰:"大题目用全力了却,固见力量;倘些小题,亦用长篇;岂不更见才人手段?"先生笑曰:"狮子搏兔,必用全力:终是狮子之愚。"

【译文】

李玉洲先生说:"博览众书,是诗人最重要的事。所以必须是胸中藏有万卷诗书的人,才能让它助人增神长气。诗中牵涉到的事和没有牵涉到的事,作诗的人自己不知道,读诗的人也不知道;这才可以称作是真正的诗。若是诗人存心炫耀自己的广博学识,便会落得下乘的结果。"

又有人问先生说:"写作大题目时要用全力去完成它,固然可以看出作者的实力;倘若是面对一些小题目,也写出长篇大论;岂不是更能显出诗文大家的手段?"先生笑着回答说:"狮子捕捉小兔的时候,必定会用尽全力,但这最终只能说明狮子是愚蠢的。"

三

【原文】

同一乐器:瑟曰鼓,琴曰操。同一著述:文曰作,诗曰吟。可知音节之不可不讲。然音节一事,难以言传。少陵"群山万壑赴荆门",使改"群"字为"千"字,便不入调。王昌龄"不斩楼兰更不还",使改"更"字为"终"字,又不入调。字义一也,而差之毫厘,失以千里,其他可以类推。

【译文】

同一种乐器,演奏瑟就称为"鼓",演奏琴就称为"操"。同一种著述:写文章称为"作",写诗称为"吟"。从其中可以得知音节是不能不讲的。但是有关音节的问题,难以用语言表达。杜甫的诗"跨越崇山峻岭千沟万壑赶赴荆门",假使把其中的"群"改为"千",便在语调上不符。王昌龄的"不收复楼兰失地决不归还"诗句中,如果把"更"改为"终",同样在语调上不通顺。字的意思是一样的,但有微小的差异,就会造成极不同的后果,其他的问题可以同理类推。

四

【原文】

沈云椒侍郎未遇时,馆于陈梅岑家,其时梅岑尚鬟也。然梅岑诗笔清新,实为先生传授。谚云:"开口乳要吃得好。"此之谓也。梅岑常诵先生《午日秦淮》云:"菖蒲绿映石榴红,罂盎东西放几丛。不辨谁家妆阁底,远山多在画屏中。""阑干影里绮疏横,艾酒齐酬笑语迎。楼上衣风楼下水,一帘香雾不分明。""丹符风飐佛幡如,扇影参差漾碧虚。一片湖光星万点,家家水阁上灯初。""柳荫槛外泊船头,都向尊前听短讴。却到中流清景好,蒋王山上月如钩。"《晚过枫桥》云:"雨不成丝柳带烟,暮天远水正无边。客愁最怕钟声搅,不向枫桥夜泊船。"《泛舟城北》云:"最是长条柳,依依一怆情。芦花犹未白,已解作秋声。"

【译文】

沈云椒侍郎在没遇到好时机做官时,在陈梅岑家中的私塾中执教,当时梅岑还是个小孩子。

但陈梅岑清新秀丽的诗风文笔,确是得自于沈先生的传授。谚语中说:"开口乳要吃得好。"

说的就是这个道理。梅岑常常诵读沈先生的《午日秦淮》诗,诗中说:"绿色的菖蒲草映衬着红彤彤的石榴花,各种腹大口小的瓶子摆放在台儿上。分辨不出是谁家的楼阁低矮,远山的美好的风光大多可以在屏风中的水墨画中欣赏。"

"栏杆影中罗绮依稀闪现,美色和酒兴都恰到好处忽闻笑语来迎。楼上美女的衣裙临风楼下的池水如镜,一帘的香雾熏得人头昏脑晕看不分明。"

"丹符和风飐像佛幡一样,碧波中画船荡漾扇影参差。一片湖光伴着天边的万点星光,家家户户的水阁中华灯初上。"

"门外河外柳荫下停泊着船儿,都划向前面去听短歌。我却划到中流去欣赏美好的清静景色,还有蒋王山上那如钩的月牙。"

他在《晚过枫桥》诗中写道:"毛毛细雨使柳枝上笼罩了一道轻雾,傍晚远眺远方的水注无穷无尽。行客的愁绪最怕有钟声的惊扰,故而不在枫桥边停船

夜泊。"

他的《泛舟城北》诗中说:"特别是那些长长的垂柳,依依飞舞最让人伤怀。芦苇花还没有开,已经化成了浓浓秋意。"

五

【原文】

郑玑尺先生《咏镜》云:"朱颜谁不惜,白发尔先知。"可谓佳矣。后闻俞鹤龄秀才《咏镜》有"白发朱颜管一生",七字尤佳。莫妙处在一"管"字。

【译文】

郑玑尺先生在《咏镜》诗中说:"美丽的容颜谁人不怜惜,苍苍白发的只有你最先看到。"

可称得上是好诗。后来听说俞鹤龄秀才的《咏镜》诗中有:"白发和美丽容颜照看一生",这七字诗写得特别好,妙就妙在一个"管"字。

六

【原文】

赵云松《过苏小坟》云:"苏小坟邻岳王墓,英雄儿女各千秋。"孙九成《过琵琶亭》云:"为有琵琶数行字,荻花枫叶也千秋。"句法相似。

【译文】

赵云松在《过苏小坟》诗中说:"苏小的坟邻着岳王墓,这一对英雄儿女各有千秋业绩供后人景仰。"

孙九成在《过琵琶亭》诗中说:"因为有了《琵琶行》中的精美文字,才使得

荻花和枫叶也为人千古颂扬。"这两首诗句法很相似。

七

【原文】

近日有巨公教人作诗,必须穷经读注疏,然后落笔,诗乃可传。余闻之,笑曰:"且勿论建安、大历、开府、参军,其经学何如。只问'关关雎鸠'、'采采卷耳',是穷何经、何注疏,得此不朽之作?陶诗独绝千古,而'读书不求甚解'。何不读此疏以解之?梁昭明太子《与湘东王书》云:'夫六典、三礼,所施有地,所用有宜。未闻吟咏情性,反拟《内则》之篇;操笔写志,更摹《酒诰》之作。'迟迟春日',翻学《归藏》:'湛湛江水',竟同《大诰》。'"此数言、振聋发聩;想当时必有迂儒曲士,以经学谈诗者,故为此语以晓之。

【译文】

近日来有些大人物教人作诗时,必须要仔细研读各种经书及其注疏,然后才能落笔写诗,认为这样的诗方可在世上传诵。

我听说后,笑着说:"且不要说建安、大历、开府、参军他们的经学功底如何。只要问他们'雎鸠鸟悠扬地啼叫着''苓耳采了又采,这两句,是穷尽了什么经书、什么注疏,才写下了如此不朽之作的?陶渊明的诗名绝千古,但他却说'读书时不追求字句的具体理解'。为什么不通过这些建议放弃先穷经而后作诗的做法呢?南朝梁昭明太子在《与湘东王书》中说:'古代流传的六典和三礼,它们的施行有特殊的场所,推用也要因地制宜,没有听说过吟诗抒发性情,反而要参照《内则》篇中的文字,提笔写诗抒发自己的理想,还要模仿《酒诰》。'春天慢慢地临近了。'

这句诗,反要从《归藏》中引用'深而清澈的江水'这句诗,竟然要和《大诰》中的文字相同。"

这句几句话,确有振聋发聩的作用;我想那时候一定也有些迂腐的儒生,引经据典地谈论诗学,因此便用上面的话来提醒他们。

八

【原文】

人问:"杜陵不喜陶诗,欧公不喜杜诗:何耶?"余曰:"人各有性情。陶诗甘,杜诗苦;欧诗多因,杜诗多创:此其所以不合也。元微之云:'鸟不走,马不飞,不相能,胡相讥?'"

【译文】

有人问道:"杜甫不喜欢陶渊明的诗,欧阳修不喜欢杜甫的诗,这是为什么?"

我回答说:"各人各有自己的性情,陶渊明的诗甘美自然,杜甫的诗苦深凝重;欧阳修的诗大多因袭前人,杜甫的诗大多自创;这就是他们相互之间不喜欢的原因,元微之说:'鸟儿不会跑,马儿不会飞,彼此之间不能相互做到,又为何要相互讥讽呢?'"

九

【原文】

宋人《渔父词》云:"归来月下渔舟暗,认得山妻结网灯。"又云:"不愁日暮还家错,认得芭蕉出槿篱。"二语相似。余寓西湖德生庵,夜深,断桥独步,常恐迷路,紧望僧庵灯影而归,方觉二诗之妙。

【译文】

宋朝人写的《渔父词》中说:"月下捕鱼归来渔船上一片漆黑,远远认得家中的妻子结网时点燃的灯火。"

又说："不为天黑回家会走错门而担忧，认得自家木槿篱笆中伸出的那枚芭蕉叶。"

以上两句诗很相似。我住在西湖德生庵时，深夜中独自一人在断桥上漫步，常常担心会迷路，紧紧盯着德生庵的灯火才回到了住处，这才体会到这两句诗的妙处。

钓鱼图，出自《石濂和尚六堂集》。

一〇

【原文】

凡菱笋鱼虾，从水中采得，过半个时辰，则色味俱变；其为菱笋鱼虾之形质，依然尚在，而其天则已失矣。谚云："死蛟龙，不若活老鼠。"可悟作诗文之旨。然人莫不饮食也，鲜能知味也。作者难，知者尤难。

【译文】

凡是菱角、笋、鱼、虾等东西,从水中采到后,过了半个时辰,它们的色味就会发生变化;虽然菱笋鱼虾的形体质量依然还在,但其中的鲜活灵性已经失去了。

谚语中说:"死去的蛟龙,比不上一只活着的老鼠。"

这句话可以领悟为写诗做文章的要旨。但人们没有不要吃喝的,却很少有人能够品出味道。可见作诗固然很难,领悟诗就更难了。

——

【原文】

尹文端公出将入相,垂四十年,常谦谦然不自喜。惟小妻张氏以所生女入宫,为皇子妃,诰封一品夫人,逢人必夸。故《纪恩诗》曰:"瑞日朣胧展翠屏,环阶拜舞祝慈宁。争传王母瑶池会,竟见仙班列小星。"

【译文】

尹文端先生文武兼备,在外打仗可以任将军,在朝中理事可以做宰相,近四十年来,他却很谦虚毫不沾沾自喜。

只是他的小妻张氏所生的女儿被选入宫,当上皇子的妃子,受皇恩赐封一品夫人,他见到别人都会夸口一番。

因此,他在《纪恩诗》中说:"吉祥的日子里在朦胧的烟雾中摆开翠绿的屏风,围着台阶叩拜祝愿圣人慈祥安康。争相传诵王母娘娘瑶池会的故事,竟然会见到一颗颗小星进入了群仙之列。"

【原文】

余屡觅同年杨兼山大琛诗不得，今年到苏州，得其《古香堂诗稿》。《秦宫》云："五丈旗飘复道宽，晓妆人试绿云盘。虚悬照胆秦宫镜，不见长城白骨寒。"《舟中》云："断云作意横遥岭，明月多情送短篷。最爱风标两公子，一生消受绿芦风。"又，"春衣典尽还赊酒，鹤俸分来又买花。"皆骀荡可喜。

【译文】

我屡次寻觅同年进士杨兼山（字大琛）的诗却找不到，今年我来到苏州，得到了他写的《古香堂诗稿》。

其中的《秦宫》诗说："宽阔的双行道上五丈大旗高高飘扬，清晨宫妃们对着绿云盘在梳妆打扮。秦宫中空悬着一面可以照见人心的镜子，却照不见修筑长城时死去的累累白骨。"

他在《舟中》诗中写道："一块云彩有意飘横在遥远的山峰上，多情的明亮一路上护送着小小的乌篷船。最爱以风为航向的两位公子，一生都会在翠绿的芦苇风中尽情享受。"

此外，"春天穿的衣服已经典卖完了还要去赊酒喝，薪俸分来后又要去买束鲜花。"写得都很是令人舒畅欣喜。

【原文】

庚申初春，余与兼山及诸同年在京师游陶然亭。兼山《次壁间田退斋少宰韵》云："欲雨不雨春昼阴，城南亭子同登临。雪痕消尽苇根出，磬响断时禽语深。且喜僧寮无俗韵，漫将宦迹托沉吟。丁香几树才含萼，记取花时策杖寻。"

兼山晚年宠妾与夫人反目。余戏之曰:"君可记四十年前《赠内诗》乎?"兼山请诵之。曰:"'百杵午窗频捣药,一灯子夜尚缝衣。'此与唐明皇王夫人脱阿忠半臂作生日何殊? 读之可作回心院矣。"兼山笑而不答。田少宰讳懋,山西相公从典之子,立朝有声。

【译文】

庚申年初春,我和兼山及诸位同年进士在京城中同游陶然亭。

兼山在《次壁间田退斋少宰韵》中说:"春日的白昼阴沉着想下雨又不下,我们一同登上了京城南面的陶然亭,冬雪的痕迹已消隐露出了芦苇的根,玉磬声停止时鸟儿的啼叫声从密林中传来。喜爱这僧舍中没有粗俗的曲调,随意把官场中的行踪托付在吟诗赋句中。丁香树刚刚含萼露蕊,记得花开时要拄杖前来寻春。"

兼山晚年时他宠爱的小妾和夫人争吵不和。我调笑他说:"你可否记得四十年前的那首《赠内诗》? 兼山请我诵读。我朗声读道:'正午在窗下用杵一下又一下地为你捣碎药草,子夜时还在灯下为你亲手缝衣。'这和唐明皇与王夫人砍去阿忠的半只胳膊作生日礼物有何区别? 读后可以盖一座回心院了。"

兼山笑而不答。田退斋少宰字懋,是山西相公田从典的儿子,在朝中很有声望。

一四

【原文】

杭堇浦论七律,不喜拗体。余道:诗境甚宽,实有因拗转峭者。因诵倪紫珍先生《客中忆西湖》云:"江水不如湖水澄,南峰凉暖时堪登。入云但问采樵客,踏叶偶随归寺僧。一掬泉因瘦蛟活,满山桂与青霞蒸。白波渺渺未可渡,空倚葛陂三尺藤。"似此八句,一调平仄,便索然无味矣。杭亦以为然。先生官御史,古貌清标,识余于未第时。余学写殿试卷,先生教以偏旁点画:致足感也。记其《渡江遇风》云:"越阴已夙戒,涉波复新懦。忽然冯夷怒,叶舟竟掀播。命祗比毛轻,心已拼甑破。且守柁樯立,独抱忠信卧。须臾洪涛平,白鸥浮一个。"《在试院中答厉衣围侍郎》云:"文人毂中须赏识,棋于局外易分明。"《赠丹桂》云:

"老干十年看独立,丹心一点早平分。"其存心之公正可想。《宿泸溪》云:"避风先泊岸,过雨更观澜。"皆妙。先生名国琏。

【译文】

杭堇浦谈论律诗,他不喜欢拗体诗。

我说道:"诗的境界宽广,确实有因为执拗而转向雄伟洒脱的情况。于是,我为他背诵了倪紫珍先生的《客中忆西湖》诗:'江水没有湖水那样澄清,南峰凉暖适度正是攀登的好时节。登至云雾深处时可以向采樵人问路,还有偶然跟着归寺的僧人一同走在飘满落叶的山道上。一汪清泉因为有了矫健的龙而有了灵气,满山的桂树比天上的云霞还多。西湖中白色的波涛浩渺苍茫,只有无奈地倚靠着三尺葛藤。'像这八句诗,都是同样平仄的音调,就索然无味了。杭堇浦也认为是这样。杭先生身为御史官,清矍而大有古风,在没有中举之前就认识了我。我学着写殿试的题目,他教我偏旁笔画;足以使我感激不尽了。我记下了他的《渡江遇风》诗,诗中说:"过河前已经整夜斋戒祈祷,渡过水波时心中又不禁担心起来。忽然河神发怒,把乘坐的一叶扁舟险些掀翻。我的命只比鸿毛还轻,心中已经下决心豁出去了。暂且挨着船舵站立,或是怀抱耿耿忠心独自卧下。一会儿汹涌的波浪平静下来,白色的鸥鸟飞落在船篷上。"

他在《在试院中答厉衣围侍郎》诗中说:"诗文在袋子中须要有人赏识,在局外观棋最容易判断形势。"

在《赠丹桂》诗中他写道:"枯老的树干傲然挺立了十年,一点红色的花朵早已绽开。"

他内心的公正可以想见。在《宿泸溪》诗中他写道:"为了避江风先把船儿靠岸泊好,雨过后才好欣赏壮阔的波澜。"写得都很妙。杭先生的名字是国琏。

一五

【原文】

李谨瑊芝游灵隐寺,云林大师出示右军《感怀札》,纸墨残缺,如裂春冰。又出山谷、襄阳二札。李题云:"玉印何时勒,贞观十五年。不多完笔墨,一半补云烟。稀世无人信,名山有佛怜。我来长跪读,深幸见残笺。"《观梅》云:"步步梅

花里,迟迟过石梁。两山清涧合,一路白云香。偶约探春侣,同登选佛场,羡他修得到,愧我半生忙。"又,"顾我忽无影,前峰落照微。"十字亦超。

【译文】

李谨瑺字芝,在游览灵隐寺时,云林大师向他出示了右军的《感怀札》,纸墨残缺不全,如同一河春水被生生割断。

又出示了山谷、襄阳的书札。李谨瑺题诗说:"玉印什么时候盖上的,在贞观十五年。笔墨虽然不多,但另一半由云烟补充。没人相信它是稀世珍品,幸好名山之中有佛爷怜惜。我前来虔诚拜读,为见到残迹而深感荣幸。"

他在《观梅》诗中说:"每走一步都被包围在梅花丛中,迟迟无法走过石梁。两山的清涧相会合,一路之上的白云都被染香了。偶尔相约探春的伴侣,同登修法练佛的场所。羡慕他有缘修得到,羞愧我半世匆忙。"

此外,"回头一看我的身影忽然不见了,原来是透过前面山峰射来的光线太微弱了。"这句五言诗写得也非常超脱潇洒。

一六

【原文】

余游武夷,至大藏峰,望半字山,穴中有桥板梁柱,大小百千根,参差堆架,灰墨色,长短不齐,既不朽烂,又不倾落。其下湍急,舟难停泊。有某官,击以鸟枪,落木梯数片。朱子云:"是尧时民,避洪水居此。水平时,人下而木存。"想亦有理。余还杭州后,与孙景高世讲谈及之。孙出所藏虹桥板一片,长尺许,薄三分,云得自张芑堂,张又得于吴达夫。梁山舟题云:"虹桥之板长径尺,付与幽人锁玉格。延陵家藏东海题,题处天然一角白。书不可信字可传,非松非柏无人识。即今散落市廛中,君独何缘收拾得。当年吹堕武夷峰,仙凡惝恍将毋同。须防一夜风霜起,飞上青天化断虹。"主人题云:"虹桥遗迹倩谁搜,千载犹看片板留。莫道仙踪渺难问,有人曾向武夷游。""九曲环溪锁翠烟,仙风吹堕几何年。题来好句尤珍重,慰我平生嗜古缘。"

【译文】

我游览武夷山,来到大藏峰,眺望半字山,只见洞穴中有桥板梁柱,大大小

小成千上万根，堆架得参差不齐，颜色呈灰黑色，长短也不齐，既不会朽烂，也不倾斜落下。

下面水注湍急，舟船难以停泊。有一位官员，用鸟枪击打，击落几片木梯。

朱子说："这是尧时代的人，为避洪水之祸居住在此。后来洪水退去，人们迁了下来而把木制梁柱都保留了下来。"

想来也很有道理。我回到杭州后，与世讲孙景高谈起了这件事。孙景高出示了他所收藏的一片虹桥板，长约一尺多，薄约三分，他说是从张芑堂处得到的，而张芑堂又是从吴达夫手中取得的。

梁山舟题诗说："虹桥木板径长一尺，交给了幽人雅士作镇纸之用。在延陵家中收藏着又有东海的题字，题字的地方乃是虹桥板上一块天然白净的地方。书虽然不可相信但题字可以流传，木质非松非柏没人认识。到今日散落在尘世中，先生唯独有缘得到保存。它当年从武夷峰上被吹落，仙物和凡物虽然不分明但终归不同。要提防一夜之中风霜又起，它会飞上青天化成一道美丽的七彩断虹。"

主人也题诗说："虹桥的遗迹请谁去搜寻呢？千年来还只能看到这残留的一片木板。不要说它的仙踪缥缈难问寻，有人曾经去武夷山游寻过。"

"状如九曲绕着小溪锁住了山中翠绿的云烟，被仙风吹落到底有了多少年。题写的好诗句我特别看重珍存，聊以慰藉我平生收藏古物的嗜好。"

一七

【原文】

人馈得心大师鸡子四十，师大吞咽。人笑之。师作偈云："混沌乾坤一口包，也无皮血也无毛。老僧带尔西天去，免在人间受一刀。"

【译文】

有人赠给得心大师四十只鸡蛋，大师便狼吞虎咽地吃了起来。人们都笑了起来。

大师写了一道偈语："混沌乾坤一口便能包容，既没有皮血也没有毛。老僧我带你们同赴西天去，免得你们在人间受一刀之苦。"

【原文】

金陵山川之气,散而不聚;以故土著者绝少传人。王、谢渡江,多作寄公,亦复门户不久:此其证也。然街衢宏阔,民气淳静,至今士大夫外来者,犹喜家焉。桐城姚姬传太史掌教钟山,有移居之志。赋诗云:"又向金陵十日留,依然双阙望牛头。交游聚处思移宅,衰病行时爱掉舟。萧寺风多疑作雨,后湖烟淡总如秋。僧书拟共舒王读,不吊兴亡惹泪流。"余谓:第四句尤合余意。余当未衰时,亦喜舟行,畏陆行也。

太史七古雄厚,惜篇长难录。录其《岳阳》云:"高楼深夜静秋空,荡荡江湖积气通。万顷波平天四面,九霄风定月当中。云间朱鸟峰何处,水上苍龙瑟未终。便欲拂衣琼岛外,止留清啸落湘东。"《吊王彦章》云:"乱世鸟飞难择木,男儿豹死自留皮。"《哭刘耕南》云:"别来书到长安少,死去才教天下空。"《淮上》云:"只愁天上桃花水,浸失淮南桂树山。"《钓台》云:"可怜高鸟尽,回忆钓鱼矶。"皆绝妙也。己巳岁,余《中秋夜渡江》云:"世上夜深秋正半,江心风定月当中。"亦与先生《岳阳楼见月》三四联相似。先生从父南青讳范,在长安与余有车笠之好,学问淹博,而不喜吟诗。余改官江南,送行诗麻集,而南青无有也。余调之云:"南青爱人如老妪,初入翰林殊栩栩。平时著述千万言,临别赠我无一语。"

【译文】

金陵山水的气运,离散而不汇聚;因此当地土著居民很少能有代代相传的。

王导、谢玄渡江南下后,大多都寄居他人之处,并且也都门户复兴不久:这就是气运散而不聚的明证。

但金陵的街道建筑宏伟壮观,民风淳朴静泊,直到如今,从外地到此处的士大夫们,还喜爱在此安家。

桐城人姚姬传太史在金陵钟山书院执教,常有迁居的想法。

他在诗中说:"又在金陵呆了十天,我依然打开大门眺望着牛头山。和朋友交往游玩或是聚会都惦记着要迁居新地,体弱多病的我在行路时尤爱乘船泛

舟。冷静的寺院中风声萧瑟让人以为是雷雨大作，山后的湖面上笼着一层淡淡的云烟总是像秋天一般。僧人的书信本打算和舒王一同阅读，不去凭吊国事兴亡却不禁泪流满面。"

我认为诗中的第四句尤其符合我的爱好。我在尚未衰老的时候，也爱乘船游玩，而害怕走陆路。

姚姬传太史的七言古诗雄伟浑厚，可惜篇幅太长，难以全部抄录。

现抄录他的《岳阳楼见月》诗，诗中说："寂寞的高楼在秋夜中静静地伫立着，荡荡的江湖中凝滞的空气开始流通。天边的万顷江面风平浪静，天上风定云静一轮月亮高悬。云间的朱鸟要降临到哪座山峰，水

王彦章像，图出自《残唐五代史演义》。王彦章是五代后梁太祖朱温手下大将。

上的伴着苍龙起舞的琴瑟声还没有终止。想要起身来到琼岛仙境外，只留下长啸声回响在湘东的天空中。"

他在《吊王彦章》诗中说："乱世中飞鸟难以选择良木而栖，好男儿要像豹子一样死下留下珍贵的皮毛。"

在《哭刘耕南》诗中他写道："分别后很少有书信寄回长安，死去后才让天下人有失落的感觉。"

他在《淮上》诗中说："只担心这来自天上的飘着桃花的溪水，浸湿了淮南的桂树山。"他在《钓台》诗中说："可怜天空中鸟儿飞远，又想起江边的钓鱼矶。"

写得都很绝妙。己巳年，我在《中秋夜渡江》诗中说："深夜世界秋意正浓，大江上风平浪静明月当空。"

也和姚先生的《岳阳楼见月》诗中的第三四联相似。姚先生的堂叔姚南青字范，在长安时和我交情甚好，他学问广博，但却不喜欢吟诗。

后来我迁到江南做官，为我送行的诗云集，但却没有南青的诗。

我开玩笑地写诗说:"南青对别人的喜爱像老太婆一样,刚入翰林院时很是文质彬彬。平时著作文章有成千上万字,临别时却没有一句话赠给我。"

一九

【原文】

闺秀,吾浙为盛。庚戌春,扫墓杭州,女弟子孙碧梧邀女士十三人,大会于湖楼,各以诗书为赞。余设二席以待之。徐裕馨,相国文穆公之孙女也,画法南田,诗吟中、晚。《即景》云:"读罢《黄庭》卷懒开,静中消息费推裁。吹灯欲禁花留影,刚卷珠帘月又来。"

《暮秋》云:"寒蝶低飞月满枝,海棠红冷桂凋时。笑侬竟比黄花瘦,青女多情知未知?"《画眉》云:"柳梢枝上晓风柔,梦醒雕栏语未休。莫向碧纱窗畔唤,美人犹是未梳头。"

《暮春》云:"残红片片卸檐前,树有余香蝶尚怜。士女不来芳草外,秋千犹系绿杨边。中庭风静游丝落,绣户帘垂紫燕穿。恰好送春诗未就,瑶台有妹赠云笺。"《夜雨》云:"夜雨小窗多少,春唤子规去了。起来收拾余花,又把五更风恼。"

【译文】

大家闺秀中,要数我们浙江最出人才。庚戌年春天,我在杭州扫墓,女弟子孙碧梧邀请十三位女士,在西湖畔的楼亭中集会,各自把自己的书画作品作为送给我的礼物。

我摆了两桌酒席招待了她们。徐裕馨,是相国徐文穆先生的孙女,她的画技师承取诗南田派。诗风近于中、晚唐时期诗作的风格。她在《即景》诗中写道:"读完《黄庭》其中的乐趣刚刚向我涌来,书卷中的知识消息着实需要费神去推断裁定。我想吹熄灯光不让花儿再留下影子,刚刚卷起珠帘月光又静静地洒落。"

她在《暮秋》诗中写道:"寒夜中蝶儿低飞月光洒满枝头,海棠花红得让人感到冷而桂花却正在凋谢。笑你竟然比黄花还要瘦弱,你知不知道少女的多情?"在《画眉》诗中她说:"轻柔的微风吹拂着柳枝,梦醒后倚着雕花栏杆谈兴

不减。别到碧纱窗圈来呼唤我，美人儿还尚未梳头理妆。"

她在《暮春》诗中说："片片落花落在屋檐下，树儿尚有未尽的余香惹得蝶儿仍不忍离去。才女们虽然没有来到户外的芳草地上，但她们喜爱的秋千还紧紧地系在绿杨边。庭院中风儿平静飞舞的杨絮纷纷飘落，黑色的小燕子灵巧地穿过半卷的华丽的珠帘。恰好我为送春而写的诗尚未写成，瑶中上有位姐妹给我送来了云笺。"

她在《夜雨》诗中说："黑色中小窗外又落了一场雨，春天呼唤着子规鸟走远了，起床来把残花收拾，却又把五更天的夜风惹恼。"

二〇

【原文】

汪妵，字巽为，号顺哉，秋御先生之女也。《春日山居》云："山居无事起常迟，不断溪声雨过时。最爱学飞新燕子，帘钩低拂影差池。"《闻虫》云："四壁乱虫鸣，闻声暗自惊。独怜秋一色，可奈月三更。叹息余如助，叮咛梦未成。可知为客者，缘尔倍关情。"《秋月》云："古戍鸣寒柝，孤城急暮砧。"俱饶有唐音。

【译文】

汪妵，字巽为，号顺哉，是汪秋御先生的女儿。

他在《春日山居》中写道："在山中闲居常常因无事而晚起，下过雨后溪流中哗哗不断。最喜爱学飞的小燕子，在竹帘旁水池上低飞盘旋。"在《闻虫》诗中他写道："四面的墙角中小虫儿肆意地鸣叫，我听到虫叫声却暗自惊心。独自怜惜苍茫的秋色，无奈月儿高升又是三更天。就好像更激发了我的叹息声，再三嘱咐却没能在梦中如愿。可知在外为客的行人，因为虫鸣声倍添思念之情。"

他在《秋月》诗中说："静夜中古老的戍所传来了打更击柝声，傍晚的孤城里一片急促的捣衣声。"写的都很有些唐诗的味道。

【原文】

孙春岩观察滇南,娶姬人王氏,名玉如,善画工诗,与女公子云凤、云鹤闺房唱和,有林下风。《喜弟自滇至》云:"既见翻疑误,凝眸各审详。九年云出岫,一夕雁成行。别后沧桑换,途中岁月长。旧容惊半改,乡语难全忘。对月秋垂泪,听猿夜断肠。适人问消息,觅便寄衣裳。剪烛心方慰,回头意转伤。自余离故土,赖尔奉高堂。感逝餐应减,思儿鬓恐霜。弟能支菽水,妹可护温凉。闻已调琴瑟,曾无弄瓦璋。当年送我处,今日遇君场。彼此皆如梦,依依两渺茫。"此诗,置白太傅集中,几不可辨。

【译文】

孙春岩在滇南任观察官时,娶了一位姓王的女子,名叫玉如,她擅长作画并长于作诗,和云凤、云鹤小姐在闺阁中相互吟诗附和,很有闲雅之风,不同凡俗。

她在《喜弟自滇至》诗中说:"猛一相见反而怀疑认错了人,忙凝神注目相互端详审视。烟云逸出群山要九年时间,一夕之间秋雁成行南飞。分别后发生了沧桑巨变,路途之中日月长久。旧日的容颜已改让我吃惊,感叹我的乡音已然全都忘记。秋夜中对着明月落泪,静夜里听一猿的啼叫声而伤心断肠。逢人我便打听亲人的消息,找到方便机会便寄去衣裳。今日共同在灯下长谈心中才得一慰藉,回头一想胸中又涌起了悲伤。自从我离开乡土后,全靠你侍奉高堂父母。感伤岁月流逝饮食应有所减少,思念儿女恐怕父母会霜染鬓发。弟弟你能够支撑家中的粮食、饮水,妹妹可以织布缝衣维护家中的温凉冷热。听到琴声已转,也不再抚弄手中的玉璋。当年送别我的地方,就是今天相遇我的场所。彼此都像是做了一场大梦,你我依依思念之情像云海一样苍茫缥缈。"这首诗,被收录到白太傅的诗集中,几乎难以分辨出来。

国学经典文库

随园诗话

≡≡

【原文】

钱塘陆飞,字筱饮,乾隆乙酉解元。性高旷,善画工诗,慕张志和之为人,自造一舟,妻孥茶灶,悉载共中,遨游西湖,以水为家。《扬州遇雪》云:"雨随微霰集,船与断冰争。"《渡钱江》云:"万弩尚余沉铁在,群山浑欲勒潮回。"《爆竹》云:"缊袍易裂抛宜远,浊酒能醒近未妨。"

近来习尚,丈夫多臂缠金镯,手弄椰珠。余颇以为嫌。而谨厚者,亦复为之。陆作诗刺之云:"我闻远买多难虞,缠金或以资穷途。途穷未必非怀宝,怀藏亦足来萑苻。世人金多挥不足,举袖满堂黄映肉。指环臂钏乃女子,男化女儿何日始?南方草木椰最久,实大如瓜浆作酒。何年落子比元珠,一串摩尼时在手。有手不弄琴与书,有手不把犁与锄,可惜白日空摩挲,不有博弈犹贤乎?"

【译文】

钱塘人陆飞,字筱饮,是乾隆乙酉年乡试第一名举人。

性情高远豁达,擅长作画写诗,佩服张志和的为人,自己制造了一条小船,把妻子儿女和茶饮灶具,全都放到船上,在西湖中遨游,把湖水作为家。

他写的《扬州遇雪》诗中说:"雨点随着小冰雹而密集起来,船儿和河中的断冰争夺去路。"

在《渡钱江》诗中他写道:"万箭齐发只剩下沉在水中的铁箭头还在,群山浑然一体要把潮水推回去。"

他在《爆竹》诗中说:"身上的麻袍容易被炸坏因而要把点燃的爆竹扔远些,走近没有别的妨碍地能使人从酒意中醒来。"

近年来的社会风尚,男子的手臂上大多带着金镯,手中玩弄着椰珠,我对此颇有些讨厌反感。但那些平时谨慎厚道的人,也学会了这些风尚。陆飞写诗讽刺说:"我听说到外地做买卖充满了艰辛困苦和意想不到的情况,手中缠金镯或者可以在穷途末路时起资助作用。穷途末路未必一定要怀藏珠宝,怀藏的珠宝足可以经过盗贼出没的荏苻泽。世上的人金银多得挥霍不完,举手投足满室之间金黄色的光映着人面。指带玉环臂缠金钏的是女子,男子变成了女子是什么

时候开始的？南方的草木中要数椰子最为古老，果实大得像瓜果浆可以酿酒。从何时起椰珠像佛珠一样，一串串被人像和尚一般握在手中。有手不去弹琴读书，有手不去把犁持锄：可惜在白日里徒劳地玩弄拂摸椰珠，没有赌博和弈棋之乐还算是贤人吗？"

　　　　　　　　　　二三

【原文】

　　余尝求陈望之先生诗而不得，诗话中所载甚少。近日王梦楼从楚中归，诵其《月夜登黄鹤楼》云："丹楼天外峙，皓月空中行。银涛与玉魄，相送出光明。树暗汉阳渡，云低鄂渚城。不知何处笛，解作落梅声。"《泛舟登伯牙台》云："伯牙台畔晓惊飞，梅子山前绿渐肥。舟共凫鹥聊泛泛，柳遮楼阁似依依。人琴千古知谁在，江汉残春照鬓稀。我欲临风弹一曲，落红成阵乱斜晖。"

【译文】

　　我曾经遍寻陈望之先生的诗却找不到，故而在诗话中所录载的他的诗很少。

　　近日，王梦楼从湖北回来，为我诵读了陈先生的《月夜登黄鹤楼》，诗中说："红色的高楼在天外峙立，一轮明月在云中穿行。银色的波涛和天上的银盘玉魄，相互辉映出光明。汉阳渡口树色阴暗，鄂渚城上云彩低沉。不知何处传来的悠扬笛声，声声催落梅花。"

　　他在《泛舟登伯牙台》诗中说："伯牙台畔晨莺飞舞，梅子山前绿色渐浓。小舟和鸥鸟在水上相依而舞，柳村遮着楼台依依不舍。诗人琴声千百年来有谁还在，江汉残剩将去的春光照在我稀疏的鬓发上。我想临风弹上一曲，落下的花儿扰乱了斜照的夕阳。"

二四

【原文】

丙辰召试者二百余人，今五十五年矣，存者惟钱箨石阁学，与余两人耳。庚戌五月，相访嘉禾，则已中风，半身不遂；年八十有三，犹能颇颇清谈。家徒壁立，卖画为生，官至二品，屡掌文衡，而清贫如此：真古人哉！刻《箨石斋诗集》四十九卷，最后，题春圃弟《茶舫图》云："清凉山后阿兄题，大令名看小令齐。三月柳遮江路永，十年人隔夕阳低。"拳拳念旧，盖物稀为贵，理应然也。先生吟诗，多率真任意，有夫子自道之乐。其《村居》云："村居谁为闭门高，夜雨频添水半篙。杨柳初丝亚文杏，木兰如玉照樱桃。王官谷小云同住，华子冈深犬夜嗥。短杖一枝扶便出，西轩北陌又东皋。"《先人别业》云："屋于高处非忘世，志欲终焉此读书。"此有骀宕之致。先生名载，嘉兴人。

【译文】

丙辰年应召考试的二百多个人，如今过了五十五个年头了，还活在世上的只有内阁学士钱箨石和我两个人了。

庚戌年五月，我到嘉禾去拜访他，他已然中风，半身不遂；年纪虽然八十有三，但仍能睿智清醒地谈论问题。家中穷得只剩下四面墙壁，靠卖画维持生计，他官至二品，多次掌管文教卫部门，但却像这样清贫：真像古代圣人一样廉洁！雕版印行了《箨石斋诗集》诗中说："清凉山后哥哥为弟弟题诗，大的词令和小的词令写得一样工整。三月里柳条飞舞在江畔，相隔十年后我们又相会在夕阳西下时。"

他的拳拳念旧之情，大概是因为物以稀为贵的原因，也是理所当然的。先生吟写的诗，大多率真随意，大有夫子用诗表达自己思想的乐趣。他在《村居》诗中说："村居中是谁把紧闭的大门修得高高的，夜里一阵急雨平地积起了半篙水。杨柳刚刚吐丝发绿稍稍逊色于文杏，如玉的木兰花映照着红色的樱桃。在王官谷中和云雾同住，华子冈上深夜中的狗儿吠叫。手扶一根短杖便可外出，走遍西边的长廊北边的田埂又来到了东边的河岸。"

在《先人别业》诗中他写道："房屋建在高地上并不是忘记了尘世，是想立

志在此读一辈子书。"诗文中都有使人赏心悦目的舒畅之感。钱先生的名字叫钱载,是浙江嘉兴人。

二五

【原文】

家常语入诗最妙。陈古渔布衣《咏牡丹》云:"楼高自有红云护,花好何须绿叶扶。"国初,徐贯时《寄妾》云:"善保玉容休怨别,可怜无益又伤身。"

【译文】

把家常话写诗中是最好不过的。平民陈古渔在《咏牡丹》诗中说:"楼虽高自然有红云相护,花儿美丽又何须绿叶扶持。"

建国初期,徐贯时在《寄妾》诗中说:"妥善保护自己如玉容颜不要去怨天尤人,那样做没有什么好处又伤害身体。"

二六

【原文】

秋霜初下,木叶未凋,而浮萍先悴。松江张梦喈之女玉珍有句云:"梧阴尚覆阶前草,秋信先残水面花。"虽眼前景,无人道过。又《赠归燕》云:"空巢为汝殷勤护,重到休迷故主楼。"真仁人之言。(玉珍嫁太仓秀才金瑚,有孝子之称。)

【译文】

秋霜初降,树木的叶子尚未凋落,但水中的浮萍却已率先枯黄憔悴了。

松江人张梦喈的女儿张玉珍写诗说:"梧桐的树荫还覆盖着台阶前的绿草,

秋天的讯息先使水面上的浮萍变得残败了。"

写的虽然都是眼前寻常的景象，却从没有人写过。她还在《赠归燕》诗中说："我将为你们精心维护好空空的巢窝，再飞回时不要迷失忘记了老主人的楼房。"

真是仁人的语言。（张玉珍嫁给了太仓的秀才金瑚，他素有孝子之称。）

二七

【原文】

凡攻经学者，诗多晦滞。独苏州江郑堂藩诗能清拔，王兰泉司寇之高弟子也。《登齐云山》云："危梯高百步，曲折径通幽。人与鸟争路，僧邀云住楼。山收千里翠，石放众溪流。空际闻钟磬，声从何处求。"《寓楼》云："东风料峭觉衣单，楼阁虚空梦未残。病里已教花事去，愁来肯放酒杯宽？画图劝客看山色，书卷留人忍夜寒。去岁家书今岁达，老亲为我定加餐。"《送兰泉从方伯升司寇入都》云："民情爱冬日，朝命转秋官。"抑何工切。

【译文】

凡攻研经学的人，写的诗大多晦涩难懂。

唯独苏州的江郑堂（字藩）写的诗能够做到清秀挺拔，他是王兰泉司寇的得意门生。

他在《登齐云山》诗中说："山路像危梯一样高有百步，曲折的小道通向幽静的地方，人和鸟儿争相前行，僧人邀请云雾在楼中同住。山中蕴藏了千里的翠色，山石间众溪奔流。在空中听到了钟磬的声音，却不知该向何处去寻求钟声的来源。"

在《寓楼》诗中他写道："清塞的东风吹来让人感到衣服单薄，空旷的楼阁中我的梦尚未醒。病中我已错过了花期，忧愁涌上心头时怎肯宽心放下酒杯？美丽的图画引导客人们去欣赏山色，书卷吸引人在漫漫寒夜中挑灯夜读。去年写的家书今年才寄到家中，父母双亲，一定因得到了我的讯息而宽心喜悦多吃一些饭。"

他在《送兰泉从方伯升司寇入都》诗中说："百姓的心中把你当作冬天的太

阳一样爱戴,朝廷下旨让你升作司寇。"写的多么工整。

二八

【原文】

　　余十二岁,受王交河先生(兰生)知,入学;十五岁,受李安溪先生(清植)知,补增;十九岁,受帅兰皋先生(念祖)知,食饩。感知己之恩,求王、李二公诗不可得。近在汪松萝《清诗大雅》中,得帅公《春园》云:"群香多扑鼻,空翠总沾衣。良以得春趣,因之忘世机。径幽当晓寂,禽小见人飞。我意适如此,看云何处归。"又,《秋信》云:"柳残池受月,花落径添泥。"《弹琴》云:"耳边犹有韵,空外绝无声。"

【译文】

　　我十二岁时,受了王交河先生(字兰生)的知遇之恩,得以入学求知;十五岁时,又受到了李安溪先生(字清植)的知遇之恩,得以候补委任官职;十九岁时,受到了帅兰皋先生(字念祖)的知遇恩,得以吃上皇粮。

　　我深感他们的知遇之恩,遍求王交河和李安溪先生的诗却得不到。

　　近来在汪松萝的《清诗大雅》中,得到了帅兰皋先生的《春园》诗:"众花争艳香气扑鼻,空中的翠绿气息总是附沾在人的衣服上。从美景中找到了春天的乐趣,因为它我忘掉了世间的事务。幽深的小径在清晨格外寂静,小小的鸟儿见到人便慌忙飞走。我的心境适合这样的环境,抬头望云看它归向何方。"

　　此外,他在《秋信》诗中说:"柳树枯黄水池中终于有了月亮的倒影,花朵凋落小径上又增添了几许花泥。"

　　在《弹琴》诗中他写道:"耳边还有旋律飘荡,天空外绝无半点声响。"

二九

【原文】

彭湘南布衣与陈沧洲先生同乡交好。陈殁后,无所依归,以选诗为生。癸酉,来金陵,年七十余矣,杖头挂古钱数枚,朱履白发,招摇过市。为余言:沧洲诗宗少陵;诵其《石峡看月》云:"薄暮村难辨,依微古渡旁。空江悬网罟,落日下牛羊。水落滩声缓,山高树影凉。开篷看月色,夜久渐为霜。"他如:"夜雨邻灯舟似市,经年旅泊水为家。""竹榻耳随天籁寂,纸窗云共拂香飘。"皆佳。

【译文】

平民百姓彭湘南和陈沧洲是同乡,过从甚密。

陈沧洲死后,彭湘南无所依靠,靠选诗为生。癸酉年,他到金陵来,已经七十多岁了,他的手杖头挂着几枚古钱,穿着红色的鞋子,白发苍苍,故意张大声势,引人注意。

他对我说:陈沧洲的诗风仿自杜甫;并诵读了陈沧洲的《石峡看月》诗:"傍晚天黑村庄难以分辨,依稀来到古渡旁,空旷的江边悬着渔网,落日的余晖洒在放牧归来的牛羊群上。水势平缓急流声小,山峰高峻近处树影阴凉。敞开船篷眺望月光,入夜时间长了月光就渐渐变成了霜。"

其他的诗还有:"夜雨中相邻的船中灯火闪闪像热闹的集市一样,多年来漂泊流浪把水面作为自己的家。"

"卧在竹榻上耳边悄无声息,纸窗外云雾和香火一同飘飞。"写得都非常好。

三〇

【原文】

松江提督张云翼，以公侯世职，而《严滩》一首，独出新裁，其词云："漫整荷衣拜逸民，滩声犹自动星辰。富春近日谁渔父，天子当年有故人。名到先生才是隐，贤如光武不称臣。只因曹作梅家婿，外氏家风爱隐沦。"又，"明月到楼忘是夜，桃花无水不成春。"俱有意思，不似贵人笔墨。

【译文】

松江提督张云翼，世代都是公侯高官，但他的一首《严滩》诗，却独出心裁。

诗中说："荷叶在风中随意摇摆向悠闲的人们下拜行礼，河滩水流很响似乎能震动星辰。富春江中近日来有谁在做渔父，原来是当年天子的老朋友。名声到了先生这个份上才称得上是隐士，像光武帝那样贤明的人物是不会向别人俯首称臣的。只因曾经是梅家的女婿，便沾染了外氏的家风喜爱隐居不出。"

严先生是梅福的女婿，此事可以参见《逸史》。此外，"明亮的月光照一小楼上让我几乎忘记了是在夜中，只有桃花盛开没有小河流水就不算是春天。"

严光像，图出自清·上官周《晚笑堂画传》。严光是光武帝刘秀微贱时的同学，后来刘秀做了皇帝，请严光做官，严光辞而不就，隐居于富春江畔，以钓鱼为乐。

写得都很有意境，不像是富贵人家的手笔。

三一

【原文】

康熙末年，布衣能诗者，金陵有屈思齐（景贤），苏州有李客山果。二人俱落落孤高，与朱草衣别一风格。客山诗，余见甚少。屈长于五古，工夫胜草衣，而性灵不如。在僧壁见《与马秋田沈方舟姚玉亭观秋色》云："香阁层峦上，登临落照边。钟声传下界，人语近诸天。红叶齐争艳，秋共静可怜。萧然林邃外，归鸟度寒烟。"《莫愁湖》云："一自美人去，至今芳草生。"诗境冷淡，可以想见其人。余宰江宁，从不来一见。

【译文】

康熙末年，平民百姓中善写诗的，有金陵的屈思齐（字景贤），苏州的李客山（字果）。

两个人都孤僻清高不合群，和朱草衣相比另有一种风格。李客山的诗，我见到的很少，屈思齐擅长写五言古体诗，素养功力在朱草衣之上，但在诗的表现性情灵气上则不如朱草衣。

我在僧庙的墙壁上见到他的《与马秋田沈方舟姚玉亭观秋色》诗，诗中说："香火缭绕的亭阁盘踞在层峦叠嶂之上，登临到上面只见阳光就照在身边。悠扬的钟声传到了下界。人们的说话声临近九天。片片红叶一同争奇斗艳，秋日的小花一旁静静绽放让人惜爱。萧然的丛林外，归巢的飞鸟穿过了寒冷的云烟。"

他的《莫愁湖》诗中说："自从美人莫愁女仙去后，至今湖畔萋萋芳草茂盛。"

诗中意境冷清淡泊，从中可以想见其人的性格。我在江宁做县官时，他也从来不来见我一面。

☷

【原文】

天长陈烛门（以刚）壬辰进士，与王孟亭同年，论诗两不相合：以王好险拗，而陈平和故也。陈长于投赠。《赠顾侠君》云："心厌承明恋钓槎，题名江上有笼纱。鼓钟清庙元和笔，箫管扬州大业花。重碧千卮倾北道，软红十丈忆东华。相看淮海诗人尽，携手平山日又斜。"

【译文】

天长人陈烛门（字以刚），是壬辰年进士，和王孟亭是同年进士，但二人在谈诗论赋时却意见不合；这是由于王孟亭喜好突兀险奇的风格而陈烛门却喜爱平和的诗风的缘故。

陈烛门擅长于向人赠诗。他在《赠顾侠君》诗中说："心中厌恶承明而喜爱乘筏垂钓，在江上的题名还有丝纱笼绕。清庙的鼓钟声和元和的毛笔，扬州的箫管与大业的花。千杯道别的绿酒倾洒在向北的道路上，十丈柔软的红绫让人回忆起东华。看到淮海地方的诗人已经没有了，我们携手登上平山西方的红日又要落山。"

☷

【原文】

潘阳唐俊公英司关九江，四方诗人游者，必有唱和，余于《诗话》中已详言其坛坫之盛；先生诗，尚未见也。近始得其《归舟即景》云："逸兴忙中减，兹游片刻清。岸虫随橹急，渔火贴波明。山暗残阳灭，江寒夜气生。莫教惊野浦，恐散白鸥盟。"《环翠亭纳凉》云："古亭雅集趁新凉，明月依人照异乡。老树静风鸦睡稳，山衙报漏鼓声忙。向平心事谁知己，庾亮襟期自笑狂。《白雪》《阳春》

歌满座,不堪回首少年场。"读之,想见盛世升平,官领闲曹之乐。其子名寅保,貌如冠玉,早入翰林,出锡山嵇公之门:人以为先生礼士尊贤之报也。

归舟即景图

【译文】

　　潘阳人唐俊公,字英,在九江掌管税收关卡,四面八方到此云游的诗人,必定会在此相互作诗相和,我在《诗话》中已经详细描述了该地诗坛的兴盛,但唐先生的诗,我却尚未见过。

　　最近才录得他的《归舟即景》诗:"雅兴在繁忙的事务中消减,乘舟游览寻求片刻的清静。岸边小虫的叫声随着橹声的变快而急促,渔船上的灯火在水面上通明一片。残阳西下山转暗,寒冷的江面上生出夜气。千万别惊动野外的河汉口,恐怕会惊散栖息的白鸥群。"

　　他在《环翠亭纳凉》诗中写道:"古老的亭子中雅士们趁着清凉聚在了一起,月光洒在人们的身上却是照在异乡。没有了风老树平静鸦雀熟睡,山城的衙门中报时的更漏声一声声急促地传来阵阵笙歌。谁了解向平的小事,庾亭的胸怀志向连他自己都笑自己狂妄。《白雪》《阳春》等高雅曲调奏响时高朋满座,少年时的情场不堪回首。"

　　我读了他的诗,可以想见在盛世天下太平的时期,管理清闲事务的官员们的乐趣,他的儿子名叫唐寅保,相貌英俊有如桂冠上的宝玉,很年轻时就入了翰林院,出于锡山嵇先生的门下。人们都认为这是对唐先生礼遇士人尊崇贤士的报答。

随园诗话

三四

【原文】

杜紫纶先生选《唐人叩弹集》,专尚中、晚。学者从兹入手,可免粗硬槎牙之病。而宗法少陵、山谷者,意颇轻之。先生《虎丘雨后》云:"六宫花老泪胭脂,点点残红坠晚枝。自是东风无著处,本来西子有归时。锦帆冷落青帘舫,玉管阑珊《白纻》词。双桨绿波留不住,半塘烟柳雨如丝。"先生翰林前辈,与余同试光明殿,恰未一握手。

【译文】

杜紫纶先生编选《唐人叩弹集》,特别推崇中、晚唐的诗作。

初学者从这本诗集入手学习,可以免去诗文生硬粗糙的毛病,但那些诗文属于杜少陵、山谷一派的人,对诗集则很是瞧不起。

杜先生在《虎丘雨后》诗中说:"宫妃们容颜已老泪水沾湿了脸上的胭脂,星星点点残留的花儿点缀在晚春的枝头。这自然使东风无处落脚,本来西子湖就有回归的季节。华丽的帆船使那些青帘小画舫受到了人们的冷落,灯火阑珊处玉笛吹起了《白纻》词。双桨在碧绿的湖水中荡动不止,如丝的细雨把半塘的柳树笼罩在一片烟雨之中。"

杜先生是翰林中的前辈,和我一同在光明殿应试,只是未能握手相交。

三五

【原文】

沈归愚言沈方舟诗,藏少弋家。少弋已亡,求之不得。杭堇浦言方舟诗在福建布政使张廷枚家。或少弋即方伯之宗人,未可知也。沈诗音节沉雄,得明七子梗概,而新颖过之。足迹所到,足以助其豪宕之气。如《下朝阳》云:"似闻

风雨作,前有大涨来。一气双江合,孤城百粤开。鳌身移岛屿,蜃口出楼台。倚棹怀湘子,桥成力大哉。"余每过滩,先闻声响,读此,方知其妙。他如《小泊》云:"竹喧归鸟后,村静饲蚕时。"《天启德陵》云:"内竖一朝祠宇遍,爰书三案士林空。"《怀宗思陵》云:"一剑割将公主爱,九门报道寺人开。"《泰山》云:"四岳共推青帝长,一峰还古丈人尊。"皆脍炙人口。有长安陶友兰者,爱其诗,临卒,命以《方舟诗集》置棺中为殓。亦异人哉!

【译文】

沈归愚说沈方舟的诗收藏于少弋的家中。少弋已经亡故。因此诗仍无法找到。

杭堇浦说沈方舟的诗收藏在福建省的布政使张廷枚的家中。或者少弋就是张廷枚方伯同族的亲戚,这尚未有确定。沈方舟的诗音节沉雄,深得明朝七位诗人的梗概要旨,但却在新颖上超过了他们。他所游历的地方,也足以助长他豪迈开阔的诗风。例如:他在《下朝阳》诗中说:"似乎听到了风雨大作的声音,原来是前面有一个大的急浪就要到来。两条江注合为一体,百粤这座孤城平坦而开阔,状如龟身的岛屿从身边不断向后移动,像蛤口一样的楼台挺立着。手持船棹怀念湘子,那座横跨河床的大桥要多费多大的气力啊!"

我每次乘舟经过滩流,都会先听到轰鸣的水流声,读了此诗,方领略到其中的奇妙之处。其他的诗,如《小泊》中说:"晚归的鸟儿回巢后竹林便喧闹起来。在饲养蚕的时候全村中一片寂静。"

沈方舟在《天启德陵》诗中说:"陵内竖立着整个朝代每一位皇帝的祠庙,改为书写上明朝三案中牵涉到的所有士人。"

在《怀宗思陵》诗中他写道:"挥起彗剑将公主的情丝斩断,九门外传唤的声音传来护陵人打开了大门。"

他在《泰山》诗中说:"四岳中人推东岳青帝为首领,这座山峰自远古以来就像老人一样受人尊敬。"

这些诗都非常脍炙人口。长安有一个叫陶友兰的人,因喜爱他的诗,临死前,让家人把《方舟诗集》放在自己的棺材中作为陪葬物。也是一位奇人啊!

三六

【原文】

虎丘山塘有白傅旧堤,其碑为居民埋匿。汪松萝掘得之。沈赋诗云:"片石苔封阅岁华,凭君磨洗认龙蛇。从今觅得春风路,送与吴娘踏落花。"王昊庐宗伯捐赀赎甲寅难妇百余口。沈赠云:"红泪千行溅铁衣,倾家不惜拔重围。挥金欲笑曹瞒吝,只赎文姬一个归。"

【译文】

虎丘山下的湖面上有据说是白居易主持修筑的旧湖堤,所立的石碑已被当地居民埋藏隐匿起来了。

汪松萝经过挖掘得到了这块石碑。沈归愚赋诗说:"石碑上布满青苔显然经历了许多岁月,经人们磨洗后可以认清上面有如龙飞蛇行的文字。从今以后找到了春风大道,送给吴娘去压藏落花。"

王昊庐宗伯捐钱赎回了一百多口甲寅年遭受灾难的难妇。沈归愚赠诗说:"妇女们的千行泪溅湿了您的战袍,为了救她们出苦海不惜倾家荡产,挥金如土要讥笑曹操的吝啬,他只去赎回蔡文姬一个女子。"

三七

【原文】

雍正间,宣城有布衣葛鹤,字云衢者,诗笔颇清,年未四十而亡。陈古渔诵其佳句云:"巢倾争宿鸟,鞭响过桥驴。""衣雨屡迁孤客馆,秋风先瘦异乡人。"

【译文】

雍正年间,宣城县有一位平民百姓叫葛鹤字云衢,作诗的笔风颇为清秀。

年龄未满四十就早亡了,陈古渔背诵了他写的佳句:"巢儿倾覆栖息的鸟儿争先飞出,鞭声响处驴儿正拉车过桥。"

"沾衣细雨屡次追随到孤客住宿的旅店,秋风先把在外漂泊的异乡人吹瘦。"

三八

【原文】

诗用眼前之典,能贴切便佳。陈烛门《赠李天山》云:"老人吹火窥刘向,天子临轩问长卿。"杨兼山《在户部岁暮》云:"孙簿当年犹登灶,崔丞近日只哦松。"姚姬传《赠陶生》云:"贫无素业弹长铗,行人朱门着小冠。"语俱妙。而姚诗似有所讽。

【译文】

诗文中引用眼前的典故,只要能做到贴切就是好诗。

陈烛门在《赠李天山》诗中说:"老人吹熄灯火以观察刘向,天子亲临轩阁请教长卿。"

杨兼山在《在户部岁暮》诗中说:"孙主簿当年还能独占鳌头,崔中丞近日只会对着松柏打哈哈。"

姚姬传在《赠陶生》诗中说:"贫困潦倒又无固定职业只有弹着长剑放歌,戴着小帽昂首走入大户人家的大门。"语句都很巧妙。但姚姬传的诗中好像是有所讽刺。

三九

【原文】

诗有无心而相同者。陶篁村《偶成》云:"闭户浑如坐佛幢,弹琴作伴影成

双。多情只有萧萧竹,时带斜阳绿到窗。"姚姬传亦有《凉阶》一首云:"凉阶今夕又飞萤,倚槛风前已涕零。人迹不如修竹影,每随明月到中庭。"陶《题阅江楼》云:"木落天空阔,鼍鸣岸动摇。"亦奇伟可喜。

沈方舟《出峡》云:"舟掷波心去,人穿石罅来。"王兰泉《舟至玉屏》云:"人从激箭流中坐,船在崩崖罅里行。"

【译文】

诗有无意中写得相同的。陶篁村在《偶成》诗中说:"闭户打坐就像是坐在佛幢下一样,弹琴做伴地上的影子便成一对。只有那多情的萧萧竹林,时时随着斜阳把绿色送到窗前。"

姚姬传也写有《凉阶》诗,诗中说:"凉阶上今晚又飞起了萤火虫,身倚门槛临风泪流不止。人的踪影不像那修长的竹影,每每随着明月映到庭院中。"

陶篁村的《题阅江楼》诗中说:"落叶凋零更显天空辽阔,扬子鳄的吼叫声震得地动岸摇。"写得也很奇异宏伟,让人读后有喜悦之感。

沈方舟在《出峡》诗中说:"小舟去向波浪中飘去,人儿穿过石缝走了出来。"

王兰泉在《舟至玉屏》诗中说:"人在如激射的飞箭般的急流中行驶的船上端坐,船儿在悬崖石缝中穿行。"

四〇

【原文】

丙子,年家子陶时行以胡氏《一房山诗集》见示,作者六七人。壬寅秋,余过芜湖,主人漱泉淳邀游其处,屋不甚多,而窗对赭山,门临湖水,洵鸠江一胜景也。集中管松厓太史(干珍)云:"日夕出水碧,泠然秋更清。微风湖面至,初月竹稍生。排雁银筝柱,跳鱼玉尺声。不愁归路晚,村水似星明。"淡霞山明府(如水)云:"入室菊排三径秀,开窗风送一山秋。"仲烛亭(蕴萦)秀才云:"小阁乍开双白板,秋山刚借一屏风。"荣笠田明府(树谷)云:"沙外鸥眼闲胜客,竹间禽语妙于诗。"主人《晓起》云:"残月林中挂,晴云空际生。北客幽梦觉,天色欲微明,露涴蕉花重,烟凝竹叶清。迎风倾两耳,恰好一蝉鸣。"

【译文】

丙子年,年家子陶时行向我出示了胡氏的《一房山诗集》,诗集的作者有六、七个人。

壬寅年秋天,我经过芜湖,主人胡漱泉(字淳)邀请我到家中去,他家的房屋虽不很多,但窗外对着赭山,门外临着湖水,诚然是鸠江的一大风景胜地。

诗集中管松厓太史(字干珍)说:"留夕阳西下山青水绿,秋日里更显清凉。微风从湖面上吹来,月牙上悄悄爬上竹梢。挂着银筝的柱子雁阵形排列,玉尺击桌声音仿佛像鱼跃水池。不用担心回家时天色已晚,村中的灯火像天上的星星一样明亮闪耀。"淡霞山明府大人(字如水)在诗集中写道:"进入室内后美丽的菊花摆了三排增添了无穷秀色,打开窗户微风吹来一山的秋意。"

仲烛亭(字蕴檠)秀才说:"小阁楼的两扇白木门板猛然打开,对面秋意正浓的山上恰好吹来一阵凉风。"

宋笠田明府大人(字树谷)在诗集中说:"沙滩上鸥鸟酣然入眠比游客还要悠闲,竹林中禽鸟的啼叫比诗句更为神妙。"

主人漱泉的《晓起》诗中写道:"一弯缺月挂在林中,晴空万里生出朵朵白云。睡在北窗幽梦渐醒,东方天色正越来越亮。饱沾露水的芭蕉花显得十分沉重,凝结了烟云的竹叶越发清秀喜人。迎着清风侧耳倾听,恰好听到一只鸣蝉在叫。"

四一

【原文】

出入权贵人家,能履朱门如蓬户,则炎凉之意,自无所动中。宋人《咏松》云:"白云功成谢龙去,归来自挂千年松。"汪易堂(苍霖)《咏菊》云:"不蒙春风荣,讵畏秋气肃?"可谓见道之言。汪又有《白桃花》云:"褪尽铅华露一丛,轻阴漠漠淡烟笼。渔郎错认仙源路,洞口春深雪未融。"《七夕呈冰玉主人》云:"神光暧曃有无中,灵驾云衢一水通。欲乞天孙为补拙,明朝移巧到城东。"皆言外有意。

【译文】

出入权贵人家，能够做到跨进华丽的红色大门就像走进茅草小屋一样，那么世上之人或亲热攀附或冷淡疏远的做法，对自己就不会有所触动了。

宋朝人在《咏松》诗中说："白云功成名就在感谢蛟龙后飘然隐去，归来后将自己悬挂在千年老松的枝头。"

汪易堂(字苍霖)在《咏菊》诗中说："不借春风而荣耀，难道害怕秋日的萧萧气息？"可以说这是得道之言。汪易堂还在《白桃花》诗中写道："铅华褪尽后绽开出一丛小花，漠漠的轻阴和淡淡的云烟笼罩着它。打鱼郎认错了通往桃花仙源的路，洞口春意虽浓但冬雪尚未消融。"

他在《七夕呈冰玉主人》诗中说："浓云蔽日中间到底有没有太阳，神灵腾云驾雾两地之间有一水相通。想要请求天上王孙为我弥补缺憾，明天早晨到城东去耍弄巧妙的手段。"

诗中都言外别有含意。

四二

【原文】

宝山徐水乡，名崧，不事举业，专攻诗，年三十三而卒。卒前十日，病卧床，语其父云："儿往谒洞庭阴君矣。惟一生心血在诗，可以遗稿付吾友浦翔春藏之。"其诗浦犹未知其死也，梦与水乡谈甚乐，自言已死四日矣。今游赵秋谷先生门下，讲诗工夫大进，一笑而去。浦为刻其诗，号《百删小草》。《海上秋兴》云："鱼鳞千户县初成，高筑回塘似带横。天任孤城沦碧海，帝争尺土与苍生。扶桑日射帆樯出，碣石云开岛屿明。极目滔滔烟水阔，秋风无浪总堪惊。"《吊韩蕲王》云："宋家犹有西湖在，且自骑驴遣暮年。"《此夕》云："明知惜玉须完璞，无那看花想折枝。"皆有性灵。

孔北海云："今之后生，喜谤前辈。"水乡《咏鹦鹉》刺之云："怪侬巧弄无多舌，才解人言便骂人。"又《刺元稹》云："君臣儿女情无二，报国曾无薄行流。"

【译文】

宝山人徐水乡，名崧，不去走科举考试入仕的路，而专门攻研诗学，年仅三

十三岁就亡故了。

去世前十日，他病卧在床，对他的父亲说："儿要去拜见洞庭阴君了，只是我的一生心血都花费在诗上，可以把我的遗稿交付我的朋友浦翔春收藏。"

当时，浦翔春尚不知道他的死讯，还梦见于他谈得十分投机，他自己说已经死了四天了。如今浦翔春在赵秋谷先生门下游学，评论诗作的功力大增，便笑着离去了。浦翔春把徐水乡的遗稿刻板印行，取名叫《百删小草》。其中的《海上秋兴》诗写道："像鱼鳞般千户人家组成的县城刚刚建成，防潮的河堤高大而绵长像一根巨带横

韩世忠像，图出自清·孔继尧绘《吴郡名贤像传赞》。韩世忠为南宋抗金名将，封蕲王，故又称"韩蕲王"。

过。上天任由这座孤城沦落在碧海之中，上帝和世间苍生争夺一尺土地。东方日出光芒万丈海上众帆飘扬，海边乌云散尽露出远处清晰的岛屿轮廓。极目远眺滔滔大海无边无际，即便没有秋风推波助澜那浪头也着实令人吃惊。"

在《吊韩蕲王》诗中说："大宋朝还有杭州西湖这半壁江山，你大可以自由自在的骑驴游玩打发自己的晚年。"

他在《此夕》诗中说："明知道爱惜宝玉就必须保护它的完整，无奈在赏花时总是禁不住想去折下一枝。"

写得都很有性情灵气。

孔北海说："现在的年轻后辈，喜爱诽谤攻击前辈。"

徐水乡在《咏鹦鹉》诗中对此讥讽道："都怪你多嘴弄巧成拙，才明白了人的语言便开口骂人。"

此外，在《刺元稹》诗中他写道："君臣儿女之间的感情并无不同，报效国家并不会使自己的德行举止变得不厚道。"

随园诗话

四三

【原文】

水乡有友吕步瀛,字仙客,亦工诗而早亡。《赠冯云九》云:"名士门生羽士师,仙坛步上少年时。男儿只道封侯易,误到头颅白未知。"冯弃儒入道,故吕美之。亡何,二人俱亡。

【译文】

徐水乡有位朋友叫吕步瀛,字仙客,也擅长写诗却不幸早亡。吕步瀛在《赠冯云九》诗中说:"出自名士门下如今又做了道家的仙师,少年时就早早登上了仙坛求道。好男儿原以为读书考了功名就可以很容易地封侯做官,已经耗白了鬓毛却仍不自知。"冯云九放弃修习儒学而入了道教,因此吕步瀛很羡慕他。不多久,两个人都死去了。

四四

【原文】

余尝谓陆放翁、康对山俱一入权门,名为小损。然士大夫宁为权门之草木,勿为权门之鹰犬。何也?草木不过供其赏玩,可以免祸,恰无害于人;为其鹰犬,则有害于人,而己亦终难免祸。东坡《咏马季长》云:"不碍依梁冀,何须害李公。"虽是落第二层身份而言之,亦可悲也。

【译文】

我曾经说过,陆放翁、康对山进入争权夺势的官场后,名声全都受到了小小的损失。但士大夫们宁愿做权场中的草木,也不愿去做权场中的鹰犬。为什么

呢？草木不过是供人玩赏，可以免除灾祸，而且对别人不会造成祸害；作为权贵们的鹰犬走狗，就会有害于人，而且自己最终也难逃祸患。苏东坡在《咏马季长》诗中说："依附梁冀又有何妨碍，有什么必要去陷害李公呢？"虽说他是从考试落第这二层身份来说的，但仍是可悲的。

四五

【原文】

王兰泉方伯诗，多清微平远之音。拟古乐府及初唐人体，最擅长。自随阿将军征金川，在路间寄《南斗集》一册，读之，傲诡奇险，大得江川之助；方信古人云："读万卷书，行万里路。"缺一不可也。《过瓮子洞》二首云："急溜从东来，锐石忽西拒。水为石所搏，奔注竟回注。岂知限坡栏，欲走不得去。回旋蹴浪花，蓄势作驰鹜。何为一叶舟，竟往杀其怒。舟水相撞舂，进退屡犹豫。乘间突而前，奇绝诧径度。""大石如覆舟，小石如断臼。其色侔猪肝，其状肖熊首，其积累重甒，其裂豁破缶。谲诡非一形，争出扼溪口。三石更顾然，似结烟霞友。临空出窍穴，大小靡不有。俾受篙师篙，真宰信非偶。"《舁舆短歌》云："下山走坂丸，上山逆水船。下用四人夹，上用四人牵。长绳系板当胸穿，异者二耦趋而前。二十四足相后先，如鱼逐队蚁附羶；如羊倒挂禽齐骞，我身托舆舆托肩。肩上尺木缢以缘，莫怪侁侁走不前，脚底千峰方刺天。"

【译文】

王兰泉方伯的诗，大多清秀淡泊胸怀广阔。他模仿古乐府诗和初唐时的风格，最为擅长。自从他跟随阿将军远征金川后，在路途中寄赠给我一册《南斗集》，我读罢，很是欣赏其中诗文的瑰丽突兀险胜之美，很是得到了名山大川的启发，这才深信古人所说的："读万卷书，行万里路。"读书和行路这二者是缺一不可的。他在两首《过瓮子洞》中说："急流从东呼啸而下，忽然一块巨石挡住了它西去的道路。水流受到了巨石的阻挡后，奔腾盘旋竟然向后回流。哪知山坡上高低不平，想爬上去却始终过不去。回旋激起了雪白的浪花，蓄势待发准备要纵横奔驰。何不驾一叶轻舟，下水前去平息它的怒气。小舟和急流相互猛烈撞击，舟儿忽进忽退总是像犹豫不决。乘机猛然向前划去，不禁惊诧于所过

水路的险绝。"大石块像倾覆的小船,小石块像一个个的石臼,颜色像猪肝一样,形状类似熊头,它的容积比得上好几个龅裂痕就如破缶一般。形状诡怪奇特没有定型,争相伸出挡住溪流。第三类石头则非常修长,好似连绵的烟霞的朋友。向外露出了无数洞穴,大的小的无所不有。让它去承受撑篙人的篙,使人确实相信它的出现并非偶然。"他在《舁舆短歌》诗中写道:"下山时迅速走下斜坡,上山时却如同逆水行船。下面要用四个人架着,上面用四个人牵引。长绳拉得紧紧的放在胸前,抬舆的人肩并肩向前行进。二十四双脚先后走动。如同鱼儿成群成队又似蚂蚁一窝蜂地附在膻腥的东西上;如同把羊儿四蹄倒挂如鸟儿高高举起,我用身体托起舆轿而舆轿依托在我的肩上。肩上扛的轿柄用粗绳紧拴着,别埋怨我们慢慢前行走不远,脚下的千座高峰座座高耸如云。"

四六

【原文】

人问惧内之说,始自何时。余戏云:"始于专诸。"《越绝书》称专诸与人斗,有万夫莫当之气,闻妻一呼,即还。岂非惧内之滥觞乎?五代时,朱温虽凶暴,亦有专诸之风。其他文学之士,如王、谢两公,张祜、李阳诸典故,固无论矣。人又问,惧内可见于诗歌否?余只记唐中宗宠韦后,优人因裴谈与宴,知君臣同病,唱《回波词》曰:"回波尔似栲栳,怕妇也是大好。外边只有裴谈,内里天如李老。"后喜,以束帛赐之。

【译文】

有人说我惧内的说法,是从何时开始的。我开玩笑地说:"是从专诸开始的。"《越绝书》上称专诸在和人搏斗时,有万夫莫挡的气势,但只要一听到妻子的呼唤,便立刻回家。这难道不是惧内的起源吗?五代时期,宋温虽然性格凶暴,但也有专诸惧内的风格。其他的文人墨客,例如王、谢两位先生,张祜、李阳等典故,就更不用说了。又有人问:"惧内的情形可否能从诗歌中看出呢?我只记得唐中宗宠爱韦后,唱戏的因为看到裴谈也在宴席中,知道这君臣二人患有同种毛病,便唱起了《回波词》:"你像柳条筐一样收起笑容,怕妻子很好也。外边只有裴谈惧内,在宫里则是李皇帝。"韦后大喜,赏给了唱戏的一束丝帛。

朱温像，图出自《残唐五代史演义》。朱温即后梁太祖，野史说他惧内。

四七

【原文】

"哥"字最俗，不入诗文。惟唐时张元一主司郎中《咏乐静县公主》云："马带桃花锦，裙拖绿草罗。定知帕帽底，仪容似大哥。"其时，武懿宗短丑，而其妹妹甚长，人呼妹为"大哥"。公主与则天并行，则天命元一嘲之，故云尔也。此外，白香山诗有"何似沙哥领崔嫂，碧油幢引向东川。"沙哥者，杨汝士小名。居易，则杨之妹婿也。元世祖称其臣董文炳为"董大哥"亦奇。

【译文】

"哥"字最是俗气,不能写进诗文中。只有唐朝时张元一主司郎中在《咏乐静县公主》诗中说:"座马佩戴着绣着桃花的装饰,衣着草绿色的衣裙,可以肯定帻帽底下的人,长相像大哥。"当时,武懿宗身材矮小而丑陋,但他的妹妹个子甚高,人们都叫她是"大哥"。公主和武则天一同散步时,武则天命张元一写诗嘲笑她,故此写下了诗中的话。此外,白居易的诗中有:"多少像沙哥携着崔嫂,在碧油旗的指引下奔向东方的大河。"沙哥,是杨汝士的小名,白居易是杨汝士的妹夫。元世祖称呼他的大臣董文炳为"董大哥",也很令人感到奇怪。

四八

【原文】

仪真石大年有《渔父词》云:"橛头艇子送生涯,来往苕溪与若耶。手把一竿春又老,钓丝牵上野桃花。"浦翔春《渔父词》云:"水之涯,山之麓,蓼花行,芦花宿,不脱蓑衣酣睡足。得鱼换酒笑向天,月落空江自歌曲。"二诗俱妙。石又有句云:"手劈芭蕉充茧纸,眼看蝌蚪学虫书。"

【译文】

仪真人石大年作有《渔父词》,诗中说:"木桩上拴着的小舟伴随着我的一生,整日来往于苕溪和若耶之间,手持鱼竿眼看春天又将逝去,钓上不慎勾到了一枝野桃花。"浦翔春在《渔父词》中说:"江水边,山脚下,飘行在蓼花之中,住宿于芦花内,不用脱去蓑衣就可痛快地酣睡一场。钓到鱼后去用来换酒得意地仰天长笑,月亮照在空荡荡的江面上我自高亢放歌。"这二首诗写得都非常好,石大年还有一句诗:"手撕芭蕉叶作为茧纸,眼睛看着蠕动的蝌蚪学写虫书。"

四九

【原文】

路途行役之诗，明将军瑞有句云："沿途听爆竹，逐驿读春联。"邵元直孝廉有句云："行旌最喜晴，畏热转思雨。"皆行路之实情实景也。邵又有句云："马蹄易碍非芳草，鸦背难留是夕阳。""浮生若寄谁非梦，到处能安即是家。""剧怜车马驰驱苦，幸喜山川应接忙。"皆妙。又，"车前细雨织成帘"七字，亦颇是路中雨景。

【译文】

描写因事行路的诗，明瑞将军有句诗说："沿途听一过年的声声爆竹响，在每个驿站仔细读着春联。"

邵元直孝廉在诗中写道："在路上行走旌旗招展最喜爱晴天，但害怕天热转而又盼着下雨。"

诗中写的都是行路时的实情实景。邵元真还有一句诗中说道："行路上的马蹄容易被耽搁却不是为了欣赏路边芳菲的花草，夕阳就要落山鸟雀也要归巢。"

"漂泊的一生四处寄居谁不像在梦中一样，不论什么地方只要有安下身来就算是我的家。"

"很怜惜车马奔驰赶路的辛苦，幸好一路上秀美的山川一个接一个地迎接我们。"

写得都非常好。此外，"马车前细雨霏霏像是织成了一面竹帘"这句诗，也很形象地写出了路途中的雨景。

五○

【原文】

杨升庵曰:"诗至杜而极盛;然诗教之衰自杜始。理学至程、朱而极明;然理学之暗自程、朱始。非杜与程、朱之过也,是尊杜与程、朱者之过也。"《客座赘语》曰:"李于鳞诗律细而调高;然似吴中暴富儿局面,止是华美精致。若杜少陵,便如累世老财主,家中百物具足,即偶然陈朽间错,愈见其为富有也。"两段议论甚佳,故录之。

【译文】

杨升庵说:"诗到了杜甫的时代达到了鼎盛期;但诗学的衰落也是从杜甫开始的。理学到了程颐、朱熹的时候盛极一时,但理学的走下坡路也是从程颐、朱熹开始的。这不是杜甫和程颐、朱熹的过错,而是推崇杜甫和程颐、朱熹之人的过错。"

杜甫像,图出自明人像赞类书籍《博古叶子》。

《客座赘语》中说:"李于鳞的诗音律细致但曲调高昂;但是有些像江南暴发户的形象,只能说是辞藻华美精致,像杜甫的诗,便如同是世代的老财主,家中什么东西都很充足,即使其中偶尔有些陈旧朽坏的物品,也只是更可看出他家的富有。"

这两段议论写得很好,故而抄录下来。

五一

【原文】

余丁巳流落长安,馆高怡园先生家三月。后四十余年,先生亡矣。余感其德,为撰墓志以报。不料又隔数年,张蒙泉(果)寄《梦中缘》一册来,云:先生亡时,贫甚,家有九棺未葬,夜见梦于童君二树,以笺纸索画梅十幅。童素不相识,惊醒,则案上有余所作墓志存焉。所谓"短而癯者",即其貌也。以告蒙泉。蒙泉曰:"得毋高公欲假君画以归土耶?"盖其时二人同客中州,而童画甚贵重故也。童欣然握笔,及画成,买者无人。适河南施我真太守来,见之,叹曰:"画梅助葬,真盛德事。"乃取其画,而助葬资二百金。题诗曰:"十幅梅花十万钱,诗中之伯画中仙。耶溪太守捐清俸,了却幽人梦里缘。"张招同人和其诗,号《梦中缘》云。(高公名景藩,官至观察。)

【译文】

丁巳年我流落长安,在高怡园先生家当了三个月的私塾先生。

四十多年后,高先生已经去世了。我感戴他的恩德,给他撰写了墓志来报答他。

没想到又过了几年,张蒙泉(字果)寄来《梦中缘》一册,说:"先生去世时,家中很是贫寒,有九口棺木无钱下葬,夜中进入到童二树先生的梦中,高先生用字条向童先生索求十幅梅花的图画。童先生和高先生素不相识,便从梦中惊醒,发现案头上放着我写的墓志。"其中所说的:"短小但很清癯,"就是说的高先生的相貌。童先生把此事告诉了张蒙泉。张蒙泉说:"该不会是高先生想假借你的画归土为安吧?"大概是因为当时他们二人同在中州客居,而童先生的画又非常贵重的缘故。童先生欣然提笔作画,等到画作成后,却无人来买。碰巧河南的施我真太守前来,见到后,长叹一声说:"画梅以帮助安葬,真是件积大德的事。"

于是取走了这幅画,捐助了二百两银子以资助安葬高先生。

并题诗一首说:"十幅梅花价值十万钱,一个是诗学大师一个是了画中仙人。耶溪太守把自己微薄的薪俸捐了出来,了却这位幽雅之士在梦中的心愿。"

张蒙泉请诗人们题诗相和,并起名为《梦中缘》。(高怡园先生名景藩,官至观察。)

五二

【原文】

余亲家徐题客画《穿云沽酒图》。余题云:"玉貌仙人衣带斜,腰间瓶插绿梅花。穿云何事频来往,天上嫌无卖酒家。"后读《王荆公集》,有句云:"花前若遇余杭姥,为道仙人忆酒家。"与余意似不谋而合。

【译文】

我的亲家徐题客画了一幅《穿云沽酒图》。

我题诗道:"如花仙玉的仙人衣带飘扬,腰间的瓶中插着一支绿梅花。为了何事频繁往来穿梭于云雾之间,原来是嫌天上没有卖酒的。"

后来我读《王荆公集》时,见他有句诗说道:"若是在花前月下遇到了余杭仙姥,替我告诉他仙人们还惦记着那个酒家。"这句诗和我的意图似乎不谋而合。

五三

【原文】

某太史诗集四十余卷,余与交好,欲采数言入《诗话》,苦其太多,托门下士周午塘代勘之。周戏题见覆云:"何苦老词坛,篇篇别调弹。披沙三万斛,检得寸金难。"余不觉大笑,戏和云:"消夏闲无事,将人诗卷看。选诗如选色,总觉动心难。"

【译文】

某位太史写有一部诗集共四十多卷，我和他交情不错，想摘录几首载入《诗话》，只是苦于他的诗作太多，便委托我的学生周午塘代我斟酌选择。

周午塘开玩笑地题诗一首来回复我："这位词坛老者真是何苦来，每篇诗作都别具一格。从三万斛沙粒中，要挑拣出寸金可太难了。"

我不由得大笑，也开玩笑地作诗相和说："消夏时闲来无事，便把别人的诗卷仔细阅读。选诗就如同选美，总觉得很难有让人心动的。"

五四

【原文】

黄煊，号补山，泰州别驾也。有《昏夜献金者题其函》云："感君厚意还君赠，不畏人知畏己知。"余仿其意，《题镜》云："从无好丑向人说，只等君看自己知。"

【译文】

黄煊，号补山，是泰州的别驾，作有《昏夜献金者题其函》，诗中说："感激先生的厚意但要把赠物奉还，不是害怕别人知道而害怕自己知道。"

我仿照他的意思，作了一首《题镜》诗："从不向别人说起好坏，只等你自己照镜时自己就知道了。"

五五

【原文】

泾县赵星阁先生青藜，乾隆元年春闱第一人也，后官侍御，以耳聋去官。为

人古淡朴质,有诗集高尺许,记其《祝某》云:"退食常随鹤,闲行不杖鸠。"《夜行》云:"高树引凉生腋下,远山衔月挂舆前。"又,《阻风》云:"客舟牢系客心飞",七字尤妙。

【译文】

泾县赵星阁先生字青藜,是乾隆元年春天科考的第一名举人,后来官至侍御,因为耳聋辞官而去。

他为人淡泊质朴有古人风范,著有诗集高一尺多,我记得他在《祝某》诗中写道:"退隐后进食常伴随着仙鹤,闲散时散步不用扶着鸠头杖。"

他在《夜行》诗中说:"高大的树木招来凉风习习全身一阵清凉,远处的群山伴着月亮呈现在我的座车前。"

此外,他的《阻风》诗中说:"客船在水上穿梭紧紧牵动着行客的心。"这句诗写得尤其出色。

五六

【原文】

余买小仓山废园,旧为康熙间织造隋公之园,故仍其姓,易"隋"为"随",取"随之时义大矣哉"之意。居四十余年矣,忽于小市上购得前朝顾尚书东桥先生手书诗幅,题云:"茂慈词丈就北山之麓,构园,名随园,索余赋诗,因赠,云:'霜松雪竹忆归初,千载犹堪借客居。雨过泉声飞卷慢,云生岚翠拥行裾。金尊座对贤人酒,石室山藏太史书。共说高情丘壑在,苍生凝望意何如。'"又曰:"谁向山居同谈咏,主人原是谢公才。"读其诗,想见主人亦是词馆文学之士而归隐者。北山之麓,当即在小仓山左右。末署"天启五年,友弟顾起元书"。事隔二百年,而园名与余先后相同,事亦奇矣。惜茂慈二字,是字非名,终不知其为谁也。(后考邑志:茂慈名润生,焦弱侯之长子,守云南殉节。)

【译文】

我买下小仓山旧园,它以前是康熙年间织造官隋先生的花园,因此还保留了他的姓。只是变"隋"为随,取的是"追随时代的仁义者是伟大的呀"的含

意。住了四十多年后，忽然在小市集上买到前朝尚书顾东桥先生亲手题写的一幅诗，上面的题诗是："词坛前辈茂慈先生依着北山的山麓，修建了一座园子，取名随园，向我索取诗作，我于是赠诗一首说：'带霜的松柏的负雪的竹枝让我回想起当年刚刚退隐时的情景，千年的故居还可以借给行客们居住。雨过后泉声欢快吸引我卷起了帐幔，翠绿的山林中云雾升腾簇拥着我前行。和贤能之士面对面座举杯痛饮，山上的石室中收藏着众多史书。在深山幽谷中，共叙高尚的友情，凝望着苍茫尘世又做何感想。'他还写道：'是谁隐居在山中和我吟诗同抒情怀，主人原来竟有谢灵运般的诗才。'"读着顾东桥的诗，可以想见这位

顾璘像，图出自清·孔继尧绘《吴郡名贤像传赞》。顾磷，字华玉，号东桥，明代文学家，藏书家。

主人也定是词馆中的文学之士而后辞官归隐的。北山的山麓，应当在小仓山的附近，诗末署名："天启五年，友弟顾起元书。"事隔二百年，而园子的名称和我的花园一前一后不约而同，这也是件奇事。可惜茂慈这两个字，是他的字而不是名，我始终无法知道他是谁。（后来考查县志才知道：茂慈名润生，是焦弱侯的长子，守卫云南时以身殉节。）

五七

【原文】

余丙辰年过广西全州，见江上山凹有匣，非石非木，颇类棺状。甲辰再过观之，其匣如故，丝毫无损，相传武侯藏兵书处。或用千里镜睨之，的系是木匣，非

石也。但其上似无盖耳。庚戌夏间，偶阅朱国祯《涌幢小品》云："嘉靖时，上遣南昌姜御史访求奇书，入全州，张云梯、募健卒探取，乃一棺，中函头颅甚巨，两牙长尺许，垂口外，如虎豹状。卒取其骨下山。卒暴死，姜埋其骨，而覆奏焉。"余曾戏题石壁云："万叠惊涛百尺崖，山凹石匣有谁开。此中毕竟藏何物？枉费行人万古猜。"尔时未见《涌幢》所载，故用疑猜；若见此书，亦无可猜矣。惜武夷山之虹桥板，不得姜御史搭云梯而一探之！

【译文】

我在丙辰年经过广全州时，见到江边山凹处有一个匣子，既不是石质的也不是木头的，很有些像棺材的形状。甲辰年经过时又看到了它，匣子还像以前一样，没有丝毫变化破损。相传是诸葛武侯收藏兵书的地方。有的人用千里镜仔细观察，发现它的确是个木匣子，而不是石匣。但是匣子上好像没有盖子。庚戌年夏季，我无意中读到了朱国祯的《涌幢小品》，上面说："嘉靖年间，皇上派南昌的姜御史去访求奇书，来到全州后，架起云梯，招募健壮的士卒爬上去探取，发现是一方棺材，当中装着一个很大的头颅，两颗牙齿长有一尺多，垂在嘴外，像虎状的形状。士卒拿了他的骨头下了山。不久这名士卒得暴病而亡，姜御史把他的尸骨掩埋起来，然后向皇上回复。"我曾经在石壁上开玩笑地题诗一首说："万重巨浪百尺高崖，山凹中的石匣有谁能够打开。里面究竟藏了什么东西？白白地让过路人猜了万余年。"那时我还没有见到《涌幢小品》中所记载的事，因此在诗中有了猜疑的口气：若是当时便见到了此书，就可以不用猜疑的语气了。只可惜武夷山中的虹桥板，却没有像姜御史这样的人搭起云梯上去探视它！

五八

【原文】

康熙辛亥，赵斗瞻从晋入都，道经定州清风店，宿逆旅。主人家姓陈，号继鸣。壁上有绝句一首云："马足飞尘到鬓边，伤心羞整旧花钿。回头难忆宫中事，袅柳空垂起暮烟。"后跋云："妾，广陵人也。从事西宫，曾不一年，被虏旗下，出守秦中，马上琵琶，逐尘而去，逆旅过此，语不成章，非敢言文，惟幸我梓里

同人见之，知妾浮萍之所归耳。时庚寅秋杪也。广陵叶眉娘题。"

【译文】

　　康熙朝辛亥年间，赵斗瞻从山西来到京城，途中经过定州的清风店，住宿在旅店之中。店主人姓陈，号继鸣。店中墙壁上有一句绝句："马蹄扬起的滚滚尘土飞落在人的鬓发上，伤心的我羞愧地整理着头上的旧花钿，回首宫中旧事已很难忆起，枯衰的杨柳在暮霭中无力地垂着。"绝句后面的跋中写道："妾身是广陵人。侍奉西宫娘娘，还不到一年，被抢到军队中，外出镇守陕西中部地区，我在马上弹拨着琵琶，奔驰走远，经过此地住宿时，心中难受已写不出文章，不是我有意炫弄文字，只是盼着我宫中的姐妹们有幸见到它，就可以知道我流落的踪迹了。此时是庚寅年秋末。广陵叶眉娘题写。"

五九

【原文】

　　桐城张映沙（若瀛）倜傥负气，作热河巡检。銮舆驾临，有太监某，横索金帛，其势汹汹。知县遁矣，张以理论之，太监大骂。张命役擒下，重杖二十。总督方公大惊，以为颠，据实参奏。上嘉其官卑而能执法，将太监登时充发，而擢张为河北同知。余按：唐敬宗五坊小儿，骚扰百姓。长安令崔发遣人拘之，尚未讯也，中官率百余人，持棒直入，殴崔几毙。敬宗犹怒其擅拘中人，下崔于狱。以今较昔，圣主之圣，庸主之庸，岂不相悬万万哉？映沙特圣明在上，得行其志。在北路时，有上公庄头，强赎民田，戴花翎来说情者数辈。映沙尽行挥去，拘强赎者杖之，众为詟伏。映沙虽刚正，而喜诙谐。桐城土俗呼"叔叔"为"椒椒"。其时族弟曾敞编修，乡试分房，有叔某为大兴县丞，遵例迎送。榜后，门生有献狐裘二袭者。映沙赋诗嘲之云："恩旨分房第一遭，马前迎送有椒椒。鹿鸣宴罢怀银哭，虎榜人来捏纸包。白发门生双膝屈，蓝圈文字七篇高。莫言分校无他乐，夫妇同时着大毛。"

【译文】

　　桐城人张映沙（字若瀛）倜傥不凡，任热河巡检。皇帝仪仗驾临，有一位太

监,无理索要金钱丝帛,气势汹汹。热河县知县吓得逃跑了,张映沙和那位太监讲道理,那位太监破口大骂。张映沙命差役将他拿下,重重打了二十大板。总督方大人知道后大吃一惊,以为张映沙精神错乱,便把实情上奏皇帝。皇上嘉奖他虽然官职低微却能秉公执法的行为,并立即将那位太监充军发配,同时提拔张映沙为河北省同知官。我下按语:唐敬宗设五坊招聚一些游手好闲的年轻人,骚扰百姓。长安县令崔发派人拘捕了他们,还没来得及审讯,太监们率领一百多人,手持棍棒直闯而入,几乎把崔发殴打得快要死了。即便是这样,唐敬宗因崔发擅自拘捕宫中的人而大怒,下令把崔发关进了监狱。拿今日之事和此旧事相比较,圣明之主的圣明,昏庸之主的昏庸,难道不是相差万里吗?"张映沙仰仗着有圣明的皇帝在上,得以完成自己的志向。他在北路任官时,有一个王公的庄头,强买民田,前来为他说情的头戴花翎的官员们有好几批。张映沙把他们全都赶走,把那个强买民田的庄头拘捕起来重打,众人于是都很害怕他。张映沙为人虽然刚正不阿,却很爱幽默。桐城土语中把"叔叔"叫作"椒椒"。当时他的族弟曾敞编修,在乡试中负责划分考场,有一位叔叔是大兴县县丞,遵照惯例迎送他。发榜后,门生中有人送给他二件狐皮大衣。张映沙写诗嘲讽他说:"第一次奉旨前去划分考场,就有一位叔叔在鞍前马后迎送。喝完进士们摆下的酒席后怀中还装着人送的银器,中榜的举人们纷纷送来红纸包。白发苍苍的老门生双膝跪倒在地,你高高在上为他用蓝笔圈下七篇文章。别说划分考场没有什么乐趣,夫妇二人同时都可以穿上毛皮大衣。"

六〇

【原文】

　　人有以诗重者,亦有诗以人重者。古李、杜、韩、苏,俱以诗名千古。然李、杜无功业,不得不以诗传。韩、苏有功业,虽无诗,其人亦传也;而况其有诗呼?金陵方伯康茂圆先生,清风惠政,人所共知。在睢宁,治河,落水中,神扶以起。余记其事,载文集中。公岂藉诗以传者哉?然重其人,则其诗亦因人而重。今春三月,诗弟子陈熙为抄一册见寄。录其《繁峙学署有怀》云:"吾怀仲夫子,负米欣然归。吾爱楚老莱,翩跹舞斑衣。人生离膝下,忽忽欲何之。忆我少年时,井里从儿嬉。甫壮营薄禄,出门意迟迟。一官为亲喜,山城复羁縻。官冷饭不足,嗟哉无鲑遗! 感此伤客心,晨昏忍暂连。寒风生四壁,瑟瑟砭人肌。以我念

母日，知母忆儿时。忆儿怜其少，忆母虑其衰。人生愿为儿，结念常在兹。"《登焦山》云："浮玉摇天碧，回澜障海门。人从初地入，峰到上方尊。吴楚当轩合，云山远水吞。我寻高士宅，三诏石犹存。"此两首，一征仁孝之思，一存清妙之旨；读者如食绥山桃，虽不得仙，亦足以豪矣。公讳基田，丁丑科进士，山西兴县人。

【译文】

  人有因为诗而受人推崇的，也有诗因为作者而受人推崇的。古代的李白、杜甫、韩愈、苏东坡，都是因写诗而名传千古的。然而李白、杜甫没有功名业绩，不得不凭借诗而传名。韩愈、苏东直官高功大，即便是没有写出好诗，他们的名字也会千古流传；更何况他们还有这么多名诗佳句呢？金陵的方伯康茂园先生，清廉仁政，为人们所共和。在睢宁治理黄河时，不慎落入水中，是神灵相助扶他从水中站起。我把他的事迹，记载在文集中。康茂园先生的名声难道是凭借着诗而传扬的吗？当然尊重一个人，那么他的诗也会因为他而受推崇。今年春天三月的时候，先生的诗学弟子陈熙为我抄录了先生的一册诗寄来。我记录下他的《繁峙学署有怀》诗："我怀念仲夫子，背着米欣然而归。我喜爱楚老菜，身着彩衣翩翩起舞。人的一生若是离开了双亲，将要奔向何处。回忆我少年的时候，在井中和孩童们一同嬉戏。刚成年为了挣取微薄的官俸，每次出门离家都不免要徘徊再三。我有了一官半职亲人们为我高兴，小小的山城也再次挽留着我。为官清贫衣食尚且不足，可惜没有留下咸鱼！想起此事伤了我这位行客的心，趁着早晨和黄昏时分忍心暂时离别。墙四壁寒风生出，瑟瑟地刺入肌肤。凭着我想念母亲的时候，就可知道母亲思念儿子的日子。母亲想念儿子怜惜他尚年纪轻轻，儿子想念母亲担心她一天天地衰老。人生来都愿意做儿子，结下这个念头的原因就在于此。"他在《登焦山》诗中说："白云飘荡在瓦兰的天空中，起伏不定的海浪阻碍了进入大海的门户。人们从山底下向上爬，山峰越高才越显威风。吴楚之地应该像长廊一样连接起来，云雾缭绕的山似乎要被远去的江水吞逝。我前来寻找高人的居处，看到三诏石还依然存留。"这两首诗，一首引发了仁孝的感情，一首饱含着清妙的意境；让人读后好像吃了一枚绥山桃一般，虽然还不能成仙，但也足以自豪了。康先生名基田，是丁丑年科举的进士，山西兴县人。

六一

【原文】

鳌沧来明府有妹名洁,为紫庭太史之女。性爱吟诗,年十六,适四品宗室魁。明年,二十而寡,守志抚孤。尝寄沧来云:"织尽人间寡女丝,三更涕泪一灯知。近来焚却从前稿,不为怀史不作诗。""儿女干啼湿哭余,偷闲才得寄家书。望兄好继襄勤业,莫使官声竟不如。"沧来,襄勤公成龙之曾孙也,历宰吴下,清慎勤敏,绰有祖风。

【译文】

鳌沧来明府大人有个妹妹名洁,是紫庭太史的女儿。生性喜爱吟诗,年仅十六岁,嫁给了官为四品的皇帝宗室魁。第二年,她二十岁的时候丈夫去世了,她立志守寡抚养孤儿。曾寄诗给鳌沧来,诗中说:"织尽了人世间守寡女子的哀丝,常常在深夜中泪洒衣襟却只有那盏香灯知晓。近来我烧毁了以前写下的诗稿,若不是因为想念兄长我是不会写诗的。""在儿女们伤心啼哭之余,我才有偷闲寄上一封家书。希望兄长好好继承曾祖襄勤公的事业,千万别让名声还比不上前人。"鳌沧来,是襄勤人鳌成龙的曾孙。先后在吴下地方任县令,为官清廉慎重,勤政机敏,很有些祖风。

六二

【原文】

俗称女子不宜为诗,陋哉言乎!圣人以《关雎》《葛覃》《卷耳》冠《三百篇》之首,皆女子之诗。第恐针黹之余,不暇弄笔墨,而又无人唱和而表章之,则淹没而不宜者多矣。家龙文弟妇黄氏雅宜、香亭峻室吴氏香宜,俱有窈窕之容,同居一室,互相切磋。黄《咏灯花》云:"银钉夺月吐光花,影入窗棂透碧纱。未忍

轻挑私问汝:不知何喜报吾家?"吴《咏梅》云:"为爱春寒花放迟,游人偏采未开时。侬心恰爱天然好,不忍临风折一支。"《春晴》云:"细雨连宵湿软尘,今朝晴放一窗春。柳丝低舞花添笑,都似风前得意人。"皆清妙可诵。又有淑端内史者,见二人诗而爱之,赠一绝云:"诵君佳句爱君才,未对菱花卷已开。想是瑶池曾结伴,诗仙逃下一双来。"余按荀奉倩云:"女子以色为主,而才次之。"李笠翁则云:"有色无才,断乎不可。"有句云:"蓬心不称如花貌,金屋难藏没字碑。"

龙文候补粤西,家无担石,而家信来,诡云娶妾。雅宜答以诗云:"郎君新得意,志气入云骄。未置黄金屋,先谋贮阿娇。"盖揶揄之也。香宜知余采其诗入《诗话》,以诗谢云:"有志红窗学咏诗,绛帷深幸侍良师。微名也许登《诗话》,荣似儿夫及第时。"戏香亭也。雅宜名桢,香宜名蕙,淑端姓孟,名楷。

【译文】

俗语说女子不宜写诗,这句话多么浅陋无知啊!圣人把《关雎》《葛覃》《卷耳》放在《诗经》三百多篇诗的首位,而它们都是女子们写的诗。只不过恐她们在玩弄针线手艺之余,没有时间去拈笔弄文,而且又没有人作诗相和并加以宣扬,这样才华被淹没而没有宣扬出去的女子是很多的。家中龙文弟的媳妇黄雅宜、香亭的小妾吴香宜,都生有窈窕动人的姿色,二人同居一室,相互切磋诗文。黄雅宜写的咏《灯花》诗中说:"银色的油灯吐出的光华赛过了月亮,灯影印入窗棂穿过了碧纱。不忍去轻轻挑拨灯芯只有私下偷偷问你:不知我们家会有什么喜事?"吴香宜的《咏梅》诗写道:"因为喜爱春日中的寒冷梅花很晚才绽放,游人们偏偏在花儿未花时就先采摘了去。我却恰好喜爱那种自然之美,不忍心临风去摘下一枝。"她在《春晴》诗中写道:"连夜的霜霏细雨浸湿了地上的尘土今早日出放晴窗外一片春色大好。柳枝在低空中舞动花儿微笑着开放,都好像是春风得意的人。"这几首诗都清新美妙,值得一读。又有位淑端内史,见到她们二人的诗后非常喜爱,题赠一首绝句说:"读了你的好诗便爱上了你的才华,没有去整日对镜梳妆而是饱读诗书。想必是曾在天上瑶池结伴而来,有一对诗仙逃到了凡尘来。"我下按语:荀奉倩说:"女子以容貌为最主要,才华是次要的。"李笠翁则说道:"仅有容貌而没有才华,那是断断不行的。"他有一句诗写道:"蓬乱的小和如花似玉的容颜大不相称,金屋中难以收藏一块没有刻字的石碑。"

龙文到粤西候补官缺,家中没什么可担心的,但他却在家信中诈称已经娶了个小妾。黄雅宜用诗相答说:"郎君新近春风得意,志气高傲得入了云霄。还没有布置好黄金屋,就先想着屋中藏娇。"意在讥讽他。吴香宜知道我把她的诗选入了《诗话》,用诗谢我说:"面对闺室我立志学习咏诗,在帷幕后有幸能得到

您这位良师的指点。我微不足提的名字也被允许登上《诗话》，就好似儿子夫君中举时一样荣幸。"诗中对香亭开了个玩笑。雅宜名桢，香宜名蕙，淑端姓孟，名楷。

六三

【原文】

梁山舟侍读南山扫墓，见方姓人家张壁一帧，乃康熙二十六年丁卯科《题名录》一纸，即市买之。物完好如故，且刻板精细，比近日百倍。正榜仅五十名，副榜十名，同考十二房、并主司官爵、表字、乡贯，一一详载于尺幅。又监临提调三场题目皆全。解元於潜伍涵芬，第七名即查声山先生也。榜姓丘，百余年故纸，居然不毁，亦一奇也。梁中乾隆丁卯举人，是科有重预鹿鸣之周名天相者；因题其后云："我年二十五，卯岁领乡荐。再上六十年，此榜实羔雁。忆余乡试时，群集随诸彦。领袖鹤发翁，巍然灵光殿。风貌既甚古，章服亦不贱。私窃问姓名，爱莲分一瓣。少年曾筮仕，秩视诸侯半。归卧田里间，后生蔑由见。恭逢盛典举，重预嘉宾宴。今后卅年余，翁久随物变。即余同年生，八九已露芒。乃于山人房，忽视纸半片。上镌千佛名，一佛曾识面。当年取士严，额解才大衍。主司及同考，一一载乡贯。字迹颇工整，首尾无漫漶。想见泠卖时，狼藉坊市遍。此纸逾百年，独再优昙现。贤哉方山子，拾得常自玩。藏弃比吟笺，装背作书卷。某也后进人，彰美在所先。率书五字诗，留下一重案。"余道：此与康熙年间，吴鳞潭祭酒在启圣祠掘得元人题名三碑：一蒙古，一色目，一汉人，皆有正副。余买得绍兴十八年朱子《题名碑》相仿。

【译文】

梁山舟侍读到南山去扫墓，见一户姓方的人家的墙壁上张贴着一幅字，正是康熙二十六年丁卯科举《题名录》，当即买下。整幅字完好如故，而且刻板精细洁净，比近来的刻板要强百倍。正榜中仅有五十人，副榜十人，同时考试的十二个考场的考生，以及主考官的官爵、表字、家乡籍贯，一一详细记载在纸上。此外监临提调这三场考试的题目全都齐全。第一名是於潜伍，字涵芬，第七名即是查声山先生。第二名姓邱，这幅纸经过了一百多年，居然没有毁坏，也是一

件奇事。深山舟考中乾隆丁卯科举人,这一科中又再次考入进士圈的周天相;因此在《题名录》后面题诗说:"我二十五岁那年,丁卯年得到了乡试的举荐。若是再向上推六十年,这张榜就将是伪造的。回忆我在参加乡试时,诸位名士群集一处。领袖人物是一位白发苍苍的老者,(是指考中第四十二名的周天相老人,他是钱塘人。)巍然走上灵光宝殿。不仅风度相貌大有古风,礼服也很是昂贵。私下询问他的姓名,原来是与写《爱莲说》的周敦颐同姓。年轻时曾任从事占卜的礼官,负责看视各位官员的排位次序。辞官后隐身于地头田间,不愿和后辈们相见。恭敬地迎来了盛大的科举考试,便要重新加入进士们的酒宴中来。在今后三十多年里,他常常随着外界事物的变化而改变。即使他是和我同年出生,八九岁时也已显示出锋芒。我在山中人家的房中,忽然看到半片纸。上面写着一千位佛祖的名字,其中有一位佛祖曾经会过面。当年考试选拔官吏非常严格,费尽脑汁才较好地发挥了水平。主考官和同考的考生们,他们的家乡籍贯一一记载在上。字迹很是工整,首尾都没有模糊不清的地方。可以想象当年买到它的时候,在一片狼藉的书坊中遍求而得。这幅纸已有上百年的历史,却又像美丽的昙花一样出现。方山子真是个贤人啊,得到后常常自己玩味把它像吟诗的手稿一样珍藏起来,并装裱作成了书画的模样。我也是位后来人,只不过对它的宣扬赞美要领先一步。于是写下这首五字诗,留给后人一个重案。"我说:这和在康熙年间,吴鳞潭祭酒在启圣祠挖掘到元朝人的三块题满人名的石碑:一块上是蒙古人,一块上是色目人,一块上是汉人,都有正副之分;以及我买到绍兴十八年朱熹的《题名碑》,有些相像。

随园诗话补遗·卷二

能入人心脾者，便是佳诗

一

【原文】

福建高南畴观察,官江南时,与余交好。遭患难后,三十年不通音问。庚戌秋,其子竹筠袖诗相访。《寿阳》云:"陟险攀滕上,岧峣势百寻。路危迟马步,峰峻怯人心。残梦扶鞍续,愁怀对月深。前程都莫辨,云雾湿衣襟。"《青玉峡》云:"人随飞鸟渡,僧带断云来。"《平山堂》云:"紫蝶缓随人影去,绿杨低护画船行。"皆佳句也。呜呼!余见公子时,年才六七;方疑流落何所,而竟能清词丽句,卓然成家;可谓佳公子矣!

【译文】

福建人高南畴观察,在江南做官时,和我交情甚好。遭受一场变故后,三十年来不通音讯。庚戌年秋天,他的儿子高竹筠携带着诗作前来拜访我。竹筠在《寿阳》诗中说:"冒着危险攀藤而上,山势巍峨高百寻。道路艰险马儿行路慢,高峰险峻使人心中害怕。紧扶马鞍继续做着未完的梦,面对月光心中的愁绪越来越深。前程一片模糊分辨不清,云雾沾湿了我的衣襟。"他在《青玉峡》诗中写道:"人们只能随着飞鸟才能渡过,僧人从云雾缭绕处走来。"在《平山堂》诗中他说:"紫色的蝴蝶缓缓地随着人影飞去,绿杨掩映的江边画船悠闲地前行。"这些都是好诗。啊!我初见他的时候,他才六七岁;我正怀疑他们究竟流落到了什么地方,竟然能写出这般清新秀丽的词句,卓然自成一家,真可称得上是一位佳公子啊!

二

【原文】

吾乡金江声观察有句云:"萧寺秋声流夕磬,酒楼红影上春灯。"阳湖杨宇

昭有句云:"满林黄叶通樵径,绕郭红灯半酒家。"

【译文】

我的同乡金江声观察写有一句诗:"寺院内萧瑟的秋意在傍晚磬钟的声响中流动,酒楼中春灯点燃红色的人影浮现。"阳湖人杨宇昭在诗中说:"树林中通向砍柴地的小道上覆满黄叶,城四周红灯高照的地方有一半是酒家。"

三

【原文】

余丙辰入都,胡稚威引见徐坛长先生,己丑翰林,年登大耋;少游安溪李文贞公之门,所学一以安溪为归。诗不求工,而间有性灵流露处。《赠何义门》云:"通籍不求仕,作文能满家。坐环耽酒客,门拥卖书车。"真义门实录也。《幽情》云:"酒伴强人先自醉,棋兵舍己只贪赢。"《安居》云:"入坐半为求字客,敲门都是送花人。"亦《圭美集》中出色之句。

【译文】

我在丙辰年来到京都,胡稚威向我引见了徐坛长先生,他是己丑年翰林,年龄已有七八十岁了;少年时期在安溪李文贞先生门下求学,所学的诗书全部都以李文贞先生所教为归依。

作诗不求对仗工整,但其间处处有性情灵气流露。

他在《赠何义门》诗中说:"同乡们都不愿做官,但全家满门都能写诗作文。环坐酒客之中沉溺于酒醉,门前围着卖书的车。"真是何义门的真实写照。

他在《幽情》诗中说:"酒伴们劝别人喝酒自己却率先喝醉倒下,下棋时不惜舍弃士座只为贪求最后的胜利。"在《安居》诗中他写道:"座上客大半都是前来求学问字的人,敲门的也都是送花郎。"这也是《圭美集》中出色的诗句。

四

【原文】

溧阳彭赍园先生，素无一面，寄《云溪诗集》见示。有笔有书，亦唐亦宋，不愧作者。佳句如：《雨阻淮上》云："春气勒堤柳，水光团野烟。"《舟中》云："长河歌枕过，片月贴帆飞。"《剑津》云："早知神物终当化，何似丰城便永埋。"《无题》云："月展璧轮宜唤姊，风吹池水最干卿。"皆妙。又，《接家书》云："有客来故乡，贻我乡里札。心怪书来迟，反复看年月。"只此二十字，写尽家书迟接之苦。先生名光斗，出仕闽中。

【译文】

溧阳的彭赍园先生，和我素不相识，却把他的《云溪诗集》寄给我看，其中有书法作品也有诗文，既带有唐诗风格又有宋诗的味道，丝毫没有愧对作者。

其中的佳句有：《雨阻淮上》诗中说："春天的气息约束着堤上的杨柳，水面上升腾起一团团云烟。"

《舟中》诗中写道："长河中的水在我枕畔哗哗流淌，一片月牙贴着白帆在飞动。"

他在《剑津》诗中说："早知道神奇的宝物终将仙化而去，不如便在丰城把它永远地埋藏起来。"

《无题》诗中说："月亮像一面晶莹的玉轮高挂应该叫姐姐出来同欣赏，风儿吹皱池水最能牵动你的心。"写得都很美妙。

此外，在《接家书》诗中他写道："有位客人来自故乡，带给我一封家中的书信。心中责怪信来得太迟，便反反复复地察看上面的年月。"

仅仅只有二十个字，就写尽了迟接家书的苦恼。彭先生名斗，在福建为官。

五

【原文】

某有句云:"落月铺满地,秋声寻到门。"余爱其中一"寻"字。因忆厉太鸿有"明月出树如相寻",七字亦复相同。

【译文】

有个人写了一句诗:"银色的月光洒满地,萧瑟的秋声传到了大门中。"

我很喜爱诗中的那个"寻"字。于是回想起厉太鸿作有"明月离开树梢高高升起像是在相互寻找",这七字诗和上一句也很相似。

六

【原文】

武陵胡少霞(蔚)老于莲幕,死后,云南彭竹林明府镌其《万吹楼遗稿》付余曰:"此少霞一生心血,先生为存其人,可乎?"余录其《渡口》五绝云:"渡口秋来树,迎风地叶黄。怀人相望久,犹道是斜阳。"《和史梧冈》云:"蓬莱回首隔山河,王子吹笙帝子歌。闻说长春在天上,春愁应比世间多。"

【译文】

武陵人胡少霞(字蔚)一生终老于幕府中,他死后,云南的彭竹林明府大人把少霞的《万吹楼遗稿》刻印后交到了我的手上,对我说:"这是少霞一生的心血,先生让他能名载青史,可以吗?"我摘录了他的五言绝句《渡口》:"秋天渡口旁的树,在秋风中叶儿枯黄,怀念着人儿久久相望,还以为是斜阳洒落。"他在《和史梧冈》诗中说:"回首眺望蓬莱仙山似乎是隔着一个世界,那里有王子在

吹笙皇子在放歌。听说天上可以四季永春,那儿的春愁应该要比世间多得多。"

七

【原文】

　　苏州汪山樵明府,献《圣祖南巡诗》,蒙召入南书房。一日,圣祖坐内廷,取榻上册顾诸臣曰:"卿待试看此册,是何人笔墨?"皆奏曰:"似翰林陈邦彦。"上笑曰:"非也。此是邦彦内弟汪俊所书,诗字俱佳。"其受知如此。旋出宰醴泉,以诗酒罢官。余在薛生白家,与同宴集,来往甚欢,欲觅其遗稿,竟不可得。近见少霞有怀汪一绝云:"几年著作直承明,万寿诗章御榻横。曾说九重亲赏识,是何年少有韩翃?"

【译文】

　　苏州的汪山樵明府,呈献《圣祖南巡诗》,应召进入南书房任职理事。有一天,圣祖坐在内廷中,取出榻上的诗册环顾众大臣说:"爱卿们试看这册诗是谁的手笔呢?"大臣们都回答说:"好像是出自翰林陈邦彦之手。"皇上笑着说:"你们说错了。这是陈邦彦的内弟汪俊所写的,诗文书法都很好。"他所受的重视可见一斑。不久,出任醴泉县令,因为整日吟诗饮酒而被罢了官。我在薛生白家做客时,曾和汪山樵一同坐在酒宴中,往来交谈很是高兴,如今想寻找他的遗稿,竟然寻找不到。近来见到胡少霞写有一首怀念汪先生的绝句,诗中说:"几年来著作赶得上承明,所写的祝福皇上的诗章横放在御榻上。曾经说过得到了皇上的赏识,为什么年轻时就有韩翃那样的才华?"

八

【原文】

　　宜兴储玉函太守,同年梅夫之从子也。诗笔与其弟玉琴相似,而尤长于五

言。《过舅氏别业》云:"乞墅欢游地,重来旧业存。敲冰进孤艇,曝日聚闲门。林影深藏屋,湖光冷逼村。廿年人事改,昔梦向谁论?"佳句如:"竹阴清石磴,花色淡秋衣。""远钟清过水,深竹暮连山。"又,"春烟浮绿野,夜火满丹阳。"对仗亦巧。

【译文】

宜兴的储玉函太守,是与我同年的进士梅夫先生的堂子。诗文笔风和他的弟弟玉琴有些类似,但尤其擅写五言诗。他的《过舅氏别业》诗中说:"当初讨要别墅作为游玩的场所,今日再度前来发现老田宅依旧。荡起孤单的小艇破冰而行,烈日炙烤时便悠闲地聚在屋中,茂密的林影遮掩着小屋,冰冷的湖水映射着小村。二十年来人事全非,昔日的梦想如今能向谁诉说?"他写的好诗,例如:"竹阴平有清闳的石凳,艳丽的鲜花冲淡了秋衣的暗淡。""遥远的钟声比水还要清净,浓密的竹林中一片暮色连接着远山。"此外,"春日的烟云浮荡在碧绿的田野中,夜晚的灯火充满了丹阳城。"诗文的对仗都很巧妙。

九

【原文】

桐城李仙芝自称抱犊山人,馆方氏一梅斋,夜半关门,宿鸟惊噪,因得"推窗惊鸟梦"五字,以为似贾浪仙。然终未成篇也。又隔五年,为山馆虫声枨触,方足成一律云:"宵深寒气重,山馆剧凄清,夜月猿僵卧,秋萤鬼拥行。推窗惊鸟梦,就枕听虫声。寂寂孤灯烬,匡床已二更。"又,《客金陵见新燕有感》云:"寻巢择室几经春,故国乌衣梦想频。上苑乔林迁不到,生成薄命是依人。"其寓意亦可悲矣!

【译文】

桐城人李仙芝自称抱犊山人,在方家的一梅斋中教书,半夜中关门时,惊得夜栖的鸟儿叫了起来,于是写下了"推开窗户惊醒鸟儿的好梦"这句五言诗,自认为有些像贾岛。然而最终还是没能写成完整的一首诗。又过了五年,因为受到山上诗馆中虫鸣的触动,方才凑足一首诗:"夜深寒气逼人,山馆中变得更加

凄清。月光下猿猴僵卧,秋日的萤火虫像鬼火一样拥成一团。推开窗户惊醒鸟儿的好梦,头枕木枕倾听虫儿的鸣叫。静静地看那盏孤灯燃尽,弯曲身体躺在床上已是二更天了。"此外,他在《客金陵见新燕有感》诗中说:"寻觅选择合适的巢穴你几乎花去了整个春天,在梦中常常想起故乡鸟儿的花衣裳。只恨皇帝林苑中的树林不能迁到这儿,生成就是薄命只有偎依在人的身旁。"诗中的寓意也很令人悲伤!

一〇

【原文】

对联之佳者:赵云松见赠云:"野王之地有二老,北斗以南止一人。"龙雨苍见赠云:"羲皇以上怀陶令,山水之间乐醉翁。"余《自题》云:"读书已过五千卷,此墨足支三十年。"黄浩浩啸江有句云:"花怯晓寒思就日,柳摇春梦欲依人。"胡蛟龄蔚人有句云:"前山暖日如修好,昨夜狂风尚贾余。"俱新。

【译文】

绝好的对联,有赵云松赠给我的:"野王之地有二位老者,北斗星以南只有一个人。"龙雨苍赠给我的:"在伏羲皇以上我只怀念陶令,在山水之间醉翁乐在其中。"我在《自题》中写道:"读的书已经超过五千卷,这些墨汁足够用上三十年。"黄浩浩,字啸江,作有一句诗:"花儿畏怕清晨的寒冷想移到太阳下去,柳丝飘摇着春日的幽梦要偎依在人的身旁。"胡蛟龄,字蔚人,作有一句诗:"前山温暖的太阳想要和我友好,昨夜的狂风却还在招惹我。"这些诗句都很有新意。

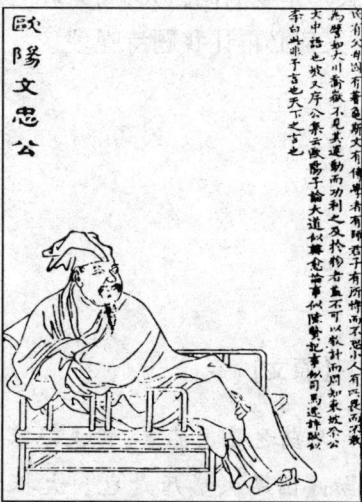

欧阳修像,选自清·上官周绘《晚笑堂画传》。欧阳修为北宋著名文学家,自号"醉翁"。

随园诗话

一一

【原文】

诸襄七检讨性情迂傲,有弟子求题画,先生开卷,见齐次风侍郎、周兰坡学士先题矣,心有所忮,大书曰:"齐大非吾偶,周衰尚有髭。两人都已写,何必我题诗。"

【译文】

诸襄七检讨迂腐而高傲,有位弟子请他为一幅画题诗,他展开画卷,发现齐次风侍郎、周兰坡学士已经率先题过了,心中有些嫉妒,提笔大书:"齐次风年纪已大不是我的同路人,周兰坡已老却还留着胡子。既然他们二人都已经题写过了,又何必再让我题诗呢。"

一二

【原文】

凡药之登上品者,其味必不苦:人参、枸杞是也。凡诗之称绝调者,其词必不拗:《国风》、盛唐是也。大抵物以柔为贵:绫绢柔则丝细熟,金铁柔则质精良。诗文之道,何独不然?余有句云:"良药味不苦,圣人言不腐。"

【译文】

凡是药中的上品,它的味道一定不会是苦的:人参、枸杞就属于这一类。凡是诗中的绝唱,它的词句一定不会拗口:《国风》、盛唐时期的诗就属于此类。大体说来,特品以柔为贵重:丝绸绫绢轻则丝质精细而且是熟丝所制,铁器柔韧则质地精良。诗文的道理,为何却不是这样呢?我为此写有一句诗:"良药的味

道不会苦，圣人的话语不会陈腐。"

【原文】

常州吕映薇秀才，邀人作《帘钩诗》，首唱云："棨戟深深钩影微，玉竿又上骑窗衣。呢喃燕语窥巢入，溶漾丝牵入户飞。十里钗钏攀络索，一厅灯烛落珠玑。严公幕下怜才甚，三挂冠巾是也非。"吴谷人太史云："纵殊画向鸦叉展，宛似书幕蚕尾成。"秦端崖太史云："游空半学鱼抽乙，倒扑真疑凤是么。"吴古然云："眼于槛外看么凤，手出楼头见美人。"又，谷人云："分明赌酒曾笼袖，仔细抬头怕碍冠。"皆可谓工矣。

【译文】

常州的吕映薇秀才请人作《帘钩诗》，并首先吟道："官吏出巡时的仪仗重重而帘钩的影儿却微弱不可见，月亮再次升起给窗帘增添了华美的色彩。呢喃叫着的燕子想飞入自己的巢穴，轻柔的柳絮飘入了屋中。方圆十里的姑娘们在闺楼中挂起系窗帘的绳索，大厅中蜡烛油像珍珠般对滚落。严先生对幕府中的人才很是怜惜，三次挂冠不辞而别是对还是错。"吴谷人太史在诗中说："和作画像乌鸦尾巴一样展开大不相同，却很像仿照蚕虫的尾巴临摹成书法。"秦端崖太史在诗中说："悬空荡着有些像鱼儿咬钩，倒挂在那儿真让人疑心是一只凤鸟。"吴古然在诗中说："眼睛向着窗外看那状似小凤的帘钩，只见美人的玉手伸出楼来。"此外，吴谷人还写道："分明在赌酒时曾经把它笼在袖中，抬头时小心别让它碰歪了帽子。"这些诗可以称得上工整精巧。

【原文】

乾隆庚戌，五月二十六日，直隶完县有一产四男者，大吏奏闻。秦西岩观察

赋诗云:"一胎不数三丁异,八士何难两乳成。"

【译文】

乾隆朝庚戌年间,五月二十六日,直隶省完县有一家一胎生下四个男孩,当地的官员们向上禀奏了皇帝。秦西岩观察为此赋诗一首说:"一胎生下三个男孩已算不得稀奇事,八个男孩两胎生下又有何难。"

一五

【原文】

丙戌,方比部坳堂(昂)见访随园,留诗一册而去。其《感怀》云:"蓑衣榇笠愧坡仙,放浪慵营洛下田。过眼功名花在镜,惊心岁月箭离弦。鬟毛短处人应笑,髀肉生时我自怜。多谢长征识途民,也如名将历幽、燕。"通首气格雄浑。与高东井交好,赠云:"贫多游览怀应壮,少不穷愁句自工。"

【译文】

丙戌年,比部方坳堂(字昂)到随园来拜访我,留下一册诗集后便告辞而去了。他写的《感怀》诗中说:"身披蓑衣头戴蒻笠却愧对坡仙,我放荡形骸懒得去耕种在洛阳的土地。功名利禄似过眼云烟又像镜中花,岁月像离弦箭一样飞逝让人吃惊不已。颏下胡须变短别人会嘲笑我,大腿上多长了肉我应该自己哀叹。多谢在漫长游历中的那匹识途老马,带着我像名将一样走遍了幽燕之地。"整首诗气势雄浑。方坳堂和高东井交情很好,并赠给他一首诗:"贫困时多在外游历胸怀就会激荡,少年时不为穷苦所愁写的诗自然工整精巧。"

一六

【原文】

真州张湖字愚谷,咏《落叶》云:"曾为上古衣裳用,莫道兰珊是弃材。"此意

古人未道。

【译文】

真州人张湖字愚谷,他在咏《落叶》诗中说:"在上古时期曾经用它做过衣裳,不要说这衰败的叶子是废弃无用的东西。"这种含意是古人所没有吟唱过的。

一七

【原文】

云南离中国千余里,而近日文章之士甚多,以彭氏一门为最。香山令彭少鹏,名蓍者,在肇庆受业于余,曾载其佳句入《诗话》矣。今秋,以获海盗,保荐入都,过金陵,宿山中三日,购书一船而行。其人弱不胜衣,而擒盗入洋,乃有余勇。余为惊喜,赠七古一章,载入集中。彭《狮子洋》云:"到此疑无岸,飘然天际行。珠光随月满,水气与云平。猛虎原名镇,莲花别有城。一声秋夜笛,吹动故乡情。"《澳门》云:"天上风云全护水,海中村落总依山。"他如:"涛声归壑急,海艇搁沙多。""无云天水合,有月海山清。""舟行未雨前,日落无人处。"皆奇境也。《见访》云:"升堂由也果,今日到随园。"用《论语》,甚趣。其族人彭印古亦有句云:"云深都失路,叶落不藏村。""竹里敲诗随鹤步,花间鼓瑟与鱼听。""窗横野色云千里,松带涛声水一楼。"俱妙。

少鹏同舟有苏君名棚者,亦诗人也。《昆明旅次》云:"山光临坐暗,湖气入门凉。"《冬夕》云:"举步霜月中,人寒景亦湿。"又有昆明翰林钱君名澧者,《留宿李氏小饮》云:"二季将枯老却春,南郊遍访葛天民。九年不共尊前饮,再宿犹疑梦里身。门接山光来异县,墙分花气与芳邻。蓬瀛故事休夸说,看取风前雨鬓新。"

【译文】

云南离中原内地有七千多里,但近来喜爱文学的人越来越多,其中数彭氏一家人最为出众。香山县令彭少鹏,名蓍,在肇庆时曾跟随我学习,我曾把他的好诗句收录在《诗话》内。今年秋天,因为捕获海盗有功,被举荐入京,经过金

陵时,在山中住了三日,买了一船书这才北上。他长得弱不禁风,但却能入洋擒海盗,真是勇气过人。我又惊又喜,赠他一首七言古诗,收载在诗集中。彭少鹏在《狮子洋》中写道:"船行到这里让人怀疑大海浩瀚无岸,好似飘然在天边航行。海面上的珠光浪影随月光而布满海面,阴沉的水汽与云层齐平。猛虎原是一个小镇的名称,莲花也是小城之名。秋夜中的一声笛子吹响,吹动了我思乡的情怀。"在《澳门》诗中他说:"天上的风云全都笼罩着水面,海中的村落总是依山而建。"

他所写的其余的诗还有:"海水涌入深壑清声急促,海艇搁浅在沙滩上的有很多。""没有云的时候天水好像连在了一起,有月的时候大海和高山一片清静。""小船在没下雨之前出海,太阳落在无人的地方。"都写出了一种奇美的境界。

他拜访我时赠《见访》诗说:"升堂时冉有也很果决,今日我来到随园。"诗中引用了《论语》中的典故,很是有趣。

他同族的彭印古也在诗中说:"云雾重重我们都迷了路,树上的叶子落尽再也遮掩不住村庄。""在竹林中随着鹤儿边走边推敲诗句,在花丛里弹奏琴瑟给鱼儿听。""窗外野色优美白云千里,松林中传来阵阵松涛声水光映着小楼。"这些诗写得都很好。

和彭少鹏同船的有一个叫苏楣的,也是位诗人。他在《昆明旅次》诗中说:"山光映至座前有些暗淡,湖气飘入房门一片清凉。"在《冬夕》诗中他写道:"在如霜的月光中漫步,人感到寒冷身影也显得阴暗。"还有一位昆明的翰林叫钱澧的,他写的《留宿李氏小饮》中说:"二季麦即将枯黄春天也已老去,偏偏要到南郊去拜访像葛天似的人。已有九年没有在一起举杯共饮了,再次住在一起还以为身在梦境中。门外有来自别县的山光,矮墙把芬芳的花香分给了邻居。不要老是提起那些蓬莱瀛洲等神仙故事,请看两鬓上在风中飘动的新生华发。"

一八

【原文】

赵州龚簪岩名锡瑞者,工古乐府及七言长句。《龙尾关》云:"龙尾关前水,年年带雪流。如闻天宝辛,永恨国忠谋。蜀道仓皇幸,冰山顷刻休。余兵二十万,白骨竟谁收。"自注云:"唐时高仙芝攻大食国,安禄山讨奚契丹,杨思勖讨

叛蛮,各丧师数万,故及之。"又,《游飞来寺》云:"孤月晴翻江影动,乱松寒送雨声来。"《悼亡》云:"鬼灯如见通宵绩,故突犹疑带病炊。""泪下怜余如隔世,挂遗惊汝尚持家。"《赠某》云:"从戎二十执戈殳,百战余生胆气粗。饮马长江休照影,恐惊霜雪上头颅。"

【译文】

赵州人龚簪岩名锡瑞,擅长写古乐府诗和七言诗。他在《龙尾关》诗中说:"龙尾关前经过的河,每年带着冰雪流动。如同听到唐玄宗死去,永远痛恨杨国忠的阴谋。仓皇逃上了通往四川的道路,强盛的唐朝像冰山瓦解一样顷刻间瓦解了。还剩下二十万士兵,那累累白骨要让谁去收埋。"他在诗下自己注释说:"唐朝时高仙芝攻打大食国,安禄山讨伐契丹人,杨思勖讨伐叛乱的蛮部,各自损失了数万军队,故此提起这件事。"另外,他在《游飞来寺》诗中说:"孤单的月影在江面上随江波翻动,纷乱的松树送来让人心冷的雨声。"在《悼亡》诗中他写道:"鬼灯闪烁我好像又见到你在灯下通宵达旦地织布,往事突然浮现眼前我还以为是你在抱病为我做饭。""可怜我泪流如涌恍惚间好像来到了另一个世界,高悬着的遗像让你大吃一惊以为还在家中操持。"在《赠某》诗中他写道:"参军二十年来执戈战斗,身经百战后还保得性命使我胆气大增。在长江中饮马时不要在水中照面,恐怕会因头发上白发苍苍而大惊。"

一九

【原文】

周中翰青原娶沈氏,为莲花厅沈司马之长女,常来随园看花,貌明秀而性和婉,不愧名家女,不知其能诗也。殁后,其子之桂从故簏中,捡得其《思归》云:"东风吹恨几时消,春水连天又长潮。自叹不如梁上燕,一年一度也归巢。"《初晴》云:"晚霞红映碧窗开,雁字摇空入镜台。渐远不知何处去,化为云气过山来。"

【译文】

中翰周青原娶了沈氏,她是莲花厅沈司马的长女,经常来随园赏花,相貌明

丽清秀,性格柔顺,不愧是大家闺秀,我还不知道她会写诗。她去世后,她的儿子周之桂从旧书箧中,捡到了她写的《思归》诗,诗中说:"东风吹起的愁绪几时才能消去,春水一直连着天际原来又涨潮了。自叹比不上住上梁上的燕子,它还能每年飞回巢中一次。"她写的《初晴》诗中说:"晚霞映红了天边我轻轻推开绿纱窗,大雁成队在空中飞行也映入了镜台,它们渐渐飞远不知要去往何方,化作一片云气飘过山来。"

二〇

【原文】

每过池上,见杨柳向人低折;游山见红墙,必是僧寺:皆眼前事也。真州李秀才濂有句云:"往来恰怪沿堤柳,低舞成行欲拜人。"又曰:"约略招提前面是,淡金塔影浅红墙。"

【译文】

每次经过水池边,见到柳枝向人低低垂着;在山中游览见到红色的围墙,那里面就一定是寺院;这些都是眼前见惯的景象。真州秀才李濂作有一首诗:"往来经过时都嗔怪堤边的垂柳,成行地低空飘舞想要向行人行礼下拜。"他还写道:"模糊中前面出现招人注目的景象,淡金色的塔影和浅红色的围墙。"

二一

【原文】

钱辛楣少詹序冯畹庐之诗曰:"古之君子,以诗名者,大都自抒所得;而非有意于求名:故一篇一句,传诵于士大夫之口。后人荟萃成书,而集始名焉。南齐张融自题其集,有'玉海金波'之名。五代和凝镂集行世,人多笑之。近世士人,未窥六甲,便制五言。又多求名公为之标榜,遂梓集送人。宜于诗学入之不

深,而可传者少。"

【译文】

　　钱辛楣少詹为冯畹庐的诗作序说:"古代的君子们,因为诗而扬名的,大都是用诗抒发自己的感受,而不是有意去捞取名声;因此他们的每一首每一句诗,都为士大夫们所传唱。后人曾把这些诗汇集成书,于是有了'集'这个提法。南齐的张融在自己的诗集上题字,得有'玉海金波'的美名。五代时的和凝把自己的诗集刻印行世,人们大多嘲笑他。近代的士人,对天干地支六甲之学还没有练熟,就纷纷写起了五言诗。还大多去请名家大员为之题词标榜,然后刻印成集赠送他人。由于对诗学研究得不深,所以可以传世的佳作很少。"

【原文】

　　畹庐者,姓冯,名怀朴,躬耕于太仓之璜径,殁后,其诗始出。《舟中书所见》云:"进鲜河里布帆飞,秋水清涟鲈鳜肥。掠鬓渔娃都带湿,太湖风雨打渔归。"五言云:"远水笼烟阔,江天压树低。""饥年憎闰月,病叟厌余生。""懒僧迟见客,冷寺早鸣虫。"《题韩文公集》云:"一檄投溪旋徒窟,听言犹觉鳄鱼贤。"托词冷隽。又,"客与寒潮共到门。"七字亦佳。

【译文】

　　畹庐,姓冯,名怀朴,在太仓县的璜径过着农家田园生活,他去世后,他的诗文才在世上流传,他在《舟中书所见》诗中写道:"捕捞鲜鱼的河中众帆飘动,清澈的秋水中涟鱼鳜鱼都已肥美。渔娃们掠起湿漉漉的发梢,太湖上的风雨吹打着归家的渔船。"他写的五言诗有:"远方的水面上笼罩着一层云烟而显得分外宽阔,江天一线低低地压着树枝。""饥馑的年头里人们讨厌闰月,病重的老叟厌恶自己苟延残喘的余生。""懒散的僧人很久才出来接见客人,清冷的寺院中很早就有秋虫的鸣叫声。"他在《题韩文公集》中说:"一纸文书传来立即动身离开居住的土室,听信了上面的话还以为鳄鱼都是善良的。"讽喻含义冷峻隽永。此外,"客人和寒潮一同涌到我的家门口。"这七字诗写得也很好。

二三

【原文】

太仓又有许培秀者,《题画》云:"垂柳罨晴烟,微风飏飞絮。一带绿阴浓,莺啼不知处。"末二句,是闻莺真境界,非身历者不知。又,《望月》云:"但觉溪光白,不知新月生。"《得友人信》云:"晓起闻啼鸟,书来正落花。"

【译文】

太仓县还有个叫许培秀的,在《题画》诗中写道:"晴烟笼罩着婀娜的垂柳,微风吹扬着飞舞的柳絮。绿带般垂柳荫浓密,连莺儿在何处啼叫都看不出。"最后二句,写出了倾听莺啼的真境界,除非亲身经历的人就不会知道。此外,他在《望月》诗中说:"只是觉得溪水泛起白光,不知不觉中原来新月已经升起。"他在《得友人信》诗中说:"早晨起床听到鸟儿啼叫,友人书信传来时正是落花时节。"

二四

【原文】

七夕诗最多,家四妹(棠)云:"匆匆下顾尘寰处,如此夫妻有几家?"近见休宁陈蕙畹(湘)有句云:"天孙莫尚嫌欢短,侬自离家已五年。"俱有情致。陈又有句云:"蛛网蒙飞絮,蜂须扑落红。""隔岸炊烟起,柴门牧笛归。"《杨花》云:"无赖喜遮游客面,多情时入酒人家。"

【译文】

关于七月初七夜牛郎织女相聚的诗写得最多,家中的四妹(字棠)说:"匆

匆向下凡尘中探望,像这样的夫妻又有几家?"近来见一休宁人陈蕙畹(字湘)写的诗句:"天上的织女不要嫌相聚时的欢乐短暂,自从你离家已有五年了。"写得都很有情致。陈蕙畹还写有诗句说:"蜘蛛网上落满了飞舞的柳絮,蜜蜂的胡须上还带着凋落的红花的颜色。""驿岸炊烟袅袅升起,柴门外牧笛声起牧童放牧归来。"在《杨花》诗中写道:"顽皮的你喜爱遮住游客的脸,多情的你时常飞入卖酒人的家中。"

二五

【原文】

芜湖有钟姓女子,名睿姑,字文贞,能诗,能书,能琴,兼工时文,受业于之孝廉(楷)。陪其师《游冶父山》云:"笋舆重去访名山,枫叶才红绿未斑。自把瑶琴傍溪树,乘风一奏白云间。""无梁殿冷石门秋,铸剑池空水不流。苔藓照人心自古,满天晴雪落峰头。""树里湖光一镜开,水精宫外有楼阁。散花不到维摩室,亲捧云珠供佛来。"宁故宿学之士。余宰江宁时,与秦大士、朱本楫诸公,受业门下。五十年来,群贤亡尽,而宁年八十,巍然独存;又得女弟子以衍河汾一脉,亦衰年闻之而心喜者也。

【译文】

芜湖有个姓钟的女子,名叫睿姑,字文贞,能作诗,会作画,又能弹琴,同时还精通时尚文章,跟随着楷孝廉学习。在陪同她的老师一同游玩时写下的《游冶父山》诗中说:"坐着小轿再次去游览名山,这时的枫叶尚未变红绿树也未斑黄。在溪旁的树下把瑶琴安放好,琴声随着风云传遍了白云深处。""无梁殿中一片清冷,石门外秋意萧瑟,铸剑池已干涸没有水在流动。看着苔藓人的心头涌起一阵古意,满天的晴雪落在了远处的高峰上。""树林环绕着的湖水像一面大镜子张开了,水晶宫外还有别的楼台亭阁。飞散的花朵落不到和尚的住处,亲手捧着云珠在念佛。"宁楷是前辈饱学之士,我在江宁作县令时,和秦大士、朱本楫等人,一同在他的门下受业学习。五十年来,众位遇士先后死去,但宁楷年高八十,仍巍然活在世上;又收得女弟子以传续河汾诗派这也是令我在衰老之年听到而欣喜于心的事情。

二六

【原文】

海盐崔应榴秋谷《吴江夜泊》云:"小驿析初起,孤篷月已上。渐息人语喧,微闻水声响。"《真州客夜》云:"冻雨欲歇声渐微,窥窗残月扬清辉。此时有酒不成醉,明日无风那得归。江水翻翻自北上,秋鸿一一皆南飞。矢歌未关鸡报晓,满庭白露沾我衣。"

【译文】

海盐人崔应榴,字秋谷,他在《吴江夜泊》诗中说:"小小的驿站中打更声刚刚敲响,明月已经悄悄爬到了孤篷上。喧哗的人语声渐渐平息,只能听到轻微的水流声。"他在《真州夜客》诗中说:"雨声渐小像是要停下来,向窗外望去一弯残月散发着清白的光辉。此时有酒却不能喝醉,明日若是无风如何才能回去。江水滔滔向北注去,秋雁一队队都向南飞去。投壶放歌还没有唱完雄鸡已经长啼报晓,满院的白露沾湿了我的衣襟。"

二七

【原文】

壬寅春,余游黄山,路过贵池昭明太子庙,有新撰碑文甚佳,末署名者为邑宰林梦鲤。其文古雅,似出六朝高手。乃拓其文以归,遍问何人秉笔,绝无知者。庚戌夏间,在苏州,门生顾立方(敏恒)作府学广文,来见,出示古文四篇,其首篇即《昭明太子碑》。余不觉狂喜,自夸老眼之非花。

【译文】

壬寅年春天,我去黄山游览,路过贵池县的昭明太子庙,有块新刻写的碑文

《南史演义》版画之昭明太子像。昭明太子萧统是南朝梁武帝的儿子,武帝天监元年,立为太子,未即帝位而卒,谥昭明,世称昭明太子。他信佛能文,曾招聚文学之士,编集《昭明文选》三十卷。

非常好,末尾署名的是县令林梦鲤。碑文古雅,像是出自六朝时名字之手。于是便印拓了碑文带回家中,到处打听是何人执的笔,但没有一个人知道。庚戌年夏天,我在苏州时,我的门生顾立方(字敏恒)在府学中任广文官,前来拜见我,献上了四篇古文,第一篇便是《昭明太子碑》。我不觉喜出望外,自认为我虽老但眼光尚未昏花。

二九

【原文】

尹文端公病重时,有人以《秋雨残荷图》求题。公题云:"秋雨满池塘,残荷

委流水。可怜君子花，衰来亦如此！"题毕，嘘唏再三，未五日而卒。公诸子皆能诗。四公子树斋以荫得官，有句云："三代簪缨承雨露，一家机杼织文章。"三公子两峰以科名起家，《咏独秀峰》云："千丈芙蓉拔空起，为山原不藉丘陵。"文端公见而笑曰："三儿以我为丘陵乎？"

【译文】

尹文端先生在病重时，有人把《秋雨残荷图》拿来请他题诗。尹先生题诗说："秋雨涨满了池塘，残败的荷叶枯萎在流水之中。可怜这位花中君子，衰败来临时也不过如此！"题完诗，再三感叹，不到五天就去世了。先生的几位公子都能写诗。四公子尹树斋是靠父亲的功业而受皇恩得到了官爵，他写的诗句有："承蒙皇恩三代为官，一家人都可以像机杼织布那样写出文章。"三公子尹两峰以靠科举功名而起家的，他在《咏独秀峰》诗中写道："像千丈芙蓉那样拔空而起，作为高山原本不需凭借丘陵依托。"尹文端先生见到后笑着说："老三是把我看成丘陵了吗？"

二九

【原文】

徐上舍（涛），吴江人，号江庵，少倜傥不羁。长于近体。《赠龙雨樵明府》云："客来风簟寻琴谱，人到公庭乞法书。"龙颇重之。又，《题清雾瑶台》云："石阑屈曲路横斜，流水空山见落花。贪逐胎仙过桥去，不知凉露满轻纱。"《病中与郭频伽秀才邓尉探梅》云："今朝寻花将命乞，呼童荷锸随我行。死便埋我梅花下，君为立石题我名。后之游者考岁年，手摸其文笑且颠。咄哉此子本多病，不死牖下死花前。"果以是年不起。

【译文】

上舍徐涛，是吴江人，号江庵，年少时风流倜傥不服约束。他擅长写近体诗。在《赠龙雨樵明府》诗中他说："客人走近凉风习习的竹席来寻找琴谱，人们走上公庭去请求法律文书。"龙雨樵很是器重他。此外，他在《题清雾瑶台》诗中说："石栏弯弯曲曲小路时横时斜，空山中的流水可以见到凋落的花瓣。为

了追寻仙人走过石桥,却不知冰凉的露珠像轻纱般到处布满。"在《病中与郭频伽秀才邓尉探梅》诗中他写道:"今朝为了寻梅我不惜陪上生命,呼唤童子带上铁锹随我一同前往。我若是死了便把我埋在梅花下,你们为我竖块石碑上面题写上我的名字。后来的游人们想要考察我的年龄,手摸着碑文笑开了怀。这个人本来就体弱多病,只是没死在窗下却死在了梅花前。"果然当年他就病重去世。

三〇

【原文】

谢康乐诗:"千岩盛阻积,万壑势萦回。"李白诗:"千岩泉洒落,万壑树萦回。"二句不但袭其意,兼袭其词。以太白之才,岂肯蹈袭前人?因其生平最喜谢诗,故不觉习而不察。杜少陵平生最爱庾子山,故诗亦往往袭其调,如:"风尘三尺剑,神稷一戎衣"之类,不一而足。

【译文】

谢康乐在诗中说:"千百块岩石堆积成巨大的险阻,万道山沟紧紧地环绕。"李白在诗中说:"千百块岩中缝中泉水淙淙流落,茂密的树丛环绕着万道山沟。"李白的这二句诗不仅因袭了谢康乐诗的意境,还因袭了谢诗的词语。以李太白的才华,怎么肯去蹈袭前人的诗句呢?这是因为他生平最喜爱的就是谢康乐的诗,因而不知不觉中因袭了谢诗而自己却没有察觉。杜甫平生最喜爱庾子山,因此他的诗也往往因袭庾诗的格调,例如:"风尘中手提三尺宝剑,为保社稷穿起戎衣"之类的诗句,用不着一一说出了。

三一

【原文】

余每出门,或远行数千里之外,撒手便行,无系恋之意。及在客边住久,到

归家时,宾朋相送,反觉难堪。兴化任进士大椿有句云:"放船归思减,久客别人难。"

【译文】

我每次出门离家,或是远行到数千里之外,都是撒手就走,没有丝毫牵挂留恋之意。等到在外地客居已久,到了回家时,宾朋好友前来相送,反而觉得忍受不了这种别离之情。兴化县的进士伍大椿写有一句诗:"船儿启航后对家乡的思念渐渐消减,久居外地和友人相告别时分外难。"

三二

【原文】

新安王勋,字于圣,精于医理。章淮树观察因为长子病重,延之诊视。夫人吴氏顺便请其按脉。王曰:"长郎胎疟,无妨也。夫人脉已空矣,明年三月,恐不能过。"时夫人方强健,闻其言,以为诅咒,群笑而骂之。到期,竟如其言。余患腹疾,访之扬州,蒙其以师礼相事,秤药量水,有刘真长之风。出乃父槐亭(森)诗见示,录其《新年到家》云:"水陆因由腊及春,到家重庆履端辰。漫谈别后风霜苦,且放尊前岁月新。昨日尚为羁旅客,今宵才属自由身。梅花不是因寒勒,有意含香待主人。"《遣兴》云:"野花村酒堪娱性,山月溪风亦解怀。莫使寒梅和露菊,年年含怨望书生。"二诗,颇见性情,他作未能称是。初,於圣之意,欲梓乃父全稿。余止之曰:"槐亭集非不清妥,但无甚出色处。虽付枣梨,无人耐看。不如提取佳者人诗话中,使人读而慕思,转可不朽。"

【译文】

新安人王勋,字于圣,精通医理。章淮树观察因为长子病重,请他前来诊视。夫人吴氏也顺便请他为自己诊脉。王勋说:"大公子是得了疟疾,没有太大妨碍。夫人的脉象空乏,恐怕挨不过明年三月。"当时,夫人吴氏身体强健,听了他的话,以为他在诅咒自己,众人都嘲笑并责骂了王勋。到了第二年三月,竟然和王勋所说的一样。我得了腹疾,到扬州去拜访他,承蒙他以待师之礼侍奉我,亲自秤药量水,大有刘真长之风。他拿出其父王槐亭(字森)的诗给我看,我抄

录了他的《新年到家》诗,诗中说:"水陆兼行向家赶是由于时节已由腊月进入了春天,到家时为我赶上了新年的开始而再度庆贺。漫谈别离后饱经的风霜之苦,暂且放下酒杯欣赏眼前崭新的岁月。昨日还是旅途中的一个行客,今天晚上到家才完全自由自在。梅花不是因为受到寒冷的妨碍,它有意含香绽放来迎接主人。"他在《遣兴》诗中说:"田野中的小花和农家的水酒能够陶冶人的性情,山中的月亮和溪边的清风也令人抒怀。不要让寒梅和含着露珠的菊花,年年会祭盼着书生的到来。"这二首诗,颇可从中见到诗人的性情,其他的诗作还不能令人满意。最初,王勋的意思,是想把父亲的全部诗稿刻印成书。我劝阻了他,说:"槐亭的诗集不是说写得不清秀平和,但没有特别出色的地方。即使是刻印成书,也没有人愿意看。不如把其中的好诗佳句选录进《诗话》中,使人读后对他有羡慕思念之感,这样反而可以声名不朽。"

≡≡

【原文】

庐江胡梦湘孝廉,沈本陞秀才之甥也,名光棨。早岁能吟,《归雁》云:"云淡影相失,月明声更稀。"《秋夜》云:"雁来月夜关河冷,秋一江城枕簟知。"《怀人》云:"绕径蛩声心迹少,一庭烟散月明多。"可谓何无忌酷似其舅。

归雁图。清人胡梦湘的《归雁》诗中有"云淡影相失,月明声更稀"之句。

【译文】

庐江的胡梦湘孝廉,是沈本陞秀才的外甥,名光桑。年少时就能吟诗作赋,他写的《归雁》诗中说:"天高云淡雁队的影子渐渐远去消失在碧空,夜晚明月当空时可显得雁鸣声稀疏。"他在《秋夜》诗中写道:"月夜中雁叫声声河山日渐清冷,睡在竹枕竹席上渐觉冰凉才知道秋天已经来到了这座江边小城。"他在《怀人》诗中说:"变曲的小道虫鸣声响人迹少至,庭院中烟云散去月儿更明。"这可以说像何无忌一样酷似他的舅父。

三四

【原文】

颜古翁诗,对仗最工,有不可磨灭者,如:"天哀孝妇三年旱,山畏愚公一夕移。""门罗将相文中子,例变《春秋》太史公。"之类。

【译文】

颜古翁的诗作,对仗最为工整,其中有些诗不会因岁月流逝而被磨灭,如:"上天可怜孝顺的媳妇便让人间受了三年大旱,大山因为害怕愚公在一夜之中就移动了方位。""门前有文中子等将相来往出入,写史书的体例比起太史公的《春秋》有所改变。"等诗。

三五

【原文】

吾乡鲍以文廷博,博学多闻,广镌书籍,名动九重;不知其能诗也。余偶见其《夕阳》二十首,清妙可喜,录其一云:"一匣人间夕又朝,晚来依叶满闲寮。

疏分霜叶秋容淡,细点征帆别思遥。淡淡欲随城角尽,明明远带酒旗摇。迷藏惯匿西楼影,不似春愁不肯消。"其他佳句,如:"马上看山多倦客,溪边扫叶有闲僧。""问谁闲袖遮西手,老空怀再少心。""远引钟来云外寺,渐分灯上酒家楼。""愿得少留墙一角,悔教高卧竹三竿。""不愁一去踪难觅,却恐重来事转生。""山外有山看未足,几回倚杖立衡门。"皆妙绝也。可称古有鲍孤雁,今有鲍夕阳矣。

【译文】

　　我的同乡鲍以文(字廷博),博学多闻,广刻书籍,名动天下;我却不知道他还擅长作诗。我在偶然之中见到了他写的二十首《夕阳》诗,诗风清妙喜人,便抄录了其中的一首,诗中说:"人间一周夕去朝来,傍晚悠闲的小院中依旧洒满了夕阳的余晖。霜打着稀疏的秋叶秋日的繁盛景象已渐渐淡去,仔细地打点远舫的征帆离别后思念在遥远的异乡。淡淡的夕阳慢慢躲到城角后,灿烂的余晖还照在飘扬的酒旗上。像捉迷藏似的习惯藏匿在西楼后,却不像春愁那样不愿消逝。"他写的其他佳句,例如:"站倦的行客骑在马上眺望着远山,小溪边悠闲的僧人打扫着落叶。""要问是谁悠闲地袖笼着双手,老迈的我空怀着一颗再度年轻的心。""云外的山寺中远远地传来了钟声,酒楼上渐渐地分别点上了灯。""宁愿少留一角高墙,后悔让我日出三竿了还高卧在床。""不愁它一去再也难寻踪影,却唯恐再来时事情转而又发生了。""山外青山隐隐我还没看够,几回手倚仗站在陋室门前细细眺望。"这些诗都写得非常美妙。可以称得上古有鲍孤雁,今有鲍夕阳。

三六

【原文】

　　异城方言,采之入诗,足补舆地志之缺。古人如:"菖隔跃清池","误我一生路里采"之类,不一而足。近见梁孝廉处素(履绳)《题汪亦沧日本国神海编》云:"贡院繁花糸客情,朝朝应办几番更。筵前只爱红裙醉,拽盏何缘号撒羹。""贡院"者,馆唐人处也。佐酒者号"撒羹"。"蜡油拭鬓腻雅鬓,妾住花街任往

远。那管吴儿心木石，我邦却有换心山。"妓所居处名山，"换心山"，"十幅轻绡不用勾，倩围夜玉短屏幽。爱宵学枕麻姑刺，好向床前听斗牛。"其俗以木为枕，号"麻姑刺"，直竖而不贴耳，故至老不聋。李宁圃太守《潮州竹枝》云："销魂种子阿侬佳，开调千金莫浪夸。高卷篷窗陈午宴，急夸老衍貌如花。"六蓬船幼女呼"阿侬佳"。梳笼谓之"开调"。幼女梳笼，以得美少年为贵，不计财帛。呼婿曰："老衍。"

李公《竹枝》，亦有都知录事之不可不记者，以其人皆有可取故也。其一云："金尽床头眼尚青，天涯断梗寄浮萍。红颜侠骨今谁是，好把黄金铸阿星。"幕客某，流落潮阳，魏阿星时邀至舟中，供给备至，五年不衰，病愈，复资之赴省。又十年，携重赀复游于潮，时星已色衰，载客他往。某居潮半载，俟星归，酬以千金，为脱蜑籍。其二云："艳说金姑品绝伦，阿珠含笑复含嗔。道侬也有冰霜志，要待蓬莱第二人。"金姑，即"状元嫂"，阿珠，亦一时尤物。有数贵官，艳称"状元嫂"卓识坚操，人所不及。阿珠笑曰："妾貌虽逊金姑，而志颇向之；惜未遇榜眼、探花耳。"其三云："日向船头祝逆风，青溪三宿药炉空。星轺不许骑双凤，却悔腰间绶带红。"某学使惑于大凤、小凤，自潮至青溪六百里，缓其程至十余日；抵岸，又托病，在船三宿而后去。二凤亦为之卧病经年。其四云："除却萧郎尽路人，宝儿憨态最情真。新诗便是三生约，炯炯胸前月一轮。"湖州某与宝娘交好，特为铸镜一枚，镌其定情诗于背，宝娘日夜佩之。

【译文】

异域他国的方言，采录到诗中，足以补充舆地的不足。古人所说的："蓍隅跃过清清的水池"，"耽误了我一生的路里采"之类的方言，就不一一提起了。近来见到梁处素（字履绳）孝廉在《题汪亦沧日本国神海编》中说："繁华的贡院牵动着行客的情绪，日日夜夜应该置办多少个更次。在酒筵前只爱看到那些身穿红裙的女子的醉态，举杯劝酒的为何要称为撒羹。"诗中的"贡院"是指原来唐朝时中国人到日本后住宿的地方。陪酒的人叫作"撒羹"。"油脂涂抹着鬓发使得优雅的发髻变得油腻腻的，妾身住在花街听凭你的往来。尽管江浙男儿心如木石，我国却有换心山。"诗中把妓女所居住的名山，叫作"换心山"。"十幅轻柔的绡带不用折弯，优雅地围着夜玉像一面幽深的屏风。整夜我都试着头枕麻姑刺，好在床前倾听斗中声。"日本的风俗是用木块作枕头，称为"麻姑刺"，直直地竖立这样就不会贴着耳朵，因此日本人到了老年仍不会耳聋。李宁圃太守在《潮州竹枝》诗中说："阿侬佳是个令人销魂的尤物，不要不着边际地称赞正在开调的千金小姐。高卷起六蓬船的小窗摆上丰盛的午宴，人们都争相夸奖老衍长得漂亮。"六蓬船上的年轻女子被称作"阿侬佳"。梳拢发髻叫作

"开调"。年少的姑娘梳拢发髻表示成年，把找到貌美的少年为婿看作是重要的事，而不去计较女婿钱财的多少。并把女婿称为"老衍"。

李太守的《竹枝》诗，虽然也是因为他身为都知录事地所见人事不得不记，主要还是诗中的人都有可圈可点的地点。其中的一首写道："满屋都是黄金仍然望眼欲穿，又想起了漂泊在天涯海角的那叶断梗无依无靠的浮荷。如今又谁还称得上是红颜知己和侠风义骨，喜爱把黄金送给阿星。"诗中是说有一位幕僚，流落在潮阳，魏阿星时常请他到自己的船中，对他照顾备至，五年来姿色不衰，等他病愈后，又资助他去了省城。又过了十年，这位幕僚带着大笔钱财重游潮阳，当时魏阿星已人老色衰，陪着客人到别的地方去了。这位幕僚就在潮阳住了半年，等到魏阿星回来后，给了她千两黄金以示酬谢，并帮她解决了蜑族的刻籍。第二首诗说："都夸金姑才色双，阿珠笑意盈忽又皱起眉头。她说我也有冰霜般坚贞的志向，要等待嫁给蓬莱中的第二号人物。"金姑，就是"状元嫂"。阿珠，也是一时的尤物。有不少达官显贵羡慕地称"状元嫂"有远见卓识，能坚守节操，是一般女子所比不了的。阿珠笑着说："妾身相貌虽然比金姑稍差，但志向却很像她；只可惜从未遇到过榜眼、探花。"第三首诗写道："每日在船头迎着风默默祈祷，在青溪住了三宿因病把药全吃光了。星轺车上不允许载双凤，却又后悔腰间已经系上了红绫带。"诗中说的是一位学使为大凤、小凤两位姑娘所迷倒，从潮州至青溪共六百里水路，他竟然放慢行速用了十多天；上岸后，又借口生病，在船上住了三夜才离去。大凤、小凤也为了他害了相思病卧床一年多。第四首诗中写道："在她心中除了自己的心上人，别人都只是过路客，宝娘为情所痴迷但情真意切。他为她写的新诗便是三生三世的约定，像一轮明亮的月亮整日捧在胸前。"诗中说的是湖州一位男子与宝娘交情甚好，特地为她铸造了一面铜镜，并在背后刻写着定情诗，宝娘从此日日夜夜把它佩戴在身边。

三七

【原文】

吕耘堂客分宜，见《严氏家谱》载：世蕃有兄，名世蓝者，家居不仕，睦邻敦族，后不罹于祸。今之子孙，皆其苗裔也。梁孝廉过而吊之云："兄岂难为非竞爽，子能不肖始称贤。"

【译文】

　　吕耡堂客居分宜,见《严氏家谱》上记载:世蕃有个哥哥,叫世蓝,居住在家中而不愿去做官,能使邻人亲族和睦厚道,后来不幸在一次灾祸中死去。现在的子孙,都是他的后代。梁处素孝廉经过此地作诗吊祭他说:"兄台不难做到不去追逐名利,子孙能够没有不贤孝的才能被称得上贤士。"

三九

【原文】

　　考据之学,本朝最盛。然能兼词章者,西河、竹垞二人之外,无余子也。近日处素、谏庵两昆弟,颇能兼之。处素将至长沙,遇顺风,云:"江天如拭晚成晴,帆饱舟轻浪不惊。斜日风回草背落,残霞犹映树边明。饭丸鸟接神应助,沙嘴风回草有声。频向篙工问前路,烟中指点武安城。"其他五言,如:"怪松连石长,归鸟杂云飞。""星低疑在岸,月近总随船。""谈淡虫语续,人静鼠声来。""浪花入船窗,添我砚池水。"七言,如:"星光坠水白于月,树色粘云暗似山。""荒寺鸣钟惊鹭起,孤村唤渡少人应。"皆妙。

【译文】

　　考据学在本朝最为兴盛。但考据家中兼能写诗作文的,除了西河、竹垞二人之外,再无别人。近日来处素、谏庵两兄弟,很是能同时精通考据学和诗文。处素乘船快到长沙时,遇到顺风,写诗一首说:"江天如同擦拭过一般明亮傍晚时天空一片晴朗,风儿鼓起了帆小舟轻快地前行而不泛起朵朵浪花。夕阳斜照风儿回旋把草儿反向吹倒,即将燃尽的晚霞还映得树边一片明亮。飞鸟在空中接着人扔起的饭丸如有神助,沙嘴处风儿回旋吹得草儿刷地响。我频繁地向撑篙的人问前面是什么地方,他用手指点着烟雾中的武安城。"其他的五言诗,例如:"形状怪异的奇松连着怪石显得更长,归巢的鸟儿在云雾中飞回。""低低的星星闪耀着就好像在岸边,月亮显得离地很近总是跟随着前行的船儿。""谈话声渐息虫鸣声却又接了上来,人们安静下来后便传来了老鼠窸窸窣窣的声响。""浪花溅入了船窗,添满了砚台中的水。"他的七言诗作,例如:"闪闪星光映在

水中比月光还要白亮,树儿笼罩在云雾中比山色还要暗淡。""荒凉的僧寺里一声钟响惊起了栖息的白鹭,在孤单的小村旁的渡口呼唤船家很少有人应声。"这些诗写得都很是美妙。

三九

【原文】

泰州宫霜桥善画能诗,余在李明府屏上,见其《秋夜寄友》云:"新凉如水扑帘勾,唧唧虫声动旅愁。人到饥寒才作客,树无风雨不成秋。静听砧杵催长夜,误煞关河说壮游。正是相思无着处,一声征雁下西楼。"又,《新柳》云:"青未能牵花市鸟,绿将扶出酒家帘。"

【译文】

泰州的宫霜桥擅长作画又能写诗,我在李明府家中的屏风上,见到了他的《秋夜寄友》诗中说:"冰凉似水的秋风吹动了帘钩,窗外唧唧的虫鸣声牵动了行旅们的思绪。人到了饥寒地步才会作行客,树儿若是不在风雨中飘摇就不算是秋天。静静地倾听着砧杵声催促着漫漫长夜,错误地削弱了山河的美丽又说起了那次雄壮的

山水杨柳图。清人宫·霜桥的《新柳》诗中有"青未能牵花市鸟,绿将扶出酒家帘"之句。

远游。正是相思无处寄托的时候,远飞大雁的一声长鸣引着我走下西楼。"此外,他在《新柳》诗中说:"青青的小草未能引起花市中鸟儿的关注,碧绿的树丛

中闪出一面酒家的酒旗。"

四〇

【原文】

　　己酉二月十一日,余平昼无事,翻阅近人诗集。正看青阳沈正侯诗未三页,阍者来报,正侯与僧亦苇到矣。余为惊喜:信文章之真有神也。沈呈新作。余爱其《贵池道中》云:"云遮山入梦,风急鸟移家。""贪睡每教儿应客,好吟且听妇持家。"《登摄山》云:"谁云摄山高,我道不如客。我立最高峰,比山高一尺。"《听琴》云:"花含帘外笑,鸟歇树头音。"不料别来七年,诗之进境如此。

【译文】

　　己酉年二月十一日,我白日里闲来无事,便去翻阅近人的诗集。正看着青阳人沈正侯的诗还没有三页,守门的家人前来禀报,沈正侯和僧人亦苇来了,我大为惊喜:深信文章之中确有神灵在。沈正侯呈上他新作的诗。我喜爱他的《贵池道中》,诗中说:"云遮雾照远山好似入了梦乡,大风劲吹鸟儿急忙迁移窝巢。""由于贪睡我每次都让儿子去接待客人,喜好吟诗且听任妻子操持家务。"他在《登摄山》诗中说:"谁说摄山高,我说它还比不上游客。我站在最高峰上,比山还高出一尺。"在《听琴》诗中他写道:"花儿在竹帘外含笑不语,鸟儿在树梢头栖息啼叫。"我没想到分别七年来,他在诗学上的进境到了如此地步。

四一

【原文】

　　戊申冬,余访明竹岩(新)于武佑场,盘桓三日,极唱酬之乐。追思二十年前,其尊人作江宁方伯,彼此置酒看花,忽忽如梦。惜其弟铗崖亭中年徂谢,余将作哀词以挽之,惜无事实,故匆匆尚未暇也。录其《青冢驿夜行》云:"空山夜

静悄无声,皓月霜天分外清。习惯浑忘身万里,途长不觉漏三更。寒星天际时时换,积雪悬崖处处明。历尽高寒清到骨,人生几个陇西行。"竹岩尤长于言情,《寄内》云:"料得深闺应有梦,计程先我到辽西。""细字含情临洛浦,新诗掩卷爱《周南》。"俱秀雅可诵。

【译文】

戊申年冬天,我去武佑场拜访明竹岩(字新),盘桓了三日,极尽吟诗相谢的乐趣。追忆二十年前,他的父亲任江宁伯,彼此设酒赏花,宛如在梦中一般。可惜他的弟弟铣崖(字亨)中年谢世,我想要作悼词祭奠他,可惜对他的经历事迹了解不多,因此来去匆匆还没有时间去写。现抄录明竹岩的《青冢驿夜行》诗:"空山中的夜晚悄无声息,明亮的月光像是给夜空撒上了一层霜显得分外清爽。习惯于浑然忘却自己身外离乡万里的异地,路途漫长不知不觉中又到了三更天。天空中寒星闪闪时时变幻,悬崖上片片积雪分外明显醒目。走遍了高峻寒峭的山路一种清凉的感觉浸入骨中,人生中能有几个这样的陇西行。"竹岩特别擅长写言情诗,在《寄内》诗中他写道:"料想深闺中的你应该正在梦中,计算着路程比我先来到了辽西。""脉脉含情地嫁到了洛浦,掩起新诗却偏偏喜爱《周南》。"这些诗都清秀典雅值得诵读。

四二

【原文】

湖州姜秀才宸熙,号笠堂,《浮萍》诗云:"春水方三月,杨花又一生。"《晚眺》诗云:"晚烟都在树,春雨不离山。"《岁暮》诗云:"睡重知春近,人忙觉岁残。"赣州太守张公为余诵之。

【译文】

湖州的姜宸熙秀才,号笠堂,他在《浮萍》诗中写道:"飘浮在春水中才三个月,却像杨花一样又匆匆走完了一生。"在《晚眺》诗中他写道:"傍晚的云烟都依树而生,春雨也不离远山。"在《岁暮》诗中他写道:"睡意沉沉知道春日已近,忙碌使人觉得岁月匆匆。"这几首诗是赣州张太守为我诵读的。

四三

【原文】

"扶桑影里看金轮",宋文丞相诗也。如皋范秀才昂千赋得此句云:"极目万山犹拱宋,蹉跎一霎恐移阴。"颇写得出忠臣心事。

文天祥像,图出自清·孔继尧绘《吴郡名贤像传赞》。文天祥为南宋民族英雄,抗元被俘,不屈而死。因其曾官居丞相,故后人又称其为"文丞相"。

【译文】

"从扶桑树的树影里看到正在升起的太阳。"这是宋文丞相写的诗。如皋县的范昂千秀才为此句赋诗说:"极目远眺万山还向宋丞相拱手拜倒,让一刹那的

时间白白度过他都担心岁月流逝。"很是能写出一位忠臣的心事。

【原文】

苏州桃花坞有女子,姓金,名兑,字湘芷者,诸生金凤翔女也,年甫十三。有人录其《秋日杂兴》云:"无事柴门识静机,初晴树上挂蓑衣。花间小燕随风去,也向云霄渐学飞。""秋来只有睡工夫,水槛风凉近石湖。却笑溪边老渔父,垂竿终日一鱼无。"

【译文】

苏州桃花坞有个女子,姓金,名兑,字湘芷,是生员金凤翔的女儿,年仅十三。有人抄录了她写的《秋日杂兴》诗,诗中说:"无事倚在柴门旁懂得了寂静的玄机,天刚放晴便在树上晾起了蓑衣。花丛中一只小燕随风而去,也冲向云霄渐渐学会了飞翔。""秋日来临只有睡意正浓,邻近石湖以水为门坎凉风阵阵。却要笑溪畔的那位老渔父,整天垂竿闲钓却没有钓到一条鱼。"

四五

【原文】

婺源洪丹采(朝阳)《咏长干塔》云:"浑疑天柱从空降,欲信云梯可上行。"二句殊雄伟。倪司马春岩《咏里湖》云:"段桥合是儿家住,湖水当门作镜查。"二句殊清丽。

【译文】

婺源人洪丹采(字朝阳)在《咏长干塔》诗中说:"我浑然疑心这是一根天柱

从空而降,想要深信有云梯可以直过上界。"这二句诗特别雄伟。司马倪春岩在《咏里湖》诗中写道:"段桥应该作为女孩儿家的住处,湖水临门可以作为镜奁。"这二句诗则特别清丽。

四六

【原文】

扬州诸生张本,字友堂,为山长赵云松所赏。张《赠山长》云:"可能当得逢人说,从此专为悦己容。"苏州诗人方大章因刘霞裳而来受业,《赠霞裳》云:"扶持玉局寻花杖,接引龙华会上人。"

【译文】

扬州的生员张本,字友堂,为山长赵云松所赏识。张本在《赠山长》诗中写道:"如有可能您便逢人夸奖我,我愿从此专门为欣赏我的人而改变。"苏州的诗人方大章因为刘霞裳的引见而前来跟随我学习,他在《赠霞裳》诗中说:"扶持玉局去寻找花杖,接引龙华去会见上人。"

四七

【原文】

上海曹锡辰眉毫尽落,曹赠眉以诗云:"汝能速反乎?吾将报汝以扬伸卓竖,誓不与汝以蹙蹙低攒。汝来否乎?吾将迟汝于天台、雁宕之间。"

【译文】

上海的曹锡辰眉毛全部掉落,他写诗赠眉说:"你能速速返回吗?我将用扬眉直竖来报答你,发誓再也不让你皱蹙低攒。你是否愿意回来?我将在天台山和雁荡山之间等待着你。"

随园诗话

国学经典文库

图文珍藏版

重修随园旧制　致力文学著述

（清）袁枚·原著　马博·主编

线装书局

【原文】

张君五典,字叙百,秦中人,九世同居,蒙恩题奖。作宰上元时,时拢诗袖中,入山见访,绝非今之从政者。《祁阳访友》云:"示病手挥群吏散,著书心喜好朋来。"《示安奴》云:"孺人日课郎君读,去就书声认画船。"孺人亡,乃悼之云:"好我果能长入梦,把君竟可当长生。"(安奴者,遣接家眷船也。)

【译文】

张五典先生,字叙百,是秦中人,九代同居一处,受到皇上题字嘉许。

他在上元任宰令时,常常袖中笼着诗稿,进入山中来寻访我,绝不像如今从政之人的模样。

他的《祁阳访友》诗中说:"说自己有病挥挥手让诸位群吏散去,著写书卷喜欢好友能来切磋商议。"《示安奴》中说:"夫人天天督促小公子读书,你就顺着读书声去寻认船只。"他妻子死了之后,作诗来悼念她:"如果我真的能够长久地在梦中与你相见,那就好了,这样就可以当你还活着。"(安奴是受先生遣派,去接张先生家眷的船。)

【原文】

杭州方夫人芷斋,名芳佩,适汪又新太史,翁霁堂征君,向余诵其《西湖》佳句云:"晓市花间摇短帜,夕阳柳外数归舟。""烟迷山失浮图影,风紧帆归盖饭

僧。"皆有画意。随太史入都,《忆西湖》云:"清凉世界水晶宫,亚字阑干面面风。今夜若教身作蝶,只应飞入藕花中。"《赠霁堂》云:"四海长留知己感,一生惟有爱才忙。"有《在璞草堂集》,一时唱和者,许太夫人而外,杭董浦之妹清之,嫁赵万暻上舍,寡居守志,有句云:"尽日支床深拥被,不知户外几峰青。"同一能诗女子,方荣贵而杭艰辛,何耶?

【译文】

杭州方芷斋夫人,名芳佩,嫁给汪又新太史为妻。

翁霁堂征士向我诵读她的《西湖》诗中佳句:"清晨集市上花木丛间挂着短短的旗帜,夕阳西下之时垂柳枝条中看几只归来的船在水面驶过来。"

"烟雾迷茫之中,山朦胧不清,只见水面浓雾中浮着山的圆影,风大了起来,扯着帆,划船回来,给僧人施斋饭。"都有诗情画意。

夫人后来随着太史进入京都,写有《忆西湖》诗"四际清凉临着清澈的水,仿佛是水晶宫,依着亚字形的栏杆,四面都有来风吹拂。若是今夜梦中化蝶,我就一直飞到藕花苞中。"

《赠霁堂》诗中说:"天下处处都有知己,使这些心仪的朋友常常感念。一生之中因为爱才惜才,所以经常忙忙碌碌发现人才。"《在璞草堂集》一时间喝和的人除了许太夫人外,还有杭董浦的妹妹清之嫁给赵万暻上舍,寡居守节,不再嫁人,她有诗句为"整天张床拥被而卧,不知道屋外春风染绿了哪几座山峰。"

同样都是能够作诗的女子,方夫人享荣华富贵而杭清之却活得如此艰难辛苦,这是为什么呢?

一〇〇

【原文】

王阳明集中云:"正德庚辰八月,梦见郭璞,极言王导奸邪在王敦之上。故公诗责导云:'事成同享帝王贵,事败仍为顾命臣。'"璞亦有诗云:"倘其为我一

七三

【原文】

全祖望字谢山,以丙辰春闱先入词馆,故九月间不与鸿博之试。丁巳,散馆外用,谢山不乐,赋诗呈李穆堂侍郎云:"生平坐笑陶鼓泽,岂有牵丝百里才。秫未成醪身已去,先几何待督邮来?"有乩仙传谢山为钱忠介公后身者,故有举子诗云:"释子语轮回,闻之辄加嗔。有客妄附会,云我具凤根。琅江老督相,于我乃前身,一笑妄应之,燕说谩云云。"按谢山年三址六,方娶满洲学士春台之女,逾年举子。时忠介公后人名芍亭者,侵晨入贺。谢山惊曰:"何知之神耶?"芍亭曰:"夜来寒影堂中,不知何人扬言曰:'谢山得子。'故来贺耳。"此事,朱心池为余言之。余悔在都见谢山时,不曾一问。

【译文】

全祖望字谢山,丙辰年春闱取中后先进了词馆,所以九月间没有参加博学鸿词科的考试。丁巳年,词馆解散,要他调到外地为官,谢山心中不高兴,赋诗呈给李穆堂侍郎,说:"我平生总是笑陶明,岂有这样的高士清才牵挂百里之外的家园,念念不已。秫还没有酿成酒而自己却已离去,在这以前又是怎么等待督邮到来呢?"有扶乩之人传言说谢山本是钱忠介公的转世后身,因此他做有《举子》诗,诗中说:"佛祖释迦牟尼解说轮回之事,我听了后常常加以批评并很气愤。有客人荒唐地牵强附会,说我有前世的根源,琅江的老督相,原是我前世之身。我听了淡然一笑,胡乱支吾应付过去,这些轻慢的胡言乱语全不可凭。"

谢山年纪到三十六岁时,才娶满洲学士春台的女儿,过了一年便生了一个儿子。当时忠介公后代有一个叫作芍亭的人,大清早便来贺喜。谢山十分惊讶,说道:"怎么这么快就知道消息了?"芍亭答道:"半夜时分我在寒影堂里,不知听到谁在称说:'谢山得了个儿子。'因此我前来庆贺。"这件事朱心池为我讲过。我很后悔在京都见谢山时,没有问一问这事是否属实。

国学经典文库

随园诗话

【原文】

余在粤,自东而西,常告人曰:"吾此行,得山西一人,山东一人。"山西者,普宁令折君遇兰,字霁山;山东者,岑溪令李君宪乔,字义堂。二人诗有风格,学有根底:皆风尘中之麟凤也。折君见赠五首,录其二云:"南国多芙蓉,北地饶冰雪。风士固自殊,气类有差别。如何邂逅间,投契若符节。兰馨蕙自芬,松茂柏乃悦。物理有如斯,心知不容说。""经年废吟咏,对客类暗哑,岂无风人怀,所嗟和者寡。今逢袁夫子,方寸有炉冶。只字精搜罗,簏衍重包裹。敬宗讵不聪,能知世有我。自惭苦窳姿,一顾成硕果。于我虽无如,益以成公大。谁能充是心,用以宰天下?"李君于余起行时,道送不及,到泉州后寄诗云:"岸边双树林,来对兀沉沉。挂席去已远,别醪空自斟。烟寒过客少,江色暮楼深。谁识此时际,寥寥千载心。"《湘上》云:"孤月无人处,扁舟先催来。"皆高淡可喜。

【译文】

我在广东之时,从东到西,常常告诉别人说:"我走这一遭,在山西得遇一个人,在山东得遇一个人。"

山西的一位是普宁令折遇兰先生,字霁山;山东的一位是岑溪令李宪乔先生,字义堂。两个人的诗都很有自己的风格,而且学识渊博根底颇深,都是碌碌风尘之中的英才。折先生赠给我五首诗,我抄录两首。诗中说:"南方芙蓉盛繁,而北地却是多有冰天雪地。两地气候和自然环境相距很大,物产气韵也很不一样。没想到我们偶然相逢,却是这么投机相知。兰花蕙萃都有一段馨香芬芳,松柏茂密,相映成姿。自然界的事物尚且如此,你我两心相知,更是一切尽在不言之中。""多年来很少再咏吟诗歌,面对客人几乎是默然无言,并非我没有诗人的心事情怀,只是叹惜能和我唱和相知的人太少。如今遇到了袁公使我有机会让袁公指点品评。重新整理诗箧,字斟句酌,连缀成文。承蒙错爱,使先生能知世上有我这样一个人,暗自惭愧像我这样疏懒粗劣,居然蒙先生赐教而

终成硕果。虽然对我本身而言没有什么增进,但因为先生的缘故,一定会大有收益。又有谁能有这样的胸怀,用来治理天下呢?"李先生因为在我起程之时,来不及相送,到泉州后给我寄了一首诗:"河岸两旁郁郁葱葱长满了树木,而又深沉。得知你已扬帆远去,只有空自饮离别的酒。江面树林上笼着寒烟,水上行船寂寥,暮色沉沉中江雾茫茫里楼台变得深重模糊。又谁能理解此刻我的留恋怅惘之心呢!"他的《湘上》诗中有"孤月清冷地照着,四下无人的幽僻荒野处,一叶扁舟划水而来——此时雁儿还没有赶到呢!"这些诗都有高远淡泊的风味,清新感人。

七五

【原文】

己亥三月,小住西湖。有李明府名天英者,号蓉塘,四川诗人,特来见访。录其《雪后寄施南田》云:"雪汁初融瓦,寒光已在天。大江回望处,清影两萧然。忽发山阴兴,思乘访戴船。风涛夜未息,目断小姑前。"他如:"远梦摇孤榜,残星落酒旗。""野鸥时避桨,旅雁自为群。"李松圃郎中称其诗有奇气。信然。

【译文】

己亥三月,我在西湖暂时居住。有一位明府名叫李天英,号蓉塘,是四川诗人,特地赶来拜访我。我抄录了他的《雪后寄施南田》诗,诗中说:"屋瓦上的冰雪刚刚开始融化,天上已透出清冷的光。回首观望大江,但见白雪皑皑,人影孤清,一派萧索寥落的景象。忽然我动了兴致,想起王子猷雪夜访戴的故事,意欲登船探访,无奈一夜大风,波涛涌起,不能平息,只有极目远望,目力所及,只到小姑山前。"而其他的诗如:"摇着孤桨,划入梦境,在天边晨晓的残星微光之下,酒旗因风降落。""野鸥时时避开船桨,天空飞雁自排成群。"李松圃郎中称赞李诗有奇清之气。确实如此。

王徽之雪夜访戴逵图,王徽之字子猷,东晋名士。他于雪夜乘船访好友戴逵,到了戴逵门前却又返回。别人问为什么过而不见,王徽之说:"乘兴而来,兴尽而返,何必见。"

七六

【原文】

　　金陵闺秀陈淑兰,受业随园,绣诗见赠云:"依作门生真有幸,碧桃种向彩云边。"张秋崖孝廉见而和云:"书生未列扶风帐,惭愧佳人赋彩云。"秋崖诗笔清雅,《邺城九日》句云:"枫叶落残孤阁雨,菊花开尽故乡心。"

【译文】

金陵闺阁女子陈淑兰,拜我为师,曾经绣了诗赠送给我,诗中说:"我能做您的学生真是三生有幸,就如碧桃依傍着彩云而栽种下来。"张秋崖孝廉见了这首诗,便和了一句"书生没能引入扶风账上,看佳人赋彩云诗颇觉惭愧。"秋崖的诗歌清新雅致,他的《邺城九日》中有诗句:"深红的枫叶从枝丫上飘落下来,在孤零寂寞的阁楼上听雨声淅沥垂滴。看菊花怒放,勾起我怀念家乡的愁绪。"

七七

【原文】

明郑少谷诗学少陵,友林贞恒讥之曰:"时非天宝,官非拾遗,徒托于悲哀激越之音,可谓无病而呻矣!"学杜者不可不知。

【译文】

明朝郑少谷写诗,模仿杜甫,他的朋友林贞恒讥讽他道:"现在不是天宝年间,又不是任拾遗之职,而写诗空有悲哀激越之情,可以说是无病呻吟。"学杜甫作诗的人不可不知道这一点。

七九

【原文】

康熙间,杭州林邦基妻曾如兰能诗。邦基死,招之相从。曾矢之曰:"有如皎日。"后立其兄子光节,葬毕舅姑,吞金而亡。吟诗曰:"镜里菱花冷,三年泪

未干。已终姑舅老,复咽雪霜寒。我自归家去,人休作烈看。西陵松柏古,夫子共盘桓。"一时和者数百人。未死前十日,先具牒钱塘令周公。周加批,用骈语慰留之,竟不从而死。可谓从容之至矣。

【译文】

康熙年间,杭州林邦基的妻子曾如兰会作诗。邦基死时,招她相从就死。曾如兰发誓道:"有空中太阳为证。"后来将其兄长的儿子光节过继过来,办完母亲的丧事,吞金自杀。吟诗道:"三年来懒于梳妆照镜,泪水从没有干过。如今已经办完母亲的丧事,在寒冷的霜雪中,又垂泪呜咽。我这是回家去了,请不要将我看作烈女。西陵墓下,松柏森森,古木参天,将和夫君一起徘徊流连。"一时间竟有数百人来唱和此诗。在她死前十日,先到钱塘令周公处备办牒书,周公加上批语,批语以骈体文的形式抚慰劝于她,然而她竟没有听从而自杀身亡。真是从容之至。

七九

【原文】

诗分唐、宋,至今人犹恪守。不知诗者,人之性情;唐、宋者,帝王之国号。人之性情,岂因国号而转移哉?亦犹道者,人人共由之路,而宋儒必以道统自居,谓宋以前直至孟子,此外无一人知道者。吾谁欺?欺天乎?七子以盛唐自命,谓唐以后无诗;即宋儒习气语。倘有好事者,学共附会,则宋、元、明三朝,亦何尝无初、盛、中、晚之可分乎?节外生枝,顷刻一波又起。《庄子》曰:"辩生于未学。"此之谓也。

【译文】

诗歌有唐诗、宋诗之分,直至今日还有人恭敬谨慎地遵从这一提法。知不知诗,是人的性情所决定的;而唐、宋,乃是帝王的国号。人的性情怎么可能会因为国号改变而有所转移呢?这一点和道统之说颇为相似。儒学学术原本是

人人都可以研究领悟的,然而宋代理学家们却以道统自居,自以为是继承了周公孔子的道统的,声称宋代以前一直到孟子,除了他们没有一个人改革得儒术。这是欺骗谁呢?是欺骗上天吗?明代七子自命为得盛唐诗的真义,言称自唐以后没有诗歌;这分明也是宋代理学家的口声习气。

假若有好事之人,也学他们那样地穿凿附会,那么宋、元、明三代,也何尝不会没有初、盛、中、晚之分呢?问题之外又岔出新问题,很快就会又有一场风波。庄子说过:"辩论生于琐碎次要的学术中。"即是说的这个。

一〇

【原文】

余引泉过水西亭,作五律,起句云:"水是悠悠者,招之入户流。"隔数年,改为"水澹真吾友,招之入户流"。孔南溪方伯见曰:"求工反拙,以实易虚,大不如原本矣。"余憬然自悔,仍用前句。因忆四十年来,将诗改好者固多,改坏者定复不少。

【译文】

我引挖泉流,流水经过水西亭,作了一首五言律诗,开头一句为:"水流悠闲散逸,可以招引过来穿户而流。"隔了几年,我又把诗改为"泉水清冽,真是我的好朋友,可以招引过来穿户而流。"孔南溪方伯见了说道:"为了追求精美反而变得粗拙,以实易虚效果大不如原来的诗作。"我醒悟过来,很是懊悔,仍换成以前的句子。

于是反省四十年来,将原诗改好的固然不少,改坏的必定也很多。

八一

【原文】

诗人用字,大概不拘字义,如上下之"下",上声也;礼贤下士之"下",去声也。杜诗:"广文到官舍,系马堂阶下。"又:"朝来少试华轩下,未觉千金满高价"。是借上声为去声矣。王维:"公子为嬴停四马,执辔愈恭意愈下。"是借去声为上声矣。

【译文】

诗人遣词用字,大多都不拘泥于字的本义,比如上下的"下"字,读上声;礼贤下士的"下"字,读去声。杜甫诗中有"广文到官舍,系马堂阶下。"(广文到官府之中,将马缰系拴在台阶下面。)又有"朝来少试华轩下,未觉千金满高价"都是将上声借用为去声。王维的"公子为嬴停四马,执辔愈恭意愈下。"(信陵君为了请隐士侯嬴停驻下来车子,手执辔头,态度更加恭敬谦虚。)是将去声借用为上声。

八二

【原文】

时文之学,有害于诗;而暗中消息,又有一贯之理。余案头置某公诗一册,其人负重名;郭运青侍讲来,读之,引手横截于五七字之间,曰:"诗虽工,气脉不贯。其人殆不能时文者耶?"余曰:"是也。"郭甚喜,自夸眼力之高。后与程鱼门论及之,程亦题其言。余曰:"古韩、柳、欧、苏,俱非为时文者,何以诗皆流

贯?"程曰:"韩、柳、苏所为策论应试之文,即今之时文也。不曾从事于此,则心不细,而脉不清。"余曰:"然则今之工于时文而不能诗者,何故?"程曰:"庄子有言:'仁义者,先生之蘧庐也;可以一宿,而不可以久处也。'今之时文之谓也。"

【译文】

习学八股文,对作诗有所妨害,然而它们之间隐含的技巧方法,又都是相互贯通的。

我书案上放某公一册诗稿,此公很有名气;郭运青侍讲到我这里来,拿起诗来读,手掌在第五字与第七字之间横截开来,说道:"诗虽然很纯熟精致,然而语意气韵不相通贯。这人想必是不会作八股文吧!"我答道:"不错。"郭运青很得意,夸自己眼光厉害。

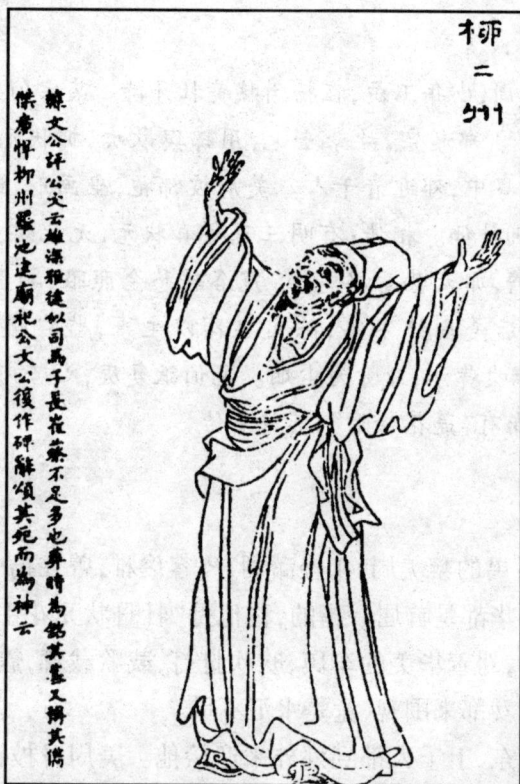

柳宗元像,图选自清·上官周绘《晚笑堂画传》。柳宗元为唐代著名文学家。

后来我和程鱼门谈论到这件事,程也赞同这个观点。我说:"古代的韩愈、柳宗元、欧阳修、苏东坡,都不是写八股文的,为何他们的诗都很流畅贯通呢?"程鱼门解释道:"韩愈、柳宗元、欧阳修、苏东坡所作策论为应试文章,也就是现

在的八股文。若是从来没有从事这类文章的写作,就会心不细,脉络不清。"我又问道:"如果是这样的话,那么为什么当今有些人精通于作八股文却不会写诗,这又是什么缘故呢?"程鱼门答道:"庄子有句话是:'仁义,好比是先王的草舍,可以住上一夜,却不能久居于此。'这可以用来说明当今八股文的情况。"

八三

【原文】

前朝番禺黎美周,少年玉貌,在扬州赋黄牡丹诗。某宗伯品为第一人,呼为"牡丹状元花主人"。郑超宗,故豪士也,用锦舆歌吹,拥状元游二十四桥。士女观者如堵。还归粤中,郊迎者千人。美周披锦袍,坐画舫,选珠娘之丽者,排列两行,如天女之拥神仙。相传:有明三百年真状元,无此貌,亦无此荣也。其诗十章,虽整齐华瞻,亦无甚意思。惟"窥浴转愁金照眼,割盟须记赭留衣"一联,稍切"黄"字。后美周终不第,陈文忠荐以主事,监广州军,死明亡之难。《绝命词》云:"大地吹黄沙,白骨为尘烟。见伯舐复厌,心苦肉不甜。"一时将士为之陨涕。此外,尚有"莲花榜眼",其诗不传。

【译文】

前朝(明朝)番禺的黎美周,年轻潇洒,姿容俊雅,曾在扬州赋黄牡丹诗,某宗伯认为他容貌才华都是首屈一指的,称他是"牡丹状元花主人"。郑超宗,是以前豪爽大方之士,驾着华美的车舆,吹吹打打,载歌载舞,簇拥状元游二十四桥。一时间男男女女都来围观,竟是水汇不贯。

后来他回归广东,上千人都到郊外来迎接他。美周身披锦袍,坐在画舵之上,挑选艳美的珠娘,排列两行,仿佛是众天女拥着一位神仙。相传明朝三百年中真正的状元,都没有这儿美貌,也没有这么荣耀。他所做的十章诗,虽然整齐华美,却没有什么内容意趣。唯有其中一联"想偷观出浴之状却转而发愁,因为金光照眼,看不真切,断绝盟约必须要记住衣上着赭色。"才稍将"黄"字表达出来。后来美周终究没有考中,陈文忠举荐他做主事,监广州军队,在明朝亡国之

时,死于国难。他的《绝命词》中说:"大地吹扬起漫漫黄沙,白骨横野,化为烟尘。鬼舐了也觉厌倦,心中悲苦,吃肉也不香甜。"一时间将士为之流涕哭泣。美周之外,还有位"莲花榜眼",他的诗没有流传下来。

八四

【原文】

广西岑溪县最小且僻,有诗生谢际昌者,送其邑宰李少鹤云:"官贫归棹易,民爱出城难。"此生可谓阳山之区岫矣。或《赠查声山宫詹》云:"地高投足险,恩重乞身难。"

【译文】

广西岑溪县特别小而又地处偏僻,有位名叫谢际昌的儒生,送邑宰李少鹤一联意思为"做官清贫廉洁,离任归去时很容易收拾好行装乘船而去,很受百姓爱戴,百姓们挽留簇拥,出城竟很困难。"这位儒生可以称得上是阳山的区岫。

有人做过《赠查声山宫詹》诗,诗中说:"地势高峻险拢,高下不平,很难行走,皇恩浩荡,难以辞官归隐。"

八五

【原文】

甲戌春,余与张司马芸墅游栖霞,见僧雏墨禅,才七岁。其时,山最幽僻,游者绝稀,惟扬州商人构静室数间,春秋一到而已。自尹文端公请圣驾巡幸,乃增荣益观。方修葺时,余屡从公游,有"山似人才搜更出"之句。其时墨禅渐长

成,花前灯下,时时以一联相示。随入京师。别十余载,丁未秋,相见于柴峰阁下,则年已三十九矣。追谈往事,彼此怆然。诵其《盘山》诗云:"偶来浮石上,疑是泛沧浪。一鸟堕寒翠,千峰明夕阳。无人垂钓去,有约看云忙。即此惬真赏,萧然世虑忘。"其他如:"树随崖脚断,山到寺门深。""月白鸟疑昼,山空树欲秋。""树偏饶曲折,僧不碍逢迎。"皆可爱也。相别又一年,遽示寂而去。

尹继善像。尹继善字元长,雍正癸卯进士官至文华殿大学士谦军机大臣,
谥文端,故后人称其为"尹文端公",著有《尹文端公诗集》。

【译文】

甲戌年春,我同张芸野司马一同游玩栖霞,遇见小和尚墨禅,当时他才七岁。

那时候,山间极为清幽僻静,游玩之人稀少,人迹罕至,唯有扬州的商人在山中建造了几间静室,只有春秋天才来一次。

自从尹文端公请圣上驾临巡幸此地之后,才有了名气,开始改善外观建筑。正在修建之时,我屡次随严公游玩,曾做过"山就像人才一样,只要用心搜寻,便可发现"这样的诗句。当时墨禅已经渐渐长大,花丛之前佛灯之下,不时地拿一联给我看。后来墨禅跟随着进了京城。

一别就是十九年,丁未年秋天,我们在紫峰阁下相逢,那时墨禅已经三十九岁了。

我们追忆往事,谈话间,彼此都觉得伤感。记诵他的《盘山》诗,诗中说:"偶然来站到溪流中的石头上,觉得这仿佛是沧浪之水。一只鸟在碧绿的寒山飞落下来,夕阳西照,群峰都笼上一层明亮的颜色。没有人在这静寂的山中垂钓,心中约好,决意卧看空中浮云,在这里真是惬意,忘却了尘世的思念。"其他的诗像"树木郁郁葱葱依山而生,到岸壁处也随着断了下来,沿山路行走,到寺门时,已是入了深山。""空中映着月亮,鸟儿疑为是画卷景物,山间空寂无人,树木将值秋天,发黄转红。""树木偏偏弯曲折绕,身为僧人,无碍迎接客人。"都是可爱的佳句。

我们相别一年之后,墨禅就突然圆寂而去,离开人世。

八六

【原文】

尹公三次迎銮。幽居庵、紫峰阁诸奇峰,皆从地底搜出,刷沙去土,至三四丈之深。所用朱龙鉴、庄经畬、潘涵等州县官,皆一时名士。又嫌摄山水少,故于寺门外开两湖,题曰"彩虹""明镜"。余戏呈诗云:"尚书抱负何曾展,展尽经纶在此山。"

【译文】

尹文端公曾经三次迎接过圣驾。幽居庵、紫峰阁等奇拔险峻的山峰,都是从地底下搜出,刷扫去沙土,竟有三四丈那么深。

而他所任用的朱龙鉴、庄经畬、潘涵等这些州县官,都是当时的名士。

尹公又嫌摄山水少,所以又在寺门外开了两个湖,题名为"彩虹","明镜"。我开玩笑,献上一首诗,诗中说:"尚书何曾施展过自己的抱负才华,满腹经纶尽展示到这山中。"

八七

【原文】

扬州四十年前,平山楼阁寥寥,沟水一泓而已。自高、卢两榷使,费币无算,浚池篿山,别开生面,而前次游人,几不相识矣。刘春池有句云:"两堤花柳全依水,一路楼台直到山。"

【译文】

扬州四十年前,平山的楼阁寥寥无几,并且也只有一泓沟水而已。

到了高、卢两位榷史的时候,花了大笔的钱财,挖池造山,修建成另一番模样,而以前游过此地的人,几乎都认不出来了。

刘春池有句诗为:"两岸上的柳树花丛都依靠流水,沿路而去一直到山上全是楼台亭榭。"

八八

【原文】

山阴陶篁村得汪氏旧庄于葛岭下,葺而新之,自云:"诗不能写者,付之于画;画不能写者,付之于诗。"号曰泊鸥山庄。题云:"高士门庭云亦懒,荷花世界梦俱香。"四诗甫成,忽然奉有官檄,占去养马,如催租人败兴一般。

【译文】

山阴的陶篁村得到汪家葛岭下的旧庄子,加以修葺,面目一新,自称:"诗中

难以表现出来的,付之于画卷之中;而画中描摹不出来的,付之于诗歌里。"

题庄名为"泊鸥山庄"。又题诗句为:"高人隐士门庭之前白云疏懒闲适,荷花满池,梦中也带着缕缕的清香。"诗还没有咏毕,忽然官府派下檄书,要把庄子占去养马,这和催租人一样令人败兴。

九九

【原文】

永州太守王蓬心,为麓台司农之后,工诗画。余游南岳,过永州,与其子访愚溪、钻母潭诸处,夕归,太守出小像索诗,而自画《芝城话旧图》见赠。题云:"一别东吴思旧雨,重来南楚鬓添霜。谈天犹是苏玉局,缩地难逢费长房。江水悠悠不知远,山风习习渐加凉。两人情态都如昨,作画吟诗爱夜长。"彼此落笔时,各挑灯倚几。蓬心笑谓余曰:"此夕光景,可似五十年前,同赴童子试耶?"记其书斋对联云:"岂易片言清积牍,还留一息理残书。"

【译文】

永州太守王蓬心,是麓台司农的后代,能诗善画。我到南岳衡山游玩,路过永州,和他的儿子一起去游访愚溪、钻母潭等地方,傍晚时分归来,太守拿出自己的画像请求我题诗,而又画了《芝城话旧图》赠送给我。

我题诗道:"自从别了东吴旧地之后,常常思念旧地的风雨之声,此次重访,发须上又添了银丝,谈天说地,仍是故人话长,相逢起来,即使有缩地之术也是难得一见。悠悠江水,不知路途遥远,山风习习吹来,渐渐凉爽起来。两人情形神态和以前都没有什么区别,吟诗作画正喜欢这深长夜。"两人落笔之时,各自都拨亮灯光倚着桌几。

蓬心笑着对我说:"今晚的情形,像不像五十年前,你我共同参加童子试时的景况?"记下他的书斋对联为"一两句话又怎么能够清除积留下的卷帙,还留下一口气来整理残缺的文稿和书籍"。

九〇

【原文】

沈子大先生,梦至一处:上坐二儒者,皆姓周;素不识面,笑向沈云:"'羲画破天烦妹补',君可对之。"沈沉吟良久,忽唐孙华太史从外来,曰:"我代对'羿弓饶月待妻奔',何如?"两周为之拍手。唐字实君,沈之业师也。

【译文】

沈子大先生,曾经做梦到一个地方,上面坐着两位儒士,都姓周;沈子大从来没有见过他们。

儒士笑着对他说:"'羲画破天烦妹补'(羲的武器破了天空烦请妹妹女娲来补天),你可以对出下联。"沈子大沉吟思索很长时间,没有对出,忽然唐孙华太史从外面进来,说道:"我代他对出'羿弓饶月待妻奔'(羿没有射月亮是等他妻子嫦娥奔飞上去),怎么样?"两位儒士拍手称赞。唐孙华字实君,是沈子大的最初授业的老师。

九一

【原文】

陈古渔尝为余诵"马过闻沙响,拖霜看雁飞"之句,余甚爱之。后知是曲沃诗人秦紫峰明府所作。紫峰有句云:"看花须看花盛时,盛时难再花亦知。"尤妙。紫峰与客观方竹,客戏云:"世有方竹无方人。"紫峰曰:"有。"问:"何人?"曰:"子贡。"问:"何以知之?"曰:"《论语》云:'子贡方人。'"

【译文】

陈古渔曾经为我诵读一句诗："马足踏过去,听见踏沙时的声音,看雁群在霜天之中飞行。"我很喜欢这句诗。后来才知道是曲沃诗人秦紫峰明府作的。

紫峰有诗句为"若要看花,必须在花盛开之时看,花也知道这盛时难以再来一去不返。"尤其绝妙。

紫峰和客人观赏方形竹子,客人开玩笑说:"世上有方竹,却没有方人。"紫峰反驳说:"有。"客问:"是哪个人?"答道:"是子贡。"又问:"你怎么知道这一点?"紫峰说:"《论语》中讲'子贡方人',因此知道。"

九二

【原文】

吾乡金长儒先生以时文名,世不知其能诗也。有人为述其《禹庙》云:"授笈俨陪苍水使,奉香犹剩白头僧。"《晚步》云:"打头黄叶忽飘坠,知是隔林松鼠来。"

【译文】

我的同乡金长儒先生以作八股文著称,然而世人却不知道他也善于作诗。

有人曾经背述他的《禹庙》诗,诗中有:"交给书箱肃然陪苍水之使,犹有白头老僧庙内奉香。"《晚步》诗中说:"黄叶忽然从树上飘坠下来,落打到头上,知道是旁边树林里的松鼠跳了过来。"

九三

【原文】

　　梅耦长《咏绿梅》云："闻说绿珠真绝世,我来偏见坠楼时。"归安有五亭山人者,姓吴,名斯洺,《咏桐子》云："堕地绿珠人不见,至今但觉画楼高。"二诗相似。又《嘲牡丹》云："蝶使蜂媒齐用力,万花丛里看擒王。"可云奇绝。

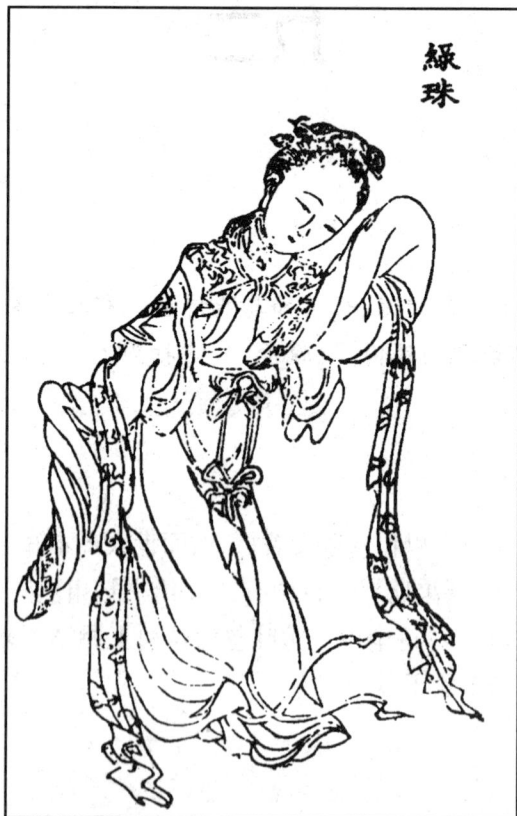

　　绿珠像。绿珠为晋代石崇的宠姬,权臣孙秀要求石崇把绿珠进献给他,石崇不允因此招致杀身之祸,绿珠坠楼相报。

【译文】

　　梅耦长做过《咏绿梅》诗,有一句为:"听说当年绿珠为报石崇而死,真是世上难得之事,我来此地偏偏遇见佳人正从楼上坠落下来那一时刻。"归安有一个叫作五亭山人的人,姓吴,名叫斯洺,作过一首《咏桐子》诗,诗中说:"人们见不到坠地而死的绿珠,直到今天还觉得画楼太高。"两首诗很相似。

　　他又作有《嘲牡丹》诗,"蝴蝶蜜蜂齐心协力,且看万花丛中擒拿牡丹花王。"

九四

【原文】

　　乾隆己未,余乞假归娶,诸公卿有送行诗册,题签者为吴江陆虔石先生。今五十余年矣。甲辰,其子朗夫,巡抚湖南。余从西粤过长沙,中丞款接甚殷,云:"当初先人题签时,我年才十七,侍旁磨墨。"余感其意,到家寄诗谢之。不料诗未到而中丞已亡。仅传其《梦中自赠》云:"能开衡岳千重云,只饮湘江一杯水。"至今楚人受德者,挥泪诵之。名曜,吴江人。

【译文】

　　乾隆己未年,我告假归乡娶亲,各位公卿有为我送行的诗册,题签诗册的是吴江的陆虔石先生。算起来到今天已经五十多年了。

　　甲辰年,他的儿子朗夫,任湖南巡抚。我从西粤过来路经长沙,中途款待招呼得十分殷勤,说:"当年先父题签诗册时,我才十七岁,站在旁边为父亲磨墨。"我很感激他的盛意,回到家后寄诗感谢他。没有想到诗没寄到中丞却已经死了。

　　他的诗作仅有《梦中自赠》流传下来,诗中说:"能够拨开衡山的浓云厚雾,而只愿饮取湘江的一杯水。"至今湖南受过朗夫恩德的人,流着眼泪,诵读这首诗。朗夫名叫曜,是吴江人氏。

九五

【原文】

苏州惠天牧先生,督学广东,训士子以实学,一时英俊,多在门墙。去后,人立生祠,如潮洲之奉韩愈也。先生以《珠江竹枝词》试士。何梦瑶赋云:"看月谁人得月多,湾船齐唱浪花歌。花田一片光如雪,照见卖花人过河。"公喜,延入幕中。此雍正年间事。后吾乡杭堇蒲太史掌教粤东,与何唱和。《嘲杭病起》云:"门外久疏参学侣,帘前渐立犯斋人。"《咏史》云:"赵宋若生燕太子,肯将金币事仇人?"余慕何君之名,到海南访之,则已逝矣。

【译文】

苏州的惠天牧先生,任广东督学之时,以真才实学来教育训导读书人。一时间才华出众之人大都成了他的门生。

惠先生离开后,人们为他修立生祠,就像潮州人奉拜韩愈一样。先生曾经出了一个题目《珠江竹枝词》,来考试学生。

何梦瑶赋诗为:"大家看月,有谁得的月色比别人多? 一湾水中划着船儿一齐唱着浪花歌。种植鲜花的田地在月亮光华的笼罩之下如霜雪一样洁白,照见卖花人涉水过河。"先生大喜,延请他为幕僚。这是雍正年间的事情。

后来我的同乡杭堇浦太史在粤东掌管教育,同何梦瑶相互作诗唱和。

何作有《嘲杭病起》诗,为:"门外长时间没有前来攻读的学子,竹帘前渐渐来了许多进出房屋的人。"《咏史》中有:"赵、宋两国若生有太子像燕太子丹那样,可肯拿出金币财物来奉给仇人?"我久慕何先生之才名,到海南去拜访他时,他已经去世了。

九六

【原文】

沈方舟《磁溪早发》云:"北风猎猎水茫茫,多谢吴门鼓枻娘。铁鹿长樯四千里,送人夫婿早还乡。"方问亭宫保未遇时,在汉上,亦有句云:"寄语湘波连夜发,十年我是未归人。"

【译文】

沈方舟作有《磁溪早发》诗,诗中说:"北风萧萧水色茫茫,多亏了吴门船娘,扬帆摇桨,四千里的漫漫长途,送人夫婿早日回乡。"方问亭宫保还是平民之时,在汉水上,也有诗为:"传给湘水一句话,我要连夜乘船起程,我已经十年没有回家了。"

九七

【原文】

英梦堂相公,与裘文达公,同在户部,谓裘曰:"有句云:'官久真成强弩末,归迟空望大刀头。'君猜是何人之作?"裘以为放翁逸诗。已而知是桐城石晓堂,乃大惊叹。石屡欲访余,以官楚南路远,时时托方绮亭明府寄声道意。方诵其《舟行》云:"击汰过簰州,人在烟中语。中流一舟来,空蒙数声橹。少妇善操舟,小儿能荡桨。渔翁不捕鱼,舡头坐补网。"(晓堂,名文成。)

晓堂亡后,其子某抱遗集来,索余作序,云:"先人志也。"余摘其佳句,五言如:"角声沉暮雨,雁影起寒沙";"水喧村礁急,云堕寺门低。"七言,如:"沙边水

退犹存迹,烟际帆遥似不行";"买田阳羡宵宵梦,做客并州处处家";"窥鱼浅渚翘双鹭,待渡斜阳立一僧";"入店已非前度主,拂墙犹有旧题诗";"僮嫌解橐寻诗稿,客忌登舟算水程";皆妙。

【译文】

英梦堂相公和裘文达公,同在户部,英梦堂对裘文达说:"有一句诗为'在仕途上羁留过久,便成了强弩之末,毫无劲力,归乡已晚,只有空望下刀头。'您猜一猜这是谁写的?"

裘以为是陆游散逸流失的诗。

后来才知道是桐城石晓堂作的,大为惊异赞叹,石晓堂几次都想来探访我,但由于楚南官路太远,不时托方绮亭明府捎话致意。

方绮亭诵读他的《舟行》诗为:"击水摇桨路过了州,江面烟雾茫茫,只听到雾中人说话的声音。船到中流时,见有一舟驶来,水光空濛凄迷之中,听得摇橹声声。少妇划船划得很熟练,小孩子也能够荡深了。渔翁却不捕鱼,坐在船头捕鱼网。"少(晓堂,名叫文成。)

晓堂死后,他的儿子抱着他的遗稿来见我,请我为诗集作序说:"这是先父的意旨。"

我摘抄其中的佳句,五言诗如:"傍晚的潇潇雨中,画角之声沉寂下来,鸿雁在清冷的沙洲上飞冲而去。""水流湍急,哗哗流过村子里的舂米作坊,空中的云低低地垂落到寺院中。"他的七言诗如:"水退落下去,在沙岸上仍留了痕迹,烟波江上,船帆遥遥看起来仿佛静止不行。""夜夜梦中购买阳羡田地,自在异乡为客处处都可为家。"

"一对鹭鸶跷着脚在浅水处窥看游鱼以便捕食,斜阳余晖之中,有一僧等着渡船划来过河。""进入客店之中,发现以前主人已经不在这儿了,拂拭去墙上尘灰还可看见旧时题的诗句。""僮儿不情愿解开袋囊寻找诗稿,客人不喜欢登上船后算水程远近。"这些诗都很妙。

九九

【原文】

张君五典,字叙百,秦中人,九世同居,蒙恩题奖。作宰上元时,时拢诗袖中,入山见访,绝非今之从政者。《祁阳访友》云:"示病手挥群吏散,著书心喜好朋来。"《示安奴》云:"孺人日课郎君读,去就书声认画船。"孺人亡,乃悼之云:"好我果能长入梦,把君竟可当长生。"(安奴者,遣接家眷船也。)

【译文】

张五典先生,字叙百,是秦中人,九代同居一处,受到皇上题字嘉许。

他在上元任宰令时,常常袖中笼着诗稿,进入山中来寻访我,绝不像如今从政之人的模样。

他的《祁阳访友》诗中说:"说自己有病挥挥手让诸位群吏散去,著写书卷喜欢好友能来切磋商议。"《示安奴》中说:"夫人天天督促小公子读书,你就顺着读书声去寻认船只。"他妻子死了之后,作诗来悼念她:"如果我真的能够长久地在梦中与你相见,那就好了,这样就可以当你还活着。"(安奴是受先生遣派,去接张先生家眷的船。)

九九

【原文】

杭州方夫人芷斋,名芳佩,适汪又新太史,翁霁堂征君,向余诵其《西湖》佳句云:"晓市花间摇短枻,夕阳柳外数归舟。""烟迷山失浮图影,风紧帆归盖饭

僧。"皆有画意。随太史入都,《忆西湖》云:"清凉世界水晶宫,亚字阑干面面风。今夜若教身作蝶,只应飞入藕花中。"《赠霁堂》云:"四海长留知己感,一生惟有爱才忙。"有《在璞草堂集》,一时唱和者,许太夫人而外,杭董浦之妹清之,嫁赵万暻上舍,寡居守志,有句云:"尽日支床深拥被,不知户外几峰青。"同一能诗女子,方荣贵而杭艰辛,何耶?

【译文】

杭州方茞斋夫人,名芳佩,嫁给汪又新太史为妻。

翁霁堂征士向我诵读她的《西湖》诗中佳句:"清晨集市上花木丛间挂着短短的旗帜,夕阳西下之时垂柳枝条中看几只归来的船在水面驶过来。"

"烟雾迷茫之中,山朦胧不清,只见水面浓雾中浮着山的圆影,风大了起来,扯着帆,划船回来,给僧人施斋饭。"都有诗情画意。

夫人后来随着太史进入京都,写有《忆西湖》诗"四际清凉临着清澈的水,仿佛是水晶宫,依着亚字形的栏杆,四面都有来风吹拂。若是今夜梦中化蝶,我就一直飞到藕花苞中。"

《赠霁堂》诗中说:"天下处处都有知己,使这些心仪的朋友常常感念。一生之中因为爱才惜才,所以经常忙忙碌碌发现人才。"《在璞草堂集》一时间唱和的人除了许太夫人外,还有杭董浦的妹妹清之嫁给赵万暻上舍,寡居守节,不再嫁人,她有诗句为"整天张床拥被而卧,不知道屋外春风染绿了哪几座山峰。"

同样都是能够作诗的女子,方夫人享荣华富贵而杭清之却活得如此艰难辛苦,这是为什么呢?

一〇〇

【原文】

王阳明集中云:"正德庚辰八月,梦见郭璞,极言王导奸邪在王敦之上。故公诗责导云:'事成同享帝王贵,事败仍为顾命臣。'"璞亦有诗云:"倘其为我一

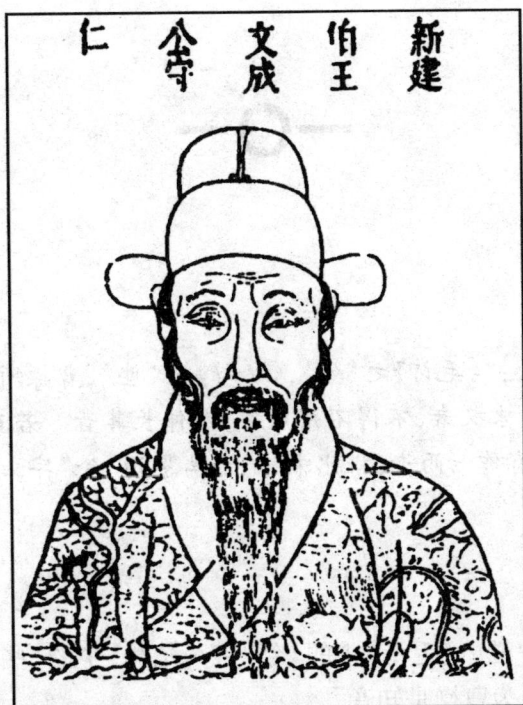

王守仁像,图出自《三才图会》。王守仁是明代思想家,号阳明,故后人称
其为"王阳明"或"阳明先生"。

表扬,万世万世万万世。"余按此说,与苏子瞻梦中人告以唐杨绾之好杀;陶贞白
《真诰》言晋太尉郗鉴之贪酷:皆与史册相反。

【译文】

　　王阳明的集子中有这样一段话:"正德庚辰年八月,我睡梦之中见到郭璞,
极力说明王导比王敦还要奸邪狡诈得多。因此公诗中责备王导说:'大事成功
之时和帝王一起分享尊崇富贵,事情失败了仍要做顾全性命的臣子。'郭璞也有
诗说:'倘若能够为我表明此事,该是流传万世的呀!'"我觉得这种说法和苏东
坡梦中之人告诉他唐杨绾好杀残酷,陶贞白《真诰》中说晋太尉郗鉴贪酷,都是
和史书记载的内容相反。

随园诗话

【原文】

《乐府解题》云:"《毛诗》之'分',《楚辞》之'些',曹操所不喜。"余颇以操为知音。盖诗有关咏叹者,不得不用虚字,以伸长其音。若直叙铺陈,一用虚字,便成敷衍。近有作七西者,排比未终,无端忽插"分"字,以致调软气松,全无音节。

【译文】

《乐府题解》中说:"《毛诗》中的'分'字,《楚辞》中的'些'字,都是曹操所不喜欢的。"我很以为曹操是知音。

凡诗中抒怀感叹之处,不得不用虚字,为的是能够拖长音节。若是平铺直叙之时,用一个虚字,便是多余无用。近来有人作七言古诗,没有排比完,无缘无故插入一个"分"字,以至于语调软弱诗气松怠,没有一点音韵感。

【原文】

刘霞裳之弟某,风貌远不及其兄,而际遇甚奇。有扬州女子姓陈,名素莲者,与交好,抽簪劝学,临别赠诗云:"深闺独醒起常迟,愁上眉峰有镜知。纵使天风能解意,萍踪吹聚又何时。"

【译文】

刘霞裳的弟弟某君,风度相貌都远远比不上他哥哥,然而际遇却很奇异。有一位扬州女子姓陈,名叫素莲,和他交情笃好,规劝并帮助他好好读书,临别

国学经典文库

随园诗话

时赠给他一首诗："寂寂深闺里独自醒来,常常起床很晚,紧皱双眉,满面愁容,镜子该是知道的。纵然天风能理解这愁绪,又到何时才能将浮萍吹聚到一块儿呢!"

一〇三

【原文】

酒肴百货,都存行肆中。一旦请客,不谋之行肆,而谋之于厨人,何也? 以味非厨人不能为也。令人作诗,好填书籍,而不假炉锤,别取真味。是以行肆之物,享大宾矣。

【译文】

酒、菜各色物品,市场上都存的有。然而一旦请客,不到市场上商议,却和厨师商议裁定,这是为什么呢? 因为味道必须要有厨师才能做得出来。

如今的人作诗,尽往诗里堆积书籍典故,而不进行锤炼深思,取其中的精妙之处,这好比是拿市场上的东西,来大宴宾客。

一〇四

【原文】

杭州沈观察世涛妻陈氏,名素安,字芝林,《咏卖花声》云:"房栊寂寂闭春愁,未放雕梁燕出楼。应怪卖花人太早,一声声似促梳头。"《水墨裙》云:"百叠波纹绉墨痕,疏花细叶淡生春。窈娘病后腰肢减,钿尺休量旧日身。"《病起》云:"几日无心课小娃,晴窗睡起自分茶。重帘不卷纱帏静,落砚何来数点花。"

【译文】

杭州的观察沈世涛之妻陈氏,名叫素安,字芝林,曾作有《卖花声》为:"寂静无声的庭院房舍中关闭着春天的愁绪,在雕画有图形的木梁上筑巢安居的燕儿还没有放出去,应该埋怨卖花人起来得太早了,一声声叫卖花声好似在催人早起梳头。"

《水墨裙》诗为:"裙上折叠出许多波纹来,好似墨痕起了皱,裙面上花儿稀疏,草叶纤细,生出淡淡春意。佳人病起之后腰肢瘦减下来,不要还按旧日的尺寸来量裁衣裙。"

《病起》诗为:"几天以来没有情绪来辅导督促小孩读书,晴明的窗下睡觉起来自去沏茶。竹帘没有卷起,轻纱帷帐中一片寂静,石砚溅落掉下来墨汁溅降成几点花朵的形状。"

一〇五

【原文】

王梅坡妻张氏,能诗。幼子汝翰,初上学,嫌衣服不华;张训以诗云:"箪食应知颜子乐,缊袍谁笑仲由寒?"其他佳句,如:"花因寒重难舒蕊,人为愁多易敛眉。"生女美绝,年十三,时皇太后驾过,见之,抱置膝上,赏藏香一枝。

【译文】

王梅坡的妻子张氏,会作诗。她的小儿子汝翰,刚刚上学,嫌衣服不够华丽鲜亮,张氏作了首诗来训导他:"颜回当初拿只简来吃饭,一只瓢来饮水,这么清苦,但他还是觉得很快活,仲由身穿破旧的缊袍,又有谁嘲笑过他?"其他的佳句如:"因为寒露浓重。花苞难以舒张开来,人由于忧愁总是皱着眉头。"她生的女儿十分美艳,年十三,抱放到膝盖上,赏给她一枝藏地进贡的香。

復聖顏子

颜回像,图选自明·吕维祺编《圣贤像赞》。颜回为孔子的弟子,其为人好学,不计贫寒,孔子曾说他"一箪食,一瓢饮,在陋巷,人不堪其忧,回也不改其乐。贤哉,回也"!后人常用颜回的事迹来教育孩子。

一〇六

【原文】

郑英堂秀才偕妻陈淑兰,各画兰竹数枝,赠毛俟园广文。毛谢以诗,曰:"闺中清课剪冰纨,夫写篔筜妇写兰。料得图中爱双绝,水精帘下并肩看。"未几,英堂无故自沉于水。越三月,淑兰殉夫自缢。毛追忆诗中"双绝"二字,"水精帘"二字,早成诗谶,叹悔莫及。余作《陈烈妇传》,兼梓其诗。

【译文】

邓英堂秀才和妻陈淑兰,各自画了几枝兰花竹子,赠给毛俟园广文。

毛俟园作诗相谢,诗中说:"闺房之中执剪裁开洁白的细绢,丈夫画修竹妻子描兰花。料想喜爱竹兰中绝妙神笔,站在水精帘下并肩赏看。"没过多长时间,英堂无缘无故投水自杀。过了三个月,淑兰也自缢殉夫。毛俟园回想起诗中有"双绝"二字,"水精帘"三字,早已成了诗忏,叹息追悔莫及,我写了《陈烈妇传》,并将她的诗付梓出版,留于世上。

一〇七

【原文】

四川崇宁县蔡酣紫先生,好道术,与汉阳太守王某交好。王年九十余,能驭空而行,言元时玉山堂主人顾阿瑛已成地仙,至今犹在青城山中,引蔡见之,绿鬓朱颜,不食不饮,谈笑不异常人,说元末明初之事尤详。王善画古松,题云:"烟墨一螺香一炷,写出长松两三树。月明老鹤忽飞来,踏枝不着空归去。"

【译文】

四川崇宁县蔡酣紫先生,喜好道术,和汉阳太守王某交情很好。王某有九十多岁,能够在空中行走,说元朝时玉山堂主人顾阿瑛已经成为地仙,至今还在青城山中,为蔡酣紫引见。但见顾阿瑛红光满面,发须浓黑,不吃不喝,谈笑说话和平常人没什么两样,谈及元末明初之事,讲得非常详尽。

王某善于画古松,上面题诗为:"一个螺形的墨,一柱点燃的香,画出两三棵松树来。月明之夜,一只老鹤忽然飞来,因为踏不上画中的松枝,只好飞走。"

随园诗话

一〇九

【原文】

有人《咏风筝美人》诗曰:"薄怜妾命风吹纸,瘦到腰支骨是柴。"鲁星村云:"切则切矣,何穷薄乃尔!"因诵台怡庵句云:"红线只今为近侍,飞琼当日是前生。"是何等风华。

【译文】

有人作《咏风筝美人》诗,诗中说:"自怜命薄让风吹着纸身,形容消瘦,一到腰肢处骨瘦如柴。"鲁星村说:"恰切倒是恰切,只是太穷酸瘦薄了,"于是诵读台怡庵的诗句:"如今红线成了近侍,前生曾经是飞琼。"又是何等的风华照人。

一一〇

【原文】

鲁温卿席上嫌酒不佳,调主人云:"诗近老成多带辣,酒逢寒士不嫌酸。"俞又陶喜席上酒佳,谢主人云:"疏花似月将残夜,好友如醇欲醉时。"

【译文】

鲁温卿嫌宴席上的酒不好,便吟诗调笑主人道:"诗歌若是渐入老成浑厚境界之中,味中带有老辣,薄酒逢遇我这样的清寒之士,也不嫌酸了。"俞又陶觉得宴席上的酒很不错,颇为高兴,谢主人说:"疏淡清朗的花儿仿佛是时值残夜,空

中欲晓时的月亮,好友就如令人欲醉的好酒一样香醇。"

【原文】

　　余屡娶姬人,无能诗者,憔苏州陶姬有二首,云:"新年无处不张灯,笙鼓无宵响沸腾。惟有学吟人爱静,小楼坐看月高升。""无心闲步到萧斋,忽有春风拂面来。行过小桥池水活,梅花对我一枝开。"生女,嫁蒋氏。姬年三十而亡。

【译文】

　　我娶了几个妾姬,没有一个会作诗;只有苏州的陶姬作有两首诗,为"新年到了,家家户户到处都张灯结彩的,元宵节笙歌鼓乐一片欢腾之声。只有我学吟诗偏偏想清静下来,坐在小楼上看月亮升起。""随意走动,无意之间闲步走到清净冷落的书斋,忽然有春风拂面吹来。池水哗哗流动着,穿过小桥走过去,一枝梅花对我盛开。"陶姬生了一个女儿,如今嫁给蒋氏,姬到三十岁时死去。

【原文】

　　康熙间,苏州名妓张忆娘,色艺冠时。蒋绣谷先生为写《簪花图小照》。乾隆庚午,余在苏州,绣谷之孙漪园,以图索题。见忆娘戴乌纱髻,着天青罗裙,眉目秀媚,以左手簪花而笑,为当时杨子鹤笔也。题者皆国初名士。莱阳姜垓云:"十年前遇倾城色,犹是云英未嫁身。今日相逢重问姓,尊前愁杀白头人。"苏州尤侗云:"当场一曲《浣溪沙》,可是陈宫张丽华? 恰胜状元新及第,琼林宴里

去簪花。"沈归愚云："曾遇当年冰雪姿,轻尘短梦恨何之。卷中此日重相见,犹认春风舞《拓枝》。""绣谷留春春可怜,倾城名士总寒烟。老夫莫怪襟怀恶,触

张丽华像,图出自《百美新咏》。张丽华为南朝陈后主之宠妃,以美色著称。

拨闲情五十年。"余题数绝,有"国初诸老钟情甚,袖角裙边半姓名"之句,人皆莞然。按莱阳两姜先生,以孤忠直节,名震海内;而诗之风情如此。闻忆娘与先生本旧相识,一别十年,尊前问姓,故诗中不觉情深一往云。

【译文】

康熙年间,苏州的名妓张忆娘,姿容美妙,才艺出众,在当时都是首屈一指的。蒋绣谷先生为她画了一幅《簪花图小照》。乾隆重庚午年,我在苏州,绣谷的孙子漪园,拿着图卷请我题诗。见画中忆娘戴着乌纱髻,穿着天青色罗裙,眉清目秀妩媚可人,左手往头发上插花,笑意盈盈,是当时杨子鹤的笔迹,题诗之人都是开国之初的名士。莱阳的姜垓诗中说道:"十年前遇到倾国倾城的佳人,当时还是未嫁之人。今日相逢重问姓名,酒樽前愁杀白发之人。"

苏州的尤侗说:"当场唱完一曲《浣溪沙》,可是陈后主的宠妃张丽华?比新及第的状元还要风华,琼林宴饮之时去选花插头。"沈归愚说:"曾经见过当年的冰雪之姿,清美无比,踏尘而去,梦中苦短,又是何等怅惘。如今又在画中相见,还认得是当年的风姿。""绣谷留住了春色,而春色又是如此可爱,绝世佳人与风流名士如今都已化作寒烟。不要奇怪老夫我的心情抑郁,可知她曾经拨动过我五十年的情丝。"

我题了几首绝句,其中有"开国之初诸位前辈都这么痴心钟情,衣袖裙裳旁都留下姓名。"人看了都莞然而笑。莱阳的两姜先生因为耿直忠诚,刚正不阿,而名声震动全国。然而诗歌却这么风情。听说忆娘和先生本是老相识,一别十年,酒席之前重问姓名,因此诗中不觉透出一往情深之语。

一一二

【原文】

前人《过虎丘》句云:"妒他怒马随车客,出色花枝不避人。"陆湄君《过彭城》句云:"休夸洛浦能投枕,不是天台懒看花。"一美之,一厌之,两人心事,易地则皆然。

【译文】

前人做过《过虎丘》一诗,诗中有句为"真是嫉妒那扬鞭奋马,随车行看的人,美貌如花的佳人不回避游人观看。"陆湄君作有《过彭城》一诗,诗中说:"不要夸说洛妃投枕曹植,有美人垂青因不是天台仙女,懒得看道旁野花。"一人羡慕,一人厌倦,然而两个人的心情若是换一换地方,则都是一个样。

一一三

【原文】

"君子思不出其位。"又曰:"素其位而行。"余雅不喜解组人好说在官事迹。钱玙沙方伯有句云:"剧怜到处皆为客,生怕逢人尚说官。"余读之,距跃三百。

【译文】

"君子悲伤自己不能离开职位。"又有"空下他的职位而离去。"我向来就不喜欢听人说长道短,讲述当官时的事迹。

钱玙沙方伯有诗句为:"伤叹自己所到之处,都是身为异乡之客,生怕逢见人还在说当官时的事。"我读了这首诗后,又更长进了一步。

随园诗话·卷七

为人不可有我……作诗不可无我

【原文】

同年叶书山太史，掌教钟山，生平专心经学，而尤长于《春秋》，自称啖助、赵匡，不足多也。注《毛诗》，"佻兮达兮"一章为两男子相悦之诗，人多笑之。然用诗颇有性情。《出都》云："行年七十古来稀，东、马、严、徐事已非。检点良方医老病，所须药物是当归。""白石清泉故自佳，九衢车马漫纷拏。欲知此后春相忆，只有礼台芍药花。""行色匆匆鬓影疏，骑驴犹忆入京初。蒯缑一剑酸寒甚，今日归装有赐书。"（太史讳西，桐城人。）

【译文】

同年出身的叶书山太史，在钟山执教，生平专心于经学，而且尤其熟悉《春秋》，自称是啖助、赵匡，不算过分。注译《毛诗》"佻兮达兮"一章是两男子相互取悦的诗，人都笑他。

但是写诗很有性情，有《出都》诗说："看看到了七十古来稀，东、马、严、徐的事都已变了。找些好的方法来治疗老病，所要药物是当归。""白石清泉故乡的风景十分漂亮，在大道上漫漫行着马车。要想知道以后怎样回想春天，只有看看礼台旁盛开的芍药花。""行色匆匆头发越来越少，骑着驴又想起刚进京城的时候，当时十分寒酸贫穷，今天回来却带有皇上赐予的书本。"（叶书山太史名字叫作西，祖籍是安徽省桐城。）

二

【原文】

壬戌岁,余改官金陵,寓王俣岩太史家,遇戚晴川太守言:"书生初任外吏,参见长官,不惯屈膝,匆遽间,动致声响。"余试之果然。戏吟云:"书衔笔惯字虽小,学跪膝忙时有声。"戚《宿承恩寺》句云:"瓦沟落月印孤榻,檐隙入风吹短槊。"殊冷峭。(戚讳振鹭,湖州人。)

【译文】

壬戌年底,我改作金陵的官,住在王俣岩太史的家里,碰上戚晴川太守,说:"书生初次提任外边的官吏,参见长官,不习惯屈膝,匆忙间,弄出声响来。"我试了试果然如此。

就戏作诗一首说:"看惯书写惯小字,学着跪拜弄出声音来。"戚《宿承恩寺》上说:"瓦沟上有月影照着我孤单的床上,檐缝吹进来的凉风吹着短刀。"十分冷峭。戚晴川字振鹭,是湖州人。

三

【原文】

舒城任自举学坡,为庄明府记室,好吟咏。一日,余访庄公,闻书斋中高唱拍案,细听之,乃余诗也。庄出笑曰:"幸而任先生在赏公诗;如其大骂,则奈何?"后任死,伏魄时《口号别亲友》云:"六旬失足下蓬瀛,今日才欣返玉京。直以聪明还造化,但凭樵牧话平生。花当春尽应辞树,鸟际冬残合罢声。见说群

仙同抗手,迟余受代主蓉城。"

【译文】

舒城,任自举自学坡,是庄明府的记室,喜欢吟诗。一天,我拜访庄公,听书斋中高唱拍案,细细听来,是我写的诗。

庄明府出来笑着说:"幸而是任先生在大大欣赏先生的诗;如果他是大骂,又有什么办法?"后来任自举死了,死前有《口号别亲友》说:"六十多岁不小心去做了凡人,今天欣慰地要回到仙境。一直以聪明和造化来过一生,任凭牧童樵夫去诉说自己的生平。花儿在春天将尽的时候应该离树,鸟儿在冬天会发出告别的声音。说完这话我就要和神仙一块走了,迟了我就会被留在蓉城永远走不了了。"

四

【原文】

通州李方膺晴江,工画梅,傲岸不羁。罢官,寓江宁项氏花园,日与沈补萝及余游览名山,人观者号"三仙出洞"。《题画梅》云:"写梅未必合时宜,莫怪花前落墨迟。触目横斜千万朵,赏心只有两三枝。"《秋葵》云:"萧瑟风吹永巷长,采衣非复旧时黄。到头只觉君恩重,常自倾心向太阳。"晴江牧滁州,见醉翁亭古梅,伏地再拜,其风趣如此。

【译文】

通州人李方膺字晴江,善于画梅,傲岸不驯。罢官后,住在江宁项氏花园,每天与沈补萝和我,游览名山,人送我们一个绰号叫:"三仙出洞"。

他写有《题画梅》说:"画梅不一定要找个相适宜的季节,只要怪我在花前下笔太迟。眼看千枝百条有很多的花,赏心悦目的只有两三枝。"《秋葵》中说:"萧瑟的风吹着长长的小巷,彩衣不是过去的那件黄色。到头来仍感到你重重的恩情,所以常常暗自倾向着太阳。"李晴江是滁州牧,见过醉翁亭的古梅树,就

梅花图。通州李方膺《题画梅》诗中有"写梅未必合时宜,莫怪花前落墨迟"之句。

伏在地下再三参拜,他的风趣幽默到了这样的地步,实在是不容易。

五

【原文】

上犹令方绮亭,名求义,聩于耳而聪于心,与人言,必大声高呼,谐谑百出,而一本于天真。《辞官归里》云:"三年政罢喜忘机,老去仍思竹里扉。携取清风随棹去,添来白发满头归。不妨琴鹤为行李,那计妻孥说是非。力倦眼昏贪

稳卧，误传高尚遂初衣。"死后，余为铭墓。陈古渔哭之云："不见白头凭几坐，尚疑朱履出堂来。"

【译文】

上犹县令方绮亭，名求义，耳朵背了，但内心十分聪明，和人讲话，必定大声高呼，笑话百出，而自己却一本正经。

写有《辞官归里》说："当了三年官十分高兴忘掉了官场上的一切，老了归去仍思念那竹门草屋。带着清风坐船而去，回去时已是满头白发。不妨让白鹤为我带走行李，哪管妻子仆从说三道四。疲劳眼昏贪恋睡觉，认为自己的品德还像以前一样高尚。"他死后，我为他写墓志铭。

陈古渔哭他说："不见你头发斑白地坐在茶几旁，还怀疑你又穿着红鞋出堂来。"

六

【原文】

予过苏州，常寓曹家巷唐静涵家。其人有豪气，能罗致都知录事，故尤狎就之。两家妻女无嫌，如庞公之于司马德操，不知谁为主客也。静涵有句云："苔痕深院雨，人影小窗灯。"《花朝分韵》云："薄醉微吟答岁华，春寒十日掩窗纱。多情昨夜楼头雨，吹出满墙红杏花。"其少子七郎《咏落花》云："零落嫣红归不得，杨花相约过邻家。"真佳句也。长子湘畇居随园，吟云："小住名园又一年，石阑干畔听流泉。夜深怕作还乡梦，月到南窗尚未眠。""小窗闲坐夕阳斜，对此教人不忆家。喜见香荷才出水，一枝高叶一枝花。"从来荷叶高出水者，必有花；湘畇居园久，故知之。静涵有姬人王氏，美而贤，每闻余至，必手自烹饪。先数年亡，余挽联云："落叶添薪，心伤元相贫时妇；为谁截发，肠断陶家座上宾。"

【译文】

我路过苏州，常住在曹家巷唐静涵的家里。这个人十分有豪杰之气，能招

笼都知录事,和他住在一起。

两家的妻子女儿互相并没有厌恶争吵,就如庞公和司马德操,不知谁是主人啦。

静涵有诗句:"雨后深院里留有青苔的痕迹,小窗灯映出人影。"《花朝分韵》说:"稍微有些醉意,轻吟着诗歌,春寒十天就照上了窗纱。是昨夜楼头好雨多情,吹开了满墙的杏花。"他的小儿子七郎有《咏落花》说:"零落的花儿回不去,杨花约好了到邻居的家中。"这是好的诗句。长子湘畇住在随园,吟诗道:"小住名园又是一年,坐在石栏杆旁听流水的声音。夜深怕做回家的梦,月到南窗还没有睡着。""小窗边闲坐夕阳西下,对此怎么不使人想家。高兴地看到荷花刚出水,一枝高的叶子一枝开放的花。"从来荷叶高出水面的,都会开花;湘畇住小园时间长了,因此知道,静涵有姬人王氏,美丽而且贤惠;每次听说我来了,必定亲自烹饪。前几年死了,我写挽联说:"落叶又添了柴草,心内悲伤之朝宰相贫穷时的媳妇;为谁又去剪发,致使陶家所有在座的客人都为她的死去断肠落泪。"

七

【原文】

元人诗曰:"老不甘心奈镜何。"李益《览镜》云:"纵使逢人见,犹胜自见悲。"本朝郑玑尺先生云:"朱颜谁不惜,白发尔行知。"皆嫌镜之示人以老也。宋人云:"贫女如花只镜知。"又曰:"镜里自应请素貌,人间只解看红妆。"又曰:"自家怜未了,临去复徘徊。"本朝高夫人有句云:"乍见不知谁觑面,细看真觉我怜卿。"是镜有恩于女子,有怨于老翁也。容成侯何容心哉?

【译文】

元朝有人写诗说:"老了又不甘心却奈何不得镜子。"李益有《览镜》说:"纵使有人看见,也比自己看见了好。"本朝郑玑尺先生说:"红颜谁不爱惜,头发白了只有你先知道。"都是嫌弃镜子显出人老了。宋朝有人写道:"贫女像花一样

漂亮只有镜子知道。"又说:"镜里自然应该深知平素的容貌,人间只知道看红妆。"又说:"自己顾影自怜,临走又舍不得。"本朝高夫有诗句说:"猛一看不知道是谁这么漂亮,细看更是自爱自怜。这是镜子有恩于女人,而有怨于老翁。容成侯又何必把这样的小事放在心里呢?"

八

【原文】

苏州枫桥西沿塘有余本家渔洲居士,乃前明六俊之后,爱客能诗,家有渔隐园,水木明瑟,余为作记,镌石壁间。每过姑苏,必泊舟塘下,与其叔春锄、弟又恺为剪烛之谈。年甫五十而亡。有《新柳》一律云:"二月韶光媚,春风嫩柳条。含烟初作态,泔露不胜娇。腰细柔难舞,眉疏淡欲描。丰神与谁并,好女乍垂髫。"

【译文】

苏州枫桥西沿塘有我的本家渔洲居士,是前明六俊的后人,爱做客能写诗,家中有渔隐园,水木明瑟,我为这个园作记,刻在石壁间。

每次路过姑苏,一定要在塘下停船,和他的叔叔春锄、弟弟又恺,在灯下作剪烛长谈。他年过五十而死。

有《新柳》一律说:"二月是春光明媚,春风吹嫩嫩的柳树枝。烟雾中显出美好的姿态,露出的部分不胜娇羞。细腰简直不堪跳舞,眉梳淡得想要描一描。丰采神姿和谁去比,就像漂亮的姑娘刚成年,显得丰姿绰约。"

九

【原文】

香亭弟偶吟，往往如吾意所欲出，不愧吾家阿连也。余三十年前，选妾姑苏，所需花封甚轻，今动至数金。香亭《过吴门》云："传闻近日选花枝，百两缠头费莫支。争及当年吴市好，一钱便许看西施。"《消夏杂咏》云："科头赤足徜徉过，一领蕉衫尚觉多。不信热场人不热，红灯围着听笙歌。

西施像，图出自《百美新咏》。

【译文】

香亭弟偶然吟诗,往往说出我心里想说出来的,不愧是我家里的阿连。

我三十年前,在姑苏选妾,需要的花费很少,现在动不动就是数金。

香亭写有《过吴门》说:"听说你近来要选小妾,百两的聘礼还不够。还是当年吴门的行市好,一分钱也可以看到像西施那样漂亮的姑娘。"

《消夏杂咏》说:"赤脚在田头走过,穿着一件汗衫还觉得多。不信那场上的人不嫌热,围着红灯听笙歌。"

一○

【原文】

《南史》言:"阮孝绪之门阀,诸葛璩之学术,使其好仕,何官不可为?乃各安于隐退,岂非性之所近,不可强欤?"近今吾见二人焉:一为尹文端公之六公子似村,一为傅文忠公从子我斋。似村举秀才,终日闭户吟诗;我斋虽官参领,司马政,而意思萧散,不希荣利。有人从都中来,诵其《环溪别墅》诗云:"将官当隐称畸吏,未老先衰号半翁。"又曰:"不是门前骑马过,几忘身现作何官。"

【译文】

《南史》上讲:"阮孝绪的门筝,诸葛璩的学术,假如他想做官,什么官不能做?却各安于隐退,这岂不是性格的原因,不可牵强吗?"近来我见了两个人,一个是尹文端公的六公子似村,一个是傅文忠公的从子我斋。

似村考秀才,终日闭门吟诗;我斋虽作参领的官,司马政,而意境淡泊,不求名利。

有人从都中来,朗诵他的《环溪别墅》诗说:"做官时就想着隐退可算上是个奇怪的官吏,未老先衰号本翁。"又说:"不是门前骑马过,几乎忘了自己现在做什么官。"

一

【原文】

长洲女子陶庆余，嫁大司马彭公孙希洛，年二十二而亡，有《琼楼吟》行世。《咏鹦鹉》云："一梦唤回唐社稷，千秋留得汉文章。"《婢去》云："院从汝去长青苔，小榻香消午梦回。不觉疏帘摇树影，风前误认摘花来。"

【译文】

长洲女子陶庆余，嫁给大司马彭公的孙子彭希洛，年二十二而死，有《琼楼吟》留于世上。有一首《咏鹦鹉》说："一梦唤回了唐朝社稷，千秋留下了汉代的好文章。"《婢去》说："院子自从你去后就长满了青苔，你睡的床香散梦消。不觉得帘子中摇动着树的影子，风吹来误认为是你摘花回来。"

二

【原文】

己卯秋，在扬州遇万近蓬秀才，属题《红袖添香图》。近蓬少时托李砚北写此图，虚拟婷婷，寔无所指。裴姓友见画中人，惊笑，以为绝似其家婢，遂延近蓬至其家，出婢赠之。婢姓花。一时题者纷然。余独爱吴玉墀诗曰："红楼翠被知多少，如此消魂定姓花。"又曰："聘钱若许名流敛，第一须酬作画人。"廿年后，余至杭州，花姬已下世矣。近蓬访余湖上，不值，投诗云："惜花人早出，载酒客迟来。"

【译文】

己卯年秋,我在扬州遇见万近蓬秀才,嘱咐我题一首《红袖添香图》,近蓬年轻的时候托李砚北写此图,虚指娉婷少女,没有确切地指谁。

而一个姓裘的朋友见画,惊讶地笑了,认为十分像她家中的一个婢女,于是就邀请近蓬去他家里,叫出婢女赠给他。婢女姓花。一时间为此事题诗的人很多。

我独喜欢是玉墀的诗说:"红楼翠被谁知有多少,如此销魂肯定是姓花。"又说:"聘钱不知多少使名流为此而止,第一个要酬谢的是作画人。"二十年后,我到杭州,花姬已去世了。近蓬到船上去找我,没有见到,就留下一首诗说:"可惜花姬已早死了,带着酒却等不到你归来。"

一二

【原文】

辛丑秋,忽有浙中校官入山见访,方知即玉墀,字小谷,是吾乡尺凫先生之少子,鸥亭居士之季弟。予少时,乞假归娶,饮于鸥亭之瓶花斋,其时小谷才四岁。故见赠云:"园林心契卅年余,今日真来大隐居。修贽忙于投要路,扣门快比访奇书。相看共讶须眉古,久别浑忘问讯疏。细认双瞳点秋水,依然竹马识君初。"呜呼!四十余年乡里故人,二十年前诗中知己,彼此茫茫,绝无晤期,而天必为两人作合,文章有神,信矣。小谷在随园赏芙蓉,赋五古千言,以太长,不能全录。托罗两峰画《板桥遗迹》,题云:"谈罢罗家鬼趣图,去寻旧院影模糊。芦根瑟瑟如人语,中有莺莺燕燕无?""绿芜一片众香埋,半没桥身半没街。艳迹但余残础在,也曾亲近玉人鞋。""此柏婆娑似旧人,盘桓几度板桥春。只怜生长烟花里,犹作亭亭倩女身。""者番游绪已怆然,又对风斜雨细天。画最凄凉天最惨,看君笔上起苍烟。"

【译文】

　　辛丑年秋,忽然有浙江中校官入山求见,才知道就是玉墀,字小谷,是我老乡尺凫先生的小儿子,鸥亭居士的三弟。

　　我小的时候,请假回去娶亲,在欧亭的瓶花斋喝酒,当时小谷才四岁,因此赠诗说:"园林里用心交往三十多年了,今天真的来到隐居的地方,忙于在途中问路,叩门时焦急的心情就像找一本奇书。相互问候,细细认那双明亮的眼睛,依然认出小时候的你来。"哎呀!四十多年的乡里故人,二十年前的诗中知己,彼此相隔茫茫,绝没有相见的时候,而上天必定为两人作合,文章有神,我信服了。

　　小谷在随园欣赏芙蓉,写五言古诗千句,因为太长,不能全记下来。

　　托罗两峰画《板桥遗迹》,题诗说:"谈完罗家的《鬼趣图》,去寻找旧院里模糊的过去。芦根萧瑟像人在说话,中间有没有低语的鸳鸯?""众香花中埋着一片绿色,一半埋在桥下一半埋在水中。艳丽的影子还残留在那里,也曾被美人在身上走过。""这一枝繁叶婆娑像过去的朋友,经过几度板桥在此相伴。只怜生长在烟花巷里,还保持着亭亭美女的身材。""游赏玩罢心里十分悲伤,又面对着微风细雨的天气,画得十分凄凉上天也有感觉,看你笔上画出的是苍茫的一片云烟。"

一四

【原文】

　　余自幼诗文不喜平熟。丙辰,诸微士集京师,独心折于山阴胡天游稚威。尝言:"吾于稚威,则师之矣;吾于元木、循初,则友之矣;其他某某,则事我者也。"元木者,周君大枢,循初者,万君光泰也。稚威骈体文,直掩徐、庾,散行,耻言宋代,一以唐人为归。诗学韩、孟,过于涩拗。今录其近人者,如《明妃》云:"天低海水西流处,独有琵琶堪解语。断丝枯木本无情,犹胜人心百千许。"《咏谏果》云:"苦口众所挥,余甘几人赏。置蜜锟铻端,或者如舐掌。"《赠某营将》

云："大声当鼓急，片影落枪危。剑血看生瘿，天狼对挝髭。"皆奇句也。亦有风韵独绝者，《晓行》云："梦兰莺唤穆陵西，驿吏催计雨拂衣。行客落花心事别，无端俱趁晓风飞。"

丁巳春，予与元木、循初同在稚威寓中，夜眠听雨，元木见赠一篇云："文章之家无不有，袁郎二十胆如斗。"诗甚奇诡，不能备录。壬申岁，余起病至长安，元木再赠七古，起句云："忆昔相见长安邸，志气如虹挂千里。狂飞大句风雨来，头没酒杯笑不已。"真乃替余少时写照。元木廷试报罢，果毅公讷亲延为上客，每公余之暇，命讲《通鉴》数则，亦想见当日公卿风雅也。元木诗最坚瘦，独《咏桃花》颇婉丽，其词曰："寂寂朱尘度岁华，又惊春色到桃花。五陵游客知何限，只有渔人最忆家。"《管仲墓》云："浪说儒门羞五尺，至今江左几夷吾？"

早行诗，二人同调，而皆有妙境。梁药亭云："鸿雁自南人自北，一时来往月明中。"元木云："行人飞鸟都何事，一样冲寒度晓堤。"

王昭君像，图出自《百美新咏》。昭君出塞远嫁匈奴，被称为"明妃"。后人常据此事咏史，清人有《明妃》诗云"天低海水西流处，独有琵琶堪解语"之句。

周兰坡学士多髯,冬日同元木咏雪,和东坡"尖叉"韵。元木押"盐"字韵云:"修髯绕作离离竹,妙句清于昔昔盐。"

【译文】

我从小的时候,诗文就不喜欢写得平淡普通。

丙辰年间,各地考生云集京都,我独心折于山阴人胡天游,字稚威。

曾说过:"我对于稚威,当老师对待;我对于元木、循初,当朋友来看待;其他人,则应该向我学习。"元木,是周大枢君;循初,是指万光泰君。稚威的骈体文,胜过徐、庾二人,散文耻于说宋代,一概认为唐朝人写得好。诗歌学习韩愈、孟浩然,太晦涩固执。

现在记近代人的诗,像《明妃》中所说:"天空低垂是海水西流的地方,这时候只有琵琶能代替语言。断丝枯木本来是没有感情的,犹胜人的心千百倍。"《咏谏果》说:"苦口是众人都扔我的原因,可苦后的甘甜有几人能赏识。把我在蜜里浸泡,会有很多人来吃的。"《赠某营将》说:"声音洪亮像鼓声一样急,从背影可看见枪上的红缨,剑上带血,像天狼一样竖着毛发。"这都是奇妙的诗句。

也有风韵独绝的,像《晓行》说:"梦里听见夜莺在穆陵西边叫唤,驿吏催写诗歌雨水打在身上。行人过客看见落花触动了心事,这些花都趁着早晨的风飞走了。"

丁巳年春天,我和元木、循初同在稚威的家中,夜里躺着听雨,元木赠我一首诗说:"写文章的人的家里无所不有,袁枚二十岁胆像斗一样大。"诗写得十分奇峻诡异,不能一一描述。

壬申年底,我在长安养好了病,元木又赠七言古诗:第一句是:"记得你在长安的住处,志气像秋虹一样直挂千里,诗句狂放招致风雨来,痛快地喝酒笑个不停。"真是绘我年轻时写照。

元木廷试报完,果毅公便把他亲自请作上宾,每次果毅公闲暇,便让他讲《通鉴》数则,也可以想见当年公卿的风雅。

元木的诗最为坚瘦,只有《咏桃花》写得相当婉丽,诗写道:"寂寞的红色枝条度着无尽的岁月,又惊叹春天的到来桃花都已盛开。五陵游客没有什么遗憾,只有渔夫最想家。"《管仲墓》说:"胡说在儒家门第耻于作五尺汉子,至今江左有几个夷吾!"

过去写诗,二人间一个韵调,而各自有自己的妙处。

梁药亭说:"鸿雁从南飞到北,一时间往来在明月中。"元木说:"行人飞鸟都是为了什么事,原来都是到对岸去躲避寒冷。"

周兰坡学士胡子很多,冬天里和元木咏雪,和东坡的"尖叉"韵。元木押"盐"字韵说:"修过的胡子像一棵棵的竹子,妙绝的诗句等清新得超过那晶莹的盐。"

一五

【原文】

予宰江宁时,俞来溪秀才见赠云:"谁道楼前多鼓响,只闻花外有琴声。"余道:"不如宋人'雨后有人耕绿野,月明无犬吠花村。'"又有人赠云:"事到眼前亮于雪,民从心上养如春。"余道:"不如余《沐阳杂兴》云:'狱岂得情宁结早,判防多误每刑轻。'"

【译文】

我于宰江宁的时候,俞来溪秀才赠给我一首诗说:"谁说楼前多鼓声,只听见花外有琴声。"我说:"不如宋朝人写的'雨下过后有人耕地,明月下在花村里没有狗叫。'"又有人赠我诗说:"事情到了眼前,像雪一样明亮,平凡人的心中像春天一样温暖。"我说:"不如我的《沐阳杂兴》说:'监狱里怎能讲情宁愿早早结案,判决时要提防失误同此谨慎用刑。'"

一六

【原文】

人言通天文者不祥。四川高太史名辰,字白云,向为岳大将军西席。尝在金陵观星象,言山东有事。次年,果有王伦之逆。而太史已先亡矣。过随园,命

其子受业门下,赠诗云:"名重随园讵偶然,与来神妙写毫颠。已知葛井来勾漏,岂但香山数乐天。入座风光时拱揖,依人鹤影自翩翩。荀香近处瞻先辈,慰我调饥三十年。"《过定军山吊武侯》云:"三代而还论出处,两朝之际见权宜。"

【译文】

人们讲通天文的人不吉祥。四川高太史名辰,字白云,过去是岳大将军的私塾先生。曾经在金陵观察天象,说山东有事。

诸葛亮像,图出自明·天然撰《历代古人像赞》。诸葛亮被封武乡侯,故又称"武侯"。他曾在定军山一带与魏军作战,后人《过定军山吊武侯》诗以"三代而还论出处,两朝之际见权宜"来赞誉他。

第二年,果然有王伦叛乱,而高太史已先死了。他曾路过随园,命他的儿子拜我为师,赠给我诗说:"你的随园名声岂能是偶然的,大量的即兴创作都十分绝妙。已经知道有葛井来到勾漏,怎么会只有香山的白乐天呢。大家纷纷入座相互施礼十分风光,靠着人而立的仙鹤独自翩翩地起舞。荀香近处得以看到先辈的容颜,这足以安慰我这三十年的饥寒交迫的景况。"写有《过定军山吊武侯》一诗说:"三代人回来论证出处,在两朝之间显出他的计谋来。"

一七

【原文】

孙过庭《书谱》云："学书者,初学先求平正;进功须求险绝,成功之后,仍归平正。"予谓学诗之道,何以异是?

【译文】

孙过庭的《书谱》说："学习书法的,初学先求字迹平正;进一步要求险绝,成功之后,仍旧归于平稳端正。"我认为学诗的道理,和这又有什么区别呢?

一八

【原文】

为人,不可以有我,有我,则自恃很用之病多,孔子所以"无固""无我"也。做诗,不可以无我,无我,则抄袭敷衍之弊大,韩昌黎所以"惟古于词必己出"也。北魏祖莹云:"文章当自出机杼,成一家风骨,不可寄人篱下。"

【译文】

做人,不可以存有狂傲私心,有了这种心态则自恃个人的优点毛病就出得多,孔子之所以说:"无固""无我"就是这个意思。

写诗,不可以没有个性,没有个性,则会出现抄袭敷衍的大弊端,韩昌黎之所以说:"用古句在诗词中一定要是从自己学问中提炼出来的。"就是这个意思。北魏人祖莹说:"文章应当出自自己的肺腑,成一家的风格骨格,不可以寄

身于别人的竹篱下。"

一九

【原文】

诗有现前指点语最佳。香树尚书《题红叶》云："一夜流传霜信遍,早衰多是出头枝。"程鱼门《观打渔》云："旁人束手休相怪,空网由来撒最多。"张哲士《观弈》云："笑渠敛手推枰后,始羡从旁拢袖人。"

宋人诗云："无事闭门防俗客,爱闲能有几人来。"哲士《月夜》云："恐有闲人能见访,满庭凉影未关门。"两意相反,而皆有味。

【译文】

诗歌如果含有指点迷津的道理是最好的。香树尚书有《题红叶》说："一夜的霜下遍了大地,早早衰败的多是出头的枝叶。"程渔门《观打渔》诗说："不要怪别人束手不去帮忙,撒的最多的都是空网。"张哲士《观弈》说："笑他束手无缘推棋而去后,才开始羡慕那旁边观棋的人。"

宋人有诗说："没事时关紧门防止那些俗气的客人,喜欢清闲能有个志趣相投的人来。"哲士有《月夜》诗说："恐怕有闲人来拜访,满院都是清凉的影子不用关门。"两诗的意思相反,但都十分有趣味。

二〇

【原文】

唐以前,未有不熟精《文选》理者,不独杜少陵也。韩、柳两家文字,其浓厚处,俱从此出。宋人以八代为衰,遂一笔抹杀,而诗文从此平弱矣。汉阳戴思任

《题文选楼》云："七步以来谁抗手，《六经》而外此传书。"

【译文】

唐代以前，没有不熟悉精通《文选》的，不单单是杜少陵。

韩愈、柳宗元两家文字，他文章浓厚地方，都是从这里出来的。

宋朝人以后八代人就衰败了，从此一笔抹杀，而诗歌文章也从此显得平弱了。

汉阳戴思任《题文选楼》说："七步诗写出以后，谁还是敌手，《六经》以外也就传下了这本书。"

二二

【原文】

近日文人，常州为盛。赵怀玉字映川，能八家之文。黄景仁字仲则，诗近太白。孙星衍字渊如，诗近昌谷。洪君亮吉字稚存，诗学韩、杜。俱秀出班行。黄不幸早亡。录其《前观潮行》云："客有不乐游广陵，卧看八月秋涛兴。伟哉造物此巨观，海水直挟心飞腾。龙堂谁作天吴介，对此茫茫八埏隘。才见银山动地来，已将赤岸浮天外。砰崖礌岳万穴号，雄呿雌吟六节摇。是岂乾坤共呼吸，乃与晦朔为盈消。殷天怒为排山入，转眼西追日轮及。一信将无渤澥空，再来或恐鸿濛湿。唱歌踏浪输吴侬，曾将何物赍海童。答言三千水犀弩，至今犹敢撄其锋。我思此语等儿戏，员也英灵实难避。只合回头撼越山，那因抉目仇吴地。吴颠越蹶曾几时，前胥后种谁见知。潮生潮落自终古，我欲停杯一问之。"《后观潮行》云："海风卷尽江头叶，沙岸千人万人立。怪底山川忽变容，又报天边海潮人。鸥飞艇乱行云停，江亦作势如相迎。鹅毛一白尚天际，侧耳已是风霆声。江流不合几回折，欲折潮头如折铁。一折平添百丈飞，浩浩长空卷晴雪。星驰电掣望已遥，江塘十里随低高。此时万户同屏息，但见窗棂齐动摇。涛头障天天亦暮，苍茫却望潮来处。前阵才平罗刹矶，后来又没西兴树。独客吊影行自愁，大地与身同一浮。愿乘世外鹿卢跻，熟职就里阴阳鞲。赋罢观潮长太

【译文】

近代的文人，常州最多。赵怀玉字映川，能精通八家的文章。黄景仁字仲则，诗风十分接近李白。

孙星衍字渊如，诗歌近昌谷。洪亮吉君字稚存，诗歌学的是韩愈、杜甫。都是这一行中优秀的。黄景仁不幸早死。

录其《前观潮行》说："客人闷闷不乐的时候就去游览广陵，躺着看那八月时节的波涛。这样的景观实在是伟大啊，海水使人的心情也跟着升腾。龙堂上谁能分清天和地的界限，面对着茫茫无边的边界，才看清远远的银山，又觉得那红色的海岸在天外。浪涛击打岩石的声音和岩洞石穴的声音吼叫着，就像雄雌两龙在咆哮。可以和天地共同呼吸，每潮涨潮落，盈瘦有期。像上天发怒一样掀起排山大浪，转眼太阳西下。相信那潮水把什么都冲走了，再来害怕天地间已经空荡荡的了。唱歌踏浪比不过当地的渔民，拿什么也赶不过大海边的孩童。据说这里有三千水军，至今没人敢去向他们挑战。我把这些话看作儿戏，像伍员那样的英灵也难以逃避。只可以回头去摇动那越山，怎么可以因此而仇视这块地方。吴越曾几何时相互争斗，前胥后种谁见到了。潮生潮落自古就没停止过，我想停下酒杯来问一问。"《后观潮行》说："海风卷尽江头的枯叶，沙岸上成千上万的人站立过。责怪山川忽然又改变了容貌，又看见从天边掀起了潮水。鸥鸟在空中飞，船只散乱连行云都停了下来，江水也作势来迎接配合。天际露出鹅毛一样的白色，侧耳倾听雷霆风声。江流来回折了几个弯，想折潮头就像折铁一样。一折都使水珠飞溅百丈，就像在浩浩的长空里卷起千堆雪。星驰电掣望着已经远去，江塘十里高低不平。此时千家万户都屏住呼吸，但见窗户门板都在动摇。涛头遮天天色昏暗，苍茫之中又见潮水升起。前一阵当平息了罗刹矶，后来又淹没了西兴树。形单影只自己愁闷，大地和我已溶为了一体。愿意到世外去生活，谁知道阴阳的变幻。写罢潮诗长叹息，我回去之后就写了出来。回头听城楼鼓角哀鸣，半空全是鱼龙色。"

随园诗话

【原文】

余尝谓孙渊如云："天下清才多,奇才少。君,天下之奇才也。"渊如闻之,窃喜自负。《登千佛楼》云："城东佛楼几年闭,塞迳秋穞刺芒利。飞磷射屋鸟啄墙,鬼风吹檐断佛臂。此间非墓非战原,岂有厉魄号烦冤。青狸捧骨夜窥月,日气不足罗神奸。迎廊一僧病枯瘵,见惯妖踪讶人迹。老莎出户曲复斜,反锁空堂书深黑。楼前惨碧竹作围,逼袖细影明寒晖。残霖滴阶渍幽血,败粉剥壁生阴苔。竹梢朦胧上无路,疑堕中宵梦游处。回头不忆隔世来,过眼复恐今生去。檐牙压肓楼脚摇,惊起穴栋千年鸮。屏声独立瓦争落,失势一坠魂难招。原头日落树苍莽,既下心神久惝恍。林端却顾寺角移,那得腾身立平壤。"又,《妻病》云:"眉痕只觉瘦来浓,指爪都从病后长。"抑何哀艳。

【译文】

我常对孙渊如说:"天下人中清才多,而奇才少。你,是天下的奇才。"孙渊如听后,私下十分高兴自负。

有《登千佛楼》诗说:"城东的佛楼关闭了很多年,春去秋来外面长满了荆棘。飞磷射屋鸟儿啄着墙壁,鬼风吹檐吹断了佛像的臂膀。这儿不是坟墓也不是作过战的荒原,怎么会有厉鬼喊冤呢。灰色的狐狸捧着骨头偷看月光,阳气不足鬼神出没。迎面走廊里过来一个僧人病入膏肓。看惯了妖怪,却很奇怪会有人来。老莎出门道路很曲折,反锁穿堂屋里一片漆黑。楼前是惨淡的碧竹作的围墙,明月下有轻袖细影。以树林中滴下的幽血落在台阶上,墙上的粉灰纷纷脱落长满了青苔。竹梢上朦胧看不清楚,怀疑是我晚上梦游的地方。回头记不起前生的事,看过后害怕今生也随之而去。房檐很低楼脚乱摇,惊起了洞穴中千年的乌鸦。屏声一个人站在那儿能见瓦片落地的声音,死去之后魂再难以招回来。远处太阳西下树木苍茫,定下心神还感到有些恍惚。匆匆地穿过林子远离寺院,哪里再有空来站这里看看。"

又有《妻病》诗说:"因为瘦了眉痕看上去很浓,病后指甲也长得很长。"这是多么哀艳的景象啊!

≡≡

【原文】

洪稚存题某官《散赈图》云:"河流东来不可当,忆昨鱼鳖升君堂。官卑方摄丞簿尉,天险欲合江、淮、黄。河流决城已旬日,散赈遂呼尉官出。尉官耳聋年六十,验粟呼人百无失。大者屋角狂狐奔,小者树底饥鹰蹲。头颠颈缩三日饿,共闻赈粟来空村。持瓢举釜复携斗,已见千人立沙阜。黄衫小吏足不停,村后村前更招手。深泥没髁无肩兴,尉来村北跨一驴。行筹散尽整鞭去,不遣索米来豪胥。淮阴太守知君续,早晚台端奏贤迹。君今所补非寸尺,不见遗黎活千百?"

【译文】

洪稚存题某官的《散赈图》说:"河水向东流是阻挡不住的,想起昨天龟鳖都到了你的堂上。作丞簿尉这样的官十分卑微,天意要把长江淮水黄河合在一起。河流冲毁城市已经半个月了,发救济粮时尉官才出来。六十岁的尉官耳朵聋了,验查大米没有错失。屋角有饿极了的牛,树底蹲着饥饿的鹰。头直摇脖子缩着已被饿了三天,闻声而来这派米的粮仓。拿着瓢釜和斗,看见已有上千人立在那里了。穿黄衫的小吏跑个不停,村后村前都要招呼。地下都是很深的泥水,尉官是骑着一头驴来的,散完东西就挥鞭而去,不再去豪绅家要米了。淮阳太守知道了你的政绩,早晚会上报你的功劳的。你今天所做的没有多少,岂不知已救了千万百姓?"

二四

【原文】

　　裴晋公笑韩昌黎恃其逸足,往往奔放。近日才人,颇多此病。惟王太守梦楼能揉之使道,炼之使警,篇外尚有余音,录其《在西湖寄都中同年》云:"星河云海望迢迢,八度花朝与雪朝。徼外蛮烟空日极,楚南芳草易魂销。抽身我本

　　裴度像,图出自清·顾沅辑《古圣贤像传略》。裴度为唐代名相,封晋国公,故称"裴晋公"。他常常嘲笑韩愈恃才狂放。

疏慵惯,奋翅君方搏击遥。岂是升沉关气类,轻舟相继返林皋。""增城琼苑蕊

珠宫,香案西偏紫阁东。梦里似曾闻广乐,归来但觉任樵风。蓬瀛消息无青鸟,烟水生涯有雪鸿。近日愈谙禅悦味,繁华清净两俱空。""每向东华散玉珂,相于花下酌红螺。欧梅自许贤豪聚,苏李偏教阔别多。棋局居然更甲子,酒垆真自邈山河。何戡解话当年事,也与樽前唤奈何。""机道连云粤海霏,星轺先后有光辉。吟诗喜得江山助,问字欣添玉笋围。旧雨定知紫远梦,野云端不耐高飞。年来自署西湖长,占取苏堤作钓矶。"

【译文】

　　裴晋公常嘲笑韩昌黎仗着他的才情,往往奔放。近代的才子伟人,都多有这种毛病。

　　只有王梦楼太守能刚中有柔,联句中有警句,文章外有余音。

　　这里记录他的一首《在西潮寄都中同年》说:"星河云海十分遥远,冬去春来几经变幻。远处边疆的峰烟十分渺茫,南方的绿草使人销魂。抽脱身子我本来就懒散惯了,你还在奋翅搏击。宦海沉浮岂能动我们的心,坐着小船相继都退隐山林。""增城里有琼楼玉宇花团锦簇,在紫阁东面设有香案。梦里似乎能听音乐,归来只感到有树木摇动的风声。没有青鸟做信使捎来仙岛的消息,只见雪鸿在水烟渺茫中飞翔。近来越来越感到了禅理的意境,繁华、清净都是空。""每次面向东华扔那像玉一样的石头,相约在花下喝酒吃螺。欧梅自称是贤士豪杰聚会,苏李相互说阔别的时间太长了。一局棋居然下了六十年,在酒垆旁可以指点江山。怎么能忍受当年的往事,而对着酒杯无话可说。""栈道一直通向天边大海,在星光下行车有自然的光亮。吟诗高兴的是有江山相助,想要什么样的字有玉笋园来提供灵感。下过的雨一定能知道那遥远的梦,旷野之上的云彩不耐烦地越飞越高。过了年自己盖了一座名叫西湖长的亭子,占据苏堤上作为我钓鱼的台子。"

二五

【原文】

　　唐人句云:"乡心正无限,一雁度南楼。"宋人句云:"正思秋信到,一叶坠中

庭。"古今人下笔，往往不谋而合。

【译文】

唐朝人有诗句说："思乡的心绪正在蔓延，却看见一只大雁飞过南楼。"

宋人有诗句说："正盼着秋天的信息来到，看见一张树叶已落在庭院之中。"古代的人和今天的人写东西，往往不谋而合。

二六

【原文】

吴中诗人，沙斗初、张昆南外，有张玉穀，诗工古风，在家渔洲处一见后，遂成永诀。仅记其《乌夜啼》云："参横月落庭乌啼，窗前有女犹鸣机。闻声停梭低头思，乌何夜啼想乌饥。老乌辛苦饥常忍，小乌瞅瞅老乌悯。劝乌且莫啼高声，娇儿甫眠恐惊醒。"玉穀尤长乐府。有义妇袁氏因夫作窃，劝之不从，乃沉水死。其事其诗，俱足千古。惜太长，不能备录。

【译文】

吴中的诗人，除了沙斗初、张昆南外，有张玉穀，写诗攻于古诗风格，在家乡渔洲处见过一面之后，就成了永远的诀别。

仅记下他的《乌夜啼》说："透过横斜的树枝月光流进院里有乌在啼叫，窗前有一个女子在独自织布。见她停下了梭子低头沉思，乌鸦儿是因为饥饿才在夜里啼叫。老乌十分辛苦又常忍住，小乌悲伤地叫使老乌十分怜惜。劝幼乌鸦不要高声叫，娇儿刚睡恐怕被你惊醒。"张玉穀尤其擅长乐府古诗。

有一个义妇袁氏因为她的丈夫行窃，劝他不听，于是投水而死。这件事和玉穀为此写的诗，都足以流传千古，可惜太长，不能完整地记下来。

二七

【原文】

佳句有无心而相同者,张宝臣宗伯《晚步》云:"竹枝风影更宜月,荷叶露香偏胜花。"厉樊榭《游智果寺》云:"竹阴入寺绿无暑,荷叶绕门香胜花。"王梦楼《游曲院》云:"烟光自润非关雨,水藻俱香不独花。"梁守存《看新荷》云:"似经雨过风犹严,未到花时叶早香。"

【译文】

好的句子有无心而相同的,张宝臣宗伯写《晚步》诗说:"竹枝伴着微风更适合有月光如水,荷花的叶子透出香气盛过鲜花。"万樊榭的《游智果寺》说:"碧绿的竹叶成荫伸入寺中,荷花绕着屋门香气盛过鲜花。"王梦楼的《游曲院》说:"烟光朦朦并不是因为有雨,水藻都有香气并不仅仅花才有。"梁守存的《看新荷》说:"好像经过雨淋风还轻轻地吹着,没到开花的时节叶子就早已透出了香气。"

二八

【原文】

周慢亭:"山光含月淡,僧影入松无。"鲁星村:"酒中万愁散,诗外一言无。"方子云:"香篆舞来檐际断,水痕圆到岸边无。"陈古渔:"花阴拂地香方觉,桥影横波动即无。"四押"无"字,俱妙。前人《咏始皇》云:"怜君未到沙丘日,知道人间有死无?"尤奇。

周幔亭有这样的诗句:"山在月光的照耀下发出淡淡光芒,僧人的影子一闪就掩没在松林里。"鲁星村有诗:"万般愁绪在酒中烟清云散,诗歌之外不用一句话。"方子云有诗:"用香水写出的篆字到纸的边缘就断了,水痕到岸边就没有了。"陈古渔说:"花荫拂地才感觉到了它的香气,桥倒影水中一动就没有了。"四句诗都押"无"字,都十分巧妙。

前人写有《咏始皇》说:"可怜你还不到死亡的时候,就不知道死是什么?"尤其奇绝。

二九

【原文】

七夕,牛郎、织女双星渡河,此不过"月桂""日乌""乘槎""化蝶"之类,妄言妄听,作点缀辞章用耳。近见蒋苕生作诗,力辨其诬,殊觉无谓。尝调之云:"譬如赞美人'秀色可餐',君必争'人肉吃不得',算不得聪明也。"高邮露筋祠,说部书有四解:或云:"鹿筋,梁地名也;有鹿为蚊所啮,露筋而死,故名。"或云:"路金者,人名也;五代时将军,战死于此,故名。"或云:"有远商二人,分金于此,一人忿争不已,一人悉以赠之,其人大惭,置金路上而去。后人义之,以其金为之立祠,故名路金,讹为露泾。"所云"姑嫂避蚊者",乃俗传一说耳。近见云松观察诗,极褒贞女之贞,而痛贬失节之妇:笨与苕生同。不如孙豹人有句云:"黄昏仍独自,白鸟近如何?"李少鹤有句云:"湖上天仍暮,门前草自春。"与阮亭"门外野风开白莲"之句,同为高雅。

【译文】

七夕那天,牛郎、织女双星渡河,这和"月桂""日乌""乘槎""化蝶"一类的传说一样,都是传闻道听,作点缀辞章用的。最近见蒋苕生写诗,竭力去辨驳这些事,觉得很没有必要。

赏月图。古人写有关秋夕的诗,常用"月桂""日乌""乘槎"等点缀辞章。
此图出自《唐诗画谱》,描绘了七夕月夜的景象。

曾开他玩笑说:"譬如赞美别人'秀色可餐',你必定要争论道'人肉吃不得',这算不上聪明。"高邮的露筋祠说:部书有四解,有人说:"鹿筋,是梁地地名;因为有一只鹿被蚊子所咬,露出筋骨而死了,因此有这样的名字。"又有人说:"路金,是人名,五代时的将军,在这个地方战死了,因此有这个名。"又有人说:"有远地而来的两个商人,在此分金,一个人争抢不已,一个人尽数赠给了他,这个人十分惭愧,把金放在路上就走了。后人议论这件事,用他的金子为他立个祠堂,因此叫作路金,讹传为露泾。"所说的"姑嫂躲避蚊子",是通俗的一个传说。最近见云松观察诗歌,都在极力褒扬贞节的女子,而痛贬失节的妇人:笨得和蒋苕生一样。不如孙豹人有诗句说:"黄昏时仍是独自一人,问白鸟近来怎么样了?"李少鹤有诗句说:"湖面上空仍然昏暗,门前的草已经绿了。"这和阮亭的"门外的野风吹开了白莲"的句子,同样十分高雅斯文。

三〇

【原文】

诗有干无华,是枯木也。有肉无骨,是夏虫也。有人无我,是傀儡也。有声无韵,是瓦缶也。有直无曲,是漏卮也。有格无趣,是土牛也。

【译文】

诗歌有主干而无文采,是枯木。有肉无骨是夏天的虫。
有别人的而没有自己的,是傀儡。有声而没有韵,是瓦缶。
有直无曲,是没有开的花。有风格而无趣味,是土牛。

三一

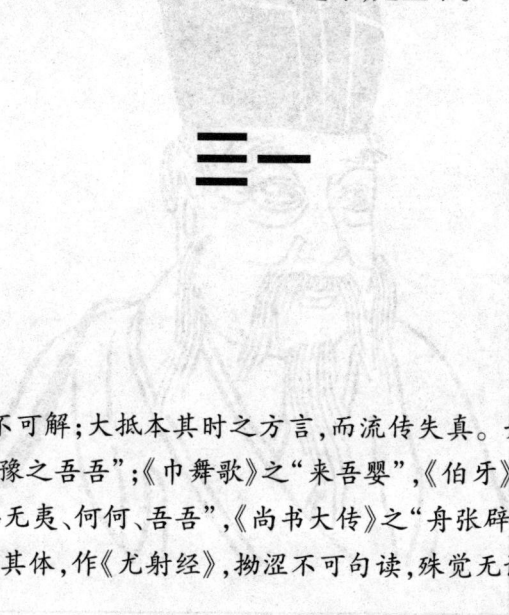

【原文】

古词奇奥,多不可解;大抵本其时之方言,而流传失真。如《盘庚》之"吊由灵";《国语》之"暇豫之吾吾";《巾舞歌》之"来吾婴",《伯牙》之"歇钦伤宫",古乐府之"收中吾、羊无夷、何何、吾吾",《尚书大传》之"舟张辟雍、鸧鸧相从":皆是也。北魏缪袭仿其体,作《尤射经》,拗涩不可句读,殊觉无谓。

【译文】

古代的词十分奇奥,大多不可理解:大多都是当时的方言,而流传失真,像盘庚的"吊由灵";《国语》的"暇豫之吾吾";《巾舞歌》的"来吾婴",《伯牙》的"歇钦伤宫",古乐府的"收中吾、羊无夷、何何、吾吾",《尚书大传》的"舟张辟

雍、鸰鸰相从":都是这样。北魏缪袭仿照这样的文体,作《尤射经》,拗涩分不清句读,觉得很没有意思。

$$三三$$

【原文】

选诗如用人才,门户须宽,采取须严。能知派别之所由,则自然宽矣。能知精彩之所在,则自然严矣。余论诗似宽实严,尝《口号》云:"声凭宫徵都须脆,味尽酸咸只要鲜。"

杨文正像。杨文正是北宋文学家,"西昆体"诗歌主要作家。死后谥文,人称杨文公。

【译文】

选诗就像使用人才,门户要宽,采用却要严格。

能知道派别的来由,则自然就面广了。能知诗歌精彩的地方在哪儿,则自然就严格了,我论诗者似宽松实际严格,曾写有《口号》说:"声音由宫徵来表达要十分干脆响亮,味道只有酸咸不要紧但一定要鲜。"

☷

【原文】

杨、刘诗号西昆体,词多绮丽。《宋史》:杨文公之正直,人皆知之。刘筠知制诰时,不肯草丁谓复相之诏。真宗不得已,命晏元献草之。后晏见刘自惭,至掩扇而过。其刚正不在杨下。可见"桑间""濮上"之音,未必非贤人所作。

【译文】

杨文正、刘筠的诗号称是西昆体,词大多都写得十分绮丽。《宋史》说:"杨文正公的正直,是每个人都知道的。刘筠作制诰的时候,不肯起草丁谓的复相诏书,真宗没办法,命晏元献起草。"

后来晏元献见刘筠十分惭愧,以至于以扇掩面而过。他的刚正不阿不在杨文正公之下。可见"桑间""濮上"的音韵,未必不是贤人写的。

三四

【原文】

杨龟山先生云:"当今祖宗之法,不必分元祐与熙丰也。国家但取其善者而行之,可也。"予闻人论诗,好争唐、宋,必以先生此语晓之。

【译文】

杨龟山先生说:"当今祖宗的法令,不必分元祐和熙丰。国家只要取好的实行就行了。"

我听人议论诗歌,爱争唐、宋,必须用杨先生的话来教育他们。

三五

【原文】

从古讲六书者,多不工书。欧、虞、褚、薛,不硁硁于《说文》《凡将》。讲韵学者,多不工诗。李、杜、韩、苏不斤斤于分音列谱。何也? 空诸一切,而后能以神气孤行;一涉笺注,趣便索然。

【译文】

从古以来,讲六书的,大多不擅长书。欧、虞、褚、薛,不拘泥于《说文》《凡将》。讲韵学的,大多不擅长写诗。李、杜、韩、苏都仅仅局限于分音列谱。

为什么? 让一切空下来,然后才能以神气孤行,一碰上注释,趣味就没有了。

三六

【原文】

《三百篇》不著姓名,盖其人直写怀抱,无意于传名,所以真切可爱。今作诗,有意要人知,有学问,有章法,有师承,于是真意少而繁文多。予按:《三百

篇》有姓名可考者,惟家父之《南山》,寺人孟子之《萋菲》,尹吉甫之《崧高》,鲁奚斯之《閟宫》而已。此外,皆不知何人秉笔。

【译文】

诗《三百篇》中不写姓名的,都是这人要直抒他的怀抱胸襟,无意于传名,因此诗写得真切可爱。

如今写诗,有意要人知道,有学问、有章法、有师承,于是诗便显得真意少而繁文多。

我认为:《三百篇》中有姓名可查的,只有家父的《南山》,寺人孟子的《萋菲》,尹吉甫的《崧高》、鲁奚斯的《閟宫》而已。此外,都不知是何人写的。

三七

【原文】

人但知寥寥短章之才短,而不知喋喋千言之才更短。人但知满口公卿之人俗,而不知满口不趋公卿之人更俗。予尝箴一名士云:"吟诗羞作野才子,行己莫为小丈夫。"

【译文】

人只知道寥寥数语的文章作者才华欠缺,都不知道喋喋不休、下笔千言的人才华更为短缺。

人只知道满口是公卿的人很俗气,却不知满口不趋向公卿的人更是俗气。我曾给一位名士写信说:"吟诗羞于作不知名的才子,行事不要作那小丈夫。"

三八

【原文】

阮亭诗话,道晚唐人之"布谷啼春雨,杏花红半村",不如盛唐人之"兴阑啼鸟缓,坐久落花多"。余以为真耳食之论。阮亭胸中,先有晚、盛之分,故不知两诗之各有妙境。若以浑成而言,转觉晚唐为胜。

【译文】

阮亭诗话,说晚唐人的"布谷鸟叫春雨,杏花红了半个村"一句,不如盛唐时人的"栏杆上的鸟鸣叫声很缓慢,坐在花下长了,见落花越来越多。"我认为这不是真知灼见。

阮亭的胸中,先有晚唐、盛唐的区分,因此才不知道两诗写得各有妙境。

要说以浑似天成这条来讲,反而觉得晚唐人写的一句更妙,显得十分自然与和谐。

三九

【原文】

或言八股文体制,出于唐人试帖,累人已甚。梅式庵曰:"不知。天欲成就一文人、一儒者,都非偶然。试观古文人如欧、苏、韩、柳,儒者如周、程、张、朱,谁非少年科甲哉?盖使之先得出身,以捐弃其俗学,而后乃有全力以攻实学。试观诸公应试之文,都不甚佳,晚年得力于学之后,方始不凡。不然,彼方终日用心于五言八韵、对策三条,岂足以传世哉?就中晚登科第者,只归熙甫一人。

然古文虽工，终不脱时文气息，而且终身不能为诗：亦累于俗学之一证。"

【译文】

有人讲八股文的体例，出于唐人的试帖，毁人已经很长时间了。

梅式庵说："不对。上天如果要成就一个文人，一个儒家，都不是偶然的。"试看古代的文人像欧阳修、苏轼、柳宗元、韩愈，儒学家像周敦颐、程浩、程仪、张载、朱熹，谁不是少年时便中科举的？要使他先得了出身，才能抛弃以前的俗学，而后才有全力去攻读实学。

试看各位先生的应试文章，都不是太好，晚年得力于学习之后，才开始变得才学不凡。

不然的话，他们终日用心在五言八韵、对策三条上，怎么能有足以传世的学问呢？论起在中晚年才中了科举的名人贤士，只有归熙甫一个人。

然而他的古文虽然写得好，但终究脱不掉当时文章的俗气，而且终生不能写诗：这也是受俗字所拖累的一个明白的例证。

四〇

【原文】

休宁布衣陈浦，字楚南，白髯伟貌。壬辰年，与陈古渔同来，投一册诗而去。余当时未及卒读，庋之架上，蠹蚀者过半。庚子春，偶撷读之，乃学唐人能得其神趣者。问古渔。曰："死数年矣。"余深悔交臂而失诗人。其《庐山瀑布》云："喷雪万峰巅，风吹直下天。长悬一足练，飞作百重泉。松近无晴霭，村遥有湿烟。因知元化大，江海与周旋。"《秋月》云："秋月一何皎，照人生远哀。闭门不忍看，自上纸窗来。"《孤雁》云："月因孤影冷，夜以一声长。"《鄱阳湖》云："岸阔山沉水，天低浪入云。"七言如："远水无边天作岸，乱帆一散影如鸦。""割爱折花因赠妾，攒眉入社为吟诗。"皆不凡也。其可怜者，《醉后题壁》云："贫归故里生无计，病卧他乡死亦难。放眼古今多少恨，可怜身后识方干。"呜呼！余亦识方干于死后，能无有愧其言哉？

【译文】

休宁的一个普通百姓陈浦,字楚南,相貌伟岸留着白胡子,壬辰年,和陈古渔一同来我这儿,放了一册诗就走了。

我当时没来得及读完,保存在架子上,虫吃了一半多。庚子年春天,偶然挑出来读,原来是一个深得唐人诗风神趣的。

问古渔,他说:"已经死了好几年了。"我深深懊悔和这位诗人失之交臂。他的《庐山瀑布》一诗说:"在万峰之巅上喷雪,风吹直直地从天上落下来。长长挂着一条链子,飞下来化解成百上千的泉。松林离人很近没有松鼠,远处的山庄有袅袅升起的炊烟。因为知道这自然变化很大,从这到海不停地轮回。"

《秋月》一诗说:"秋天的月亮十分皎洁,照着悲哀的人关上门不忍看它,它却自己爬上了纸窗。"《孤雁》说:"月亮因为孤单而显得十分冰冷,夜晚因为寂静而显得漫长。"《鄱阳湖》一诗说:"江岸很宽连山也要沉入水中,天空显得很低,浪涛似要上到天上。"七言古诗,像:"远山的水面无边无际只有天空作岸,散乱的船只像乌鸦一样""因为要赠妾而忍痛割爱地折花,眉头拧着去入社是为了吟诗。"

都写得超凡脱俗,他也有写得十分凄凉的,像《醉后题壁》说:"贫穷回到家乡没有生计,在他乡因病而卧床不起连死也很难。放眼古今有多少恨事,可怜身死之后才知道方干。"哎呀!我也是在方干死后才与他相识,能对他的诗没有愧疚吗?

四一

【原文】

明季秦淮多名妓,柳如是、顾横波,其尤著者也。俱以色艺受公卿知,为之落籍。而所适钱、龚两尚书,又都少夷、齐之节。两夫人恰礼贤爱士,侠骨稷增。阎古古被难,夫人匿之侧室中,卒以脱祸。厉樊榭诗云:"蛾眉前后皆奇绝,莫怪群公欠致身。"较梅庚"蘼芜诗句横波墨,都是尚书传里人"之句,更觉蕴藉。

【译文】

明朝的时候秦淮多有名妓,柳如是、顾横波,是最著名的。

都是因为色艺俱佳而被公卿知道的,并为此而费了许多周折。

而她们最后嫁的钱、龚两个尚书,又都缺乏夷、齐那样的气节。

而两位夫人却是礼贤爱士,侠骨义胆,阎古古被害,夫人藏在旁边的屋子里,最终得以逃脱。

厉樊榭有诗说:"两位女子都是十分稀有少见的,不要怪那些公卿们没有修

柳如是像,图出自《秦淮八艳图》。柳如是,明末清初秦淮名妓,为秦淮八艳之一。

养。"这和梅庚的"横波写了许多的诗句,也都是尚书传里的人物,"之句相比,更觉得含蓄深远。

四二

【原文】

或问:"太白乐府'元气是文康之老亲'作何解?"余按:周舍《上云乐》曰:"西方老胡,厥名文康。"此其所本。然乐府语多不可解,如:《鸟栖曲》之"目作宴填饱,腹作宛恼饥,刀作离数僻",措语奥僻。又曰:"既死明月魄,无复玻璃魂。""明月魄",可解也;"玻璃魂",不可解也。周宣王时《采薪歌》曰:"金虎入门吸元泉。""金虎""元泉",的是何物?

【译文】

有人问:"太白乐府中的'元气是文康的老亲'怎样理解?"我查了资料:周舍的《上云乐》说:"西方的胡人,俗称叫文康。"这是最基本的解释。

但是乐府中有很多话都解释不出来,像:"《鸟栖曲》中的眼睛在宴席上看饱了,肚子也饿得恼人,刀是用来劈肉的。"语句用得十分奥妙生僻。又说:"既然死了明月之魄,就不再作玻璃魂。""明月魄"还可以解释,但"玻璃魂",就不可理解啦。周宣王时有《采薪歌》说:"金虎进入屋里来啄元泉。""金虎""元泉"到底指的是什么东西?

四三

【原文】

联句,始《式微》。刘向《烈女传》谓:"《毛诗》'泥中'、'中露',卫二邑名。《式微》之诗,二人同作。"是联句之始。《文心雕龙》云:"联句共韵,《柏梁》余

制。"

【译文】

联句,开始于《式微》。刘向的《烈女传》说:"《毛诗》中的'泥中'、'中露'是卫国当时的二个县的名字。《式微》的诗,二人一起写的。"这是联句的开始。

《文心雕龙》中说:"联句要有同样的韵,按照《柏梁》中所定的体制。"

四四

【原文】

集句,始傅咸。傅咸有《回文反复诗》;又作《七经诗》,其《毛诗》一篇,皆集经语。是集句所由始矣。

【译文】

集句,始于傅咸,傅咸有《回文反复诗》;又做过《七经诗》,他的《毛诗》一篇,都是集的经语。这就是集句的开始。

四五

【原文】

诗文集之名,始东京。《隋经籍志》曰:"集之名,东京所创。"盖指班史某人文几篇,某人诗几篇而言。后人集之,非自为集也。齐、梁间始有自为集者:王筠以一官为一集,江淹自名前后集,是也。有一人之集,止一题者:《阮步兵集》五言十八篇,四言十三篇,题皆曰《咏怀》;应休琏诗八卷,总名曰《百一诗》,是

也。亦有一集止为一事者：梁元帝为《燕歌行》，群臣和之，为《燕歌行集》；唐睿宗时，李适送司马承祯《还山诗》，朝士和者三百余人，徐彦伯编而序之，号《白云记》，是也。有一集止一体者：崔道融《唐诗》二卷，皆四言是也。有数人唱和而成集者：元、白之《因继集》，皮、陆之《松陵集》，温飞卿之《汉上题襟集》是也。

【译文】

诗歌文集的名字，始于东京。《隋经籍志》说："集这个名称，是东京创制的。"这是指班史中有某人几篇文章，某人几篇诗稿而言的。

后人将其编集成册的，并不是自己编集成册的。齐、梁间才有自己编集成册的，如王筠以一个官为一集，江淹自己叫前后集，就是这一类型。

有一人一个集子的，只有一个题目：《阮步兵集》中五言诗有十八篇，四言绝句有十三篇，题目都叫作《咏怀》；应休琏有诗歌八卷，总名叫《百一诗》，这也是一个类型。

还有一种集子只写一件事：梁元帝的《燕歌行》，群臣都来和这首诗的韵成为《燕歌行集》；唐睿宗的时候，李适送司马承祯的《还山诗》，和这首诗的有三百多人，徐彦伯编集成册，并做了序，起名叫《白云记》，这也是一个例子。

也有一本文集只用一个体例的，像崔道融的《唐诗》二卷，都是四言绝句，这又是一例。

有几个人一起唱和而编辑成集的：元、白的《因继集》；皮、陆的《松陵集》，温飞卿的《汉上题襟集》，都是这样类型的例子。

四六

【原文】

余尝铸香炉，合金、银、铜三品而火化焉。炉成后，金与银铜化，两物可合为一；惟金与铜，则各自凝结：如君子小人不相入也。因之，有悟于诗文之理。八家之文，一唐之诗，金、银也。不掺和铜、锡，所以品贵。宋、元以后之诗文，则金、银、铜、锡，无所不换，字面欠雅驯，遂为耳食者所摈，并其本质之金、银而薄

之，可惜也！余《哭鄂文端公》云："魂依大裕归天庙。"程梦湘争云："'裕'字入礼不入诗。"余虽一时不能易，而心颇折服。夫《六经》之字，尚且不可挽入诗中；况他书乎？刘禹锡不敢题"糕"字，此刘之所以为唐诗也。东坡笑刘不题"糕"字为不豪，此苏之所以为宋诗也。人不能在此处分唐、宋，而徒在浑含、刻露处分唐、宋，则不知《三百篇》中，浑含固多，刻露者亦复不少。此作伪唐诗者之所以陷入平庸也。

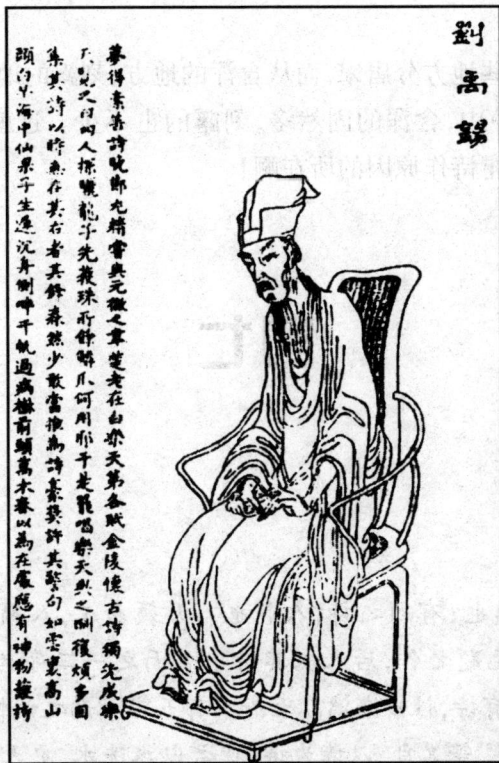

刘禹锡像，图选自清·上官周绘《晚笑堂画传》。刘禹锡，字梦得，唐代著名诗人。

【译文】

我曾让人铸造一个香炉，合金、银、铜三种原料来制造。炉烧制成的，金和银化在一起，银和铜化在一起，两物可合二为一，只有金和铜，各自凝结，就像君子和小人互不相容一样。因此，我在诗文道理上有所领悟。

八大家的文章，三大唐代诗人的诗，是金和银，不掺和铜、锡，因此品格高贵。宋、元以后的诗文，则是金、银、铜、锡，没有不掺和的，字面欠雅欠思考，就被一些俗人所接受，扔掉它本身中所含有的一点金、银，十分可惜。我写有《哭

随园诗话

鄂文端公》说:"魂灵随着大衣归向天朝。"

程梦湘争论说:"'袥'字入礼不入诗。"我虽然一时间不能更改,但内心十分折服。

《六经》之字,尚且不以搀入诗中,何以别的呢?刘禹锡不敢题"糕"字,这就是刘禹锡为什么写唐诗的原因。

东坡嘲笑刘禹锡不题"糕"字不算豪杰,这就是苏东坡为什么只能代表宋诗的风格。

人们不能在这些地方分唐宋,而从含浑的地方、刻露的地方去区分唐诗、宋诗,却不知《三百篇》中,含浑的固然多,刻露的也不少。这就是那些模仿唐诗的人之所以隐入平庸诗作原因的所在啊!

四七

【原文】

无题之诗,天籁也;有题之诗,人籁也。天籁易工,人籁难工。《三百篇》《古诗十九首》,皆无题之作,后人取其诗中首面之一二字为题,遂独绝千古。汉、魏以下,有题方有诗,性情渐漓。至唐人有五言八韵之试帖,限以格律,而性情愈远。且有"赋得"等名目,以诗为诗,犹之以水洗水,更无意味。从此,诗之道每况愈下矣。余幼有句云:"花如有子非真色,诗到无题是化工。"略见大意。

【译文】

没有题目的诗,是天籁;有题目的诗是人籁。

天籁容易对仗工整,人籁则难以工整。《三百篇》《古诗十九首》,都是无题的作品,后人取诗中头两个字为题目,于是就独绝千古。

汉、魏以后,有了题目后才有诗歌,性情渐渐松散。到了唐代有五言八韵的试帖,用格律来做限制,而性情越来越远。

而且有"赋得"等名目,以诗为诗,就像以水洗水,没有一点意思。从此,诗道每况愈下。我小时候有诗句说:"花如果有子就不是这种颜色,诗写到不用题

目是神化之工。"可以大略看出我的意思是什么。

四八

【原文】

秦涧泉修撰将朝考,开庙求签,得句云:"静来好把此心扪。"不解所谓。朝考题是《松柏有心赋》。通篇忘押"心"字韵。总裁列之高等,被上看出,乃各谢罪。上笑曰:"状元有无心之赋,试官无有眼之人。"按:宋莒公试《德车结旌赋》,亦忘押"结"字。《谢表》云:"掀天破流之中,舟人忘楫;动地鼓鼙之下,战士遗弓。"

【译文】

秦涧泉修撰将要去朝考,到关庙去求签,得一句说:"静下来好好扪心自问。"不理解这是什么意思。

朝考的题目是《松柏有心赋》。整篇忘了押"心"字韵。总裁将它列为上等之作,被皇上看出来了,他们就各自谢罪。皇上笑着说:"状元中有无心之赋,考官中有无眼的人。"据载,宋莒公考试《德车结旌赋》,也忘了押"结"字韵。《谢表》说:"惊天动地的波浪之中,撑船的人忘了木桨;震天地的战鼓声中,战士忘了带弓箭。"

四九

【原文】

香亭宰南阳,大将军明公瑞之弟讳仁者,领军征西川,路过其邑。于未到前

三日,飞羽檄寄香亭;合署大骇,拆视,乃诗一首,云:"双丁二陆闻名久,今日相逢在道途。寄问南阳贤令尹,风流得似子才无?"呜呼!枚与公绝无一面,蒙其推挹如此。因公在京时,曾托尹似村索诗,枚书扇奉寄,而公已殁军中,故哭公云:"团扇诗才从北寄,雕弓人已赋西征。"

【译文】

香亭主宰南阳,大将军明端公的弟弟叫仁的,领军征服西川,路过他的家乡,在没有到的前三天,就飞鸽传书寄给香亭,官府上下都大吃一惊,拆开一看,原来是一首诗,说:"双丁二陆闻名已很长时间了,今日要在路上相逢。寄问南阳的贤令尹,是不是和子才一样风流?"哎呀!我和明仁公根本没见过面,承蒙他欣赏我到这种地步。因为他在京都的时候,托付尹似村去向我要诗,我写在扇子上寄过去了,而这时公已死在军中,因此我哭他说:"刚刚从北方寄去写在扇子上的诗,配弓箭的人已死在西征之中。"

五〇

【原文】

襄城刘芳草先生,名青芝,雍正丁未翰林。与兄青藜友爱,筑江村七一轩同居。所谓"七一"者,仿欧阳六一居士之义,多一弟,故名七一。先生初入词馆,即请假省兄。座主沈近思留之曰:"顷阅子上张仪封书,与王丰川札,知君有经济之人,何言归也?"先生诵其兄寄诗云:"今生不尽团圆乐,那有来生未了因?"沈怜而许之。丙辰秋、同挚友张雄图引见先生于僧寺中,须已尽白,德容瘁然。秀水张布衣庚为之立传。初,先生与张诀,脱佩玉为赠。后闻讣,张奉玉为位以哭云。

【译文】

襄城的刘芳草先生,名叫青芝,是雍正丁未年的翰林。
和兄长青藜交情很好,修有江村七一轩住在一起。所谓的"七一",是仿照

欧阳修的六一居士之意,多了一弟,因此叫"七一"。先生初次到了词馆,就请假回去探望兄长。

座主沈近思挽留他说:"读罢张仪封的信和王丰川的信,知道你有经济之才,为什么说要回去呢?"先生读他兄长寄过来的诗说:"今生听不尽团圆时的音乐,哪有来生不会结束的情?"沈近思因为爱怜而答应了他。

丙辰年秋天,同年的好友张雄图在僧寺中给我引见先生,鬓发都已变白了,德容还是十分惹人注目。秀水张庚为他立传。

当初,先生赠佩玉给张庚,以作别离的信物。后来传来噩耗,张庚捧着佩玉大哭起来,十分地伤心。

五一

【原文】

或诵诗句云:"鸟声穿树日当午,灯影隔帘人读书。"问:"当是何人之句?"余曰:"似宋、元名家。"其人曰:"非也。近人李松圃所作。"

【译文】

有人朗诵诗句说:"鸟声穿梭在树林中已到了中午,隔着竹帘灯光下有人读书。"问:"这是谁的诗句?"我说:"像宋、元名家的。"那个人说:"不对,是近人李松圃写的。"

五二

【原文】

云南蒙化有陈把总,名冀叔。《即景》云:"斜月低于树,远山高过天。"《从

军》云:"壮士从来有热血,秋深不必寄寒衣。"有如此才,而隐于百夫长,可叹也!

【译文】

云南蒙化有一个陈把总,名叫冀叔,写有《即景》一诗说:"斜挂在空中的月亮看上去比树还低,远处的山峰却高于天空。"

《从军》说:"壮士从来都是有热血的,秋天深了也不用寄来防寒的衣服。"有这样的才华,却隐没在军队中,可叹啊!

五三

【原文】

广东珠娘皆恶劣,无一可者。余偶同龙文弟上其船,意致索然。问:"何姓名?"龙文笑曰:"皆名春色。"余问:"何以有此美名?"曰:"春色恼人眠不得!"

【译文】

广东的珠娘都十分可恶,没有一个可取的,我偶然和龙文弟上了他们的船,十分没趣,问:"叫什么?"龙文笑着说:"都叫春色。"

我又问:"为什么会有这样好听的名字?"说:"春色恼人是因为睡不成觉。"

五四

【原文】

唐殷璠选《河岳英灵集》,不选杜少陵;高仲武选《中兴间气集》,不选李太

【译文】

唐殷璠选《河岳英灵集》，不选杜甫的诗；高仲武选《中兴间气集》，不选李白的诗：这就是各有各的志趣啊！

五五

【原文】

吴中多闺秀。崔夫人之子景俨，娶妇庄素馨，能诗，早卒，夫人为梓其《蒙楚阁遗草》。《咏蝉》云："吟风双翅薄，饮露一身轻。"《新月》云："帘卷西风小院门，玉阶凉动近黄昏。蛾眉一曲横天半，疑是嫦娥指爪痕。"洪稚存为志墓云："景俨感逝既殷，伤心屡赋。十二时之内，欲发黄昏，《三百篇》之间，竟删《蒙楚》。"彭希涑孝廉之妻顾韫玉，亦能诗早卒。《咏白燕》云："银剪轻风送晓寒，穿来飞絮讶春残。哪知暂向林间宿，犹作枝头霁雪看。"《舟行》云："鸟啼知月上，犬吠报村来。"

【译文】

吴中多有闺秀之人，崔夫人的儿子景俨，娶了庄素馨，能写诗，却早死了。夫人出钱为她刊印了《蒙楚阁遗草》。《咏蝉》诗说："在风里吟唱，双翅单薄，喝露水长大一身轻便。"《新月》说："西风卷着小院门里的帘子，到了黄昏洁净的台阶十分阴凉。弯弯的月亮挂在半天中，疑是嫦娥指爪留下的痕迹。"

洪稚存为她写墓志铭说："景俨因为你的死而十分伤心，屡次写诗来祭吊你。二天之内，不想见那黄昏，《三百篇》中，删去了《蒙楚》。"

彭希涑孝廉的妻子顾韫玉，也是能写诗但却早死了。写有《咏白燕》说："银剪轻风送来微微的寒意，飞来飞去带着一些柳絮惊讶还有残春的痕迹。那知道暂时住在林子里，还要在枝头看那飞扬的雪花。"《舟行》说："鸟儿鸣叫着使人知道月亮升上来了，狗叫声说明离村子已经很近很近的了。"

古代闺怨诗中常以月入诗,图为《唐诗画谱》中的《秋闺新月》图。

五六

【原文】

味甜自悦口,然甜过则令人呕;味苦自螫口,然微苦恰耐人思。要知甘而能鲜,则不俗矣;苦能回甘,则不厌矣。凡作诗献公卿者,颂扬不如规讽。余有句云:"厌香焚皂夹,苦腻慕蒿芹。"

【译文】

味道甜自然口感好,但是甜过头了却令人作呕;味苦口感自然不好,但是稍

稍有点苦自然耐人寻味。

　　要知道既甜又鲜，就是不俗气；先苦后来又转甜，就不会让人厌烦。凡是作诗卖给公卿的，颂扬不如规劝。

　　我有一句诗说："厌恶香味所以点燃皂荚，若烦了就想要一点蒿芹来改改味道。"

五七

【原文】

　　古无小照，起于汉武梁祠画古贤烈女之像。而今则庸夫俗子，皆有一行乐图矣。古无别号，起于史卫王，纨绔子弟，创"云麓""十洲"之号，互相称栩。而今则市井少年，皆有一别字矣。索题者累百盈千，余不得已，随手应酬，尝《口号》云："别号称非古，题图诗不存。"偶然翻撷全集，存者尚多；可见割爱甚难。然所存，亦十分中之一二。

【译文】

　　古代没有画像，这些东西起源于汉武梁祠里画的各贤烈女之像。

　　而今天的庸夫俗子，都有一张行乐图。古代没有别号，起源于史卫王，纨绔子弟，创下"云麓""十三洲"这样的别号，互相称许。而今天的市井少年，都有一个别字。

　　要题名的成千上万，我不得已，随手应酬，曾写有《口号》说："别号叫非古，题图的诗不能留存。"偶然翻看全集，存留的还有不少；可见割爱不容易。但是存下来的诗，也不过是十分之一、二罢了。

【原文】

　　东坡云:"作诗必此诗,定知非诗人。"此言最妙。然须知作此诗而竟不是此诗,则尤非诗人矣。其妙处总在旁见侧出,吸取题神,不是此诗,恰是此诗。古梅花诗佳者多矣:冯钝吟云:"羡他清绝西溪水,才得冰开便照君。"真前人所未有。余《咏芦花》诗,颇刻画矣。刘霞裳云:"知否杨花翻羡汝,一生从不识春愁。"余不觉失色。金寿门画杏花一枝,题云:"香骢红雨上林街,墙内枝从墙外开。惟有杏花真得意,三年又见状元来。"咏梅而思到于冰,咏芦花而思至于杨花,咏杏花而思至于状元:皆从天外落想,焉得不佳?

苏轼像,图出自明·天然撰《历代古人像赞》。苏轼,北宋文学家,号东坡。

【译文】

东坡云:"一写诗就是这个方面的诗,肯定他不是诗人。"这句话说得很妙。但是要知道作这首诗而定然不是这首诗,则更不是诗人。妙处总是在旁见侧出,显露主题,看着不像这首诗,其实恰恰是这首诗。

古代写梅花的诗佳作很多:冯钝吟说:"羡慕它长在西溪水边清绝无双,冰刚刚融化就见它已盛开。"这真是前人未写过。我写《咏芦花》诗,十分像他的这一首。刘霞裳说:"知不知道杨花十分羡慕你,一生都不知道什么叫春愁。"我不觉失色。

金寿门画了一枝杏花,在旁边题诗说:"开的花香颜色都传到了街上去,墙内的树枝都墙外盛开。只有杏花十分得意,三年后又见状元郎回来了。"

咏梅而想到了冰,咏芦花而想到了杨花,咏杏花而想到了状元:都是想得很远,但又怎么不是好诗句呢?

五九

【原文】

余家藏古刺水一罐,上镌:"永乐六年,古刺国熬造,重一斤十三两。"五十年来,分量如故。钻开试水,其臭香、色黄而浓,里面皆黄金包裹:方知水历数百年而分量不减者,金生水故也。《池北偶谈》:左萝石《咏古刺水》云:"瓶中古刺水,制自文皇年。列皇饮祖泽,旨之如羹然。"又曰:"再拜尝此水,含之不忍咽。"似乎古刺水可饮也。明人《宫词》云:"闻道内人新浴罢,一杯古刺水横陈。"似乎宫人浴罢染体之水也。历太鸿诗曰:"一丽罗衣常不灭,氤氲愿与君恩终。"又似乎熏酒衣服之用矣。三君子者,不知何考耶?严分宜籍没时,其家有古刺水十三罐,人以为奇。则此水之贵重可知。

【译文】

我家藏有古刺水一罐,上写刻着:"永乐六年,古刺国熬造,重一斤十三

两。"五十年来,分量和原来的一样。

打开香水,见它发香味,色是黄而浓,里面都是用黄金包着:才知道水经过百年而分量不减,是金生水的缘故。

《池北偶谈》中载:"左萝石写《咏古剌水》说:'瓶中的古剌水,是文后来年制造的。列皇喝着祖上留下的东西,味道和从前一样甘美。'"又说:"再次拜访尝这种水,含到嘴里不忍咽下去。"古剌水可以喝,明朝人的《宫词》说:"听说新人沐浴完,只留下一杯古剌水在那里。"似乎中宫人佳人沐浴棱体的水。

厉太鸿有诗说:"一身罗衣永不消失,香气扑鼻表示与你的恩情结束了。"又似乎是熏洒衣服用的。三君子,不知从何处考证?严分宜回家的时候,家中有十三罐古剌水,人都十分惊奇。由此可知这水是多么贵重啊!

六〇

【原文】

古董家相传"雨过天青色磁,"始于柴世宗。按晚唐早有之。陆龟蒙诗曰:"九天风露越窑开,专得千峰翠色来。"

【译文】

古董家相传:"雨过的天空是青瓷一样的颜色。"这始于柴世宗。据载晚唐早有这种说法了。

陆龟蒙有诗说:"九天风露下越地的窑门打开,但见有很多的翠色磁已烧了出来,放出多彩的光芒。"

六一

【原文】

宋人词云："斜阳何处最销魂？楼上黄昏，马上黄昏。"陈古渔《咏月》云："闺中少妇关山客，楼上无眠马上看。"

《清波杂志·咏望后月》云："昨夜三更后，嫦娥堕玉簪。冯夷不也受，捧出碧波心。"

本朝杨文叔先生《咏十六夜月》云："休言三五团圆好，二八婵娟更可怜。"

《玉壶清话·咏新月》云："一二初三四，娥眉影尚单。待奴年十五，正面与君看。"近人方子《咏新月》云："宛如待嫁装填中女，知有团圆在后头。"心思之妙，孰谓今人不如古人耶？

【译文】

宋人有词说："斜阳什么地方最使人销魂？楼上的黄昏，马上的黄昏。"

陈古渔的《咏月》诗说："闺中的少妇和入关的客人，她在楼上睡不着，他在马上观看。"

《清波杂志·咏望后月》说："昨夜三更以后，嫦娥掉下了她的玉簪。冯夷不敢接受，捧出碧波一样的心。"

本朝杨文叔先生的《咏十六夜月》说："不要说十五月亮圆好，十六晚的婵娟更是可怜可爱。"

《玉壶清话·咏新月》说："初一初二初三初四，月亮像娥眉一样单薄。等到十五的晚上，我再让你看我的正面。"

近人方子云《咏新月》说："就像等待在绣房将要出嫁的女子，知道日后还会与家人团圆。"心中想的巧妙，谁说今人不如古人得巧妙？

六二

【原文】

前朝广东惠州有苏神童《咏月》三十首。其最佳者:《初一月》云:"气朔盈虚又一初,嫦娥底事半分无?却于无处分明有,浑似先天太极图。"

《初二月》云:"三足金乌已敛形,且看兔魄一丝生。嫦娥底事梳妆懒?终夜蛾眉画不成。"

《初三月》云:"日落江城半掩门,城西斜眺已黄昏。何人伸得披云手,错把青天搊一痕。"

《初四月》云:"禁鼓才闻第一敲,忽看新月挂林梢。谁家宝镜新藏匣?盖小参差掩不交。"

《十八月》云:"二九良宵此夜当,镜输虽破有余光。劝君夜饮停杯待,二鼓初敲管上窗。"

《二十一月》云:"破镜缘何少半规,阳精倒迫若相催。弓弦过满知何似,正是弯弓欲射时。"

《二十二月》云:"三更半夜未成眠,残月今宵正向下弦。若有远行人早起,也应相伴五更天。"神童年十四而卒。人问:"几时再生?"应声曰:"五百年。"

【译文】

前朝广东惠州有苏神童写有《咏月》诗三十首。他最好的,如《初一月》说:"初一时候气朔盈虚,嫦娥好像一点儿事也没有?可是说它没有它又分明存在,十分像天上的一幅太极图。"

《初二月》说:"太阳已经彻底落下去了,且看那清冷的月亮升起来。嫦娥是不是懒于梳妆?一夜的工夫娥眉都画不全。"

《初三月》说:"太阳落下城池的门半掩着,望望城西已是黄昏了。什么人伸出披云的手,错把青天抓了一道痕。"

《初四月》说:"城门关闭的第一声禁鼓已经敲响了,忽然看见新月挂在树

古代文人常以诗咏月。图为《唐诗画谱》中的《峨眉山月歌》插图。

林梢上。谁家的宝镜藏在盒子里,盒子太小露出一些光芒来。"

《十八月》说:"这是十八的美好夜晚,镜子显然不圆了但仍发出光辉。劝君喝酒停杯的时候,二鼓刚敲它便会爬上你的窗子。"

《二十一月》说:"破镜为什么会少半边?精光四射的半边似乎在寻找什么。弓弦拉的太满像什么,正是弯弓准备射箭的时候。"

《二十二月》说:"三更半夜人未入眠,残月今夜正是下弦。如果有人即将远行要早早起床,月亮会伴他到五更的时候。"神童十四岁就死了。有人问:"什么时候还会有神童?"回答说:"五百年之后。"

六三

【原文】

吴云岩殿撰在潮州眷一妓。妓持纸乞诗，吴书一绝云："涛笺亲捧剪轻霞，小立当筵蹙锦靴。休讶老坡难忍俊，多因无奈海棠花。"此妓声价顿增，人呼"状元嫂"。

【译文】

吴云岩殿撰在潮州找了一个妓女，妓女拿着纸要一首诗，吴云岩题了一绝说："雪白的纸被你轻轻地捧着，穿着绣满花的鞋子站在筵席前。不要惊讶老坡会忍俊不禁，都是因为看见了海棠花。"

这个妓女于是身价倍增，人呼"状元嫂"。

六四

【原文】

谭默斋进士掌教岭南，其同年谢兴士新纳宠，不肯告人。谭寄诗调之，云："玉指丹唇鸦髻盘，东山丝竹妙吹弹。定知钟得夫人爱，帘卷常教太傅看。"谢笑曰："既吾家有此故事，敢不自首？"谭著《楚庭稗珠录》，皆游黔、粤所得。自序云："人有到南海得大蚁尺许者，渍盐带归，以夸示人，东坡食蚝而甘，戒其子勿告人，虑有公卿谋谪南海，以夺其味者。余为此书，当蚁以夸人，不学东坡之馋，虑人夺味也。"其言甚隽。（谭名萃）

【译文】

谭默斋进士在岭南执教,他的同年谢兴士新娶了一个宠妾,不肯告诉给别人。

谭默斋寄诗去嘲笑他,说:"玉一样的手指红红的嘴唇还有乌黑的头发,善于吹拉弹唱。一定知道她深得夫人的宠爱,卷起帘子常让别人传看。"谢笑着说:"既然我家里有这样的故事,怎敢不自首?"谭默斋写有《楚庭稗珠录》,都是游玩贵州、广东得到的。自己写序说:"有人到了南海捕得一尺多长的大蚁,用盐渍带回来给别人看以咨夸耀。东坡喜欢吃蚝,告诉儿子不要告诉别人,怕有公卿将他调离南海,夺了他的口福。就写这本书,当大蚁一样来夸给别人看,不学东坡嘴馋,怕人夺了他的口福。"他的文章写得十分隽永。谭默斋名萃。

六五

【原文】

杜云川太史送周震夫之天长,仆马俱已戒途。《口号》一首云:"招寻有约竟何尝,判袂匆匆语未遑。半晌花前嫌日短,"至第四句久停,乃疾书曰:"一帆江上到天长。"真巧对也!

【译文】

杜云川太史送周震夫到天长,仆人马匹都已准备好,写一首《口号》诗说:"没有商量就要到外地赴约,话还未说完就要匆匆离去。在花前坐了一会只嫌日光太短,"到了第四句他停顿了很长时间,才迅速下笔说:"坐着船一帆风顺到达天长。"真是巧妙的对句啊!

六六

【原文】

诗难其真也,有性情而后真;否则敷衍成文矣。诗难其雅也,有学问而后雅;否则俚鄙率意矣。太白斗酒诗百篇,东坡嬉笑怒骂,皆成文章:不过一时兴到语,不可以词害意。若认以为真,则两家之集,宜塞破屋子;而何以仅存若干?且可精选者,亦不过十之五六。人安得恃才而自放乎?惟糜惟芑,美谷也,而必

晋代陶渊明的《桃花源记》中所描绘的世外乐土为历代文人所吟咏,清代诗人卢雅雨《题桃源图》诗中有"桃花不相拒,源路自家寻"之句。此图选自《唐诗画谱》,描绘了《桃花源记》中的武陵人误入桃花源的情景。

加舂揄扬簸之功；赤董之铜，良金也，而必加千辟万灌之铸。

【译文】

　　诗难以写真实的情感，先有性情而后才谈到真实；否则是敷衍成文。

　　诗歌要想淡雅是很难的，先有学问而后才能达到雅的境界；否则诗就显得粗俗不堪。

　　太白斗酒诗百篇，东坡的嬉笑怒骂，都成文章；不过是一时兴致时得来的语句，不能因词而害了意境。若引以为真，则两家的文集，最好扔到破屋子里去，又为什么存下这么多呢？而且可以精选出来的，也不过是十之五六。

　　人怎么可以恃才而放旷呢？糜和芑都是美丽的香料，但必须有春风来吹拂它，才使香气四溢；精纯的铜，是好的金子，也必须加工铸造。

六七

【原文】

　　用典一也，有宜近体者，有宜古体者，有近古体俱宜者，有近古体俱不宜者。用典如水中著盐，但知盐味，不见盐质。用僻典如请生客入座，必须问名探姓，令人生厌。宋乔子旷好用僻书，人称"孤穴诗人"，当以为戒。或称予诗云："专写性情，不得已而适逢典故；不分门户，乃无心而自合唐音。"虽有不及，不敢不勉。

【译文】

　　用一个典故，有适合近体诗的，有适合古体诗的，有对近古体诗都适宜的，有对近古体诗都不适合的。用典就好像往水中放盐，只尝到盐的味道，看不见盐的踪影。用乖僻的典故就像是请生人入座，必须先问名探性，令人生厌。宋人乔子旷喜爱用偏僻的典故，人称"孤穴诗人"，以当以此为戒。有人称我的诗说："专门来写性情，不得已才用典故；不分门户，是无心却自然而然地合上了唐诗的韵体。"虽没他夸得这么好，但我也经常自己勉励自己继续加倍地努力。

随园诗话

六八

随园诗话

【原文】

高青丘笑古人作诗今人描诗。描诗者,像生花之类,所谓优孟衣冠,诗中之乡愿也。譬如学杜而竟如杜,学韩而竟如韩;人何不观真杜、真韩之诗,而肯观伪韩,伪杜诗乎?孔子学周公,不如王莽之似也;孟子学孔子,不如王通之似也。唐义山、香山、牧之、昌黎,同学杜者;今其诗集,都是别树一旗。杜所伏膺者,庾、鲍两家;而集中亦绝不相似。萧子显云:"若无新变,不能代雄。"陆放翁曰:"文章切忌参死句。"黄山谷曰:"文章切忌随人后。"皆金针度人语。《渔隐丛话》笑欧公"如三馆画笔,专替古人传神"。嫌其描也。五亭山人《嘲鹦鹉》云:"齿牙余慧虽偷拾,那识雷同转可羞。"又曰:"争似流莺当百啭,天真还是一家言。"

【译文】

高青邱嘲笑说古人是写诗,而现在的人在描诗。描诗,如果像花开一样,就是所谓的优孟衣冠,是诗中的本来愿望。譬如学杜甫而竟然和杜甫一样,学习韩愈的诗竟然和韩愈一样了:人为什么不看真的韩愈、杜甫的诗,而去看假的韩愈、杜甫的诗呢?孔子学习周公,不如王莽学的像;孟子学孔子,不如王通学的像。唐义山、香山、牧之、昌黎,一同都是学习杜甫的诗,而现在他们的诗集,都是别树一帜。杜甫所佩服的,不过是庾、鲍两位诗人;而他们的文集风格也根本不相似。萧子显说:"要是没有一些新的变化,就不能取代过去的伟人。"陆放翁说:"文章切记不要去抄过去的句子。"黄山谷说:"文章切记不要跟在别人的后边。"这都是提醒别人的名言。《渔隐丛话》里笑欧阳修公的"像三馆画笔数,专门替古代人写东西"是描来的。五亭山人《嘲鹦鹉》说:"虽然偷看捡了别人的齿牙余慧,那知道与别人雷同是可羞耻的。"又说:"争着像流莺一样百般啼叫,最真实优秀的还是自成一家的诗。"

六九

【原文】

人莫不有五官百体，而何以男夸宋玉，女称西施？昌黎《答刘正夫》云："足下家中百物，皆赖而用也；然其所珍爱者，必非常物。"皇甫持正亦云："虎豹之文必炳，珠玉之光必耀。"故知色彩贵华也，圣如尧舜，有山龙藻火之章；淡如仙佛，有琼楼玉宇之号。彼击瓦缶、披短褐者，终非名家。

【译文】

人没有不具备五官及各种零件的，为什么夸男人说他像宋玉，夸女人说她像西施？韩昌黎《答刘正夫》说："你家中的各种各样东西，都有用途；但是你所珍爱的，一定是不同寻常的东西。"皇甫持正也说："虎豹的花纹肯定有特点，而珠玉的光华也一定会耀眼。"由此可以知道色彩的华贵，像尧舜一样神圣，可以有山龙藻火一样的文章；淡如仙佛，有琼楼玉宇这样的美称。打击别人的弱处，揭露别人的缺点，终究成不了名家。

随园诗话

七〇

【原文】

老学究论诗，必有一副门面语：做文章，必曰有关系；论诗学，必曰须含蓄。此店铺招牌，无关货之美恶。《三百篇》中有关系者，"迩之事父，远之事君"是也。有无关系者，"多识于鸟兽草木之名"是也。有含蓄者，"棘心夭夭，母氏劬劳"是也。有说尽者，"投畀豺虎"，"投畀有昊"是也。

【译文】

　　老学究论诗,必定先有一番装门面的话:做文章,必定说有通篇贯联,论诗歌,必定说要含蓄。这就像店铺的招牌,和货物的好坏没有关系。《三百篇》中有联系的,像"近处要听从父亲的""远的要听君主的。"就是。有没有关系的,像:"认识最多的是关于鸟兽草木这样的学问"。有含蓄的,像:"心底可鉴,母亲为儿子而操劳"。就是这样。有说尽的明明白白的,像"扔给豺虎""扔给有昊"就是这样的句子。

七一

【原文】

　　钟、谭论诗入魔,李岹峒作诗落套。然其佳句,自不可掩。钟云:"子侄渐亲知老至,江山无故觉情生。"《慰人下第》云:"似子何须论富贵,旁人未免重科名。"皆妙。李《游黄曾岭》云:"搔首黄曾霄汉近,旧题应被紫苔封。"《舟饮》曰:"贪数岸花杯不记,已冲江雨缆犹牵。"《春暮》云:"荷因有暑先擎盖,柳为无寒渐脱绵。"俱有风味,不似平时阔落。

【译文】

　　钟、谭论诗简直入了魔,李岹峒写诗爱落入俗套。然而他的一些优美的诗句,是不能被掩盖的。钟说:"子侄越来越大而知道自己越来越老了,江山无缘无故有感情从心底产生。"《慰人下第》说:"像你这样的人干什么只还用挤这富贵,俗人才重视这些科举功名。"都写得十分好。李岹峒的《游黄曾岭》说:"站在黄曾岭上离天很近,旧的题诗都被紫色的青苔所覆盖。"《舟饮》说:"贪恋岸上的花草,喝酒不记杯数,江雨已下而自己还不会得走。"《春暮》说:"荷花因为天热而擎起了盖子,柳树因为天暖和了而长起了柳絮。"都写得有风味,不像平时的诗,写得俗气。

七二

【原文】

　　乙未冬,余在苏州太守孔南溪同年席上,谈久夜深,余屡欲起,而孔苦留不已,曰:"小坐强于去后书。"予为黯然,问是何人之作。曰:"任进士大椿《别友》诗也。首句云:'无言便是别时泪。'"

　　古人送别常赠诗唱和,清代任大椿《别友》诗中有"无言便是别时泪"之句。

【译文】

乙未年冬天,我在苏州太守孔南溪同年的酒宴上,一直长谈到深夜,我屡次要告辞,而孔都苦苦挽留,说:"和你小坐而谈胜过你走后再写信。"我为这句诗而感动,问是谁写的,说:"这是任大椿进士写的《别友》诗啊!首句是:'无言便是离别时的泪水。'"

七三

【原文】

人有生而潇洒者,不关学力也。傅玉笋先生有句云:"莺花日办三春课,风月天生一种人。"

【译文】

人有一生下来就十分潇洒的,这和学问深浅没有关系。傅玉笋先生有诗句说:"莺花一日要经过整个春天,有一种人天生擅长风月之类的事情。"

七四

【原文】

严冬友最爱陈梅岑"怕锄野草伤新笋,偶检残书得旧诗"之句;以为闲中锄地、翻卷,往往有之。

【译文】

严冬友最喜爱陈梅岑的"锄草时怕伤着了新长上来的竹笋,偶然捡起残书看到了过去的诗"的句子;认为闲中锄地、翻卷,都是常有的事情。

七五

【原文】

张南华先生画白头鸟立桃花上,题者难之。李玉洲先生云:"桃花红满三千岁,青鸟飞来也白头。"

【译文】

张南华先生画白头鸟立在桃花上,题诗时不会题了。李玉洲先生题诗说:"桃花红满了三千树,青鸟飞来显得头白。"

七六

【原文】

程鱼门多须纳妾,尹公子璞斋戏贺云:"莺啭一声红袖近,长髯三尺老奴来"。文端公笑曰:"阿三该打!"

【译文】

程鱼门胡须很多,新娶小妾,尹璞斋公子写诗戏弄他说:"像鸟啼一样地呼

唤,过来一个胡须三尺多长的老头。"文端公笑着说:"阿三该打。"

七七

【原文】

　　熊蔗泉观察咏《兰》云:"伴我三春消永昼,垂帘一月不烧香。"予谓第二句并非兰花的是兰花。

【译文】

　　熊蔗泉观察写《咏兰》诗说:"伴我一个春天像一幅画一样,这样我便垂帘可以一个月不烧香。"我以为这第二句虽然写的不是兰花,但的确是兰花。

七八

【原文】

　　桐城孙容克《题采石》诗云:"从古江山闲不得,半归名士半英雄。"盖一指太白,一指常开平也。虞山陈见复先生《过桐城》云:"弥天险手高人笔,如此村庐大有人。"一指姚广孝,一指李公麟也。

【译文】

　　桐城孙容克《题采石》诗说:"从古到今江山都不得清闲,一半属于名士一半属于英雄。"这一指的是李白,一指的是常开平。虞山陈见复先生写《过桐城》诗说:"弥天险手是高人笔下的景物,像样的普通村庄大有人在。"这一边指的是姚广孝,一边指的是李公麟。

七九

【原文】

方制府问亭栽棉花,招幕府吟诗,多至数十韵。桐城马苏臣曰:"我止两韵。提笔云:'五月棉花秀,八月棉花干。花开天下暖,花落天下寒。'"方公击节不已。常州杨公子撎一联云:"谁知姹紫嫣红外,衣被苍生别有花。"

【译文】

方间亭制府栽种棉花,招幕府来吟诗,多的吟有几十韵。桐城马苏臣说:"我只有两韵,提笔写道:'五月的棉花长得秀气,八月棉花干。花开天下暖,花落天下寒。'"方公兴奋地击节赞叹不已。常州杨公子撰一联说:"谁知道在姹紫嫣红之外,还有一种造福人类、为苍生做衣被的花呢。"

八〇

【原文】

同年舒瞻,字云亭,作宰平湖,招吾乡诗人施竹田、厉樊榭诸君,流连倡和,极一时之盛。同时,杭郡太守鄂筠亭先生亦修禊西湖,名流毕集,各有歌行。临去时,布衣丁敬送哭失声。云亭《偶成》一首,云:"芳草青青送马蹄,垂杨深处画楼西。流莺自惜春将去,衔住飞花不忍啼。"鄂公《修禊序》云:"诗者,先王之教也。山水清音,此邦为最。无与合之则调孤,有兴倡之则和起。余安得拘俗吏之规规乎?此拟兰亭之所由作也。"呜呼!似此贤令尹、贤太守,何可再得?(鄂公名敏,上改乐舜。)

【译文】

同年的舒瞻,字云亭,作平湖宰,招待我的家乡诗人施竹田、厉樊榭诸君,流连唱和,极尽一时之盛况。同时,杭州太守鄂筠亭先生在西湖作祭礼,名流士人都云集而来,各有诗作。临离别时,布衣百姓丁敬送客人失声痛哭。云亭写《偶成》一首,说:"芳草青青送人离去的马蹄声阵阵响起,垂杨深处隐隐显出画楼来。流莺珍惜春光将去,衔住飞花不忍开口啼叫。"鄂公写《修禊序》说:"诗,先王的教诲。山水有清音,这是国家的好事。没有人唱和使音调十分孤单,有兴唱和则声势就起来了。我怎么能拘泥于俗吏的规矩呢? 这是仿照《兰亭序》所写的。"哎呀! 像这样贤能的令尹、太守,哪里能再找到? 鄂公名敏,皇上为他改名叫乐舜。

八一

【原文】

丙辰入都,一时耆士中,得见前辈甚少。惟翁霁堂照曾见西河、竹垞,谢皆人芳莲曾见阮亭。谢风调和雅,如春风中人。阮亭有《香祖笔记》,故自号香祖。其诗淡洁,而蹊径殊小。尚茶洋比部称为盆景诗。《溪村早起》云:"早起杏花白,饭牛人出门。野田多傍水,深柳自为村。比屋尽耕稼,服畴皆弟昆。炊烟犹未散,林鸟乱朝暾。"其弟子王继祖敬亭能传其派。《晓起》云:"晓起临幽槛,无人一径清。淡烟萦竹翠,微露点花明。梁燕梳新羽,林鸦杂乳声。偶然忘盥栉,得句且怡情。"敬亭与余同校甲子科乡试,闱中自诵其《过古墓》。云:"古墓郁嵯峨,荒鸱立华表。当时会葬时,车马何扰扰!"余不觉其佳。王笑云:"君自闭目一想。"

敬亭牧泰州,为太守杨重英所劾,落职后,《游朝阳洞》云:"洞古层崖上,藤萝挂石扉。白云时出没,一半湿僧衣。"《雨过》云:"阴云初过雨,一半夕阳开。闲立豆棚下,蜻蜓去复来。"

【译文】

丙辰年入京都，一时间在官绅中，见到前辈很少。只有翁霁堂照会见了西河、竹垞、谢皆人芳莲会见了阮亭。谢皆人的诗风调和雅，就像人站在春风之中。阮亭有《香祖笔记》，因此自称为香祖。他的诗淡雅高洁，而新的意境很多。尚茶洋将他的诗比作盆景诗。《溪村早起》说："早起看杏花是白的，喂了牛之后主人就出门了。野田大都挨着水，柳树自己立在村庄旁。这里住的人都是种庄稼的，相互间都是弟兄。炊烟还没有散去，林鸟在树暾上乱叫。"他的弟子王继祖字敬亭能传下他这一派。写有《晓起》说："早晨起来到河边，没有人水十分清静。淡淡的烟绕着翠竹，微微露出一些花的亮光。梁上的燕子梳理着新的长上来的羽毛，林中有乌鸦哺乳的声音。偶然忘了梳洗，却性情别致得了诗句。"敬亭和我同是甲子科举乡试，在帐中读他的《过古墓》诗说："古墓参差不齐地竖立在那里，荒郊的乌鸦站立在华表上。当时埋葬的时候，车马来往是多么的拥挤！"我不觉得这诗有多好，王继祖笑着说："你暂且闭上眼睛想一想。"

敬亭作泰州州牧，被太守杨重英弹劾，免职后，写《游朝阳洞》诗说："古文的山洞在那悬崖上，藤萝成了石帘。白云在洞中时不时出入，露水打湿了僧人的衣服。"《雨过》说："阴云下刚下过雨，另外半边天就有夕阳照射。闲站在豆棚底下，蜻蜓去了又来。"

八二

【原文】

常州陈明善，字亦圆，乡居，甚富，家有园亭，性好吟咏。《种蔬》云："闲种半畦蔬，芳菜纷满目。天意答小勤，盘世闻自取苦人多。"

【译文】

常州人陈明善，字亦园，住在乡里，十分富有，家有园亭，性格爱吟诗。写有

随园诗话

古代许多诗人以田园生活为乐,清代陈明善曾写《种蔬》一诗,内云"闲种半畦菜,芳菜纷满目。天意答小勤,盘餐遂余欲"之句。

《种蔬》诗说:"悠闲了时种下了半畦菜,绿叶充满眼睛。天酬劳我这小小的勤快,盘中菜随我想要。"也是十分清丽有才。锡山邵辰焕住在他家里,写有《柳枝词》说:"前边溪水间有烟有雨,后溪却天气晴朗,桃树叶桃树根习惯于迎来送去。谁像那小红桥边的柳树,清明时节伴着画船。"亦园一天忽然有了做官的志向,把他的田地都卖了,到远方做官,家业荡然无存,亦园也定居到了外地。我为他读白傅诗说:"我有一句话你应该记住,世间上自取苦的人还是有很多的。"

八三

【原文】

诗占身份,往往有之。庄容可未遇时,《咏蚕》云:"经纶犹有待,吐属已非凡。"后果以状元致官亚相。唐郭代公元振《咏井》云:"凿处若教当要路,为君常济往来人。"亦此意也。齐次风宗伯,年十二《登巾子山》云:"江水连天白,人烟满地浮。巾山山上望,一览小东瓯。"龙为霖太史改官为令,《咏大树》云:"但教能覆地,何必定参天。"陆双桥贫困,《有感》云:"老骥尚怀千里志,枯桐空抱五音材。"

【译文】

诗表明了一定的身份,往往是这样。庄容可没有走远的时候,写《咏蚕》说:"躲在网中有所等待,会吐丝已经不一般了。"后来果然做官做到亚相。唐郭代字元振公写《咏井》诗说:"一口井当在要路之上,为的是帮助来往的人。"也是这种意境。齐次风宗伯,年十二时写《登巾子山》说:"江水和天空连在一起发出白光,人烟充满在地。站在巾山上望去,小小的东区一览无余。"龙为霖太史改官为令,《咏大树》说:"只有教它能盖住地,何必一定要长得多大参天。"陆双桥贫困的时候,写《有感》诗说:"老马还怀有千里的志向,枯死桐木可作乐器的好材料。"

八四

【原文】

马观察维翰,字墨麟,嘉兴人,貌不逾中人,而抱负甚大。中康熙辛丑进士,

内大臣看验时,诸人皆跪,公不可:九门提督隆科多呵之,公夷然不动。隆转笑曰:"不料渺小丈夫,乃风骨如许!"公曰:"区区一跪,尚未见维翰风骨也。"隆大奇之。从部郎擢四川建昌道。忤总督某,直揭部科,被逮入都。皇上登极,授江南常镇道。在都时,余以后辈礼见,蒙有"三异人"之称。其二,则尚君廷枫、万君光泰也。公《南行漫兴》云:"西方多说无生法,但演刀由即下乘。"咏《梅》云:"雅值心知原欲笑,淡无人赏亦终开。"其心胸可想。与卢雅雨同年,一时号"南马北卢"。亡后,卢哭之云:"前辈典型亡北斗,中原旗鼓失南军。"

【译文】

马维翰观察,字墨麟,嘉兴人,相貌普通,但抱负却很大。中了康熙辛丑年进士,内大臣前来验卷子的时候,大家都跪着,而他不。九门提督隆科多呵斥他,他夷然不动。隆科多转而笑着说:"不料一个无名辈,竟有这样的风骨。"子公说:"区区一次跪,还不体现维翰的风骨啊!"隆科多对他十分惊讶。从随部朗升任四州建昌道,得罪了某位总督,直接被告到了部科,被逮捕送往京都,刚好逢上新皇帝登极,授予他江南常镇道一职。在京都的时候,我以晚辈的身份和他以礼相见,承蒙他叫我们"三异人",另外两个人,是尚廷枫君和万光泰君。马维翰公写《南行漫兴》说:"西方都说在南方无识生存,说它是刀山火海都不过分。"《咏梅》诗说:"雅静且爽心地纯洁花开如笑,既是没有欣赏他,他也始终如一开着。"他的心胸之广可以想见。他和卢雅雨同年进士出身,一时号称"南马北卢"。死后,卢哭着说:"作为前辈楷像北斗星一样消失了,中原旗鼓少了南方一支劲军悍将。"

八五

【原文】

眼前欲说之语,往往被人先说。余冬月山行,见柏子离离,误认梅蕊,将欲赋诗,偶读江岷山太守诗云:"偶看柏子梢头白,疑是洒梅小著花。"杭董浦诗云:"千林乌柏都离壳┃,便作梅花一路看。"是此景被人说矣。晚年好游,所到

黄山、白岳、罗浮、匡庐、天台、雁宕、南岳、桂林、武夷、丹霞,觉山水各自争奇,无重复者。读门生邵钺诗云:"探奥搜奇与不穷,山连霄汉水连空。较量山水如评画,画稿曾无一幅同。"知此意又被人说过矣。

【译文】

　　眼前想要说的话,往往被别人先说了。我冬天上山,看见柏树子一颗颗的,误认为是梅的花蕊,想要赋诗,偶然读到江岷山太守的诗说:"偶然看到柏树子在树梢头发白,怀疑是江南的白色梅花。"杭峰董诗说:"成千上万的柏树都长出了柏子,我便把它们当作花看了一路。"这就是眼前的景被别人说过了。晚年喜欢游玩,所到的黄山、白狱、罗浮、匡庐、天台、雁宕、南岳、桂林、武夷、丹霞,觉得山水各自争奇斗艳,没有重复的。读门生邵玭的诗说:"探访秘密搜写珍奇兴趣没有穷尽,山直插天空水连着苍天。比较山水就像在品评山水画一样,画稿没有一幅是相同的。"知道我的心意又被别人说啦。

八六

【原文】

　　商宝意先生咏《菜花》云:"小朵最宜村妇髻,细香时簇牧童衣。"其同乡刘鸣玉翻其意云:"半亩只邀名士赏,一生不上美人头。"鸣玉与童二树、陈芝图,号"越中三子"。

【译文】

　　商宝意先生写《咏菜花》诗说:"小朵的菜花很适合插在村妇的头上,细细的香气簇拥着牧童的衣着。"他的同乡刘鸣玉翻新他的意思说:"半亩地的菜花只让名士来欣赏,一生也插不上美人的头发。"刘鸣玉和童二树、陈芝图,号"越中三子"。

八七

【原文】

《宋诗纪事》载:"有罗颖者,《题汉高祖庙》云:'果然公大度,容得辟阳侯。'夜梦高祖召而责之,旦遂病卒。"异哉! 果有此事,彼伪撰《天宝遗事》者,明皇何以不诛?

【译文】

《宋诗纪事》中记载:"有叫罗颖的,写《题汉高祖庙》说:'果然是你大度,能容得下阳侯。'夜里梦见高祖召并责怪他,不久就病死了。"令人惊异啊! 果然有这种事,如果他伪造《天宝遗事》,唐明皇为什么不杀了他以惩罪责呢?

八八

【原文】

论诗区别唐、宋,判分中、晚,余雅不喜。尝举盛唐贺知章《咏柳》云:"不知细叶谁裁出,二月春风似剪刀。"初唐张谓之《安乐公主山庄》诗:"灵泉巧凿天孙锦,孝笋能抽帝女枝。"皆雕刻极矣,得不谓之中、晚乎? 杜少陵之"影遭碧水潜勾引,风妒红花却倒吹";"老妻画纸为棋局,稚子敲针作钓钩",琐碎极矣,得不谓之宋诗乎? 不特此也,施肩吾《古乐府》云:"三更风作切梦刀,万转愁成绕肠线。"如此雕刻,恰在晚唐以前。耳食者不知出处,必以为宋、元最后之诗。

贺知章像,图出自清·任熊绘《于越先贤像传赞》。贺知章为唐代著名诗人,其名诗《咏柳》中有"不知细叶谁裁出,二月春风似剪刀"之句。

【译文】

论诗要分开唐、宋,判别中期、晚期,我不喜欢这样。尝举例盛唐时贺知章的《咏柳》诗说:"不知这么细的叶子是谁剪出来的,二月春风像剪刀一样。"初唐的张谓之写《安乐公主山庄》诗说:"灵泉上的云像彩锦一样,孝顺的竹笋能长在花公主的枝旁。"都雕刻得十分精致,怎么区分中期、晚期?杜甫的"影子受到碧绿清水的勾引,风儿嫉妒红花倒着吹"。"老妻在纸上画了一盘棋局,小儿子把针扭成钓鱼钩"。琐碎极了,你会说它是宋诗吧?不单单是这些,施肩吾的《古乐府》说:"三更风就像切断好梦的刀,万般忧愁都化成了绕肠的线。"像这样雕刻,刚好是在晚唐以前,不在行的人不知道这诗的出处,必定会认为是宋、元后期的诗。

随园诗话

九九

【原文】

元微之《自嘲》云："饭来开口似神鸦。"姚武功《某寺》云："无斋鸽看僧。"二句皆摹神之笔。

【译文】

元微之写《自嘲》诗说："饭来张口像神鸦一样。"姚武功有《某寺》诗说："没有斋饭时,鸽子看着僧人。"这两句都是传神的笔法。

一〇〇

【原文】

《古乐府》："羞涩佯牵伴。"五字写尽女儿情态。唐人因之有"强语戏同伴,希郎闻笑声"之句。他如："从来不坠马,故遣鬓鬟斜";"小胆空房怯,长眉满镜愁";"密约临行怯,私书欲报难":皆不愧淫思古意矣。近时杨公子播一联云:"行来踯躅浑无力,不倚阑干定倚人。"

【译文】

《古乐府》说："羞涩不已假装要牵着同伴。"五个字写尽了小女儿情态。唐朝诗人因此说："放语高声和同伴游戏,希望郎君能听到我的笑声。"其他的像:"从来不下马,故意让头发斜披身上";"从小一个人在房间里害怕,眉毛长了在镜子里忧愁";"秘密约会临走时又胆怯了,写封信又传寄太难了":都不愧是深

得古人的诗意。近来杨子揩公对有一联说:"蹒跚而行浑身无力,不倚栏杆就一定要倚着别人。"

九一

【原文】

唐人《咏小女》,云:"见爷不相识,反走牵娘裾。"是画小女之神。"发覆长眉侧,花簪小髻旁。"是画小女之貌。"学语渠渠问,牵裳步步随。"是画小女之态。"爱拈爷笔墨,闲学母裁缝。"是写小女之憨。

【译文】

唐朝人写《咏小女》诗说:"见了爸爸也不认识,反回去拉着娘的衣襟。"写小女儿写得十分传神。"头发盖了一侧的眉毛,小花插在头髻的旁边。"这是描写小女的容貌。"学说话时不停地问,牵着大人的衣裳一步也不离开。"这是指小女儿的神态。"爱拿爸爸的笔墨,闲了就跟母亲学裁缝。"这是描写小女的憨厚可爱,惹人爱怜。

九二

【原文】

东坡诗,有才而无情,多趣而少韵:由于天分高,学力浅也。有起而无结,多刚而少柔:验其知遇早,晚景穷也。

【译文】

苏东坡的诗,有才华而无情感,多意趣而少韵味,这是因为天分很高,而学问功底太浅。有起势而无结句,太刚阳而少阴柔,这说明了他成名很早而晚年穷困啊!

九三

【原文】

离别诗最佳者,如:"路长难算日,书远每题年。无复生还想,终思未别前。""醉中忘却身为客,意欲仍同送者归。"皆读之令人欲泣。又宋人云:"西窗分手四年余,千里殷勤慰索居。若比九源泉路别,只多含泪一封书。"

【译文】

离别诗写得最好的,像:"路途很长难以计算时间,寄封信要一年那么长。没有活着回来的想法,始终思念分别前的情景。""醉中忘了自己旅居他乡,还想着和当年送行的人一起回去。"这都读来让人落泪。又有宋人说:"自从西窗分手已经四年多了,千里写信问候片言只语对我也是安慰。若要和生死离别相比,多的是含泪写一封信。"

九四

【原文】

唐人《女坟湖》云:"应是离魂双不得,至今沙上少鸳鸯。"宋人《青楼》诗云:

"与郎酣梦浑忘晓，鸡亦流连不肯啼。"

【译文】

唐朝人写《女坟湖》诗说："应该是离魂不能相聚，至今沙滩上也少有鸳鸯。"宋朝人写《青楼》诗说："和郎君一起酣然入梦完全忘了天亮，公鸡也流连回顾不肯啼叫。"

九五

【原文】

陆钺曰："凡人作诗，一题到手，必有一种供给应付之语，老生常谈，不召自来。若作家，必如谢绝泛交，尽行麾去，然后心精独运，自出新裁。及其成后，又必浑成精当，无斧凿痕，方称合作。"余见史称孟浩然苦吟，眉毫脱尽。王维构思，走入醋瓮。可谓难矣。今读其诗，从容和雅，如天衣之无缝；深入浅出，方臻此境。唐人有句云："苦吟僧入定，得句将成功。"

【译文】

陆钺说："大凡人作诗，手中拿着题目，心中一定有一种供给应付的语言，老生常谈，不用想就能说出来。如果想成名家，一定要谢绝那些泛泛而交的朋友，让杂乱都驱走了，然后才能精心独运，独出心裁。等到写成以后，又一定要它浑为一体，没有修饰的痕迹，这才称得上是成功

孟浩然像，图出自清·顾沅《古圣贤像传略》。孟浩然为唐代著名诗人，作诗十分用功，史书上描写孟浩然苦吟诗歌，眉头紧锁，皱得眉毛都脱落了。

的作品。"

我见史书上说孟浩然苦吟诗歌,紧皱眉头,皱得眉毛都脱落了。王维构思,错走进了作醋的作坊。这些可以说很难做到。今天读他们的诗作,从容典雅,写得天衣无缝;深入浅出,才到了出神入化的境界。唐朝人有诗句说:"当苦苦吟诗像僧人入定一样,得了诗句好比僧人修行成功一样高兴。"

九六

【原文】

溧阳相公为大司寇时,奉旨教习庶吉士,到任庶常馆,而此科状元庄容可以在南书房,故不偕诸翰林来。史公怒曰:"我二十年老南书房,不应以此绐我。"将奏召之。彭芝庭侍讲为之通其意甚婉,遂为师弟如常。彭故史公本房弟子,而庄又彭公本房弟子也。庄献诗云:"绛帐自然应侍立,蓬山未到总支吾。"

溧阳公馆课,出《春日即事》题。同年管水初一联云:"两三点雨逢寒食,甘四番风到杏花。"公擢为第一,同人以"管杏花"呼之。公七十寿旦,某庶常献百韵诗,公读之,笑曰:"把老夫做题,也还耐得百韵;可惜无一句搔痒处,都是祝嘏浮词,不敢领情。"盖公总督八省、兼领六卿故也。记许刺史佩璜有句云:"三朝元老装中令,百岁诗篇卫武公。"余有句云:"南宫六一先生座,北面三千弟子行。"俱为公所许可。

【译文】

溧阳相公作大司寇的时候,奉皇上旨意教习庶吉士,到了任上,而此科的状元庄容可因为在南书房,因此不和诸翰林一块来迎接。

史公愤怒地说:"我坐了二十年的南书房,不应该以这种态度来对待我。"将要奏请皇上召他过来。彭芝庭侍讲为他委婉开脱,于是和好如初。彭芝庭本来是史公的弟子,而庄容可又是彭公的弟子。

庄容可献诗说:"按理自然应该侍站在你的布帐中,蓬山没有来因此才没有去。"

溧阳公上谭,出了《春日即事》的题目。同年管水初对一联说:"雨三点的春

雨还带有寒意,一天不停地风吹使杏花也开了。"公评定为第一,同学的人称他为"管杏花"。阳公七十寿辰的时候,某庶常献上百韵诗,公读后,笑着说:"要是让我,也只是写得百韵;可惜诗中没有一句是精彩的,都是祝福的话,不敢领情。"

这是溧阳公司惯于总督八省,兼着统领大卿的缘故。记得许佩璜刺史有诗句说:"三朝元老裴中令,百岁还能写诗的是韩玉公。"

我有诗句说:"是南宫六一先生的宝座,北面站着三千弟子。"都被溧阳公认可了。

九七

【原文】

余雅不喜杜少陵《秋兴》八首,而世间耳食者,往往赞叹,奉为标准。不知少陵海涵地负之才,其佳处未易窥测;此八首,不过一时兴到语耳,非其至者也。如曰:"一般",曰"两开",曰"还泛泛",曰"故飞飞":习气大重,毫无意义。即如韩昌黎之"蔓涎角出缩,树啄头敲铿";此与一夕话之"蛙翻白出阔,蚓死紫之长"何殊。今人将此学韩、杜,便入魔障。有学究言:"人能行《论语》一句,便是圣人。"有纨绔子笑曰:"我已力行三句,恐未是圣人。"问之,乃"食不厌精,脍不厌细,狐貉之厚以居"也。闻者大笑。

【译文】

我一直不喜欢杜甫的《秋兴》八首,而世上粗浅的人,都往往赞叹,奉为标准。

他们不知道杜甫有大海阔地一样的才华,他的诗妙绝的地方不容易看出来;这八首诗,不过是一时兴致来了随手写的,并不是最好的。如果说:"一般化",说:"有好有坏",说:"还可以",说:"就那样子":显得太为俗气,毫无意义。就像韩昌黎的"蔓涎触角可以伸缩,鸟来啄时便缩到了坚硬的壳子里"。和一夕谈的:"春蛙一跳露出白色的肚皮,蚯蚓死了像一根紫线。"有什么区别。今天的人如果把这些诗句拿来当作学杜甫、韩愈的标准,是误入歧途啊!

有学究说:"人如果能按《论语》上说的做一句,便是圣人。"有纨绔子弟笑着

说:"我已身体力行了三句,恐怕还不是圣人。"问他是哪几句,他说是:"吃饭不厌其烦他要精重,鱼肉要切得越细越好,狐皮是越厚越值钱。"听的人大笑起来。

九八

【原文】

余尝教人:古风,须学李、杜、韩、苏四大家;近体,须学中、晚、宋、元诸名家。或问其故。曰:"李、杜、韩、苏才力太大,不屑抽筋入细,播入管弦,音节亦多未协。中、晚名家,便清脆可歌。"

【译文】

我常教育别人:古风,要学李白、杜甫、韩愈、苏轼四大家;近体,要学中唐、晚唐、宋朝、元朝的各个名家。

有人问为什么。我说:"李白、杜甫、韩愈、苏轼四个人的才气太大,不用细致入微,用音乐奏出来,音节上也很多不太和谐的。中唐、晚唐的名家,诗作有许多都是清脆可歌。"

九九

【原文】

《高惠功臣表》,班氏以"符"与"昭"押韵。《西南夷两粤》赞,班氏以"区"与"骄"押韵。王岐公为人作碑铭,俱仿此例。

【译文】

在《高惠功臣表》里,班氏用"符"和"昭"押韵。在《西南夷两粤》里,班氏以"区"和"骄"押韵。王歧公为人作碑铭,都仿照这两个例子。

一〇〇

【原文】

蔡孝廉有青衣许翠龄,貌如美女,而夭。记性绝佳,尝过染坊,戏焚其簿,坊主大骇,翠龄笑取笔为默出之:某家染某色,及其价值,丝毫不差。主人亡,翠龄哭以诗云:"双泪啼残遗仆在,一灯青入旅魂来。"初,孝廉在苏州安方伯幕中请乩,有女仙刘碧环下降,赠诗云:"升沉已定君休戚,他日长安道上人。"孝廉喜,以为东野"看遍长安花"之意。后竟死于陕西。

【译文】

蔡孝廉有一个女姬许翠龄,长得如一个绝色美女,死于夭折。记性特别好,曾经路过染坊,开玩笑烧了他的记事簿,坊主十分吃惊,翠龄笑着拿出笔一一默写了出来:"某家染什么颜色,及其价值,丝毫不差。"

主人死了,许翠龄哭着写诗说:"看见她的仆人还在不由地双泪横流,一灯之下似乎看见她的魂灵又回来了。"

最初的时候,蔡孝廉在苏州安方伯幕中请神,有女仙刘碧环下降,赠诗说:"星辰升落已决定了你的命运,他日便成了长安道上的人。"孝廉十分高兴,以为是东野的"看遍长安花"的意思。后来竟死于陕西。

一〇一

随园诗话

【原文】

福建歌童名点点者,柔媚能文。有客行酒政,要一句唐诗,一句曲牌名,曰:"闲看儿童捉柳花。《合手拿》。"点点应声曰:"有约不来过夜半。《奴心怒》。"点点又唱曰:"柳下惠风和。"合席噤口,以为绝对。

【译文】

福建有一个叫点点的歌者,长相柔媚能写文章。

有客人要行酒令,要一句唐诗,一句曲牌名,说:"闲下来看儿童捉柳絮。《合手拿》。"点点应声说:"有约会不来夜已过半。《奴心怒》。"

点点又唱着说:"柳下惠风和。"满座的人都张不开口了,认为这是绝妙的对子。

一〇二

【原文】

余已选杨次也、李啸村《竹枝》,自谓妙绝矣。近又得程望川《扬州竹枝》云:"准备明朝谒梵宫,痴情不与别人同。薰笼彻夜衣香透,故意钩人立上风。""巧鬎新盘两鬓分,衣装百蝶薄棉温。临行自顾生憎色,袖底何人泼酒痕。""长旗飘动绕炉香,摄级同登拜上方。此去下坡苔露滑,依扶小妹妹扶娘。""绣花帘下霭晴烟,特漏全身到客前。忽听后舱人赞好,安排关眼看来船。"四首皆眼前事,而笔足以达之,殊可爱也。望川名宗洛,桐城人。

【译文】

我已选了杨次也、李啸村的《竹枝》词,自认为十分绝妙了。

近来又得程望川的《扬州竹枝》词说:"准备明天参拜梵宫,痴痴的心情和别人不一样。彻夜熏香连衣服都香透了,香气故意在上风勾人心魂。"

"精巧的发髻分开两边的头发刚刚盘好,穿着薄薄的棉衣像蝴蝶一样。临走时还要顾影自怜,袖底是什么人泼上了一些酒痕。""长旗在绕着香炉飘动,一级一级地登上台阶拜上方。从这里下去苔藓很滑,我扶着小妹,小妹扶着母亲。"

"绣花的帘子下飘着轻轻的烟雾,特意跑到客人面前炫耀。忽然听见后舱有人叫好,扭过头去看后边来的是什么人的船。"

这四首写的都是眼前的事,而文笔都能写得十分详尽,十分可爱,望川名叫

宗洛,是桐城人。

○三

【原文】

吴俗以六月二十四为荷花生日,士女出游。徐郎斋作《竹枝词》云:"荷花风前暑气收,荷花荡口碧波流。荷花今日是生日,郎与妾船开并头。""赤日当天驻火轮,龙船旗帜一时新。东家女笑西家女,桥上人看桥下人。""葑门城门门绕湖,湖光一片白模糊。荷花生日年年去,若问荷花半朵无。""丹阳段郎官长清,天然诗句自然成。怪郎面似荷花好,郎是荷花生日生。"

【译文】

吴地民俗中以六月二十四日为荷花的生日,士女可以出游。

徐郎斋作《竹枝词》说:"在荷花和微风面前暑气消失了,荷花荡口绿水流。今天是荷花的生日,郎君和我的船齐头并进。"

"这一天太阳十分炎热,龙船旗帜都变得焕然一新。东家女子笑西家女子,桥上人看桥下的人。"

"葑门的城门前有一个湖,湖水发出一片白茫茫的光。年年的今天都是荷花的生日,要看荷花却一朵也没有。"

"丹阳的段郎做官时间长,又十分清廉,天然诗句自然成。很奇怪郎君面容长得像荷花一样,郎君一定是荷花生日那天出生的人吧!"

随园诗话·卷八

诗用意要精深，下语要平淡

【原文】

讽世语最蕴藉者,某《游春》云:"地湿莎青雨后天,桃花红近竹林边。游人本是农桑客,记得春深要种田。"《咏桑》云:"采采东风叶满篮,御寒功已在春蚕。世间多少闲花草,无补生民亦自惭。"《雨中作》云:"布被装棉梦黯然,晓看遥岫锁轻烟。寒驴尽避当风马,也有香泥湿锦鞯。"

【译文】

含有世间俗语最多的诗,像有人写的《游春》说:"刚下过雨地面潮湿庄稼泛青,竹林边的桃花都开了。游人本是农夫桑妇,还惦记着春深了该种田了。"《咏桑》诗说:"伴着东风我采了一篮子的桑叶,御寒的功劳在于有春蚕。世上有多少无用的花草,与百姓的生计毫无帮助应该感到惭愧。"《雨中作》诗说:"用棉装的布被使人睡不好觉,早上起来看天边的云彩伴着烟雾。跛驴躲着那些高大的马,泥水溅起来直落到锦布做的马鞍上。"

【原文】

西崖先生云:"诗话作而诗亡。"余尝不解其说,后读《渔隐丛话》,而叹宋人之诗可存,宋人之话可废也。皮光业诗云:"行人折柳和轻絮,飞燕含泥带落花。"诗佳矣。裴光约訾之曰:"柳当有絮,燕或无泥。"唐人:"姑苏城外寒山寺,夜半钟声到客船。"诗佳矣。欧公讥其夜半无钟声。作诗话者,又历举其夜半之

钟,以证实之。如此论诗,使人天阏性灵,塞断机栝;岂非"诗话作而诗亡"哉?或赞杜诗之妙。一经生曰:"'浊醪谁造汝?一醉散千愁。'酒是杜康所造,而杜甫不知;安得谓之诗人哉?"痴人说梦,势必至此。

【译文】

西崖先生说:"要是有写评论诗的诗就不存在了。"我常常不理解这句话的意思,后来读了《渔隐丛话》,而感叹宋人的诗文可以保存,而宋人的那些评论诗的话可以不要。皮光业有诗说:"行人折下柳枝和着轻轻飘浮的柳絮,飞着的燕子口中的泥还带有落花。"诗写得非常好。裴光约诋毁它说:"柳当然有絮,而燕子怎会口中含泥呢。"唐人有诗:"姑苏城外的寒山寺,半夜里钟声传到客船里来。"诗写得很好。欧阳修讥笑说夜半哪里有钟声。做诗文评论的,又举了夜半的钟声,以考证这件事。如此论诗,使人丧失了灵性,断了智慧;岂不是:"有了诗话诗就不存在了吗?"有人赞扬杜甫诗写的巧妙。一位经生说:"这浊酒是谁造的?一醉让人散去千般忧愁。酒是杜康所造,而杜甫竟然不知道,怎么能称上是诗人呢?"痴人说梦,势必会到这一地步。

三

【原文】

天长诗人陈烛门进士,名以刚。余宰江宁,蒙其过访。余爱买书,而官廨甚小,都堆签押处;故赠诗云:"六朝山立帘钩外,万卷书横薄领中。"即姚武功"印垢污硃沾墨研,户籍杂经书"之意。

【译文】

天长诗人陈烛门进士,名叫以刚。我主宰江宁的时候,承蒙他前来拜访。我爱买书,但官邸很小,把书都堆放在签押处;他因此赠我一首诗说:"六朝时的山还立在门外,万卷诗书都堆放在门房中。"这就是姚武功的"连印章上也沾着墨汁,户籍处堆满了经书"一诗的意思。

四

【原文】

有箍桶匠,老矣,其子时时冻馁之。子又生孙,老人爱孙,常抱于怀。人笑其痴。老人吟云:"曾记当年养我儿,我儿今又养孙儿。我儿饿我凭他饿,莫遣孙儿饿我儿。"此诗用意深厚,较之"因子不孝,抱孙图报仇"者,更进一层。

【译文】

有一个箍桶匠老了,他的儿子又常常冻他饿他。儿子又生了一个孙子,老人爱孙子,常常抱孙子在怀里。人笑他太傻。老人吟诗说:"还记得当年养我儿的情景,我儿现在又养着我的孙子。我儿饿我就让他饿好了,不要让我孙儿再在将来饿我儿。"这诗用意深厚,比那些"因为儿子不孝,抱孙子以图报仇",又进了一层。

五

【原文】

诗谶从古有之。宋徽宗《咏金芝生》诗,曰:"定知金帝来为主,不待春风便发生。"已兆靖康之祸。后蜀主孟昶《题桃符贴寝宫》云:"新年纳余庆,嘉节号长生。"后太祖灭蜀,遣吕余庆知成都。王阳明擒宸濠,勒石庐山,有"嘉靖我邦国"五字。亡何,世宗即位,国号嘉靖。扬州城内有康山,俗传康对山曾读书其处,故名。康熙间,朱竹垞,游康山、有"有约江春到"之句。今康山主人颖长方伯,修葺其地,极一时之盛,姓江,名春:亦一奇矣!

国学经典文库

随园诗话

王守仁像，图出自明·吕维祺《圣贤像赞》。明武宗时，宁王朱宸濠叛乱，被王守仁所擒。

【译文】

用诗来预言在古代就有了。宋徽宗有《咏金芝生》诗说："肯定知道金帝要来做主，不等春天来便发生了。"已预兆有靖康之祸。后蜀主孟昶有《题桃符贴寝宫》说："新年纳余庆，嘉节写长生。"后来宋太祖灭蜀，派吕余庆作成都知府。王阳明擒获宸濠，在庐山刻了一块石碑，上边有"嘉靖我邦国"五个字。不久后世宗即位，国号为嘉靖。扬州城内有康山，民间传说康对山曾在这里读书，因此命名。康熙年间，朱竹垞游康山，主人姓江，名春，也是一令人奇怪的事情啊！

六

【原文】

乾隆初，江西有四子：杨、汪、赵、蒋是也。赵山南早夭，诗失传。汪舜云名

轫，少孤贫，为人执炊。有句云："积晦云疑斗，新晴草欲焚。"杨子载名蓇，才最高，与蒋心余相抗。其先本云南土司，改籍江西。五言云："山鬼常联臂，溪虹倏现身。""早霞随日上，败叶拥潮行。""有客嫌庭仄，无书觉昼长。"七言云："寒星欲灭见渔火，小雨无声添落花。""栏边花草牛羊路，寺里人家杵臼声。""客少长留不鸣雁，睡酣翻喜失晨鸡。"

【译文】

乾隆年初，江西有四子：杨、赵、汪、蒋。赵山南早死，诗也失传了。汪辇云名轫，年少时孤贫，给人家做饭。

有诗句说："天阴云彩也像要掉下来，天放晴了草都干得快被点着似的。"杨子载名蓇，才气最高，和蒋心余相对。他的祖先本是云南土司，改籍江西。

有五言诗说："山鬼常挨着肩，溪间彩虹倏间出现一次。""早霞随着太阳而上升，败叶随着潮水行进。"

"有客人便显得庭院太小，没有题诗便觉得画很长。"

七言律诗说："寒星忽隐忽现看见点点渔火，小雨无声地落下随着花瓣掉落。""栏边的花草牛羊经过的地方，寺里人家传来捣米的声音。""客人很少留下来长住听不到雁的叫声，睡到好处不禁高兴得连鸡也不鸣叫了，没有一点动静。"

七

【原文】

又有何在田者，《偶成》云："月借光成半面，雨收云气泛余丝。"《郊外》云："野径无人问，随牛自得村。""近市原非隐，能诗岂是才。""樵室薪为榻，渔舟网作帆。"皆可传之句也。甲辰三月，余赴粤东，过南昌，心余病风，口不能言，犹以左手书此数联。

【译文】

又有一个叫何在田的人,写有《偶成》诗说:"月亮借着太阳的光而半面发光,云收雨住但还有点点雨丝。"

《郊外》诗说:"荒野小路没人过问,随着牛走自会找到村庄。""靠着城市而住原本就不是隐居,能写诗岂能就是才子。"

"砍柴人的屋里把柴木搭成床,渔船上渔网也可以作船帆。"都是可以留传的好诗句。

甲辰年三月,我赶往广东,过南昌,心余患了中风,嘴不能说话,还以左手写这几幅对子让我来欣赏评点。

八

【原文】

心余手持诗集廿卷向余云:"知交遍海内,作序只托随园。"余感其意,临别涕下。其子知让见赠五古,洒洒千言,合少陵、香山而一之,篇什太长,故未钞录。与余论古尤合,又赠三律,有句云:"公所读书人亦读,不如公处只聪明。"

心余书舍,有扬州汪端光孝廉赠句云:"置酒好招乡父老,解衣平揖汉公卿。"汪字剑潭,少年玉貌,佳句如:"水定渔灯出,风骄戍鼓沉。""路长行应独,舟小买宜双。""月明又是无边水,半照行人半照鱼。"皆有别趣。

【译文】

心余手拿着二十多卷诗集对我说:"我的知交遍布海内,但为我诗作序只托付给你。"我被他的诚意所感动,临别时不禁落下泪来。他的儿子知让赠了我一首五言古诗,洋洋千句,集中了杜甫、香山的诗风特点,因为篇幅太长,所以不能抄录。与我谈论古诗十分相投,因此又赠我三首诗律,有一句说:"你所读的书别人也读了,只是缺少你的聪明。"

心余书舍,有扬州汪端光孝廉的赠诗说:"置设好酒招待家乡父老,即使是

汉朝公卿也解衣作揖。"汪端光字剑潭,少年俊杰,有好的诗句像:"江水平静有
渔灯出没,风声很大抱鼓声都盖住了。""路途太长行踪十分孤单,小船应该一
买就买两个。""明月照耀下是无边的江水,一半照着行人,一半照着水中的鱼
儿。"这都写的别有趣味。

九

【原文】

鱼门《哭董东亭》云:"然疑未定先抛泪,日月都真旋得书。"云松《哭韩廷
宣》云:"久客不归无异死,故人入梦尚如生。"

【译文】

鱼门写有《哭董东亭》说:"然而疑心未定先抛下泪来,日月都是真实的不
久便来了书信。"云松写《哭韩廷宣》说:"久在异地不回来肯定是死了,故人进
入我的梦乡还和活着的时候一模一样。"

一〇

【原文】

庐州守备徐椒林,每到金陵,与余款洽。在满洲城,《夜饮》诗云:"为恃将
军司锁钥,几番痛饮月沉西。"

【译文】

庐州守备徐椒林,每次到金陵,和我谈论。在满洲城写《夜饮》诗说:"因为

国学经典文库

随园诗话

五六七

仗着将军管着城门，几番痛饮一直到月亮西沉。"

—二—

【原文】

士大夫宦成之后，读破万卷，往往幼时所习之《四书》《五经》，都不省记。癸未召试时，吴竹屿、程鱼门、严冬友诸公毕集随园。余偶言及《四书》有韵者，如《孟子》："师行而粮食"一段，五人背至"方命虐民"之下，都不省记。冬友自撰一句足之，彼此疑其不类，急翻书看，乃"饮食若流"四字也。一座大笑。外甥王家骏有句云："因留僧话通吟偈，为课儿功熟旧书。"

甥多佳句。如："乍见波微白，方知月骤明。""一编如好友，宜近不宜疏。""衣因乱叠痕常绉，书为频翻卷不齐。""宿云似幕能遮月，细雨如烟不损花。""停足恰逢曾识寺，入门先问旧交僧。""曲引急流归远港，微删密叶显新花。""伏枕苦吟无好句，描诗容易做诗难。"皆有放翁风味。

【译文】

士大夫当官之后，读破万卷书，往往小的时候读的《四书》《五经》，都记不起来了。癸未年召试时，吴竹屿、程鱼门、严冬友诸公都聚集在随园。我偶然谈到《四书》中有韵的，像《孟子》里："师行而粮食"一段，五人都背到"方命虐民"之下，都记不起来了。冬友自己编了一句结尾，彼此都怀疑不像，急忙翻书看，乃是"饮食若流"四个字。满座人都大笑。外甥王家骏有诗说："因为留下僧人谈话，因此大家都谈禅，让孩子学的功课就是背好旧书。"

外甥有很多好的诗句。像："猛地看见波浪发白，才知道月亮突然亮了起来。""一编书籍就像好朋友一样，应该亲近不应该生疏。""衣服因为乱叠而生了许多皱纹，书因为常翻卷数都不整齐了。""晚上的云彩像幕一样可以遮住月亮，细雨如烟不损伤花。""停下脚来刚好碰上认识的寺庙，一进门就先询问旧时交好的僧人。""音乐引着激流归向远方的港口，将密密的叶稍稍剪去一些便露出新花来。""伏在床上苦吟没有好的诗句，描诗容易作诗难。"都有陆游诗歌

的风味。

一二

【原文】

钱文端公庚午典江西试。写榜吏陈巨儒,须鬓如雪,求公赠手迹为荣。自陈年七十,手写文武试三十二榜。公赠诗云:"桂籍凭伊腕力传,白头从事地行仙。自言作吏中书省,曾侍朱衣四十年。"十月,复写武榜。解首则其孙腾蛟也。名初唱,掀髯一笑,笔堕于地。中丞阿公喜极,遣牙校驰笺,索藩司彭公家屏赠诗。彭方有剧务,幕中客拟数首,不称公意。遣吏飞马请蒋苕生来。蒋方与友饮酒肆,恋不肯行。吏敦促至再,扶鞭上马,比至,则促召之使已四辈矣。彭公遽起,告以中丞索诗之使,立马檐下。蒋"某不知公有此急也。"濡笔立题一绝云:"榜头题处笑开眉,六十年来若丝。官烛两行人第一,夜阑回忆抱孙时。"彭公得诗狂喜,复酬苕生,送轻纱四端。

苕生太夫人钟氏,名令嘉,晚号甘荼老人;生心余,四岁,即断竹丝作波磔,教之识字。《尝登太行山》云:"绝磴马萧萧,群峰气势骄。苍云横上当,寒色满中条。极目河如带,拦车雪未消。龙门划诸水,禹力万年昭。"乙酉岁,心余奉母出都,画《归舟安稳图》,一时名公卿,题满卷中。尹文端公谓余曰:"此卷中无佳作;惟太夫人自题七章,陆健男太史四首,足传也。"惜未抄录。

【译文】

钱文端公庚午年去主管江西考试,写榜的小吏陈巨儒头发胡子像雪一样白,以求公赠予手迹为荣。陈巨儒年已七十,亲手写的文武榜已三十二次。钱文端公赠诗说:"中榜的人都靠你的腕力来传下来,白头白须像地仙一样。自己说在中书省作吏,曾经做这件事已经四十年了。"十月,又写武榜。解首便是他的孙子腾蛟,名次刚一公布,他便掀须一笑,笔掉于地下。中丞阿公高兴极了,派遣牙校带着纸,去藩司彭家屏公家里要诗。彭公正有要紧事,幕僚门客写了好几首,公都不满意。派吏又飞马请蒋苕生来,蒋正在和朋友喝酒,恋恋不舍不

肯去。吏敦促再三,方才持鞭上马,到了地方,则公已派了四拨人去请他了。彭公于是起来,告诉中丞派来索诗的小吏,在屋檐下牵马等着。蒋苕生笑着说:"我不知道中丞公这么着急。"提笔立即题了一绝说:"榜头题处中丞公笑开怀,六十多岁了头发已白。官烛之下他是第一名,夜静时回想起抱孙子的时候。"彭公得诗后狂喜,又请苕生喝酒,并送了轻纱四端。

蒋苕生的太夫人钟氏,名叫令嘉,晚号甘荼老人;生了心余,四岁,就折断竹丝作教鞭教儿子识字。《尝登太行山》说:"绝磴马萧萧,群峰气势雄伟。天上横着茫茫的云彩,山中充满寒意。极目望去小河像带子一样,车子路过雪还没有化尽。龙门把水分开了,大禹的功劳万年不朽。"乙酉年,心余陪母亲去京都,画《归舟安稳图》,一时有名的公卿,都在上面题诗。尹文端公对我说:"此卷中没有佳作;只有太夫人自题七章,陆健男太史四首,足可以传世。"可惜没有抄录。

一三

【原文】

尹文端公和余"飞"字韵云:"鸟入青云倦亦飞。"吟至再三,欷歔不已,想见当局者求退之难。古渔有句云:"未五狱心虽切,便到重霄劫又多。"

【译文】

尹文端公和我的"飞"字韵说:"鸟儿在青色云彩中飞累了。"吟了两三遍,叹息不已,想起了退隐的难处。古渔有诗句说:"没有游过五岳心里十分渴望,一旦到了上天又有许多的折磨。"

一四

【原文】

尹文端公督两江时,爱才如命。宛平王发桂以主簿派管行宫,有句云:"愧我衙官无一事,宫门持帚扫闲花。"公见而大喜,即超迁贰尹。秀才解中发有句云:"多读诗书命亦佳。"公于某扇上见之,即聘作西席。

【译文】

尹文端公总督两江的时候,爱才如命。宛平王发桂以主簿的身份派去管行宫,有诗句说:"羞愧我作为衙官无一事可作,在宫门前拿着扫帚扫落花。"公见诗后大喜,就马上为他升了官。秀才解中发有诗句说:"多读诗书命运就会好一些。"尹文端公在扇子上见了,就聘他作私塾先生。

一五

【原文】

或问:"李师中将出兵,在韩魏公席上赋诗,云:'归来不愿封侯印,只向君王觅爱卿。'不知所用何典。"余按:《宋史·王景传》:"景仕唐,归晋,高祖厚遇之,问其所欲。对:'受恩已厚,无所欲。'固问之。乃曰:'臣为小卒,常负胡床,从队长过官妓侯小师家弹唱,心颇慕之。今得小师为妻,足矣。'高祖大笑,即以赐之,封楚国夫人。"疑师中即指此事。后蔡攸出兵,指帝座刘妃求赏,其事在后。或云:"爱卿者,则魏公席上之妓名。"

【译文】

有人问:"李师中将要带兵出征,在韩魏公席作诗说:'归来不愿被封侯,只向君王要心爱的女人。'不知他用的是什么典故。"我认为:《宋史王景传》:"王景本在唐朝做官,归附晋朝后,高祖十分厚待他,问他想干什么。他说:'受恩太多了,没什么要求的。'又再问他,才说:'我做小卒的时候,常背着胡床,跟着队长到官妓侯小师家听弹唱,心里十分羡慕她,今天如果能得小师为妻,就满足了。'高祖大笑起来,就把侯小师赐给了他,封为楚国夫人。"我怀疑李师中说的就是这件事。后来蔡攸出兵,指着皇帝旁边的刘妃请求赏给他,这件事发生在以后。有人说:"爱卿,指的就是魏公席的妓女名。"

一六

【原文】

梅珍为文穆公第六子,弱冠时,从张芸墅游随园,云:"随园耳久熟,游历自今初。买得小山隐,名仍太傅余。主人能爱客,高士幸携余。幽径入萝薜,知应世味疏。"又曰:"岸分双沼水,壁满一朝诗。"呜呼!式庵学醇行端,年未五十竟亡,诗多散失矣。

【译文】

梅珍是文穆公的第六个儿子,二十岁时,跟着张芸墅游随园说:"随园早就听说过了,不过今天才来游历。买得小山隐居起来,名声远超过太傅了。主人能爱好交友,高士有事提携我前来。幽静的小路隐入藤萝中,知道这是远离世俗的地方。"又说:"岸分开了两潭水,壁上挂满了诗歌。"哎呀!式庵学问很好品行也端正,年龄不到五十竟然死了,诗文大多都丢失得找不着。

一七

【原文】

余幼时《咏史》云:"若道高皇胜项羽,试将吕后比虞姬。"后见益都王中丞遵坦有句云:"垓下何必更悲歌,虞兮吕兮较若何。"两意相同。王又有句云:"亚父不用乃寿终,淮阴枉死未央宫。"意亦新。

项羽像,选自明万历刻本《三才图会》。项羽为西楚霸
王,灭秦后与刘邦争天下失败,其事迹为后代诗人吟诵。

【译文】

我小的时候写《咏史》说:"如果说以高祖比项羽强,试着将吕后来与虞姬相比。"后来又见益都王遵坦中丞有句子说:"垓下何必再唱悲歌,虞姬、吕后相比会怎么样。"两种意思是一样的。王中丞相又有诗句说:"亚父不用才招致失

国学经典文库

随园诗话

败,淮阴王枉死在未央宫。"诗意十分清新。

一八

【原文】

马骕宛斯作《绎史》,叙三代事,极博雅;而诗笔甚清。《池上》云:"种鱼有术寻渔父,断酒无心学醉翁。"渔洋题其像云:"今日黄山山下路,只余书带草青青。"

【译文】

马骕宛斯作《绎史》,叙说了三代的事,极其广博典雅,而诗歌文笔十分清新。有诗《池上》说:"要想会养鱼得找到渔父,喝酒无心去学醉翁。"王渔洋题其画像说:"今日黄山山下路,只剩下书带伴着青青的草。"

一九

【原文】

陈古渔云:"今人不知诗中甘苦,而强作解事者。正如富贵之家,堂上喧闹,而墙外行人,抵死不知。何也?未入门故也。"宋人《栽竹》诗云:"应筑粉墙高百尺,不容门外俗人看。"

【译文】

陈古渔说:"现在的人不知道诗中的甘甜苦辣,而强作懂得的样子。正像富贵之家,堂上喧闹,而墙外行人,怎么也不知道。为什么?因为没有进门啊!"宋

人写《栽竹》诗说："应修一道高达百尺的粉墙,不让门外的俗人来偷偷地看。"

二〇

【原文】

余游九华山,青阳沈正侯字伦玉,少年韶秀,延候于五溪,已三日矣。见赠云:"大抵高人能下士,于今童子得瞻师。"又句云:"风狂欲折依墙竹,菊萎犹开卧地花。"又,陈明经名芳者,相待于陵阳镇。呈诗云:"岸曲桥横草树蔓,书堂佛寺水东西。溪亭日映栏杆外,九十九峰影尽低。"两人俱不事科举,以吟咏自娱。

【译文】

我游九华山,青阳沈正侯字伦玉,少年俊秀,在五溪款待沈正侯,已经三天啦。赠我诗说:"大多高人都能礼贤下士,于今童子能有幸见到大师的面。"又有诗句说:"大风快要折断了靠墙而生的竹子,菊花吹倒在地上还开着花。"又,一个叫陈芳的明经,和我相待于陵阳镇。呈上一首诗说:"岸堤十分曲折,桥横水上旁边的草已经枯萎了,书室和佛寺分别位于水的东西两边。太阳照在溪水旁的亭子的栏杆上,九十多座山峰都倒影水中。"两人都不参加科举,以写诗自己作为娱乐。

二一

【原文】

诗虽新,似旧才佳。尹似村云:"看花好似寻良友,得句浑疑是旧诗。"古渔

云:"得句浑疑先辈语,登筵初僭少年人。"偶过西湖,见陈庄题壁云:"一叶蜻蜓似缺瓜,年年荡桨水云涯。叉鱼射鸭娇无力,笑入南湖摘藕花。""苏小楼头杨柳风,小姑斗草语芳从。阿侬家住胭脂岭,怪底花枝映日红。"末署"竹屿"二字;苏州吴进士泰来也。新安江寺见题壁云:"昨与邻舟姐妹逢,香风暖处话从容。低头怕有渔郎至,不看莲花只看侬。""滩头漠漠起炊烟,折罢莲花正暮天。却怪鸳鸯不解事,偏依依艇并头眠。"末署"鲁凤藻"三字。

【译文】

诗虽然新的好,但似乎旧的更佳。尹似村说:"看花就好像是找好朋友,得句好像是过去的旧诗。"古渔说:"得到的诗好像是前辈说过的话,初次登上筵席的是一位年轻人。"偶然路过西湖,见陈庄题诗于壁上说:"一个蜻蜓落在瓜上好似瓜缺了个口,年年都在小船上划呀划。叉鱼射鸭好像娇羞无力,笑着进入南湖去摘那莲花。"苏小楼头的微风吹着杨柳,小姑子在草地上一边锄草一边低语。我家住在胭脂岭,不知名的花儿连天都映红了。诗后边著有"竹屿"二字;这是苏州吴泰来进士。在新安江寺见有诗题壁上说:"昨天和妹妹的船有幸靠在一起,香风阵阵吹来你我聊得十分投机。低头害怕渔郎来了,不看莲花只看你。""沙滩尽头升起袅袅的炊烟,折罢莲花是傍晚了。奇怪鸳鸯怎么不懂事,偏偏挨着我的船头并头而睡。"诗后署有"鲁凤藻"三个字。

【原文】

黄莘田落第,赋《无题》云:"秃尖成冢还成阵,未抵灵犀一点通。"吴竹桥落第,赋《无题》云:"闻说千金才买笑,紫骝休系莫愁家。"王介祉落第,亦有《无题》云:"盼得纤儿还荡子,传来小婢又夫人。"

【译文】

黄莘田落第,写《无题》诗说:"高低不平像是坟墓又像阵势,即使这样也抵

不上相通的灵气。"吴竹桥落第的时候,写《无题》诗说:"听说千金才能买一笑,报喜的紫红马却始终到不了莫愁的家。"王介祉落第,也写有《无题》诗说:"老母亲终于盼回了儿子,叫出来小婢和夫人。"

二三

【原文】

古渔《路上》诗云:"年来一事真堪笑,只见来船是顺风。"戴喻让云:"莫羡上流风便好,好风也有卸帆时。"荣方伯名柱者,有句云:"风自横来无顺逆,水当涨处失江湖。"余则云:"东窗关后西窗启,犹喜风无两面来。"

【译文】

古渔写《路上》诗说:"这一年的事真是可笑,只见来船是顺风而来。"戴喻让说:"不要羡慕处在风的上流便是好事,好风也有吹倒船帆的时候。"荣柱方伯有诗句说:"风横着吹过来没有顺风逆风之说,水要是涨的时候不分是江还是湖。"我也有诗句说:"东窗刚关上西窗却开了,还庆幸风不是从两面刮来,否则不是很惨吗?"

二四

【原文】

甲子秋,余遗失诗册,心郁郁者一年。古渔云:"癸巳冬,得诗百篇,怀之访人,带宽落地,竟无觅处。乃题云:'捻断吟髭费苦猜,已抛偏又上心来。关情似与良朋别,撒手如沉拱璧回。薄祭可能分酒脯?孤飞未必出尘埃。多应掷地无

声响,一堕人间便永埋。'"

【译文】

甲子年秋,我丢了一本诗册,心里不舒服了一年。古渔说:"癸巳年冬天,我得了一百篇诗,揣着它去拜访别人,衣带宽使诗掉到地下,竟然找不到了。于是题诗说:'捻断胡须费尽心思猜书掉在了什么地方,已忘记了却又时不时地涌上心头。对书的关心好像是和好朋友别离一样,它竟然这样一去不回了。用酒肉来祭吊一番,想它孤身出去一定还在尘世。怎会掉在地上没有声音响,一旦掉了便从此埋没在人间。'"

二五

【原文】

朱竹垞先生诗名盖世,而自称本朝第二。故扬州方近雯观察诗云:"骈体莫轻嗤沈、宋,古音休易许曹、刘。试看前辈诗如此,只负皇朝第二流。"商宝意先生云:"诗品官阶两不高。"前辈之虚心如此。王蓥亭御史亦有句云:"官情似墨磨常短,诗境如棋著不高。"

【译文】

朱竹垞先生的诗名盖世,而自己却称为本朝第二。因此扬州方近雯观察写诗说:"不要轻瞧了骈体文嘲笑沈、宋,古诗更改不容易写得好的也只有曹、刘二人。你看前辈的诗写到了这种地步,还是比本朝第二的朱先生的诗差。"商宝意先生说:"诗品和官阶都不高。"前辈虚心到这种地步。王蓥亭御史也有诗句说:"官宦上的情义像墨一样越磨越短,诗境像下棋一样而我的棋艺又不高。"

二六

【原文】

"莫凭无鬼论,终负托孤心":何言之沉痛也!"升沉阁下意,谁道在苍苍":何求之坚切也!"知亲每相见,多在相门前":何刺之轻薄也!"生应无辍日,死是不吟时":何吟之溺苦也!俱非唐人不能作。李少鹤《哭人》云:"世缘犹有子,死日始无诗。"亦本于唐。

【译文】

"不要相信什么无鬼论,以免辜负了托孤之心。"说的是多么沉痛啊!"升、降都凭你的意思,谁说靠的是苍天。"这是多么恳切的请求!"知己亲朋相见,大多时候都在相府门前。"这对轻薄的人是多么大的讽刺啊!"活着就应该没有停止的时候,到死了才不吟诗。"这说明吟诗是多么的辛苦!这不是唐朝人是写不出来的。李少鹤写《哭人》诗说:"在世上还有儿子值得牵挂,到死的时候才开始没有诗作。"也是源出于唐朝的诗歌。

二七

【原文】

查他山先生诗,以白描擅长;将诗比画,其宋之李伯时乎?近继之者,钱屿沙方伯、光禄卿申笏山。笏山卒后,毕秋帆尚书梓其全集。五言云:"雨声凉入砚,花气润侵帘。"《香桂》云:"香于半路先迎客,花已全开正及时。"

【译文】

　　查他山先生的诗,以白描见长;将他的诗比作画,不是很像宋朝的李伯时吗?近来继承他的,有钱屿沙方伯、光禄卿申笏山。笏山死后,毕秋帆先生出了他的全集。有五言古诗说:"雨声使人感到砚墨也在发凉,花气浸透了门帘。"有《香桂》诗说:"走在半路上就闻到香气扑鼻喜迎客人,花开遍了就说明正是花开的时候和季节。"

<h1 style="text-align:center">二八</h1>

【原文】

　　谢茂秦云:"凡作近体,诵之流水行云,听之金声玉振,观之朝霞散绮,讲之异茧缫丝。"

【译文】

　　谢茂秦说:"凡是作近体诗的,朗诵起来像行云流水一样舒畅,听起来有一种金声玉振的感觉,看起来像朝霞聚散,讲起来像奇异的蚕茧缫出的丝绸一样高雅。"

<h1 style="text-align:center">二九</h1>

【原文】

　　万拓坡《赠钱坤一》云:"雨中听屐到,灯下出诗看。"程南溟有句云:"佳句奚囊盛不住,满山风雨送人看。"

【译文】

万拓坡有《赠钱坤一》诗说:"雨中听到客人来时的木鞋响,坐在灯下拿出诗来看。"程南溟也有诗说:"好的诗句在袋子里是放不住的,满山风雨之时送给别人看。"

三〇

【原文】

近人佳句有相同者:董曲江太史《历城》诗云:"寺塔插天云外影,人烟近市日中声。"江于九太守《游九华山》云:"松竹分峦翠,云烟隔寺声。"陈梅岑句云:

江于九太守在《游九华山》写道"松竹分峦翠,云烟隔寺声"之句。被袁枚推为写景的佳句。

"津鼓声沉寒雨急,渔灯影乱夜潮来。"蒋心余句云:"守堆兵多官舫过,拔篙声缓乱滩来。"李竹溪句云:"相逢马上摇头者,得句知他胜得官。"李怀民句云:"思苦如中酒,吟成胜拜官。"

【译文】

近代人有好诗句相同的:董曲江太史有《历城》诗说:"寺塔高耸入天云影飘浮,中午时候市上人烟热闹。"江于九太守写《游九华山》诗说:"松竹青翠欲滴满山遍野,云烟缭绕隔开了山寺的钟声。"陈梅岑有诗句说:"津鼓的鼓声沉闷,外边寒雨下得很急,渔灯来回晃动是夜里的潮水来了。"蒋心余有诗句说:"守码头的官兵很多是因为官船要经过,拔竹篙的声音很慢因为到了乱石滩来。"李竹溪有诗句说:"相见时看他在马上摇头晃脑,知道这人的诗句比升高官还高兴。"李怀民有诗句说:"想得太苦就像喝醉了酒,吟成好诗胜过当官。"

三一

【原文】

近日诗僧甚少,余游天台,得梅谷;到净慈寺,得佛裔;游九华,得亦苇;游粤东,得澄波、怀远、寄尘。亦苇《野步》云:"傍晚欲归寻别径,忽惊沙鸟出苗飞。"澄《折木樨》云:"莫怪灵山留一笑,如来原是卖花人。"怀远《江行》:"片帆高趁大江风,过眼云山笑转蓬。行尽断堤杨柳岸,夕阳犹在板桥东。"佛裔者,让山弟子也,有句云:"鱼亦怜侬水中影,误他争唼鬓边花。"绮语自佳,恰不似方外人所作。怀远云:"雍正间,广东有诗会,好事者张饮分题,聘名流品题甲乙,首选者赠绫绢,其次赠笔墨:亦佳话也。"寄尘本姓彭,工诗、能画,《游长寿寺》云:"净坛风扫地,清课月为灯。"

【译文】

近段时间能写诗的僧人很少,我游天台,认识了梅谷僧人;到净慈寺,认识了佛裔;游九华山,认识了亦苇僧人;游广东,认识了澄波、怀远、寄尘三位高僧。

亦苇有《野步》诗说:"傍晚要回去想找一个别的路径,忽然惊起沙鸟飞出田地。"澄波有《折木樨》诗说:"不要惊讶云山留有笑声,如来佛祖原是卖花的人。"怀远有《江行》诗说:"船只高涨船帆朝着江中大风向前进,笑谈之间已把云山抛在了后边。行到尽头是断堤种满了柳树,夕阳还挂在桥的东面。"佛裔,是让山的弟子,有诗句说:"鱼儿也爱怜我在水中的影子,误认为他是想吃我头发边的花。"诗句非常精彩,根本不像是僧人所写的。怀远说:"雍正年间,广东有诗会,好事的人都纷纷写诗,请名流来分出优劣,最好的奖给绫绢,其次的赠笔墨:这也算一段佳话。"寄尘本姓彭,工于写诗,并且能画画,写《游长寿寺》一诗说:"清净的地方有风来扫地,上经课有明月作灯。"

≡≡

【原文】

　　山阴邵太守大业,字厚庵,治苏有惠政,以忤大府罢官。有《口号》一联云:"江山见惯新诗少,世味尝深感慨。"又:"老来儿女费周旋。"七字亦颇是人情。

【译文】

　　山阴邵大业太守,字厚庵,治理苏州十分有方,因为得罪了上司而被罢官。写有《口号》一联说:"看惯了山水新诗出的很少,世上滋味尝多了感慨也就多。"又有:"老了让儿女为我多操心。"这七个字也写尽了人间亲情。

三三

【原文】

　　吾乡任武承太史,名应烈,出守怀庆。中年乞病,买鉴湖快阁以居,乃陆放翁旧地,作诗四首,和者如云。先生句云:"叠石略存山意思,莳花聊破睡工夫。风流何处追狂客,踪迹重教记放翁。"甲戌岁,札来索和,并招往游。余寄诗奉答,终不果往。壬寅游天台,始登快阁,先生亡久矣。精舍数间,全觉鉴湖之胜:想在日清福,不减贺知章。

【译文】

　　我的老乡任武承太史,名应烈,出守怀庆,中年却告病还乡,在鉴湖买地修了快阁来居住,这儿是陆游过去住过的地方,写了四首诗,和韵的人很多。任先生的诗说:"堆叠起来的石头有些山峰的意境,侍弄花草浪费了我睡觉的时间。风流潇洒到哪里去追寻这样的狂放客人,旧地使我又想起了陆放翁。"甲戌年终,他写给我信要我和他这首诗,并请我去游玩。我寄过去诗作为答信,但最终没能去他那儿。壬寅年我游玩天台山,才登上了快阁,任先生已经死去很长时间了。有精舍几间,从中可以看到鉴湖的全境:想象他活着的时候在这儿享清福,情形不比贺知章差。

三四

【原文】

　　康熙戊戌探花傅玉笥先生,名王露,年八十余,同在湖船,自诵《陪申尚衣游

西湖绝句》云:"正是金牛纪瑞年,小春风景似春天。蓬莱原近孤山寺,游舫多停六一泉。""一到湖心眼界宽,云光霭霭接风湍。三朝恩泽深如许,莫作瑶池清浅看。"先生耳聋,与谈者,以手画字,即能通解。癸未春,来游摄山,与之谈,声振屋瓦。

【译文】

康熙戊戌年探花傅玉笀先生,名王露,已八十多岁了,同我在湖中的船上,自己朗诵《陪申尚衣游西湖绝句》说:"正是金牛纪瑞的年份,小春时风景已经是春意盎然了。蓬莱原来和孤山寺很近,游船大多都停靠在六一泉旁边。""一到湖心眼界便十分开阔,微风吹着云空湛蓝,三朝皇帝的思恋十分深厚,不要把它当作瑶池来看。"傅先生耳聋,和他谈话的人,用手画字,他就能够理解。癸未年春天,来游摄山,和他谈话,他的声音连房屋上的瓦都震动了,洪亮异常。

三五

【原文】

学士春台典试福建,过吴下买妾方大英,美貌能诗;以南北地殊,服食不惯,雉经而亡。搜其遗稿,有句云:"户闭新蛛网,梁空旧燕泥。"

【译文】

学士春台主持福建考试,过吴地时买下了方大英做妾,方大英不仅长得美而且能写诗;因为南北相差太大,饮食不惯,水土不服,年纪轻轻就死了。搜罗她的遗稿,有诗句说:"门户紧闭上边都有了蜘蛛网,梁上空空有旧的燕子横屋时的泥。"

三六

【原文】

孙补山尚书,先以中翰从傅文忠公征缅甸。《见虏氛日恶口号一首付诸同事》云:"军容荼火盛,不戢便成灾。水土本来恶,乌鸢晓便来。功成原有数,我死愧无才。腰下防身剑,摩挲日几回。"呜呼!先生当艰险时,赋诗如此,岂料日后之总督两广,晋爵宫保,世袭轻车都尉哉?《孟子》云:"天之将降大任。"信然!

清代孙补山以诗言志,诗中有"腰下防身剑,摩挲日几回"之句,表达了其建功立业的热切希望。

【译文】

孙补山尚书,起先以中翰的身份跟随傅文忠公南征缅甸,9 写有《见虏氛日恶口号一首付诸同事》一诗说:"军容整齐士气如火如荼,再不有所收敛就成灾害了。水土本来就不好,乌鸢早晨就起来了。功成胜利原来是有定数的,我死

愧于没有才干。腰下的防身之剑，一天都要摩挲几回。"哎呀！先生在艰险的时候，还能够这样写诗，谁能想到日后做了两广总督，加官晋爵，世袭轻车都尉呢？《孟子》中说："天要将大任降落在某些人身上。"如今实在是信服了这句话。

三七

【原文】

或戏村学究云："漆黑茅柴屋半间，猪窝牛圈沿锅连。牧童八九纵横坐，'天地玄黄'喊一年。"末句趣极。

【译文】

有人戏弄村庄里的学究说："漆屋一片的半间茅草屋，猪窝牛圈和锅台都连着。有几个牧童乱七八糟地坐着，教他们'天地玄黄'喊了一年。"末句十分有趣。

三八

【原文】

尹文端公妾张氏，封一品夫人，与内廷恩宴。大将军某与忠勇公在上前戏尹云："张有贵相，十指皆箕斗，无罗纹。"会伊里平定，诸功臣画像内廷。例有赞语。上命公自为张夫人赞。尹应声云："继善小妻，事臣最久。貌虽不都，亦不甚丑。恰有贵相，十指箕斗。遭际天恩，公然命妇。""上相簪花，元戎进酒。同画凌烟，一齐不朽。"忠勇公曰："欲戏尹某，反为尹某戏耶！"上大笑。

随园诗话

【译文】

尹文端公娶张氏为妾，封为一品夫人，进入内廷受恩赴宴。某大将军和忠勇公在席上上前戏弄尹文端公说："张夫人有贵人相，十指都是圆形的斗纹，没有指纹。"后来平定伊里，各个功臣的画像都被挂在内廷，按例都有几句赞扬的话。皇上命令尹文端公自己为张夫人写赞。尹文端公应声说："我的小妾，侍奉我的时间最长，貌虽然不十分漂亮，但也不太丑。刚好长有贵人相，十指都为斗。受到皇上这样恩宠，做我的一品夫人。"皇上赏她插花，大将为她敬酒，和忠勇公说："本想戏弄尹文端，却反而被他戏弄了！"皇上大笑起来。

三九

【原文】

壬午春，迎銮淮上，雨久不止。钱文端公戏尹相国云："阁下燮理阴阳，只燮阴而不燮阳，何也？"按《西清诗话》载："宋时，宋琪、沈义伦俱在黄阁，久旱得雨，雨复不止。琪苦之，戏沈曰：'可谓燮成三日雨。'沈应声曰：'调得一城泥。'"

【译文】

壬午年春天，我在淮河上迎接圣驾，当时雨久下不止。钱文端公戏弄尹相国说："阁下善于调理阴阳，但现在却只调和了阴却不调阳，为什么？"据《西清诗话》记载："宋朝时候，宋琪、沈义伦都在黄阁，久旱才得下雨，雨后来又不停止。宋琪苦不堪言，戏沈义伦说：'这可以说变得三日雨。'沈义伦应声说：'调得一城泥水。'"

四〇

【原文】

丁酉七月,庆两峰赴湖北臬使之便,《过随园留别》云:"天外飞鸿迹又过,衡门深处叩烟萝。交情共指青山在,别意相看白发多。祖帐一杯江上酒,秋风八月洞庭波。才人老去须珍重,漫把遗编日苦摩。"到湖北后,又寄红抹肚与阿迟,系以诗云:"一个锦兜寄儿著,要他包裹五车书。"自此一别,两峰出镇塞外,遂永诀矣。余哭之云:"平原自是佳公子,刘秩终非曳落河。"伤其不耐塞外之风霜也。其诗集甚多,不知流落何所。

【译文】

丁酉年七月,庆两峰趁赴湖北臬使的便利,写《过随园留别》说:"像天外飞鸿一样踪迹转瞬就过去了,衡门深处只剩下烟雾迷茫。交情像那青山一样长在,别后相互白发都在增多。在江上互赠一杯酒,八月里秋风掀起了洞庭波浪。才气横溢的人渐渐老去要多加珍重,每天把书稿都摩挲观看几遍。"到了湖北以后,又寄给阿迟一件红抹肚并附一首诗说:"寄一个锦帛做的兜儿给儿子,要他包裹五车书。"自从这次离别,两峰出去镇守塞外,遂成为永诀。我哭他道:"平原君本来就是佳公子,刘秩毕竟也不是被拖落河水的。"为他耐不住塞外的风霜而伤心。他的诗集很多,不知流落到了什么地方,无处寻找。

四一

【原文】

对联有解颐者:康熙时,广东诗僧石莲,住海珠寺,交通公卿。寺塑金刚与弥勒环坐,题对联云:"莫怪和尚们,这般大样;请看护法者,岂是小人。"杨兰坡《题倒坐观音像》云:"问大士缘何倒坐?恨世人不肯回头!"江西某《题养济院》云:"看诸君脑满肠肥,此日共餐常住饭;想一样钟鸣鼎食,前生都是宰官身。"

【译文】

对联有让人发笑的:康熙年间,广东诗僧石莲,住在海珠寺,和公卿们都有交往走动。寺里塑的是金刚和弥勒环坐,题有对联说:"不要责怪和尚们,这样架子大;请看那些护法者,难道能是小人。"杨兰坡《题倒坐观音像》说:"问大士您为什么要倒着坐!是不是恨世人不肯回头!"江西有人写《题养济院》说:"看你们个个都脑满肠肥,每天都在一起吃住;想你们都一样听见钟声就开饭,前身看来都是做宰官的那种人了。"

四二

【原文】

古诗人遭际,有幸不幸焉。唐宰相郑畋之女,爱读罗隐诗,后隔帘窥其貌寝,遂终身不复再诵。明谢茂秦眇一目,貌不扬,而赵穆王爱其诗,酒阑乐作,出所爱贾姬,光华夺目,奏琵琶,歌谢所作《竹枝词》,即以赠之。宋真宗时,宋子京乘车,路遇宫人,知为状元,呼曰:"小宋耶?"子京赋诗,有"更隔蓬山一万重"

之句。流传禁中。真宗知之，赐以宫女，曰："蓬山不远。"正德南巡，翰林谢政年少美貌，迎驾西江，见宫眷船，误为御舟，跪迎报名，适宫人开窗泼水，见之一笑。谢赋诗云："天上果然花绝代，人间竟有笑因缘。"亦复流传宫禁。武宗怒，削籍遣归。

【译文】

古代诗人的遭遇，有不幸和幸运的区别。唐朝宰相郑畋的女儿，爱读罗隐诗，后来隔着帘子偷看他的长相，从此终身都不再读了。明朝谢茂秦瞎了一只眼，其貌不扬，而赵穆王喜欢他的诗，设

罗隐像，图出自清·孔继尧绘《吴郡名贤像传赞》。罗隐是唐代诗人，相传宰相郑畋之女爱读罗隐的诗，但隔着帘子看了罗隐的相貌之后，终身不再读他的诗。

酒做东，让他所钟爱的买贾出来，光彩照人，弹奏琵琶，唱谢茂秦所写的《竹枝词》，然后就把买姬赠给了他。宋真宗的时候，宋子京坐车，路见官人，知道他是状元，就叫道："是小宋吗？"子京写诗，有"隔离仙山万里远"的诗句。流传皇宫禁中，真宗知道了，就赐给他宫女，说："仙山不远啊！"正往南巡视察，翰林谢政年少美貌，迎驾在西江上，见宫眷船来了，认为是御舟，就跪迎报名，刚好宫人开窗泼水，见了他就笑了笑，谢政写诗说："天上果然有风华绝代的花，人间竟然有一笑之缘。"也在宫禁中流传。武宗知道后大怒，将谢政削掉官职，送归家乡。

四三

【原文】

儿童逃学,似非佳子弟。然唐相韦端己诗云:"曾为看花偷出郭,也因逃学暂登楼。"文潞公幼时,畏父督课,逃西邻张尧佐家,后有灯笼锦之贻。盖与贵妃本属世交,常通缟紵故也。可见诗人、名相,幼时亦尝逃学矣。阿通九岁,能知四声,而性贪嬉戏。重九日,余出对云:"家有登高处。"通应声曰:"人无放学时。"余不觉大笑,为请于先生而放学焉。其师出对云:"上山人斫竹。"通云:"隔树鸟含花。"

【译文】

儿童逃学,好像不是好的子弟。但是唐朝宰相韦端己有诗说:"曾经为了看花而偷出城去,也因逃学而暂且爬不上楼阁。"文潞公小的时候,害怕父亲督促功课,就逃到西邻张尧佐的家里,后来有灯笼锦赠给他。这是因为他和贵妃本是世交,常有礼物往来。可见诗人、名相,小时候也常逃学啊!阿通九岁的时候,就知道四声,而性格贪于玩耍。重阳节的时候,我出对子说:"家有登高的地步。"通应声说:"人没放学的时候。"我不觉大笑,因此请先生为他放假。他的老师出对说:"上山的人是去砍竹。"通应对说:"隔着树木见鸟儿在叨花。"

四四

【原文】

讳老染须,似非高人所为,南朝陆展有媚侧室之讥。然司空图高风亮节,唐

季忠臣,其诗曰:"髭须强染三分折,弦管听来一半愁。"可知染须亦无伤于雅士。

【译文】

害怕年老而染黑了头发似乎不是高人的作为,南朝陆展有取媚小妾的笑料。但是司空图高风亮节,是唐代的忠臣,他的诗说:"强染头发折断了许多,听着音乐心里十分惆怅。"可见染发不伤雅士风范。

四五

【原文】

黄石牧先生以翰林中允,督学闽中,因公落职。吾乡徐文穆公荐举博学鸿词,与余同试保和殿。先生年过七旬,神明衰矣;以不完卷,累荐主议处:盖马伏波自忘其老之过也。《唐堂诗集》生新超隽,美不胜收。姑录短句,以志一脔之嗜。《芭蕉》云:"日不红三伏,天惟绿一庵。"《北路买饼》云:"驻马一钱交易,羁留三刻行程。"《玫瑰花》云:"生来合是依人命,从不容渠在树看。"集中七古,选胜潘稼堂。

【译文】

黄石牧先生以翰林身份公正无私,到闽中督学,因公事被削职。我的老乡徐文穆公推荐他的博学鸿词,和我一起去保和殿面试。先生当时已年过七十,神明衰老,写不完试卷,屡次推荐到主议处:这是像马伏波一样忘了自己已经衰老的过错啊!《唐堂诗集》写的新颖隽永,美不胜收,在这儿且记下几个短句,来满足读者的愿望。有《芭蕉》诗说:"再热热不过三伏天,天意只让芭蕉绿。"《北路买饼》说:"停着马用一文钱来做交易,因此耗费了三刻钟的行程。"《玫瑰花》诗说:"生下来就命中注定是靠别人的命,从来不允许别人在树后偷看。"集中的七言律诗,远远超过潘稼堂的水平,表明了他对诗歌的造诣。

四六

【原文】

余泛舟横塘,有踏摇娘蕊仙者,素矜身分,隔窗对语,不肯进舱侍饮,而颇知文墨。客许重赠缠头,而拒不受。少顷,月出矣,蕊仙持扇求诗。余戏题云:"横塘宵泛酒如淮,十里桃花四面开。只恨锦帆竿上月,夜深不肯下舱来。"蕊仙一笑进舱。

【译文】

我在横塘泛舟闲游,有踏摇船的姑娘叫蕊仙的,矜持身份,与我隔窗对话,不肯进舱来侍饮,而很通文墨。客人许了重金作为报酬,也遭到她的拒绝。不一会儿,月亮出来了,蕊仙拿着扇子请求题诗。我戏题说:"横塘泛舟夜晚饮酒像秦淮河一样,十里桃花四面都正开放,只恨那船帆上的月亮,夜深了也不肯下舱来。"蕊仙见诗一笑进了船舱。

四七

【原文】

孝感程蔚亭先生,名光钜,甲辰翰林,出为杭州粮道,有《闺词》云:"东家姐妹与西邻,听说相招去踏春。料得今年花事好,晚归都语画眉人。""青衫薄薄衬宫绯,上绣鸳鸯并翅飞。勉强著来都不称,可身还是嫁时衣。"余己未归娶,先生留饮,云:"老夫次首,有不惯外任,仍思内用之意。"

孝感的程蔚亭先生,名叫光钜,是甲辰年的翰林,出为杭州粮道,有《闺词》诗说:"东家姐妹和西家的邻居,听说约好了一块儿去踏春。料得今年的花一定开的好看,晚上归来听她们不停地在说笑。""穿着宫中的薄薄青衫,上面绣着并翅齐飞的鸳鸯。勉强穿下的衣服都不合适,穿着合身的是要嫁时的衣服。"我己未年回去娶亲,程先生留我喝酒,说:"我说心里话,不习惯到外边任职,仍想留在京都任职,有这样的意愿。"

四八

【原文】

诗人少达而多穷。汪可舟舸,自称客吟先生,诗笔清绝;而在扬州,竟无知者。己丑除夕,忽过白门,意大不适,有汉江之行。余坚留之,不肯小住,遂成永诀。未十年,其子中也,家业大昌,买马氏玲珑山馆,造亭台,招延名士,而可舟不及见矣。其《听雨》诗云:"檐外几声才渐沥,胸中何事不分明。"又曰:"侧身已在江湖外,绕屋宁堪竹树多。但觉有声皆剑戟,不知何物是笙歌。"其纡郁可想。仲小海《听雨》云:"明知关我心何事,只觉撩人梦不成。"宋人有小词云:"薄暮投村急,风雨愁通夕。窗外芭蕉窗里人,分明叶上心头滴。"

【译文】

诗人很少富贵发达而多半贫困。汪舸字可舟,自称为客吟先生,诗歌文笔清新妙绝,而在扬州,竟然没有知道他的。己丑年除夕,忽然路过白门,心中感觉不舒服,又去了汉口,我坚持留他住下,不肯,遂成为永别。不到十年,他的儿子中也,家业昌盛,买下马氏的玲珑山馆,造建亭台,招延名士,而可舟却看不到了。他的《听雨》诗说:"檐外渐渐沥沥的雨声,胸中有什么事弄不明白。"又说:"侧身已在江湖外,绕屋喜欢多栽竹子树木。喜欢听那剑戟之声,不愿听那笙歌的靡靡之音。"他的壮志可以想象。仲小海也写有《听雨》说:"明知不关我的什

么心事,但它却搅得我觉也睡不成。"宋朝人有小词说:"傍晚着急找个村庄,风雨之中担心今晚怎么过。窗外芭蕉窗里的人,滴在叶子上的水珠分明是往我心里滴的啊,实在是令人心碎。"

四九

【原文】

余行路见远树,疑为塔尖。高翰起司马云:"平畴见喜塍成绣,远树看疑塔露尖。"每见门神相对,似怒似笑。赵云松云:"无言似厌人投刺,含笑应羞客曳裾。"

【译文】

我行路时看见远方的树木,认为是塔尖。记起高翰起司马曾说过:"平整的田地中田埂像花绣一样,远树看上去还误认为是塔尖。"每次看到门上的门神相对,似怒似笑。记起赵云松曾说过:"无言好像讨厌人来投奔,含笑大概是笑客人的衣衫不整。"

五〇

【原文】

文尊韩,诗尊杜:犹登山者必上泰山,泛水者必朝东海也。然使空抱东海、泰山,而此外不知有天台、武夷之奇,潇湘、镜湖之胜;则亦泰山上之一樵夫,海船上之舵工而矣。学者当以博览为工。

【译文】

　　文章要推崇韩愈,诗歌当尊崇杜甫,就像登山的人一定要登上泰山,游水的人一定要朝见东海一样。但如果让他空抱东海、泰山,而此外却不知道有天台、武夷的奇绝,潇湘、镜湖的胜境,那充其量是泰山上的一位樵夫,海船上的一个舵工而已。学习的人应该以博览群书为功底。

五一

【原文】

　　王次回有句云:"天台再许刘晨到,那惜千回度石梁。"宝意先生反其意,作《秋霞曲》云:"天台已入休嫌暂,尚有终身未到人。"

【译文】

　　王次回有诗句说:"天台如果能让刘晨来一次,那惜过石梁一千次。"宝意先生反其意用之,作《秋霞曲》一诗说:"进入天台不要嫌时间短,还有一辈子也没到这儿的人,相比这下来过已很不容易了。"

五二

【原文】

　　近日书院一席,全以荐者之荣落,定先生之去留。蒋春农掌教真州,移主扬州梅花书院。《留别诸生》云:"自惭头脑太冬烘,两载鋆江作寓公。提举原如宫观例,量移还与职官同。痕留雪爪栖难定,老困盐车步未工。却忆来时春正

文天祥像,图出自清·孔继尧绘《吴郡名贤像传赞》。文天祥曾官居丞相,故后人又称其为"文丞相"。

晚,海棠飞雨坠阶红。""风雪交加腊尽时,临歧握手意迟迟。丰碑昔拜文丞相,遗像今瞻史督师。山长头衔聊复尔,英雄末路合如斯。诸生莫作攀辕计,撰杖重游未可知。"

【译文】

近日书院有一空缺,全以推荐者的品格,来定书院先生的去留。蒋春农先生掌教真州,后移到扬州梅花书院,写有《留别诸生》说:"自己为自己的头脑简单而惭愧,去銮江作了两年的寓公。提举应该和宫观一样,移来换去官职还是一样。像雪地爪痛一样踪迹难定,老来固于这种地步。想起来的时候已是晚春时节,海棠花随雨而落满阶尽红。""腊月底时风雪交加,临别的时候相互握手情意绵绵。拜会文天祥丞相的丰碑,凭吊史督师的遗像。青山常在人生反复,英雄末路大概就是这样。各位不要去攀权附势,持着杖旧地重游不也是很愉快的一件事吗?"

五三

【原文】

东坡云:"无事此静坐,一日如两日。若活七十年,便是百四十。"京口解李瀛善画,有人聘往写真,而主人久卧不出,解戏改苏诗赠云:"无事此静卧,卧起日将午。若活七十年,只算三十五。"山阴人有三乳者,金上清进士调之云:"胸罗星宿素襟披,下字成文亦太奇。四乳曾闻男则百,君应七十五男儿。"

【译文】

苏东坡说:"无事在这儿静坐,一日就像两天。要是活七十年,就等于一百四十年了。"京口的解李瀛擅长绘画,有人聘他去给人画像,但是主人却久卧不出,解李瀛戏改苏轼的诗说:"无事在此静坐,等你起来也快到中午了。要是活了七十年,岂不等于只活了三十五。"山阴人有长三个乳房的,金上溥进士戏弄他说:"平素穿着衣服胸中却怀有星辰,下笔就能成文十分稀奇。听说有男的长了四个乳头而活了一百岁,看来你能活七十五。"

五四

【原文】

程鱼门云:"时文之学,有害于古文;词曲之学,有害于诗。"余谓:"时文之学,不宜过深;深则兼有害于诗。前明一代,能时文,又能诗者,有几人哉?金正希、陈大士与江西五家,可称时文之圣;其于诗,一字无传。陈卧子、黄陶庵不过时文之豪;其诗便有可传。《荀子》曰:'艺之精者不两能'也。"

【译文】

程鱼门说："当时的学问,有害于古文;词曲文学,有害于诗歌。"我说:"时文之学,不宜太深,深了就有害于诗。前明一代,能时文,又能写诗的,有几个人呢! 金正希、陈大士和江西五家,可称为时文的经典;对于诗歌,却没有一个字传下来。陈卧子、黄陶庵不过是诗文中的豪杰,他的诗便有可以传下来的理由。这就是《荀子》说:'技艺之精不能表现在两方面的意思'啊!"

五五

【原文】

黄陶庵先生,性严重,馆牧斋家,不肯和柳夫人诗。然其诗,极有风情。《竹枝歌》云:"东湖西湖莲荺开,一日摇船采一回。莲叶田田无限好,只因曾见美人来。""柳条不系玉蹄驹,拗作长鞭去路斜。春色也随郎马去,妆楼飞尽别时花。"

【译文】

黄陶庵先生,性格严肃持重,住在牧斋家,不肯和柳夫人对诗。然而他的诗却极有风格情趣。写有《竹枝歌》说:"东湖西湖的莲花都开了,每天都摇船来一回。莲叶相接天边无际十分美好,这是因为见了美人来过。""柳条不动马儿就走得很快,折一枝作长鞭直往斜路而去。春色也被你的马带走了,小楼满飞的是离别时的花。"

五六

【原文】

戊申春,余阻风燕子矶,见壁上题云:"一夜山风歇,僧扫门前花。"又云:"夜间桠枻声,知有孤舟泊。"喜其高淡,访之,乃知是邵明府作。未几,以诗见投,长篇不能尽录。记《竹枝》云:"送郎下扬州,留侬江上住。郎梦渡江东,侬梦渡江去。""若耶湖水似西泠,莲叶波光一片青。郎唱吴歌侬唱越,大家花下并船听。"又梦中得句云:"涧泉分石过,村树接烟生。"皆妙。邵名弧,字无恙,山阴人。

【译文】

戊申年春,我在燕子矶被风所阻困,见石壁有题诗说:"一夜间山风就停下来了,僧人扫着门前的落花。"又说:"晚上听见木桨声,知道是有船只前来停泊。"我十分欣赏他的高雅恬淡,去拜访他,才知道是邵明府作的。没过几天,他就有诗寄给我,因为篇幅太长就不能一一写下了。记得有《竹枝》诗说:"送郎君下扬州,留我在江上住。你肯定会梦见渡江而来,我梦见渡江去。""如果湖水像西泠的水一样,莲叶波光一片青。你唱吴地的歌我唱越地的歌,大家并船在花下听。"又有梦中得的诗句说:"涧中泉水被石头分开,从村庄旁的树上可以看见炊烟升起。"都十分巧妙,邵明府叫弧,字无恙,是山阴人。

五七

【原文】

许子逊先生有女孟昭,《寒夜曲》云:"金剪生寒夜漏长,玉人纤手嫩缝裳。

素娥偏耐秋光冷,肯照鸳鸯瓦上霜。"江宾谷有室陈氏,《哭某夫人》云:"忽驾青鸾返碧虚,琼花吹折痛何如。修文应是才人尽,微到嫦娥旧侍书。"

【译文】

许子逊先生有女叫孟昭,写有《寒夜曲》说:"剪子带着寒意夜十分漫长,玉人的纤纤细手缝补衣裳。嫦娥耐得住秋光的寒冷,肯照鸳鸯瓦上的霜。"江宾谷有妻陈氏;写有《哭某夫人》说:"忽然成仙而去,像花一样被吹折知道我是多么悲痛。写文章可惜才气已尽,你是嫦娥那里过去侍奉读书的人吧!现在是否已经又回到了那里。"

五八

【原文】

明季误国臣,马、阮,皆庸人也,奸而不雄,较之曹操,直奴才耳!宿迁女子倪瑞璿嘲之云:"卖国仍将身自卖,奸雄两字惜称君。"《忆母》句云:"暗中时滴思亲泪,只恐思儿泪更多。"

【译文】

明代的时候有误国大事的大臣,马、阮都是平庸的人,奸诈但却不是英雄,和曹操相比,简直是一个奴才!宿迁一个女子叫倪璿的嘲笑他们说:"不但卖国而且将自身也出卖了,奸雄两个字和你们都不相称。"写《忆母》诗说:"暗地里常常滴下思念母亲的泪水,只怕母亲想我时落的泪更多。"

五九

【原文】

绥安孝廉诸邦协,值耿逆之变,率家人避兵石窦砦。贼兵过,索犒,不与,怒焚其砦,全家灰没。族人国枢哭以诗云:"三年抗节万山行,密箐深林母子并。谁遣多生逢浩劫,直教一死重科名。阖门背决朝探碛,枯骨灰飞夜请兵。青草年年寒食路,招魂惟有杜鹃声。"

【译文】

绥安孝廉诸邦协,逢上耿逆之变,带着家人都到石窦砦躲避兵乱。贼兵路过这个地方,向他要犒劳,不给,贼兵恼怒烧了他的石窦砦,全家都被烧为灰烬。族人国枢写诗哭他说:"三年抗敌保节不惜万里远行,母子几人都躲在密林深处。谁知道一生偏偏多浩劫,直到一死才显示他的气节。满门都死去了,化为灰烬去向朝廷请兵。在这条路上年年青草丛生,杜鹃声声似乎在向他们招魂。"

六〇

【原文】

闽人崔炛,十三岁有《遇雨》一绝云:"叶香乱打冷霏霏,兴梦寻秋雁影稀。烟雨满溪行不了,渡头扶伞一僧归。"雅有画意。

【译文】

福建人崔炛十三岁时就写有一首《遇雨》诗说:"冰冷的雨水零乱地敲打着

叶子,梦里找寻秋天但见稀疏的大雁影子。烟雾缭绕中雨水涨满小溪,渡口旁打着伞的是一个僧人回寺。"写得不但雅致而且很有诗意。

六一

【原文】

董蒲先生曰:"冯钝吟右西昆而黜西江,固矣。夫西昆沿于晚唐,西江盛于南宋;今将禁晋、魏之不为齐、梁,禁齐、梁之不为开元、大历,此必不得之数。风会流传,人声因之,合三千年之人,为一朝之诗,有是理乎? 二冯可谓能持诗之正,未可谓遂尽其变者也。"

【译文】

董蒲先生说:"冯钝吟强于西昆而又比不上西江,这是事实。西昆是从晚唐发展起来的,而西江却在南宋时盛兴;现在将禁止晋、魏而不禁齐、梁,禁齐、梁而不禁开元、大历,这必然行不通。什么事都会随风而四处流传,人声也十分杂乱,抹去三千年以来的诗人,而独树一朝的诗歌,有这样的道理吗? 二冯可以说是能得到诗的规则、要求,但不可以说掌握尽了它的变化。"

六二

【原文】

吾乡多才女。河督吴公树屏,有女名茗华,《留别淮阴官署》云:"三载依依玉镜前,旧梳妆处最相怜。不知今后红窗里,又是何人点翠钿?"《古镜》云:"阅世兴亡疑有眼,辨人好坏总无声。"

我的家乡多才女。河督吴树屏的女儿名叫苕华,写有《留别淮阴官署》说:"三年了天天都曾立在这面镜子前,最爱惜的就是这旧的梳妆台。不知道今后的红窗里,又是什么人在这里做针线?"《古镜》一诗说:"只有有眼光的人才能看透世上的兴与亡,辨别人的好坏总是不用声音。"

六三

【原文】

山阴古无吼山,因采石者屡凿不休,遂成一小湖。远望山如列城;山顶种禾麦,中开一洞,摇船而入,别有天地。大鱼长一二丈者,纷然游泳。邵无恙诵某"船进有鱼听"五字,以为贴切。余曰:"方宫保泊岳州,亦有句云:'莫使火惊孤雁宿,且吟诗与大鱼听。'"

【译文】

山阴县古代没有吼山,因为采集石头的人一直不停休,于是凿成了一个小湖。远处望山好像一列城墙,山顶种有麦子,中间开了一个洞,坐船进去,别有天地。有长一二丈的大鱼,在欢快地游泳。邵无恙郎找的"船进有鱼听"五字,认为写得十分贴切。我说:"方宫保停在岳州,也有诗句说:'不要让灯火惊醒了孤雁的好梦,且让我吟一首诗给大鱼听。'"

六四

【原文】

罗两峰诵人《孔庙》诗云:"阳虎可能同面目,祖龙空自倒衣裳。"顾立方《法藏寺》云:"拂衣人柳碧,覆瓦佛桑青。"以龙对虎,以人对佛,皆工对也。《孔庙》着笔尤难。

【译文】

罗两峰朗读别人的《孔庙》诗说:"阳虎可能有长得和他一样的,祖龙白白穿反衣裳。"顾立方写《法藏寺》说:"柳树曾绿枝柔摆动人的衣衫,桑树青青叶子盖住了佛像头上的瓦砾。"用龙来对虎,以人来对佛,都对的十分工整。《孔庙》下笔尤其困难。

六五

【原文】

满洲永公名福,字用五,守湖州。作《吴兴竹枝》云:"香雪西崦处处栽,终朝结社赏梅来。儿家门户敲不得,留待月明人静开。""练裙如雪浣中单,二月风多草色寒。片雨过窗红日现,家家楼上晒衣竿。"公礼贤爱士,蒙见访杭州,于公事如麻时,苦留宴饮。遣人以手板到大府处,乞假谈诗。

【译文】

满洲永公名叫福,字用五,镇守湖州,作有《吴兴竹枝》说:"香雪西山处处

都栽有竹子,每年都要在此诗社赏梅。我的家门不能敲,留着晚上月明人静时再开。""裙子白如雪在洗单子,二月间多风草还感有寒意。雨一会就过去了,红日出来,家家楼上都挂竹竿晒衣服。"永公对名士一向礼贤敬爱,曾承蒙他到杭州拜访我,我虽然当时十分繁忙,仍苦苦留他喝酒。派人持手板到大府处,请假回来与他谈论诗歌。

六六

【原文】

《漫斋语录》曰:"诗用意要精深,下语要平淡。"余爱其言,每作一诗,往往改至三五日,或过时而又改。何也? 求其精深,是一半工夫;求其平淡,又是一半工夫。非精深不能超超独先,非平淡不能人人领解。朱子曰:"梅圣俞诗,不是平淡,乃是枯槁。"何也? 欠精深故也。郭功甫曰:"黄山谷诗,费许多气力,为是甚底?"何也? 欠平淡故也。有汪孝廉以诗投余。余不解其佳。汪曰:"某诗须传五百年后,方有人知。"余笑曰:"人人不解,五日难传;何由传到五百年耶?"

【译文】

《漫斋语录》中说:"诗歌用意要求精深,下语却要平淡。"我爱他的话,每次写一首诗,往往改了三五天,或过一阵再改。为什么? 求诗意的精深,是一半功夫;求语言上的平淡,又是一半的功夫。诗意如果不精深就不能超凡脱俗,语言如果不平淡就不能让人人理解。朱子说:"梅圣俞的诗,不是平淡,而是枯槁。"为什么? 这是欠缺精深的缘故。郭功甫说:"黄山谷的诗,费了许多力气,说的是什么?"为什么? 它的诗因为太平淡了。有汪孝廉寄诗给我,我不懂它好在哪里。汪孝廉说:"我的诗要传到五百年后,才能有人赏识。"我笑着说:"人人都不理解诗意,我看五日都难传;凭什么传到五百年之久啊?"

随园诗话

梅尧臣像,图出自清·孔继尧绘《吴郡名贤像传赞》。梅尧臣字圣俞,北宋著名诗人,但南宋朱熹认为他的诗不是平淡,而是枯槁。

六七

【原文】

　　吾乡沈方舟用济,诗宗老杜。常来金陵,与姚雨亭、袁古香诸人唱和。余宰江宁时,先生已老,不复来矣。杭人有谋梓其诗者,托余访之归愚尚书。尚书云:"闻其全稿藏张少弋家。"少弋已亡,竟难搜葺。雨亭之子记其《留别》云:"青尊断送流光易,白社重寻旧雨难。"自此永诀。

【译文】

我的老乡沈方舟字用济，诗是学老杜的，常来金陵，和姚雨亭、袁古香等人唱和。我做江宁宰的时候，先生已经老了，不再来了。杭州人中有准备出版他的诗的，托我问归愚尚书。尚书说："听说他的全稿都藏在张少弋家。"少弋已经死了，竟然难以再找到了。雨亭的儿子记得他的一首《留别》说："美酒断送了轻易流失的时光，过去的诗社想要再找到过去下雨的情景是不可能的了。"从此他便与人永别，远尘世。

六八

【原文】

青田才女柯锦机，有宣文夫人之风；绛帐问字者数十人。同乡韩太守锡胙犹及见之，诵其《送夫应试》云："剑匣书囊自检详，冬裘夏葛赋行装。西风忽送来朝别，明月休沉此夜光。见说试文容易作，须知客感最难防。莫夸司马题桥柱，富贵何如守故乡？"《调郎》云："午夜剔银灯，兰房私事急，薰犹郎不知，故故偎依立。"又云："合线烦君申食指，拾钗为我屈儒躬。"《自题小像》云："焚香合受檀郎拜，一幅盘陀水月身。"

【译文】

青田才女柯锦机，有宣文夫人的风范，隔着帐子向她讨教问字的有好几十人。同乡韩锡胙太守有幸见到过她。读她的《送夫应试》诗说："剑匣、书袋自己要检查清楚；冬天、夏天的衣服要带好。西风吹来似乎向你告别，此夜明月也不消失。听说考试的文章很容易，要知越是简单越要慎重。不要夸耀自己有司马题诗桥栏那样的水平，求得富贵哪里比得上守护家乡！"《调郎》说："午夜时挑银灯，在兰香溢满的屋子里急于亲热，香火熏得你糊里糊涂，因此温顺地偎着我站在那里。"又说："要合线麻烦你伸出食指，请你再弯下腰来为我拾拾头钗。"《自题小像》说："焚香应该受郎君一拜，一幅洁白如玉的身子。"

六九

【原文】

汪大绅道余诗似杨诚斋。范瘦生大不服,来告余。余惊曰:"诚斋,一代作手,谈何容易! 后人嫌太雕刻,往往轻之。不知其天才清妙,绝类太白,瑕瑜不掩,正是此公真处。至其文章气节,本传具存;使我拟之,方且有愧。"

【译文】

汪大绅说我的诗像杨诚斋的。范瘦生很不服气,来告诉我,我吃惊地说:"杨诚斋,是一代写诗能手,像他谈何容易! 后人嫌他太雕刻,所以往往轻视他的诗。不知道他天才清妙,很像李白,瑕瑜不掩,这是他的长处。至于他的文章气节,传里都有记载;把我和他相比,还是很惭愧的。"

七〇

【原文】

王弇州推尊李于鳞,而弇州之才,实倍于李。予爱其《短歌》数句云:"不必名山藏,不必千金悬。归去来一壶,美酒抽一编,读罢一枕庄头眠。天公未唤债未满,自吟自写终残年。"《弃官》云:"人生求官不可得,我今得官何弃之? 六月绣襦黄金垂,行人拍手好威仪。与君说苦君不信,请君自衣当自知。"本传称先生论诗,呵斥宋人,晚年临终,犹手握《苏子瞻集》。此二诗,果似子瞻。

【译文】

　　王弇州十分推崇李于鳞,而弇州的才气,实在是比李于鳞强得多。我喜爱他的《短歌》中几句说:"不必藏在名山,不必悬赏千金。走时来壶酒,美酒伴着一本书,读罢喝完躺下便睡。天公不叫我去就说我负的债还没有还完,自吟自写结束这晚年。"《弃官》说:"人生中追求功名却得不到,我如今当官又为什么要丢弃它?六月份坐着绣有金帘的轿子,行人都为我的仪仗而拍手叫好。对你说当官苦你不信,请你当一当你便知道了。"他的传记里称他论诗,呵斥宋人,晚年临死时,手中还拿着苏轼的诗,这两首诗,果然像苏轼的。

七一

【原文】

　　严沧浪借禅喻诗,所谓"羚羊挂角,香象渡河,有神韵可味,无迹象可寻。"此说甚是。然不过诗中一格耳。阮亭奉为至论,冯钝吟笑为谬谈:皆非知诗者。诗不必首首如是,亦不可不知此种境界。如作近体短章,不是半吞半吐,超超元箸,断不能得弦外之音,甘余之味。沧浪之言,如何可诋?若作七古长篇、五言百韵,即以禅喻,自当天魔献舞,花雨弥空,虽造八万四千宝塔,不为多也;又何能一羊一象,显渡河、挂角之小神通哉?总在相题行事,能放能收,方称作手。

【译文】

　　严沧浪借禅来比喻诗歌,所谓的:"羚羊将角挂在树上,香象自己能渡河过去,有神韵可以品味,却没有迹象可以找寻。"这种说法很对。但这不过是诗中的一种罢了。阮亭将它奉为至高无上的论述,冯钝吟笑它为谬论:他们都不是了解诗歌的人。诗歌不必首首都是这样,也不可以不知道这种境界。如果作近体短诗,不是半吞半吐,超出凡俗,断断得不到弦外之音,诗外之意:严沧浪的话,怎么能诋毁呢?如果作七古长诗、五言百韵,就是用禅来比喻,自当是天魔献舞,花雨弥漫空中,即使造入万四千个宝塔,不算多啊;又怎么能用一羊一象,

来表演渡河、挂角这样的小神通呢？总的问题是要看题目行事，能放能收，这才是写诗的能手行家呢。

七二

【原文】

余雅不喜苛论古人。阮亭骂杜甫无耻，以其上明皇《西岳赋表》云："惟岳授陛下元弼，克生司空。"指杨国忠故也。不知表奏体裁，君相并美；非有心阿附。况国忠乱国之迹，日后始昭。当初相时，杜甫微臣，难遽斥为奸佞。即如上哥舒翰诗，亦极推尊；安能逆料其将来有潼关之败哉？韩昌黎《赠郑尚书序》，郑权也；颜真卿《争坐位帖》，与郭英义也；本传皆非正人，而两贤颇加推奉，行文体制，不得不然。宋人訾陆放翁为韩侂胄作记，以为党奸；魏叔子责谢叠山作《却聘书》，以伯夷自比，是以殷纣比宋：皆属吹毛之论。孔子"与上大夫言，訚訚如也。"所谓"上大夫"者，独非季桓子、叔孙武叔一辈人乎？

直道清忠王室之贤
大岳歲君長我元老

颜真卿

颜真卿像，图出自明·天然撰《历代古人像赞》。颜真卿是唐代著名的书法家，曾送郭英《争坐位帖》，与之交往。

【译文】

我平素不喜欢苛求古人。阮亭骂杜甫无耻，因为杜甫有上呈明皇的《西岳赋表》说："是华山送经陛下李元弼，来克可容。"这是指杨国忠。阮亭不知道表奏的体裁，要求君相都要赞美，不是有心去阿谀奉承。更何况杨国忠有乱国的劣迹，日后才大白。当初做宰相的时候，杜甫是个小官，难斥责他为奸佞。就像上呈的歌舒翰，也极尽推崇尊长的事，怎么会能料到他败在潼关？韩昌黎写《赠郑尚书序》，推崇郑尚书；颜真卿写《争坐位帖》，和郭英义交往很好；本传是他们都不是正人君子，但两位贤者都对他十分推崇，这是行文体例，不得不这样。宋人批判陆放翁写韩侂胄的传记，认为他是奸党；魏叔子责怪谢叠山而写《却聘书》，以伯夷自比，因此殷纣要来和宋做比较：这都是吹毛求疵的言论。《孔子》说："与上大夫谈话，十分没趣。"所谓的"上大夫"，难道仅仅是季桓子、叔孙武叔一辈人吗？

七三

【原文】

随园席间咏六月菊，储秀才润书云："秋士偶然轻出处，高人原不解炎凉。"余叹为独绝。何南园一联云："隐士静宜荷作侣，东篱闲爱日如年。"虽差逊，而心思自佳。

何南园《望晴》诗云："风都有意收残暑，云尚多情恋太阳。莫怪人间无易事，一晴天且费商量。"春过随园，见游女，又云："送与名园助春色，水边来往丽人多。"

【译文】

在随园喝酒，席间作诗咏六月菊，储润书秀才说："秋士偶然出来了，高人却不觉得炎凉。"我感叹他写得独特妙绝。何南园写有一联说："隐士静下来适宜荷花做伴，在东篱下闲坐度日如年。"诗虽然写得差点，但心思挺好的。

何南园写《望晴》诗说："连风都有意收拾这几天的闷热,云彩还多情地伴着太阳。不要奇怪人间没有容易的事,要一个晴天也要费思量。"春天他路过随园,见一个游玩的女子,又说："送女子来为随园添增春色,水边来往的美人很多。"

七四

【原文】

《北史》称:"庚自直为隋炀帝改诗,许其诋呵。帝必削改至于再三,俟其称善而后已。炀帝虽非令主,如此虚心,亦云难得。"第"改章难于造篇,易字难于

《隋唐演义全传》版画之隋炀帝杨广像

代句。"刘勰所言,深知甘苦矣。

【译文】

《北史》上称:庾自直为隋炀帝改诗,许庾自直批评呵斥。隋炀帝一定要修改再三,等到他说好了才罢休。隋炀帝虽然不是名主,但这样虚心,也是十分难得。"修改文章难于写文章,换一个字难于换一个句子。"这句刘勰的话,一定是他自己深知这话中的甘苦,表明他对诗的理解。

七五

【原文】

余己未同年,多出任封疆,内调鼎鼐者,可谓盛矣。近都薨逝,惟余以奉母故,空山独存。想勤劳王事者,毕竟耗心力,损年寿耶?嵇康有"圈马不乘,寿高群厩"之语,似亦有理。宋人《吟古树》云:"四边乔木尽儿孙,曾见吴宫几度春。若使当时成大厦,也应随例作灰尘。"《闺词》云:"羡他村落无盐女,不宠无惊过一生。"

【译文】

我的己未同年,大多出任封疆大臣,然后调回来委以重任,可以说很多。近来都死去了,只有我因为侍奉母亲的缘故,独自活在这空山中。想为皇上多操点心多干点事,毕竟耗费心力,损年折寿?嵇康有"养马不骑马,在普通人中能够长寿"的话,似乎也有道理。宋人《吟古树》说:"四边的乔木都是你的儿孙,曾见吴宫几度春。要使当年都能盖成大厦,也会随着时光而化为灰烬。"有《闺词》说:"羡慕别的村庄里有无盐这样的女子,不受宠也没有惊吓地过完一生。"

随园诗话

七六

【原文】

文、沈、唐、仇，以画名前朝。仇画从无题咏，唐能诗，恰无佳句。诗画兼工者，惟文、沈二公，而笔情超脱，则沈为独绝。《落花》云："美人天远无家别，逐客春深尽族行。""苦戒儿童莫摇树，空教行路欲窥墙。""渔艇再来非旧径，酒家重访是空村。"《咏影》云："算来只有鳏夫称，老去犹堪作伴行。"《金山》云："过江如隔世，入寺不知山。"有《爱日歌》《七十自寿》两篇奇绝，惜篇长难录。

【译文】

文、沈、唐、仇四人，因为擅长绘画而闻名于前朝。仇的画从来没有过题咏。唐的画能自己写诗，可惜没有好的句子。诗歌与绘画都十分擅长的，只有文、沈二公。而文笔情感超脱的，只有沈是独特妙绝。写有《落花》诗说："美人远在天边无家可以寻觅，春天的深处追逐游客的行踪。""苦苦劝儿童们不要摇树，致使让行人窥视那空荡荡的墙。""渔艇再回来不是为了旧的事情，重访乡村酒家却已成空。"《咏影》诗说："算来只有鳏夫最难称心，老了还要找一个人结伴而行。"《金山》诗说："过一次江就像隔了一世，踏入寺门就不知道山了。"有《爱日歌》《七十自寿》两篇写得特别好，可惜篇幅太长，记不下来，只能提一提它的篇名。

比

【原文】

杨刺史潮观,字笠湖,与予在长安交好。以运四川皇木,故再见于白门,垂四十年矣。《山行遇雨》云:"广厦千万间,不免炎暑热。盖头一把茅,亦避风雨雪。"《马跑泉》云:"十月冰霜洁,真阳坎内全。任教无底冻,不到有源泉。"所言皆有道气。笠湖在中州作宰,乡试分房,梦淡妆女子寨帘私语曰:"桂花香卷子,千万留意。"醒而大惊。搜落卷,有"杏花时节桂花香"一卷,盖谢恩科表联。其年移秋试在二月,故也。主司是钱东麓司农,见之大喜,遂取中焉。拆卷,乃侯元标,是侯朝宗之孙也。杨悚然笑曰:"入梦求请者,得非李香君乎?"一时传李香君荐卷,以为佳话。

李香君像,图出自《秦淮八艳图》。李香君,明末清初的秦淮名妓,为秦淮八艳之一。

【译文】

　　杨潮观刺史字笠湖,和我在长安交情很好。因为到四川运皇上要的木材,因此又在白门见面,已经近四十多岁了。写有《山行遇雨》诗说:"广阔的高楼大厦有千万间,却去不了炎热的天气。房顶哪怕是一把茅草,也能躲避风雨雪。"写《马跑泉》一诗说:"十月间冰霜十分高洁,泉内却阳气旺盛。任凭它天寒地冻,不要让它袭击泉水的源头。"诗中所讲的都透出一种道气,笠湖在中州做官时,赶上乡试分房而考,梦见有一淡妆女子隔着帘子对他说:"有桂花香的卷子,千万要留意。"醒来后十分吃惊。搜查卷子,有"杏花时节桂花香"一卷,是谢恩科表对联。当年是把秋试改在二月,就是这个缘故。主考官是钱东麓司农,见了卷子十分高兴,于是就取中了他。拆开一看,是侯元标的,侯元标是侯朝宗的孙子。杨笠湖吃惊地笑着说:"托梦求情的,难道是李香君吗?"一时传说李香君亲取推荐试卷,传为佳话。

七八

【原文】

　　尹文端公与陈文恭公同年交好,各任封疆四十余年,先后入相。乾隆己丑,尹公卧病,陈以老乞归。尹在枕席间,力疾赠诗云:"闻公予告出都门,白发还乡锦满身。早岁霓裳分咏句,卅年玉节共班春。到家绿酒斟应满,回首黄粱梦岂真。我老颟顸难出饯,将诗和泪送行人。"未数日,尹公薨。陈在天津,闻信欲回舟作吊,家人止之。未几,舟至德州,亦薨。

【译文】

　　尹文端公和陈文恭公同年,交情又很好,各自当了封疆大吏四十多年,先后作过宰相。乾隆己丑年,尹文端公害病卧床不起,陈文恭公以老的名义请假告老还乡。尹文端公在枕席上克制病情赠诗说:"听说你要告老还乡了,白发还乡

满身都充满着令人羡慕的东西。记得早年我们共同写的诗句,三十年来一起忠贞赤胆为国尽心。到家斟酒一定要倒满,回首想想好像真的做了一场黄粱美梦。我老了精神颓废难以出去送行,和着眼泪写这首诗来送你远行。"没过几天,尹文端公死了。陈文恭公在天津,听到消息准备返回去凭吊,被家人制止了。没过几天,船到德州的时候,他也死了。

七九

【原文】

或有句云:"唤船船不应,水应两三声。"人称为天籁。吾乡有贩鬻者,不甚识字,而强学词曲;《哭母》云:"叫一声,哭一声,儿的声音娘惯听,如何娘不应?"语虽俚,闻者动色。

【译文】

有人有诗句说:"叫船船夫没有答应,水反而回了两三声。"人称这诗为上天自成的。我的老乡有贩鬻的,不太识字,而又强学词曲,写《哭母》说:"叫一声,哭一声,儿的声音娘听惯了,为什么你不答应!"语言虽然十分俚俗,但听的人都为之动色。

八〇

【原文】

诗人爱管闲事,越没要紧则愈佳;所谓"吹皱一池春水,干卿底事"也。陈方伯德荣《七夕诗》云:"笑问牛郎与织女,是谁先过鹊桥来?"杨铁崖《柳花》诗云:"飞入画楼花几点,不知杨柳在谁家?"

【译文】

诗人爱管闲事,越是无关紧要的事就越认为值得一写:所谓"吹皱一池春水,关你什么事"就是这个意思。陈德荣方伯写《七夕》诗说:"笑问牛郎和织女,是谁先过鹊桥来?"杨铁崖写《柳花》诗说:"飞入画楼的几点柳絮,不知是从谁家的杨柳树上吹来的?"

八一

【原文】

虞山王次岳妻席氏能诗,《端阳日寄次岳》诗曰:"菖蒲斟玉骊,独泛已三年。"亡何,天亡。次岳哭云:"蛾眉月易沉天际,鸟爪仙难住世间。""旧雨每来先治馔,残灯欲灺尚论诗。""几夕殡宫移榻伴,还如同病对床眠。"

【译文】

虞山王次岳的妻子席氏能写诗,写有《端阳日寄次岳》一诗说:"用菖蒲泡酒,独自这样过节已经三年了。"最后年轻时便死了。王次岳哭吊她说:"这么漂亮的人竟然死去了,这么好的仙子竟难以留驻世间。""每回下雨的时候都先准备好吃的,残灯欲灭仍在谈论诗歌。""好几个晚上我都与你的遗体同床做伴,我好像过去一起有病时默默相对都睡不着觉。"

八二

【原文】

人有邂逅相逢,慕其风貌,与通一语,不料其能诗者;已而以诗见投,则相得

益甚。丙辰冬,余游土地庙,见美少年,揖而与言,方知是李玉洲先生第三子,名光运,字傅天。问余姓名,欣然握手。次日见赠云:"燕地逢仙客,新交胜故知。高才偏不偶,大遇合教迟。书剑怀俦侣,风霜感岁时。惭予初学步,何以慰相思。"时予才弱冠,广西金抚军疏中首及其年;傅天阅邸报,先知余故也。丙戌二月,余游寒山,一少年甚闲雅,姓郭,名淳,字元会,吴下秀才,素读予文者。次日,与沙斗初同来受业。方与语时,易观手中所持扇,临别,彼此忘归原物。次日,诗调之云:"取来纨扇置怀中,忘却归还彼此同。摇向花前应一笑,少男风变老人风。"秀才见赠五古一篇,洋洋千言,中有云:"琴书得余闲,判花作御史。飞絮泥不沾,太清云不滓。多情乃佛心,汜爱真君子。禅有欢喜法,圣无缁磷理。所以每到处,风花缠杖履。"乙酉三月,尹文端公扈驾坠马,余往问疾。在军门外,遇美少年,眉目如画,未敢问其姓名,怅怅还家。俄而户外马嘶,则少年至矣。曰:"先生不识东兴阿乎?阿乃总镇七公儿。幼时,先生到馆,曾蒙赠诗。与阿和韵云:'蒙赠珠玑几行字,也开智慧一发花。'先生忘之乎?"余惊喜,问其年。曰:"十八矣,已举京兆。"

【译文】

人与人有邂逅相逢,因为仰慕他的风貌,和他说几句话,不料他竟然能写诗的;过后又有诗书往来,相互都十分投机。丙辰年冬天,我游土地庙,见一美少年,向我作揖说话,才知道他是李玉洲先生的第三个儿子,名叫光运,字傅天。他问我的姓名,我欣然与他握手作了朋友。第二天他赠我一首诗说:"在燕地遇上仙人,新交却盛过故知,高才偏偏孤单,天意让我们相识这么晚。读书论剑向往仙人的生活,风刮霜降使我欣赏冬日的美妙。我十分惭愧学问浅陋,用什么来安慰我思念你的心情。"当时我二十岁,广西金抚军在奏疏中提到了这一点,李傅天读官报,因此先知道我的岁数。丙戌年二月,我游寒山,一个少年显得十分闲适文雅,询问他,说是姓郭,名淳,字元会,是吴下的秀才,平时爱读我的诗文。第二天,和沙斗初一起来求教于我。和他们讲话的时候,相互换了手中的扇子观赏,临别的时候,彼此忘了归还原主。第二天,写诗戏弄这件事说:"取来小扇子藏在怀里,两人一样都忘了相互归还。在花儿前摇扇一笑,属于少年人的风却变成了老人的风。"秀才赠了我一篇五言古诗,洋洋千言,中间有几句说:"琴书有了空闲的时候,被判作花御史。飞起的花絮不沾泥土,晴朗的天空万里无云。多情善感是佛祖的心肠,都喜爱真的君子。禅中有欢喜的说法,圣人中没有缁磷的道理。所以每到一个地方,都有风花缠着拐杖鞋子。"乙酉年三月,尹

文端公从马上掉下来,我前去探问病情,在军门外,见一美少年眉目如画,不敢问他的姓名,于是怅然回家。过了一会门外马叫,原来是刚才的少年来了。说:"先生不认识东兴阿吗? 我是总镇七公的儿子,小的时候,先生到家里住,曾赠给我过诗。我和你韵说:'承蒙您赠我这几行珠玑之字,也打开了我智慧中的一盆花。'先生忘了吗?"我又惊又喜,问他的岁数,说:"已经十八了,现做京兆之职。"

八三

【原文】

松江顾小崖先生,讳成天,康熙丁酉举人。世宗簿录某大臣家,得其哭圣祖诗,有"已增虞舜巡方岁,竟少唐尧在位年"之句。遂钦赐编修,上书房行走。乾隆二年,以老乞归,上加侍讲衔,年八十二而卒。亦诗人异数也。

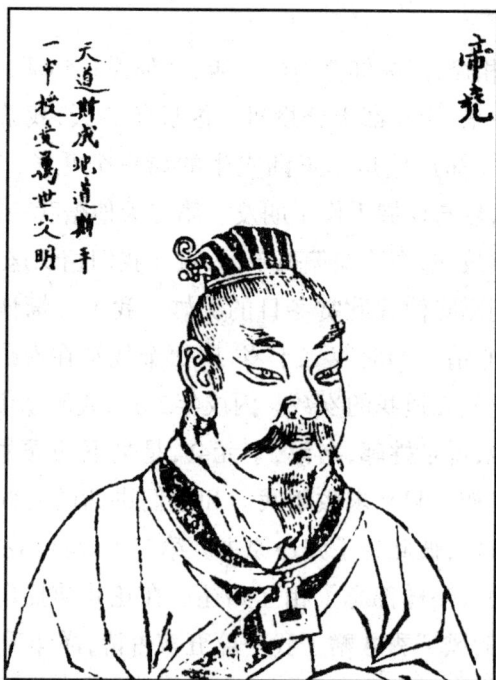

帝尧像,图出自明·天然《历代古人像传》。古代常以尧舜指代明君,故清代诗人顾小崖悼念康熙的诗中有"已增虞舜巡方岁,竟少唐尧在位年"之句。

【译文】

松江顾小崖先生，讳名成天，是康熙丁酉年间的举人。世宗到了某大臣的家中，得了他写的哭圣祖的诗，其中有"已经比虞舜巡游时的年岁大了，却缺了唐尧在位的那么长时间"的句子。于是就钦赐他编修一联，在上书房行走。乾隆二年，告老还乡，皇上加给他侍讲的官衔，活了八十二岁而死，这也是诗人中极个别的。

八四

【原文】

乾隆间以老受恩得官者，当涂有二人焉。徐位山名文靖，曹洛禋名麟书。徐同余丙辰召试，而曹乃辰同盟友也。徐年九十余，授翰林院检讨。甲戌秋，寄所注《竹书纪年》、诗一册来。《湖居》云："天将幽致敞湖滨，共我盘桓几十春。守业愿为清白吏，著书羞傍草玄人。妻缘贫惯无交谪，子未骄成肯负薪。那得向平婚嫁毕，三江烟雨任垂纶。""白驹几向隙间过，荏苒年华长薜萝。闲极有时评北苑，愁来无梦寄南柯。文标司马尊元狩，帖检来禽署永和。湖上游行湖上立，颓唐老大竟如何？"又："云生渐觉桐弦润，潮上徐看钓艇斜。""酒缘斋日陈三雅，茶为眠时试一枪。"皆典雅可诵。

曹官至侍读学士，少时与鲁之裕亮济夺槊舞剑，权奇倜傥。后行走上书房，予告归。戊寅年，入山话旧，有《留影杂记》一编，即生平行述也。曾入黄山，遇老人传道，年九十余，行走如飞。诗亦清矫。《金山》云："日月不离水，获芦难辨霜。"《饮昭亭》云："泉细但闻响，山香不见花。"《题泰山》云："日观天门上几回，层云雪海荡胸开。年来嫩读人间字，曾探金泥玉简来。"《寄樊姬》云："天外云寒暮雨多，音书何处寄烟波。他乡动觉愁千种，小小双鱼载几何。"古渔赠以诗云："黄山早有神仙遇，白首才蒙圣主知。"余题其留影册子云："人天踪迹两漫漫，欲画飞仙影最难。只有上清曹学士，自家留影自家看。""我亦人间有半

生,三山五岳等闲行。雪中爪迹分明在,可惜飞鸿记不清。"人问先生:"纳交之道,从子夏乎? 从子张乎?"先生曰:"皆从。"问:"何以皆从?"曰:"朝廷之上,从子夏;乡党之间,从子张。"

【译文】

　　乾隆年间因为年纪大而受恩得官的,当涂有两个人。徐位山名叫文靖,曹洛裡名叫麟书。徐位山和我一起在丙辰年被皇上召试,而曹麟书是丙辰年间同盟的朋友。徐位山年已有九十多岁,授翰林院检讨一职,甲戌年秋,寄给我他所泛释的《竹书纪年》和一册诗来。写有《湖居》一诗说:"天将幽静的氛围给了湖水之溪,共我住了几十年。守护家乡是清白的官吏,著书立说羞于和凡人住在一起。妻子也已习惯于贫穷没有娇气,儿子也不撒娇而愿意砍柴。等到向平结完了婚,任凭那江水烟雾,烟雨蒙蒙。""时光像白马过涧一样流失走了,美好的年华已经溜走。闲的时候也评评北苑,忧愁时翻来覆去睡不着。司马氏的文章元狩的诗,写字要推永和年的帖子。湖上游人有走有立的,船老大神色颓废地坐在那里。"又有:"云彩出来了渐渐觉得树木也润湿了,看那潮头上倾斜的渔船来回颠簸。""斋日有酒是为了显示雅静,喝着茶来写一首诗。"这些诗都写得典雅可以读一读。

　　曹洛裡做官做到侍读学士,年轻时和鲁之裕字亮侪舞枪弄剑,十分潇洒倜傥。后来行走上书房,我告辞归乡。戊寅年,他到我这儿来叙旧,有《留影杂记》一编,就是他自己的生平行述。曾到黄山,遇上老人传道,年纪已九十多了,行走如飞。诗也写得清新隽永。有一首《金山》说:"日月都离不开水,荻芦简直和霜都区分不开了。"《饮昭亭》说:"泉水很细只听见水响,山中只闻见香味却看不见花草。"《题泰山》说:"每天都要上天门几回,层层的云彩像雪白的大海一样开阔人的心胸。一年来懒于读人间的文字,曾来这里探寻天上的书籍。"《寄樊姬》说:"天外云寒傍晚的雨水多,家信往哪里寄去。在他乡动不动就惹起了千船惆怅,小小双鱼能载得多少愁。"古渔赠我诗说:"黄山上早遇到过神仙,因此到现在白头了才做圣主知晓。"我为他的《留影》册题诗说:"人天踪迹都漫无边际,想要画飞仙的影子实在太难了。只有上清的曹学士,自家留影自家看。""我在人间还有半辈子生活,闲来在三山五岳间穿行。雪中痕迹分明还在,可惜是什么样的飞鸿已记不清楚了。"有人问先生:"交纳朋友的方法,是跟子夏学的吗? 不是跟子张学的?"先生说:"都是。"问:"为什么是这样?"说:"在朝廷上跟子夏学;在乡亲朋友们中间就可以跟着子张学习。"

八五

【原文】

己未,余在孙文定公署中,见亮侪先生。其时,观察清河。年七十余,银髯垂腹,口若悬河,向制府述水利,娓娓万言,无一涩语闲字;使屏后侍史录之,即可作奏疏读也。初从河南县令起家,忤总督田文镜,每被劾一次,世宗召见,必升一官。真奇士也。作令,不用青票,书片纸召吏民。作府道,不用文檄,书尺牍谕下属。有令必行,无情不烛。《登黄鹤楼》云:"名胜迹随颓浪卷,孤危身托画栏凭。好把江波成地醴,偏教沟瘠饮天浆。"其抱负可想。

【译文】

己未年,我在孙文定公的官署中,见到了亮侪先生。当时,他任清河观察。年已七十多了,银须一直垂到了肚子上,讲话口若悬河,向制府叙述水利,娓娓万言,没有一处打顿,没有一个闲字;让屏后的侍史记录下来,就可以当奏疏来读。他起初从河南县令起家,得罪了总督田文镜,每被弹劾一次,世宗召见,肯定会升一官。真是一个奇士啊!下令,不用牌票,写一片纸来召士民。作府道,不用文檄,写尺牍来告诉下属。有令必行,不徇情枉法。写《登黄鹤楼》一诗说:"名胜古迹随着潮水晃来晃去,一个人立在刻有画的栏杆边遐想。如果能把江水变成美酒,会使广大的地方都能喝上天赐的酒。"他的抱负可想而知,是异常远大的了。

随园诗话

九六

【原文】

　　诗有极平浅，而意味深长者。桐城张徵士若驹《五月九日舟中偶成》云："水窗晴掩日光高，河上风寒正长潮。忽忽梦回忆家事，女儿生日是今朝。"此诗真是天籁。然把"女"字换一"男"字，便不成诗。此中消息，口不能言。

【译文】

　　诗有写得极其平淡浅显，但都意味深长的。桐城张若驹徵士写《五月九日舟中偶成》说："河水掩住了高兴的日光，河上因为涨潮而刮着寒风。忽然作梦想起家里的事，今天原来是女儿的生日。"这诗写得十分自然亲切。如果把"女"字换成"男"字，便不成诗了。这中间的技巧，嘴是说不出来的，只有用心才可以去体会。

九七

【原文】

　　许太监者，名坤，杭州人，在京师颇有气焰，而性爱文士。尝过杭太史堇浦家，采野苋一束去，报以人参一斤。欲交郑太史虎文，郑不与通。人疑郑故孤峭者。然其《咏红豆诗》，颇有宋广平《赋梅花》之意。词云："记取灵芸别后身，玉壶清泪血痕新。伤心略似燃于釜，绕宅何缘幻做人。一点红宜留玉臂，十分圆欲上樱唇。只嫌不及榴房子，空结团圆未了因。"梁瑶峰少宰和云："采绿何曾

胜采蓝,猩红端合摘江南。目看沉水星星活,得似灵犀点点含。秋汉可烦桥更驾,朝云应有梦同甘。石榴消息分明是,朱鸟窗前仔细探。"按:红豆生于广东。乾隆丙戌,郑督学其地,梁为粮道,故彼此分咏此题。

古人常以诗咏梅。图为明代画家蔡冲寰所绘的梅花图。

【译文】

许太监,名坤,是杭州人,在京城很有权势,但性情喜爱文士。曾经路过杭董浦太史家,采了一把野菜走了,留下了一斤人参作为回报。想和郑虎文太史结交,郑不和他来往。人们都怀疑郑虎文是孤僻的人。然而他的《咏红豆》诗,颇有宋广平《赋梅花》的意境。诗词说:"记着离别后保重身体,不要太过伤心落泪,伤心就像在烧的柴草,围着房子的树木为什么都变成了人。一点红豆应该留在美人的手中,圆圆的像美人的小口。只是没有来得及留间房子,空结团圆却没有结果。"梁瑶峰少宰和这首诗说:"采摘绿的那里盛过采摘蓝的,猩红的颜色只能在江南采摘得到。且看星星映入水面似乎变活了,就像包含着点点的灵气。银河间是不是还得有桥架上,早晨的云霞应该有同样的梦幻。石榴成熟的消息已经传来了,红嘴的鸟落在窗前探头探脑地看。"据载,红豆生于广东。

乾隆丙戌年,郑太史在这里督学,梁瑶峰为报道,因此相互咏有这首诗,这不能不说是一种巧合。

几几

【原文】

戊戌秋,余小住阊门。诗人张昆南每晚必至,年七十三矣。诵其《登灵岩》云:"振衣同上落虹亭,古塔云深入杳冥。香径草荒秋露白,山村雨过暮烟青。天空一雁来胥口,木落诸峰见洞庭。莫向西风更怀古,菱歌清绝起遥汀。"予叹曰:"此中唐佳境也。"昆南喜,次日呈诗三册,属余输替观之。其佳句如:"潮痕沙岸落,露气渚兰闻。""松间细路通僧寺,花里微风飐酒旗。"皆妙。昆南别去,后钱景闲来,又诵其《虎丘》诗云:"芜说解怜倾国,多傍贞娘墓上生。"《春去》云:"月上帘钩风太急,落花如雨不闻声。"

【译文】

戊戌年秋天,我在阊门小住。诗人张昆南每晚必来,年龄已七十三岁了。读他的《登灵岩》说:"抖抖衣服一起上到落虹亭,古塔高耸入云。小径边的草已被秋霜杀得荒芜了,山村雨后傍晚升起了青烟。天空有一只从胥口方向飞来的大雁,翻过这几座山峰会看到洞庭湖。不要站在西风里怀古,采菱女的歌声清新遥远。"我感叹说:"这里描写的是唐诗中的佳境啊!"昆南十分高兴,第二天送来三册诗,嘱咐我轮换着看一看。其中好的句子有:"湖水在沙滩上留下痕迹,早晨的空气闻起来有股兰花香。""松林间的小路直通往僧寺,花里微风刮起了酒店的旗子。"都十分精妙。昆南走后,钱景开又来了,读他的《虎丘》诗说:"若草也知道爱怜美色,大多都挨着贞娘的墓而生。"《春去》一诗说:"月儿像钩刀一样升了起来,风刮得很紧,落花像雨一样,却听不见声音,只有花的气息传了过来。"

九九

【原文】

常熟孝廉邵君培德，每秋试，必以诗见投。记其《观灯》云："红罗碧绮间琉璃，远近龙鸾一望齐。楼下花钿楼上曲，留人偏在画桥西。"《路上》云："昨日晴和今日雨，萧萧蓬底作春寒。分明即是来时路，顿觉烟波别样看。"

【译文】

常熟孝廉邵培德君，每次秋试，都要送一首诗给我看。记得他有《观灯》一诗说："琉璃里边装着红罗绿绸，远近望去有龙有凤，楼下有花楼上有歌，但是却偏偏只在画楼西侧留客人。"有《路上》诗说："昨天还是晴的，今天就下雨了，萧萧风中坐在船舱感到寒冷。分明就是来时的路，因为有烟雾看上去就不是一样的了。"

一〇〇

【原文】

游仙诗大半出于寄托。方南塘居士云："到底刘安未绝尘，昨宵相与共朝真。漫将富贵夸同列，手板横腰道寡人。"此刺暴贵儿作态者也。陆陆堂太史云："寻真台上紫云高，阿母宵分降节旄。臣朔读书破万卷，不甘呵斥小儿曹。"此刺妄庸人傲士者也。方近雯观察云："一痕轻绿画春山，冰剪双眸玉炼颜。不解大罗天上事，兰香何过谪人间？"此惜词臣外用之诗也。

随园诗话

【译文】

　　游仙的诗人大多是出于寄托的目的。方南塘居士说："到底刘安没有告别红尘，昨晚还一起聊天，喜欢把有权势的人夸作自己的熟人，手插着腰自称为富人。"这是讽刺那些贪恋富贵而又装腔作势的。陆陆堂太史说："寻真台上紫云高悬，阿母晚上就下凡来了。我多年来读书破万卷，不忍去呵斥那些小孩子。"这是讽刺那些狂傲之士。方近雯观察说："春天的山上有淡淡的绿色，像冰一样的眼睛白玉一样的脸颊。弄不懂天上是什么道理，兰香因为什么过错被贬谪到人间？"这是叹惜文臣被放逐外地的诗歌之作啊！

九一

【原文】

　　桐城姚康伯有《闺怨》云："分明赚得两眉开，手折黄花上镜台。侍女无端忙报道，邻家昨夜远人回。"

【译文】

　　桐城姚康伯写有《闺怨》一诗说："分明画得两眉分开，手拿一枝黄花去照镜子。侍女没事来报告，邻家昨夜在外地的人回来了，使我听后更加伤心。"

九二

【原文】

　　蒋苕生与余互相推许，惟论诗不合者：余不喜黄山谷而喜杨诚斋；蒋不喜杨

而喜黄：可谓和而不同。

【译文】

蒋苕生和我两人互相推许，只有在议论诗歌上合不来：我不喜欢黄山谷而喜欢杨诚斋；他却是喜欢杨诚斋而不喜欢黄山谷。也可说人一样性质却不一样。

九三

【原文】

孙文定以为冢宰时，余以秀才修士相见礼，投诗云："百年事在奇男子，天下才归古大臣。"又曰："一囊得饱侏儒粟，三上应无宰相书。"公读之，忻然延入曰："满面诗书之气。"已而，戊午科出公门下。

【译文】

孙文定公作冢宰的时候，我以秀才修士的身去拜见他，投诗文说："百年大事都在奇男子的身上，天下才气都归了古代的大臣。"又说："一个袋里就看饱了侏儒们的东西，三上应该没有宰相的文章。"孙文定读后，吃惊地请我进去说："你是满面诗书之气。"不久，我就在戊午年科举出于孙公门下。

九四

【原文】

王昆绳曰："诗有真者，有伪者，有不及伪者。真者尚矣，伪者不如真者；然

随园诗话

优孟学孙叔敖,终竟孙叔敖之衣冠尚存也。使不学叔敖之衣冠,而自著其衣冠,则不过蓝缕之优孟而已。譬人不得看真山水,则画中山水,亦足自娱。今人诋呵七子,而言之无物,庸鄙粗哑;所谓不及伪者是矣。"

《东周列国志》版画之优孟戏扮孙叔敖图。讲的是"优孟衣冠"的故事:楚国宰相孙叔敖有功于楚国,但死后家境萧条,儿子的生活都很困难。优孟便穿上孙叔敖的衣服,扮作他的模样谏楚庄王。楚庄王听后很受感动,反省自己对故旧照顾不周的错误,马上改正,给孙叔敖的儿子封赠了田地和奴隶。

【译文】

王昆绳说:"诗有写真情的,也有写假的,有连假的都赶不上的。真情实感是最高层次的,假情就不如真情;然而优孟学孙叔敖,毕竟孙叔敖的衣冠还保存着。如果不学孙叔敖的东西,而穿着自己的衣服,不过是一个衣衫褴褛的优孟罢了。就好像人不能看到真的山水,则看山水画,也足以自得其乐。今人诋毁七子,却又言之无物,庸俗粗陋,就是所说的连假的都赶不上啊!"

九五

【原文】

谢梅庄讳济世,广西寻州人;作御史三日,即奏劾河东总督田文镜。朝廷疑有指使,交刑部严讯。先生称指使有人。问:"为谁?"曰:"孔子、孟子。"问:"何为指使?"曰:"读孔、孟书,便应尽忠直谏。"世宗怜其骏,谪军前效力。时雍正丙午十二月初七日也。先生《次东坡狱中寄子由韵寄从弟佩苍》云:"严霜初陨陡回春,留得冲寒冒雪身。纶绋乍传浑似梦,亲朋相庆更为人。敢愁弓剑趋戎幕,已免银铛礼狱神。早晚扶归君莫恸,婴姗勃窣亦前因。""尚方借剑心何壮,牍背书辞气渐低。已分黄泉埋碧血,忽开丹阙放金鸡。花看上苑期吾弟,萱树高堂仗老妻。且脱南冠北庭去,大宛东畔贺兰西。"今上登极,赦还原职。先生疏求外用,授湖南粮道。长沙士人,感其遗爱,片纸只字,俱珍重之,故传此二首。先生不信风水之说,《题金山郭璞墓》云:"云根浮浪花,生气来何处?上有古碑存,葬师郭璞墓。"晓世之意,隐然言外。

【译文】

谢梅庄讳名叫济世,广西寻州人;作了三天御史,就上奏弹劾河东总督田文镜。朝廷怀疑这事是有人指使,就送到刑部审讯。先生回答说确是有指使人。问:"他是谁?"回答说:"孔子、孟子。"又问:"为什么指使?"回答说:"读孔子、孟子的书,便应该尽忠直谏。"世宗爱惜他的忠直,就贬到军队中效力。当时是雍正丙午年十二月初七日。先生写有《次东坡狱中寄子由韵寄从弟佩苍》一诗说:"严寒刚过春天陡然来了,却还留着准备冒着风雪的身体。突然被免死就像做梦一样,亲朋好友都来相庆我又活下来,却为将来在军队中与剑弓打交道而忧愁,已经免去了坐监牢的苦,早晚死着回来,你不要哭,像这坎坎坷坷是有原因的。""刚才还借刀剑雄心壮志,转眼背起书袋又低沉下来。明知道此去生死不定,忽然听见金鸡的叫声。要看上苑的花功名要看见属你了,父母老妻都要

靠你,且脱下南方的行装往北而去,大概地方是在大宛的东边贺兰的西边。"如今皇上登极,赦免并归还了他的原职。先生上疏请求外用,于是被授予湖南粮道。长沙士人,感激他的爱惜民情,只要是先生的片言只字,都珍贵地保存起来,因此才传下了这两首诗。先生不相信风水这种说法,写《题金山郭璞墓》一诗说:"云彩卷起浪花,你为什么生气?上边有古碑还在,这里是恩师郭璞的墓。"提醒世人的心意,隐隐可在诗外读出。

九六

【原文】

赣州总兵王公,字午堂,名集,工诗、善书,与余相慕二十年,终不得一晤。弟香亭过赣,公寄我鹅砚一方,集古句一联云:"中天悬明月,绝代有佳人。"

【译文】

赣州总兵王公,字午堂,名集,工于诗歌,擅长书画,和我相互倾慕二十年,终究不能见上一面。我的弟弟袁香亭路过赣州,王公寄给我一方鹅砚,并写古句一联说:"正中天空挂着明月,绝代有美人。"

九七

【原文】

过润州,见僧壁对联云:"要除烦恼须成佛,各有来因莫羡人。"过九华寺,有一对云:"非名山不留仙住,是真佛只说家常。"

【译文】

路过润州,见僧壁上有对联说:"要想除去烦恼须要成佛,各有来因不要羡

随园诗话

慕别人。"路过九华寺,见有一对联说:"不是名山留不下仙人来住,是真的佛祖只说家常话,不会留下异常的印象。"

九八

【原文】

香亭以《雪狮》为题,令诸少年分咏,而糊名易书,属余评定。余奇赏二句云:"蹲伏尚能惊百兽,强梁可惜不多时!"拆封,乃胡甥吉光所作,书巢之子也。诗人有后,信哉!

【译文】

香亭以《雪狮》为题,令各少年分别咏诗,又盖上名字进行抄写,让我评定。我特别欣赏两句说:"爬在那里还能让百兽害怕,强盗可惜不长久!"拆开看,是胡吉光外甥写的,他是书巢的儿子,诗人会有后代,今天相信都是这样的。

九九

【原文】

朱竹君学士曰:"诗以道性情。性情有厚薄,诗境有浅深。性情厚者,词浅而意深;性情薄者,词深而意浅。"

【译文】

朱竹君学士说:"诗是用来抒发性情的。性情有厚有薄,诗境有浅有深。性

情憨厚的,词句浅而意味深;性情薄的,词句深而意思却十分浅显。"

一〇〇

【原文】

番禺何梦瑶工诙谐,被催租吏所窘,戏为《牛郎赠织女》云:"巧妻常为拙夫忙,多谢天孙制七襄。旧借聘钱过百万,织来云锦可能偿?"《织女答》云:"织锦空劳问报章,近来花样费商量。人间债负都堪抵,第一天钱不易偿。"

【译文】

番禺何梦瑶十分幽默,被催租吏所窘迫,戏写《牛郎赠织女》说:"巧妻常常为笨拙的丈夫而忙,多谢天孙造七星。过去借的聘钱超过百万,织块云锦能不能偿还?""织女答"道:"织锦近来空忙碌,近来锦色花样要费脑子。人间负债都能用别的抵押,第一天的钱难道还不容易还吗?"

一〇一

【原文】

夏醴谷督学广东,在门生郑齐一者,年少貌美,舟中妓醉而逼之。郑勃然怒曰:"使不得!"夏赠以诗云:"柔情似水从头抹,硬语像刀带酒听。"程渔门北上,旅店主人招妓侑酒,渔门与同饮,而却其眠,作诗曰:"花明野店春无主,月黑秋林幸有灯。"潘筠轩笑曰:"次句,有小说秉烛达旦之意。"

【译文】

夏醴谷在广东督学,有个门生叫郑齐一的,年少貌美,船中有一妓女喝醉了强迫他,郑齐一勃然大怒说:"使不得!"

夏醴谷赠诗给他说:"柔情似水都白费了,硬语像刀一样说给醉酒的人听。"程渔门北上,旅店主人召来妓女劝酒,程渔门和他们一起喝酒,但却一个人睡,作诗说:"花儿漂亮在野店里却没有主人,月黑秋林里幸亏有灯火。"

潘筠轩笑他说:"第二句有小说中说的在灯下看一夜书的意味。"

一〇二

【原文】

蔡持正贫时,寓僧寺,僧厌之,蔡《题松树》云:"常在眼前君莫厌,化为龙去见应难。"黄之纪寓随园,或轻之,黄亦《题松树》云:"寄人篱下因春好,听我风声在老来。"

【译文】

蔡持正贫穷的时候,住在僧寺里,僧人讨厌他,蔡持正写《题松树》说:"常站在你眼前你不要讨厌我,以后我化为龙去你要见也难了。"黄之纪住在随园,有人轻视他,他也写《题松树》说:"寄人篱下是因为这儿的春好,等我老了便能听到我的风声。"

随园诗话·卷八

果能胸境超脱，相对温雅，
虽一字不识，真诗人矣

【原文】

白下布衣朱草衣,少时有"破楼僧打夕阳钟"之句,因之得名。晚年无子,卒后葬清凉山。余为书"清故诗人朱草衣先生之墓",勒石坟前。余宰溧水,蒙见赠云:"叠为花县一江分,来往惟携两袖云。待客酒从朝起设,告天香每夜来焚。自惭龙尾非名士,肯把猪肝累使君?却喜循良人说遍,填渠塞巷尽传闻。"《郊外》云:"乱鸦多在野,深树不藏村。"《与客夜集》云:"羁身同海国,归梦各家乡。"《大观亭》云:"长江围地白,老树隔朝青。"《晚行》云:"土人防虎门书字,水屋叉鱼树有灯。"《赠某侍御》云:"朝龙宫袍多质库,时清谏纸尽抄书。"

【译文】

白下的一个普通百姓叫朱草衣的,小时候有"破楼的僧人打夕阳钟"这样的句子,并因此而出了名。晚年没有儿子,死后葬在清凉山上。我为他写了"清已故诗人朱草衣先生之墓",刻在坟前的石头上。我在溧水做官,受赠一首诗说:"一江把县城分成了两个部分,我来这里只带着两袖清云。款待客人的酒要早上就准备好,祈祷上天的香每夜都要烧。自惭自己是龙的尾巴不是名士,怎能让自己不怎样的诗文来让你看?高兴的是善良的人都在说,满街满城都有关于你的传闻。"《郊外》诗说:"乌鸦大多都在野外,深深的树林中肯定没有村庄。"《与客夜集》诗说:"把个人的身体一切都献给了国家,梦里才回到各自的家乡。"《大观亭》诗说:"长江冲得周围的土地发白,隔年的老树又发绿枝。"《晚行》说:"当地人为了防止老虎而在门上写了字,在水边借着挂在树上的灯来叉鱼。"《赠某侍御》说:"上完朝官服便放入仓库中,时不时清点出上谏的用纸来抄写书本。"

二

【原文】

随园地旷，多树木，夜中鸟啼甚异，家人多怖之。予读王葑亭进士《平沟早发》云："怪禽声类鬼，暗树影疑人。"先得我心矣。其他佳句，如："大星高出树，残月细流溪。""月斜人影忽在水，风过秋声正满山。""满帽黄花逢醉客，一肩红叶识归樵。"皆妙。

【译文】

随园地方广大，有很多的树木，半夜里鸟叫声十分奇特，家人大多十分恐怖。我读王葑亭进士的《平沟早发》诗说："怪鸟的声音像鬼叫，黑暗中的树影像是一个人。"这诗说出了我的心里话。其他的好的诗句，像："大的星辰高高地挂在树的上空，残月照着细细的溪水。""月亮斜照人影倒映水中，风吹过去满山都是秋意。""一帽子的黄花伴着酒醉的客人，一肩的枫叶随着归去的樵夫。"都写得十分巧妙和有味。

三

【原文】

湖州潘进士立亭，名汝晟，诗宗韩、杜，五古尤佳。《偶成》云："静士难为介，静女难为媒。嫁容静女丑，交面静士羞。盛年易晼晚，独抱无驿邮。桃李非我春，蒲柳非我秋。鹤老心万里，鹏怒翼九州。未免笑樊援，岂屑伍喧啾。搜春

润章句,摘卉膏吟哦。非无兰苕玩,风骚旨已伪。诗涛与诗骨,韩、孟两嵯峨。昆体逮铁体,滔滔同一波。金天削秀华,碧海鸣神龙。义色少姚佚,吉词无淫颇。褒中南风手,请为《南风歌》。寥寥发古响,羯鼓如予何。"潘宰直隶某县,以迂缓故,几被劾矣。适傅忠勇公平金川归,潘献《铙歌》,公大夸赏,乃改为卓荐。

【译文】

　　湖州的潘立亭进士,名汝晟,诗学习韩愈、杜甫,五言古诗尤其写得好。有《偶成》诗说:"文静的男士难以介绍女子给他,文静的女子难以为她说媒。文静女士羞以凭容貌嫁人,文静男士羞于和女子当面交谈。盛年很容易就变老了,独自盼望着远方的消息。桃李已不属于我的春天了,蒲柳也并不是我的秋天。鹤虽老去心中仍想飞翔万里,大鹏一怒张开翅膀可以覆盖住九州。不免笑那些樊附的人,我岂能和这喧嚣的人群为伍。搜罗春天来润色我的诗句,摘花来丰富我的诗歌。并不是没有兰花来赏玩,风骚诗情早就过去了。诗歌像波涛、诗歌骨格雄健,这是韩愈、孟郊的两个突出特点。昆体的铁,其实是同出一辙。金色的秋天衬出山河的秀丽雄奇,碧海之中有神龟在鸣叫。义色之中少了姚佚,吉祥的话没有多说。褒扬善写南风的诗人,快来写一首《南风歌》。寥寥几句抒发古音,那激烈的鼓声与我有什么关

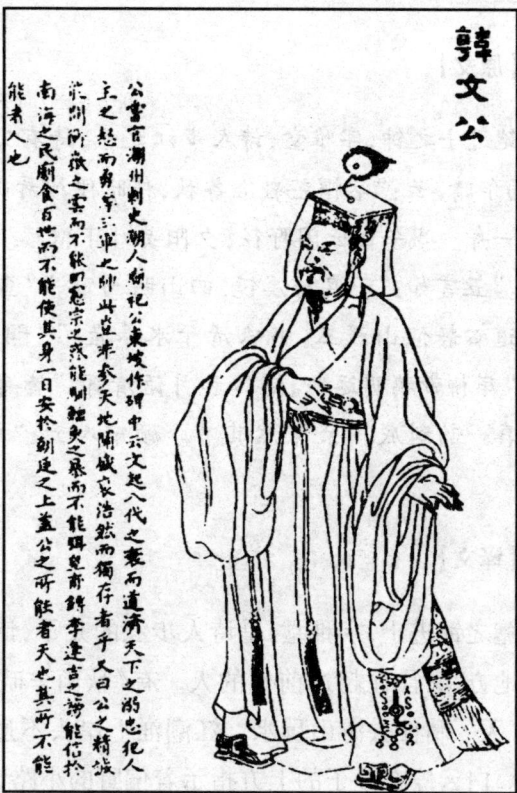

韩愈像,选自清·上官周绘《晚笑堂画传》。韩愈与同时代的诗人孟郊的诗有一个共同的特点就是骨格雄健,所以清人有"诗涛与诗骨,韩、孟两嵯峨"之句。

系。"潘主宰直隶某县时,因为行为迂腐迟缓,因此几次都被弹劾。刚好傅忠勇公平定了金川归来,潘献上一首《铙歌》,忠勇公读后大为奖赏,把他从弹劾下官改为极力推荐,这不能不说是诗的功劳。

四

【原文】

鲍进士之钟,字雅堂,诗人步江之子,诗有父风,而清逸处,往往突过前人。《秋雨乍晴》云:"箬帽芒鞋准备秋,稍晴便拟看山游。江潮入郭无三里,溪水到门容一舟。亭午白云闲野径,夕阳黄叶下僧楼。闲身自笑如闲鹤,欲度前峰却又休。"五言如:"一鸟掠溪镜,四山明画帘。""鱼跳重湖黑,蒲喧急雨来。"七言如:"道心静似山藏玉,书味清于水养鱼。""翻书细检遗忘事,拨火闲寻未过香。""岸柳带鸦明远照,塔铃和月语清宵。"皆可爱也。雅堂常言:"作七古诗,雅不喜一韵到底。"余深然其言。顾宁人云:"诗转韵方活,《三百篇》无不转韵。"

【译文】

鲍之钟进士,字雅堂,是诗人步江的儿子,诗歌很有父亲的风范,而清新飘逸的地方,又往往超过前代的人。有《秋雨乍晴》诗说:"在秋天里准备草帽芒鞋,等天一晴便去游山玩水。江潮涌上岸头不过三里,溪水流到门前只空下一只船。白云停在亭子的上方指示着偏野的小路,在夕阳照耀下伴着纷飞的黄叶下了僧人的小楼。自己自嘲是闲云野鹤,准备飞过前边的山峰。"五言古诗说:"一鸟飞过溪镜四面都是山像是画的门帘。""黑云压着湖面鱼儿跳出水面,急雨说来就来打着蒲喧。"七言诗有:"得道的心雅静得像山中藏的玉,读书的情趣胜过在水中养鱼。""翻看书本详细检查有没有遗忘的事,拨火闲看有没有没烧完的香。""月亮照着岸上的柳树和树上的乌鸦,在月光下塔铃声声夜晚显得分外安静。"都写得十分可爱。雅堂常说:"作七古诗,我不喜欢一韵到底。"我

深信这句话。顾宁人说："诗要转韵才能活起来,《三百篇》中没有不转韵的诗。"

五

【原文】

秦中诗人杨子安鸢见访,适余外出,归后见贻一册。《雪霁》云:"寒瘦自性情,苦吟工未能。晚晴窗上日,先晒砚池水。"《闻砧》云:"满院苔痕合,重门树影深。"

【译文】

秦中的诗人杨子安字鸢来拜访我,刚好碰上我外出,回来后看见他留给我一册他写的诗。有一首《雪霁》说:"又瘦又冷却自有自己的性情,苦苦吟诗但却不能达到工整。傍晚天才放晴日上窗户,照得砚池里的水一片光彩。"《闻砧》说:"满院苔痕都盖全了,好几重的门都掩映在树影深处。"

六

【原文】

余宰江宁时,所赏识诸生秦涧泉、龚云若、涂长卿,俱登科第。而流落不偶者,惟车静研与沈瘦岑。沈工古文,不为诗。车诗有可存者。《河南道中》云:"三月春阳淡不浓,老冰如石漱寒风。寒驴觅路人家远,日暮山坳虎眼红。"《农家》云:"筑场如镜草堆山,绕屋典花映碧潭。闲倚茅檐看客过,南人北去北人

南。"

【译文】

我在江宁做官时,所欣赏的几个年轻人,秦涧泉、龚云若、涂长卿,都中了科举。而流落不得志的,只有车静研和沈瘦岑。沈瘦岑擅长古文,不写诗。车静研的诗也有值得保存的。他写的《河南道中》说:"三月的阳春淡而不浓,旧的冰块像石头一样透着寒冷。骑着跛驴问路人家又离得远,傍晚山坳中还有老虎在瞪着血红的眼睛。"《农家》诗说:"农场平得像镜子一样稻草堆积如山,远处的房屋旁有绿水有黄水,闲来倚着屋檐看过往的行人,南边的人往北走北边的人往南行。"

七

【原文】

宝应王孟亭太守,为楼村先生之孙。丁卯,见访江宁。携胡木坐门外,俟主人请见乃已,遂相得甚欢。聘修江宁志书,朝夕过从。尝言楼村先生教人作诗,以"三山"为师:一香山、一义山、一遗山也。有从子嵩高,字少林,少年倜傥,论诗不服乃伯,而服随园。《大梁怀古》云:"摇落偏惊旅客魂,秋风回首眺中原。三药树色开神岳,万里河声下孟门。形胜郁盘终古在,英雄慷慨几人存。信陵策士俱黄土,独有侯生解报恩。"

【译文】

宝应的王孟亭太守,是楼村先生的孙子。丁卯年,来江宁拜访我,带着胡木坐在门外,等着主人请见,我们相识十分愉快。聘他修撰江宁志书,朝夕都有来往。他曾讲过楼村先生教人作诗,要以"三山"为师:一个是香山,一个是义山,一个是遗山。有侄子嵩高,字少林,少年风流倜傥,论诗不服他的伯父,而服我。写《大梁怀古》说:"落叶惊动了旅客的魂魄,秋风中回首看中原。三花树色开

随园诗话

《东周列国志》版画之信陵君窃符救赵图，讲述战国时期魏公子信陵君在
朋友侯嬴及朱亥的帮助下窃兵符救赵国之事。清人《大梁怀古》中所写的"信
陵策士俱黄土，独有侯生解报恩"说的就是此事。大梁为战国时魏国的国都。

满山丘，顺着万里黄河直下孟门。过去的山河依在，慷慨激昂的英雄又有几个
在。信陵策士都死了，独有侯生知道报恩。"

八

【原文】

扬州张哲士与蒋秋泾交好。蒋尤自负，作《游山》一首，程鱼门夸为"小
谢"。勃然怒曰："分明'大谢'，何小之有？"《留别哲士》云："竟挂秋帆决计行，

关心天未倚闾情。便归只好留三月,浪迹无端已半生。人世乘除苍狗幻,名山期许白头成。殷勤相属还相慰,愁听西风雁一声。"哲士《寄怀》云:"恋友心空切,宁亲去敢迟,才为三夕别,已是百回思。避日帘仍下,追凉榻未移。不知江上路,秋暑可曾衰?"哲士咏《胭脂》云:"南朝有井君王入,北地无山妇女愁。"以此得名,人呼"张胭脂"。

【译文】

扬州人张哲士和蒋秋泾交往很好。蒋秋泾十分自负,作《游山》诗一首,程鱼门夸他为"小谢"。他勃然大怒说:"分明是'大谢',怎么会是小谢呢?"写有《留别哲士》说:"就这样径自坐船走了,关心远乡的亲人总是倚门而望。即使归来也是明年三月了,没什么成就已经浪迹半生了。人世变幻万千,期望在名山大川养老终年。和你在一起互相服侍安慰,惆怅中听见天空的大雁叫声。"哲士写《寄怀》说:"依恋朋友的心情十分急切,宁愿跟随他一起走,一天告别三次,已经是想念百遍。躲在帘下避日,追逐凉荫床却没动。不知道在江上的旅途,天气是不是凉快一些了?"哲士写咏《胭脂》诗:"南朝有投井的君王,北地没有胭脂山妇女怨。"因此而得名,人称"张胭脂"。

九

【原文】

中州李竹门过随园,见赠云:"园在六朝山色里,一笻先要问高台。碧梧叶响秋将至,红藕花香客正来。"其诗颇清。惜年甫三十而卒。余爱其《咏鞭》云:"一事思量转惆怅,不能行到祖生先。"《郊外》云:"山势趁潮多北向,人心如雁只南飞。"

【译文】

中州的李竹门路过随园,曾赠给我一首诗说:"园子坐落在六朝山色之中,

房屋建在高台之上。碧绿的梧桐叶沙沙作响表示秋天将要来了,红藕开花的时候客人正好来了。"诗文写得十分清新。可惜刚过三十就死了。我喜欢他的《咏鞭》诗说:"一事想来想去十分惆怅,恨我不能走在祖先的前边。"《郊外》诗说:"山的走势大多是北向,人心却像大雁一样只往南方飞去。"

一〇

【原文】

芜湖施长春,曼郎少年,有卫叔宝之称。余宰江宁时,秦涧泉屡为致意,云:"将渡江求见。"已而病亡。有《上冢歌》云:"白杨树,城东路,野草萋萋葬人处。挈榼提壶出郭行,可怜今日又清明。富家冢高高傍岭,贫家冢低低亚畛;冢中贫富人不同,一样酒浇不能饮。瞑烟惨淡日西斜,挈榼提壶还返家。一线阴风旋不定,纸钱飞上棠梨花。"

【译文】

芜湖人施长春,是一个英俊少年,有卫叔宝的别称。我在江宁做官时,秦涧泉屡次向我致意,说:"准备渡江来拜访你。"但后来却死了。有《上冢歌》说:"白杨树,种在城东路,野草萋萋是葬人的地方。提着饭盒出城而去,可怜今天又是清明节。富人的坟,都挨着山岭,贫家的坟,在低凹的地方;坟中的贫富也不一样,一样浇酒却不能喝。烟雾惨淡太阳西斜,提着饭盒又回来了。一股阴风飘来飘去,纸钱飞上天空像那棠梨花一样,开放在阴沉的天幕里。"

随园诗话

一一

【原文】

吴门顾星桥进士,诗才清冠等夷。家有月满楼,藏书万卷,海内知名之士,无不交投缟纻。予目为今之郑当时。《龙潭》一律云:"微风缓缓送江声,最好龙潭道上行。树数丛堪作障,青山一半不知名。闲情转向尘中得,幽景偏宜客里生。晚觅茅斋投一宿,花前试看酒旗轻。"进士名宗泰。

【译文】

吴门顾星桥进士,诗才清绝超群。家中有月满楼,藏书万卷,海内知名人士,没有不和他有书稿往来的。我认为他是今天的郑当时。写有《龙潭》诗说:"微风缓缓送来江涛声,最好顺着龙潭边上的路走一走。一排排的绿树可以做屏障,青山有一半都没有名字。娴静逸致还要去向红尘中找,幽景对于在外的人十分有吸引力。晚上我在茅屋住一夜,花前只见酒店旗帜迎风招展。"顾进士名叫宗泰。

一二

【原文】

姚申甫方伯与沈永之观察,本中表亲,姚嫁姊沈。二人年少时,与余同肄业书院,每见方伯家遣僮担盒,供其子婿。二人同登曾科,沈寄姚诗云:"辛勤二老训喃喃,爱婿犹如爱长男。甘脆每教常健饭,苦吟犹记许分甘。"沈殿试二甲第

三,姚二甲第二,自后官阶沈必差姚一级:姚为观察,沈为太守;沈为观察,则姚为方伯矣。沈又寄诗云:"平生每好居人后,今日还应让弟先。"余将赴广西金抚军之聘,姚赋诗相留曰:"就使将军重揖客,何如南国有词人?"后四十年,姚竟巡抚广西,余寄书云:"不料当日所谓'将军',即此时之阁下,惜我不能来作揖客耳!"永之在书院寄内诗云:"深院蝶娇无语坐,小园花嫩卷帘看。"为掌教杨文叔先生所赏。

【译文】

姚申甫方伯和沈永之观察交往很好,是亲戚,姚的姐姐嫁给了沈永之。二人年轻的时候,和我都从书院学习,每回都见方的家派童子挑饭盒,供给他家子婿。二人一起考上了乡会科,沈永之寄诗给姚申甫说:"二老教育我们辛辛苦苦,爱女婿胜过爱他们的亲儿子。广脆每次都送饭来,苦苦吟诗之余常忆起这亲情中的甘甜。"沈永之中了殿试二甲第三名,姚申甫中了二甲第二名,以后的官衔沈永之总是比姚申甫差了一等:姚为观察,沈就是太守;沈为观察,则姚已是方伯了。沈永之又寄诗说:"平生最爱好居人之后,今日还应该让弟先行。"我要赶往广西应金抚军的邀请,姚申甫写诗相留说:"即使是将军重视文人,那里能比得上南国有这么多的诗人朋友?"后来四十年,姚申甫竟然作了广西巡抚,我寄信说:"不料当日说的将军,就是今天的你,可惜我不能来做你的幕僚了!"沈永之在书院写《寄内》诗说:"在深深的院子里无语独坐看蝴蝶飞舞,小园子花儿鲜嫩使我卷起帘子来细看。"这诗被掌教的杨文叔先生十分欣赏。

一二

【原文】

余在都时,永之引见满洲学士春台。春自云:"年三十时,目不识丁,从一禅师静坐三月,颇以为苦。一夕,提刀欲杀禅师。仰头见月,忽然有悟,赋诗便工。"《塞外》云:"野水吞人面,青山瓮马声。浮云连帽起,残雪带鞭行。"殊雄

伟。公爱永之与枚,以为两少年必贵;每至,必留饮、留宿,遣妾捧觞。

【译文】

我在京都的时候,沈永之为我引见满洲学士春台。春台自己说:"三十岁时,还目不识丁,跟着一个禅师静坐三月,认为十分辛苦。一天傍晚,想提刀杀死禅师。抬头看见月光,忽然有所顿悟,一写诗就十分工整。"有一首《塞外》诗说:"野外的湖水映着人的面孔,青山中回响着马嘶声。浮云遮着帽子,残雪随马蹄。"十分雄浑伟岸。春台公十分喜爱永之和我,认为我们这两个少年将来必定富贵,每次到他那里,必定留下我们喝酒,让我们住下,并且一定要让侍妾亲自来为永之和我敬酒。

一四

【原文】

桐城相公七十生辰,余与诸翰林祝寿,宴罢,各赐诗扇一柄,诗写《田园杂兴》云:"不识风尘劳扰,但知云水盘桓。买畚偶来城市,祀神一着衣冠。""小桥流水村近,疏柳长堤路斜。车马不闻叩户,鸡豚自识还家。""烟生茅屋云白,雨过菱塘水新。今岁秋田大稔,稻苗高过行人。""竹屋正临流水,槿篱曲绕闲亭。此是吾庐本色,被人偷作丹青。""作苦最怜田妇,布衣椎髻无华。饁饷并携稚子,采桑不摘闲花。"公终身富贵,而诗能淡雅若此。

【译文】

桐城相公七十大寿时,我和诸翰林向他祝寿,宴会后,相公赐予每个人诗扇一柄,写有一首《田园杂兴》说:"不知道风尘劳苦,只知道与白云流水做伴。偶然到市上去买畚箕,像拜神一样穿上整齐的衣裳。""小桥流水就在村庄的旁边,稀疏的柳树长在斜路旁的长堤上,听不见车马之声听不见叩门声,鸡鸭、猪仔自己知道回家。""从茅屋上升起炊烟衬着屋上的白云;雨后的池塘水十分新

鲜，今年秋天要大丰收，稻苗长得已经高过行人。""竹子做的小屋临着水，篱笆弯弯曲曲地绕着亭子，这是我房子的本色，被人偷画到画里。""最辛苦可怜的就是村妇，布衣打扮扎着椎髻朴实无华，干活还要带着年幼的孩子，摘桑叶不能去摘花。"桐城相公终身富贵，而自己却淡雅到这种地步，实在最难得。

一五

【原文】

严公瑞龙作湖北布政使，续《汉上题襟集》，招诸诗人唱和，亦公卿雅事也。傅辰三《感春》云："恰恰春分二月半，分春妙手爱东君。但愁过却花朝后，一日春容减一发。""月落参横夜向晨，半醺花意欲留人。夜阑莫怯风吹袂，为爱梅花不惜身。"《大雨戏作》云："雨师一夕兴林漓，笔尖乱点西窗纸。初犹落落蝌蚪分，继则盈盈垂露似。须臾漫漶一片湿，直似秦碑没字体。"殊有东坡风趣。沈树德《落花》云："飞燕蹴归帘影里，游鱼吹起浪花中。"叶声木《送人》云："吹酒凉风穿树过，破烟水月隔楼生。"

【译文】

严瑞龙公作湖北布政使时，续写《汉上题襟集》，招很多诗人前来唱和，这也是公卿中的雅事。傅辰三写《感春》说："春分恰好在二月中，分春的妙手喜爱东风。只是忧愁花期过后，春天的容貌便一天减一分。""夜里月亮挂在枝头星辰满天，喝得半醉花儿也想留住人。深夜别怕风掀动衣裳，为了喜爱梅花不惜自己的身体。"写《大雨戏作》一诗说："雨师一夜都下得淋漓尽致，像笔尖一样打着窗纸。开始还是像蝌蚪一样稀稀落落，过一会则像垂丝一样。片刻之后一片湿淋淋的，就好像无字的秦碑。"很有东坡的风味。沈树德写《落花》说："飞燕回到了树林里，游鱼吹起水泡。"叶声木写《送人》说："吹酒的凉风穿树而过，冲破烟水的明月升起在楼头上。"

一六

【原文】

康熙壬寅,余七岁,受业于史玉瓒先生。雍正丁未,同入学。先生不甚作诗,而得句殊隽。《偶成》云:"好鸟鸣随意,幽花落自然。"《病中》云:"廿年辛苦黔娄妇,半世酸辛伯道儿。"终无子。余为葬于葛岭。

【译文】

康熙壬寅年,我七岁,跟着史玉瓒先生学习。雍正丁未年,又上学。先生不太爱作诗,偶然写得的诗句却十分隽永。有《偶成》一诗说:"好鸟随意地叫着,幽静处的花儿自然落下。"有《病中》诗说:"二十年辛辛苦苦的像黔娄妇,半世辛酸是伯道的儿子。"终生没有孩子。我把他葬在葛岭上。

一七

【原文】

沈归愚尚书,晚年受上知遇之隆,从古诗人所未有。作秀才时,《七夕悼亡》云:"但有生离无死别,果然天上胜人间。"《落第咏昭君》云:"无金赠延寿,妾自误平生。"深婉有味,皆集中最出色诗。六十七岁,与余同入词林。《纪恩》诗云:"许随香案称仙吏,望见红云识圣人。"

【译文】

沈归愚尚书,晚年深受皇上知遇之恩,从远古到现在诗人都没有过此种殊荣。作秀才的时候,写《七夕悼亡》说:"只有生离没有死别,果然觉得天上赛过人间。"《落第咏昭君》说:"没有金子赠给延寿,你自己误了自己的一生。"深深的惋惜中很有情味,写的都是最出色的诗。六十七岁,和我同入词林,写《纪恩》诗说:"允许随着香案而成为仙吏,望见红云便知道那是圣人。"

一八

【原文】

与余同荐鸿词者,有户部主事尚庭枫,号茶洋,陕西人。为人诡诞不羁,忽而结四连骑,忽而布衣褴褛。赋诗有奇气,如:"落花平地二尺厚,芳草如天万里青。""月华照树有乌鹊,云气上天如白羊。"皆警句也。

【译文】

和我一起被推荐为鸿词的,有户部主事尚庭枫,号茶洋,陕西人。为人放荡不羁,忽而骑马过街,忽而又穿着褴褛的粗布衣服。写诗有一股奇险的气息,像:"落花堆地有二尺厚了,芳草连天万里青。""月光如水照着树上的乌鹊,云气冲天形状像白色的羊群。"都是极漂亮的诗句。

一九

【原文】

余爱诵金寿门"故人笑比庭中树,一日秋风一日疏"之句。杭堇浦先生曰:"此句本唐人高蟾'君恩秋后叶,一日一回疏'。不足为寿门奇。"寿门佳句,如:"佛烟聚处都成塔,林雨吹来半杂花。"《咏苔》云:"细雨偏三月,无人又一年。"乃真独造。余按古人佳句,都有所本:陈元孝:"池花对影落,沙鸟带声飞。"本李群玉:"沙鸟带声飞远天。"梁药亭:"龙虎片云终王汉,诗书余火竟烧秦。"仿唐人:"半夜素灵先哭楚,一星遗火下烧秦。"杨诚斋:"不知落得几多雪,作尽北风野外声。"仿唐人:"流到前溪无一语,在山做得许多声。"

【译文】

我爱读金寿门的"故人笑着比自己为庭院里的树,一天秋风便一天落叶"句子。杭堇浦先生说:"这一句本是唐人高蟾的'君的恩情就像秋后的黄叶,一天比一天稀疏'。不足为寿门称奇。"寿门的好诗句还有,像"佛烟聚集的地方都有塔,林雨吹来还夹着落花。"《咏苔》诗说:"细雨偏都在三月里下,无人又空等了一年。"真是独一无二的创造。我查古人的佳句,其实都有出处:陈元孝:"池中对着空中的影子,沙鸟飞翔时发出不停的声响。"出自李群玉的"沙鸟带着声音飞向远方的天空"。梁药亭:"片片龙虎祥云终于使汉朝统一天下,秦始皇的焚书坑儒最终使秦朝灭亡了。"仿照唐人的诗:"半夜一直有幽灵在哭楚国,一个星辰落下便有人放火烧秦。"杨诚斋说:"不知要落下多少雪,作尽了北风下雪的声响。"这是仿唐人的:"流到前边的溪水一言不发,在山中却不停地发出声响。"

二〇

【原文】

闺秀李金娥《咏路上柳》云:"折取一枝城里去,教人知道是春深。"湖州高氏小女有一联云:"也知春色归人早,邻女钗边有杏花。"

【译文】

闺秀李金娥写《咏路上柳》说:"折取一枝拿到城里去,教人知道已是深春时节。"湖州高氏小女有一对联说:"也知道春天返回人间很早,邻女钗边都有杏花了。"

二一

【原文】

相传江宁南城外瑞相院后丛竹中,为马湘兰墓。望江鲁雁门题诗云:"叶飘难禁往来风,未肯输怀向狡童。画到兰心留素素,死依僧院示空空。知音卓女情虽切,薄幸王郎信未终。一点怜才真意在,青青竹节夕阳中。""绝世英雄寄女妆,荆家曾说十三娘。年来文士动相挤,始识伊人不可忘。零露似熏香豆蔻,百花想见绣衣裳。平生除拜要离冢,到此才焚一瓣香。"严侍读冬友曰:"瑞相院前之墓,少时亦误以为湘兰;后往访之,见题碣云:'新安贞女某氏之墓。'碑阴载为某商人之妾,商人不归,守贞而死。以为湘兰,有玷逝者矣!"陈楚筠制锦曾效长吉体,为诗证明其事,云:"古钗耿耿蚀黄土,千岁老蟾啸秋雨。苍茫落日

掩平坡,风入黄蒿做人语。新安山高江水遥,卷葹原不生倡条。贞魂夜号月光晓,儿童莫赋西陵草。"

【译文】

相传江宁城南城外瑞相院后的竹子中,有马湘兰的墓。望江鲁雁门题诗说:"树叶飘飘禁不住风来回地吹,不肯去和狡狯的童子聊天,画到兰心留下一片空白,死了也要依着僧院以示空无。知音的卓女虽然情深意切,王郎却始终没音信。一点怜才的真意还在,西下的太阳照着青青的竹子。""绝世英雄却是女子,女人中还传说着十三娘。每年来这凭吊的文士很多,才明白你这样的人不能忘。零露的小草像你的豆蔻年华,百花丛中想起你的绣花衣裳,平生除了拜会要离的故乡外,到这儿才焚了一炷香。"侍读严冬有说:"瑞相院前的墓,小时候误以为是湘兰,后来去采访,见石头上题碣写说:'新安贞女某氏之墓。'碑后写明是某商人的妾,商人不回来,守贞而死。以为她是湘兰,有污于这墓中葬着的人啊!"陈楚筼字制锦曾经效仿长吉体例,写诗证明这件事,说:"古代的女子不安的心理在这黄土之下,千年的蟾蜍在秋雨中长啸。苍茫的落日掩映着平坡,风吹黄蒿传来像人一样的说话声。新安山高江水十分遥远,原来没有倡条在此蔓延生长。贞节的魂灵在月光之夜号叫,孩子们不要去碰那西陵草。"

二二

【原文】

余过京口,丹徒宰徐天球,字天石,贵州人,见示诗集。一别之后,遂永诀矣。余爱其《风筝》一绝云:"谁向天边认塞鸿?但凭一纸可腾空。任他风信东西转,百丈游丝在掌中。"

【译文】

我路过京口,丹徒的宰官徐天球,字天石,贵州人,给我看他的诗集。一别

之后,竟然成了永诀。我爱他的《风筝》一绝说:"谁向天空中认塞外飞来的鸿雁,就凭一张纸就可以升向天空。任他风向东西南北地吹,只因为有百丈丝线在手中。"

二三

【原文】

沈光禄子大、许明府字子逊,二人齐名。沈如:"竹光晨露滑,池静夜泉生。"许如:"钟声凉引月,江气夕沉山。"真少陵也。行役绝句,有相同者。沈云:"唯有梦魂吹不断,月明犹自逆风归。"许云:"明月有情应识我,年年相见在他乡。"子逊先生与余忘年交,论诗尊唐黜宋,失之太拘。有某少年,故意抄宋诗之有声调者试之,先生误以为唐,少年大笑。余赠云:"前生合是唐宫女,不唱开元以后诗。"

【译文】

沈光禄字子大、许明府子逊,二人在当时齐名。沈光禄有诗:"早晨路上有露水显得很滑,竹子也发出亮光,池塘十分幽静,夜里有泉水喷涌的声音。"许明府写道:"冰凉的月光下钟声响起,江水的寒气托着夕阳沉入山中。"真像杜甫啊!行役绝句,有相同的,沈光禄说:"只有梦魂吹不断,明月犹自逆风而归。"许明府说:"明月如果有情应该认识我,年年都是在他乡相见。"许明府先生和我是忘年之交,论诗都是尊唐而贬宋,有点太拘束了。有某少年,故意抄宋时的诗中有声调的试问他,先生误认为是唐朝时的诗,少年大笑起来。我赠他诗说:"前生大概是唐宫里的宫女,不唱开元以后的诗歌来表示自己的心情。"

随园诗话

二四

【原文】

松江王太守名祖庚,与乃祖文恭公同日生,故号生同。丁未进士,终身以不入词馆为恨。两子皆入翰林,而先生不乐也。与彭芝庭尚书,同出尹文端公门下。有《纳凉闻笛》云:"碧空如水净无云,斗转参横夜欲分。长笛不知何处起,好风偏送此间闻。江梅片片伤春暮,岸柳丝丝绾夕曛。曲罢无端倍惆怅,阶前凉露湿纷纷。"亦同余召试友也。

松江太守王祖庚《纳凉闻笛》诗中有"曲罢无端倍惆怅,阶前凉露湿纷纷"
之句,写尽了诗人内心的惆怅之意。

【译文】

松江王太守名叫祖庚,与他的祖父文恭先生同日生,因此号生同。是丁未年的进士,终生把入不了词馆引为恨事。两个儿子都入了翰林,而先生不高兴。他和彭芝庭尚书,同出于尹文端公的门下。写有《纳凉闻笛》说:"碧蓝的天空净如水没有一片云彩,星移斗转夜空像要被分开。长笛不知是从哪里吹起来的,好风偏偏把笛声送到这里来听,红梅片片伤心春天迟暮,岸柳丝丝受夕阳的曛染。长笛的曲子奏罢无端引起我的许多惆怅,台阶前的凉凉露水显得十分阴湿。"他和我也是召试时的朋友。

二五

【原文】

学人之诗,吾乡除诸襄七、汪韩门二公而外,有翟进士讳灏,字晴江者,《咏烟草五十韵》,警句云:"藉艾频敲石,围灰尚拨炉。乍疑伶秉龠,复效雁衔芦。墨饮三升尽,烟腾一缕孤。似矛惊焰发,如笔见花敷。苦口成忠介,焚心异郁纡。秽惊苓草乱,醉拟碧笛呼。吻燥宁嫌渴,唇津渐得腴。清禅参鼻观,沉瀣润咙胡。幻讶吞刀并,寒能举口驱。餐霞方孰秘,厌火国非诬。绕鬓雾徐结,荡胸云叠铺。含来思渺渺,策去步于于。"典雅出色,在韩慕庐先生《烟草》诗之上。又,《薄暮骤雨》云:"黑云蓥蓥西南来,狂飚挟势惊奔雷。夕阳仓促收不及,划住半壁青天开。"句殊奇险。

【译文】

学习别人的诗,我的老乡除了诸襄七、汪韩门二公之外,有翟灏进士,字晴江的,写有《咏烟草五十韵》,其中绝句有:"籍艾频频地敲打着石头,都烧成灰了还拨弄着炉子。猛一开始怀疑是伶人在奏乐,又似乎效仿大雁口衔芦苇。喝尽三升墨水,烟只有一缕孤线。像长矛惊起而发又像妙笔可以生花。苦口劝成

忠直之心,心急如焚异常忧郁。惊慌致使苍草纷乱,酒醉拿起碧笛狂叫。叫得口干舌燥,口中的津液渐渐才能多起来。用鼻息来参透禅理,沆瀣一气。幻想中惊讶吞刀并,寒气用嘴就能驱散。吃掉彩霞才算有本事,厌恶火焰原来是真的。烟雾绕着胡须慢慢地凝结,胸口似乎有云在叠涌。含到口里思想得很远,烟去后步伐缓慢。"诗写得典雅出色,在韩慕庐先生的《烟草》诗之上。又《薄暮骤雨》诗说:"黑云从西南压了过来,狂风挟着惊雷而来。夕阳仓促间慢不及,只落得那半边天还十分晴朗。"诗句写得十分奇险。

二六

二六

【原文】

余自幼闻姨母章氏,嫁非其偶,时诵"巧妻常伴拙夫眠"之句,不知何人所作。后阅谢在杭集,方知故是谢诗。其词曰:"痴汉偏骑骏马走,巧妻常伴拙夫眠。世间多少不平事,不会作天莫作天。"

【译文】

我从小就听说姨妈章氏,嫁的不好,时常读"巧妻常伴着拙劣的夫君入睡"的句子,不知是何人所写。后来读谢在杭集,才知道原来是谢诗。他的词说:"痴呆的汉子偏能骑着骏马走,巧妻常伴着拙劣的夫君入睡。世间有多少不公平的事,不会做天就别做那个天。"

二七

【原文】

从弟凤仪《旅店》云:"迎面有山皆客路,问心无日不家乡。"吕柏岩有句云:"天果有涯行易尽,家虽无路梦常通。"

【译文】

堂弟凤仪写有《旅店》说:"迎面虽然有山但却都有路可走,扪心自问天天都想着家乡。"吕柏岩有句子说:"天如果有涯也容易走到头,家虽无路可走但梦中却常常相通。"

二九

【原文】

余知江宁时,和尹公"通"字韵云:"身如雨露村村到,心似玲珑面面通。"史文靖公闻之,笑曰:"画出一个尹元长。"

【译文】

我知江宁时,和尹文端公的"通"字韵说:"身子就像雨露能到每个村庄,心像玲珑面面通。"史文靖公听后,笑着说:"活脱脱画出一个尹元长。"

二九

【原文】

长沙太守陈焱,陕西人,与余在苏州花宴甚欢。《口号》云:"此地若教行乐死,他生应不带愁来。"未二年,竟卒。然他生无愁,亦可知矣。

【译文】

长沙太守陈焱,陕西人,和我在苏州开花宴十分高兴。写有《口号》诗说:"此地如果让我行乐死,他生一定不会带愁来。"不到二年,竟然死了。然而他一生没有忧愁,也可以知道他的心愿了。

三〇

【原文】

某公子惑溺狭斜,几于得疾。其父将笞之,公子献诗云:"自怜病体轻于叶,扶上金鞍马不知。"父为霁威。所惑者亦有句云:"朝朝梳洗临江水,一路芙蓉不敢开。"又曰:"世间未有无情物,蜡烛能痴酒亦酸。"

【译文】

某公子沉溺于嫖娼之中,几乎得了病,他的父亲将要鞭打他,公子献诗说:"自己怜惜自己的病体轻如树叶,扶上金鞍连马都不知道。"父亲转怒为喜,困惑了的人也有诗句说:"天天用临江水来梳洗,一路的芙蓉都不敢开。"又说:

"世上没有无情的东西,蜡烛能痴心酒也会变得发酸的。"

三一

【原文】

　　方敏恪公六十一岁生儿,当八月十四日;《赋得子诗》云:"与翁同甲子,添汝作中秋。"

【译文】

　　方敏恪公六十一岁生个儿子,正好是八月十四日,写《得子》诗说:"和你父亲同是甲子,添你来庆贺中秋。"

三二

【原文】

　　余酒席歌场乘人斗捷之作,多不载集中。乙未二月,避生日于苏州,有旧识女校书任氏,以扇索诗。余题云:"隔年相见倍关情,楼上金灯楼下筝。难得相逢好时节,再迟三日是清明。""小市长陵路狭斜,当檐一树碧桃花。果然六十非虚度,半醉天台玉女家。"校书喜,次日引余见其第四妹。妹亦持扇索诗。余题云:"玉立长身窈窕姿,相逢从此惹相思。云翘更比云英弱,知是瑶台第四枝。""若非月姊通消息,争得玄霜见少君? 一样珍珠两行字,替她题上藕丝裙。"嗣后,任家姊妹,逢能文之客,必歌此四章,不落一字,亦慧人也。余初意:庆六旬,欲仿康对山集名妓百人,唱百年歌;而不料称觞之日,仅得五人。御史

随园诗话

蒋用庵同席后,将往杭州,留诗见赠云:"喜是寻芳到未迟,唐昌观里正花时。芝兰九畹春如许,却让芝房第一枝。""风月东南属主盟,买花亲自载花行。未知桃叶曹迎否,先占扬州小杜名。""寿域欢场不易全,介眉见说有初筵。分明一样称觞酒,纤手扶来便欲仙。""馆娃回首梦虚无,又挂风帆西子湖。不识玉钗罗袖畔,可曾闲忆到狂夫?"余后四年,再过苏州,任氏姊名翠筠者,持旧扇相示,纸已破矣;犹装裹护持,为余唱曲。余感其情,再题二绝云:"四年前赠扇头诗,多谢佳人好护持。不是文君才绝世,相如琴曲有谁知?""为依重唱《玉玲珑》,呖呖莺声绕画屏。一曲歌终人一世,那堪头白客中听。"

【译文】

我在酒席、歌场上与人很快写成的诗作,大多不记在诗集中,乙未年二月,在苏州躲避生日,有过去认识的女校书任氏,拿扇子来要题诗。我题道:"隔年相见十分关心对方,楼上的金灯楼下的鼓筝。难得在这好时节里相逢,再迟三天就是清明节。""小城市长陵又窄又斜,当庭屋檐下有一树的碧桃花。果然六十岁没有虚度,半醉在天台玉女家。"校书十分高兴,第二天引我见她的第四妹,四妹也拿扇子要诗。我题道:"长得亭亭玉立窈窕淑女,相逢之后从此惹相思。云翘更比云英弱,才知道这是瑶台的第四枝花。""若不是月姐通的消息,怎么能在这霜露的日子里见太阳?为同样了珍珠写了两行诗,替她题上藕丝裙。"以后,任家的姐妹,碰上能文的客人。一定要唱这四章,不落下一个字,也是聪明的人,我当初的意思:"在我六十大寿时,准备仿康对山集名妓一百人,唱百年歌;但不料在那天,仅得五人。御史蒋用庵同席之后,将要前往杭州,留赠我一首诗说,高兴的是寻找芳草还不迟,唐昌观里正是花开的时节。二百多亩的芝兰花正开得好,却都被芝兰第一枝给遮掩住了。"这里说的是芝仙校书。"风月东南属于主盟人,买花后还要亲自载花而行。不知桃叶曾逢迎杏花,先占扬州小杜的名气。""祝寿的欢乐场面不容易齐全,听说要设喜宴。分明一样地酒菜,纤手扶一扶便飘飘欲仙。""馆娃回头梦不曾有过,又坐船去了西子湖。不认识这些玉钗罗袖中的美人,可曾闲来想到狂夫?"我以后四年,再过苏州,任氏姐妹中有叫翠筠的,拿过去的扇子让我看,纸已经破了,仍精心包裹爱护,为我唱曲。我被她的情所感动,又题二绝说:"四年前在扇头上题诗相赠,多谢佳人这么认真地爱护。不是文君才结绝世,相如的琴曲又有谁能知道呢?""为你重唱《玉玲珑》,呖呖管乐之声绕着画屏。一曲歌罢人已过了一世,哪管客人都头发白了还在那里用心地倾听。"

随园诗话

☰

【原文】

苏州太守孔南溪,风骨冷峭,权贵不敢以情干。青楼金蕊仙以事挂法,一时交好,无能为之道地。乃遣人至白下,求余关说。余与金甚疏,仅半面耳。窃念书中语倘不详为亲狎,转生孔之疑;乃寄札云:"仆老矣,三生杜牧,万念俱空;只花月因缘,犹有狂奴故态。今春到治下,欲为寻春之举;而吴宫花草,半属虚名;接席衔杯,了无当意。惟女校书金某,含睇宜笑,故是佼佼于庸中。遂同探梅郑尉而别。刻下接萧娘一纸,道为他事牵引,就鞫黄堂,将有月缺花残之恨。其一切颠末,自有令甲,凭公以惠文冠弹治之,非仆所敢与闻。只念此小妮子,蕉叶有心,虽知卷雨;而杨枝无力,祇好随风。偶菌阃之误投,遂穷民而无告。似乎君家宣圣复生,亦当在'少者怀之'之例,而必不'以杖叩其胫'也。且此辈南迎北送,何路不通?何不听请于有力者之家,而必远求数千里外之空山一叟?可想见夫子之门墙,壁立万刃;而非仆不足以替花请命耶?元微之诗云:'寄与东风好抬举,夜来曾有凤凰栖。'敬为明公诵之。"孔得札后,覆云:"凤鸟曾栖之树,托抬举于东风;惟有当作召公之甘棠,勿剪勿伐而已。"二札风传一时。未二年,余又往苏州。过京口,已解缆矣,丹徒徐令挽舟相留,道:妓戴三与太守淮树章公闻者狎,章知之,逐闻人,而不罪戴。戴往城隍庙焚香还愿,一庙譁然。章怒其张扬,严檄拘讯,将使荷校以徇。徐婉求不听,乞余解围。余召见戴三,则雾鬓风鬟,春秋老矣。然马骨千金,不可以不援手也。草札与太守云:"昔钱穆父刺常州,宴客将笞一妓,妓哀请。钱云:'得坐上欧阳永叔一词,故当贷汝。'欧公为赋一阕,遂释之。仆虽非永叔,而公则今之穆父也。请为二章,以当小调。词曰:'东风吹散野鸳鸯,私爇神前一瓣香。为祝长官千万福,缘何翻恼长官肠?''樊川行矣一帆斜,那有情留子夜家?只问千秋贤太守,可曾几个斫桃花?'"交书徐以,即挂帆还白下,终不得消息,心殊惓惓。半月后,间寄函来,开看只七字,曰:"桃花依旧笑春风。"

【译文】

　　苏州太守孔南溪,风骨冷峭,权贵都不敢和他有交情。青楼女子金蕊仙因为有事犯法相求,一时和他交往很好,但她又不可能给他讲明求情,于是就派人到白下,求我来说合。我和金蕊仙不熟,只有一面之交。私下想:书中说如果不装着去亲自办理,转而会让孔南溪多疑;于是就寄信说:"我老了,有杜牧三生那么大岁数了,万念俱空;只在花月因缘上,还有狂好故态。今年春天到治下,想做寻春之事;而花草,多半空有虚名;接席衔杯,没有多大意思。只有女校书金某,含情笑得很好看,是平庸中的佼佼者。于是就和她一同探望郑尉然后告别。最近接一封萧娘的信,说她为此事所累,在黄堂受审,将有月缺花残的恨事。她的一切事情,自有令甲,凭您以惠文弹冠治理,不是我所敢说和听的。只是念起这上小妮子芭蕉叶子虽然有心卷雨;量却杨枝无力,只好随风而动。偶然误投歧途,就成了无处可告的穷民。似乎君家宣圣重生,也应当在'少者怀之'的行列而必然不得'以杖叩击她的腿'。况且这些人南迎北送,什么路不通? 为什么不去请求有力的人家,而一定要远求千里之外空山的一位老头? 可以想见我的门墙,肯定壁立万刃之高;而不是我就不足以为女子诸命? 元微之有诗说:'寄给东风让它好好捧着,夜里曾有凤凰来这休栖。'充满敬意为你读这首诗。"孔南溪得信后,回信说:"凤凰曾休栖的树,有东风来托举;只有当你召以的甘棠,不剪不伐而已。"二封信风传一时。不到两年,我又去苏州,过京口,已经解开船绳了,丹徒徐县充一定拉住船挽留,说:"有一妓戴三和太守淮树章公看门的人私通,章公知道后,就驱逐了看门人,而不责怪戴三,戴三去城隍庙焚香还愿,庙里人却乱了。章公生气她做事张扬,严令传信拘留,准备让她荷校队拘。徐县令婉言求他不听,求我前去解围。我召见戴三,已经是风烛残年,人老珠黄了。量是马骨还值三千金呢,不能不伸手援助。"草草写封信给太守说:"过去钱穆公和常州刺史,宴客时要鞭笞一个妓女,妓女哀求,钱穆公说:'你如果能得坐上欧阳永叔的一首词,我可以饶了你。'欧公果然为她写了一阕,就放了。我虽然不是永叔,而你却是现在的钱穆公。请让我给他写两章,以当小调。词说:'东风吹散了野鸳鸯,偷偷去庙里烧一炷香,因为要祝长官千万福,为何反而惹恼了你呢?''樊川一行孤孤单单哪里有心情留在子夜的家? 只问一问千秋贤太守,可曾有几个去砍桃花的?'"把信交给徐公,然后就坐船回到了白下,但始终没有消息传过来,心里十分不安。半月后,章公寄信来,拆开一看只有七个字,说:"桃花依旧笑着迎接和煦的春风。"

三四

【原文】

汉阳戴喻让诗,有奇气,出吾乡陈星斋先生门下。有《临漳曲》云:"暮云深,霸桥逝;水天横,歌台废。玉龙金凤已千年,古瓦还镌'铜雀'字。卖履分香儿女情,读书射猎英雄气。如何横槊对东风,老年想做乔家婿。"末二句,老瞒在九泉,亦当笑倒。又,《咏雪》云:"未添庾岭三分白,预借章台一月花。"

曹操大宴铜雀台图,讲述曹操建成铜雀台后大宴文武群臣、赋诗欲下东吴之事。清人诗句"如何横槊对东风,老年想做乔家婿"即指此事。

【译文】

汉阳戴喻让写诗,有奇异的味道,出于我的老乡陈星斋先生门下。有《临漳曲》说:"傍晚云彩低压,霸桥不见了;水天一色,有废弃的歌台。玉龙金凤已经千年,古瓦上还能看见刻有'铜雀'二字。卖鞋分香儿女之情,读书射猎是英雄的气概。如何横槊对东风,老年时却还想做乔家的女婿。"最后二句,曹操如果在九泉之下知道了,也要笑倒。又有,《咏雪》诗说:"没有平添庾岭的三分白,预先借了章台一月的花。"

三五

【原文】

邵子湘作《韵略》,以"江""阳"为必不可通。余读《史记·龟筴传》、韩昌黎《此日足可惜》及李翱《祭韩公》诸篇,"江""阳"皆通。犹以为彼固合"东""青""庚"而通之甚广,未足据也。及读岑嘉州《陪狄员外早秋登府西楼》一篇云:"常爱张仪楼,西山正相当。车马隘百井,里闬盘三江。"此短篇五古也,唐人用韵甚严,何滥通乃尔?因而广考之,方知子湘之陋。《尚书》:"论道经绑,燮理阴阳。"《戴记》:"无服之丧,以畜万邦。"此《六经》通"江""阳"之证也。《孔雀东南飞》云:"东家第三郎,窈窕世无双。"樊毅《西岳碑》云:"其德休明,则有祯祥。荒淫臊秽,笃灾必降。"《柳敏碑》云:"山陵元室,建斯邦兮;不伤不凋,陨履霜兮。"《三国志》杨戏《蜀君臣赞》云:"保据河江,家破军亡。"《晋语》云:"二陆三张,中兴过江。"《宋书·大社之祝》曰:"地德普施,惠存无疆。乃建大社,以保万邦。"汉《紫玉歌》云:"一日失雄,三年感伤。虽有众鸟,不为匹双。"荀勖《正德舞歌》云:"焕炳其章,光乎万邦。"庾信《柳遐墓铭》云:"起兹礼数,峻此戎章。长离宛宛,刷羽凌江。"《吴越春秋·河梁歌》云:"诸侯怖惧皆恐慌,声传海内威远邦。"吕温《昭陵功臣赞》云:"经纶八方,晏海澄江。"李翰《裴旻射虎赞》云:"孤矢之说,以威四方。群虎既夷,狄人来降。"此汉、唐乐府通"江""阳"之

证也。至宋诸大家,尤不胜屈指。

【译文】

邵子湘作《韵略》,以"江""阳"为必定不通。我读《史记》中的《龟燕传》,韩昌黎的《此日足可惜》以及李翱的《祭韩公》等几篇,"江"和"阳"都用过。就认为"东""青""庚"不能合用,但都十分广泛地用过一样,不足为据。等到我又读岑嘉州的《陪狄员外早秋登府西楼》一篇说:"常常喜爱张仪楼,西山与它十分相当。车马受很多水井的阻挡,里屋的门正对着三江水。"这是短的五言古诗,唐人用韵十分严格,没有胡乱通用啊?因而广泛地考证它,才知道子湘的错误。《尚书》说:"论道来治理邦国,调和阳阴。"《戴记》说:"没有丧事去办,以畜万里邦国。"这是《六经》中通用"江"和"阳"的明证。《孔雀东南飞》说:"东家的第三个孩子,窈窕世上没有第二个。"樊毅的《西岳碑》说:"他的德行十分高尚才有这样吉祥的征兆。荒淫无耻,灾祸一定会降临。"《柳敏碑》说:"山陵元室,建立这样的邦国,不调理也不放任不笤,天上便该下霜了。"《三国志》杨戏写《蜀君臣赞》说:"保护江河,却落得家破军亡。"《晋语》说:"二陵三张,中兴过江。"《宋书》中的《大社之祝》说:"地德广泛施行,思想遍布每一个地方。于是建大社,以保卫国家。"汉朝的《紫云歌》说:"一日失去雄鸡,三年都十分感伤。虽然有很多的鸟,但都比不上它。"荀勖写《正德舞歌》说:"焕炳其章,光耀国家。"庾信的《柳遐墓铭》说:"起于礼数,修成这样的名气。长离时悲伤地叫,在凌江洗刷羽毛。"《吴越春秋》中的《河梁歌》说:"诸侯都十分害怕恐慌,声名广传海内外甚至震慑到别的邦国。"吕温的《昭陵功臣赞》说:"经纶八方,晏海澄江。"李翰的《裴旻射虎赞》说:"孤矢的说法,威震四方。群虎都被消灭了,狄人也就来投降了。"这是汉、唐乐府通用"江""阳"的明证。至于宋朝时的各个大家,更是不可胜数。

三六

【原文】

余作骈体文,押曹丕"丕"字为上声,为人所嗤。不知"丕"与"不"通,又与"负背"通,不止"攀悲切"也。《书》曰:"是有丕子之责于天。"《史记》作"负字"。《索隐》引郑氏曰:"丕读为负。"《石经尚书》亦作"负子"。唯今之韵书,捃摭浅漏,未经收拾。沈存中笑香山押"饿殍"为夫。又笑杜牧之《杜秋》诗:"厌饫不能饴",误饴糖之饴,作饮啖用。不知杜牧之用"饴"字,本东汉《童谣》:"饴我大豆烹芋魁。"又,晋《盛彦博》:"婢使蛴螬炙饴之。"香山之押"殍"作平声,本《唐韵》"敷"字下收"殍",作"抚俱切"。犹之今平韵不收"纠"字,而嵇康《琴赋》亦竟作平声押也。

【译文】

我做骈体文,押曹丕的"丕"字为上声,被人所嗤笑。不知道"丕"字和"不"字相通,又和"负背"相通,不仅仅是"攀悲切"的意思。《书》说:"是有丕子的责对于天来说。"《史话》作"负"字。《索隐》中引郑氏说:"丕读为负"。《石经尚书》也作"负子"。只有今天的韵书,捃摭浅漏,没有经过收拾整理。沈存中笑香山押"饿殍"为夫。又笑杜牧之的《杜秋》诗:"厌恶饫不能饴",说将饴糖的饴,做饭料用了。不知杜牧之用"饴"字,出自东汉的《童谣》:"让我用大豆来煮芋魁。"又有晋《盛彦博》说:"女婢将蛴螬用火烧吃了。"香山押"殍"字作平声,出自唐诗中的《唐韵》"敷"字下收"殍",作抚都十分贴切。就像今天平韵没收到"纠"字,而嵇康的《琴赋》也都作平声来押。

三七

【原文】

《玉台新咏》实《国风》之正宗,然有不可学者,如湘东王《春日》,一句用两"新"字。鲍泉、沈约有诗八首,以五言一首为题,如"秋衰悲落桐"之类,反复千言,殊觉可憎。为唐人试帖赋得题所自仿也。

【译文】

《玉台新咏》实际上是《国风》的正宗之作,但有一些是不认字的,像湘东王的《春日》,一句中用两个"新"字。鲍泉、沈约有诗八首,以五言一首作题目,像"秋天衰落为落下的桐树叶而悲伤"这一类,反复千句之多,觉得十分可憎。这是根据唐人试帖赋得题的样子而自己拿去模仿的。

三八

【原文】

人无酒德,而贪杯勺,最为可憎。有某太守在随园赏海棠,醉后,竟弛下衣,溲于庭中。余次日寄诗戏之云:"客是当年夷射姑,不教虎子挈花奴。但惊赢者此阳也,谁令军中有布乎?头秃公然帻似屋,心长空有腹如瓠。平生雅抱时苗癖,日缚衣冠射酒徒。"

【译文】

　　人没有酒德,而又贪恋喝酒,最是可憎。有某太守在随园赏海棠花,醉后,竟然脱下衣服,便溺在院子里。我第二天寄诗调笑他说:"你是当年的夷射姑,不让虎子带花奴。使弱者都为你的东西吃惊,谁让军队中还穿衣服? 秃头包得像座房子,肚子空长那么大,平生文雅但有时却有一些奇怪的癖好,白天竟起衣冠来便溺。"

三九

【原文】

　　年家子龚友,青年好学,来诵其《白门小住》云:"秋生黄叶声中雨,人在清溪水上楼。"余为叹赏。临别,忽向余正色云:"友不好名,先生切勿以友诗告人。"余雅不喜,曰:"此子矜情作态,局面太小。"已而竟不永年。

【译文】

　　有一个叫龚友的晚辈,年青而又好学,来向我读他的《白门小住》诗说:"秋天的雨水击打着黄叶,人在清溪上的楼中。"我十分欣赏。临告别时,他忽然对我正色说:"我不好功名,先生千万不要把我的诗告诉别人。"我不太喜欢他这样,说:"这孩子矜持作态,将来前途太小。"后来很年轻就死了。

四〇

【原文】

余《哭鄂制府虚亭死节》诗，云："男儿欲报君恩重，死到沙场是善终。"乙酉，天子南巡，傅文忠公向庄滋圃新参诵此二句，曰："我不料袁某才人，竟有此心胸。闻系公同年，我欲见之，希转告之。"余虽不能往谒，而心中知己之感，恻恻不忘。第念平生诗颇多，公何以独爱此二句？后公往缅甸，受瘴得病归，薨。方知一时感触，未尝非谶云。

鄂公拈香清凉山，过随园门外，指示人曰："风景殊佳，恐此中人必为山林所误。"有告余者。余不解所谓。后见宋人《题吕仙》一绝曰："觅官千里赴神京，得遇钟离盖便倾。未必无心唐社稷，金丹一粒误先生。"方悟鄂公"误"字之意。

【译文】

我写《哭鄂制府虚亭死节》诗说："男儿想报皇上的深重之恩，死在沙场上就是善终。"乙酉年，天子南巡，傅文忠公向庄滋圃新参读这二句诗，说："我不想袁枚这样的才子，还有这样的心胸。听说他和你是同年，我想见见了，希望你能转告。"我虽然不能前去拜访，而心中那种知己的感动，始终不能忘记。又念平生的诗很多，你为什么独喜欢这两句？后来公前往缅甸，受了瘴气带病回来，就死了。才知道就一时的感触，竟然成了预言了。

鄂公在清凉山上拈香，过随园门外，指给别人说："风景这么好，恐怕园中的人，要为风景所耽误。"有人来告诉我。我不理解他的意思。后来见宋人写的《题吕仙》一绝说："求官不远千里赶往京都，碰上汉钟离便为之倾倒。并不是不为唐的社稷操心，一粒金丹耽误了先生"。这才明白鄂公"误"字的意思。

四一

【原文】

宋刘子仪为夏英公先得枢密，乃《咏堠子》诗曰："空呈厚貌临官道，更有人从捷径过。"本朝朱草衣《咏雪》云："正愁前路迷樵径，先有人行路一条。"陈古渔《看桃花》云："回头莫羡人行处，曾向行人行处来。"

【译文】

宋刘子仪比夏英公先得枢密这个职位，就写《咏堠子》诗说："白白用厚道在官场上混，更有人从捷径上已过路去了。"本朝朱草衣写《咏雪》说："正担心前面迷得找不到路了，先已有人踩出一条路途。"陈古渔写《看桃花》说："回头不要羡慕人行过的地方，曾经向行人走过的地走去。"

四二

【原文】

同年李竹溪棠，性诚悫，而诗独清超。《感怀》云："罢官便有闲人集，才老旋生后辈嫌。"《得家书》云："急开翻恼缄封密，朗诵频教句读差。"其子燧年十岁时，余命属对"水仙花"。渠应声曰："罗汉松。"平仄虽不协，而意境极佳，遂太奇之。归河间后见怀云："韦司风味陶潜节，野鹤闲云伴此身。四海声名双管笔，六朝花柳一家春。须眉每向诗中见，函丈遍从梦里亲。此日著书深几许，瓣香心事属何人？"末二句，其自命亦不凡矣。

【译文】

同年李棠字竹溪,性情诚实,而诗歌又写得十分超脱。有《感怀》说:"罢官后仅有闲人集中而来,刚刚老就让后辈嫌弃了。"《得家书》说:"急着打开为信封得太紧而恼怒,朗读时感到连句都读不好了。"他的儿子燧十岁的时候,我命他对"水仙花",他应声说:"罗汉松。"平仄虽不协调,而意境特别好,于是十分惊奇。回到河间写有见怀诗说:"韦司的风格陶潜的节气,野鹤闲云伴此身。四海都因笔名而传扬,六朝花柳一家春。从诗中能见到你的面容,信函在梦中都十分亲切。今天写这书表明我的深情,一脸心事属于什么人呢?"最后二句,显示出他的自命不凡来。

四三

【原文】

杭州张有虔先生,年九十三,皇上多赐举人。余自幼蒙提携,故求其诗,不得。得其子名济川号南皋生者《微雨》云:"无声著林木,有色引莓苔。"《欲雪》云:"风号平野急,云重暮山连。"

【译文】

杭州张有虔先生,年已九十三岁,是皇上钦赐的举人。我从小蒙他提携,因此来向他求诗,没有见面,得了他的儿子名叫济川号南皋生的《微雨》诗说:"无声地绕着林木,使苔藓又恢复了青绿的颜色。"《欲雪》诗说:"狂风呼号着在平野上急掠而过,云色很重远方的山都像连在了一起。"

随园诗话

四四

【原文】

有人诵常州汪玉珩《咏泪》佳句云:"江干斑竹墙阴草,壶内红冰镜里潮。"余以为不如其第一首云:"商女含愁歌一曲,楚妃无语过三年。"更觉耐想。又《偶成》云:"高阁对层峦,屋角烟萝接。山雨欲来时,萧萧下黄叶。"

【译文】

有人读常州汪玉珩的《咏泪》佳句说:"江边斑驳的竹子墙阴下的小草,壶内的红冰镜里的潮水。"我认为不如他的第一首说:"商女含着忧愁唱一曲,楚妃不说话过了三年。"更觉得耐人寻味。又《偶成》诗说:"高楼对着大山,屋角连着烟尘藤萝。山雨欲来的时候,萧萧落下黄叶。"

四五

【原文】

胡稚威云:"诗有来得、去得、存得之分。来得者,下笔便有也;去得者,平正稳妥也;存得者,新鲜出色也。"

【译文】

胡稚威说:"诗有来得、去得、存得的区分。来得,是指下笔便有了;去得,是指平正稳妥;存得,是指写得新鲜,出色。"

四六

【原文】

刘霞裳与余论诗曰："天分高之人,其心必虚,肯受人讥弹。"余谓非独诗也;钟鼓虚故受考,笙竽虚故成音。试看诸葛武侯之集思广益,勤求启诲;此老是何等天分? 孔子入太庙,每事问。颜子以能问于不能,以多问于寡。非谦也,天而是分高,故心虚也。

【译文】

刘霞裳和我论诗说:"天分高的人,他一定虚心,肯于接受别人的讥笑与批评。"我说的不仅是诗;钟鼓因为虚心所以才能有声音,笙竽因为虚心所以才有音乐。试看诸葛武侯集思广益,勤奋学习追求别人的启示教诲;这人是什么样的天分? 孔子入太庙,每件事都要问人。颜子以能人的身份去问不如自己的人,以多问少。不是谦逊,天分高,因此才显得比别人更虚心啊!

四七

【原文】

梁文庄公之兄启心,字守存,入翰林后,即乞归养。其子山舟侍讲,亦早乞病,使其弟敦书仕于朝。一门家风如此。守存除夕约同人游吴山,不果,乃寄诗云:"何堪岁尽复迁延,风约都为俗事牵。多谢分吟留一席,不妨属和待明年。空山响答千门爆,落日寒迷万瓦烟。想见诸公高会处,下方人指地行仙。"《除

夕》云："旧赐宫袍聊一著，新颁春帖懒重书。"《晚过山庵》云："清依古佛原无梦，老笑秋虫尚有丝。"山舟性不近妇人，不宴客，亦不赴人之宴。惟余还杭州，则具华馔，一主一宾，相对而已。故余《寄怀》云："一饭矜严常选客，半生孤冷不宜花。"山舟有《反游仙》云："漫说长生有秘传，餐芝绝粒几经年。登仙直是寻常事，鸡犬由来亦上天。""瑶林琼树生来有，玉宇云楼望里深。上界不闻阿堵贵，道人偏要炼黄金。""曾侍朝正三殿来，遥瞻旌节下蓬莱。如何一片飞凫影，也被人间网得回？""赚他刘、阮是何人，毕竟迷楼莫当真。我是天台狂道士，桃花多处急抽身。""扰扰蜉蝣奈若何，寸田尺宅竟蹉跎。自从偷吃嵇康髓，只觉胸中块垒多。"

【译文】

梁文庄公的兄长启心，字守存，入翰林后，就请求回去养老。他的儿子山舟侍读，也早早地请病回家，让他的弟弟敦书在朝中做官。一门家风就是这样。守存除夕时约同人游灵山，没有结果，就寄诗过去说："为什么非要在年底去奔波，风约都被俗事牵扯了。多谢你在诗歌上留了一席，不妨明年再一块去。空山回音千家爆竹响起，落日寒霜中万家都升起了炊烟。想到你们在高处相聚，下边的人都认为你们是地行仙。"写《除夕》诗说："旧日赐予的宫袍暂且再穿一穿，新发的春联懒得再重写了。"《晚过山庵》说："清依古佛原本没有梦，老笑秋虫还在吐丝。"山舟从不接迎妇人，不宴请客人，也不赴别人的宴席。只有我回杭州时，则准备好酒菜，一主一宾，相对而饮。因此我写《寄怀》说："一顿饭也要谨慎地选择客人，半生孤冷家凉不近花。"山舟有《反游仙》诗说："别说长生有秘方，吃灵芝不吃饭已经好几年了。做仙也是很平常的事，鸡犬因此也可升天。""瑶林琼树生来就有，玉宇琼楼十分神秘。上天的仙人不知金银的贵重，道人偏偏要炼黄金。""曾经侍奉三朝天子，远远看见旌旗从蓬莱山上下来。如何又成了一片飞鸟的影子，这也被人间俗人传了回去？""管他刘、阮是什么人，毕竟是迷楼不要当真。我是天台上的狂道士，桃花多的地方会急速抽身而去。""扰扰的蜉蝣干什么，不大的地方却来回地游动。自从偷吃了嵇康的骨髓，只觉得胸中十分烦闷。"

四八

【原文】

　　尹望山相公,四督江南,诸公子随任未久,多仕于朝。惟似村以秀才故不当差,常侍膝下,诗才清绝。余骈体序中,已备言之。犹记其订余往过云:"清谈相订菊花期,正慰幽怀入梦时。空谷传书鸿屡至,闲庭扫径仆先知。关心尚忆他乡客,(时以诗寄三兄。)因病翻添数首诗。闻道芒鞋将我过,倚阑只恨月圆迟。"《绚春园》云:"莫唤池边贪睡犬,隔林恐有看花人。"乙酉别去,庚子八月,忽奉太夫人就芜湖观察两峰之养,重过随园。见和云:"迎人鸡犬闲如旧,满架琴书卖欲无。"《临别》云:"故人垂老别,归舫任风移。退一步来想,斯游本不期。"似村,名庆兰。

【译文】

　　尹望山相公,四次督察江南,诸公子随任不久,便都去朝中做官。只有似村是秀才身份所以不当差,经常陪伴在身边,诗才十分清新绝妙。我在骈体文的序中,已详尽地讲过了。还记得他订日期约我过去说:"相约在菊花开的时候清谈,正好安慰在幽静的时候做梦时间,空谷传书鸿雁顷刻就到了,打扫庭院等你回来。关心记起在外地的客人,因为有病反而写了好几首诗。听说你要脚穿芒鞋来我处,倚着栏杆只恨月亮圆的太慢了。"《绚春园》说:"不要叫那池边贪睡的狗,隔着林子恐怕有看花的人。"乙酉年别去,庚子年八月,忽然奉太夫人去芜湖观察尔峰处养老,重新过随园。见和诗说:"迎人的鸡犬悠闲得和过去一样,满架的琴书都快卖完了。"写《临别》诗说:"故人告老而去,归去的船任风吹,退一步来想,这次出游本来就没有归期。"似村,名庆兰。

四九

【原文】

张松园方伯不甚作诗,而落笔新颖。见张素云女校书扇上有余赠诗,乃题其后云:"小住青楼醉好春,偶教踪迹落红尘。昨宵月下看歌扇,忽见文星照美人。"

【译文】

张松园方伯不太爱作诗,而一旦落笔就十分新颖。见张素云女校书扇上有我赠的诗,就在后边题诗说:"小住青楼醉在这么好的春色里,偶然让自己的踪迹跌落在红尘中。昨夜月下看歌女的扇子,忽然发现有文曲星在扇子上照着美人。"

五〇

【原文】

嘉禾微士曹廷枢古谦,与葛卜元同教习宗学。葛北方人,长于考据,自负博雅。而曹专工辞章。二人不相能。虞山蒋公、满洲世公,各有所庇,遂相参劾。古人洛、蜀之分,皆由门下士起也。曹诗自佳,《咏春雨》云:"两两溪边水鸟呼,渐看檐际湿模糊。凭栏花重红疑滴,隔座山横翠欲无。吟苦莫愁春冷淡,病多偏稳睡工夫。卷帘自爱虚无景,未要潇湘入画图。"

【译文】

嘉禾徵士曹廷枢字古谦，和葛卜元一起教习宗学。葛卜元是北方人，擅长考据，自负博闻儒雅。而曹廷枢专攻辞章。二人合不来。虞山蒋公、满洲世公，各有所庇护的人，于是互相弹劾。古人洛、蜀的划分，都是由门下的人引起的。曹廷枢的诗自然十分漂亮，写《咏春雨》说："两两溪边有水鸟在叫，渐渐看屋檐下已经湿得一片模糊。凭栏看那水滴花上红色像要流下来，远处的山上绿树都看不见了。苦苦吟得不要忧愁春天的冷淡，病多养成了爱睡觉的工夫。卷起门帘喜爱看这缥缈的风景，不用要潇湘竹进入这幅图画里。"

《唐诗画谱》中描绘春雨后的湖光山色图

五一

【原文】

杭州柴南屏先生,名谦,作中书时,和圣祖《冬至》诗,有"雪花欲工梅花落,春意还同腊意舒"之句。圣祖谓有翰苑才,超升御史。余与其曾孙景高交,先生年八十余矣。《咏西湖》云:"月出惯留歌舞席,风声不送别离船。"

【译文】

杭州柴南屏先生,名谦,作中书的时候,和圣祖的一首《冬至》诗有"雪花和梅花一起落下,春意和腊冬之意一起舒展"的句子,圣祖说他有翰苑的才气,提升他为御史。我和他的曾孙景高有交往,先生已八十多岁了。写《咏西湖》诗说:"月亮出来习惯于照在歌舞酒席上,风声响起不送离别的船只。"

五二

【原文】

世有口头俗句,皆出名士集中:"世乱奴欺主,时衰鬼弄人。"杜荀鹤诗也。"今朝有酒今朝醉,明日无钱明日愁。"罗隐诗也。"一朝权在手,便把令来行。"崔戎《酒筹》诗也。"闭门不管窗前月,吩咐梅花自主张。"南宋陈随隐自述其先人诗也。"大风吹倒梧桐树,自有旁人说短长。"宋人笑赵师睪欲附范文正公祠堂诗也。"晚饭少吃口,活到九十九。"古乐府也。"难将一人手,掩得天下目。"曹邺诗也。"易求无价宝,难得有情郎。"女真惠兰诗也。"一举首登龙虎榜,十

年身到凤凰池。"张唐卿诗也。"平生不做皱眉事,世上应无切齿人。"邵康节诗也。"儿孙自有儿孙福,莫与儿孙作马牛。"徐守信诗也。"是非只为多开口,烦恼皆因强出头";"自家扫去门前雪,莫管他家瓦上霜":并见《事林广记》。"黄泉无客店,今夜宿谁家?"见唐人逸诗。

【译文】

　　世上有口头俗语,都出在名士的集中:"世乱奴隶欺负主人,时衰鬼也作弄人。"这是杜荀鹤的诗。"今天有酒今天就醉,明天无钱明天再愁。"这是罗隐的诗。"一朝权在手,便把令来行。"这是崔戎的《酒筹》诗。"关上门不管窗前的月亮,吩咐梅花自作主张吧!"南宋陈随隐自己叙述他先人的诗。"大风吹倒梧桐树,自然会有人说长道短。"这是宋人笑赵师睪欲附在范文正的祠堂上的诗。"晚饭少吃一口,可以活到九十九。"这是古乐府中的诗。"难以用一个人的手,来遮天下人的耳目。"这是曹邺的诗。"无价的宝容易找到,有情郎却难以找寻。"这是女真人惠兰的诗。"一次就登上了龙虎榜首,十年后身子就到了凤凰池。"这是张唐卿的诗。"平生不做皱眉头的事,世上应该没有咬牙切齿的人。"这是邵康节的诗。"儿孙自有儿孙的福气,不要为儿孙做马做牛。"这是徐守信的诗。"是非都是因为开口太多,烦恼都因为强出头"。"自家扫去自家门前的雪,不要管别人家瓦上的霜",这诗见于《事林广记》。"黄泉路上没有客店,今夜住在谁家?"这是唐人留下的无名诗。

五三

【原文】

　　河督姚小坡,作别驾时,以"祭葬"二字命题。余宰江宁时,无子,《咏祭》云:"备食满天下,但看所树恩。羞将好魂魄,饥饱仗儿孙。"

【译文】

　　河督姚小坡,作别驾时,以"祭葬"二字命题。我主宰江宁时,没有儿子,写

《咏祭》诗说:"血食满天下,但看所树的恩德。等着一幅好魂魄,饥饱依仗儿孙。"

五四

【原文】

余作庶常时,寓年家花园。同年吴自堂与其兄飞池借寓园中。飞池与吴女金娘有三生之约,畏妻不敢聘。金寄诗云:"残泪未消和影拭,旧书重展背人看。"诗既佳,书法亦秀媚。

【译文】

我做庶常时,住在年家花园。同年吴自堂和他的兄长飞池借住在随园中。飞池和吴金娘有婚姻之约,怕妻子而不敢聘。金娘寄诗说:"残泪没有消的用衣衫去擦拭,背着别人拿旧的书信来看。"诗写得好,书法也十分秀丽妩媚,非常漂亮。

五五

【原文】

云间沈大成,字学子,皓首穷经,多闻博学,尝见古庙有九原丈人之碑,不知所出。后阅《十洲记》,始知乃海神,司水者也。因作《九原丈人考》一篇。《赠邵檀波》云:"异书勘后兼金重,古砚磨多似白深。"《即事》云:"楼头风定钟初动,湖上云开舫渐行。"

【译文】

云间沈大成,字学子,一辈子钻研经学,多闻博学,曾在古庙见九原丈人之碑,不知出于哪里。后读《十洲记》,才知道这是海神,管水的人。因此作了一篇《九原丈人考》。写《赠邵檀波》说:"书完成校对后比金子还贵重,古砚磨多了像臼一样深。"

写《即事》说:"楼头风刚停下来钟却还在动,湖上云开天晴船慢慢地行进。"

五六

【原文】

浙中遂昌教谕王世芳,字芝圃,年一百十岁,入都祝太后万寿,赐翰林侍讲衔。还乡,陈太常星斋赠诗云:"华皓何来云水头,宠加新秩返扁舟。酒钱未卜凭谁与,壶药翻叨为我投。薄宦梦惊山北檄,散仙行逐海东鸥。独留佳话传台阁,曾与耆英大父游。"王面长尺许,腰若植鳍。自言:"少居乡,遭耿逆之变,与诸妹豆棚闲坐,一妹头忽不见,盖为飞炮击去也。"与第三子同来,白发飘萧,背转伛偻。问其长子。曰:"不幸天亡矣。"问天亡之年。曰:"八十五岁。"乾隆辛未,圣驾南巡,有湖南汤老人来接驾,年一百四十岁。皇上先赐匾额云:"花甲重周。"又赐云:"古稀再度。"

【译文】

浙江中部的遂昌教谕王世芳,字芝圃,年纪有一百一十岁,入京都祝太后万寿无疆,被赐予翰林侍读的头衔。

返回家乡后,陈星斋太常赠诗说:"满头白发为什么来到云水尽头,在京中宠加有身坐着扁舟回来了。酒钱不知道该谁来付,最后还是来到了我这里。做官的梦被山北的檄文所惊醒,散仙行踪和东海的海鸥一样。独自在台阁传下佳

话,曾和老英大父一起游玩过。"王世芳面长一尺多,腰板像鱼脊一样硬。

自己说:"小的时候住在乡里,逢上耿逆贼叛乱。和诸妹在豆棚闲坐,一妹的头忽然不见了,原来是被飞来的炮石击掉了。"

和他的第三个儿子一起来,白发飘洒,背却有些弯曲。

问他的大儿子,说:"不幸早死了。"问死时的年纪,说:"八十五岁。"

乾隆辛未年,圣驾南巡,有湖南姓汤的老人来接驾,年一百四十岁。皇上先赐一幅匾额说:"花甲重又过了一次。"又赐说:"古稀再度一次。"

五七

【原文】

余夏间恶蚊,常误批颊甚痛,而蚊乃飞去。偶读叶声木《谯蚊》诗,不觉大快。

词曰:"虎狼偶食人,人犹寝其皮。独怪蚤虱蚊,嗜人甘如饴。蚊虱我自生,自蘖将急谁。蚤出尘土间,跳梁亦暂时。尔蚊何为者,薨薨声殷雷。订盟如点将,歃血遣饮飞。聚昏更为市,利析秋毫微。穿衣巧刺绣,中肤惊卓锥。深入石饮羽,潜侵剑切泥。三伏凉夜好,清风吹满怀。时方爱露坐,鸣镝一声来。误愤自批颊,怅望空徘徊。亦或中老拳,礳裂歼渠魁。无奈苦搔痒,汁黏变疮痍。咄咄么麽虫,阴毒乃如斯。长喙不择肉,呼吸若乳儿。怪底入夏瘦,毛孔成漏卮。安得通身手,左右时交挥!"叶讳诚,钱塘孝廉。

【译文】

我夏天十分讨厌蚊子,常为打蚊子而误打痛自己的脸颊,而蚊子才飞走。

偶然读了叶声木的《谯蚊》诗,不觉大笑。词说:"虎狼偶然吃人,人还要剥它们的皮。独有跳蚤蚊子,吃人像喝甘露。蚊虫由我们供他们生,自己作孽又能怪谁。跳蚤出于尘土之间,暂时十分嚣张。蚊子是什么东西,嗡嗡声音大如雷。好像是将领一样约会好,吸血轮番飞。一到黄昏就成了它们的市场,利息

都在秋毫之间。像穿衣巧妙地刺绣,扎入皮肤如同锥子。深入皮肤中吸血,好像宝剑切泥一样。三伏天凉爽的夜晚十分美好,清风吹入怀抱。刚刚在这样的环境中坐下,蚊子便哼哼一声飞来了。愤怒之余误打了自己的脸颊,怅望空中徘徊。或者蚊子中了人的老拳,被打为粉碎。无奈苦于搔痒,汗水贴着伤口。这到底是什么虫,阴毒到了这种地步。长嘴不吃肉,呼吸像婴儿一样。难怪一到夏天就瘦了,毛孔处处都成了漏洞,如果有通身的手,左右不停地驱赶才好。”叶声木名叫诚,是钱塘孝廉。

<h1 align="center">五八</h1>

【原文】

王安昆,字平圃。予少在都中,与交好,常宿其家,见其题尤贡甫《墨竹》云:“几个琅玕好姬几点苔,胜他五色笔花开。分明满幅萧萧响,似带江南风雨来。”《买竹》云:“南郊过雨绿生香,底事劳人买竹忙。我一出城君入市,两边风味各分尝。”又,送《罗两峰归邗土兼示舍弟瘦生》云:“别时冰雪到时春,万树寒梅照眼新。邂逅若逢江上客,已归须劝未归人。”

【译文】

王安昆,字平圃。我年轻时在京都,和他交好,常常住在他家里,见他为尤贡甫题的《墨竹》说:“几个琅邗几点青苔,胜过他五色笔生花。分明满幅画上都是萧萧的树叶响声,好像带着江南的风雨来了。”

《买竹》说:“南郊下过雨后绿叶都发出香味,麻烦别人忙着买竹子。我一出城,我就到市里来了,两边风味都尝一尝。”

又,《送罗两峰归邗土兼示舍弟瘦生》说:“离别的时候是冰雪覆盖的冬天,相见时是春暖花开的时节,万树寒梅使眼睛感到清新。以后一旦碰上江上来的客人,已经回来的要劝未回来的人。”

竹林月下弹琴图,古代文人喜在月下弹琴吟诗,此图描绘了这一场景。

五九

【原文】

余宰沭阳,有宦家女依祖母居,私其甥陈某,逃获。讯时值六月,跪烈日中,汗雨下;而肤理玉映。陈貌寝,以缝皮为业。余念燕婉之求,得此戚施,殊不可解。问女何供。女垂泪云:"一念之差,玷辱先人,自是前生宿孽。"其祖母怒甚,欲置之死。余以卓茂语,再三谕之。笞甥,而以女交还其家。搜其篮,有《闺词》云:"蕉心死后犹全卷,莲子生时便倒含。"亦诗谶也。隔数月,闻被戚匪胡丰卖往山东矣。予至今惜之。尝为人题画册云:"他生愿作司香尉,十万金铃护落花。"

我主宰沭阳时,有官宦家的女儿和她祖母住在一起,和她祖母的外甥陈某有私情,逃跑后被抓回来,审讯她时刚好是六月,跪在烈日之中,汗如雨下;皮肤如玉。

陈某长相很丑,以缝皮为职业。我念她娇柔恳求,却这样去做,十分不理解。问她有什么可供的。女流泪说:"一念之差,玷辱先人,这是前生的孽缘。"

她的祖母十分恼怒,要置她于死地。我用卓茂的话语,再三晓谕劝住了她,鞭打了她的外甥,而把女子交给她们家,搜查她的箱子,有一首《闺词》说:"芭蕉心死了还要全卷起来,莲子生时便倒含在里边。"

也是诗的预言。隔了几个月,听说她被戚匪胡丰卖往山东。我至今还十分叹惜她。曾为别人题画册说:"他生愿意做一名司香尉,以十万金铃来保护落花。"

六〇

宰江宁时,有南乡钱贡甫之子某,买张某妻陈氏为妾,得价后,屡诈不遂,遂来控官。余召讯之。钱烧窑,张为其采煤者也,貌如石炭,妻嫣然窈窕。钱美少年,能诗。余意天然佳偶,欲配合之,而格于例,乃发官媒,免其答。有役某素黠,探知官意,密授钱计,仍买归焉。钱故乡居,事过后,余不便再问消息。后十余年,余游牛首山,路见纍纍者,率三婴儿,捧香伏地。问何人。曰:"钱某也。年来妻亡,扶陈氏为正室。此三儿皆其所生。某亦入上元学矣。妻闻公游山,命我来谢。"献诗云:"酬恩两个山村雀,含毒着金环没处寻。绿叶成阴满枝子,费公多少种花心。"

我做江宁宰时,有南乡钱贡甫的儿子钱某买张某的妻陈氏为妾,得钱后,却

屡屡说谎不去,钱某就来告官。

我召来讯问她。钱某是烧窑的,张某是他的采煤工,长得像石炭一样,但他的妻子漂亮窈窕。钱某是美少年,且能写诗。我认为他们是天生佳偶,准备使他们配合一起,而又限于官例,就以官媒,免除鞭笞的惩罚。有某差役平素十分狡黠,探知我的意图,便秘密教给钱计,仍买她回去。钱某在老家住。事过之后,我不便再问消息。十几年后,我游牛首山,路见一个长头发的人,带着三个孩子,捧香跪在我面前,问他是什么人。说:"我是钱某,前几年妻子死了,把陈氏扶正。这三个儿子都是她生的。我也入上元学了。妻听说你游山,让我来感谢你。"

并献诗说:"两个山村雀来谢恩,含着金环没处可寻。绿叶成荫结满果子,不知费了你多少种花爱花的心。"

六一

【原文】

李笠翁词曲尖巧,人多轻之。然其诗有足采者。如:《送周参戎之浦阳》云:"儒将从来重,君其髯绝伦。三迁无喜色,百战有完身。灰里求遗史,刀边活故人。仙华名胜地,细柳正堪屯。"《婺宁庵》云:"谁引招提路,随云上小峰。饭依香积煮,衣倩衲僧缝。鼓吹千林鸟,波涛万壑松。《楞严》听未阕,归计且从容。"尤展成赠云:"十郎才讲本无双,双燕双莺话小窗。送客留檠休灭烛,要看花。影照银釭。"

【译文】

李笠翁词曲尖巧,人都轻视他。然而他的诗有很多都可摘抄。像《送周参戎之浦阳》说:"儒将从来都很受重用,你的胡子美丽绝伦,三次迁官没有高兴的意思,百战之后还好好的。从石灰中寻找过去的事,刀边流下来旧识的人。仙华是名胜之地,正好可以扎下兵营。"

《婆宁庵》说:"是谁引的招提路,随着云彩登上山峰。饭煮的很香,漂亮的衣服是僧人缝的。成千上万的鸟儿在林中鸣叫,万亩松树发出阵阵涛声。《楞严》还没有听到一半,回去还可以从从容容。"

尤展成诗说:"十郎的才情本是世上无双,双燕双莺在小窗前说话。送客时留下蜡烛不要吹灭,要看那烛光照耀下的花影衬托出银红的色彩。"

六二

【原文】

杭州姚君思勤、黄君湘圃、吴君锡麒八九人,同作《新年百咏》,俱典雅,而吴诗尤超。《门神》云:"问尔侯门立,能知深几重?"倪经培云:"爵封万户外,秩满一年中。"姚《咏拜年》云:"履吉弓鞋换,催妆岁烛然。胜常称再四,利市乞团圆。"《风菱》云:"面目为谁槁,心肠到底甜。"黄《咏爆竹》云:"买来还缩手,毕竟让人工。"《面鬼》云:"一半头衔用,几重颜甲生。"皆佳句也。金雨叔宗伯为题辞云:"回首辞家十载余,旧乡风土梦华胥。卷中重认新年景,却认初来占籍居。"

【译文】

杭州的姚思勤君、黄湘圃君、吴锡麒君等八九个人,同写《新百年咏》,都十分典雅,而吴锡麒君的诗又超出其他人的。

写《门神》说:"问你长年站在侯门边,能知官门有几重深?"

倪经培说:"爵位封在万户之外,期限只是一年。"

姚思勤写《咏拜年》说:"换上新鞋子,催着快点化妆,熬年的蜡烛已烧尽了。好的事要求再三再四,说吉利话就是求团圆。"

《风菱》:"面容为谁而枯槁,心肠却是甜的。"

黄湘圃写《咏爆竹》说:"买来还要缩回手,毕竟要让人放。"《面鬼》说:"一半头衔用,不知是多少年前生的。"

都是漂亮的好诗句。金雨叔宗伯为他题诗说:"回头看离家已经十几年了,家乡风土中梦见了华胥。书卷之中重新认识新年的景象,却认出了刚出生时住的地方。"

六三

【原文】

《清波杂志》载:"元祐间,新正贺节,有士持门状遣仆代往,到门,其人出迎,仆云:'已脱笼矣。'谚云'脱笼'者,诈闪也。温公闻之,笑曰:'不诚之事,原不可为!'"及前朝文衡山《拜年》诗曰:"不求见面惟通谒,名纸朝来满敝庐。我亦随人投数纸,世情嫌简不嫌虚。"可见贺节投虚帖,宋朝不可,明朝不以为非;世风不古,亦因年代而递降焉。

【译文】

《清波杂志》上记载:"元祐年间,新春正是贺节的时候,有士人持帖子派仆人代他去拜贺,到了门口,主人出来迎接,仆人说:'已经脱笼了。'谚语中说的'脱笼'是诈闪的意思。温公听后,笑着说:'不诚意的事,原来是不能做的。'"

到前朝文衡山的《拜年》诗说:"不求见面只通通姓名,名片早上就装满了屋子。我也随着别人投几张纸片,世情只求简单而不嫌虚假。"

可见拜年投虚帖,宋朝是不可以的,而明朝却不认为不可以;世风不好,也是因年代推移而降温的事啊!

六四

【原文】

余有诗不入集中者,嫌其少作未工也。然终竟是尔时一种光景,弃之可惜,乃追忆而录之。九岁《咏盘香》云:"空梁无燕泥常落,古佛传灯影太孤。"十五岁《咏怀》云:"也堪斩马谈方略,还是骑牛读《汉书》。"《题田古农卖书买剑图》云:"丈夫穷后疑无路,犹有神仙作退步。"《舟行》云:"山云犹辨树,江雨暗移春。"《咏柳》云:"新丝买得刚三月,旧雨吹来似六朝。"《落花》云:"莫讶万枝随雨尽,须知一片自天来。"《无题》云:"红豆相思多入骨,绿萝着处便生根。"在都中,《为徐相国耕籍应制》云:"水到公田龙脉转,风翻仙仗杏花飞。"颇为相公称许。《和金沛恩咏昭君纸鸢》云:"玉门春老恨难忘,犹逐东风谒汉王。环佩影沉天漠北,琵琶声在白云乡。素丝解作留仙带,细雨弹成坠马妆。莫怪洛城多纸贵,画图终日对斜阳。"

【译文】

我有诗歌不入文集的,嫌它是年轻时写的不工整。然而它毕竟反映了当时的一种光景,弃了可惜,于是凭记忆又记了下来。

九岁,写有《咏盘香》说:"空空的梁上没有燕子常常有泥土落下,古佛在灯的照映下十分孤单。"

十五岁,写《咏怀》诗说:"也可以斩马谈论方略,还是骑在牛背上读《汉书》。"《题田古家卖书买剑图》说:"丈夫穷困时怀疑没了出路,还有去做神仙为退路。"《舟行》说:"山云中可以辨认出树来,江雨暗暗把春带走了。"

《咏柳》说:"刚在三月中买得新丝条,旧雨下起来像六朝时的情形。"《落花》说:"不要惊讶万根枝条都着雨水落尽了,要知道这些都是从天而降的。"

《无题》说:"红豆相思深入骨髓,绿色藤萝一碰着地便生了根。"

在都中,写《为徐相国耕籍应制》说:"水到了公田龙脉便变了,风翻仙仗杏花乱飞。"颇为相公称赞。《和金沛恩咏昭君纸鸢》说:"玉门春天到来很晚不能

忘怀,还要随着东风去见汉主。带着环佩的身影沉没在北方的大漠中,琵琶声还在白云中回荡。青丝化作了留仙带,细雨声弹成一曲骑马的妆束。不怪洛阳纸贵,每天都画有西下的太阳。"

六五

【原文】

丁卯冬,余宰江宁,以公事往扬州,阻风燕子矶。宏济寺僧默默,年九十余,导余游山;并出西林、桐城两相国及诸公卿诗相示。余亦赠四律而别。后辛未南巡,默默接驾。上问其年。奏曰:"一百二岁。"上笑曰:"和尚还有二十年寿。"随赐紫衣。默默谢恩而出。乾隆二十年,竟圆寂矣。方知天语之成谶也。高文定公赠以诗云:"默默僧年八十余,麦塍犹爱荷春锄。抬头见客心先喜,飓从烹茶意自如。千尺娑罗庭外树,两朝丞相壁间书。救生舟送风帆稳,利涉长江信不虚。"

【译文】

丁卯年冬,我做江宁宰,因为公事前往扬州,被风阻挡在燕子矶。宏济寺僧人默默,年已九十多岁,带我游山;并出示西林、桐城两位相国和各位公卿的诗给我看。我也赠了四律告别了。后来皇上在辛未年南巡,默默接驾。皇上问他的年纪,他回答说:"一百零二岁。"皇上笑着说:"和尚你还有二十年的寿。"接着赐给他一件紫衣。默默谢恩而出,乾隆二十年,竟然死了。才知皇上的话十分灵验。高文定公赠诗说:"默默僧年已八十多,春种的季节还爱背锄劳动。抬头见了客人心先高兴,让座烧茶十分自如自在。高达千尺的娑罗树神在庭院里,两朝丞相都在壁上题有字。救生的船送风帆稳,利涉长江相信不是虚传。"

【原文】

陶贞白云："仙人九障，名居一焉。"余不幸负虚名。丁丑，过书肆，见有作《金陵怀古》诗者，姓王，名颠客，假余序文。诗既不佳，序亦相称，余一笑置之。后三年，再过书肆，见《清溪唱酬集》一本，载上海彭金度、砀山汪元琛、太仓毕泷等，共三十余人；前骈体序，亦假我姓名，诗序俱佳，不能无讶。因买归，吉示程鱼门。程笑曰："名之累人如此。虽然，如鱼门之名，求其一假，尚未可得。"后十年，集中王陆禔、曹锡辰、徐德谅、范云鹏四人，都来相见。而诸君子则终未谋面。姑录数首，以志暗中因缘。范《采菱曲》云："采莲莫采菱，菱角刺侬手。采菱莫采莲，莲心苦侬口。刺手苦侬苦不深，苦口兼欲苦侬心。"汪《金陵杂诗》云："清江一曲鸭头波，相约湔裙踏浅莎。双桨月明桃叶渡，但闻人语不闻歌。"

【译文】

陶贞白说："仙人有九种做人的障碍，名就占第一位。"我不幸负有虚名。丁丑年，路过书肆，见有作《金陵怀古诗》的，姓王，名叫颠客，假借我的名字作序。诗写得不好，序也写得和诗文相称，我一笑了之。三年后，再过书肆，见有《清溪唱酬集》一本，记载有上海彭金度、砀山汪元琛、太仓毕泷等，共三十多人，前边有骈体文的序，也是假借我的姓名。诗和序都很好，不能不感到惊讶。因此买了回来，给程渔门看。程渔门笑着说："名气愚人到了这种地步。虽然，像渔门这样的名气，求借他的名字，还得不到。"十年后，集中的王陆禔、曹锡辰、徐德谅、范云鹏四个人，都来相见。而其他几位君子却始终不曾见面。暂且记下几首，以记下这种暗中因缘。范云鹏的《采菱曲》说："采莲不要采菱，菱角会刺破你的手。采菱不要采莲子，莲子会苦你的口。刺手苦口苦不深，苦口和相思才苦你的心。"汪写的《金陵杂诗》说："清江一曲鸭头拔起波澜，相约一块踏沙滩。双桨月明桃叶渡，只听见人的话语却听不见歌声。"

六七

【原文】

王西庄光禄,为人作序云:"所谓诗人者,非必其能吟诗也。果能胸境超脱,相对温雅,虽一字不识,真诗人矣。如其胸境龌龊,相对尘俗,虽终日咬文嚼字,连篇累牍,乃非诗人矣。"余爱其言,深有得于诗之先者。故录之。

【译文】

王西庄光禄,为人作序说:"所谓的诗人,并不是他一定能吟诗。如果能做到胸境超脱,相对温文尔雅,虽然一字不识,也是真正的诗人。如果他的胸境龌龊,相对十分俗气,虽然终日咬文嚼字,连篇累牍,也不是诗人啊!"我喜欢他这句话,深深知道诗歌的妙处。因此记了下来,留在书中。

六八

【原文】

丙辰,余将赴广西。吾乡有孔先生者,年八十余,赠诗云:"画眉声里推蓬坐,不是看山便读书。"

【译文】

丙辰间,我将要赶往广西。我的老乡中有孔先生,年纪已八十多岁了,赠诗说:"在画眉的声音中推开窗户坐着,不是看山就是读书。"

六九

【原文】

张宫詹鹏翀受今上知最深。侍直乾清门，方宣召，而张已归。上以诗责之云："传宣学士为吟诗，勤政临轩未退时。试问《羔羊》三首内，几曾此际许委蛇？"命依韵和呈，聊当自讼。张奉旨呈诗，上喜，赐以克食。张进谢恩诗，有"温语更欣天一笑，翻教赐汝得便宜"之句。后数日，和上《柳絮》诗，托词见意云："空阶匀积似铺霜，忽起因风上玉堂。纵有别情供管领，本无才思敢轻狂。散来欲着仍难起，飞去如闲恰又忙。剩有鬓丝堪比素，蜂黏雀啄底何妨。"《嘲春风》云："封姨十八正当家，墙角朱幡弄影斜。扫尽乱红无兴绪，强将余力管杨花。"先生咏物诗，尤为独绝。如集中《泥美人》《雁字》《粉团》《玉环》诸题，皆能不脱不黏，出人意表。少时游楚南，太守张苍崖懋赠以序云："好穷七泽之游，勿遽吞吾云梦；试问郢中之客，谁能和汝《阳春》？"

【译文】

张鹏翀宫詹受皇上了解很深。在乾清门值班，刚宣诏，而张鹏翀已经走了。皇上写诗责备他说："传召学士你就是为了吟诗，勤政临轩不到退的时候，试问《羔羊》三首诗内，几曾有过这样的虚与应付？"命他依韵和诗并呈上来，且当作自讼。张鹏翀奉旨呈诗，皇上十分高兴，赐给他食物。张鹏翀又进谢恩诗，有"温语换得天子一笑，反而赏赐你得了便宜"的句子。后几天，和皇上的《柳絮》诗，托词见意说："空地上均匀地铺着一层霜，忽然又因风飘上了玉堂。纵然有离别之情供你领受，本来没有才思怎敢轻狂。散来又聚仍然难以起来，飞去时似悠闲又像忙。剩下一丝洁白的丝絮，蜂沾雀啄又有什么关系。"《嘲春风》说："封姨十八岁正是当嫁的时候，墙角红色的旗子拖着斜长的影子。扫尽乱红没什么兴趣，强撑着剩下的力气去管杨花。"先生的咏物诗，尤其独绝。像他文集中的《泥美人》《雁字》《粉团》《玉环》等题，都能心得不脱不沾，出人意料。年

轻时游楚南,太守张苍崖字懋赠他以序说:"喜欢穷尽山川游玩的兴致,不要去想着吞没我的云梦泽,试问郢中的人,谁能和你的《阳春》诗?"

七〇

【原文】

康熙庚子,常熟杜昌丁入藏,过澜沧百里,其部落曰估倧,有小女名伦几卑,聪慧明艳,能通汉语。昌丁来往,屡住其家,见辄呼"木瓜呀布。""木瓜"者,尊称也,"呀布",者,犹言好也。彼此有情,临行,以所挂戒珠作赠,挥泪而别。归语士大夫,咸为怃然。沈子大先生作诗云:"估倧小女年十六,生长胡乡服胡服。红帽窄衫小垂手,白氎贴地双趺足。汉家天子抚穷边,门前节使纷蝉联。慧性早能通汉语,含情何处结微缘。杜郎七尺青云士,仗剑辞家报知己。匹马翩翩去复回,暂借估倧息行李。解鞍入户诧嫣然,万里归心一笑宽。笑迎板屋藏春暖,絮问游踪念夏寒。自言去日曾相见,君自无心妾自怜。妾心如月常临汉,君意如云欲返山。私语闲将番字教,烹茶知厌酷浆膻。两意绸缪俄十日,谁言十日是千年。留君不住归东土,恨无双翼随君举。聊解胸前玛瑙珠,将泪和珠亲赠予。一珠一念是妾心,百回不断珠中缕。尘起如烟马如电,珠在君怀君不见。黄河东流黑水西,脉脉空悬情一线。"

【译文】

康熙庚子年间,常熟杜昌丁入藏,过澜沧百里,有一个部落叫估倧,有小女名叫伦几卑,聪慧长得十分明艳漂亮,能通汉语。昌丁只要去,就住在他家,见了她就叫"木瓜呀布"。"木瓜",是一种尊称,"呀布"是好的意思。彼此有情有义,临走的时候,用身上挂的戒珠作赠物,挥泪告别。回来告诉士大夫,都为他感慨。沈子大先生写诗说:"估倧小女年十六岁,生长在少数民族中穿胡服。红帽子窄窄的衬衫和柔和的小手,双脚穿着白色的鞋子。汉家天子安抚到边疆,门前的汉人使节纷纷过往。性情灵慧早就能通汉语,脉脉含情哪里去结姻缘。

杜郎七尺男儿是汉家的青云之士,仗剑离家报答知己。一个人翩翩来回走,暂住在估佣地放行李。解鞍入户总有她嫣然相迎,万里结成同心一笑心宽,笑着迎进木板作的屋子感到春天般的温暖,像柳絮一样飘来飘去冬冷夏热。自己说会有一天再相见,你是无心我却记在心底。我的心像明月一样照着你住的地方,你的心意就像云彩一样终究要回山里。私下说闲来教你番语,烹茶知道你不爱闻山羊的味道。两意绵绵等了十天,谁知道这十天就像千年。留不住你,要回东边,恨自己没双翅随着你。就光解下胸前挂的玛瑙珠,将眼泪和珠子都送给你。一珠一份思念都是我的心,千折百回也不断珠中的联线。尘起如烟马如电,珠子在你怀里你却看不见。黄河东流黑水西流,脉脉空悬一线情。"

七一

【原文】

郭晖远寄家信,误封白纸。妻答诗曰:"碧纱窗下启缄封,尺纸从头彻尾空。应是仙郎怀别恨,忆人全在不言中。"

【译文】

郭晖远寄家信,误装入白纸。妻子答诗说:"碧纱窗下我打开信封,一张纸从头到尾都是空的。应该是你心怀离别之恨,忆人的心情尽在不言之中。"

七二

【原文】

苏州谢沧湄老游于幕,为淮关榷使年希尧之上客。有得意句云:"惟有乡心消不得,又随一雁落江南。"每旅夜高吟,则声泪俱下。《过惠山》云:"路转弓弯

三里赊,好风犹趁半帆斜。莺声满店二泉酒,春雨维舟一树花。白发来游嗟已晚,青山如画欲移家。几时来傍禅灯宿,惠麓云中汲井华。"

【译文】

苏州的谢沧湄善于游说,是淮关榷使年希尧的座上客。有得意的诗句说:"只有思乡的心情掉不下,又随着一行大雁下了江南。"每回在夜里高声吟咏,都是声泪俱下。写《过惠山》一诗说:"路转弓弯三里赊,好风还要趁着船帆斜挂着。店里不仅有酒而且莺歌燕舞,春雨伴着船只两岸开满了花。白发时候来游玩感叹时光太晚,青山如画想把它移到家中,什么时候来挨着禅灯住下,在惠麓云中汲取月光的精华。"

七三

【原文】

徽士王载扬,吟诗以对仗为工,有句云:"百五正逢寒食节,十千谁醉美人家。"爱余《滕王阁》诗"阿房有焦土,玉楼无故钉"一联。湖州徐阶五先生《赠沈椒园》诗云:"诗派同初白,官情共软红。"以沈乃初白先生外孙故也。王亦爱而时时诵之。徐知予于未遇时,记其《关山月》一首云:"大牙旗卷夕阳残,旋见城边涌玉盘。鼓角无声霜气肃,山河流影镜光寒。白头汉将占星立,红泪胡姬倚马看。净扫烟尘天阙迥,清辉多处是长安。"先生名以升,雍正癸卯翰林,官臬使。

【译文】

徽士王载扬,吟诗认为只有对仗才是工整的,有诗句说:"百五正赶上寒食节,十千谁醉在美人家中。"他十分喜爱我的《滕王阁》诗中的"阿房宫还有烧焦的土在,玉楼却不剩下一颗钉子了"一联。湖州徐阶五先生有《赠沈椒园》诗说:"诗歌流派与初白相同,官场情谊可以共饮美酒。"这是因为沈椒园是初白

先生的外孙,王载扬也十分喜欢时时朗诵。徐阶五在我没有得志的时候便十分了解了,记得他有《关山月》一首说:"大牙旗旁有残阳斜照,忽儿又看见城边升起了月亮。鼓角虽然不响但霜气十分肃杀,山河像水流中的影子在冰冷的镜光中闪过。白头发的汉将站在星夜之下,胡姬骑着马在城下看。天那边一尘不染,发出清辉的地方就是长安城。"先生名叫以升,雍正癸卯年的翰林,官至枭使。

七四

【原文】

兴化郑板桥作宰山东,与余从未识面。有误传余死者,板桥大哭,以足蹈地。余闻而感焉。后廿年,与余相见于庐雅雨席间。板桥言:"天下虽大,人才屈指不过数人。"余故赠诗云:"闻死误抛千点泪,论才不觉九州宽。"板桥深于时文,工画,诗非所长。佳句云:"月来满地水,云起一天山。""五更上马披风露,晓月随人出树林。""奴藏去志神先沮,鹤有饥容羽不修。"皆可诵也。板桥多外宠,尝言欲改律文笞臀为笞背。闻者笑之。

【译文】

兴化郑板桥作山东县令的时候,和我从没见过面,有人误传我死了,郑板桥大哭,以足跺地。我听后十分感动。二十年后,和我在庐雅雨席间相见。郑板桥说:"天下虽大,人才屈指不过几个人。"我因此赠诗说:"闻听死讯洒下千点泪,论起才气觉得中国很小。"郑板桥深懂时文,工于画画,诗不是他的长处。有好的诗句像:"月亮升起来,光华如水流了一地,云彩飘处像满天空的山峰。""五更天便骑上马披风赶露,天亮前的月亮随着人走出树林。""我有走的志向,因此神气先泄了,仙鹤有饥饿的形象,因此连羽毛也不修。"都是可以传诵的句子。郑板桥多外妾,曾说想改律文中打屁股为打脊背。听的人都笑了。

七五

【原文】

戴雪村学士典试顺天，为忌者所伤，落职家居。其饮酒如长鲸吸海，卒以此成疾，亡沅州。《立秋》云："沅州秋信悄然生，旅思无烦雁到惊。月落尚余山桂白，露零先著海棠清。梦如蝶不离纹簟，静觉蛩都就画楹。愧是上方旬日住，禅观曾未遣微情。"《镇远》云："泉脉自来檐可接，箐端时暝雨旋倾。只愁归说人难信，安得吟成更画成。"

【译文】

戴雪村学士在顺天主持考试，被嫉妒他的人中伤，削职回家居住。他喝酒就像长鲸吸取海水，最后终因害病，死在沅州。写有《立秋》说："沅州秋天的信息悄悄地生长起来了，旅途没有烦心的事只有大雁到时才吃了一惊。月亮落山时还留下了山桂白，露水先滴在清艳的海棠花上。梦见自己像蝴蝶一样离不开花朵，静下来感觉小虫子都在空户外边鸣叫。惭愧的是刚住了半个月，在这禅院还不能抒发自己的一些感受。"《镇远》诗说："泉水尽头自然就是有连接的，天空时阴时晴雨说下就下。只是忧愁难以归去，怎么能把这些感受写成诗作成画呢。"

七六

【原文】

杜茶村为国初逸老，人多重其五律。余以为袭杜之皮毛，甚觉无味。独爱

其咏《海棠》一句云:"全树开成一朵花。"

【译文】

杜茶村是建国初的遗老,人们都十分看重他的五言律诗。我认为他是抄了杜甫的一点皮毛,觉得诗写得十分无味。单单喜欢他的《咏海棠》中的一句:"全树开成了一朵花。"

七七

【原文】

晁君诚诗:"小雨愔愔人不寐,卧听赢马龁残刍。"真静中妙境也。黄鲁直学之云:"马龁枯箕喧午梦,误惊风雨浪翻江。"落笔太狠,便无意致。

【译文】

晁君诚有诗:"小雨不停地下,人也因此睡不着,躺在床上倾听老马在嘶叫。"真是描绘了静境中的妙处。黄鲁直学写他的诗说:"马吃枯叶的声音惊醒了午觉,误以为是风雨浪涛之声。"写的手法太直露,便没有了作为诗歌的一种含蓄的情趣。

七八

【原文】

隐仙庵道士周明先善琴,能诗,离随园甚近,年未五十亡。余录其佳句云:

"神仙乐事君知否,只比人间多笑声。""竹间楼小窗三面,山里人稀树四邻。""壁琴风过闻天籁,香碗灰深袅篆烟。""雨中破壁蜗留篆,醉后余腥蚁起兵。"又,"新笋成时白昼长",七字亦妙。

【译文】

隐仙庵道士周明先擅弹琴,能写诗,住的离随园很近,年纪不到五十就死了。我录他的一些好诗句说:"神仙快乐的事你知道吗,只是比人间多一些笑声罢了。""竹子间的小楼有三面窗子,山里人稀四面都是树林。""风吹过来墙壁上挂的琴响起来,香火快烧尽了升起了袅袅的烟雾。""雨水冲破墙壁蜗牛爬过留下像篆字,酒醉后的腥味惹得蚂蚁纷纷前来。"又如"新笋长成的时候白天变长了",七个字写得也十分传神和绝妙。

七九

【原文】

姑苏隐者殷如梅,字羽调。《咏桃花》云:"望去分明临水岸,开残容易逐杨花。"《咏梅》云:"自是岁寒松竹伴,无心要占百花先。"《谢人惠佛手启》云:"数来千指,屈伸总是无名;看去两枝,大小岂能垂手?"《憎蚊》云:"以启其毛,何堪供汝流歠;不濡其味,亦且惊我虚声。"

【译文】

姑苏隐居的人有个叫殷如梅的,字羽调,《咏桃花》说:"远远望去分明长在岸边,开败后很容易像杨花一样飞舞。"写《咏梅》诗说:"岁寒时有松竹做伴,并没有用心去抢百花的先。"《谢人惠佛手启》说:"数起来有千根手指,屈伸的总是无名指;看上去是两枝,大小怎么能垂手呢?"《憎蚊》说:"掀起它的毛皮,怎么能供你欢饮;闻不到味道,但来之前却有声音先警告我。"

【原文】

杭州多高士,梁秋潭先生因从子诗正贵,后遂不乡试,耻以官卷中故也。《垂钓》云:"一溪新涨失前汀,照见青山处处青。香饵自香鱼不食,钓竿只好立蜻蜓。"《题采芝图》云:"山间石上烂生光,曾受青城道士方。自采自餐远自寿,不来朝市说珍祥。"宋杏洲先生《咏槐花》云:"寄语世间诸举子,不应才到此时忙。"周徵士西穆《湖上》云:"野鸥道我有闲意,新柳笑人成老夫。"施文学竹田《湖心亭》云:"六时但有蘋风至,五月来看梅雨晴。"

【译文】

杭州多高士,梁秋潭先生因为他的侄子诗正显贵,后来就不参加乡试,以做官为耻。写有《垂钓》说:"一条溪水涨起来淹了岸边的平地,照得青山处处青。香的钓饵鱼不来吃,钓竿上立着蜻蜓。"《题采芝图》说:"山河石头上灿烂生光,曾经学过青城道士的秘方。自己采来吃延长寿命,不去市场上说这些珍贵的东西。"宋杏州先生写《咏槐花》说:"寄济世间的诸多举子,不应该到这时候才忙碌。"周西穆徵士写《湖上》说:"野外的鸥鸟闲来领着我走,新长的柳树因为被风吹得弯腰像一个老人。"施竹田文学写《湖心亭》说:"六时有蘋风吹来,五月时来看梅雨后的晴空。"

八一

【原文】

余读《汉书》,雅不喜董广川,而最喜贾太傅。偶读钱竹初《洛中怀古》云:

"南来莫再寻遗宅，第一人才是贾生。"苏州薛皆山云："一篇《鹏赋》离形相，才子回头是道人。"二诗皆推崇太傅，实获我心。

【译文】

我读《汉书》，最不喜欢董广川，而喜欢贾太傅。偶然读到钱竹初写《洛中怀古》诗说："到南方不要再去找那遗址，天下第一才子是贾太傅。"苏州薛皆山说："一篇《鹏赋》改变了平日的形象，才子回头才发现他是道人。"二诗都十分推崇贾太傅，深得我心。

八二

【原文】

余幼时游西湖，见酒楼号五柳居者，壁上题诗甚多，不久即圬去。惟西穆先生一首，墨沈淋漓，字写《争坐位帖》，历七八年如新。酒楼主人及来游者皆护存之，敬其为名士故也。题是冬日同樊榭放舟湖上，念栾城、赤兔都已下世，弥觉清游之足重也！分韵同作云："一角西山雪未消，镜光清照赤阑桥。小分寒影看梅色，半入春痕是柳条。闲里安排尘外迹，酒边珍重故人招。孤烟落日空台榭，岁晚重来话寂寥。"后四十年，余再至湖上，则壁诗无存。西穆、樊榭，久归道山，而酒楼主人，亦不知名士为何物矣。惟陈庄壁上有蒋用庵侍御《酬王梦楼招游》一首云："六朝风物正妍和，珍重为篷载酒过。一串歌珠人似玉，四围峦翠水微波。狂夫兴不随年减，旧雨情于失路过。争奈严城宵漏争，未知今夜月如何？"

【译文】

我小的时候游西湖，见一个酒楼号五柳居的，壁上题诗很多，不久就被尘盖住了。只有西穆先生的一首，墨迹淋漓，字为《争坐位帖》，历经七八年而和新写的一样。这是酒楼主人和来游玩的人都注意保护它，尊敬他是名士的缘故。

题的序是:"冬天和樊榭在湖上坐船游玩,念起乐城、赤皂都已去世,更感觉得冷清清游玩的沉重!分韵一起写这首诗。"诗说:"西山一角的雪还没有化,太阳照上去像镜子一样反光照着赤阑桥。分开寒冬的影子去看梅花,发现柳枝已带有春的痕迹。闲的时候去外界玩一玩,故人相招一起去喝酒。孤烟落日衬托着空空的楼阁,在年终的时候又重新谈谈彼此的寂寞。"四十年后,我再次来到湖上,看见壁上的诗已经不存在了。西穆、樊榭,死去很长时间了,而酒楼主人,也不知道什么叫名士。只有陈庄壁上有蒋用庵侍御的《酬王梦楼招游》一首诗说:"六朝的风物正开得好,喝过酒请你坐着乌篷船珍重离去。一串歌声响起人也像玉一样漂亮,因青翠的山岭环绕一池微微泛波的水,狂夫的兴致并不随着年纪大了而退减,旧日的路途在雨中延伸着。怎奈何城中的催人睡觉的更声很急促,不知道今晚的月光又会是什么样子的呢?"

<h1 style="text-align:center">八三</h1>

【原文】

吾乡诗有浙派,好用替代字,盖始于宋人,而成于厉樊榭。宋人如:"水泥行郭索,云木叫钩辀。"不过一蟹一鹧鸪耳。"岁暮苍官能自保,日高青女尚横陈。含风鸭绿鳞鳞起,弄日鹅黄袅袅垂。"不过松、霜、水、柳四物而已。瘦词谜语,了无余味。樊榭在扬州马秋玉家,所见说部书多,好用僻典及零碎故事,有类《庶物异名疏》《清异录》二种。董竹枝云:"偷将冷字骗商人。"责之是也。不知先生之诗,佳处全不在是。嗣后学者,遂以"瓶"为"军持","桥"为"略彴","箸"为"挟提","棉"为"芮温","提灯"为"悬火","风箱"为"扇膈","熨斗"为"热升","草履"为"不借";其他"青奴""黄奶""红友""绿卿""善哉""吉了""白甲""红丁"之类,数之可尽,味同嚼蜡。余按《世说》:"郝隆为桓温南部参军。三月三日作诗曰:'娵隅跃清池。'桓问何物。曰:'鱼也。'桓问:'何以作蛮语?'曰:'千里投公,才得蛮部参军,那得不知蛮语?'"此用替代字之滥觞。《文选》中诗,以"日"为"耀","灵风"为"商飙","月"为"蟾魄",皆此类也。唐陈子昂

出,始一洗而空之。

【译文】

　　我的老家诗歌一行中有一个浙江派,好用替代的字,这都是从宋朝人开始的,在厉樊榭时广为流行。宋人有像样的诗句:"在水泥之中爬行,在云彩林间鸣叫。"不过是说的螃蟹和鹧鸪。"冬天来了也能自我保护,太阳高升青楼女子还在睡着。风吹过来掀起一阵阵的绿鳞,袅袅垂着的是鹅黄色的枝条。"这不过写的是松、霜、水、柳四件东西罢了。写了半天的词来捉迷藏,十分没有味道。樊榭在扬州马秋玉家,听说看的部书很多,喜爱用偏僻典故和零碎的故事,有点像《庶物异名疏》《清异录》两种。董竹枝说:"偷写冷字来骗骗商人。"责备的很对。不知道先生的诗,好处都不在这上面。以后的学者,就以"瓶"为"军持","桥"为"略彴","箸"为"挟提","棉"为"芮温","提灯"为"悬火","风箱"为"扇聤","熨斗"为"热升","草履"为"不借";其他的像"青奴""黄奶""红友""绿卿""善哉""吉了""白甲""红丁"之类,数起来都是劲,读起来味同嚼蜡。我查《世说》上记载:"郝隆为桓温南部的参军。三月三日作诗说:'蚅隅跃清池。'桓温问这是什么东西?回答说:'是鱼'。桓温问:'为什么用蛮人的语言说?'回答说:'千里迢迢来投奔你,才作了蛮部的一个参军,怎么能不说蛮语呢?'"都是用替代字的例子。《文选》中的诗,以"日"为"耀","灵风"为"商飚","月"为"蟾魄",都是这一类。唐代陈子昂出来后,才将这些东西一扫而空。

八四

【原文】

　　宝意先生:"恩同花上露,留得不多时。"万拓坡:"相逢似春雪,一夜不能留。"元微之:"伤心落残叶,犹识合昏期。"三诗意味相似。

七一〇

宝意先生说:"恩情就像那花上的露水,留不了多久。"万柘坡说:"相逢就像那春天的雪,一夜都留不下来。"元微之说:"伤心残叶落下来,还记得结婚的时候。"三首诗意境很相像与神似。

八五

【原文】

李穆堂先生诗,以少作为佳;位尊后,有率易之病。予所喜者,皆其未第时及初入翰林之作。《东平州看杏花》云:"断云斜日过东平,杨柳风来叶叶轻。莫为春阴便惆怅,杏花如雪更分明。"《落叶》云:"寒来千树薄,秋尽一身轻。"《即事》云:"欲问春深浅,桃花淡不言。"《汤泉》云:"汉井炎方炽,周京德肯凉?"《日暮》云:"鸟声隔屋山初暗,灯影当窗纸未温。"《驿铺》云:"短碟一空鸡绝唱,败槽百啮马无声。"晚年不屑为此种诗,亦不能为此种诗。

【译文】

李穆堂先生的诗,年轻时写得特别好,当官以后,有轻率乱写的毛病。我喜欢的,都是他未及第的时候和初入翰林时写的诗。有《东平州看杏花》说:"断云和倾斜的太阳在东平州的上空,风儿吹过来杨柳叶显得十分轻盈。不要因为春阴而感到惆怅,杏花像雪一样洁白在这种天气下更为明显。"有《落叶》诗说:"冬天来了树木都显得单薄,秋天过去树叶落尽一身轻。"写《即事》说:"想要问春天到什么程度了,桃花淡淡地不说话。"《汤泉》诗说:"汉代的水井还很热,周代的京德怎么会凉呢?"《日暮》说:"山色暗淡隔着屋也能听到鸟叫,窗前的灯光闪烁空纸还是冰凉的。"《驿铺》诗说:"菜碟空空的雄鸡开始啼晓,破料的马槽空无一物马儿一声不吭。"晚年不屑于写这种诗,也写不来这种诗了。

八六

【原文】

王阮亭尚书未遇时，受知于先达某；故诗集卷首，即录其所赠五古一篇，用"萧豪"韵。穆堂未遇时，受知于阮亭，故哭阮亭五古一篇，亦用"萧豪"韵。姜西溟哭徐健庵司寇诗，用张文昌哭昌黎韵，想见古人声应乞求，后先推挽之盛。

【译文】

王阮亭尚书没有得志的时候，受某先达的赏识，因此在他的诗集开首，便录了先达赠给他的一篇五言古诗，用的是"萧豪"韵。穆堂没得志的时候，受到王阮亭的赏识，因此有哭阮亭的一篇五言古诗，也用的是"萧豪"韵。姜西溟哭徐建庵司寇的诗，用的是张文昌哭昌黎先生的韵，可以想见古人讲究意气相投，后生先辈互相推举的风气盛行。

八七

【原文】

吾乡文学曹芝，字荔帷，以好名贫其家。中年遽亡，诗稿甚富。《宿随园》见赠云："蓬藋年年静掩扉，好风吹上芰荷衣。青山一觉鹤同梦，白发满头花打园。肯与凡禽争饮啄？果然天马脱鞍凯。陶归邶罢关何事？出处如公世所稀。"

【译文】

我的老乡文学曹芝字荔帷,有好的名声但家里很穷。中年就死了,诗稿留了很多。有《宿随园》一首赠给我说:"这样的仙境年年都关着门,春风吹着漂亮的衣裳。青山深处睡一觉与仙鹤同入梦乡,满园花开中你已白发满头。怎肯和凡人俗鸟争饮食?像天马脱了鞍一样地洒脱。陶渊明归隐邴罢官与我有什么相干。能出能入像你一样的人世上稀少。"

几几

【原文】

丁丑春,陈古愚袖诗一册,来告予曰:"得一诗人矣。"适黄星岩在山中,三人披读,乃常州董潮字东亭者所作也。其《京口渡江》云:"轻帆如叶下吴头,晚景苍茫动客愁。云净芜城山过雨,江空瓜步雁横秋。铃音几处烟中寺,灯影谁家水上楼。最是二分明月好,玉箫声里宿扬州。"想见其人倜傥。癸未,阅邸抄,知与东亭同中进士,入词馆。予方喜相交之日正长。不料散馆后,竟病卒。余因思:未见其人,先吟其诗而相慕者,一为蒋君士铨,一为陶君元藻,皆隔十余年,欣然握手。惟董君则始终隔面。渠未必知冥冥中有此一知己也,呜呼!

【译文】

丁丑年春,陈古愚装着一册诗集,来告诉我说:"得了一位诗人。"刚好当时黄星岩在山中,三人披衣坐读,是常州董潮字东亭的人写的。他的《京口渡江》一诗说:"轻帆像树叶一样下了吴头,晚上景象苍茫触动了异乡客的愁思。芜城刚下过雨连云彩也分外干净,秋天的江面上大雁飞过。烟雾中的寺院隐隐有铃声传来,谁家楼上亮着灯光。最漂亮的是二更天的明月,住在扬州城听见玉箫声声。"从诗中可想见这个人是如何的风流倜傥。癸未年,看我抄的底稿,知道他是和东亭同中的进士,入词馆,我正高兴与他相交来日方长,不料散馆后,他

竟然病死了。我因此想:没有见到这个人,而先读他的诗从而倾慕他,一个是蒋士铨君,一个是陶元藻君,都能隔了十几年,见面交好,只有董君始终未能见面,他未必知道冥冥中还有我这样一个知己,这实在是一件可叹可惜的事情啊!

九九

【原文】

曹澹泉诗:"含雨花如抱恨人。"方子云云:"向日花如暴富人。"陈古愚云:"新绿树如人少年。"三人调同而各妙。

【译文】

曹澹泉有诗:"含着雨水的花就像抱着恨怨的人。"方子云说:"向着太阳的花就像那突然暴富的人。"陈古愚说:"新绿的树木就像人的少年。"三人意境相同诗又各有其妙,真可以说是各有千秋了。

一〇〇

【原文】

湖广彭湘南廷梅,与长沙陈恪敏公交好,过随园时,年已七十,即席赋诗,有"落日红未尽,遥山青欲来"之句,余爱赏之。在《秦淮河口占》云:"秦淮河畔乱沙汀,芳草魂生六代青。春去雨中人不惜,杜鹃啼与落花听。"湘南画小像:一叟坐室中,旁有偷儿,持斧穴洞而窥,号"窃比于我老彭图",见者大笑。《秋夕宿凭虚阁》云:"寻幽住此山,秋声即吾性。一阁衔夕阳,半江红不定。淡淡暮云

国学经典文库

随园诗话

低,漠漠松阴暝。遥见隔林灯,寒空生远映。"

【译文】

　　湖广的彭湘南字廷梅,和长沙陈恪敏公交情很好,过随园的时候,年已七十,即席赋诗,有"落下的太阳红光还没有褪尽,远处的山色青青好像呼之欲来"的句子。我十分喜爱。在《秦淮河口占》说:"秦淮河边的乱沙堆上,六代生长的草依然青新,春已远去雨中的人不怜惜,那杜鹃声声都是叫给落花听的。"湘南画像:一个老人坐在室中,旁边有一个小偷,拿着斧头从洞穴里偷看,题为"窃比于我老彭图",看见的人都大笑。写有《秋夕宿凭虚阁》说:"寻找幽静而住在这座山里,秋天的声音就是我的性情。一座阁楼映着夕阳,半江水而摇曳着红色。淡淡的黄昏云彩低垂,漠漠一片松林黯然。远远看见隔林那边的灯光,映照着寒冬的天空。"

九一

随园诗话

【原文】

　　昔人称王粲精思,不能有加于宿构,故拙速不如巧迟。此言是也。然对客挥毫,文不加点,亦是乐事。余平生所见敏于诗者四人:前辈中,一为宫詹张南华鹏翀,一为学士周兰坡长发;同学中,一为侯夷门嘉繙,一为金进士兆燕;俱可以擎钵声终,万言倚马。乙丑,予宰江宁,侯为贰尹,招之小饮,侯即席有"龙盘虎踞江山助,璧合珠联文字交"之句,惜忘其全篇。后得狂易之疾,死镇江黄太守署中。秦涧泉哭以诗云:"客传京口讣音来,无际愁云望不开。妻子半船归海峤,图书千帙付蒿莱。龙蛇应有前生梦,宇宙谁为世子旷?懊恼人天今异路,新诗定已满泉台。"又曰:"若使九原真及第,胜教五斗恋微官。"

【译文】

　　过去的人称王粲善于思考,不能去进一步地构造,因此速度快但写得不好,

王粲像。王粲为东汉末期的建安七子之一,以善于思考著称,故称王粲精思。

不如虽然慢但却写得巧。这话很对。但是对客人当场挥笔,文不加点,也是一件快乐的事,我平生见写诗敏捷的有四人:前辈中,一个是宫詹张南华字鹏翀,一个是学士周兰坡字长发;同学中,一个是侯嘉潘夷门,一个是金兆燕进士,都可以在作文时以击钵为限,倚马也可出万言。乙丑年,我做江宁县宰时,侯喜潘为贰手,叫来一起喝酒,侯喜潘即席赋诗有"龙盘虎踞有江作助,珠联璧合文字的交往"的句子,可惜忘了它的全篇。后来得了疯狂的病,死在镇江黄太守的官署中。秦涧泉写诗哭他说:"客传京口的噩耗来,无边的愁云开不开,只留下妻子去海峤,图画千幅都抛弃了。龙蛇前生肯定有很多梦,宇宙中谁是旷世奇才?十分懊恼今天你我成了异路人,新诗写好时你的台前肯定站满了人。"又说:"如果真的让我在考试及第了,胜过教这种拿五斗米的不值一提的些微小官了。"

随园诗话

九二

【原文】

余散馆出都,走别南华先生。先生取纸疾书《送别》云:"清时重民牧,临御简良才。经术生平裕,文章我辈推。醉辞鹓鹭侣,吟向凤凰台。民力东南急,君其保障哉。""眷言桑梓近,郑重惜分襟。暂辍《三都》笔,将听《五裤吟》。风流为政美,恺悌入人深。千里同明月,相思寄好音。"

【译文】

我在散馆后就出了京都,走时去告别南华先生。先生取纸很快写下《送别》诗说:"清代重视百姓,皇上找寻好的人才。毕生学问很深,文章在我辈中是佼佼者。酒醉告别鹓鹭侣,吟诗要到凤凰台上。你急着往东南而去,可一定要保重自己。""恋恋不舍近处的家乡,分别时互道珍重。暂停写《三都》的笔,将要去听《五裤吟》。风流倜傥政绩斐然,礼乐孝悌的观念深入人心。千里同有一轮明月,思念时就寄封信来。"

九三

【原文】

癸酉夏五,周兰坡、潘筠轩两学士同饮随园,见案上有东坡诗,撷之,笑曰:"我即用其仇池石韵,序今日事,可乎?"余曰:"幸甚。"磨墨申纸,日影未移,诗已毕矣。曰:"千章夏木清,一雨洗浓绿。前月游随园,林峦看未足。北牖贪昼

眠,人诮边韶腹。云开峰黛妍,水长波纹縠。空窈窕离市廛,疏狂狎樵牧。恐费十千沽,何曾再三渎,榴火吐红蕤,林篁削青玉。老友中州归,陈人案前伏。相约饮无何,联吟日可卜。为爱好轩楹,不辞屡征逐。绝类仲蔚园,恍入子真谷。无酒君须谋,有鱼我所欲。看锄邵圃瓜,敢顾周郎曲。剧喜天已晴,莫讶客不速。"

【译文】

癸酉年夏五,周兰坡、潘筠轩两位学士和我一起在随园饮酒,见案上有苏东坡的诗,取过来,笑着说:"我就用他的仇池石韵,叙述今天的盛事,可以吗?"我说:"太好了。"于是磨墨铺纸,不一会儿,诗就写好了。说:"夏天树木清新,雨后浓浓的绿色像被洗过一样。上个月来游随园,山峦林木还没有看够。北边的窗户因主人贪睡还不开,人都快成边韶一样的肚子了。天晴云开山峰呈黛黑色,长长的河水波吹荡漾。远离城市十分幽静,狂兴来时和砍柴的人谈天论地。恐怕费了很多钱才买下这块地方,又为什么再三要卖,石榴花像火焰一样,竹林像青玉一样碧绿。老朋友从中原回来,过去的人还在桌前写书。相约在一起饮酒,且说说今天的事,因为喜欢这美丽的楼阁,所以不管主人是否驱逐。这和伴蔚园十分相像,好像进入了子真谷。没有酒你要想办法,我最爱的是有鱼。看你在邵圃种瓜,能听周郎的曲子。十分欣喜地看到天已晴了,不要惊讶不速之客的来临。"

九四

【原文】

棕亭在江氏秋声馆,即席和余四绝云:"坐对名山列绮筵,篱花争艳暮秋天。百年传得诗人宅,先把黄金铸浪仙。""近郭遥峰左右当,帆樯历历远天长。女墙穿过疏林外,放出残霞衬夕阳。""山腰奇石最伶俜,矮作阑干曲作屏。选得云根坐吹笛,新声分与万家听。""惠郎中酒眼波斜,一曲清歌过众哗。安得将

身作么凤,香丛长伴刺桐花。"

【译文】

棕亭在江氏的秋声馆里即席和我的四绝说:"坐对着名山面前摆着筵席,秋天的傍晚篱花争奇斗艳。百年传下来的诗人的房子,先用钱铸造一浪仙。""接近城郭的左右都有山峰,远方的江水里船只历历在目。城墙夹在疏松的林木间,夕阳透过残霞照射过来。""山腰上的奇石最漂亮,矮的像栏杆弯曲像屏风。选一个上空有云彩的石头坐下来吹笛,清新的乐声让万家倾听。""惠郎喝多了酒眼发斜,一曲清歌制止了众人的喧哗。如果此身能化作凤凰,长伴着香草与梧桐花。"

九五

【原文】

善写客情者,昔人诗,如:"只因相见近,转致久无书。""近乡心更怯,不敢问来人。"善写别情者,如:"可怜高处望,犹见故人车。""相看尚未远,不敢遽回舟。"

【译文】

善于写旅居他乡心情的,过去有人写诗像:"只因为相见很近,导致长期没有音信。""离家乡越近心里便越胆怯,不敢问对面过来的人。"善写离别之情的,像:"可怜站在高处望远方,还能看见朋友的车子。""相看还不远,不敢这就回过船头。"

九六

【原文】

"为学心难足,知君更掩扉。"项斯《赠友》诗也。"一点村前火,谁家未掩扉。"唐山人《村行》诗也。两押"扉"字,均妙。

【译文】

"做学问心中从未有满足,知道你一定又掩上门在屋里苦读。"这是项斯写的《赠友》诗。"一点村前的火光,这是谁家没有关好门。"这是唐山人写的《村行》诗。二首诗都押"扉"字韵,都十分巧妙。

九七

【原文】

何南园馆于汪氏,其尊人礼之甚至;后其子非解事者,而苛责馆课转严。南园赋诗云:"急管繁弦《子夜》声,宫商强半不分明。老夫听惯开元曲,听到残唐刻刻惊。"

【译文】

何南园住在汪氏家,他尊敬别人的礼节特别周到,后来他的儿子有不懂事的,苛求他教课太严。南园赋诗说:"急着弹奏《子夜》这首曲子,高低音调显得不清楚。我听惯了开元时的曲子,听到唐末的音乐起时往往感到十分的震惊。"

随园诗话

九九

【原文】

诗有音节清脆,如雪竹冰丝,非人间凡响,皆由天性使然,非关学问。在唐,则青莲一人,而温飞卿继之。宋有杨诚斋,元有萨天锡,明有高青丘。本朝继之者,其惟黄莘田乎?

【译文】

诗歌有音节清脆,像雪竹冰丝,不是人间俗人能写的,都是天性造成,这不关学问功底的事。在唐,则只有青莲一个人,而汤飞卿在后面追赶。宋朝有杨诚斋,元朝有萨天锡,明朝有高青丘;? 本朝继承他们的,难道只有黄莘田吗?

九九

【原文】

吴鲁斋贤,宰甘泉,有惠政;不幸无子,四十而殂。其诗稿失散,仅记其《送友》云:"遥知白发相思苦,马上逢人便寄书。"《过洛阳》云:"最美少年能挟策,至今天子重书生。"《衔斋偶成》云:"候吏解投山客刺,奚童不扫印床花。"《京江》云:"扬子江头月正明,夜深风露怯凄清。邻舟有客横吹笛,似说故人离别情。"

【译文】

吴鲁斋十分贤良,做甘泉县宰,有很好的政绩,不幸没有儿子,四十岁就死了。他的诗稿大多散失,仅记得他有《送友》诗说:"要知道白发老人相思最苦,在马上逢上别人就托人寄书。"写《过洛阳》诗说:"最羡慕少年人能有策略,直到今天天子也还重用读书人。"《衙斋偶成》说:"等着接官晚上投宿在山里,童子不扫床上的落花。"《京江》诗说:"扬子江头的月亮十分明,夜深露水下降十分凄清。邻船有人在吹笛子,似乎在向故人倾诉离别的一种忧伤之情。"

一〇〇

【原文】

偶见晚唐人辞某节度七律一首,前四句云:"去违知己住违亲,欲策羸骖屡逡巡。万里家山归养志,十年门馆受恩身。"读之一往情深,必士君子中有至性者也。恨不友其人于千载以上。惜不能记其全首与其姓名。他日翻撷《全唐诗》,自能遇之。

【译文】

偶见晚唐人写辞别某节度使七律一首,前四句是:"远去的知己朋友住在远方的亲朋家,屡次准备骑往又徘徊不定。在这万里江山中养老是我的志向,不忘十年在马前您门下受你的教诲。"读起来一往情深,这肯定是一位君子中有性情的。恨不得退回千年和他做朋友。可惜不能记得诗的全部和他的姓名。他日翻看《全唐诗》,自然能碰上他。

随园诗话·卷十

人闲居时，不可一刻无古人；
落笔时，不可一刻有古人

【原文】

江宁吴模,字元理,应童子试时,年才十三,举止端肃,因唤入署,啖以果饵。旋即入泮。邑中名士沈瘦岑,以女妻之。

嗣后十年,不复相见。诗人李晴州告予曰:"元理小秀才,近诗日佳,比其外舅,骎骎欲度骅骝前矣。"

古人诗中常吟秋色,清人吴模《迎秋》诗中有"绕阶草色笼烟淡,隔树蝉声咽露清"之句,此图即描绘了秋夜的景象。

诵其《迎秋》一首云:"碧天霭霭暮山晴,一片秋心趁月明。暑退渐教葵扉华,风高已觉葛衫轻。绕阶草色笼烟淡,隔树蝉声咽露清。为读《离骚》更漏

水,幽兰时有暗香迎。"

未几,元理来,读余外集,呈二律云:"陶令无官通刺易,崔儦有室入门难。"

又曰:"传有其人应久待,我生虽晚未嫌迟。"

是年,与周青原同受知于学使李鹤峰,拔贡入都。予喜,贺以诗云:"人夸籍湜居门下,我道班杨在意中。"

【译文】

江宁人吴模,字元理,去应童子试的时候,年纪才十三岁,举止端庄肃穆,因此叫他进入官署,给他果子吃,不久就考中了秀才。邑中名士沈瘦岑,把女儿嫁给了他,过了十年,没有再见面。诗人李晴州告诉我说:"元理小秀才,近来诗写得越来越好,比起他的舅舅来,已经远远超过了。"

读他的《迎秋》一首说:"碧蓝的天空云雾霭霭山川晴朗,一片秋天的景象在朗朗升起的夜晚更加明显。暑热退去渐渐用不着扇子了,大风起来感觉葛衫太轻了。绕着台阶的草色笼着淡淡的尘烟,隔树的蝉声和着露水的清凉。为了读《离骚》点灯整夜,幽兰时不时有暗香飘来。"

不久,元理来了,读了我的外集,送上二首诗,说:"陶令没有官职却很容易被人认识,崔儦有室却入门困难。"又说:"传说有这样的人应该长期等待,我出生虽晚但却不嫌迟。"

当年,和周青原同受知于学使李鹤峰,被作为贡生选拔入都。我十分高兴,写诗相贺说:"人夸耀湜居于他人门下,我说班杨成名在我的意料之中。"

二

【原文】

余以紫玻璃镶窗,一时咏者甚多。太仓闻省谦云:"一天花气镜边浮,朵朵晴霞入望收。槛外电光何处雨,山中暮色最宜秋。"

尤贡父云:"四面有山皆夕照,一年无日不花光。"

【译文】

我用紫色玻璃镶窗户,一时间以此为题写诗的人很多。太仓的闻省谦说:"一天的花气在镜边漂浮,朵朵晴空中的云霞收入我眼底。窗户有闪电是哪里下雨了,山中的暮色是秋天最迷人的时候。"

尤贡父说:"四面有山都是夕阳照的结果,一年没有一天看不到光芒。"

三

【原文】

江宁高庙僧亮一工栽菊,能使月月有花。

戊辰秋,席武山别驾招余同蒋用庵侍御、姚云岫观察,同往赏花,用庵分得"有"字韵,诗云:"天地之大何不有,造化乃出由僧手。山僧一手种菊花,花高十尺大如斗。四时群卉递凋残,僧察月月如重九。石头城外普陀庵,相思半游终负。初冬劈八书相招,盍簪花下中山酒。座客呼僧相愕眙,问讯神方乞谁某。僧云我绝勘师傅,蕴崇只在三时厚,料寒量燠细锄泥,剔秒荄芜重缚帚。雪无苦湿晴无干,如期各有神明寿。此言虽小可喻大,士夫身世宜遵守。万物从来栽者培,枯菀纷纷都自取。东风桃李剧芳妍,此时可保秾华否?经得冰霜受得春,毕竟此花能耐久。座中听者大轩渠,花亦从旁如点首。街鼓催人月到窗,篮舆还带余香走。"

【译文】

江宁高庙有僧人叫亮一的,善于栽种菊花,能使月月都有花开。戊辰年秋,席武山别驾约我和蒋用庵侍御、姚云岫观察,同去赏花。

用庵用"有"字押韵,写诗说:"天地之大无奇不有,造化都出自山中僧人的手。山僧种出的菊花,高达十尺,花开如斗。四季群花都凋谢了,僧人却让每个月都像九月九一样。石头城外的普陀庵,半年都想去却一直没有去成,初冬有

人约我同去,坐在菊花下赏花喝酒。座中客人叫僧人,问他是不是有神仙的帮助。僧人说这都得益于他的师傅,在别的时节蕴积肥料,天入秋便细致地锄地耕种,勤拔野草常去扶植花枝。下雨不让它淹死,天晴也要不让它干枯,这样花就会如期地盛开,这话虽是小事却可比喻别的事情,做士大夫也应该在日常生活中遵守这些准则。万物生长从来都靠人的栽培,花朵枯萎都是自生自灭的结果。东风吹时桃李争艳,这时能不能还保持它们的艳丽?经得住冰霜才能经得过春天,毕竟只有菊花最耐久。坐中的客人都认真地听着,旁边的花儿也像在频频点头。街上鼓声响起月亮升到窗口,走时还要带着花香一起走。"

四

【原文】

"关防"二字,见《隋书·酷吏传》,原非作官者之美名。故余知江宁时,记室史正义苕湄,时出狎游,予爱其才,而不禁也。

其《南归留别得青字》云:"浪迹深惭水上萍,漫劳今夜饯邮亭。鬓从久客无多绿,灯入离筵分外青。海国归帆随候雁,天涯知己剩晨星。何时载得兰陵酒,重向红桥共醉醒。"

又曰:"酒沽双屐雨,人坐一庭烟。"

【译文】

"关防"二字,见《随书·酷吏传》,原来并不是做官人的美称。

因此我做江宁知县时,记室史正义字苕湄,经常外出挟妓女游玩,我爱惜他的才气,而没有禁止他。

他的《南归留别得青字》一诗说:"浪迹天涯感到自己是水上的浮萍,劳你今夜在邮亭为我送行。头发因为长年在外而过早变白了,灯光照在离别的筵席显得十分清幽。随着大风随着大雁而去,天涯知己像拂晓时的星辰一样少。什么时候有兰陵美酒,重新回到红桥与你痛饮。"

又说:"下雨天穿着木鞋出去打酒,人坐在院子中看云烟缭绕。"

五

【原文】

六安秀才夏宝传,生而任侠,出雅雨卢公门下。卢谪戍军台,僮仆无肯随者。夏奋曰:"我愿往。"

竟策马出塞,三年后,与卢同归。卢再任转运,为捐学正一官,所以报也。程渔门题其《橐中集》云:"磨刀冰作石,暖客火为衣。"

卢亦有句云:"手僵常散辔,泪冻不沾衣。"可想见塞外之苦矣。乾隆庚子科,以年过八十,钦赐举人。陈古渔赠句云:"八旬乡榜无消息,一纸天书有姓名。"

又曰:"三征尚却连城聘,一诺能轻万里行。"

【译文】

六安秀才夏宝传,生前游侠天下,出自卢雅雨的门下。卢雅雨被贬到军台戍边,僮仆没有愿意跟随的。夏宝传奋臂说:"我愿意去。"

竟策马出塞,三年后,和卢雅雨一块回来了。卢雅雨接着任转运使,为他捐了一名学正官,作为回报。

程鱼门为他的《橐中集》题序说:"在冰块上磨刀,以火烤衣来取暖。"

卢雅雨也有诗句说:"手被冻着僵硬常常扔开缰绳,泪水一流出来就冻成冰了,因此不会沾在衣服上。"可以想见塞外是多么的艰苦。乾隆庚子年中的科举,因为年过八十,皇上亲自赐封为举人。陈古渔赠诗句说:"八十多岁了乡榜还没消息,皇上传下的圣旨上却有你的名字。"

又说:"三次征兵都不去,为了一句承诺却可以万里相随而毫无怨言。"

六

【原文】

苏州顾禄百,张匠门先生外孙也。晚年不遇,为归愚先生权记室,凡先生酬应之作,皆顾捉刀。《咏红叶》云:"秋树忽春色,晓山皆暮霞。"

余常叹陆放翁临终时,犹望九州恢复,而终于国亡家破,不遂其愿。禄百有句云:"散关铁马平生愿,愁绝他年家祭时。"

【译文】

苏州人顾禄百,是张匠门的外孙。晚年不得志,权且为归愚先生作记室,凡是归愚先生酬客应对的作品,都是顾禄百替他写的。

他的《咏红叶》说:"秋树忽然生了春色,早晨山上全是红霞一片。"

我常感叹陆放翁临死的时候,还盼望九州统一,却终于等个国亡家破,不遂他的意愿。顾禄百有诗句说:"在散关铁马驰骋是平生的愿望,不想在死后儿孙家祭时犯愁没有脸面告诉我。"

七

【原文】

蒋心余太史居金陵时,除夕,梦与余登清凉山,得句云:"三春花鸟空陈迹,六代江山两寓会。"闻山寺钟鸣,掷笔而寤。

【译文】

蒋心余太史居住在金陵的时候,除夕夜,梦见和我登清凉山,得诗句说:"三春花鸟空呆在山里,六代江山中留下两位寓公。"听见山寺中钟声响起,扔笔醒来。

八

【原文】

唐人诗曰:"欲折垂杨叶,回头见鬂丝。"又曰:"久不开明镜,多应为白头。"皆伤老之诗也。不如香山做状语曰:"莫道桑榆晚,余霞尚满天。"

又,宋人云:"劝君莫恼鬂毛斑,鬂到斑时也自难。多少朱门年少子,被风吹上北邙山。"

【译文】

唐人有诗说:"想折下垂杨的叶子,回头却看见自己的发丝。"又说:"好长时间没有照过镜子了,可能头发都全白了。"都是感伤老去的诗作。不如白居易的诗豪壮:"不要说年纪大了,傍晚的云霞还红满天空。"

又,宋朝人写诗说:"劝君不要为头发白而苦恼,他要变白你也没办法。多少大家的公子哥,最终也死去埋在北邙山上的坟地里。"

九

【原文】

杭州布衣何琪,字东甫,《咏帘钩》云:"高牵缠臂金无色,误触搔头玉有声。"《金银花》云:"可能华屋开常好,只恐柴门种亦难。"

【译文】

杭州老百姓何琪,字东甫,写《咏帘钩》诗说:"高高举起手去挂帘钩,帘钩缠绕着手臂原来的金黄色已经褪去,误碰到玉作的搔头清脆有声。"

《金银花》说:"可能在华贵人的屋里就开得非常好,只怕在老百姓家里想种活它都难。"

一〇

【原文】

学问之道,《四子书》如户牖,《九经》如厅堂,《十七史》如正寝,杂史如东西两厢,注疏如枢阃,类书如厨柜,说部如庖湢井匽,诸子百家诗文词如书舍花园。厅堂正寝,可以合宾,书舍花园,可以娱神。今之博通经史而不能为诗者,犹之有厅堂大厦,而无园榭之乐也。能吟诗词而不博通经史者,犹之有园榭而无正屋高堂也。是皆不可偏废。

【译文】

学问的道理,《四子书》就像是窗户,《九经》就像是厅堂,《十七史》就像是卧室,杂史更像东西厢房,注疏像是门框,类书好像是厨柜,说部好像是浴室、井台,诸子百家诗文词好像是书房花园。厅堂卧室,可以待宾客,书房花园,可以养神娱乐。

现在有博通经史却不会写诗的,就好象在厅堂大厦,却没有园林花木的乐趣。能写诗却又不通经史的,象有园林花草却没有正屋高堂一样。因此它们都不能偏废。

一一一

【原文】

江宁涂爽亭,善小儿医,能诗,年九十余,有句云:"船底水鸣风力大,芦中雁语月光高。"

余小女病危,爽亭活之,因来往甚欢。辛丑九月,以书来诀,一切身后事,亲自检校。予挽联云:"过九秩以考终,从古名医,都登上寿;痛三号而未已,伤吾老友,更失诗人。"

【译文】

江宁的涂爽亭,擅长给小孩治病,能写诗,九十多岁了,有诗句说:"船底水事巨大风力强劲,芦苇中大雁低语空中月亮高照。"我的小女儿病危,爽亭救活了她,因此往来十分愉悦。辛丑年九月,写信来永别,一切后事,都亲自作了处理。

我写挽联说:"过了九十大寿无疾而终,从古到今的名医,都活了高寿;痛苦三声不能抑制悲痛,伤心失去老朋友,更痛切失去了一位诗人。"

二二

【原文】

或传程渔门《京中移居》诗云:"势家歇马评珍玩,冷客摊钱问故书。"予笑曰:"此必琉璃厂也。"询之,果然。因记商宝意移居,周兰坡与万晴初访之,见门对云:"岂有文章惊海内,从无书札到公卿。"万笑曰:"此必商公家矣。"询之果然。

【译文】

有人传来程渔门的《京中移居》一诗说:"有权势的人家歇下马来鉴评古玩,贫贱的行人却掏出几文钱买旧书。"我笑着说:"这写的一定是琉璃厂。"询问,果然是这里。因而记起商宝意移居时,周兰坡和万晴初去拜访他,见门上贴有对子说:"哪里有惊动海内的文章,从不曾与公卿有书信往来。"万晴川说:"这肯定是商公的家。"敲门问果然是的。

二三

【原文】

王菊庄孝廉,名金英,性孤冷而工诗,有"残雪坠仍起,如尘空际盘"之句。余尤爱其《杨柳店梦归》云:"征骑尚栖杨柳岸,归魂已到菊花庄。杖藜父老闻声喜,停织山妻设馔忙。生菜摘来犹带露,新醅篘得已闻香。堪怜稚女都齐膝,羞涩牵衣立母旁。"《掌教永平书院》云:"生徒散后庭阶静,知己逢来礼法疏。"

《邗沟》云："负郭人家堤下住，酒帘飐出树梢头。"

【译文】

王菊庄孝廉，名金英，性格孤冷而又工于写诗，有"残雪落地又起来，像灰尘一样在空中飞舞"的句子。我尤其喜爱他的《杨柳店梦归》说："骑着马还停在杨柳岸边，魂魄已回到了菊花庄。拄拐杖的父老听到我回来的声音十分高兴，停下织布的妻子忙着做饭。摘下的鲜菜还带着露水，新酿的酒已透出香气。可怜儿女已长到膝盖那么高了，羞涩地牵着母亲的衣服站立一旁。"《掌教永平书院》说："学生散去后庭院十分静寂，知己重逢都顾不上许多礼节了。"《邗沟》说："城外的人家位在河堤下，挂在树梢头的酒帘飘来飘去。"

一四

【原文】

鲁星村"猫迎落花戏，鱼负小萍移"，与宋笠田"护篱小犬吠生客，曝背老翁调幼孙"之句，皆诗中有画。鲁星村《沙桥道上》云："山下竹林森下屋，门前溪水带花流。"王兰泉方伯《云阳驿》云："明月似霜霜似雪，云阳驿外夜三更。"二句相似。

【译文】

鲁星村的"猫儿迎着落花在玩耍，鱼儿背着浮萍在游动"和宋朝人笠田的"看护篱笆的小狗叫陌生的客人，晒背的老人在戏弄小孙子玩"句子，都是诗中有画。鲁星村还有《沙桥道上》一诗说："山下竹林森林下的房屋，门前溪水带着花儿流。"王兰泉方伯的《云阳驿》说："明月似霜霜似雪，云阳驿外已是夜里三更天。"这两句诗十分相似。

一五

【原文】

予有句云："开卷古人都在眼，闭门晴雨不关心。"龚旭开《登石台》诗云："短墙南畔接烟林，啼罢山禽又海禽。甚日晴明甚日雨，不曾出户不关心。"抑何暗合耶？龚有《连理枝词》云："晓尚衣衫薄，未许开帘幕。小婢来言：东风料峭，动花铃摇；海棠轩外石阑边，有风筝吹落。"

【译文】

我有诗句说："打开书卷古人都在眼前，关上门外边天晴下雨都不用关心。"龚旭开写《登石台》诗说："短墙的南边接着树林，小鸟叫罢海鸟又叫。什么时候天晴什么时候下雨，不曾出门也不关心。"为什么会暗合呢？龚旭开有《连理枝词》说："早晨衣衫单薄，不许打开门帘，小婢来说：东风寒冷，花动铃摇；海堂轩外石阑边，有风筝吹落。"

一六

【原文】

山阴布衣茅商隐，客死汴城。桑弢甫为梓其诗。《晚村》云："带声鸦易树，偶语客归村。"《山行》云："郭外髑髅眠野草，坟前翁仲戴山花。"皆佳句也。越中故事，娶新妇至，必选处女迎之，号曰"伴姑"。茅吟曰："十六做伴姑，含情语邻姆。今日新嫁娘，问年才十五。"

【译文】

　　山阴的普通百姓茅商隐，客死在汴城，桑弢甫出钱印了他的诗。有一首《晚村》诗说："乌鸦叫着从这树飞往那树，听见有人说话是村里来客人了。"《山行》诗说："城外的野草中有髑髅，坟前的人戴满了各种山花。"都是优秀的诗句。

　　越中有一个风俗，娶新媳妇回来，一定要找一名处女去迎接，叫作"伴姑"。茅商隐写诗说："十六岁就做了伴姑，含情脉脉地和邻居大婶说话。今天的新嫁娘，问问她年纪才刚刚十五岁。"

一七

【原文】

　　王进士又曾，字谷原，诗工游览。《同人看白莲》云："船窗六扇拓银纱，倚桨风前落晚郁。依约前滩凉月晒，但闻花气不看花。""皋亭来往省年时，香饮莲筒醉不醉。莫怪花容浑似雪，看花人亦鬒成丝。"《游陶然亭》云："岸芦进笋妨游屐，林蝶翻灰浣袷衣。春浓转怕形人老，官冷真宜伴佛闲。"皆传诵一时。有《丁辛老屋集》。

【译文】

　　王又曾进士，字谷原，诗歌擅长描写游览景色。有《同人看白莲》说："船上的六扇窗户都挂着银纱，倚桨站在风中看晚霞。隐约的月光照在前方的沙滩上，只闻见花气却看不见花。""皋亭来往的人都是过早探索的，连筒喝酒醉了还不走。别怪花容像雪人一样的，看花的人的头发也已斑白。"《游陶然亭》说："岸上芦苇中有新笋长出，妨碍了游人的鞋子，林中蝴蝶掀起的灰尘落在洁白的衣服上。浓浓的春意中害怕容颜易老，官场冷漠真应该闲坐问佛不问世事。"这些诗都被传诵一时。留有《丁辛老屋集》。

【原文】

岳水轩名梦渊,为督抚上客。居与随园相近,丁丑秋,忽作诗会,大集名流,其豪气犹勃勃可想。《江行》云:"荻港人维雪里舟,雪花飞较荻花稠。篷窗人醉荻中卧,时被雪花飞上头。"《荷花》云:"兰舟载丽人,摇入荷花荡。亭亭红粉姿,花与人相仿。花中有莲的,心苦惟依赏。欲以掷奉郎,生憎金钏响。"两诗有古乐府遗音。

历代咏荷诗颇多,清代诗人岳水轩《荷花》诗中有"兰舟载丽人,摇入荷花荡"之句,描绘了美丽的女子在荷花盛开之时荡舟采荷的场景。

【译文】

岳水轩名梦渊，是督抚的座上客。住的和随园十分相近，丁丑年秋，忽然开诗会，召集名流。他的豪气可想而知。

有《江行》诗说："荻花港船里的人裹着雪，雪花飞舞比荻花还多。篷船中的人喝醉了卧荻花之中，时不时有雪花飞上他的头。"《荷花》说："兰舟载着美人，摇入荷花荡。亭亭玉立的姿容，花和人相似。花中有莲子，苦心只有我能欣赏。想把这扔给郎君，又怕金钏响。"两首诗都有古乐府的韵味风格。

一九

【原文】

金江声观察，名志章，在吾乡与杭、厉齐名。《壬子月夜登虎丘》曰："一片深宵月，明明照虎丘。松杉交影静，蘋藻上阶流。夜舫吹箫客，春灯卖酒楼。他乡有朋友，竟夕此淹留。"庚辰年，余过虎丘，出僧由此诗见示，不知余故观察年家子也。尤爱其《过冷水铺》云："白鸥傍桨自双浴，黄蝶逆风还倒飞。"《宿灵隐》云："窗虚暗觉云生壁，夜静时闻雨滴阶。"

【译文】

金江声观察，名志章，在我家乡和杭、厉二人齐名。有《壬子月夜登虎丘》一诗说："一片深夜中的月亮，明月照着虎丘。松树杉树静静的只有影子相伴，蘋藻一直长到了台阶上。夜船上有吹箫的人，酒楼上春灯长明还有叫卖的声音。他乡有交好的朋友，一天到晚都在此逗留。"庚辰年，我路过虎丘，山中僧人拿出这首诗让我来看，不知道我是金江声观察的老乡。我尤其喜欢他的《过冷水铺》说："白鸥依着船桨自在地戏水，黄蝶逆风倒着飞。"《宿灵隐》说："窗户虚掩觉得像云彩站在了墙壁上，夜静时听见雨水滴在台阶上。"

二〇

【原文】

或问:"刘勰言:'陆机亦有锋颖,而腴词勿剪,终累文骨。'近日才人,如宝意、鱼门,时蹈此病。"余晓之曰:"韦端己云:'屈、宋亦有芜词,应、刘岂无累句?但须精选斯文者,食马留肝,烹鱼去乙可耳。此《极玄集》之所由作也。'"

【译文】

有人问:"刘勰说:'陆机也有说话尖锐的时候,却不去多余的词语,终究影响文章的风骨。'近来的才子,像商宝意、程鱼门,都有这种毛病。"我告诉他们说:"韦端己说:'屈原、宋玉也有多余的词,应、刘二人又怎会没有不好的句子?只需要精选他们的文章,吃马留肝,煮鱼去鳞就行了。这就是《极玄集》创作的缘由啊!'"

二一

【原文】

汉杜钦兄弟,任二千石者十人,钦官最小,名最著。韩文公之孙衮中状元后,人但知布衣方干,不知状元韩衮。甚矣!人传不在官位也。唐人诗曰:"孟简虽持节,襄阳属浩然。"简之名自在浩然下。然余到桂林,见独秀峰有简题名,笔力苍古。今之持节者,如孟简其人亦少矣。

【译文】

汉朝的杜钦兄弟中,任官职达两千石的人有十个,杜钦的官职最小,但却最出名。韩愈的孙子韩衮中状元后,人们只知道普通百姓方干,不知道状元韩衮。唉!人的名声传播不在于官位。唐人有诗说:"孟简虽然十分有气节,但襄阳却有孟浩然。"孟简的名气在孟浩然之下。然而我到了桂林,见独秀峰上有孟简的题名,笔力苍古。像今天持节的,和孟简一样的人都很少啦。

【原文】

薛中立幼时见蝴蝶,咏诗云:"佳人偷样好,停却绣鸳鸯。"大为乃翁生白所赏。且云:"宋时某童子有句云:'应是子规啼不到,至今我父不还家。'都是就一时感触,竟成天籁。"

【译文】

薛中立小的时候见了蝴蝶,就咏诗一首说:"美人偷来好的样子,停下来绣鸳鸯。"为他父亲生白大加赞赏。并且说:"宋代某童子有诗句:'应该在连子规鸟也叫不到的地方,致使我的父亲还不回家。'都是就一时的感触,写成自然美丽的诗句出来的啊!"

【原文】

闺秀少工七古者,近惟浣青、碧梧两夫人耳。碧梧《咏李香君媚香楼》云:"秦淮烟月板桥春,宿粉残脂腻水滨。翠黛红裙竞妆裹,垂杨勾惹看花人。香君生长貌无双,新筑红楼唤媚香。春影乱时花弄月,风帘开处燕归梁。盈盈十五春无主,阿母偏怜小儿女。弄玉虽居引凤台,萧郎未遇吹箫侣。公子侯生求燕好,偷金欲买红儿笑。桃花春水引渔人,门前系住游仙棹。奄党纤儿想纳交,缠头故遣狡童招。那知西子含颦拒,更经东林结社高。楼中刚耀双星色,无奈风波生顷刻。易服悲离阿软行,重房难把台卿匿。天涯从此别情浓,锦字书凭若个通?桐树已曾栖彩凤,绣帏争肯放游蜂?因愁久已抛歌扇,教坊忽报君主选。啼眉拥髻下妆楼,从今风月凭谁管。《柘枝》旧谱唱当筵,部曲新翻《燕子笺》。总为圣情怜腼腆,桃花宫扇赐帘前。天子不知征战苦,风前且击催花鼓。阿监潜传铁锁开,美人犹在琼台舞。银箭声残火尚温,君王匹马出宫门。西陵空自宫人泣,南内谁招帝子魂?最是秦淮古渡头,伤心无复媚香楼。可怜一片清溪水,犹向门前鸣邑流。"碧梧即孙云凤,和余《留别》诗者。有妹兰友,名云鹤,亦才女也。咏指甲作《沁园春》云:"云母裁成,春冰碾就,裹住葱尖。忆绿窗人静,兰汤悄试;银屏风细,绛蜡轻弹。爱染仙葩,偶调香粉,点上些儿玳瑁斑。支颐久,有一痕钩影,斜映腮间。摘花清露微粘,剖绣线双双,虹挂月边。把霓掌暗拍,代他象板;藕白自雪,掐个连环。未断先愁,将修更惜,女伴灯前比并看。销魂处,向紫荆花上,故逞纤纤。"

【译文】

闺秀中很少致力于写七言古诗的,近代只有浣青、碧梧两位夫人能写。碧梧写《咏李香君媚香楼》说:"秦淮的烟月板桥的春风,晚卸妆白的脂粉漂在水面上。黑发红裙梳妆打扮,垂杨勾惹着看花的人。香君长得美貌无双,新修的

红楼叫媚香。春影乱时花在月光下摇曳不定，风帘打开时有燕子归回梁上的小窝。正是十五岁的好时候没有定下人家，阿母偏爱这个小儿女。弄玉虽然住在引凤台上，萧郎却没有碰上吹箫的伴侣。公子侯生想求亲，拿钱来买红儿一笑。桃花春水引来打鱼的人，门前系着游仙的船。想尽办法想结交，派狡猾的童子送去缠头，谁知西施含笑拒绝了，显得比东林结社还要清高。楼中闪着双星的颜色，无奈顷刻间有风波产生。换上服装伤心阿软要走了，重房难以把台卿藏起来，天涯相隔从此离别情长。把信写在锦帛上又往哪里寄？桐树上已经落过彩凤，绣花的帏帐怎能放进蜜蜂？因为忧愁久已抛开歌扇，教访忽报有君王来选人，啼眉拥发下了花楼，从此风月之事谁来管。在筵席上当面唱《柘枝》旧谱，部曲新写了《燕子笺》。因为圣上的情意而显得腼腆，皇上赐了了桃花宫扇。天子不知征战的辛苦，风月场上只会敲催花的鼓。阿监偷偷打开铁锁，美人还在琼台上跳舞。银箭的声音已渐渐远去炉火还有余温，君王匹马出了宫门。西陵空有宫人在哭泣，南内谁来召回帝王的魂灵？最可怜的是秦淮古渡头，伤心不过的是媚香楼。可怜一片清溪水，犹自在门前呜咽流过。"碧梧就是孙云凤，和我的《留别》诗的人，有个妹妹叫兰友，名云鹤，也是才女。咏指甲作《沁园春》说；"用云母剪成，用春冰碾就，裹住像水葱一样的指尖。忆起绿窗人静，悄悄用兰汤来试；银屏风小，轻轻弹着蜡烛。爱染成花色，偶尔调一些香粉，点上一些玳瑁斑。支下巴时间长了，有一点钩痕，斜映在腮帮间。摘花沾上清清的露水，解开绣花的双线，虹挂在月亮的旁边。把霓裳暗拍，替代象牙板；藕丝自然是雪白的，掐出个莲环图案来。没有断的先惆怅，要修剪它更觉可惜，和女伴一块在灯前比着看。更使人销魂的是，在紫荆花上，故意显它的深亮。"

二四

【原文】

梁文庄公弟梦善，字午楼，生富贵家，而娟洁静好，《孟子》所谓"无献子之家者也"。年十五，举于乡，六上春闱，不第，出宰蠡县，非其志也。年过四十而

辛。《出都》一首,便觉不祥。其词云:"何处人间有雁声,暮云元际且南征。西风禾黍临官道,落日牛羊近古城。生意渐如衰柳尽,浮生只共片帆轻。劳劳踪迹年年是,凄绝天涯此夜情。"《咏熏炉》云:"梦去恰疑怀堕月,抱来错认玉为烟。"《饮沈椒园太史家》云:"微吟韵许追前辈,中酒身还耐薄寒。"《述怀》云:"洗马清羸潘令鬓,外人刚认一愁无。"皆清词丽句,楚楚自怜。亦有壮语,如:"出塞不辞三万里,着书须计一千年。"恰不多也。

【译文】

梁文庄公弟梦善,字午楼,生在富豪之家,却性情高洁爱好安静,是孔子所说的那种"无献子的家庭啊"。十五岁那年,在乡里考试,六次都没有及第,出任蠡县令,不是他的志向。年过四十就死了。

有《出都》诗一首,便让人觉得不祥。其诗说:"人间什么地方有大雁鸣叫,傍晚云霞无边往南移。西风吹着官道边的禾黍,落日下古城边走着牛羊。生意就像衰柳一样渐渐不行了,一生只是坐船四处漂泊。辛劳的踪迹无处不有,凄绝天涯是今夜的情。"《咏熏炉》说:"梦中的好像见到了月亮坠落,抱过来错认玉是烟。"《饮沈椒园太史家》说:"轻吟诗可以追上前辈,喝醉酒的身子耐得住薄薄的寒意。"《述怀》说:"洗马收拾行装,外人见了认为我一身轻松。"都是清词丽句,楚楚自怜。也有豪言壮语,如:"出塞不顾万里之遥,写书要有留传一千年的决心。"可惜这类诗句不是太多。

二五

【原文】

国初逸老某《赠妾》云:"香能损肺熏宜少,露渐沾花采莫频。"王健庵妻张瑶英《示儿》云:"教儿宝鸭休添火,龙脑香多最损花。"瑶英有《绣墨诗集》,余已为刊刻矣,兹再录其佳句。《送健庵》云:"纵无多路情难别,须念衰亲游有方。"《病目》云:"岂为愁多清泪落,却缘烟重午炊迟。"《偶成》云:"无梦不愁鸡唱早,

有书只望雁飞过。""荒院草删三径阔,破窗风入一灯危。""蛛知网湿添丝急,月
待云开到槛迟。"

【译文】

国初某逸老写《赠妾》说:"香气能有损于肺因此不宜多熏,露渐渐地沾在
花上不要经常采摘它。"王健庵的妻子张瑶英写《示儿》说:"教孩子喂好鸭子不
要添火,龙脑香点多了会有损于花。"张瑶英有《绣墨诗集》,我已经刊印发行
了,现在再录下他的一些好的诗句。《送健庵》说;"纵然没有多远的路但情难
离别,要记着家有亲人出门应该注意。"《病目》说:"难道因为愁多了清泪就多
了,却因为烟重午饭就做迟了。"《偶成》一诗说:"没有做梦不怕雄鸡早啼,有信
要来只盼大雁飞过。""荒芜的园子里屡屡删草,风从破窗里吹入一盏灯就要被
吹灭了。""蜘蛛急急忙忙地织被风雨破的网,月亮等待云开时才缓慢地升到门
槛上。"

二六

【原文】

戊戌春,余在杭州。两姬置酒,招女眷游西湖。瑶英以诗词云:"呼女窗前
看刺凤,课儿灯下学涂鸦。韵光一刻难虚掷,那有闲看湖上花?"既而,遣人劫
之,曰:"娘子不来,怕作诗耶?"果飞舆而至,到湖心亭,书二十八字云:"酿花天
气雨新晴,一片清光两岸平。最好湖心亭上望,满堤人似水中行。"

【译文】

戊戌年春,我在杭州,两个艺姬置酒相待,招女眷游西湖。王瑶英写诗辞谢
说:"呼唤女儿在窗前刺绣,教儿子在灯下写字。时光一刻也不能虚度,哪有闲
情去看湖上的花!"过了不久,被人劫持而来说:"娘子不来,是怕写诗吗?"她果
然如飞而至,到了湖心亭,写了二十八个字说:"花飞的天气里雨过天晴,湖上一

片清光两岸平坦如纸。最好是站在湖心亭上四外张望,满堤上的人都像在水中行走。”

<h1 style="text-align:center">二七</h1>

【原文】

李宏猷秀才设帐尹制府署中。《咏新竹》云:“节已凌云未出头。”未几病

清代李宏猷《咏新竹》诗中有“节已凌云未出头”之句,表达了自身怀才不遇的抑郁之情。

重,荐其友周青原入署相代。青原来见,袖中出《西园池上》诗云:“目不窥园已

浃旬,小池春涨绿鳞鳞。得鱼鸟胜垂纶客,临水花如照镜人。欲扫闲庭苔莫损,偶扳芳树蝶相亲。笑余三月裘还著,只为调停病起身。"末句,余略为酌改,周欣然辞出。良久,闻门外尚有吟哦声,则以肩舆未至,故得意而徐步呻吟也,其风趣如此。后官中书。在京师《寄怀》云:"我如脱衔驹,恣意骋原隰。不读五千卷,辄入崔儦室。又如袼丹鼠,吐肠还自悼。空得成连师,未谙《水仙操》。用虽难学海,磁则曾引针。千秋一瓣香,顶礼优钵林。"

【译文】

李宏猷秀才在尹制府署中记账。有《咏新竹》一诗说:"竹节已经有凌云之志但还没有出头。"不久病重,推荐他的朋友周青原来官署代替他。周青原来见他,从袖中拿出《西园池上》,诗中写道:"不去看西园已经很久了,小池中的春水涨起来泛着绿莹莹的光。鱼儿小鸟和垂钓的客人各得其乐,长在水边的花就像照镜子的美人。要扫庭院又不忍伤了苔藓,偶尔掀开树枝发现有成双的蝴蝶在亲热。笑我自己三月天还穿着皮衣,只为了把身上的病治好。"最末一句,我略略为它改了一改,周青原十分高兴地告辞了。过了很长时间,听门外还有吟诗的声音,原来是周青原的轿还未到,自己在得意地漫步吟诗,他风雅有趣到这种地步。后来做官做到中书。

在京师写《寄怀》说:"我像那脱缰的野马,恣意在草原上驰骋。不读五千卷书,就进入了崔儦的房子。又像吃丹药的鼠,肠子吐出来了还自我哀悼。白云有成连作师,不懂《水仙操》。生活在山中难以领略大海的风范,磁铁能吸住铁针。千秋一瓣香,顶礼优钵林。"

二八

【原文】

金陵妓郭三为讼事,江宁王令拘讳之。香亭为关说求免。王覆札云:"昨承简翰,诚恐狼藉花枝;欲于园中立五彩幡,使封家十八姨莫逞其势。然弄郭郎

者,只是逢场作戏;须俟上台时,看作如何扮演,再理会下场,可耳。"香亭乃寄诗云:"一波才定又生波,屡困风姨可奈何? 不是花奴偏惹事,总缘柳弱受风多。""登场更比下场难,牛鬼威风色已寒。要识李夫人面目,何如留待帐中看?"

【译文】

金陵的一名妓女郭三犯了官司。江宁王县令拘捕审讯她,香亭为她说情,王回信说:"昨天收到你的信,害怕花枝遭受摧残;想在园中设立五彩的旗帜,使封家的十八姨不要逞威风。然而戏弄郭郎的,只是逢场作戏;等到上台的时候,看他如何扮演,再议论怎么处置他,这样就行了。"香亭于是寄诗去说:"一波刚平一波又起,每次都是因为风姨怎么办? 不是花奴非要惹事,总是因为柳树太弱风太多。""登场要比下场难得多,牛鬼威风人被吓得发颤。要认出李夫人其面目,不如留在帐中仔细看?"

二九

【原文】

秦邮沈均安,字际可,官江右,以廉洁称。能诗工书。由赣邑令,擢莲花厅司马。《留别邑人》云:"民称张旭书堪宝,我比时苗犊并无。"

【译文】

秦邮沈均安,字际可,官作江右,以廉洁而著称。能写诗,工于书法。从赣邑令,升到莲花厅司马。有《留别邑人》诗说:"民间称张旭的书法是一宝,我比时苗的牛犊却什么也没有。"

三〇

【原文】

真州郑中翰沄,字晴波,新婚北上,《留别闺中》云:"来年春到江南岸,杨柳青青莫上楼。"其同年周舍人发春喜诵之。时有陈庶常濂,与周相善,而未识郑。一日公宴处,周、郑俱在,陈忽语周曰:"昨闻有人赠内之句,情韵绝佳,当是晚唐人手笔。"周急叩之。则所称者,即郑诗也。郑闻而愕然。周因指郑示陈曰:"此即赋'杨柳青青'之晚唐人矣!"三人大笑。真州程灌夫亦有句云:"春风自绿垂杨色,何事羁人怕倚楼?"

【译文】

真州郑沄中翰,字晴波,新婚往北方去,写《留别闺中》说:"来年春到江南岸,杨柳青青时别登上高楼。"他的同年周发春舍人喜欢朗诵这句诗。当时有陈濂庶常,和周发春交情很好,却不认识郑沄。

一天在公宴处,周发春和郑沄都在,陈濂对周发春说:"昨天听说有人赠给我妻子的诗,写得情感韵味都十分突出,可能是晚唐人写的。"周发春赶忙追问是什么诗。他所称赞的,原来就是郑沄的这首诗。郑沄听后十分惊愕。周发春因此指着郑沄对陈濂说:"这就是写'杨柳青青'的晚唐人啊!"三人大笑。真州程灌夫也有诗句说:"春风把杨柳都吹成了绿色,什么事情拖累着人不敢登上高楼?"

三一

【原文】

宝意先生告余云："己卯秋,过龙潭,见旅壁题诗四绝,清丽芊绵,后书'桂堂'二字,横胸中数十载,终不知其为谁。题作《秦淮偶兴》,云:'淡黄杨柳晓啼雅,丝雨温香湿落花。应有鲴鱼吹雪上,水边亭子正琵琶。''水榭汀帘特地清,朝烟上与曲兰平。旧时红豆抛残处,只恐风吹子又生。''离门过雨绿烟铺,檀板金尊俗有无。小艇已将烟月去,人间空说女儿湖。''鳞鳞碧瓦照春菜,皙井宵深鸟语哀。第一林泉谁省得,数枝犹发旧宫槐。'"

【译文】

宝意先生告诉我说:"己卯年秋天,我过龙潭,看见旅馆墙壁上题四言绝句一首,写得清丽缠绵,后面写有'桂堂'二字,放在心中几十年了,就不知道这个人是谁。题作《秦淮偶兴》,说:'淡黄色的杨柳树鸟儿欢快地啼叫,丝丝小雨淋湿了花。应有鲴鱼翻到水面上,水边亭子上的琵琶而动情地弹着。''水上架着楼阁竹帘垂地十分清新,烟雾缭绕着曲曲折折的栏杆。过去红豆相送的地方,只怕春风吹来时又落地生根。''竹帘门前烟雨缭绕,檀香木的座上放着神像整个屋里没有俗气。小船已随着这烟雨走了,人间只传说着女儿湖。''像鱼鳞一样的碧瓦在春天里显得十分耀眼,深夜因井旁鸟儿凄哀地叫着,谁知道这是天下第一林泉,旧宫里的槐树还长着几枝树叶。'"

【原文】

冬友自言："九岁时，侍先大父过淮，舟中人限'吞'字韵为诗，多未稳。予有句云：'横桥风定帆全卸，小艇潮来势欲吞。'大父曰：'此子将来必无患苦。'或问其故。曰：'凡诗押哑韵而能响者，其人必贵；押险韵而能稳者，其人必安。生平以此衡人，百不失一。'大父讳馨，字星标。"

【译文】

冬友自己说："九岁的时候，和祖父一块过淮河，舟中有人限'吞'字韵写诗，写的都不好。我有句子说：'水面横着一桥，风平浪静船上的帆都卸去了，潮水来了似乎要把小船吞没了。'父亲说：'这孩子将来必定不用吃苦。'有人说这是什么缘故。他回答说：'凡是写诗，押哑韵押得好的，这个人一定尊贵；押险韵能平稳的，这个人一定平安。平生用这点来衡量别人，百无一失。'祖父叫馨，字星标。"

【原文】

吴中七子中，赵文哲损之诗笔最健。丁丑召试，与吴竹屿同集随园，爱诵余"无情何必生斯世，有好都能累此身"一联。后从温将军征金川，死难军中。过襄阳时，以《怀诸葛故居》诗四首见寄云："洵美躬耕地，千秋一草庐。勋名微管

亚,出处有莘如。巾服渔樵里,川原战阵余。西风渭滨路,尚忆沔南居。""四海占龙卧,萧条一亩宫。泊如明厥志,行矣慎吾躬。变化遭非偶,栖迟道岂穷。可知出师表,慷慨本隆中。""崔、徐二三子,来往定欣然。逸事风尘外,高评月旦前。襟期《梁甫曲》,生计汉阴田。当日如终隐,鸿妻亦最贤。""宇宙声名大,遗踪锦水长。人歌千尺柏,公念百枝桑。涕尚沾遗老,魂应恋故乡。溪毛如可荐,此地合祠堂。"

【译文】

吴中七子中,赵文哲字损之的诗笔最为健朗。丁丑年召试时,和吴竹屿一起来随园,喜欢我的"没有情意何必生活在这个世上,有爱好便会拖累这一身"一副对联。后来他跟着温将军征金川,死于军中。

路过襄阳时,把他写的《怀诸葛故居》四首诗寄给了我:"多么肥沃的耕地,千秋年来一个草庐也如此出名。功勋名气仅次于微管,出身和有莘差不多。衣扇绾巾渔樵打扮,在荒原上打仗之后。西风吹着渭滨路,还想着在沔南的故居。"

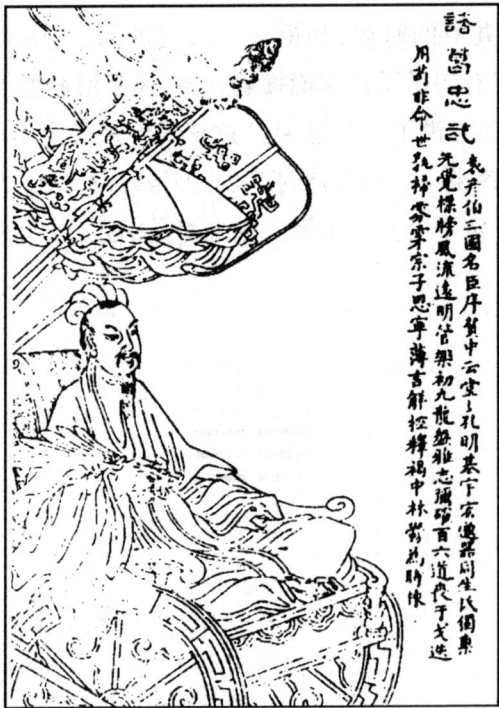

诸葛亮像,图出自清·上官周绘《晚笑堂画传》。诸葛亮出山辅佐刘备前隐居于隆中。故后人诗论及隐居者时,常常写诸葛亮。

"四海之中这里藏着卧龙,守着一亩的小小萧条之地。以淡泊来表明自己的志向,行动时谨慎地自我躬耕。人生的各种变化都不是偶然的,道理在生命中哪能穷尽。可否知道《出师表》,是在隆中慷慨激昂时写出来的。""崔徐等一班,来往一定十分轻松自然。逸闻趣事超脱于风尘之上,是非评说自在日月之间。隐居时写下《梁甫曲》,一生业绩都在为汉的江山。当年如果终身隐居,梁鸿的妻子也是十分贤惠的。""在天地内的名声很大,遗去的踪迹像锦水一样长。人们把他比作千秋古柏,他自己却念着家乡的桑树。眼泪还在那些汉朝遗老的心中,魂灵却早已返回了故乡。溪水边的小草如果有推荐权,这里可以修一座祠堂。"

<h1 style="text-align:center">三四</h1>

【原文】

江宾谷《在楚中寄信托家人山庄栽树》云:"老去苋裘身后冢,他年都要此中来。"何言之亲切而有味也?《汉上喜晤汪丈》云:"他乡执手感前盟,白发垂肩阅变更。问旧可堪皆后辈,抱书犹记拜先生。渐成安士如秦赘,别后添丁尽楚声。客况中年复谁遣,一尊寒雨故人情。"

【译文】

江宾谷写《在楚中寄信托家人山庄栽树》一诗说:"老来穿的棉袄死后的坟,他年都要从这里来。"为什么写得亲切而又有味道呢!《汉上喜晤汪丈》说:"在他乡相逢握着手为以前的誓言所感动,我们都已白发垂肩阅尽人世沧桑。问起后人都是咱们的后辈,拿起书又想起我们拜先生的时候。渐渐成了安乐的隐士就像秦赘一样,离别后各自都添了人口都是楚地的口音。客居他乡已是中年情怀难以驱遣,令人感动的是这寒雨之中的故人相聚之情。"

三五

【原文】

香亭弟随叔父健磐公,生长广西,叔父亡后,余迎归故里。年十五,即见赠云:"坐无尼父为师易,家有元方作弟难。"又,《即目》云:"山气腾空欲化云。"余早知其能诗也。孤甥陆建,号豫庭,字湄君,幼为余所抚养,与香亭同岁。乙巳春,余辞官,挈两人读书随园,时相唱和。后予官秦中,二人过随园见忆。香亭云:"共寻幽径访柴扉,遥见高台出翠微。蜡屐重临秋色冷,青山如故客情非。枯荷带雨碧连水,荒藓盈庭绿染衣。满树寒鸦鸣不已,斜阳烟草更依依。"豫庭云:"自别青山两载余,风光较昔更何如?竹梅添种阶前树,诗史空堆架上书。窗外叶飞人去后,天边月冷雁来初。灞桥此日秋风早,应向江南忆故庐。"豫庭赘于宿州刺史张公处。张名开士,字轶伦,杭州壬戌进士,历任有循声。谓豫廷曰:"做诗文则我教卿,作诗则卿教我。"豫庭年三十余,以瘵亡。张忽忽不乐,如支公之丧法虔也,月余亦亡。豫庭《赠妇翁》云:"喜我绛纱深有托,半为娇客半门生。"《赠妇》云:"未有肉能凭我割,不妨酒更向卿谋。"张诗亦佳。《宿华严寺》云:"竹里琴声秋涧落,定中灯火石林分。"《感怀》云:"臣心自问清如水,世道尤难直似弦。"

【译文】

香亭弟跟着叔父健磐公生活在广西,叔父死后,我把他接回到老家。年纪十五岁,就写诗给我说:"座中没有尼父做老师很容易,家有元方作弟弟难。"又写《即目》诗说:"山气升到空中要化作一片云。"我早已知道他能写诗。我的外甥陆健,号豫庭,字湄君,小时候由我抚养,和香亭同岁。己巳年春天,我辞官回家带两个人在随园读书,经常相互唱和。后来我又去秦中做官,二人路过随园回忆。香亭说:"一起去找寻幽径探访柴门,远远望见高台超过林木。重新穿着木鞋已觉秋天的凉意,青山如故人已全变了。枯萎的荷花带着雨水使一池碧

色,荒芜的院子里绿色的苔藓映着衣服。满树寒鸦叫个不停,斜阳里烟雾笼罩着青青的草。"豫庭说:"自从离别了青山两年之后,风光和以前又有什么不同呢? 竹梅使阶前的树木变了样,架子上空堆着诗史,人去之后窗外的叶子飞进来,天边冷月升上来时是大雁刚刚飞过的时刻。灞桥边的秋色到的特别早,应在江南想过去的。"豫庭后来赘到宿州刺史张公的家。张公名叫开士,字轶伦,杭州壬戌年进士,历任都有美名。对豫庭说:"做诗文我教你,作诗你教我。"豫庭年三十,害病身亡。张公闷闷不乐,就像支公失去了法虔一样,一个多月后也死了。豫庭写《赠妇翁》说:"欣喜地看到我婆亲有了依托,一半是女婿一半是门生。"《赠妇》说:"没有肉能让我任意去割,但不妨向你讨点酒喝。"张的诗也非常好。有《宿华严寺》说:"竹里琴声在秋天的山涧里回荡,定中灯火石林分。"有《感怀》说:"臣心自问清得像水一样,世道难得像弦一样。"

三六

【原文】

余三妹皆能诗,不愧孝绰门风;而皆多坎坷,少福泽。余已刻《三妹合稿》行世矣,兹又抄三人佳句,以广流传。三妹名机,字素文。《秋夜》云:"不见深秋月影寒,只闻风信响阑干。闲庭落叶知多少,记取朝来着意看。"《闲情》云:"欲卷湘帘问岁华,不知春在几人家? 一双燕子殷勤甚,衔到窗前尽落花。"他如:"女娇频索果,婢小懒梳头。""怕引游蜂至,不栽香色花。"皆可诵也。遇人不淑,卒于随园。香亭弟哭之云:"若为男子真名士,使配参军信可人。无家枉说曾招婿,有影终年只傍亲。"豫庭甥哭之云:"谁信有才偏命薄,生教无计奈夫狂"。"白雪裁诗陪道韫,青灯说史侍班姑。"

【译文】

我的三位妹妹都能写诗,不愧于孝绰门风;但命运却都十分坎坷,很少有福气。我已刊印《三妹合稿》传世,现又抄了三个人的佳句,以作广泛流传。三妹

有《秋夜》说:"不见深秋月影寒,只听风吹得栏杆响。庭院里的落叶知有多少,记着明天早上来看。"《闲情》说:"想要卷起湘帘问一问是什么时候了,不知几家里有春天? 一双燕子十分殷勤,衔到窗前的尽是落花。"其他的像:"小女人撒娇老是要果子吃,小婢女总是懒于梳头。""害怕引游蜂来这里,就不栽带香的花。"都是可以传诵的句子。可惜嫁的不好,死在随园。香亭弟哭她说:"如果是男的必定是真名士,假若配参军会十分令人喜欢。虽说招了女婿但哪里是她的家,经年累月都和亲戚住在一起。"豫庭外甥哭她说:"谁能相信有才的人便会命薄,生活无计管不了发狂的丈夫,咏絮之才像温道韫一样,青灯之下谈史就像班姑一样。"

三七

【原文】

四妹名杼,字静宜。《游鸡鸣寺》云:"苍苍烟树带斜晖,石塔层峦傍翠微。无复萧梁宫殿在,台城犹见纸鸢飞。"《秋园踏月》云:"蔼蔼山光映碧空,参差树影乱西风。芦花几朵明如雪,吹在横桥曲涧中。"他可诵者,如:"描花嫌纸窄,学字借书抄。""宾鸿云作路,蟋蟀草为城。""画阁偏闻雏燕语,乱书常被懒猫眠。"《课女》云:"花簪一朵休嫌少,字课三张莫厌多。"《挽葛姬》云:"断线几条犹委地,南楼一榻已生尘。"

【译文】

四妹名杼,字静宜。写《游鸡鸣寺》说:"苍茫的烟树带着夕阳的余晖,石塔群山傍着青翠的树木,萧梁时的宫殿已不复存在了,台城还能看见纸鸢在飞。"《秋园踏月》说:"蔼蔼山光映照着碧空,参差树影被西风吹得四处摇摆。几朵芦花像雪一样洁白,吹到了横桥曲折的沟壑中。"其他可以传诵的诗句,象:"描花嫌纸窄,学字借书来抄。""飞鸿以云作路,蟋蟀以草地为城。""在画阁里偏偏

能听见燕子的叫声,乱堆的书本上常常有猫在歇息。"《课女》说:"给你头上插一朵花不要嫌少,让人学三张纸的课文别嫌多。"《挽葛姬》说:"几条断线还掉在地下,南楼的一张床上已布满了灰尘。"

三九

【原文】

　　堂妹棠,字秋卿,嫁扬州汪楷亭。家颇温饱,伉俪甚笃。《咏燕》云:"春风燕子今年早,岁岁梁间补旧草。华堂叮嘱主人翁,珍重香泥莫轻扫。吁嗟乎!千年田土尚沧桑,那得雕梁常汝保?"余读之不乐,曰:"诗虽佳,何言之不祥也!"已而竟以娩难亡。又二年,楷亭亦卒。妹《寄二兄香亭》云:"鹏程人与白云齐,君独年年借一枝。闻道故交多及第,更怜归客尚无期。琴书别后遥相忆,雪月窗前寄所思。常对芙蓉染衣镜,堪嗟侬不是男儿。"《于归扬州》云:"不堪回忆武林春,娇养曾为膝下身。未解姑嫜深意处,偏郎爱作远游人。""绿杨堤畔行游子,红粉楼中冷翠帷。为问秦淮江上月,今宵照得几人归?"亡后,香亭哭以诗云:"最苦高堂念,怀中小女儿。至今传死信,未敢与亲知。书远摹多误,人稠语屡歧。调停两边意,暗泣泪如丝。"

【译文】

　　堂妹叫棠,字秋卿,嫁给扬州汪楷亭。家境不错,夫妻俩感情也好。

　　有《咏燕》诗说:"春风下燕子飞来的早,年年在梁上修补旧巢。在堂上叮嘱房子的主人,珍惜我的香泥不要扫去。唉呀呀!千年田土还历尽沧桑,哪有雕梁常为你保留?"我读后不高兴,说:"诗写得虽然好,但出言不祥!"后而竟因为难产而死。又过了两年,楷亭也死了。

　　妹写有《寄二兄香亭》说:"你鹏程万里君与白云比肩而飞,你却年年又总借人一枝花。听说过去交好的人多都及第了,更加怜惜远方的人还不回来。琴书相别后遥相记忆,雪夜窗前寄相思。常对着镜子插芙蓉花,叹惜自己不是男子。"《于归扬州》说:"不堪回忆武林的春天,对孩子千依百顺,不明白姑嫜的深意,偏偏你爱做远游的人。""绿杨堤畔的游子默默走着,红粉楼中放着冷清的帐帷。问一问秦淮上的月亮,今晚照着几个人回来了?"她死后,香亭写诗哭她说:"最苦的是父母的挂念和怀中的小女儿。至今传来死去的音信,不敢说与亲人知道,书信太远颇多失误,人多话就变样了。调停两边的心境,自己却在私下哭得万分伤心。"

三九

【原文】

余在苏州,四妹《寄怀》云:"长路迢迢江水寒,萧萧梅雨客身单。无言但劝归期速,有泪多从别后弹。新暑乍来应保重,高堂虽老幸平安。青山寂寞烟云里,偶倚阑干忍独看?"余读之凄然。当即买舟下山。四女琴姑,从妹受业。妹赠以诗云:"有女依依唤阿姑,忝为女傅教之无。欲将古典从容说,失却当年记事珠。"妹嫁韩氏,生一儿,名执玉,十四岁《咏夏雨》云:"润回青簟色,凉逼采莲人。"学使窦束皋先生爱之,拔入县学。未一年,得暴疾亡。目将瞑矣,忽坐起问阿母曰:"唐诗'举头望明月,'下句若何?"曰:"低头思故乡。"叹曰:"果然!"遂点头而仆。故妹哭之云:"伤心欲拍灵床问,儿往何乡是故乡?"

【译文】

我在苏州,四妹写《寄怀》说:"长路迢迢江水寒,萧萧梅雨客身单薄。无话可说只劝你快快归来,有泪就在离别之后再哭罢。天气刚热要保重身体,父母年纪虽大但却平平安安。青山在烟云里十分寂寞,偶尔倚着栏杆怎忍独自相看!"我读后十分凄然,当即坐船回家。

我的四女琴姑,跟着妹妹学习。妹赠诗说:"有女依依喊着姑姑,作为她的老师什么也没有。要将古典文章对她一一讲来,却早已把往事忘得一干二净了。"妹妹嫁给了韩氏,生一儿,名执玉,十四岁,写《咏夏雨》说:"使万物都呈现

碧绿的色彩,凉气直逼采莲的人。"学使窦束皋先生喜欢他,选入县学。不到一年,得暴病而死,眼睛就要闭上的时候,忽然坐起来向母亲说:"唐诗中'举头望明月,'下句是什么?"说:"低头思故乡。"他叹口气说:"果然是这样!"于是点头倒下了,因此妹哭他说:"伤心之下要拍灵床来问问,儿你要把哪里当作故乡?"

四〇

【原文】

诗有至情至语,写出活现者。许竹人先生督学广西,《接弟石榭凶问》云:"望书眼欲穿,拆书手欲争,抱书心忽乱,隔纸字忽明。挥手急屏置,忍泪雨暗倾。老亲中庭立,念远心悬旌。病讯百计匿,刿可闻哭声?违心方饰貌,哀抑喜且盈。趋言梦弟至,所患行已平。"

【译文】

诗中有至情至语,写得活灵活现的。许竹人先生督学广西,写有《接弟石榭凶问》说:"看着信函望眼欲穿,拆信时双手乱拿,抱着书信心里忽然十分烦乱,隔着纸字若隐若现。挥手赶快挡住眼,眼泪已暗暗流了下来。老母亲在庭院中站着,念着路途遥远心里十分牵挂。有病的消息百般藏匿,怎忍心去听那哭泣的声音?违心地去整理装束,抑制着悲哀装着笑脸,去说梦见弟弟回来了,害的病已全好了。"

随园诗话

【原文】

随园每至春日，百花齐放。家中内子及诸姬人，轮流置酒，为太夫人寿。太夫人亦尝设席作答。余有句云："高堂戒我无他出，阿母明朝作主人。"盖实事也。香亭《同赏梅》诗云："为爱梅花敞绮筵，合家春聚画堂前。忽怜香气传风外，却喜花开在雨先。人影共分千竹翠，帘光高卷一出烟。知他万片随云去，还赴琼楼宴列仙。"呜呼！自先慈亡后，此席永断；而香亭亦远宦粤中矣。

【译文】

随园中每回到了春天，百花齐放，家中妻子和各位女宾，轮流置酒，为太夫人做寿。太夫人也常设酒席作答。

我有诗句说这件事："父母劝我不要去别处，母亲明天要做主请客了。"这些说的都是实事。香亭弟写《同赏梅》一诗说："因为喜爱梅花而把酒席设在院子中，全家在这春天里聚集在堂门前，忽然有风送来花香，高兴的是花儿开在了下雨之前。人影乱晃在翠竹之间，帘子高卷看见前方山烟迷茫。知道这烟随云而去，还要赶往琼楼去接待各位神仙。"哎呀！自从母亲死后，这种酒宴就再没有了，而香亭也远远地到粤中做官了。

四二

【原文】

江宁城中,每至冬月,江北村妇多渡江为人佣工,皆不缠足,间有佳者。秦芝轩方伯席上集唐句戏云:"一身兼作仆,两足白于霜。"

【译文】

江宁城中,每年到了冬月,江北村妇大多要渡江去做佣人,都不缠足,间或也有漂亮的。秦芝轩方伯在酒宴上集唐诗句开玩笑说:"一身兼作仆人,两足白于霜雪。"

四三

【原文】

桐城诗人分咏古镜:方正瑗云:"绝代应怜颜色少,六宫曾识旧人多。"姚孔锌云:"相对不知何代物,此中曾老几朝人?"皆佳句也。姚又有句云:"病后精神当酒怯,静中情性与香宜。"

【译文】

桐城诗人分别咏古镜:方正瑗说:"绝代的姿色太少了,六宫中的旧人却很多。"姚孔锌说:"相对不知是什么时候的东西,这镜中看老几朝的人?"都是很漂亮的诗句。姚孔锌还有句子说:"病后的精神就好像不胜酒力,安静中的性情

与花儿最相近宜。"

四四

【原文】

余己未座主,为泰安相国赵公仁圃。公以长垣令,有政声,受知世宗,晋秩卿贰。平生爱时文,虽入纶扉,犹手校成、宏诸大家,孜孜不倦。《晚泊小米滩》一绝云:"回桡叙艇傍平沙,客路停舟便是家。坐久鸟惊山吐月,话长人喜烛生花。"作令时,以勘灾故,足浸水中三日,故病跛。每入朝,许给扶以行。(讳国麟,山东人。)

【译文】

我乙未年做主请泰安相国赵仁圃公。赵公作长垣令时,政绩昭著,被世宗赏识,晋升为卿。平生喜爱诗文,虽入了官场,还亲手校点了成、宏等大家的著作,孜孜不倦。写《晚泊小米滩》一绝说:"回桡艇船挨着平沙,客路上停船便是家。坐时间长了看见月亮从山中升起听见鸟儿不停地鸣叫,谈话时间长了蜡烛频频开花。"做县令的时候,因为勘察灾情,脚在水中泡了三天,就此变跛了。每次上朝,允许扶着他走。(赵公叫国麟,是山东人。)

四五

【原文】

余习国书,读十二乌朱,受业于邹泰和学士。记其《丁香》一首云:"春空烟

锁缀星星,雨树琼枝占一庭。交纲月穿珠络索,小铃风动玉冬丁。傍檐结密人难折,拂座香多酒易醒。只恐天花散无迹,拟将湘管写娉婷。"又,《白云寺》云:"飞鸟没边孤塔见,乱山缺处夕阳明。"先生戊戌翰林,和雅谦谨;有爱猫之癖,每宴客,召猫与儿孙侧坐,赐孙肉一片,必赐猫一片,曰:"必均,毋相夺也。"督学河南,按临商丘毕,出署,失一猫,严檄督悬捕寻。令苦其烦,用印文详报云:"卑职遣干役四人,挨民家搜捕,至今逾限,宠猫不得。"

【译文】

我学国书,读十二乌朱,跟着邹泰和学士。记得他有《丁香》一首说:"春天的天空里烟雾缭绕缀着几颗星星,两棵桂树就占了一个庭院。网一样的月光穿过珠帘,小铃被风吹得叮咚作响。挨着篱笆生长人难以攀折,拂尘有香味喝醉了也容易醒,只怕天花散落得没有踪迹,准备用竹笛吹出这美丽的景色。"

又《白云寺》一诗说:"飞鸟在孤零零的塔前飞过,在乱山的缺口有夕阳的金晕。"先生是戊戌年的翰林,和雅谦谨;有爱猫的癖好,每次待客,都要招呼猫和儿孙坐在一起,给孙子一片肉,一定也要给猫一片肉,说:"一定要平均,不要争抢。"在河南做督学,住在商丘,出官署时,丢了一只猫,立刻写公文要各县捕寻。县令苦于麻烦,用印文详报说:"卑职派了能干的四个差役,挨家挨户找,至今已经过了期限,却找不着你的宠猫。"

四六

【原文】

陕西薛宁庭太史,与江宁令陆兰村为同年。丙戌,到白门相访,偕公子雨庄与其师高东井泛舟秦淮,作诗云:"衣带一条水,兰舟小亦佳。南朝留胜览,北客壮吟怀。绰约虹桥束,参差画槛排。冲炎偶然出,记取始秦淮。""谁与偕来者?诗人高达夫。看山挥玉麈,忘暑对冰壶。乍可清谈足,宁教佳句无?士龙尹弟子,架笔也珊瑚。"

随园诗话

【译文】

陕西薛宁庭太史,和江宁令陆兰村为同年,丙戌年到白门相互拜访,带着公子雨庄和他的老师高东井在秦淮河上泛舟,作诗说:"像衣带一样的一条河水,小小的船儿也十分精致。从南朝就留下了盛名,北方客人在这儿都壮志吟咏。虹桥一架架十分好看,岸边的画槛参差不齐地排列着。为消夏而偶尔出来,记得就从秦淮河开始。""谁和我一起来了? 诗人高达夫。看着山峰挥动玉尘,喝着水忘了炎热。可以好好地谈谈天,但是有没有好的诗句? 士龙是你的弟子,听说文笔十分优秀。"

四七

【原文】

金陵承恩寺僧行荦,能诗,有句云:"雨晴云有态,风定水无痕。"其师阐乘有五绝云:"香气透窗纱,风轻日示斜。午堂春睡起,双燕下含花。"又有句云:"才展《金刚经》了了,《金刚经》夹小吟笺。"余尝云:"凡诗之传,虽藉诗佳,亦藉其人所居之位分,如女子、青楼、山僧、野道,苟成一首,人皆有味乎其言,较士大夫最易流布。"

【译文】

金陵承恩寺有个僧人叫行荦,能写诗,有诗句说:"雨后天晴云彩千姿百态,风儿静下来水面碧波无痕。"他的老师阐乘有五绝一首说:"香气直透过窗纱,风儿轻轻太阳还在正空。刚刚睡过午觉起来,看见一双燕子在花下嬉戏。"又有诗句说:"才打开《金刚经》看看,《金刚经》里原来夹有过去的诗稿。"我曾经说:"凡是有诗留传,虽说是诗写得好,也要靠作者的所居位分,像女子、青楼女子、山中僧人、野外道士,偶成一首,人都从中悟出点什么,和士大夫的诗相比更容易流传。"

四八

【原文】

余改官江南，赋《落花》诗，祁阳中丞内幕程南耕爱而和之，记数联云："燕垒漫教留粉在，马蹄几度踏香来。""升沉我已参名理，落寞人还惜异才。"程名嗣章，绵庄先生之弟，中年病聋，每来，则以笔代口，先以一函相订。故余赠句云："见面预安双管笔，焚香先捧一函书。"

【译文】

我改官前往江南，写《落花》诗，祁阳中丞内幕程南耕十分喜爱，和了一首，记得其中数联是："燕子垒窝希望能留得长久，马蹄几度踏香来。""升降沉浮我已懂得了其中的道理，落寞的时候更加爱惜人才。"程南耕名嗣章，是绵庄先生的弟弟，中年害病耳聋，每回来，都是用笔代口，先来一封信来约好。因此我赠他一句诗说："见面先要放好二杆笔，焚香后先读一读你的信。"

四九

【原文】

朱学士筠，字竹君，考据博雅，不甚吟诗。有《登湖楼》一律云："载月来登湖上楼，飘然便可御风游。帆如不动暮天没，岸竟欲斜秋水流。何寺一声孤声远，长空万点乱鸦愁。酒杯频劝君何苦，未使春波负秀州。"

落花时节的景象

【译文】

　　朱筠学士,字竹君,考据的知识十分广博,不甚爱写诗。有《登湖楼》一首说:"带着月光来登湖上的楼,飘飘然好像可以乘风而游,帆如果不动天色已经苍黑,岸好像在水流的冲击下有些倾斜。远处不知什么寺里的一声钟响,长空万里有几点飞鸟的影迹。频频向你劝酒你何必活得那么辛苦,别让这春天的美景辜负了我们在秀州的日子。"

五〇

【原文】

　　姊夫王贡南,名裕琨。《雨过富春》云:"历乱如丝小雨微,相呼舟子授蓑衣。鱼争新水穿萍出,鸟怯寒风贴地飞。宿雾半藏临涧屋,好花多落钓鱼矶。

纷纷鱼艇随波散,撒网闲歌何处归。"《寄内》云:"好奉慈姑勤戽水,莫同丘嫂夏杯羹。"余时年十四,爱而记之,即健庵父也。

【译文】

姊夫王贡南,名裕琨。有《雨过富春》诗一首说:"微微的小雨像纷乱的丝线,相呼撑船的人送来蓑衣。鱼儿为争雨水穿浮萍而出,鸟儿怕寒风因此贴地而飞。烟雾隐藏着临涧的小屋,好花都长在钓鱼矶旁。渔船随着波浪纷纷而散,撒网听歌哪里是我的归宿。"《寄内》说:"好好侍奉慈祥的姑母勤打水,别和丘嫂为小事而争执。"我当时年仅十四岁,因为喜爱而记下了这首诗,他就是健庵的父亲。

五一

【原文】

海宁许铁山惟枚,与余同官金陵,一时有"二枚"之称。余已荐牧高邮,而许犹有待,意有所感,和余《河房宴集》诗云:"朱帘斜卷晚风前,杨柳萧疏隔岸烟。一样楼台都近水,向南明月得来先。"《园梅》云:"腊尽还微雪,春来尚薄寒。迎风飞片易,背日坼苞难。疏蕊明高阁,低枝韵小栏。莫教吹短笛,我正倚阑干。"许性严重,秦淮小集,坐有歌郎,君义形于色,将责其无礼而答之。余急挥郎去,而调以诗云:"恼煞隔帘纱帽客,排衙花底打鸳鸯。"

【译文】

海宁人许铁山字惟枚,和我同在金陵做官,一时有"二枚"的称号。我已被举荐作高邮枚,而许惟枚还在等待,他意有所感,和我的《河房宴集》一诗说:"晚风吹来时斜卷起竹帘,隔着稀疏的杨柳能看见对岸的烟。一样的近水楼台,朝南的明月却占了先。"《园梅》一诗说:"冬月已尽还有些雪下,春天已来还觉得有些寒冷。迎风的叶子很容易飞,背着太阳的花开着难。稀疏的花蕊藏在高

阁之上,低枝的树枝倚着栏杆。别让人吹短笛,我正靠着栏杆。"

许惟牧性格严肃庄重,在秦淮小集时,坐前有唱歌的年轻人,君怒形于色,要以无礼之罪鞭挞他。我急忙让那年轻人走了,而用诗调和说:"恼坏了隔帘的尊贵客人,摆开官仪要打散花底的鸳鸯。"

五二

【原文】

同试鸿博陈鲁章士璠,杭州人,以诸生中式,即授庶常。《途中纪事》云:"月映湖光分外明,芦花影里一舟横。夜深闻有乡音在,晓起开篷问姓名。"

【译文】

同去考试的鸿博陈鲁章字士璠,杭州人,因为诸生中式,立即被授予庶常。写有《途中纪事》一诗说:"月光照着湖水格外明亮,芦花影里横着一只小船。夜深时听见有乡音在说话,早晨起来打开窗户问那人的姓名看看是不是认识。"

五三

【原文】

毛西河言:"古人诗题,所云'遥同'者,即遥和也。谢朓《同谢咨议铜雀台诗》、庐照邻《同纪明孤雁诗》,皆是和诗,非同游也。"

【译文】

毛西河说："古人的诗题，所说的'遥同'，就是遥和。谢朓的《同谢咨议铜雀台诗》，卢照邻的《同纪明孤雁诗》，都是和别人的诗，不是同去游玩的意思。"

五四

【原文】

见吴小仙画《骑驴图》，题云："白头一老子，骑驴去饮水。岸上蹄踏归，水中嘴对嘴。"顾赤芳题云："张果倒骑驴，不知是何故？为恐向前差，忘却来时路。"庆两峰《落齿》云："无端一齿落，探口不知故。且喜刚者亡，免与世龃龉。"

【译文】

看见吴小仙画《骑驴图》，题诗说："一个白头发的老头子，骑驴去饮水，岸上是蹄子踏着蹄子，水中是嘴对着嘴。"顾赤芳题诗说："张果老倒骑驴，不知是什么缘故？是害怕往前去出差，忘了来时的路。"庆两峰写《落齿》说："无缘无故地掉了一颗牙，问嘴不知是什么缘故，高兴这强者没有了，免得在世上龃龉。"

五五

【原文】

乙亥年，高文端公为江宁方伯，过访随园。余上诗云："邻翁争羡高轩过，上客偏怜小住佳。"亡何，巡抚皖江，将瞻园牡丹移赠随园。余谢云："忘尊偏爱山

林客,赠别还分富贵花。"两诗俱以折扇书之。后戊子年,公总制两江,招饮,席间出二扇,宛然如新。余问:"公何藏之久也?"公笑曰:"才子之诗,敢不宝护?"余自念:平日受人诗扇,不下千百,都已拉杂摧烧;而公独能爱惜如此,不觉感叹,因而再作诗献。有句云:"旧物尚存怜我老,爱才如此叹公难。"后公薨于黄河工所,口吟云:"梦中还有梦,家外岂无家?"

【译文】

乙亥年,高文端公作江宁方伯,来访问随园,我献上一首诗说:"邻居的老翁都十分羡慕高高的楼房,你却偏偏认为小住的地方好。"没过多久,他巡抚皖江,要将瞻园的牡丹移赠到随园,我做谢他说:"忘了自己的尊贵偏偏喜欢和我这种山林隐居的人交往,临别还要赠给我富贵花。"两诗都写在折扇上。

后来到戊子年,高文端公总督两江,招我去饮酒,席间拿出两把扇子,保存得和新的一样。我问:"你为什么藏这么长时间?"高公笑着说:"才子的诗,怎敢不保护?"我心里自念:平日接受别人题诗的扇子,不下千百,都已坏的坏毁的毁,而高公却爱惜成这样,不觉深为感叹,因此又献上一首诗,其中有诗句说:"旧物还保存着应怜惜我已老去,爱才到这种地步感叹难为了您。"后来高公死于黄河工所,口吟诗说:"梦中还有梦,家外岂无家?"

五六

【原文】

张药斋宗伯予告还桐城,兄文和公为首相,作诗送云:"七十悬车事竟成,轻车远称秩宗清。几人引退能如愿,先我归休觉不情。图籍开缄珍手泽,墓田作供好躬耕。阿兄他日还初服,挂杖花前一笑迎。"周长发太史和云:"从古人伦重老成,秩宗真不愧寅清。引年久切归田志,予告翻增恋阙情。万卷缥缃藏石篋,一犁烟雨课春耕。龙岷山色春如黛,知有群仙抗手迎。"清真绵丽,一时和者,皆不能及。

【译文】

张药斋宗伯将要告老返回桐城,兄文和公为首相,写诗相送说:"七十岁了还能做成想做的事,轻车回家一身轻松,有几个人引退能如愿以偿,比我先离开有些无情。以后亲手续一些好书,快快乐乐地躬耕。我要有一天也回去了,你可要拄杖在花下相迎。"周长发太史和这首诗说:"从古代起人们就重老成,你真不愧是情意中人。多年的志向都是告老还乡,我与你反平添了恋家的感情。万卷诗书都藏在石做的箱子里,一心一意不躬耕。龙岷山的春色十分美的,会有群仙在那儿拱手相迎。"

这诗写得清真绵丽,一时和这诗的人,都赶不上他的水平。

五七

【原文】

乾隆癸酉,尹文端公总督南河。赵云松中翰入署,见案上有余诗册,戏题云:"八扇天门诀荡开,行间字字走风雷。子才果是真才子,我要分他一斗来。"

【译文】

乾隆癸酉年,尹文端公总督南河,赵云松中翰进入官署,见案子上有我的诗册,戏题诗说:"八扇天门都大开着,字里行间有风雷之声。子才果然是真才子,我要分他一斗的才华出来。"

五八

【原文】

先师史玉瓒先生以硃笔书《仆固怀恩传后》云："怀恩本不负君恩,青史何曾照覆盆? 万里灵州荒草外,至今夜夜泣英魂。"余时七岁,偷读而记之。

【译文】

先师史玉瓒先生以硃笔书《仆固怀恩传后》说："怀恩本来不辜负你的恩情,青史什么时候照覆盆? 万里灵州远在荒草之外,至今夜夜哭英魂。"我当时七岁,偷读后记下来了保留至今。

五九

【原文】

余绍祉布衣有《黄山》诗四首,警句云："松生绝壁不知土,人住深崖只见烟。"又曰："山中人习闻天乐,石上松曾见古皇。"

余游黄山,至佳处,叹其言之果然。

【译文】

余绍祉布衣有《黄山诗》四首,警句有："青松生在绝壁中不知土壤,人住深山中只见烟雾。"

又说："山中的人听惯了天乐,石上的古松曾见过上古的皇帝。"我游黄山,

到了佳处,感叹他描述的真切生动。

二〇

【原文】

余过苏州,许穆堂侍御极夸方大章名燮者之诗,蒙以诗册见投。七古学少陵,颇有奇气;七律似明七子。录其《题内子桃源放舟小照》云:"碧桃湾里听鸣榔,水复山重路渺茫。过此便为仙世界,来时还着嫁衣裳。云中鸡犬应同听,月下房栊好对床。愿种秫秔三十亩,画眉窗下话羲皇。"尹文端公有紫骝马,骑三十年矣,怜其老毙,以敝帷瘗之。穆堂吊以诗云:"万里云霄空怅望,一生筋力尽驰驱。"又曰:"朽骨漫留贤士口,敝帷应念主人恩。"尹公读之泣下。

【译文】

我路过苏州,许穆堂侍御极力夸赞方大章名燮的诗,承蒙他送我诗册。七言古诗学的是杜少陵的风格,颇有奇气;七律好像是明七子的诗,录他的《题内子桃源放舟小照》说:"碧桃湾里听鸟叫,水复山重路渺茫。过了这里便是仙人的世界,来时还穿着出嫁时的衣裳。云中的鸡犬应该都能听到声音,月光滑下房子照着床。愿意种三十亩的秫秔,画眉窗下谈论羲皇。"尹文端公有匹紫骝马,骑了三十年,怜惜它老死了,用旧的帷帐裹着它埋了。穆堂因诗凭吊它说:"万里云霄空怅望,一生的精力都用于驰骋。"又说:"朽骨留在了贤士口,裹着帷帐应念主人的恩。"尹公读后竟然哭了。

六一

【原文】

人闲居时,不可一刻无古人;落笔时,不可一刻有古人。平居有古人,而学力方深;落笔无古人,而精神始出。

【译文】

人闲住的时候,不可一刻无古人;落笔时,不可以一刻有古人。平居时心中有古人,学力才能加深;落笔时无古人,而自己的精神特点才能显现出来。

六二

【原文】

萍望张宏勋名栋,自号看云山人,工诗善画,与余在长安,有车笠之好。同谱中,如沈椒园、张少仪、曹麟书,俱显贵。庄容可官至大学士;而宏勋终不一第。晚依扬商汪怡士以终。有《看云楼诗集》。《闺怨》云:"镜台寂寂掩芳尘,又换深闺一度春。除却殷勤花上鸟,他乡应少劝归人。"《郊外》云:"春来是处足春游,风转长堤草色柔。客过不须频勒马,花扶人影出墙头。"

【译文】

萍望的张宏勋名叫栋,自号看云山人,长于诗歌擅长绘画,和我在长安,相互交好。同代人中,像沈椒园、张少仪、曹麟书,都是显贵。庄容可做官做到大

学士的职位;而张宏勋却终生没有及第。

晚年投靠扬州商人汪怡士而终。有《看云楼诗集》。其中《闺怨》诗说:"镜台前寂寞掩去了美人的踪影,转眼在深闺又是一年。除了花上鸟儿的殷勤外,他乡应少劝说归去的人。"

《郊外》诗说:"春天来了到处都可以春游,风吹着长堤草色柔和。客人路过不用频频勒马,花扶人影出墙头。"

六三

【原文】

余有汪甥兰圃,名庭萱,亦能诗,为贫所累,未尽其才。有句云:"潮落岸从洲外露,风高云向岭头平。"又:"杨柳护田蒙绿雾,桃花隔水坠红云。"皆妙。

【译文】

我有汪兰圃外甥,名叫庭萱,也能写诗,为贫穷所累,未能尽情展现他的才华。有诗句说:"潮水落去岸从沙洲中露出来,风高云向山岭峰头平移。"又有:"杨柳护着水田蒙上一层烟雾,桃花隔水掉落得如红云。"都十分绝妙。

六四

【原文】

余在端州,丰川令彭耆,字竹林,云南人,以诗来见。有句云:"一官手板随人后,万里乡心入雁先。"余击节不已。竹林喜,见赠云:"盛世岁星终执戟,南华隐吏有随园。""云里筇才双足峙,鸥边舫已万花扶。"

【译文】

我在端州,丰川县令彭鸯,字竹林,云南人,拿着他的诗来见我。有诗句说:"做着小官跟在别人后边,万里归乡的心情大雁先知道。"

我击节赞叹不已。竹林大喜,赠我一诗说:"盛世里门神终年拿着画戟,南华隐居的官吏有随园。""雪地里竹子有双足来支撑,鸥鸟边船只有万朵花儿来扶。"

六五

【原文】

高要令杨国霖兰坡,作吏三十年,两膺卓荐,傲兀不羁。与余相见端江,束脩之馈,无日不至。闻余游罗浮归,乞假到鼎湖延候,以诗来迎云:"山麓峰峦秀色殊,如何海内姓名无?全凭大雅如椽笔,为我湖山补道书。""杖履闲从天上来,教人喜极反成猜。飞骑为报湖山桂,不到山门不许开。"及余归时,送至十里外,临别泣下,《口号》云:"送公自此止,思公何时已?有泪不轻弹,恐溢端江水。"

【译文】

高要县令杨国霖字兰坡,作吏三十年,很多人都举荐他,性格傲兀不羁。和我在端江相会,他以学生之礼相见,没一天不来。听说我游罗浮回来了,请假到鼎湖等候,写诗来迎接我说:"山峰秀丽特别,如何在海内却没有名气?全凭你的大雅手笔,为我湖山做一做宣传。"(道书,海内洞天二十四,福地三十六,鼎湖不在其中。)"拄着拐杖穿着草鞋悠闲地从天上来,教人喜极又生了猜疑。飞骑去报告湖山桂花,不到山门不许开花。"等到我回来的时候,送到十里之外,临别时哭了,写《口号》说:"送公就送到这里了,思念你的心情到什么时候才能停止?有泪不轻弹,恐怕溢满端江水。"

六六

【原文】

余丙辰到广西,蒙金抚军荐入都,今五十年矣。因访亲家汪太守,故重至焉。吴树堂中丞垣,引余至署,周历旧游。

余席间称金公任藩司时,作官厅对联云:"坐此似同舟,宦情彼此关休戚;须臾参大府,公事何妨共酌商。"用意深厚,有名臣风味。公因诵其乡人徐公士林作臬司题庭柱云:"看阶前草绿苔青,无非生意;听墙外鹃啼雀噪,恐有冤魂。"真仁人之言。树堂见和一律,有"洞箫声重三千玉,《铜鼓》词传五十春"之句。所云《铜鼓》者,丙辰余试鸿博赋题也。金公刻入省志艺文类中,今五十载矣。重得披览,恍若前生。

【译文】

我丙辰年到广西,蒙金抚军推荐入都,现在已过去五十年了。因探访亲家汪太守,因此重到旧地。吴树堂中丞名垣,引我到官署,环旧地重游。我在席间称金公任藩司的时候,作官厅对联说:"坐这里像坐在船上,官场上的情况互相都有关联;不一会就要拜见大官了,公事何妨同商量。"用意十分深厚,有名臣风味,公因读他的同乡人徐士林公作臬司题庭柱说:"看阶前草绿苔青,无非是春意盎然;听墙外杜鹃啼叫麻雀烦躁,恐怕是有冤魂。"真是仁人的高论。树堂看后和了一首,有"洞箫声声如玉般细润,《铜鼓》词传了五十年"的句子,所说的《铜鼓》是丙辰年我试鸿博的题赋。金公把它刻入省志艺文类中,今已五十年了。重新又读了,恍若前生。

六七

【原文】

桂林向有诗会。李松圃比部、马骎山中翰、浦柳愚山长、朱心池明府、朱兰雪布衣,时时分题吟咏。余到后,得与文酒之会,同访名山古刹。临行时,五人买舟相送,依依不舍,见赠篇什,不能尽录。仅记心池云:"五十年前跨鹤行,重来无复旧同群。一囊新句千丝雪,万叠青山两屐云。好古不求唐后碣,论文谁撼岳家军?灵皋健笔渔洋句,才力输公尚十分。""卅载心惊绝代才,何缘杖履得追陪。文章真处性情见,谈笑深时风雨来。一掉方回仙掌处,片帆又挂楚江隈。湘灵也解延名士,九面奇峰次第开。"柳愚云:"筋力登临老尚优,每逢佳处辄勾留。谁能鹤发六千里,来证鸿泥五十秋。旧事略知余自足,残碑仅拓付苍头。闻公欲挂湘帆去,又向衡山作胜游。"兰雪云:"六朝偶恋烟花迹,一代先收翰墨勋。"

松圃父丹臣先生少贫,以笔一枝,伞一柄,至广西,不二十年,致富百万。松圃诗才清绝,不慕显荣。父子皆奇士也。《晓行》云:"朦胧曙色噪归鸦,风撼疏林一径斜。满地白云吹不起,野田荞麦乱开花。""芦获飞花白满汀,停车小憩水边亭。前林一线炊烟起,画断遥山半角青。"《秋思》云:"凉笛声兼风叶下,归鸦影带夕阳来。"

【译文】

桂林一向有诗会。李松圃比部、马骎山中翰,浦柳愚山长、朱心池明府、朱兰雪布衣,时时分题吟咏,我到了以后,得以和他们文酒相会,同访名山古刹。临走的时候,五人买船相送,依依不舍,见赠的诗文,不能一一记下来。

仅记朱心池诗:"五十年前跨鹤而行,重来时不再和旧人是一群,一袋的新诗句换来头发雪白,万丈青山两鞋踏着云彩。喜好古文不求唐后碣,论文章谁来摇动岳家军?灵皋健笔渔洋的诗句,才力还要输给你十分。""三十年内心惊

你是绝代才子,有什么样的缘分才能持杖穿鞋与你相随。文章写得好时真情便显露出来了,谈笑风生时有风雨来。坐车刚回仙堂处,小船又要往楚江那边去。湘江灵性也想挽留名士,九面奇峰按次序打开。"

柳愚诗:"筋力还强壮虽然老了还能登山,每次到了好的地方都要做些逗留。谁能鹤发白颜还走六千里,来验证五十年前的足迹,旧事还略微记得我自足,残余的碑文都显出沧桑变化。听说你要坐船到湖南去,又到衡山作胜地旅游。"兰雪诗:"六朝偶恋烟花的踪迹,一代先收翰墨的功勋。"

松圃的父亲李丹臣先生小的时候十分贫穷,以笔一枝,一把伞,到了广西,不到二十年致富百万。

李松圃诗才清绝,不羡慕荣华富贵。父子都是奇士,有《晓行》诗说:"朦胧曙色里有躁动归来的乌鸦,风儿摇动一径斜种的树林。满地白云吹不起,野地里的荞麦乱开花。""芦荻飞花落满水面,停车在水边亭子中小作休息。前边树林中有一线炊烟升起,画断远山有一半的青翠山峰。"《秋思》说:"凉笛声伴着落叶声,归家的鸟雀影子带着夕阳的光芒飞了过来。"

六八

【原文】

余试鸿词报罢,蒙归安吴小眉少司马,最为青盼。五十年来,其家式微。今年游粤东,过飞来寺,见先生题诗《半山亭》云:"西径崎岖上,东峰婉转行。半山山过半,飞鸟一身轻。"读之,如重见老成眉宇。先生讳应棻,弟讳应枚,其封君梦苏眉山兄弟而生,故一字小眉,一字小颖。小眉巡抚湖北,平反麻城冤狱,为海内所称。小颖亦官至礼部侍郎。

【译文】

我试写鸿词报罢,承蒙归安吴小眉少司马,最为青睐。五十年来,他的家里十分拮据。今年游玩广东东部,过飞来寺,见先生的题诗《半山亭》说:"西边的

崎岖小径上，东峰婉转而行。半山山过半，飞鸟一身轻。"读后，就好像重见了老成的眉宇。先生叫应棻，弟弟叫应枚，他们是母亲梦见苏眉山兄弟而生，因此一个字小眉，一个字小颖，小眉湖北巡抚，平反麻冤狱，类海内外称道；也做官做到了礼部侍郎。

六九

【原文】

李怀民与弟宪桥选唐人主客图，以张水部、贾长江两派为主，余人为客；遂号所咏为《二客吟》。怀民《赠人盆桂》云："送花如嫁女，相看出门时。手为拂

贾岛像，图出自明·天然撰《历代古人像赞》。贾岛为唐代诗人，曾被唐宣宗授以遂州长江县主簿之职，故后人称贾岛为贾长江。

朝露，心愁摇远枝。"《送张明府》云："在县常无事，还家只有身。随行一舟月，出送满城人。"宪桥《咏鹤》云："纵教就平立，总有欲高心。""不辞临水久，只觉

近人难。"《厉下厅》云:"马餐侵皂雪,吏扫过阶风。"《送流人》云:"再逢归梦是,数语此生分。"二人果有贾、张风味。

【译文】

李怀民和弟宪桥选唐人主客图,以张水部、贾长江两派为主,其他人为客;于是就称所咏的为《二客吟》。怀民写《赠人盆桂》说:"送花就像嫁女,相看出门时,手就像拂朝露,心愁摇动远方的树枝。"《送张明府》说:"在县衙里常没有什么事,回家只有一个人。随船走的只有月亮,出去送行的有满城的人。"宪桥写《咏鹤》说:"纵然让他站在平地里,也有想往高处飞的心。""不怕沾水边很长时间,只觉靠近人太难了。"《厉下厅》说:"马儿吃已变黑的雪,门吏打扫着风吹落的荒叶。"《送流人》说:"再次在回乡的梦中相逢,几句话就导致了今生的分离。"二人果然有贾长江、张水部的风味格调。

to

【原文】

余过大庾,邑宰袁镜伊欣然相接,自言倾想者三十年。同游了山,又亲送过梅岭。自诵《雪诗》云:"远近枝横千树玉,往来人负一身花。"赠人云:"雪调静听孤唱远,云程遥望一痕青。"本籍宣化,故有句云:"山排云朔从天下,水合桑沩入地无。"皆佳句也。镜伊名锡衡,乙酉孝廉。有勋贵过境,傔从殴伤平民,镜伊缚置狱中,取保辜限状。嗣后过者肃然。

【译文】

我路过大庾,邑宰袁镜伊欣然来迎接我,自己说已倾心神交我三十年了。与他一起游了庾山,又亲自送我过梅岭,自己朗诵《雪诗》说:"远近树枝上都落满了雪像玉一样,来来往往的都披一身雪花。"《赠人》说:"雪地里静听远方传来人的高歌,遥望前方云雾里隐隐有一抹绿色。"他的祖籍是宣化,因此有诗句

说:"山排云朔从天而下,水合桑泐入地就没有了。"都是优秀的诗句。

镜伊名叫锡衡,是乙酉年的孝廉。有某贵族官路过这里,放纵手下人打伤平民。镜伊把他缚捆到狱中,让他取保写供词。以后路过这里的人都十分谨慎。

七一

【原文】

山左朱海客先生,名承煦,素无一面,忽遣人投书,署云:"上天下大才子某。"余感其意,过京口时,访于海岳书院。先生已七十矣,留饮再四,余因风扬帆,不克小住。未半年,先生竟归道山。又六年,遇其子鋈坡于广州,急索乃翁诗稿,得《示内》二句云:"剪刀声歇裁花后,并臼功余问字初。"

【译文】

山左的朱海客先生,名承煦,平时没见过一面,忽然派人送来一封信,说:"你是上天下凡来的大才子。"

我被他的诚意感动,过京口的时候,到海岳书院去拜访他,先生已七十多龄了,再三再四地留我喝酒,我因为正好顺风坐船,不能小住。

不到半年,朱海客先生竟然死去了,又过了六年,在广州见他的儿子鋈坡,急忙要他父亲的诗稿,得《示内》二句说:"栽花后听见你停下剪刀,孩子赶着时间来问你字怎么写。"

七二

【原文】

余病广州，乐昌令吴公世贤，每公事稍暇，必至床前问讯。余爱其诗笔清丽，可作陈琳之檄。《咏钓竿》云："淇园籊籊折新枝，人到忘机鸥鹭知。风雪寒江应忆我，英雄末路悔抛伊。"《羽扇》云："常使指挥在下事，不羞憔悴月明中。"《皮蛋》云："个中偏蕴云霞彩，味外还余松竹烟。"吴号古心，松江人。

【译文】

我在广州得病，乐昌县令吴世贤公，每回趁公事忙后的闲暇，必然要到我这里问候。我喜爱他的诗笔清丽，可作陈琳这样的大写出的檄文。

有《咏钓竿》诗说："在湛园折一根树枝，人忘了用意鸥鹭却知道。风雪寒江之时应该记起我，英雄末路的时候后悔抛弃了你。"《羽扇》一诗说："常常用你指点天下大事，不为在明月之中憔悴而害羞。"《皮蛋》说："身体中偏偏有云彩的花纹，味道中还含有松竹烟。"吴世贤号古心，是松江人。

七三

【原文】

海阳令丘公学敏，闻余到端州，即驰书与香亭，必欲一见。果不远千里，假公事到省，畅谈竟日，馈遗殊厚。记其佳句云："山连齐、鲁青难了，树入淮、徐绿渐多。"

【译文】

海阳县令丘学敏公,听说我到了端州,就赶快写信给香亭,一定要见我一面。果然不久就借公事到了省里,畅谈了一天,赠送了我厚礼。

记得他有好的句子:"山连着河北、山东绵亘不断,树木进入淮河、徐州越来越多地显现出绿色来。"

七四

【原文】

鱼门太史于学无所不窥,而一生以诗为最。余《寄怀》云:"平生绝学都参遍,第一诗功海样深。"寄未一月,而鱼门自京师信来,亦云:"所学,惟诗自信。"不谋而合,可谓知己自知,心心相印矣。屡托余买屋金陵,为结邻计。不料在广州,孙中山中丞招饮,告以鱼门殁于陕西毕抚军署中。彼此泣下,衔杯无欢。因思毕公一代宗工,必能收其遗稿;然鱼门所刻《蕺园集》,仅十分之三耳。记其未梓者,《书怀》云:"才难问生产,气不识金银。"《题阮吾山行卷》云:"无劳叹行役,行役是闲时。"《对雪》云:"闹市收声归阒寂,虚堂敛抱对寒清。"《乞假》云:"官书百卷从担去,病牒三行有印钤。"呜呼!此乾隆三十五年,假归寓随园,以近作见示,而余所抄存者也。不意竟成永诀!

【译文】

程鱼门太史对于学问没有他不涉及的,而一生以诗为最多。我写《寄怀》说:"平生的绝学都不算,第一的当数写诗的功夫像海一样深。"

把诗寄过去不到一个月,鱼门就从京师写信来,也说:"我平生所学,只有对写诗有自信。"

我们不谋而合,可以说是知己自知,心心相印啊!屡次托付我在金陵买房子,作结为邻居的打算。不料在广州,孙补山中丞叫我饮酒,告诉我程鱼门死于

陕西毕抚军的官衙中。彼此都掉下泪来,口衔酒杯深为怀念。因为想毕公也是一代写诗高手,肯定会收拾他的遗稿;然而鱼门刻印的《戢园集》,只有十分之三保留了下来。记得他一些没有印出来的,有《书怀》说:"才气难以施展在生产上,生性不识金银为何物。"

《题阮吾山行卷》说:"没有劳累的时候盛叹行役这一行,行役原来是一个闲差。"

《对雪》说:"闹市平静下来四面一片寂静,在堂中虚掩着门抱手闲坐。"《乞假》说:"批修官书百卷之多都担下走了,病中也时常要继续工作。"哎呀! 这是乾隆三十五年的事,当时他请假还乡到随园,拿近作给我看,而我所抄有的。不想从此便成了永远的诀别!

七五

【原文】

余戊午秋闱,与锡山李君时乘,同寓马姓家,同登秋榜,垂五十年。今岁在粤东,其子邕来见访,出诗见示。录《山居》二首云:"一从疏世事,终日把犁锄。村色牛羊外,秋砧水石余。山深迟刈麦,潭冷不生鱼。倘有诗人至,犹堪剪韭蔬。""闲云上小楼,落日林塘幽。溪雨蛙声聚,山风榭叶秋。一囊方朔米,卅载晏婴裘。便欲烟霞外,将身作隐侯。"

【译文】

我在戊午年的秋天,和锡山的李时乘君,一起住在姓马的一个人家,同时登上秋榜,至今已五十年了。今年在广东,他的儿子邕来拜访我,拿出诗来让我看,记下他的《山居》二首:"一贯疏于理睬世间的事,终日锄地扶犁。在外面养着牛羊,秋风吹拂这山山水水。山深麦子熟的晚上,潭水太冷所以不长鱼。如果有诗人来了,担心连韭菜也要被剪光了。""闲云登上小楼,落日照耀林塘显得十分幽静。溪水下雨时蛙声聚鸣,山风吹来秋的信息。带一袋东方朔才吃的

米,穿着三十年才见到晏婴穿的衣服。想要飞到烟霞之外,去做一名隐居的名侯。"

七六

【原文】

余宰江宁时,侯君学诗苇原,年十四,应童子试。后夏醴谷先生屡称其能诗,终未见也。今宰新会,余往相访,同游圭峰望海。读其诗,长于古风,盖深于杜、韩、苏三家者。佳句云:"绿遮人外柳,红落渡前花。""狂药看人频动色,樗蒱到老不知名。"

【译文】

我做江宁县令时,侯学诗君字苇原,年仅十四,去应童子试。后来夏醴谷先生屡次说他能写诗,始终未能见面。现在任新会县令,我去拜访他,同游圭峰望海。

读他的诗,觉得他擅长古风,深得杜甫、韩愈、苏轼三家的精神。好的诗句有:"柳树绿绿遮住了外边的人,落下的红花都漂流在渡口。""狂乱的乐声中人往往喜怒于色,樗蒱到老也不被人所知。"

七七

【原文】

风情之事,不宜于老,然借老解嘲,颇可强词夺理。康节先生《妓席》云:

"花见白头花莫笑，白头人见好花多。"余仿其意云："若道风情老无分，夕阳不会照桃花。"方南塘六十岁娶妾，云："我已轻身将出世，得君来做挂帆人。"

【译文】

风情中的事，不宜于老年人，然而借老来解嘲，很可以强词夺理。康节先生有《妓席》诗说："美丽的姑娘看见白头老人不要笑，白头的人见过漂亮姑娘多了。"

邵雍像，图出自明·天然撰《历代古人像赞》。邵雍，北宋哲学家，字尧夫，谥号康节，故又称"邵康节"。

我仿他的意思说："如果说风情的事老年人不能分享，夕阳为什么会照桃花呢。"方南塘六十岁娶妾，说："我就要离开人世了，得到你来帮我送行。"

七八

【原文】

余幼居杭州葵巷,十七岁而迁居。五十六岁从白下归,重经旧庐。记幼时游跃之场,极为宽展;而此时观之,则湫隘已甚:不知曩者何以居之恬然也? 偶读陈处士古渔诗曰:"老经旧地都嫌小,追忆儿时似觉长。"乃实获我心矣。

【译文】

我小的时候住在杭州葵巷,十七岁后才迁了住处。五十六岁又从白下回来,重新修整旧房。记得小时候游玩的地方,极为宽敞;而这时候看上去,已经很破烂了:不知为什么当时居然住得十分恬然? 偶然读了陈古渔处士的诗说:"老了整理旧地时都嫌地方小,可回忆小时候都觉得白天很长大。"真是写出了我的心事啊!

七九

【原文】

掌科丁田澍先生乞假归,《留别都人》云:"亦知葑菲才无弃,其奈桑榆影渐低?""论事偶然分洛、蜀,交情原自比雷、陈。""晓钟催去朝天客,过巷车声枕畔听。"皆妙。

掌科丁田澍先生告老还乡,写《留别都人》说:"也知道蓍菲是不能扔掉的,怎奈桑榆的影子渐渐低矮?""论事偶然分开了洛、蜀两地,交情原是和雷、陈一样的。""早晨的钟声催促朝天客赶快上路,躺在床上听着经过小巷的车声。"都十分巧妙。

八〇

【原文】

苏州缪孝廉之惠妻王氏《咏马》云:"死有千金骨,生无一顾人。"《漫兴》云:"天有风云常欲暮,山无草木不知秋。"

【译文】

苏州缪之惠孝廉的妻子王氏,写《咏马》诗说:"死了也有千金骨,生时却没一个人来照看。"《漫兴》说:"天有风云常常要黑下来,山无草木就不知道秋的信息。"

八一

【原文】

桐城马相如、山阴沈可山,少年狂放,路逢亲迎者,不问主人,直造其家,索纸笔,《替新妇催妆》云:"江南词客太翩跹,打鼓吹萧薄暮天。应是天孙今夕

嫁,碧空飞下雨云仙。""随郎共枕心犹怯,别母牵衣泪未干。玉筯休教褪红粉,金莲烛下有人看。"娶妇家颇解事,读之大喜,饮以玉爵,各赠金一枝。

【译文】

桐城马相如、山阴沈可山,少年狂放,路上碰上迎接新娘的人,不问主人是谁,直走到家里,要来纸笔,写《替新妇催妆》说:"江南词客都十分潇洒,在这样的天气里打鼓吹箫。应该是天孙在今晚出嫁,从碧空中飞下雨云仙子。""和郎君共枕心里还很害怕,离别时拉着母亲泪流不停。不要冲去脸上的红粉,灯下金莲会有人看。"娶亲的人家挺懂事,读后大喜,请他们喝酒,并各赠金花一枝。

八二

【原文】

余最爱言情之作,读之如桓子野闻歌,辄唤奈何。录汪可舟《在外哭女》云:"遥闻临逝语堪哀,望我殷殷日百回。死别几时曾想到,岁朝无路复归来。绝怜艰苦为新妇,转幸逍遥入夜台。便即还家能见否,一棺已盖万难开。"《过朱草衣故居》云:"路绕丛祠鸟雀飞,依然门巷故人非。忆寻君自初交始,每渡江无不见归。问疾榻前才转盼,谈诗窗外剩斜晕。绝怜童佣相随惯,未解存亡欲扣扉。"沙斗初《经亡友别墅》云:"千石鱼陂占水乡,四时烟景助清光。弟兄不隔东西屋,宾主无分上下床。斗酒几番当皓月,题诗多半在修篁。今朝独棹扁舟过,回首前欢堕渺茫。"厉太鸿《送全谢山赴扬州》云:"生来僧祐偏多病,同往林宗又失期。两点红灯看渐远,暮江惆怅独归时。"王孟亭《归兴》云:"漫理轻装唤小舠,何缘归兴转萧骚。老来最怕临岐语,灯半昏时酒半消。"宗介帆《别母》云:"垂白高堂八十余,龙钟负杖倚门间。泣惟张口全无泪,话到关心只望书。"某妇《送夫》云:"君且前行莫回顾,高堂有妾劝加餐。"

【译文】

我最喜爱言情的作品,读后像桓子野听歌感觉十分复杂。

记着汪可舟的《在外哭女》说:"从远处听说你的死讯十分悲伤,不知你生前殷切地每天盼我几百回。生死相别什么时候会能想到,年终无路又回来。作为新媳妇十分艰苦,只有夜里才能休息一会。就是回家还能见着你吗,棺材已定头不能打开了。"

《过朱草衣故居》说:"路过丛祠鸟雀乱飞,还是旧的门巷人已全变了。回忆当初和你交往,每回渡江来都不见你归来。坐在床前问询你的病情,谈诗一直谈到太阳西下。怜惜童仆跟随我惯了,不知道人还在不在要敲门。"

沙斗初写《经亡友别墅》说:"千石鱼陂占水乡,四时的烟景使水面一片清亮。弟兄不隔东西屋,宾主不分上下床。曾经多少次在明月下饮酒畅谈,大多是在竹林下吟诗作词。今天一个人乘小船在这儿经过,回首想以前的娱乐时光变得十分渺茫。"厉太鸿写《送全谢山赴扬州》说:"生来有僧保佑却偏偏多生病,同往林宗又失了期限。两点红灯看你渐渐远去,暮江惆怅一个人回来的时候。"王孟亭写《归兴》说:"漫理轻松的装束唤来小船,是什么缘故得以转回家乡。老了最怕临别在岔口互相说话,灯半昏时酒劲也消了一半。"宗介帆写《别母》说:"头须华白的父亲已八十多岁了,老态龙钟扶着拐杖倚着门柜。哭泣时又怕张口没有泪水,话说到深情时眼睛只看着书本。"某妇写《送夫》说:"你只顾向前走不要回头,父母亲自有侍妾去劝他吃饭。"

八三

【原文】

壬辰年,王光禄礼堂来白下,访江宁令陆兰村。予问:"有新诗否?"光禄书《赠内》云:"几载东华不自聊,绿窗并坐感萧骚。寒闺刀尺陪宵读,瓦鼎茶汤候早朝。马磨劳生还忆共,犬台残魄可能招?却嗤割肉容臣朔,但把清斋学细腰。""一室流尘玉漏穷,更阑深掩小房栊。何妨放诞时卿婿,听唱风波欲恼公。天畔登楼长客里,灯前拥髻只愁中。一衾低处双栖稳,雪花香南结托同。"又《从围》句云:"日占戊好军容壮,牡奉辰多典礼偕。""霜浓牛马通身白,林冻乌

鸦闭口喑。"一用《毛诗》,一用《北史》,俱典雅。

【译文】

壬辰年,王礼堂光禄来白下,拜访江宁县令陆兰村。我问:"有新诗吗?"光禄写《赠内》说:"几年了都不是一个人过,在绿窗下并头而坐感到时光飞驰。冬天里你做针线活陪着我夜读,用瓦罐煮好早茶等我上早朝。以马拉磨生活劳累你我患难与共,这样的生活是否能受得了? 嘲笑那割肉容臣的朔,只是在清贫的家里练出了纤细的腰。""屋里破破烂烂什么都没有,深夜里关上房门。不妨放纵去陪陪夫君,却恼怒地见到我在听那风动树木的声音。我以后出门在外登楼眺望,见你在灯下正忧愁地拥着头发。在低矮的床上安稳地睡下,天南地北都会做着相同的梦。"

又有《从围》诗句说:"白天占位戊时最吉利,军容也最雄壮,牡丹在辰时开得最多十分和谐。""霜下得很大,牛马都变得通身雪白,树林冻得乌鸦闭口不叫了。"一个是用的《毛诗》,一个是用的《北史》,都十分典雅。

八四

【原文】

安庆诗人,以"二村"为最。一李啸村蔸,一鲁星村璜。鲁五言,如:"久客神常倦,还家似在舟。""鸟散雪辞竹,烟消山到门。""风竹不留雪,冰池时集鸦。"七言如:"舟行忽止冰初合,窗暗还明月未沉。""避雪野禽低就屋,忘机小鼠渐亲人。"皆可诵也。又"雀浴乘冰缺",五字亦佳。

啸村工七绝,其七律亦多佳句,如:"马齿坐叨人第一,蛾眉窗对月初三。""卖花市散香沿路,踏月人归影过桥。""春服未成翻爱冷,家书空寄不妨迟。"皆独写性灵,自然清绝,腐儒以雕巧轻之,岂知钝根人,正当饮此圣药耶? 乾隆丙寅,观补亭阁学,科试上江,点名至啸村,笑曰:"久闻秀才诗名,此番考不必做《四书》文,作诗二首,可也。"题是《卖花吟》。李有句云:"自从卖落行人手,瓦

缶金尊插任君。"又曰:"自笑不如双粉蝶,相随犹得入朱门。"阁学喜,拔置一等。

【译文】

安庆诗人,以"二村"最为出名。一个是李啸村字菘,一个是鲁星村字瑸。鲁星村的五言像:"做客时间长了神情常常疲倦,回家了还像在船中。""鸟儿散去竹上的雪都化了,烟消去后山好像就在门前。""风儿吹动竹枝不留雪,冰池不时地聚集一群乌鸦。"七言古诗像:"船走着走着忽然因为有冰而停下了,窗前忽明忽暗是月亮还没有落下去。避雪的野鸟钻到屋里,忘了事的小老鼠渐渐亲近起人来。"都可以朗诵,又"麻雀乘冰有缺口而洗浴一下羽毛",五个字也写得十分漂亮。

李啸村工于七绝,他的七律也多有的诗句,像:"马齿旁坐谈天下第一人,蛾眉似的初三月亮对着窗户。""卖花的集市散了沿路都有香气,踏着月亮归家影子先过了桥。""春天的衣服还没有做好天却冷起来,家书总是寄空不如迟一点再写。"都是单独地描写性灵,自然清绝。腐儒认为他们是雕刻取巧因而轻视他们,哪里知道愚笨的人,正应该向他们学习!乾隆丙寅年,观补亭阁学,在上江科试,点名点到啸村,笑着说:"久闻你的诗名,这次考试不必写《四书》文章,作二首诗,就行了。"题目是《卖花吟》,李啸村有诗句说:"自从把花卖到行人的手里,插在瓦罐还是插在金杯里都任凭你了。"又说:"自己笑自己不如双粉蝶,相随着你还能进入贵人家。"阁学大喜,拔他为第一名。

八五

【原文】

朱竹君学士督学皖江,任满,余问所得人才。公手书姓名,分为两种,朴学数人,才华数人。次日,即率黄秀才名戍、字左君者来见,美少年也。其《京邸夜归》云:"入城灯市散,有客正还家。新仆欲通姓,娇儿不识爷。春光满茅屋,喜

气上灯花。乍见翻无语,徘徊月正华。"七言如:"小艇自流初住雨,夹衣难受嫩晴风。"殊有风流自赏之意。

【译文】

朱竹君学士在皖江督学,任期满了,我问他得了什么样的人才。

朱竹君公手书姓名,分为两种:学力扎实的数人,才华出众的有数人。

第二天,就率领黄戊秀才字左君的来见我,长得好一名美少年,他的《京邸夜归》说:"入城才发现灯市已经解散,有客人正在回家。新来的仆人要通报姓名,娇儿不认识爸爸。春光洒满茅屋,喜气涌上灯花。猛一见面反而没有话了,徘徊时月亮正亮的时候。"七言古诗,像"小船自己随波漂流雨刚刚停住,夹衣抵不住刚晴时的风。"很有风流自赏的意思。

八六

【原文】

乾隆丙辰,予于李敏达公处,见厉子大先生,时为少司寇。以冢宰文恭公之子,未弱冠,即入翰林,诗才清妙。《岁除和韵》云:"一年清课为花忙,无事花音倒百觞。日落归鸦喧古木,家贫饥鹤唤空仓。楸枰静设迟棋客,彩笔吟成和省郎。官柳未黄桃已烂,春风早晚亦何尝。"《独酌》云:"萍分云散故人离,尊酒应怜独酌时。夜漏渐沉烧烛短,残书未了引眠迟。罗江春信岑梅报,纸帐宵寒鹤梦知。皎皎庭除余落月,屋梁相照此心期。"

【译文】

乾隆丙辰年,我在李敏达公处,见厉子大先生,当时作少司寇。因为是冢宰文恭公的儿子,不到二十岁,就入了翰林,诗才清妙。有《岁除和韵》一诗说:"一年清课都是为花忙,无事坐在花间猛喝酒。太阳落山鸟雀在古木间喧叫,家里贫穷连仙鹤也饿得在空空的粮仓前鸣叫,在门前草坪上款待下棋的客人,彩

笔写成和省郎,柳树还未发黄桃花开得已十分灿烂,春风来得早晚又有什么关系呢。"《独酌》说:"像萍分云散一样和故人分离了,喝酒应想起一个人独饮的时候。夜渐渐深了蜡烛越烧越短,残书没有读完也不觉得困倦。罗江春信一盆梅花早已预报了,纸帐里梦回仙境。皎洁的月光洒满院子,屋梁相照是你我的心期相许的最好代表。"

八七

【原文】

金陵曹淡泉秀才,以"一夕春风暖,吹红上海棠"一联,为予所赏;遂刻意为诗。《赠妹》云:"吾妹何贤淑,能箴女史词。倩人教织素,随嫂学蒸梨。母病翻经早,家贫得婿迟。天然心爱好,常诵阿兄诗。"《伞山道中》云:"南陌草萋萋,新秋插未齐。投村先问路,隔垅但闻鸡。坝断溪声急,山高日影低。夜来经雨过,牛迹满荒堤。"他如:"老牛舐犊沿修埂,雏燕分巢过别家。岁逢闰月春来早,山背朝阳雪化迟。"俱妙。

【译文】

金陵的曹淡泉秀才,以"一晚的春风暖,吹红了海棠花"一联,被我所欣赏;于是就刻意写诗。有《赠妹》说:"我的妹妹是多么贤淑啊,能够写女史词。美人教他学织布,跟着嫂子学做饭。母亲有病早懂事,家穷嫁人嫁得晚。天生的爱好,常读哥哥我写的诗。"

《伞山道中》说:"南边田野上的青草萋萋,新秋秋草还未插齐,到村上先问路,隔着小路就听见了鸡叫。小桥断了溪水流得很急,山高衬得日影低。夜来有雨经过,牛的蹄印满堤上都是。"其他的像:"沿着修长的田埂见老牛带着小牛走,雏燕分巢到了别人的家里。碰上闰月春天来得很早,山背阴处雪化得很迟。"都写得十分生动和绝妙。

几八

【原文】

桐城刘大櫆耕南，以古文名家。程鱼门读其全集，告予曰："耕南诗胜于文也。"《听琴》云："香台初上日，檐铎受风微。好友不期至，僧庐同叩扉。弹琴向佛坐，余响入云飞。余亦忘言说，鸟栖犹未归。"《独宿》云："江村黄叶飞，犹掩萧斋卧。时有捕鱼人，橹声窗外过。"真清绝也。《哭弟》云："死别渐欺初日诺，长贫难作托孤人。"

【译文】

桐城人刘大櫆字耕南，是古文名家，程鱼门读了他的全集，告诉我说："耕南写的诗胜过他写的文章。"有《听琴》说："初上香台的日子，微风吹着屋檐的铃铛。好朋友不约而到，僧人也来敲我的门，面向佛像坐着弹琴，余音直飞入云霄。我也忘了说什么，站在高楼上不想回去。"《独宿》说："江边的村上黄叶飞舞，我还关着房门在屋里睡觉。不时有捕鱼的人，搬动橹桨的声音从窗外传过。"真是写得清新妙绝。《哭弟》说："死后渐渐忘了当初的承诺，穷人的家难以作可以托孤的人。"

几九

【原文】

苏州孝廉薛起凤，字皆三，性孤冷；亡后，彭尺木进士为梓其遗诗。《过范文

正公祠》云："忧乐平生事纛咸志在斯。由来天下任,只在秀才时。"《对雪》云:
"天风剪水水争飞,飞上寒山溅石衣。一夜雪深迷涧道,不知何处叩岩扉。"

【译文】

苏州薛起凤孝廉,字皆三,性格孤冷;死后,彭尺木进士为他的遗诗出钱刊印。

有一首《过范文正公祠》说:"平生的事忧喜参半,志向在于田野之中。由来把天下作为己任,只有在做秀才的时候。"《对雪》诗说:"天上刮风如剪刀剪水使水乱飞,水珠直溅到岸上的石头。一夜下雪雪堵塞了路途,不知从哪里去找进入屋子的房门。"

一〇

【原文】

金陵龚秀才元超,字旭开,余诗弟子也。

《月夜》云:"江水洗江月,荻花寒不飞。林园足烟景,屋宇湛霜辉。戍角宵将半,溪船渔未归。沿堤采芳芷,似胜北山薇。"

《送从兄酌泉夜归》云:"前番不识路,闻语碧萝丛。此次逢招饮,衔杯红叶中。山深花木好,客妙性情同。归路谁先醉,应扶白发翁。"

《渔家》云:"轻毂纹生玉溆斜,晚风吹雨湿桃花。红裙双腕急摇橹,前面垂杨是妾家。"

【译文】

金陵人龚元超秀才,字旭开,是跟我学诗的弟子。

有《月夜》诗说:"江水清洗着映在水中的月景,荻花因为寒冷而飞不起来。林园一片烟雾缭绕,屋里充满着夜的清辉,戍角高鸣夜已过半,溪水里的船捕鱼还未归来。沿着河堤采寻芳草的踪迹,胜过去北山摘那紫薇花。"

《送从兄酌泉夜归》诗中说:"前一次不认识路,听见你在碧萝丛中的话音才找到。这一次你邀我来喝酒,坐在红叶之中慢慢斟酒。深山中的花木都十分漂亮,客人与主人心性都十分相似清妙高远。看回去时谁先醉了,应该扶一扶年纪大的那一位。"

《渔家》诗说:"轻软的介木枝斜垂下来,晚风吹着雨水打湿了桃花。红裙飘飘双腕急忙地摇橹,前面长着垂杨树的就是我的家。"

九一

【原文】

杭州吴飞池,学诗于樊榭先生。

先生爱其"红蓼花深冷葛衣"一句,谓可镌入印章。

其《澶州杂诗》云:"晨光黯黯树稀微,云带炊烟湿不飞。多少人家秋色里,满天白露漫柴扉。"

《过洛阳问牡丹》云:"花浓洛下种应真,我却来时不是春。到耳尽夸颜色好,未开先赏断无人。"

他如:"林间一鸟过,池面数花敧。""岸仄疑无路,灯明似有村。""晓月光微难辨树,西风吹冷不如衣。"皆清脆可喜。

【译文】

杭州人吴飞池,跟着樊榭先生学诗。

先生喜爱他的"红蓼花开得十分艳丽衬托着我冷色的黑衣"一句,说可以刻入印章。

他的《澶州杂诗》说:"晨光昏暗,树影依稀可辨,云彩下的炊烟因为潮湿的空气而飞不起来。多少人家都溶于这秋色之中,满天的白露笼罩着木门。"

《过洛阳问牡丹》说:"洛阳的牡丹好开得正艳,我来的时候却不是春天。耳边听无数的人都夸花的颜色好,可是没有人会在花儿未开的时候就去欣赏。"

其他的像:"林间有一鸟儿飞过,池面上数朵花儿开放。"

"岸边十分平整怀疑前边没有路子,灯亮的地方似乎是个村庄。"

"晚上的月光不明难以辨别出树来,西风吹在身上冷得似乎没有穿衣服。"

都写得十分清新可喜,令人赞赏。

九二

【原文】

余祖居杭州艮山门内大树巷。邻有隐者桑文侯,鬻粽为业,性至孝,父病膈,文侯合羊脂和粥以进。

父死,乃抱铛而哭,人为绘《抱铛图》,征诗。万君光泰诗最佳。

其词曰:"羊脂数合米一襄,病父在床惟啖粥。父能啖粥子亦甘,粒米胜于五鼎肉。升屋皋某无归魂,束薪断火铛寡恩。床前呼父铛畔哭,抱铛三日铛犹温。呜呼!恨身不作铛中米,临殁犹能进一匕,谓铛不闻铛有耳。"

文侯之子弢甫先生,性孤癖,能步行百里,弃主事官,裹粮游五岳。

《留别袁石峰》云:"莫定畸人物外踪,梦魂飞入碧霞重。浮云形似世情幻,秋树色添游兴浓。白练横过天际马,乌藤直上岭头龙。凭将一斗滃糜汁,洒遍天门日观峰。"

《过华山》云:"华山门下雨盈盈,玉女秋期会玉京。十万云鬟梳洗罢,漫空盆水一齐倾。"

《嵩洛杂诗》云:"铁梁大小石纵横,似步空廊屧有声。世外多情一明月,直陪孤影到三更。"

非深于游山者不能言。(先生名调元。)

【译文】

我祖居住在杭州长山门内的大树巷。

邻居有隐士桑文侯,以卖粽子为职业,性情至孝,父亲害了打嗝的病,桑文

侯用羊脂和粥来喂他。

父亲死后，就抱着平底锅痛苦。人为他画《抱铛图》，征求诗文。万光泰君的诗写得最好。

他的诗词说："把羊脂和米合在一块，父亲在床有病只能喝粥。父亲能喝粥儿子也就甘于这么做，一粒米也胜过那用五鼎煮的肉。尸体放在屋里魂魄再不回归来，扎起柴草断了火种十分悲伤。坐在床前放着锅痛哭父亲，抱锅三天锅还留有余温。哎呀！痛恨自己不能作那锅中的米，临死还能放进一把匕首，叫锅锅有耳却听不见。"

桑文侯的儿子戣甫先生，性格孤僻，能步行一百里，不做主事官，自己去游玩五岳。

有《留别袁石峰》一诗说："不要肯定怪人的行踪，梦里早已飞入九天碧霞之中。浮云好像那变幻的事情，秋天的各色树林更添浓了游玩的兴致。白色的水流流过像天边奔驰而过的骏马，黑色的滕木攀援而上像盘在山头的龙。把那一斗煮烂的米汁，浇天门日观峰。"

《过华山》说："华山门雨下个不停，玉女秋天里会玉京。刚刚梳洗完十万云鬟，漫天的雨水便一齐倾泻下来。"

《嵩洛杂诗》说："铁一样的山梁有大小纵横的石头，走起来好像空中一样鞋子发出声音。世外有一轮多情的明月，一直陪着我孤单的身影到了三更天。"这些诗不是深于游山的人是不能写出来的。（先生名调元。）

九三

【原文】

姬传姚太史云："诗文之道，凡志奇行者易为工，传庸德者难为巧。"理固然也；然亦视其人之用笔何如耳。

吾族柳村有侧室韩氏，年逾二十，即守节教子，居竹柏楼十五年而卒。子又恺请旌于朝，又画《楼居图》志痛。一时士大夫咏其事者如云，号《霜哺遗音

此庸行也;余独爱少詹钱辛楣七古云:"郊居岑蔚竹柏交,秋霜轹物群英凋。小楼一灯青不摇,课儿夜诵声咿咬。柳村岳岳古英豪,山邱华屋如惊泡。淑姬寤言矢终宵,手持刀尺敢惮劳?《离鸾别鹄》哀弦操,可怜荻影风萧萧。熊九茹苦胜珍肴,湛侃复见良足褒。伫看紫诰庆所遭,乌头绰楔荣光高。何图蕙草谢一朝,楼存人去魂难招。郎君玉立森兰苕,春晖未报心忉忉。音徽追溯倩画描,披图展拜恒号咷。我为歌咏辉风骚。"

又,无锡进士顾钰五律第二首,云:"非拟怀清筑,萧然坐一林。竹森环户翠,柏古落庭阴。画荻慈亲志,登楼孝子心。当年纺绩处,倾听有遗音。"柳村名永涵,苏州人。

【译文】

姬传姚太史说:"写诗文的诀窍,凡是立意新颖的最易工整,立意不巧的难以写出特色。"

道理是这样的,但是也要看这个人的文笔怎么样。

我的族亲柳村有偏房韩氏,年过二十,就守节教子,住在竹柏楼十五年后死去了。

儿子又恺请求朝廷表彰,又画《楼居图》以表示哀悼,一时士大夫歌咏这件事的人非常多,集为《霜哺遗音集》。

这些都显得十分庸俗,我单单喜欢少詹钱辛楣的七言古诗说:"住在郊外有竹木相从成趣,秋天下霜的时候树叶都凋落了。小楼上一盏灯摇晃不定,教儿子读书声彻夜不停,柳村是像山一样的英豪,山邱华屋如惊泡。贤淑的女子一夜失眠,手拿着刀尺不辞辛劳?弹着悲伤的《离鸾别鹄》,可怜荻花在风中萧萧作响,含辛茹苦胜过吃好穿好,就像湛侃又见到了贤衣的妇人,站着看那一生的遭遇,头发从黑变白只要活得高尚。蕙草一年青一年黄,如今楼存人亡魂已招不回来。郎君玉立像阑苕一样,春晖未报心里十分忧愁。追忆音容笑貌并且把它画出来,抱图痛苦多么悲伤。我为这事而用心去咏。"

又,无锡进士顾钰有五律的第二首说:"不是比拟怀清的建筑,萧然地坐在林子中。竹林森森环绕着门户,古柏在庭院里落下浓荫,用荻根教学显出了慈母之心,登楼表明了孝子的心情。当年纺棉花的地方,还能听到你过去的声音。"

柳村名永涵,是苏州人氏。

随园诗话·卷十一

余不耐学词，嫌其必依谱而填故也

【原文】

古陶太尉，欧阳少师之母，俱以教子贵显，名传千古。然两母之著述不传。即宣文夫人讲解经义，几与孔子并称，而吟咏亦无闻焉。近惟毕太夫人，兼而有之。夫人名藻，字于湘，印江令笠亭先生之女，余同势友少仪观察之妹也。

《偶咏梅》云："出身首荷东皇赐，点额亲添帝女妆。"

首句本出无心，未几，秋帆尚书果殿试第一，继王沂公而起。吉人之词，便成诗谶，事亦奇矣。太夫人虽在闺阁，而通达政体。尚书出抚陕西，太夫人作诗箴之云："读书裕经纶，学古法政治。功业与文章，斯道非有二。汝宦久秦中，涤膺封圻寄。仰沐圣主慈，宠命九重责。日夕为汝祈，冰渊慎赐厉。譬诸樽枦材，断小则恐敝。又如任载车，失诚则惧踬。扪心五夜惭，报答奚所自？我闻经纬才，持重戒轻易。教勒无烦苛，廉察无猥细。勿胶柱纠缠，勿模棱附丽。端己励清操，俭德风下位。大法则小廉，积诚以去伪。西土民气淳，质朴鲜靡费。丰、镐有遗音，人文郁炳蔚。况逢郅治降，陶钧粽万类。民力久普存，爱养在大吏。润泽因时宜，樽节善调理。古人树声名，根柢性情地。一一践履真，实心见实事。千秋照汗青，今古合符契。不负平生学，不存温饱志。上酬高厚恩，下为家门庇。我家祖德诒，箕裘罔或坠。痛汝早失怙，遗教幸勿弃。叹我就衰年，垂老筋力瘁。曳杖看飞云，目断秦山翠。"

读其诗，可谓训词深厚，不减颜家庭诰。未几，太夫人就养官署，一路关心，访察政声。闻长安父老俱称尚书之贤，太夫人喜，抵署又赋诗曰："骖䯄乍解路三千，风物琴川慰眼前。到处听来人语好，频年丰乐使君贤。"

"连朝话旧到更深，不尽娄江望远心。莫怪老人添白发，儿童几辈换乡音。""周遭竹屿与花潭，槛外云光映翠岚。尽有琐窗诗料在，不须回首忆江南。"

太夫人受封极品，考终官署。庚子，上巡江、浙，尚书居忧里门，谒于行在，

具陈母氏贤行。上赐"经训克家"四字。尚书建楼于灵岩别丛,以奉宸章,当世荣之。有《培远堂集》行世。

《培远堂集》中,美不胜收,摘其尤者。五古如:《灵岩山馆夜坐》云:"圆景下绝壁,山馆忽已暝。石磴静张琴,雪泉清沦著。不知夜已深,月上青松顶。"

五律如《正月十二夜》云:"银灯暗画堂,坐数漏偏长。雁影半墙月,鸡声万瓦霜。夜吟多遣兴,春梦不离乡。庭下微风起,梅花入幕香。"

《落叶》云:"微霜零木叶,秋气乍萧森。乱逐西风下,多随凉雨深。纸窗延皎月,苔磴失层阴。偶尔凭阑立,平林露远岑。"

七律如《小园》云:"小园半亩寄西城,每到春深信有情。花里帘栊晴放燕,柳边楼阁晓闻莺。《汉书》旧读文犹熟,晋帖初临手尚生。自笑争心犹未忘,闲招邻女对棋枰。"七绝如《探梅》云:"光福寺前日欲曛,上阳村外望细缊。千林万壑浩无际,不辨湖光与白云。"

《春残》云:"斐几熏炉百衲琴,绿阴门甚昼沉沉。春来小苑无人扫,花落窗前一寸深。"《松径》云:"曲径弯环石级高,满亭山色绿周遭。松风似厌泉声小,自写云门百尺涛。"

五排如《雁字》云:"一片云蓝纸,鸿文绝点瑕。《禽经》殊古雅,羽檄等纷拿。每作缠联起,何曾叙次差。衔芦如运笔,游雾类涂鸦。凡鸟徒贻诮,家鸡讵用夸。缄情来塞北,传信向天涯。四出惊风急,低横远岫遮。谐声呼伴侣,破体遇弓弨。行断疑从缺,书空点不加。奇姿多缥缈,取势故欹斜。敛翰停橘藻,临池戏划沙。鹅群犹逊巧,凤策足联华。水映腾清稿,烟笼护碧纱。搀天才不愧,逸兴寄云霞。"

五言绝如《雨夜》云:"向晚花冥冥,独坐理琴谱。一缕茶烟生,疏帘散春雨。"六言绝如《夏日作》云:"拨火炉香飘来,卷帘梁燕飞去。吴门六月犹寒,雨在江南何处。"

皆有清微淡远之音,真合作也。其他名句,五言如《望华》云:"日生当夜半,云到祗山腰。"

《尝新茶》云:"未干春露气,犹带晓云香。"

《虎丘》云:"隔花皆有阁,入寺始知山。"

《江村寓目》云:"山吞将落日,风抵欲来潮。"

七言如《梅花》云:"独与白云如有约,遥疑积雪亦生香。"《闻虫》云:"花径雨过苔乍冷,豆棚风定月初明。"

《野望》云:"雨余霜叶红于染,风定炊烟白欲凝。"

《灵岩怀古》云:"香径花开人去后,雁廊风响月明中。"《登澄观楼》云:"积雪明多能淡日,远山寒极不生烟。"

【译文】

古代的陶太尉,欧阳少师,他们的母亲都因教子有方而显贵起来,并且能名传千古。然而这两位做母亲的作品却没有流传下来。即使像宣文夫人那样讲解经义,几乎和孔子齐名并称,其所吟咏著写之作也没能使后人知闻。

近年唯有毕太夫人,却是兼而有之。夫人名藻,字于湘,是印江县令笠亭的女儿,少仪观察的妹妹,少仪观察是我一起受征召的朋友。她作有《偶咏梅》之诗,诗中说:"探出枝条,最先承受春神东皇的恩赐,花瓣落下,点额成妆,为帝王之女亲自添娇。"

第一句本是无心之语,没过多长时间,秋帆尚书果然是殿试第一,是继王沂公之后又一位状元。吉祥之人的诗词,竟成了诗中的预言,也是一桩奇事。太夫人虽然身处闺阁之中,面对政事却十分通达明了,尚书到陕西任职,太夫人作诗来告诉他:"读书能使人满腹经纶,学习古人之道可以取法政治。文章和功业,原出自一道,你在秦地任职时日久长,对属地寄以自己的抱负。承沐圣主的恩德,身受皇上浩荡之恩宠。我白日为你祈告,切记自己如履薄冰,如临深渊,严格要求自己,谨慎小心。如那樗栌之材,砍折下来小的用,恐怕太鄙陋。又像那载行的车马,若不警戒小心,则有跌翻三忧。深夜扪心自问,从何来报答圣恩?我听说有治理天下的济世之才,严正持重,而不易草率行事,整饬告诫不要烦琐苛责,清廉体察不要细碎狷杂。不要粘粘糊糊,优柔寡断,纠缠不清,也不要模棱两可,身端影正,砥砺磨炼自己清正高洁的操守,俭朴有德,礼贤下士从小事上廉洁,才能行得大法,长久地诚实,可以去掉虚假。西部的民风淳朴敦厚,质朴而很少浪费奢侈,丰、镐旧都余音尚存,人杰地灵,乃藏龙卧虎之地,况且又逢盛世,十分地兴隆繁华,物产丰富,人民百姓安居乐业,需要地方长官好好地加以爱护,使其好好生活,因时而异进行宽厚德泽地治理,善于调理。古代之人树立名声威望,深深植根于性情之地。一步一个脚印,实心实意方见实事,能够名垂千古,现代和古时原出一理。不负平生的学识抱负,不要仅仅求得一家的温饱就心满意足。在上能报答圣恩的浩荡,在下来庇护家门。我家的世代德行相继下来,祖先的事业衰落不振。痛惜你从小就失去了父亲,所幸没有弃去遗留的教导训诫。可叹我年老力衰,垂垂老矣!心力交瘁,挂着拐杖看天边的飞云,望断苍翠的秦岭山地。"

读她的诗,训诫之词深厚有情,不减颜氏的家训。没有多长时间,太夫人到官署之中养其天年,路途之中常操心来访察儿子的政声如何。闻说长安父老百姓都交口称赞尚书贤德,太夫人很高兴,抵达官署后又赋诗道:"乘着马车刚刚体味到这三千里的长途,地方的风土民情使我快慰,到处都听人称赞好,几年来年丰民乐都靠长官的贤良。"

"连日来叙说旧事一直到深夜,娄江浩瀚无尽望断远方,拳拳之心何时可休?不要惊诧老人又添了白发,儿童也换了几辈,家乡口音也都改了。"

"周围都环绕着竹木花草山石,栏杆外的微云天地映着青翠的山峦,只要窗前有风物可以赋诗,不须回首忆想江南。"

太夫人受封极品,卒于官署之中。庚子年,皇上到江浙一带巡视,尚书守孝在家谒见皇上,陈说母亲贤德。皇上赐予"经训克家"四个字,尚书在灵岩别业建起一座楼来奉宸墨,当世之人都觉得很荣耀。她有《培远堂诗集》中的诗,绝妙无比,美不胜收,我摘抄下写得特别好的。五言古诗如《灵岩山馆夜坐》诗中说:"太阳垂落,没于绝壁悬崖,山馆不知不觉忽然暗了下来。石板上静静地放着一张琴,清澈洁净的泉水正好可以用来烹茶。不知已是夜深人静时分了,月儿升上了青松枝顶。"

五言律诗如《正月十二夜》:"灯光摇摇,画堂转暗,坐着数更漏之声偏觉黑夜漫长。月照半墙,雁影可辨。雄鸡声声长啼,屋瓦上结着白霜。夜间吟诗多半是为了即兴抒怀,遣兴而为春日的酣梦中,总是家乡。庭院下,微风吹起送递梅花的蝉香秘入帷幕之中。"

《落叶》诗中则有:"树上叶子疏疏落落,结了一层微霜,秋气四笼,顿觉四际萧条冷落。西风一起,落叶纷乱飘下,阵阵阴雨增添几分凉意,更觉秋意浓重。纸窗上映着皎皎月色,爬满青苔的石级失去了层层覆盖的绿荫。偶然我凭栏,伫立远望,但见漠漠的平林如今疏疏朗朗,可看到隐隐的远山。"

七言律诗有《小园》:"有半亩小小的园子在城西边,每到春深似海之时,常含情愉人。花丛簇拥着帘栊,天晴时卷起放梁上燕子飞出去,依依垂柳旁的阁楼中可以在清晨听到黄莺的啼唱,旧时读过的《汉书》如今重看仍清楚地记得其中的内容,初次临晋帖觉得手生。笑自己还没有忘掉攀比之心,闲暇之夜晚邻家女子过来下棋。"

七言绝句如《探梅》诗:"光福寺前日光暄和,上阳村外望见光色弥漫。层林密密,沟壑无际,分辨不出来是湖光还是白云。"

《春残》诗:"清淡的茶几,熏黑的炉子杂布拼起来的琴囊,绿荫掩映之下的

巷内门户之家画卷沉沉。春天来了小小的苑林无人持帚打扫,窗前花瓣飘落,积了厚厚一层有一寸那么深。"

《松径》:"石径弯弯曲曲环绕山石,拾级而上,山色满亭,绿色环围重重,松风好像在嫌泉声太小,自在松间掀起阵阵松涛。"

五言排句如《雁字》:"一片云蓝色的纸上,鸿鸟排成的文字并无半点瑕疵,《禽经》十分地古朴典雅,为了在紧急文书上插鸟羽便纷纷取拿。常常做缠联之形起飞,又何曾讲叙过次序。衔着芦枝好似在运笔,其在空中游雾之状又如纸上涂鸦。家常凡鸟枉自讥诮,家养禽鸡又何曾相夸炫耀这沉默缄言的风格来自塞北,飞到天涯去传音讳,风乱吹不止,低空横排遮住了远山,和谐的声音呼唤着伴侣,被弹弓射破了身体。排的行间从此缺空了下来,空空留在那儿不再加上点。奇姿缥缈,其形状斜着排列,敛收翅膀停落下来,临着池水嬉戏划沙。鹅群犹自没这么巧妙,风策足可联接其华盛。雁影映在水面胜过清稿,烟笼雾绕回护碧纱,在天上舒展开来,不愧其才,在云霞之中逸放洒然。"

五言绝句如《雨夜》:"临近傍晚薄暮时分花色暗冥,看不真切,独坐下来抚琴。一缕轻烟从沏的茶中逸出,卷起竹帘,春雨飘散。"

六言绝句,如《夏日作》诗:"拨弄火灰,火炉的香飘散而来,竹帘半卷梁间燕子飞去,吴门的六月唯独有寒意,不知雨落江南何处。"

这些诗都有清淡细微高远淡泊之意境,真是高妙之作。其他的名句如五言诗《望华》:"常常半夜之时便可看到日出,云雾只在山腰环绕。"

《尝新茶》:"尚带着春天露珠的气味,还存着清晓云雾的声香。"

《虎丘》诗:"隔着花草都有楼阁,进入寺门方知道有山。"

《江村寓目》:"山吞下将要落下的夕阳,风抵着将要涌起的潮水。"

七言诗如《梅花》:"仿佛只同白云有约一般,遥遥看着积雪也怀疑是否有幽香扑来。"

《闻虫》:"雨水洒过花间小径,青苔还带有清冷寒气,风定下来豆棚之叶不再沙沙作响,月儿刚刚涌出,明亮起来。"

《野望》诗:"雨水过后,经霜的红叶比染过的更灿烂,风平定下来,炊烟袅袅,似乎这缕白烟要凝于空中。"

《灵岩怀古》中说:"人去之后,小径仍然花开,清香不绝,昔日屡屡如今只有风吹的声音,回荡在风清月白之夜。"

《登澄观楼》中说:"积雪厚厚,十分明亮,使得天上的太阳也显得淡然无光,极为寒冷之时,远山之上也没有烟织雾绕。"

【原文】

仁和沈椒园庭芳,查声山学士外孙也。其尊甫麟洲先生,宰文昌,被累,戍宁夏。母查太淑人留居嘉善,不从行。椒园每岁南北省亲,极行路之苦。有诗云:"秋生红豆辞南国,春到青铜赴朔方。"

"青铜"者,宁夏山名。又:"云影有心随望眼,泪痕和线绽征衣。"为厉樊榭孝廉所赏。沈殁后,张少仪有诗哭之,云:"塞上草枯双泪白,瀛州云净一襟清。"

"草枯",用裴子野事,盖纪实也。观察尊甫笠亭先生,宰印江,与沈仝戍。观察徒跣万里,号呼求救,卒获安全。呜呼!三君皆与余同举词科,而沈、张两观察,又同举诗社于李玉洲先生家,往来尤狎。今皆先后化去。追思六十年中,升沉聚散,音尘若梦,可为于邑!张母顾恭人若宪,即毕太夫人母也。有《抱翠阁集》。与武林林以宁、顾姒齐名,随宦胖呵,卒于官所。太夫人有《得黔中信》二首,最凄恻,诗云:"黔中驿使到,肠断血沾襟。绝城怀归意,频年忆女心。不曾虚药物,犹为寄华簪。凄绝离亭语,迢遥遂至今。"

"官舍千山外,飘飘丹桃悬。望云空白发,绕膝待黄泉,犹有清吟在,应教彤管传。阿兄归日近,负土在明年。"

其后,尚书迎养秦关,少仪自滇中解组来署,白头兄妹,唱和终朝。太夫人又作云:"千里迢遥客乍回,相逢岁尽笑眉开。廿年发逐梅花白,一夜春随爆竹来。谁料异乡逢雁序,细谈旧事划炉灰。殷勤传语司更者,漏箭城头莫浪催。"

【译文】

仁和的沈椒园名庭芳,是查声山学士的外孙。他的父亲麟洲先生,任文昌县令,受到牵累,发配到宁夏。

母亲查太淑人留居在嘉善,没有跟随而去。椒园每年奔波于南北两省之

间,行路极为辛苦。

他作有诗云:"秋天生红豆之时辞别南国,春天青铜山绿之时赴赶北方。""青铜"是宁夏的一座山名。

又有诗:"白云投下影来有心随着远眺的目光而去,泪痕沾满衣襟、绽破了征衣。"这诗为厉樊榭孝廉欣赏。

沈死后,张少仪作诗哭悼他道:"塞外的草都枯黄了,双泪交流,瀛州仙境,云清天净,一襟清爽。"

"草枯"是用裴子野之事,事纪实情。观察之父笠亭先生,任印江县令,和沈全成宁夏。观察跋涉万里,号呼求救,是终获得安全。唉!三君都和我同举词科,而沈、张两位观察,又同时在李玉洲先生家举办诗社,两人来往尤其密切。如今都先后之故。

回想这六十年中,升浮沉降,聚会分散,音容风尘皆如一场梦幻,直使人郁郁于心。张之母顾若宪恭人,即是毕太夫人的母亲。著有《抱翠阁集》。和武林的林以宁、顾姒齐名。随宦行到牂牁,在官所之中去世。太夫人作有《得黔中信》两首诗,最为凄恻感人,诗中说:"黔中的驿使来到,使我柔肠寸断,血泪沾襟。在荒远绝地,怀有归乡之意,几年来一直牵念着女儿我。常常是汤药不断,还是为你寄去华簪以做纪念。最使伤心离别长亭语句,路途迢迢直至今日,尚不能见。"

"千山之外是官舍,红旗悬挂着随风飘飘,望着云端空白了鬓发,儿女绕膝只等着赴黄昏。犹有清吟之诗尚留人间,应该用笔记写下来流传。阿兄归来的日子近了,我明年该要离乡了。"

之后,尚书把她接到秦关护养,少仪又从云南解组来到官署,这一对白发兄妹,终日唱和不已。太夫人又作有诗为:"千里迢迢客从远方归来,到年终相逢,笑眉舒展,二十年来白发比梅花还白,一夜之间春随爆竹而来。谁能料到我们能够异乡相逢,划着炉灰细谈往事,殷勤寄语给那打更的,不要城头漏箭直至天亮。"

三

【原文】

吴中诗学,娄东为盛。二百年来,前有凤洲,继有梅林;今继之者,其弇山尚书乎?《过吴祭酒旧邸》诗,云:"我是娄东吟社客,瓣香私淑不胜情。"

其以两公自命可知。然而公仅有文学,而无功勋;则尚书过之远矣。尚书虽拥节钺,勤王事,未尝一日释书不观,手披口诵,刻苦过于诸生。诗编三十二卷,曰《灵岩山人诗集》。"灵岩"者,尚书早岁读书地也。

【译文】

吴中的诗风,以娄东最盛,二百年来,连绵不断。前有凤洲,然后相继有吴梅林;如今承接下来的,莫不是弇山尚书?

他作有《过吴祭酒旧邸》诗,说:"我是娄东诗社之人,花瓣馨香私持美善不胜其情。"

由此可知其以两公自命。然两公仅有文学才华而没有建功授爵,而尚书则是这一点上远远赶过他们了。尚书虽然政事繁碎,辛勤办公,却没有一日不看书,手上披注,口里诵读,比那些儒生秀才们还要刻苦得多。编著有三十二卷诗,名为《灵岩山人诗集》。"灵岩"是尚书年少之时读书之地。

四

【原文】

蒋用庵有句云："花以春秋分早晚，天子才命各升沉。"斯言是也。然有才无命，终不能展布经纶。徐英公遣将，必用方面大耳者，曰："取彼福力，成我功名。"

余按：嵩阳，毒地也，代公到而龙远徙。乐阳，苦泉也，房豹临而味变甘。此其明效也。天子知弇山尚书最深，故中州奇荒，移公于秦中；荆州水灾，移公于楚省。公所到处，便能变醨养瘠，元气昭回：古今人若合一辙。然非有至诚惨怛之怀，亦不能上格天心，而下孚民望。公有《荆州述事》诗十首，仁人之言，不愧次山《舂陵行》。今录其八，云："一色长天接混茫，登高无地问苍苍。突如祸比焚巢惨，蠢尔危于破釜忙。海市应开新聚落，渚宫重见小沧桑。最怜弇绣鸟台客，披发何由诉大荒？"

"凉飈日暮暗凄其，棺椁纵横满路歧。饥鼠伏仓餐腐粟，乱鱼吹浪逐浮尸。神镫示现天开网，息壤难堙地绝维。那料存亡关片刻，万家骨肉痛流离。"

"浪头高压望江楼，眷属都羁水府囚。人鬼黄泉争路出，蛟龙白日上城游。悲哉极目秋为气，逝者伤心泪逆流。不是乘桴便升屋，此生始信即浮鸥。"

"生生死死万情牵，骚客酸吟《哀郢》篇。慈筏津迷登彼岸，滥觞势蹴竟滔天。不知骨化泥涂内，只道身经降割前。此去江流分九派，魂归何处识穷泉。"

"云梦苍茫八九吞，半皆饿口半游魂。鲛绡有泪珠应滴，鳌足无功极恐翻。救急城填成死劫，劈空刀落得生门。若非帝力宏慈福，十万苍灵几个存。"

"手敕亲封遣上公，勤民堂陛一心通。金钱内府催加赈，版筑《冬官》记《考工》。直欲犀然穷罔象，肯教鹈结哭鸿濛？宵衣五夜批章奏，饥溺真如一己同。"

"大工重议筑方城，免使蚩氓祝癸庚。凉月千家嫠妇泪，清霜万杵役夫声。蚁生渐整新槐穴，虎旅重开旧柳营。我有孝侯三尺剑，誓将踏浪斩长鲸。"

"江水茫茫烟霭深,纸钱吹满挂枫林。冤埋鱼腹弹湘怨,哀谱鸿鸣写楚吟。南国郑图膏雨逮,西风潘鬓镜霜侵。莫嗟病骨支离甚,康济儒生本素心。"

【译文】

蒋用庵有诗句云:"花卉以春、秋雨季来分定早放晚开,上天根据才华命运来定各自的沉浮。"这话说得极有道理。然有才华却没有命,终究不能施展其抱负才能。

徐英公调兵遣将,必定用那些方面大耳有福相的人,说是:"取他的福力,来助我成功。"

我在这儿说一下,嵩阳是毒地,代公到后龙虫远徙他地。乐阳的泉水味道很苦,房豹到后而其味变甜。这便是明显的成效。天子知道拿山尚书最为福深,因此中州之地有荒饥大灾之时,将公调至秦中;荆州有洪水灾害时,又将公调到楚地。凡是公所至之处,便能肥沃土壤,去除灾害,风顺雨调,回复元气:古代与今世之人如同出一辙,极有相仿。然而若是没有互诚之意,苦心经营,殚精竭虑之怀,也不会上能感动上苍,下能深得民心,不负众望。公作有《荆州述事》十首诗,仁义之人所说之言,不亚于次山的《舂陵行》,我在这里录选其八首诗,诗中说:"江水茫茫,长天一色,连接混茫,登到高处,无地可以质问苍天。这突如其来的灾祸比焚毁家园还要凄惨,破旧的船只忙个不停救人于危,海上之市应该重新开一新聚之地,水晶宫中重见一次小型的沧桑变动。最使人伤心同情穿着夌绣的乌台官,拨散着头发从何诉说起这罕见的灾荒呢?"(鲁赞之侍御,全家都在洪水之中丧生。)

"傍晚时分,凉风吹来,一片凄凉黯淡之色,路途之上排放得都是横七竖八的棺材,饥饿的老鼠伏藏在仓中吞吃腐烂的粟米,乱鱼随着浪花追逐水上浮飘的死尸,神灯来往,照示天将要开网降水,(据说洪水暴发前几日,江上时时有神灯来来往往)鲧治水时窃来的能长的息壤也难填这水,分明地维已绝,哪里料得存之只是半刻工夫的事,万家骨肉亲人都流离失所。"

"浪头高涨压过望江楼,亲人眷属都卷入水中做了水府的囚犯。人与鬼在黄昏道争着出来,蛟龙白天在城上浮游。极目远望全是一片秋天肃杀之气让人悲伤不已,伤心那些逝去的人双泪迸流。不是乘着船筏便是爬到屋顶,这时方信人生如此是浮在水上的泡沫。"

"生生死死都有这么多人牵挂不已,文人骚客满腹酸楚咏吟《哀郢》诗篇。仁慈的竹筏在迷失的渡口,苦海横舟,登渡彼岸,洪水泛滥,滔天而来,情势狷

獭。不知道骨已解化，泥浆充内，还以为身躯经过降割。这一去江水分为九股，不知魂灵可识得归往黄泉之路。"

"云梦之地，洪水苍茫，土地八九分已被水吞没，一半人为饥饿无食之人，一半人成为游魂野鬼。鲛绡有眼泪也应滴滴化为珍珠，当年女娲杀鳖以足为四柱，此时恐也无功，极柱也似乎翻了。救急城里也成死劫，劈刀打开得生之门。若不是天帝仁慈宽厚，威力宏大，十万苍生又有几个能够幸存下来呢？"

"手持敕书亲自封好寄给上公，为百姓劳苦辛勤堂上阶下，其人都是相通一致的。内府加紧催发金钱来赈济百姓，筑起城墙《冬官》记有《考工》。真想燃犀来照尽水中怪物，哪里忍心看百姓衣衫破旧不堪哭向天地未开前的混沌景象？五更披起身批写奏章，饥饿淹溺困顿之状真如同自己经受的一般。"

"工匠又重新商议修筑城墙之事，免得蚩尤属地之民又祈祷上天。清凉的月照着千万户人家，寡妇流泪哭其丈夫，清霜之中传来多少男子捣衣之声。蚂蚁渐渐出来整理它们的巢穴，依着新生的槐树。动物又重新回到旧时的林中，我有孝侯的三尺之剑，发誓将要踏着浪花斩除长鲸。"

"江水茫茫一片，烟雾沉沉，燃过的纸钱四处乱吹挂满了枫林。身葬鱼腹弹唱相水怨词，谱写哀曲作楚地之吟。南国之地好雨正下，西风吹来，镜中发已斑白，不要嗟叹身体衰弱多病，大济苍生本来就是我这读书人的心愿。"

五

【原文】

古名臣共事一方，赓唱叠和，最为佳话。唐白太傅刺杭州，而元相观察浙东，彼此以诗往来，为升平盛事。近日秋帆尚书总督两湖，适蒙古惠椿亭中丞，来抚湖北，致相得也。尚书知余作《诗话》，因寄中丞诗见示，读之钦为名手，仅录其《过哈密》云："西扼雄关第一区，鞭丝遥指认伊吾。当年雁碛劳戎马，此日人烟入版图。路向车师云黯淡，天连吐谷雪模糊。寒威阵阵催征骑，不问村醪尚有无。"

《过潼关》云:"百二秦关万古雄,片帆黄水渡西风。马嘶沙岸寒涛外,人倚山城夕照中。眼界一时穷古碛,瓜痕三度笑飞鸿。(余自湟中往返,并次凡三次)。来朝又入华阴道,饮看霜林几树红。"

《果子沟》云:"山势嶙峋水势西,过沟百里属伊犁。断桥积雪迷人迹,古涧堆冰碍马蹄。驿骑送迎多旧雨,征衫检点半春泥。数间板阁风灯里,犹有闲情倚醉题。"

中丞早岁工诗,后即立功青海、伊犁及天山南北,凡古之月支、鄯善,足迹殆遍。以故以所见闻,彰诸吟咏,宜其沉雄古健,足可上凌七子,下接黄门矣。

中丞诗不专一体,亦有清微委婉得中唐神味者,如:《静坐》云:"夕阳留恋最高枝,帘影垂垂小困时。梦里不忘身是客,镜中怕见鬓如丝。黄花秋绽东篱早,紫塞人怜北雁迟。悄蓺一炉香静坐,篆烟缕缕结相思。"

《秋宵》云:"离怀轻易岂能休,打叠新愁换旧愁。宿酒大都随梦醒,残灯多半为诗留。月扶花影偏怜夜,风得棋声亦带秋。渐觉宵寒禁不起,笑披鹤氅也温柔。"

《过华峰题壁》云:"主人爱客独超群,小队招邀过渭、汾。三十六峰无所赠,随缘分与一溪云。"《题画》云:"谁家亭子碧山巅,白板桥通屋几椽。远树层层山半角,杖藜人立夕阳天。"其他佳句,如:"柳围双沼水,花掩一房山。""渡口云连春草碧,波心浪涌夕阳红。"皆可传也。

【译文】

古代的名臣同在一个地方供事,相互唱和,最是佳话。唐朝的白居易在杭州任刺史之时,元稹在浙东任观察,两人彼此写诗往来,这是天下太平昌盛之时的事。近来秋帆尚书任两湖总督,正好蒙古的惠椿亭中丞,到湖北任巡抚,因此能够相识交好。尚书知道我正在作《诗话》,于是就寄来中丞的诗让我看,读其诗,我钦佩为大家名手,我仅记录下他的《过哈密》:"扼居西境雄关的第一地区,举起马鞭遥遥相指识得是伊吾。当年曾经大兴兵马,奔驰在这沙漠之中,如今这地方和百姓都划到版图之内,通往车师的路途但见烟云黯淡模糊,吐谷和天相连之处雪峰隐隐不清,阵阵寒意袭来,催着战马急急而驰,也不去问询村家的酒还有没有。"

《过潼关》:"一百二十里的秦关万古以来气势雄伟磅礴,西风吹送之下一片白帆沿着黄河驶来。寒冷的清水之外闻听沙岸上马嘶阵阵,在夕阳之中人倚山城而立。放眼望尽古代的沙漠却笑飞鸿,三度在雪泥上留下爪痕(我从湟中

往返来回，加上这一次共有三遭。），这次进京我又经过华阴古道，尽情欣赏经霜的林木之中又有几树红叶。"

《果子沟》诗中说："山势挺拔峻峭，嶙峋险陡，水向西流去，我路过这百里长的沟。地属伊犁。残断的桥面上积雪厚厚一层，掩迷了行人的踪迹，古老的山涧流水中冰块堆撞，马难以展蹄而行。驿使骑马迎来送去雨水，看征衣上点点斑斑溅了不少春日的泥点。风灯里有几间木

元稹像，图出自清·顾沅《古圣贤像传略》。元稹为唐代诗人，与白居易交好，二人多有唱和，世称"元白"。

板搭起的阁子，独有闲情仗着醉意挥笔题诗。"

中丞年轻时研究并善于作诗，后来就在青海、伊犁及天山南北之地，就是连古代所称的月支、鄯善都已是足迹踏遍，因此其所见所闻，都吟咏殆尽，他的诗风沉雄古健，足可以上逼七子，下接黄门。

中丞的诗不单单侧重于一种体例，也有一些诗有中唐诗味，清新细腻，委婉含蓄，如他的《静坐》诗："夕阳垂挂在最高枝上，依依有不舍之意，竹帘影子垂垂，此时颇有困倦小憩之心，睡梦之中仍旧忘不了自己身在异乡为客，怕照镜子看自己的鬓发渐白。秋天来了，黄色的菊花绽开，能像陶潜那样采菊东篱，过一种恬淡的隐居生活，时候还早呢！怜惜那北雁南归得太迟。插燃上一炉香，悄然静坐，看烟缕缕上飘结成相思之情。"

《秋宵》："离别愁肠又岂是轻易能停止不念的，打叠整理好新愁好换去旧愁。昨夜饮的酒大都随着梦醒而醉意亦消，张灯摇摇，微弱将熄，还照着新题的诗篇。月儿照着花，洒留下一片清影，偏偏爱怜夜晚，敲棋声声和着风声亦带着秋日之气，渐渐觉得夜间的寒意侵来，禁受不住，笑着披起鹤氅也颇觉温馨。"

《过华峰题壁》："主人赏爱客人超然出众，列成山队遥遥相把邀客过渭河、汾河而来。三十六座山峰无一可赠，随缘分当你一溪清水中映着白云。"

《题画》："谁家的亭子逸立于苍翠的青山峰上,白板木桥凌架于几家屋顶之上,远村层层叠叠,掩映之中透出半个山角来,在夕阳西下的黄昏时分,有人拄着杖藜伫立。"

其他的佳句,比如:"青青杨柳环围着两池水,花木之中掩着一座小山。"

"渡口的悠悠白云接连着碧绿的青草,波浪汹涌而起夕阳的余晖照着浪花,红红的。"皆是可以传世的诗作。

六

【原文】

湖北陈望之方伯,为其年检讨之后人,诗才清妙,绰有家风。官楚时,适与毕、惠两公共事,可谓天与诗人作合也。第方伯诗,余只录见赠佳句入三卷中,此外未窥全豹。忽有松江廖某持《养鹤图》见题,中有方伯一绝,云:"美人自结岁寒盟,入座云山照眼明。料理鹤粮门尽掩,松花如雨扑帘旌。"

清脆绝尘。尝鼎一脔,亦可知味矣。

【译文】

湖北的陈望之方伯,是其年检讨的后代,诗才清新佳妙,很有祖上风格。当他在楚地为官之时,正好和毕、惠两公共事,真可谓天公作美,有意使诗人合聚一块儿。

方伯之诗,我只录了他赠给我的佳句,已选入第三卷中,除此之外,未能窥得他诗的全貌。

忽有松江一位姓廖的拿幅《养鹤图》请我题诗,其中有方伯一首绝句,为:"美人自己结下岁寒之盟,进入高插云霄,离世绝尘的山间照得眼睛忽然明亮起来,掩上门,料理鹤的粮食,松花如乱雨扑扑落下,散到帘上。"真是清脆绝尘,高逸无比。尝得鼎内一块肉,便可知道他所有的味道。

【原文】

毕尚书宏奖风流,一时学士文人,趋之如鹜。尚书已刻黄仲则等八人诗,号《吴会英才集》。此外,尚有吴下张琦,字映山者,亦在幕中。生平不甚读书,而工作韵语。五言如《咏帘》云:"西北小红楼,湘帘懒上钩。织成千缕恨,添得一层愁。夜逗玲珑月,风穿琐碎秋。炉香隔不断,偷出画檐浮。"

七律如《登妙高台》云:"海门中折大江开,浩浩风涛白雪堆。楼阁自盘飞鸟上,淮、徐争送好山来。千秋吊古空搔首,二月怀人正落梅。满地江湖双白眼,与谁同覆掌中杯。"《夏日感怀》云:"笠泽湖边是我家,钓竿鱼艇足生涯。酒泉恋酒不归去,开过几番蘫苕花。"

和人《寒食忆旧》云:"春好因寻方外交,小楼高出万松梢。山童遥指向予笑,开士作家如鸟巢。"

"六桥春水曲还通,载酒舟行夕照中。指点莺声好楼阁,小桃斜出一枝红。""醉笔灯前杂草石,已闻遥巷一鸡鸣。登床倘有梦归去,好趁半街残月明。"

《游霭园》云:"峰峦曲折水淙淙,花映藩篱竹映窗。最好小亭东北望,青山缺处露秋江。"

五言绝句《咏温泉》云:"欲访阿房迹,平原烟树昏,楚人一炬后,赢得水长温。"

映山弟名瑗,字慕蘧,予于吴门见之,听其言,令人不衣自暖;诗有家风。《道中》云:"人家屈曲居山腹,客骑盘旋走树头。"

《舟中》云:"远滩沙涨疑分港,顺水帆飞似逆流。"《应山道中》云:"危峰有路人烟少,破庙无门水鸟栖。"

《黄鹤楼》云:"巴、蜀浪颓天欲湿,荆、襄云起树全无。"《题高校书小照》云:"胭脂山接楚王宫,人好先知境不同。一阁峚峚阑曲曲,春深门闭百花中。"

【译文】

毕尚书广泛地厚奖文人雅士。一时间文人学士,都聚集他那儿。尚书已经刻了黄仲则等八个人的诗,名为《吴公英才集》。

此外,还有吴下的张琦,字映山,也引入幕宾之中。平生不怎么读书,而擅长作诗。他的五言诗如《咏帘》:"西北处的一座小小的红楼上,懒得用钩挂卷湘帘。织成千缕离恨,添得一层愁绪。夜幕降下,沉沉之夜似在戏逗天上那弯玲珑的月儿,凉风刮过,穿掠琐琐的秋色。炉中燃着的香隔不断,偷偷逸出画檐浮飘空中。"

七言律诗如《登妙高台》:"大海之门从中拆开,大江涌奔出来,风卷浪涛浩浩荡荡,如白雪堆起,飞鸟盘旋飞到楼阁之上,淮、徐两地争着送出好山,映入眼帘之中。怀想千秋之事,自古至今凭吊古迹之人空自搔首慨叹,二月梅花纷落之时怀念远方之人。满池的湖水变成一双白眼,又和谁同覆棠中之杯呢?"《夏日感怀》:"我家住在笠泽湖边,一叶扁舟,一根钓鱼竿足可供我一生的消遣受用,在酒泉贪恋着好酒不愿归去,含苞的荷花已是开过几遍了。"

和别人之诗的《寒食忆旧》:"春日天气正好,景色明媚,趁此良辰去寻访世外隐人,看凌空小楼隐露于松林梢头。此间童子遥遥指着,向我开颜而笑,高人住家就如鸟雀筑巢一般。"

"六桥春水曲曲折折却又相连相通,装载着酒划着船,在夕阳晚照的光影中缓缓行着。莺声燕语之中指点那些精巧的楼阁,斜伸出来一枝红红的桃花来。""在灯下,带着醉意挥笔成书,数行草书龙飞凤舞,夜深了,已可遥遥闻得巷中一声半声的鸡鸣。登床就寝,倘若今夜梦中回归家园,正好可以趁着半街残月的光华,踏月而去。"

《游霭园》中说:"层峦叠嶂的篱笆,翠竹清影映在窗前,此时,站在小亭之上向东北方向望去,最妙不过,只见青山缺隐之处,露出一江秋水。"

五言绝句有《咏温泉》:"意欲探访阿房宫旧迹,但它平原漠漠,烟影笼着如雾的绿树,昏暗模糊不清。自从楚人项羽一把火烧了阿房宫之后,流水就从此变得温热。"

映山的弟弟名瑗,字慕蘧,我曾经在吴门见过他,听他的言谈,竟可使人觉得未着衣而颇和暖,所作之诗有家风。

《道中》诗中说:"弯弯曲曲的深山腹地有山野人家居住,行客骑着马盘旋在山道上,看树梢与道路平,踏蹄而过。"

《舟中》："远岸沙滩上沙涌涨上来远看去疑惑分了港湾,顺水行舟,飞流而下,仿佛逆流而行。"

《应山道中》说:"高峻危立的山峰也有道路可寻,人烟稀少,人家稀疏,破烂残断的庙宇没有门,水鸟栖息其中。"

《黄鹤楼》："巴蜀浪潮冲天奔腾,天仿佛也溅湿了,荆襄之地白云涌出天际,竟望不到树木痕迹。"

《题高校书小照》："胭脂山与楚王宫庭相接边,已早知其中境界全然不同。一座楼阁耸立拔逸,栏杆曲折幽深,春深似海,紧闭院门,百花丛丛环绕。"

几

随园诗话

【原文】

王梦楼从云南归,尝诵宝意先生《忆旧》一绝云:"莺花庭院绮罗年,筝语琴心记不全。剩有旧时金屈戌,画楼深锁五更天。"

【译文】

王梦楼自云南归来,曾经诵读过宝意先生的一首《忆旧》绝句,诗中说:"莺语声声,花草郁郁,深深庭院,那是身着绮罗的年华,记不清弹筝抚琴的清音和心境了。胜有旧时的金屈之戌,在精美的画楼之中,深锁着五更天。"

九

【原文】

上元有任东白者,《哭方行之》云:"此日曾无杯酒奠,夜台应谅故人贫。"陈古渔为予诵而伤之,未几任亦死。

【译文】

上元有位名叫任东白的人,作有《哭方行之》诗:"这个时候我没有一杯薄酒可以浇奠于地来记怀你的亡魂,黄泉之下该会原谅我这老朋友的清贫罢!"陈古渔为我诵读了这首诗,感喟不已,为他神伤,没过多久,任东白也死去。

一〇

【原文】

隐僻之典,作诗文者不可用,而看诗文者不可不知。有人诵明杨维斗先生诗,曰:"'吾宫萝葡火,咳唾地榆生。'所用何书?"余按,《北史》:"魏昭成皇帝所唾处,地皆生榆。""萝葡火"不知所出。后二十年,阅《洞微志》:"齐州有人病狂,梦见红裳女子,引入宫中,歌曰:'五灵楼阁晓玲珑,天府由来是此中。惆怅闷怀言不尽,一九萝葡火吾宫。'旁一道士云:'君犯大麦毒也。少女心神,小姑脾神,知萝葡制面毒,故曰火吾宫。火者,毁也。'狂煮醒而食萝葡,病遂愈。"夏醴谷先生督学楚中,岁试题,《象日以杀舜为事》。有一生文云:"象不徒杀之以水,而并杀之以火也。不徒杀之于火,而又杀之以酒也。"幕中阅文者大笑,欲批

抹而置之劣等。夏公不可,曰:"恐有出处,且看作何对法。"

其对此云:"舜不得于母,而遂不得于父也;舜虽不得于弟,而幸而有得于妹也。"

通篇文亦奇警。夏公改置一等,欲召而问之,而其人已远出矣。余按:舜妹敤首与舜相得,载《帝王世纪》。祖君彦檄炀帝云:"兰陵公主逼幸告终,不图敤首之贤,反蒙齐襄之耻。"

是此典六朝人已用之。惟以酒杀舜,不知何出。又十余年,读马骕《绎史》,方知象饮舜以药酒,见刘向《列女传》。

帝舜像,图出自明·天然《历代古人像传》。

【译文】

生冷隐晦的典故,对于写诗著文的人来说不可以用,而对于看诗文的人来说却不可不知。

曾有人诵读明朝的杨维斗先生的诗,疑惑不解,问道:"'吾宫萝葡火,咳唾地生榆'(萝葡焚毁了我的宫室,咳嗽吐痰之处生榆树。)不知道是出自何处?"我在此说明一下,《北史》中记载:"魏昭成皇帝吐唾液之处,地上都生起了榆

随园诗话

树。"而"萝葡火"却不知道它的出处。此后二十年,我翻阅《洞微志》,上面有"齐州有一个人得了疯病,做梦看见有一位穿着红色衣衫的女子,引他进入一座宫殿之中,歌道:'五灵楼阁玲珑精致,这里便是天府之境,然而却惆怅闷闷不已,难以诉说,一丸萝葡焚毁了我的宫室。'旁边有一位道士说:'你中了大麦毒,少女是心神,小姑是脾神,知道萝葡能够制麦毒,因此说火吾宫。火,就是毁的意思。'这位患了疯病的人醒来后食萝葡,病便好了。"夏醴谷先生在楚地任督学之职时,年岁的试题题目为:"象日以杀舜为事。"(舜的后母之子象终日处心积虑要杀掉舜)有一位考生文中写道:"象不仅仅以水来淹杀舜,而且还用火来烧杀舜。而且还用酒来毒杀他。"

幕中阅卷的人看了不觉大笑,欲将试卷批抹而置列入劣等之中。夏公不答应,说道:"恐怕有出处,且看看他是如何做对的。"他的对答是:"舜因为不能得到后母的爱护,于是也得不到父亲的爱护;舜虽然不能和弟弟友好相处,却有幸和妹妹关系融洽亲密。"通篇文章也不乏奇警精辟之句,立意新奇。

夏公将文章改置于一等之中,想将该考生召来问问句子出处,而该生已经出门远游了。我说明一下,舜的妹妹敤首和舜的关系很好,此事见载于《帝王世纪》。祖君颜写檄文讨伐隋炀帝说:"兰陵公主最终被逼承幸,没有得到像敤首那样与兄相善的贤名,却蒙受齐襄兄妹淫乱的耻辱。"

这个典故看来六朝时的人已经用了。

然而只有以酒毒杀舜之事,不知出自何书。又过十几年,我读马骕的《绎史》,才知道像拿药酒毒害舜这件事,可见于刘向的《烈女传》。

——

【原文】

许太夫人《夜坐》云:"瘦削吟肩诗满腔,春灯独坐影幢幢。可怜落月横斜照,画稿分明印纸窗。"毕太夫人《夜坐》云:"晚睡才兴理鬓鸦,侍儿擎到雨前茶。爱看写月桃花影,移上红窗六扇纱。"两题两诗,工力悉敌。

【译文】

许太夫人有《夜坐》诗，诗中说："吟诗之人肩部瘦削可怜，满腹都是锦绣诗篇，在春天摇摇的灯光之下独自静坐，身影幢幢。一轮可爱的将落的残月横斜照来，分明是作画的稿子印在纸窗之上了。"

毕太夫人《夜坐》诗："夜深尚未入睡，一时兴起梳理起乌发，侍儿端来了雨前新茶。我很喜欢看月儿照笼着桃花，清影随月渐渐移上红窗上的六扇窗纱。"两题两诗，工力相当。

一二

【原文】

严东有选《宋人万首绝句》，采取最博。余浏览说部，嫌有遗珠，为录数十首，以补其缺，未及交付，东有已亡。乃仿王渔洋《池北偶谈》采宋绝句之例以补之。其题、其作者姓名，俱不省记也。其诗云："镇日寻春不见春，芒鞋踏遍陇头云。归来偶过梅花下，春在枝头已十分。"

"昨日厨中乏短供，娇儿啼哭饭箩空。阿娘摇手向儿道，爷有新诗上相公。""十年出馆始围墙，竹里开门笋最长。一辆小车行得过，不愁花露湿衣裳。"

"行尽疏篱见小桥，绿杨深处有红蕉。分明眼界无分别，安置心头不肯消。""白头波上白头翁，家逐船移浦浦风。一尺鲈鱼新钓得，儿孙吹火荻芦中。""桃花雨过碎红飞，半逐溪流半染泥。何处飞来双燕子，一时含到画梁西。"

"金针刺破南窗纸，偷引寒梅一阵香。蝼蚁也知春富贵，倒拖花片上宫墙。""白云山上白云泉，泉自无心云自闲。何必奔流下山去，又添波浪在人间。"

"与郎相期月上时，及至月上郎不知。妾在平地见月早，郎在深山见月

迟。""风急云惊雨不成，觉来春梦甚分明。当时苦恨银屏影，遮隔仙娥只听声。"

"寄语沙边鸥鹭群，也须从此断知闻。诸公有意除钩党，甲乙推排恐到君。""浪静风平月正中，自摇柔橹驾孤蓬。若非三万六千顷，把甚江湖着此翁？""小桃无主自开花，烟草茫茫带晚霞。几处败垣围故井，向来一一是人家。"

"校猎山阴几度春，雕弓羽箭不离身。于今老去浑无力，看见飞鸿指示人。""鸣髇直上三千尺，风紧秋高雪正干。碧眼胡儿三百骑，尽提金勒向云看。""花前洒泪临寒食，醉裹回头问夕阳。不管相思人老尽，朝朝容易下西墙。""桑麻不扰岁常登，边将无功吏不能。四十二年如梦醒，春风吹泪过昭陵。"

"绣袖翩翩上翠裯，舞姬犹是旧精神。座中莫怪无欢意，我与将军是故人。""相思无路莫相思，风里杨花只片时。惆怅深闺独归客，晓莺啼断落花枝。"

"嘱咐花香莫过墙，隔墙人正绣鸳鸯。闻香定要停针线，绣不成双不寄将。""花飞一片减春光，恰逐春风送夕阳。莫放珠帘遮燕子，好教含得上雕梁。"

"春风永巷闭娉婷，长使青楼误得名。不惜卷帘通一顾，怕君着眼未分明。"

"南邻北舍牡丹开，年少寻芳日几回。惟有君家老松树，春风来似未曾来。"

"雾里江山看不真，只凭鸡犬认前村。渡船满板霜如雪，印我青鞋第一痕。""牛渚矶边渺渺秋，笛声吹月下中流。西风不识张京兆，画得蛾眉如许愁。""未得霜晴不是晴，霜晴无复点云生。鹭鸶不遣鱼惊散，移脚惟愁水作声。"

"竹里茅茨竹外溪，粼粼白日护鱼矶。想因日日来垂钓，石上蓑衣不带归。""春山灵草百花香，谁识仙家日月长。满院莓苔绿阴匝，棋声何处隔宫墙。""田家汨汨水流浑，一树高花明远村。云意不知残照好，却将微雨送黄昏。"

"小白长红又满枝，筑球场外独支颐。春风自是人间客，主张繁华得几时。""月团新碾瀹花瓷，饮罢呼儿课《楚辞》。风定小轩无落叶，青虫相对吐秋丝。""夜凉吹笛千山月，路暗迷人百种花。棋罢不知人换世，酒阑无奈客思家。"

"胡虏安知鼎重轻,指踪先自漢公聊。襄阳耆旧惟庞老,受禅碑中无姓名。""欲挂衣冠神武门,先寻水竹渭南村。却将旧斩楼兰剑,买得黄牛教子孙。""一年春事又成空,拥鼻微吟半醉中。夹道桃花新雨过,马蹄无处避残红。""帘里孤灯觉晚迟,独眠留得画残眉。珊瑚枕上惊残梦,认得萧郎马过时。""淡黄越纸打残碑,都是先生御制诗。白发内人含泪读,为曹亲见写诗时"。

【译文】

严东有选编一部《宋人万首绝句》,采摘收录极其广博。我浏览了整部书,因有遗留下来没有收进去的好作品,颇以为憾,便又录下几十首诗,来补充其缺遗还没来得及交付,东有已经亡故。

我于是便仿照王渔洋《池北偶谈》中采集宋代绝句的体例来补全此书。诗的题目,作者的姓名我都记不清楚了。诗为:"整日寻访春天,都不知春在何处,脚下的草鞋踏遍了陇头的悠悠白云。归回途中偶然在梅花树下经过,才发觉花板已占了十分春意。"

"昨天厨房中没有吃的了,娇儿饿得直哭,而饭箩却空空无物。阿娘摇手对娃娃说,莫哭你爹有新诗呈给相公。""山间馆舍修建了十年方才开始围墙,竹林间笋长得又快又长,权且在竹子间开辟一门。一辆小车可以从竹径中行过,也不虑花草上的露水会沾湿衣裳。"

"沿着疏疏的篱笆行走,尽头之处便现出一座小桥来,在绿杨林深处点缀有几枝红色的美人蕉。清楚分明地映入眼中,没有什么分别,安置在心头之上,久久不肯消失。""白头江波上有一位白头老翁,家随船移,船头上风浦浦地吹着。老翁刚钓上来一尺长的鲈鱼,孙儿们在荻芦之中吹火。"

"桃花开时,一场雨过,落英碎红从枝上飞飘下来,一部分逐水而去,一部分污淖于泥土中,不知从哪里飞来了一双燕子,衔着花瓣一直飞到画梁之间。""拿针来刺破南窗上糊的纸,暗自引来了一阵寒梅的清香,蚂蚁也知道春天富贵,倒拖着一片碎花瓣爬上宫墙。"

"白云山上有从白云山中涌出的泉水,泉水自是无忧无虑,而白云也闲适淡泊。何必定要奔流而下,奔出山涧,又在人间添注波浪呢?""和郎相约月上梢头之时相会,等到月儿升上来时,郎却不知道。妾住在平地,自然见月比较早,而郎居于深山之中,当然见月比较晚。""风吹得急,狂风大作时,云也仿佛受了惊,匆匆掠过,竟没能下成雨,一觉醒来梦中之境历历在目,梦中苦恨银屏相遮,

隔断了仙娥,不能看见,只有用耳去听。"

"捎信告诉沙滩旁的白鸥、水鸟们,应该从此之后不再与人相亲相戏,离开此地诸位公爵有意要除去钩党,推来排去恐怕要算到你们头上。""江面上风平浪静,月光当空照着,自己摇着橹驾着一叶孤舟。若不是这三万六千顷的茫茫江水,又拿什么江河湖海来安放这位老翁呢?""小桃不知是谁家的,大概没有主人,自开一树的花,连天芳草笼着绿烟,晚霞铺照着,碧草又染了红光,几处残缺的墙围着一口废井,过去这里一处一处皆是住的人家。"

"在山阴打猎,不知度过了多少春秋,弯弓羽箭从不离身。如今年岁已老浑身无力,看见空中飞雁掠过,指给人来看。"

"一声响箭直冲云霄,正是深秋时分,空旷高远,风吹得紧雪粒干干的,生着碧眼的胡儿骑着马,有几百人,都提着金勒向云中看那响箭。""临近寒食,常在花前洒泪,在酒醉之中,回过头来问询夕阳,为何不管相思之中使人都老了,却这么每日轻松迅速地落到西墙之下。""桑麻仿佛没有受到扰乱,年年都长势很好,边塞的将士没有立下功劳而官吏也昏庸无能。四十二年来好像一场大梦初醒,春风拂泪,尽洒到昭陵。"

"彩袖飘飘忽忽,翻转挥扬,舞女还是旧时的舞姿精神。座中之人不要诧异为什么我毫无欢快的情绪,我和将军原是老朋友。""无处可以相思便不要相思了,风里吹扬的杨花也不过瞬间的事。深闺之中独自归来的客人惆怅万分,清晨的黄莺不停地啼叫,竟使花枝断折。"

"反复嘱咐花香不要飘过墙去,隔墙那边的女子正在绣鸳鸯。若是她闻到了溢过去的花香,必定会停下针线来细细品玩,误了做活绣不成成双做对的鸳鸯就难以寄给相思之人。"

"落红飘飞洒落一地减了几分春意,飞花随着春风飘来扬去,好送夕阳落山。不要把珠帘放了下来遮住归来的燕子,好让它含着花片飞回画梁。""深深的幽巷里,在春风中,关闭着一位娉婷的佳人,居于深闺之中,世人无法一睹其美艳,致使青楼女子为众人赏叹侥幸得名。不惜卷起帘来惊鸿一顾,怕您盯着看不分明。"

"南邻北舍家家户户的牡丹开得正闹,少年寻找芳踪一日之间来来回回。只有您家的那棵老松树,春风渡来仿佛没来一样,依然是旧日古瘦苍翠模样。""漫天大雾裹着江水山色,一派茫茫,朦胧不清,只有凭着鸡犬之声辨得前边有村落,渡船的船板上铺了满满一层霜,如雪一般,让我的青鞋踏上第一脚鞋印。"

"牛渚矶旁秋水渺渺,月儿升起来了,随着水中的影下中流听得笛声破空吹

来。西风不知张敞画眉之法,画出的娥眉笼着愁意。""没有带霜的晴日算不得真正的晴,霜晴的天气天上是不生点点细云的。鹭鸶站在水边不走鱼都惊散游走,小人移脚只发愁水响会惊了鱼儿。"

"郁郁竹林之中搭着一座小茅屋,竹林之外有一条清清溪流波光粼粼映着日,洼水环护着鱼矶,想来大概是天天来这儿垂钓的缘故,石矶上留下蓑衣没有带回去。""春日的山间生满奇花异草,谁知道仙人的日月长过人间,满院生满青苔,绿荫匝地,何处敲棋之声隔着宫墙传过来。"

"田间水流汩汩变得浑浊不清,一棵花树开得正盛,远处村落明晰可辨,天上的云不知夕阳残照的意境正好,却在黄昏时分送来一场微雨。""满枝的花儿从粉白渐转为红色。筑球场外独自支面静立。春风是人间凡客,主张满枝繁花因时盛开。""团团满月如新碾的一般,饮酒过后喊儿孙过来给他讲解《楚辞》。小轩风定没有黄叶飘落,青虫伏叶子上相对在秋日里吐丝。"

"夜间清凉,月儿照着层山,吹起笛来,路上昏暗不清,各种各样的花草使人迷恋不舍,下完棋不知道人间已经换了几代,饮酒带醉客人仍是思念家乡。""胡虏如何知道帝业的轻重,自汉代起就有公卿将士征战边疆。襄阳旧老唯有庞老,在受禅碑中没有留下姓名。"

"欲在神武门挂衣冠弃官而去,先在渭南村落中寻得有水有竹的地方,以备退隐却将过去驰骋沙场,奋勇征杀胡兵的宝剑卖掉,买来黄牛耕作一边教导子孙。""一年春事又成了空,半醒半醉之中蹩着慢慢地吟诗,桃花夹道新雨过后,满地落花,马蹄无处可避残红,只是杂错而过。""帘内燃着孤灯,很晚才登床睡觉,独自睡眠,画眉半残。依着珊瑚枕忽然惊醒,记得原是梦中听见郎的马蹄声过,而恍然梦醒。""拿着淡黄色的越地纸张拓印残断的石碑,上面都是先王亲笔写的诗。白发宫人含着眼泪读诵,因为当初曾亲眼目睹写诗情景。"

二三

【原文】

唐开元之治,辅之者:宋璟以德,姚崇以才,张说以文:皆称贤相。本朝巡抚

苏州者:汤潜庵以德,宋牧仲以文:皆中州人也。近日中州胡云坡司寇秉臬苏州,继二公而起,政简刑清,屡开文宴,一时名士如平瑶海太史、顾星桥进士,时时过从。余至吴门,必招赴会。公领尚书后,《都中犹寄怀》云:"过江名士久推袁,吴下相逢月满轩。鸾掖文章留旧价,仓山著述综群言。平生契合惟元老,半世栖迟为寿萱。我上燕台每南望,最关情处是随园。"后又寄《扈从纪事诗》十二首来,不作颂扬泛语,自出心裁。《从围》云:"一望灯光列星斗,始知身在五云边。"想见待漏晨趋,身傍九霄之光景。"策马上山寻别路,忽闻绝壑响松涛。"想见热处冷行,不争冲要之识力。至于"才过残月又新月,几度排班看打围",则又明写湛露龙光,书日三接之恩荣焉。有札命余和韵。余以诗贵清真;目所未瞻,身所未到,不敢牙牙学语,婢作夫人:故不敢作也。

【译文】

宋璟像,图出自明·天然撰《历代古人像赞》。宋璟是唐玄宗开元年间的宰相,以德行昭著,世称贤相。

　　唐朝有开元之治,辅佐帝王而成盛世的重臣中:宋璟有德,姚崇有才,张说有文采:都可称得上贤相。本朝巡抚苏州之人:汤潜庵有德,宋牧仲有文采:他们都是河南人。近来河南的胡云坡司寇掌管苏州,继二公而起,施政简少而不烦琐,断案清楚明了,并且屡次设文宴,一时间诸名士如平瑶海太史、顾星桥进士,常常来往不绝。

　　我到吴门,必定受胡公召请赴宴会。公任尚书之职后,还在京中给我寄诗以示怀念之情,诗中说:"过江的名士长久以来当推袁公,我们曾在吴地相逢,月光充溢于轩榭间,谈诗论赋,长作清谈。朝廷赞叹的文章如今仍是受人品赏,综合众家之言,立书著说,奋笔于小仓山。平生唯独同元老最情投意合,只为母亲年事已高,已历半世才安顿下来。我常常登上燕台向南眺望,最让我关切挂念的是随园。"后来他又寄来了十二首《扈从纪事诗》,不做泛泛的颂扬之词,而诗向别出心裁。他的《从围》诗:"望眼望去,看灯光列于星斗之间,才知道自己身处云旁。可以想象等时间一到去早朝见君,身依九霄的情景。""策打着马驰上山寻找另外的路径,忽然闻听到悬崖绝壁上松涛阵阵。"可想而知其避炙手可热

之处,冷然独行,不争机要权力的高远见识。至于他的:"刚刚送走明时的残月又迎来傍晚初升的新月,在这段时间内几次排班看打围。"则又是明写皇恩甚隆,白天三次接贺,可谓恩宠荣幸之至。他寄有信来让我和韵为诗。因为诗贵在清雅真实;没有亲眼目睹,又未亲身经历,不敢牙牙学语,作婢女装扮夫人之态,因此我不敢作诗相和。

一四

【原文】

携李顾牧云流寓襄阳。一日独游隆中,凭吊武侯遗迹,避雨卧龙冈,见山腰有茅庵,一叟出迎,风貌奇古。正欲与言,则庵侧蹲一猛虎,顾惊且仆。老翁笑曰:"子无惧,此虎已皈依我作弟子矣。"且曰:"知子能诗,盍题数言见赠?"顾辞以目疾。翁取几上芋与食,命瞑坐一刻,开眼,果察秋毫。顾异之,即题石壁云:"一衣一钵一军持,云水天涯任所之。莫笑道人无侣伴,新收猛虎作童儿。""偶向山前咒毒龙,风雷欲拔万株松。须臾明月当空起,归到茅檐打晚钟。"翁留宿庵中,临别,曰:"明年正月上寅日,吾开丹炉,与子服一粒,体轻成仙,勿忘此嘱。"次年,及期赴约,行未十里,风雪大作,山无行径,又恐老翁不在,猛虎独存,恨恨而返。后十余年,目渐昏,体渐衰,悔从前向道之心不勇。又赋诗云:"老堪嗟,驻颜何处觅丹砂? 老堪恼,五官虽具无一好。凋零浑似过时花,憔悴不殊霜后草。手频战,头屡颠,行来蹩躠足不前。自憎容貌改,人恶性情偏。吁嗟乎! 我今八十已如此,愁煞蓬莱千岁仙。"

【译文】

携李的顾牧云流落寓居于襄阳,有一天他独自一人游玩隆中,凭吊武侯诸葛孔明的遗迹,在卧龙岗避雨,见山腰有一座茅庵,一位老翁出来迎他,风度相貌奇清古雅。正要和老翁搭话相谈,则看见庵房旁卧着一只猛虎,顾牧云惊慌失措,仆倒地上。老翁笑道:"先不要害怕,这老虎已经皈依我,做我的弟子

了。"又说道："知道先生诗作得很好,不知能否题上几行来赠给我呢?"顾牧云推说眼有病,不能写。老翁取几上放的山芋请他食用,命他闭目静坐一会,睁开眼,果然眼睛雪亮,极力敏锐,可察秋毫。顾觉得很诧异,就在石壁上题诗,诗中说:"带着一袭衣衫,一件钵器,随意可以踏遍山山水水,天涯海角。不要笑道人孤零一人,无人为伴,新近收了猛虎作童儿。""偶然在山前念咒收拿毒龙,即时就见任风骤起,雷鸣轰隆,震撼群山,千万株老松似乎都要被拔倒。顷刻间就观天空澄清明净,明日当空升起,便回到茅庵之中去敲晚钟。"老翁留他在庵中歇息。第二日顾牧云告辞,临别之时,老翁嘱咐他道:"明年正月上寅日,我要打开炼丹炉,给你服用一粒仙丹,便会身体顿轻,可以成仙,不要忘了我这番嘱咐。"第二年,顾按期赴约,走得不到十里,大风夹着雪花纷纷扬扬下个不停,地下厚厚一层的雪,竟掩了山上的路径,又恐怕老翁不在庵中,只留一只猛虎,怅怅返回。

后来又过了十几年,眼渐渐昏花起来而身体也日见衰弱,后悔以前问道之心不够坚定,又赋诗道:"嗟叹如今老了,欲得青春常在,何处去寻觅仙丹? 烦恼如今老了,虽有五官却没有一个是好的,飘零衰落就像开败了的花,憔悴不堪和经霜后的衰草没有什么区别。手频频打战,头总颠,走起路来颤颤巍巍,足不前,自己嫌憎自己容颜大改,别人讨厌性情乖僻。哎呀! 我如今才八十岁就这个样子,蓬莱上的千岁仙人不知会是什么样子。"

一五

【原文】

《毛诗·伐木》章有"求其友声"之语。杜陵有"文章有神"之句。余初不信此言,后历名场五十年,方知古人非欺我也。戊申八月,年家子许香岩告余云:"其同乡程蔽园明府,宰武进。"六月望后,苦热,移榻桑影山房,读《小仓山房集》而爱之。《夜梦题后》云:'吟坛颐北及新龛,盟主当时让本初。挂古为丸知力大,爱才若命见心虚。仙人偶戏蓬壶顶,下土争酣墨沈余。格调不能名一体,香

山窃比意何如?'"满洲诗人法时帆学士与书云:"自惠《小仓山房集》,一时都中同人借阅无虚日,现在已钞副本。洛阳纸贵,索诗稿者坌集,几不可当。可否再惠一部,何如?"外题拙集后云:"万事看如水,一情生作春。公卿多后辈,湖海有幽人。笔阵驱裙屐,词锋怖鬼神。莫惊才力猛,今世有谁伦?"此二人者,素不识面,皆因诗句流传,牵连而至;岂非文字之缘,比骨肉妻孥,尤为真切耶? 又有皖江鲁沂者,见赠云:"此地在城如在野,其人非佛亦非仙。"却切随园。薆园名明慄,孝感人。时帆名式善,满州人。

【译文】

　　《毛诗》中有《伐木》篇,其中有一句"寻求可以为友之声"。杜陵有"文章有神"之句。起初我并不相信这些说法,后来自己亲身经历名场五十来年,才知道古人并没有骗我。戊申八月年家之子许香岩告诉我说:"我同乡程薆园明府,在武进任县宰。六月中旬过后,天气酷热,将床移到桑影山庄休憩,读小仓山房诗集,非常喜爱,夜间做梦题有一诗为:'瓯北及新畬诗坛中,盟主当推本初。将古今之事,拮凝成丸,力量该有多么宏大,爱才如命,虚怀若谷,仙人偶然在蓬壶顶上游戏,下方文人争着用剩下的墨汁来著写文章。格调博大,不能以一体概之,不知香山居士相比之下,其意如何?'"满洲诗人法时帆学士给我写信说道:"自从您惠赠我一部《小仓山房集》,一时间京中的同僚们争着借阅,没有闲下来的时候,现在已经钞了副本。洛阳纸贵,索诗稿的人非常多,几乎挡都挡不住,能否再惠赠一部,怎么样?"另外又在拙集上题诗道:"万事看作流水,性情如一,竟生春华,朝中公卿大多是后辈,野间居有高雅淡泊之人。挥笔驱去脂粉女子,言辞锋利,足以使鬼神惊惧。不要惊诧何以才力如此猛健,当今世上又有谁可以与之相匹敌呢?"这二人与我素不相识,都是因为流传诵阅我的诗句,才牵连而至;文字上结下的缘分,比妻儿骨肉,岂不是还要真切? 又有皖江的鲁沂,赠我诗道:"这个地方虽然地处城中却如在野郊一般,这个地方的主人既非佛也非仙。"却也切合随园。薆园名叫明慄,是孝感人。时帆名叫式善,是满洲人。

一六

【原文】

有僧见阮亭先生，自称应酬之忙，颇以为苦。先生戏云："和尚如此烦扰，何不出家？"闻者大笑。余按：杨诚斋有句云："袈裟未着嫌多事，着了袈裟事更多。"

【译文】

有位僧人见了阮亭先生，说自己应酬不暇，十分忙累，颇觉烦苦。先生开玩笑说："做和尚还这么烦恼纷扰，为何不去出家？"听的人都大笑起来。我在此做以说明，杨诚斋有诗句怀此意同，诗为："没有穿袈裟做和尚时，总嫌俗事太多，穿了袈裟反倒杂事更多。"

一七

【原文】

虞山赵再白孝廉作诗，如武侯出师，志吞吴、魏，而气力不足。摘其《中秋呈鄂文端公》云："楼虚贮月光常满，水阔涵星影自稀。"可谓颂扬得体。《真州朝阳楼》云："万重山去园如海，千里江来折到楼。"《自嘲》云："名士本来如画饼，古人原不好真龙。"又，《渡江》有"水立不动天无容"七字，殊奇。曹为余诵鄂公未遇时句云："一饭便留客，得钱仍与人。"相公气局之大，早可想见。

【译文】

虞山的赵再白孝廉作诗，好像是武侯诸葛出师，志在吞灭吴、魏，统一天下，

诸葛亮祁山伐魏图，出自清·马骀《百将图传》。诸葛亮是三国时期著名政治家、军事家，曾六出祁山讨伐魏国，病死于北伐军中。唐代杜甫的《蜀相》诗中有"出师未捷身先死，长使英雄泪满襟"之叹。

而气力不足。

我摘取他的《中秋呈鄂文端公》诗，诗中有："楼阁虚空无物，留出以贮藏月光，月光常常充盈其中，水天广阔无际，疏疏朗朗的星星倒影在水中，颇为稀少。"颂扬可谓得体。

他的《真州朝阳楼》中说："群山层层叠叠远看上去环围得似海一般，浩荡渺茫的江水奔流而来在楼前折回。"《自嘲》："所谓名士也只不过如画的饼，古人原本是不喜欢真龙的。"又有《渡江》诗："水立不动天无容。"七个字，真是奇警之句。他曾经为我诵读鄂公未遇之时的诗句："只要还有一顿饭可吃，便要留下客人，手上得钱，仍是散给别人。"

相公气度胸怀之阔大，在其早年之时便可想而知。

一八

【原文】

齐田骈不屑仕宦,而家甚富。或戏之曰:"臣邻女貌称不嫁,行年三十而有七字,不嫁则不嫁,然而嫁过毕矣。今先生说为不宦,訾养千钟;不宦则不宦,而宦过毕矣。"孙芷亭仿其意,《咏息夫人》云:"无言空有泪,儿女粲成行。"

【译文】

齐田骈不屑于做官,而家境殷实富足。有人开他玩笑说:"臣邻家有女,长得十分美丽但却说不愿意嫁人,年纪快到三十岁了,而有七个儿子,不嫁就不嫁,然而却明显是早已嫁过人了。如今先生不做官,有千万家资;不做官就不做官吧,而生活胜过做官。"孙芷亭仿照他的意思,写《咏息夫人》一诗说:"没有语言空有泪水,却见一群的儿女都十分漂亮。"

一九

【原文】

沈永之与余同榜,五十年,官云南驿盐道,乞病归,途中信来,道生一女;适余生阿迟。念二人俱是么豚暮鹦,遂相订为婚。沈寄诗云:"夫留蔗境与公尝,六十逾三学弄璋。"又曰:"兰谱同年交最旧,锦绷合璧事尤奇。"未几,沈来山中,云:"女为旁妻殷氏所出,本籍江宁,父某,康熙间作云南守备,侨居滇中,年八十余,闻沈失配,愿以女供箕帚。沈辞年老。殷强翩不已。问何故。曰:'我

本江南人,坟墓现在金陵。公南人也,以女从公,庶几留江南一脉耳。'"吁!当殷翁起念时,岂料真有余之侨居江宁者一段因缘哉?天下事巧凑之奇,往往如此。为赋《感婚》长篇,中数句云:"果然此老嬉游处,安置他家女外孙。万里合教青鸟使,一函先报白头人。"殷夫人号称国色,携其女来随园相婿,故又云:"娇娃抱出朱相似,阿母同来花见羞。"沈得诗,以示梁瑶峰相公。公边读此二句,音较响。胡云坡尚书在座,不觉大笑。

【译文】

沈永之和我同榜,五十年后,在云南作驿盐道,乞病归乡,途中给我寄信,说是生了个女儿,正好我那时刚生了阿迟。念两人都是暮年得的子女,于是便相互订了婚。

沈永之寄给我诗道:"老天留下甘蔗这段甘甜让您品尝,六十三岁才学哄儿子。"又有"两人是金兰之交又是同年,本来交情最为远久,如今又结为儿女亲家更是桩奇事"。没过多长时间,沈永之来到山中,说:"小女是续弦殷氏所生,殷氏本来的籍贯是在江宁,她的父亲在康熙年间任云南守备,侨居于滇中,有八十多岁了,听说我丧了妻,愿意将女儿许配给我。我以自己年纪已老推辞。而殷纠缠强劝不已。问他这样做的原因,说是'我本来是江南人,坟墓在金陵。您也是江南人,我把女儿许嫁给您,还可以留江南一脉'。唉!当殷翁起念嫁女之时,岂料真有我侨居江宁这段姻缘呢?天下的事如此凑巧,往往是这个样子。我写《感婚》长诗,中间有几句为:"果然这位老翁嬉游之地,安置他家的外孙女相距万里。该教青鸟飞去报信,这封信先送给白发的老翁。"

殷夫人极端美貌,携带着女儿到随园来相女婿,因此我又有句为:"抱出娇娃来,如珠子一般圆润可爱,母亲一同出来,花见了也自觉不如。"沈永之得到此诗后,示给梁瑶峰相公观看,公连读这两句,声音也放得比较响,胡云坡尚书在座,不觉大笑。

二〇

【原文】

金陵太守谢镗,抵任时,索余对联。余赠云:"太守风清,江左依然迎谢傅;先生来晚,山中久已卧袁安。"陈省斋先生继其父,署守镇江。余代作对联云:"守郡继先人,问江水长流,剩几个当年父老?析薪绵世泽,愿黄堂少住,留一枝此日甘棠。"

【译文】

金陵太守谢镗,到任之时,就向我索求对联,我赠给他一联为:"太守风清,江左依然迎谢傅;先生来晚,山中久已卧袁安。"陈省斋先生继承其父之职,署守镇江。我代他作一对联为:"守郡继先人,问江水长流,剩几个当年父老?析薪绵世泽,愿黄堂少住,留一枝此日甘棠。"

二一

【原文】

偶过竹林寺,见题壁云:"晓来一雨动新凉,独展残编坐竹房。无数风枝堕残滴,红阑干外即潇湘。"或云:"此近人赵鲁瞻诗也。"

【译文】

我偶然过访竹林寺,见一首《题壁》诗,诗中说:"清晨落了一场雨,空气中

有清新凉爽之气,独自坐在竹房展开残缺的书卷。无数枝叶在风中摇曳,残留叶上的雨珠滴滴坠下,红栏杆外即是潇湘。"有人说:"这是近人赵鲁瞻写的诗稿。"

【原文】

李方膺明府善画梅,性傲岸,而与余交好。殁后,其子某见赠云:"记得先君交两友,一子才子一梅花。"殊有风趣。有郭耕礼者,嫌其称父执之字为不恭。余曰:"仲尼祖述尧、舜;子思且字其祖矣,何不恭之有?"

【译文】

李方膺明府善于画梅,性格傲岸清高,而和我交情颇深。他死后,他的儿子赠我一首诗为:"记得先父交过两位朋友,一个是袁子才,一个是梅花。"语句颇风趣。有位叫郭耕礼的人,嫌他直称父亲朋友的字,不够恭敬。我说:"仲尼讲述其祖先还提尧、舜呢,而子思尚且称其祖辈的字,又有什么不恭之处呢?"

【原文】

桐城张文和公七十寿辰,上赐对联云:"潞国晚年犹矍铄;吕端大事不糊涂。"梁文庄公乞假养亲,上赐诗云:"翻祝还朝晚,卿家庆更深。"常州陈文恭公某相国挽联云:"执笏无惭真宰相;盖棺还是旧书生。"

【译文】

　　桐城的张文和公七十大寿时,皇上赐他一副对联为:"潞国公晚年还是精神矍铄,吕端在大事上还是很清醒的。"梁文庄公乞假归乡奉养父母,皇上赐他诗为:"朕反倒祝卿晚点返回朝中,卿家更是欢悦幸福。"常州陈文恭公为某位相国题的挽联为:"执笏见驾是当之无愧的真宰相;盖棺论定还是旧日书生。"

吕端像,图出自清·顾沅辑《古圣贤像传略》。吕端为北宋著名的宰相,每有大事总能保持清醒的头脑,做出正确的决断,故有"吕端大事不糊涂"之说。

二四

【原文】

　　予幼时,大母常为予言:大父旦釜公,性豪侠,与沈通声秀才交好。秀才中表杨大姑,有文君夜奔之事,托先祖为之道地。杨纤足,夜行不能逾沟。先祖助

沈，为扶而过之。事发，藏匿余家。大姑纤腰美盼，吐属娴雅。大母亦怜爱之。母家讼于官。太守某恶越礼，鬻与驻防旗下。大姑佯狂披发，自啖其溺。旗人不能容。沈暗遣人买归，终为夫妇，生一女而亡。后阅《香祖笔记》载此事，称武林女子王倩玉者，盖即杨氏，讳其姓为王也。其寄沈《长相思》一曲云："见时羞，别时愁，百转千回不自由；教奴争罢休！懒梳头，怕凝眸，明月光中上小楼；思君枫叶秋！"

【译文】

我小时，祖母常常对我说：祖父旦釜公，性格豪爽侠义，和沈通声秀才关系很好。秀才的表亲杨大姑，有文君夜奔之事，私奔秀才，托祖父帮忙引到地点。杨纤纤小脚，夜间行走不能跨逾沟。祖父帮着沈通声将她扶过沟。事发之后，杨藏匿到我家。大姑腰肢纤细，美目流盼，谈吐娴雅。祖母也很怜爱她。杨的母家为此告状。太守嫌恶她越礼，将她卖到驻防的旗人军队之中，大姑佯装发疯，披头散发，自饮其所溺，旗人不能容忍。沈暗中找人将她买回来，终究结为夫妇，生了一个女儿后便死去了。

后来我阅读《香祖笔记》中记载有这件事，称武林女子王倩玉，就是杨氏，讳避其姓改为王。她曾寄给沈通声一首《长相思》为："相见之时害羞拘谨，相别之时愁绪万端，百转千回说来说去总是不自由，让奴家怎么罢休！懒于梳妆打扮，怕凝眸沉思，在清风明月光中登上小楼；枫叶红，秋意深浓，思君怅怅不已。"

二五

【原文】

戊申过虞山，竹桥太史荐士六人。孙子潇《长干里》云："门前春风其来矣，珠箔无人自卷起。"《对酒》云："黄金能买如花人，不能买取花时春。"陈声和《西庄草堂》云："水高帆过当窗影，风起花传隔岸香。"《偶成》云："生怕晓风吹絮

落,愿为残烛照花眠。"皆少年未易才也。

【译文】

戊申年,我路过虞山,竹桥太史为我推荐六位才子。孙子潇的《长干里》中说:"门前的春风来了,没有人,珠帘却自己卷了起来。"《对酒》诗中说:"黄金能够买到如花般的佳人,却买不到花开时的春天。"陈声和的《西庄草堂》中说:"江水高涨,船行过时,白帆当窗影照进来,清风一起,花香隔岸传了过去。"《偶成》诗中说:"生怕晓风吹过,絮花飘落满地,愿意身作残烛照花入眠。"这都是年纪轻轻,得之不易的才子。

二六

【原文】

余不耐学词,嫌其必依谱而填故也。然爱人有佳作。老友何献葵之长郎名承燕者,其《寿内》云:"纸阁芦帘偕老,欣欣十载于兹。算百年荏苒,三分去矣;半生辛苦,两个同之。弄杼秋宵,检书寒夜,常伴窗前月半规。惭相对,把青云稳步,望了多时。今宵喜溢双眉,是三十平头设帨期。记去年寿我,一杯新酿;我今寿尔,一曲清词。尔本荆钗,我非纨绔,风味儒家类若斯。还堪笑,笑梅花绕屋,又放枝枝。"《春雨》:"帘外轻寒傍晚多,试问鹦哥,春色如何?为言昨夜雨婆娑,红了庭柯,绿了檐萝。流水茫茫卷逝波,春事蹉跎,花事蹉跎。寻芳休待楚云过,放下香螺,披上烟蓑。"《留须》云:"马齿频加,鹏程屡蹶,还容尔面添何物?丈夫欲表必留须,试问那个些儿没?窥镜多惭,染羹谁拂,鬖鬖得罗敷悦。从今但拟学诗人,闲吟便好将他择。"《咏眼镜》云:"非关四十视茫茫,也欲借君光。自从与子,囊中相处,一鉴休亡。谁为白眼谁青眼,相对总无妨。阅人世上,观书灯下,只怕心盲。"《吸烟美人》云:"吐纳樱唇,氤氲兰气,玉纤握处堪怜。脂香粉泽,分外觉清妍。岂是阳台行雨,刚来自十二峰边?阑干外,风鬟雾鬓,犹自绕云烟。流连,怎禁得相思暗结,闲闷难捐。算消遣春愁,此最为先。

怪底鸳鸯绣倦,停针坐,便尔情牵。恰喜有知心小婢,一笑递婵娟。"《无题》云:
"遮遮掩掩,心下难抛秋一点。微露鞋尖,妄隔珠帘郎轿帘。帘垂人远,只道西
风吹不卷。风更风流,不卷帘儿誓不休。"记黄仲则有《禽言》断句云:"谁是哥
哥,莫唤生疏客。"尖新至此,令人欲笑。

【译文】

我向来不耐烦去学填词,嫌其必须依着谱才能填写。然而我却喜欢别人有
写得好的词。

我的老友何献葵的长子何承燕,他的《寿内》(为内人祝寿)词为:"糊纸为
阁,芦苇编帜为帘,这清贫的白头偕老,如今已经在这里欢欢快快地过了十年。
算来百年也苦,你我共渡,秋天的夜间弄杼织布,寒冬的冬夜查看书卷,常常伴
窗前一弯明月。相对之时,心觉惭愧,青云之中稳下步来,怅望多时。今晚双眉
间盈满喜悦,正是三十整岁是该设佩巾的时候了。记得去年你为我祝寿,手捧
一杯新酿之酒相庆,现在我为你祝寿,聊填一曲清词为贺。你本是荆钗平民女
子,我也不是纨绔子弟,儒家风味都像这个样子。还有可以一笑,笑那梅花环绕
房屋,又发了枝枝新花。"

《春雨》词为:"清晨时分帘外轻寒意最浓,试问鹦鹉,春色怎么样?告诉说
昨夜雨浙浙沥沥,红了枝头上的花儿,绿了檐上爬的藤萝。茫茫的流水翻卷着
浪波逝去,蹉跎了春事,蹉跎了花事,看春光白白地过去。不要等雨云过了再去
寻找芳花,放下螺杯,撤下酒去,披上烟蓑即去寻觅。"

《留须》中说:"年岁不断地增长已是老大,而事业屡屡受挫,还容你脸上再
长什么东西?大丈夫欲使自己有风度必须留下髯须,试问哪一个没有?窥视镜
中,心里不胜惭愧又谁来拂须沉吟呢?只是留得美髯使美人欢喜罢了。从今要
学那些诗人,闲吟诗句之时好用手捋。"

《咏眼镜》:"不是说年到四十视力模糊不清才戴眼镜,也是想借君之光,来
看清事物。自从和君相处以来,放置囊中,照察休亡之事。谁是白眼谁是青眼,
谁鄙夷谁欣赏,相对而坐,总也无甚妨碍。阅看世间之人及灯上观书,只怕心里
看不分明。"

《吸烟美人》:"樱桃小口吐纳烟气,只觉芳香飘溢流散,纤纤玉指把握之
处,最为可爱,脂粉清委润泽,分外美妙多姿。岂不是神女刚在阳台行雨罢后,
从十二峰旁回来?栏杆外,但见浓云般的鬓发,还绕着云烟,流连徘徊,怎么禁

随园诗话

得心头暗结的相思情愫，难以抛遣这番闲愁。要消散驱遣春日的愁闷，当时吸烟是最好之法，奇怪的是绣鸳鸯绣得有些倦了，停针闲坐，便情牵于烟，恰有善于体贴人意的小婢，笑一笑便递送上来。"

《无题》中说："遮遮掩掩，难以抛却心头的一点秋情。鞋尖微微露出一点，妾与郎隔着珠帘和轿帘。帘子垂着人儿隔得又远，只还是认为西风吹卷不起的，谁知风更是风流，不卷起帘誓不罢休。"记得黄仲则有《禽言》，中间一句为"谁是哥哥？不要向生客乱叫"。如此新奇尖刻，几乎听来令人发笑。

二七

【原文】

皇甫古尊在金陵市上，得金字扇一柄，乃前朝名妓徐翩翩所书。扇尾署名曰"金陵荡子妇某"。古尊喜甚，求题于厉太鸿先生，得《卖花声》一阕，云："花月秣陵秋，十四妆楼，青溪回抱板桥头，旧日徐娘无觅处，芳草生愁。金粉一时休，团扇谁留？赒人只有小银钩。句尾可怜书荡妇，似诉漂流。"余读之，不觉魂销，亦以《挥扇仕女图》索题。先生为填《南乡子》，云："思梦髻慵梳，鹦鹉惊回依井梧。扇影似人人似月，圆初，十六盈盈十五余。并带点红蕖，更有关心好句书。不用近前频掩面，生疏。水院云廊见也无？"

【译文】

皇甫古尊在金陵集市上买到一柄金字扇，是前朝名妓徐翩翩书写的。扇尾署名是"金陵荡子妇某"。古尊非常喜爱，求厉太鸿先生题字，得到一阕《卖花声》，词中说："秣陵秋日花好月圆，十四座梳妆楼阁静立于月色之中，青青的溪水在木板搭起的桥头回环涌流，无处寻觅旧日的美人，但见芳草都笼着一层淡淡的愁意。红极一时的美人不在了，是谁留下了这团扇？唯有天空的一弯瘦月使人留恋。可怜扇尾署名荡妇，好似在诉说一生的漂泊流落。"我读了这一阕词，不觉魂销，也拿了一柄挥扇仕女图向他索术题词。先生为我填了《南乡

子》，内容是："回想梦中境况，懒怠去梳髻，鹦鹉受惊动，绕停在井旁的梧桐树上。扇影似人而人宛如天空皎月，刚刚盈圆，就是十五、十六岁盈盈圆圆的年龄，水面上点缀的几枝并蒂红莲，喜爱展阅有佳句奇天的书卷。没有走到面前却频频遮面，是因为生疏害羞之故。不知可曾在水院云廊的仙境中见过了？"

二九

【原文】

　　心余未入翰林，彼此相慕未见，寄长调四首来。其《贺新凉》云："记向秦淮水，问何人，小楼吹笛。劝人愁死，雨皱岚皱多偃蹇，我与蒋山相似。白下柳，又添憔悴。却到江山奇绝处，遇双鬟，都唱袁才子。情至者，竟如此！罗衫团扇传名字，比风流，淮南书记、苏州刺史。常听东华故人说，肠断江南花底。何苦较，天都人世。楼阁虚无平等看，谪尘寰，终是神仙耳。花落恨，莫提起。"《百字令》云："才子为政，美宦成，三十居然不朽。互听参观如善射，转侧皆能入彀。游戏奇情，循良小传，千里传人口。西清余子，旁观且袖双手。底事抛掷西湖，勾留南国，展放林端牗？六代青山横浅黛，都做袁家新妇。酒客清豪，名姬窈窕，小令歌红豆。香名艳福，几人兼此消受。"《梦芙蓉》云："勿拜鱼书贶，有十分思忆，十分惆怅。不曾相识，相识如何样。泛词源春涨，十队飞仙旗仗。情至文生，纵编珠组绣，排比亦清旷。眼底金刚纷变相，问谁能寂坐莲幢上？低首前贤，焉敢角瑜、亮？几人怜跌宕，难觅酒楼歌舫。一卷新词，待求君按节，分遣小红唱。"《迈陂塘》云："拣乡山，绝无佳处，躬耕又乏南亩。尘容俗状真难耐，待觅灌夫行酒。寻犀首。奈泪洒黄垆，渐失论文友。小人有母，但北望京华，徘徊小院，寂寞倚南斗。食肉者，俊物粗才都有。半是望秋蒲柳。东涂西抹年华改，说甚色丝虀臼。牛马走，约丁字帘前，共剪春盘韭。故人归否？唱'山抹微云'，'大江东去'，准备捉秦九。"（谓润泉同年。）

心余还没有入选翰林之时,我们两个彼此仰慕却未曾谋面,他曾经寄过来四首长调,他的《贺新凉》为:"记得曾经对着秦淮河水,问询是何人在小楼上吹笛子。笛声惹人万般惆怅,愁闷欲死,雨多皴皴,山多皴皴,此中坎坷,我和蒋山多有相似之处。白下柳枝,又添了几分憔悴。然而行到江山奇绝美妙之时,遇到的梳着双鬟的乡野女子,都会唱咏袁才子的诗,其文章至情至性,竟能达到这种地步。罗衫团扇之上,都留下诗句姓名,可以与淮南书记、苏州刺史相比风流。常常听到故人说,在江南花下使人肠断。何苦和天都人世相比较呢?楼阁虚无缥缈平等来看,终是天上的神仙贬谪到人间来了,常苦恨在易飘落,不要提起这令人伤神的事。"

《百家令》:"才子从事政事,让人羡慕为宦颇有政绩,三十岁居然能够受人传诵,久而不衰,办理政事就像是善射的高手,转身侧身都能射中目标,游戏人间,奇情警句,千里诵传,脍炙人口,其余的才子们,只有袖手旁观的份儿。究竟为了何事抛掷西湖胜地,流留在南国,在林间幽绝处构建房舍?金陵六朝古都,傍依的青山横着如淡淡的眉黛的女子,都做了袁枚家的新妇。做名清雅豪放的酒客,让窈窕多姿的名姬在樽前歌一曲小令,内有红豆相思之意,名声如此高而又有这样的艳福,世上有几人能够兼而有之呢?"

《梦芙蓉》中说:"接到寄给我的书信,十分思念牵忆,又十分惆怅惘然,你我从来没有见过面,不知见了面后又会是什么样子。春水高涨,因此词采四泛,飞仙的旗仗列出十队。情性所至文章涌生,任意编排珠绣,皆纵横成文,清远旷阔,眼底下金刚纷纷变幻其相,问谁能够寂然静坐在莲台之上呢?向前辈贤有之人低首服帖,岂敢不自量力,与周瑜、孔明一角高下?遗憾在这崎岖不平的山岩之上,难以寻觅到酒楼歌舫可以消遣歌咏。填写这一卷词,求待先生按照节拍音律——分给众姬歌唱。"

《迈陂塘》:"拣选乡山,都没有什么好的地方,想亲自耕作劳动,却又没有田地。真是不耐烦看尘世中纷扰庸俗之人,等着去寻觅灌夫那样的爽直之人来在一起饮酒行令。寻找那心灵默契之人。无奈在黄土前流泪,一起论文讲诗的朋友们如今都渐渐地亡逝。孩子的母亲,常向北遥望京都,在小院里徘徊,直到夜深,寂寞惆怅。食肉做官的贵人们,俊才蠢才都有。有一半都是碌碌无为的庸才,就这样东涂西抹年华偷逝,说什么富豪清寒,都是一样的,相约丁字形的

帘前,共同剪春天的嫩韭菜,老朋友回来了没有?唱曲'山抹微云','大江东去'准备去捉秦九(这里是说涧泉同年)。"

二九

【原文】

乾隆戊辰,李君宗典,权知甘泉,书来,道女子王姓者,有事在官,可作小星之赠。予买舟扬州,见此女于观音奄,与阿母同居,年十九,风致嫣然,任予平视,挽衣掠鬂,了无忤意。欲娶之,而以肤色稍次,故中止。及解缆,到苏州,重遣人相访,则已为江东小吏所得。余为作《满江红》一阕,云:"我负卿卿,撑船去,晓风残雪。曹记得庵门初启,婵娟方出。玉手自翻红翠袖,粉香听摸风前颊。问姮娥何事不娇羞?情难说。既已别,还相忆;重访旧,杳无迹。说卢江小吏公然折得。珠落掌中偏不取,花看人采方知惜。笑平生双眼太孤高,嗟何益!"

【译文】

乾隆戊辰年,李宗典君暂时在甘泉任知府,寄给我一封信说有一个姓王的女子,因为牵连到官事,充在官中,可以赠给我做妾。我在扬州买舟渡过江去,观音庵见了这位女子,和她母亲住在一块儿,有十九岁,绰有风致,嫣然可爱,任我直视打量,挽了衣服掠起鬂发,没有一点儿不快之意。我想娶了她,又嫌她的肤色稍微差了一点儿,就打住了。等到解缆归去,到了苏州,又重新派人去访,刚已经被江东一个小吏娶走,我为此填了一阕《满江红》说:"我负了卿卿爱人,在清晨的寒风残雪中,撑船归去。曾记得当时刚开庵门,出来娟婵可人,玉手自翻挽上去应袖,风拂面颊,犹自掠拂粉面上的乌发,问嫦娥为什么见了生人竟不娇羞?难说其中情。分别之后,还是牵挂相忆,重新去访旧人,却已杳无影踪。说是卢江的一个小吏公然娶了去,珍珠落掌中之时偏偏不知取拿,花被人摘走才觉可惜,笑自己平生眼太孤高,叹惜又有什么用呢!"

二〇

【原文】

随园四面无墙,以山势高低,难加砖石故也。每至春秋佳日,士女如云;主人亦听其往来,全无遮阑。惟绿净轩环房二十三间,非相识者,不能遽到。因摘晚唐人诗句作对联云:"放鹤去寻三岛客,任人来看四时花。"

【译文】

随园四面没有围墙,因为山势高低不平,难以用砖石垒砌,每到春秋季的好天,士人女子如云涌集游玩,主人也任凭游人来来往往,没有任何遮拦。只有绿净轩中有二十三间环围房舍,若不是相识之人,是不能轻易到的。我于是摘晚唐时期的一句诗作对联,为:"放走仙鹤让它找寻仙岛上的异人,任凭来人赏玩四季的花草。"

二一

【原文】

舒城沈生本陞,字季堂,年已艾矣。戊申秋,以诗求见。各体俱工。古风如《白石山》《古柏行》等篇,诗长不能备录。五言如《西施洞》云:"香草美人远,春山古洞寒。"见赠云:"记吟诗句从黄口,得傍门墙已白头。"俱妙。余三首,已采入《续同人集》中。其祖名长祚者,康熙问举鸿博,有《竹香园集》。《过友人草堂》云:"春云遮不尽,柳色认君家。到径听微雨,开门见落花。古心微直谅,闲

语及桑麻。饮量年来减，村醪莫更赊。"《哭友》云："修短难将理问天，人间福慧应难全。他生好向阎王乞，少占才毕自永年。"

【译文】

舒城的沈本陛，字季堂，已经五十来岁的人了。戊申年秋，以诗来求见我，各种体裁的诗都很精妙。

古风如《白石山》《古柏行》等篇，诗很长，不能一一全抄下来。五言诗如《西施洞》中说："香草和美人都是遥远不可见了，春天山中的古洞里透着寒意。"赠我一诗中说："从很小的时候就背诵先生的诗句，头发花白之时才得以做先生的学生。"都是妙句。其余三首，已入录到《续同人集》里了。沈的祖父名长祚，在康熙年间举鸿词博学科，著有《竹香园集》。他的《过友人草堂》中说："春天的云烟遮挡不尽，凭着青青柳色寻认出是您家。走到小路中听得微雨濛濛地下，打开门看见地下的落花。古道热肠、坦直无妨，闲谈起桑麻家常，酒量一年不如一年，不要再去赊欠村酒。"《哭友》："年寿短短就去世了，难以问天公是何道理，人间福分和才气原是难以两全的，下一辈子要恳求阎罗，少要些才华便可以长寿。"

≡≡

【原文】

张南垣以书法垒石，见者疑为神工。吴梅村、黄梨洲皆为之传，载文集中。太仓萬赞园为王麟洲奉常别业，园中假山，南垣遗制。后归山尚书，为奉母地，更名静逸园。毕太夫人《秋日闲居诗》题五律云："胜迹留城市，幽居得小园。吾生澹相寄，往事漫追论。人忆乌衣旧，名邻香草存。只今耽静逸，秋号满丘樊。""字摹王内史，诗受郑都官。石色青书幌，花阴冷画阑。池鱼一二寸，庭竹雨三竿。于此端居好，身闲梦亦安。""地迥人稀到，风清暑罢侵。竹帘香细细，桐阁绿愔愔。隐几时看书，安弦静谱琴。夜凉明月上，扫石坐深林。""磴小花

枝密,廊深青舍藏。有时翻秘帙,随意坐匡床。诗遇前春稿,炉凝隔夜香。庭前蹲石丈,亲见历沧桑。"

黄宗羲像,图出自清·任熊绘《于越先贤像传赞》。黄宗羲为明末清初著名思想家,号梨洲,故又称"黄梨洲"。

【译文】

张南垣以作画之法来垒砌山石,见的人都疑是神工所为。吴梅村、黄梨洲都为他作了传,收载在文章之中。太仓的萚赟园是王麟洲奉常的别墅,园中的假山是张南垣堆置的。后来这座亭园归了弇山尚书,作为奉养母亲的地方,改名为静逸园。毕太夫人在《秋日闲居诗》中题写了几首五言律诗,诗中说:"城市之中遗留下一块胜地,能够在这玲珑的亭园之中幽居下来,我的余生要在这里淡泊渡过。漫话往事,以作追忆。人们还忆得这里是旧时的乌衣苍,旧址旁还生有许多芳草。如今在这静逸园里,但见秋色满山。""爱临摹王内史的字,

喜欢读郑都官的诗,青青的石色映着书幌,花荫之下画栏清冷。池中蓄养的鱼有一两寸那么长,庭院之中种着两三竿修竹,在这里居住真好,身体安闲梦也十分安稳。""地处偏僻,人迹罕至;暑热过后徐徐清风时时拂来,竹帘上透着一股细细的清香,梧桐遮蔽着楼阁,绿荫荫的。时时展画细赏,遮铺住了案儿,安好琴弦看谱抚琴。清凉的夜间月儿升上来了,扫净石头坐在深林之中。""石凳小巧,花枝紧密,深深的廊里隐藏着书房,有时候翻看一些秘书,随意坐在床上。诗中讲述着往日春天里的趣事,香炉里凝着昨夜的香烬,庭院前蹲着巨石,亲眼目睹这里的沧桑变化。"

☰☰

【原文】

金陵秋试之年,上下江名士毕集,余止而觞之,各有赠诗,约三千余首。其尤佳者,梓入《续同人集》矣。尚有断句可采者,如:虞山王陆禔云:"丛丛著述皆千古,草草功名只十年。"长洲顾星桥云:"渡江名士推前辈,扶辇门生半少年。"王又云:"休夸翁子乘车日,已是悬车十七年。"三押"年"字,俱妙。金陵管松年云:"四海文章经口贵,百年心事问花知。"无锡徐嵩云:"姓氏直疑前代客,语言妙是一家诗。"青阳程蔚云:"一将治绩乘时著,便把尘缘当梦看。"

【译文】

金陵秋试那年,上下江的名士都聚集一块儿,我请他们留步饮酒,各自都写诗相赠,约有三千多首。其中特别好的,我收进《续同人集》中付梓。还有一些中间的句子可以采摘的比如虞山的王陆禔说:"勤勤恳恳著书立说,可以流传千古,羁于宦途,只草草十年。"长洲的顾星桥说:"长江两岸的名士当推前辈最为特出,车旁随行的门生多半是少年。"王又说:"不要夸说翁子乘车之日的荣耀,先生已经悬车不用十七年了。"三句诗都押"年"字,而都是妙句。

金陵的管松年则说:"天下的文章经过先生的口便变得出名了,一生一世的

心事问花可以得知。"无锡的徐曷说:"看姓名直怀疑老是前代的大手笔,语言俱妙,堪称是袁郎一家的诗风。"青阳的程蔚则说:"趁机会一旦将自己一生的政绩著写出来,便是把尘缘当作一场大梦来看。"

三四

【原文】

以部娄拟泰山,人人知其不伦。然在部娄,私心未尝不自喜也。秋帆尚书德立兼隆,主持风雅。枚山泽之癯,何能及万分之一? 乃诗人好相提而并论。孙渊如太史云:"唯有先生与开府,许教人吐气如虹。"徐朗斋孝廉云:"弇山制府仓山叟,海内龙门两扇开。"

【译文】

把部娄比作泰山,人人都知道不相配。然而身在部娄,暗自心里未尝不深窃喜啊! 秋帆尚书德高望重职位也高,又主持风雅之事。袁枚乃是山野之人,怎么能及他老人家万分之一? 只是诗人爱把我们相提并论。孙渊如太史说:"只有先生和开府,可以让人觉得诗作吐气如虹。"徐朗斋孝廉说:"弇山制府和仓山老人,可以说是海内外的两扇打开的龙门。"

三五

【原文】

壬戌年,余改官外出,客送诗者,动以王嫱见戏。余因《口号》云:"琵琶一曲靖边尘,欲报君恩屡顾身。只是内家妆束改,回顾羞见汉宫人。"后十年,再入

朝,则凤池诸客,都非旧人。又戏吟云:"晓日瞳胧玉殿开,春风回首认蓬莱。三千宫女如花貌,都是明妃去后来。"

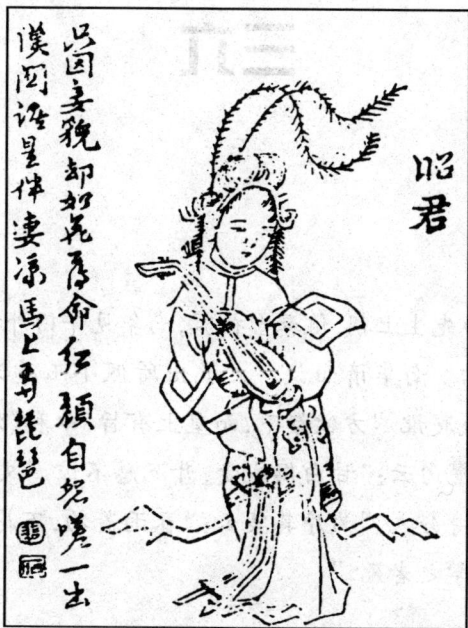

《昭君传》版画之王昭君像。袁枚曾作诗歌咏王昭君:"琵琶一曲靖边尘,欲报君恩屡顾身。只是内家妆束改,回头羞见汉宫人。"袁枚的朋友据此常和袁枚开玩笑,把袁枚比做王昭君。

【译文】

壬戌年,我改官调出京城在外任职,赠诗送行的朋友,动不动就把我比做王昭君来开玩笑。因为我曾经有一首《口号》诗,诗中说:"在马上弹一曲琵琶,边境胡兵的骚扰争战因和亲而平息下来,为了报答君王的恩情,频频回头张望依依不舍。只是在汉宫的装束全部改为胡服,转过头看却羞于看那汉宫里的众人。"后来过了十年,我又入朝中,见朝中诸客,都不是过去的那一批,又戏吟一首诗说道:"清晨朦朦胧胧看那巍峨的宫殿打开了门,在春风之中回首认出是蓬莱仙境,三千宫女个个美貌如花,都是明妃离去之后来的。"

【原文】

张文敏公同南华先生上朝,值春雪初霁,南华见午门外檐下冰柱,赋七律一章。文敏公疑为宿构。南华请面试。文敏出所佩小玉羊为题。南华应声云:"宛尔成形质,居然或寝讹。"方欲续下,而皇上有旨,命和《汤圆》诗。南华在朝房,立讲二十四韵。警句云:"甘白俱能受,升沉总不惊。"文敏叹服曰:"不料仓促间,先生犹能自见身分也。"为序其集云:"春雨着物,万花怒开;神工鬼斧,不可思议。似之者病,学之者死。"

【译文】

张文敏公和南华先生一同上朝,当时正值春雪之后,刚刚放晴,南华见午门外檐下垂凝着冰柱,当即赋了一章七律诗,文敏公怀疑他是早已构思好了的。南华请他当面出题相试。文敏拿出他随身佩带的小玉羊为题。南华应声赋道:"以玉琢磨成形,忽然可爱或安然静卧或四处游动。"正要往下续,而皇上传下旨来命和《汤圆》诗。南华在朝房中,立即吟出二十四句诗呈上。其中警句为:"同时能承受甘甜和洁白,或沉或浮都能淡然处之。"文敏叹服道:"不料在仓促之间,先生还能自见身份。"为南华的诗集作序,序中说:"诗元如春雨滋万物,万花怒放争妍,又如神工鬼斧,浑然天成,极为精妙,让人觉得不可思议。模仿他诗句的必然精疲力竭,学他诗的则得不到其真味,死板费力。"

国学经典文库

随园诗话

【原文】

　　秋帆尚书抚陕时，有《上元灯词》十首，庄重高华，是金华殿上语。一时幕中学士文人，俱不能和。为录四章云："碧榭红阑万点明，戟门莲漏转三更。交春便抱祈年意，不听歌声听雨声。""鼓钲殷地走轻雷，宝焰千枝百戏开。瞥见广场波浪直，双龙争挟火珠来。""仙馆明辉丽绛霄，铜驼四角缀琼翘。夜长桦烛添寒焰，春晓终南雪未消。""十年持节驻秦关，梦断蓬瀛供奉班。记披香频侍陪宴，红云万朵驾鳌山。"

【译文】

　　秋帆尚书在陕西任巡抚之时，作有十首《上元灯词》，语句意境庄重崇高而华美，是金华殿堂上的诗句。一时间幕中的文人学士们都不能够唱和。我摘录了他的四首诗为："红色的栏杆，青色的台榭，看民间万点灯火。府门内的更漏已报是三更时分了。刚交春，便抱有祈盼好收成的想法，不听歌声而静听雨声。""锣鼓喧天，震动大地，仿佛轻雷滚过天空。看焰火四射，飞花纷纷溅放开来，瞥见广场上一条直浪冲起，原是双龙争着挟火珠飞冲而来。""馆舍灯光辉煌仿佛仙宫，一般深色的夜空也被焰火映得明丽，铜驼四角上都缀着精美的羽毛，黑夜漫长，用桦树皮卷蜡制成的烛点燃了添了几分透着寒意的火焰，初春的清晨看终南山上依然白雪皑皑，没有消融。""十年来奉朝廷派遣驻守秦关，梦魂中常常萦牵于蓬莱瀛洲仙境的供奉的班到。记得披香常常侍陪宴饮，堆架万朵红云叠成山形的花灯。"

【原文】

　　裴二知中丞,巡抚皖江,每至随园,依依不去。举家工琴,闺阁中淡如儒素。其子妇沈岫云能诗,著有《双清阁集》。《途中日暮》云:"薄暮行人倦,长途景尚赊。条峰疏夕照,汾水散冰花。春暖香迎蝶,天空阵起鸦。比身图画里,便拟问仙家。"在滇中《送中丞柩归》云:"丹旐秋风返故乡,长途凄恻断人肠。朝行野雾笼残月,暮宿寒云掩夕阳。蝴蝶纸钱飘万里,杜鹃血泪落千行。军民沿路还私祭,岂独儿孙意惨伤?"读之,不特诗笔清新,而中丞之惠政在滇,亦可想见。余方采闺秀诗,公子取其诗见寄,而夫人不欲以文翰自矜。公子戏题云:"偷寄香闺诗册子,妆台佯问目稍嗔。"亦佳话也。中丞名宗锡,山西人。公子字端斋。

【译文】

　　裴二知中丞巡抚皖江之时,每到了随园,总是依依不舍,不愿离去。他一家都善于弹琴,闺阁之中也是清淡素净,雅有书香。他的儿媳妇沈岫云作诗,著有《双清阁集》。她的《途中日暮》诗中说:"暮色苍茫,行人已行得倦累了,路途漫长,景色还多着呢! 中条山的峻峰为夕阳的残光映着,汾水哗哗地流淌,不时溅散出洁白的水花来。春天和暖,花香引来了飞蝶,不时有群鸦飞冲天空。此时仿佛置身于画卷之中,便想问一问有无仙家居住此地。"在云南时的《送中丞柩归》诗为:"引魂幡在秋风中飞扬,扶柩回归故乡,路途迢迢,让人伤心凄恻,清晨出发之时,旷野的雾霭笼着朦胧的残月,生寒的冷云淹没了夕阳,天色昏暗下来时才投宿休息。路途中纸钱如蝴蝶一样飘飞,杜鹃泣血,血泪千行。就是军民沿路还私自祭奠哀伤,岂只有儿孙惨淡伤痛?"读这首诗,不仅文笔清新,而且中丞在云南的仁政,也可以想象得出。我当时正采集闺阁之中的佳诗,公子把她的诗寄给我,而夫人却不愿意向别人夸示自己的文墨。

　　公子戏题诗为:"偷偷将闺中的诗册寄走,心中已知,妆台前理鬓时故意问

起,眼里含有责怪之意。"也是一段佳话。中丞名宗锡,山西人,公子字端斋。

三九

【原文】

　　韩慕庐尚书,虽为徐健庵司寇所识拔,而在朝中立不倚,于牛、李之党,两无所附;然官爵崇隆,终身平善;可知仕途之不须奔竞也。近今张謦堂先生,以县令起家,官至监司,皆委怀任运,不管求而自得。诗才清妙。《过卢生庙》云:"快马卫风急,添衣御晓寒。平生无好梦,醒眼过邯郸。"其襟怀之淡,定可知矣。又,《宣城夜行》云:"夜半张灯起,披衣上马鞍。月明如欲曙,风敛不知寒。此景人谁见,长途心转安。襄阳旧游处,明日且盘桓。"刘霞裳秀才出公门下,仿其意作《铅山夜行》云:"车比兔尤仄,心闲坐颇安。清冰明似镜,冻月小于丸。灯远知村到,更深唤渡难。渐看浮帅白,霜重夜将阑。"可谓工于窃比者矣。先生又《过铜雀台》云:"可怜肠断分香日,轮与开门放婢人。"使老瞒在九泉,为之汗下。先生名铭,江西己卯孝廉。

【译文】

　　韩慕庐尚书,虽然受徐健庵司寇赏识而得到提升,然而在朝中不倚背任何人,保持中立在牛党、李党之间,都不倚附任何一方,而他的官爵很高,颇受器重,地位尊崇,终身平稳顺利,可见仕途并不需要奔走竞争。看当代的张謦堂先生,做官做到监司之职,都是听凭命运的安排,淡然处之,不去投机钻营谋求美职而自然到手。张先生诗才清新佳妙。

　　他的《过卢生庙》中说:"快马疾驰,风从耳边呼呼吹过,向人扑击过来,添加衣衫来抵御清晨的寒冷。平时不做什么黄粱美梦,醒来一看已过邯郸,超过自己所求。"他襟怀的淡泊无求,是可以知道的了。

　　又有《宣城夜行》中说:"半夜时分点灯起身,披上衣衫蹬上马鞍。月色甚好,非常明亮,好像天要亮的样子,风吹过不料也不觉得寒冷。这样的美景有谁

可以欣赏呢！路途漫漫心里反倒安稳下来。到了襄阳是我旧日游玩过的地方，明天且停下来盘桓重游一番。"刘霞裳秀才是张先生的弟子，模仿诗意而作了一首《铅山夜行》，诗中说："比起笼子来，车还仍嫌狭小，心内闲适，乘坐上去颇觉安稳。清冷的冰如镜一般明澈，寒月小如圆丸。看到远远的地方透出灯光来知道临近村庄了，夜深人静来渡过河去，很不容易喊艄公来摆渡。看浮草渐渐发白，重露降了下来，夜快要尽了。"可以说是善于模仿的了。先生还作过一首《过铜雀台》诗中说："曹操肠断伤痛，临亡分名香与众妻妾之时，真是可怜！但还是开了宫门遣放宫婢之人。"假若曹阿瞒在墓中有知，该为之汗下。先生名铭，是江西己卯年的孝廉。

四〇

【原文】

金陵张止原居士，立身端谨，为秋帆尚书所重，以家政托之。尝腊底冒雨招余游灵岩山馆，其襟怀可想。舟中诵其《春暮书事》云："山苑浓阴覆绿苔，意行敷坐自徘徊。池边柳弱莺难驻，庭畔花残蝶未回。酒盏怕空先料理，柴门喜静且长开。人生得丧何须计，一任浮云过眼来。"《步尚书青门柳枝韵》云："绿烟漠漠袅晴岚，紫陌轻阴月正三。怕上乐游原上望，引人离恨到江南。"居士名复纯，兼通医理，工赏鉴。

【译文】

金陵的张止原居士，为人端正谨慎，秋帆尚书很看重他，就把自己家中的事物都托交给他掌管。他曾经在腊月底冒着雨来召请我去游玩灵岩山馆，由此可以想象得出他的襟怀。他坐在舟中诵读自己的诗作《春暮书事》，诗中说："亭园山石中浓荫遮蔽，覆遮着青香的苔藓，想随意行走四处歇坐，园径中来回徘徊，水池旁边柳枝纤弱莺儿难以飞栖停驻上面。庭院之中花已残败，蝴蝶还没有飞回来。怕酒盏中无酒先料理好以备需用，虽然喜欢清静但柴门还是经常敞

开着。人生的得失又何必费神去计较呢？一切都如过眼烟云,任凭闲云自适,心自淡泊。"

《步尚书青门柳枝韵》:"郁郁葱葱的绿意,环着一层轻烟,晴日的原野袅袅地浮着雾气,京城的街道三月阳春覆着薄薄的阴影,怕到乐游原上踏青眺望,将人的离愁别恨引入江南,空惹乡愁。"居士名复纯,并且还懂得医学,精通鉴赏。

四一

【原文】

壬寅冬,余游雉皋,何春巢引见其亲徐家湘圃司马。其人吐气如虹,不可一世;家有园亭之胜,招致名姝,宴饮竟夜。见赠云:"一病经年喜再生,西风吹客过江城。虎溪大笑酬前愿,雁宕闲游寄远情。荒径漫劳携杖访,倾心不待整冠迎。夜来天际文星聚,珠玉惊闻掷地声。""飒飒空林乱叶声,相逢慰我寂寥情。多邀红袖同行酒,小摘寒蔬为煮羹。对月且拼三五夜,看花莫问短长更。幽怀万种愁千斛,不遇先生不肯鸣。"

【译文】

壬寅年冬天,我在雉皋游玩。何春巢向我引见他的亲家徐湘圃司马。此人吐气不凡,言谈如天际长虹,是旷世之才。家中亭园幽美,招来名姬,宴饮通宵达旦。他写诗赠我,诗中说:"多年有病,庆幸自己竟又活了过来,西风吹送客人过访江城。在虎溪仰天畅笑,了却自己往日的心愿,闲游雁宕寄托远方的思情。携了手杖,有劳漫走荒径相访,长久倾心仰慕,没来得及整理衣冠就出来迎接,夜间看天上的文曲星聚到一块,写诗作文,字字玑珠,掷地有声。""空旷的林子中乱叶飘零,飒飒有声,你我相逢一起,慰抚我寂寥孤独之情。邀请来美人一起劝酒,摘了一清淡寒素的蔬菜来煮羹,拼却这三五月明之夜,对着这花月赏玩,不去理会夜深夜浅。常怀幽情愁意,随酒而倾,只有遇到先生这样的知音才愿鸣发。"

随园诗话·卷十二

圣人称诗"可以兴"，以其最能感人也

一

【原文】

戴喻让有句云："夜气压山低一尺。"周蓉衣有句云："山影压船春梦重。"皆妙在可解不可解之间。

【译文】

戴喻让有诗句说："夜气压山似乎山低了一尺。"周蓉衣有诗句说："山影压着小船春梦也沉重起来。"这些诗都妙在可理解与不可理解之间。

二

【原文】

人人共有之意，共见之景，一经说出，便妙。盛复初《独寐》云："灯尽见窗影，酒醒闻笛声。"符之恒《湖上》云："漏日松阴薄，摇风花影移。"女子张瑶英《偶成》云："短垣延月早，病弃得秋先。"郑玑尺《雪后游吴山》云："人来饥鸟散，日出冻云升。"顾文炜《立夏》云："病骨先愁暑，残花尚恋春。"女子孙云凤《巫峡道中》云："烟瘴寒云起，滩声骤雨来。"沈大成《登净慈寺》云："花气随双屐，湖光纳一窗。"姜西溟《野行》云："桥欹眠折苇，槛倒坐双凫。"

【译文】

人人都有的意思，人人都能看见的景色，一经诗人说出，便十分绝妙。盛复初

的《独寐》说:"灯点尽的时候看见窗户的影子,酒醒后听见笛子的声音。"符之恒的《湖上》说:"松树荫虽很稀能透过日光来,风儿摇动花影也跟着移动。"女子张瑶英写《偶成》说:"短墙使月亮早早地照进院内,病叶最早能得到秋的消息。"郑玑尺写《雪后游吴山》说:"人一来饥饿的鸟儿都散去了,日出冻结的云彩才四散开来。"顾文炜写《立夏》诗说:"病中害怕暑气的到来,残花还留恋着春天。"女子孙云凤的《巫峡道中》说:"烟雾中寒云升起,江滩上有暴雨来了。"沈大成写《登净慈寺》说:"花气随着鞋子舞动,湖光山色从窗中便可看到。"姜西溟有《野行》诗说:"断桥高有伏地的衰草,倒塌的门槛上立着一双鸟。"

三

【原文】

有全首在人意中者:门生蔡家璋《舟中》云:"孤客心情急去旌,榜人带月趁宵征。去舟时共来舟语,残梦依稀听不明。"汪舟次《田间》云:"小妇扶犁大妇

清人蔡家璋曾写《舟中》一诗,寓意简明,饶有意味。诗云:"孤客心情急去旌,榜人带月趁宵征。去舟时共来舟语,残梦依稀听不明。"

耕,陇头一树有啼莺。儿童不解春何在,只向游人多处行。"此种诗,儿童老妪,都能领略。而竟有学富五车者,终身不能道只字也。他如:汤扩祖之"事当失路工成拙,言到乖时是亦非";方子云之"优孟得时皆贵客,英雄见惯亦常人";"酒常知节狂言少,心不能清乱梦多";吴西林之"贫士出门非易事,豪门投刺岂初心";皆使闻者人人点头。

【译文】

有全诗都写在人意中的:门生蔡家璋写《舟中》一诗说:"孤身在外的心情盼着早回家,中榜的人带着月光连夜出征。船去时和船来时谈话都一样,依稀记着过去曾做过的梦。"汪舟次写《田间》诗说:"小媳妇扶着犁大媳妇来耕作,陇头的树上有鸟儿在啼叫。儿童不知道春天在哪里,只往人多的地方走。"这种诗,儿童老妇,都能理解,但竟然有学富五车的人,终生不能写出一个这样的字来。其他的像:汤扩祖的"事情办得不得要领,本来工整的也变成了拙劣,话说巧处似是而非";方子云的"优孟得势时都是贵客,英雄看惯了原来也是常人";"常喝酒但知道节制很少口出狂言,心不清净自然多做一些乱七八糟的梦";吴西林的"贫士出门不是容易的事,豪门投递名笺也不是最初的心愿"。这些诗都使听的人频频点头赞许。

四

【原文】

吾乡郑玑尺先生,名江,康熙戊辰翰林。幼孤贫,里中有商人张静远者,助其读书。先生貌寝,眇一目,湛深经学,而诗独风骚。《自嘲》云:"自号小冠杜子夏,人嗤一目江东王。"藏花片于书中,题云:"卷里崔微帐中李,何如通替见殷妃?"

【译文】

我老乡郑玑尺先生,名叫江,是康熙戊辰年的翰林。小时候孤单贫穷,乡里有个叫张静远的商人,资助他读书。先生长得丑,瞎了一只眼,但学问精深,而诗又独领风骚。《自嘲》诗说:"自己号称胜过杜子夏,人嘲笑我是一只眼的江东王。"在书中藏有花片,题诗说:"书卷里的崔微帐中的李白,哪里比得上通替去见殷妃?"

五

【原文】

《咏云》者,吴尺凫焯有句云:"芦花摇雪碍船过,云叶随风逐雁飞。"陈心田寅有句云:"一雁披霜千树冷,片云移日半山阴。"嫌饭迟者,刘悔庵云:"冷早秋衣薄,天阴竿饭迟。"顾牧云云:"衣轻晚寒逼,薪湿午炊迟。"《咏新仆》者,汪舟次云:"见事先人往,应门答语轻。"吴野人云:"长者尊难近,新名答尚疑。"四人皆无心之雷同而俱妙。又张哲士《咏老仆》云:"旷职身常病,应门语每讹。"亦趣。

【译文】

《咏云》有写得好的,像吴焯(字尺凫)有这样的诗句:"芦花摇着像雪似的花絮妨碍了船的通过,云彩随着风在跟着大雁飞。"陈寅(字心田)有这样的诗句:"一只大雁披着风霜树木都感到了寒冷,一片云彩遮住了太阳半座山都变得荫凉起来。"嫌饭做迟的诗句有刘悔庵的:"天气早冷秋衣单薄,阴天里午饭做得很迟。"顾牧说:"单衣被早晨的寒冷所逼迫,柴木湿水午饭便因此而迟了。"《咏新仆》诗,汪舟次说:"看见有事人先过去了,应答敲门的声音十分轻柔。"吴野人说:"尊严的长者难以亲近,主人喊新名答应时还带着半信半疑的态度。"四人无心雷同写得都十分绝妙。又有张哲士写《咏老仆》说:"不能上任经常有病,传门外客人的语言总是出错。"也十分有趣。

六

【原文】

六合彭厚村,家资百万,慷慨好施,年六十,而家资罄矣。不得已,辞家远出,卒于乃弟孝丰署中。葛筠亭哭以诗云:"头盈白发翻为客,手散黄金可筑台。"又曰:"侠传众口难为富,患在无钱不认贫。"真厚村小传。其弟迪庵,葛弟子也。葛往访之,赠诗云:"笑随童叟来听政,要借云山去赋诗。"《在西湖夜望》云:"月光山色静窗扉,夜景空明水四围。多少渔灯风不定,满湖心里作萤飞。"葛诗笔绝佳,半生为时文所累;然高达夫五十咏诗,故未迟也。

【译文】

六合的彭厚村,家有百万资产,慷慨好施,年已六十岁了,家产被花尽了。不得已,离家远走,死于他的弟弟孝丰的家中。葛筠亭写诗哭他说:"头发都白的时候反而成了远走异乡的客,亲手挥霍的黄金可以砌成一座高台。"又说:"在众人的传闻中难以保持富有,问题是不应该在没钱时还不承认贫穷。"这真是彭厚村的小传。他的弟弟迪庵,是葛筠亭的弟子。事前去拜访他,赠诗说:"笑着跟上老顽童似的你来听课,要借一生云山去写诗。"《在西湖夜望》说:"月光山色映照着宁静的窗台,四周是水显得夜晚安静明亮。多少渔灯被风吹得飘摇不定,满湖心里都是萤火虫在飞。"葛筠亭的诗笔十分优美,半生为诗文所累;然而高达夫从五十才写诗,还不显迟。

七

【原文】

有人画七八瞽者,各执圭、璧、铜、磁、书、画等物,作张口争论状,号《群盲评

古图》;其诮世也深矣！刘鸣玉题云："耳聋偏要逢人聒,足跛转喜登山滑。可惜不逢周师达,眼珠个个金篦刮。"

【译文】

有人画七八个瞎子,各手执,圭、壁、书、画等物品,作张口争论的状态,号为《群盲评古图》;它讥笑一些世事十分深刻！刘鸣玉题诗说："耳朵聋了还偏要打听别人,足跛了反而笑登山太滑。可惜碰不上周师达,眼珠一个个都用金篦刮过。"

八

【原文】

又有人画《牵车图》,将妻子、奴婢、器具、食物,尽放车中,一枯瘦男子,牵长绳背负而走。空中一鬼,持鞭驱之。亦醒世意也。余题云："人世肩头各一担,梅花驮过杏花残。暗中何必长鞭打,就作神仙懒亦难。"

【译文】

又有人画《牵车图》,将妻子、奴婢、器具、食物尽放于车中,一位枯瘦的男子,牵着长绳背着走。空中有一个鬼,持鞭驱赶他。这也有醒世人的意思。我为它题诗说："每个世人肩上都有一副担子,走过梅花与菊花盛开的时间。暗中没必要挥长鞭驱赶而行,就是作了神仙也活着困难。"

九

【原文】

宝意先生有女曰可,字长白,有才而夭。《咏苔》云:"昨青疑有雨,深院久无人。"《题画》云:"黄雪襯袱点翠环,秋光一抹上房山。采云飞尽碧天远,半夜月明响佩环。"宝意编其诗,号《昙花一现集》。

【译文】

宝意先生有女儿叫可,字长白,有才可惜早死。写《咏苔》说:"昨晚可能有雨,深院里长时间没有人。"《题画》说:"黄色的雪点缀着翠绿的树木,一抹秋光早登上了房山。远方碧蓝的天空中有彩云在飞,半夜的明月下有佩环经过的叮当声。"宝意把她写的诗编起来,号为《昙花一现集》。

一〇

【原文】

张麟圂计偕入都,与某同寓,梦至大海,四望皆五色牡丹,鸾麟翔跃,有女郎容貌世,袖中出碧玉版,如桐圭,曰:"此'女娲笺'也,求郎题诗。"张题一绝。女曰:"郎诗固佳,未慊妾意。须请某郎为之。"所云某者,即其同寓友也。

次早起行,述所梦相同。是科,张竟落第,而某捷南宫矣。某所题仅记二句云:"泪花逗雨鲛珠死,画屏几叠扶桑紫。"

【译文】

张麟圂计偕来到京都,和某人住在一起,夜里梦见自己到了大海边,四处望

全种着五色牡丹,有奇异怪兽,有一个绝世美丽的女郎,从袖中拿出碧玉版,好像桐圭,说:"这是'女娲笺',求您题一首诗。"张麟圃便题了一绝。女人又说:"你的诗固然写得好,还不令我满意,还要请某郎君再写。"所说的某郎,就是他同屋住的人。第二天起来走时,互相说的梦都一样。考试时,张麟圃竟然落第了,而某人则高中。那人题的诗仅记了二句:"泪花和雨水一样能浇死花朵,画屏折来折去只是为了挡住美人害羞的样子。"

一一

【原文】

山阴女子陈淑旗《晚思》云:"弱质怯春寒,名花带月看。惜花兼惜影,不忍倚阑干。"

【译文】

山阴女子陈淑旗写《晚思》诗说:"弱小的体质害怕寒冷的春天,名花要在明月下看。怜花还要怜惜花影,不忍心去倚着阑干。"

一二

【原文】

余乙卯科试,考列前茅。其时,在帅学使幕中阅卷者,邵君昂霄也。相遇湖上,有所赠云:"韵到梅花清有骨,软于杨柳怯当风。"余有知己之感,故至今诵之。

【译文】

我乙卯年参加科试,考个名列前茅。当时,在帅学使幕府中看卷子的,是邵昂霄君。后来和他在湖上相遇,赠诗说:"写诗韵律美得像梅花一样透出一种清新的骨气,软得像杨柳一样弱不禁风。"我有他是我知己的感觉,因此到现在还记着它。

一三

【原文】

山阴沈冰壶,字清玉,有《古调独弹集》。以新乐府论古事,极有见解,如:辩永王璘之非反,李白之受诬,作《夜郎行》;雪李赞皇之非党,作《崖州行》;笑隋主诛宇文,身死于宇文,作《南氏怨》。以何平叔之不父曹瞒为孝,不从司马为忠,其粉白不离手之说,即梁冀诬李固之胡粉饰貌也。人言崔浩毁佛遭祸,乃《咏崔浩》云:"仙不能救,佛岂能厄?"尤为超脱。

【译文】

山阴沈冰壶,字清玉,有《古调独弹集》。以新乐府来论古事,极有见解,像:辩永王璘的不反,李白的受诬陷,作《夜郎行》。以何平叔的不认曹瞒作父为孝,不从司马氏为忠,他粉白不离手之说,就是梁冀诬陷李固的胡粉饰貌啊!人说崔浩毁了佛像因此遭祸,乃写《咏崔浩》说:"仙人都不能救,佛怎么能危害人呢?"十分超脱。

随园诗话

太白少夢筆頭生花自是天才倍曉沉酣中誤文未常錯誤而與不酔之人制對敕事皆不出太白所見時人諺為醉聖其詩放浪縱恣振脱廓俗模寫物象體拓錦連杜甫稠其詩無敵志氣宏放飄然有超世之心亦善綴擊劍晩好黃老云

李太白

李白像,选自清·上官周绘《晚笑堂画传》。清代沈冰壶认为唐代永王李璘并未谋反,从李白因受诬陷而作的《夜郎行》中就能看出来。

一四

【原文】

汤中丞莘来聘湖上,云:"小桥隔岸时通马,细柳如烟不碍莺。"江西杨子载《偶成》云:"渔灯欲灭见渔火,细雨无声添落花。"

【译文】

汤莘中丞来聘湖上,说:"小桥隔着岸堤上面有马车行走,细柳像烟一样遮

不住鸟。"江西杨子载写《偶成》说:"渔船上的灯快要灭了能看见渔火,细雨无声却平添了许多落花。"

一五

随园诗话

【原文】

胡伟然《钓台》云:"在昔披裘客,浮名著意逃。江流日趋下,益见钓台高。"钱相人方伯《钓台》云:"图画功名安在哉,高风千古一渔台。此情唯有江潮解,流到滩前便急回。"余过钓台,见石刻林立,独爱此二首。

【译文】

胡伟然写《钓台》说:"往日的穿皮衣的客人,立意要逃避世上浮名。江流每天都往低处流,越发显得钓台的高大。"钱相人方伯写《钓台》说:"图画中的功名还在吗?高风亮节千古传诵一渔台。这种感情只有江潮才能理解,流到滩前便来个急回头。"我路过钓台,见石刻林立,但只喜欢这两首。

一六

【原文】

题画诗最妙者,徐文长《画牡丹》云:"毫端顷刻百花开,万事唯凭酒一杯。茅屋半间无住处,牡丹犹自起楼台。"唐六如《画山水》云:"领解皇都第一名,猖披归卧旧茅衡。立锥莫笑无余地,万里江山笔下生。"余之扫墓杭州也,苏州陆生(鼎)画扇赠云:"一枝兰桨鸭头波,两个渔翁载酒过。好看旧山似新妇,迎门

先为扫双蛾。"

徐渭像。徐渭,字文长,明代著名画家。

【译文】

　　题画诗写得最好的,是徐文长写的《画牡丹》一诗,说:"笔端顷刻间便有百花开放,万事只凭着一杯酒。茅屋半间没有住处,牡丹却独自起楼台。"唐六如的《画山水》说:"领解京城第一名,却习惯了醉卧草屋不受拘束。别笑我地方狭小得没有立锥之地,万里江山都从我的笔下产生。"我去杭州扫墓,苏州陆生鼎赠我一把画扇说:"一枝木桨搅动浮水的鸭子前的水波,两个渔翁带着酒过去。美丽的山河像新媳妇一样,迎头的先是一双秀气的峨眉。"

一七

【原文】

诗中用虎点缀者最少,吴尊莱有句云:"樵声密云隔,虎迹落花封。"雪峤大师有句云:"残雪枝头雪未消,熟眠老虎始伸腰。"唐人然云:"夜深童子唤不起,猛虎一声山月高。"

【译文】

诗中用虎做点缀的很少,吴尊莱有诗句说:"砍柴的声音被密密的云彩所遮盖,老虎的蹄迹似乎是一对对的花。"雪峤大师有诗句说:"残雪枝头雪还没有化,熟睡的老虎才伸腰。"唐朝人有诗句:"夜深了童子睡熟叫不起来,猛虎叫一声显得月亮和群山十分高大。"

一八

【原文】

崔尚书应阶督察浙、闽,自称研露老人;书扇赠歌者樱桃云:"柳鲜花娇已断魂,春风空自与温存。歌筵一曲当年事,犹识金环旧指痕。"

【译文】

崔应阶尚书督察浙、闽两省时,自称为研露老人,写扇子赠送歌妓樱桃说:"柳要美貌使人一看便魂魄不在,春风空自学温存,在筵席上唱一段当年的事,还能认出金环上的旧指痕。"

一九

【原文】

松江何啸客有《西湖诗》四十首,或诵二首,云:"秦亭山头暖气匀,秦亭山下早梅新。嫁郎愿嫁秦亭住,占得梅花第一春。""长短兰桡拂渚汀,声声箫鼓集西泠。为谁唱出《桃花曲》,尽著萧郎帘外听。"

【译文】

松江何啸客有《西湖诗》四十首,有人读了二首,说:"秦亭山头四处都暖融融的,秦亭山下的早梅已经熟了,嫁郎愿意嫁到秦亭来住,占住梅花最先报春。""长短木桨一齐划着水,西泠处传来一声声的箫鼓。这是在为谁唱《桃花曲》,惹得萧郎站在帘外听。"

二〇

【原文】

诗改一字,界判人天,非个中人不解。齐己《早梅》云:"前村深雪里,昨夜几枝开。"郑谷曰:"改'几'为'一'字,方是早梅。"齐乃下拜。某作《御沟》诗曰:"此波涵帝泽,无处濯尘缨。"以示皎然。皎然曰:"'波'字不佳。"某怒而去。皎然暗书一"中"字在手心待之。须臾,其人狂奔而来,曰:"已改'波'字为'中'字矣。"皎然出手心示之,相与大笑。

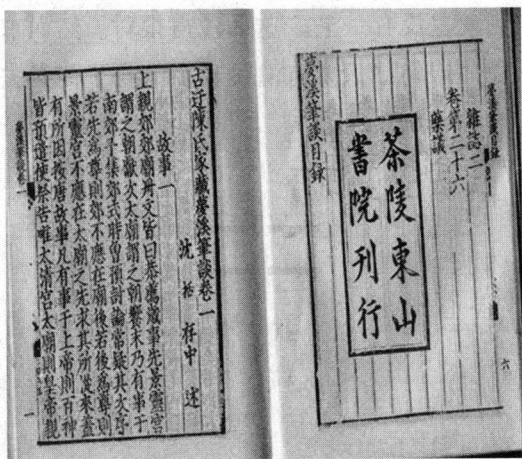

《梦溪笔谈》书影。《梦溪笔谈》是宋代著名文人、科学家沈括所著。

【译文】

诗哪怕改一字,也会有天上人间的区别,不是写诗的人是不会理解的。齐己写《早梅》诗说:"前边村子深雪中,昨晚有几枝梅花开了。"郑谷说:"改'几'字为'一'字,才是早梅。"齐于是下拜称谢。有人写《御沟》诗说:"这里的波浪像皇帝的大湖一样,没地方去洗世间尘埃。"拿它给皎然看,皎然说:"'波'字不好。"那人生气地走了。皎然暗暗在手心写一"中"字。不一会儿,那个人又狂奔回来,说:"我已把'波'字改为'中'字"。皎然伸出手心让他看,二人相对大笑起来。

二

【原文】

沈存中云:"诗徒平正,若不出色,譬如三馆楷书,不可谓不端整;求其佳处,到死无一笔。"此言是也。然求佳句,诗便难作。戴殿撰有棋句云:"但得闲身何必隐,不耽佳句易成诗。"

【译文】

沈存中说:"诗写得只是平整,如是不出色,就像三馆的楷书,不能说不端

随园诗话

整,找它好的地方,到死也没有一笔。"这话说得很对。然而求好的诗句,诗便难写了。戴有棋有这样的诗句:"只要有清闲自由的身子何必去隐居呢,不求佳句诗便容易写了。"

☷

【原文】

宋人《咏五月菊》云:"为嫌陶令醉,来就屈原醒。"《咏十月桃》云:"刘郎再来岁云暮,王母一笑天为春。"两用事,俱清切。近日姜绍渠《咏诸葛菜》云:"至味于今思淡泊,军行到处寓农桑。"

【译文】

宋人有《咏五月菊》诗说:"因为嫌陶县令又喝醉了,来为清醒的屈原开放。"《咏十月桃》说:"刘郎再来已快年终了,王母一笑天下便尽是春光。"两诗用的典故都十分清新贴切。

近日姜绍渠写《咏诸葛菜》说:"到了现在还想着淡泊明志,军队走到哪里都注意农桑之事。"

☶

【原文】

己卯秋,陈竹香从都门来,替余长女成姑议婚。所议者曹来殷舍人也。诵其句云:"水连铁瓮无边白,山到金陵不断青。"余极赏之。陈以书寄曹。曹欣然允诺。两家已有成说矣,适苏州故人蒋诵先别鹦不已,遂定蒋而辞曹。嫁未半年,女与婿俱亡。数之不可挽也如是!曹旋入词林。

【译文】

己卯年秋，陈竹香从都门赶来，替我的长女成姑议亲。所提的，是曹来殷舍人。读他的诗句："水连天际无边无际地白，山到金陵绵延不断都青翠欲滴。"我极为欣赏。陈写信给曹。曹来殷欣然答应，两家已基本说成了。刚好当时苏州故人蒋诵先却不停地求婚，于是又定蒋而辞去了曹。把女儿嫁过去没有半年，女儿和女婿都死了。算来算去也不可挽回！而曹来殷不久就入了词林。

二四

【原文】

圣人称诗"可以兴"，以其最易感人也。王孟端友某在都娶妾，而忘其妻。王寄诗云："新花枝胜旧花枝，从此无心念别离。知否秦淮今夜月？有人相对数归期。"其人泣下，即挟妾而归。

【译文】

圣人称诗为"可以兴"，这是因为它最容易感人。王孟端的朋友在京都娶妾，而忘了他的妻子。王孟端寄诗说："新的花枝胜过旧的花枝，从此无心念别离。知不知道今夜的秦淮月？有人对着它数归期。"这个人读后不由地哭了，就带着妾回去了。

二五

【原文】

杭州汪秋御夫人程慰良，《咏秧针》云："陌旁柳线穿难定，水面罗纹刺不

禁。"可谓巧而不纤。又有句云:"事从悟后言皆物,诗到工时心更虚。"真学者之言。有二女,皆能诗。长女妌,和母句云:"松留石下千年药,雨引池中二寸鱼。"次女姌云:"皓日穿窗飞野马,平池贮水数浮鱼。"

【译文】

杭州汪秋御夫人程慰良,写《咏秧针》说:"田野边的柳叶像线一样细却穿不过针,水面的罗纹似乎不禁刺。"可以说写得巧而又不做作。又有诗句说:"事情自从领悟后说的都很有道理,诗歌写到工整时心便更加谦虚。"这真是学者才能说出的话。有二位女子,都很能写诗。长女叫妌,和母亲的诗句说:"松树在石下落有千年以前的树叶,雨水引出了池中二寸长的鱼。"次女叫姌,写诗说:"太阳穿过窗照进来外面有野马飞奔而过,平地贮满水引来了几条浮鱼在里边游动。"

二六

【原文】

王生同太守母夫人杨氏,江都人,为昭武将军讳捷者之女孙。《咏琴》云:"游鱼浮水听,大蟹出沙行。"年十九,生生同,十四日而亡。故生同有《十四日儿谱》行世。

【译文】

王生同太守的母亲杨夫人,是江都人,是昭武将军杨捷的孙女。写《咏琴》说:"游鱼浮出水面来倾听,大螃蟹钻出沙滩而行。"年十九,就生了生同,十四天后便死了。因此王生同有《十四日儿谱》传世。

国学经典文库

图文珍藏版

重修随园旧制 致力文学著述

随园诗话

（清）袁枚◎原著　马博◎主编

线装书局

四八

【原文】

诗能入人心脾，便是佳诗，不必名家老手也。金陵弟子岳树德滋园，初学为诗，《铜陵夜泊》云："橹声乍住月初明，散步江皋宿雁惊。忽听邻舟故乡语，纵非相识也关情。"《古寺》云："寺荒僧去钟犹在，碑老苔生字半存。"《小艇》云："满载谁知都是月，轻飞始信不关风。"其弟树仁，字乐山，亦能诗，《题随园》云："依山偶盖看花楼，楼上看花五十秋。到此任为门外客，匆匆行过也回头。"《晓步》云："黄鹂啼破绿杨烟，唤醒东风二月天。宿露欲晞云气散，斩新山色到人前。""日日循途自往还，胸中绘得好溪山。今朝贪看沿堤柳，走过平桥错转弯。"《春闺》云："吟罢伊谁共唱酬，金炉香烬漏声稠。侍儿俯仰偷眠态，似向灯旁暗点头。"

【译文】

诗若是能深深印入人的心脾，便是好诗，不必非得是名家老手所写。我的弟子金陵人岳树德字滋园，最初开始学诗时，所做的《铜陵夜泊》诗说道："摇橹声乍停明月刚刚升起，我在江边散步惊起了栖息的大雁。忽然听到邻船中传来故乡那熟悉的乡音，纵然我和他们毫不相识也能引发我的思乡之情。"他在《古寺》诗中说："寺庙已经荒芜僧人离去只有大钟犹在，古老的石碑上生满了青苔，上面的字仅剩下一半可以辨认。"在《小艇》诗中他写道："谁知道小舟满载的都是月光，看到它轻快地航行才相信和风无关。"他的弟弟岳树仁，字乐山，也能写诗，他在《题随园》诗中说："依山偶然盖起一座看花的小楼，在楼上观赏了五十个年头的花。到此地的人即使是过路客，匆匆经过这里时也会回头顾望。"他在《晓步》诗中说："黄鹂的啼叫声冲破了笼罩绿杨的烟云，唤醒了东风已是二月天。露宿野外正欲叹息这云烟散去，一片崭新的山色又映入了眼帘。""日日往返走着一条老路，在胸中早又绘成了一幅好山水画。今早因为贪图欣赏沿堤的翠柳，走过平桥时拐错了弯。"他在《春闺》诗中说："吟完诗你和谁一同唱和，多色香炉中香火已尽窗外更漏声渐紧。一旁侍奉的丫鬟前俯后仰偷偷小睡的样子，好似向灯旁暗暗地点头示意。"

四九

【原文】

白下余秀才旻,吟诗肯刻意,不入平庸一路。余道:从此加功,便能加人一等。《徙榻》云:"得月又愁多受露,迎风还恨不当花。"《洗砚》云:"愿将剩得涓涓滴,洒遍人间没字碑。"《咏风》云:"欲吹山作地,能送海升天。"《种花》云:"垂头不语还遮面,新种花如新嫁娘。"

【译文】

白下的余旻秀才,吟诗肯刻意追求新奇,而不愿走入平庸的一路。我说道:从此不断用功,便能够超人一等。他写的《徙榻》诗中说:"得到月光的沐浴又为受到露珠的浸扰而发愁,能够迎着凉风的吹拂还恨它不能对着盛开的花丛。"他在《洗砚》诗中说:"愿将砚台中所剩的涓涓墨滴,洒遍人世间还没题字的石碑。"他在《咏风》诗中说:"想把山吹倒化作平地,能把海浪吹上天空。"在《种花》诗中他写道:"垂头不语还要遮住脸,新种下的花朵就如同新嫁娘一样害羞。"

五〇

【原文】

吾乡倪春岩司马(廷谟)有吏才,两宰桐城,讴歌载道。诗亦清新拔俗。尹文端公督两江时,最为赏识。尹公晚年,好平章肴馔之事,封篆余闲,命余遍尝诸当事羹汤。开单密荐。余因得终日醉饱,颇有所称引;唯于春岩治具之日,攒眉不荐。盖春岩但知靡金钱,而平素不曾训迪庖人故也。春岩知之,作书与余,末署"菜榜刘蒉"四字。余为大笑。今年来金陵,读《随园诗话》,嗔曰:"何独无我?岂诗榜亦作刘蒉乎?"余因索其从前呈献尹公之诗。云:"都已遗失。"惟抄

近作数首见寄。余读之，叹曰："此护世城中美膳也，加人一等矣。"《辛丑元旦》云："斗柄才回欲曙天，岁朝风物喜澄鲜。闰随萱荚推重午，人共梅花老一年。椒酒莫辞元日醉，炉香犹篆昨宵烟。江城柳色看初动，已觉春光到眼前。"《上元欢灯》云："罗绮香风拂面来，星桥灯火满楼台。十分桂魄如春晓，万朵莲花不水开。宝马倾城金作络，彩虹匝地锦成堆。纵难一闰元宵夜，玉漏何须故故催。"《红梅》云："东风为汝洗铅花，又点胭脂学画家。似笑绛桃无骨骼，却怜红杏少横斜。新妆照水窥明镜，薄醉当春斗绮霞。绛蝶未知芳信早，清高到底是梅花。"余年过六十，屡次戒诗，而屡有吟咏，因自号"诗中冯妇"，正可对"菜榜刘贲"。闻者辗然。

【译文】

我的同乡倪春岩司马(字廷谟)有做官的才能，两度出任桐城县令，讴歌他的人到处都是。他写的诗出清新脱俗。尹先生晚年时，喜好评点菜肴食馔，在辞官养老的闲余中，命令我广为品尝各地僚属所做的羹汤的时候，我皱着眉不向尹文端公推荐。这是因为春岩不仅知道这样做太浪费金钱，而且平时也从来没有训练请进名厨的原因。倪春岩知道后，写信难我，末尾写着"菜榜刘贲"四个字。我为之大笑。今年，他来到金陵，读了我的《随园诗话》，喟叹道："为何唯独没有我的诗？我难道在诗榜中也是刘贲吗？"我于是向他索要他从前呈献给尹文端先生的诗作。他回答说："都已经遗失了。"只是他又抄录了最近写的几首诗寄给了我。我读后，感叹地说："这真是护世城中的美味佳肴，写得高人一等。"在《辛丑元旦》诗中他写道："酒杯推来置去东方天空已露鱼肚白，每年元旦人们都喜爱干净新鲜的特产。闰月伴随着萱荚推迟到了端午，人和梅花又都长大了一岁。不要推辞椒酒在元旦我们共谋一醉，香炉中还萦绕着昨夜的烟雾。看到江城的柳树刚有绿意，突然感到春光已经来到了眼前。"他在《上元观灯》诗中说："罗绮摆动香风拂面而来，站在楼台上望去满眼星星小桥和灯火。圆圆的月亮像春日黎明破晓，万朵莲花般的花灯今夜却不在水上绽放。让全城人倾心瞩目的宝马佩戴着金子制成的笼络，匝地的彩虹好似锦绣成堆。纵使难以闰元霄夜，玉漏声又何必声声催促。"在《红梅》诗中他写道："东风为你洗去铅华，又模仿画家给你点上胭脂。好像在嘲笑绛桃树没有遒劲的风骨，却又怜惜红杏树缺少有意境的横枝。装点一新临着水面就像女子在窥视明镜，春日里稍带醉意和红霞嬉戏。深红色的蝴蝶不知道芬芳的信息来到，清新高傲的到底还要数梅花。"我已年过六十，多次想戒诗不再写，但又屡次吟咏题唱，因此自号"诗中冯妇"，正好与"菜榜刘贲"相对应。听到这件事的人都忍不住地笑了起来。

五一

【原文】

余门生谈羽仪之孙,名晋者,年少工诗,而累于病,遂潜心岐、黄之术。其《送友》云:"登程偏遇远乡客,拈笔愁吟赋别诗。《闻笛》云:"未向江头寻驿使,先听玉笛落梅花。"《三十自寿》云:"萧、曹勋贵由刀笔,李、杜功名非甲科。"皆有风致,而身分亦高。

【译文】

我门生谈羽仪的孙子,名叫谈晋,年少却精于写诗,但常受病魔的困扰,于是便潜心钻研岐黄长生之术。他写的《送友》诗中说:"踏上行程偏偏遇上了回乡的行客,提起笔忧愁地写作吟唱离别的诗。"在《闻笛》诗中他写道:"还没来得及到江边寻找送人的驿使,先听到声声玉笛声吹落了朵朵梅花。"他在《三十自寿》诗中说:"萧何、曹参等高官元勋都是从刀笔吏而起家的,李白、杜甫的功名也不是靠考中科举甲等而得来的。"这几首诗写得都很有风致,并且显示了较高的身份风度。

折梅寄友图,出自《花鸟争奇》。

五二

【原文】

史梧冈好禅,不甚作诗,而往往有新意。《游仙》云:"佛函佛笈记曾谈,大地如球绕看三。天外有天君到否,梅花都不异江南。""水云凄冷到初冬,避尽春来蝶与蜂。最是花神不安处,海棠无福见芙蓉。"他如:"弱水到今如有力,好浮花片海西来。""且放蟾蜍光一个,与他蝴蝶破黄昏。"俱可诵。

【译文】

史梧冈喜爱禅学,却不怎么写诗,但他写的诗往往有新意,在《游仙》诗中说:"佛函佛笈记下了曾经谈过的话,大地像圆球一样我绕着它看了三遍。天外还有仙境你去过否,连梅花都和江南的相同。""初冬时节水云低重凄凄冷冷,将春来时到处乱飞的蝴蝶和蜜蜂全部避开,要数花神最不安心呆着,海棠树无福见到芙蓉花。"其他的诗例如:"柔弱的水流到如今也好像变得有力起来,花片从海的西边漂浮来。""且升起一轮明亮的圆月,和蝴蝶一道冲破黯淡的黄昏。"这些诗句都值得一读。

五三

【原文】

纪晓岚先生在乌鲁木齐数年,辛卯赐环东归。畜一黑犬,名曰"四儿",恋恋随行,挥之不去,竟同至京师。途中,守行箧甚严,非主人至前,虽僮仆不能取一物。一日,过七达坂,车四辆,半在岭北,半在岭南,日已曛黑,不能全度。犬乃独卧岭巅,左右望护视之。先生为赋诗曰:"归路无烦汝寄书,风餐露宿且随予。夜深奴子酣眠后,为守东行数辆车。""空山日日忍饥行,冰雪崎岖百廿程。我已无官何所恋,可怜汝亦太痴生!"后被人毒死,先生为冢祀之,题曰"义犬四

儿之墓"。

【译文】

纪晓岚先生在乌鲁木齐放逐过几年时间,辛卯年皇上赦召他东归内地。他养了一条黑狗,名叫"四儿",依依不舍地跟随着他,赶也赶不走,竟然和他一同来到了京师。在路途中,"四儿"看守行李时非常严厉,除非是主人来到跟前,即便是僮仆也无法从它身边取走一样东西。有一天,经过七达坂时,车队中的四辆车,有一半在山岭北面,有一半在山岭南面,眼看天色已经暗淡下来,无法全部越过山岭。"四儿"于是独自卧于山岭之巅,左右眺望守护着车队行李。纪晓岚先生为它赋诗一首说:"归路中没有劳烦你为我传送书信,你不怕风餐露宿一直跟随着我。夜深后仆人厮们都已酣睡,你却要为我们守卫着东归的几辆车。""每日忍饥挨饿在杳无人迹的空山中行走,履冰踏雪登山爬坡每天走一百二十里路。我已丢失了官职你为何还要追随着我,可怜你今生真是太痴情了!"后来,"四儿"被人毒死,纪晓岚先生为它立墓祭奠,在墓碑上题写着"义犬四儿之墓"。

五四

【原文】

余幼时,曾见人抄女子赵飞鸾《怨诗》十九首。其人,家本姑苏,卖与某参领作妾,正妻不容,发配家奴,故悲伤而作。首章云:"谁怜青鬓乱飘蓬,马上琵琶曲又终。嫁得伧夫双足健,漫言夫婿善乘龙。"味其词,盖旗厮之走差者也。余计不甚记意。其最诙谐者,如云:"炕头不是寻常火,马粪如香细细添。""俗子不知人意懒,挨肩故意唱秧歌。"

【译文】

我小时候,曾经看到有人抄写一位名叫赵飞鸾的女子的十九首《怨诗》。赵飞鸾这位女子,老家在姑苏,卖给了一位参领做妾,因为正妻不许,便把她许配给了家奴,她因此悲伤而写出十九首《怨诗》。第一章说:"谁来怜惜我满头黑发蓬乱不整,马上传来的琵琶曲又告终了。被嫁给了一个粗俗善走的丈夫,却胡说我的夫婿是个乘龙快婿。"品味她的诗句,大概她的丈夫是个打旗的走

卒。她所做的其他的诗已记不清了。其中最为诙谐的,例如:"炕头烧的不是普普通通的柴火,把马粪像添香料一些慢慢添上。""粗俗的丈夫不知我心烦意懒,故意挨着我唱起了秧歌曲。"

五五

【原文】

关中史舒堂褒官云南,有句云:"掬露连衣湿,奔泉杂骥鸣。"《山行》云:"斜照垂鞭影,轻阴衬马蹄。"颇能写行役之意。因运铜过白下,投诗一册而去。

【译文】

关中人史舒堂(字褒)在云南做官,写有诗句说:"捧起露水把衣裳也沾湿了,奔流的泉声中杂着骏马的长嘶。"他在《山行》诗中说:"夕阳斜照马鞭在地上垂下了影子,轻轻地阴凉衬映出轻快的马蹄声。"很是能写出行途中的感受。他因为运铜经过白下,向我赠诗一册后便离开了。

五六

【原文】

余十二岁,与张星指应辰侍郎同受知于王交河先生,入泮。张后为翰林前辈。今六十四岁矣,其子云墩孝廉,以遗稿索序。录其《督学江西夜坐》云:"丁冬递响到帘栊,何处鸣号万窍风。夜色似年难得晓,灯光如豆不成红。沉忧触拨千端集,旧事去烟一笑空。饥鼠绕床挥不去,睡乡未许梦魂通。"其他佳句,如:"帘影日移直,树枝风撼鸣。""绿树乌栖连影动,好花风送隔林香。""树外青山才一角,屋头明月恰当中。""最贪早起通宵月,先看黄河隔岸山。"皆集中精华也。

【译文】

我十二岁时,和张星指(字应辰)侍郎一同受业于王交河先生门下,考上了秀才,张星指后来当上了翰林院的老前辈。至今已有六十四年了,他的儿子张云墩孝廉,呈上其父的遗稿请我写序。我抄录下其中的《督学江西夜坐》诗,诗中说:"叮咚声响传到了我那带帘小窗,是何处鸣号万穴来风。夜夜好似漫长岁月很难盼到东方破晓,灯火缩小成豆粒般大小再也不能火红一片。沉郁忧愁中又触发了千丝万缕的思绪,往事如同过眼云烟在谈笑中灰飞烟灭。饥饿的老鼠绕床觅食赶也赶不走,睡意正浓无法梦中和灵魂相沟通。"其他的好诗句,例如:"竹帘的阴影随太阳的升高而变直,树枝被风吹得直响。""鸟儿栖息在绿树中鸟影树影一起摇动,风儿把花香吹送到隔岸的树林中。""透过树丛只能看到远处青山的一角,屋头上明月恰好挂在夜空中央。""通宵不落的月亮起得最早,是它最先看到黄河对岸的高山。"这些诗都是张星指先生遗集中的精华。

五七

【原文】

余与吾乡柴行之同庚,十八岁时,柴与其表兄张静山见访,珊珊玉貌,彼此酬嬉。致相得也。逾年,张侍其尊人官平陆署中,离桂林二百里。余虽到广西,竟不得见。从此永诀。今年在西湖,静山之女因余系父执,与女弟子孙碧梧姊妹到湖楼相访。谈论之余,方知故一诗人也。有《病起》一首,云:"风逼帘栊睡起迟,春寒无计可支持。双眉慵扫因新病,一卷丛残剩旧诗。雪霁庭梅初破冻,日长堤柳暗抽丝。年来忧思凭谁诉,独有妆台明镜知。"

【译文】

我和同乡的柴行之年纪相同,十八岁时,柴行之和他的表兄张静山来造访我,相貌清秀如玉,我们彼此玩得很投机畅快,相互都有收获和帮助。过了一年,张静山随其父到平陆做官,离桂林有二百里路。我虽然来到了广西,可惜竟无从相见。从此竟为永诀。今年我在西湖的时候,张静山的女儿因为我和他的父亲是好友,便和女弟子孙碧梧姐妹一同到湖楼中来拜见我,这才知道她原来也是一位诗人。她写有一首《病起》诗,诗中说:"风儿使劲吹着窗上的竹帘我

却迟迟不愿起床,春日的寒冷使我无法支持下去。因为新近得病双眉也懒得细细描绘,一卷诗书看得只剩下往日的旧诗。雪后晴天庭院中的梅树刚刚破冻绽放,白昼渐渐变长河堤上的杨柳暗暗地抽丝吐绿。这一年来的忧思又能向谁诉说,只有梳妆台上那面明镜可以知道我憔悴的容颜。"

五八

【原文】

杭州汪秋卿秀才绳祖性偶傥好客,其室程慰良女妵。女妵一家能诗。屡次书来,招余游西湖,而中年抱病,遽卒。仅传其《雪弥勒》云:"搏雪居然塑佛夸,白毫现处绝纤瑕。云中莹澈鬘穿霙,掌上玲珑塔聚沙。显相别开严净界,笑拈还有雾淞花。日光应照琉璃室,隔尽诸尘寂众哗。"又,《题听秋图》云:"月窟高于绛树庭,桂丛谁占一枝馨。年来我是伤秋客,每遇秋风最怕听。"

【译文】

杭州的汪秋卿秀才(字绳祖)性情偶傥风流,很是好客。他的妻子是程慰良,字妵。女妵一家人都能写诗。多次来信,请我去西湖游玩,但她中年抱病不起,于是去世了。我仅仅记下了她的《雪弥勒》一诗,诗中说:"堆雪居然塑造出一个人见人夸的弥勒佛,连白色的毫毛都塑了出来绝无缺瑕。在云中晶莹透亮的头发穿过冰霰,掌中托着可以聚沙的玲珑宝塔。庄严的法相另辟威严的净界,满面笑容手拈雾淞花。日光应该照在琉璃室上,和尘世隔绝众多喧哗在此寂静无声。"此外,她在《题听秋图》中说:"月亮高高悬挂在长满深黑色树木的庭院的天空中,桂丛里是谁占据了一枝馨香的位置。年年岁岁我都是个为秋而伤悲的人,每每遇到秋风吹起时我最害怕听到那萧瑟的声音。"

五九

【原文】

张星指先生《吊韩蕲王》云:"卧虎早能知俊杰,跨驴谁复识王公。"或《咏淮阴侯》云:"早知结局终烹狗,悔不功成再钓鱼。"两用典作对,其巧相似。

【译文】

张星指先生在《吊韩蕲王》诗中说:"像老虎一样卧隐起来早就可以知道俊杰人才,骑上毛驴后有谁还能认识你这位王公大人。"还有在《咏淮阴侯》诗中说:"早知道结局会是兔死狗烹,后悔没有在功成名就后再去隐居垂钓。"两首诗用典故相对仗,构思之巧妙很是相似。

六〇

【原文】

考据之学,离诗最远;然诗中恰有考据题目,如《石鼓歌》《铁券行》之类,不得不征文考典,以侈侈隆富为贵。但须一气呵成,有议论、波澜方妙,不可铢积寸累,徒作算博士也。其诗大概用七古方称,亦必置之于各卷中诸诗之后,以备一格。若放在卷首,以撑门面;则是张屏风、床榻于仪门之外,有贫儿骤富光景,转觉陋矣。圣人编诗,先《国风》而后《雅》《颂》,何也?以《国风》近性情故也。余编诗三十二卷,以七言绝冠首,盖亦衣锦尚笈,恶此而逃之之意。

【译文】

考据学,和诗学距离最远;但诗文中恰恰有许多有关考据的题目,例如《石鼓歌》《铁券行》之类的诗,不得不要征引文献考据典故,并以多多征引显示博学为时尚。但必须要一气呵成,有议论,有起伏才好,不可一点点地积累,那样

只能算得上博士罢了。这种诗大概要用七言古诗才合适,也必须要放置在各卷中诗的后面,以备推究查寻。若是放在卷首,用来撑门面;那只能是把屏风床榻放在仪门的外面,大有穷人暴富的样子,反而显得浅陋。孔夫子编辑《诗经》,把《国风》放在前面,然后才是《雅》《颂》,这是为什么呢?是因为《国风》更能接近人的性情的缘故。我编了三十二卷的诗文,把七言绝句放在卷首,也是因为衣服虽华丽但却单薄,讨厌它而想避开它的原因。

六一

【原文】

丹徒女子王碧云琼年未笄而能诗,与其兄赋《扫径》云:"菊残三径懒徘徊,枫叶飘丹积满苔。正欲有心呼婢扫,那知风过替吹开。"颇有天趣。又,"鸟语乱残梦,鸡声送晓风。""夕阳不在山,春烟生木末。"俱佳。梦楼侍讲之女孙也。

【译文】

丹徒的一位女子王碧云(字琼)年龄未满十五就能作诗,她和兄长赋诗《扫径》,诗中说:"残败的菊花落满了小路让人懒得到处走动,火红的枫叶飘零积满地面。正有心想呼唤婢女打扫,哪知阵风拂过替我吹开了满地的落花残叶。"写得很有天趣。此外,"鸟儿的啼叫惊扰了我的好梦,雄鸡长鸣送来了清晨的凉风。""夕阳西下躲进山后,树梢上生起了春烟。"写得都很好。她是王梦楼侍讲的孙女。

六二

【原文】

余少时《咏落花》云:"此去竟成千古恨,好春还待一年看。"弟子汤敬舆和云:"落去尽凭童子扫,飞来还望主人看。"余大叹赏,以为青出于蓝。

【译文】

我年少时写的《咏落花》诗中说:"此去竟然成为千古遗恨,美好的春光还要等上一年才能再见到。"我的弟子汤敬舆写诗相和说:"花儿落去后全凭童子清扫,再度飞来盛开时还愿主人能够欣赏。"我大为叹赏,认为他青出于蓝而胜于蓝,超过了老师。

六三

【原文】

广信太守张竹轩朝乐见访,自诵其《无题》云:"小院落花初过雨,空楼归燕又斜晖。""若非鸾镜应无匹,或对芙蓉竟有双。"《闽中杂咏》云:"红了桃花绿了水,春光不管未归人。"俱妙。江西有疑狱控部者,奉旨交制府审办,叠讯不服。其囚云:"得见张某官来,囚死无怨。"已而公果从都中来,为平其事。方知循吏故是诗人。

【译文】

广信太守张竹轩(字朝乐)前来拜访我,自己诵读了《无题》诗,诗中说:"刚下过雨小院中落花点点,斜阳夕照燕子飞回了空无人迹的小楼。""若不是鸾镜就不会有匹配,或者对着芙蓉时竟然有了一对。"在《闽中杂咏》诗中他写道:"桃花红了春水绿了,春光不会等待还行未归的人儿。"写得都很好。江西有个囚犯对案件审判很怀疑便控告官府,奉圣旨把此案交给制府审理,经多次审讯该犯始终不服。囚犯说:"只要能见到张太守来,我便是死了也没有怨言。"不久,张竹轩从都中回来,审理平息了这一案件。我这才知道这位好官原来还是位诗人。

六四

【原文】

曹星湖明府诗,清新可喜,近蒙寄示。录其佳句云:"竹声随雨至,花影送晴来。""霜浓皱地面,树秃减风声。""花是当窗宜密种,草非碍道莫轻芟。"皆可存也。余性伉爽,坐车中最怕下帘,曹有句云:"平生眼界嫌遮蔽,风雪何妨一面当。"与鄙怀恰合。

【译文】

曹星湖明府的诗作,清新喜人,近日承蒙他寄赠给我看。我抄录了他所做的佳句:"竹叶摩挲声随雨而至,鲜花的影子送来了晴朗的碧空。""浓浓的秋霜冻裂了地面,光秃秃的树木减小了风儿的呼啸声。""对着窗户的花最好种得稠密一些,除非是有碍道路否则不要轻易把草轻易地铲去。"这几句诗都值得收藏。我的性情刚直爽快,坐在车子中最怕放下竹帘。曹星湖写有一句诗:"平生唯恐眼界被遮掩蒙蔽,面对风雪又有何妨。"这和我的胸怀恰恰相符。

六五

【原文】

嘉兴吴澹川卧病扬州,其族弟鲁幕桥亲称药量水。澹川赠诗,有"生我父母知我子,骨肉待我救我死"之句。亡何,来金陵,诵幕桥佳句,如:"愁多甜酒苦,客久故乡生。""花影殿春色,雨声生夏寒。""云影溪留住,秋声雁送来。"皆清秀可喜。又见赠云:"词臣循吏老烟萝,天遣湖山付啸歌。官似乐天辞政早,仙如列子出游多。千年蠹饱神仙字,四季花开安乐窝。想见日餐云母粉,不知江上有风波。"

【译文】

　　嘉兴人吴澹川在扬州卧病，他的族弟吴暮桥（字鲁）亲自替他称药量水。吴澹川在赠诗中，写有"生养我的父母了解我这个儿子，至亲骨肉悉心待我把我从死亡线上救回"的句子。不多久，吴澹川来到金陵，为我诵读了吴暮桥写的佳句，如："心中有忧愁多么甜的酒也会变苦，在外客居时间长了思乡情便油然生出。""鲜花的芳影映衬着最后的春色，雨滴声带来了初夏的凉风。""小溪留住浮云的踪影，大雁送来秋天的声息。"这几首诗都清秀喜人。他还赠诗给我说："您这位词臣良吏隐居在云烟藤萝中，上天布置了美丽的湖光山色让您尽情长啸放歌。做官好比白居易早早辞职归隐，仙居如同列子那样多次外出游历。千年的蠹虫饱食神仙般优美的文字，安乐窝中四季鲜花盛开。想见您每日都吃云母粉，却不知江面上风波时起。"

六六

【原文】

　　程蔼人孝廉元吉，晴岚太史之子，年少工诗。《咏蝴蝶》云："小雨苔痕新掠过，午晴花气乱飞来。"《即事》云："满院秋声催落日，一庭黄叶聚诗人。"

【译文】

　　程蔼人孝廉（字元吉），是晴岚太史的儿子，年少时就精于写诗。他在《咏蝴蝶》诗中说："小雨后在苔痕上轻轻掠过，正午晴后芬芳的花气引得你狂飞乱舞。"在《即事》诗中他写道："满院中萧瑟催促了太阳早早落下，遍地的黄叶恰是聚拢了众位诗人。"

六七

【原文】

壬子春，余在杭州，钱塘曹江庐明府以小照属题。

卷中诗甚多，余独爱吴嵩梁一首。询之，云是西江高才生也。癸丑春，王葑亭给谏书来云："有诗人吴某南来，索书为介。"

余大喜，扫榻以待。又迟半年，始从扬州来，人果偶傥。读所著作，以未窥全豹为恨。忽于除夕前七日五鼓，梦兰雪来。诵其旧句，数联俱超妙，而以《不寐》一联为稍逊。言未终，惺惺欲醒，而佳句亦沉沉渐忘。余亦惊怖，如健步捕亡人，苦相捉留，而竟冥然逝矣。仅记《不寐》云："不倒喜传丹诀好，将衰愁见呈人难。"

晨起录出，觉二句未尝不佳，而终不如前所诵之超超元箸也，为闷闷者久之。因思入海寻针。针非不在海底也，然而不可寻矣；探汤求雪，雪非不在汤中也，然而不可求矣。天仙化人之句，未尝不在人心也。然而兰雪不能知，我亦不能再梦矣。文字之奇，一至于此。

【译文】

壬子年春天，我在杭州时，钱塘的曹江庐明府以一幅小照请人题诗。

卷中的题诗很多，我只喜爱吴嵩梁写的一首诗。我一打听，说他是西江的高才生。癸丑年春天，王葑亭给谏写信说："有一位姓吴的诗人从南面来，想索要一些书保存。"

我大喜过望，打扫庭院准备接待他。又过了半年，他才从扬州来，为人果然偶傥。我阅读了他的诗作，但由于没能从整体上欣赏他的诗而感到悔恨。我忽然在除夕前七天的五鼓夜中，梦见兰雪前来，向我读了吴嵩梁以前的旧作，几副对联都非常绝妙，其中以《不寐》这副对联稍为逊色一些。兰雪的话还没说完，我睡眼惺忪就要醒来，但梦中所说的那些佳句也将渐渐淡忘了。我也十分害怕，就如同是在健步如飞地追捕逃亡者，苦苦追寻，但他竟冥然死去了。我仅仅还记得《不寐》中说："在没有倒下死去前为传授良丹妙诀而高兴，将要衰老时又为难以见到圣人而发愁。"

我早晨起床后把这副对联记录下来，忽觉这二句未尝不好，但最终还是比

不上前面几副对联那么绝妙高明,我为此很长时间闷闷不乐。因为想起到大海中寻针,针并非不在海底,但却无法寻找到;在热汤中寻雪,雪并非不在热汤水中,但也无法寻找到。天仙们点化凡人的诗句,未尝不能长存人心。

但是兰雪不知道这件事,我也不能再做同样的梦了。文字的奇妙,竟到了如此地步。

六八

【原文】

吾乡孙诵芬舍人传曾,性耽吟咏,余久采其佳句入《诗话》矣。今春寄其诗来,属为评定。再录其《秋夜》云:"满林空翠淡烟遮,秋入深宵爽气加。人静莎虫悲砌月,烛残点鼠啮瓶花。洗心只合依三竺,开卷殊难遍五车。光范一书原不上,未须哀怨感琵琶。"《初夏》云:"粉蝶时依草,蛛丝惯恋花。"俱妙。

【译文】

我同乡的孙诵芬舍人(字传曾),生性沉醉于吟诗咏唱之中,我早就摘录了他作的佳句写进《诗话》中了。

今年春天,他又寄来了诗作,请我为他审评,我又抄录了他的《秋夜》诗:"整个树林中一片空翠之色有淡淡的云烟笼罩,深夜中秋天的爽气更有所增加。人们安静下来后莎鸡虫的悲啼响彻月空,微弱将熄的烛光下小老鼠吃咬着瓶中的鲜花。洗心静身只需要皈依三竺,开卷读书很难读遍五车书。仅以一本书为模式原本就不行,不需要哀怨的心情不会为凄婉的琵琶声所感染。"

在《初夏》诗中他写道:"粉蝶时常停留在草儿上,蜘蛛也习惯于把网织在花丛中。"这几首诗写得都很妙。

六九

【原文】

口头话,说得出便是天籁。诵芬《冬暖》云:"草痕回碧柳舒芽,眼底翻嫌岁序差。可惜轻寒重勒住,不然开遍小桃花。"黄蚊门《竹枝》云:"自拣良辰去踏青,相邀女伴尽娉婷。关心生怕朝来雨,一夜东风侧耳听。"范瘦生有句云:"高手不从时尚体,好诗只说眼边情。"又某有句云:"阶前不种梧桐树,何处飞来一叶风。""贪着夜凉窗不掩,秋虫飞上读书灯。"

【译文】

口头中的话语,说得出口的就是流畅自然而没有刻意雕琢的诗歌。诵芬在《冬暖》诗中写道:"草儿回绿柳条抽丝吐绿,翻着眼皮嫌季节的顺序出了差乱。可惜还有一丝轻寒重重勒住了春天的脚步,不然桃花早已遍开。"黄蚊门在《竹枝》诗中说:"自己挑选时光外出踏青,相邀的女伴是姿容美好的丽人。心中生怕清晨降下一场雨,侧耳倾听了一夜的东风轻拂。"范瘦生作诗说:"高人不遵从时尚俗礼,好诗只叙说眼前的情意。"此外还有人写诗说:"台阶前没有种梧桐树,风从何处吹来了一片落叶。""贪图夜晚的清凉不愿把窗掩上,秋日的飞虫飞上了我书桌上的灯台。"

七〇

【原文】

杭州胡沧来涛隐于桥桃,师史之术,诗笔甚清。余每到杭州,必相款洽。不幸年未五十而亡。录其《车遥遥》云:"别酒初行第一尊,征夫结束车在门。别酒匆匆三酌过,征夫出门车上坐。天涯万里车遥遥,山程驿店柳花飘。向暮停车侵晓发,人在车中长白发。依依相伴不相离,唯有车前故乡月。勿恨当时造

毂人,行与不行由君身。门前芳草年年长,几时草上归轮响?"其他佳句,如:《云共庵》云:"夕阳明似画,僧貌古于松。"《雪霁》云:"山容带粉消难尽,檐泪

清代的胡沧来《湖上》诗云"湖波骤长连宵雨,山雾徐收过午风"。

如珠滴未干。"《湖上》云:"湖波骤长连宵雨,山雾徐收过午风。"《落叶》云:"辞柯早带新霜色,委砌空含旧雨情。"俱极清妙,置之樊榭集中,几不可辨。

【译文】

杭州的胡沧来(字涛)隐居于桥桃,学习历史上的学问,诗笔很是清秀。我每到杭州时,他都一定会款待我。不幸年龄不到五十就去世了。我抄录下他的《车遥遥》诗,诗中说:"喝下第一杯离别酒将要踏上征途,征夫打点好行装车子就等在门外。匆匆喝下三杯离别酒,征夫走出大门坐到了车上。天涯万里路漫漫车遥遥,山路中驿店旁柳树飞絮。傍晚停车投宿清晨上路,人坐在车上长出了白发。和我依依相伴随不分离的,只有车前那轮故乡的明月。不要怨恨当年发明创造车轮的人,走与不走其实还在于你自己。门前芳草年年长出,何时草上能响起回归的车轮声?"他所做的其他佳句,例如:《云共庵》诗中说:"夕阳明媚如画,僧貌古穆似松。"在《雪霁》诗中他写道:"山上的白雪片片一时难以褪尽,房檐下融化的雪水像泪珠般滴滴滚落。"在《湖上》诗中他说:"连夜的绵绵细雨使湖水骤然升高,过午的清风把山中的浓雾徐徐吹散。"他在《落叶》诗中说:"离开树枝很早又带上霜打的颜色,委身石阶上空含对旧日雨水的深情。"写得都非常清妙,把它们放在樊榭的文集中,几乎都难以分辨出来。

七一

【原文】

孙碧梧女子有句云："檐前绿坠莺偷果,帘外红翻燕掠花。"张瑶瑛女子有句云："虫飞成阵知新暖,花瓣穿棍识暮春。"二人风调相似。

张嫁王甥健荨。甥来随园,张在家《闻子规》云："小院春深绿树肥,闺人任尔自高飞。渡江休去歌新曲,尚有秦淮寄未归。"又有句云："野店未过先见旆,茅庵将近便闻钟。""守贫似病医无益,习静如禅悟却难。"《九月桂》云："瞥见有花疑八月,迟开故意近重阳。"俱可传也。

【译文】

孙碧梧这位女子写有诗句说："屋檐前绿果坠落原来是黄莺在偷食,竹帘外红花翻动有燕子从上面掠过。"张瑶瑛女子写有诗句说："虫儿成队飞舞知道天已新近转暖,花瓣飞落门槛内让人识得暮春已至。"这两个人的诗风很相似。

张瑶瑛嫁给了我的外甥王健荨。健荨来到随园,张瑶瑛在家中作了首《闻子规》诗："小院中春意深深绿树茂盛,闺中人任凭你自由地高飞。过江后别再唱新歌曲,还有去秦淮的游客没有回归。"她还写诗说："还未经过野外的酒店就已先见到了酒旗,茅庵寺院快要临近了就会听到阵阵钟声。""安守贫穷好似得了疾病,医治也没有益处,习惯于静居像学禅一样,但顿悟却很难。"在《九月桂》诗中她写道："瞥见有花绽放疑心是身在八月,它迟迟才开放是故意想接近重阳节。"这些诗都值得传世。

七二

【原文】

有人以某巨公之诗,求选入《诗话》。余览之倦而思卧,因告之曰:"诗甚清老,颇有工夫;然百非之无可非也,刺之无可刺也,选之无可选也,摘之无可摘也。孙兴公笑曹光禄:'辅佐文如白地明光锦,裁为负版裤;非无文采,绝少剪

裁'是也。"或曰:"其题皆庄语故耳。"余曰:"不然,笔性灵,则写忠孝节义,俱有生气;笔性笨,虽咏闺房儿女,亦少风情。"

【译文】

有人拿来某位高人名士的诗作,求我把它选入《诗话》。我读着读着便累了想去睡觉,于是告诉他说:"诗写得很是清新老道,很有些功力;但是要指责它却又无可指责,要讽刺它却又无可讽刺,要挑选它却又无可挑选,要摘录它却又无可摘录。孙兴公嘲笑曹光禄说:'辅佐大人的文章如同空白地上的一块明光闪闪的锦缎,体裁好似背负国家图籍之人所穿的衣裤;不是没有文采,而只是缺少剪裁'说得很对。"有人说:"这是因为他的题诗语言庄重的缘故。"我说:"不是这样,文笔性灵,那么去写忠孝义,都可以写得很有生气;文笔笨拙,即使是咏唱闺房女子,也会缺乏风情。"

七三

【原文】

康熙间,叔父健磐公访戚镇江,寓某铁匠家,与其妻张淑仪有文字之知,彼此暗投笺札,唱和甚欢,而终不及于乱。微言挑之,则正色曰:"妾故老秀才某之女,幼嗜文墨,父亡,为媒者所诳,误嫁贱工,一字不识。彼方炽炭,我自吟诗,为此郁郁。得遇君子,聆音识曲,使我几句荒言,得传播于士大夫之口足矣。至于情欲之感,发乎情止乎礼义可也。"再三言,则涕泣立誓,以来生为订。健磐公心敬之,不忍强也。归家后,诵其佳句云:"懒妆撩鬓易,私泣拭痕难。"送健磐公归云:"三月桃花怜妾命,六桥烟柳梦君家。"逾两年,再过京口,访之,则铁铺不开,全家不知何人矣。后二十年,在粤中,又遇一刘铁匠者,不能作字,而能吟诗。每得句,教人代写。《月夜闻歌》云:"朱栏几曲人何处,银汉一泓秋更清。笑我寄怀仍寄迹,与人同听不同情。"健磐公尝笑谓余曰:"同一铁匠也,使张女当初得嫁刘某,便称嘉耦矣。"

【译文】

康熙年间,我的叔父袁健磐先生到镇江走访亲戚,住在一个铁匠家中,和铁匠的妻子张淑仪在文字上相知,彼此暗中寄投信笺,写诗唱和很是欢乐,但最终

都没有越轨的行为。健磐先生稍用话暗示她，她就正色地说："妾身是以前一位老秀才的女儿，小时候喜爱舞文弄墨，父亲死后，为媒人所欺骗，错嫁给了低贱的工匠，丈夫一字不识。他烧炭炼铁，我吟诗作赋，为此我郁郁寡欢。得以遇上您这位君子，吟听我弹奏的乐曲后识得曲名，使我写的几句不正规的诗句，能够在士大夫的口中流传，这对我来说已经足够了。至于情欲之感，发自于真情而用礼义去约束规范就可以了。"健磐先生再三劝她，她则泪如雨下，立下誓言，愿意在来生相许。健磐先生心底很是敬重她，不忍心强迫她。回家后，诵读了张淑仪写的佳句，诗中说："懒得梳妆打扮这样可以随意撩起鬓发，私自哭泣却难以拭干泪痕。"她在送健磐先生回家时作诗说："三月里的桃花怜惜妾身的命运，六桥的烟柳使我梦到了你的家。"过了两年，健磐先生又经过京口，去拜访她，发现铁铺已关门了，全家人不知迁到何处。二十年后，健磐先生在广东中部地区时，又遇到了一位姓刘的铁匠，不能写字，却会吟诗。每觅得诗句，便请人代为写字。他在《月夜闻歌》诗中写道："朱红色的栏杆里几曲歌声传唱歌的人儿却在何处，一泓银河在夜空中闪亮更衬出秋夜的清爽。笑我写诗寄托情怀还要表明心迹，和别人一同听歌心情却不相同。"健磐先生曾笑着对我说："同是铁匠，假使能让张淑仪当初嫁给刘铁匠，便可以称得上是一对好夫妻了。"

七四

【原文】

客冬香亭在杭州归，得诗一册，示余。《湖楼观雪》云："压白万山巅，衬黑一湖水。"余以为首句人人能道，次句古人所无，非亲历者不知。又，"树隐放湖宽"，五字亦妙。

【译文】

香亭冬天从杭州客居归来，得到一册诗，交给我看。其中的《湖楼观雪》诗写道："万山之巅覆盖着白皑皑的雪，一湖冬水被白雪衬映得呈现黑色。"我认为第一句人人都能写出，第二句是古人所没有写过的，这除非是亲身经历观察的人否则就不会知道。此外，"树丛隐在白雪之中显得湖面更为宽广"，这五个字写得也非常美妙。

七五

【原文】

　　钱唐陈文水孝廉泂设帐于香亭家，性爱苦吟，诗境高洁。为录其《吴山西爽阁》云："杰阁凭虚起，登临好是闲。凉秋半城树，残雨一湖山。道侣淡相对，诗人去不还。兹游太寂寞，觅径返柴关。"《湖村晚步》云："几折湖村路，身闲兴自幽。虫声多在草，野色半依楼。树有瓜棚倚，池惟菱叶浮。农人荷锄返，三五话凉秋。"《题天竺寺》云："求心不可得，慧日正东升。涧道百泉响，山光一路清。偶因松篁转，忽见宫殿生。入拜观音像，无言恰有情。"又，"残雨飞遥甸，晴雷走断云。""我持一筇逸，山为六朝忙。"皆佳句也。或云："'为'字改'笑'，更有味。"

【译文】

　　钱塘人陈文水孝廉（字泂）在香亭的家中挂起帘帐住下，他生性喜爱吟诗，写的诗境界高远清新。我抄录了他作的《吴山西爽阁》诗中说："高高的楼阁拔地而起，登山远眺很是舒心悠闲。半城绿树秋意凉爽，一湖山色笼罩在细雨中。志同道合的伙伴淡然相对，诗人一去不归回。（江声、樊榭都写有关于西爽阁的诗。）这样的游览实在是寂寞，寻找归路返回自己的柴门。"在《湖村晚步》诗中他写道："湖边小村的路弯弯曲曲，身心悠闲兴致自然幽雅。虫鸣声从草中阵阵传出，暮野茫茫偎依着小楼。瓜棚倚着大树盖起，池塘中只有菱角叶飘浮着。农夫们扛着锄头回家，三个五个成群共话凉爽的秋天。"在《题天竺寺》诗中他写道："寻求一种感情没有得到，东方慧日正缓缓升起。走在山涧旁的小道上听到山泉奔流，一路上山光清秀和爽。偶然之中随着松竹小路转弯，忽然一座宫殿矗立在自己的面前。进到殿中跪拜观音像，虽不说话心中却恰恰油然生情。"此外，"远远的郊外细雨纷飞，晴空的云层中惊雷猛响。""我手持竹杖走起路来悠闲自若，山色因为六朝的更替而变幻。"这些都是些好诗。有人说："把'为'字改成'笑'字，那么这句诗就更有味道了。"

七六

【原文】

金陵张香岩秀才培,以《秋雨斋诗》见示。年甫弱冠,而诗笔甚清。《晚过通济寺》云:"半壁残秋月,藤萝绕寺斜。鼯鼪惊客至,踏落数枝花。"《怀秦楼香》云:"皓月人千里,清风酒一樽。无端下林叶,深夜暗敲门。"《夜梦游秦淮》云:"雨余山色浮天远,月下潮声泊岸多。醉后不知身是梦,半桥疏柳听渔歌。"其人玉貌珊珊,殆亦风情不薄者耶?

【译文】

金陵的张香岩秀才(字培),把他的《秋雨斋诗》拿给我看。年龄刚到二十岁,但写诗的笔风很是清秀。他在《晚过通济寺》诗中说:"秋月下寺壁半残,藤萝斜绕在寺墙上。树上的鼯鼪使游客大吃一惊,踏落树下几枝盛开的鲜花。"在《怀秦楼香》诗中他写道:"人对三光照千里的明月,清风中饮酒一

清代秀才张香岩《夜梦游秦淮》诗云:"雨余山色浮天远,月下潮声泊岸多。"

杯。树林中的落叶无缘无故地飘下,深夜中暗暗地敲打着柴门。"他在《夜梦游秦淮》诗中说:"雨后的山色远远地浮生在天边,月光下潮水一次又一次地拍打着河岸。吃醉了酒不知道身在梦中,倚在半桥稀疏的柳树下倾听嘹亮的渔歌。"他相貌如玉,大概也是个风情中人吧?

【原文】

　　周青原舍人，一家能诗。余已录其室沈氏、其子之桂之诗矣。今春，其幼子之桐亦以诗来，殆不减谢家昆玉也。《和钮牧村元夕招饮即送赴皖上》云："移宾做主是今朝，绿酒行珍折柬邀。江馆雪泥传彩笔，桃花红雨送春潮。笛吹骊唱成三弄，月满琼楼第一宵。笑指烟江襟带水，皖公山色正相招。"余爱其音节清苍。其他如："江空风任来三面，舟小人如聚一床。"真能写坐小船光景。《立秋》云："日斜残暑催应去，人瘦新凉得更多。"《明妃怨》云："妾未承恩想报恩，女儿身愿犯边尘。只怜照影黄河水，恰比君王照妾真。"就馆邗江，其主人非解文墨者，又有句云："百卷书堆绣阁宽，故园花事未阑珊。如何苦抱湘灵瑟，来向齐王殿上弹？"庄穆堂有押"床"字句云："岸平山似排千笠，波稳人如卧一床。"与周语意相同。

【译文】

　　周青原舍人全家都能作诗。我已经抄录了他的妻子沈氏、儿子之桂写的诗。今年春天，他的小儿子周之桐也把诗送来给我看，丝毫也不逊色于谢家兄弟。他在《和钮牧村元夕招饮即送赴皖上》诗中说："今朝就要变宾客的身份而成为主人，具束相邀绿酒一杯祝路途珍后果。江边书院中迷人的雪景通过彩笔展现在人的眼前，桃花像红雨一样凋谢浮在水面上送去了春潮。笛声相伴唱了三曲离别歌，月色洒在琼玉般的小楼上，这正是你赴皖的第一个夜晚。笑指烟雾茫茫似一条襟带状的江水，皖省的山色正在向你呼唤。"我喜爱诗中的音节清秀苍劲。他写的其他的诗有："空荡荡的江面上风儿从四面八方任意吹来，小小的船上人们好像集在一张床上。"真是写尽了乘坐小船的光景。他在《立秋》诗中说："立秋的落日催促着残余的暑热快些离去，瘦削的人可以得到更多的凉爽。"在《明妃怨》诗中他写道："妾身并未得承恩宠却想报答圣恩，愿将女儿身远嫁到边疆异地。只是可怜那映照着我的倒影的黄河水，好比君王在用镜子细细地照着我。"他到邗江执教私人学馆，主人并不是善解文墨之人，因此他又写了一首诗说："宽敞的锦阁中堆藏着百卷诗书，老花园中百花还未灿烂绽放。为何要苦苦抱着湘灵瑟，来到殿上向齐王弹奏？"庄穆堂写诗押"床"字韵说："河

岸平直远山好似千顶斗笠相排列，水波平稳人在舟上就像躺在一张床上。"和周青原诗中的语意相同。

七八

【原文】

偶过僧寺，见山水一幅，上题云："鸳鸯湖上惜无山，烟雨楼头独倚阑。两眼放开无着处，不如自己画来看。"其人姓陈，名情，不知何许人也。

【译文】

偶然中经过一座寺庙，见到一幅山水画，上面题诗说："鸳鸯湖山可惜没有山峰高耸，我独自在烟雨楼头倚栏而立。放眼远望无处可以落眼，不如自己把山画在湖中仔细欣赏。"这个题诗的人姓陈，名情，不知是怎么样的一个人物。

七九

【原文】

长洲女孟文辉，适震泽秀才王慕澜，诗思清妙。今录其《秋日》云："远树蝉声秋意浓，卷帘拂拂度金风。绣余无事消长夜，独数秋花深浅江。"
《秋夜》云："秋夜月明风细，淡淡碧云天际。此时无限愁心，那更莎虫鸣砌！""北榻羲皇梦醒，南山雨过云停。一派洞庭秋色，满窗月透疏棂。"俱妙。

【译文】

长洲的一位女子孟文辉，嫁给了震泽的秀才王慕澜，诗文构思清妙。
现抄录他的《秋日》一诗，诗中说："远处树丛中蝉声阵阵秋意正浓，卷起竹帘西风在秋日的映射下拂面而至。绣花后无事可以度过这漫漫长夜，独自一人指点着红色秋花的深浅。"

随园诗话

她在《秋夜》诗中说:"秋夜中月儿明亮风儿轻吹,天边有淡淡的碧云飘浮。此时心中有无限惆怅,更何况还有秋虫震耳的鸣叫!""北榻上羲皇从睡梦中醒来,南山中雨过后天上的云也不再飘动。好一派洞庭秋色,月光透过稀疏的窗棂洒满了小窗。"

这几首诗写得都很好。

叩〇

【原文】

甲辰春,余过南昌,读谢太史蕴山《题姬人小影诗》而爱之,已采入《诗话》矣。忽忽八九年,先生观察南河,余寄声问安,并讯佳人消息。先生答书云:"姬姓姚,名秀英,字云卿,吴县人。生而妩媚贤淑,持家之余,兼通书史。《淮扬郡斋看桃花》云:"何须种核海边求,锦浪掀空艳欲流。绿绽枝头风乍暖,红看帘外雨初收。仙源史许刘郎问,佳实宁容曼情偷? 鹦面他年作光悦,花前暗嘱一樽酬。"

《游百花洲》云:"小苑墙低弱柳长,绮罗香散绿池塘。花洲一曲吴江梦,仿佛风回响麽廊。"

《姑苏上塚》云:"不到山塘十五年,旧时女伴话依然。双亲奠酹悲泉路,一弟伶仃又各天。"

《清江即事》云:"碧云暮合望依来,官舫银灯驿路催。底事多愁兼善病,探春嫩上禹王台。"

"不信前身是月华,浮云夫胥宦为家。廿年行遍江南路,又看淮壖雪作花。"夫人无子,为先生纳崤室卢氏,生一子,而躬自抚养之。故先生掌教白鹿书院,以诗寄云:"米盐凌杂必恭亲,那得偷闲写洛神? 小妇持家如大妇,故人织素胜新人。十年出入肩常并,百里云山梦更真。屈指归期槐夏过,云香屋名看拥桂轮新。"

余按:庄姜无子而美愈彰,马后因无子而贤愈显。有子无子,何须掉馨? 余幼有句云:"花如有子非真色,诗到无题是化工。"又云:"脉望成仙因食字,牡丹无子始称王。"

【译文】

甲辰年春天,我经过南昌,得以拜读了太史谢蕴山的《题姬人小影诗》,十分喜爱,已经把它摘录进《诗话》了。

时光飞逝转眼八九年过去了,先生到南河任观察官,我寄信向他问候,并询问了诗中佳人的讯息。谢先生写信回答说:"那个美人姓姚,名秀英,字云卿,是吴县人。生得娴静贤惠美好,在操持家务之余,还精通诗书经史。"

谢先生所做的《淮扬郡斋看桃花》诗中写道:"为何还要到海边去寻找它的种核,风吹桃花掀起一片锦浪香艳欲流。春风变暖后在绿叶枝头绽放,骤雨初歇后帘外粉红映人。这样的世外仙境只许刘郎前来探问,美好的果实宁愿允许曼傅来偷取?颜面他年露出喜色,在花前对着一杯酒暗中酬答。"

在《游百花洲》诗中写道:"小画苑的矮墙中柔弱的柳枝长长,绿色的池塘边彩色的藤萝散发出怡人的香气。百花洲头一曲小调上人又梦回吴江,仿佛风儿回荡在木拖鞋响起的走廊中。"

他在《姑苏上塚》诗中说:"已有十五年没有来到这片山塘旁了,从前的女伴的声音依然回旋在耳畔。把酒浇在双亲的墓前因他们已踏上黄泉路而悲伤,涕泪满面却又各在不同的世界中。"

他在《清江即事》诗中写道:"傍晚深色的云彩连成一片我焦急地盼望着你的到来,驿路上的灯光催促着官船上的银灯。心中多愁善感又体弱多病,为了寻找春天我懒散地踏上了禹王台。"

"不信前生是个月亮,夫婿像浮云一样把官事作为了家。二十年来我走遍了江南,又看到淮河畔雪花从天飘落。"

谢太史的夫人没有生下儿子,因此又为他纳了小妾卢氏,生下一个儿子,他亲自来抚养他。因而先生在白鹿书院执教时,给我寄来一首诗说:"小儿的饮食起居等杂事我都亲自过问,那里能有时间写诗作赋?小妾持家和大妻一样,老友织的布比新人要胜出一筹。十年来我们常常并肩出入,百里云雾笼罩的大山在我梦中更加真切。屈指计算归家的日期不知不觉夏日的槐花又已开过,在云香屋前又看到了一轮崭新的明月。"

我下按语:庄姜因为没有儿子而美名更为远扬,马太后因为没有儿子丽更加贤惠。有儿子或是没有儿子,又何必丢失尽胸中意气?我小时候写有一句诗:"花如果结子后就一定不再是它的本色,写诗到了无题的地步才是诗技高超的诗匠。"

还写道:"脉脉地盼望着能成诗仙因而如饥似渴地阅览诗书,牡丹自从没有了后代才开始称上花中之王。"

随园诗话补遗·卷三

大家真知诗者,孔子云:"兴观群怨","温柔敦厚"足矣

【原文】

辛亥，端阳后二日，广西刘明府大观袖诗来见。方知官桂林十余年，与比部李松圃、岑溪令李少鹤诸诗人，皆至好也。席间谈及广西官况清苦，独宰天保三年，为极乐世界。其地离桂林二千余里，乾隆四年，改土归流，方设府、县。岁有三秋，狱无一犯。

每月收公牒一二纸，胥吏辰来听役，午即归耕。县中无乞丐、倡优、盗贼，亦不知有樗蒲、海菜、绸缎等物。养廉八百金，而每岁薪、米、鸡、豚，皆父老儿童背负以供。月下秧歌四起，方知桃源风景，尚在人间。刘《率郡人种花》云："锄云植嘉卉，人力助天工。此乐真吾有，分春与众同。暮烟生远水，樵唱散遥空。领得山中趣，横琴坐远风。"

《甘棠渡》云："渡头溪水盘渔船，细雨濛濛叫杜鹃。花片打门春已暮，牧童犹枕老牛眠。"

【译文】

辛亥年端午节后的第二天，广西刘大观明府携带诗作前来拜访我。

我这才知道他在桂林做官已有十多年了，和比部李松圃、岑溪县令李少鹤等诗人都有极深的交情。席间他谈起了他在广西为官的清苦经历，唯独在天保做县令的三年时间中，快乐无比好像是到了极乐世界。

天保离桂林有二千多里，乾隆四年，清政府把西南地区的世袭均改置为中央政府任命调换的流官，才设立了府、县。每年中作物成熟三季，监狱中没有一个囚犯。

每月只接到一二纸公文，差役小吏们早晨前来听差，中午后就回家耕种。县中没有乞丐、娼妓、盗贼，也不知道世上有樗蒲、海菜、绸缎等物品。每年的薪俸有八百两银子，但每年所需的木柴、稻米、鸡、猪，都是由县中的父老儿童们背着送来。每当月亮升起，四方秧歌声传遍，才知道原来传说中的桃花源的风景，还存在于人世间。

刘大观在《率郡人种花》诗中写道："在云雾中锄地种植好花，要用人的力量帮助自然的造化。这种乐趣确实为我所拥有，和众人一同分享着春光。远处

水面上暮烟袅袅,樵夫的歌声响彻在遥远的天空中。享受到山中的这种乐趣,坐在风中横琴弹唱。"

他在《甘棠渡》诗中写道:"渡口旁的溪水中拴着一只渔船,细雨濛濛中杜鹃在啼叫。落花敲打着门板春日已经老去,牧童还枕着老牛酣然入眠。"

二

【原文】

吾乡安乐山樵著《燕兰小谱》,皆南北伶人之有色艺者。盖在古人《南部烟花录》《北里志》之外,别创一格。余采一二,以备佳话。其节义可风者,如张柯亭为某明府所昵,某以罪被诛。柯亭在戏场,奔赴市曹,一恸几绝。诗美之云:"树覆巢倾事可哀,感恩相伴逐舆台。不知金凤分飞后,曾为东楼一恸来。"

徐双喜身长,嘲之云:"婀娜多姿柳带牵,临风摇曳玉楼前。若教嫁作曹交妇,纵不齐眉也及肩。"

《嘲留须而复剃者》云:"儿童瞥见多相笑,西子麻胡两失真。"赠最佳者云:"如意馆中春万树,一时都让郑樱桃。"

【译文】

我同乡的安乐山樵著有《燕兰小谱》。书中全是南北戏曲艺人中色艺双全的人,大概是在古人的《南部烟花录》《北里志》之外又独创一格。我采摘了其中的一小部分,以待后人把它传为佳话。

其中有些人节义值得传扬,如张柯亭和某位明府关系亲密,这位明府因罪被杀。柯亭在戏场,闻讯后奔赴菜市口刑场,大哭震天几乎要死过去。他用诗赞美说:"树倒巢倾的事值得悲哀,为感恩德追逐着车马一生相伴,不知金凤在分飞之后,曾经面对东楼大哭欲绝。"

徐双喜身材修长,安乐山樵写诗嘲笑说:"婀娜多姿的柳条摇摆,在玉楼前临风飘扬。若是让她嫁给曹交做妻子,纵然不能齐眉也可以比肩高。"

他在《嘲留须而复剃者》诗中说:"儿童看见后大都哈哈大笑,西施和麻胡两人都不像。"

他写诗赠给艺人中最杰出的一个,说:"如意馆中万树沐浴在春光中,但一时间它们都在郑樱桃前退让不及。"

三

【原文】

赵秋谷有《海沤小谱》,半载天津妓名。《赠仙姬》八首最佳,摘其尤者,云:"晚凉新点曲尘纱,半月微明绛缕霞。不忘当筵强索饮,春腮初放小桃花。"

"新蝉嘒嘒送斜阳,小蝶翩翩过短墙。记得临行还却坐,满头花映读书床。"

【译文】

赵秋谷著有《海沤小谱》,有一半的篇幅登载的是天津的妓女名字。

上有八首《赠仙姬》写得最好,现摘录下其中最突出的,"夜晚的凉风吹弯了布满尘灰的窗纱,弯月微明洒下万缕霞光。难忘在酒席上争着要酒喝的情景,粉红的腮面像一朵绽放的小桃花一样春意盎然。"

"新蝉鸣叫着送走夕阳,小蝶翩翩然飞过矮墙。记得临行前推却了座位,满头的粉翠装饰映照着你躺着读书的香床。"

四

【原文】

孔子论诗,但云:"兴观群怨。"又云:"温柔敦厚。"足矣。

孟子论诗,但云:"以意逆志。"又云:"言近而指远。"足矣。

不料今之诗流,有三病焉,其一,填书塞典,满纸死气,自矜淹博。其一,全无蕴藉,矢口而道,自夸真率。近又有讲声调而圈平点仄以为谱者,戒蜂腰、鹤膝、叠韵、双声以为严者,栩栩然矜独得之秘。不知少陵所谓:"老去渐于诗律细"。

其何以谓之律? 何以谓之细? 少陵不言。元微之云:"欲得人人服,须教面

面全。"其作何全法，微之亦不言。盖诗境甚宽，诗情甚活，总在乎好学深思，心知其意以不失孔、孟论诗之旨而已。必欲繁其例，狭其径，苛其条规，桎梏其性灵，使无生人之乐，不已慎乎！唐齐己有《风骚旨格》，宋吴潜溪有《诗眼》：皆非大家真知诗者。

【译文】

孔子谈论诗学，只是说："要会联想观察结群讽刺。"又说："要学会温柔敦厚。"这些就已足够了。

孟子谈论诗学，仅仅说："用诗意表达相反的志向。"他又说："说的是眼前的实际指的却很深远。"这些对于学诗的人教导也已足够了。

不料今日的诗学风气中，有三种毛病，其一是诗中充斥经书典故，满纸死气沉沉，却以为自己知识广博而骄傲。其一是全无内涵，开口便说，自夸是行文直率真切。近来又有人讲求声调而平仄圈点成谱的，戒除蜂腰、鹤漆、叠韵、双声手法，以为识诗严谨，活生生地为这一独得之秘而自矜。却不知杜甫所说的："人老后写的诗格律渐渐细致。"

孔子像。孔子论诗只是说"兴观群怨"，其意为"要会联想观察结群讽刺。"

这其中什么叫作律？什么又叫作细？杜甫没有明说。元微之说："要想让人人佩服，必须要面面俱到。"

这其中如何才能面面俱到，元微之也没有说。大概来说，诗学的境界很是宽广，诗的性情也很灵活，总是不外乎要好学深思，心中理解其意，又不失孔子、孟子论诗的要领而已。如果一定要制订出繁多的规则，使诗境狭窄，使其条规苛严，桎梏住诗的性灵，使诗中再无生动的人情之乐，这不就已经头尾倒置了吗！唐齐己著有《风骚旨格》，宋朝吴潜溪著有《诗眼》：他们都不是真正理解诗学的大家。

随园诗话

五

【原文】

　　乾隆辛未,余送黄文襄公至浦口,见随行一员,疑为把总,与之谈,方知戊午同年,姓福,名安,字仁山。品端而性爽,遂成莫逆。累官至赣南道。率其幼子来随园作别,余止而觞之,嗣后不通消息矣。庚戌春间,余扫墓杭州,归见几上有诗扇一柄,云是祭陵钦差图大人留赠。初不知为谁,阅札,方知即当年福公之子图敏,字时泉,官礼部侍郎。事隔四十余年,尚能念旧;欲修书作谢,而公竟卒于路,为凄然者久之。扇上诗云:"忆昔儿时此地过,卅年重到鬓双皤。先生归日应惊笑,来唱皇华即是他。"

【译文】

　　乾隆朝辛未年,我送黄文襄先生到浦口,见到他的一个随行人员,以为是个把总,和他交谈后,才知道他是戊午年同年进士,姓福,名安,字仁山。品行端正,性情直爽,于是我们成了莫逆之交。

　　他升任赣南道道员,带着小儿子前来随园和我告别,我停下脚步喝下离别酒,此后两人之间音信全无。庚戌年春天,我到杭州扫墓,回随园后见茶几上放着一柄题诗的小扇,说是祭陵钦差图大人留赠的。

　　刚开始时不知他是谁,阅读了信札,才知道他就是当年福安先生的儿子图敏,字时泉,任礼部侍郎。事隔四十多年后,还能念挂旧情;我正想写信以示谢意,不料他竟然不幸在路途中去世。我为之长时间地凄然落泪。

　　只见扇子上的题诗写道:"记得往昔我小的时候经过这里,四十年后又来到此地,只是双鬓已斑白。先生归家时一定会又惊又喜,来此吟诗的钦差使者原来就是他。"

六

【原文】

　　乾隆庚戌,金陵风雅,于斯为盛。吾乡孙补山宫保为总督,沧州李宁圃翰林

为知府，泾阳张荷塘孝廉宰上元，辽州王柏崖廪生为典史，西江陶莹明经为茶引所大使，盱眙毛俟园孝廉为上元广文，随园唱和，殆无虚日。诸公诗，《诗话》中已采入矣，近又得俟园《游邢园》一绝云："一溪春水一桥横，宠柳娇花夹岸迎。依自过桥闲处立，放开来路让人行。"

此所谓诗外有诗也。俟园因余爱诵其诗，故见赠云："水惟善下能成海，山不矜高自极天。"又云："谁云智慧能消福，不信穷愁始著书。"

【译文】

乾隆庚戌年间，金陵的风雅之士在那时最为繁盛。我的同乡孙补山宫保任总督，沧州人李宁圃翰林任知府，泾阳人张荷塘孝廉任上元县令，辽州的王柏崖廪生任典史，西江的陶莹明经任茶引所大使，盱眙人毛俟园孝廉任上元县的广文官，整日在随园中作诗唱和，没有一天是在空虚中度过的，诸位先生的诗作，《诗话》之中早已有所摘录。近来我又得到了毛俟园的一首绝句《游邢园》，诗中说："一溪春水小桥横跨，娇柔的杨柳鲜花在两岸夹道相迎你悠闲地过桥去站在一旁，让开来路让别人行去。"

这就是所谓的诗外有诗。毛俟园因为我喜爱诵读他的诗，故此赠诗与我说："溪水只有好好地向下流才能汇成大海，大山不因自己的高大而骄傲就自然可以耸立云霄。"

他还写道："谁说智慧能够让人损消福分，不信只有穷苦愁闷的人才去著书立说。"

七

【原文】

王春溪明府在济南，三月三日，与李子乔诸人，夜泛大明湖，分得"南"字。王吟云："久客风尘倦，今宵酒意酣。相随贤有七，刚值日重三。新月如钩上，明湖似镜涵。濛濛烟水里，幽梦到江南。"

子乔读而笑曰："君得毋将官江南乎？"已而荣选新阳，人惊为诗谶。戊申，入闱齿痛，有句云："易牙思妙术，凿齿鲜良方。"

一时主司帘官，俱称其典雅。

【译文】

王春溪明府在济南时,三月三日那天,曾和李子乔等人夜晚泛舟大明湖,他分到了"南"字韵。于是他吟诗说:"长时间客居异地厌倦了风尘生活,今夜酒意正酣。相随我的有七位贤士,正好时值三月三。新月如钩悄然升空,明净的湖水好似一面镜子。濛濛的烟水中,我在幽梦中来到了江南。"

李子乔读后笑着说:"难道说先生将要到江南去做官吗?"不久王春溪荣幸地被选荐到新阳,人们惊讶于诗文的预言。戊申年,他在考场应试时牙齿突然疼痛起来。因而写诗说:"易牙正思考着精妙的医术,凿齿对此也很少有良方。"一时之间,各位主考官员都称赞该诗写得典雅。

八

【原文】

近时,兄弟怡情者,多不概见。休宁戴友衡孝廉《咏黄山连理松》云:"狮子峰前连理松,柯交叶互碧重重。为怜同气难分剖,纵使风来不化龙。"

殊有寄托。又,《江上竹枝》云:"欲雨不雨江上霞,青帘茅屋酒人家。长年阁桨不归去,淡月一纵芦苇花。"

亦颇清妙。惜未中年,遽亡。其师吴竹桥太史为余诵之。

【译文】

近些年来,兄弟之间能和睦相处其乐融融的,已经不多见了。

休宁人戴友衡孝廉在《咏黄山连理松》诗中说:"狮子峰前那棵枝干连生的松树,树枝相交叶子也交汇在一起形成一片碧绿。因为怜惜同呼吸共命运而难以分开,纵使仙风吹来也不愿化龙而去。"

诗中很有寄托之意。此外,他在《江上竹枝》诗中说:"江面上云霞明来想下雨又没有下,青色窗帘茅草小屋正是一家小酒店。长年以来把桨搁置不肯归去,淡淡的月光照一丛丛白色的芦苇花上。"

这首诗写得也很清妙。可惜他尚未到中年,就不幸去世了。这两首诗是他的老师吴竹桥太史,为我诵读的。

九

【原文】

芜湖令陈岸亭湛深禅理,诗故清旷。录其《忆梅》云:"春心忽忽在花先,盼到花时倍惘然。一夜梨云空有梦,二分明月已如烟。传来芳讯知何日,别后婵娟近一年。愁绝西溪三百树,冷香飞不到窗前。"

"巡遍檐牙十二时,红萝白纻渺难知。相思雪海应同涨,一笛江城忍便吹?何逊官忙开阁少,陆郎路远寄书迟。断烟细雨相思苦,拟作逋仙寄内诗。"

【译文】

芜湖县令陈岸亭精晓禅理,因此诗文写得清妙宽广。现摘录他的《忆梅》诗,诗中说:"春心在花期前就萌动了,终于盼到花开季节又倍感迷惘。一夜的白云只给我带来了梦,二分圆的明月已如烟逝去。要知传来的芳讯终究在何日,别后月光依旧要过近一年时间。西溪边三百棵梅为此愁闷欲绝,冷艳的幽香再也飞不到我的小窗前。"

"十二个时辰里我巡遍了屋檐,头上红色的藤萝、白色的纻麻渺然难以知晓。相思和雪海应该一同涨落,难道便忍心在江城中吹响一曲竹笛?何逊为官事忙很少打开楼阁,陆郎因为路远寄回的书信总是很迟。断烟细雨中一片相思苦,让我想仿照逋仙写一首寄内诗。"

一〇

【原文】

诗家百体,严沧浪《诗话》,胪列最详,谓东坡、山谷诗,如子路见夫子,终有行行之气。此语解颐。即我规蒋心余能刚而不能柔之说也。然李、杜、韩、苏四大家,惟李、杜刚柔参半,韩、苏纯刚,白香山则纯乎柔矣。

【译文】

诗文诸家的文体风格,在严沧浪的《诗话》中罗列得最为详尽,书中说东坡、山谷的诗,有如子路见孔子,终究有刚强之气。这句话让人发笑。如同我规劝蒋心余写诗能刚而不能柔的说法。但李白、杜甫、韩愈、苏东坡四大家之中,只有李白、杜甫刚柔参半,韩愈、苏东坡诗风纯刚,白居易则近于纯柔。

一一

【原文】

陈去非云:"扬子云好奇,唯其好奇,所以不能奇。"陆放翁云:"后人不知杜诗所以妙处,但以有出处为工,其去杜也愈远。"余爱二人之言,故摘录之。

【译文】

陈去非说过:"扬子云诗风喜好奇险,正是因为他的奇险,所以反而变得不奇险了。"

陆放翁说过:"后人不知道杜甫的诗妙在什么地方,只是以为诗句有出处就算工整精致,这和杜甫的诗意差得太远。"

我喜爱这两个人所说的话。因此摘录了下来。

二二

【原文】

东坡诗云:"惆怅东阑一枝雪,人生能得几清明?"此偷杜牧之:"砌下梨花一堆雪,明年谁倚此阑干"句也。然风调自别。有人说欧公好偷韩文者,刘贡父笑曰:"永叔虽偷,恰不伤事主。"亦妙语也。

随园诗话

咏梨图，图出自明代传奇剧本《校正原本红梨记》。

【译文】

　　苏东坡在诗中说："我为东栏外一枝似雪的梨花而惆怅，人生中能够经历几个清明节？"这句诗是偷取于杜牧之的诗："梨花好比砌下的一堆雪，明年又有谁在此倚栏凭看。"

　　但是风情格调大有不同。有人说欧阳修先生喜好偷用韩愈的诗文，刘贡父笑着说："欧阳永叔虽然偷用诗文，但却不会损伤原作。"这句话说得也很是巧妙。

二三

【原文】

　　晁以道问邵博："梅二诗，何如黄九？"邵曰："鲁直诗到人爱处，圣俞诗到人

不爱处。"

其意似尊梅而抑黄。余道：两人诗，俱无可爱。一粗硬，一平浅。

【译文】

晁以道问邵博："梅二先生的诗，和黄九先生的诗相比怎么样？"邵博回答说："鲁直的诗能够写到人喜爱的地方，圣俞的诗却专写人不喜爱的地方。"

话中之意似乎是尊崇梅二而贬抑黄九。我认为：这两个人的诗，都不可爱。一个人的诗写得粗俗生硬，另一个的诗写得平淡浅陋。

一四

【原文】

卢仝《月食诗》，有"官爵及董秦"之句。人疑藩将董秦来降，赐名李忠臣，现在贵官，卢仝不应识之。姚宽《西溪丛话》以为"董秦"者，汉之幸臣董贤、秦宫也。此说似有理。

【译文】

卢仝的《月蚀诗》中，写有"高官显爵降临到董、秦的身上"的句子。有人疑心是说藩属之将董秦归降我朝，赐名李忠臣，现在做了高官，卢仝不应该讥讽他。姚宽在《西溪丛话》中认为诗中的"董秦"，是指汉朝的宠臣董贤、秦宫。这种说法似乎很有道理。

一五

【原文】

癸卯春，余游黄山，见绝壁之上，刻"江丽田先生弹琴处。"疑是古之仙家者流，不复相访。今辛亥三月间，宣州参戎杨公大庄同一琴客江某来，道其姓氏，

盖即丽田先生。余惊喜,往访。见骨骼清整,白须飘然,隐天都峰下五十余年,终身不娶。有贵客过者,必逾垣而避。洵异人哉!杨诵其《咏古梅》云:"托根幽谷不知年,雾锁云封得自全。"

盖自况也。杨与之过陵阳,作绝句云:"山城重驻有前缘,再到陵阳二月天。笑指官囊无别物,一船书画一神仙。"

【译文】

癸卯年春天,我在黄山游览,见到绝壁之上,刻有"江丽田先生弹琵处"几个大字。我怀疑这是古代的神仙家之流,便没有去寻访他。今年(辛亥)三月间,宣州的参戎杨先生(字大庄)和一位琴客江某前来金陵,说起了他的姓氏,大概正是江丽田先生。

我又惊又喜,前往拜访。见他果然骨骼清拔,白须飘飘,已在天都峰下隐居了五十多年了,终身没有娶妻。如有贵客经过,他一定会跳墙躲避起来。是一位异人呀!杨大庄诵读了江先生所做的《咏古梅》诗:"在幽谷中生根开花已不知过了多少岁月,借着云雾的封罩得以自我保全。"

诗中所写的大概也不是他自己的情况。杨大庄和他一同经过陵阳,杨大庄写了首绝句说:"再次来到山城是有前缘注定,在二月天中又一次来到了陵阳。笑着手指空无别物的官囊,我随身所带的只有一船书画和一位老神仙。"

一六

【原文】

余刻《诗话》《尺牍》二种,被人翻版,以一时风行,卖者得价故也。近闻又有翻刻《随园全集》者。刘霞裳在九江寄怀云:"年来诗价春潮长,一日春深一日高。"

余戏答云:"左思悔作《三都赋》,枉是便宜卖纸人。"

【译文】

我刻印了《诗话》《尺牍》二种作品,被人翻印,得以一时风行于世,这是卖书人可以卖得便宜的缘故。近来听说又有人翻印《随园全集》。

刘霞裳在九江写诗抒怀说:"近年来诗集的价钱像春潮一样迅速上涨,随着

春日的浓深一天天地升高。"

我开玩笑地写诗相答说："左思后悔写了《三都赋》,白白便宜了那些卖纸的人。"

【原文】

今州县大堂有《戒石箴》,曰:"尔俸尔禄,民膏民脂。下民易虐,上天难欺。"人但知为宋高宗语也。后读张端义《贵耳集》,方知是蜀王孟昶语。本二十四句,而高宗摘取之。犹云"清慎勤"三字,今奉为圣经贤传;而不知司马昭训长史之言。见《三国志》。

【译文】

如今州县的大堂之上贴有《戒石箴》,上面写着:"你的俸禄,都是来自百姓的脂膏,下层的百姓容易欺侮,高高的苍天却难以欺骗。"人们只知道这是宋高宗的话。后来我读了张端义的《贵耳集》,才知道这是蜀王孟昶所说的。本来共有二十四句,宋高宗从中摘取了四句。好像"清(廉)(审)慎勤(政)"这三个字,如今被奉为圣经贤言;却不知它本是司马昭训斥长史的话。可以参见《三国志》。

【原文】

余在沭阳署中,赋《落花诗》,已五十四年矣,今秋,门人方甫参携其尊甫《碧浔居士诗》来,盖当时和余之作。

中一首云:"独对园林感不支,残红零落满阶墀。明妃曲唱离乡日,金谷魂消坠地时。一夜雨偏添别恨,数声莺尚恋空枝。殷勤好向风前约,莫负春来隔

岁期。"

又,"玉漏愁听三月雨,金铃谁护五更风。""山鸟解人怜惜意,故含花片往来飞。"

皆佳句也。读之,想见其为人。在当时不急急以诗来见,其高雅可知。甫参在余门二十余年,亦迟至今年七月,方袖诗来。岂非风骚显晦,亦有一定之时耶? 先是,碧浔弱弟子云,以诗受业余门,尚在甫参之前,亦未言及乃兄之能诗。余《诗话》中载子云诗甚多,今裁知其渊源有自云。碧浔,讳正溶,新安人。

【译文】

我在沭阳官署中时,写了《落花》诗,距今已有五十四年了,今年秋天,门生方甫参携带着他父亲的《碧浔居士诗》前来,大概是当时和我的诗。

其中的一首写道:"独自对着园林不胜感慨,残落的败花堆满了台阶。在离乡之日唱起了《明妃曲》,在坠地之时让金谷魂销魄散。一夜的小雨更增添了离别时的忧愁,黄莺啼叫着它还眷恋着常栖的枝头,殷勤地在风前相约,不要错过了来年春来的日期。"

此外,"倾听着玉漏中三月小雨的滴嗒声我愁绪绵绵,谁来呵护在五更风中摇曳的金铃。"

"山中的小鸟懂得人儿对它的怜爱,特地嘴含花瓣往来飞翔。"

这些都是好诗句。我读罢,非常想见到他这个人。他在当时众人写诗相和之时却不急忙以诗来见,他的高雅风范可以想见。方甫参在我门下受业已有二十多年了,也是迟至今年七月,方才携诗前来。这莫非是说风雅之人的显扬和隐晦,也有固定的时机吗? 在这以前,碧浔的小弟子云,在我门下学诗受业,他入门还在甫参之前,也没有向我说起他哥哥也能作诗。我在《诗话》中收录了子云很多的诗作,到如今才知道他的诗才渊源自何处。碧浔,字正溶,是新安人。

一九

【原文】

香奁诗,至本朝王次回,可称绝调。惟吾家香亭可与抗手。录其《无题》云:"回廊百折转堂坳,阿阁三层锁凤巢。金扇暗遮人影至,玉扉轻借指声敲。

脂含垂熟樱桃颗，香解重襟豆蔻梢。倚烛笑看屏背上，角巾钗索影先交。"

"一帘花影指轻尘，路认仙源未隔津。密约夜深能待我，吃虚心细善防人。喜无鹦鹉偷传语，剩有流莺解惜春。形迹怕教同伴妒，嘱郎见面莫相亲。""碧桃花下访临邛，含笑开门有病容。带一分愁情更好，不多时别兴尤浓。枕衾先自留虚席，衣扣迟郎解内重。亲举纤纤偎频看，分明不是梦中逢。"

"惺惺最是惜惺惺，拥翠偎红雨乍停。念我惊魂防姊觉，教郎安睡待奴醒。香寒被角倾身让，风过窗棂侧耳听。天晓余温留不得，隔宵密约重叮咛。"

其他佳句，如："他日悲欢凭妾命，此身轻重恃郎心。""常防过处留灯影，偏易得来触瑟声。""欢君莫结同心结，一结同心解不开。"皆妙。余戏谓："诗中境界，非亲历者不知。然阿兄虽亲历，亦不能如此之细腻风光也。"

近又见诒庭张观察亦工此体。《无题》云："珍珠楼翠倚香帷，赤玉阑干白玉墀。人与桃花争一面，春将柳叶斗双眉。画裙绣凤晨风举，宝镜盘龙夜月移。珍重瀛壶无限好，文鸾端合占琼枝。"

"每从梦里说相思，梦好翻嫌入梦迟。去后情怀凭酒遣，来时欢喜有灯知。羊权缩地真无术，张硕逢仙更有期。一树天桃浓着色，梳妆楼上绣帘垂。"其他佳句，如："常启镜奁如对月，应知蝶梦不离花。""不敢当庭愁月掩，未曾却扇怕花羞。""水摇鬓影疑钗坠，身比花香惹蝶亲。"

观察又有《山窗》一绝云："空阶入夜雨萧萧，剔尽银灯漏转遥。为怕客中听不得，小窗先日剪芭蕉。"亦七绝中之姜白石也。观察名裕谷，中州名臣仪封先生之曾孙。

【译文】

描写女子梳妆的诗，到本朝王次回，可以称得上到了最高峰，也只有我家的香亭可以和他相媲美。

现抄录香亭的《无题》诗，诗中说："千回百折的画廊转至堂坳处，在阁楼的三层正是丽人的凤巢。美人儿用金扇轻遮款款前来，用手指轻轻敲打着一扉，含脂着粉的像熟透了的红樱桃，透过重重衣襟散发着少女芬芳的气息。举烛笑着端详屏风背上的字画，头上佩戴的角巾和钗索的影子却先自交叉到了一块。"

"一帘花影轻拂着尘土，认得通往仙源的路没有隔着河。偷偷约定夜深后你要等待我，要小心谨慎好好提防着别人。幸喜没有鹦鹉暗中学话，还剩因飞莺懂得惜春之意。我的一举一动害怕会让同伴嫉妒，再三叮嘱情郎见面后千万不要太亲热。"

"在碧桃花下去访寻临邛，她含笑打开小门但却面带病容。稍带一分愁意更有情致，不多久就要告别时兴致还正浓。枕头被衾先给你留下了地方，衣的钮扣被情郎慢慢解开。亲自举起你纤弱的身体贴近脸仔细打量，这分明不是在

梦中相逢。"

"聪明的人最是怜惜聪明人,相互拥抱偎依停止了云雨,念在我害怕被姐姐发觉的惊魂未定,让情郎在我醒来后再安然入睡。侧身让给你一角香被,侧耳倾听穿过窗棂的风声,天要破晓不能再缠绵亲热,再次叮嘱你要记住后天晚上我们的约定。"

其他的好诗句,例如:"他日的悲欢离合全由着妾身的命运,我一身的轻重就要看郎君你的心了。"

"常常提防经过的地方会留下灯影,听着琴声偏偏容易找来。"

"奉劝郎君不要结下同心结,这个同心结是解不开的。"写得都很美妙。我开玩笑地说:"诗中表达的境界,不是亲身经历的人就不会知道。但你兄长我虽然经历过,却也不能写出如此情意绵绵细腻感人的情景。"

近来又见到张诒庭观察也精于这种诗体。他在《无题》诗中说:"珍珠翠楼中人儿倚着香帷。小楼有赤玉做的栏杆白玉做的台阶。人面和桃花相应争春,春天和柳叶在她的眉毛上相争斗,绣着凤凰的衣裙在晨风中飘扬,盘龙宝镜中夜晚的月亮在移动。珍重瀛台无限美好,彩鸾端庄大方地站在琼枝头。"

"每回都在梦中诉说着相思之苦,若是想做好梦反而嫌怪入梦太迟。自从你离去后我只有借酒来抒发情怀,你归来时我的欣喜那盏明灯可以知晓。羊权只恨无缩地之术,张硕得遇神仙更是有相定的时间。满树的桃花浓艳沁人,梳妆楼上我垂下锦帘细细妆点。"

其他的佳句,例如:"常常打开镜盒如同面对一轮满月,应该知道蝴蝶的梦儿是离不开鲜花的。"

"不敢站在庭院中担心月亮会因我而掩去,没有把遮面小扇移开是害怕会让鲜花羞愧。""水中鬓影摇动疑心是金钗坠落,身上散发着比花还香的芳香惹来了许多蝴蝶追逐。"

张诒庭观察还写有一首绝句《山窗》:"入夜空阶上雨滴声声意萧萧,银灯已被剔尽,午夜的更漏声也变得遥远了。害怕人在客居他乡时听不得这雨打芭蕉的声音,我在前一天就把小窗前的芭蕉叶先行剪去了。"

他这首七言绝句可以和姜白石相媲美。张观察名裕谷,是中州名臣张仪封先生的曾孙。

二〇

【原文】

梁山舟侍讲以书名重海内。余过其家，见笺绢塞满两屋。余笑云："君须有彭祖八百年之寿，才还清此债。"梁为一笑，赋诗自忏云："誓墓归来王右军，暮年都付代书人。小生那敢希前哲，只合从人役苦辛。"

"可笑涂鸦逾四纪，半生白日此中颓。书家纵有凌烟阁，耻把千秋托麝煤。"

"我自无心结蛇蚓，错传韦陟五云如。世间到底无真赏，认煞题名一字书。""从来得失寸心知，无佛称尊或有之。未必西家胜东宅，却教屈了效颦施。""手未支离眼未昏，业缘欲断竟何因。从今誓啮工倕指，懒作供官设客人。"语似谦而实傲。

【译文】

梁山舟侍讲因书法而名重天下。我经过他的家中，见纸笔字绢整整塞满了两间屋子。我笑着说："你必须有彭祖那样八百年的寿命，才能还得清这笔书法债。"

梁山舟为之一笑，写诗以示忏悔，诗中说："从王右军的墓前发誓后归来，决心把我的晚年都交付给代我书写的人。小生哪里敢企盼像前代圣哲那样，只愿跟着别人辛苦地工作。"

"可笑我涂鸦练字已有四十多年了，半生的大好时光在这上面白白浪费。

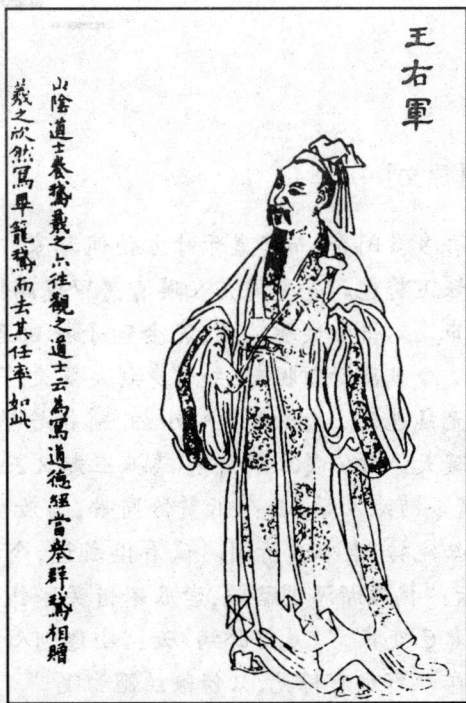

王羲之像，图出自清·上官周《晚笑堂画传》。王羲之为晋代著名书法家，又称"王右军"。

书法家纵有凌烟阁,也后悔把一生托付给这墨汁。"

"我本无心和书法结缘,错误地学上了韦陟五云飘逸般的字体。人世间到底没有能真以为欣赏我的书法的人,只认得末尾题名中的一个字。"

"从来的得失只有我心中知道,没有仙佛要称尊或许也会有,西家未必不胜过东宅,却让人委屈地去学东施效颦。""我的手尚未颤抖眼睛也尚未昏花,书法之缘却要断,究竟是什么原因。从今后我发誓咬断我好比古代巧匠捶一样的手指,闲散地做一名供奉官去招待客人。"

语气中听似谦虚,但实际上却傲气凌人。

二二

【原文】

吾乡多闺秀,而莫盛于叶方伯佩荪家。其前后两夫人、两女公子、一儿妇,皆诗坛飞将也。先娶周夫人暎清,《甲戌闻捷》云:"双眉欲展意犹惊,起听铜钲屋外声。不惜雕梁驱乳燕,泥金贴子挂题名。""秦家上计动经年,闺梦何由向日边。今日离情暂抛却,知君身到大罗天。"《春蚕词》云:"蚕生戢戢满庭隅,但愿蝇无鼠也无。大妇裹盐呼小妇,前村趁早聘狸奴。典衣买叶不论钱,要趁晴明乍暖天。却似灵和殿前柳,春来三起又三眠。"

《令阿缃入学》云:"低鬟怜阿姊,与汝亦齐肩。且令抛针线,相随共简编。双行知宛转,坐咏爱清圆。试看俱成诵,今朝若个先?"其他佳句,如:《都门即景》云:"捣杏新添调酪碗,尝瓜不惜买冰钱。"《首夏》云:"花因辞树偏多态,鸟为催春已变声。"《夏日卧病》云:"小倦何心烧白术,薄阴有信近黄梅。"《柳绵》云:"乍从野水官桥见,只傍鞭丝帽影飞。"

继娶李夫人含章,《刺绣词》云:"朝绣长短桥,暮绣东西岭。生不识西湖,道是西湖景。罗稀不受针,缣密不容线。绣好有人知,绣苦无人见。"《夏昼》云:"午楼风暖试轻纱,语燕声中日未斜。满地绿阴帘不卷,游丝飞上蜀葵花。"《长沙节署感赋》云:"廿年咏絮鸣环地,今日随君幕府开。时外摄中丞事。画阁乍迎新使节,春风犹忆旧妆台。殊恩象服惭难称,遗爱棠阴待补栽。闻道江城舆颂美,如冰乐令又重来。"

夫人为吾同年李鹤峰之女。鹤峰曾抚湖北,故有感而作也。《万固寺》云:"山寺不知路,忽闻流水声。溪随岩转,塔与白云平。古木上无际,幽禽时一鸣。

松根堪小憩，试汲碧泉清。"《题李白诗后》云："千仞翔孤凤，高歌一代中。在天犹被谪，入世岂能容？胆落高骠骑，恩深郭令公。再回唐社稷，诸将莫言功。"《望桓儿不至》云："济南秋八月，接汝数行书。报说重阳日，能回上谷车。已惊枫落后，又到雪飞初。何事归期误，临风一倚阁。"二篇皆一气呵成，真唐人高手也。

其佳句，如：《咏始皇》云："车载旧嚣山有鬼，舟行缥缈海无仙。"《望岱》云："海外天光明野马，寰中人影动蜉蝣。"《并头蕙兰》云："风静谢庭群从集，月明湘浦二妃归。"《重至都门》云："每历旧游疑隔世，暂休征旆当还家。"《常州道中》云："路已近家翻觉远，人因垂老渐知秋。"又，《两儿下第》云："得失由来露电如，老人为尔重踟蹰。不辞羽铩三年翮，可有光分十乘车。四海几人云得路，诸生多半蛰潜鱼。当年蓬矢桑孤意，岂为科名始读书？"见解高超，可与《三百篇》并传矣。

其女公子令仪《春阴》云："碧窗人起怯春寒，小立闲庭露未干。墙外杏花阶下草，引人长倚碧阑干。"《舟夜》云："小艇低昂睡不成，夜深犹自促归程。满窗凉月白于雪，船底忽闻鱼篰声。"《初夏偶成》云："踯躅花开暮雨余，送春天气此幽居。棋枰半取残笺补，诗草时寻退笔书。节序关心殊苦乐，韵华过眼有乘除。年来怕上苏堤望，愁见垂杨绿映据。"其佳句，如：《村景》云："帆影多从窗隙过，溪光合向镜中看。"《偶成》云："多病阶前时晒药，畏寒窗外亦垂帘。"

清代叶佩荪全家皆善诗，其女叶令仪的《村景》诗中有"帆影多从窗隙过，溪光合向镜中看"之句。

其长媳长生，吾乡陈句山先生之女孙也。《春晓》云："翠幕沉沉不上钩，晓来怕看落花稠。纸窗一线横斜裂，又放春风入画楼。"《太真春睡图》云："神殿

春寒倚绣茵,君前底事效横陈? 马嵬更有长眠处,也傍梨花一树春。"《寄外》云:"弱岁成名志已违,看花人又阻春闱。两上春官,以回避不得与试。纵教衮黻黄金尽,敢道君来不下机?""频年心事托冰纨,絮语烦君仔细看。莫道闺中儿女小,灯前也解忆长安。"《春日信笔》云:"软红无数欲成泥,庭草催春绿渐齐。窗外忽闻鹦鹉说,风筝吹落画檐西。"《春园偶赋》云:"卖饧声里日初长,春满闲庭花事忙。楼外风软莺梦暖,篱边疏雨蝶衣凉。碧桃重似重头睡,红药残如半面妆。看尽韶光应不倦,题诗长倚小回廊。"其佳句,如:《硖石道中》云:"树远作人立,山深疑雨来。"《春夜》云:"湿云压树暝烟重,淡月入帘花气幽。"《闻家大人旋里》云:"去郡定多遮道吏,还山已是杖乡人。"

余旧《咏西施》,有云:"妾自承恩人报怨,捧心常觉不分明。"自道得题之间,载入集中。而今读陈夫人《题捧心图》云:"眉锁春山敛黛痕,君王犹是解温存。捧心别有伤心处,只恐承恩却负恩。"与余意不谋而合。

方伯次媳周星薇,亦工吟咏,少年早夭,以故诗多失传。仅录其《悼鹦鹉》云:"羽毛才就惨奇霜,敲断银环恨渺茫。连日诵经知有意,昨宵说梦已非祥。绿衣原自藏金屋,丹诏何年下玉皇。应伴飞琼充鸟使,彩霞深处任回翔。"

陈夫人之妹淡宜,亦工诗。《都中寄姊》云:"爏原分手隔天涯,风雨联床愿尚赊。两地空烦诗代简,三春祇有梦还家。病多渐识君臣药,别久愁看姊妹花。他日相思劳远望,五云深处是京华。"

【译文】

我家乡中有很多大家闺秀,但都比不上方伯叶佩荪家。他前后的两配夫人,两个女儿,一个儿媳妇,都是诗坛的飞将军。

他先娶的周夫人(字英清),她在《甲戌闻捷》诗中写道:"紧锁的双眉正欲舒展中却仍然担心,起身倾听屋外传来铜钟声。不惜赶走雕梁上的小燕子,要在上面悬挂起科举中举题名的金帖。"

"秦家的上上之策已实施满一年了,是什么原因使的闺梦总是飞向太阳西下的地方。今日我暂且将离别的思念之情抛却,因为我知道你已抵达了大罗天。"她在《春蚕词》中写道:"满院的春蚕食桑声忽然停息,但愿院子中既没有蝇子也没有老鼠。老妇人一边包裹着盐一边呼唤着小媳妇,趁早到前村去要只猫回来。"

"典卖衣裳去买桑叶就用不着再花钱了,但要趁晴朗乍暖的天气。就好似灵和殿前的柳树,春日来临后它不时地起舞又不时地歇息。"

在《令阿绷入学》诗中她写道:"可怜你姐姐低低的头髻,也已和你齐肩了。你放却手中的针线玩艺,相随着姐姐一同去上学。你们在一起就知道说话要温和婉转,坐着咏诗喜爱那轮清亮的圆月。试看你们都会诵诗,今朝哪个争先?"

其他的好诗句,如:《都门即景》诗中说:"新添了捣杏用的调酪碗,为了品尝瓜果不惜花钱去买冰。"

她在《首夏》诗中说:"花儿因为从树枝上落下反而变得多姿多态,鸟儿为催促春天离去已变了声音。"

在《夏日卧病》诗中她写道:"身心困倦无意去熬白术药,薄阴下有心走近黄梅边。"在《柳绵》诗中她写道:"猛然从野水畔官桥头见到你,只是依偎着柳条就见头上柳絮飞舞。"

叶佩荪继娶的李夫人(字含章),她在《刺绣词》中写道:"清晨绣着长长短短的小桥,傍晚绣着东西高低不同的山岭。生来就没去过西湖,却说绣的便是西湖上的风景。丝布稀疏难以下针,细绢纹密不进丝线。绣得好便拿出去让人观赏,绣得差便不让人看到。"

在《夏昼》诗中她写道:"正午小楼中风儿为暖我试着挂起了青纱帐,在燕语莺歌中太阳还没有西斜。窗外满是绿树我不肯卷起竹帘,一缕缕飘摇的杨絮飞上了蜀葵花。"

她在《长沙节暑感赋》诗中说:"二十年来在内庭中写诗咏唱飞絮,今日跟随夫君充当了幕僚客。(当时叶佩荪外领中丞事。)雕花楼阁迎来了新主人,春风荡漾中我还回忆着以前的梳妆台。受到盛大的恩宠我身着贵妇礼服为难以称职而惭愧,遗传下来的爱好使我将补种起海棠树。听说江城中对夫君一片颂美之词,说是如冰清廉的乐令又回来了。"

(李夫人是我的同乡李鹤峰的女儿。李鹤峰曾任湖北巡抚,因此有感而作此诗。)她在《万固寺》诗中写道:"不知道通往山寺的路径,忽然听到潺潺溪流声。小溪随着岩石的阻挡而转向,我看到不远处一座高塔耸入云霄。古木苍天向上望不见枝头,幽娴的鸟儿不时在其中欢唱。硕大的松根正好可容我小坐歇息,试着捧起清澈的绿泉水。"

她在《题李白诗后》中写道:"千仞高空中孤凤飞翔,在一代人中领班高歌。在天上做神仙时还会遭到谪贬,下到凡世又怎能容得下?比高骠骑胆量还大,对郭令公恩深似海,再回到唐朝去,诸位将军千万不要在他面前提起功劳。"

在《望椿儿不至》诗中她写道:"济南八月秋高气爽,我收到了你寥寥几行的家信。说是在重阳节时,能登上回家的车。枫叶已落让我惊心,转眼又到了雪花初飞的季节。是何事使你延误了归期,我一个人在风中倚着门槛愁眉不展。"

这两篇诗都是一气呵成的,真可以和唐朝的大诗人相比了。她写的好诗,例如:《咏始皇》中说:"躺在车中巡视四方以为山中有鬼,乘船在缥缈的海中游览海中却没有神仙。"《望岱》诗中说:"海外的天光像野马般迅速明亮,尘寰中游动的身影似蜉蝣在飞动。"她在《并头蕙兰》诗中说:"风静后谢公的庭院中群

贤云集,月明时湘江边的两位妃子就要归来。"

在《重至都门》诗中她写道:"每次经过以前游玩过的地方总疑心已隔着一个世界,暂且放下远征的旌旗应当打道回家。"

她在《常州道中》写道:"路途已接近家门反而越觉得遥远,人因为即将老去渐渐知道秋天的萧瑟。"此外在《两儿下第》诗中她写道:"得与失历来有如屋外的闪电,我为你们又一次徘徊不定。三年来不辞辛劳却被伤害了翅膀,可有把时光分为十乘车辆的。四海之中有几人能够直步青云,众多书生大都潜身在深壑之中默默无闻地作一条鱼。当年你们出生时立下了四方大志,难道是为了科举功名才去读书的吗?"她的见解很是高明不凡,足可以和《诗经》共同流传了。

他的女儿(字令仪)在《春阴》诗中说:"碧绿的小窗内人儿因为畏惧春寒而起床,站在庭院中地上露珠尚未干去。墙上盛开的杏花和台阶下幽幽碧草,引得我长时间地倚在绿栏杆上细细观赏。"

在《舟夜》诗中她写道:"小舟低昂着船头向前行进我在船难以入眠,夜幕虽深还在加紧向家中赶去。满窗清凉的月光比雪还要白,船底下忽然传来碰到水下竹栏的声音。"

在《初夏偶成》诗中她写道:"傍晚雨停后我徘徊在花丛中,在送别春天的季节时在此幽居。棋盘上有一半是用纸笺帖补上的,诗文写得太潦草我时常要寻觅丢弃掉的诗。季节的交替让我牵挂真是苦中寻乐,美好的年华转眼即逝。每年都害怕登上苏堤远眺,担心见到绿色的垂杨映着衣裙后我会生出忧愁。"她写的好诗句,还有:《村景》中说:"帆影从小窗的缝隙中一片片地穿过,着镜子就可以看到溪水中的光影。"《偶成》诗中写道:"因体弱多病,台阶前时常晾晒中草药,由于害怕寒冷窗外的竹帘总是垂着。"

叶先生的大儿媳(字长生),是我同乡的陈句山先生的孙女。她写的《春晓》诗中说:"窗外翠绿如幕我却不肯钩起竹帘,害怕清晨看到地上稠密的落花,纸窗上斜着裂了一道小缝,却又把春风放入了画楼。"

她在《太真春睡图》诗中写道:"隐秘的宝殿中春寒深深的轻倚着绣被,侍候君为何事这样侧身躺着?马嵬坡上有你长眠的处所,那儿也是满树梨花春意浓浓。"

在《寄外》诗中她说:"年少时立下的成名之志如今已受到阻拦,看花之人偏偏又阻止我参加春闱考试。(她两次去春官应试,因为受到阻挠而无法参加考试。)纵使你裘衣破敝黄金用尽,谁敢说你来时我不会离开织布机?""多年的小事都托付给这如冰似玉的丝纫,我絮絮不绝的话语还烦君仔细听来。不要说闺中女儿年龄为小,在灯前我也会想起长安。"

在《春日信笔》诗中她写道:"红色的花儿片片坠落将要化为花泥,院中小草催促着春天离去已经渐渐长齐。忽然听到窗外鹦鹉的说话声,风筝落在了画檐西侧。"

她在《春园偶赋》诗中写道:"在糖稀的叫卖声里白昼开始变长,悠闲的庭院中春意浓浓花事繁忙。小楼外春风轻柔小鸟的梦也不得温暖了,竹篱边一阵小雨带给蝴蝶一阵清凉。重重的青桃好像是在低头小睡,红药败落如同女子半脸的残妆,看尽这美好的春光应该就会感到疲倦,为题诗句我久久地倚靠在曲折的小廊中。"

她所做的佳句,例如:《碛石道中》说:"远处的树像人一样笔直地站立,山色浓浓让人疑心就要下雨。"

《春夜》诗中说:"阴湿的云气低低地压着树枝更显暮色沉沉,淡淡的月光洒入竹帘内衬出花气的幽香。"

她在《闻家大人旋里》诗中说:"离开郡府时一定有许多官员候在路边相送,回到家乡的山中时已是一位拄着手杖的老人了。"

我以前写的《咏西施》诗中,有一句是:"妾身承受君王的恩宠却要以仇怨相报,因此捧心总觉得不知为了什么。"我自以为很好,便载入诗集中。今读陈夫人的《题捧心图》说:"眉头如春山深锁敛去了黛黑色的眉痕,君王还像往常一样温存解怀。捧心愁痛是因为别有伤心事,只恐承受了恩宠却会有负恩宠。"和我的想法不谋而合。

叶先生的二儿媳周星薇,也精于写诗吟唱,不幸年轻时夭折,因此她的诗文大多失传。仅收录下她的《悼鹦鹉》诗:"羽毛刚刚丰满就能惨遭奇霜相形黯淡无光,想啄断脚上的银环又恨希望太是渺茫。我知道你连日来诵读经书别有用心,昨夜里你说的梦就已很不吉祥。你一身绿衣原本应藏身金屋之中,何年奉了丹诏从皇天上下到凡尘。应该陪伴着飞琼充当鸟使,在彩霞深处自由地飞翔。"

陈夫人的妹妹名叫淡宜,也精于写诗。她所做的《都中寄姊》诗中说:"自鸰原分手后你我相隔天涯,风雨把两地相连我还有心愿未了。你我在两地之间用诗代信,三春之中只有在梦中回过家。多病逐渐熟识了君臣药,久别后我整日忧愁地看着姐妹花。他日你若是想念我就请你向北远望,在五云深处就是我所在的京华之地。"

☷

【原文】

闻芷方伯精研《易》理,不屑为词章之学;然偶尔挥毫,皆超隽不凡。有《雁

字》二十首，为尹文端公所赏。录三首，云："绿章可待乞天公，笺奏遥传碧落中。不断数行如曳白，有何羁怨惯书空。斜阳闪背金泥燦，霁雪梳翎玉筋工。最是关山飞欲倦，数行小草最匆匆。"

"来凭月勒去风支，纪录春秋特笔垂。鸳阙联班曾视草，龙湫绝顶好临池。挥成欲献《凌云赋》，过去难摹没字碑。最后失群余片影，西风吹散碎金词。"

"点染天池付雁王，祇今真种更飘扬。将斜复整回波秀，渐远如无削牍忙。体变八分犹鸟迹，天开一画本鸿荒。银河秋老稀乌鹊，锦字重劳讯报章。"

【译文】

闻芷方伯精心钻研《易经》中的道理，不屑于搞诗文辞章之学；但他偶尔挥毫写诗，都是超俗不凡的佳作。他写有二十首《雁字》诗，为尹文端先生所赞赏。现摘录其中的三首，诗中说："祭天的青词写毕等待向天公乞请，笺奏在青天中遥相传寄。数行大雁不断飞翔像摇曳的白光闪过，有何艰苦愁怨习惯在天空中挥洒，斜阳照耀着雁背像是金泥灿灿，晴雪为它梳洗着羽毛有如玉筋般整齐。无尽的关隘山川最让你飞得疲倦，像是数行小草匆匆走过。"

"来时凭着月神的勒令，去时有风神的支持，纪录春秋笔垂千古。在鸳阙中列队前行曾经俯视着地上的小草，在龙湫绝顶处正好临池远观。在空中飞舞要献上《凌云赋》，飞走后就像没字碑一样难以临摹。最后雁群远去只在天边留下一片淡淡的黑影，西风吹散了碎金记词。"

"把天池穿扮一新交给大雁，只有今日的雁儿在空中才会更加飘逸。队伍刚要倾斜即刻又做了调整像清水秀波，渐渐飞向远处，若有若无，我忙着在纸端疾描速画。形态像八字分开还能看出是大雁的行踪，像是洪荒时天开日出。银河中秋意已老，乌鹊稀少，锦字还劳报章传送。"

☲

【原文】

琴柯公子见赠四律，余已梓入《续同人集》矣。兹又录其《寒山即事》云："山寺不知路，微闻清磬声。松崖春寂寂，石屋昼阴阴。幽坐见空色，寒流无古今。披襟成小住，只愧俗缘深。"又填《金缕曲》写怀云："挨过酴醾节，怪春来画楼灯影，几番轻别。孤馆惝惝帘不卷，怕放杨花飞入，定添了安仁鬂雪。憔悴天

涯人一个,料青衫不为琵琶湿。思往事,计何拙!寻春偶傍栏栏立,又侵阶草茸
细草,染成愁碧。沾尽落红三月雨,不见去年蝴蝶。定怪我游踪未歇。几度问
春春不应,遣深更杜宇低低说。覆枕畔,正愁绝。"

【译文】

琴柯公子拜见我时赠诗四首,我已新入了《续同人集》。现再抄录他的《寒
山即事》诗,诗中说:"想去山寺又不知道路径,只能听到微微传来的清越的玉
磬声。春日中长满松树的山崖上一片寂静,石屋中白日显得分外阴凉。幽然小
坐望见天空的颜色,一股寒流袭来这是古今共同的独特感受。披上衣襟在这里
小住,只是惭愧自己俗缘太深。"

他又填写了《金缕曲》来抒发情怀说:"挨过酿酒节,怪怨春色来到了画楼
的灯影中,几次轻轻地离别。独自在旅馆中默默无言竹帘也不愿卷起,是害怕
会把杨花放进屋中,一定会增添安仁鬓发上的白霜。我是天涯中的一个憔悴
人,料想我身上的青衫也有会因为听到凄清的琵琶声而落泪沾湿。回首往事,
当年的方法是何等笨拙!为了寻找春光我偶然依着栏杆站立,又走入阶前草茸
绿草中,把我的忧愁也染成了碧绿色的。浑身沾湿了打落红花的三月小雨,却
不见了去年的蝴蝶。你定会怪我游踪不定。几次问春春天不回答我,向内心深
处追寻更使我关起房门低声细说。我在枕畔翻来覆去,正愁得要命。"

二四

【原文】

支公云:"北人学问,如显处观月。"言其博而寡要,今之考据家也。"南人
学问,如牖中窥月,约而能明。"今之著作家也。《世说》称:"王平北相对使人不
厌,去后亦不见思。"我道是梅圣俞诗。"王夷甫太鲜明。"我道是东坡诗。"张
茂先我所不解。"我道是黄鲁直诗。

【译文】

支公说过:"北方人的学问,就好像在显著的地方观赏月亮。"是说他们知
识广博却不够精深,如同当今的考据家。

"南方人的学问,如同从窗中望月,朦胧但明亮。"这是指当今的著作家。

随园诗话

《世说》上说:"王平北和人对面相坐能使人不生厌恶之感,离去后却也不让人想念他。"我说这可以形容梅圣俞的诗。

"王夷甫为人性格太强很有棱角。"我说这可以用来形容苏东坡的诗。

"张茂先是我所不能理解的人。"我说这可以用来指黄鲁直的诗。

二五

【原文】

宋太祖曰:"李煜好个翰林学士,可惜无才作人主耳!"秀才郭麟《南唐杂咏》云:"我思昧昧是神伤,予季归来更断肠。作个才人真绝代,可怜薄命作君王!"

南唐后主李煜像,图出自明·天然撰《历代古人像赞》。宋太祖评价李煜,说他是个很好的翰林学士的材料,可惜他没有本事做皇帝。

【译文】

宋太祖说:"李煜是个好的翰林学士,可惜他无才去做皇帝罢了!"秀才郭

麟在《南唐杂咏》诗中说:"我胡思乱想最是神伤,我从一个朝代末年来更令人断肠。他若是做个才子真可谓是绝代无双,可怜他命薄偏偏作了君王!"

二六

【原文】

余好诗如好色,得人佳句,心不能忘。近又得王孝廉《偶过行宫赋诗》云:"街子似嫌春不去,天明催扫绣球花。"

方扶南《过周公瑾墓》云:"一事不如张子布,墓前飞过白头翁。"

汪易堂《赋野树》云:"散才幸免搜林斧,留得清阴与路人。"刘悔庵《偶成》云:"小蝶过墙如使至,短筇在手当孙扶。"又曰:"通宵玩月宁知旦,排日闻歌直到秋。"吾乡王星望先生有句云:"萧纲断酒二百日,王奂长斋十一年。"

【译文】

我喜爱诗文如同喜爱美色一般,每每寻得别人的好诗后,心中久久不忘记。近来我又得到了王芑孝廉的《偶过行宫赋诗》,诗中说:"街上的人似乎嫌弃春天还不离去,天刚亮就起早清扫像绣球般的落花。"

方扶南在《过周公瑾墓》时说:"一事不如张子布,墓前飞过白头翁。"

汪易堂《赋野树》诗中说:"野外树儿公散才幸免于伐木人搜寻树林的大斧,留下清凉的树荫带给过路人。"

刘悔庵在《偶成》诗中写道:"一只小蝴蝶飞过墙来如同信使到来,短杖在手权当作是扶着孙儿。"

他还写道:"通宵欣赏月亮直到东方日出,一天天地听歌直到秋日来临。"

我的同乡王星望先生写一句诗:"萧纲戒酒戒了二百天,王奂长年吃斋吃了十一年。"

【原文】

　　孟子曰："尽信书,不如无书。"此是晚年悟道之言。若早见及于此,则捐阶焚廪,舜不告而娶之说,俱付之齐东野语而已矣。即如葛伯以七十里诸侯,而夺童子之黍肉,此是恶丐行径,汤遣一小卒擒之足矣,安用起兵以征之哉? 余尝谓:书中最可信者,莫如《尚书》《论语》。然《尚书》开口便称"粤若稽古帝尧",则其相隔必有千百年。若相离不远,史官必不称"粤若稽古康熙、稽古顺治"也。《论语》称陈成子、鲁哀公,都是孔子亡后二人之谥法,可见《论语》之传述,亦去圣人亡后百十年后,追述其言。能无所见异词,所闻异词之虑哉? 一管仲也,而忽贬忽褒,若出两口。子路往见丈人,至则行矣;子路不仕无义一节说话,是向何人饶舌? 亦犹赵盾假寐,钼麑触槐死矣,所叹不忘恭敬等语,是何人听得? 师旷瞽矣,何以见王子晋火色不寿。此种疑窦,不一而足。故尝有句云:"双眼自将秋水洗,一生不受古人欺。"

子路像。子路为孔子的弟子。

【译文】

　　孟子说过:"什么都迷信书本,还不如没有书本。"

　　这是孟子晚年悟出其中的至理后而做此言。若是早些时候能认识到这一点,那么瞽叟抽去梯子,投石于井及焚烧粮仓来谋害其子舜,以及后来舜没有告知其父母而娶亲这些说法将不

会记载于书中,而俱归于齐东乡村野老的闲说野话中了。再说葛伯以七十里诸侯的身份,而夺掠童子的粮食肉类,这只是恶劣乞丐的所作所为,汤只消派一名小卒将其擒拿就足够了,又怎么居然起兵去征讨他呢?我曾经说过,书籍之中最为可信的,莫如《尚书》《论语》。然而《尚书》中开口便声称"考证古代帝尧时期"。那么《尚书》写着时间和帝尧一定相隔了千百年。若是相离不久远,史官一定会说"考证古代康熙,考证古代顺治时期"的话了。《论语》中称呼的陈成子、鲁哀公,都是在孔子死后二人才得到的谥号,可见《论语》的写作,也离孔子去世有百十年时间,是追述孔子的话而写成的。对所见到的不同词语,听到的不同词语我怎么会不产生疑问呢?同是一个管仲,却忽而贬低他忽而褒扬他,像是出自两个人之口。子路去见丈人,赶到后丈人已经走远了;说子路不追随天义之人这一章中的话,究竟是向什么人多嘴辩解呢?也正如赵盾假装入睡,碰撞槐树而死,所赞叹他们不忘恭敬之礼的话,是什么人听到的?师旷已经瞎了,怎么能够看见王子晋色相不长寿呢?这种种疑点,就不一一提出的。因此我曾写过一句诗:"自己用秋水洗净双眼,一生就不会为古人所欺骗。"

二八

【原文】

海虞女子吴静定生氏,嫁项生肇基而寡。妇扃户自经,姑救之曰:"我在,汝不得死。"妇泣而志之。

越二年,姑亡,妇又自经,叔母救之曰:"姑与夫未葬,汝不得死。"妇乃复生。遂析家财为三,分其叔、季;葬舅姑与夫而不食死,年二十六。妇生时,好观《纲鉴》。吴竹桥太史为之立传,录其《咏史》云:"不学何须诋霍光,托孤寄命报先王。匡、张、孔、马多经术,青史于今若个芳?""更有名儒莽大夫,紫阳书法胜南、狐,当年奇字人争问,曾识'纲常'二字无?"

【译文】

海虞的一位女子叫吴静,字定生,嫁给了项肇基后来守寡。她闭门上吊自杀,婆婆救下了她,对她说:"我还活着,你还不能死。"她哭着记下了这句话。

过了两年,婆婆去世了,她又上吊自杀,叔母救下她,对她说:"婆婆和丈夫还没有下葬,你还不能死。"她于是又坚持活了下来。叔母她把家中财产分成三份,

分给了丈夫的三弟、四弟；又安葬了公婆和丈夫，然后绝食而死，年仅二十六岁。她在世时，喜爱看《纲鉴》。吴竹桥太史为她立了传记，并记录下她的《咏史》诗，诗中说："不去学习还为何要诋毁霍光，受托扶孤以命报答先王。匡、张、孔、马都是经学大师，他们谁在青史外留下了芳名？""更有位名儒莽大夫，紫阳的书法要胜过南、狐，当年人们争相问他奇字，你曾认识'纲常'这两个字吗？"

二九

【原文】

蒋心余太史自称诗仙；而称余为诗佛，想亦广大教主之义。弟子梅冲为作《诗佛歌》云："心余太史不世情，独以诗佛称先生。先生平生不好佛，攒眉入社辞不得。佛之慈悲罔不包，先生见解同其超。佛之所到无不化，先生法力如其大。一声忽作狮子吼，喝破炎摩下方走。天上地下我独尊，双管兔毫一双手。人间游戏撒金莲，急流勇退全其天。小仓山居大自在，一吟一咏生云烟。有时披出红袈裟，南天门边缚夜叉。八万四千宝塔造，天魔龙像争纷挐。有时敷坐如善女，低眉微笑寂无语。天外心从何处归，鹊巢于顶相尔汝。眼前指点说因由，千山顽石皆点头。三唐两宋摄其总，四大海水八毛孔。一心之外无他师，六合以内皆布施。先生即佛佛即诗，佛与先生两不知。我是如来大弟子，一半传衣得微旨。放胆为作《诗佛歌》，愿学佛者从隗始。"

【译文】

蒋心余太史自称为诗仙；而称我是诗佛，想来也有说我广收门生像个教主的意思。

弟子梅冲为我做了首《诗佛歌》："心余太史不了解世情，唯独用诗佛来尊称先生。先生平生最不喜好佛学，推辞不得只好皱着眉头入了诗社。佛祖的慈悲胸怀无所不包，先生的见解和他一样超脱。佛祖所到之处无不超脱升天，先生的法力也和他一样大。忽然大作一声狮子吼，喝破炎摩向下方逃走。天上地上唯我独尊，靠的是双管兔毫笔和一双妙手。

在人间游戏遍撒金莲，急流勇退以保全自己的世界。在小仓山中居住自由自在，一吟一咏之中云烟生出。有时披着红袈裟而出，到南天门旁去捉拿夜叉。造就了八万四千层的宝塔，把天魔龙象纷纷拿下。有时像温顺的女子一样端

坐,低眉微笑寂静无语。游到天外的心从何处归来,像判断顶上的鹊巢在观察着你我。

指点着眼前的事物并产出的因由,千山顽石听后都点头称是。三唐两宋的诗由您集大成摄其总,四大海水共有八个毛孔。一心之外再没有别的老师,在天下六合之内都受到了您的指点布施。先生谅是佛祖就是诗,佛祖和先生都相互不知。我是如来佛祖的大弟子,身为一半的衣钵传人又得到私下的许可,放胆为您作这首《诗佛歌》,愿意当佛的人可从隗嚣开始。"

三〇

【原文】

金陵小市,买得水精方印,纵横二寸七分,上镌十六字云:"好学忘老,存心对天;行乐一世,传名千年。"印质不甚莹彻,而阳文篆书甚苍劲,语句亦可爱。

【译文】

我在金陵的小集市中,买到一块水晶方印,纵横有二寸七分,上面刻有十六个字:"好学忘老,存心对天;行乐一世,传名千年。"

方印的质地虽然不很晶莹透彻,但上面的阳文篆书却很是苍劲有力,语句也很可爱。

三一

【原文】

洞庭山人徐坚,字友竹,工丹青篆刻,兼能诗,与余交三十余年矣。今春相遇姑苏,以《缑园诗》见示。《红桥暮泛》云:"春风一棹渚烟开,雨洗平皋净碧苔。薄暝花光辞松竹,夕阳人影散楼台。邻船歌吹移灯去,野店鱼虾入馔来。转眼寒梅便零落,共拼酩酊莫催回。"

《东行》云："驱人名利路何穷,叹息劳劳来往同。取次相逢不相识,鞭丝帽影各匆匆。"

《抵家》云："换得轻舠越浒关,此身真个到家山。家山毕竟风光好,久住人偏看等闲。"

其他佳句,如："秋风不顾征衣薄,夜雨还同别泪多。""此际柴门深夜火,几人团坐望归人。"

【译文】

洞庭山人徐坚,字友竹,精于书画篆刻,还能写诗,和我交往了三十多年了,今年春天在姑苏相遇,他把自己的《纼园诗》拿给我看。其中的《红桥暮泛》诗写道:"春风中一桨荡开水面上的烟云,雨水冲洗着岸边的平地也洗净了地上的绿苔。薄墓中错黄的晶光渐渐离开了松树和青竹,夕阳和人影从楼台上散去了。船上人儿歌罢移开灯火,野店中新鲜的鱼虾进入了客人的食谱。转眼前盛开的寒梅便零落成泥,我们开怀畅饮酩酊大醉可别催促我回归。"

在《东行》诗中他说:"让人追逐名利的道路何时才到尽头,来往中我一样地叹息着。选个地方相逢偏偏又不相识,如鞭柳丝和帽影各匆匆。"

在《抵家》诗中他写道:"换得轻舟飞越浒关,我真的回到了家乡的山中。家乡的山毕竟风光秀美,久住在此的人们偏偏对它等闲视之。"

他写的其他好诗,如:"秋衣不顾身上征衣单薄,夜雨要比离别的泪珠还要多。""这时的柴门外深夜中还点着火堆,几个人团团围坐盼望着回家的人。"

二二

【原文】

友竹与秋帆尚书至好。又尝小住扬州汪令闻家。汪故余戚也。尔时宴饮酣嬉,发无二色,而今则彼此皤然,年垂八十矣。班荆道故,不觉凄然,其族侄龙饮尤聪俊,赏鉴书画,一时无两,不幸中年化去。其诗亦散失,但记其《无子》警句云:"空费医钱九千万,阿娇金屋总无儿。"

【译文】

友竹和秋帆尚书关系最好。他还曾在扬州汪令闻的家中小住。汪令闻是

我的老亲戚。那时饮酒玩乐,头发乌黑;但如今则彼此白发苍苍,已年近八十了。

我们在途中相遇时共话故旧之情,不知不觉中凄然泪下。他的族侄龙饮特别聪颖俊美,对书画的鉴赏能力,一时之间无人能比,不幸中年去世。他的诗作也随之散失,我仅记得他所做的《无子》诗中的警句:"白白花费了九千万医药费,阿娇的金屋中总是没有儿子出现。"

≡≡

【原文】

白下秀才司马章,字石圃,风神潇洒,年少多情,与周麟官校书有三生之约,而格于家范,乃撰《双星会》曲本,以舒结辖。余录其《辛亥记游浪淘沙》云:"春到凤城中,游连方通。闲来指点过桥东,记得当时心醉处,蛛网尘封。人去翠楼空,聚散匆匆。今年花似旧时容。可惜如花人已去,欲折谁同。"

又《南柯子》云:"渡口传桃叶,溪头说范云。笑他街市语纷纷,都把文郎情事作新闻。心结愁千缕,人归瘦几分。内人不解问殷勤,今日眉头真个为谁颦?"又《临江仙》云:"午睡昏沉偏恋枕,梦魂寻到天涯。几回梦得到卿家:知郎新病渴,亲度六班茶。敛笑问侬何好事,将人谱入琵琶,哝哝低语怨郎差。觉来嫌梦短,红日已西斜。"

【译文】

白下的秀才司马章,字石圃,风流神俊潇洒,年少多情,和周麟官校书官有三生之约,但由于家法的约束,于是撰写了《双星会》曲本,以舒展忧郁的心情。

我抄录了他写的《辛亥记游浪淘沙》,词中说:"春天降临到凤城之中,我游览的气运方才通畅。闲来走过桥东指点江山,记得当时让我心醉神往的地方,已被蛛网尘封。人去后翠楼空荡,聚散匆匆。今年的花和往常一样。可惜像花一样美丽的人儿已离去,想要折枝又不知谁和她相同。"

此外,他在《南柯子》词中说:"渡口流传着桃叶的故事,溪头传说着范云的事迹。可笑街市中的人七嘴八舌,都把这种文郎情事当作了新闻。心中结成千缕愁丝,人儿归后又瘦了几分。内人不知何故殷切地询问,今天的眉头是为谁而皱的?"

此外，他在《临江仙》词中写道："午睡时人儿昏昏沉沉可偏偏又贪恋枕头，梦中我的魂灵为了寻找你来到了天涯。几回回梦见来到你的家中：知道郎君新近生病定会口渴，亲自为你尝试了六次热茶。收起笑容问你是因为什么好事，把我谱写入琵琶曲，我唠唠低语埋怨着郎君的过错。醒来后埋怨梦境太短，不料红日已经西斜。"

三四

【原文】

老友何献葵刺史，喜谈诗，而不轻作。常云："诗无生趣，如木马泥龙，徒增人厌。"尝住随园，得"梅子肥时落地轻"七字，卒亦懒于成章也。其长子春巢工填词，余已载入《诗话》矣。今年献葵亡，春巢乞余志墓，袖近作见示。《秦淮感旧》云："十年不作白门游，忽把孤帆卸石头。闻说旧人都不在，春风愁上十三楼。"

"迢迢一水远通江，郎去潮来妾倚窗。美煞载郎船上桨，随波来去总双双。"《千金亭》云："空亭千古对平波，野渡斜阳犹客过。莫怪无人留一饭，报恩人少受恩多。"

《赠钓叟》云："萍开风起水生敛，一叶飘然泛夕曛。鱼在绿波竿在手，船头闲坐看秋云。"他如："湖边客到花先笑，树里僧归路半阴。"

"闲云未必忘舒卷，流水何曾管是非。"

"雨足田车开架树，日斜耕犊稳驮人。"皆佳句也。其次子兰庭《怀兄》云："远漏声声滴，寒宵故故长。遥思千里客，不觉九回肠。月白鸦翻树，灯错鼠坠梁。布衾频转侧，有梦到钱塘。"《重到》云："门巷重来认未差，昏黄月色淡云遮。生憎一幅湘帘影，不隔莺声只隔花。"《放舟》云："茅屋疏篱绿水湾，泉声入涧响潺湲。篙师莫怪蒲帆满，有客推篷爱看山。"其佳句，如："插新花似延佳客，读旧书如遇故人。""百岁开怀能几日，一生知己不多人。""烟平疑积水，灯远若孤星。"俱妙。

春巢在金陵得端砚，背有刘慈绝句云："一寸干将切紫泥，专诸门巷日初西。如何轧轧鸣机手，割遍端州十里溪。"跋云："吴门顾二娘为制斯砚，赠之以诗。顾家于专诸旧里。时康熙戊戌秋日。"后晤顾竹亭，云："顾二娘制砚，能以鞋尖试石之好丑，人故以'顾小足'称之。"春巢因调《一剪梅》云："玉指金莲为底忙，

昔赠刘郎,今遇何郎。墨花犹带粉花香,制自兰房,佐我文房。片石摩挲古色苍,顾也茫茫,刘也茫茫。何时携取过吴阊,唤起情郎,吊尔秋娘。"

【译文】

我的老朋友何献葵刺史,喜欢谈论诗文,但从不轻易写作。

他常说:"诗没有那种栩栩如生的生机趣味,就如同木马泥龙,白白给人增添厌恶之感。"

他曾经在随园住过,写下了"梅子肥(美)时(反而)落地轻(柔)"七个字,但最终也懒得把它写成一首完整的诗。他的长子何春巢精于填词,我已经把他填的一些词收到《诗话》了。今年,献葵去世,春巢请求我题墓志,并携带了近作来给我看。他在《秦淮感旧》诗中说:"十年来没有到白门来游览了,忽然把座船停靠在石头城畔。听说旧友都已不在人世,在春风中我怀着忧愁登上了十三楼。"

"迢迢的河水流向远方通向长江,郎君走后潮水又上妾身独倚小窗。我真羡慕你乘坐的船上的双桨,随着水波来往穿梭总是成双成对。"

他在《千金亭》诗中说:"寂寞的小亭千百年来静临着平静的水波,野渡头斜阳西下还有客人过往。别埋怨没有人会给你留下一顿饭,毕竟报答恩情的人少而受恩的人多。"

他在《赠钓叟》诗中写道:"微风乍起吹动了浮萍抛起了涟漪,一叶小舟在夕阳的余晖中飘然水上。鱼儿在绿波之下鱼竿在手紧握,坐在小船头悠闲地看着秋日的云彩。"

其他的诗例如:"游客来到湖边花儿先笑意相迎,绿树下僧人归寺路上一半是凉阴。""闲云野鹤般的生活中人未必会忘记展开书卷,流云无意什么时候曾去过问那些是是非非。"

"雨水充足田中的水车架在树上不停地转动,夕阳西下耕牛稳稳地驮着回家的农人。"

这些都是很好的诗句。何献葵的次子兰庭有《怀兄》诗中写道:"遥远的更漏声声滴响,寒冷的夜晚仍然那么漫长。遥思千里之外的行客,不觉胸中愁上九回肠。清亮的月光下乌鸦在树上跳跃,昏黄的灯火中老鼠从屋梁上坠落。盖着冰凉的棉被我辗转反侧难以入眠,在梦中我又来到了钱塘。"

他在《重到》诗中写道:"再次来到这小巷大门前我没有认错路,昏黄的月光被一丝淡淡的云彩遮掩。我生来就厌恶这一幅湘竹帘的帘影,不能隔开莺啼声却只能隔开盛开的鲜花。"

在《放舟》诗中他写道:"低矮的茅草屋稀疏的竹篱笆和一条绿水荡漾的河湾,潺潺泉水欢快地流进山涧中。撑篙的船夫莫怪薄帆扯满,是因为有客人推

起船篷喜爱观赏山色。"

清人何献葵喜谈诗，而不轻作。其诗《赠钓叟》有"萍开风起水生敏，一叶飘然泛夕曛。鱼在绿波竿在手，船头闲坐看秋云"之句。此图描绘了渔翁的悠然自得之态。

他写的其余的好诗句，如："插放新花如同宴请嘉宾，阅读旧书好似遇到故人。"

"百岁高龄的人还能有几天这般高兴开怀的日子，一生的知己并不多。"

"平荡的烟雾好似一湾积水，遥远的灯火如同孤寂的星星。"写得都很美妙。

春巢在金陵得到了一块端砚，背刻着刘慈的绝句："一寸的干将名剑削物如切泥，专诸的家门前太阳已偏西。一位操机轧轧作响的高手，割遍了端州十里溪的砚台。"

诗后面的跋中说："吴门顾二娘为我制造了这块砚台，我赠给她这首诗。顾二娘的家在当年专诸家的附近。此时是康熙戊戌年秋天。"

后来见到了顾竹亭，他说："顾二娘在制砚台时，能用鞋尖试出石质的好坏，因此人们称她为'顾小足'。"

春巢因此填写了一首《一剪梅》："玉指金莲为何事而操劳，昔日赠砚给刘

郎,今日又遇何郎。砚台的墨花中还带有花粉的幽香,是在兰花房中所制,又赠我文房用具。摩挲着这苍然有古色的一片砚石,顾二娘茫不可及,刘郎也茫茫不知踪影。何时能带着它经过吴阊,唤起情郎,凭吊秋娘。"

三五

【原文】

如皋女子石氏学仙,戊辰进士石公为崧之女也。适彰德太守沙公次子文,善书画,工琴棋。皋邑剪彩贴绒花鸟,自学仙始。著有《冰莲绣阁诗抄》。《过故居》云:"风回玉笛夕阳斜,谁傍山阳谱落花。喜得春回梁上燕,不曾飞到别人家。"《答吴门女子感怀》云:"兰思蕙怨惺惺语,柳絮春风字字新。自古伤心同此病,深愁多付有才人。"

又有熊澹仙者,幼颖悟,妙解声律,适陈氏,配非其偶,郁郁不乐之意,时形诸吟咏。《见蝶》云:"晓露零香粉,春风拂画衣。轻纨原在手,未忍扑双飞。"《村女》云:"柔桑枝上听鸣鸠,晓起提筐过翠畴。借问谁家春梦好,半窗红日未梳头。"

《红树》云:"老树经霜色更鲜,半竿斜日影前川。渔郎指点烟波外,错认桃源二月天。"《感旧》云:"刺绣余闲就塾时,也从花里调名师。贪看夜月憎眠早,倦挽春云上学迟。琴案屡吟秋柳句,锦笺频写落花诗。而今回忆皆尘梦,怅望当年旧董帷。"

调《蝶恋花·咏刺绣美人》云:"二八红闺春似水,几日金针,抛却奁箱里。贪睡朦朦慵不理,帘前鹦鹉频催起。手展鲛绡重着意,鸳谱拈来,几朵花争丽。绣到双飞私自喜,背人笑向红窗倚。"

【译文】

如皋的一位女子石氏(字学仙),是戊辰年进士石为崧先生的女儿。嫁给了彰德太守沙先生的二儿子沙又文,她善于书画,精通琴棋。如皋县的花鸟剪纸贴绒,是从石学仙开始的。"她著有《冰莲绣阁诗抄》。其中的《过故居》诗写道:夕阳西斜风儿中玉笛吹响,是谁傍着山阳为落花谱曲。令我欣喜的是春天回来了,故居梁上的小燕子没有飞到别人家的屋梁。"

《答吴门女子感怀》诗中她写道:"这一纸饱含对兰花的思念对蕙草的愁怨

的睿智言词,如同柳絮春风般字字清新。自古以来多愁善感的都是这种衰怨之人,深深的忧愁大多带给了有才的人。"

还有一位叫熊澹仙的女子,幼时聪颖,对声律的理解很是高超,嫁给了姓陈的,丈夫不是她的好伴侣,她心中的郁郁不乐,经常在所吟唱的诗文中表现出来。她在《见蝶》诗中说:"清晨的露珠滴落在清香的脂粉上,春风吹拂起绣花的衣裙。轻柔的丝巾原来持在手中,却不忍心去捕捉那双飞的彩蝶。"

在《村女》诗中她写道:"柔嫩的桑枝上斑鸠鸟在欢快地鸣叫,清晨早起提着箩筐走过碧绿的田野。借问谁家的姑娘正做着好梦,红日高升到小窗前还没有起床梳头。"

她在《红树》诗中写道:"古老的参天大树经过霜打后枝叶更加鲜艳,半竿高的斜日照着树前和平川。渔夫们指点着远处烟波处的水面,错把这儿认作是桃花仙源中的二月天。"

在《感旧》诗中她写道:"在刺绣的余暇到私塾中读书,也跟随在花丛中去拜见名师。贪恋观赏夜晚的明月我厌恶早早睡觉,懒散地挽起春云般的发髻迟迟才去上学。在琴案中屡次吟唱《秋柳》,在锦笺上频繁写下《落花》诗。而今回忆往事都已成梦,我惆怅地望着当年的旧账帷。"

她填写了《蝶恋花·咏刺绣美人》词,词中说:"二八芳龄的她闺阁中沐浴在似水春光中,绣了几日的金针,被抛在了针线盒中。贪恋睡眠在睡眼惺忪中懒得去梳理云鬓,竹帘前的鹦鹉频频催我起床。手中挥展着鲛绡重在写意,拿来鸳鸯谱,绣上几朵争春斗艳的鲜花。绣到双飞栖的鸳鸯时我暗中喜悦,背着人笑意浓浓地倚着红色小窗。"

三六

【原文】

句容骆氏,相传为右丞之后,故大家也。有秋亭女子,名绮兰者,嫁于金陵龚氏。诗才清妙,余《诗话》中录闺秀诗甚多,竟未采及,可谓国中有颜子而不知。辛亥冬,从京口执讯来,自称女弟子,以诗受业。《游西湖》云:"渺渺平湖漠漠烟,酒楼斜倚绿杨前。南屏五百西方佛,散尽天花总是莲。"

《春闺》云:"春寒料峭乍晴时,睡起纱窗日影移。何处风筝吹断线,飘来落在杏花枝。"《云根山馆题壁》云:"寂寂园林日未斜,一庭红影上窗纱。主人难

免花枝笑,如此开时不在家。"

《对雪》云:"登楼对雪懒吟诗,闲倚栏杆有所思。莫怪世人容易老,青山也有白头时。"四首一气卷舒,清机徐引,今馆阁诸公,能此者,问有几人?

【译文】

句容的骆氏人家,相传是骆宾王右丞的后人,因此是名门大家。家中有个叫骆秋亭的女子,名绮兰,嫁到了金陵龚家。

她的诗作才笔清妙,我在《诗话》中摘录了很多大家闺秀的诗人,竟然没有摘录到她的诗;真可以说是国中有颜子而我却不知道。辛亥年冬天,她从京口捎来口信,自称是女弟子,要跟从我学诗。

她在《游西湖》诗中写道:"渺茫天边的平静湖面上升起了漠漠轻烟,酒楼斜鼓靠在绿杨的面前。南屏山上的五百位西方佛祖,散尽天花后就是莲花了。"

在《春闺》诗中她写道:"天刚放晴春寒料峭,睡起后见到纱窗外日影西移。是何处的风筝被风吹断了线,飘过来落在了杏花枝头。"

在《云根山馆题壁》诗中她说:"寂寂无声的园林中日影还未西斜,一庭红色的日光映上窗纱。主人难免会笑那树花枝,如此盛开时他却偏偏不在家。"

西湖唱采莲图,图出自明代有关山水、历史故事的名著《山水争奇》。

她在《对雪》诗中说:"登上小楼面对雪景也懒得吟诗,闲地倚着栏杆若有所思。莫怪世人容颜易老,原来青山也有白发苍苍的时候。"

这四首诗在书卷中一气呵成,诗机清妙徐徐引发,当今诗馆中的诸位先生,能写出如此诗作的,请问究竟能有几个人?

随园诗话

【原文】

山左任城东关外有泉,相传李白浣笔处也。上有祠堂,祀太白及贺监、少陵三贤。乾隆辛亥,沈清齐观察启震葺而新之,土中得诗碣,署"木兰山人刘浦题",不知何时人。其词曰:"藓蚀残碑枕废池,开元吟客剩荒祠。空庭古析吹风处,秋草寒泉落日时。谁采涧毛修冷寺,我沽村酒读遗诗。唐宫汉寝无人记,独有才名到处知。"

未几,巡漕使者和希斋琳阁学入都,河帅李香林尚书祖饯于祠中。希斋和云:"太白楼临杜老池,此间合把有专祠。林泉竟属先生地,风雅刚逢我辈时。梁绕骊歌《将进酒》,壁留鸿爪共题诗。他年重过应相访,直与三公作旧知。"香林云:"当年浣笔有清池,此日名泉葺旧祠。花竹新栽游赏地,歌筵初敞饯行时。标题不亚义之序,重修浣笔泉,和希斋作记。赓韵如吟白也诗。文水堂前风月好,几人惆怅为心知。"

漕帅管公干珍云:"谪仙人去剩空池,别藓疏泉认古祠。宦迹已沉灵武后,笔花犹及盛唐时。入门合进临波酒,立石重摹出土诗。拊景漫增兴废感,好将筋咏记新知。"中丞惠公龄云:"女墙东处甃方池,上有云烟罨古祠。谁向寒泉谈旧迹,空余文藻忆当时。低徊不少飞觞饮,感慨争留过客诗。拍槛欲狂呼太白,要从旷世结心知。"进士顾礼琥云:"仙在高楼月在池,池光千载抱遗祠。幸逢元老重开宴,转惜先和不并时。绿水澜洄沉彩笔,旧碑林立待新诗。吴都狂客今初到,未要寻常贺令知。"转连阿公林保云:"谪仙遗迹剩荒池,合把于今拜古祠。盖世才名犹在耳,斯人重聚复何时。难寻缥缈神仙路,谁补苍茫客恨诗。愧我毫端尘未浣,空凭流水寄心知。"陈公兰森云:"泗水源流故有池,泉开浣笔碣丛祠。风云余墨人千古,仙圣同龛把一时。胜地从今频集宴,残碑自昔纪题诗。漫言兴寄形骸外,大雅欣逢尽旧知。"观察沈公启震云:"源分泗水甃方池,座列三贤葺旧祠。人地废兴原有数,主宾今古宛同时。新移竹影亭前画,细辨苔痕壁上诗。樽酒落成兼送别,高情留与后来知。"诸诗俱各清妙,辑而存之,后世想见圣世升平,公卿风雅矣。

大山西边的任城县东关外有眼泉水,相传是李白洗笔的地方。

上面建有祠堂,供奉着太白和贺监、少陵三位贤士。乾隆辛亥年间,沈清斋观察(字启震)把它修葺一新,在土中挖掘到一块题诗的石碑,上面写着"木兰山人刘浦题",不知他是什么时候的人。

碑文中说:"青苔侵蚀着这块残碑埋藏在废池畔,当年开元年间的大诗人们如今只剩下这座荒废的祠庙。空荡无人的庭院中清风摇动着苍天古柏,满地秋草和清凉的泉水沐浴在落日的余晖中。谁来采伐涧旁的木材把这座荒凉的古祠修葺,我沽买些村酿边喝边读三位大诗人的诗。唐朝的宫殿和汉朝的寝陵也许没人会记得,但他们三位的才名到处传扬。"

不久,巡潜使者和希斋(字琳)内阁学士回京师,河帅李香林尚书在祠庙中为他饯行。和希斋作诗说:"太白楼下临杜老池,这两位大诗人在此地竟有专门的祠庙来供奉他们。林木地泉地竟然是先生们的墓地,风流雅致恰是遇上我辈之时。《将进酒》这首离别时的诗歌旋律绕梁,墙壁上还残留着你们一同题诗的痕迹。他年再度经过此地应该前来专程拜访,特地来和三位先生作老友。"

李香林作诗说:"当年在一泉清池中洗笔,今日名泉上的旧祠被修葺一新。新栽的花竹使这里成为游览的胜地,刚刚摆开酒宴正是为君饯行之时。游记的标题丝毫不逊色于王羲之的序,(重修浣笔泉时,和希斋作了篇游记。)续韵相和如同在吟唱着李白的诗。文水堂前好一片风光月色,有几人为了心中相知而惆怅。"

漕帅管先生(字干珍)写诗:"李白这位从天被贬下的诗仙飞去后此地只剩下一汪空池,剔除青苔疏通泉眼依稀还可以认出这座古祠的模样。在灵武年间后他为官的踪影早已陈旧,落笔生花还比得上盛唐时写得诗。进入祠堂应该临波饮酒,站在石碑前再次临摹这块出土石碑上的诗文。抚慰着眼前的景致又随意增添了我心中事物兴盛衰败的慨叹,爱将新的感受用对酒当歌的方式记下。"

中丞惠先生(字龄)写诗说:"墙的东面是石砌的方池,上面升腾着烟雾笼罩着整个古祠。是谁对着清凉的泉水谈论着旧时的事迹,空留下美好的辞藻让后人回忆当时的兴盛。低头徘徊举杯喝下不少浊酒,过客们一时感慨纷纷留下诗句,拍着门槛豪情欲狂高呼着太白,要和这位旷世奇才结下知心朋友。"

进士顾礼瑚在诗中说:"诗仙人在高楼月儿却在池水中,千年的池水环绕着古老的遗祠。幸逢老前辈在此重开诗宴,转而又叹息太白先生不能和我们一同吟诗。碧水荡漾水波迂回好似沉下了李白的彩笔,旧碑林立等待着新诗的题写。吴都的狂客今日初到,没有让平凡的贺令知晓。"

转运使阿林保在诗中说:"李白在此地的遗迹只剩下了这汪荒废的水池,三

位诗人合把于此,今人纷纷到古祠祭拜。他们盖世的才华和名望好像还在耳畔回响,他们的再度相聚又该在什么时候。难以寻觅那条缥缈的神仙之路,有谁去补写让苍茫的诗客抱恨终生的诗。我因笔端尘俗未洗而惭愧,只有借着这清澈的流水寄托我的心情。"

陈兰森在诗中说:"泗水的源流处有一汪古老的水池,在浣笔泉上建造了这一片祠庙。千古不朽的诗人留下了风云一世的墨迹,诗仙诗圣在一个神龛中被一进之人共同拜祭。这块胜地从今后会频频有人集会宴饮,残留的石碑自今日起会记下后人的题诗。随意都说把情致寄托于形骸之外,大雅之人在这儿高兴地相遇的全都是旧日老友。"

观察沈启震在诗中说:"泗水的源头荡开了一方水池,宝座上供奉着三位古贤因而旧祠被修葺一新。人世的兴衰原有定数,古时的主人和今日的宾客宛如在同一时代。避竹影欣赏亭前的美丽图画,仔细地辨认墙壁上苔痕掩映着的诗句。为古祠的修葺同时也为了送别故人饮下一杯水酒,高昂的情致留给后人知晓。"

这些诗写得很清妙,我把它们搜集并保存了下来,后世人可以从中想见太平盛世中公卿们的风雅气度。

三八

【原文】

桐城汪稼门先生云:"欧阳公《醉翁亭》,连用'也'字,仿唐人杜牧《阿房宫赋》:'开妆镜也''弃脂水也',杜牧又仿汉人边孝先《博塞赋》:'分阴阳也''象日月也',不知诗亦有之,'墙有茨'三章,均用'也'字,'桑扈'三章,均用'矣'字,'木'三章,均用'之'字,'细衣'三章,均用'兮'字。又如'螽斯'三章,首句不易一字,'桃夭''兔罝'皆然。'汉广'三章,末句不易一字,'麟趾''驺虞'皆然。"

此论,古人所未有。先生守苏州,廉声为一时冠。然公余不废吟咏。《游栖霞山成六韵》云:"探幽临胜地,慰我廿年思。高节明僧绍,鸿文江总持。寒云封旧宅,古藓覆残碑。佛法青松护,泉湖白鹿知。春催花信早,僧讶客来迟。欲采长生药,灵崖有紫芝。"

《咏敝带》云:"人情交久情愈真,肯轻舍旧复图新?凡物关心亦类此,低徊

临别尤酸辛。忆我初年通仕籍,带下双双垂影帛。左垂刀佩共坚贞,右拂玉环同洁白。学制惭无夺锦才,戋戋拘束准绳来,但期顺下如流水,岂肯随风着点埃。无那星霜历悴悴,神采渐与当时异。绸缪莫撷茧腾花,暗淡徒存鸡肋意。为凭染人施力罩,浓于河畔草拖蓝。翻旧从新费裁剪,化两为一惩奢贪。重加矜惜风尘外,相依仍作胫衣带。裙屐风流我自斩,腰肢瘦损君应怪。个中伸缩有谁知,苏州犹似霍州时。惭愧香山恩意厚,搜肠难续《故衫诗》。香炷光销伴岑寂,俯视带垂增阅历。物理从来有菀枯,人心底事劳欣戚。温凉异态春复春,惟我与汝臭味亲。殷勤什袭藏诸笥,留作衰年老故人。”

【译文】

桐城人汪稼门先生说:“欧阳修先生在《醉翁亭记》中,连着使用了‘也’字,是模仿了唐朝杜牧的《阿房宫赋》:‘打开梳妆镜’‘倒掉净脸的脂水’,杜牧也是仿照了汉朝人边孝先的《博塞赋》:‘分为阴阳’,‘象征着日月’,却不知《诗经》中也有连用‘也’的用法,‘墙头长满小草’这三章中都用了‘也’字,‘桑扈’三章中

欧阳修像,图出自清·孔继尧绘《吴郡名贤像传赞》。欧阳修晚年自号“醉翁”,并著有散文名篇《醉翁亭记》。

都用了‘矣’字,‘木’三章中,都用了‘之’字,‘细衣’三章中,都用了‘兮’字。又例如‘螽斯’三章中,第一句都是一字不改一模一样,‘桃夭’,‘兔罝’等篇中也是如此。‘汉广’三章中,最后一句一字不改完全相同,‘麟趾’、‘驺虞’等篇中都是如此。”

这种观点,是古人所没有的。先生驻守苏州,清廉的名声称冠一时,然而先生闲暇时吟咏作诗不辍。他在《游栖霞山成六韵》诗中说:“探寻幽静来到这块胜地,以安慰我二十年来的心愿。明僧绍的高风亮节,江总持的鸿文大作。清寒的云雾封锁了古旧的房宅,古老的青苔覆盖了残断的石碑。青松挺拔维护着庄严的佛法,白鹿性灵知道清泉的源头。春风催促着花期早日来到,僧人惊讶于游客的缓缓来迟。想去采摘长生不老的仙药,云雾缥缈的灵崖上长有千年的紫色灵芝。”

在《咏敝带》诗中他写道:"人情交往久了情意也就愈发真切,怎肯会弃旧友另觅新知? 凡是让人牵挂于心的物品也是如此,临别后低头徘徊尤感酸辛痛楚。回忆我当年一帆风顺的仕途,衣带上垂着一双飘动的丝巾。和左边垂下的刀佩一同显示出我的坚贞,拂动着右边的玉环它们同样洁白无瑕。它是我学着制作的我为自己没有能使它赛过锦缎的能力而惭愧,许许多多的约束和准绳向我涌来。只是希望它能垂下后像流水般顺畅,不肯随风染上尘埃。无奈饱经风霜日渐憔悴,它的神采渐渐和当初有所不同。情意缠绵时不要去采撷紫藤花,它们虽然暗淡无光但还存有像鸡肋那样食之无味弃之可惜的意味。任由染匠尽力深染,比河畔的青草颜色还要浓并带着点蓝色。把旧带改为新带要费神裁剪,把两根合为一根可以惩戒那些奢侈贪婪的行径。在风法中行走我要爱护珍惜你,相依如命仍把你当作胫衣带。有了你我裙履风流有些羞惭,你可能会责怪我腰肢瘦细。其中的伸缩有谁能知晓,我在苏州和在霍州时一样憔悴。读了白居易恩深情厚的诗我深感惭愧,搜肠刮肚还是续不出他的《故衫诗》。香蜡燃尽烛光逝去伴着寂静的长夜,俯视低垂的腰带更增添了我无穷阅历。万物道理从来都有茂盛和枯萎的时候,人心中何来欣喜和伤悲。一年又一年世间冷暖变化,只有我和你臭味相投更加亲密。多次穿戴后我殷勤地把你放进衣箱,等到年老体衰时再让你这位老故人陪着我。"

三九

【原文】

鲍步江之女檀香居士,名之蕙,适丹徒张翊和,合刻《清娱阁集》,丐余为序。舣斋游广陵,鲍寄云:"秣陵僧院广陵船,几日游迹附彩笺。怀渴得梅浓较酒,诗狂乘与乐于仙。二分新月扶残醉,四美佳辰媚少年。珍重宵深风露冷,征衫多半未装绵。"

张和云:"卅载休言岁月虚,缥缃差拟茂先车。鬓丝理为茶烟湿,眉妩成从墨沈余。到处胜游常背汝,得来佳句转先余。何年始践诛茅愿,同向湖山赋遂初。"

又,《即事》嘉、徐淑,不得擅美于前。

【译文】

鲍步江的女儿檀香居士,名之蕙,嫁给了丹徒人张翊和,合著了《清娱阁

集》，请我为之作序。张舸斋在广陵游览，鲍之蕙寄诗说："去广陵的船儿来到了秣陵僧院，几日来的游踪全都会在纸笺书信之上。口渴时吃梅子要比饮酒更有味，乘着游兴狂写诗文比神仙还快乐。二分新月扶持着月下步履蹒跚的醉酒人，四个美好的时辰使少年更为明媚。深深风露寒冷要多加珍重，在路途上你穿的衣服多半还没换成棉衣。"

张舸斋写诗相和说："三十年来不要漫说岁月虚度，缥缈的日子让人差点要和茂先的车马相比拟。梳理好的鬓发又被茶气熏湿，我紧皱双眉案上的墨法还没用完。在各处胜地游览时我时常背负着你，得到佳句后而先让你过目。哪一年我才能实现的愿望，一同面对着清光山色和当初一样写诗作赋。"

此外，张翊和《即事》诗写秦嘉、徐淑二人，还不能擅掠前人之美。

四〇

【原文】

满洲伊小尹汤安，相国永公之从子，幼即工诗，来作江防司马。

《春郊即事》云："春郊揽辔值新晴，骑马悠悠自在行。雪满沟胜占岁稔，烟浮村落觉寒轻。清风似剪能裁柳，黄犊初肥好劝耕。犹有村氓知礼数，春醪肯为使君倾。"

《谢余馈肉》云："捧来西子颦俱美，制自东坡肉亦尊。"

【译文】

满洲人伊小尹（字汤安），是相国伊永公的侄子，年幼时就擅长写诗，来金陵任江防司马。

他在《春郊即事》诗中说："正值雨后新晴我手执马辔在郊外踏青，骑着马儿悠闲自在地行走。瑞雪积满了沟渠田垄预示着今年的好收成，村落中云烟轻浮顿使人觉得寒意袭身。清风似剪刀一样可以裁开柳条，小黄牛犊刚刚长得肥壮可以耕田。还有些村中百姓知道礼节，热情地为使君倒上一碗春日酿成的水酒。"

他写诗感谢我赠送他肉，诗中说："西子捧心皱眉也让人觉得美，由苏东坡调制成的肉也因而尊贵起来。"

国学经典文库

随园诗话

四一

【原文】

西江曹星湖龙树,大宗伯地山同年之侄也。出知如皋,与余未识面,而时时以诗往来。《劝农》云:"九陌千畦绣错开,停舆荫借缘云槐。羡渠杖扶迎官者,白发飘萧队来。"

"农忙翻为看官闲,戴白垂髫喜动颜。莫道使君耕未晓,使君来也自田间。"

"鸦鬟小女学当家,阿母教同坐绩麻。触目新红春似海,抽身偷戴满头花。"《桃叶渡》云:"小艇盈盈隔,红楼处处家。昔时花映水,今日水流花。"数首皆有芬芳悱恻之情。

【译文】

西江人曹星湖(字龙树),是我的同处进士大宗伯曹地山的侄子。

他出任如皋县令,和我虽未见过面,但经常以诗相往。

他在《劝农》诗中说:"千顷良田阡陌纵横像一幅锦绣图画,我在绿云般的槐树下停下轿子。

羡慕那位扶持前来迎接官老爷的老者,白发飘逸地走在农队的最前面。"

"农夫们正在田中忙碌反而我这位巡视的官员最为悠闲,白发苍苍的老者和垂髫童子都乐得喜笑颜开。莫道使君不懂得耕田,毕竟您也是从田间走来的。"

"头顶乌鬟的小姑娘学着操持家务,母亲教她一同坐下织麻。触目之处新开的鲜花春光正深浓,忙里偷闲抽身去摘下花朵戴满了头。"

在《桃叶渡》诗中他写道:"轻盈似燕的小舟错落隔开,红楼处处是人家。那时花儿映水红,今日水中流淌着落花。"这几首诗都有一种芬芳悱恻的情怀。

四二

【原文】

乾隆戊午科,余与阿广庭相公,同出四川邓逊斋先生之门。榜下一别,于今五十四年矣。公出将入相,以忠动爵至上公,而余乞养还山,卖文为活。先生常向人云:

"我门生不多,而一文一武,足胜人千百。"余闻之赧然。

哭先生有句云:"共说师门原不忝,敢云文武竟平分?"诗载集中。后公在杭州,勾当公事,托今观察方次耘驰檄见招,而余适游武夷,无由进谒。今年冬,奇丽川抚军阶见,公在宫门,垂问余甚殷。

奇公于路上吟一绝见寄云:"中侍传宣递膳牌,平明待诏立金阶。白头宰相关心甚,问了黄河问简斋。"

【译文】

乾隆朝戊午年科举考试,我和阿广庭相公一同出自四川人邓逊斋先生门下。自从当年金榜下一别,到现在已有五十四年了。

阿广庭相公文武双全封将拜相,因忠心耿耿和不凡的业绩使自己的爵位封到了上公,而我却请求回乡还山归养,以写文卖字为生。

邓先生常对别人说:"我的门生不多,但有一文一武,足以胜过别人的千百弟子。"我听到后深感汗颜。

邓先生去世时,我哭着写了一首诗:"共话起师门我本心中无愧,但怎敢说文武两门生平分秋色?"

这首诗收录在我的文集中,后来阿广庭相公来杭州,处理公事,拜托当今的观察方次耘快马传文招我前去一晤,但我正巧在武夷山游玩,无法前去谒见。

今年冬天,奇丽川抚军前去陛见皇上,阿广庭相公在宫殿门旁,殷殷重询我的近况。

奇丽川抚军在路途中吟成一首绝句寄给我,诗中说:"宫中的侍卫传宣递来了膳牌,天刚亮我站立金阶下等待皇上的诏书。白发苍苍的宰相对您很是关心,问完了黄河水情就问您的近况。"

随园诗话补遗·卷四

诗以意为主人，以词为奴婢

【原文】

余不信孔子删《诗》之说,而又不料茅鹿门之选八大家,至今奉为定例也。尝有句云:"诗亡原只存三百,文古何曾止八家?"

【译文】

我不相信孔子删改《诗经》的说法,却又没有料到茅鹿门所选的八位诗文大家,至今仍被奉为定例。我曾写过一句诗,诗中说:"《诗经》有散失,原本只保存下来三百首,诗文古老历史上又何曾只有八大家?"

【原文】

张古香太守之诗,余已摘入《诗话》矣。其子玉阶孝廉诗笔清于乃翁。《花残》云:"花残一树盘愁思,断送春光是雨丝。我是主人花是客,纵留他住不多时。"《过赵北口》云:"连天春水晚烟浮,一曲红栏映碧流。绝似江南好风景,跨驴人去又回头。"

【译文】

张古香太守的诗作,我已摘录进《诗话》了。他的儿子张玉阶孝廉的诗文笔风比其父还要清妙。

在《花残》诗中张玉阶写道:"一树残败的花儿牵起了我满心愁思,是如丝细雨断送了大好春光。我是主人花是客人,纵使我留他住下也住不久。"

在《过赵北口》诗中他写道:"连天春水上晚烟浮动,一曲忧歌中红色的栏杆倒映在碧水中。这非常像是江南的大好风景,人儿跨驴而行却又时时回头

顾望。"

三

【原文】

金陵严翰鸿虽行贾岭南,而性笃风义。余孤甥汪兰圃将之肇庆,缺于路资,余托严挈之以行,一路彼此倡和。《晚泊》云:"酒旗挑出屋檐斜,古木萧疏挂落霞。吹笛牧童归竞渡,满头多插野山花。"

【译文】

金陵人严翰鸿虽经常到岭南做生意,但生性痴迷于风雅仁义之学。

我的幼年父母双亡的外甥汪兰圃将要到肇庆,但是缺少路费,我托严翰鸿带着他一同远行,一路之上二人彼此相互写诗唱和。

他在《晚泊》诗中说:"屋檐上斜挑着一面酒旗,萧落稀疏的古树上映挂着落日的红霞。牧童吹笛竞相渡河而归,他们头上插着许多野山花。"

四

【原文】

姚姬传太史言:国初有怀宁逸老汪梅湖先生,隐居不仕,诗格甚高,而本朝诸采诗者,竟未收录,殊可惜也!其《田家杂咏》云:"戴胜鸣中园,社燕栖故巢。田田垄水白,秧针日以高。即事欣有赖,襟颜舒郁陶。余其理闲策,步过林塘坳。""艓子小如叶,沿溪泛藻蘋。系缆甫植杖,柴门见主宾。主宾匪异人,左右一二邻。科跣各真率,貌简情乃亲。须臾契酒榼,肴核亦具陈。共言禾苗好,瞥眼当食新。""风日美襟度,钓溪理纶竿。芳饵投文漪,修鳞逝驶湍。众山一色碧,独鸟孤光寒。夕阳冥水村,新月上林端。畅好咏而归,无鱼何所叹。""寒月挟秋气,孤灯耿清影。寥寥天宇旷,迢迢夜漏永。鱼罾响辘轳,鸡窗啄答箸。遥闻犬吠声,行人枫叶冷。"《秋怀》云:"村静日当午,鸡鸣三两声。篱花催野菊,邻釜熟香皁。读史数行泪,看天万种情。浮云尔何意,只傍陇头生。"《晚步》

云:"春雨晚来歇,残阳湖上峰。人家烟漠漠,田垄水淙淙。小步林塘路,时闻山寺钟。幽情属何许,古道牛羊踪。"诗境清远,是陶、韦家数。又有《寄周栎园侍郎》三首,因栎园往访不值故也。想见当时亦名动公卿云。

【译文】

姚姬传太史说:开国初怀宁有位避世的老者叫汪梅湖先生,长年隐居不愿做官,他写的诗境界格调颇高,但本朝许多选录诗作的人,竟然都未收录他的诗,真是太可惜了!

汪梅湖先生在《回家杂咏》诗中说:"戴胜鸟儿在园中鸣叫,土地庙中的小燕子栖息在故巢中,田间渠水清澈见底,似针的秧苗日日长高。欣然即事而做实是有所依据而发,襟怀颜面舒展而深感快乐。我悠闲地挥动竹鞭,打马走过林塘坳。"

"舟艓像叶子一样小,沿着溪流在水藻蘋草上泛舟,系好缆绳又挂起竹杖,柴门外宾主相见面。主人和客人都不是什么特别人物,只不过是左右邻居罢了。各自赤着脚显示了彼此的真诚坦率,礼貌上虽很简单情却很亲密。不一会儿拎来了小酒壶,几碟小菜也摆到了面前。一起说着今年的禾苗长势喜人,转眼功夫就能吃上新米了。"

"有风的日子中衣襟飘舞很是优美,收拾起鱼竿到溪边垂钓。香喷喷的鱼饵投到泛着涟漪的水中,长长的鱼儿在急流中快速地游动。众山碧绿一色,孤独的小鸟在寒光中瑟瑟发抖,夕阳映射着水边的小村,一轮新月挂在了林端,心胸舒畅歌咏而归,水中无鱼可钓又有什么可叹息的。"

"寒冷的月光夹着浓浓秋意,孤独的小灯照着清瘦的身影。寥廓苍天广阔无边,漫漫长夜中更漏声一直滴响,辘轳旁鱼儿在竹网中蹦跳,鸡儿隔着小孔去啄篓中的鱼虾。听到远处传来犬吠的声音,行人走在冷冷的枫叶小道上。"

在《秋怀》诗中他写道:"日当正午时小村中一片寂静,偶然传来三两声鸡鸣。竹篱小花催促野菊绽放,附近的锅中飘来煮热的大米香。读着史书不由落下几行伤心泪,抬头望天竟有万种风情。浮云啊你有何用意,只是傍在陇头上。"

他在《晚步》诗中写道:"春雨在傍晚时悄然遏止,落日的余晖洒在湖边的山峰上。人家中到处炊烟漠漠,田垄边渠水淙淙流淌。在大塘边的小路上漫步,不时听到远处山寺传来的钟声。满腔幽情是为了谁,古道上牛羊牧归。"

诗文意境清新高远,属于陶渊明、韦应物田园诗的路数。他还写有三首《寄周栎园侍郎》,是因为周栎园前去拜他时他正巧不在家而后寄赠的。可以想见他在当时也已名动公卿了。

随园诗话

五

【原文】

人常言:某才高,可惜太狂。余道:非也。从古高才,有过颜子与孔明者乎?然而颜子则有若无,实若虚矣。孔明则勤求启诲,孜孜不倦矣。曾赠德厚庵云:"不数袁羊与范汪,更从何处放真长。骥虽力好终须德,人果才高断不狂。"又有人言:某天分高,可惜不读书。某精明,可惜太刻。余又道:"非也。天分果高,必知书中滋味,自然笃嗜。精明者,知其事之彻始彻终,当可而止,必不过于搜求;搜求太苦,必致自累其身。"故常云:不读书,便是低天分;行刻薄,真乃大糊涂。

【译文】

人们常说:某人才甚高,只可惜为人太狂妄。我说:这种说法不正确。从古以来的高明才士,有能超过颜回和孔明的吗?然而颜回不过是把有看作无,把实扯作虚罢了。孔明则是殷勤地寻求启发和教诲,是求学孜孜不倦的缘故罢了。我曾赠诗德厚庵,诗中说:"要是数不上袁羊、范汪,更从何处去寻长高人名士。良骏虽然脚力好但终须德才兼备,果真是言高八斗的人他断断不会狂妄。"又有人说:某人天分很高,只可惜他不用心读书,某人很精明,只可惜太过尖刻。我又说:"这种说法多不对。天分果真很高的人,必然会深知读书的滋味,自然会一心一意地钻入书中。精明的人,知道事情的来龙去脉,一定会适可而止。定不会过分搜求'搜求太苦,必然会导致连累自己。"因此我常说:不读书的人,就是天分低的人;行为刻薄的人,真是个大糊涂虫。

六

【原文】

唐待士大夫,失之太厚。选官有小选者,凡流外官,兵部礼部举人,得自主

之。又念岭南黔中人离长安太远，遣御史郎官就其近地，设为南选、东选，以选官。是移粟以就民也。见《选举志》。凡使外国者，许其举州县十员，为远行之费，以便其私，谓之"私觌官"。

白居易作学士，自称家贫，求兼领户曹，上许之。

守杭州时，余俸太多，存贮库中，后官亦不便领用，直至黄巢之乱，裁用为兵饷。家居后，郡僚太守，犹为之造桥栽树：不已过乎？余尝读《长庆集》而嘲之曰："满口说归归不肯，想缘官乐是唐朝。"

【译文】

唐朝对待士大夫，错在于过分优厚。选拔官员时有小选，凡是外放官员，由兵部礼部举荐，得以自行做主。又念在岭南黔中等地离长安太远，于是派御史和郎官就其近地，设置南选、东选，以选拔官吏。这是运粮就民的做法。可以参见《选举志》。凡是出使外国的人，允许他举荐十位州县官吏，从中捞取远行外国所需费用，以方便其个人，这叫作"私觌官"。

白居易任学士时，自称家境贫寒，请求兼领户曹的赋税，皇上允许了他。

他镇守杭州时，剩余的俸禄太多，便存贮在府库中，后任的官吏们也不便领用，直到黄巢之乱时，才被充为军饷。辞官归家后，当地的郡僚太守，还为他造桥栽树：不是太过分了吗？我曾经在读《长庆集》时写诗而嘲笑他说："满口说辞官归隐却又不肯归隐，想寻求做官的乐趣还是在唐朝。"

七

【原文】

士各有志：邴原与郑康成同里，而不肯师康成。人尤之，原曰："人有登山而采玉者，有入海而求珠者，各宝其宝，不必同也。"余故有诗云："丁少微，陈希夷，两个神仙有是非。苏子瞻，程伊川，两贤胸中各不然。可惜不见尼山老，猖狂中行尽和好。"

【译文】

士人各有志向：邴原和郑康成同乡，却不肯拜郑康成为师。人们责问他，他回答说："人有去登山采玉的，也有下海求珠的，各自把自己的宝贝看作是珍宝，不必要追求一致。"

我因此写诗说："丁少微、陈希夷，这两个神仙有各自的是是非非。苏子瞻、

程伊川,这两位贤士胸中各有不同的追求。可惜没有见到尼山老人,志高进取的人、洁身自好的人、中庸之道的人、身体力行的人尽相和好。”

八

【原文】

偶理旧书,得尹似村断句云:“有月灯常缓,多餐睡偶迟。愁添双鬓雪,怕忆少年时。”盖是似村在京师寄诗嘱批,余就其五律一首,摘而存之者也。又摘其《赎出典裘》断句云:“老妻见故衣,开箱色先喜。姬人持热升,殷勤熨袖底。无奈绉痕深,熨之不肯起。”独写归性灵,清妙乃尔。呜呼!似村为尹文端公第六子,祖、父宰相,兄弟皆侍郎、尚书,而似村自号“殿试秀才”,不就官职,赋诗种竹,以林泉终。岂非汉之张长公一流人乎?“殿试秀才”者,以丁卯科试,诸生闹场,上恶之,亲自监试,似村独蒙钦取故也。熨斗名“热升”,见《庶物异名疏》。

【译文】

闲来整理昔日藏书,发现了尹似村的几句诗:“有月明照时,灯常很晚才点起;一天内多贪了几口,睡意淡了,直到很晚才能入眠,愁思爬上双鬓,最怕回忆少年时节。”

这几句大约是似村从京师写就寄给我叮嘱批阅的,我从他寄来的五律中摘抄这么一首保存了下来。还摘抄过他的《赎出典裘》,其中写道:“老伴开箱见到赎出的旧衣,面带欣喜;女侍手持熨斗,反反复复地熨着袖底,无可奈何绉痕太深刻,无论怎样也不能抚平。”

此一首独写性灵,清妙脱俗,实在难得。似村是尹文端先生的六子,他祖、父曾为宰相,兄弟也都是侍郎尚书,而似村自己号称“殿试秀才”,不就官场职务,赋诗种竹,终老林泉。不由令人神往汉代张长公一般人物。所谓“殿试秀才”,是指丁卯年科举,诸考生哄闹科场,皇上大为不快,亲自到考场,尹似村荣幸地被录取。所抄第二首诗中的熨斗呼为“热升”,可参见《庶物异名疏》。

九

【原文】

闽中杨镜村太守，历任三吴，判狱如神，人亦风流儒雅。中年得狂易之疾。余常郁郁，闵天道之无知。今秋，其子学基以诗来，风格隽永：方信善人之有后也。《吴门杂咏》云："岩桂香飘艳素秋，石湖风静水悠悠。洞箫吹出山头月，两岸轻烟半未收。""回塘夜火刺船行，银烛高烧水榭明。两岸采菱歌不绝，木兰舟上又吹笙。""行春桥畔水云凉，万顷琉璃映夕阳。雾縠衫轻纨扇薄，卷帘低唤卖花郎。"

《见赠》云："独占词坛五十秋，坡仙老去尚风流。沧桑几见归来鹤，花柳常停不系舟。到处逢迎多士女，半生疏懒薄公侯。天教享尽才人福，饱看溪山至白头。"

【译文】

闽中杨镜村太守，曾官任三吴，判案如神，人也风流脱俗，儒雅绝伦。

可惜中年得了癫痫之症。我常因此心情排遣不开，每每自问，上天为何不佑这等人，上天果真无知无情吗？今年秋日，镜村的儿子杨学基挟诗而来，他的诗风隽永，我又相信：善人香火不断，必有后人呐。

杨学基的《吴门杂咏》写道："岩上桂花飘香，艳染了素秋，石湖风平浪隐，水意悠悠。一曲洞箫吹托起山头弯月，两岸轻烟袅袅，若有若无。"

"围绕湖塘的夜火是夜半翁船的船上人生起的，高挑的银烛使整个水上亭台大放光明。两岸采菱的人对唱不绝，又别有一笙突如其来。"

"行春桥边水冷云清，万顷琉璃样的水面荡漾着那盏斜阳。身着如雾轻衫，手执蝉翼般薄的团扇，纤手卷帘，低低娇唤那卖花的人儿。"

再看他赠别人的诗中写道："苏东坡独占词坛五十春秋，老去时仍不减风流。几经变故沧桑，才知鹤去不返。花丛柳林常常光顾，到处停停走走，无处系得住那小舟。半生光阴逢迎结交过无数名士美女，唯独白眼公侯贵族，这怪只怪我疏忽懒散。然后我将独对溪山，饱看无厌，直将乌丝换成白头，尽情极兴地享受这天赐之福。"

随园诗话

一〇

【原文】

诸升之文思繁富,三赴北闱,不售。高翰起司马赠以诗云:"中原非尔力,患或在才多。"诸旋中庚辰榜眼。辛亥十月胡少司马希吕督学金陵,为予诵之。诸名重光。

【译文】

诸升之文思纷繁富腴,曾三度北上,荐于朝廷,但均未得官,司马高翰起赠诸升之诗道:"中与不中,原非你自己所能决定,你的毛病或许正在于多才。"

诸升之点首而去,中了庚辰榜眼。辛亥年十月,少司马胡希吕到金陵督学,为我所诵,诸升之名重光。

一一

【原文】

杭州多闺秀,有张夫人者,美而贤。郎主喜狎邪,张不能禁,而虑其染恶疾也,规以诗云:"此去湖由汗漫游,红桥白社更青楼。攀花折柳寻常事,只管风流莫下流。"

【译文】

杭州闺中不乏才女,有位张夫人,美貌多才。其夫喜狎妓,张夫人无力阻止,又担心丈夫染上恶疾,遂以诗劝解:"你此番去湖光山色中逍遥,那里有红桥白社还有青楼。攀花折柳历来是男人们的习惯,可以风流却不要行无耻下流之事。"

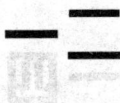

【原文】

有某公课士，以"《赋得蜻蜓立钓丝》，限'蜻'字，七排四十韵。"人以为难。余笑曰："此之谓鼠穴寻羊，蜂窠唱戏，非以诗学教人之道也。若以多为贵，则岂不知徐乐传名，一书已足，阮咸作掾，三语犹多乎？"

【译文】

有位先生考究士子，从"《赋得蜻蜓立钓丝》"中抽出"蜻"字为限，要求作七排四十韵的长诗，人们都摇头叹难。我听了哑然失笑："这正是所谓从老鼠洞里找羊，在蜂巢边唱戏的不当；不是用诗学教人道理，而是误入歧途。如果凭多而为贵崇，知不知道徐乐扬名只因一书，阮咸作掾吏，三语还多啊？"

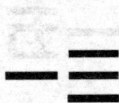

【原文】

浦柳愚山长云："诗生于心，而成于手；然以心运手则可，以手代心则不可，今之描诗者，东拉西扯，左支右梧，都从故纸堆来，不从性情流出是以手代心也。"吴西林处士云："诗以意为主人，以词为奴婢。若章少词多，便是主弱奴强，呼唤不动矣。"二说皆妙。

【译文】

浦柳愚山长说："诗从心生，成于手；所以以心指挥手当可，反过来，以手代心就不成了。当今搞诗歌，大多东拉西扯，左支右绌，从故纸堆中搜罗章句，并非性情流露，究其根底，是以手代心的缘故。"

吴西林处士也说："诗意为先为主，词句为后是奴仆婢女，如果诗乏意而词

句盛,就是主弱奴强,呼唤不动了。"这两种说法真好。

一四

【原文】

金陵庄秀才元爕弱不胜衣,少年旖旎;作《无题》云:"鬒云缭乱不曾梳,先向池边饲碧鱼。露滴翠荷擎不定,戏分小妹当珍珠。"可谓诗如其人。

【译文】

金陵秀才庄元爕体弱几乎不能禁受住衣服,年少钟情诗文,曾作《无题》诗:"秀发如云不曾梳整,先到池边向水中鱼撒食,晶莹莹露如珍珠滚动在碧荷叶上,一一数个仔细,分与诸小妹。"真可以说他的诗如同他的人一样。

一五

【原文】

李香林尚书爱才如命,督南河时,诗弟子陈熙从州倅荐用至铜沛同知。而公移督河东矣,犹画扇寄之,云:"握手河梁别绪萦,忍惊月琯已频更。语凭尺素书难尽,意似层波去又生。风静珠湖应有梦,云横岱岳总关情。水窗此夕君何处,重展鸾笺对短檠。"又,尚书在兰阳行馆,《题竹》云:"干霄修竹自潇潇,十载相违每系思。笑我尘劳须鬓改,美君青翠尚如斯。"亦复有缠绵之旨。昔人云:"不俗即仙骨,多情乃佛心。"其公之谓欤!

【译文】

李香林尚书爱才如命,督守南河,把他的弟子陈熙从州倅提升为铜沛同知,而李尚书已转任督守河东,他得悉此事,还是遥寄画扇,上题诗道:"河梁一相逢,别后思绪萦绕,不觉月琯声里已是深更,一纸书信难尽心中意,相思相念如

水波重生,风敛纹静的珠湖上总该有梦。烟笼云横的泰山牵着故人情。今夜凭窗对水君在何方,又重新在短灯下展开远来的信笺。"

李尚书还曾在兰阳行馆,有《题竹》诗:"修竹挺拔直插云霄,相别的十年里,我无时不魂牵梦绕着你,可笑尘劳染白我双鬓成雪,可羡青竹仍旧苍翠如昔。"

这几句中也有意旨缠绵之外,古人曾说:"不俗那是仙风道骨,多情便生就佛心。"讲的正是李公吧!

一六

【原文】

泾县,古宣州所属,故多诗人,梅宛陵之后,本朝愚山先生,其最著者也。近日泾邑孝廉赵元一帅与其弟琴士,俱工吟咏。丁未秋,在丹徒广文署中,以诗集见示,余为加墨而去,今五年矣。今冬寄《伟堂诗钞》来,凡余所甲乙者、商榷者,无不降心相从,虚怀若谷,宜其造诣之进而弥上也。录其《宿焦山寺》云:"海国秋初到,山堂气更清。林昏星有影,江下夜无声。设席临嘉树,论诗对短檠。依然留卧榻,一枕百虫鸣。"

《焦山顶观月出》云:"为看月上海门东,洞口盘纡石磴崇。行到双峰多竹树,不知身在大江中。"

《青山晚泊》云:"倒卷长江白浪飞,幽岩钟磬静禅扉。秋风极浦雁初下,暮雨空山僧未归。汉上估樯千树密,洲前渔火一星微。明朝更约齐安过,载酒题诗赤壁矶。"他如:"夕阳低野树,秋水断河桥。""秋深海国梧桐老,夜静关山鼓角清。"俱不愧唐人音节。

【译文】

泾县属古宣州,向来诗人辈出,梅宛陵之后,以本朝愚山先生最著称于世,当今其地又有孝廉赵元一同其弟赵琴士工于诗文。

丁未年秋,在丹徒广文衙署中,将他们自己的诗集拿出向我讨教,我为他们批点加墨一番作别,一晃五年已过。今年冬天赵氏兄弟寄来了《伟堂诗钞》来,凡是我指出优劣的、需酌量的地方,他们均谦心听从,可以说虚怀若谷,这也有利于使他们的诗文造诣不断提高。

抄录其中《宿焦山寺》一首:"海滨之地秋来乍到,山间楼堂更觉清幽,林中

昏昧,却有寒星光影杂沓,江水沉静,夜失去了大声,面对秀才高席自娱,在短灯下也不忘指点诗文的乐趣。缓缓伏身卧床之上,一枕两耳边尽是百虫呢哝。"

《焦山顶观月出》一诗道:"为一观月色攀跻海门东山,那里洞口曲折石阶高崇。行至双峰处多修竹秀木,竟浑然忘记自己身在大江之中。"

《青山晚泊》诗:"长江逆水白浪,纷纷飞飞,幽岩上钟鸣磬响,更显禅门寂静。秋风瑟瑟,雁落水边,一场晚雨空山寥落,那山僧还未踏上归路,汉水上千帆如树立,水中央岛周围一点渔火,宛如微弱星光。明日约齐南朝谢安那般人物,京酒亦诗漫游赤壁矶下。"

还有其他如:"夕阳西下,比旷野尽头的树还低;秋水下落,露出了冲断的石桥。""海之滨秋深深梧桐老去,万山丛里夜寂寂鼓角声脆。"这些都是不愧于唐人的好诗句。

一七

【原文】

蔡侍郎观澜守江宁时,私宰之禁甚严。余不以为然。一日,余在府署,蔡公坐堂收呈,有回民之黠者,具呈请释牛犯。其状首云:"为恩足以及禽兽,而功不至于百姓事。"蔡遣家人谓余曰:"君原欢我贵人贱畜,今果惹回民之嗔。然其状词,文理甚佳,须君替我强词夺理。"余书五绝于纸尾云:"太守非牛爱,心原爱老农。耕牛耕满野,百姓岂无功?"黠回无词而退。太守牛禁,亦因之稍宽。

【译文】

蔡观澜侍郎任守江宁时,严格禁止私自宰杀耕牛。我颇不以为然。一天我在江宁府衙,蔡侍郎收拾上呈的状纸,其中有个狡猾的老回回递状子请求释放私自杀牛的罪犯。

那状纸开头写道:"仁义施于畜牲身上,却不关心老百姓死活。"

蔡侍郎派家仆对我说:"先生您原来劝我以人为贵别太看重牲畜,我不听,现在果然惹得回回犯怒。况且那回回状词写得很占理,现在先生您要给我强词夺回这个理。"

我于是就手在蔡侍郎遣人送的书信末写了首五绝:"太守可不是光爱惜牛,他心里头实装着老百姓。如果耕牛满山遍野,老百姓怎能无功?"狡猾的回回无话可说,只好不再递呈状。蔡太守严禁私杀耕牛的律令也稍稍宽松了些。

国学经典文库

随园诗话

【原文】

余宰江宁时,门下士谈毓奇为刻《双柳轩诗文集》二册。罢官后,悔其少作,将板焚毁。后《小仓山房集》中,仅存十分之三。辛丑清明,游雨花台,谒方正学祠,夜梦有古衣冠者,揖余而言曰:"子诗人也,《怀古》有'燕王北下金川日,行到《周官》第几章?'此诗删之可也。又有句云:'江山忽见开燕阙,风雨原难对孝陵。'此二句甚佳,如何可删?"余唯唯。其人言毕,有仪从呼唱而去。余次日语人。或曰:"此莫非正学先生乎?"

人有訾余《诗话》收取太滥者。余告之曰:"余尝受教于方正学先生矣。尝见先生手书《赠俞子严溪喻》一篇云:'学者之病,最忌自高与自狭。自高者,如峭壁巍然,时雨过之,须臾溜散,不能分润。自狭者,如瓮盎受水,容担容斗,过其量则溢矣。善学者,其如海乎?旱九年而不枯,受八州水而不满。无他,善为之下而已矣。'"书法《争坐位》,笔力苍坚。余道:先生精忠贯日,身骑箕尾,何妨高以自待,狭以拒人哉?然而以此二字,谆谆示戒。则其平日之虚怀乐善可知。余与先生,无能为役;然自少至老,恰恶此二字,竟与先生有暗合者。然则诗话之作,集思广益,显微阐幽,宁滥毋遗:不亦可乎?

方孝孺像,图出自清·顾沅《古圣贤像传略》。方孝孺,明代建文时官至翰林侍讲学士,后世称正学先生。建文四年(公元 1402 年),永乐即位,因拒不为朱棣起草即位诏书而被灭以"十族"。

【译文】

我任职江宁时,门下士人谈毓奇刻印《双柳轩诗文集》二册。我罢去官职后,后悔年少时诗作,故将刻板烧掉了。后来编《小仓山房集》时,收入其中的仅占原有的十分之三。辛丑年清明,我游历南京雨花台,拜谒方孝孺的灵祠,夜

间做一梦:有一位昔衣古冠的人,向我一揖首道:"先生是诗文中人,《怀古》一诗有"燕王向北攻下金川之时,《周官》看到了第几章?"一句删去是可以的。至于那句"忽见江山,只听说有燕王朱棣的墓碑,风雨飘摇,到何觅孝文皇帝的陵呢?"却不错,堪称佳句,为什么要删掉呢? 余连连点首。那人话刚落,就有仆从模样人招呼远去了。第二天我同人讲这梦,有人说:"或非那正是方孝孺先生本人。"

有人指责我的《诗话》收取太滥。我告诉他:我曾经受教于方孝孺先生,曾见过先生手书《赠俞子严溪喻》一篇中道:"学者的毛病最忌讳自高、自狭。自高就如同峭壁巍然耸立,时雨降下,不一刻就溜走四散,不能够分得润泽。自狭如同小瓦罐盛水,只能容担的却难容纳上斗的,超过承受容量就会溢泛出来,所谓器小易盈。善于学习的人,正如不测的海。即使干旱九载,也不会枯竭;八方水来注入,也不会满溢。不是因为别的,正是因为谦下不仰啊!"

书法《争坐位》笔力苍劲雄拔,我说:方先生精忠之气贯于天日,光盖南箕,何妨以高自恃,以狭拒人呢? 可他仍诚恳由心地发出这番真言,是在戒示人啊!而他平日磊落谦虚可想而知,我同先生无缘追随他的左右,然而我自少年入学至老之至,最厌恶的就是'高'、'狭'这二字,不想这竟与先生契合。说到写诗作文,集众人的思想,大有益处,阐述奥妙不明的道理,宁可多而滥也不要少而有遗弃,是这道理吧?

一九

【原文】

近学郊、岛诗者最少,独莳亭给谏,于无意中往往似之。《秋虫》云:"直使孤灯死,常催白发生。"又,"瘦筐腰刻字,古树腹藏人。"

"风多萤贴树,月出鹭巡堤。"皆孟贾集中佳句。《在闸河水浅》云:"不劳画地还成狱,且喜窥天洞有窗。"何其苦也!《及渡江得顺风》云:"大江东去月西走,独客南归风北来。"又何其乐也! 诗人善体物情,往往如是。

【译文】

近来习学孟郊、贾岛诗风的人越来越少。唯独莳亭给谏,往往无意中与二人相似。

《秋虫》诗写道:"孤灯灭去,又坐过一夜光阴,致使头生白发。"此时"瘦竹

贾岛像,图出自清·顾沅《古圣贤像传略》。
贾岛是唐代著名诗人,与孟郊齐名且诗风相近,时
称"郊寒岛瘦"。

竿上可以刻字,古木身粗可以容人藏身。"

"风大萤火虫贴树飞行,月出东山,鹭鸟绕堤而翔。"均类似于孟郊、贾岛诗集中的句子。在《在闸河水浅》写道:"不顺画地为牢已是牢狱,所庆幸的是窥天还有扇天窗。"读之甚苦!

《及渡江得顺风》诗道:"大江向东滚滚滔滔,圆月西沉渐隐渐深;孤独的旅人驾舟南归,风起北地,宛如相送。"欢快之情溢于言表!诗人善于捕捉物性人情,往往都是如此。

二〇

【原文】

余性通脱,遇繁礼饰貌之人,辄以为苦。尝《咏桐花》云:"桐花恰也清香

甚，琐碎无人肯耐看。"

【译文】

我性情洒脱不羁，遇见那些工于装饰而做作的人，心内叫苦不迭。曾经以《咏桐花》诗来表达过这种意思，那诗中是："桐花好在清香，而太过于琐碎时，就无人开眼去看了。"

二一

【原文】

程莼江晚甘园，屋甚少，而春间游女甚多。主人请余作对联。余提笔云："时花美女有来时，明月清风没逃处。"主人喜其贴切。

【译文】

程莼江的晚甘园内，屋筑少，而一到春天，游女很多，园主人请我写副对联，我提笔写道："赶时会的鲜花与美女人面花面相映，明月清风也难逃此园风景。"

园主人见对联后，很满意于对仗工整贴切。

二二

【原文】

香亭以余年衰，劝勿远出游山。余书六言绝句与之云："看书多携一部，游山多走几步。倘非广见博闻，总觉光阴虚度。"

【译文】

香亭因为我年已高，劝我千万别远游名山。手书六言绝句给他："多看一部书，多走几步路。倘若不能多听多见识，总觉是在虚度光阴。"

【原文】

新阳明府王春溪向余云:"岁丁酉,课徒山中,夏日偶以陶诗'中夏贮清阴'命题。有族弟名如山者,结句云'夜深微雨过,积翠滴成音。'余赏其作意,而嫌有鬼气。不逾月,病卒。因哭之曰:'难忘翠滴成音句,是我寻檐腹痛时。'益叹诗谶之说,非漫然也。"余因记壬申入都,遇雪途中,有句云:"仆夫与主人,麻衣无短长。"后五月而丁先君忧。己酉秋,余与金姬同患病,先一月得句云:"好梦醒难寻枕上,落花扶不上枝头。"已而自嫌不祥。刘霞裳曰:"先生非花也,其应在金夫人乎?"已而果然。

【译文】

新阳明府王春溪对我讲:"丁酉那年,在山中向门人弟子讲学,时值夏时,用陶渊明'中夏贮清阴'诗命题。有同族子弟王如山,他所作以深夜下起细雨,雨水汇聚成珠翠般,滴淌成音。我认为他诗中有意境,只是嫌有些鬼气。没过一个月,王如山病逝。我因此哭他:'难忘雨汇成珍翠那佳句,每当见檐下滴水,总会心有所痛。'也更加感慨以诗占卜某人生死祸福的说法,并非尽是荒诞啊!"

我由这个例子也记起壬申年入京都,在半途遇雪,有诗道:"主仆的麻衣长短,无分轩轾。"过了五个月后,家父便去世了。

己酉秋天,我同贱内金氏,双双有病,此前一个月,曾在一句诗中道:"好梦醒来,在枕上寻时,已了无痕;落花缤纷,再也难再闹枝头。"写毕自认为有不祥之兆。刘霞裳对我说:"先生本阳当非花,这不祥莫非应在金夫人身上?"不久果然如他所说,金氏长辞。

【原文】

金陵吴思忠字孝侯,善画工诗,受知于钱南浦观察。《宿别峰庵》云:"别峰庵结焦山西,庵外诸峰无与齐。双眼摄尽大江色,入门顿觉青天低。月光欲上

水气白,送阉斗酒倾玻璃。不辞酩酊欢清夜,好与楹前松鹤栖。"《检黄鹿岩遗稿》云:"怆无儿祭荒凉墓,幸有人抄失散诗。"又,《偶兴》云:"床头剩有宣和纸,写我当时看过山。"

【译文】

金陵吴思忠字孝侯,善于作画写诗,为钱南浦观察熟悉。那首《宿别峰庵》写道:"别峰庵结立在焦山之西,庵外诸山峰都不能与之齐肩。

双目饱览江山秀色,进了庵门顿感青天出不再离远。月将袭上时,水面升腾白色水汽,猜拳斗酒,杯倾尽兴,在这月色如水的清夜,大醉酩酊后,正好可与门前松鹤同入梦。"

《检黄鹿岩遗稿》诗道:"你身后凄凉,没有人祭奠那陵墓,唯一所幸的是还有故人抄编那零散失传的诗文。"

《偶兴》诗道:"床头剩下的宣纸,可以用来写我看过的青山诗。"

二五

【原文】

尹文端公公子大半徂谢,去年尹太夫人亡百日,而十二公子又亡。五郎晴村作青州都统,《哭弟》云:"吾家骏足望腾骧,底事青年竟夭亡? 百日从亲归地府,九原先我侍高堂。枯荆每见花枝折,倦鸟何堪羽翼伤。才隔一程成永别,阿兄能不泪千行?"可谓情文双至。文端公在九泉,亦必叹赏。

【译文】

尹文端先生的公子大半早逝,去年尹太夫人逝后百天,尹家十二公子又去世了。尹家老五任青州都统,作诗《哭弟》:"我家诸子中属你可望有平步青云的成就,岂料年纪轻轻地夭亡。百日逝去大概随太夫人同赴地府,黄泉那里先我侍候先人了。老朽仍在花枝已折,倦鸟又意外遭伤羽翼的打击。才只仅隔一程(五郎出京都第二天)就成了永诀,为兄的岂不泪流千行?"这诗句可以说情文并茂。如果尹文端先生九泉有知,也一定赞叹不已。

二六

【原文】

何春巢向余云："沙竹屿，如皋寒士，性孤傲不群，应试不售，遂弃书远游，足迹遍天下。其所推重者，惟先生一人。"诵其《秋斋》云："小庭人寂狷兰开，独对幽香一举杯。薄暮闲云不成雨，冷风吹月上帘来。"《山居》云："饭罢钟声已断烟，偶来闲倚寺门前。夕阳暝色行人绝，空见群峰乱插天。"又，《读随园诗话》云："瓣香好下随园拜，安得黄金铸此人？"

【译文】

何春巢对我讲："如皋寒门士子沙竹屿，性格孤傲不合群，应科举不及第，从此不再读书而远游，足迹遍及天下。他所推重的唯独袁先生一人。"

他的《秋斋》诗道："小庭园中人声沉寂，唯有兰花开放，孤独一个人对花香捧杯。黄昏的天空里片片飞过，却成不了雨，冷风吹一钩新月挑上帘笼。"

图为古人描绘秋日寂寥、清冷景象的画作。

《山居》诗道："饭后钟声响起，炊烟已断；偶尔闲倚在寺门前，看夕阳西下夜色升起来，没有了行人的踪迹，唯有群峰笔直地插向天空。"

《读随园诗话》诗道："花瓣挟香也似知随园有高雅名士而躬身下拜，可时间易逝，花开几度，哪里可得黄金铸造随园主人，让人永远仰慕呢？"

二七

【原文】

余老矣,最喜人说少年旧事,何兰庭句云:"回思慈母悲今日,最爱山僧说幼时。"为之击节。何又有《江楼看雨》云:"狂风骤雨逼萧晨,万里烟波失远津。稳坐西窗凭几望,几多浪里着忙人。"

诗外有诗,深得风人之旨。《游理安寺》云:"不信客从山外人,恰疑僧在树头归。"亦真境也。兰庭幼时,其父西舫许我为婿,后以路遥不果,惜哉!

【译文】

我上了年纪,最爱听昔日少年旧事。何兰庭有诗:"回想当年的慈母,心下不由悲痛来,少年已成老人,哪里去找寻慈母啊!只有山上老僧听他闲来讲讲他的儿时,在我心中引发共鸣吧!"此句读来令人拍案叫绝。何兰庭还有《江楼看雨》诗:"狂风骤雨在萧索的早晨袭来,江上的烟波浩渺,哪里还看得见远近的渡头,此时却可以置身风雨烟浪之外,在西窗前凭几看浪中多少奔波的忙人——忙者自忙,闲者自闲。"

这一首可以说诗外有诗,达到了讽人示理的效果主旨。《游理安寺》诗道:"山僧不信香客是从山外而来,香客也怀疑山僧是从树头上归来的。"也是真实的描写。兰庭幼时,她父亲西舫曾答应我做他的女婿,可惜后来因路途遥远,这门亲事告吹了,真可惜啊!

二八

【原文】

熊澹仙女子,不止能诗,辞赋俱佳。以所天非解事者,故《咏萤火》云:"水面光初乱,风前影更轻。背灯兼背月,原不向人明。"作《广怨赋》云:"文采遭伤,久矣人皆欲杀;峨眉致妒,何能我见犹怜。"《闻笛赋》云:"三更不寐,遥知思

妇情深,十指俱寒,想见高楼独倚。"

【译文】

熊澹仙虽是女人,但不仅诗写得好,辞赋也不错。她因为天不能解人心事,因此在《咏萤火》诗中说:"水面上光点乱飞,在风中光影更显轻柔。背向着灯也背向着月亮,它原本不是给人照明的。"

在《广怨赋》中她写道:"美丽的风采遭受中伤,长时间以来人都想杀她;动人的峨眉招致妒忌,为何我见到她时还会有怜惜之感。"

在《闻笛赋》中她写道:"三更夜人不寐,遥知思念丈夫的妇人情深意切;十指冰冷,可以想见她在高楼独倚栏杆。"

二九

【原文】

《周易》曰:"同声相应,同气相求。"《毛诗》曰:"求其友声。"杜少陵曰:"文章有神交有道。"皆不期其然而然者也。故余尝谓文字之交,比骨肉妻孥犹为真挚,非云泥所能判,关山所能隔者。如惠制府瑶圃、法学士时帆诸公,都已载入《诗话》。近又得何水部道生、刘舍人锡五二贤焉。抱英绝之才,而独惓惓于随园,各赠长律数首,以篇幅稍长,故另刻《续同人集》中。而其所心醉之句,有不忍不标而出之者。如刘云:"闲来志怪都根理,语必惊人总近情。"余道第二句,直指心源,包括《小仓山六十四卷全集》,较胜他人作序万语千言矣。何云:"愿署随园诗弟子,此生端不羡封侯。"矜宠一至于斯,使我颜汗!拟作《山右二贤歌》以美之,而年衰才尽,未敢落笔也。

【译文】

《周易》上写:"相同的声音相互应和,相同的气相互供求。"

《毛诗》上写:"寻求相得的声音。"

杜少陵讲:"文章写作有神韵,交友有道。"

都是不须苦心经营而浑成的。我本人也常讲文字之交比骨肉妻子的感情还真挚,用以说区别不是什么云泥之别,更不是千山万水所能隔绝的。像惠瑶圃制府,法时帆学士等,都已载入《随园诗话》。近来又得到水部何道生、刘锡五舍人的大作,这二人身负不世奇才,却独恋恋于随园,每人赠我以数首长律,因为篇幅过长,就另刻了《续同人集》而将其收入。然而那些令人心醉神迷的句子,还是忍不住现在就标榜出来,刘舍人的一句:"闲来写怪记诞都基于道理,惊人之语也源于性情。"

我认为后一句,切中心源,总揽了《小仓山六十四卷全集》的旨意,比其他人千言万语的作序还中肯。何水部诗:"愿成为随园记名弟子,再也不羡慕封侯之事了。"推崇我到了这种地步,令我不禁有愧汗颜之感!本打算作《山右二贤歌》对二人予以褒美;可我年老才尽,不敢贸然落笔。

三〇

【原文】

余行路喜水而恶陆,闻明日站远,则夜眠不安。偶见杨次也先生有句云:"车平终日卧,路远隔宵愁。"可谓先得我心。昔人《骂蚊》云:"满腹经营饱膏血,可知通夜不眠人?"又,"山在邻家树上青。"皆能道人意中事。

【译文】

我出门喜走水路,厌行陆路,一听说明天要走好长的陆路,就一晚上睡不安稳。偶然看见杨次也先生有句诗:"车行平稳,终日倒卧车中。前程路遥,令人在今夜里发愁。"这可以算先我说出了同样的心声。古人有《骂蚊》诗:"吸饱了满肚子的膏血,怎知闹得人彻夜不眠?"又如,"远山呈青,与邻居家树色合一,好像远山在邻家树上。"

这都是能道出人胸臆的句子。

三一

【原文】

吴江朱坤隐于市廛,有诗,号《琴思集》,中可采者,如《哭弟诗》一绝云:"寻

饧索哺泪双流,随少随多与即休。剩有半盘梨栗在,可怜携去祭坟头。"《旅中送春》云:"旅人从此赋归兮,落絮飞花衬马蹄。莺到今朝声不惜,垂杨阴里尽情啼。"五言绝云:"极怜春意好,随月入花荫。上有双栖蝶,行来亦小心。"又,"花雾着人微似湿,柳风吹面不生寒。"皆可诵也。

【译文】

吴江朱坤隐居在市尘之中,有诗集《琴思集》,其中颇有可取的,如《哭弟诗》一绝写道:"哭闹着要进哺,一旦多多少少喂一些,也就作罢了,还剩有半盘白梨板栗,可怜再也不能伸手索要,只有我给他携去坟头,祭撒在那里了。"

《旅中送春》道:"旅人从此要写春归的词赋,落花着地,衬着马蹄,莺鸟在垂杨树荫里尽情啼叫不绝。"

五言绝句写道:"春意可人,信步随明月走入花丛。走得小心谨慎,怕惊了花枝上双宿双栖的蝴蝶。"

还有"花上雾霭升腾,着人衣上,隐隐若有湿意;风从柳隙间吹至,拂人面如薰,丝毫没有寒气。"都是值得传诵的诗句。

三二

【原文】

仁和俞作梅,号天羹,有《潮州竹枝词》,云:"榕树如郎妾女萝,朝朝牵挂在枝柯。根须着处成连理,只是怪他头脑多。"

又,《即事》一绝云:"菉竹园林朱槿笆,银环穿耳小蛮娃,见人躲入墙阴去,触坠簪头金凤花。"

【译文】

仁和俞作梅,号天羹,有《潮州竹枝词》一首,道:"爱郎如榕树贱妾似蔓萝,天天牵肠挂肚的就是枝柯,根与须结处已成连理,只是榕树头脑太多,总是让蔓萝顾此失彼。"

《即事》诗道:"菉竹成林,朱槿圈围作篱笆,忙忙碌碌的是耳畔银环叮当的潮州女,见生人过来,匆匆隐身在墙阴处,急中出差,触落了簪头的金凤花。"

三三

【原文】

吴江女史汪玉轸有诗才,《偶成》云:"夜静更阑犹未眠,熏炉香尽不生烟。且推窗看中庭月,影过东墙第几砖?""风飘柳絮雨飘花,多少新愁上碧纱。借问过墙双蛱蝶,春光今在阿谁家?"

【译文】

吴江女史官汪玉轸很有诗才,《偶成》诗道:"夜已深入犹未睡去,熏炉香火已熄,只余下灰烬。轻推窗儿看中庭月色,想知道月影落在东墙第几块砖上。"

"柳絮因风飘,花随雨落下,在这时节,多少新愁感染上了碧色窗纱。问一声过墙来的蝴蝶,春光在谁家?"

三四

【原文】

王荺亭《夜行》云:"残星鸡口落,初日马头高。"郑德基《夜行》云:"蝶梦来驴背,鸡户隔陇头。"

【译文】

王荺亭《夜行》诗道:"残星在雄鸡报晓声中淹没;太阳刚刚升起,高不过马头。"

郑德基《夜行》诗道:"在驴背上做着庄周化蝶的梦,隔着陇头已隐隐传来天明时的鸡鸣声。"

三五

【原文】

诗家红袖多,青衣少。然鲍亭殷胄作杨素家奴,未尝非名士。日下有郑德基者,穆太守仆也。《梅雨》云:"窗前一夜听梅雨,晓看堂前生碧苔。正惜满城花落尽,偏教残蕊燕衔来。"

马嵬云:"马嵬坡下草萋萋,过客停车望欲迷。知是太真身死处,马蹄何忍踏香泥?"《朝天寺》云:"朝天山下川流急,短艇孤篷趁顺风。绝顶不知还有寺,白云深处一声钟。"《上元无月》云:"星桥火村满街红,微雨疏风过碧空。想是嫦娥开夜宴,云帘深锁广寒宫。"《除夕》云:"今夜不眠非守岁,防他有梦到家乡。"《栈道》云:"马盘绝顶青霄近,人到中天万壑低。""涧水势催群石走,浮云如拥乱山行。"《与友黄鹤楼分袂》云:"我如黄鹤去,君似白云留。"《赠隐者》云:"读书岂必皆观国,学佛何须定出家。"

【译文】

诗中名家多出身富贵,很少出身低下寒门。但鲍亭、殷胄做过杨素家奴,并非不是名家。日下郑德基也曾是穆太守仆人。

他的《梅雨》诗道:"侧卧窗前,耳听梅雨一夜下个不休;清早跑出去一看,堂前生了碧森森的青苔。这一夜雨定让满城的花落随了流水,想此不由惜香怜玉;一声燕啼,一片红蕊为燕子衔着远远飞来了。"

《马嵬》诗中道:"马嵬坡下芳草萋萋,由此经行的过客眼望神述。明知是当年杨贵妃身死的地方,又怎忍心让马蹄践踏那香泥?"

《朝天寺》诗道:"朝天山下川流不息,小舟孤帆趁顺风摆渡。山至绝顶不知上面还有寺院,白云深处钟声袅袅传来。"

《上元无月》诗道:"桥上星光满街火树,微雨些云撒掠过碧空,想是嫦娥在午夜宴,才用云帘将圆月深锁在了广寒宫中。"

《除夕》诗道:"在异乡今夜不眠并非他人一样守岁,而是提防有思乡的梦。"

《栈道》诗:"骑马沿盘山道近了绝顶,也就逼近了青霄。人恍如置身半天里,俯身才觉万山皆低于此山。""涧中水流湍急,几乎把块块河石冲走;浮云层叠如堆,不知是云行还是云推山在走。"

《与友黄鹤楼分袂》诗道:"我如千载那黄鹤一去,你似那白云欲走暂留。"

《赠隐者》诗:"读书不一定就入国士观,习佛法也不是必须出家。"

三六

【原文】

从来闺秀及方外诗之佳音,最易流传。余编《随园诗话》,闺秀多而方外少,心颇缺然。方坳塘观察过访由中,谈及禅僧智朗,号渔陆,上元人,性至孝,母殁出家,住持理安。《归省母墓》云:"风木惊心二十年,偷生只为学金仙。谁知杖锡归来日,荒草丛中化纸钱。""蓬鬓荆钗苎布裙,夕阳影里泪纷纷。趋前欲讯重泉恨,吹过西风一片云。"

《改葬》云:"别后匆匆掩一棺,多年浅土忍重看? 故衣断线痕犹在,静树摇风骨已寒。西崦可怜通夜梦,南陔空说洁晨餐。慈恩欲报终难报,徒向平原意少安。"又,泰州光寺僧西林有句云:"黄花野径僧归寺,红树村庄人倚楼。"亦有画意。

【译文】

闺房才女和出家人作的好诗,向来容易流传。

我编刻《随园诗话》时,所收的诗闺中秀女的多,出家人的诗少,不免有一种缺憾。观察方坳塘来山中拜访我,谈到智朗和尚,他自号渔陆,上元人,颇孝心,母亲逝世后,在理安寺任住持。

那首《归省母墓》写道:"风吹墓前树,二十年已过,不由令人心惊。出家方外苟且活着,只为修学炼丹成仙之道。哪知拄杖归来时,母逝已久,只有在荒草丛中祭烧纸钱。""夕阳影里,仿佛见母亲蓬发插荆钗,着麻裙,泪落如雨。想上前问个究竟,蓦然觉得已是人鬼殊途,远隔黄泉,心中无奈,过眼处西风吹掠片云过。"

《改葬》诗道:"别时匆匆,只草草以土掩棺。可多年后再不能忍看浅土埋薄棺了。旧衣上母亲以手亲缝的痕迹还在,静树下风吹过,他老人家尸骨已寒。西山葬处处境可怜,曾以梦通告我,并说南陔清法,便于进晨食,可这也变成空谈,我未能实现。养育之恩终难补报,只好权将迁葬,使我心下稍安。"

泰州光寺僧人西林那句诗:"沿着长满黄花的野外小径,僧人归寺来了;红树成林的村庄,有人独倚高楼。"可以说是诗中有画意。

三七

【原文】

吾乡金秀才霖眼旁青色，自号青眼山人，幕游金陵，执贽随园，拓汉印百方而去。诗古峭可喜。《西塞山》云："志和挥手去，冷落少微星。蓑笠高风远，鱼龙夜气腥。江云走虚白，石壁断空青。独有金湖月，年年照翠屏。"《江浪余生歌赠万别驾》云："海庄别驾量如海，生死关头气不改。飓风促浪高百尺，别驾气稳如鼎鼐。风狂浪急舡不支，舵工水师无所为。排风挟浪未顷刻，磅礴一声桅下垂。从人狂叫齐涕泣，船尾向天如壁立。别驾迟徊步慢移，顾谓诸君莫惶急。以手指浪浪即摧，江上风回水倒开。斯须江水几及膝，艇子恍从天上来。嗟哉海庄性笃厚，先唤从人上岸走。笋舆无恙亦相随，有如嫂溺能援手。回眸独剩樯梢动，片舫低昂浪轻送。归来歌啸月满楼，蛟龙影灭秋江空。"他如《郊外》云："宿云平接地，新涨远浮天。"《画鹰》云："风边秋影静，堂下鸟声空。"《夜坐》云："花影一庭虫四壁，江声千里月三更。"《春冷》云："鸟声着意试空谷，云影有心低汉江。"皆妙。

【译文】

我的同乡秀才金霖眼中生有旁青，自号青眼山人，作为幕从游览金陵，在随园逗留，拓了几百方

张志和像，图出自清·顾沅《古圣贤像传略》。张志和为唐代诗人，其代表作《渔歌子》对后世的影响非常大，后人模仿极多。

汉印后才离去。他的诗古朴峭拔,令人欣喜。

《西塞山》写道:"自从昔年张志和一去,少微星也显冷落。轻箬笠绿蓑衣的高风已远,鱼龙在水中无人垂钓,夜气弥散着腥味。江上方过,飘走片白,石壁断处,突露几处青天。唯独金湖的月不改其清月,仍默照绿翠嶂。"

《江浪余生歌赠万别驾》一诗道:"海庄别驾肚量大如海,生死关头也面不改色气不喘。狂风卷起百尺高的浪,别驾都平心静气像大铜鼎一样。风狂浪急船有些支撑不住了,舵工水师没有丝毫的办法。排风扶浪顷刻之间就听一声响,船的桅杆被折断了。跟随的人都高声地呼喊眼泪纵横,船尾被掀上天空像立着的峭壁。别驾慢慢地来回移动脚步,对大家说不要着急,不要惊慌。用手指波浪便被摧毁了,江上风停水倒开。不一会儿江水快到膝盖那了,小船好像是从天上来的。啊呀海庄的性格憨厚,先让从人上岸走。小舟无恙后我亦会相随而去,如果嫂子溺女还可援手救助。回首望去船儿只剩樯杆还在水面颤动,小舟低昂着头在波浪的轻送下前行。归来后放声长啸月光满楼,蛟龙已去江面上一片平静。"

其他的诗如《郊外》中写道:"旧日的云彩低平地连接着地面,新涨后便浮上了高远的蓝天。"

在《画鹰》诗中他写道:"风边秋日的身影平静,堂下的鸟儿全都飞走了。"

在《夜坐》诗中他写道:"满庭花影虫儿在四壁下鸣叫,千里外江水声声,月儿明亮又已是三更夜。"

在《春冷》诗中他说:"鸟儿有意鸣叫着试探空谷的回声,云彩有心低低地浮在汉江之上。"这几首诗写得都很美妙。

三八

【原文】

番人最重铜鼓,即剥蚀而声碎碎者,可易牛千头。相传为诸葛亮征蛮所铸。不知《后汉书·马援传》已载之矣。余丙辰至粤,金中丞得鼓二面,命余作赋,大加称赏,即命刻广西志书中。甲辰岁,余重游桂林,阅《省志·艺文》一门,国朝首载此赋。且惊且感,题一绝云:"五十年前《铜鼓赋》,自家披览自家怜。不图漓水《崇文目》,竟冠熙朝第一篇。"

【译文】

番人最重视的铜鼓,遍身剥落侵蚀,发出咚咚的声音,这面鼓可换千头牛。

相传是三国时诸葛亮征南方蛮族铸造的。

其实《后汉书·马援传》已有记载。我丙辰上到广西,金中丞得到了二面鼓,请我作赋,颇得中丞满意,就下令收刻进了广西方志书籍中。

甲辰上,我故地重游,到了桂林,开阅《省志·艺文》一类,发现本朝第一次收载了这种赋文。

不由惊喜交集,有感而发,题了一绝,道:"五十年前写的《铜鼓赋》,自己读来自己喜欢。未料到广西的《崇文目》,竟把它列在了本朝第一篇上。"

三九

【原文】

刘揆字文白,湖北沔阳州人。少颖悟,过目成诵。比长,刚正不阿。能驱鬼怪,有某氏女为怪所迷,自称丁相公。刘访知是野庙木偶,执而枷之,怪遂绝。诗亦清老。录其《新堤》云:"鼓枻晨光里,湾环一港通。林鸠犹唤雨,樯燕欲凌风。帆影江烟外,人家水气中。谁怜秾李树,如雪吐晴空。"

他如:《过白湖》云:"微波不动处,新月自然生。"《咏月》云:"宿村鸦声定,侵窗花影移。"俱妙。

【译文】

刘揆字文白,湖北沔阳州人。少时聪明过人,看过的便能背诵。

成丁后,性格刚直不阿从。能驱鬼逐怪,有个人家的女儿被怪物迷住了,那怪物自称"丁相公"。

刘揆知道那是荒庙里的木偶,就将木偶用枷夹起来,从此怪物消灭了。他的诗清逸老成。

现抄录一首《新堤》诗如下:"在晨光里荡舟,河湾环绕,一港贯通。林鸠声声似在唤雨,帆边燕子振翅将要凌风。远处帆影出了江烟笼罩,住户人家沉浸在茫濛水之中。谁见谁怜的茂盛李树,花开如雪,映衬在晴空下。"

其他诗如《过白湖》中诵道:"水面纹平,一波不起,一牙新月月影在水,宛若月生于水中。"

《咏月》诗道:"乌鸦在树上栖息后,聒噪终于平寂;唯有花影一点点移进窗口。"这些诗句都不错。

四〇

【原文】

余今岁约女弟子络绮兰同游西湖。余须看过梅花方出行,而绮兰约女伴先往;及余到湖楼,则已先一日归矣。见壁上题诗,《咏秋灯》云:"独坐影为伴,闲窗对短檠。照人虽冷淡,观我自分明。焰小知风急,寒光避月盈。欲挑还住手,无语听残更。"《秋扇》云:"暑消新雨后,人困晚凉天。"余爱其清妙,即手录以归。

【译文】

我今年约了女弟子络绮兰同游西湖。我必须看过梅花后才出门旅行。于是绮兰约了她的女伴先去了西湖。

等我到湖楼时,她们已提前一天回去了。

只见墙壁上有《咏秋灯》的题诗:"一人独坐唯有影儿相伴,开窗对着短灯时,那幻光照人够不上温暖,可看清我也够分明了。火焰小时,定是风吹得很急,冷光也不及月辉。想挑灯芯又缩住了,默默无语中残更声传来。"

《秋扇》诗道:"一场新雨暑之顿消,天晚清凉人不由困倦。"我喜欢这几句诗的清婉绝妙,就手抄了拿了回来。

四一

【原文】

方藕堂维翰,与程鱼门因诗交好,遂结婚姻。后藕堂补官杭州,年四十无子。其夫人为置一妾,而藕堂于役吴兴,竟未知也。归后惊喜,《赋诗谢内》云:"中年华发渐成丝,羞对红妆入绣帷。冀我免为今伯道,知君曾读古《螽斯》。刚逢灯月交辉夜,乍见衾前与抱时。良愿早符燕姞梦,春兰花发正盈楎。"又,《芍药》云:"丰台十里春如梦,风软沙平感旧游。悔自南来消息断,一年春尽一回头。"

【译文】

方藕堂(字维翰)和程鱼门因为诗而相投,进而结成婚姻,后来方藕堂补官到杭州,四十岁还没儿子。他正房夫人为他迎娶了一妾,但藕堂在吴兴办公,不知道。

回来发现又惊又喜,就写了首《赋诗谢内》:"我入中年华发成丝,再面对红妆新娘入洞房时不免有些羞愧。是希望别成为当今无后的伯道,我知道夫人一定读过《诗经》里的《螽斯》篇。刚过了灯光交辉的正月,又见红衣锦被抱个满怀。你的好心是符合燕姞的梦的,春兰花盛开满阶,人也正当时候。"

《芍药》诗写道:"十里丰台春似梦境。风软无力沙平如抚,回念旧时游过这里,不由感慨。我后悔是南来后音信皆无,每当一年春尽总不由回首忆丰台的春。"

四二

【原文】

武臣能文,皆太平盛事。"公侯干城",见于《周南》;"郤谷悦礼乐而敦《诗》《书》",见于《左传》。余游贵池齐山,见壁上镌岳武穆诗云:"年来尘土满征衣,偶得闲吟上翠微。好水好山看不尽,马蹄催趁月明归。"想见名臣落笔,自然超妙,不止曹景宗之能谐竞病也。近余又得二人焉:镇江都统阳公俭齐春保,《登北固山用唐人孙鲂韵》云:"古屋倚苍冥,岧峣笋地形。波连湘浦阔,山抱润城青。远树迷江驿,寒烟淡晚汀。故人不可见,岚翠满空庭。"《咏敝裘》云:"自是一腔春意满,故教两袖尽开花。"可称趣绝。松江提督陈公树斋大用《阅兵皖江登大观亭》云:"浩浩长江天际横,地连吴楚一波平。苍茫草树迷遥浦,历落帆樯趁晚征。斜日堕城千堞迥,渔灯点水乱星生。不知多少英雄事,都付潮声彻夜鸣。"《寄怀程也园》云:"今宵夜气剧清寒,底事逡巡欲睡难。明月满庭花树静,料应词客也凭栏。"两公位登极品,而风貌秀整,谦若书生;皆蒙其先来见访。《毛诗》曰:"惟其有之,是以似之。"其斯之谓欤?

【译文】

武臣善爱文学,都是太平盛事。"勇猛的武士是公侯的守城将,"见于《周南》;"郤谷喜爱礼乐并且推崇《诗》《书》",这句话见于《左传》。

我在贵池齐山游览,见墙壁上刻着岳飞的诗:"年年征战,我的战袍上落满

尘土,偶然有了空闲我登上翠绿的青山吟诗。好水好山让人看都看不够,马蹄声声催促我趁着月明时赶回军营。"可以想象出名臣提笔写诗,大多自然超妙,不止曹景宗善于追求和谐押险韵作诗。

近日来我又得到两个武臣的诗作:镇江都统阳俭齐(字春保),他在《登北固山用唐人孙鲂韵》诗中写道:"古老的亭阁倚着苍天,岩石险峻高耸于平地之上。江波因连着湖浦而广阔,群山因环绕着润城而翠绿。远处的树丛遮住了江边的驿站,寒烟在傍晚的小洲中升起。故人已逝不能得见,只剩下青翠的山气盈满这空空的亭阁。"

在《咏敞裘》诗中他写道:"自然是因为我的满腔春意,而让身上裘衣的两袖绽开了花。"可以说是有趣得很。松江提督陈树斋(字大用)在《阅兵皖江登大观亭》诗中说:"浩浩荡荡的长江在天边横流,它连通着吴楚两地水波平静。苍茫朦胧的草树遮住了遥远的江浦,干净利落地升起桅帆趁着夜色远航。夕阳斜照在城头千百个垛口曲曲折折,渔船上的灯火倒映在水中像万点繁星。不知道有多少英雄的故事,都在这深夜长鸣的潮声中。"

他在《寄怀程也园》诗中说:"今夜的气温特别清寒,心中为了何事难以入睡。明月满庭花树平静后,料想词客也应凭栏观赏。"两位先生地位很高,而且风度相貌清秀整齐,像书生一样态度谦和,都是以先人的名号前来拜访我。

《毛诗》中说:"他有才有德又有貌,续嗣先祖无不同。"说的就是他们吗?

岳飞像,图出自清·顾沅辑《古圣贤像传略》。岳飞又称岳武穆,为南宋抗金名将,文武双全,有诗词作品传世。

四三

【原文】

余年十八,受知于浙督程公元章,送入万松书院肄业。离家二十里,夜不能

归，辄借榻湖州沈谦之、永之寓所。后永之同举戊午乡榜，官至粮道，晚年结儿
女姻亲。而谦之以一孝廉，中年捐馆，深可悲也！今春，其子东桥寄《竹翠溪堂
诗集》来，读之，想见当年謦欬。《即席赠严崧瞻进士》云："萍浮梗泛得相亲，酒
赋琴歌不厌频。君莫伤时悲不遇，世间多少布衣人。"《钓台》云："王气终应在
茂陵，菟肩麦饭记飘零。故交贫贱如相忘，帝座何由犯客星？"二诗皆有寄托，足
以风世。又，《谢僧饷茶》云："幽绝蓝莫记名，到门惟有老僧迎。烹茶不是在山
水，那得一杯如许清。"五言如："雕随远山没，帆带夕阳飞。""离情花落后，春病
雨声中。""水阔疑无岸，云昏不辨山。"皆佳句也。东桥，名鼎生。

【译文】

我十八岁，被浙江总督程元章赏识，送入万松书院学习。

离家有二十里远，晚上不能回去，就在湖州沈谦之、沈永之的寓所借宿。

后来沈永之与我同中了戊午乡榜，升官至粮道，晚年我们又结了儿女亲家。

而沈谦之以孝廉身份，中年去世，我深为他惋惜。

今年春，他的儿子沈东桥寄来了《竹翠溪堂诗集》，读过可以想见当年的音
容笑貌。

诗《即席赠严崧瞻进士》道："飘萍冷梗也有机会相亲近，饮酒赋诗不觉频
繁。你莫伤心于怀才不遇，侧目天下，还有多少布衣平民。"

《钓台》诗："王气最终应在茂陵显现，还记得披着菟丝衣吃着麦饭的漂泊
岁月。贫贱时的老朋友如果若是忘记了，那么帝星处为什么会有客星冒犯呢？"
这两首诗中都有所寄托，足以在世上流传。

此外，他在《谢僧饷茶》诗中说："好一个幽静典雅到极致的地方但我已记
不起它的名字，来到大门前只有老僧人出迎。烹煮的茶若不是在此地的山水
中，又怎么会如此清甜可口呢？"

他写的五言诗，例如："老雕随着山而渐渐飞远，船帆带着夕阳在江中轻快
地行进。"

"花落后离情更浓，雨声中春日的忧愁又生。""广阔的水面让人以为四面
天崖，云雾迷茫难以分辨出远山。"这些都是好诗句。东桥，名鼎生。

四四

【原文】

东桥设帐永之家，教其幼女全宝，即许配阿迟者，年才十五，娟好闲静，即已

能诗。《寄侄女音保》云:"与君分手忽经年,长自关心望日边。几欲寄书鱼雁少,今朝才得劈云笺。""净儿明窗喜不支,曾同砚席日亲师。而今远隔三千里,忆否春风并坐时?"《即事》云:"首夏天光照眼明,绿杨芳草雨初晴。清阴绕迳浑如画,闲面窗前听鸟声。"嘻!三首一气卷舒;阿迟与之同年,尚不能作一韵语。岂吾家诗事,将来不传于儿,要传儿妇耶?

【译文】

沈东桥住在沈永之家,执教永之幼女沈全宝,就是许配给我儿阿迟的,才年方十五岁,美丽而娴静,已经能写诗文。

《寄侄女音保》诗道:"与你分手已经一年,长因关心你而担心你的冷暖。多次想寄信去,但苦于少鱼缺雁无人交送。现才终于得以展笺挥毫了。""窗明几净乐不可支,那是磨砚共席日与师长亲敬时,现在远隔三千里,还记得我们曾共坐春风吗?"《即事》诗道:"初入夏天光普照,入日通明;一雨乍晴,绿杨呈碧,芳草清新,一点点清阴绕迳,真如画中景,无事窗前闲中听鸟声。"

嘿,这三首可谓一气呵成!愚子阿迟与全宝同岁,却不能作一句韵文,莫非我袁家诗书事业要传媳不能传儿了吗?

四五

【原文】

壬子三月,余与吴门陈斗泉秀才,同游天台。斗泉与余步月云:"作合在山水,南桥风景清。滩声乱人语,岩月隐江城。共有烟霞癖,谁怜羁旅情?来朝理筇屐,华顶拨云行。"又,《杂咏》云:"一行纤回渡翠崖,杳无人迹落苍苔。白云抹断丹台路,知是前峰雨欲来。"斗泉善画,雅得二王神韵,故诗中亦含画意。

【译文】

壬子年三月,我同吴门秀才陈斗泉共游天台山。

斗泉与我步月吟诗:"山水成全,南桥处风影清雅。滩头水声扰乱人声,岩上月渐隐于江城。都沉湎于山光水色烟霞,谁又在乎身在他乡?明早整好竹履,到华山顶拨云而行。"

他的《杂咏》道:"一行人迤逦回转渡过苍翠山崖,此处人迹罕至,生满青苔。白云遮断了去丹台的路,原来前峰山雨欲来。"陈斗泉善丹青,颇得二王精髓,所以他诗中含画意。

四六

【原文】

余每下苏、杭，必采诗归，以壮行色，性之所耽，老而愈笃。近有闻风而来，且受业者。蒋莘，字于野，年才十九；《游古寺》云："山外野僧家，孤龛半落霞。磬声流树杪，铃语绕檐牙。波静鱼近镜，香消佛散花。我来无别事，应许问楞伽。"《山行》云："村古藤为瓦，溪幽树作桥。"《佛手》云："天下援非易，杨枝洒未忘。有心擎法界，弹指过秋光。"《表忠观》云："铁券已分唐士地，玺书曾奉宋春秋。"皆妙。其弟名蔚，字起霞，年才十六；《落梅曲》云："一树幽花世外姿，依依水浅月斜时。无端玉骨飘零甚，不怨东风恰怨谁。""神山昨梦夜逡巡，花底闻吹紫玉声。三叩素扉人不见，满庭残雪落无声。"《咏王半山》云："竟使红羊成小劫，几同白马害群贤。"《偶成》云："细雨一帘飞燕子，春整寒几日又花朝。"两昆季皆未易才也。起霞爱赵云松诗，题七古一章，奇横谲诡，惜篇长，不能备录，为录稿寄与云松。

【译文】

我每次去苏、杭，一定收集当地诗歌才回转，这也算是壮行色，因为性情所决定，到老年更是如此。最近有听到我的名声，上门求学受教的。

其中蒋莘，字于野，才十九岁，《游古寺》诗道："山外头有僧庙，那孤立的佛龛已溶一半红漆。风铃声声回荡于树林间，也萦绕高挑的檐牙不绝。水波平如镜面，鱼就在眼底，香消尽宛如佛散过花后一样清芬。我此来别无他事，只为问楞伽经。"

《山行》写道："老村中古藤遍屋背，几可代瓦；深溪幽静，大树横亘两岸，可以作桥。"

《佛手》诗："出手援救天下本非易事，但仍不忘杨枝洒露；有心于法境，弹指处过了秋光。"

《表忠观》诗："铁券上分得有唐朝封地，玺书送与赵家，又开始了宋朝历史。"都堪称妙。

蒋莘的弟弟名蔚，字起霞，才十六岁，他的《落梅曲》道："那一树的花开得幽静，有世外的仙姿芳骨。轻柔地立于水边，月影正斜。没来由只怨东风吹凋零了那玉骨。""昨夜神仙起夜巡视徘徊，在花底听见有吹奏紫玉管的乐音。再

三叩打那素白的门扉却不见人迹,唯有一庭残雪无声飘落。"

《咏王半山》:"王安石使国家蒙受红羊劫难,离经背道的学说使众贤才几乎遭到佛经一样的毒害。"《偶成》:"细雨如帘,燕子在其中翻飞;几天春寒料峭,过后又是花期。"两兄弟都是非同一般的人才。

蒋起霞喜欢赵云松的诗,曾题过一章七古。风格奇谲纵横,可惜篇幅太长,不能详录在这里,我已将录稿寄给了赵云松。

四七

【原文】

吴门戈小莲培,吾家侄婿也。诗笔清娇。《天平山》云:"不辨翠微色,苍茫夕照浓。涧喧争一水,寺近锁千峰。烟隔云间月,声传花外钟。近人归去后,只有白云封。"《无题》云:"可奈相逢处,翻生落寞愁。人前浑不语,留意在双眸。"《绣球》云:"团团微雨湿,片片春风冷。蝴蝶窗外来,飘摇乱花影。"

【译文】

吴门戈小莲——戈培是袁家侄女婿。他的诗清逸矫健。

《天平山》:"分辨不出山气青翠,夕阳西照使苍山苍意更浓。山涧喧哗条条汇聚成一水;山寺起近了才发现它地处险要,扼锁了千峰,烟霞隔断了云外明月,钟声远传到花丛外,我离开后,这里又将只是白云层层封锁。"

《无题》:"怎奈相逢时,反生落寞惆怅。在人前沉默不语,万语千言只看那双眸。"《绣球》:"团团被微雨浸湿,片片不胜春风倒冷,蝴蝶从窗外飞来,飘摇处不知是蝶还是花影。"

四八

【原文】

少上之诗,往往有句无篇,能通体完密者最少。京口左墉,字兰城,年才弱

冠,而风格清稳。《舟过无锡》云:"梁溪山色好,向晚放舟行。名酒分泉味,吴歌杂橹声。人家多近水,杨柳半遮城。遥见斜阳里,长堤一线平。"《湖楼》云:"夜静披衣坐,湖光浸满身。远山微有月,近岸寂无人。舟小渔成市,村孤树作邻。碧天凉似水,钟鼓报清晨。"《秦淮》云:"客中无酒醉花朝,骑马闲行过板桥。蝶影乱飞芳草路,歌声争送白门潮。重寻旧院人何在,空对斜阳恨未消。惟有春来堤上柳,年年烟雨换长条。"通首音节清苍。

【译文】

少年作诗,往往有好句子却通篇杂乱无章,能全篇结构谨严完整的极少。

而京口左埛,字兰城,年方二十,诗风却清新、稳重。

《舟过无锡》道:"梁溪山色姣好,傍晚时放舟游行。名酒有泉水的味,吴地歌声伴杂着橹声。住户人家多近水而居,杨柳遮掩了几乎半个城。举目远眺,在斜阳里,长堤呈一线水平。"

《湖楼》:"夜静时分披衣而坐,湖光月色浸满我身。远山上那月微弱,湖岸边寂寥无人。舟船狭小,渔夫买卖成交,一座孤村,只有树木为邻。天空苍碧,其凉如水。钟鼓声阵阵披晓。"

《秦淮》:"身在异乡为客,无酒不能醉卧花期,只有骑马缓行无心经过板桥。蝴蝶的影儿乱了芳草路径,歌声里白门潮退落。再到旧院人在哪里,空对斜阳,心内惆怅不已。昔人已去,事是人非,只有长堤上的垂柳,每当春临,一年一度地不改那长条招摇。"此诗通首音节清健莽苍。

四九

【原文】

徐心梅秀才备经住洞庭西山。辛丑,余游石公、飘渺二峰,宿其家凡七日。徐手录《随园》诗成帙。己虽不多作,而落笔甚超。《题一轮上人禅定图》云:"我来看蔷薇,高僧正清课。相对寂无言,相看唯对坐。不见天花飞,但见金轮堕。月出三生来,钟残一世过。即此是禅机,如来不说破。"

【译文】

徐心梅秀才(字备经)住在洞庭西山。辛丑年,我游历石公山缥缈峰,曾在他家留宿七天。

徐心梅手录随园诗话成套。他自己作诗不多,但做出的诗很超拔。

《题一轮上人禅定图》道:"我跑来看蔷薇花,高僧正在作功课。两人相对无言,彼此坐看。未见天花乱坠,只有天空中的星星在我面前。月出时已历经过去,现在和将来,残钟响起,又是一世度过。此中大有禅机云理,但佛祖从不会点破。"

五〇

【原文】

虞山陈叶宫(声和),少年才思艳发,余尝谓可与杨蓉裳抗手。惜年未三十,两耳不聪,想亦学力苦思之故耶。《贺沈芷生领解》云:"沈郎才调领群仙,手种秋香到月边。未必重来无我分,已将此着让君先。榜头喜得真名士,吴下喧传最少年。莫到旗亭夸画壁,《霓裳》留奏大罗天。"沈善歌,故调之。《闻景秋浦讣》云:"知渠相思不暂停,两番诗句重叮咛。苦无人寄封仍在,还想君归读与听。"二诗,可谓不着一字,自得风流。佳句如:《长干塔》云:"人影长空落,风声绝顶骄。"《送弟就婚黄平》云:"远游怜汝小,出赘怜汝小,出赘苦家贫。"《韩侯钓台》云:"王楚王齐无寸土,微时翻有钓鱼台。"

【译文】

虞山人陈叶宫字声和,年少就才思并发,我曾说他可以与杨蓉裳相提并论。可惜年不到三十,就两耳失聪,大概是勤学苦思的原因。

他在《贺沈芷生领解》道:"沈郎的才学风度可以领袖群仙,来到月亮边亲手种下秋香。重来时未必便没有我的机会,但我已把它让给了你。金榜头喜得真正的名士,在江南享誉已久你最为年轻。不要来到旗亭夸耀壁上的图画,美妙的《霓裳曲》要留到大罗天上再演奏。"沈郎擅长唱歌,因此调侃了他几句。

他在《闻景秋浦讣》中写道:"你知道吗?相思是永不停息的,两次在诗中我重亲叮咛。苦于信件仍在无人寄走,还想象着夫君归来后和我一同读诗听信。"这二首诗,可以说是不用一个字,就写尽了风流。他写的好诗句,还有《长干塔》中说:"长长的人影在空中落下,绝顶处的风声让人骄傲。"

《送弟就婚黄平》诗中说:"外出远行可怜你年纪尚轻,入赘贫苦之家就更清贫了。"

在《韩侯钓台》诗中他写道:"在楚地,齐地称王却掌握不了一寸土地,权势

登坛拜将

韩信登坛拜将图,图选自清·马骀《百将传图》。汉朝建立后,韩信先被
封为楚王,后因故被贬为淮阴侯,故又被称为"韩侯"。淮安萧湖湖畔有韩侯
钓台,相传为当年韩信钓鱼处。

衰微时反而拥有了钓鱼台。"

五一

【原文】

　　余过太仓,秋帆尚书之从子晓山孝廉(裕曾)苦留小住,至藏匿行李,不许
上船。甚矣! 主人之尊贤礼士,绰有家风也。示我《春词》四首,云:"细雨空庭
长绿苔,梅花零落杏花开。叮咛侍女逢春社,高卷珠帘待燕来。""春光淡荡爱
新晴,高树莺啼晓梦惊。红日满窗人未起,隔墙风送卖花声。""自把双眉桂叶
描,晓妆成后最无聊。春来女伴多相问,绣阁新添线几条?""满目山川似画屏,
绿杨芳草水边亭。花时独爱薰香坐,懒逐邻姬去踏青。"

【译文】

　　我经过太仓,尚书秋帆的侄子孝廉晓山字裕曾,苦苦挽留,要求小住,甚至把我的行李藏起来,不允许上船,太热情了! 主人尊重礼待有才之士,颇有家风。

　　向我展示他的《春词》诗四首,写道:"空庭细雨绵绵,绿苔悄然滋生,梅花在雨中凋残而杏花后来开放,叮嘱手下侍女,逢到春日祭神,要高卷起珠帘以备燕子归来。""淡淡春光四下闪荡,这是令人怜爱的新晴,高树上的莺啼惊醒了晨梦。红日映在窗上,人仍慵起,隔着墙风里传来卖花郎的叫卖声。""自己用桂叶将眉轻描,晓妆成后最感无聊。春来后女伴相互询问,闺房中又做了多少女红?""满目望山川如巨画缓缓展现,水旁边绿杨回立,芳草萋萋。花开时节最爱燃香独坐,所以不愿相随邻居女侍去踏春。"

五二

【原文】

　　近日闺秀能诗者,往往嫁无佳偶,有天壤王郎之叹。惟吾乡吴小谷明府之女柔之,适狄小同居士;绍兴潘石舟刺史之女素心,适汪润之解元皆彼此唱和,如笙磬之调。小同幕游在外,吴寄云:"伊人踪迹又天涯,小别无端感岁华。千里迢遥此寒夜,一般清瘦共梅花。孤桐入爨声难辨,美玉求沽愿久赊。不为封侯缘底事,纪游诗卷向谁夸。"小同答之,有"几行新句机中锦,一瓣幽香雪后花"之句。潘《寄外》云:"瘦影新痕杨柳枝,杏花十里送春时。须知吟咏无闲笔,那向妆台更画眉。"《哭姊》云:"彩笔长辞咏絮人,砚池妆阁久生尘。瑶阶明月空如水,更有何人立满身?"俱一时传诵。

【译文】

　　近来大家闺秀能吟诗作文的,大多未嫁给好配偶,令人有天壤之别的感叹。

　　只有我的同乡明府吴小谷的女儿吴柔之嫁与了狄小同居士;绍兴刺史潘石舟的女儿潘素心嫁给了解元汪润之,这两对璧人却能夫唱妇随,如笙磬协调。

　　狄小同作为幕僚在外游历,吴柔之寄诗道:"所念伊人浪迹天涯,虽是小别,也无端令我感慨良辰美景流逝。彼此远隔千里的这寒夜,我清瘦一如那梅花。一株孤桐送入厨房为薪,也难辨其声与它木有什么不同,美玉待人买时,情愿许久不兑现(只要买主识货)。不在意功名富贵,只关心纪游诗成与谁相夸。"狄

小同答复道："你几行新诗如同机布中的绣锦，又似雪后一瓣寒梅散幽香流雅。"

潘素心《寄外》诗道："杨柳枝条被折赠人，新痕历历，树影也显清瘦。十里杏花将败，正是春去时分。要知没有吟词的闲笔，那笔在梳妆台上用来画眉。"

《哭姊》诗："咏絮人长弃采笔，洗砚池和梳妆阁久置生尘。玉阶上明月夜照，夜空如水，那伊人在何处安身？"都是一时传诵的好诗。

五三

【原文】

吾乡诗多浙派，专趋宋人生僻一路。惟小同以明七子风格救之。《温州感旧》云："十载曾游地，三秋帐别时。都生仍入幕，谢客旧题诗。潮落沙痕在，舟轻塔影移。霜华今夜白，偏惹鬓边丝。"

【译文】

我家乡的诗人大多属于浙江派，专门追求宋朝人诗文生僻的路子。

只有小同用明朝七子的诗风来力求改变这种风气，他在《温州感旧》诗中说："十年前曾经游历过的地方，三秋惆怅地作别的时候。都生仍然做了幕僚，谢客还以题诗为生。潮水退落沙滩上水痕仍在，轻快地小舟行进，江边的塔影在不断地移动。今夜如霜的月光洁白明亮，偏偏要照在我的鬓发上。"

五四

【原文】

余过山阴，宿徐小汀（秉鉴）家七日。小汀，乃贵州方伯紫亭同年之子也。抄诗见示。录其《陪刘石帆昆季西园雅集》云："名园高会启郇厨，诗兴还随酒兴俱。人雅不关居有竹，鸟鸣疑唤客提壶。分争旗鼓凭三雅，领袖词坛有二苏。惆怅柴桑陶处士，秋风匹马独驰驱。"其他佳句，如"万山迎暮霭，一雁下斜阳。"

"杏花欲破春将半,竹影初圆月正中。""但使故人长聚首,不妨十日石尤风。"皆可爱也。其友人施汉一政亦耽吟咏,蒋心余弟子也。《在僧院怀蒋》云:"云烟飘忽此生浮,去住无端我欲愁。镇日萧萧僧院雨,轻风瑟瑟竹床秋。射师示的弓犹在,战马闻钲旆未收。三十年来生老病,不堪回首识荆州。"五言佳句如:"月明孤棹远,波动小桥移。惊电抬雷至,残更带雨移。"七言如:"残照有余留水面,淡烟无际到山腰。"

【译文】

我路过山阴,住在徐小汀字秉鉴家中七天。徐小汀是贵州方伯紫亭同年的儿子。小汀抄诗向我请教。

我抄录他的《陪刘石帆昆季西园雅集》如下:"高朋会名园,用郁厨办佳宴,诗兴与酒兴并发。人天性风雅无关于居处有没有竹,好鸟啼鸣似在促人举杯提壶。三雅士旗鼓相当,词坛领袖当推二苏。柴桑陶渊明惆怅秋风,匹马独骋,也别成一格。"其他好句子,如:"万山迎来暮气,夕阳西斜,一雁掠过。""杏花花瓣残破,春天已过一半;竹叶影子圆盈,正是月上中天。""只要故人能经常相聚,不妨十日砍风。"都很可爱。他的朋友施汉一(字政)也热衷于吟诵作诗,施汉一是蒋心余的弟子。《在僧院怀蒋》诗:"此生如云烟飘忽浮沉。去去住住,无从谈起,令我发愁。僧院整日潇潇雨下,孤卧竹床听秋风瑟瑟,射师出示箭靶,弓箭还在,战马听到鸣钲,旗帜还未收起,可我三十年来生老病唯欠一死,再也不忍回首再识荆州。"五言绝句如:"月明照孤舟远去,波动桥影在水中浮摇。闪电招引雷鸣,更残雨也小了。"七言诗如:"此微残照还留在水面,无边淡烟笼罩山腰。"

五五

【原文】

沈石田画蚕一筐,题云:"题诗欢尔多餐叶,二月吴氓要卖丝。"徐文长画葡萄,题云:"满腹珠玑无处卖,闲抛闲掷乱藤中。"

【译文】

沈石田画了一筐蚕,在画上题道:"题这诗意在要你们多吃些桑叶,二月里吴地百姓要卖丝呢!"徐文长画葡萄,画上题诗道:"珠玑满腹无出售卖,只好寄

才情于画，胡乱抛掷在乱藤之中。”

五六

【原文】

余编《诗话》，为助刻资者：毕弇山尚书、孙稻田（慰祖）司马也。毕公诗，采录甚多；而孙君不幸早卒。余向其家昆仲搜得遗稿二卷。《岁暮感怀》云：“雪积千重锁翠霞，寒宵蓑影怅挦沙。云中怕听回峰雁，风里惊闻过市车。惯趁慵身动划草，强扶冻足去寻花。卷帘小阁熏香坐，更向晴窗晒画叉。”《杏花》云："十里轻红罨画楼，柳丝牵雨作春愁。催花一片东风起，村里人归压满头。”调寄《意难忘·赠人》云：“日暮云遮，听声声孤雁，点点凄鸦。添香烧獭瑞，拈韵斗尖叉。风萧索，月横斜。临别转含嗟。忆旧游不如归去，我亦久离家。湘江未许乘槎。漫挑灯夜坐，同话桑麻。轻盈低竹叶，屈曲小梅花。三盏酒，一杯茶。这清味堪夸。恨杀了片帆早挂，肠断天涯。”

【译文】

我编《诗话》，出资捐助刻印的人有：尚书毕弇山、司马孙稻田（慰祖）。毕尚书的诗已采录很多，而孙司马不幸早逝，我向他兄弟搜集了他两卷遗稿。

《岁暮感怀》诗：“千重积雪掩锁了山之苍翠，寒夜息影怅惘友人如挂沙聚而复散。怕听云中回峰雁鸣，怕听风里车过街市，习惯了趁身懒时铲除杂草，勉强用手扶招冻脚去寻残余的花，在小阁楼卷帘熏香独坐，在晴日窗前晒晾画叉。”

《杏花》：“花红十里漫掩画楼，带雨的柳丝轻扬，牵动愁丝；东风吹托起一片花瓣，村里人归来花插满头。”

词《意难忘赠人》：“日暮云遮天空，听孤雁失群鸣叫，看点点寒鸦归巢。燃香香意浓郁，作诗在险韵斗法。风吹箫索，一月横斜。临别时分反复叹息。回忆旧日同游不如归去，因为我也长久离家。湘江不能同舟齐往，长夜里挑灯漫话，说说桑麻农事。身畔那竹叶轻盈低垂，屈曲的小梅也开了花。三杯酒，一盏茶，这此中清味足以向人前夸。只恨那片帆早以张挂，注定要分离，怎不让人魂系天涯？”

随园诗话

五七

【原文】

华亭吴钧诗云:"藤梢橘刺胬烟鬟,芍药捎裙露未干。昨夜剪刀寻不着,晓来横在竹栏杆。"思致幽隽,于艳体中,独辟一境。吴钧吴松四布衣之一也。

【译文】

华亭人吴钧写道:"竹藤末梢的尖刺挂住了发髻,芍药花上露水未干沾湿了衣裙。昨夜未找见相枝的剪刀,今早醒来却发现它放在竹栏杆上。"角度新颖别致,不失隽永。在艳体诗中,又开辟了一境界。吴钧大概是吴松四位布衣诗人之一。

五八

【原文】

汪研香司马摄上海县篆,临去,同官饯别江浒,村童以马拦头献。某守备赋诗云:"欲识黎民攀恋意,村童争献马拦头。""马拦头"者,野菜名,京师所谓"十家香"也。用之赠行篇,便尔有情。

【译文】

司马汪研香曾任上海县官。临离去,同僚在江边饯别,有村童呈献马拦头。某守备赋诗道:"想知道百姓有多恋你,就看村童们争献上马拦头。""马拦头"是野菜名,就是京师所说的"十家香"。赠行篇中出现它,颇有人情味。

五九

【原文】

余萧客《咏病马》云:"旋毛腹下一千里,死骨人间五百金。"汪墨庄《咏老马》云:"末路料难逢伯乐,壮心犹想出邯郸。"

【译文】

余萧客《咏病马》:"腹下旋风历经千里,死后遗骨也值五百金。"汪墨庄《咏老马》:"老迈末路难再逢识良马的伯乐,内心里仍壮心不已想再出邯郸。"

六〇

【原文】

诗写雏姬情态易,写雏伶情态难。吴玉松进士客河南学使幕,《席上赠顾伶》云:"舞队《大垂手》,歌曹小比肩。问年羞不语,笑指十三弦。""吴苑折垂杨,驱车向大梁。恐伤孤客意,只道不思乡。"读之,觉是儿可爱。

【译文】

诗中描写女戏子的情态容易,描写男伶的就较难。

进士吴玉松客居河南,充任河南学使幕府。

他的《席上赠顾伶》诗道:"《大垂手》舞队中,很少人歌唱得能与你比肩。问你年龄却含羞不语,以手指那十三根琴弦。""吴苑上杨枝分手,驱车驰向大梁。只怕坏了孤客的心情,连说不想家。"读这两首诗,不由觉得那小孩子真可爱。

六一

【原文】

"白水遥连郭,青山直到门。"畏垒山人诗也。"野水白连郭,乱山青到门。"王子乘诗也。二诗各臻其妙。然观杨诚斋"江欲浮天去,山疑渡水来。"则又瞠乎后矣。

【译文】

"白水流淌远远连接着小城;青山绵亘、直逼至门前。"这是畏垒山人的诗句。

"野外水茫茫,映得连城亮丽;乱山青翠欲滴,直连缀到门楣。"这是王子乘的诗句。两人的诗各俱其妙。

再看杨诚斋的"江浮映上天东去,山令人疑惑会渡水迎面而来。"就及不上前二人了。

六二

【原文】

虞山蒋文恪公入相后,门生满天下。而从前官至学士,尚未持文衡也。己未初次分房,碳铵得予与裘文达公。故尝向公戏引南汉刘钑语云:"若聚饮同门,枚当执梃,为门生之长。"公为莞然。公家子弟多贵显,无以诗名者。今年过常熟,见公孙旭亭居士,诗才倜傥。录其《闺怨》云:"花朝又届好良时,病骨萧疏强自支。鹦鹉不知人去后,窗前犹自背郎诗。""兽火金盆仔细添,缤纷瑞雪压斜檐。江梅又送春消息,只管沉沉下绣帘。"佳句如:"风透疏空灯易尽,凉生薄被脚先知。""银汉远涵秋水淡,小楼斜受夕阳多。"俱妙。

【译文】

虞山蒋文恪先生任宰相后,门生弟子满天下。而从前官至学士,还没有任

过主考官。己未年初次科举，裘文达先生为其宗师。

所以我曾戏谑地援引南汉刘铢的话向蒋先生道："如果招集一师门下会饮，该我执棍充当学长。"蒋先生为之莞尔。蒋先生家子弟多是权贵显要人物，很少以写诗出名的。

今年我路过常熟，遇见蒋先生的孙子蒋旭亭居士，他诗才倜傥不群。现抄录他的《闺怨》诗如下："又是花开好时节，强自支撑一身病骨。庭下鹦鹉不知那人已去，还在窗前背诵着那人作的诗。""小心地向金盆中添着炭火，外边瑞雪纷飞已落满斜倾的房檐。江梅露出一点红，传送春将归的消息。可我无心于此，兀自落下绣帘，将一个人围在一个人的天地。"好诗句如："窗有缝隙，风吹过很容易将灯熄灭；薄被内生凉一片双脚先感觉到。""银河蕴涵秋水，因遥远而显清淡，小楼横斜受的夕阳就较多。"都不错。

清代蒋旭亭曾作《闺怨》诗，诗中有"花朝又届好良时，病骨萧疏强自支"之句。

六三

【原文】

蒋子野莘《初夏》云："小山如画仿眉青，已润莓苔雨乍晴。满户风来潮未退，卷帘飞入两蜻蜓。"《咏残柳》云："无物可为长寿客，多情难作后凋身。"陈春华(晖)《见赠》云："花无可恋香难舍，书有何雠校不休？"余谓校雠二字，能如此分开用，可称妙手。又，《咏春信》云："天上若无双鲤至，人间那有万花知。"亦善做信字。与蒋生皆少年，诗笔如此，他时何可限量。

【译文】

蒋子野(字莘)《初夏》诗写道:"似女人眉妆青色的小山,景致如画;莓苔润泽映目是因为雨过突晴。风挟未退的潮气充斥庭户,卷起挂帘两只蜻蜓翩翩飞入房中。"《咏残柳》诗:"世间没有什么可长存,而多情更易早夭。"陈春华(陈晖)《见赠》诗:"花没有什么可令人流连忘返的,只是那香总是使人难舍难分。而书又有什么值得以复校对考证呢?"我认为能将校雠二字分开如此用,可以称得上妙。陈春华的《咏春信》写道:"天上一定有双鲤传送春消息,否则人间万花怎么得知?"也是擅在信字上做文章。陈与蒋还是少年,可诗笔现在就如此了得,将来前途不可限量。

六四

【原文】

心梅又有《秋山》一首,云:"秋山静自古,空翠满衣裳,矫首看云岫,支筇过草堂。风清松子落,水动藕花香。中有岩阿乐,欲言意已忘。"《田家》云:"今年春雨足,欢声动茅屋。新妇助插秧,小儿拾桑落。乌鬼船头忙,团桑篱下绿。""老翁沽酒犹未来,门前野花笑自开。"俱有王、孟逸趣。

【译文】

徐心梅一首《秋山》诗吟咏道:"秋山自古沉静,那苍翠映染我满衣满裳。仰首观云出没,持竹杖步过草堂。清风徐徐听见松子跌落,水波动荡鼓涌出荷花的芬芳。这里有山之乐,开始欲说时却忘了该说什么。"《田家》诗:"今年春天雨水充足,注定要有好收成,茅屋里不由欢声笑语,新媳妇帮助插秧苗,小孩子拾起丢落的桑叶。乌鬼在船头忙碌,团桑在篱笆下悄绿。""老人家去买酒还未归来,门前野花已经笑开了。"这些都有王维、孟浩然的超逸情趣。

六五

【原文】

宋轶才中丞为丁巳翰林前辈。在京中，与予比邻而居，两家眷属往返，如烟娅然。后内迁少司农而卒。其公子思仁、思敬，俱与予交好。今年在苏，有持其女孙诗来者，读之清妙。《焚香》云："一剪清香午夜焚，都梁迷迷静中分。为怜紫玉成烟去，约住帘钩护篆云。"佳句如："绿浓新雨后，红坠晚风初。""风声到树叶初坠，月色窥窗漏正长。"皆可爱。女名静娟，字守一，好观史鉴，住苏州平桥。

【译文】

中丞宋轶才是丁巳年翰林中的前辈，在京师同我是邻居，两家内眷仆从往来密切。后来迁升少司农，亡逝任上。他的两位公子宋思仁、宋思敬同我交情深厚。今年在苏州时，有人拿来他孙女的诗给我看，我读后感觉诗写得清妙。《焚香》诗："午夜燃一剪清香，扑朔迷离定都黄粱的幻境在沉寂中分晓。因有紫玉处必生烟，所以也化烟而去，又与帘钩有约锁住那细袅的烟云。"好句子如："一场新雨绿意更浓，晚风乍起，花附红尘。""风过树上，叶应声而落，月色撒进窗内，正是深更。"都是令人不厌的句子。宋轶才孙女名静娟，字守一，喜读史鉴，住在苏州平桥。

六六

【原文】

阳俭斋先生诗，已采入《诗话》矣。近又见丽川中丞赠阳一律，奇伟可爱。非中丞不能作，非阳公不能当也。诗云："玉关双启动风雷，儒将新从瀚海回。座上举杯军令肃，马前得句阵云开。剑留回纥人烟外，笔带单于地影来。（公驻回部，多纪其事。）移节江南春正好，太平风景供诗才。"

【译文】

　　阳俭斋先生的诗,已收录进《随园诗话》。最近又看见中丞丽川赠给俭斋的一首律诗,风格奇伟,读来可爱。真是除了中丞别人做不出,除了阳先生别人也无资格。诗道:"玉门关开启两次,海内风雷震动,是因儒将刚刚从瀚海凯旋而归。座上一齐举杯庆祝大捷,却如有军令般整齐严肃,两军对垒时,马上成了新诗句,连战阵杀气也风轻云淡。军剑疆场是在回纥人处,至今笔下还带有异域风采。(先生驻扎回部,记载了那里许多事。)转任江南正是大好春光,这里太平景象正可供你一展诗才。"

六七

【原文】

　　青阳两诗弟子:一陈蔚,一沈正侯也。二人有五绝句,皆天籁而不自知其佳。余为表而出之。陈《春闺》云:"春来花满枝,春去花散飞。几度花开落,栽花人未归。"沈《村晚即事》云:"身安万事闲,日落一村静。携儿向月明,壁上看人影。"皆绝妙天籁,非粗心者所知。

【译文】

　　青阳的两个学诗弟子,一个是陈蔚,一个是沈正侯。两人各有一首五言绝句,都属天成之作,二人却好不自知,我特意写出来。陈蔚《春闺》诗道:"春来花满枝头,春去时花四散飞坠。几度花开花落,栽花人仍旧未回归。"沈正侯《村晚即事》诗:"身心安泰,万事等闲,日没后一村寂然。携儿手向月明处,看墙壁人影移动。"两首诗都是绝妙的天成之音,不是一般粗心人可觉知的。

六八

【原文】

　　方明府(于礼)从京师来,说高丽国史臣朴齐家以重价购《小仓山房集》及

刘霞裳诗,竟不可得,怏怏而去。亡何,金畹香秀才来,又说此事,与前年方公(维翰)所云相同,但使者姓名不同耳。余按:史称新罗国请冯定撰《黑水碑》,吐谷浑有《温子升文集》。外夷慕化,往往有之;况高丽原有箕子之余风乎?霞裳闻之,喜,赋诗曰:"刘邠何幸侍欧公?姓氏居然海外通。蝉附高枝声易远,莺初调舌语难工。毛苌诗自传门下,阚泽名疑在月中。多谢蛮姬能识曲,弓衣绣胜碧纱笼。"

【译文】

方于礼明府从京师回来,讲到高丽国史臣朴齐家高价购买《小仓山房集》和刘霞裳的诗,未购得,闷闷不乐地回国了。不久,秀才金畹香又来随园,讲述这件事,同方维翰先生所讲的事一致,只是那使者姓名有出入。据我考证:史书载新罗国请冯定撰与《黑水碑》,吐谷浑有《温子升文集》。四外夷人仰慕中土教化,往往有这种事。何况高丽本有箕子的遗风?刘霞裳听说这事,乐不可支,赋诗道:"刘邠何等境运可追随欧阳修先生,姓氏也因此达于海外。附着在高枝上的蝉声传得很远,刚刚学舌的黄莺鸟的啼叫声也很难动听。毛苌的诗学传给了门下弟子,阚泽的大名让人疑心是在月亮中。多谢这位少数民族舞妇能识得我的曲子,彩色的紧身舞衣胜似碧纱轻笼。"

随园诗话补遗·卷五

凡地必须亲历，方知书史之讹

一

【原文】

如皋汪楚白之子为霖,字春田,家故富饶,而性爱风雅。作部郎时,曾随驾射箭,得中二枝,上喜,赐以花翎。出守思恩府。平生喜读余诗,有"先生宗白我推袁,万古心香共此源"之句。《登独秀峰》云:"拔地超天起一峰,当空高插碧芙蓉。绝无依倚成孤立,细绎磨崖识旧封。蹑级数登三百六,群山遥列几千重。我来顶上凭栏望,万户炊烟暮霭浓。"《游栖霞》云:"乘兴寻秋日日来,提壶携砚上高台。有官到底难捐俗,毕竟斜阳喝道回。"《厌雨》云:"竟同恶客驱还至,却共闲愁灭复生。"

【译文】

如皋汪楚白的儿子汪为霖,字春田,家境阔绰,他又喜好风雅。他任部郎时,曾随皇帝射箭,射中两箭,皇上一喜赐予了他顶上花翎。后出京任思恩府。一生最爱读我的诗,曾写有:"先生最推崇白香山,而我独爱袁仲郎;万古诗歌都将以此为源。"《登独秀峰》:"一峰拔地而起,直插碧云苍穹。无依无靠的孤峰顶,仔细在磨厓寻觅,才认出了旧日封山的标识。拾级而上,共有石阶三百六,是几千座山重重叠叠而成吧!我在峰顶凭栏远望,但见万家炊烟起,暮色正浓。"《游栖霞》:"每天里乘兴寻找秋踪秋迹,提酒壶携砚墨走上高台。毕竟身在官场不能尽免去俗,夕阳西下就要喝道回府。"《厌雨》:"如同讨厌的不速之客,逐走了又回来;与我那莫名的忧愁一样灭而复生。"

二

【原文】

庚辰,余就医薛生白家,遇赵君曾益,谈论甚洽,忽忽三十余年。今年,赵官湖北,忽寄诗来,且云,故是尹文端公弟子。尹三公子秉臬楚南时,曾寄诗云:

"相国江南并府日,栽培桃李卅余年。只今老去叨三釜,敢忘文成割半毡。廉使爱才垂下问,书生薄命负前缘。囊中一卷风檐草,手泽于今尚宛然。"其诗一气呵成,允推老手。其他佳句,如:"小阁飞花春欲去,幼时熟境梦常来。""茅掀屋角添虚白,土缺墙头见远青。"皆妙。

【译文】

庚辰年,我在薛生白家就医,得遇赵曾益,很谈得来,想起来已是悠悠三十年了。今年,赵曾益任官湖北,寄诗过来,并且说他是尹文端的弟子。尹家三公子按察楚南时,曾寄诗给赵曾益:"相国在江南成立府署时,传教弟子三十年,桃李天下。只今还念叨领那一点点微薄的俸禄,怎能忘当年文成割下半块毡来相赠。廉使爱才因此不耻下问,可惜书生命薄不能续上前缘。袋中一卷风檐草,你留下的手迹还十分地清楚。"他的诗一气呵成,可以说是写诗的老手了。其他好的诗句象:"小阁又有飞花进来,看来春天就要离去了,小时候的熟悉环境又在梦中常常出现。""屋顶的茅草偶尔掀开使屋里突然变得发白,墙头矮了一角,显出远方的青山来。"都写得十分绝妙。

三

【原文】

何兰庭、张香岩同余游天台。何有句云:"灯前笑向妻孥别,遇着桃花便不归。"张在斑竹《赠妓》云:"欢依莫向天台去,恐被桃花留住君。"香岩之兄月楼,《寄弟》云:"故园亦有桃千树,莫恋天台久不回。"三人共用桃花事,而皆有风趣。狄小同亦有句云:"天台山下征人路,不为求仙也再来。"

【译文】

何兰庭、张香岩与我同游天台山。何兰庭有诗道:"在灯前笑别妻子儿女,如果在此遭遇桃花就不回去了。"张香岩斑竹《赠妓》诗道:"对我别去天台山,只怕被桃花所迷,就留住不归了。"张香岩的哥哥张月楼在《寄弟》诗中道:"故园也有千株桃树,何必独恋天台桃花久久不归。"三人都用桃花入诗,而都别有趣味。狄小同还有一句道:"前往天台山的游人路,不是为求仙也会再次光顾。"

桃花。清代诗人何兰庭有诗云："灯前笑向妻孥别,遇着桃花便不归"。

四

【原文】

　　钱林,字昙如,吾乡玙沙先生之幼女也,年未及笄。《偶成》云:"独坐西窗下,萧萧雨不成。芭蕉三两叶,多半作秋声。"《落花》云:"觅路乍迷三里雾,含情如怨五更风。"皆佳句也。昙如生时,家中梦有严大将军来,及堕地,娟好妍静,兆乃大奇。其五兄名枚者,戊申孝廉,生于镇江观察署中。是日,适余到署,观察即以我名赐之,长有父风。《题孟庙》云:"杨墨风交煽,仪秦辨复腾。斯文天未丧,夫子道相承。浩气中能养,微言绝更兴。齐梁无地主,孔有云仍。功业尊同禹,经纶小试滕。介应班柳下,醇目过兰陵。七国知矜式,千秋肃豆登。秩宗昭祀典,庙貌仰舣稜。画壁前朝古,丰碑历代增。岩岩泰山色,相对各崚嶒"。又,《无题》云:"荡漾愁心倦排,明明月又入空斋。寄将眼泪惟清簟,付与针箱有旧钗。肠到九回偏未断,人难再得始为佳。无端十一年同事,次第随风入

酒怀。"

【译文】

　　钱林字昙如,我同乡玙沙先生的幼女,还没成年。她的《偶成》诗道:"独坐两窗之下,萧萧并非雨声,而是三两叶芭蕉发出的秋声。"《落花》诗:"觅路忽被大雾所迷,五更风吹得有情幽怨。"都是佳句。昙如诞生时,家中人梦见严大将军前来,待呱呱坠地,竟是姣姣女儿身,这前兆也够奇的。她五哥名枚,是戊中孝廉,生于镇江观察署衙。那一天恰逢我到衙署,观察就把我名字赐给了他,钱枚颇似他父亲作风。《题孟庙》诗:"杨朱、墨翟学说交替,张仪苏秦之流争辩而又成空。天不灭斯文,有孟夫子道统相承。善养浩然正气于内中,微言在绝处复兴。齐梁地主已无,孔子之说不绝。孟夫子功可比禹,在滕只是小试经纶手。狷介同柳下惠一班,目光精醇犹过于荀况。为战国七雄所知并尊重效法,千古也受人礼拜。维持宗法礼乐,庙堂之高令人萧起仰视。前朝画壁描绘青像已古老,历代纪念的丰碑不断增加。与孔夫子并驾齐驱,不愧儒家双峰。"《无题》诗:"愁在心头荡漾,难以排遣;一轮明月,又影入空斋。泪眼下唯有凄清寒簟,以及针箱中的旧钗头。九曲回肠荡气,肠未断,难得那样的佳人再回到最初了。无端地十一年前的旧事,都借酒随风涌入我心怀。"

五

【原文】

　　吴兴幼女严静,甫九龄,善书,兼工墨竹。莆田吴荔娘题云:"绣阁遥邻墨妙亭,开帘煤麝动芳馨。晴窗书破洪儿纸,谁识金銮未十龄。""琅玕袅袅影纵横,千尺寒梢一笔成。我看丹青先比较,此君风却韵输卿。""赋茗才华总角年,挥毫风致自翩翩。他时理棹苕溪上,好结香闺翰墨缘。"荔娘,年亦十有四。

【译文】

　　吴兴小女儿吴严静,才九岁,善画墨竹,书法也好,莆田吴荔娘题诗道:"绣房远邻墨妙亭,开起帘笼,燃起麝香,芳馨漫散。晴窗下在洪儿纸上挥毫,入木三分,可谁知道金枝玉叶才不到十岁。""纤竹依依,竹影纵横交错,而这千尺玉桃只是以笔一气呵成。我看画先比竹与人比,发现那竹却输作者一段风韵。""诗才横溢,却方幼上,纸上挥毫风度翩翩。待他日在苕溪在鼓橹,以文会友,结一段闺中佳话。"吴荔娘年龄也才十四。

六

【原文】

余中年以后,遇妓席无欢,人疑遁入理学,而不知看花当意之难也。偶读祝芷塘一绝,为之莞然。词云:"自笑眉愁递酒波,厌厌长夜奈卿何。摩登伽自无神咒,不是阿难定力多。"

【译文】

我中年过后,遇有妓女在场的宴席也无客无乐,于是有人怀疑我遁入了"存天理灭人欲"的理学。其实这些人哪里知道看花着意的难处。偶尔读到祝芷塘的一首绝句,不由为之一笑。绝句道:"酒波中映现我的愁眉苦脸,自己也不由发出苦笑。这个长夜里我精疲神颓,又能将你如何? 这摩登女没有遭神诅咒的不端之处,所以没有发生什么并不是因为阿难的定力多深。"

七

【原文】

柳依依者,乩仙也。自言维扬女子,归方氏,年才十八,遇乱被虏,绝水浆七日,誓死全贞,竟得脱免。书《黄金缕》一阕云:"身裹絮棉难着枕,淡月袖窗,乱写飞花影。莫怪青春归步紧,枝头杜宇声声请。"又书一绝云:"归去虚空踏月行,五铢衣重白云轻。自从饮得银河水,吐向毫端一色清。"

【译文】

柳依依是扶乩中的降仙。她自长江是维扬人,嫁归方家,才十八岁。遇战乱被俘虏,绝食七天,誓死保持贞洁,竟得以幸免。书写《黄金缕》一词:"身裹棉絮难着孤枕,淡月映窗,飞花纷坠,乱影在窗。不要怪青春逝去,脚步匆匆,杜鹃一声声清啼,正在呼唤归去。"又写一绝句:"离弃人世,在太虚里踏月而行,

五铢衣仍觉重，还是那白云更轻。自从饮下银河水后，在笔端喷涌的词句都一色清纯。"

八

【原文】

张若瀛诗，好游戏。《咏眼镜》云："终日耳边拉短纤，何时鼻上卸长枷。"闻者皆笑。《赠兄竹杖》云："珍重提携竹一枝，枯筇也有化龙时。须知手足关心切，不待颠危始助持。"恰有意义。《眼镜》结句云："天涯莫道无同调，磨面驴儿是一家。"

【译文】

张若瀛的诗多游戏之作。《咏眼镜》："整天耳朵边上拉着两根短纬；何时才能卸去鼻上枷锁。"听说这一句的无人不笑。《赠兄竹杖》道："小心提着一根竹枝，要知道枯竹也有化为苍龙的时候。还是手足一脉相互关心，不等要跌倒危险时；就扶上一把。"这一首很有意思。《眼镜》诗结句道："别说普天之下没有与戴眼镜的人同步调的，磨盘边罩眼的驴子本是一家。"

九

【原文】

真州方又晖《春词》云："鬓含蝉翼影依微，酒晕红潮落翠衣。妒杀梁间新燕子，向人只管学双飞。"又晖少时绝美，今躍躍矣，《以所欢让人》云："老大啼春真强舌，甘将乔木让新莺。"

【译文】

真州方又晖《春词》写道："鬓梳蝉翼，彩颤微微，饮酒面上红晕浮生，身上翠衣滑落。这一切令梁间燕子好不忌妒，只好学人一般双飞双栖。"方又晖少时

俊美,现在胡子一大把,他在《以所欢让人》中道:"年纪老大填写春词,真是勉为其难;甘心将这位置让出以便有新诗人居乔木弄新调。"

一〇

【原文】

湘潭张紫岘(九钺)年十三,登采石太白楼作歌,人呼太白后身。中有数联云:"乾坤浩荡日月白,中有斯人容不得。空携骏马五花裘,调笑风尘二千石。自从大雅久沉沦,独立寥寥今古春。待公不来我亦去,楼影萧萧愁杀人。"果有青莲风味。《将发蓼城寄蔡芷衫》云:"寒云随落叶,渺渺上征衣。淮水正东下,离鸿犹北飞。逢人得消息,入梦见依稀。尺素聊凭寄,梁园亦倦归。"《吊西征战士》云:"裹来马革心原壮,熏作檀香骨未枯。昨夜魂随骠骑出,过河还杀五单于。"

【译文】

湘潭张紫砚(字九钺)年纪才十三,登采石太白楼作歌,一时人称其为李太白后世化身。其中有几联道:"乾坤浩荡日月泛白,其间那样一个人却无法容身。唯有携五花骏马千金皮裘,笑傲不拘于达官显贵面前。自从大雅久以失落,独立古今应者寥寥。等待先生不至,我也要一人独去了,楼堂萧索人见人愁。"果真句里有几分青莲居士的风格。《将发蓼城寄蔡芷衫》道:"云影落叶带几许寒意袭映上征衣,濯水无言东流去,离鸿只影北飞,逢人打听到你的消息,梦里依稀见你尺素作倍聊寄相思,如果所去是梁园,我也许不愿归来。"《吊西征战士》诗:"马草裹着的尸首那颗心仍雄壮不屈,骨化放入檀香匣中也不枯萎。昨夜魂魂追随骠骑将军出战,过河处斩杀五夷酋。"

一一

【原文】

陈豹章有别业在庐江,曰小砾出庄。依山结屋,吟啸其中,作一联云:"王伯舆终当为情死,孟东野始以其诗鸣。"《山庄》云:"范草诛茅凤岭东,几湾流水小

桥通。慈菇叶润檐牙雨,粳稻花香屋角风。不断情根连理木,暂羁行脚寄居虫。比邻晨夕时相过,桑拓阴间载酒筒。"

【译文】

陈豹章在庐江还有一处产业,叫作小砾山庄。靠山建屋,在其中吟诗傲啸,作一副对联:"王伯舆终当为情而死,孟东野最实以诗鸣不平。"《山庄》诗道:"在凤岭东边雉草结茅屋,几曲流水湾湾,中有小桥沟通。屋檐雨水滋润了慈姑叶,屋角风带来粳稻花香。木成连理象征情根难断,偶尔行脚暂居的虫儿也活跃其中。邻里早晚过来聊侃,桑树下载酒而行乐。"

二二

【原文】

将军魁林,提兵塞外,别其兄傅公云:"君去松林莫回首,夕阳天外有孤鸿。"同年成城谪戍塞外,寄诗家人云:"令威纵有归来日,只恐人民半已非。"读者皆为怆然。

【译文】

魁林将军驻屯塞外,以诗别他的兄长傅公:"你尽管去松林深处,切莫回首,夕阳天外一鸿孤飞。"同一年成城贬放塞外驻守,寄诗家里人道:"令威纵使有归来那一天,只恐怕人们大半已经去世了。"读到这句不禁怆然涕下。

二三

【原文】

山东道上:妓女最多,佳者绝少;过客题诗壁上者亦多,佳者亦少。独有无名氏末二句云:"最是低眉可怜处,在山泉水本来清。"用心慈厚,深得风人意旨。

【译文】

　　山东路上妓女最多,可貌美的很少;过客题诗墙壁的很多,好诗也不常见。唯独有无名氏后二句写道:"低眉敛目最是令人爱怜,水未出山时本来的清纯都在那一时毕现。"用心仁慈厚道,可以说深得诗人宗旨。

一四

【原文】

　　前朝山阴祁忠悯公(彪佳),少年美姿容,夫人亦有国色,一时称为金童玉女。后殉国难,赴池而死。余游寓山,为公读书之地,遗像犹存。园中竹上或题诗云:"孤忠愿逐水波清,闻说降幡竖石城。龙种已潜宁惜死,豸冠端坐俨如生。一拳石笋含云气,四负堂开照月明。今日丰碑傍古岸,苔斑犹似旧纵横。"末书岳峰二字,不知何人所作。旁又有无名氏在竹上刻三字云:"此人通。"

【译文】

　　明山阴人祁忠悯先生字彪佳,少年英俊,夫人也堪称国色天香,当时有金童玉女的说法。后来殉国难,投护城河而死。我游历寓山,曾是祁先生读书地方,那里还存有遗像。园中竹子上有人题诗道:"孤胆忠心宁可与水同清,也决不与世合污。明小朝廷已在南京挂上降旗,但皇帝龙种已潜去,自己也就可以不惜一死。但现今衣冠端坐如活着时一样。一石兀笋含蕴风云气息,四负堂敞开纳月光明照。今天古岸边丰碑树立,那上面苔斑似昔日一样纵横错落。"最后署名是"岳峰"二字,不知道究竟是什么人。旁边还有一无名氏在竹上刻批的三字:"此人是通人。"

一五

【原文】

　　壬子三月,余游石梁上方广寺,壁上有诗云:"万山围处泉声急,竹树森森碧汉

齐。两寺云分峰上下，一桥水并涧东西。潭深白日雷霆起，秋老苍松鹳鹤栖。欲向洞天寻旧迹，未离尘网路多迷。"又五古一首，太长不能备录，摘其尤佳者，如："人从涧底行，步步踏泉脉。岩同狻猊蹲，怒欲攫人食。幸凭腰脚健，浑忘衣履湿。虽非深冬时，仿佛飞残雪。"末署："沃洲外史陆以诚题"。余归后访之，方知新昌教官也。悔过新昌，竟未一访。

【译文】

壬子年三月，我游览石梁上方广寺，石壁上刻有诗："万山围拢处水声湍急，竹树森森与霄汉成一碧。云将两寺分成峰上峰下，一桥之下的流水汇合的是东西两涧，潭很深，水从高处直下，白天也雷鸣般地响。晚秋里古松上有鹳鹤栖息。想向洞天处搜寻前人仙迹，只是未能摆脱尘网束缚，一路上常常迷人。"还有一首五言古诗，因为太长不能全抄录下来，摘录其中的好句子如下："人在涧底前行，每一步都踏向泉源，涧底山岩如同雄狮蹲踞，似要发怒捕人而食。幸好凭着腿脚麻利，走脱得飞快，连衣衫溅湿也未察觉。"末后署着："沃洲外史陆以诚题。"我回来后四下打听，才知陆以诚是新昌教官。后悔经新昌却未走访。

一六

【原文】

有医者扇上画李铁拐，求刘霞裳题。刘调之曰："星冠霞佩踏云行，足跛犹嫌路不平。修到神仙无妙药，世间何处觅医生？"

【译文】

有个郎中扇上画着铁拐李的像，要求刘霞裳题诗。刘霞裳调侃道："霞作佩装里为冠双脚踏云而行，一足虽跛也觉路不平。修行到神仙还无妙药医足，在人世间又哪里去找好医生？"

【原文】

同年徐芷亭《荆州怀古》云："英雄争战几时休,巨镇天开楚上游。月夜与谁游赤壁,江山从古重荆州。帆樯影带巫阳雨,草村声含鄂渚愁。凭吊兴亡已陈迹,严城画角动人愁。"此诗,通首雄伟,而选《越风》者,改第四句为"伯图何处问孙刘",是点金成铁矣。余尝谓:一切诗文,总须字立纸上,不可字卧纸上。人活则立,人死则卧:用笔亦然。徐之原句是立,改句是卧:识者辨之。

【译文】

与我同上登科的徐芷亭布政使的《荆州怀古》道："英雄争战不休,天开重镇位于楚地长江边,月夜里谁与我同游赤壁古战场,但自古至今荆州就居江山险要。船帆犹带巫山云雨,一草一木风声里还含屈子鄂渚涉江的惆怅。凭吊兴亡,兴亡已成过往,禁城的号角又令人陷入愁网。"这首诗通篇气势雄伟,而选编《越风》的人,将第四句改为"伯图何处问孙刘",是点金成铁的作法。我曾讲:一切诗文,总是要字立纸上,不要字卧纸上,人活着是立着的,人死了才是卧着:用笔作诗也是如此。徐芷亭原诗是立着,改过的是卧着,有眼光见识的人都分辨得出来。

【原文】

青阳吴文简公(名襄,字七云)。《锡老堂诗集》,半多应制之作,其佳者,如:《雨花庵》云:"黄花应笑客,白发未还家。"《送徐澄斋出使琉球》云:"嗣王册命今三锡,使者才名第一流。"《金山》云:"海气笼天横北固,江涛卷雪走东洋。"

【译文】

青阳吴文简(名襄,字七云)。《锡老堂诗集》多半是应制之作。好诗如《雨

花庵》写道:"黄花盛开如展颜在笑异客,白发还不归家。"《送徐澄斋出使琉球》:"王位继承人现在是第三次赐封,而前往的使臣也具有第一流的才华名气。"《金山》诗:"海气笼罩天空,北固山横亘莽莽,江涛卷起千堆雪,奔湍不息注入东海。"

一九

【原文】

陈明经(捷)字露书,文简公高弟也。《五溪》云:"几家帘影人沽月,一路铃声马踏冰。"颇能得其师承。

【译文】

贡生陈捷字露书,是吴文简公的高徒。《五溪》诗道:"帘影幢幢,是几户人家在饮酒赏月,一路骑马而来,铃儿叮当与马蹄碎冰之声杂沓。"这一句颇得他老师的真传。

二〇

【原文】

子臣弟友,做得到便是圣人;行止坐卧,说得着便是好诗。余尝过桥下,则船篷便有须臾之黑;上山转几个弯,则路便峻。徐诜若秀才有句云:"犬吠知逢市,篷阴识过桥。"又云:"但觉路几曲,不知身渐高。""只因新水绿,愈觉夕阳红。"徐《阻风燕子矶》云:"隔涧归来踏浅沙,森森古木乱啼鸦。野人问我居何处,知指孤篷即是家。"刘曾《咏雪》云:"塔顶松尖消也未,呼童先为出门看。"皆眼前实事,而何以人不能道耶?

【译文】

做好儿子臣下兄弟朋友,便是圣人;坐卧行止,说得着就是诗文。我曾乘船

过桥下,船篷有一会就阴暗了;上山转几个曲折,那山路就险峻起来了。秀才徐诜若也有同感,用诗表达道:"狗叫起来,知道到了人口宵庶的集市;船篷暗下来,知道船在过桥下。"还有句子:"只觉路转几曲,不知不觉身子在升高。""春水碧绿,漾映那夕阳火红。"他的《阻风燕子矶》写道:"脚踏浅沙涉水归来,古树森森,到处是啼鸣的乌鸦,农闲野人问我家在何处,我回指那只暂泊的孤舟。"刘曾《咏雪》诗道:"塔顶松树尖端的雪不知消未消,差童子先出门去看一看。"这些尽写的眼前事实,为什么别人写不出呢?

二一

【原文】

真州太常卿施朝干,字铁如,与余有世谊。自幼吟诗,熟精《文选》,于汉魏源流,最为淹贯。《闻曲》云:"琵琶弦急对秋清,弹出关山离别情。借问黄河东去水,几时流尽断肠声?"真唐人高调也。余尤爱其《倚枕诗》,有"平世受凡才"五字,真乃包括十七史。试观三国南北朝人才,略差一筹,立形优拙。何也?用人之际,那容滥竽,不比太平时,尸位者多也。又有句云:"山水清音自幽独,英雄末路即文章。"

【译文】

太常卿施朝干真州人,字铁如,与我家有世交。自小吟诗作文,精通《文选》,尤其熟悉汉魏两代历史掌故。《闻曲》诗道:"琵琶急弹,弹出秋天的凄清和远征关山的别情。借问那滔滔东去的黄河水,什么时候才能结束你那令人断肠的离别声。"真可以入唐人的高歌了。我最喜欢他《倚枕诗》中的:"和平时多是平凡人受封",真是包揽总括十七史的真音呐!以三国南北翰而论,那时人才优劣,一显既露,为什么?因为正当用人之时,哪能容滥竽充数,不像太平时节,在位的多是平庸之辈。他还有一佳句:"山清水秀独自幽处,英雄末路就是舞文弄墨做文章。"

☷

【原文】

姜西溟老而未遇揆叙,《送行》云:"青衫难作还乡客,白发偏欺下第人。"姚启圣尚书《述怀》云:"千里波涛孤枕上,万家饶溺梦魂中。"一悲一壮。

【译文】

姜西溟年老还未中科举,《送行》诗中道:"一介青衫布衣无面目回归乡梓,可两鬓白发又偏偏作弃我这落第不得志的人。"尚书姚启圣《述怀》诗道:"独卧孤枕,浮现千里波清,睡梦中万家饥馑,陷于水火。"这两人诗一悲愤一豪壮。

☷

【原文】

丽川方伯和《高青丘梅花诗》九首,《诗话》第二卷中,仅载数联。今见全璧,为再录二首,云:"枝头何处认轻痕,霜亦精神雪亦温。一迳晓风寻旧梦,半林寒月失孤村。吟情欲镂冰为句,离恨应敲玉作魂。寄语溪桥桥上客,莫从香里误柴门。""点额谁教入汉宫,冻云合处路难通。胧胧斜照月疑路,瓣瓣擎来雪又空。无梦不随流水去,有香只在此山中。松间竹外谁知己,地老天荒玉一丛。"谢蕴山观察《种梅诗》风调,亦与奇公相埒。词云:"修得多生到此花,不分山墅与官衙。惜春如命恒支俸,种树成围便是家。香色都空寒彻骨,栽培要厚玉生芽。他年留作甘棠爱,何用诗笼壁上纱。"

【译文】

布政使丽川和《高青丘梅花诗》九首,在《诗话》第二卷中仅收了数联。现在又录抄三首,令其得以完整,诗道:"枝头上何处辨认那抹轻痕,如霜精神如雪

纯白,又不失一些暖意。一种晓风拂吹,让人信步寻逐旧梦。寒月光撒满半树林,迷失了那座孤静的小村。吟咏达情裁冰为句,句中若有离恨,那应敲玉作魂。悄悄地说一声,那桥上的过客,莫追随那香气而过了该人的柴门。”“花蕊中如受教于汉宫女所点的额黄,冻云四合道路难通。斜月朦胧,岐路多疑,一瓣瓣花片托起,起初的雪却非雪。那流水载了多少梦,悠悠而去;所有的馨香尽在此山之中。松林间玉竹外谁还是知己,地老天荒不变的是那雪中丛玉的梅。”观察谢蕴山《种梅诗》风格与奇今相似。词道:“修行多世才修到此花,遍开山间野外官署门衙。爱春如命,香色总是空,唯有那寒彻骨,殷勤侍弄冷玉才会萌芽。待日后百姓因我而爱我梅,何必一定再乎吟诗造句呢?”

二四

【原文】

红粉能诗者多,青衣能诗者最少。这江宁陈方伯有侍者陈鹏,投诗求见。《端午》云:“羁游当令节,随俗采兰芽。铸尽平生错,飘零何处家。吟看松雨细,醉倚竹风斜。插艾儿时事,而今两鬓华。”又:“残蝉过雨急,疏磬度风迟。”亦五言佳句。询其踪迹,故是旧家子弟。(字仪庭,号宾来,武昌人也。)

【译文】

婢侍能写诗的很多,而男仆写诗的很少。最近江宁陈布政使有仆人陈鹏,以诗拜见我。《端午》诗:“出门在外,漂泊不定,正赶上端午节。按地方风俗摘采兰芽。今生酿成大错,如此飘零何时才能回到当初那个叫家的地方。吟咏着自作的诗看松针细雨飘飘洒洒,喝醉了倚竹而卧,风斜斜地吹。端午插艾蒿已成童年往事,而今两鬓苍苍,人已花甲。”还有:“最后几声蝉鸣里,骤雨急急下过;稀疏悬挂的磬,风徐徐而吹,声响缓缓不绝。”也是五言佳句。询问他家事,原来过去是世家子弟。(陈鹏字仪庭,号宾来,武昌人。)

二五

【原文】

金载羹、聚升昆季,俱有清才。载羹《燕子》云:"呢喃似说绿杨晴,双剪参差拂水轻。衔得海棠花入垒,画梁红雨落无声。"聚升《水烟》云:"舟向小溪浮,横空练不收。人喧知近岸,橹响辨行舟。鸟去栖何处,萤飞入远流。须臾烟灭后,明镜一轮秋。"《晚起》云:"菜市声喧眠最稳,饼师叫过日将西。小童已报黄粱熟,倦倚藜床听鸟啼。"一名忠鼎,一名忠萃。

【译文】

金载羹、金聚升兄弟,都清雅有才气。载羹《燕子》诗道:"呢喃似在互语绿杨晴日,尾似双剪参差不齐,轻轻点拂水面。嘴衔海棠花入巢,雕梁画栋上落红如雨。"

聚升《水烟》诗:"一舟向溪中浮游,小溪如百练横陈却无人收取。人声喧杂原来已靠溪岸,橹搅动声探头辨认行舟。鸟飞去了,不知它们在哪里,萤火虫飞去了,融入远处那光的溪。不一会烟消云散后,明镜般一轮秋月高悬。"

《晚起》诗:"菜市场里叫卖声喧杂,可我自睡得安稳。卖饼的师父你叫卖过去了,该是太阳将西的傍晚了。童子进门说黄粱饭已熟,我仍疲倦地倚着藜床听外边鸟鸣啾啾。"

两童子一个叫忠鼎,一名叫忠萃。

二六

【原文】

余幼作《无题诗》云:"泪不洗面将毫染,诗句焚灰和酒吞。"胡稚威见而赏之曰:"此少年颇有诗胆。"

余自笑二句皆凿空,首句用李后主事,尚可拉扯;至次句,则全是杜撰矣。

不料今年偶翻张泌《妆楼记》，载：姚月华女子慕杨达之诗，读数过，便烧灰和酒吞之，谓之"款中散"。又，牛应贞女梦裂书而食之，每食一部，则文体一变。杨巨源序其集曰《遗芳》。方知用典，竟有无心而暗合者。

【译文】

我少时做过《无题》诗，道："以泪洗面，又将笔来醮润；诗句焚成灰用酒一同吞下。"

胡稚威见了这两句后，称赞道："这少年人诗中有胆气。"

我自笑这两句全是穿凿，第一句用李后主的故事，还算拉扯得上；至于第二句，则是自己杜撰无异。不曾想今年偶尔翻阅张泌《妆楼记》，上载：女子姚月华钦慕杨达之的诗，读过数遍，就烧灰以酒吞下，称这为"款中散"。

还有一女子牛应贞梦见碎书就吞食掉，每吞食一部，她的文体就有不同。

杨巨源给她的集子作序命名为《遗芳》。我方才知道运用典故，也有无心运用而暗中契合的。

二七

【原文】

铁冶亭侍郎选《长白山诗》，皆满洲已故之人，命余校勘。余摘其句之佳者，如：国柱《伊犁》云："举头惟有日，过此便无关。"观补亭（保）《路行》云："云气常随马，秋声半在山。""冥心契道妙，谢客养苔痕。"福增格云："阴崖春色灭，废地夕阳多。"伊福讷云："落叶聚空巷，饥鸟凤远林。"

寒音布云："风定树犹怒，日高霜尚飞。"鄂文端云："山果随风坠，秋花出叶开。""一杖立斜日，满园飞落花。"皆妙。

冶亭侍郎，典试江南，先有人抄其两绝句来，云："镇日丹铅笑未遑，书生习气总荒唐。文魔字债轮番应，客到时闲客去忙。""不信烟霞癖已成，闲游到处结鸥盟。同行尽道山中好，多少山人喜入城。"

后冶亭入场，于开门放水菜时，即托监临以诗幅见寄。佳句如："水落鱼龙依岸近，天高屋斗上船红。""秋悬野色明沙觜，天纵江声到石头。""愁里逢春惊老至，中年得女当儿看。"俱妙。

【译文】

侍郎铁冶亭编选《长白山诗》,所入选者都是已亡故的满人。他让我负责校勘。

我从中摘抄佳句如下:国柱《伊犁》诗:"抬头惟见顶上一日,过了这里,前面再也没有关口了。"

观补亭(字保)《路行》中道:"云气随马飘走,秋声大半发于山中。"

"心道契合,自品其妙;闭门谢客,令苔藓在石阶上滋生。"

福增格道:"阴崖之下春色骤减;废弃的寺宇夕阳透隙,处处可见。"

伊福讷道:"落叶为风所刮,聚拢在无人空巷;未着食的鸟向远方林子飞去。"寒音布道:"风平息了,树仍不胜其怒地摆动挥舞,太阳升高了,霜花仍飞个不停。"

鄂文端道:"一阵风过,吹坠了山果;尽管已长出了叶子,秋花仍旧又开放。"

"拄一杖孤斜阳,看满园花开花落。"都是妙句。

清人鄂文端诗中有"一杖立斜日,满园飞落花。"之句,袁枚深以为妙。

侍郎铁冶亭,在江南主持考试,先是有人抄了他的两首绝句给我:"整日价点校不休,笑也没有功夫,书生的这一套习惯作风行起来真是荒唐。轮番应付文字债,客人来时悠闲,客去后又重新忙碌。"

"不信自己游历山水的癖好已养成,但漫游处都结下了鸥鸟之盟,同行者均称道山中好处,可有多少山里人想进城。"

后来冶亭入场主持,在开放送水饭时,托监临送诗幅向我致意,佳句如:"水落后鱼虾在浅滩游动,高空的星斗与舟上的渔灯连成一片,不知哪是星哪是灯,似乎星斗在舟上发射着红光。"

"秋天展示所有的野外风光,使沙嘴分外明丽;上天放纵那江声直冲击到石头城。"

"愁苦逢春,惊讶自己老之将至;中年无子得个女儿,也当儿子般管养欢

喜。"都是妙句。

二八

【原文】

梦谢山侍郎诗亦奇伟,惜多累句。由中年徂谢,未尽其才故也。惟《广武原》一首最佳。词云:"秋高广武原,日落断云奔。天地一龙斗,风尘千里昏。平沙生朔气,残垒驻征魂。拨马寻遗迹,荒郊战骨存。"

【译文】

侍郎梦谢山诗文奇伟,可惜重复句太多。

这个毛病没改正,因为他中年早逝,还未充分展露才华。

只有一首《广武原》写得最好:"广武原在秋日,分外高阔,日落时天里断云若奔。仿佛天地间一龙狂斗,千里风沙弥漫,天昏地暗。平沙时萧杀之气顿生,残弃的堡垒犹似有征战将士的英魂萦绕。拨转马头找寻旧时踪迹,荒郊野外战士的骨骸仍皑皑皆是。"

二九

【原文】

余与鳌沧来交好,尝许寄其曾祖于襄勤公诗来,而至今未到。

余于《白山诗选》中,得其《登万寿阁》云:"古寺荒凉草木平,十年人到倍伤情。满城黄叶飞秋色,虚阁寒涛夹雨声。赋税何劳频仰屋,关山行看会休兵。依然故国音书绝,潦倒风尘白雁横。"

《闻笛》云:"缭绕飞空短笛声,高天露下共凄情。愁来江汉人何处,望里关山月倍明。万里孤云随绝漠,十年羸马更长征。谁知一曲终宵怨,霜雪无端两鬓生。"二首皆唐音。

随园诗话

【译文】

　　我同鳌沧来有交情,曾答应他将他曾祖于襄勤公的诗寄来,而到现在我还没收到。

　　我从《白山诗选》中选了《登万寿阁》:"古寺荒凉草与木平,十年人到此处倍感伤情。满城黄叶飞舞正是秋天景象,空阁寒意涌袭如波涛并夹杂凝重的雨声。赋税难筹不须频频仰屋长叹,边走边看这关山,相信一定有休兵止烽火之日。可故乡依旧音信全无,我潦倒风尘,见一雁横飞,正是孤走的我。"

　　《闻笛》:"短笛声在空里缭绕不绝,在天降白露时中来,不由有凄清冷境之感。愁来也不见江汉人来,一月笼照,千里冰河万里的关山,都分分明明。云在寥廓的大漠上飘游已久,羸弱的老马已不知不觉征战十年复又出征。这一曲吹出的幽怨,在霜雪跻跻的夜里,无端地怀愁相思者,霜雪上了两鬓。"

　　这两首诗都有唐诗的音韵。

清人于白山作《闻笛》诗,袁枚认为诗中有唐诗的风韵。

三〇

【原文】

　　英梦堂相公,生有诗骨,吐属不同。《除夕》云:"老趣随时异,流光过眼非。善忘心转暇,迟听语因稀。腊酒催拈管,春灯照掩扉。不干儿辈事,鞍马六街飞。"《出郊》云:"隔宵意失乐,今日出郊行。风定有禽语,雪消添雨声。当春山气重,入夜客身轻。预拟重来日,垂杨听早莺。"

【译文】

英梦堂相公，天赋诗才，谈吐见识自与常人不同。

《除夕》诗："旧时兴趣因时而晚，时岁如流转目间又是别一番光景。善忘心闲，夜已深，听起来人语渐稀。新年腊酒摆供上，我不由拈起笔，执春灯照掩门扉。拾蹬上马不是像孩儿们一般玩事，在街上打马如上驰骋。"

《出郊》诗："隔一夜就已心内乐融融了，因为今天可以出郊而行。风息了有鸟语，雪消蚀了添换上雨声嘀嗒。正值春天山气很重，入夜后人觉舒筋通络，身体轻盈。预计着再来这里时，定可以听到垂杨间早莺乱啼。"

三一

【原文】

德少司空(龄)在京师，每见余诗，必加称许。托张宏勋(栋)时时致意。因隔内外城，终不得一见。近见其诗，不在梦堂相公之下。《剑州道中》云："武连坡下乱烟生，剑阁峰头夕照明。一鸟不喧寒濑寂，满山黄叶马蹄声。"

《琉璃河口占》云："白发苍颜老侍臣，又随豹尾踏芳尘。琉璃河畔毵毵柳，应识三朝扈跸人。"

【译文】

少司空德龄在京师，每见读到我的诗作，就大加赞赏。时常托张宏勋(字栋)向我致意。因为隔着内外城，始终不能见面会晤。最近我读到他的诗，水平不在英梦堂相公之下。《剑州道中》诗："武连坡下面乱烟腾生，剑图峰头夕阳照得通明。无一鸟啼鸣，那泓寒水沈寂地流过。满山黄叶横飘，马蹄过处得得。"

《琉璃河口占》诗："老侍臣白发苍颜，又追随皇帝足踏芳尘。琉璃河边柳树森森，应该认得我这三次护驾的人。"

☷☱

【原文】

余与香岩游天台,小别湖楼,已一月矣,归来几上堆满客中来信,花事都残。香岩有句云:"案前堆满新来札,墙角开残去后花。"又,《别西湖》云:"看来直似难忘友,想去还多未了诗。"一片性灵,笔能曲达。

【译文】

我同香岩游天台山,短别湖楼一月。归来时案几上堆满客人来信,诸花也已开谢。香岩感此道:"案几前堆满方来的书札,墙角边也满是去后凋谢的花。"

《别西湖》诗:"看上去似难忘挚友,想起来还欠了它许多未就的诗作。"

写来一片性灵跃然纸上,香岩的笔可以说是曲婉达意。

☷☵

【原文】

诗有寄托便佳。管松年秀才落第,《咏梳妆》云:"闻说梳妆要入时,不嫌傅粉更涂脂。寄声虢国夫人道,淡扫蛾眉恐不宜。"祝芷塘太史在长安,《咏燕》云:"野店江村少是非,芹泥春暖试乌衣。如何楚楚红襟燕,但向雕梁高处飞。"小门生汪□□《咏蚊》云:"乍停纨扇便成团,隐隐雷声夜未阑,漫道纱厨凉似水,明中易避暗中难。"

【译文】

诗中有所寄托就更好。秀才管松年考场落第后写了《咏梳妆》道:"听说梳妆相扮要赶潮,所以不妨敷粉,敷粉而又涂脂。寄语一声唐时的虢国夫人,你淡

妆素面恐怕不合时宜。"

太史祝芷塘在长安，写《咏燕》诗道："罢地中店江边村落，少是非恩怨，当芹泥春暖时初穿黑衣。可为什么楚楚的红襟的燕子，总向雕梁画栋的高处飞呢？"小门生汪□□《咏蚊》诗："一停下纨扇，就飞挤成一团。夜未深时，蚊声如雷。别说什么纱厨为清凉似水，有灯明时可避蚊袭，灯息暗中就任其胡为了。"

三四

【原文】

有人抄吴江三女诗来：一、王素芬（梦兰），《宫词》云："寂寞空庭锁绿苔，长门何日为君开。泪珠滴地成盐汁，底事羊车引不来？""宴罢临春怅落晖，名花无主自芳菲。穿帘怕见寻香蝶，故向愁人作对飞。"袁湘佩（兰贞）《春闺》云："数竿修竹傍溪载，零落残红带雨开。正是春愁无奈处，卖花声过小桥来。"

陆兰垞素心《即事》云："曲折篱墙傍水开，落红一雨点苍苔。芹泥满地日初暖，燕子一双花外来。"

更有姚栖霞者，幼即能诗，年十七而卒。其父（岱）摘其诗中"燕剪剪春愁不剪，翻含愁入小窗来。"之句，抄存一册，名曰《剪春集》。《晚凉》云："影移深树乱雅啼，目送残阳渐渐低。江有意流凉月去，云无心托暮山栖。"

《寄怀邻姊》云："秋老江关落木初，登楼凝望渺愁余。遥山雨洗螺痕淡，只恐愁眉更不如。"

《临终》云："永夜沉沉更漏迟，无眠起坐强支持。意中多少难言事，尽在低声唤母时。"

"浮生修短总虚花，幻迹拼归梦里家。试问窗前今夜月，照人还得几回斜？"他如：《黄梅》云："晴还疑雨昏昏过，天亦如人黯黯愁。"

皆系不祥之言。

【译文】

有人抄了吴江三位女子写的诗，来给我看。

其中一位是王素芬（梦兰）的《宫词》："庭院空寂，绿苔漫生，似将这庭院封锁，那长门就不知什么时候能为你开启了。泪珠滑落于地，水蒸发干了，凝成了盐碛，为什么这样也不能把你那可给我幸福的羊车吸引来？""宴席饮毕，惆怅无主面对落日余晖。看那名花无所归属自生自灭。手挑帘子怕见到飞舞的粉

国学经典文库

随园诗话

一四八三

蝶儿,它们故意在愁郁腹心事重重的人儿前作对双飞。"

袁湘佩(字兰贞)《春闺》诗:"几竿修竹傍小溪而栽,残花零落瓣带雨珠,仍默默盛开。春愁无处无法排遣的时节啊,卖花的声音又自小桥传来。"

陆兰垞(字素心)《即事》:"在曲折的篱墙边,傍水而开的花,经雨沐后,落英点缀一碧的苍苔。太阳暖和过来,照着一地的芹泥,一双燕子从外边双双飞归。"

还有姚栖霞,自幼能作诗,可惜十七岁早逝。她父亲姚岱摘录她诗中的:"燕尾如剪,剪着春天,剪不断愁思愁绪,反而它含愁飞入小窗里来",将她的诗抄录一册,就因这句而命名为《剪春集》。《晚凉》诗道:"鸦影向深树丛中飞移,不停地乱啼乱叫,我目送残阳看它越落越低。江水有意流水那轮凉日,天空中云本无心却浮托出傍晚的山间楼阁。"

《寄怀邻姊》:"江关秋已深,可树叶方落,登楼远眺,见浩渺无穷,我不由心底涌愁。远山的雨打风吹已淡了那画眉的螺黛,何况那愁眉更频蹙呢?"《临终》诗:"长夜漫漫更漏迟迟,勉强支撑坐起来,因为根本无睡意。心中多少难诉难说的事,都尽化在'母亲'这低低的声声呼唤中。"

"人生长短总是空花幻迹归根结底也是梦乡。问一声今夜窗外那月,还能几次照人沉沉西斜?"还有如《黄梅》诗:"放晴时疑心还要下雨,于是就昏昏地得过且过。天莫非也如人样,心丧发愁。"都是些不祥之语。

三五

【原文】

诗有天籁最妙。尹似村《偶成》云:"娇儿呼阿爷,树上捉蝴蝶。老眼看分明,霜粘一黄叶。"陈竹士《山中口占》云:"酌酒松树阴,醉卧云深处。人闲云不闲,松边自来去。"

【译文】

诗中有无音最妙。尹似村《偶成》诗:"让人娇惯的小儿呼叫阿爷,给他上树捉那只蝴蝶。可老爷眼中看得分明,那分明是一片带霜的黄叶。"

陈竹士《山中口占》诗:"在松荫浅斟小酌,醉后倒卧云最深处。人闲云却无闲,仍在松边悠悠来去。"

【原文】

松江李砚会刻其亡姊一铭(心敬)及子妇归懋仪(佩珊)二人诗,号《二余集》,曹剑亭给谏为之作序。一铭嫁常熟归氏,早卒;懋仪乃一铭所生,仍归李氏。集中《晚眺》云:"垂柳斜阳外,如眉媚态生。因怜双黛薄,羞对还山横。"

懋仪《赠玉亭四姑于归》云:"闻道云英下九天,翠蛾新扫倍生妍。定知茂苑无双士,始配瑶华第一仙。玉镜晓妆花并笑,金樽夜泛月同圆。微兰他日符佳梦,应见云芝茁玉田。"

"咏絮清才拟谢家,神争秋水貌争花。鸡晨问寝常携手,雨夜联诗共品茶。君在潇湘吟水月,我归江海玩烟霞。萍踪重聚知何日,回首乡关感岁华。"

《夜泊》云:"旷野秋清夜寂寥,明星几点望迢遥。双轮历碌才停响,又向江头听暮潮。"

《送粮艘出海》云:"无事量沙成万斛,但闻挟纩遍三军。"

雄伟绝不似闺阁语。剑亭有女洪珍,《咏月中桂》云:"万古此秋色,一天生异香。"亦有奇气,惜不永年。

【译文】

松江李砚会刻印亡姐李一铭(字心敬)和外甥女归懋仪(字佩珊)二人的诗文,命名为《二余集》,曹剑亭作序。李一铭外嫁常熟归家,早逝;懋仪是一铭生的,归养李家。

集子中《晚眺》诗:"斜阳外垂柳依依,如人眉生就娇态。因惜爱那淡淡描画的黛眉,对视那横山也不由羞对。"

懋仪《赠玉亭四姑于归》:"闻听是云英仙子下凡,新描翠蛾眉更显娇妍。只有茂苑无双的国士,方配得上玉花中的花魁,晓来当韵丰妆,人面花颜并笑,率金杯夜出月游,人合月圆。待他日十月怀胎,定可贵符佳梦,玉人必有贵子。"

"吟咏飞雪如絮,才可比谢家女儿。神如秋水沉静,貌可与花争妍。雄鸡披晓常执手问我一夜是否安稳,滴雨的夜赋诗联花品茶茗。你将在潇湘吟咏水光月色,我要回归江海游历烟霞。不知两个萍踪不定的人何时再谋面聚首,回首乡关感慨岁月流逝。"

《夜泊》诗:"秋气清朗,旷野的夜寂寥无声。望遥远的遥远处,几星点点烁

烁。在骑历碌的双轮才停响,又满耳是江头不绝的海潮澎湃。"

《送粮艘出海》:"载粮如沙,容载了斛,三军受慰,如挟犷不觉冷寒。"

风格雄伟,不像闺中女子言语。曹剑亭有个女儿,名叫洪珍,写有《咏月中桂》:"万古同此秋色,一天生就异香。"诗中有奇气,可惜命不久长。

三七

【原文】

余第五女,嫁六合汪氏,家信来云:松江廖织云女史,汪氏戚也,索余《诗话》,愿来受业。余问其门楣,方知是合肥令廖古檀之女,素以诗画擅长,嫁马氏而寡。古檀有《盟香轩诗话》。故是风雅门风。以画册见贻。《题白桃花》云:"五更风雨惜秋春,晓起香花为写真。双颊断红浑不语,可怜最是息夫人。"

《杏花》云:"社后春将图,风吹蕊欲肥。美人帘外立,初试水红衣。"织云札来云:其表姊徐磐山(庄焘)亦工诗画,爱随园诗,有私淑之心。何松江闺秀之多,而老人佛缘之广耶?

【译文】

我的五女,外嫁六合汪家。家信中写道:松江人女官廖织云,是汪家亲戚,索要我的《诗话》,并愿从师学习。

我打听她出身门第,这才知她是合肥长官廖古檀的女儿,向来擅长书画,嫁马家后寡居。古檀有一部《盟香轩诗话》。看来她家门风向来风雅,就寄赠她画册。织云《题白桃花》诗道:"五更天风起雨落,也分外珍惜万盛的春天,早起后,见花与香体,香萦花魂,花香互照,别有神韵。最可爱的素面白如息夫人的那朵桃花,如颊的花瓣两抹残红若隐若现,沉默不着言语,风情万种。"

《杏花》诗道:"社戏后春意将融融,风会吹肥胀白芷。杏花如美人依立伫外,初试沾水红妆。"

织云来信札中道:她表姐徐磐山(庄焘)也工于诗画,喜爱随园主人的诗作,私下已心仪许久。松江闺中秀女真多,而袁某又广接了多少佛缘啊!

三几

【原文】

自余作《诗话》，而四方以诗来求入者，如云而至。殊不知诗话，非选诗也。选，则诗之佳者，选之面已；诗话必先有话，而后有诗。以诗来者千人万人，而加话者，惟我一人。搜索枯肠，不太苦耶？松江太守李宁圃先生寄三在人诗来，余以此言复之。而过后撷看，见其佳者，又不能自已，录张凤杨（翔）《夜泊》云："榜歌声起欲黄昏，初月微茫漏白痕。小泊夜深灯火暗，一丛林影数家村。"

《过商州》云："重关已过数峰西，绕尽羊肠踏尽梯。满耳水声千涧曲，四围山色一城低。"李振声（东皋）《早发》云："宵征鸡未唱，梦醒客犹慵。残月留高树，深山隐曙钟。烟团鸦背重，雪衬马蹄松。渐觉晨光动，邮亭过几重。"

《舟中》云："暮烟入城郭，灯火乍依稀。远水衔天尽，孤云抱月飞。簟凉知露重，酒醒觉风微。坐待东方白，轻桡破浪归。"

【译文】

自从我创作《诗话》以来，四面八方要求将其诗收入的，如云涌至。

这些人君却殊不知，诗话并非诗选。选是选择好诗，选就是了；诗话必须先有话，再有诗。

寄诗的有千人万人，而加话抵注的只有袁某一个人。搜肠刮肚，岂不太苦？松江太守李宁圃先生寄了他三个朋友的诗歌给我，我用了上述一番话答复他。过后将纸观览，见到好诗，又不能自控。抄录张凤扬（字翔）的《夜泊》："鼓橹人渔歌唱晚，天正黄昏，初月朦胧只露一抹白痕。夜深暂泊小舟，四围一片黑暗，那一丛林影处是几处村落。"

《过商州》："过了重重关口和数山峰，一直向西，绕遍羊肠小道，踏尽了天梯。满耳是千涧万水的声曲，四周山色峻峭，中间一城低倚。"

李振声（东皋）《早发》诗："夜上出发时鸡还未报晓，梦醒时行客仍慵懒不堪。残月高挂树梢，深山隐隐传出晨钟鸣响。云烟团拢，鸦似背负重担；落雪后，衬得马蹄声分外轻松。渐觉察晨光闪动，不知又过了多少驿站邮亭。"

《舟中》诗："晚烟升腾，进入城郭，那时灯火尚稀。远水后没远天，孤云抱月而飞。枕席冰凉知露水很重，酒醒才觉风很小。就这样坐等东方透白，好驾轻舟破浪而归。"

三九

【原文】

同年许红桥(朝)谓余曰:"余在粤东有句云:'天低冬日犹堪畏,梅早春风不待催。'颇觉真切。《过仪真》云:'芦飞两岸白,雁叫一天秋。'自谓佳矣。偶见僧玉峰有句云:'芦花两岸白,江水一天秋。'自愧不如僧之高浑。"

又云:"有友呼僮烹茶,僮酣睡。历声喝之,童惊扑地。因得句云:'跌碎梦满地。'五字奇险,酷类长吉。"

【译文】

同一年中举的许红桥(朝)对我说:"我在粤东曾作句:'冬天里天比日低,真让人颤畏,可梅比春天还早发;一点也不须催促。'自己颇以为真实贴切。《过仪真》道:'芦花飞白两岸,一雁飞过,叫声里正是秋来。'自以为好得了不得。遇见僧巫峰的那一句:'芦花白了两岸,江水悠悠,承载一天的秋色。'自愧不如僧玉峰高雅浑成。"

又说:"有个朋友呼叫他的僮儿烹茶,那僮儿睡得正熟,朋友就厉声喝骂,僮儿惊慌倒地,那朋友遂吟道:'跌碎了一地的梦。'五字奇妙险绝,非常类似李长吉。"

四〇

【原文】

京口张石帆工诗,尤善歌诗,每诗成,必折板高吟,听者神移。尝与鲍步江论生平得意诗。鲍以《宿焦山》对,云:"水光终夜晓,海气不成秋。"张亦以《宿焦山》对,云:"烟鸟去无尽,风潮来不知。"

京口张石帆工于诗赋,尤其善于歌咏成诗,每当作了一首诗,就击板高歌,令听者神为之动,曾与鲍步江论平生得意的诗作。鲍步江以《宿焦山》应对:"水光明丽,终夜如同晨晓,海气氤氲,永无秋戾之气。"

张石帆也以《宿焦山》应对:"烟随鸟去,漫漫无绝;风吹潮起,人却不知。"

四一

【原文】

荆溪任绣怀(锦)者,《看红叶》云:"放棹西湖发浩歌,诗情画意两如何。莫嫌秋老山容淡,山到秋深红更多。"结二句,为老年人吐气。

【译文】

荆溪有个叫任绣怀(字锦)的人,写了首《看红叶》诗,诗中说:"荡舟西湖放高歌,这种诗情画意是何等畅快。不要嫌弃秋日已去山色已淡,山上到了秋意正浓时红叶特别多。"这末尾两句诗,实为老年人扬眉吐气。

四二

【原文】

端阳水嬉,姑苏最盛:千船鳞列,歌吹喧阗;然嬉游者意不在龙舟也。汪比部秀峰诗云:"暖日烘云景物新,衣香鬓影漾芳津。少年绮扇篷窗下,不看龙舟只看人。"又,《夜午》云:"半规明月印窗纱,酒醒乡思更觉赊。堪笑西风无赖甚,吹人残梦落谁家。"秀峰,婺州人,生长杭州,家素饶裕,慕顾阿瑛、徐良夫之为人,爱交名士,少即与吾乡杭、历诸公交往。晚刻本朝《闺秀诗》一百卷。赵云松赠诗云:"论交及风诸前辈,刻集能传众美人。"

随园诗话

【译文】

端阳节戏水,以姑苏最盛行:千舟杂列,歌吹喧天,然而嬉游人其意不仅限于龙舟。

刑部官汪秀峰作诗道:"暖日烘云,景物一新。衣香发散,鬓影映漾水面,使平常的渡口成了芳津。少年执绮扇立于篷舟窗下,眼中没有了龙舟只有意中那人。"

还有《夜午》诗:"如半枚圆规的月印在窗纱上,消醒后的乡思更觉是徒劳然。最可笑那西风最是无赖,把思乡人的乡思残梦吹落送入了谁家。"

秀峰,是婺州人氏,生长在杭州,家境向来富裕。仰慕顾阿瑛、徐良夫等的为人,喜结交名士,少时就同我乡的杭、历诸公交游往来。晚年刻有清

端午龙舟图,描述了古人在端午节赛龙舟的场景。

一朝《闺秀诗》一百卷。赵云松诗赠秀峰:"交往得见诸位前辈,刻印诗集可传众美慧秀于后世。"

四三

【原文】

壬子春,余在西湖,徐谨庵(大坨)以诗来谒。有佳句云:"燕语只因寻旧垒,莺啼却为别春风。""自能免俗方知乐,总不关心便是仙。""世间亦有闲于我,江上轻云水上鸥。"俱可爱也。又有陈春嘘昶明俯,诵其《宝石湖楼与明太守夜饮》云:"画楼窈窕镜波清,良会无多趁晚晴。北海有容天下量,西湖端为我曹生。梅花香泛杯中酒,杨柳丝牵醉里情。饮罢不须烧烛照,卷帘春月万山明。"

【译文】

壬子年春,我在西湖,徐谨庵(字大杬)拿诗来拜访我。诗中佳句有:"燕声如语只为寻觅去年的旧巢,莺啼却是因为作别春风。"

"自己自然地免俗,便得其中快乐;对万事万物淡泊,便是神仙。"

"世间也有悠闲散漫甚于我的,那便是江上飘悠的轻云和翱翔的鸥鸟。"

这些诗句真是令人喜爱。陈春嘘(字昶)明府,吟诵《宝石湖楼与明太守夜饮》:"画楼秀美水波如镜清澈;如此好聚不多,又正是将晚放晴。北海有涵容天下之量,可西湖却是属于我辈的西湖。梅花的香沁泛杯中酒,杨柳招摇牵起醉里情思。饮罢一杯须点烛夜照,挑起帘来,一轮春天的月,照得千山万山通明。"

四四

【原文】

近得鄂筠亭敏守杭州《修禊西湖》,首唱云:"修禊三春好,风花二月天。黄堂无底事,白发有诸贤。笔濯西湖水,花摇鹫岭烟。风光徵往事,不减永和年。"

一时作者如云。四十年来,风流歇绝。今年,余在湖楼,招女弟子七人作诗会。太守明希哲先生(保)从清波门打桨见访,与诸女士茶话良久,知是大家闺秀,与公皆有世谊,乃留所坐玻璃画船、绣褥珠帘,为群女游山之用。而独自骑马还衙。少顷,遣人送华筵二席、玉如意七枝,及纸笔香珠等物,分赠香闺为润笔。一时绅士艳传韵事,以为昔日筠亭太守所未有也。汪解元(润之)夫人潘素心赋排律三十韵,其略曰:"欲话天台胜,西湖折简忙。传经来绣谷,设帐指山庄。云母先生座,金钗弟子行。词宗新染翰,郡伯远贻筐。白璧光如许,红裙礼未将。天当桐叶闰,人岂竹林狂。画舫玻璃嵌,轻簪翡翠妆。逍遥孤屿外,容与断桥旁。送别凭圆月,催归带夕阳。千秋传韵事,佳话在钱塘。"

孙臬使女云凤,亦有"羲之虚左推前辈,坡老留船泛夕晖"之句。太守有十二金钗,能瑟者名梧桐,能诗者名袖香,最小者名月心:会前一日,皆执贽余门。

【译文】

最近得到鄂筠亭敏守杭州的诗作《修禊西湖》,首节唱吟道:"到水边嬉戏,

消除庆气,正值三春好时节,杨花起的二月。太守有闲无事,白发诸贤群集。以西湖水润笔,繁花摇动,鹫岭烟生。如此风光对比往事,应不亚于永和年间。"

一时之间作者如云。四十年来,人不再风流如此。今年我在湖楼,招集女弟子七人诗会。太守明希哲(字保)从清波门携酒过访,同诸女子茶话许久。得知均是大家闺秀,与他有世代交情,就留下他来时乘的玻璃画船、绣褥珠帘,作为诸女子游山的用物。他独自骑马回衙。不一会,又派人送来了丰盛的两桌酒席,七枝玉如意以及纸笔香珠等,分别赠予诸女子作为润笔之物。一时间绅士学士纷纷传颂此事,认为这是昔日筼亭太守所没有做过的。解元汪润之夫人潘素心赋写了三十韵的排律,约略是:"正欲讲述天台山的胜景,西湖畔我忙着折起信简。为传讲经书来到这如锦似绣的山谷,遥指山庄搭下帐篷。先生端坐于云母之上,头戴金钗的女弟子分列两行。词坛领袖新染了毛笔,郡县方伯远远送来了竹条筐来盛放诗卷。白玉璧银光闪闪,女弟子们施礼未起,此时正是桐叶茂盛的闰月,(闰四月。)七个人在竹林中狂乐。(来的人共七个。)画船中镶嵌着玻璃,轻轻的玉簪翡翠色的梳妆。在孤独的岛屿外逍遥一世,把小轿放在断桥旁。一轮圆月为我送行,夕阳催着我回归。千秋万代流传着风雅之事,钱塘江旁佳话永传。"

孙臬使的女儿云凤,也写有"王羲之换起左臂为前辈推车,苏东坡留下小船在夕阳的余晖中"的诗句。太守有十二个女儿,能弹琴的叫梧桐,能写诗的叫袖香,最小的一个叫月心:在相会的前一天,都到我家送给我礼物。

四五

【原文】

潘石舟明府,素心,女子之父也,做官有惠政,诗亦清逸。摘其《市居》云:"人声春社散,月色夜航开。"《镇远》云:"头缠白布苗人语,马踏黄花使者来。"《贵阳》云:"十五洞蛮依阿画,八千里路召奢香。"《吴山》云:"江上风帆湖上酒,总轮高顶坐观人。"

【译文】

潘石舟县令是潘素心的父亲。做官有政绩,作诗也清逸不凡。摘抄他的《市居》如下:"人声喧喧是春社云散,月色下,舟船开发。"

《镇远》:"苗人头裹白布在互语,黄花纷纷,马蹄踏过,是王家使者来临。"

《贵阳》:"年约十五的洞蛮咿咿呀呀地笔画,八千里外王召奢香进朝。"

《吴山》诗:"江上扬帆,湖上载酒,都不及高处坐观洞察这一切的人。"

四六

【原文】

吴下女子葛秀英,字玉贞,秦澹园鏊之峡室,母梦吞梅花而生,幼时有老尼见而惊曰:"此青元宫道贞女也。"劝其出家,父母不许。及长,适秦秀才,二年而卒,年才十九。秦为刻其《澹云楼诗》。《春夜》云:"碧罗衫子怯余寒,花向闲阶带月看。我与嫦娥原约定,不教辜负好阑干。"又有句曰:"人间尽是埋忧地,除却蓬莱莫寄身。"味其词,其超凡而去,宜也。尤长于词,《咏杨花·减字木兰花》云:"柳棉如许,搅碎春魂飘泊去。风约萍闲,一半相逢在水涯。漫天飞舞,帘外斜阳黏忽住。咏絮无才,辜负东风为送来。"《听雨桂殿秋》云:"衣袂冷,上高楼,繁云遮断碧山头。小窗独坐中秋雨,荷叶芭蕉各自愁。"

【译文】

吴下女子葛秀英,字玉贞,秦澹园(字鏊)的小妾,她母亲梦见吞梅花而生产下玉贞,幼小时,有个老尼姑见到她惊道:"这是青元宫的道贞女呀!"劝说她出家。玉贞父母不同意。几年后,委身秦秀才。过门两年就亡逝了,时年十九。秦秀才为她刻写了《澹云楼诗》。其中《春夜》诗道:"碧罗轻衫在身,感觉有些寒冷,空石阶畔,花探出几枝,月光清照。我与嫦娥约定在先,不要辜负了阑干上这凭望。"

还有诗句如:"人间尽是埋葬忧郁忧人的地方,除却仙山蓬莱无处寄身。"

玩味她的词,她是超凡而去了,这正是得其所宜。葛秀英尤其擅长于词,如《咏杨花·减字木兰花》:"如此柳絮,是那搅碎了的春魂,漂泊而去吧,与风有约,萍开如期,有一半的相逢在水际。漫天里飞舞,那冉冉而下的斜阳,也似被牵换而在某一刻忽地止住了下势。可叹我无咏絮的才华,辜负了那东风送来的风花。"

《听雨桂殿秋》:"衣袂轻冷,独上高楼,繁云密布,遮断了那苍碧的山头。独坐小窗边,听听那冷雨,荷叶芭蕉也各怀愁心愁事。"

四七

【原文】

颜鉴堂(希源)有《百美新咏图》。邵无恙(帆)亦有《历代宫闱杂咏图》。皆乞余为序。余衰老才尽，作散骈两体文以应之。录卷二诗之有意趣者。总题，则《吕燕昭》云："娉婷玉貌是耶非，绝代风姿见亦稀。我欲呼来谈往事，春风尽化彩云飞。"《孙方仅》云："天生佳丽尽堪传，遗臭流芳本较然。漫说贞淫编失次，《新台》犹列《柏舟》前。"分题则鉴堂《题楚莲香》云："高卷湘帘出艳妆，不关花气自闻香。蝶蜂也似缠头客，乱逐游踪上下狂。"《薛瑶英》云："衣着龙绡稳称身，凤鸾吟作满堂春。可知憔悴西秦道，曾有当时握手人。"无恙《题启母》云："侯野欢歌谢未遑，八年三过感台桑。宫闱欲换唐虞局，生得佳儿嗣夏王。"《妲己》云："百尺璇台帝宠新，牝鸡莫漫怨司晨。宫中也爱歌《樛木》，曾许宜生进美人。"又，《咏朱希真》云："袖中空有生花笔，嘉耦常稀怨耦多。"《咏鲁仲子》云："倘教掌上文都有，世上应无吴嫁人。"用意皆翻空出新。又，《咏齐姜》，犹汉高之不对纪信也。恐姜竟先亡，信或无子耶？鉴堂官盐大使，盖隐于下位者也，《与王甥天津分舟》云："甥舅欣同一叶舟，渭阳往事记悠悠。想因载得离情重，故使人开两处愁。"《山塘驿》云："竹屋夜灯青，山窗秋月白。响夫多故人，笑认曾来客。"

【译文】

颜鉴堂(希源)有《百美新咏图》。邵无恙(帆)也有《历代宫闱杂咏图》。二人都求我作序。我年老才尽，只好作散文骈体文应付。摘录卷子中有意趣的，总题，是吕燕昭赋道："玉貌娉婷，是耶非耶，亦真亦幻，那绝代的风姿仍依稀可窥。我想开口呼来，共话往事，春风里都尽化彩云而飞。"

孙云谨赋："天生丽质，完全可传于后世，遗臭流芳本就黑白分明。别说什么贞洁的淫荡的编乱了次序，《新台》诗不也编排在《柏舟》诗前吗？"分题是颜鉴堂的《题楚莲香》："高拢起湘纪竹帘，现出浓艳装束，自带出一股馨香，这无关花香，那些蜂儿蝶儿也似赠选缠头的客人，追逐游踪，上下狂飞。"

《薛瑶英》："身着龙绡衣，恰好合适，作凤鸾吟唱，满堂生春。怎知落魄憔悴西秦道上时，还会不会遇见当初执手相牵的人？"邵无恙《题启母》："在野外等候禹归，欢歌无暇停留，禹却三过家门而不入，一晃八年，不由有竟于桑变。

王事要改唐尧互让的局面,生个好儿郎竟是夏王。"

《妲己》诗:"百尺华台帝王宠幸新人,不要埋怨母鸡司晨。宫中也爱夫妻相爱的《樛木》木诗,也许宜生进献美人。"

《咏朱希真》:"广袖中空藏有生花妙笔,可惜常自艾自怨不能得配好配偶。"《咏鲁仲子》:"如果掌上的纹路都齐有,那么世上应该没有误嫁的人了。"

用意翻新,可从中得见。咏《齐姜》:"伯业开始于一醉,美人杀妾赶走了英雄,可为什么迎还赢隗,却不见齐姜回归晋宫?"我曾怀疑晋文公不迎还齐姜,好比汉高祖刘邦不册封纪信一样,是唯恐齐姜先卒,或者纪信无后嗣吧?鉴堂官,大概是隐才于下位。《与王甥天津分舟》诗:"甥舅欣欣然同处一舟,渭阳的过去了的事还都慢慢记得起。想必因为共载而加重了离情,才使分手让两人在两处成愁。"

《山塘驿》:"竹屋夜发灯光而泛青,秋月映月而现白。驿站的驿夫有很多老熟人,他笑着辨认曾到此的过客。"

四八

【原文】

女弟子金纤纤《病起诗》云:"碧梧移影上林扉,西院无人晓日微。病起名香闻不得,花间小立当熏衣。"

【译文】

女门生金纤纤《病起诗》:"碧色梧桐的影子移上林木造就的门,西院无人,太阳升起,也显得幽暗。大病初起,闻不了名香,在花间稍站片刻,就当以花香熏衣。"

四九

【原文】

芝塘太史携夫人及女公子,扫外舅李鹤峰中丞之墓五律,后四句曰:"女小

随娘拜，爹言要汝闻。生前多酌我，莫把酒浇坟。"《望雨》云："晓傍霞窗度绮朝，夜寒月幌候清宵。无端听得萧萧响，却是桐花满院飘。"此二诗，经许多诗流看过，忽而不取。余独手录之，取其真而有味。

【译文】

芷塘太史携夫人、女儿扫外舅李鹤峰中丞的墓，写下五律，后四句是："女儿年纪还小，学娘的样子下拜，父亲开口说：'你听好了，活着时多给我斟些酒，别等我死亡，空拿酒浇坟头。'"《望雨》："早起在霞光充斥的窗外边度过了亮丽的晨朝，夜里手抚摸月光布下的光帐，静候一个清爽的长宵。无端地听到忽起的萧萧声，原来是桐花满院飘舞。"

这两首诗经许多诗界名流看过，却忽略未收录。我却手录下来，因为真实有味而可取。

五〇

【原文】

洪稚存在史馆，得一诗人，必通书相告。今春，盛称蜀中翰林张船山（问陶）之才，仿青田《二鬼诗》，作《两生行送张还蜀》云："一生居坊南，一生住坊北。车声马声不得停，十里路中常若织。我马见君马，鸣声一何高。君僮与我僮，望着手即招。我来时多子来少，马系寺门僮醉倒。青天如磨旋不休，醉里有时来压头。心痴直欲走天外，下瞰日月方开眸。朝沽三升暮盈斗，吸尽东西两坊酒。朝衣典尽百不忧，尚有身上青羔裘。一生皇然开笑口，那著酒钱街上走。一生无聊想更奇，酒尽伏舐垆边泥。有时忽下床，有时忽出门。人来雪里衣尽白，疑是送酒柴桑人。幕天席地在无碍，十万人中两人醉，醉中分手亦不辞，泪坠黄公酒垆内。君不见：长安莫复轻酒人，酒人腹里饶经纶。容卿百辈等闲事，烂醉尚复嘘《阳春》。一篇我作临行曲，马带离声僮欲哭。从此长安少一生，酒星只照南头屋。"

船山答云："读君《两生行》，涕笑一时作。黑夜关门读不休，打窗奇鬼争来攫，怀诗急走心茫然，远登云栈如登天。人言彼上即吾上，藏诗可以经千年。莫惊鬼夺诗，我为公呵护。且复立斯须，和此好诗去。是时下界冬已残，风狂雪虐天漫漫。一生牵衣愁欲绝，一生和诗呕出血。城南万柳秃无枝，天诏酒星绾离别。重读《两生行》，如见两生情。句句若吾语，大痛难为赓。翩然一跃入杯

底，绕地万人呼不起。双丁两陆偏同时，万古声名今日始。酒星抱月来，掷入两生杯。两生惊起糟丘台，欢呼轰作隆冬雷。忽闻门外征马语，两僮泣下纷如雨。马声高朗童声低，似诉两生离别苦。一生闻之悲，一生闻之喜。两生悲喜人不知，天外浮云地中水。君不见：开天盘古氏，其情最可怜。九州莽莽无人烟，独坐独行一万年。又不见：上帝生平亦孤寂，举酒如人人不得。九天费尽百神谋，仅夺唐朝一长吉。两生把盏同轩眉，居然日日相追随。一生偶送一生去，临岐何必吞声悲。我马莫怜君马独，君僮莫向我僮哭。云天万里好联吟，共把长空当诗屋。"

【译文】

洪稚存在史馆，得识一写诗人，就寄书相告。今年春，盛称蜀中翰林张船山（问陶）的才华，船山曾仿照青山的《二鬼诗》，作了《两生行送张还蜀》："一个书生居住坊南，一个书生居住坊北。十里路的相距，此中车声马声穿梭不停。我的坐马见到你的骑乘，高鸣长啸。你的侍僮见了我的小厮，彼此亲热地打招呼。我来时候多，你来时候少，将马系在寺门边，因为看马的侍僮也醉倒了。醉时觉青天如磨，旋转不休，直压向头。心疾神迷，异想天开地想逃向天外，直至下视到日月再睁开眼。早打三升酒，暮饮过一斗。直喝光饮尽东西两坊的酒。为酒典当尽上朝的官服，也不担心，身上尚有紫羔皮一件。一生中坦然开心放笑，只要有酒钱在身，就可以徜徉街头。此生无聊又想法新奇，如果一旦酒光了，就不妨舐一舐酒垆边的泥土。忽而下床，包而出户，都以为送酒的故人来了。那人挟风顶雪衣衫尽白，仿佛渊明再现。天为遮幕，地为毡席，也全不妨，十万人中有两个人大醉，醉中分手无语有泪，泪落黄公酒垆。谁不见：长安再不轻视饮酒人，酒人腹中蕴诗书经纶。岂止你们一般人认为作文是小事一桩，烂醉如泥后也不屑于阳春。我做此临行一曲时，马发离鸣，侍僮将哭。从此后长安少了那样一个书生，从此后只有南头屋内一人独醉。"

船山答和道："拜读你的《两生行》，悲喜同来。天黑了关门闭户反复玩味，似有鬼拍击窗户要抢走这奇文。怀诗快走心下茫然，远走攀登云栈，犹如登天。那上面有仙境，藏收诗文千年不败。别担心鬼来夺诗，我为你呵护，暂且站立一会，让我和首配得上这好诗的诗。现在下界冬天已将去，狂风大雪普天弥漫。一生临别牵衣愁苦欲绝，一书生呕心沥血和诗。城南万柳被离人折得光秃秃地，上天下诏，令酒星掌管别离。再读《两生行》，如同目睹两书生真情。每一句犹如我将说的话，心中悲痛，难以继续求读。翩然飞跃进入酒杯底，地上之人千呼也站不起。二丁两陆生于同时，万古留传英名，今日将再传佳话。酒星抱月，月影入杯。两书生惊喜而起，在酒糟成立的台上，欢呼如同雷鸣。忽然耳边传来征马嘶鸣以及两侍僮的哭泣。那马鸣高亢而僮泣低婉，都似诉说两书生分离的痛苦。一书生闻听发悲，一书生闻听却喜悦不已。两书生的悲喜除了天外

的浮云和地上的流水，无人得知。请看：开天辟地的盘古氏，他的情形最令人可怜。那时莽莽九州荒无人烟，他只有独寂，举杯邀人，人却不在。在九天上谋尽心神，才获得一个唐人李长吉。两生举杯把盏同于轩眉，竟得以天天结伴相随。一人偶尔暂送，一人归去，在别路无须吞声放哭。我的马儿也无须怜惜你的坐骑将独匹向前，你的侍僮也别再对我的侍僮流泪。相距万里，同在云天下，正好可以和诗唱吟，就把这长空当作吟诗的大屋好了。"

五一

【原文】

闺秀金兑诗，已采入《诗话》矣。今又寄其母毛仲瑛（谷）诗来，风格清老，足见渊源有自。《新晴》云："雨歇千林后，晴开二月天。断霞明极浦，新绿上平田。野水失溪岸，远山横暮烟。忽闻高阁外，几树已鸣蝉。"又，《春深》云："山窗残梦破，满树落花飘。"

【译文】

闺中秀女金兑的诗已收录《诗话》。最近她又把她母亲毛仲瑛（谷）的诗寄来，毛夫人诗风清健老成，从此中足可以见识家学渊。

如《新晴》道："雨过千林而停，二月天已故晴。断霞片片明了水边滩头，水田上又添抹新绿。山间的洪水浸过了溪岸，远山横互，山那边幕烟袅袅。忽听得高阁外，几枝树桠上已有蝉吟。"

《春深》一句："春在山里，透过那如山的一扇窗户：飘零的满树花，可见春已深，春梦已残破。"

五二

【原文】

余兴吴门蒋元葵进士为己未同年。家业甚富，而中道零落。其子升吉，人

尤潇洒,长于填词。余到苏州,必主其家。其第三女犹孩也。

后三十年,族侄孙(鸿魁)寄其诗来,读之,不愧谢家风味。《落花》云:"春梦无凭冷夕阳,万花飘落最堪伤。马嵬坡远空垂泪,金谷楼高枉断肠。吹去未能忘故态,飞来犹自带余香。东皇早去铅华尽,蜂蝶徒劳过粉墙。"

《寄兰如姊》云:"水国重阳近,苍凉院宇空。千林飘落叶,一雁下西风。念还收难寄,登高目易穷。遥思故园菊,香满小楼东。"

《送妹》调《卖花声》云:"剩得几多春,十二时辰。满庭飞絮糁花茵。添阵潺潺帘外雨,深院黄昏。独坐掩重门,愁倒芳樽,便无离别也销魂。明日那堪南浦去,又送行人。"

【译文】

我同时士吴门人将元葵是己未同年中试的。蒋家殷富,但中道萧条。他儿子蒋升吉,人物潇洒,尤其擅长填词。我每次到苏州,一定到他家。

他的三女儿那时还是小孩子。三十年后,同族侄孙袁鸿魁寄来她的诗,读后感觉实在无愧晋时谢家风范。《落花》诗道:"夕阳下春梦逝去无依无凭,几分凄冷袭上人身心头,看千树万花飘落最令人心伤。到不得马嵬坡,只有兀自垂泪;登不上金谷楼枉自断肠。为风吹送而去仍带几分旧时姿态,向人飞来还有些许余香。春天已过,春华将尽,那蜂儿蝶徒劳地又飞过粉墙。"

《寄兰如姊》:"重阳节又将到水国,可院宇已苍凉一空。千林飘洒落叶,一雁斜飞,落下西风。想如此遥远相距,书信一定难达;登高望远,穷尽目力,不见人踪。我远远地想念那故园的菊花,此时一定馨香溢满了小楼之东。"

《送妹》调《卖花声》:"还剩下多少春光,大概不过十二时辰。满院的飞絮撒落,作了花的地茵。黄昏时,帘外又有阵雨,缠缠绵绵。一人独坐掩闭房门,酒杯已被愁压倒,即便没有与人的分别,春去也足以令我神思茫然若失,何况明天又要南浦送人远去呢!"

五三

【原文】

戊戌仲春,西泠女子小卿同妹右卿将之楚,再遇皖江,泊大观亭下。小卿登亭赋诗,右卿病,不克偕,倚枕而和,录稿于亭壁,至今十余年,不知何家闺秀。小卿云:"入楚才逢此壮观,春云树杪见朱栏。空亭啼鸟山花早,古殿无人暮雨

寒。正苦浮家吊湘水,哪能分泪寄长安。(时兄官关中。)小乔况复愁歌枕,每到登临放眼难。"右卿云:"晚泊蓬莱江上寒,高亭烟树雨初残。今朝万壑云中见,昨日孤舟天际看。小病支离空怅望,何时风月倚阑干。片帆西去重回首,寄语青山兴未阑。"鲁星村过而和云:"空亭游览寻当事,不意香闺有两难。"

【译文】

戊戌年仲春,西泠女子小卿同她的妹妹右卿将去楚地,再遇皖江,停泊在大观亭下。小卿登亭赋诗,右卿卧病不能同往,就倚枕和诗,将稿抄录在亭壁,至今已十多年,也不知是哪个大户人家的闺秀。

小卿道:"到楚地现在才遇到这等北观的亭台,凭朱栏可见春云树林。鸟在空亭啼鸣,山花开得很早,傍晚下起雨,无人的古殿分外的苦寒。水上人正吊祭屈原,我也为其情所困,所以无泪再寄于远在长安的兄长了。况且小妹愁病卧榻倚枕,每到登高望眼时,很难放得下这么多的牵挂,去纵目极眺。"

右卿和道:"傍晚停舟,泊于如蓬莱一样的地方,江上轻寒,高亭一雨刚收,水汽笼树成烟。昨天在孤舟上看来,这在天际的千山万壑,今天在云中就依约可见了。小病一场,身体难支,唯有空自惆怅远望,不知什么时候才能倚阑干鉴赏亭边风月。孤舟将西去,反将依依回首,告诉一声这青山,我兴趣未减,将再重游。"

鲁星村经过这里,又和道:"游览空亭本是小事一桩,未料香阁暖闺中有两难处。"

五四

【原文】

胡小霞者,会稽女子,名云英,嫁赵连城。夫妇能诗。《诫婢》云:"宝鸭篆烟消,呼奴理茶具。泥饮人未归,阵阵纱窗雨。"二十字中,深情无限。殁后,赵郎仿元相《杂忆诗》云:"孤灯破壁照黄昏,白雨潇潇扰梦魂。忆得夜深同倚槛,花梢一捻尚留痕。"

【译文】

胡小霞是会稽女子,名云英,嫁给了赵连城,夫妇二人都能作诗。小霞《诫婢》诗:"香炉烟已消烬,呼唤仆人整理茶具。仆人却软磨硬泡着饮酒未归,纱

窗外又下起了阵阵雨。"诗中字字情深无限。逝后,赵连城仿照元相《杂忆诗》写道:"孤灯一盏,光透墙壁,正是黄昏时分;白细的雨潇潇无歇,惊犹无梦的魂魄。想那一夜同倚朱栏,纤手捻花梢的痕迹仍宛然。"

五五

【原文】

余少时游吴山,见道士才八九岁,踞案上,与五六十翁下棋,辄胜。心怪而问之。或曰:"此天生次国手也。"姓钱,名选,字仲举。此后,余官京师,与道士别六十余年矣。今年游吴山,道士亦白发苍苍,出诗见示。《寄张处士》云:"闻说先生负郭居,小桥曲港路何如。稻花蟹大客当满,竹叶酒香诗有余。九月山中秋水落,三年海上雁声疏。知君自是神仙裔,何日来看玉局书。"有陈道士名真濂者,来访之,赠句云:"花影不愁双履破,江光都被一窗收。"《咏棋》云:"始交犹两立,既接不俱生。"余谓此二道人俱善弈,又工诗,亦奇。

【译文】

我少年游历吴山,看到一位八九岁的小道士,蹲踞几案上,与五六十岁的老翁下棋对弈总能取胜。我心中好奇,向人打听。有人说:"这人是天生的国手材料。"道士姓钱,名进,字仲举。这一见后,我在京师做京官,与道士分别已六十多年了。今年我重游吴山,道士已经白发苍苍了,向我出示他的诗文。《寄张处士》道:"听说先季背城市而居,小桥连曲港,不知路在何处。稻香时节,蟹肥客满。竹叶酒香洌,出口成诗,诗文累累。九月份,山中的秋水已落,漂泊海上三年,每当雁过,就心惊不已。先生一定是神仙胚子,不知到什么时候驾临一睹玉局书。"有个名叫陈真濂的道士,来访钱道士,赠他诗句:"只要有花影就不愁双鞋旧破,江上风光都被一窗收尽了。"《咏棋》道:"刚交手势不两立,接手后不能共存。"我说这两道人善对弈,又工于诗文,也算奇事。

五六

【原文】

西泠诗会,有女弟子某,国色也。香岩必欲见之,着家奴衣,随余轿步往。值其病,废然而返。后信来,招我谈诗,香岩喜,仍易服跟轿冒大雨走五里许,值其家座上有识香岩者,香岩望见大惊奔还。衣服尽湿,身陷坎窞。乃赋诗自嘲云:"听说凌波有洛神,思量觌面唤真真。谁知两次成虚往,始信三生少凤因。红粉得知应笑我,青衣着尽不如人。襄王那有阳台梦,空惹巫山雨一身。"

【译文】

西泠召开的诗会上,有位女弟子,天生国色。香岩一定想见她,就穿了家仆的衣着,跟了我的轿子步行前往。不巧那女弟子生了病,于是就怏怏不乐地回来了。过后那女弟子寄信来,邀我前往谈诗论文,香岩大为欣喜,就又乔装打扮跟轿子冒着大雨走了五里多路,恰好她家座上宾中有认识香岩的,要过来打招呼,香岩一见大惊而逃,弄得衣服湿透,还屡陷泥坑中,回来赋诗自嘲道:"听说凌波上有洛水神女,猜想一睹玉容,当唤她为真真。哪知前往两次,两次空行,这方才相信在过去、现在、将来我们缺少缘分。红粉佳人听说我的事情一定会笑我,打扮成仆人也难遂人愿。其实敝人本无阳台春梦,却惹得一身巫山雨湿。"

五七

【原文】

余丙辰入都,犹及见中州少司农吕公(耀曾),长髯鹤立,望而知为正人。后五十余年,公曾孙仲笃来宰上元,未几,其叔树村亦从介休来,与余交好。已采其诗入《诗话》矣。近又得仲笃《登金山》云:"山自中央出,江从万里来。秋生扬子渡,人上妙高台。镜瓮潮声落,金陵霁色开。中泠泉莫辨,汲取试螺杯。"

《泛舟城南》云："野水兼葭外，飘然一泛舟。波光凌日动，人影带烟流。自得庄周意，能消宋玉愁。快谈忘夜短，长啸入高秋。"二首，皆不落宋元以后。其他佳句，如：《和树村》云："三径已荒虚北望，片帆无恙喜南来。"《寓斋即事》云："汾水南来能到海，华山西去欲齐天。"仲笃，名燕昭。

仲笃又有《夜坐》云："秋入暮天碧，衣沾白露冷。不知山月高，先见梧桐影。"笔意高超，有羚羊挂角之意。

【译文】

我丙辰年入京都，还得见中州少司农吕耀曾大人的真容，他长髯如鹤而立，一见就知是正人君子。五十年后，吕大人曾孙吕仲笃来上元作县宰。不久，他叔父树村也同介休来了，与我交往，感情很好。已经将他的诗收入《诗话》。最近又得到吕仲笃的一首《登金山》："山从中央突兀而出，滔滔江水，源自万里，扬子渡秋意添生，一人攀上妙高台。镀瓮处传来落潮声，金陵露出了晴色。不知中冷泉水如何，拿螺杯汲取而试。"《泛舟城南》："洪水漫没芦苇，在水上飘然驭舟而行。波光日光晃动，人影水烟同流。此中有庄周道游意，能消泯宋玉式的忧愁。畅谈尽性，忘记夜的长短，昂首长啸，声冲秋日高天。"这二首诗，决不逊于宋元以后的诸诗人。其他好句子，如：《和树村》："路径都已荒芜，屡次空向北望，可喜的是一舟无恙平安南来。"《寓斋即事》："汾水南流可至大海，华山山脉西去，几乎与天同齐。"仲笃名燕昭，他的《夜坐》尤其值得一提。《夜坐》："秋日夜晚，天呈苍茫。身上衣沾白露，感到重冷。山月不知不觉中升起，先入目的是月下的梧桐影。"这一首笔调高超，有羚羊挂角不着痕迹之感。

五八

【原文】

恩怨二字，呈人不讳，故曰："以直报怨，以德报德。"是怨未尝不报也。汉盖勋怨苏正和，后苏受诬，勋救之，苏因此来谢，勋拒不见，曰："我为国家，非为君也。"怨之如故。使正和有当杀之罪，勋必杀之。不然，如苏模稜刘仁轨，匿怨沽名，岂正人哉！偶读奇丽川方伯题卢湘艇《美人宝剑图》一绝，不觉心药怒开。诗云："美人如玉剑如虹，平等相看理亦同。笔上眉痕刀上血，用来不错是英雄。"

【译文】

恩怨这二字,圣人也不忌讳回避。所以说:"公平地报复怨恨,以恩德报答恩德。"有怨从来不是不报。汉代盖勋同苏正和有过节,后来苏受诬告,盖勋出面搭救他,苏正和来回谢他,盖勋拒不接见,说:"我为国家公道救人,不是救你!"仍然与苏正和过节存而不解。假使苏正和有该杀的罪,盖勋一定会杀他。要不然像苏正和对待刘仁轨,隐匿罪恶,沽句钓罪,哪里是正人君子?偶尔读到布政使奇丽川的题卢湘艇《美人宝剑图》绝句,不由得心花怒放。诗道:"美人如名玉,剑敢似长虹,两厢平等地看待,道理上也可接受相通。笔画眉痕,出刀见血,用得恰当无误才算真英雄。"

五九

【原文】

凡地必须亲历,方知书史之讹。相传:禹王《岣嵝碑》在衡岳者为真。余甲辰十月,亲至衡山之巅,见山有粗石一块,长四尺许,篆刻此文,并非碑也。且有斧凿新痕,转不如山下李邕所书《岳麓寺碑》之古。李碑虽断,背有邕跋语百余字,如"庭前无讼,堂上有琴"之句,极古雅。被明人以丑劣行书,羼镌其上,殊可恶也!相传:江西南昌城隍庙有吴王孙权铜鼎。余亲至鼎下观之,乃后五代杨氏太和年民间所铸,记姓名而已。字阳文歪斜,非孙权所铸。《广舆记》载:广西桂林府开元寺有褚遂良《金刚经碑》。余到寺相寻,仅存焦土,中屹然一碑,乃后五代楚王马殷之弟马宾所书,非褚公也。字小楷,亦不甚工。又载:天台石梁长数十丈,人不能过。余往观,石梁长不满三丈,阔二尺,厚二丈有余,山顶瀑布三条,冲梁而下。初行者或未免目眩,山僧及与夫过往如飞。桥尾有前明郑妃小铜殿一座,高不满七尺,平平无奇。石上镌云:"冰雪三千丈,风雷十二时。"二语殊切。少陵诗称:"若耶溪,云门寺,布袜青鞋从此始。"似是一大名胜。壬子三月,余慕而往游,山在平地,数峰高丈许,溪流不及镜潮。深悔为少陵诗所误。盖少陵亦系耳闻,并未亲到也。

【译文】

凡是地方一定要身临实境,才能发现史书的错漏。据传:大禹的《岣嵝碑》在衡山的是真迹。甲辰年十月,我到了衡山峰顶,见那里耸立一块粗石,有四尺

来长，上刻篆文，并不是石碑。并且有斧凿的新痕，远没有山下李邕书写的《岳麓寺碑》古远。李碑虽残断了，背后有李邕百余字跋语，如"庭前没有诉讼案，堂上摆放着弦琴"，这些句子极其古致典雅。但被明人丑劣的行书羼杂在里边，实在可恶。又传：江西南昌城隍庙有吴王孙权的铜鼎。我前往到鼎下观看。却是五代时杨氏太和年间百姓所铸造，只记署了孙权的姓名而已。铸字阳文不正，一定不是吴王所铸造的。《广舆记》记载：广西桂林开元寺有库存褚遂良的《金刚经碑》。我到了开元寺寻找，发现只有一片焦土，当中立有一碑，却是五代楚王马殷弟弟马宾的笔书，不是褚先生真迹。那字是小楷，也不算工整。又有记载：天台山石梁长八十丈，人不能经过。我前去观看，发现石梁长不过三丈，宽二尺，厚二丈多，山顶三条瀑布冲击石梁，飞泻而下。初来乍到可能不免眩晕，但山寺和尚和轿夫往来如飞。桥后有前明郑娘娘的小铜殿，不过七尺高，平平无奇。石上镌刻着："三千丈冰雪，十二时雷声。"这二句倒颇贴切。杜少陵诗中称："若耶溪，云门寺，布袜青鞋将从此开始另一种生活，"似乎是一大名胜。壬子三月，我慕名而来，山在平地，几座峰高几丈，溪流比不上镜湖，深深后悔被少陵的诗欺误。或许少陵也是人云亦云，不曾亲到吧！

六〇

【原文】

和韵诗，有因难而见巧者。张止原居士在苏州作《白桃花》诗，第八句用"今"字韵。一时和者数十人，押"今"字无一佳者，余亦知难而退。不料刘霞裳和云："刘郎去后情怀减，不肯红妆直到今。"余夸为独绝。使作者不姓刘，亦妙；而况其姓刘乎？使不押"今"字，恐反无此巧妙也。顾伴蘂孝廉（澍）有句云："化去蝶魂终带粉，重来人面竟消红。"亦妙。

【译文】

和押韵的诗，有因为难和而显奇巧的。张止原居士在苏州作《白桃花》诗，第八句用了"今"字韵。一时应和的有数十人，但押"今"字没一人得好句，我也知难而退，不料刘霞裳和道："刘郎去后情怀消减，所以至今不肯红装艳抹。"我认为这一首独绝。即使作者不姓刘，也是好诗，更何况作者姓刘？如果不是"今"字，恐怕还收不到这么好的效果。顾伴蘂（字澍）孝廉有诗句道："蝶魂去兮，终不脱粉，但再人面桃花时，已消了春红。"也是妙句。

【原文】

沈谦之在蒋树存先生家文燕,坐客王虚舟、杜雪川、沈舱翁、徐葆光等共七人。沈有句云:"松老固应三径在,竹深只合七贤来。"申笏山在都中,立春后三

竹林七贤图。竹林七贤是魏晋时期的名士,袁枚认为魏晋时期人才济济,但是人才优劣一试便知,因为当时正是用人之际,容不得有人滥竽充数。

日,与胡稚威、周元木、姚念兹等共十人小集。申有句云:"春风帘外刚三日,旧雨樽前恰十人。"

【译文】

沈谦之在蒋树存先生家文会,在坐客人有王虚舟、杜雪川、沈舱翁、徐葆光等七人。沈舱翁作诗道:"老松下因园仍旧,竹林深深,算上适七贤同来。"申笏

山在都中,立春后的第三天,与胡稚威、周元木、姚念兹等十人小会。申先生作诗吟道:"帘外春风刚吹来三日,已下了很久的雨中,举樽共酌恰好十人。"

六二

【原文】

金陵有二诗人:一蔡芷衫(元春),一燕山南(以筠)。蔡专主风格浑古,燕专尚心思雕刻:两家不可偏废也。余偶作《消夏十二题》,和者甚多,而读山南诗,为之叫绝。《补竹》云:"小楼西畔曲栏东,新旧琅玕补几丛。天向墙头加倍绿,日从窗上不教红。有林使人真高士,乍到还欲是醉翁。毕竟心空能解事,进门先带一身风。"《采莲》云:"儿女也知香解暑,不争莲子只争花。"《辞客》云:"就是嫦娥辞不去,嘱他来也要黄昏。"能句句不脱消夏二字,如此构思,李长吉真欲呕出心头血矣。

一时同作者:曹言路《辞客》云:"非关隐者逃名久,唯恐郎官带热来。"《把钓》云:"胸无得失浑忘我,影有浮沉一任他。"《曝书》云:"恰羡便便人晒腹,郝隆比我善收藏。"金绍鹏《辞客》云:"竹尽许看休问主,座毋遽集致挥蝇。"陈文富《补竹》云:"忽看林外客全隐,似觉篱边径转深。"罗春霆《试香》云:"风怕不来烟怕出,湘帘卷处两踌躇。"王光晟《待月》云:"莫怪嫦娥迟出海,从来怕见早眠人。"俱妙。

毛俟园咏《临帖》云:"窗开浓绿里,纸展硬黄时。"《把钓》云:"为贪临水去,不羡得鱼归。"陶怡云《待月》云:"疑有树遮帘预卷,要迎风坐榻频移。"《曝书》云:"开函忽见干蝴蝶,藏自何年记得无?"王孔翔《待月》云:"松径日斜移榻早,水亭灯上放帘迟。"岳树仁尤长于结句,《待月》云:"徘徊不见姐娥面,树密墙高最恼人。"《把钓》云:"忽见水中添一影,始知客到把头回。"《避蚊》云:"营绿有隙争先入,钻刺无功更乱哗。还是青蝇知去就,不来水竹野人家。"

凡学琴者,先和弦必弹"仙""翁"二音。山南有句云:"有缺未能成雅乐,不修那得到仙翁。"正喻夹写,一巧至此,又有《消寒》九首,余录其《袖手》云:"严寒无事不蹉跎,有手难伸唤奈何。伏案书频将口揭,吟诗墨亦倩人磨。虽然善舞情都减,未免旁观事太多。欲折梅花还忍俊,空从树下一婆娑。"《糊窗》云:"惊飘小雪沙沙响,丑替寒家事事遮。小女戏将针刺破,要从隙里嗅梅花。"《曝背》云:"晒倦坐几头近膝,生寒愁把面朝天,衰年自笑难担荷,梅影松痕压一肩。"余幼时畏冷,以口揭书破,先生呵责;刚糊一窗破,小妹以针刺破之。山南

诗真,所以可爱。

芷衫有少陵之风。《咏古道》云:"九折原通蜀,千盘复向秦。可怜嘶老马,长此怨离人。冰雪关河气,风尘阅历身。年年杨柳发,犹自傍前津。"又,《古台》云:"项王空戏马,刘表但呼鹰。"古松云:"鹤巢知几换,龙气欲盘空。"

【译文】

金陵有二位诗人:一位数蔡芷衫(元春),一位当推燕山南(以筠)。蔡诗风格浑成古朴,燕诗苦心经营,胜在雕琢。两诗家不可偏废任何一家。我偶来兴致作了《消夏十二题》,应和的诗作很多,当读到山南诗时,为之拍案叫绝。《补竹》:"小楼西边,曲栏东边,补种上新旧几丛竹子。每日里在墙头愈显翠绿,日影映窗再也难现红日,逢竹林而入,是高名之士,云到便倚卧颓倾是醉翁,毕竟心空能解心事,人未进门,先带一身清风。"《采莲》:"小儿女知香解暑气,不争抢莲子,只争抢莲花。"《辞客》:"即使嫦娥不辞去,嘱咐他来也要待黄昏。"能够句句不脱消夏二字,如此构思,就算是李长吉也要吐出血来。一时同诗作者还有:曹言路《辞客》:"与隐者逃脱名利已久没关系,只怕郎官带热而来。"《把钓》:"胸怀博大,无得失观念,浑然忘我,虽影有浮沉也就由他。"《曝书》:"只羡慕郝隆大腹便便,比我善于收藏书。"金绍鹏《辞客》:"不须问主人,竹都许看,毋在座上突聚,那样还要挥手驱赶追腥逐臭的苍蝇。"陈文富《补竹》:"忽然发现竹林外窗户全稳,似乎觉着篱

李贺像,选自清·上官周绘《晚笑堂画传》。李贺字长吉,作诗构思奇巧,极花心思,他的母亲见他这样用功,曾担忧说:"这孩子恐怕要呕出心血来。才肯停止。"后来李贺寿止 26 岁。

笆边的小径曲折深远了。"罗春霆《试香》:"在湘帘卷处人不知如何是好,既怕风吹不进来,又怕香烟出得太重。"王光晟《待月》:"别奇怪见怪月出东海太早,只因怕见很早就入眠的人。"都是妙句。毛俟园咏《临帖》:"窗开向绿荫浓树,纸在晒得硬黄时展开。"《把钓》:"为贪图临水面对逝川,不羡慕获鱼而归的人。"陶怡云《待月》:"怕有树遮月,要卷起帘子来;想迎风而坐数次移榻。"《曝书》:"打开书函忽见一只风干的蝴蝶,什么时候,哪一年藏夹在此中的还记得

吗?"王孔翔《待月》:"有松的小径日已西斜,坐榻已早早搬移,水亭上燃起灯火,竹帘迟迟未放。"岳树仁长于结束一句,《待月》诗:"反复徘徊,不见月亮的影子;无奈树密墙高,实在令人着恼。"《把钓》:"水面中突增一影,知道是客人来了,蓦然回首。"《避蚊》:"钻营攀缘无孔不入,钻刺不上就嗡嗡之乱哗。还是青蝇知道该去哪里高就,从来不飞入水畔竹林的野外人家。"

凡练琴的,一定先弹"仙""翁"两种音调。山南有句诗道:"有缺憾不能是雅乐,不修炼无法弹出仙翁。"正面比喻,侧面描写,巧妙如斯。作有《消寒》九首,我抄录了他的《袖手》:"严寒里万事艰难,长了手难伸展,却又无可奈何。伏身几案,以口揭翻书面,吟诗作文墨也请人代劳来研。虽然善于舞蹈,可情趣全无。在边上旁观,只怕规矩太多。想折一枝梅,又强忍住,只好茫然见一梅花盘旋而下。"《糊窗》诗:"窗外小雪沙沙而落,令人心惊。夜将穷人家的清寒一并遮掩了。小女儿戏笑着用针刺破了窗纸,想的是要从那小孔中嗅嗅梅花的香冽。"《曝背》:"晒日有了倦意,头无力低垂,几乎搭在膝盖上。寒气生起,仰面向天寻找暖阳。年老力衰自笑无力承担重荷,只有梅花艳影树贞痕一肩担。"我小时怕冷,遭先生叱责;刚糊好的窗纸被小妹捅破了。燕山南的诗有真意,所以可爱。蔡芷衫诗有杜少陵遗风。《咏古道》:"曲曲折折直通巴蜀,千盘万复接秦。老马长嘶,令人可怜,嘶声似在怨人在此分离。浮冰飘雪是关山长河的景象,饱经风尘是历世的人。年年转绿的杨柳,仍然傍附在前面渡口。"《古台》:"项羽长叹乌骓已是一场游戏一场空,刘表呼鹰也已是故时故事。"《古松》:"鹤去鹤来,巢空巢盈,古松不仅风姿,如虬龙欲盘空而他去。"

六三

【原文】

丙辰,余荐鸿词入都,宣州同征士梅华溪(兆颐)最为交好。时先生年六旬,而余才弱冠。因先生授馆于文穆公家,以诗献公,蒙公奖许。至今五十七年矣,诗不省记。其时所教文穆公子数人,皆孩也,其第八子鳖有儿名冲者,以诗文受业于余。才民横溢,常嫌其鸿文无范。半年,从新安归,以诗来,学力大进。《芜湖遇顺风》云:"江行已三日,不迟亦不快。知我将他行,乃示神通大。一声天乐鸣波中,高浪挟我凌长空。不知两岸孰鞭叱,一齐倒走如飞龙。洲渚玲珑树疏密,层层遮抱如相临。好峰十里早揖迎,转瞬已嗟交臂失。中流抚掌同笑歌,天公今日赐太多。我谢天公赐不领,误我好景当如何。"《题画》云:"青峰如

野人,常爱拥蓑笠。苍然翠满身,云开影犹湿。"又,佳句如:"心逐野僧依寺定,梦如芳草入春多。""书声出寺清于梵,松影来窗信似潮。"俱佳。

【译文】

丙辰年,我入荐博学鸿词科进京都。与宣州同征士子梅华溪(兆颐)交往最密切。当时梅先生上达六旬,我才是个十六、七的少年。因为梅先生在文穆公家中教授学业,把诗献给文穆公,受到文穆公器重。到现今已五十七年过去,作献的诗记不得了。当时受教的文穆公的几个公子,都还是孩子,他的八公子有儿子文冲受业于我。才华横溢,略嫌不足的是鸿文扬扬没有规范。半年后,从新安归来,拿诗作前来,学力大有长进。《芜湖遇顺风》:"在江上漂流三天,舟速不快不缓。上天知我将去他方,于是大显神通。波浪中一声大响如天乐,高浪摧船飞越长空。两岸上不知谁在执鞭驱使,所有和会齐向后飞奔。岛屿沙滩上的草木密密层层,犹如相互体恤而相拥相抱。高妙的山峰相距十里,就已敞开怀抱,可转目顾盼间已失之交臂。在中流扶掌狂笑齐歌,今天老天爷赐予太多了。感谢老天爷好意却不领情,因为让我误去了沿途许多风景。"《题画》:"青色的山峰如居外野人,总喜穿蓑衣着斗笠。苍翠满身,云去天开时,影子犹带湿意。"还有佳句如:"心逐山寺僧人逢寺必过,梦似芸草越入春天越多。""郎朗书声从寺中传出,比梵声更入耳清幽,松影因月映上窗户,准时如潮般有规律。"

六四

【原文】

癸巳年,余与蒋心余、金棕亭游扬州建隆寺,与老僧梦因分韵,赋《送春诗》,忽忽二十年矣。犹记其《探梅》云:"扶筇踏遍千峰秀,忽见溪梅横数枝。却怪天寒开未足,想逢月闰故还迟。深栖岩壑尘应远,历尽冰霜气不衰。花落漫随流水去,出山只恐世人知。"《登金山》云:"一叶乘风白浪堆,维舟独上妙高台。乱支时复生虚壁,疑有苍龙听法来。"今年,渡江与赵伟堂学博游焦山,见其徒孙巨超以诗见示,追忆畴昔,不觉凄怆。盖儒释三人都已化去。而巨超诗笔清超,想见宗风。《见赠》云:"廿年前遇古邢沟,复见双峰雪满头。天下骚坛名独占,越中山水屐重游。诗成只恐蛟龙听,事往空惊岁月流。相约黄梅时雨节,携筇还上竹间楼。"《山居》云:"帘卷西风雨乍晴,闲凭小阁听流莺。白云无事

长来往,莫怪山僧不送迎。"其他断句,则:"一条帘卷窗前月,几点星摇树里天。""露浓疑是雨,花坠不因风。"

【译文】

癸巳年,我同蒋心余、金棕亭游扬州建隆寺。与老和尚梦因分韵佳诗,赋《送春诗》。不知不觉光阴如梭,二十年已过,还记得梦因的《探梅》道:"手扶竹杖足踏秀丽千峰,只见溪边几梅横,只因天寒花未尽开,待到同月开足所以才延迟。深深地生长在这岩石沟壑处,一定远离了红尘,历尽冰刀雪剑,但生气不衰。当花落下枝头也随流水而去,水去曲折,想必怕外边世人得知此处。"《登金山》:"一叶扁舟亲越白浪水堆,系舟一人独上妙高台。乱云在石壁去而复生,怀疑有龙腾云来听话。"今年渡江同学官赵伟堂游焦山,得见梦因徒孙巨超,他拿所作诗问我请教,我不由追忆往昔,悲怆中来。大盖儒释那三人都下世了。巨超诗风清超,欠其诗可想见师承,见赠诗:"二十年前与我师祖遭遇古邗沟,再见面时已雪霜袭头。名占天下诗坛,又迈步故地重游越中。诗成恐被蛟龙听去,忙往事惊诧日迁月流。相约在黄梅雨时节,再扶竹杖重上竹间这座楼。"《山居》:"西风卷帘,雨过乍晴,打开闺楼,听飞行不定的莺语。白云无事彼此长来长往,从不见怪山们是否出迎。"断句有:"一条帘条卷绕,也卷绕住了窗前那轮月;几点星光依稀,似在高树里随风摇动,是树似已合一。""露水浓重以为是雨水,花落下来,并没有风,因花期已过。"

六五

【原文】

巨超之外,又有僧碧岩悟霈者,《柳枝词》云:"春风游子唱离歌,杨柳其如送别何。毕竟不知攀折苦,长条更比去年多。"《海云楼坐雨》云:"晓来细雨落潮初,闲客江城兴岂孤。隔院漏听连叶转,历栏花倩竹枝扶。山亭铭碣残余晋,海国风涛怒入吴。不是阴霾阻归棹,何能信宿此蓬壶。"

【译文】

除了巨超外,还有碧岩霈和尚。他的《柳枝词》道:"春风里游子哼鸣离别的歌,杨柳依依无奈分手如何。毕竟是不知分别的痛,那枝条较去年还更多。"《海云楼坐雨》:"早晨一阵细雨落在初潮,闲人旅客在江城并不孤单无趣,可以

侧耳听隔院莲叶在风里摇曳旋转,知道压栏的花需要用竹枝扶了,山亭里的石碑还留有晋人残迹,海风呼啸,波清光涌入吴越旧地。不是阴云不开阻舟归去,怎能相信会留宿在蓬壶。"

六六

【原文】

焦山释担云,海盐人,能诗。初至鱼山,谓人曰:"此我旧居之地。"人不之信,后游五州山,见壁间《宋故宫》诗云:"玉殿尘埋王气终,凤凰已去凤林空。西湖歌舞浮云外,南渡江山落照中。古寺有僧吟夜月,野花无主泣春风。劫灰五百余年后,暮草荒烟思不穷。"曰:"我之旧作也。"山僧惊异。告曰:"此焦山僧朗月之诗,寂去已三十三年矣,其风度语言,兴君相似。"后示寂焦山枯木堂。诗稿散失。

【译文】

焦山和尚担云,海盐人氏,能作诗。初到焦山,对人讲:"这里过去我住过。"人们不相信他的话,后来游五州山,看见石壁上的《宋故宫》:"玉殿倾圮,埋葬于尘动作,宋王朝王气终结了,正如凤凰涅空后凤林空虚一样。西湖的歌舞也烟消云散,南渡的江山仍在,默立于夕阳中。古寺里有个孤僧商吟这夜月,无主的野花在春风里放泣。大劫后的五百年,面对暮草荒烟,一人遐思无限。"担云说道:"这是我的旧作。"一时山僧们都惊异不已。告诉他:"这诗是焦山和尚朗月所作,他已圆寂三十三年了,但风格语言,与你真的很相像,一来示寂焦山枯木堂,诗稿已散失了。"

六七

【原文】

圆津庵在河南内丘县南官道旁。康熙间,吕光禄谦恒曾过其庵,题诗云:

"花界浓荫日影微,倦途偶憩发清机。长松匝院僧初饫,曲磴环亭鸟自飞。廿载重来如有悟,百年强半渐知非。路旁车马劳劳者,磅礴谁能一解衣。"后其子耀曾奉命使黔,又题诗云:"昔侍严亲此地过,重来风木恨如何。随行人忆当上少,相去时惊廿载多。户外松阴仍幂历,篱边菊影自婆娑。追思往事浑如梦,敢以《皇华》续《蓼莪》?"乾隆甲申,其孙燕昭赴河南,过其庵,见壁上墨迹犹新。和云:"驿柳参差晓翠匀,寻幽萧寺不辞频。非关此地林泉胜,犹见先人手泽新。风木兴怀追往事,莺花如旧正阳春。他上重过长安道,取次纱笼拂壁尘。"事隔百年,诗题三代,亦德门佳话也。

【译文】

圆津庵在河南内丘县南官道旁。康熙年间,光禄卿吕谦恒路过圆津庵,题诗一首:"花开繁盛,辟出浓荫,遮住了日光,旅途困倦偶尔休憩,发一发清光。高松围寺宇,寺僧们刚用过斋饭,曲阶环绕亭台,鸟自在地飞,二十年后重来如有所觉悟,年过半百才渐渐知道所作所为是非。路旁那些乘车骑马的忙忙碌碌之徒,哪一个能洒脱地弃官服而就此处呢?"后来他儿子吕耀曾奉命前往贵州,又题诗道:"昔日的侍臣家父曾亲临此地,重来的我,看风木如此,人何以堪。随行的仆从回想当时年少情景,不由惊讶二十多年匆匆而过。户外松阴仍密布匝地,篱笆边的菊还是不改招摇。回想前尘若梦,不敢以《皇华》续《蓼莪》。"乾隆甲申年间,吕谦恒的孙子吕燕昭赴河南,路过这庵,见壁上墨迹还新,就和道:"驿站柳树参差,在初阳下呈青翠之色。屡来荒寺寻幽不辞频繁,与此地林泉名胜无关,只是见先人手泽还新。先人已逝追思往事,莺鸟花开如故,沐浴着阳春。他年再路经此地,我一定重来拂拭壁上的尘埃。"一事隔百年,子孙三代一处题诗,也算是德门佳话了。

六八

【原文】

香亭癸未同年太常寺少卿戴璐,字菔塘,《送徐溉余夏渠庄赴伊犁》云:"朝衫乍脱理征镳,惜别无端折柳条。廊望方期偕出谷,壮游何意远题桥。路逾葱岭书凭雁,人到榆关学射雕。回首槐荫同调盛,晨星细数最魂消。"香亭称其音节近唐人,为余诵之。

【译文】

香亭癸未年同年太常寺少卿戴璐,字菔塘,诗《送徐溉余夏渠庄赴伊犁》道:"忽地就脱下朝服,准备远行,为表惜别,没来头地折断柳条。廊望时还希望一同出谷,壮游哪有远别题桥的意思。路途已过了葱岭,书信难达;人到榆关学习骑射飞雕。回想槐荫下同调盛宴,细数晨星寥落,是人茫然迷离时。"香亭声称他诗中音韵近唐人,于是为我咏诵。

六九

【原文】

观补亭总宪(保),与弟德定圃尚书(保),昆季皆丁巳翰林,前余一科。观督学皖江,适余宰江宁,每秋闱到省,必长夜深谈。余服其明达,有古大臣风,勖以尹文端公,而先生意犹未惬,其胸襟可想。德公少余一岁,风采奕奕。都门别后十余年,丁丑,天子南巡,余以迎驾故,握手宫门,遂成永诀。今抄得观公《送人守杭州》云:"当年使节小勾留,惜别时时作梦游。何日移家邻葛岭,几人出守得杭州。文忠遗迹诗千卷,武穆精灵土一丘。唯有孤山林处士,梅花开落不曾休。"德公《春晓燕郊》云:"初日出岭晨霞明,一鞭款段春郊行。煮茶野店试新汲,叱犊隔林闻晓耕。前溪浩淼新涨满,远坞断续荒鸡鸣。盘山尺咫望不到,浮岚暖翠生遥情。"

壬戌余与曾南村(尚增)、黄笠潭(树纶)同以翰林外用。补亭戏品题云:"黄如鹿,只宜野放,不宜鞍辔,非百里

林逋像,图出自《列仙酒牌》。林逋是北宋名士,隐居于西湖畔的孤山,以梅为妻,以鹤为子,后世又称其为"林处士"。

才。曾如象，宜驮宝瓶，排班午门，官不离身。君有治才，肯受驱驾，遇孙阳、伯乐，颇堪千里，而其心终在深山大泽间。"后果如其言。

【译文】

观补亭（字保）总宪，同他弟弟德定圃（字保）尚书，都是丁巳年翰林，以前与我同科。观补亭督学皖江，恰值我主管江宁，每次秋试到省城，一定进行彻夜长谈，我佩服他明事理易通达，有古代大臣遗风，以尹文端公为榜样勉励，而他仍不自满，可见胸襟抱负之大。德公比我小一岁，风采奕奕。在京门分别后十几年，丁丑年，天子南巡，我因迎驾的原因，在行宫与他握手，未料这竟是永诀。现抄观公《送人守杭州》诗如下："当年作为使节出访，也曾经挽留，分离令我时时梦中再会同游。什么时候才能迁家葛岭，得近仙踪；几人能有出守杭州的机会，可重覆东坡故地。文忠公遗下的是几千卷诗，岳穆公的英灵何在，只留下坟土一抔黄土。还是孤山林处士，不管梅发梅落，仍悠悠不改其态。"德公《春晓燕郊》诗："太阳腾跃出山岭，映得天上彩霞通明；执鞭匹马缓缓在春日郊外而行。在野店烹茶试品刚汲的开水，隔着林子听见农夫早越晨耕的喝牛声。前溪水浩浩渺渺，刚刚涨满了新水，远处丘山断续传来山鸡野雉的啼鸣。山势盘旋，呮只难以望远，但那浮云和鲜活的碧翠，将人的心思，不由牵引延伸到远方。"

壬戌年，我与曾南村（字尚增）、黄笠潭（字树纶）以翰林身份外放任用。补亭戏评三人："黄如鹿，只适合野放，不适于配鞍鞯，不是百里之才。曾如象，适宜负驮宝瓶在身，班排序列午朝门，一生官不离身。袁枚有治世才能，肯受人驱策，再遇得孙阳、伯乐之类的发现，那就像千里马一样前途无量。他的心思始终向往归隐深山大泽。"后来我的生平经历恰如他所言。

七〇

【原文】

白下布衣张士堂，字月楼，《咏七夕》云："闻说今宵会女牛，多情我代数更筹。不知自嫁天孙后，此是千秋第几秋？""银汉迢迢月影横，人问天上不分明。如何际此团圆乐，不听云中笑语声？"张道渥司马亦有句云："待无天地缘方尽，修到神仙会也难。"

【译文】

　　白下百姓张士堂,字月楼,有《咏七夕》诗:"听说今夜是牛郎织女相会的日子,多情的我代他们扳数更次。不知自从天孙织女出嫁后,这是千秋的第几个秋?""遥遥银河,月影横斜,人间天已分不清。为什么在这团圆欢乐时分,听不见云中笑语盈盈?"司马张道渥有诗:"如果天地间缘分已尽,纵修行到神仙相会也难。"

七一

【原文】

　　京口诗人,皆奉梦楼先生之教,诗多清雅,有世子申生小心清洁之意。高君青士风雅妍静,耽于道教,而性吟诗,近亦出余门下。《过兰若看菊》云:"秋事在僧房,诗人觅晚香。沉沉三迳月,淡淡一庭霜。地僻宜花瘦,僧闲笑蝶忙。东篱莫漫采,留取作重阳。"《净慈寺访超尘上人》云:"湖湾凡几曲,幽折到南屏。萝暗欲无路,松阴落满庭。自缝云水衲,手为《妙莲经》。一笑相逢处,前山烟霭青。"又,"涛寒响逼歌喉细,茶暖香发酒色浓。""竹影暗移僧舍午,水声凉送客衣秋。"亦佳句也。

【译文】

　　京口诗人都以梦楼先生马首是瞻,诗风清雅,象申生一样清洁小心。高青士风雅英俊而沉静不好动,信奉道教,生爱吟诗,最近在我门下习学完成。作《过兰若看菊》:"僧房有秋天秋意,诗人在此寻香。小路上月影沉沉,一庭下了淡淡的早霜,偏地长开瘦花,僧人闲暇笑蝶飞得忙。别在东篱下任意采摘那菊花,还是留待重阳再赏。"《净慈寺访超尘上人》:"湖湾曲折,漫漫延到南屏。藤萝色泽暗谈,几乎没有了去路,松阴匝地,满布庭院。身穿云水衲衣,上人手抄《妙莲经》。两人因相逢而相顾一笑,前山烟霭青朦。"还有"寒涛澎湃,歌喉的人籁就低细了;热茶散发香芬,与酒色的浓稠分庭抗礼,别有意味。""僧舍午间,竹影暗暗移动;水声传来凉意,客人的身衣有了秋天的萧凄。"

七二

【原文】

壬子,余因相士之言不验,重游天台,舟泊燕子矶,遇唐拓田明府仁植,谈诗竟日。将坐船让我,而已换小舟,尾予而行。别后见寄云:"神仙劫后百无忧,风雨横江放胆游。公借侬舡侬借福,大家安稳到瓜洲。""支筇重到女仙家,笑杀桃源洞口花。刘、阮有知应艳羡,输公两度吃胡麻。"

【译文】

壬子年,因为相士的预言未应验,我重游天台山,停舟燕子矶,与明府唐柘田(字仁植)相见,整日谈诗。他将坐船让与我坐,而自己换了小舟,在我后面迤逦而行。分手后寄诗道:"神仙翁遇难后,百事无忧;风雨锁江,仍放胆悠游。先生借我舟,我借先生福,大家平平安安到了瓜洲。""拉杖重到女仙故里,桃源洞口桃花在笑发,刘、阮二人知到有人来此,应艳羡不已,输公吃了两次胡麻。"

七三

【原文】

"生而果能开一代,古人原不占千秋。"此余赠赵云松诗也。"作宦不曾逾十载,及身早自定千秋。"此云松见赠诗也。近至扬州书院,见壁上有秀才吴楷集余第一句,配赵之第二句,作对联赠掌教云松,天然雅切。闻吴君亦美少年,惜其病,未得一见。

【译文】

"人生在世,开创一代风流,古人并不可能占尽千秋。"这是我赠赵云松的诗。"做官也不过十几年,为自身打算,还是早定千秋之计。"这是云松赠我的。

最近到扬州书院，发现壁上有秀才吴楷集我诗第一句，配赵云松的第二句，作了一副对联赠给长教赵云松，浑然天成，非常贴切。听说吴楷是个美少年，可惜因为他患病，未谋一面。

七四

【原文】

近日山西多诗人，余已将何、刘两公诗，载入《续同人集》矣。今又有胥明府讳绳武者，读《小仓山房文集》见寄云："不为韩、柳不欧、苏，真气行间辟万夫。所说尽如人意有，此才岂但近时无？扫除理障言皆物，游戏文心唾亦珠。喜是名山藏未得，传抄今已遍寰区。""声名在世任推排，自擅千秋著述才。天为斯文留此老，我思亲炙待将来。风回海上波争立，春到人间花怒开。比拟先生一支笔，迂儒秃管枉成堆。"

【译文】

最近山西诗人很多，我已把何、刘二先生的诗，收载入《续同人集》。现又有明府胥绳武，作读《小仓山房文集》寄给我："不袭韩（愈）、柳（宗元），不仿欧（阳修）、苏（东坡），真情浩气贯穿字里行间，足以睥睨万夫。所作所说尽是人心臆中所有，这高才岂止现世近代才没有？扫除道理的屏障，言中有物；文不拘束，口出珠矶。幸喜未藏之于名山，传抄至今，已遍斥寰宇。""在世时声名任排列，最擅长的是留传千秋的述才。上天为如此妙文让袁老人长寿，我想家眷有亲手服侍的那么一天。东风过处，波涛如云争立；春回人间百花齐放。先生一支笔不知今多少腐儒枉自成堆。"

七五

【原文】

署江宁令汪君（苍霖），常为枚道某藩瑶华主人之贤，能诗工画。爱士怜

才;惜枚路远年衰,不及见天人眉字,为今生恨事。忽庆大司马(桂)以《听泉图》属题,展卷,见其画笔高妙,直逼云林,诗亦唐人高调。其词曰:"主人爱幽僻,坐石中鸣泉。入耳宛寂若,会心应泠然。属余为写照,结想羲皇前。衣绦静以古,骨相清且妍。胸襟澹秋水,气宇和春烟。写来奈笔拙,布置惭周全。拈花眼前理,指月空中禅。似闻空际音,朱琴弹古弦。临流发深省,听响通真诠。何必奏丝竹,即景真云仙。尝闻谢幼舆,合置丘壑间。君兼知仁乐,而藉图画宣。我性本疏旷,山水思静便。安得常赓歌,同乐尧时天。"

【译文】

代理江宁长官汪苍霖,常对我讲一藩主瑶华贤德,会作诗善于丹青,爱才如渴。可惜我年高力衰,又路途遥远,未尝得见天人面目,这成为我今生恨事。大司马庆桂属托我题诗《听泉图》,展卷后,见画笔高超绝妙,水平直逼云林,诗也似唐人格调。他词写道:"主人喜爱幽静偏远,独坐石上听泉水滴鸣。入耳宛若无声,泠然会心。嘱咐我以字写真,联想羲皇苍莽的时代。服饰似古装,骨相清俊。胸襟澹荡如秋水,气宇似春烟不绝。怎奈写来笔拙,难以布置全面。拈花一笑有眼前玄理,指月是空里蕴禅。似乎那空际之音,似朱琴上古弦弹奏。临水发人深省,听响此中有真意。何必定有丝竹悦耳,眼前景色,人就是真神仙。曾听说谢幼舆合当隐没丘山。君知仁乐,是借图画宣扬,我性情原本放旷,山水更利于静思。怎样才能唱歌不断,同乐太平盛世。"

随园诗话

随园诗话补遗·卷六

作诗不贵用力,而贵有神韵

【原文】

余在山阴，徐小汀秀才交十五金买《全集》三部，余归如数寄之。未几，信来，说信面改"三"作"二"，有撅补痕，方知寄书人窃去一部矣。林远峰云："新建吴苦夜被盗，七人明火执杖，捆缚事主，甚闹，最后有美少年，盛服而至，翻撷架上，见宋板《文选》《小仓山房诗集》各一部。"笑曰："此富儿能读随园先生文。颇不俗；可释之。"手两书而去。余按唐人载李涉遇盗一事，仿佛似之。至于窃书者，则又古人所无。方藕舡明府云："高丽进士李承熏、孝廉李喜明、秀才洪大荣等，俱在都中购《随园集》，问余起居、年齿甚殷。"嘻，余愧矣！

【译文】

我住在山阴的时候，秀才徐小汀交了家人十五金要买我的三部全集，我回来之后就如数寄给他。

没过几天，他给我写了一封回信，信中说我的信函中的"三"字被人改成了"二"，而且还有修补的痕迹，我才知道是寄书人偷去了我的一部全集。

林远峰曾经说过："某天晚上，新建吴地发生了盗窃案，七个百姓在火把的照耀下，手持棍棒。将窃贼捆绑起来，响声很大，一会儿，有一个俊美的少年，穿着绚丽的衣服款款而至，在架上搜寻，得到一部宋板《文选》和《小仓山房诗集》。这个少年笑着说：'这个富人还能读随园先生的文章，非同寻常，可以放了他。'于是，少年拿着两部书大摇大摆地走了。"我觉得唐朝人记载的李涉遭遇窃贼的故事，和这件事情很类似，而对偷书这种人，就是古人也从未有过。方藕舡在明府中说："朝鲜进士李承熏、孝廉李喜明和秀才洪大荣等人，都在京都购买了随园先生的文集，还殷切地关注着我的生活和年龄。"

哈，我真觉得有些惭愧！

【原文】

那鉴堂(澄)为常中丞(钧)之第四子,牧通州时,入山见访。长身玉立,书气迎人。入都后,寄近作来,读之,如接謦欬。《步耕堂韵》云:"纵步高岗望禁城,襟怀豁处念俱清。树排盘磴野花满,水泻深沟新涨平。追想风尘为俗吏,何如耕凿谢浮名。寻幽莫恨无同调,且喜心知共此行。"

《悼亡》云:"谢家风味最难忘,不爱浓妆爱淡妆。惜福如何偏减算,生憎检点旧衣箱。""寻常小别尚依依,况复长眠竟不归。杯酒墓门空一奠,白杨风冷纸钱飞。"

【译文】

那鉴堂中丞的第四个孩子,在通州府游历时,到山中拜访了我。

他个子高高的,亭亭玉立,书生气十足。回到京城之后,他便给我寄来他的近作,读起来就像是在接触清馨的空气一般。《步耕堂韵》的诗是这样写的:"迈着大步登上高高的山岗眺望紫禁城,胸襟顿时开阔起来,任何杂念都没有了。看着树木成排台阶级级野花遍布,清清的河水流到深深的沟渠中很快便涨满了。我把风尘想象成世俗的官吏,他们真不如耕田种地远离虚幻的功名,如果你想寻觅幽静之处别怪无处可去,只要为你的心灵与你同行就应该心满意足了。"

他的悼亡诗是这样写的:"谢家的风采最让人难忘,他们不喜欢浓妆艳抹而喜欢淡妆生彩。只可惜福气为什么要这般减少,平生最忌恨的事情莫过于清点亡者的旧衣箱。"

"平时的小别片刻尚且依依不舍,更何况此逝不再生还。只好拿着酒杯在墓前祭奠亡者,看着冷风中的白杨树和纸钱在飞。"

三

【原文】

毛大瀛(海客)妻口氏,能诗。初婚时,毛赠云:"他日香闺传盛事,镜台先拜女门生。"妻笑曰:"要改一字。"

毛问何字。曰:"'门'字改'先'字方妥。"毛大笑。后寄毛家信云:"出门七年,寄银八两。儿要衣穿,女要首饰。巧妇不能为无米之炊,此之谓也。至于年年被放,妾面增羞;此皆妾命不齐,累卿如此。夫复何言!"

【译文】

毛大瀛的妻子口氏,会写诗,刚结婚的时候,毛大瀛赠诗给她:"从前在你的香闺之外流传着我们的喜庆之事,而在明镜妆台之前我却要先来参拜一下你这位女门生。"

他的妻子笑着说:"应该在诗中改一个字。"毛大瀛问何字。

他妻子说:"'门'字改'先'字才合适。"毛大瀛听后大笑不止。

后来他的妻子给他写了一封家信:"你出门在外七年,只寄给八两银钱,儿子要穿衣,女儿要首饰戴。再机灵的妇人也很难做无米之炊,就是这个意思。至于年年被放债,我觉得没脸见人;这都是我的命不好,以至如此连累乡亲。你做丈夫的又做如何解释呢!"

四

【原文】

吾乡陈叔毅先生名曾毅,阮亭高弟子也。与汤西崖、姜西溟同时,而至今无人知者。严司马(守田)寄抄稿来。《东阿道上》云:"岚光到眼忽清虚,不负吟情兀短驴。石井泉浇行客饭,水田衣挂老僧屋。两头云幄张无数,四面烟鬟画不如。尽日小车行百里,坐看山色卧看书。"

先生尤长于言情。《好风》云:"轻躯细马独徘徊,自把丝鞭不敢催。足镫巧将新月隐,面罗刚被好风开。花如欲折心还怯,路到分岐意屡猜。夫婿不教相伴去,阿谁扶下绣鞍来。"

《哭妾》云:"水晶帘下玉茏葱,十样新蛾画未工。留得青铜三尺镜,更无人影在当中。"

"半枝桦烛夜荧荧,记得归迟掩曲屏。比玉能温比花活,最难忘是梦初醒。""避人洗手做羹汤,不遣郎知试教当。直到加餐方笑问,阿侬果否胜厨娘!"

【译文】

我的同乡陈叔毅先生名为曾毅,是阮亭的高足。他和汤西崖、姜西溟是同时代的人,而今却无人知晓。

司马严守田寄给一份手抄陈先生的文稿。他在《东阿道上》诗中说:"绚丽的风光映入眼中却变成虚幻,为了不辜负吟诗这情眼前突然出现了小驴儿。用石井泉水浇过的游人的饭食,种水田时穿的衣服挂在老僧的屋角。天上的云彩无穷尽地张扬,四面八方的炊烟使得画中的风景自叹形秽。夕照下的小车行了百里之遥,我一边坐着欣赏景色一边躺着读书。"

陈先生最擅长做描写感情一类的文章。在《好风》诗中说:"轻灵的身影和骏马一起独自徘徊,手里边拿着丝鞭却不敢催促马儿快跑。灵巧的足镫使得新月藏起了身影,刚披在肩上的斗篷却又被清风吹开。心里想要折几束鲜花但却举步不前,道路上的交叉点变得扑朔迷离。我的丈夫不让仆人伴我行,谁能抚我从锦绣的鞍上下来。"

在《哭妾》诗中说:"在水晶做的帘子下面望去草木葱茏。有十几种各式的蝴蝶就像一幅未完成的画。你去后留下了三尺的南铜镜,如今却看不到其中的身影。"

清人陈叔毅《东阿道上》诗中有"风光到眼忽清虚,不负吟情兀短驴"之句。

"烧了一半的灯烛在夜晚荧荧闪光,我还记得晚上回来迟了你那弯弯的屏风虚掩着。双玉能够温暖对花的生活,最使我难忘的是梦初醒的时刻。"

"你避开外人把手洗净去做汤饭,却不让我知道自己先试着品尝。直到加餐时才微笑着问,我的手艺是否胜过厨娘?"

五

【原文】

太常卿伊云林先生(朝栋),素未识面,托王葑亭给谏寄稿商榷,诗多隽逸。《喜葑亭移居相近》云:"借得轻车载具迁,宣南坊地雁秋天。桑林我已淹三宿,花径君初拓一廛。云抹楼头宵共月,烟销井口晓分泉。素心晨夕经过数,佳事应图主客传。"

《归舟》云:"残月衔帆影,长江一笔回。烟寒瓜步树,潮走海门雷。六代销波底,三山落酒杯。儒生仗忠信,涉险兴悠哉。"

其子秉绶进士,见寄云:"鲁灵光殿蜀峨嵋,犹在寰中见未期。早岁诵诗同尚友,逢人问讯当亲师。名园藏得三山胜,妙笔兼将五色持。闻道朱颜映梅萼,几时来访郑当时?"

【译文】

太常卿云之林先生我从不认识,他委托王葑亭给我送来信谏并寄来文稿与我商榷,他的诗多是俊美飘逸之作。

在《喜葑亭移居相近》诗中说:"借来车辆载着用具搬迁,是在宣南地大雁南飞的秋天。桑林之中我已经有了三间草屋,而花间小径是你初次踏出。当彩云飘过楼头的夜晚我们共赏明月,炊烟消散的井口边我们一早便分饮着泉水。清纯的心灵伴着晨夕已是多次,好事应该让主人和客人在民间传颂。"

在《归舟》诗中说:"残月像要吞没风帆的影子,长江像一支笔一样回转。寒烟笼罩在瓜步的林木之中,澎湃的波涛荡涤着海门的沙石。几朝几代的经事已消失在波底,只有在群山之间听到酒杯落下的响声。儒生仗义执言,虽然面临风险却悠然自得。"

伊先生的儿子后来中了进士,在他给儿子的寄诗中这样说:"山东有灵光殿四川有峨嵋山,都在环宇之中都已非目力所及。早些时候背诵诗文一同交友谈心,逢人便不耻下问当作自己熟悉的老师。著名的园林藏有三山中的名胜;生花妙笔将五色泼洒。在途中看到美丽色彩掩映于梅花丛中,什么时候才来造访郑当时?"

六

【原文】

彭太守赉酒馈葛筠亭,路上为仆人所覆,葛调以诗云:"食指而今笑不灵,黄堂佳酿剩空瓶。分甘特教贻《三雅》,束带忙传接《五经》。徐氏圣贤来有信,阮家兄弟去无形。路傍破甀公休问,对菊依然我独醒。"

余为其友何南园刻诗,葛又谢云:"搜得遗编带泪刊,怜才出自大贤难。鉴空遇物无逃影,花好逢春立改观。恩到九原知己少,名留千载夜台安。从今不羡方三拜,赏识应同及第看。"余尤爱其《吊马湘兰》云:"天教命薄为宫妓,人实谁堪作丈夫。"

【译文】

彭太守美酒赠送给葛筠亭,在路上酒被仆人打翻了,葛先生以诗调笑说:"今天的食指很不灵便,使得黄堂好酒只剩下了空瓶。你我分享甘露之时特地教授《三雅》之诗,一边束带一边急忙忙传授《五经》之说。徐氏圣贤如前来预先不会有消息,阮家兄弟离去不见身影。在路边伴着空瓶您就不要责问了,看着菊花依然是唯我独醒。"

后来我为他的朋友何南园刻诗,葛先生又写诗致谢:"含着泪把遗作汇集起束刻印,可惜这样的人才很难出现于大贤之中。镜中无人如果有景物就会映现其中,好花遇到了春天就会改头换面。恩德达到九原才明白知己难得,名字留传千年夜晚台府才得安宁。从今以后再也不羡慕区区三拜,如要真正的赏识应当去衡量他的功名。"

我特别喜欢他的《吊马湘兰》诗:"天公让人的命运卑贱作了宫妓,人群中有谁能称得上是大丈夫。"

七

【原文】

对联之佳者,或《题禅堂》云:"无法向人说;将心替汝安。"

《佛座》云:"大护法不见僧过;善知识能调物情。"

《题春册》云:"一阴一阳之谓道;此时此际难为情。"

《题戏台》云:"做戏何如看戏乐;下场更比上场难。"

《题书斋》云:"无求便是安心法;不饱真为却病方。"或见赠云:"天上何曾有山水;人间乐得做神仙。"

【译文】

对联中的佳作,有一篇《题禅堂》:"没有办法向别人诉说;使我的心来代替你求得平安。"

又一篇《佛座》:"大护法看不见僧人的身影经过;善于了解实情才能协调事物之间的关系。"

《题春册》:"一阴一阳称之为道;此时此际难以为情。"

《题戏台》:"唱戏的不如看戏的高兴;下场比起上场要难得多。"

《题书斋》:"无所追求就是使心平气和的方法,不把饭吃得很饱才是治病的良方。"

有人看到赠人的对联:"天堂上怎么会有过山水美景;在人间做神仙才是高兴的事。"

八

【原文】

李青莲《嘲鲁儒》,有"未行先起尘"之句。余少时云:"张眸始识青盲苦,对面如同学究谈。"

有童子某嘲其师云:"褒衣大袑方矩步,腐气冲天天亦畏。"有太白《嘲鲁儒》之意。

【译文】

李青莲《嘲鲁儒》一文,有"还未走时却先见尘土飞扬"的句子。我年少的时候曾写道:"睁开双眼才知道盲人的痛苦,面对面促膝谈心却像是与学究讨教。"

有个少年嘲笑他自己的师傅:"穿着宽袍大袖迈着四方步,身上陈腐的气息直冲云天就连长辈也畏惧三分。"从这里能看出同李白《嘲鲁儒》一文一样的意思。

九

【原文】

刘知几云:"有才无学,如巧匠无木,不能运斤;有学无才,如愚贾操金,不能屯货。"

余以为诗文之作意用笔,如美人之发肤巧笑,先天也;诗文之征文用典,如美人之衣首饰,后天也。至于腔调涂泽,则又是美人之裹足穿耳,其功更后矣。

【译文】

刘知几写道:"有才智而不去学习,就好像灵巧的木匠却没有造物的木料,无法运用手中的斧子;努力学习但缺乏才智,就好像愚蠢的商人虽腰缠万贯,却不能用来购货置产。"

我觉得诗文的定作构思和如何用笔,就像是美人的毛发肌肤,有先天的成分。诗文写作用的象征和典故,就像美人穿戴的衣物和首饰,是后天决定的。至于行文的基调,就又像美人的香袜耳孔,是后天之后的影响了。

刘知几像。刘知几为唐代史学家,他曾说"有才无学,如巧匠无木,不能运斤;有学无才,如愚贾操金,不能屯货。"

十〇

【原文】

武林女士王樨影(妲)嫁虹桥居士麟征,诗才清丽。《咏懒猫》云:"山斋空

奏小狸奴,性懒应惭守敝庐。深夜持斋声寂寂,寒天媚灶睡蓬蓬。花荫满地闲追蝶,溪水当门食有鱼。赖是鼠嫌贫不至,不然谁护五车书?"《晓色》云:"残星天上淡将落,冷露花间滴未晞。"《落花》云:"正值啼莺树晓,那堪雨歇绿阴生?"

【译文】

武林中的女士王樨影嫁给了虹桥居士麟征,她的诗才清新艳丽,在《咏懒猫》诗中写道:"山中斋内只养着小猫咪,生性懒惰应引以为羞守护着我的房舍。深夜里在房屋周围鸣叫,遇到冷天就睡意朦胧。当花荫满地时闲暇间追逐着蝴蝶,当溪水流过宅门时便去捕食鱼虾。幸亏老鼠由于嫌穷才不曾光顾,否则又有谁能呵护我那满满五车的书。"

在《晓色》诗中写道:"天上残星色彩淡淡就要下落了,冰冷的露水洒在花丛中还在滴淌。"

《落花》诗中写道:"正当莺鸟啼叫春天的林木葱茏,哪里能忍受春雨停息绿草丛生?"

十一

【原文】

唐代汪伦者,泾川豪士也,闻李白将至,修书迎之,诡云:"先生好游乎? 此地有十里桃花。先生好饮乎? 此地有万家酒店。"李欣然至。乃告云:"'桃花'者,潭水名也,并无桃花。'万家'者,店主人姓万也,并无万家酒店。"

李大笑,款留数日,赠名马八匹、官锦十端,而亲送之。李感其意,作《桃花潭绝句》一首。今潭已壅塞。张悭斋(炳)题云:"蝉翻一叶坠空林,路指桃花尚可寻。莫怪世人交谊浅,此潭非复旧时深。"

悭斋乃诗人榴园(汝霖)司马之子,落笔绰有家风。

【译文】

唐代的有个叫汪伦的人是泾州豪爽之士。

他听说李白要来,便写文章表示欢迎,他胡说什么:"先生您喜欢旅游吗? 这里有十里桃花。先生您喜欢喝酒吗? 这里有万家酒店。"

李白得知后欣然前往,这时汪伦才告诉说:"桃花是潭水的名字,并没有什么真正的桃花。'万家'是店主姓万,并没有什么万家酒店。"

李白听后大笑,却在此停留了好几天,汪伦亲自将八匹名贵的骏马,十端官用的锦缎赠送给李白。李白为了感谢他的好意,写了《桃花潭绝句》一首。今天此潭水已被填平。张惺斋(字炯)写诗说:"蝉翻落的一片树叶堕入空林之中,在路上用手指点的桃花还可以找到,别责怪世人交情的流浅,这样潭水已不像过去那样深了。"

惺斋是诗人楢园司马的儿子,文章落笔之中足见有自家风格的深刻影响。

二一

【原文】

满洲嵩孝廉,别字雨韭,闻其玉树临风,为长安才子之冠。

陶怡云归,诵其《怀随园》云:"名从五十年前盛,交在三千里外论。"

余从未通书,而蒙其推挹如此。以未见其人为恨,赋诗报谢云:"兼葭倚玉知何日,风雨怀人各一天。"

【译文】

满洲人嵩孝廉,别字雨韭,听说他的诗文有如玉树临风,为长安才子之首。陶怡云回到我这里,背诵了他的《怀随园》诗:"声名和五十年前一样地显赫,而这种交往在三千里之外都可以论及。"

我从未和他有过书信联系,而承蒙他如此厚爱,没有见到他本人于是成为憾事,不得不赋诗以表谢意:"芦苇和灵玉相依为命不知要待何时,风雨使友人缅怀却天各一方。"

二二

【原文】

余冬月渡江过永济寺,有人题壁云:"梵宇沉沉袅篆烟,人能到此即为仙。犬心尚且闲如许,镇日如来殿外眠。"末署云:"倘随园老人过此见之,不以为野狐禅否?"末署"松岚"二字,不知何许人。

【译文】

我在冬季渡江路过永济寺,看见有人壁上赋诗:"梵宇沉沉好似袅袅炊烟,人如能到此可成为神仙。俗人的心情尚且如此悠闲,镇日的如来可在大殿之外安歇。"

结尾写道:"如果随园老人家路过此地看到这首诗,会不会以为是野狐禅呢?"署名"松岚"二字,不知是何许人。

一四

【原文】

蒪亭给谏之次子王凤书,年十七,孔翔之弟也。《无题》云:"倚舟春思正徘徊,恰值仙郎觇面来。待要郎看还似怯,半窗斜掩半窗开。"《北渡》云:"北过黄河不见山,谁知此地有峰峦。拾头绝似人离久,分外搴帘要细看。"又,"村僻犬惊车辙响,地高鸟近屋檐飞。"句亦佳。

【译文】

王蒪亭的次子王凤书,今年十七岁,是孔翔的弟弟。他的《无题》诗写道:"靠在船边看春天的思绪正独自徘徊,恰巧碰到仙郎观景而来。想要叫仙郎看到又有些怯弱,窗户有一半斜掩着只打开了另一半。"

他的《北渡》诗写道:"渡过黄河向北看不到山,谁知此地确有山峰叠嶂。抬头忽然看见群山特别像是久离的亲人,一定要掀起门帘仔细观看。"

又写道,"偏僻的村庄中由于车辙的响声惊动了家犬,由于地势高鸟儿也就在屋檐很近的天空中飞翔。"这样诗句也是不错的。

一五

【原文】

咏折花者,潘兰如云:"风枝露蕊夜初开,金剪商量密处裁。为赠美人才折

汝,刀应笑入手中来。"

扬州汪坤云:"手折花枝翠黛颦,殷勤欲寄远征人。明知到日应憔悴,即此梅花见妾身。"

【译文】

颂咏折花的诗句,潘兰如曾写道:"风中的枝条露出了花蕊在夜里初开,剪花像商量好了似的被栽在丛林深处。为了送给美人才不得不折花一朵,既然如此你应该微笑地来到我的手中。"

扬州人汪坤写道:"用手折下的花枝好像是翠绿的修饰愁眉,我却要以此殷勤地送给远行的人。明明知道花期一到就要憔悴,却还是把看到这样梅花当作看到了你的身影。"

一六

【原文】

画家有读画之说。余谓画无可读者,读其诗也。偶过画铺,悬杨椒山诗一幅,云:"饮酒看画四十年,乌纱头上即青天。男儿欲画凌烟阁,第一功名不爱钱。"又见薄仲文竹笔筒上雕一诗云:"山外清江江外沙,白云深处有人家。船头不是仙源近,那得飞来数片花?"又,笪江上题画云:"云归忽带雨几点,木落又添山一峰。"

【译文】

作为画家有读画一说,而我觉得画中没有什么可供阅读的东西,读仅是读它的题诗。

偶尔有一次我路过一家画铺,里面挂着杨椒山的一幅诗文圣幅,上面写道:"饮酒看书已经整整四十年了,乌纱帽的上面就是青天无限。男儿郎都想要描画出凌烟阁。这其中列在第一的功名是不为金钱所动。"

我又看到在薄仲文竹制的笔筒上雕刻的一首诗这样写道:"山外是清江,清江之外还有清沙,而在白云的深处还有人家。如果船头并非与仙源离得很近的话,哪能莫名地飘来好花片片?"还有一位笪江在上面用题画诗写道:"云彩归来忽儿携带着雨滴几点,林木落处又见多出一座山峰。"

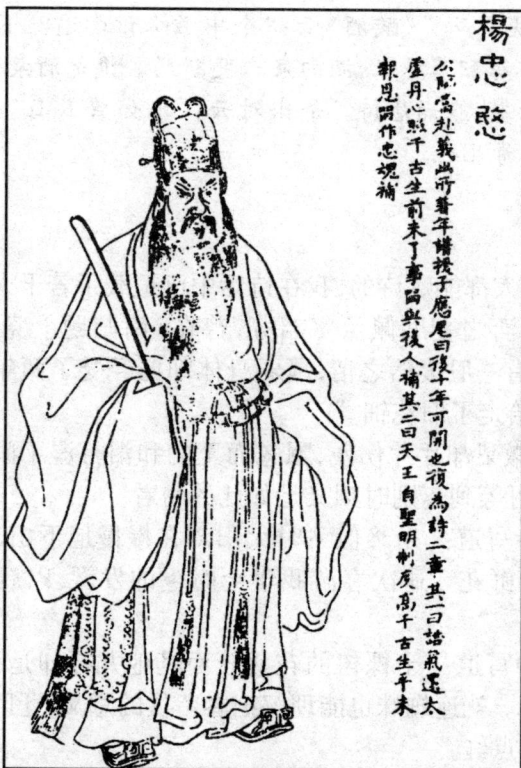

杨继盛像，图出自清·上官周《晚笑堂画传》。杨继盛，河北容城人，明·嘉靖二十六年（公元 1547 年）进士，官至兵部武选司，因弹劾严嵩下狱死。因其号椒山，故又称"杨椒山"或"椒山先生"。

一七

【原文】

近今夫妇能诗者，《诗话》中已载数人。兹又得孙子潇妻席佩兰字韵芬者，《南归题上党官署》云："一回头处一凄然，弱质曾经住两年。呼婢留心梳妆合，莫教人拾旧花钿。"

"雨后棠梨片片残，飞来和泪湿阑干。一花一草寻常见，到得离时却耐看。"《春游》云："放桨如飞落日迟，并船想见好花枝。春游学得新兴髻，明日梳头更入时。"《惜春》云："十树花开九树空，一番疏雨一番风。蜘蛛也解留春住，婉转抽丝网落红。"《陆行》云："脱却风波踏地平，穿将珠颗数邮程。明明马铎

车前响，错认闺中铁马声。”《酸酒》云：“个中滋味谁尝遍？下第才人被放官。”《哭安儿》云：“一杯凉酝奠灵床，滴向泉台哭断肠。谁是酒浆谁是泪，教儿酸苦自家尝。”安儿年五岁，能诵唐诗。爷出对云：“水如碧玉山如黛。”应声曰：“云想衣裳花想容。”亦奇儿也。

【译文】

现如今夫妇二人都能赋诗的，我在诗话中已记载了若干人。

现又得知孙子潇之妻席佩兰字韶芬，曾在《南归题上党官署》诗中写道：“每一回头望去总有一股凄然之情，羸弱身体却已经受了两年。招呼丫鬟留心梳妆台，别让人家拾走了旧花钿。”

“雨后的海棠嫩梨却片片伤残，飘忽而至的和泪打湿了阑干。一花一草是再寻常不过的事，可等到离别时刻又是如此的耐看。”

她的《春游》诗写道：“划桨似飞时太阳却在慢慢地下山，划船靠近岸边是想欣赏一下美丽的鲜花。这次春游我学会时髦的发髻，以后梳头就会更符合潮流。”

在《春游》诗中写道：“十棵树的花盛开而其他九棵却是无花可开，天气是一阵急风一阵骤雨。就连蜘蛛也能理解把春留住的意义，迂回曲折抽丝结网上面留下了掉落的一点红。”

《陆行》诗写道：“远离风波因此能平稳地，将珠子颗颗相连以此计算着游程。明明是马铎车前在响，却错以为是闺中铁马的声音。”

《酸酒》诗写道：“其中的滋味有谁尝过，落地的才人被放逐外埠为官。”

《哭安儿》诗写道：“用一杯冷酒来祭奠你的灵床，酒滴向泉台哭断了柔肠。不知谁是酒浆谁是泪，只是让你的酸甜苦辣由自家品尝。”

安儿五岁的时候，就会背诵唐诗。他的爷爷吟出一句：“水像碧玉山如峨眉。”回答说：“云想念自己的衣裳，花却想念着自己的容貌。”他也可算是一个神童。

一八

【原文】

吾杭高怡园（景藩）观察之季女淡仙（韫珍），诗才清妙，不愧家风。《咏小青》云：“朱门黄土恨年年，草掩孤山墓可怜。消尽红香如逝水，生来薄命敢违

天。梨花春梦潇潇雨,柳色秋风漠漠烟。多谢檀郎能瘗玉,芳魂流落圣湖边。"《除夕与淡人郎君同作》云:"残年已过春三日,一岁犹余话半宵。"

淡人《湖上晚归》云:"荒村犬吠路冥冥,移上天边几个星。山月未高湖面黑,渔灯一点浦烟青。归来远树低飞鸟,遮住横桥半截亭。隔水人家看不见,但闻笑语出寒汀。"

《客中》云:"病后吟诗多感旧,醉中无梦不还家。"与淡仙琴瑟甚调,而淡仙早卒,可悲也!高公甲辰进士,余丁巳年主其家三月。后为铭墓,以报其德。

【译文】

我的杭高怡园观察的三女儿淡仙,诗才清纯绝妙,不愧受家风影响,在《咏小青》诗中她这样写道:"富人家门前的黄土引起年复一年的遗恨,草木掩映的孤山中有可怜的墓园。红香消逝就好似东流水,生来命运凄惨哪能违背天意。梨花与春梦伴着雨潇潇,柳色与秋风伴着袅袅炊烟。真要感谢檀郎能将定玉埋葬,使得芳魂流落在圣湖边。"

在《除夕与淡人郎君同作》诗中写道:"残年已经过了春天的三日,一年还有余暇却在谈论半夜之事。"

淡人《湖上晚归》诗写道:"荒野的村舍有犬在叫道路昏暗,举首望去天边只有星星几颗。山间的月儿还没有高升使得湖面一色漆黑,这时有渔灯一盏照得岸边炊烟一片青色。归来的低飞的鸟儿渐渐离树远去,却遮去了横桥边的半截亭。因水相隔使人家看不清,只听见笑语声从水边慢慢传来。"

《客中》诗写道:"大病之后吟咏的诗句多含对旧情的伤感,酒醉之中都是梦回家之事。"

我和淡仙在弹琴方面配合很默契,而她却早亡,真是可悲!高公是甲辰年的进士,我曾在丁巳年在他家住过三个月。后来他死后我为他题写了墓志铭,以此来报过他的恩德。

一九

【原文】

士风卑谄,太史某恶而刺以诗,中有"吮痈舐痔"字样。余规之云:"下愚所为,贤者非特不为,亦不能知。譬如凤凰翔于千仞,下界蛣蜣蛆转粪之虫,凤凰未必知也。王公贵人,辱詈其仆后。在仆后未必辱,而自己反损威重矣。原壤,

狂士也；故孔子以杖叩之。蔡经，半仙也；故麻姑以鞭笞之。其他庸恶之徒，其能受圣人之杖、仙人之鞭也哉？所谓'孔子家儿不知骂，曾子家儿不知怒'，即此意也。"

【译文】

官场风气卑下，某太史对此十分厌恶并将诗刺于身上，其中有"吸毒肿舐臀痔"的字样。我想规劝他说："下等人所做事，贤明的人不光是不去做，就连知道都不应该。好比凤凰在千仞之上飞翔，下面有蚂蚁之类的小虫，凤凰未必知道。王公贵族，可以去责骂他的仆人。但对于仆人来说未必认为是耻辱，而对于自己来说反而有失尊严了。原壤是个狂人，所以孔子要用拐杖敲打他。蔡经是个半仙一样的人，所以麻姑要用鞭子抽打他。至于其他的坏人恶棍，能领受到圣人之杖，仙人之鞭吗？所以说：'孔子家的人不知道挨骂，曾子家的人不知道动怒'，就是这个意思。"

二〇

【原文】

凡古人用双字者，如依依、潺潺、悠悠、匆匆之类，指不胜屈。唐、宋名家，从无单用一字者。近今诗人贪押韵，又贪叠韵，遂不得已而往往单用之，此大谬出！作者当以为戒。

【译文】

凡是古人用的双字词，比如说依依、潺潺、悠悠、匆匆一类，数不胜数。唐宋两代的名家，就从来没有单用一个字的。现如今诗人们都特别喜欢押韵，又特别喜欢叠韵，所以不得已而常常用单字，这就大错特错了！写诗的人应当引以为戒。

二一

【原文】

吴太史竹桥寄鲍铭山诗来。其人幕游客死，属余采数语入《诗话》中。《秋夕》云："飒飒长廊落叶声，霞光黯淡照帘旌。芙蓉泣露秋塘晚，络纬吟风小院清。好梦似云回首散，新愁如水逐潮生。无端触眼惊陈迹，洗马茫茫此际情。"

他如："人间不夜皆因月，天上无情岂是仙。""网欹屋角渔人散，犬吠桥边野棹还。""满苑落花刚客到，小楼听雨又春深。"俱佳。

【译文】

吴竹桥太史给我寄来鲍铭山的诗文。此人喜欢云游，后客死他乡，我曾在《诗话》中采用了不少他的话。

他在《秋夕》诗中写道："风飒飒长廊之中听到叶落的声音，霞光昏暗照在门帘之上。芙蓉花粘上露水如泣如诉使秋天的河塘呈现出晚景，络纬虫在风中吟唱显出小院的冷清。好梦如云消散在回头的一刹那，新愁似水使得浪潮涌起。无意中望见夜莺飞走的遗迹，洗马河茫茫一片只应了此时的心情。"

其他的诗句如："人间不夜都是因为月光明亮，天上如果没有亲情怎能成仙。""渔网堆在屋角渔民早已散去，犬在桥边吠叫着远处的船桨在划回。"

"客人到来时正好赶上满苑的落花，小楼中听雨声已是暮春"等句都不错。

二二

【原文】

雍正间，孙文定公作总宪，李元直作御史，陈法作部郎，三人巍巍自立，以古贤相期，京师号曰"三怪"。余出录公门下，采其得略，为作神道碑。后与李公子宪乔交好，为撰墓志。惟陈公观察淮扬时，余宰沭阳，隶其属下，亲承风采，平易可新。及河帅白公被罪，公独以一疏保之，致革职戍边。信异人哉！仅记其

《卧病诗》云："高卧新秋及暮秋，酒场文社废交游。萧疏鬓发愁潘令，清瘦形骸笑隐侯。尽日闲书留枕畔，经时残药贮床头。世情肯信吾真懒，奈是维摩疾未瘳。"公字世垂，贵州人，癸巳进士。

【译文】

雍正年间，孙文定公出任总宪，李元直任御史，陈法任部郎，三人都不同凡响有自立精神，以古代的贤人为榜样，在京师人称"三怪"。我是孙公的门下，根据他的事迹，为他撰写了墓道的碑文。后来我和李宪乔公子相交甚好，得以为李公撰写墓志铭。唯独在陈公作淮扬观察时，我在沭阳做官，隶属于陈公麾下，亲身经历了他的风采，非常平易近人。等到白公河帅被问罪，唯独陈公进谏作保，以至于被撤职后至少保卫边防。他的信确实不同于常人！这里仅能记录他的《卧病诗》："躺在床上一直从初秋到深秋，酒场文社和交友出游都无暇顾及。鬓发苍苍使潘令为之发愁，清瘦的身体受到隐侯的耻笑。这些天拿几本闲书放在枕旁，经时的剩药存放在床头。常人更愿意相信我很懒惰，其实是维摩之类的大病未愈。"陈公字世垂，贵州人，曾是癸巳年的进士。

☷

【原文】

金孝廉有句云："病身对妾庄如客。"黄野翁有句云："老眼看灯大似轮。"此二句，正可作对。

【译文】

金孝廉有诗："患病的身体在妻子面前还要像客人一样庄严。"
黄野翁的诗句："年纪大的眼睛看灯像一个大车轮。"这两句，正好可以对应。

二四

【原文】

黄蛟门《寄张香岩》云:"接到书手偏不发,先后函外看平安。"又有句云:"浣衣池浅春无雨,籴米人归屋有烟。"金陵有此诗人,而予不知。

【译文】

黄蛟门有《寄张香岩》诗:"接到手的书信偏偏不打开,先从信封之外看到了平安的消息。"

又有诗写道:"在浅水池中洗衣可惜春天无雨,买米的人回去之后看见屋子冒出袅袅炊烟。"金陵有这样的诗人,以前我却不知道。

二五

【原文】

余园中种芭蕉三十余株,每早,采花百朵,吸其露,甘鲜可爱。恐汉武所谓金茎仙掌,未必有此味也。以一盘飞送香亭。渠谢诗云:"初日瞳瞳烂晓霞,敲门惊起树栖鸦。平头奴子飞笺送,一盒芭蕉带露花。"

"叮咛开盒便须餐,略缓须臾露已干。从古成仙在顷刻,莫教福薄走金丹。"

"庄周何必赋《逍遥》,一饮醍醐万念消。分与全家儿女吃,也呼鸡犬上烟霄。""不是神仙已是仙,兄锄明月弟耕烟。更期三万六千日,再乞琼浆共上天。"

【译文】

我在花园里种了三十多株芭蕉,每天早晨可以采花百朵,吸吮上面的露水,

庄周像。庄周即庄子,战国时期道
家学派的代表人物,著有名篇《逍遥游》。

又甜又新鲜。恐怕汉武帝时所说的金茎仙掌,也未必有这样的味道。用一个盘子装着飞快地送到香亭。有渠谢诗这样写道:"初升的太阳灿烂早霞,敲门惊起栖在树上的乌鸦。梳着平头的仆人飞快地把信笺送来,是一盒带露花的芭蕉。"

"叮嘱我打开盒子就要品味,片刻之后露水就会蒸发掉。自古以来成仙都在片刻之间,别让薄命带走了金丹。"

"庄子何必写什么《逍遥游》,有醍醐酒喝万念全消。分给全家让儿女同尝,他们也会招呼着鸡狗共上云霄。"

"不是神仙却已成了神仙,兄长手锄明月弟弟耕种云烟。还盼着再过三万六千天,再来乞到琼浆玉液共上云天。"

二六

【原文】

乾隆庚寅,余在杭州,访蒋苕生太史,闻寓湖州太守张公处,即具名纸往投。蒋未见,旁有一峨冠者,拱手出。心知是太守,素无交,而其意甚亲,未免愕然。太守笑曰:"先生不识我耶?我早识先生,并识先生之夫人。"

貌作何状,令姊貌作何状,历历如绘。余益惊,问故。太守曰:"当年公作翰林,住前门外横街。我年九岁,与公陆氏二甥同在蒙馆读书。塾师放学后,嬉游

公家。公姊及夫人梳头，常在旁，手进梳蓖。公过，犹呼饼饵啖我。公竟忘耶？"余谢曰："事实未忘，不料昔日圣童，今为公祖也。惜二甥早亡矣！"相与唏嘘者久之。从此遂别，更二十年，公子惠堂孝廉来，权知溧水，又是余改官江南第一次捧檄之所，重重春梦，思之怃然！其前事迹，已作七古一篇赠蒋，梓入集中矣。今年衰，不能再赞，乃作一联赠惠堂云："后我卅年，同为南国亲民宰；通家两代，曾见而翁上学时。"

盖实叙平生佳话，非敢挟长也。

【译文】

乾隆庚寅年间，我住在杭州，想去拜访蒋苕生太史。

听说他当时就住在湖州太守张公家里。随即拿着峨冠的人，拱手出迎。我心里猜测他便是太守，平素与他无甚交往，可此人非常客气，未免使我感到有些吃惊，太守笑着说："先生不认识我吗？我可早就认识先生，而且还认识您的夫人。"

还把我夫人的容貌，以及我妹妹的容貌，描绘得一清二楚。我更是感到惊奇，询问是怎么回事。太守回答说："当年您任翰林时，住在前门外横街。我那时候九岁，和您的姓陆的两个外甥一起在蒙馆念书。老师放学后，我们一起在您家里玩耍。您的妹妹和夫人常在旁边梳头，手里拿着梳子。您路过时，还吩咐人给我拿零食吃。您还记得吗？"我连忙辞谢道："事情没忘，可没想到昔日的圣童，今天成了太守了。只可惜我的两个外甥早亡了。"

于是在一起嘘寒问暖了很长时间。自此分手后，一别又是二十年，他的公子惠堂考廉来访，暂时任溧水知县，此地又是改任江南官后第一次收到檄文的地方，重重的春梦，回想起来有些失落的感觉！这以前的往事，我已做了一篇七言诗赠予蒋先生，收入集中。现如今年事已衰，就作了一副对联赠给惠堂："在我之后三十年，却同为南方百姓的父母官；两代人家，曾经看到你的父亲上学时。"

这都是写往事的好语，不敢倚老卖老。

二七

【原文】

张毅斋（琰），香岩秀才之兄也，有绝句云："板桥一望雨初晴，映水红栏分外明。底事帘前香不散，晚风吹过卖花声。"《闻莺》云："高士有情频侧耳，香闺

无梦亦关心。"

【译文】

张毅斋(字琰),秀才香岩的哥哥。有绝句诗:"在板桥上望去雨后初晴,映在水中的红栏分外干净。是什么事使得帘前的熏香不散,夜晚的风吹过了鲜花的叫卖声。"

《闻莺》诗写道:"高士因为心中有情频繁地回头,香闺即使安眠无梦也会受到关心。"

二八

【原文】

庚戌冬,余有感于相士寿终七六之言,戏作《生挽诗》,招同人和之。不料壬子春,竟有传余已故者,信至苏州,徐郎斋孝廉邀王西林、林远峰诸人,为位以哭,见挽云:"名满人间六十年,忽闻骑鹤上青天,骚坛痛失袁临汝,仙界争迎葛稚川。著作自垂青史后,彭殇早悟黑头先。望风不敢吞声哭,但祝迟郎经后贤。"余读之,笑曰:"昔范蜀公误哭随园,有诗无泪。然而泪尽数行,诗留千古矣。"

【译文】

庚戌年冬天,我有感于相士说我将在七十六岁去世时的预言,便戏作《生挽诗》,招致了同人的响应。

没想到壬子年春,竟然有人传说我已故去。这个消息传到苏州,徐明斋孝廉邀请王西林、林远峰等人,立牌位哭丧,其挽诗写道:"声名洒满人间六十年,忽然听说骑鹤去了天堂。文坛痛失袁临汝,而仙界争相欢迎葛稚川的到来。自从著作康垂青史之后,您先于年轻人领悟彭祖的早逝。望着青风不敢失声痛哭,只愿以后的人能承继您的贤德。"

我读后,觉得很有意思:"过去范蜀公哭悼苏轼,只有泪而无诗,今天诸位哭悼我,却是只有诗而无泪。然而泪流尽了,可诗却会流传千古。"

二九

【原文】

金绍鹏秀才病跛,而诗才清妙。居南门外,甚远,余作诗会,辄肩舆迎之。《炙砚》云:"冻合端溪冷倩烘,炙来欣趁暖炉红。烟云气吐阳春外,铁石心回方寸中。冰释恰如苏地脉,笔耕才得展田功。更夸文阵通兵法,即墨城坚伏火攻。"《糊窗》云:"素楮晶莹赛越绫,书窗面面霁辉凝。不教故纸遮双眼,自有清光透一层。弄影待看梅衬月,敲诗好映雪挑灯。白生虚室神先爽,篇展《南华》几试凭。"《呵笔》云:"中书也感吹嘘力,倔强全消听指挥。"

【译文】

金绍鹏秀才因病致跛,但诗才清新绝妙,他住在南门以外很远的地方,我办诗会,得驱车迎接。

他的《炙砚》诗写道:"冻后的墨盒产自端溪冷得需要烘烤,烤来之后看着已烧红的暖炉。此时是阳春三月却烟云弥漫,砚的铁石心肠回落在方寸之间,坚冰融化恰似地脉苏醒,用笔耕耘才得以使田功舒展。更加夸奖文阵与兵法相通,即墨城坚固需用水攻。"

《糊窗》诗写道:"窗户上的素楮晶莹似吴越的绸绫,书房的面面窗户能使得光亮凝固。不能让旧纸遮住了我的双眼,自然有一层清光透过。弄影需看梅衬似的月亮,推敲诗文是为了映雪挑灯。白发老人的屋里精神先得爽,篇篇诗文在南华写就成为多次考试的凭证。"

《呵笔》诗:"即使是中书也能感到吹嘘之力,倔强全部消失而听任指挥。"

三〇

【原文】

林竹溪(皖)《柳絮》云:"一春从未见渠开,只见纷纷点翠苔。忙杀娇痴小儿女,闲庭捧手待飞来。"怀宁劳崇煦云:"笑指半钩飞破镜,戏抛双钏叠连环。"

"好梦易离欢喜地,春晴难到两三天。"俱眼前语,而拈出便新。

【译文】

林竹溪在《柳絮》诗中说:"一到春天便从未看到开渠放水,只看看绿色苔草纷纷点缀。这下可忙坏了男女小孩,在庭院里捧着手等待着它的飞来。"

他在怀宁劳崇煦诗中写道:"笑话别人用钩起的手指飞起把镜子打破,开玩笑般地把双钏抛成叠连环。"

"快乐的地方容易使好梦远离,春日的晴天很难持续两三天。"

这些用词都平常语,而经他挖掘便觉新鲜。

三一

【原文】

壬子冬,过淮,严司马历亭(守田)席间诵孙相国(士毅)《领兵赴台湾》云:"自笑陈琳檄未工,也曾磨盾学后戎。梦惊猛拱涛头白,渴饮官屯战血红。元请一丸封已足,颇遗三矢盼犹雄。感恩何处酬豪末,愿得浮江比阿童。"《南征》云:"栾城襟带接重洋,上下思文景物荒。寅雾蛟涎工掩日,丁男鸦嘴惯耕霜。入云坂洞盘千折,夹道翁茶网四攻。(土人呼'官'为'翁茶',出入结网为轿。)最是马前烦慰劳,槟榔满榼当壶浆。"

"裳带居然遍百蛮,洱河恩许唱刀环。文渊迹已埋铜柱,定远心原恋玉关。二月花浓黄木渡,三年香染紫宸班。只因妖鸟巢犹在,梦绕罗平未肯还。"

【译文】

壬子年冬季,我路过淮河,严历亭司马为我背诵了孙相国的《领兵赴台湾》诗:"自己嘲笑陈琳的檄文还未写成,我也曾经打磨盾牌学着入伍当兵。一梦惊醒时看到猛拱白色的波涛,口渴时在官屯饮水望见殷红的鲜血。原请得一丸之封心愿已足,却遗三矢顾盼犹雄。要想感恩从何处能报得一星一点,只愿能像阿童一样浮江卫国。"

《南征》诗写道:"栾城离海很近,上上下下想着诗文使周围景物荒芜。停工之日正值寅雾像蛟龙的口水,男子使用鸦嘴锄熟练地耕种。直入云霄的坂洞有千折,夹道中有四顶官轿,鞍前马后的侍应最应受到安慰和酬劳,满捧的槟榔应当作玉液琼浆。"

国学经典文库

随园诗话

【原文】

汪汝弼(梦岩)《送春》云:"子规啼急客情牵,荼尾花中罢绮筵。飞到杨花春似梦,立残斜日草如烟。消愁心绪凭杯酒,看好韶光待隔年。我亦欲归归未得,数声长笛暮江天。"又,"夕阳在树蝉声远,凉月坠帘花影生。"皆妙句。其见赠诗,已入《同人集》。

【译文】

汪汝弼有《送春》诗:"子规鸟声急促牵挂的客子归情,荼尾花将华贵的酒席推却。飞来的杨花预示着春天似梦,站在斜阳下看到草木如烟,借酒消愁,阳光明媚更盼着来年。我也想回到故里却难以成行,只在暮红的晴天吹几声长笛。"

又有"夕阳照在树上听到蝉声已远去,冷月落在门帘之上照出了花影。"这些诗句都很绝妙。他的一些赠诗,已被收入《同人集》。

【原文】

余游天台,离家半载,归后见几上有书一封,署名杜情海,不知何许人出。其略云:"惟才人能慕才人,而或关山间隔,贫无以聚粮;驹隙流光,命有如朝露。至于题碑挥涕,抱书呜咽,词客有灵,实增遗憾。窃每念及,耿耿终宵。海于海内才人,留意多矣。惟公则才大如天,惟仆则情深如海。自闻名以来,不知何以低徊思慕,朝夕不置,岂三生之说,原有可征;而一代之才,自应作合耶?"仆尝有句云:"除狂几欲死,不杀定相怜。倘或相见有阻,而小杜清魂一缕,荡天入地,有不与劫灰俱灭者。所凭青眼,鉴此丹诚。"余因其诗有奇气,姑录之,待访其人。

【译文】

我因为去天台山游览,离家有半年时间,回来后看到桌上有一封书信。署名杜情海,不知是何许人。

大概是说:"只有有才华的人才能羡慕有才华的人,而有人因为关山的阻隔,家贫如洗,夜晚只有缝隙中的流光似照明,命运就像朝露。至于在题碑文时哭泣,抱着书信呜咽,写词的人心有情,实在是增添不少遗憾。我私下每想起此,便耿耿于怀整夜不眠。我对于海内的人才,已注意多时了。唯有您的才华大于云天,唯有我对您情深似海。自从听说您的大名以来,不知为何低头想念,不分早晚。难道说三生的话,其原因必有可象征的东西,而一代的天才,却应当自己去响应天作之合吗?我曾写有这样的诗句:'清除狂人几乎到死的边缘,而不杀他是因为可怜他。'如果和您见面不易的话,那么小杜我要化成清魂一缕,上天入地,绝不同劫后的余灰一同消逝。我所凭借青眼,有这样的一颗赤诚之心。"

我因他的诗有奇特的才气,姑且收录集中。有待访寻此人。

三四

【原文】

余作令六年,曾作《俗吏篇》数首,存集中。今读钱竹初明府《吏不可为》六章,觉从前吏治,尚不至此,特录之,以俟采风者。其词曰:"难初鸣,侦大府。鼓声隆隆,衔尾疾进如群鼠。坐左箱,日亭午,饥不得餐轮转肚。口燥唇干噤无语。须史手版如叶飞,曰公不遑诘旦来。如是者再四,乃得侧身入谒升其阶。'无恒旸雨乎?民不疾苦乎?'口之所咨非所图。以色示退偻而趋。归告其宾朋,今日上官遇我殊。"(《参谒》)"若者县紧望,若者赋上中,肥瘠揣而知,膏数藏其胸。问吏何所有,一丝一粟民膏脂,交亲缊褒来,白着颜怛怩。所爱权锱铢,所畏挥沙泥。山中麋鹿川中鱼,竟陵四尽古有徒。取彼以与此,海波之澜乃自濡。令公喜,令公怒,朱提有神作人语。"(《馈遗》)"官如大鱼吏小鱼,完粮之民其泪泃。官如虎,吏如猫,具体而微舐人膏。二月丝,八月谷;妇出门,鸡登屋,五刑之属邮丽事,役情追呼罪其罪。心所不怒强威之,投签铿然厌且愈。坐堂皇,鞭甚尻,役以皮肉更钱刀。彼纵不苦我则劳,署上上考何足高。"(《催科》)"强者盗,儒者贼;明者劫,暗者窃。盗不易捕贼易得,豺狼伏莽鼠跳壁。

此辈民之蛊,五毒宜惩凶。及观号呼惨,肢体与我同。所起由饥寒,刑之不可止。单辞鞫徒烦,得清无足喜。穿窬内荏而色厉,取非其有贤充类。乃知天下之贼难尽求,窃钩者诛窃国候。"(《鞫贼》)"晨起罢舆漱,僮来促官书。官书日几何,堆案二尺余。刊章匡以花,急递插以羽。岁月加封检,字句乏黝黮。披之两眸塈,朱墨手倦举。算事耶?算丁耶?甲乙丙者著令耶?决事之比纷如麻。需头辞卑累而上,得一大诺自天降。宣底骄,缄其状。符火速,竿作梜,尾加恫喝慄已熟,大胥之叱守令如叱仆。"(《判牍》)"乐莫乐兮见故人,苦莫苦兮对恶宾。胸隔千里万里貌强亲,唯唯诺诺不敢嗔。衔杯引手,视荫不走,使肴核下咽不得腐,娆脑填肠泄且呕。何如还乡独处局门庭,所不愿见者叩不应。"

【译文】

我任县令六年,其间曾作数首《俗吏篇》,收入集中。今天读到钱竹初明府六章吏不可为,才觉得过去的官吏统治,还未至于如此,所以特地予以收录,以等采风之人。

他的词这样写道:"鸡刚刚鸣叫,便去大府侦查。听到隆隆鼓声,仆役们出出进进像群鼠一般,坐在右侧,等到中午,饥饿得要命无饭可吃肚中如轮转,口干舌燥无话可说。忽然手版像树叶一样飞来,说老爷今日无空有诉苦者明日再来。这样再三再四,终于得以侧身入内拜见老爷。被老爷的脸色示退后,由走变跑。回到家中告诉亲朋好友,今日里老爷对我不同一般。"

"有人焦急地张望,有人粉饰太平,土地是肥是瘠揣手可知,贫穷的程度心中有数。问吏们有什么,一丝一粟都是民膏民脂。亲戚朋友穿着黄衣来访,而白衣服的颜色却显怵惕。吏们喜欢的正是称钱两,所恨的事是耕地劳作。山中的麋鹿水中的鱼,竞相颉颃是古已有之。彼此相比,有如海浪波涛自我更替,你要么高兴,要么发怒,好像朱笔提到的神仙也会说出人话来。"

"当官的好比大鱼,作吏的好比小鱼,交完粮食的百姓却是泥泞。当官的好比是虎,作吏的好比是猫,都是舐食别人的血汗不分好坏。""二月丝,八月谷,妇人出门鸡登屋,只因欠官一点粮,被吏追呼定下罪。县官虽心中不怒也得做出威风样,投签喝令敲打小民的屁股。即使他们不疼,我也觉得疲倦,如此换得上司考验合格。"(《催科》)

"强者为盗懦者做贼,明抢暗偷。盗不易捕贼好抓,就像豺狼在村中老鼠在墙上一样。这些小贼是坏蛋,理应严惩,等听到他们的惨呼我心又不忍。他们因饥寒而偷窃,打死也没用。再说窃钩者诛窃国者王侯,天下盗贼是不可能抓尽的。"(《鞫贼》)

"清晨起来洗漱已罢,书僮来催促阅读官方文件。文件每天有多少?堆在桌上二尺厚。刊章周围框着花边,紧急递送公文上插着羽毛。年月日上加了封条,字句缺少流畅通顺。读来两眼模糊,红笔懒得批画。算事吗?算丁吗?甲

随园诗话

乙丙丁为官令吗？各种要决断的事务乱如麻。要在公文开头堆上几句谦卑虚话，得到上司的一句夸奖。下文要用骈体，还要封缄如状。火速传递，以竿作楗，末尾再来几句吓唬人的话，这种格式我已烂熟。大吏呵斥太守、县令就像呵斥奴仆。"(《判牍》)

"乐莫大于见故人，苦莫大于对恶客。心中远隔千万里脸上却强作亲近状，口中唯唯诺诺不敢得罪。举杯握手，屡次低头看树荫抬头看日头他也不走，使人吃下什么都骨鲠在喉难消化，冲头填肠下泄上又吐。怎样才能回到家乡紧闭门，不愿见的人即使来敲门也不应答他。"(《酬宾》)

三五

【原文】

乾隆己丑，今亚相刘崇如先生出守江宁，风声甚峻，人望而畏之。相传有见逐之信，邻里都来送行。余故有世谊，闻此言，偏不走谒，相安逾年。公托广文刘某要余代撰《江南恩科谢表》，备申宛款。方知前说，都无风影也。旋迁湖南观察。余送行有一联云："月无芒角星先避，树有包容鸟亦知。"不存稿，久已忘矣。今年公充会试总裁，犹向内监试王荶亭诵此二句。王寄信来云，故感而志之。

【译文】

乾隆己丑年间，当今的丞相刘崇如先生出任江宁太守，形势严峻，众人都非常惧怕。相传如有见逐之信，邻居们都会来送行。

我和他是世交，听说之后，却偏不去拜见，却相安无事有一年多的时间。他托刘广文要我代为撰写的《江南恩科谢表》，其辞令很婉转。这样才知道前面的传闻，都是假的，他之后又调到湖南任观察。我送行时写有一副对联："月亮没有芒角却使得星先自避开，树有包容连鸟都知道。"

没有留底稿，时间长了也就遗忘了。今年他任会试主考官，还向内监试王荶亭背诵这两句，王公写信告我，所以为表感谢加以记录。

三六

【原文】

新安王太守顾亭先生,看《随园诗话》有得,顿改从前之作。《养生潭观鱼诗》云:"客亦知鱼乐,相将坐小舟。水深清见底,沙净白疑浮。得食依行棹,成群戏涉流。夕阳横断岸,红蓼几枝秋。"恰有唐人风味。

【译文】

新安王顾亭太守,看了《随园诗话》后有所收获,立刻对从前的文章加以修改。在《养生潭观鱼诗》中写道:"人也知道鱼的乐趣,便一起坐在小船之中。清澈的潭水深可见底,干净的泥沙好像是浮着一层白色。要想吃鱼得划桨,鱼儿成群在涉流中玩耍。夕阳西下斜照着岸边几枝红蓼便知秋已来到。"正有唐代人的风味。

三七

【原文】

人问:"诗要耐想。如何而耐人想?"余应之曰:"'八尺匡床方锦褥,已凉天气未寒时,''狎客沦亡丽华死,他年江令独来时。''烛花渐暗人初睡,金鸭无烟恰有香。''梦里不知凉是雨,醒来微湿在荷花。''僧馆月明花一树,酒楼人散雨千丝。'五言如:'夜凉知有雨,庵静若无僧。''问寒僧接杖,辨语犬衔衣。皆耐想也。"

【译文】

有人问我:"诗要耐人寻味。如何才能耐人寻味呢?"我回答说:"'八尺的床加上方方锦被,天气正凉但寒冷的季节还未真正到来。''门客沦落死于繁华

之中,正值他年长江的时令独自到来之时。'‘烛光渐暗人刚刚睡下,金鸭无烟恰好有丝丝香气!'‘梦里不知天变凉爽是因为下雨,一觉醒来是荷花有些湿润。'‘僧馆的月明有一树的鲜花,酒楼中人散去有千丝的细雨。'五言诗如:‘夜间天气变凉便知是有雨,庵内安静好像里面无僧。'‘问寒的僧人拿到拐杖,能听懂话的狗把衣服衔起。'都是耐人寻味的。"

三八

【原文】

唐薛能笑杜少陵不敢作《荔枝诗》,香山有之而不佳,自作一首夸云:"不愧不负而不知。"庸浅已甚,可笑也! 能诗最佳者,《咏蜀柳》云:"高出军台远映桥,贼兵曾斫火曾烧。风流性在终难改,依旧春来万万条。"

【译文】

唐薛能嘲笑杜少陵不敢作《荔枝诗》,香山作了一首却不好,自己的一首:"不愧不傲而且不知。"

却也是非常庸俗浅陋之作,很是可笑! 他最好的一首诗是《咏蜀柳》:"高出军台远远地映衬着桥,曾被贼兵砍伐被火烧。风流的性格终难以改变,春天来到仍然是万万条。"

三九

【原文】

余九岁时,偕人游杭州吴山,学作五律,得句云:"眼前三两级,足下万千家。"至今重游此山。觉童语终是真语。又,《偶成》云:"月因司夜终嫌冷,山成名毕竟高。"亦似有先知之意。

【译文】

我九岁的时候,和大人一起游览杭州吴山,学习作五律诗,写有诗句:"眼前

是三两级台阶,脚下是万千家住户。"

如今重游此山,觉得童年时的诗句竟然是纯真的诗句。还有一首《偶成》诗:"月亮因为守夜终究会想到寒冷,山到成名之际毕竟让人感到高大。"

也有先知的意思在其中。

四〇

【原文】

诗如射也,一题到手,如射之有鹄,能者一箭中,不能者千百箭不能中。能之精者,正中其心;次者中其心之半;再其次者,与鹄相离不远,其下焉者,则旁穿杂出,而无可捉摸焉。其中不中,不离"天分学力"四字。孟子曰:"其至尔力,其中非尔力。"至是学力,中是天分。

【译文】

写诗,就像射箭,一个题目在手,好像射箭时出现了鹄鸟,能人一箭射中,而弱者就是千百箭也射不中。能人的精华者,一箭正中心脏,次者正中心脏的一侧,再次者,箭与鹄鸟相差不远,最差的,箭就从旁边穿过从任意的地方飞出,无法估计。中与不中,无非是受天分和努力。孟子说:"能达到是你的力量,能否击中就不是你力所能及的了。"

达到是凭借你的努力,击中才是靠天分。

四一

【原文】

康节先生有三不出之戒,谓风不出,雨不出,大寒暑不出也。余七十后,惟暑不出。过中秋裁出,此定例也。今年八月八日,太守松云李公新修莫愁湖成,招余往饮,且云:"能为莫愁破例否?"余答云:"老僧入定,闻钺钟声便要破戒;况莫愁乎?"即往赴之。适王顾亭太守见访,不值,追至湖上,口号以赠云:"似镜湖光一叶横,白头遥认是先生。卢家尚具神通力,竟把闲云引出城。"

邵雍像，图出自明·吕维祺《圣贤像赞》。邵雍为北宋著名哲学家，谥号康节，故后世称其为"康节先生"。

【译文】

康节先生有三个不出门规矩，所谓刮风不出门，下雨不出门，冷天热天不出门。我在七十岁之后，只在热天不出门。过中秋时出门，是惯例。今年八月八日，松云李太守新修订完莫愁湖，想请我去一同喝酒，问道："能为莫愁破一回例吗？"

我回答说："老僧入定之后，听到女人的钗钏声就要破戒，更何况为了莫愁呢？"当即前往。正好顾亭太守来看望我，见我不在，追至湖边，大声喊着一首赠诗："湖光如镜只有一叶小舟，远看白头发的老者原来就是先生。卢家还是具备通神之力，竟然能把闲云引出城来。"

四二

【原文】

新安胡葆亭有句曰："千里雄心空似骥，百年衰族可无鸠？"余爱其典雅。后其子雪蕉比部《闻莺》云："细雨乍移江上舫，好春又放故园花。"方知胡氏诗

学传家,渊源有自。雪蕉有弟(岳)见赠云:"随口篇章皆绝调,及门弟子总传人。"郭频伽秀才见赠云:"生不侫人何况佛,事惟欠死恐成仙。"

吕仲笃读《随园诗话》,赠云:"大海自能含万派,名山真不负千秋。"范瘦生读《随园集》,赠云:"有笔有书有音节,一朝兼者一先生。"

【译文】

新安胡葆亭有诗句写道:"雄心千里像千里马一样不着边际,百年的衰族难道可以缺少鸠鸟吗?"我喜他的诗句的典雅,后来他的儿子雪蕉有《闻莺》诗:"细雨突然落在江上的船舫,大好的春天使故国之花重新开放。"

我这才知道胡氏以诗学传家,有自己的渊源。雪蕉有兄弟赠诗道:"随口而出的文章都是绝句,门下的弟子总以之传诵给他人。"

郭频伽秀才赠诗道:"生而有才的人怎可当佛,此生只有死亡一事才可能成仙。"

吕仲口笃读了《随园诗话》,赠诗道:"大海自然能包含万派,名山真不能辜负千秋。"

范瘦生读《随园集》之后,赠诗道:"有笔有书有音节,三者兼而有之的只有您这一位先生。"

四三

【原文】

余不信风水之说。人言:"黄巢、李闯,俱因毁墓而败,非风水之验否?"余道此等"逆贼",虽不毁其坟,亦必败也。因口号一诗,以晓世人云:"寄语形家莫浪骄,《葬经》一部可全烧。汾阳祖墓朝恩掘,依旧荣华历四朝。"

【译文】

我从不相信风水。有人说:"黄巢、李闯王,都因为毁墓才导致失败,难道不是风水在起作用吗?"我说:这样的"逆贼",就是不去毁坟,也会遭到失败。所以口授一诗,以警醒世人:"规劝五形之家不要太放浪骄横,一部《葬经》可以全部烧掉。在汾阳的祖坟被朝恩掘毁,照样是享历四朝荣华。"

【原文】

余访京中诗人于洪稚去存。洪首荐四川张舡山太史，为逐宁相国之后，寄《二生歌》见未，余已爱而录之矣。

追忆乾隆丙辰，荐鸿博，入都，在赵横山阁学处，见美少年，忽通芳讯，知故人官至太守，尚无恙，且有子不凡，为之狂喜。蒙以诗稿见寄，名曰《推袁集》，尤足感也。闻亦玉树临风。

兼仲容之姣。有秀水金筠泉（孝继）、无锡马云题（灿）俱愿与来生作妾。舡山调之曰："飞来绮语太缠绵，不独嫦娥爱少年。人尽愿为夫子妾，天教多结再生缘。累他名士皆求死，引我痴情欲放颠。为告山妻顺料理，典衣早蓄卖花钱。"

"名流争现女郎身，一笑残冬四座春。击壁此时无妒妇，倾城他日尽诗人。只愁隔世红裙小，未免先生白发新。宋玉年来伤积毁，登墙何事苦窥臣？"

余闻而神王，亦戏调之曰："夫妻喻友从苏、李，贤者怜才每遇情。但学房星兼二体，心期何必待来生？"

【译文】

我通过洪稚存去拜访京城的诗人。他首先推荐四川的张船山太史，此人是逐宁相国的后代，寄来《二生歌》诗，我由于喜欢它已经将其收录。

回想起乾隆丙辰年间，去都城，在赵横山阁学处，看到一位叫姓张名顾鉴的英俊少年，我们订下了莫逆之交，我觉得他与舡山有些关系，便写信询问，不料就是同一个人。

六十年的，忽然从旁人那里听说，他已官至太守，身体尚好，而有一个不错的儿子，为此狂喜一番。承蒙他寄来的文稿，名为《推袁集》，尤其令人感动。

听说他也属玉树临风，容貌姣美之人，秀水的金筠泉、无锡的马云题都愿意来生做妾为伴，船山写诗调笑道："飞来的情话太缠绵，看来不光是嫦娥才爱少年，人都愿意给夫子当妾，是天意让我们多结一些再生缘。其他的名人都追求死亡，引出我的痴情有些癫狂。为此告诉我的妻子要好好料理家务，把衣服卖掉早些积蓄买花钱。"

"名流争相呈现女儿身，一笑使残冬变得回座皆春，用手去打墙壁是因此时

国学经典文库

随园诗话

没有喜欢妒忌他人的妇人，他日能使城市倾倒的都是诗人。只是发愁隔世的红裙太小，难免先生您新添白发。宋玉以来以积毁伤感，登墙为何事却苦坏了窥视的人"。我听说之后很是神往，也写了一首戏诗："二角夫妻比喻友人从苏、李开始，其实是因为珍惜人才每每流露真情。只要学房星身兼二用，心里的期望又何必盼着将来。"

四五

【原文】

王濯亭廷取别驾，顾亭太守之弟也。有《瓶花》一首，云："一枝浓艳胆瓶中，习习春生几席风。莫怪无根易凋谢，人情只爱眼前红。"余道："此诗与翁承赞《咏僧寺牡丹》相同"。其词云："烂漫香风引贵游，高僧闲步亦迟留。可怜殿角长松色，不得王孙一举头。"均有寄托可喜。

别驾又有《文殊台》诗，云："文殊台上日初曛，翠影岚光看不分。片石尚堪容独坐，坐寒三十六峰云。"《东溪山庄》有句云："剩有好山供望眼，自来胜事属闲身。"俱可爱也。

【译文】

王濯亭字别驾，是顾亭太守的弟弟。

有《瓶花》诗："一枝浓艳的花插在胆瓶中，春天来到春风习习。别责怪它无根容易凋谢，只喜欢红在眼前是人之常情。"

我觉得：这首诗与翁承赞的《咏僧寺牡丹》诗相同。

那首诗写道："烂漫的香风吸引

瓶梅图。清人王濯亭《瓶花》诗云："一枝浓艳胆瓶中，习习春生几席风。莫怪无根易凋谢，人情只爱眼前红。"

着贵人前游,即使是高僧在散步也要驻足。只可怜那殿角的长青松,得不到王公的抬头一望。"

二诗都有寄托人的意思叫人看了就喜欢,别驾又写有《文殊台》诗:"文殊台上太阳刚刚出山,翠影岚光还难以分清。片石尚可容纳一人,直坐到三十六峰云变寒。"

《东溪山庄》诗:"剩下有好看的山供眺望,自然而然的好事情属于闲适之人。"都很有意思。

四六

【原文】

法时帆学士造诗龛,题云:"情有不容已,语有不自知。天籁与人籁,感召而成诗。"又曰:"见佛佛在心,说诗诗在口。何如两相忘,不置可与否。"余读之,以为深得诗家上乘之旨。旋读其《净业湖待月》云:"缓步出柴门,天光隔桥瀲。溪云没酒楼,林露滴茶笼。秋水忽无烟,红蓼一枝动。"

又,"抠衣踏藓花,满头压星斗。溪行忽有阻,偃蹇来醉叟。攘臂欲扶持,枕湖一僵柳。"此真天籁也。又,《读稚存诗奉柬》云:"盗贼掠人财,尚且有刑辟。何况为通儒,观颜攘载籍。两大景常新,四时境屡易。胶柱与刻舟,一生勤无益。"

此笑人知人籁而不知天籁者。先生于诗教,功真大矣。《咏荷》云:"出水香自存,临风影弗乱。可以想其身分。"又曰:"野云荒店谁沽酒,疏雨小楼人卖花。"可以想其胸襟。

【译文】

法时帆学士造了一座诗龛,题诗道:"有不能容纳自己之情,有自己不知道的言语。天籁和人籁,相互感应才成为诗歌。"

又写道:"见到佛佛就在心中,说到诗诗就在品中。倒不如两相遗忘,是否可以不予理睬。"

我读了之后,觉得才深深地了解了诗家高妙的宗旨。旋即我又读了他的《净业湖待月》诗:"缓步走出柴门,隔桥看到天光元气四起。溪边的云气淹没了酒楼,林间的露水滴在茶笼之上,秋水忽地烟散只有红蓼一枝在摇动。"

又"提着衣服在花丛中走过,满头都好象在星斗的重压下。沿溪而行忽然

受阻,倒地的跛脚原来是个醉汉。拐袖正要将他扶起,才知是卧在湖边一棵枯柳树。"

这真是天籁。又有《读稚存诗奉柬》诗:"盗贼抢劫别人的钱财,尚且有刑罚来问罪。更何况已成为儒者,要撕破脸皮偷窃车上的书籍。两边的风景经常是新奇的,四季的环境更是经常变换。胶柱与刻舟,都是一生勤劳无所收益。"

这是嘲笑人只有人籁不知天籁。先生在诗教方面,功劳真是很大。在《咏荷》诗中写道"出水的荷花香气自然留存,风过之时影子从不乱摇。"

可以想象他的身份,又有"乡野的荒店谁在沽酒,急雨的小楼有人在卖花。"可以看到他的胸襟。

四七

【原文】

余与和希斋大司空,全无介绍,而蒙其矜宠特隆。在军中与福敬斋、孙补山两相国、惠瑶圃制府,各有寄怀之作,已刻《仓山集》中。兹又从黄小松司马处,得其《西招春咏》云:"莫讶春来后,寒容转似添。小窗欣日色,大漠渺人烟。风怒沙能语,山危雪弄权。花稀名不识,何处听啼鹃?"《中秋德庆道中》云:"山峻肩舆缓,征人夜未休。久忘家万里,惊见月中秋。去岁姜肱被,今宵王粲楼。喜成充国计,含笑解吴钩。"《春夜》云:"银红闪闪漏迢迢,风送边声助寂寥。残月印窗天似晓,寒鸡叫月梦偏遥。频年客况当春好,一味乡心易鬶凋。莫以沐猴讥项氏,夜行衣锦笑班超。"三诗,虽吉光片羽,而思超笔健,音节清苍。方知皋、夔、周、召,本是诗人,非真有才者,不能怜才也。《寄随园诗》自注云:"当在弟子之列。"与小松札中,又有"久思立雪"之语。虞仲翔得此知己,真可死而无憾。但未知八十衰年,今生尚能一见否?思之黯然!

【译文】

余与和希斋大司空,无人介绍,而承蒙他特别爱护。在军史与福敬斋、孙补山两相国、惠瑶圃制府,各有寄托胸怀之作,已刻入《仓山集》中。我又从黄小松司马处,得到他的《西招春咏》诗:"不要在春来之后惊讶,寒冷的容颜转眼间变了。小窗中可以欣赏日色,大漠中却有烟渺渺。沙风在怒吼中能言语,雪能在高山之上戏弄着自己的双颧。花草稀少不知道名字,什么地方能听到杜鹃鸟的啼叫?"

《中秋德庆道中》诗："险山在山谷间变得舒缓，征战之人到晚上还未必歇。长期以来早已忘却家远在万里之外，猛然间看见了中秋之月。去年用的姜肱被褥，今晚睡的是王粲的小楼，为了国家之计而乐于成全微笑着解开芜钩。"

《春夜》诗："银红闪亮已漏了千里之遥，风送来边关的声音更烘托了寂静。残月印在窗上像是天要破晓，寒气中鸡声冲月鸣叫偏偏是梦境遥遥。许多年来他乡是春天的风景好，一味地思乡易使两鬓斑白，别用沐浴之猴去讥讽项氏，夜行的衣服也要去嘲笑班超。"这三首诗，虽然是吉光片羽，而思路已超于笔尖，音节抑扬顿挫。这才知道皋、夔、周、召，本是诗人，不是真有才华的人，不会珍惜才华。在《寄随园》诗中自注道："应当属于弟子之列。"

写难小松的信中，又有"站在雪地里长久地思考"的句子。如果虞中翔得此知己，死也不遗憾了。但不知道我这八十岁的老翁，还能和他再见上一面吗？想起来真是悲哀！

四八

【原文】

余春间返故乡扫墓，洞庭朱涧东成入山见访，不值，题壁云："五十年前父母官，于今八十享清闲。斯民不放袁公去，留得青天在此间。""四壁琳琅少女辞，山阴应接颇如之。那堪更读童君画，绝笔梅花绝笔诗。（童二树素未识面，画梅赠先生，题诗未竟而卒。先生加跋，悬诸壁间。）"追余至吴门，于山塘相见。又见赠云："叨作兼霞倚，名园纪胜游。笙歌今北海，图画古营丘。健合扶红袖，闲宜伴白鸥。公应是萱草，相对日忘忧。"咏物诗难在不脱不粘，自然奇雅。涧东《咏玉簪花》云："瑶池昨夜开芳宴，月妹天孙喜相见。醉里遗簪直等闲，香风吹落堕人间。醒来笑向阿母索，起跨青天白羽鹤。移时搜到野人家，乃知狡狯幻作花。烟中但欲搔头去，翠袖纷披宝髻斜。"

【译文】

我在春季回到故乡去扫墓，洞庭人朱涧东到山中看望我，不在，便在墙壁题诗道："五十年前的父母官，如今已八十岁享着清闲，老百姓不愿意让袁公离去，想把青天留在这里。"

追踪我到吴门，在山塘相见，又赠诗道："吵闹要做芦苇般地相互依偎，各园之中记载著名的游览。为今天的北海吹笙，为古代的营丘画图。身体健康有红袖相伴,闲暇时应有白鸥相伴。您应当是像萱草一样,太阳下面便忘记忧愁。"

咏物诗难就难在既不脱离又不粘接,自然奇特雅致。涧东《咏玉簪花》诗:"昨夜瑶池开了芳宴,月亮的姐妹天帝的子孙欢聚一堂。酒醉之后玉簪遗落一直等到闲暇时,却被香风吹落掉入人间。醒来之后笑着向母亲索要,不得不跨这青天骑上白羽鹤。一边飞一边披到乡野一家,才知道狡猾的玉簪已化作花朵。烟雾中就要无奈离去,绿袖飘摇宝髻有些歪斜。"

四九

【原文】

湘潭张紫岘,老诗人也,于涧东为前辈,仿其体。题渠所画墨兰云:"公孙大娘舞剑器,颠、旭得之为草书。涧东兼二妙,写作幽兰图。从横岂有形与模,天工人巧相与俱。湘妃愁春隔烟水,古云念雨一十里。《霓裳》玉珮慵斜倚,来降纸窗素瓷里。对之微笑忽通灵,澹无言说天纯青。心苞意萼谢俗墨,九畹辟尽畦与町。我欲置之九嶷峰巅四千丈,不可采兮但遥望。"

【译文】

湘潭人张紫岘,是一位老诗人,是涧东的前辈,模仿他的体裁,为涧东所画墨兰题诗道:"公孙大娘舞剑的风采,被颠旭得到变成草书的章法。涧东兼有二人之妙,画出了幽兰图。纵横哪能有固定的形式,都是天工和人巧的契合。湘妃以春为愁被烟水阻隔,古老的云彩在十里以外就有雨的征兆。《霓裳》玉佩懒散地斜倚着,来降的纸窗用素衣包裹。对它微笑忽然通了神灵,淡淡地无言诉说的纯青。心似苞意似萼要屏弃俗墨,九畹开垦成畦与町。我想

张旭像,图出自清·孔继尧绘《吴郡名贤像传赞》。张旭为唐代著名书法家,相传其从公孙大娘舞剑中悟出了草书之道,以辫写书,故清人诗中有"公孙大娘舞剑器,颠旭得之为草书"之句。

将它置于九嶷峰,采摘不到只好观望。"

五〇

【原文】

咏桃源诗,古来最多,意义俱被说过,作者往往有叠床架屋之病,最难出色。朱涧东来诵黄岱洲其仁《过桃源》一绝云:"桃源盘曲小山河,一洞深深锁薜萝。行过溪桥云密处,但闻花外有渔歌。"淡而有味。《沧浪诗话》所谓作诗不贵用力,而贵有神韵,即此是也。

【译文】

咏桃源诗,自古以来数量最多。意思都已说尽,作者往往有叠床盖屋的毛病,很难有出色之作。朱涧东给我背诵黄岱洲《过桃源》诗一绝:"桃源蜿蜒曲折像是缩小的山河,一个深深山洞将薜萝锁住。走过溪边小桥云密集的地方,却听到花丛之外有渔歌传来。"清淡而有滋味。《沧浪诗话》中所说写诗不贵在用力,而贵在有神韵:就是这个道理。

随园诗话补遗·卷七

文以情生，韵因诗押

随园诗话

一

【原文】

余九日登紫荫山,见人题句云:"巾子峰前木叶稀,登高望远思依依。天寒海气连云白,风紧城乌作阵飞。红豆裁书难寄远,黄花插帽事多违。年来浪迹东西道,惭愧天涯老布衣。"

末题"陈濂"二字。访之,乃余甥婿陈文水孝廉之三弟也。又,《游石门楼》云:"山风吹松云,岩石明齿齿。猿啼两三声,行人尽东视。娟娟山上月,照见山下寺。洞门犹未关,待我游屐至。"

他若:"秋声江甸雨,寒色海门烟。"

"月冷初浮水,星稀欲近人。"

皆清绝也。

【译文】

我于九日登上了紫荫山,见到有人的题诗:"山峰之前树叶稀少,登高远望思念依依。天冷海风与白云相连,风大之鸟列队飞翔。红豆为主题的书信难以寄往远方,黄花插在帽上事多与人愿意相违。数年以来浪迹天涯,作为一个云游的老布衣真是惭愧。"署名"陈濂"二字。问后才知,是我外甥女婿陈文水孝廉的三弟。又见到他的《游石门楼》诗:"山风吹打着松云,岩石明齿齿。听到猿猴两三声啼叫,行人一齐向东望去。山上的娟娟照见山下寺院。那洞门还没关上,等我去游赏。"其他诗句,如"秋声江甸落雨,寒色伴着海门的云烟。"

"冷月浮在水中,星星稀少像要接近人间"等句都清新绝妙。

二

【原文】

峡江飞来峰寺僧澄波,告何数峰云:"丙寅,有闺秀戴蕴玉偕郎君某诣浮州

府署省父,坐飞来亭,题诗,诗成泣下。有句云:'白猿自悟当年事,见说持环返上宫。'人多不解。比至浔州而亡。疑其前身,或猿女耶?"

【译文】

峡江飞来峰寺的澄波和尚告诉何数峰:"丙寅年间,有个女子戴蕴玉偕夫君任浔州府署省女,来飞来亭坐歇,题诗,诗写完后眼睛便湿润了。有诗句:'白猿自己明白了当年的往事,拿着手环返回了天宫。'许多人都不解其意。等到浔州她便死了。怀疑她的前身,是不县白猿的女儿?"

三

【原文】

二童子放风筝,一童得风,大喜;一童调之曰:"劝君莫讦东风好,吹上还能吹下来。"

我深喜之。盖即孟子所谓"赵孟之所贵,赵孟能贱之"之意。

【译文】

两个小孩子放风筝,一个孩子顺风很高兴,另一个孩子却劝说道:"劝你先别感慨东风好,把风筝吹上去也能吹下来。"

我特别喜欢这样的句子。这大概就是孟子所谓"赵孟所看贵的,也是他所鄙视的"的意思所在。

四

【原文】

余至吴门,四方之士送诗求批者,每逢佳句,必向人称说,非要誉于后进也。掌科许穆堂嫌太丘道广,见赠一律云:"先生天下望,眉宇照人清。老至通姻娅,

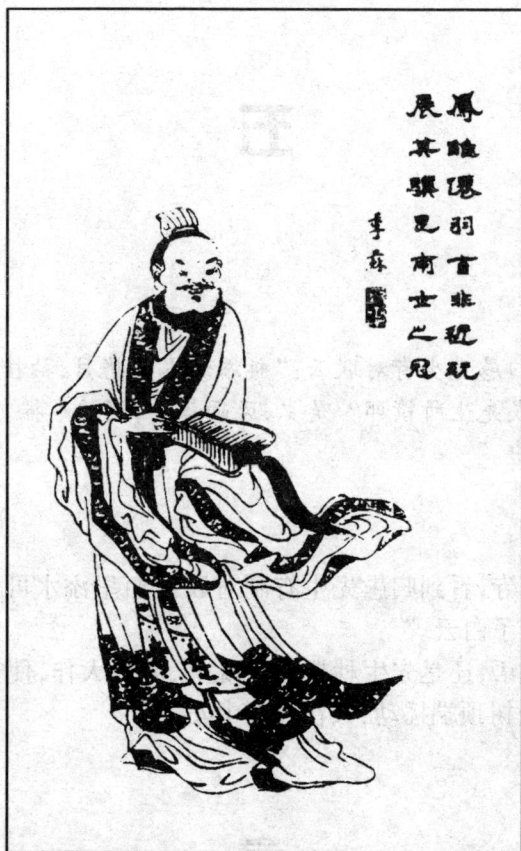

庞统像，图出自《图像三国志》。庞统字士元。三国时期刘备的谋士，史书上说他称赞人才往往很过分。

儿时识姓名。风流苏玉局，书卷郑康成。可惜怜才过，榆扬误后生。"

余道：史称庞士元称许人才，往往有过其分。老人竟犯士元之病，行将改之。

【译文】

我到吴门之后，有不少人送来诗文让我指正，每遇佳句，我一定要向别人称赞，也就是要鼓励后进。执掌科举的许穆堂嫌太丘道广，便写一首律诗赠之："先生是天下所向往的，眉宇之间使人看到后感到清爽。上到老女人下到小孩子都知道您的大名。好比苏玉局的风流，郑康成的著作一样。只可惜过分珍惜人才，褒贬之词耽误了后生。"

我说：史书上说庞士元称赞人才，往往很过分。我这老人居然犯了他的毛病，这就要改正。

五

【原文】

游南明寺,见归愚先生有对联云:"瓶添涧水盛将月,衲挂松梢惹得云。"

未知是成语,或先生所撰耶?是夕,风雨暴作,楼柱尽摇。余有句云:"楼摇松树顶,人卧海潮中。"

【译文】

我去游览南明寺,看到归愚先生有副对联:"瓶里添水可将月亮盛下,衣服挂在松树梢上惹来了白云。"

我不知道是成语,还是先生杜撰的?晚上,风雨大作,使得楼柱晃动,我便写出诗句:"楼在松树顶端摇动,人在海潮中安眠。"

六

【原文】

京口尼能诗,王碧云女子赠云:"仙子传来古雪篇,步虚声里绛云仙。遥知静对梅花月,鹤听禅经立晚烟。"

【译文】

京口的尼姑会写诗,王碧云女士有赠诗:"仙人传来古雪文章,步虚声中看到绛云仙。在远方知道静静地面对梅花月,鹤在晚烟中站立着聆听禅经。"

七

【原文】

直隶迁安县定例，入学八名，而应试者不过六七人。知县胡公作宰，忽有马夫，着红布履来告假。问何事。曰："明日要赴县考。"

胡公大笑，口号以赠云："红鞋着脚煤磨砚，马粪熏衣笔换鞭。"

【译文】

直隶迁安县的规矩，入学八人，而应试者不过六七人。知县胡公要杀猪，忽然有马夫，穿着红布鞋来请假。问他有什么事，他说："明天要去县里赴考。"

胡公哈哈大笑，口授一诗赠给他："红鞋穿在脚上用煤磨砚，马粪熏出的衣服用笔来代替鞭子。"

八

【原文】

金贤村太守潢，性偶傥，通音律，有四姬人，俱善歌，常偕至随园度曲吹箫，太守亲为按板，殆古所云风流人豪者耶！籍系宛平，临入都时，年逾六十，《留别》云："何因执手涕凄然，只为分携各暮年。叹我已辞欢喜地，多君远上孝廉船。关山满目新行李，儿女随身旧管弦。此后随园花满日，梦魂还到小仓巅。"

【译文】

金贤村的太守性格偶傥，懂音律，有四个舞姬，都擅长歌唱，经常被带到随园去吹箫奏曲，太守亲自为她们敲板，大概就是古人所说的风流人物吧！他是宛平籍人，来到都城时，已过六旬，他的《留别》诗写道："为何用手去擦眼泪，只因为各自到了暮年就要分手。感叹我已经离开让人高兴的地方，许多人还能登

上孝廉之船。放眼望去行李满山,儿女们随身带着旧管弦。这以后随园花开遍地的时候,我的梦魂远远能到小仓山之顶。"

九

【原文】

程鱼门入翰林后,寄语云:"四十年才为后辈,交游若此古来稀。头衔入手诚清绝,书局羁身未易归。老景真如冬景淡,梅花又共雪花飞。输他居士山窗鹤,镇日从容立钓矶。"

呜呼!鱼门家本富商,交结文人,家资荡尽,直至晚年成进士,作部郎,四库馆议叙,才得翰林,分校春闱,可谓有志者事竟成。然而遽卒于秋帆中丞署中,可悲也!

【译文】

程鱼门入选为翰林之后,寄来他的一首诗作:"四十年后才能被后人所敬重,像这样交游的朋友自古以来就不多见。头衔到手确实感觉清新绝妙,系功名于书山里难得出来。年老时风景真像冬日的风景一样清淡,梅花又和雪花一起飞舞。"

呜呼!鱼门的家境本来是个富商,喜欢结交文人,把家产消耗一空,直到晚年当了进士,作了部郎,又成了四库馆议叙,才得以入选翰林,真可以说是有志者事竟成。然而很快便逝于秋帆中丞署,真是可悲呀!

一〇

【原文】

怀宁诸生劳竹如,诗人也。少年丧偶,里中有陈氏女,美亦能诗,遣媒说之。女窥见竹如,欣然愿嫁。两人已目成矣,为里中富人强聘去。女临行,寄劳生云:"闻说乘鸾许上天,几番临镜自疑仙。不知沦谪缘何事,便隔蓬山路几千。"

"梦见文萧私语时,想花心事要花知。分明匣底双珠在,不忍还君只泪垂。"

【译文】

怀宁的青年劳竹如,是一位诗人。年轻时丧偶,街里之中有个陈氏的女儿,长得漂亮而且会作诗,于是他找来媒人说媒。陈氏的女儿偷偷地看到了竹如,非常愿意嫁给他。两个人已经一见钟情,却被里坊中的富人强行娶了去,这个女子临出嫁前,写给劳生道:"听说乘上鸾鸟便允许上天,几次身临其境使自己怀疑已成了神仙。说不清缘是怎么回事,只知道即便仅仅隔着蓬山也有道路千条。"

"梦见和文箫低声说话的情景,心中想念花的心事要让花知道。分明是匣底有双珠,不忍心把它还给你使你伤心。"

———

【原文】

余幼时同赴童子试者,有申君南屏(发祥),权奇倜傥,有温庭筠之风,代人赴考,致遭斥革。而终成进士,外出为令。见寄云:"随园居士今方朔,游戏人间作岁星。落笔便同天马下,无人不踞灶觚听。略施鸿爪觇为政,妙用诙嘲当说经。笞凤鞭鸾三十载,又叨剪拂到颓龄。"

寄此诗时,官已报罢,掌教清江。余未及答,而君已卒。

【译文】

在我小时候,有一个和我一起参加童子考试的,叫申南屏,性情很奇特风流倜傥,有如温庭筠的风度。因为代人考试,遭到斥责除名。最终当了进士,外出任县令。寄诗道:"随园居士是当今的东方朔,游戏人间可当作几颗星辰。落笔好像天马降临,无人不怕,只能洗耳恭听。略略出笔为政令观察,妙用诙谐之处像是在讲经。抽风打鸾三十年,又唠叨着剪拂却已到白发苍苍的年纪。"

寄来此诗时,已报请罢官,改任清江掌教。我还未来得及答复,便已去世了。

=二

【原文】

壬子春,与赵伟堂广文游焦山,遇诗僧巨超,茶话良久,采其诗入《诗一叶》。今春,庆大司马奉旨到江南,勾当公事,渡江之便,拉同游焦山。别后,巨超寄诗云:"曾向金鳌汗漫游,西风久已别荆州。忽陪天使临香界,却怪神仙也白头。海内山川蒙一盼,人间声价重千秋。须知未满山灵愿,不把琴尊作小留。"

【译文】

壬子年春,我和赵伟堂一起游历焦山,遇到诗僧巨超,和他一起喝茶闲聊多时,收录他的诗入《诗一叶》。今年春,庆大司马奉旨到江南来,办理公事,趁渡江的机会,拉着他同游焦山。分手之后,巨超寄给我一首诗:"曾经朝着金鳌汗的方向漫游,西风已离开荆州很久。忽然陪同天使到香界来,却奇怪神仙头发也会变白。海内的山川承蒙赏光,人间的声响才是最珍贵的。应该知道还没有满足山神的愿望,不把琴尊作为小品留下。"

=三

【原文】

山阴胡稚威天游旷代奇才,丙辰,同举鸿博,终身纤郁而亡。余初抄其骈体文三十篇,为杨蓉裳篡取去。乃于别处搜得《烈女李三行》一篇,初嫌太长,难入《诗话》;然一序一诗,俱古妙,不忍听其炀没,今刻续集,不妨载之。其序曰:"女李三者,河南鹿邑县人。父某,业田,尝以隐事与邑大豪相恨疾。豪阴谋杀之,使客阳与亲,召之酒而药以饮,遂发病。心知豪所为,将死,女从母泣于前。某啮齿切叱曰:'何泣!若非我子也?且吾为人杀,幸有儿,俟壮,或行能复仇。若渺子茕稚,无望也,恨终不吐矣!'女时年十余,闻父言,昼夕愤伤,时时蓄报豪

志。更数岁，益长，日誓鬼神，往祝某墓，愿魂魄相助，挟利刃，候道上，期乘便刺豪。豪出入乘马，从僮奴彪彪然，势不得逞。去，丐人为词，屡塑有司，大吏咸遍，列于官者三年矣，一人无肯白其事者。女甚恨，曰：'此曹虽官人，实盗隶耳！徒知探金钱，取醉饱；何能为直冤痛者乎？'遂辞其母，当奔往京师。鹿邑到京师二千里，女孤弱无相携挈，暮托逆旅，主人或怪其独来，疑有他，固不内，往往伏草间。既至，将去登闻鼓自讼，数为吏所阑。以陈于刑部、都察院，交格之，一如有司、大吏在河南者。久之，会有新任令于鹿邑者，颇强直任事。女闻，乃走还。令方升车出，遮前大呼，且涕且陈，伍伯篷驱不能动。令以某死久岁月，且无验，意其未信。更诘将死时语，及奔京师状，乃受牒。缚鞫客与豪，皆自穷服。令已论正豪罪，未即决，豪死牢户中。豪家滋憎女甚，谤为尝受污。有邑公子独心知女贤，请聘之。其母与长老媒媪皆劝之行，矢不许。及母卒殓理，悉召宗族亲戚里邻告之曰：'吾痛父见害，楚毒几十年，幸得雪仇。而名为人垢，忍不早就死者，伤无兄弟终奉老母。今吾事大已，其将有所自明。'室而掩之，遂自绞也。于是豪子慕拍之笑，视其面，偶犹生然。将举刀断之，有血激诸口，类喷怒者。豪子骇仆不能动，左右亟扶负归，亦竟得疾以死。女死康熙中，至今且五十载。岁戊午，予居长安，始闻。感当世无能文章扬洗昭暴之，使家说户唱，相与勉劝。乃撰述其事，歌而系之曰："大海何漫漫，千年不能移。大山自言高，精卫衔石飞。朝见精卫飞，暮见精卫飞，吐血填作坵，一旦成路蹊。岂惟成路蹊，崔嵬复崔嵬。女面洁如玉，女身濯如脂。十四颇有余，十五六时。婀娜环春风，明月初徘徊。门中姊与姑，邻舍杂姥婆。人笑女无声，人欢女长啼。昔昔重昔昔，破痛不得治。有似食大鲠，祸喉连胁脐。阿母唤不应，步出中间闺。女身亦非狂，女心亦非痴。向母问阿爷，阿爷谁所尸。昨者门前望，裂眼宁忍窥？爷仇意妍妍，走马东西街。我无白扬刃，断作双虹霓。磨我削葵刀，三寸久在怀。一心愿与仇，血肉相斋胹。仇人何陆梁，挟队健如罴。前者为饥狼，后者为怒豺。小崔抵黄鹂，徒恐哺作糜。大声呼县官，县官正聋蛮。婉转太守府，再三中丞司。堂皇信威严，隶卒森柴崖。安知坐中间，一一梗与泥。何由腐地骨，鬼笑回牙款。孤小不识事，闻人说京师。京师多贵官，列坐省舆台。头上铁柱冠，獬豸当胸栖。獬豸角岳岳，多望能矜哀。局我头上发，缝我当射衣。手中何所将，血帛斑斓丝。帛上何所书，繁霜惨濛埋。细躯诚艰难，要当自防支。女弱母所怜，请母毋攀持。今便辞母去，出门去如遗。是月仲冬节，杀气争骄排。层冰塞黄河，急霰穿矛锥。大风簸天翻，行人色成灰。夜黑不见掌，深林抱枯枝。三更叫鹏鹅，四更嗥狐狸；五更道上行，踯躅增赢伈。举头望长安，盘盘凤凰障。下着十二门，通洞纵横开。持我帛上书，鬻我囊中脂；跪伏御史府，廷尉三重墀。尚书更峨峨，峨峨唱驺归；头上铁柱冠，獬豸当胸栖。獬豸即无角，岂与群羊齐？李女倚柱啸，白日凋精辉。结怨弥中宵，中宵盛辛悲。有地何博博，有天何垂垂；高城不为崩，高陵不为摧。为遗明府来，明府何来迟。长跪向明府，泪落江东驰。

女今千里还,女忧终身罹;女诚不敢给,愿官无见疑。父冤信沉沉,沉沉痛无期。一日但能尔,井底生朝曦。死父地下笑,生仇市中刲。顾此弱贱躯,甘从釜鬶炊。语终难成声,声如系庖麋。明府大嗟叹,嗟叹仍歔欷。翻翻洞庭波,洞庭非渊洄;嶄嶄邛崃坂,九折无险巇。我今为汝尸,汝去行得知。爷仇意妍妍,举家忽惊摧。势似宿疹发,骤剧无由医。同时恶少年,驱至如连鸡。银铛押领头,毕命填牢陛。有马空马鞍,永别街西馗。叩头谢明府,捐骨难相贻。昔为羝乳儿,今为箭还騠。遥遥望我里,我屋荒薜荄。寡母倚门啼,啼于札梁妻。女去母啖柏,啖柏今成饴。虽则今成饴,母悲转难裁。女颜昔如玉,女发何祁祁;女口含朱丹,女手垂春荑。哭泣亲尘沙,面目余癏劖;宛宛闺中存,鸶瘵疑病态。姑姊看女来,簪笄不及施;邻姥看女来,左右相呼携。各各自流涕,一尺纷涟洒。邻姥少别去,媒媪从容来;三请得见女,殷致言辞。公子县南居,端正无匹俦。金银列两箱,织纨不胜披。身当作官人,华荣灼房帏。颇欲得贤女,贤女胜美姬。回面答媒媪,身实寒且微。无弟无长兄,老母心偎依。所愿事力作,涩指缝裙鞋。安得随他人,乖违母恩慈?母年风中灯,女命霜中葵。须臾母大病,死父相寻追。棺椁安当中,起坟遂成堆。一一营事托,姑姊可前来。为我唤长老,长老升堂阶;为我召乡邻,乡邻麇如围。十岁随爷娘,幼小惟痴孩。十五衔沉冤,灌鼻承醇醨。二十行报仇,报仇苦且危。三年走大梁,赵北燕南陲。女行本无伴,女止亦有规。皎皎月光明,不坠浊水湄。斑斑锦翼儿,耿死安能翳?自此旋入房,重阖双双扉。朱绳八九尺,持向梁间颏。鲜鲜桂华树,华好叶何奇;崴蕤扬芳馨,生在空山隈。烈火烧昆冈,三日夜未衰。大石屋言言,小石当连拳。萧芝泣蕙草,万族合一煤。烧出白玉瓷,皎雪光皑皑。玉以为女坟,将桂坟上栽。夜有大星辰,其光何离离;错落桂树间,千年照容徽。"

【译文】

山阴人胡稚威字天游是旷世的奇才,丙辰一同举为鸿博,最后郁闷而死。我最早抄了他的骈体文三十篇,被杨蓉裳篡取。后从别处搜集到《烈女李三行》一篇,开始嫌太长,难以收入《诗话》;然而一序一诗,都很古雅绝妙,不忍心任其被淹没,现在出版续集,不妨加以刊载。序言写道:"女子李三,河南鹿邑县人。父亲务农,曾因旧事与地主交恶。地主阴谋要将其杀害,假意招待他,让他喝了药酒后发病。心中知道是地主所为,临死时,女儿和母亲哭泣着待立于床前。他咬牙说道:'哭什么!难道你不是人的孩子吗?我被别人所杀,幸亏有孩子,啥时长大了,也许能报仇。如果是孤立无助,也就没有希望了。'这位女儿当时十几岁,听到父亲的话,昼夜悲愤,时时都在伺机报仇。几年后,她长大了,白天向鬼神发誓,为父亲扫墓,愿得到在天之灵帮助,后拿着利刃,等在路上,盼着乘机刺杀地主。地主出入骑马,仆人都是彪汉,机会很少,她从家出走,多次到有司向大吏告状,长达三年之久,无一人能为此事昭雪。女子很愤恨,说道:'这

些人虽是做官的,实际上就是盗贼!只知道捞钱,花天酒地;怎能为冤者洗冤呢?'后辞别母亲,直奔京城。从鹿邑到京城两千里,女子孤弱无人相助,晚上借宿,主人有心责怪她一人出门,怀疑有别的原因,所以不予收留,常常在草丛里休息。到京城后,击鼓自诉,多次被官吏阻拦。又告到刑部,都家陆军,交予追查,如同河南省的有司、大吏一样。很长一段时间之后,正好有人要到鹿邑任新县令,此人很正直。女子听说后,走回到家乡。县令刚坐车出巡。县令因其父死已数年,当时又无有尸检,未予相信。她又将父亲死时说的话,前去京师告状告之,他接受诉讼,将地主和食客逮捕,都对此供认不讳。县令已将地主判极刑,没等处决,地主已死在狱中。地主对女子恨之入骨,诽谤她曾被奸污。

精卫填海图。相传,精卫鸟是炎帝的女儿,被大海吞噬了生命。她的灵魂变成了一只精卫鸟,锲而不舍不知疲倦地从高山采集石子和树枝衔在嘴里丢向东海,企图把大海填平。

有位县城的公子唯独知道此女子贤德,向她求婚。女母和老媒人都劝她嫁人,她不听。等到母亲死后埋葬,召集有宗族亲戚邻居在场时说道:'我悲痛我父亲被害,毒案过了几十年,幸亏得以报仇。我的名声已被别人玷污,之所以没有过早地赴死,是衷伤我的老母没有人奉养。今天已经长大了,该有自己的主张了。'"

将母亲掩埋了,然后自杀了。于是地主的儿子在晚上暗自击掌高兴,看她的脸,像活着一样。想拿刀砍她的头,却从口中有血,喷向他。地主的儿子吓得趴在地上不敢动,左右赶紧扶起回家,竟然得病死了。此女子死于康熙年间,至今已五十年了。戊午年,我住在长安时,才听说此事。感到当今没有什么文章能够为之昭雪,使得家喻户晓,相互勉励。就撰写此事,以歌的形式来怀念她:"大海为何漫漫,千年不能移动。太山自称高大,精卫衔着石头在飞。早晨看见精卫在飞,晚上也看见精卫在飞。吐出血填作坝,一早成为小径。哪只是成为路蹊,高峻又高峻。女子面洁如玉,女子身如油脂。十四岁已很漂亮,十五、六

岁更出众。婀娜环着春,明月也开始要徘徊。门中的姐姐和小姑,邻居家的老妇人。别人欢笑女子无声,别人高兴女子长哭。年复一年,悲痛难停。好象吃了大鱼,伤了喉咙直到肋脐,老母呼唤不应,走出中间闺房。女子身也不是骄狂,女子心中也不是痴迷。向母亲问阿爸,是谁害死的。昨天在门前眺望,裂眼哪是忍心看?爸爸的仇要报,骑着马去车西街,我没有白色利刃,砍断成双虹霓。磨快我削葵的刀,总是放在怀里。一心想着复仇,以血肉相搏去。仇人何陆梁,有自己的人马。前者像饿狼,后者像怒豺。小雀抵抗黄鹞,只怕要当作食粮。大声向县官呼救,县官正在被小鬼围绕。又去了太守府,又三次去中丞司。堂而皇之相信威严,隶卒森严,怎知坐在中间,一一如同粪土。如何由得腐烂在地下的尸骨,让鬼看了发笑。孤单少年不懂事,听人说应去京城,京城多大官,列坐在官府里。头上戴着铁柱冠,獬豸在堂上栖息。獬豸阴森,多期望能去悲哀。梳好我的头发,缝好我的衣服。手中拿什么,是血帛斑斓丝。帛上写什么,是写尽了冤屈。身体不好实在艰难,要好自为之。女子弱小母亲可怜,请母亲不要勉强。今天辞别母亲,出门如同消失。正是冬天,天冷似铁。层冰堵塞了黄河,急弹穿过矛锥。大风刮翻了天,行人脸色灰白,夜里不见五指,深林环抱着枯枝。三更怪鸟叫,四更狐狸号,五更时便出发了,因饥饿而迟疑。抬头远眺长安,盘盘的凤凰阵。下面十二门,通向纵横打开。拿着我的帛,卖掉袋中的腼,在御史府前跪拜,有尉兵和三重心墀。尚书很威严,唱出了:'头上的铁柱冠,獬豸在堂上栖息。獬豸没有角哪和群羊一样?李家女儿倚柱长叫,白白地浪费了年华。心中怨恨很深,一直悲哀到半夜。地呀,天呀在哪里;高高的城不崩塌,高高的墓不崩塌。为了请明府申冤,可又来迟了。向着明府长跪,泪落在江东。女儿今天千里归还,女儿忧愁终身不适;女儿真的不敢懈怠,但愿官人不要见怪。父亲冤案已多年,多年没有希望。一是要是能去,又看到井底的日出,死去父亲在地下笑,坐时仇恨无法回报。看到这样瘦弱的残躯,只得在家中做饭。言语终于难以成声,声音如同煮糜米。明府大为感叹,感叹也只能如此。洞庭波涛翻腾,却不是归海之所;邛崃的山峰峦,九曲没有险峰。我今天成为你的尸体,你去后哪儿得知。爸爸的仇要报,全家都很吃惊。形势如同发了宿疹,突然疼痛由不得医生。同龄的坏少年,像鸡群一样赶来。去当铺卖了领头,为完成使命宁可坐牢。有马却没有骑,永久地离别了街西,叩头辞别明府,却没有什么可以留下的。过去是小孩子,现在是归心似箭。遥望我的故里,我的家荒芜。老母倚门叹息,被杞梁妻耻笑。吃饭食母亲觉无味,无味也只有作罢。虽然作罢,母亲却悲痛难劝。女儿面如玉,女儿的头发油亮;女儿口含朱丹,女儿手中垂下春萲。在土堆前哭泣,面目已全非,宛然闺中所存,是贫穷的病态。姑姐来看望女儿,言辞殷勤。公子在县南居住,行为端正。金银拿来两箱,还有许多绫罗绸缎。他应当做官,使蓬荜生辉。想要得到贤女,贤女胜过美姬。对媒人回答说,妾身实为穷人的孩子。没有兄弟,老母无所倚靠,所要做的是努力行

事,年老却不得不去缝纫。怎能嫁了别人,违背了母亲的恩慈?母亲像风中的灯,女儿的命运像霜中的葵。片刻母亲大病,与死去的父亲相追随。棺本要放当中,起坟成了土堆。一一将事情托付别人,姑姐可以前来。为我请来长老,长老来到,为我召来乡亲,乡亲围坐。十岁时随着爹娘来此,那时是个小孩子。十五时有了冤家,承受着痛苦。二十岁时开始的报仇,却是辛苦而危险。三年中出走大梁,从赵到燕南边陲。女子行走本无旅伴,女子也应停下休整。皎皎月光明亮,不堕于浊水。斑斑的锦翼,即是赴死又怎能医治?从此旋即入房,重重的双层大门,红绳八九尺,挂在梁上。鲜亮的桂华树,茂盛叶子新奇,繁茂飘着花香,生长了荒山上。烈火烧山峦,烧了三天不灭。大石屋威严,小石当路基。萧芝为蕙草哭泣,万族合成一种煤炭。烧出如白玉的芳姿,像白雪一样皑皑。用玉作女子的坟,在上面栽上桂树。晚上有大星辰,光彩照人;错落的桂树中间,有千年不灭的象征。"

十四

【原文】

句曲女史,孔静亭退庵太仆之幼女,王孔翔公子之室也。敷腴窈窕,有大家风。辛亥春,随其姑潘夫人来园看花,家人交口誉之。性尤爱静,工诗。记其《寄外》云:"一别看看数月期,孤灯独坐泪如丝。多情最是天边月,两地离愁总得知。"

"欲写相思寄锦笺,徘徊无语倚窗前,劝君莫失芙蓉约,辜负香衾独自眠。"

皆性灵独出。今年六月,忽《咏残荷》云:"风姿昨夜尚堪夸,开落无端恨转加。早识今番摧太急,不如前日不开花。"

孔翔讶为不祥。七月间,竟以产难亡。古人所云诗谶,其信然耶?孔翔哭以诗云:"怕见秋尘点镜台,深闺依旧绮窗开。有时忘却人长往,疑是归宁尚未回。"

【译文】

女史官句曲,孔静亭退庵太仆的小女儿,王孔翔公子的妻子。肌肤丰腴貌美,有大家的风度,辛亥年春,陪着她的姑姑潘夫人来园中看花,我的家人对她交口称赞。她生性喜静,工于诗作。我认得她有一首《寄外》诗写道:"分手之后默默计算着日期,在灯下独坐泪流如丝。天边的月儿是最多情的,对于两地

清代孔静亭的女儿擅长写诗，其诗《咏残荷》深为袁枚推许，诗云："风姿昨夜尚堪夸，开落无端恨转加。早识今番摧太急，不如前日不开花。"

的离愁总会有所耳闻。"

"想把相思写在就要寄出的锦笺上默默地徘徊斜窗前。劝您不要失掉芙蓉约的机会，辜负香被独自安眠。"

都是独具性格的诗句。今年六月，又忽然有首《咏残荷》诗写道："昨夜的风姿尚可以让人夸说，花开花落说不出理由，怕是因为双重的离恨。要是能早知道如今这般急促地被摧残，不如前日花不开。"

孔翔为此感到惊讶，认为是不祥之兆。七月里，她竟真的因为难产而死去。古人所讲的诗的征兆，真是如此可信吗？孔翔写诗哭诉道："怕看见秋尘点缀在镜台上，闺房依旧开着绮窗。有时候会忘记有人曾在这里长住，怀疑是出而未归。"

一五

【原文】

婺源施兰皋少有清才，惜弱冠即弃儒就贾，然性颇爱诗，因王孔翔秀才以诗

来见。记其《新凉》云："才听梧桐一叶声,潇潇秋气满江城。罗衣着体初惊薄,羽扇摇时便觉轻。遥榻清风侵簟冷,当阶皓月照窗明。诗吟长夜谁为伴,啾唧寒蛩四壁鸣。"

《冬夜晚步》句云："柳疏宜月上,水浅觉桥高。"

又,《秋怀》云："高梧带雨绿侵窗。"

七字亦佳。

【译文】

婺源人施兰皋少年时就有清新的诗才,可惜刚刚二十岁便弃文从商,然而他生性喜欢写诗,请王孔翔秀才以诗作予以引见。我记得他的《新凉》诗写道:"刚刚听了梧桐叶的声音,潇潇的秋天的气息浸满了江城。罗衣穿在身上刚开始觉得有些薄,摇着羽扇就觉得有些轻了。环绕在床榻边的清风使簟变得寒冷,正照在台阶上的皓月把窗户照亮,在长夜里吟诗谁能当同伴;虫儿的啾唧声在四下里鸣唱。"

《冬夜晚步》诗写道:"柳叶疏稀适当月亮高升,河水浅才看出桥的高度。"

又有一首《秋怀》诗写道:"高大的梧桐树上带着雨滴使绿色浸染着窗户。"

这几个字用得也很好。

一六

【原文】

蒋于野受业师邵晴严(晓)《题美人春睡图》云："几分春色上花枝,云鬟慵梳睡起迟。鹦鹉帘前空学语,梦中情事自家知。"

闺情诗,古人最多,易于重复,余爱其结句七字蕴藉,得古人所未有,又,《楼中》佳句云："但得读书原是福,也能藏酒不为贫。"

亦妙。

【译文】

蒋于野是邵晴岩的学生。他有一首《题美人春睡图》:"几分春色染上了花枝,云彩的发髻匆忙地梳起因为睡起都很晚。鹦鹉在帘前独自学着说话,梦中的情事只有自己知道。"

闺情一类的诗,古人写得最多,容易重复,我喜欢他的末句的七字有韵味,

用古人没用的字句。又有一首《楼中》佳句:"如果能去读书应该说是有福气,可也能藏酒而不能算作穷人。"

也是不错的句子。

一七

【原文】

甲寅,花朝前一日,余赴友人三游天台之约,买棹渡江,在舟中接到福敬斋、孙仙山两公相、和希斋大司空、惠瑶圃中丞见怀诗札,情文双至。窃念四贵人中,惟孙公同乡,惠公曾通芳讯,若福、相二公,则云泥迥隔矣;而何以略分怜才,一至才此。因将来札来来诗潢治一册,题曰《四贤合璧》,以为光耀。装成后,又接贝勒瑶华主人寄怀二律,俱为读《小仓山房诗集》,爱而矜宠之也。因枚有答和之作,故将原唱俱载入《全集》中。兹但录奇丽川中丞题册后云:"飞骑急于负,诗筒逐驿筒。遥从三藏外,传入万花中。落笔成仙句,开函见上公。从知诸大将,同日忆山翁。"

阿雨窗转运题云:"白发随园老,诗名鲍、谢如。寸心千古事,万里四函书。文采层霄上,交亲旧雨余。虹装归棹稳,珍重此璠屿。"

太湖司马德卧云(福)题云:"天下龙门启,抠衣入恐迟。上公争仰镜,万里各裁诗,翰墨连环重,声名绝域知。即看留合璧,文采盛于斯。"

【译文】

甲寅年花朝的前一天,我去赴友人之约游览天台,买桨渡江,在船上看到福敬斋、孙仙山两位公相、和希斋大司空、惠瑶圃中丞的纪念诗札,情与文都很出色。我私下里想起四贵人之中,只有孙公是同乡,惠公和我有过通信联系,而福和两位则是从未接触过;他们又为什么如此珍惜人才。所以将来信合成一册,名叫《四贤合璧》,以为光荣的事。装订成册后,又接到贝勒瑶华主人寄怀的两首诗,都是读了我的《小仓山房诗集》,喜欢其中的诗文,我受宠若惊。因为我有几篇答谢应和的诗文,所以将及先的诗文都收入《全集》了。还收录了中丞奇丽川题册后面的诗:"飞骑比风还快,诗筒与信互追逐。从遥远的三藏之外,传到万花丛中。落笔成仙的诗句,是能够打开信丞见到上公的。这才知道诸位大仙,一同回忆起山中的老翁。"

阿雨窗转运题道:"随园先生虽然已衰老白发苍苍,但诗名已与鲍、谢相同。

寸心是千古事,万里之遥只为了四册书籍。文采在云霄之上,旧雨之后与亲友们交往。彩虹的装束安然归返,这样的友谊需要珍重。"

太湖司马德卧云题诗:"天下的龙门打开,手提着衣襟进入恐怕落后。上公争夺着仰镜,万里之内各自写着诗文,翰墨连环为重,声名即使在人烟稀少的城市也已被人知晓。现在看到留合璧,文采要更盛于它。"

一八

【原文】

近日满洲风雅,远胜汉人;虽司军旅,无不能诗。福建将军魁叙斋伦以指画墨菊,题云:"淡中滋味意偏长,每爱秋英引巨觞。兴到指头涂抹际,墨香还道是花香。"

【译文】

最近满洲人的风雅,远远胜过汉人,虽然有人是军旅中人,也没有不会写诗的。福建将军魁叙斋用手指画墨菊,题诗道:"清淡中的滋味偏偏意味深长,每每珍爱秋天的果实引来无限的感伤。兴致到用手指涂抹的时候,墨香里才能感觉出是花更香。"

一九

【原文】

扬州张椿龄先生,字镜庄,立堂孝廉之父也。《咏桐》云:"春去花始开,秋来叶早落。何日作瑶琴,自诉妾命薄。"

此二十字,觉咏桐者古未有也。

【译文】

扬州的张椿龄先生,字镜庄,是立堂孝廉的父亲。他的《咏桐》诗写道:"春

天过了花才开放,秋天来了叶早已落完。什么时候去弹瑶琴,自己倾诉妾身命苦。"

这二十个字,我觉得自古以来的咏桐未曾有过。

二〇

【原文】

上海女士朱文毓于归王氏,《抚孤甥》云:"母死谁怜汝,相携更痛心。呱呱啼不止,犹是姊声音。"

此即元遗山"阿姨怀袖阿娘香"之意。吴兰雪《到家祝母寿》云:"母曰儿归好,连朝鹊噪频。还将生日酒,醉汝到家人。"

周琬《到家见母》云:"要见慈亲急步行,隔墙先已识儿声。升堂姊妹一齐问,几日扁舟出石城?"吴夫人《调兰雪》云:"满身蝴蝶粉,知是看花回。"

四诗,皆天籁也。

唐明皇秋梧桐雨图,出自《元曲选》。讲述安史之乱中,士兵哗变,唐明皇无奈赐死杨贵妃。平乱后,唐明皇思念杨贵妃不已,一夜梦中与贵妃相会,醒来但见窗外秋雨淋漓打在梧桐上,更觉凄凉之事。

【译文】

上海女士朱文毓后来嫁给了一个姓王的人。她有一首《抚孤甥》诗写道："母亲死了谁来可怜你，挽着你的手使人更加痛心。呱呱地哭个不停，也还能听出像是我已逝的姐姐的声音。"

这就是元遗山"阿姨的袖子上有母亲的气息"的意思。吴兰雪的《到家祝母寿》诗写道："母亲的生日儿子回来问好，连朝中的鹊鸟也叫个不停。还将生日的喜酒，使得您和家人都能喝醉。"

周琬的《到家见母》诗写道："就要见到母亲因此快步向前，母亲隔着墙就已经听到孩子的声音。升堂的姐妹一起来问我，什么时候坐船离开石城？"吴夫人的《调兰雪》诗写道："满身的蝴蝶粉，知道是赏花而归。"

这四首诗，都应该算作是天然之声。

二一

【原文】

江右多宗山谷，而扬州转连曾宾谷先生独喜唐音，素未识面，蒙以诗就正。《晓行》云："白云谪在地，远望一川水。行入水云中，霏霏收不起。"

《秋夜宿万寿寺》云："幡动微风来，虚堂一钟悄。阶前瘦蛟影，斜月在松杪。"

《长生殿》云："夕殿萤飞星汉流，芙蓉香冷鸳鸯愁。娇姿侍夜玉阶立，月下相看泪痕湿。世缘安得如牛女，万古今宵会河渚。生生世世比肩人，牛女在天闻此语。可怜私语人不知，临邛道士为传之。"

结句尤蕴藉。

【译文】

江右岸有很多的山谷，而扬州转运使曾宾谷先生单单喜欢唐音，平素从未见过面，承蒙他以诗指正。《晓行》诗写道："白云在地平线上，远远望去是一江水。走入水云之间，即使雨霏霏也收拾不了。"

《秋夜宿万寿寺》诗写道："旗动微风吹来，空空的殿堂有一只钟在被悄悄敲响。台阶前的瘦长的蛟龙的身影，松林之中是斜月当头。"

《长生殿》诗写道："夕阳下的殿宇中，萤虫在飞星星在转，芙蓉香有冷意愁

坏了鸳鸯。娇好的身姿在玉阶前伫立等待服侍,月下一看就知已是泪眼汪汪。尘世的姻缘怎样才能像牛郎织女那样,万古或今夜在银河边相会。生生世世是并肩的人,牛郎织女在天上听到这样的评价。只可惜悄悄话别人听不见,只有临邛的道士为此传说以传给后人。"

结尾这句尤其有蕴藉的内涵。

【原文】

谢蕴山观察公子学墉,年才十二,《送灶》云:"忽闻爆竹乱书声,香黍盛盘酒正盈。莫向玉皇言善恶,劝君多食胶牙饧。"

【译文】

谢蕴山观察的儿子学墉,才十二岁,他的《送灶》诗写道:"忽听到爆竹响扰乱了读书声,香黍在盘中酒杯正满。别向玉皇提什么善恶之分,劝您多吃胶牙糖。"

【原文】

《荀子》云:"善为《易》者不占,善为《诗》者不说。"

唐贤相杨绾能诗,终身不以示人,即此意也。杭州太守李晓园先生,政声卓越,而于文翰之事,谦让不遑。偶见方藕堂明府处对联,瘦挺可爱,而不署姓名。其友姚秋槎诵其《咏裙带鱼》云:"潇湘六幅已成尘,尺练谁教弃水滨。试较瘦肥量带孔,蛟宫应有细腰人。"

【译文】

荀子曾经说:"擅长于《易经》的人不随便去占卜,善于写诗的人不轻易

说出。"

唐朝的贤相杨绾会写诗,却终生不给别人看,就是这个意思。杭州太守李晓园先生,政绩显要,而对于写文章一类的事,总谦虚以没有时间来推辞。我偶然看到方藕堂在明府中的对联,倒挺可爱,而不署名。他的朋友姚秋槎背诵他的《咏裙带鱼》道:"潇湘的六幅布匹已成烟尘,这样的一尺长的萍绢是谁教会的弃水而去。要是比较肥瘦只需量量腰带的小孔,龙宫里面应该有这样的细腰人。"

二四

【原文】

李沧云给谏(桑)与余为三十年前之交,今年信来,叙旧论诗,情文双至。见赠七古一章,已采入《同人集》矣。兹录其《晓发信阳》云:"朝暾隐隐逗晴霞,秋色微茫路正赊。渡口马如凫浴起,入山人共鸟行斜。疗饥但欲新尝面,解渴何须浪削瓜。最喜邮程纤翳净,风光佳处便停车。"

《岳阳楼》云:"高楼峭起枕寒流,俯瞰长天万顷秋。云气远连山影动,浪花时蹴日光浮。毫芒不辨千条树,芥末难分一叶舟。领取晴和景正好,重阳风雨再勾留。"

【译文】

李沧云字给谏与我是三十年前的交情,今年来信,谈到旧论时,感情和文采都很精妙。赠我一篇七古的文章,已经收入《同人集》。现在抄录他的《晓发信阳》诗:"早晨的太阳隐约地戏弄着晴霞,秋色微茫道路遥远。渡口边的马匹像沐浴后的凫鸟一样跃起,和进山的人一起看到斜飞的鸟群。饥肠只想能吃到面条,为了解渴又何必再需要什么海浪来削切瓜果,最有意思的是邮程上一尘不染,到了风景如画的地方便可停车观赏。"

《岳阳楼》诗写道:"高楼拔地而起与寒流相触,向下望去是万顷的秋色。云气远远和山影连在一起飘动,浪花不时地和日光共舞。小小的叶子在眼前就很难认清林木万种,小草一片即使小舟一叶也不易分清。看到晴日的风景正好,盼着重阳节的风雨再来小停片刻。"

二五

【原文】

木元虚赋海后,咏海诗佳者甚少。近日奇丽川中丞云:"一片鱼龙气,茫茫汇万川。谁能量尺寸,天独与周旋。包括如斯耳,虚空本自然。举头人共见,何必问张骞?"杭州转运阿雨窗林保云:"绝顶凌沧海,双眸万里驰。两潮分昼夜,一气混华夷。脚底虹梁直,樽前雨势奇。恬波通贡道,巨舰集风旗。"

二公各有两首,而余以为孟浩然、杜少陵咏洞庭,俱只一首,故割爱而删之。

【译文】

木元虚写过赋海的诗作之后,歌咏大海的佳句越来越少。最近有奇丽川中丞写道:"一片鱼龙似的雾气,茫茫无边汇聚着万千河川。谁会衡量尺寸,上天才单独与之周旋。像这样的包罗万象,其实自然的原本应是虚幻空灵的。人所共知的事情,又何必再去询问古人张骞呢?"杭州转运使阿雨窗写道:"绝顶之处远眺沧海,双眼能够自由驰骋。两次海潮分开了昼夜,一样的风气将华夷流过。脚下是笔直的虹样的桥梁,酒杯前的雨势更加奇妙。恬静的水波通向运送贡品的河道,大船像风中的旗帜一样会聚一堂。"

两位先生都有两首好诗,而我觉得孟浩然、杜少陵歌咏洞庭湖的诗,都是只有一首。因此只好忍痛割爱了。

二六

【原文】

余过嘉兴,邢鲁堂(玙)太守遗诗笺一束。读之,知其学杜最深。《灌花》云:"残月睡鸦起,鸣蜩犹聒耳。披衣到栏前,幽花向人喜。经旬雨未沛,土脉乾无似。呼童转辘轳,取此清泠水。绕根微微灌,侵表徐及里。急遽少成功,候沃方容止。浇花使花知,培植非尽美。譬如饮酒人,中自具微理。初饮渐醺然,不

使伤性始。鲸吸与牛饮,岂是天全子?"《临川道中》云:"十里平堤野色攒,柳条残露尚团团。忽看白鸟双飞起,知有渔舟下浅滩。"

《醴泉客次》云:"短后衣衫剑佩横,三千里外锦官城。多情今夜关山月,才照征人第一程。"

《登庾楼》云:"岩疆曾饮当年马,绣壤闲耕此日牛。"

【译文】

我路过嘉兴,太守邢鲁堂送给我一束诗笺。读后,才知道他是师从杜甫。《灌花》诗写道:"残月下的睡鸦惊醒,而鸣虫还在恼人地鸣叫。披上衣服走到栏杆前,夜晚的花朵正向人微笑。一个月以来雨水不很丰沛,使得土地干裂。招呼着小孩子一起转动辘轳,提取清凉的井水,顺着草木的根部慢慢地浇水,水流到表层很快便渗到土里。急急忙忙施灌很少有用,等到土地变肥沃之后浇水即可停止。浇花时应让花知道,培植草木不可能使之美丽尽现。就好像喝酒的人,其中有微妙的道理。刚刚开始饮酒并渐渐地上瘾,不要伤及身体。像鲸和牛那样地饮酒,难道还算是上天同全的孩子吗?"《临川道中》诗写道:"千里的平堤把乡野的秀色一一聚拢,柳条之上尚且有一团团的残露。忽然看到两只白鸟双双飞起,才知道有渔船划向浅滩。"

《醴泉客次》诗写道:"短打扮的衣服上横挂着佩剑,三千里之外才是锦官城。多情有如今天山口前的明月,才照到远征的人的第一段行程。"

《登庾楼》诗写道:"庄严的边疆当年曾经饮过马,锦绣般的沃土今天有黄牛在耕种。"

二七

【原文】

山阴邵寿民(葆苪),即苏州太守厚庵先生之孙也。厚庵名大业,与余同官。而寿民从未谋面。年才二十四,已举孝廉,读余诗话,见寄云:"奇才不料人还在,妙论都如我欲言。赖有奚囊收拾尽,世间多少未招魂。"

【译文】

山阴县的邵寿民,即苏州太守厚庵先生的孙子。厚庵名大业,和我的官职相同。而我同寿民从未见过面,他才只有二十四岁,已经被举为孝廉,读过我的

诗话后,寄诗道:"奇才没有料到还有才人,妙论都是我想要说到的。幸亏有这样锦囊将文收集起来,可是世上还有多少怀才不遇的人啊!"

二八

【原文】

松江女史庄焘,廖织云之戚也。《季春归家》云:"孤帆乍卸夕阳西,青粉墙边柳线低。正是内街新雨过,郁金裙上浣春泥。"《咏牡丹》云:"几番厄雨殿春开,艳影招摇洛浦回,昨夜月明人静候,舞风疑有珮声来。"

【译文】

松江女史庄焘,是廖织云的亲戚。她的《季春归家》诗写道:"孤帆突然卸下已是夕阳西下,青粉墙边柳条低垂,正是街巷之内刚沐浴过春雨,郁金裙上溅满春日的泥土。"《咏牡丹》诗写道:"几番大雨之后春气正开,艳影窈窕在洛浦回旋。昨夜有人静候在明月之下,风声吹来好像听到夹杂着珮饰声。"

二九

【原文】

文以情生,未有无情而有文者。韵因诗押,未有无诗而先有韵者。余雅不喜人以一题排挨上下平作三十首,敷衍凑拍,满纸浮词,古名家断无此种。至于上用"秋"字,下用"花"字,如秋月秋云、桃花桂花之类,连绵数十首,是作类书《群芳谱》,非咏诗也。

【译文】

文章是有感而发,从来没有感情全无而写有文章的事情。韵是因为有诗才能谈得上押韵,从来没有无诗而有韵的事情。我特别不喜欢有人用一个题目勉

强做出三十首诗,敷敷衍衍拼凑的节拍,满纸浮华的辞藻,古代的名家肯定是不这样做。至于上联用"秋"字,下联用"花"字,如秋月秋云、桃花桂花之类,连绵使用几十首,做出的诗像《群芳谱》,不是诗。

三〇

【原文】

余少时自负能古文,而苦无题目;娶姬室多不惬意。故集中有句云:"论文颇似升平将,娶妾常如下第人。"不料晚年,四方索文者如麻,不胜其苦。故又有句云:"征铭索序兼题跋,忙杀人间冷应酬。"

【译文】

我小时候因为会写古文而很自负,而又苦于没有题目可写,娶妾之后也很少有惬意。所以文集中有诗写道:"论文做得很像开平的将领,娶妾常像下等的佣人。"

没想到晚年,四面八方索取文章的多如麻,真是难以应付。所以又有诗句写道:"征求铭文索取序文还有题跋,真是忙坏了我,使得人间对应酬的态度冷淡了下来。"

三一

【原文】

三十年前,徐椒林参府在庐州,与余及蒋心余二人最交好,常以船载薰兰千本,为随园遍栽山中,花开如雪。为人权奇倜傥。余叙其行事,作《相逢行》赠之。后升任贵州,竟成永诀。今春,余过嘉兴,其子(双桂)秋山,宰秀水,述及交情,彼此悲喜。索乃翁诗稿,得其《自普洱寄儿》云:"万里当关日,葭灰报小阳。三冬称足用,一线莫虚长。瘴疠身偏健,櫜枪气已藏。上林好春色,努力看花香。"

国学经典文库

《题淮阴侯庙壁》云:"一饭尚思酬母德,三齐宁忍背君恩?"秋山有父风,《题酒亭驿》云:"天子功成一剑中,故乡鸡犬识新丰。英雄未有无情者,老泪尊前唱《大风》。"

【译文】

三十年前,徐椒林参府在庐州的时候,与我和蒋心余两人关系最好,常用船装着千束薰兰花,为我遍栽山中,花开时如白雪一般。他的为人公平、潇洒。我评述了他的事迹,作了《相逢行》诗赠给他。后来他升任贵州,竟成了永诀。今年春,我路过嘉兴,他的儿子秋山是秀水的宰官,谈到与其父的交情,彼此是又悲又喜。我向他索得他父亲的诗稿,看到《自普洱寄儿》诗写道:"万

刘邦唱《大风歌》图。讲述汉高祖刘邦平定英布叛乱,班师途经沛县,召家乡父老会饮,于酒席之上唱《大风歌》之事。

里晴空常是太阳高照,芦苇的灰烬告示着小阳的到来,三冬称足用,一线不要徒有虚名。年迈之身偏偏康健,用来做长枪的木材已被贮藏起来。像上林一样好看的春色,你应该尽可能地去赏花。"

《题淮阴侯庙壁》诗写道:"一饭在口尚且思量着酬谢母亲的恩德,三齐人难道忍心背弃您的恩泽?"秋山写诗有其父的风格,他的《题泗亭驿》诗写道:"天子的成功在一剑之中,故乡的鸡犬只认识新的丰年,没有英雄是无情的人,老泪横流地在眼前唱起《大风歌》。"

☰☷

【原文】

近人薛西原《咏月》云:"何处焚香下阶拜,有人私语并肩行。"虽走西昆一路,而幽隽独绝。是即"月出皎兮,姣人了兮"之余音。

【译文】

近来有个叫薛西原的有一首《咏月》诗写道:"什么地方在烧香使得人们在台阶下参拜,还有在说着悄悄话并肩前行。"

虽然是西昆体,但是幽远而绝妙。是"美丽的月亮出来了,美丽姑娘望着它"的余音。

☰

【原文】

常熟县试,诗题是《野舍时雨润》。某童有一联云:"青沾沾酒肆,红滴卖花篮。"

吴竹桥太史拔为第二。长洲县试童子诗,题是《绿满窗前草不除》。陈竹士基有一联云:"秀色三分雨,春痕一抹烟。"

祝芷塘给谏见之,拔为第七。二人并非看卷之人,而皆与县官交好,故能爱才如此。否则,此诗亦被轻轻点过矣。竹士,即金纤纤之夫也。结褵五年,互相唱和。余到杭州一月,归,纤纤竟死。先是,纤纤有书上我云:"此日碧云秋雁,奉一函于明月楼中;他时绛帐春风,当双拜于海棠花下。"

余到苏,果受其一拜,遂成永诀。故吊以一联云:"双拜花前,已偿负笈从游愿,五年灯下,未了抽簪劝学心。"

竹士在吴江,纤纤寄诗云:"纸样罗衣秋样瘦,那能禁得水天凉?"其伉俪之笃可想。

【译文】

常熟县考试,试题是《野舍时雨润》。某少年写有一联:"青青的寸雨水打在酒肆上,红红的酒滴在花篮上。"

被太史吴竹桥选为第二。长洲县少年诗歌考试,题目是《绿满窗前草不除》。陈竹士基有一联:"秀色将雨三分,春天的痕迹宛如一抹青烟。"

祝芷塘为此召见他,并选为第七。这二位先生都不是制卷人,而都与县官关系很好,所以才能如此爱才。否则,这样的诗只会被轻轻地评点过。竹生,即金纤纤的丈夫。结婚五年,夫唱妇随。我去杭州一个月,回来之后,听说纤纤竟然已死。从前,纤纤有写给我的一首诗:"今朝碧云秋雁,在明月楼中捧一封信

函,他日春风吹进帐里,应双双拜谢于海棠花下。"

　　我到苏州之后,果然受她一拜,于是成为永诀。因此写一联以凭吊:"双双在花前拜谢,已经尝试过背着信夹远游的心愿,结婚五年,没有了却抽去簪后劝勉学习的心情。"

　　竹士在吴江的时候,纤纤寄诗道:"纸一样薄衣秋天一样的消瘦,哪里能禁得起天气转凉?"他们之间夫妻情便可想而知了。

三四

【原文】

　　余所到必有日记,因师丹之老而善忘也。其耳受佳句,亦随记带归。翰林前辈沈蒿师先生荣仁《咏墨床》云:"谁云贪墨无休日,到底磨人有倦时。"

　　《咏鹭鸶》云:"岂有诸君推甲乙,可怜公子最风标。"

　　周去华云:"愁生肺腑登临少,贫人衣冠庆吊疏。"

　　庆似村云:"竹因风静平安久,花为春寒富贵迟。"

　　王云上云:"旧纱帘额寒先入,新粉墙头月更明。"

　　刘熙秀才闻高丽国人来索余诗,并及霞裳诗,故赠刘诗云:"骥尾得名虽较易,人心所好本来公。"

　　龚云洲秀才《领落卷》云:"囊底尚存无效药,掌中惯画不灵符。"

　　张瑶英女子谢余索诗稿云:"露沾桃柳千株树,次第春风到女萝。"

　　毕慧珠女子《感事》云:"一样春风分冷暖,桃花含笑柳含愁。"

【译文】

　　我所到之处都记有日记,这是因为曾以有师丹因衰老而记忆力减退的事情发生。听到好的句子,便记下带回。翰林院的前辈沈蒿师先生有《咏墨床》诗写道:"谁说迷恋笔墨没有休止,到底消磨人会有厌倦的时候。"

　　《咏鹭鸶》诗:"哪里有诸位推举出甲乙,可怜公子最易随风飘动。"

　　周去华写道:"恼人的是平生登临高山的机会太少,衣着贫寒反而羡慕起吊挂起的粗布。"

　　庆似村写道:"竹子因为无风而静静地不动花儿因为春寒所以推迟了花期。"

　　王云上写道:"旧竹做的窗帘使得寒气袭人,新粉刷的墙上月显得更

明亮。"

刘熙秀才听说高丽国人来索要我的诗文,还有霞裳的诗文,所以我诗赠给刘:"马尾出虽然是比较容易,可人心所好本就是公平的。"

龚云洲秀才在《领落卷》诗中写道:"囊中尚存有无效的药品,手中习惯于画出不灵验的桃符。"

张瑶英女士为答谢我去索取诗稿写道:"露水沾在千株桃柳树上,第二天春风便吹到女萝。"

毕慧珠女士《感事》诗写道:"一样的春风却分为冷暖两种,桃花含笑柳叶含愁。"

三五

【原文】

女伶虞四官拜姚秋槎居士为师,观其演《跌霸》一部,赠云:"壮士至今休说项,美人千古最怜虞。"

后度为女道士,号空翠庵主人。姚又赠一《探春令》云:"几番花信暗相催,早自三春暮。杜鹃啼罢东风懒,看满径堆红雨。年年此际归何处,蓦地抛人去。袅斜阳烟外,一寸游丝,怎系得韵光住?"

【译文】

女艺人虞四官拜姚槎居士为师,姚先生看过她演的《跌霸》一剧,赠诗道:"壮士们至今都不要责备项羽,美人们永远是虞姬最可怜。"

后她剃度为女道士,号空翠庵主人。姚先生又赠一首《探春令》:"几次花的信息暗自催促,比三春的黄昏来得要早。杜鹃啼后东风变得懒洋洋,看到满街堆砌的是红雨。年年此时身归何处,蓦地抛弃他人远去。飞鸟在阳烟外斜飞,一寸飘荡的细丝,怎能把韶光系住?"

三六

【原文】

刘霞裳梦中得一联云："星摇似醉愁他堕,手举难扶笑我低。"

醒后续二句云："安得仙云去袖底,御风飞到斗、牛西。"

我以为醒语终不如梦语。

【译文】

刘霞裳在梦中得一联："星在摇运动似醉发愁它会堕落,举起手难以扶到只能笑自己太低。"

醒后之后以接下两句："怎样才能使仙云生于袖口,驾着风飞到北斗、牵牛星的西面。"

我觉得醒后的句子就是不如梦话。

三七

【原文】

云贵总督杨应琚,字秋水,有贤名。入相后,以缅甸偾事,致晚节不终。吾尝以南朝吴明彻相比,殊不愧也。其孙子琼华,嫁江宁方伯永公泰之子明新。明受业随园,而女之父重英号山斋者,与余有旧。山斋参赞军务,兼侍父疾,被缅匪虏去。其子鹤圖,监禁二十余年。余过泰州,琼华以《寄弟诗》见示,云:"否泰关天意,乘除运莫争。弟兄愁失散,身世感伶仃。往者家逢难,潢池盗弄兵。韬钤烦上相,绝域播威名。宠锡从丹禁,旌旗事远征。七擒功未就,五丈病先生。凤诏吴江下,金鞍洱海行。监军随虎帐,付药听鸡声。画角悲风起,明星大野倾。雄师谁控驭,小丑敢纵横。孤垒知难守,弯弓竟不鸣。迷途伤李广,啮雪感苏卿。马革余生在,鱼书万里惊。天恩犹肆赦,疑狱幸从轻。季弟偏膺难,艰危志不更。珠怜沉汉水,剑恐落丰城。雁影萦离思,鸰原忆旧情。伫看邀雨

露,头角再峥嵘。"

【译文】

云贵总督杨应琚,字秋水,有贤德的名声。当丞相之后,因为在缅甸战败,致使晚节难守。我曾经以南朝的丞相吴明彻相比较,二人不相上下。他的孙女琼华,嫁给了江宁方伯永公泰的儿子明新。明新是我的学生,而这个女子的父亲叫重英号山斋,和我又是旧相识。山斋参与军务,又因父亲有病侍候左右,而被缅甸匪徒劫走。他的儿子鹤圃,被关押了二十余年。我路过泰州,琼华拿出寄与弟弟的诗稿给我看,写道:"好运恶意是无意,是乘是除都不要与命运相争。兄弟之间悲欢离散,身世也孤苦伶仃。过去家里遭到灾难,潢池的强盗起兵谋反。兵书兵法烦扰着父亲,偏僻的地域流传着他的威名。上赐的锡服从于红色的禁军,旗帜飘扬为了远征。七擒之功未

诸葛亮七擒孟获,出自《三国志通俗演义》。诸葛亮七擒孟获及伐魏等故事,为历代诗人吟诵。清代杨琼华《寄弟诗见》中即有"七擒功未就,五丈病先生"之句。

成,五丈原却使先生患病,凤诏传向吴江,金色的马鞍在洱海进发,监军跟随着虎皮营帐,服药时已听到鸡叫声,雕画的屋角上邪风乱起,明亮的星辰却向荒野倾斜,是谁率领着雄师,小小的敌人哪里发狂。单独的堡垒知道难以守卫。弯弯行箭竟然无法拉开。李广由于迷路而受伤,苏卿因为啮雪而感动。马革中我还活着,书信飞来惊动了万里。天恩还能有所宽恕,也许会减轻你的刑期。三弟却偏偏难以响应,艰难危险之中不改心志。可惜珠子沉入汉水,恐怕刀剑落入丰城。大雁别去萦绕着思绪,白鸽原来也忆念着旧情。站着望见请来的雨滴,又一次露出峥嵘之象。"

随园诗话

国学经典文库

三九

【原文】

余闻人佳句，即录入《诗话》，并不知是谁何之作。甲寅三月，余游华亭，张梦喈先生饮余古藤花下，其郎君兴载耳语曰："家姊愿见先生。"

余为愕然。已而搴帘出拜，执弟子之礼；方知《诗话补遗》第一卷中，曾载其所作《秋信》等诗故也。貌亦庄姝。其母夫人汪佛珍诗，久采入《诗话》第四卷中。始信风雅渊源，其来有自。其姑佛绣嫁姚氏，亦才女也，《不寐》云："欹枕闲吟梦境空，残灯闪闪影朦朦。梧桐不管人惆怅，翻尽银塘一夜风。"

他如："一径泥香飞燕子，满瓯茶熟乱松声。"

"何须地僻心方静，才觉身闲梦亦清。"

俱妙。

【译文】

我听到别人的好诗句，便收录入《诗话》中，也不知道是什么人写的。甲寅三月，我去华亭游览，张梦喈先生和我在古藤花下喝茶，他的孩子兴载对我耳语道："我妹妹愿意见见先生。"

我听后感到愕然，我这才掀帘出门，行弟子之礼，才知道是《诗话补遗》第一卷中，曾经收录了她的《秋信》诗的缘故。她的容貌倒也端庄。她的母亲汪佛珍的诗文，已收录于《诗话》第四卷中。我这才相信风雅是有渊源的，它的出现是有原因的。她的姑姑佛绣嫁给姚氏，也是一位才女。她《不寐》诗写道："斜靠在枕上悠闲地吟唱空幻的构境，残灯闪闪影子朦胧。梧桐树不管人的惆怅之心，树叶翻尽银塘一夜的清风。"

其他的诗句如："一条小径散发着泥土的芳香，有燕子在飞，满壶的茶已沏好伴着乱松的声音。"

"何须地僻心才能安静，这才发现内心闲适梦境也很清爽。"

都是不错的。

三九

【原文】

人仗气运,运去则人鬼皆欺之。每见草树亦然,其枝叶畅茂者,蛛不敢结网;衰弱者,则尘丝灰积。偶读皮日休诗:"水痕侵病竹,蛛网上衰花。"

方知古人作诗,无处不搜到也。

【译文】

人凭借着运气,运气没了则人鬼都要欺侮之。每次看到草木也是这样,当它枝繁叶茂时,蜘蛛不敢结网,反之,则满灰尘和青丝。偶然读到皮日休的诗:"水痕侵病竹,蜘蛛在衰败的花上结网。"

才知道古人作诗,无不观察入微。

四〇

【原文】

顾宁人云:"古不用银。"

余颇不以为然。近读张籍《送南迁客》诗云:"海国战骑象,蛮州市用银。"

以用银与骑象对说,可知中国骑马不骑象,用钱不用银矣。

【译文】

顾宁人曾说:"古人不用银子。"

我颇不以为然。最近读了张籍的《送南迁客》诗:"海上的国家打仗时骑象,蛮州城做买卖用银子。"

以用银和骑象对说,可以得知中国人骑马不骑象,用钱而不用银子。

四一

【原文】

白太傅《因李留守相公见过池上泛舟话及翰林旧事因赠诗》云:"同时六学士,五相一渔翁。"

余己未翰林,亦有两相三尚书。为之怃然。

【译文】

白太傅《因李留守相公见过池上泛舟话及翰林旧事因赠诗》写道:"同时代的六个学士,五个当了丞相一个当了渔翁。"

我也是己未年的翰林学士,也有两个丞相三个尚书。我觉得有些茫然若失。

四二

【原文】

吴兰雪《瞻园坐月》云:"林塘幽绝似山家,坐转阑阴月未斜。仙鹤一双都睡着,冷香吹遍绿梅花。"

徐朗斋《宿泰山》云:"乱石长松路不分,数声钟磬隔林闻。山中夜半烧残烛,自起开窗照白云。"

二诗真清绝矣。

【译文】

吴兰雪的《瞻园坐月》诗写道:"林塘幽静清绝像山中人家,坐在阑干下面月亮并未西斜。一对仙鹤双双睡着,冰冷的香气吹遍了绿色的梅花。"

徐朗斋的《宿泰山》写道:"乱石夹着长松使道路难辨,数声钟鼓隔着林子

也能听见。山中的半夜点着残烛，起床开窗照亮了白云。"

这两首诗真是清绝。

四三

【原文】

陈少阳与欧阳彻救李纲而死，庙在丹阳。乾隆庚申，庙为火所焚，独神像不动，袍笏依然。余过其地，见壁上题云："两宫消息正茫茫，庙算徒闻罢李纲。不信九门司虎豹，独留三疏动风霜。衣冠白昼悲东市，松柏青磷照北邙。遇客漫增桑梓感，里居从古说丹阳。"

又云："草野讵干与复计，公卿无奈谏书稀。"

余读而爱之。末书"于震字一川"五字。方知即二十年前负诗来谒，自称不蒙许可，即要投江死者也。专工明七子一体，未免鸣钲擂鼓，见赏者稀。然佳处不可泯没。《见赠》云："声名若不逢元晏，辞赋何由重洛阳？"《崮峰秋望》云："岸走涛声吞象岭，树浮天影出狼山。"

《延庆寺》云："地迥人烟浮水气，楼高木叶下秋声。"

颇皆雄健。至若《九江》云："商女至今歌白纻，征人几度换朱颜。"

则稍和缓，且降格而为之。其人亡已二十余年，怜其一生苦志，为理而存之。

【译文】

陈少阳和欧阳彻为救李纲而死，庙设在丹阳。乾隆庚申年，庙被火烧毁，唯独神像不动，长袍手笏依然如故。我路过此地，看到墙壁的题诗写道："两宫的消息正是茫茫然，庙里的谋划却白白听说罢免李纲。不相信九门掌管着虎豹，单独留下三章奏折惊动了风霜。白日里穿着冠帽悲叹着东市，松柏青磷照耀着北邙。过客渐渐地增加了身在故乡的感觉，而本地的住户却从古时说到丹阳。"

又写道："草木田野哪里与兴灭的计划相关，公卿大夫们也对于谏书的稀少而无可奈何。"

我很喜欢这样的诗句。末尾写了"于震字一川"五个字。才知道是二十年前带着诗文来进谒，自称不得到许可，就要投江而死的那个人。他专门学习明代七子的那种体裁的诗歌。可也难免是敲钲擂鼓，知音很少。但是好的句子不应被埋没。又看到赠诗写道："如果声名不是碰到了元晏，辞赋怎能在洛阳受到

李纲像,图出自清·顾沅辑《古圣贤像传略》。李纲为宋代名臣,曾组织"东京保卫战"抵抗金兵的入侵。

重视?《翀峰秋望》诗:"岸画的波涛声声吞象岭,树木映出天影中的狼山。"

《延庆寺》诗:"大地上回旋着人间的烟火上面浮着水气,高楼边的树叶下能听到秋声。"

都是很雄健的句子。至于《九江》诗:"商女至今还穿白布衣在歌唱,远行的人已几次被变换了容颜。"则稍微和缓一些,而且降低格调写成的。此人已去世二十余年了,可怜他一生辛苦。因此为了正义而收录集中。

四四

【原文】

郭频伽秀才寄小照求诗,怜余衰老,代作二首来,教余书之。余欣然从命,并札谢云:"使老人握管,必不能如此之佳。"

渠又以此例求姚姬传先生。姚怒其无礼,掷还其图,移书嗔责。余道:此事与岳武穆破杨么归,送礼与韩、张二王,一喜一嗔。人心不同,亦正相似。刘霞裳曰:"二先生皆是也,无姚公,人不知前辈之尊;无随园,人不知前辈之大。"

【译文】

郭频伽秀才寄来画像求诗,可怜我已衰老,便代我做两首诗,让我书写出来。我欣然从命,并且写信致谢:"即使让老人拿笔,也不一定能有这样的佳作。"

后又照此向姚姬传先生求诗,姚先生对他的无礼很恼火,将画像退还,还写信加以谴责。我觉得:这件事和岳武穆打败杨么回城,向韩、张二王送礼,也是一个高兴一个发火。人心的不同,也是如此。刘霞裳说:"两位先生做得都对,没有姚先生,人们就不知道前辈的尊严,没有随园先生,人们就不了解前辈的博大。"

四五

【原文】

丙辰同召试者,宣州梅兆颐先生,馆文穆公家,年六十许,和蔼朴诚,与余为忘年交。今甲子已周,访其遗稿不可得,近才获其《游敬亭山》云:"春色忽云暮,荫然万木齐。命驾越市尘,扶杖寻岩栖。白云停阴岭,清流贯长溪。碑碣抚残剩,台榭凭高低。好花磴旁出,时鸟林间啼。古人不可作,胜地无荒蹊。恐如桃花源,再至渔舟迷。"

【译文】

丙辰年和我一起去招考的,宣州人梅兆颐先生,在文穆公家作,六十来岁年纪,和蔼朴实,和我是忘年交。如今甲子年已过,寻访不到的遗稿,最近才得到的《游敬亭山》诗:"春色忽然被云遮住,郁郁葱葱的草木很繁盛。奉命坐车出行,扶着拐杖择地而居。白云停在山阴,清澈的小河流向大江。在碑碣上抚摸着残迹,任凭台榭的高低错落。好花从台阶旁长出,候鸟在林间鸣叫。古人不可做到的事,应是繁华的地方没有僻静之路。恐怕就像是桃花源,再次使得渔船迷路。"

【原文】

尹似村公子,亡后无子。余《诗话》中有意多存之。今又在破麓中捡得其《哭松儿》二首,云:"呻吟不听有儿音,说起生前感倍深。忍病怕投良药苦,佯欢且慰阿爷心。悠悠短梦今朝醒,小小孤魂何处寻。葬汝刘家丘墓侧,添衣调食自能任。"

"东西未辨合游嬉,天性偏生解孝思。绕膝常将梨枣奉,午眠低唤慢帘垂。看栽花竹携锄立,爱弄图书学父为。老泪抛残作达语,诗人多半见儿迟。末句讽随园。"

《和梅岑忆旧》云:"一声欸乃荡归舣,别泪交流洒大江。乙酉北上,梅岑送至浦口。共喜人眠茅店榻,怕听鸡唱五更窗。攀杨难系征车远,代面全凭尺鲤双。记得分岐春二月,翠浓驿路正憧憧。"

"偶逢花市也闲行,老去风怀总不情。旧雨关心推大弟,青云得路让诸兄。女为儿子姬为友,竹作屏风书作城。自笑未能除结习,与人争处是诗名。"

【译文】

尹似村公子,死后无子。我在《诗话》中有意多收集他的诗句。今天又在破竹箱里挑选出他的《哭松儿》诗两首:"呻吟中听不到我儿的声音,说起从前倍感深切。你忍着病痛只怕良药苦口,假装高兴是为了安慰我的心。悠悠短梦在今晨醒来,小小的孤魂去哪里找寻。把你葬在刘家丘墓的旁边,使你吃饭穿衣能够自理。"

"东西不分却能同大家一起玩耍,天生偏偏能理解孝顺之心。绕膝时常将梨枣捧来,睡午觉时轻声呢喃着垂下窗帘。看着大人们栽花扶着锄在一旁,喜欢学着父亲的样子读书。老泪纵横不免有期望的话,诗人多半没有见到过我的儿子。"

《和梅岑忆旧》诗:"一声悲叹回荡在归船之上,离别之泪抛洒于大江之中。一起为同睡在茅店塌上而高兴,只怕听到公鸡在五更时的窗前报晓。爬上杨树也难系到挂远行的驿车,见面时全凭着尺长的两只鲤鱼,只记得在早春二月山边分手,林木覆盖的驿路上草木正飘扬。"

"偶尔碰上花市也去闲逛,多次去过总也对此没有什么感情。下雨时簇拥

着前边的弟弟,晴天后又为诸位兄长让路。女子为自己的孩子小姬妾为了友人,用竹屏书作城。自我嘲笑不能改掉老毛病,与人竞争的是诗名。"

四七

【原文】

四十年前,余读钟伯敬《尉人落第》云:"似子何须论富贵,旁人未免重科名。"

以为佳绝。不料甲寅七月,偶翻唐诗,姚合《送江陵从事》云:"才子何须藉富贵,男儿终竟要科名。"

钟先生如此偷诗,伤事主矣。

【译文】

四十年前,我曾经读过钟伯敬的《尉人落第》诗写道:"像你这样的士子何必再去评论富贵,一般的人倒是难免重视科举的名次。"

这样的诗句很绝妙。没想到甲寅年七月,偶然翻看唐诗,看到姚合的《送江陵从事》诗:"才子何必凭借富贵,男人终究要取科举的名次。"

钟先生这样偷诗,真是伤害了姚先生。

四八

【原文】

青衣郑德基诗云:"春风二月气温和,麦草初长绿满坡。牧竖也知闲便好,横眠牛背唱山歌。"

又,《咏帘内美人》云:"到底春光遮不住,还如竹外看梅花。"

此二首,皆天籁也。余命阿通代为评点,竟忽略看过,终竟诗学不深。

【译文】

青衣郑德基写诗道:"春风吹起的二月气温适合,麦草发芽绿满山坡。牧童也知道优哉优哉,躺在牛背上唱山歌。"

《咏帘内美人》诗:"到底春光是遮不住,就像是竹外看梅花。"

这两首诗,真有如天籁。我请阿通代为评点,他竟然匆匆看过,终究诗学得不深。

四九

【原文】

《学记》曰:"不学博依,不能安诗。"

博依注作譬喻解。此诗之所以重比兴也。韦正己曰:"歌不曼其声则少情,舞不长其袖则少态。"

此诗之所以贵情韵也。古人东坡、山谷,俱少情韵。今藏园、瓯北两才子诗,斗险争新,余望而却步,惟于"情韵"二字,尚少弦外之音。能之者,其钱竹初乎?惜近日学仙,不肯费心矣。

【译文】

《学记》写道:"不学譬喻,不会作诗。"

这是诗之所以重视比兴的缘故。韦正己曾说过:"唱歌没有延长音就缺少感情,跳舞没有长袖就缺少动态。"这是诗所以情韵为贵的原因。古人苏东坡、山谷,他们的诗都少有情韵。今天藏园、

黄庭坚像,图出自清·顾沅《古圣贤像传略》。黄庭坚为北宋著名诗人,号山谷,故又称"黄山谷"。

瓯北两位的才子诗,斗险争新,我望而却步,虽不缺少情韵,却缺少弦外之音。擅长此道的人,难道是钱竹初吗?只可惜他近日里学习仙道,不肯在此处费心了。

五〇

【原文】

余亲家蒋梅厂三子,有河东三凤之称。其长子莘之诗,久入《诗话》。今春再过苏州,其弟蔚、夔又以诗来。蔚《咏周孝侯射虎歌》云:"将军射虎如射牛,白额横死南山头。将军缚贼如缚虎,枉说使君兼文武。衔命往讨齐万年,忠孝之道难两全。草中狐鼠何足尽,英雄受制嗟可怜。援兵四绝鼓不止,按剑一呼创者起。猛虎入槛何能为,五千健儿同日死。呈嗟乎!於菟之气能食牛,烈士岂解为身谋?不然缚虎莫缚贼,依旧射猎南山头。"

《苦雨》云:"别馆深严作总持,焚香扫地坐裁诗。朝来岚气卫冲帘入,正是山楼雨过时。"

夔《春阴》云:"绿波知共板桥平,香雾霏霏湿落英。寒暖难凭三月候,溟濛未定片时晴。山斋客过苔仍合,水国潮多草乱生。差喜疏疏添逸响,几回细雨和茶铛。"

他如:"田中乍熟狙公芋,溪上低开鹿女花。"亦工。

【译文】

我的亲家蒋梅厂的三个孩子有河东三凤的美誉。他的长子莘的诗,已经收入《诗话》。今春,我再次路过苏州,他的弟弟蔚、夔又以诗来拜见。蔚的诗《咏周孝候射虎歌》:"将军射虎如射牛,老虎横死在南山上。将军捉贼就如同捉虎,乱说使者能文又能武。奉命讨伐齐万年,忠孝难以两全。草中的狐鼠哪能杀尽,英雄受到制约真是可怜。援兵不到鼓声却不止,拔剑怒吼受伤的人一跃而起。猛虎一旦被关进木笼又能怎样呢,五千士兵一同战死。可悲呀!气壮山河能吞牛,烈士们哪能理解去为自己打算。不然的话捉虎不捉贼,仍然可以在南山打猎玩耍。"

《苦雨》诗写道:"舍馆内森严有人在担当总持,烧香扫地坐地写诗。早晨花得透过门帘时入室内,正是山楼处理雨的时辰。"

夔的《春阴》诗:"绿波知道和板桥保持水平,香雾纷纷打湿了落英。冷暖并非因到了三月就能有规律,乌云未定几时便又天晴。山斋有客人经过苔藓依然,水边潮湿杂草乱生,官差们高兴地听到好听的声响,又是几次雨声和着品茶声。"

其他如"田野中狙公的山芋突然熟了,小溪边低低地开放着鹿女花"等句

也很工整。

五一

【原文】

丙辰冬月,余年二十一岁,初识吴江李莼溪(光运)于长安小市,《诗话》中曾载其见赠五律一首。今甲寅秋,六十年矣,其子会恩秋试来园,读其诗,喜莼溪之有子。《吊韩蕲王》云:"枉为君王赋式微,中原不复望旌旗。廉颇披甲心犹壮,魏绛和戎事已非。谁使渡江来白马,竟忘行酒有青衣。千秋遗恨无人识,回首琴台一雁飞。"《咏雪》云:"铺平万户白如海,只有炊烟一缕青。"

《新竹》云:"秉节初终才挺干,入林先后渐忘形。"

【译文】

丙辰年的冬季,我二十一岁,在长安小市初次见到李莼溪,《诗话》中曾收录他的赠诗五律一首。如今是甲寅年的秋天,已经有六十年了,他的儿子会恩参加秋试来到我的寓所,读他的诗,为莼溪能有这样的儿子而高兴。他的《吊韩蕲王》写道:"作为君王为衰落赋诗真是徒劳,中原不能再看旌旗飘扬。廉颇披上铠甲心气十足,魏绛穿上戎装却已事过境迁。是谁使白马自江对岸来,竟然忘记有友人一起喝酒。历史上遗恨无人了解,回首琴台上有一只孤雁在飞。"

《咏雪》诗:"将千家万户铺严洁的白如海,菘中只有一缕袅袅的青烟。"

《新竹》诗:"笔直的竹竿刚刚长好,成林之后便不些得意忘形了。"

五二

【原文】

君子不以人废言。严嵩《钤山堂集》颇有可观,如:"卷幔忽惊山雾入,近村长听水禽啼。"

"沙上柳松烟霁色,水边楼阁雁归声。"

皆可爱也。又，阮大铖有句云："露凉集虫语，风善定萤情。"
后五字颇耐想。

【译文】

君子不因人的行为而贬低他的言论。严嵩的《吟山堂集》很是好看，如："卷窗时忽然惊了山雾簇拥而入，靠近村边常能听到家禽的啼叫。"

"沙上的柳、松呈现出烟霭的颜色，水边一楼阁之上能听到归雁的声音。"

都很可爱。又如，阮大铖有诗句："冰冷的露水汇集了蚕的私语，和善熙风安定了萤火虫的性情。"

这后边几个字很耐人寻味。

五三

【原文】

海刚峰严厉孤介，而诗却清和。曾见鹫峰寺壁上有《赠竹园隐者》云："寂寂江村路，何烦命驾过。羊求忘地远，松竹到门多。野外常无酒，田间别有歌。洗杯深酌处，落日在沧波。"末书"海瑞"二字，笔力苍秀。

【译文】

海刚峰为人严厉孤傲耿直，但诗却清新和缓。我曾在鹫峰寺的墙上见有他的《赠竹园隐者》诗写道："寂静山村道路，又何必让车回去呢。羊求忘了路远，到了门前才觉得多有松竹。野外常常无酒可饮，田间却常有歌可唱。冲洗酒杯豪饮之处，看到夕阳在苍茫的水波上浮动。"末尾写有"海瑞"两字，笔力苍劲秀美。

海瑞像，图出自清·孔继尧绘《吴郡名贤像传赞》。海瑞为明代名臣，字汝贤，号刚峰，故又称其为"海刚峰"。

五四

【原文】

余少时读《会真记》，嫌元九薄幸，题云："疑他神女爱行云，故把鸳鸯抵死分。秋雨临邛头雪白，相如终不弃文君。"

程鱼门恪守程、朱之学，批云："此诗断不可存。"

余唯唯诺诺，而终不能割爱。后读唐太常寺参军秦贯所撰《郑恒及夫人崔氏合祔墓志》，方知唐人小说，原在有无之间，不必深考。余题诗用意深厚，故可勿删。

【译文】

我小时候读《会真记》，嫌元九命薄，题注道："怀疑她是神女爱行云，所以把鸳鸯死死分开。临邛的秋雨雪白的头发，司马相如终于没有抛弃卓文君。"

程鱼门恪守程、朱之学之道，批道："这首决不能留存。"

我支支吾吾，归终不舍割爱。后来读到唐代太常寺参军秦贯所拟的《郑恒及夫人崔氏合祔墓志》，方知道唐代人的小说，原本就在有无之间，不必深交。我的题诗用意深厚，因此可以不必删掉。

五五

【原文】

同年许红桥(朝)，一字光庭，诗学放翁。殁后，其子小桥携父诗来谒，无力付梓，摘其《柳州舟次》云："山战火龙看野烧，水喧铜鼓渡惊滩。"

《虎丘》云："渡口日斜人散影，柳梢风静鸟啼烟。"

《雁字》云："杀青须仗摩天翮，飞札疑追逐日人。"

《江上》云："败芦藏艇炊烟出，古树翻鸦落叶频。"

《杂咏》云："牛后难防烧尾火，马前还怕打头风。"

"蹄轻骄马嘶风立,声涩荒鸡扑雪啼。"

《随大府劝农》云:"风翻樱稗皆垂颈,人仰旌旗尽举头。"

又有《谢孝子》诗。孝子,会稽人,名振宗,以申父冤故,袖铁锥,打碎天安门内石狮子,投冤状,发黑龙江充军,而父冤卒白,亦异人也! 诗长,不备录。

【译文】

和我同龄的许红桥字光庭,学陆游作诗。死后他的儿子小桥拿着父亲的诗稿来看我,因无力印刷,摘录其中的《柳州舟次》诗:"大山和火龙对战能看到田野在燃烧,水和铜鼓比试音量惊动了岸滩。"

《虎丘》诗:"渡口夕阳西下人影变斜,柳梢风静飞鸟对着炊烟鸣唱。"

《雁字》诗:"杀入青天要靠展翅飞翔,飞信好像是在追逐着太阳的人。"

《江上》诗:"藏在枯败的芦苇丛中船中冒出炊烟,古树上凄栖着乌鸦所以树叶频频下落。"

《杂咏》诗:"牛难以防范火烧尾巴,马害怕迎面而来的风。"

"蹄轻的马站在风中嘶鸣,声音羞涩的公鸡在雪一边扑打一边鸣叫。"

《随大府劝农》诗:"风吹水稻使它低下了头,可人看旗帜飘扬都抬头。"

又有《谢孝子》诗的孝子是会稽人,名振宗,由于为父申冤,袖中藏着铁锥,打碎了天安门内人的石狮子,被投入监狱,并发配到黑龙江充军,而父亲的冤案归终昭雪,也是个怪人啊! 因为诗太长,就不再收录了。

五六

【原文】

余集中有《佳儿歌》,为同年李竹溪(棠)之子(燧)作也。三十余年,问消息不得。今年在杭州遇李婿陈鸿举,为仙居令,诵其近日句云:"体因惯病翻忘药,人不工诗亦自穷。"

呜呼! 才则犹是也,而近状可想矣。

【译文】

我的诗集中收有《佳儿歌》,是同龄人李竹溪的儿子写的。一晃三十多年,没有消息。今年在杭州碰到李先生的女婿陈鸿举,作仙居令,背诵他的近作:"身体因为老病忘记吃药,人要是身体不好也会渐渐走上末路。"

呜呼! 才华还是那样横溢,但近况也可想而知了。

五七

【原文】

余在虞山,竹桥太史来,诵其代松云太守赠翩如小词云:"野芳浜水明如镜,忽然照见惊鸿影。来也抑何迟,今宵莫反而。芳名才两字,摹尽真风致。醉眼倒还颠,疑同美少年。(翩如男妆。)"

【译文】

我在虞山的时候,竹桥太史来访,给我背诵了他替松云太守写的赠给翩如的词:"野花临水水明如镜,忽然间照到了惊鸿的身影。既然来了又怎么能说迟,今天晚上就不会飞远了。名字虽然只有两个字,却写尽了风情万种,醉眼倒是还有些癫狂,就好像一个俊美的少年。"

五八

【原文】

人但知诗之新秀者难,而不知诗之奇辟者尤难。镇江张(秉钧)平伯《游老人峰》云:"空洞足误踏,崩一成众响。历险虽十里,炫奇已百同。"

苏州杨(一鸿)仪吉《过积溪》云:"路转孤村明,桥横一溪渡。雷雨晴亦惊,蛟龙冻犹怒。"

嘉兴戴光曾《宿净慈寺》云:"月色下平地,人影上茅屋。湖上诸螺峰,环拱如葡萄。"

又,《常山》云:"缆从山脊牵云去,舟向波中卷雪来。"

皆奇峭可喜。

【译文】

人们只知道写出新颖秀美的诗难,却不知道写出奇特怪僻的诗文就更难。镇江人张平伯的《游老人峰》:"脚不要去踩空洞,一个崩塌就会有许多响声。

虽然历经十里险地,却已欣赏了百外风景。"

苏州杨仪声《过积溪》:"顺路转去见到明亮的孤村,小桥横在一条溪水的渡口处。雷雨后天变晴也使人心惊,蛟龙即使挨冻也还是会发怒。"

嘉兴人戴光曾的《宿净慈寺》:"月色下临平地,人影却爬上了茅屋。湖面许多像海螺一样小山,环绕着像是在匍匐。"

还有《常山》诗写道:"纵然从山脊上把云牵去,小船向波涛中把雪卷来。"

都是奇妙险峭的句子。

五九

【原文】

秀州诗人吴文溥,别十五年,今秋忽来。诗已付梓,读之,转多窒碍,不如从前之明秀;信境遇之累人,而师友之功不可少也。录其新句之可爱者,如:"竹里不知屋,水边闻有鸡。"

"问径花相引,开门鸟乱啼。"

"风静溪逾响,云来树欲移。"

皆佳。又一绝云:"酒后客来重酌酒,飞花留客送残春。主人醉倒不相劝,客转持杯劝主人。"

【译文】

秀州诗人吴文溥,出走了十五年,今年秋天忽然归来,诗稿已经出版,读后,多曲折窒息的感觉,不如从前的诗明了秀雅,我相信命运是折磨人的,向朋友学习是必不可少的。于是收录他的诗中新颖的句子:"因为竹子掩映使我不知道其中有房屋,到了水边才听到鸡叫的声音。"

"问路时花来引领,开门时飞鸟乱鸣。"

清代吴文溥有"问径花相引,开门鸟乱啼"之句,袁枚认为极佳。

"风静的时候溪水声更加响亮,云来时候树要移动它的位置。"

却是不错的。又有一绝句:"酒后客人回来重新斟酒,飞花留住客人却送走了残春。主人醉倒了之后不能劝酒,客人转而拿着酒杯向主人劝酒。"

六〇

【原文】

钱玙沙先生公子名枚者,其初生时,适余到,故仿蔡中郎以名与顾雍故事。后举孝廉,诗才清妙。《策马》云:"策马关门外,苍茫未识途。一鞭残照下,回首白云孤。路险愁冰滑,身欹待树扶。自怜侬太瘦,骿肉本来无。"

《过常州》云:"节过白露寒犹浅,岸近丹阳水渐低。"

【译文】

钱玙沙先生的公子名叫枚,他刚出生的时候,正好我来拜访,所以就仿照蔡中郎以名字送给顾雍的故事。后来他被举为孝廉,诗才清新绝妙。《策马》诗写道:"在关门外骑马,苍苍茫茫不能认路,在夕阳里挥下一鞭,回头看到孤单的白云。道路险峻怕冰滑,身子歪倒靠着树来支撑。自己心疼你太瘦弱,本来就瘦骨嶙峋。"

《过常州》诗:"过节时白露还未热爱寒冷,靠近岸边看到丹阳水渐渐低缓。"

六一

【原文】

太湖有东西洞庭七十二峰,奇秀可爱。官其地者,事简民淳,最为乐土。司马德卧云先生(福)招余往游,小住三日。适司李程前川(恩乐)执赞门下。表侄张碧川(琴)在幕中,出《新月》《梅花》两诗稿见示。想见僚属多才,主宾风雅,可谓不负此湖山矣。德公《咏新月》云:"一线晶光上画栏,漫疑素魄本非团。微开玉女奁中镜,半吐嫦娥白里丸。曲曲黛眉如淡扫,明明青眼似相看。爱他坐到西山晚,忘却深闺翠袖寒。"

又:"漫收兔魄含全璧,深隐云鬟只半妆。"

《梅花》云:"瘦态每宜轻雾后,残庄最爱晚香余。"

程前川《新月》云:"刚同翠黛新描后,好比秋波乍转余。"

"蚌珠才吐仍衔口,宝镜方开未出奁。"

张碧川《新月》云:"似竟怕为天晓别,谁能留到夜深看?""斗宿自明如昨夕,楼台先得向依稀。"

"无多时别仍相见,若太分明岂乍逢。"

《梅花》云:"那防触拨香盈袖,忍扫横斜影上阶。"俱佳。

【译文】

太湖有东西洞庭七十二峰,奇美可爱。在这个地方做官,事情简单民风淳朴,最应称为乐土。司马德卧云先生叫我去游览,小住三天。就到了司李程前川门下,表侄张碧川在幕中,写出《新月》《梅花》两部诗稿。可以想象出官吏人多才子,喜欢风雅,真可说是不虚湖山之行啊!德公《咏新月》诗中写道:"一线日光照在画栏上,也就随便地想起朴实灵魂本来就是孤行。轻轻打开玉女房中的镜盒,将嫦娥的臼里丸吐出一半。弯曲曲黑眉就像淡淡扫过,明明的眼睛好似在相望。因为爱他才坐到夕阳下山,忘记深闺中冻坏了翠袖。"

又有:"随便将含着全璧的兔魄收起,深隐的云鬟只化了一半妆。"

《梅花诗》:"清瘦的神态每次都适合轻雾过后,残妆最喜欢夜晚的余香。"

程前川的《新月》诗:"刚毅就像绿黛新近描过,好比是秋日水波突转。"

"蚌才把珠吐出但仍衔在口中,宝镜刚刚打开还未拿出盒。"

张碧川《新月》:"就像是竟然害怕天亮时的离别,谁又能留到夜深来观看呢?""星斗明亮像昨晚一样,楼台先得以向望依稀的幻境。"

"离别后不久仍能相见,如果聚散太分明又恐突然相见。"

《梅花》诗:"哪里能提防拨弄香花的袖子,忍痛扫除台阶上的横斜的影子"等都是不错的句子。

六二

【原文】

蒋于野(荦)从余游洞庭两山,吟兴颇豪,多纪游之作。其《登莫厘峰》云:"草深蒸雾湿,地旷受风多。丛树阴犹转,飞禽影不过。"

《望太湖》云:"山都包水内,浪欲拍天浮。"

《宿石公山禅院》云:"百尺丹梯削翠屏,下蟠曲磴透珑玲。峰头碍足前无

路,洞腹穿云上有亭。天阔湖光千顷白,更深佛火一灯青。我来不敢吟高调,多恐蛟龙出水听。"

又,《和德司马新月》,有"时刚落日半稜多"七字,亦未经人道。

【译文】

蒋于野(字莘)和我一同游览洞庭两座山峰,诗兴大发,写下很多描写游景的诗作。他在《登莫厘峰》诗中说:"草丛深深云雾缭绕,广阔的大地风声呼啸。树丛中云雾还在游转,飞鸟的影子一点都看不到。"

他在《望太湖》诗中说:"整座山都包容在太湖水中,浪花拍岸像是要把天都涨高了。"他在《宿石公山禅院》诗中说:"百尺长的红色木梯像是在翠绿的山屏中雕刻而成的,下山时曲折的石径蜿蜒通幽,高高的山峰阻挡着脚步前面已无去路,穿过山洞,走出浮云,看到山顶上还有小亭。天空广阔湖光山色白茫茫一片,深幽处寺院中一盏孤灯闪烁。我来到这里并不敢吟唱什么高歌壮曲,就是因为害怕蛟龙从水中钻出来倾听。"此外,他在《和德司马新月》诗中说:"时间刚到太阳下山时就成了半垄的形状。"这句诗也是从未听过他人写过。

六三

【原文】

提督杨(恺),仪征进士也。通识懿文,康熙间,受知圣祖,召入南书房,与何义门、蒋南沙诸前辈,同校书史。后提督两湖。晚年归老。具盛馔招作文燕。壁挂一器,形如喇叭,长二丈许,糊以黑纱。指示余曰:"此军中所用顺风耳也。将军与军师有密谋则用之。相离甚远,其语只二人闻,他人不闻也。"

壁上见许登瀛观察赠一联云:"天禄校书名进士,岳阳持筇老将军。"

殊切。

【译文】

提督杨是恺征武进士。懂得皇帝的文章,康熙年间,受到圣祖的器重,被召入南书房,与何门、蒋南沙几位前辈,一同校对书史。后任两湖提督。晚年告老还乡。曾设盛宴款待我。墙上挂着一个器具,形状像喇叭,长二丈左右,包着黑纱。他指着对我说:"这是军中用的顺风耳。将军与军师密谋时用的。相距很远,只有两个人能听到说话的内容,别人听不见。"墙上有许登瀛观察赠的一副对联:"天禄校书的著名进士,岳阳持节的老将军。"很是贴切。

六四

【原文】

红兰主人有句云:"西岭生云将作雨,东风无力不飞花。"其仆和福有句云:"一双白鸟东飞急,知是西山暮雨来。"

【译文】

红兰主人有诗句写道:"西岭出云将变成雨水,无力的东风吹不动花。"他的仆人和福有诗句写道:"一对白鸟向东急飞,就能知道是夜间风雨要来。"

六五

【原文】

溧阳狄梦松中得句云:"众鸟归来托,繁林得所天。"

初不解所谓。后会试场题与前诗意相合,韵限"天"字,即用梦中句。试官以其诗暗合圣意,遂入选。旋官翰林。

【译文】

溧阳人狄梦松在梦中得诗:"众鸟归来的依托,密林得以接近上天。"

开始不解其意。后来会试场的题目与这首诗的意相合,韵限为"天"字,他随即用了梦中的诗句。考官认为这首诗私下与圣意相合,就被选入。旋即又当上翰林。

六六

【原文】

顾仙根,兴化人也,有《买仆诗》云:"我家得一仆,人家失一子。同是父母心,还当慎驱使。"

可称仁言。

【译文】

顾仙根,兴化人士,写有一首《买仆诗》:"我家得到一个仆人,别人家却失去了一个孩子。同样是父母之心,还是应当对他小心使唤。"

可以称作是慈祥的话语。

六七

【原文】

湖北蒲圻县万羊庵,有吴荆山尚书题壁五律,内有"翻"字、"恩"字。和者如云。褚筠心学士视学其地,有"鱼版空王法,莺花造物恩。"

又,"去路原来路,君恩是佛恩。"

吴白华侍郎有"小鸟踏花翻"之句,押"翻"韵极新。卢(元琰)湘槎过其他,云:"断云千树暝,残照一雅翻。"

【译文】

湖北蒲圻县万羊庵有吴荆山尚书在壁上所题五律,有翻字、恩字。捧和者如云。褚筠心学士到此地视察,写有"鱼版之上缺乏王法,莺花是造物的恩典。"

又有"去路是原先的路,您的恩德是佛的恩情。"

吴白华侍郎写有"小鸟把花踏翻"的诗句,押"翻"韵很新颖。卢湘艖路过此地,写有:"断云使得树林昏暗,夕阳残照下有一只乌鸦在上下翻飞。"

六八

【原文】

奇中丞于苏藩任内,考紫阳书院,《鼠须为笔》题。诸生课卷三百余本,绝少佳句。止有黄一机:"挥毫惊纸啮,起草忆灯窥"二句,为一时之冠。

【译文】

奇中丞在江苏藩任期之内,应考紫阳书院。题目:"鼠须为笔"。考生三百多份试卷,很少佳句。只有黄一机的:"挥笔惊动纸张来觅食,写草稿想起油灯在窥视"两句,为一时之冠。

六九

【原文】

卢湘艖拔贡,朝考被斥,捐州判,赴皖需次。《自嘲》云:"不为折腰吏,权作磕头虫。"

【译文】

卢湘艖被选拔为贡院,朝考时受到斥责,捐官州判。需要第二年再次赴安徽。他《自嘲》诗写道:"不做弯腰的官吏,权且去当磕头的小虫子。"

【原文】

吴门多闺秀,近又得袁丽卿(淑芳)《病起》云:"月照栏杆影半斜,夜凉如水夹衣加。经旬卧病纱窗里,辜负一栏指甲花。"

"犹自恹恹懒下楼,凭栏闲弄玉搔头。今朝风自来西北,东面珠帘可上钩。"汪宜秋(玉轸)《中秋无月》云:"凝向嫦娥诉幽恨,昏昏月又不分明。"

《雪》云:"窗外竹梢三两个,压低渐近碧栏杆。"

金纤纤(逸)《和同人集耘勉斋》云:"绿绮携来横膝上,夜凉弹醒水仙花。"

《病起》云:"鹦鹉不知人病久,朝朝楼上唤梳妆。"

清代吴门闺秀袁丽卿在《雪》诗中写道:"窗外竹梢三两个,压低渐近碧栏杆。"袁枚深为叹许。

又,《赠某女士》云:"谢家飞絮苏家锦,如此才真未见来。"

余以为此句是纤纤自道。

吴门多是大家闺秀,近来又得到袁丽卿的《病起》诗:"月亮照在栏杆影子半斜,夜间凉如水多穿了夹衣。在纱窗里养病已经月余,辜负了一栏杆手剪窗花。"

"还是懒洋洋地不愿下楼,扶着栏杆悠闲地用玉搔头。今天是刮西北风,东面的珠帘可以挂上钩。"

汪宜秋的《中秋无月》:"要向嫦娥诉说幽恨,昏暗的月亮又不太分明。"

《雪》云:"窗外有三两个竹梢,压低了靠近绿色的栏杆。"

金纤纤的《和同人集耘勉斋》诗:"绿色织布拿来横在膝上,夜凉用手弹醒水仙花。"

《病起》诗:"鹦鹉不知道人已病很久,每天都在楼上呼唤着梳妆。"

又有《赠某女士》:"谢家的飞絮苏家的锦,如此这样的真才却从不来访。"

七一

【原文】

钱塘项(墉)金门在吾乡,大开坛坫,一时风雅之士,归之如云。余到杭州,必主其家,读其《谢胡荈塘招游湖》上云:"闲于翘足鹭,乐似聚头鱼。"

《落叶》四句云:"客径夜随寒雨堕,僧窗晴带白云飘。绕坡屑窣过群鹿,临水萧疏抱一蜩。"

不愧老手。

【译文】

钱塘项墉金门在我的家乡,大开坛坫,一时间风雅之士,争相前来。我到杭州,一定住在他家。读他的《谢胡荈塘招游湖》:"比翘足的鹭鸟还要悠闲,快乐得像欢聚的鱼儿。"

《落叶》四句:"客人来的路在夜里随着冷雨坠落,僧人的窗户在晴天好似白云在飘。绕坡的小树有群鹿经过,临水的矮木有蜩虫环抱。"

不愧是写诗的老手。

随园诗话补遗·卷八

采诗如散赈也,宁滥毋遗

【原文】

鳌沧来刺史从太仓寄近作见示。《菜花》云:"绕村种菜春环屋,铺地黄金人住家。若论生材求济世,万花都合让斯花。"

《偶成》云:"薄宦频年鬓欲斑,平生心在水云间。天怜衰吏无他乐,许看东南一带山。"

想见襟怀,不愧名臣之后。

【译文】

鳌沧来刺史从太仓给我寄来近作。《菜花》诗:"绕村种菜到春天环抱着屋子,就像满地的黄金是人住的家。如果说人生为了济世,那么万花都应与此花相合。"

《偶成》:"官场多年两鬓已斑白,平生的心愿在水云之间。上天可怜衰朽的官吏无处欢乐,也许是看到东南一带的群山。"

想象得出他的胸襟,不愧是名臣的后代。

【原文】

雍正癸丑,余年十八,受知于吾乡总督程公(元章),送入万松书院肄业。其时掌教者为杨文叔先生,讳绳武,癸巳翰林,丰才博学,蒙有国士之知。后掌教钟山,而余适宰江宁,时时过从。先生归道山后,音问遂绝,今五十年矣。甲寅春,其孙仪吉孝廉以诗一册见示。读之,细腻工整,不愧家风,叹德门之有后。《诸葛墓》云:"沔水东流绕定军,秋风遥拜卧龙坟。大星磊落沧荒土,八阵纵横隔暮云。共说公才真十倍,可怜天意竟三分。凭高欲下沾襟泪,筹笔楼高日又曛。"《旅思》云:"十度月圆犹作客,一年秋到倍思家。"《吊刘司户》云:"宦寺岂

容操国柄,文章原不重科名。"《落第出都》云:"葵藿但知倾晓日,芙蓉何敢怨秋风。"孝廉名一鸿。

【译文】

雍正癸丑年间,我十八岁,受到家乡总督程公的赏识,被送入万松书院学习。那时掌教者为杨文叔先生,字讳绳武。是癸巳年的翰林,丰才博学,自称有国士的智慧。后来到钟山掌教,而我恰好到江宁任宰官,时时有来往。先生归隐道山后,音信全无。到如今已五十年了。甲寅年春他的孙子仪吉孝廉拿着他的一册诗来看我。读后,诗写得细腻工整。不愧家风,感叹有道德的大家后继有人。《诸葛墓》:"沔水向东流环绕着定军城,秋风拜见卧龙先生的墓。如大星光明磊落今天沦为荒土,纵横八阵将夜晚的浮云分隔。都说您有十倍的天才,可怜天意只有三

诸葛亮像,图出自《图像三国志》。

分。倚过高栏向下走泪满面,身后的筹笔楼高耸而夕阳已西下。"《旅思》:"十次月圆时还在他乡做客,一年到中秋时就更加想念家乡。"《吊刘司户》:"宦官哪能把持国家大事,文章原本不重视科名。"《落第出都》:"葵花只知朝向早晨的太阳,芙蓉怎敢埋怨秋风。"

此位孝廉名叫一鸿。

三

【原文】

江宁李(大绅),号榕庄。《护兰》诗云:"似离故土非其性,才到人家便作难。"

"移置几番遭仆恚,爱怜真当养儿看。"

二联殊有风趣。

【译文】

江宁人李大绅,号榕庄。《护兰》诗:"好像离开故土不是它的本性,才到人家就与之为难。"

"移植几次遭到仆人的愤怒,爱怜它的人真应把它当作收养儿子来对待。"这两联别有风趣。

四

【原文】

广西罗城县,国初为烟瘴之地。于清端公自记年谱云:"同去仆从,死亡殆尽。余族弟秋江(涛)署罗城尉,赋诗云:'簇簇奇峰列画屏,万山遥护一城青。地因太险田无税,迹可留仙石有灵。北岭晓钟催曙色,西江秋月冷烟汀。参军未处边陲惯,蛮语还须仔细听。'屋后青山舞凤凰,檐前奇石学鸳鸯。挈瓶沽酒向墟寺,吹角引牛归牧场。抱社两株榕树古,沿城一带枣花香。诛茅盖起三层屋,珍重行人指法堂。'"

【译文】

广西罗城县,建国初时是疟疾的多发地。于清端先生在记年谱上说:"同去的仆人,都快死尽了。我的族弟秋江人罗城尉写诗道:'起伏的群山排列在画屏,万山遥遥守护着一座城的清白。土地因为太险峻田地无税,但古迹可以留住仙人连石头也有灵。北山的晨钟催促着曙色,西江的秋月使烟汀变冷。参军后却对边陲不适应,蛮语还得仔细听清。'屋后的青山像跳舞的凤凰一样美,屋前的奇石学着鸳鸯。拿着装酒的瓶子走向墟寺,吹角招引牛群回牧场。社前有两株古榕树,沿城一带有枣花飘香。用诛茅盖起三层的房屋,认真的行人指着法堂。'"

五

【原文】

吴江徐君星标善弈秋之技,予既为铭墓。其子山民(达源)、媳吴珊珊(琼仙)俱工诗。山民《春晓》云:"廿四番花算不清,黄莺杜宇总春声。伤心只有芭蕉叶,愁雨愁风过一生。"

珊珊《咏萤火》云:"月黑谁携星一点,风高吹上阁三层。蒲葵扑堕知何处,笑问檀郎见未曾?"《夜坐闻笛》云:"妆楼风影夜萧萧,检查牙签倦欲抛。何处一声长笛起,隔帘吹月上花梢。"

【译文】

吴江人徐星标擅长下棋,我为他写了墓志铭。他的儿子山民,儿媳吴珊珊都善于写诗。山民的《春晓》:"二十四次开花已算不清,黄鹤与杜宇鸟总在春天鸣叫。伤心的只有芭蕉叶,在风雨中愁芒地度过一生。"

珊珊的《咏萤火》:"月黑时是谁携带着一点星,风高把它吹上三层阁。蒲葵落下知道是什么地方,笑问檀郎看到没有?"《夜坐闻笛》:"闺楼的风影夜萧萧,检查牙签倦意正浓,是哪里的一声长笛声,隔着帘子对着月亮吹起把它吹上花梢头。"

六

【原文】

真州郑鸿,字秋影,张南垞之侍史也。能诗,偶以醉失欢,远走京师,竟致客死,年仅二十。员帆山抄其遗诗,嘱张石民追写小像。诗云:"闭门却到夕阳斜,自笑茅檐小小车。偏是西风最多事,书声偷送到邻家。"

石民写像毕,题云:"青年谁与颊添毫,惜尔生前未我遭。老去见花都懒画,多情远写郑樱桃。"

真州人郑鸿,字秋影,张南垞的侍史。会写诗,偶尔因为醉酒失宠,便远走京城,竟然最后客死他乡,年仅二十岁。员帆山抄录他的诗作,并嘱托张石民补画小像。他的诗写道:"关门却已到了夕阳西下的时间,自己在笑话茅屋前的小车,偏偏是西风最多事,把读书声偷偷吹到邻居家。"

石民画完像,题诗道:"青年人谁给你的双颊添画几笔,可惜你生前没有碰上我,常常看见花儿却懒得画它,多情人还要去画郑樱桃。"

七

【原文】

杭州沈清任观察,余门下门生也。中年俎谢。余求其诗不得,仅录其《沁园春》一阕云:"天放憨僧,行脚打包,远归故乡。笑六十年来,电光倏忽;三生石上,梦影荒唐。小住为佳,长行不得,从此舟车不用忙。生花眼、借一编在手,字字行行。吾家老屋颓墙,只糊壁人儿费忖量。看鄂渚书来,归舟待泊;锦官收散,花事终场。鹤发朝梳,金经夜课,随分生涯自主张。闲中趣,写梅花数点,也送清狂。"

【译文】

杭州人沈清任观察,是我门下的门生。中年夭折。我收集不到他的诗,仅收录了他的《沁园春》一首:"上天放出憨僧,背包出行,回归故乡,可笑六十年来,瞬间而逝,三生石上,梦影荒唐。小住最好,远行不宜,从此车船不用忙。生花的眼力、借一编在手,是字字行行。我家的老房子墙壁破旧,就糊墙的人费尽心思。看到鄂渚书寄来,回程的船停下待发,锦官收散,花事结束。早晨梳理白发,夜里上课念金经,随遇而安自作主张。闲中的乐趣画几朵梅花,也寄托清狂之心。"

八

【原文】

甲子年,余过宏济寺,见西林相公题壁诗,已录登《诗话》。甲寅,阻风,又至寺中,默默七代孙某抄鄂公父子诗来,皆五六十年前事,余为之怆然。再录相公一绝云:"山扉石径上人家,小住清凉引妙车。欲挽江声过树杪,可怜那岸是繁花。"

其时,公子容安随行,年尚幼,后总督两江,重游此寺,读先人之作,《题赠默默》云:"少小经行处,江山感旧因。君能重会面,我是再来人。问法心无住,趋庭迹已陈。然灯览题句,忍泪对青春。"

【译文】

甲子年,我路过宏济寺,看见西林相公题诗,已收录了《诗话》。甲寅年,因风大受阻,又到寺中,默默的七代孙某抄来鄂云父子诗,都是五六十年前的事,我为此感动悲伤。再收录相公一绝:"走过山门石径去人家,小住几日凉爽引来妙语成车。想要挽着江声回到林中,可惜彼岸是繁华之所。"

那时,公子容安随行,年龄尚小,后任两江总督。重游此寺,读前人的作品,《题赠默默》:"小时经过的地方,江山也感到事出有因,您能再次会面,我是再来之人。问法时心已浮躁,走过的庭院遗迹全无。点灯看题诗,忍着眼泪面对自己的青春。"

九

【原文】

金陵水月庵有僧镜澄,颇能诗。闭户焚修,名场竟不知有此人,殊可敬也。《惜桐》云:"独树作僧伴,摧枯伤我情。从今茅屋下,无处听秋声。"

《落叶》云:"落叶寒生径,冬蔬秀满畦。要将茅舍补,试看稻堆齐。窗破宜

随园诗话

糊纸,墙穿合补泥。春风待来岁,也有燕双栖。"

【译文】

金陵水月庵有僧人镜澄,很会写诗。闭门修炼,名利场竟然不知道此人,非常可敬。《惜桐》:"只有树木和僧人做伴,被摧残枯败后伤害我的心情。从此茅屋下面,无处听到秋声。"

《落叶》:"落叶后小路寒冷,冬天的蔬菜长满田畦。要将茅舍修补,试看整齐稻堆,窗破应该糊纸,墙穿应补泥,春风明年再来,也能有一对燕子在此栖息。"

一〇

【原文】

苏州胡眉峰量见赠云:"青山供养忘机客,红粉消磨用世才。"

泰州孙虎山(廷飏)云:"名到惊人何况早,生当并世不嫌迟。"

松江刘春桥(熙)云:"看花兴致怜才性,此是先生未了缘。"

上海李林松(仲熙)云:"真才子必得其寿,谪仙人未免有情。"

淮上程蔼人(元吉)云:"风流何减白居士,天下不名元鲁山。"

又,"有福不离花世界,无愁常喜竹平安。"

皆可诵也。

【译文】

苏州胡眉峰见赠诗道:"青山供养了忘掉投机的客人,红粉消磨是为了用旷世之才。"

泰州孙虎山写道:"名气到惊人的时候又何况太早,生在同时不觉得迟。"

松江刘春桥写道:"看花的性致可怜其才性,这是先生未了的因缘。"

上海李林松写道:"真正的才子必定会长寿,被贬的仙人不免有情。"

淮上程蔼人写道:"风流怎能减弱白居士的声名,天下谁人不知元鲁山。"

又有:"有福气不离开花的世界,无愁恼的人常常喜欢竹报平安。"都是可诵咏的句子。

国学经典文库

随园诗话

【原文】

女弟子席佩兰，诗才清妙，余尝疑是郎君孙子潇代作。今春到虞山访之，佩兰有君姑之戚，缟衣出见，容貌婐妮，克称其才。以小照属题，余置袖中，即拉其郎君同往吴竹桥太史家小饮。日未暮，而见赠三律来。读之，细腻风光。方知徐淑之果胜秦嘉也。其诗云："慕公名字读公诗，海内人人望见迟。青眼独来幽阁里，缟衣无奈瀚庄时。蓬门昨夜文星照，嘉客先期喜鹊知。愿买杭州丝五色，丝丝亲自绣袁丝。"

"深闺柔翰学涂鸦，重荷先生借齿牙。漫拟刘公知道韫，直推徐淑胜秦嘉。解闻敢设青绫障，执赘遥褰绛帐纱。声价自经椽笔定，扫眉笔上也生花。"

"南极文昌应一身，幸瞻藜杖拜星辰。一编早定千秋业，片语能生四海春。诗格要烦裁伪体，画图敢自秘丰神。问公参透拈花旨，可是空王座下人？"佩兰小照幽绝，余老矣，不敢落笔，带至杭州，属王玉如夫人为之布景，孙云凤、云鹤两女士题诗词，余跋数言，以志一时三绝云。

【译文】

女弟子席佩兰，诗少清新绝妙，我曾经以为是她的丈夫孙子潇代作。今年春天到虞山拜访，佩兰的亲戚即丈夫的小姑穿着素衣出来见面，容貌美好，与她的才能相当。以小照请我题诗，我放到袖中，后拉着孙先生到吴竹桥太史家小饮。天没黑的时候，看到送来的三首律诗，写得细腻风光。才知道徐淑果然要比秦嘉强。诗写道："仰慕您的名字读您的诗，海内人人都想见到您。青眼独自来到幽暗的阁屋内，素衣无浣妆庄的时候。百姓的家里昨夜有文曲星照耀，贵客预先让喜鹊得知。想要买到杭州的五色丝，丝丝都亲自秀以袁丝。"

"深闺里面用柔软的毛笔练习画画，向重荷先生借牙齿。随便地以为刘先生知道韫，直推记徐淑胜过秦嘉。解开围裙敢设青绫障，拿赘时远远放下绛色帐纱。声价是由如椽之笔定的，描眉的笔上也能生花。"

"南极文昌应该合为一身，幸好看见藜杖拜见星辰。一编书籍能定下千秋功业，片语只言能生出四海之春。诗格应该去除伪体，画图时要敢于隐藏丰神。问您搞懂拈花的意思没有，可是空王的王座下边的人？"佩兰的小像优美，我老了，我涣不敢随便落笔，带杭州，请王玉如夫人为此布景，孙云凤、云鹤两位女士

题词,我写跋,以此鼓励三首绝句在一时写成。

二二

【原文】

余三月间,到狄小同家,柔之夫人挈女儿出见,年才十四,而诗笔清雅,字亦工秀。《赠楼氏姊》云:"巧鬟梳成敛翠蛾,芳姿自惜性偏和。婀娜不效杨家舞,婉转犹能薛氏歌。琼树朝朝临日见,莲花步步踏春过。谁家种玉人侥幸,得伴新莺附茑萝。"

【译文】

我在三月的时候,到狄小同家,柔之的夫人带着女儿出现,她才十四岁,而诗写得清新雅致,字也工整秀丽。《赠楼氏姊》写道:"灵巧的发髻梳成之后收起翠峨,顾影自怜性格偏偏和善。婀娜却不学杨家的舞蹈,婉转得还能唱薛氏的歌曲。琼树天天日出而现,莲花慢慢地踏春而过。是谁家的种玉人很侥幸,得到新人的莺鸟和茑萝。"

二三

【原文】

余饮孙云凤家,饭米粗粝,而价甚昂,知为家奴所绐。归寓,适有送白粲者,以一斛贻之。云凤不受,札云:"来意已悉"盖疑老人以米傲之也。余殊觉扫兴,即题其札尾云:"一囊脱粟远相贻,此意分明粟也知。底事坚辞违长者,闺中竟有女原思。"

云凤悔之,寄《贺新凉》一词以自讼云:"傍晚书来速,道原思抗违夫子,公然辞粟。已负先生周急意,敢又书中相渎。况贽礼未修一束。我是门墙迂弟子,觉囊中所赐非常禄。不敢受,劳往复。寸笺自悔忽忽肃,或其间措辞下笔,思之未熟。本借湖山供笑傲,何竟翻多怒触。披读处,难胜踧踖。无赖是毫端,

今以前怨，仍付毫端赎。容与否？望批覆！”

【译文】

我在孙云凤家喝酒，粗茶淡饭，而价钱却很贵，知道是被家奴所骗。回到寓所，正好有人送来白米，所以送给他一斛。云凤不要，写信称："您的来意我已了解。"

大概是怀疑我这老头子因为有米而自傲。我觉得很扫兴，随即在信尾题道："一囊脱粟的米是别人老远送来的我的用意就连粟也知道。你这样拒绝违背了我这老人的心意，闺中竟然会有女原思。"

云凤很后悔，寄来《贺新凉》词一首以自责："傍晚信来得很快，信中说原思违背了您的心意，公然不要粟米。已经辜负了您的周济的心意，又斗胆写信致歉，何况赞又如此无礼。我是门墙愚弟子，觉得囊中所赐不是寻常的俸禄，就不敢接受，劳驾您来回折腾，写短信是为悔过，也许此间的措辞，还不太成熟。本想借湖山供您笑傲，又怎能指望为此生气。您所读的信，难以表达我的歉疚。尽管是小错，今天因为以前的过失，仍要写信赎罪。能否原谅，请批复。"

一四

【原文】

尝读刘长卿《重过曲江》诗云："何事最伤心，少年曾得意。"

盖唐时进士登科，多同游曲江之故。余甲辰到广西，蒙抚军吴树堂先生饮余于八桂堂，是五十年前金震方中丞拜表荐余处。追忆少时恩知，为之凄绝，一坐竟不忍起。口号一律云："森森八桂翠参天，此处曾经调大贤。知己平生人第一，白头重到路三千。荐章海内犹存稿，往事风中已化烟。梦自难寻肠自转，几回欲起又流连。"

当年留别中丞七排十二韵，仅记一联云："万里阙前修荐表，百官座上叹文章。"

【译文】

曾经读过刘长卿的《重过曲江》诗："什么事最伤心，少年时曾经得意。"

大盖唐代时进士入选，多同来游览曲江的缘故。我于甲辰年到广西，承蒙抚军吴树堂先生在八桂堂招待我，是五十年前全震方中丞拜表推荐我的地方。

回想起小时知遇之恩，为此伤心，竟然一坐不起。口念一首律诗："森森的八桂堂翠木参天，在此处我曾经拜见过大贤。平生的知己您是第一人，白发的年纪又故地重游。您推荐的文章海内仍有存稿，往事在风中已成烟。梦中难以寻觅愁肠自转。几回想站起又流连忘返。"

当年留给中丞七排十二韵，仅仅认得其中一联："万里阙前修缮墓碑，在百官座上做悲叹文章。"

一五

【原文】

余过马嵬，前后题诗八首，自谓发挥尽矣。近见祝芷塘给谏题云："元之政事广平参，谁蛊君心逸欲耽。若使开元初载入，也同钟鼓乐周南。"

姚崇像，图出自清·上官周《晚笑堂画传》。姚崇为唐玄宗前期的宰相，很有才干，促使唐朝出现了"开元盛世"局面。袁枚过马嵬驿写的诗中有"但使姚崇还作相，君王妃子共长生"之句。

"不作河东妒女津，九原粉黛有余春。美人自恨西方少，身死犹教美

别人。"

第一首犹是拙集"但使姚崇远作相,君王妃子共长生"之意。第二首专指士人取冢土敷面,可去瘢痕之说。可谓崭新日月。

【译文】

我路过马嵬,前后共题诗八首,自以为发挥尽了。最近看见祝芷塘的请柬题诗:"元代的政事由广平来参谋,谁来担心君王将贪图享乐。若是当初使开元年的盛事载入史册,也应同钟鼓一起钟鼓一样奏出《周南》。"

"不当河东妒女的渡口,九原的粉黛徐娘半老。美人自己怨恨西方少,死时还教别人如何爱美。"

第一首还是我的集子"只是使姚崇起到作用,君王和妃子能一起长生不老"的意思。第二首专指土人拿坟上土抹脸,可去瘢痕的说法。真可以说让日月换颜。

一六

【原文】

虞山邵松阿先生为其孙妇作传云:"妇姓赵,名同曜,字洵娴。幼时学诸姑礼佛,及读《论语》'攻乎异端'。叹曰:'吾初以为西方圣人,今乃知铸一大错也!'其敏悟如此。爱作诗,案置王礼堂、赵云松及随园三人诗,谓松阿曰:'儿以为西庄学富,云松识高,至随园先生,则各体兼该,学识双到矣。'余闻之,甚惭。因记芷塘给谏见赠云:"我读君诗如读史,能兼才学识三长。"

与其言相合。然祝公是老作家,而洵娴一弱女子,竟聆音识曲,尤难得哉!年二十余,以娩难亡。《咏七夕》云:"拜罢双星后,穿针上画楼。一钩今夜月,万古此时秋。玉露闲阶湿,金风小院幽。更深人未卧,何处笛声愁。"

《咏镜》云:"照人空见影,是我总非真。"

《菊花》云:"经霜秋正老,带月夜初长。"

【译文】

虞山邵松阿先生为他的孙媳妇写传:"妇姓赵,名同曜,字洵娴。小时候学着八位姑姑的样子拜访,直到读了《论语》'攻于异端'。叹道:'我当初以为是西方圣人,今天才知道已经铸成了一次大错了。'她的悟性就是如此。喜欢写

诗,桌子上放着王礼堂、赵云松以及随园三人的诗作,对松阿先生说:'孩儿认为西庄博,云松见解高深,至于随园先生,则兼具各体,学问和见解都很丰富。'"我听说后,感到很惭愧。因记得芷塘先生的请柬题诗:"我读您的诗如同读史书,能够增长才能学问和知识三方面。"

与她的话类似。然而祝先生是老作家,而洵娴是一个弱女子,竟然能听音识曲,更加难得了。二十余岁时,因分娩而死。《咏七夕》:"拜过双星后,穿针上了画楼。今天的月亮像一个钩子,万古不变此时已是秋天。玉般的露水打湿了台阶,金风吹向幽静的小院,夜深人还未睡,什么地方传出忧愁的笛声。"

《咏镜》:"照人只见影子,是我但总不是真的。"

《菊花》:"经过霜后的秋天正在衰老,带月的夜晚开始很长。"

一七

【原文】

昆山徐嫩云(云路)秀才买书无钱,而书贾频至,乃自嘲云;"生成书癖更成贫,贾客徒劳过我频。聊借读时佯问值,知非售处已回身。乞儿眼里来鸬炙,病叟床前对美人。始叹百城难坐拥,从今先要拜钱神。"

余幼时,有"家贫梦买书"之句,盖实事也。今见徐先生此诗,触起贫时心事,为之慨然。徐又有句云:"风威两岸荻,雪意一天云。"

【译文】

昆山徐嫩云秀才没钱买书,而书商又常来,就自我解嘲道:"天生是书癖更是穷人,书商徒劳光顾我。借着看书的机会假装问价,知道不是卖书之处就已转身。乞丐眼里来了烧好的鸬鸟,病人在床前看见美人。才开始感叹难以坐拥书城,从今以后先要去拜钱神。"

我小时候,有"家穷梦见买书"的句子,确有其事。今天看见徐先生的这首诗,勾起我贫苦时的心事,为之叹息。徐先生还曾写道:"风使两岸芦苇威严,雪使一天云朵有意。"

国学经典文库

随园诗话

一六三五

【原文】

祝芷塘《咏药》云："尝遍苦甘千百味,活人常少杀人多。"

赵云松《憎蚊》云："一蚊便搅人终夕,宵小由来不在多。"

程荆南《席上》云："名士庖厨官敢少,山人冠履古风多。"

吴兰雪见赠云："三朝白发题襟遍,一代红妆立雪多。"

四用"多"字,俱妙。余《春日园中》亦有句云。"晴日不愁游女少,美人终竟大家多。"

【译文】

祝芷塘的《咏药》诗:"尝遍了苦甜千百种味道,使人能活下去的很少害人的很多。"

赵云松《憎蚊》:"一只蚊子就整夜搅人,小小的由来不在多少。"

程荆南《席上》:"名士做厨师就会少一些宫廷的气息,山人穿鞋古已有之。"

吴兰雪的赠诗:"三朝的老人题词遍是,一代的巾帼有许多在程门立雪。"

四个句子都用多字,都很妙。我的《春日园中》也有句子:"晴天不发愁游女少,美人终究要比一般人多。"

一九

【原文】

虞山赵氏多才,有名同钰字子梁者,疑是洵娴女士之兄。诗善言情,《题若冰妹小照》云:"意得深闺未嫁年,阿兄把卷妹随肩。小红刚报酴醾放,草草梳妆到最先。"

《山塘》云:"春风油壁过山塘,双眼迷离诧艳妆。我亦多情祝飞絮,要他吹

绣衣裳。"

《采菱》云:"草草盘头便出湖,水云深处笑相呼。侬家不是贪多得,风信明朝知有无。"

《消夏》云:"扫眉深浅费工夫,云髻高低索婢扶。插过珠兰余几朵,不知还够饷人无?"又,《对镜》起句云:"憔悴竟如此,非君我莫知。"

可称超绝;惜下半首稍平,故不录。其室人屈婉仙亦能诗,《七夕》云:"花自轻盈露自凄,碧阑干外玉绳低。不知何处凡乌鹊,侥幸云霄一夜栖。"

【译文】

虞山赵氏很有才华,其中有个名叫同玉字子梁的,也许是洵娴女士的哥哥。他的诗善于言情,《题若冰妹小照》:"记得在闺房中未嫁之时,哥哥拿着卷帘妹妹并肩而立。小红刚刚来告诉酴醾酒已送来,便草草梳妆去抢先。"

《山塘》:"春风润泽了房屋吹过了山塘,双眼被艳妆浓抹迷住了。我也多情祝愿飞絮,要它吹到绣花衣服上。"

《采菱》:"草草地将头发一盘便出湖,在水云深处笑着打招呼。咱们不是贪婪之人,带来口信知道明天有无风吹过。"

《消夏》:"描眉时有深有浅很费工夫,云髻高或低让婢仆扶起。插过珠帘花后我有几朵,不知还够不够去送给别人?"又有,《对镜》的起句:"竟然憔悴到如此地步,只有你才能了解我。"

可以称得上是超绝,可惜下半首稍有平淡,所以不再收录。他的同窗屈婉仙也会作诗,《七夕》:"花朵轻盈却露出凄惨之相,绿阑干外玉绳低。不知哪里的平凡乌鹊,侥幸在云霄里栖息一夜。"

二〇

【原文】

纤纤亡后,竹士《过姬家有感》云:"愁听花铃语绣帏,封题如故笑言违。伤心小女无知识,绕膝询姑何日归。"

"新秋已报海棠开,可奈尘生旧镜台。莫怪见花拼一恸,去年曾折一枝来。"

"旋窗虫语警秋心,小病奄奄奈夜深。记汝当年珍惜意,露凉不敢立花荫。"

《题纤纤小照》云:"绣幙茶烟碧散丝,分明桐院比肩时。千呼不下卿何忍,一一如生我尚疑。"

"絮语曲栏邀月证,寻诗深夜怯花知。可怜病后怜仃甚,莫怪珊珊玉步迟。"

又句云:"仙原暂谪留难住,事太伤心泪转无。"

【译文】

纤纤死后,竹士的《过妇家有感》说:"忧愁地边听着花铃声边绣床帏,封题如故却在嘲笑言而无信。伤心的小女不太懂事,绕膝询问着姑姑何日归来。"

"新秋已扫海棠花开,却无奈旧镜台上落满尘埃。别责怪见到花后猛力抢夺,因为去年曾经折来一枝。"

"走过窗前听到虫语提醒我秋天已到,小病缠身奈何夜已深,记起你当年的呵护之意,露水风凉不敢立于花荫。"

《题纤纤小照》:"绣花的账帏像茶烟一样绿如丝般散开,分明在年纪相仿时桐院的留影。千呼万唤不出来你真忍心,栩栩如生我却有些怀疑。"

"在曲栏絮语有月亮作证,在深夜寻诗却怕被花知道。可怜病后更加孤独,不要责怪姗姗来迟。"

又有:"神仙原来是暂时停留难以小住。事情太使人伤心却又没有眼泪。"

二一

【原文】

吴江闺秀汪宜秋《春夜诗》云:"坐愁换过烛三条,才向妆台卸翠翘。只恐眠迟难早起,明朝记得是花朝。"

《扫墓》云:"略慰九原思子意,今朝弱息挈孙来。病躯只恐难重到,家事从头诉一回。"

《夜坐》云:"贪凉自启绿窗纱,风细炉烟缕缕斜。急把残灯遮护好,方才结得一双花。"

《病起》云:"手战愈增书格弱,目昏翻厌纸窗明。不知春是何时去,绿满帘栊夏景成。"

《题玉函女士小照》云:"空阶策策堕梧桐,怨笛清砧断续风。只恐嫦娥也愁绝,良宵深闭广寒宫。"

宜秋家赤贫,夫外出五年,撑住家务,抚养五儿,俱以针黹供给;而有才如此。

【译文】

吴江的女秀才汪宜秋《春夜诗》:"坐着愁苦已换过三条蜡烛,这才到梳妆台前把翠翘除掉。只怕睡得晚难以起早,记得明天是花朝。"

《扫墓》:"略微安慰了九原对你的思念,今天气息衰弱带着孙儿一同前来。患病之身只恐怕难以再来,只能把家事从头诉说这一回。"

《夜坐》:"贪图凉快自己把绿窗纱打开,风把细细的炉烟吹得缕缕歪斜。赶紧把残灯遮护好,这才编好了一对花。"

《病起》:"颤抖的手更增加了书写的难度,眼睛发昏翻得心烦只有明亮的纸窗。不知道春天是何时离去的,绿色洒满帘枕夏景已出现。"

《题玉函女士小照》:"空空的台阶上堕下了梧桐叶,哀怨的笛声和捣衣声伴着断续风。只怕嫦娥也很忧愁,良宵之时被深深地关在广寒宫里。"

宜秋家中极穷,丈夫外出五年,她支撑着家务,抚养着五个孩子,都是一针一线供出来的,她却是如此有才。

━━ ━━

【原文】

赵子梁《咏白牡丹》云:"断无富贵能安素,莫笑花枝爱着绯。"

陈秋史(燮)《白雁》云:"平沙夜月空留影,远水芦花何处滩。"

【译文】

赵子梁的《咏白牡丹》:"根本就没有富贵之人能够安之若素,别笑话花枝喜欢抹粉。"

陈秋史《白雁》:"平沙中夜晚的月亮空留下影子,远方水面的芦花哪里是沙滩。"

随园诗话

二三

【原文】

老友徐灵胎度曲嘲时文及题墓诗,余已载《诗话》中。甲寅八月,其子榆村(爔)送其儿秋试,又度曲赠我云:"千山万水,装点了吴越规模。天地又踌躇,须生个奇才异质,同雅超殊,放在中间,空前绝后,著出些三教同参万古书。更不让他才华埋没,又把月中丹桂,天街红杏,阆苑琼株,一一都教攀住。略展经纶,便使那万户黎民,争称慈父。才许他脱却朝衫,芒鞋竹杖,历尽了层峦叠嶂,游遍了四海五湖。方晓得花月神仙,诗文宗主。赢得随园才子,处处家家竹呼。端的是菩萨重来,现身说法,度尽凡夫。咱也乞讨杨枝一滴,洗净尘心,跳出迷途。"

【译文】

老朋友徐灵胎作的曲子和嘲笑时文及题墓的诗,我已收录到诗话中。甲寅八月,他的儿子榆村送孩子去参加秋试。又作曲词送给我:"千山万水,装点了吴越的江山。天地又在犹豫,须生出一个奇才异质,风雅特殊之人。放在中间,是空前绝后,写出一些三教共同参考历经万古的著作。更不要让他的才华被埋没,又把月亮中的丹桂树,天街的红杏,阆苑的琼珠,一一都把握住,略略施展一下结论,使万千的老百姓,争向称之为慈父,这时才允许他脱掉朝衫,穿上芒鞋拎上拐杖,历尽层峦叠嶂,游遍四海五湖,才知道花月神仙,诗文家主。赢得了随园才子的雅号,使得众人无不称颂。最后是菩萨重来,现身说尘,度尽了凡天。才知道乞讨酒下杨枝一滴,把尘心洗净,跳出迷途。"

二四

【原文】

余雅不喜元遗山论诗,引退之"山石"句,笑秦淮海"芍药蔷薇"一联为女郎

诗。是何异引周公之"穆穆文王",而斥后妃之"采采卷耳"也。前于《诗话》中已深非之。近见毛西河与友札云:"曾游泰山,见奇峰怪崿,拔地倚天,然山涧中杜鹃红艳,春兰幽香,未尝无倡条冶叶,动人春思。此泰山之所以为大也。大家之诗,何以异此?"其言有与吾意相合者,故录之。

元好问像,图出自清·顾沅《古圣贤像传略》。元好问是金元之际的文学家,号遗山,故又称"元遗山"。

【译文】

我正不喜欢元遗山人诗论,其中引了退之的"山石"句,嘲笑"芍药蔷薇"一联为女人所作。与引了周公的"穆穆文王",而斥责后妃的"采采卷耳"又有什么区别。过去在《诗话》中已经进行过批评。最近看见毛西河写给友人的信:"我曾游览过泰山看到奇峰怪石,拔地倚天,然而山涧中有红色的杜鹃,春兰幽香,未尝没有鲜花绿叶,打动人的春思。这就是泰山伟大的原因。大家的诗作,便应是如此。"

这段话有和我的想法相契合的地方,所以加以收录。

二五

【原文】

采诗如散赈也,宁滥毋遗。然其诗未刻稿者,宁失之滥。已刻稿者,不妨于遗。

【译文】

采诗就如同赈济,宁可过度不可有遗漏,然而诗作尚未刻稿,宁可不能过度。已刻稿的,不妨有所遗漏。

二六

【原文】

上海明经王梅屿(坤培),淹雅能文,秋试屡荐不售,赋诗云:"蓬鬓依然绝世姿,敢将新样画蛾眉。鸳鸯欲绣偏难绣,肠断回针欲刺时。"

较之唐人"苦恨年年压金线,为他人作嫁衣裳。"

更觉深婉。

【译文】

上海明经王梅屿,文雅而会写方章,秋试时多次被推荐而未考中,写道:"面貌发型仍然是绝世之姿,敢把蛾眉画成新样子。想要绣出鸳鸯偏偏难以绣出,在想穿针时已是肠断。

比起唐人的连年的苦恨压金线,为他人作嫁衣。"

更加使人觉得深刻婉转。

二七

【原文】

乾隆乙卯春,予游吴下,海上书生王仲坚(钰)寄洛花十六株为寿,系诗云:"不美安期枣似瓜,不需丹鼎炼黄芽。称觞何物堪同献,洛下飞来第一花。"

"数丛浅碧间深红,艳重香多薄日烘。自笑倾心同小草,也随桃李领春风。"

于余素未谋面,而倾倒若此。且华女史朱秀甫(文毓),其室人也,亦工吟咏。前已采《抚孤甥诗》,兹复抄其《春暮》云:"春去分明有泪痕,丝丝微雨洒黄昏。残红落地无人管,蝴蝶飞来也断魂。"

《瓶中海棠》云:"酒后轻红晕玉肌,百花谁及海棠姿。绿窗昼静嫌无伴,拗取名花当待儿。"

【译文】

乾隆乙卯年春,我到吴下游览,海上的书生王仲坚寄来洛花十六株为我祝寿,附诗道:"不羡慕安期的枣如瓜大,不需丹鼎去提炼黄芽。祝寿是何物值得贡献,洛下飞来第一花。"

"多片绿叶问候深红,艳重香多用薄日来烘烤。自我嘲笑自己像小草一样倾心,也随着桃花李花一起领引着春风。"

署名:"私淑第子仲坚。"

和我从未打过交道,而如此倾倒。而且华女史朱秀甫是他的妻室,也专诗作。前面已经收录了他的《抚孤甥诗》,这里再次收录他的《春暮》:"春天离去分明是有泪痕,丝丝微寸在黄昏时洒下。残红落地无人顾及,就是蝴蝶飞来也能使人断魂。"

《瓶中海棠》:"酒后轻微的红色使肌肤晕眩。百花中谁能与海棠花比美,绿窗中安静画画却嫌没有人陪伴,摘下名花当作侍童。"

二九

【原文】

平江卜蕙阶(日亨)《闲居诗》云:"翛翛松竹绝尘喧,小筑青山郭外村。无数落花浮水面,尽随鸥鸟到柴门。"

《偶成》云:"一窝青箬买茶回,忙煮清泉试几杯。推户恐惊啼鸟去,卷帘喜见落花来。邻翁只护穿篱笋,稚子争偷拂槛梅。诗债为愁多负却,海棠开到牡丹开。"

二诗,不减放翁。

【译文】

平江人卜蕙阶的《闲居诗》写道:"残破的松竹隔绝了尘世的喧嚣,用来建造青山城外的村庄。无数的落花浮在水面上,都随着鸥鸟落到柴门。"

《偶成》:"用一窝青竹换回茶叶,急忙煮开清泉水试沏几杯。推门时恐怕惊走了飞鸟,卷帘时高兴地看见落花。邻居老翁只爱护穿篱而过的竹笋,小孩子争着偷吃拂槛而下的杨梅。因为愁苦所以诗绩成堆,海棠花开到牡丹花开。"

这两首诗比陆放翁不逊色。

二九

【原文】

《如皋志》:"淳熙中,东孝里庄园有紫牡丹一棵,无种而生。有观察见,想移分一株,掘土一尺许,见一石,题曰:'此花琼岛飞来种,只许人间老眼看。'"遂不敢移。自后乡老诞日,值花开时,必宴于其下。有李嵩者,三月八日生,自八十看花,看一百九岁。

【译文】

《如皋志》:"淳熙年中,东孝里庄园有紫牡丹一棵,无种而生长。有位观察看见,想移走一株,挖土一尺左右,看到一块石头,上题道:'这棵花是琼岛飞来时种下的,只允许人间的老眼来观看。'"于是不敢移植。从此本乡老人过生日,碰上花开之时,一定要在花下设宴。有位叫李嵩的生于三月八日,从八十起赏花,便一直活到一百零九岁。

三〇

【原文】

郑鱼门(志钥)先生督学江南,清廉爱士,所识拔皆一时名流,沈文悫公亦出门下。偶到金陵,游莫愁湖,有句云:"我来湖上愁难了,不信当年有莫愁。"

已而落职。行至西湖,《别诸门生》云:"此后相逢明月夜,定知相忆在西湖。"

亡何,竟归道山,停柩湖上。人皆以为诗谶。

【译文】

郑鱼门先生到江南去督学,他清廉又爱惜人才,所结识提拔的都是一时间

王冕像，图出自清·顾沅《古圣贤像传略》。王冕字元章，是元代文学家，能诗善画，隐居不肯出仕。其所作《西湖》诗中有"湖边欲买三间屋，问逼人家不要诗"之句。

的名流，沈文悫公也是出自他的门下。有一次他去金陵，游览莫愁湖，写道："我来到湖上忧愁难了，不相信当年就有'莫愁'。后来就罢了官。走到西湖，与有《别诸门生》：'从此以后在明月夜相逢，一定会知道在西湖互相记起。'"

后来，竟然归依道教，灵柩停于湖上，人们都认为是他的诗带来的运命。

三一

【原文】

王元章《西湖诗》云："湖边欲买三间屋，问遍人家不要诗。"
近有以诗干人而索值者，余戏书此以示之。

【译文】

王元章的《西湖诗》:"想在西湖买三间房,问遍了人家都说不要买诗。"最近有人收集诗作以求升值,我便开玩笑地写出这样的话来给他们看。

≡≡

【原文】

有汉西门袁某卖麦筋为业,《咏雪和东坡》云:"怪底六花难绣出,美人何处著针尖。"

又,杭州缝人郑某有句云:"竹榻生香新稻草,布衣不暖旧棉花。"

二人皆贱工也,而诗颇有生趣。

【译文】

汉西门的袁某以卖麦筋为业,他的《咏雪和东坡》:"做出了下面的六花是如此困难真有些奇怪,美人是在什么地方穿的针尖。"

又有,杭州裁缝郑某写有:"竹床发出香味是因为有新的稻草,布衣不暖是因旧棉花。"

二人都是卑贱的匠人,而诗却写得很有趣。

≡≡

【原文】

礼亲王世子檀樽主人,年少多才,客春,托桐城吴种芒太史索和《红豆诗》,余尚未答。今春,又托尤水村以诗索序,读之,美不胜收,姑录其《火盆》十二韵云:"熔铸因良冶,围圆制作严。候移暄冷易,匠巧实华兼。炽炭熔拳石,飞灰散白盐。兽环分四角,铜耳露双尖。箸拔金茎小,箝挑玉腕纤,非铛茶可沸,象鼎

器无嫌。刺绣依秋阁,裁衣傍锦幨。暮霜凝北户,疏雪洒南檐。密室春先到,沉檀爇更添。冰壶初解冻,书案渐生炎。微觉披裘燠,无烦裹手拈。萧条人静后,试卷却寒帘。"

以仄韵而能整练若此,是何许才力耶!

【译文】

礼亲王世子檀樽主人,年少有才华,去年春天,委托桐城吴种芝太史索取和答《红豆诗》。我尚未给予答复。今年春,又委托尤水村以诗文索要序言。读后,美不胜收,姑且收录他的《火盆》十二韵:"熔炼铸成因为有良好的冶匠,制作围圆是很严格的,气候改变冷热容易,工匠的灵巧是有实有华。炽热的碳煤烧熔拳大的石头,飞起的灰粉散发着白盐样的颗粒。动物的搭环分为四角,铜耳露出两只尖脚。用铁筷拔出的金茎小,用箸挑出的玉腕纤弱,没有铛茶仍可煮沸,象鼎器没有牵连刺绣时依着秋阁,裁衣时傍着锦幨。晚上的霜使北边的窗户凝结,稀疏的飞雪洒在南檐。密室中春天首先降临,沉沉的檀木越烧越旺。冰壶刚刚解冻,书案渐渐生出炎症。披上锦裘觉得一丝热,对于手里拿的包裹也不厌烦,在人静之后是萧条,试着卷起抵挡寒冷的门帘。"

用仄韵而能如此整齐凝练,这是何许的才力呵!

三四

【原文】

闺秀王贞仪字德卿,宣化太守王者辅之女也。随其父谪戍塞外,《过潼关》云:"重门严柝钥,盘岭踞咽喉。白日千岩俯,黄河一线流。"

《登岱》云:"谷云蒸万岫,海日浴三宫。"

女嫁宣城詹枚,《辰沅道中》云:"雾气昏崖底,猿声咽树间。"

俱有奇杰之气,不类女流。同里余秋农秀才赠诗云:"修到詹何定几生,吟红闺裹有双声。六朝山色分眉翠,九折黄流沁骨清。海微鸿篇饶健气,驾花小制亦多情。自惭同住乌衣巷,不识西邻道韫名。"

【译文】

女秀才王贞仪字德卿,是宣化太守王者辅的女儿。曾跟随其父戍守塞外,她的《过潼关》:"重要城门的柝声钥匙管理都很严格,盘山峻岭虎踞咽喉。白

天千山俯视,黄河一线湍流。"

《登岱》:"云彩蒸发着万千峰峦,海中的太阳沐浴着三宫。"

女儿嫁给宣城詹枚,《辰沅道中》:"崖底雾气昏暗,猿声在树林间鸣叫。"

都有奇丽的风格,不像女性写的。同乡余秋农秀才赠诗:"修到詹何定下了几生,吟唱红闺里有双声,六朝的山色分成红绿,九曲的黄河沁入骨髓使之清爽。鸿篇巨著饶有雄健之风,莺花的小诗也很多情。一同住在乌衣巷很是惭愧,却不知道两边的邻居谢道韫声名。"

三五

【原文】

余壬戌外用,走辞首相鄂文端公,蒙公留饭。论当代名臣,公少所许可,虽以杨江阴、尹望山之贤,公意未满也。余再三问。公曰:"汝此云唯有河督顾用方(踪)一人耳。富贵不能淫,威武不能屈,人称为铁牛,我许为铁汉。汝往见之,但告以是我门生,渠必异目相视。"

余到清江,走谒,觉丰采温肃,果饶道气,谆谆以勿好名为戒。未几,公移节济宁,遂永诀矣。今五十余年,长安赵碌亭先生寄手卷来,乃公在梦中怀余座主留松裔少宰诗也。原唱云:"岁晚偏多兴,寒山画不成。松披云半岭,人立月三更。缥缈金台远,潺湲济水清。扁舟曲雪夜,似听叩门声。"

吾师和云:"有梦凭谁寄,新诗画里成。信随秋雁远,魂想御风轻,饮水心常淡,观河笑比清。《阳春》虽强和,终让凤凰声。"

诗成,会稽王棋为作画。余加跋后,仍送还。碌亭,松裔先生之戚也。

鄂尔泰像。鄂尔泰为清代雍正、乾隆时期的名臣。死后谥"文瑞",故又称为"鄂文瑞公"。

【译文】

我于壬戌年到外地任职，临走时向首相鄂文端公告辞，承蒙先生留下吃饭，评论当代名臣。先生却很少称是。虽有杨江阴、尹望山的贤德，公还未满意。我再三询问，先生说："你此行只有河督顾用方一人可交。富贵不能迷倒他，威武不能屈服他，只要说是我的门生，他就一定会另眼相看。"

我到清江，前去拜谒，顾公丰采温和严肃，果然是有道家气质。诚恳地以不要爱好功名为戒。没过几天，他改派济宁，就成了永诀。如今已五十余年，长安杨碌亭先生寄来他的手卷，是先行在梦中怀念我在留松斋做少宰的诗作。原唱道："时间很晚了却很兴奋，寒山中画画不成。松树披着半山腰的云，人站在三更的月下。金台缥缈在远方潺潺的清澈的济水。风雪之夜荡着扁舟，好像听见了敲门声。"

我的老师接下来说："有梦却由谁来寄，新诗在画里写成，信随着秋雁飞远，心想轻盈地驾风而行。饮水之心常淡泊，观河时用笑声来比较更清纯。《阳春》虽然勉强应和，终于让位于凤凰之声。"

诗写成后，会稽王为此作画，我加跋之后，仍旧送还。碌亭，是松斋先生的亲戚。

三六

【原文】

诗有通首平正，无可指摘，而绝不招人爱。晋人称王安北相对不厌，去后人亦不思是也。唐霍王元轨有贤名。或问人："霍王何长？"其人曰："无长。"

问者愕然。乃答曰："人必有所短也，而后见所长。霍王无所短，又何所见其长？"二事，皆可参悟。

【译文】

诗歌有通首平正，无可指责，而绝不会招人喜欢。晋代人称王安北相对不厌烦，去后人们也并不以为然。唐代霍王元轨有贤德的名声。有人问："霍王擅长什么？"回答："没有。"问话者感到愕然。于是回答者又答道："人一定有短处，而后见到长处。霍王汲有短处，又如何看到他的长处呢？"这两件事，都可以用来参考领悟。

随园诗话

三七

【原文】

新安王太守(廷言)偶过随园,见园丁砍竹补篱,因得句云:"惜花须记把篱编。"

苦难于对。一日,独酌无聊,忽得"嗜酒不妨和影醉"七字,急书以示余。余览之,击节不已。因记范味醇《旅思》云:"梦醒挑灯抱影眠。"

亦佳。皆本于六朝"闲行影自随"五字也。

【译文】

新安王太守偶尔路过随园,看见园丁砍倒竹子修补篱笆,因而写有:"珍惜花儿须要记得把篱编好。"

却苦于难对。一天,无聊时独自喝酒,忽得"喝酒不妨和影子一起喝醉"几字,急忙写来给我看。我看后,称颂不已。因而记起范味醇的《旅思》:"梦中醒来挑灯抱着影子同眠"也很不错。都出于六朝"闲行时影子自己跟随"几个字。

三八

【原文】

伊公子(继昌)字述之,小尹太守公子也。年少,而诗笔甚佳。今春余邗江,出诗见示。《霜信》云:"莫道坚冰意尚迟,新寒料峭已霜期。桥间可验惟人迹,镜里难期是鬓丝。凉夜丰山钟暗递,悲风绝塞草先知。枫林染遍如花样,消息传来又几时。"

【译文】

伊公子字述之,小尹太守的公子。年少,而作诗书法都不错。今年春天我

路过邗江,拿出诗作让我看。《霜信》:"别说坚冰意尚迟疑,新寒料峭已到了霜期。桥头可以查看到的只有人的踪迹,镜里难期望的是双鬓的青丝。寒冷的夜晚丰山暗自传递着钟声,绝塞的悲风草先知。枫林被染遍好比花样,消息传来又是几时。"

三九

【原文】

大兴方介亭(维棋),藕船主人之弟也。过随园见访,适余已赴苏州,蒙其题壁云:"白门系缆月初生,欲访随园坐待明。若使当年恋斗米,安能此地驻长庚?著书久读知风格,好句遥传见性情。人到蓬山还隔面,追公直下润州城。"

【译文】

大兴人方介亭,藕船主人的弟弟。路过随园拜访,正好我已去往苏州,承蒙他的题壁诗:"白门系住缆绳之时月已升,要去拜访随园坐等天明。如果当年依恋斗米,怎能在此地驻到长庚?著书读久之后便知其风格,好句子传到很远的地方可见性情。人到了蓬山还是隔面不见,一直追赶您到润州城。"

四〇

【原文】

杭州李堂字允升,不事举业,为人权参店事。余到杭州,以诗求见,年才弱冠,貌亦温雅,记其《早秋即事》云:"镇日柴扉掩绿阴,久抛双屐罢登临。入秋病鹤惟耽睡,经雨凉蝉欲废吟。拣墨试磨亲得研,焚香闲抚旧修琴。谦师煮茗通三昧,兴好频携短策寻。"

佳句,如:"雨声初到树,寒气欲侵衣。"

"蘋牵花片聚,水啮树根虚。"

"冻解空池梅有影,雪铺幽砌月无痕。"

皆清雅可诵。

【译文】

　　杭州李堂字允升,从不参加科举,为别人权且参与开店之事。我到杭州,他以诗求见,才到了弱冠的年纪,相貌也是温文尔雅。记录了他的《早秋即事》:"镇日柴门掩映着绿荫,经常抛去鞋子免去登临之苦。入秋的病鹤只有沉睡,经历雨后的凉蝉不想再吟唱。挑选墨试着磨亲自研习,烧香闲抚古旧的修琴。谦逊的老师煮茶通了三昧,兴致好时频频携着短杖寻觅。"

　　佳句,如:"雨声刚刚传到树上,寒气就要侵入衣服。"

　　"浮牵引着花片聚在一起,水啮使老树根变虚。空池中解冻梅花有影,雪铺在幽暗的小道上月亮无痕。"都是清雅可以背诵的句子。

随园诗话

四一

【原文】

　　华公子岑松,秋槎明府之子也。《西湖杂诗》云:"人穿柳絮如冲雪,船傍梨花半入云。花压玉楼春至早,月留金管夜归迟。"

【译文】

　　华公子岑松,秋槎明府的儿子。《西湖杂诗》:"人穿过柳絮如冲过积雪,船傍着梨花好似半入云。花枝压在玉楼春来得早,月亮留在夜间很晚才回来的金管上。"

四二

【原文】

　　松江陈花南(韶)官居理问,而卜居西湖梅庄,置身吏隐之间。有《君山寻

浮远亭诗》，云："不识君山路，偏寻浮远亭。江涛回岸白，树色接城青。樵响来何处，禅扉静不扃。娟娟修竹里，何日读《黄庭》？"

【译文】

松江人陈花南在理间做官，而选择了在西湖梅庄居住，置身于官吏隐者之间。有《君山寻浮远亭诗》，写道："不认识君山路，偏偏要找寻浮远亭。白色的江涛回岸，树的颜色接近城市的青灰，樵夫来自哪儿，禅门静静地不曾打开。娟娟长竹里，什么时候能读到《黄庭》？"

四三

【原文】

吴门樊绍堂善隶书，能画，工篆刻，年三十而亡。诗稿散失，仅记其《别随园》一绝云："西向仓山谒我师，离魂渺渺有谁知。真空悟彻三千界，待索灵根再学诗。"

【译文】

吴门樊绍堂善于写隶书，会画画，工于篆刻，三十岁时去世。诗稿散失，仅记得他的《别随园》一绝："西向仓山拜见我的老师，离魂渺渺有谁知晓。真空悟透三千法界，等到索求灵根再学学诗。"

四四

【原文】

康熙乙卯，史胄斯宫詹公典试浙江，子文靖公年十八，读书京邸，宫詹令迟岁观场不必急急。文靖公以必欲观光，私求其母彭太夫人。彭述宫詹之意，且笑曰："无力措办考具。"

文靖公偷拔太夫人金簪去,曰:"办卷烛足矣。"

太夫人佳其志,许之。逐领乡荐。次年,入翰林。宫詹公督学浙西,闻捷音,因事出意外,口占七律寄云:"垂髫何意著先鞭,且喜书香得再延。事叶千秋今日始,声名一夕满城传。登科岂足荣乡里,稽古还须及少年。律己贵严人欲恕,昔人明训有遗编。"

从此食禄六十四年,官至相国。家有牙牌云:"六部尚书,八省总督。"

载余撰神道碑中。

【译文】

康熙乙卯年,宫詹公史胄斯典试浙江,他的儿子文靖公年龄才十八岁,在京邸读书,宫詹让他以后再到现场,不必着急。文靖公一定要去观光,便私下里求助于祖母彭太夫人。彭太夫人把宫詹的意思告诉了他,并且笑道:"你现还没有能力筹措考试的用具。"

文靖公偷偷地拔下了太夫人的金簪,说:"卖答卷的蜡烛足够了。"

太夫人很赞赏他的志气,也就同意了。而后获得乡里的推荐。第二年,入选翰林院。宫詹公在浙西督学,听到捷报,因为在意料之外,口头作了七律诗寄回:"小孩子如何就捷足先登,高兴是书香能够得到延续。千秋的事业从今天开始,声名一夜之间传遍全城。考上科举那是先是足够荣归乡里,考古还要靠少年。严格要求自己使自己走向人生顶峰。过去的人的明训会有续编。"

从此便吃食俸禄六十四年,做官到相国。家中有牙牌写道:"六部的尚书,八省的总督。"

都记录在由我撰写的神道碑中。

四五

【原文】

学然后知不足。张月楼《自忏》云:"自家谩诩便便腹,开卷方知未读书。最羡两堤杨柳树,看他越老越心虚。"

【译文】

学习然后知道不足之处。张月楼《自忏》道:"在家中随意自夸大腹便便,打开卷目才知没读过书。最美慕河两边堤岸上的杨柳树,看他是越老越心虚。"

四六

【原文】

胡进士森字香海,掌教真州,西江人也,而不染西江派,以诗见示。《真州城东水边》云:"人事难谢绝,我心清且闲。开门送客去,傍水看花还,溪岸春三月,渔家屋半间。桥边有钓石,分坐听潺潺。"《舟中》云:"新月看欲上,水程行未休。雁声沙际起,山色暝中收。心远偶思画,身闲时在舟。忘情羡渔者,垂钓坐溪头。"俱有王、孟遗音。

【译文】

胡进士字香海,在真州掌管教育,西江人,而不受西江派的影响,以诗请教《真州城东水边》:"应酬的事难以谢绝,我的心清高且悠闲。开门将客人送走,依着水边看花开。溪岸已是早春三月,有半间渔家屋。桥边有块钓鱼石,分开坐下听潺潺流水之声。"《舟中》:"新月眼看着就要升上天,水程的行进还未停止。雁声在沙际响起,山色被天黑聚拢。心地悠远偶尔想着画画,闲暇时便荡舟。忘情的时候羡慕钓鱼的人,能坐在溪头垂钓。"都很有王、孟的遗风。

四七

【原文】

壬寅,余游天台,《留别送者琴典史齐公子》云:"七十年华千里路,劝侬还要再来游。"自分无再来之事,而不料庚戌春,又到天台矣。乙酉,余年五十,题嵇二公子诗云:"者番一别侬衰矣,此后难禁三十年。"亦自料必无八十之寿也。及至乙卯,而又见公子于锡山。屈指计之,刚三十年。

【译文】

壬寅年,我去游览天台,写有《留别送者琴典史齐公子》:"七十年华诞千里

路,劝你还要再来游。"自己觉得不会再来了,而没有料到庚戌年春,又到天台山来。乙酉年,我五十岁,为嵇二公子题诗道:"上次分手后你已经衰老了,从此以后又难免要离别三十年。"自己也估计不会活到八十岁。到了乙卯年,却又在锡山看见公子。屈指计算,刚好三十年。

四八

【原文】

湖南龙阳女史赵玉畦《湖上泛舟》云:"鱼鳞江上碧烟开,月影萧萧度树来。一片渔歌何处起,芦花深处小船回。"

【译文】

湖南龙阳女史赵玉畦的《湖上泛舟》:"鱼鳞江上绿色的烟雾散开,月亮的身影萧萧向树走来。一片渔歌在哪里响起,芦花深处小船在来回游荡。"

四九

【原文】

丹徒张舸斋之父名堂,字季升,号南原,生有清才,三十岁卒。舸斋以遗稿见示。录其《晚宿丁角村舍》云:"夕晖将敛照,归鸟亦依林。平野烟光合,孤村树色深。倦投茅舍宿,醉拊瓦盆吟。一夕安眠好,来朝向碧岑。"《青山庄》云:"平泉草木徒夸丽。金谷楼台已作尘。剩有斜阳七层塔,天风时复送铃声。"《春日雨霁》云:"新月未生影,余春犹作寒。"《夜过云阳》云:"秋声夹岸荻苇动,夜气入舟衾簟凉。"俱妙。

【译文】

丹徒人张舸斋的父亲名堂,字季升,号南原,天生有清纯的才华,三十岁身

亡。舸斋拿来遗稿让我看。便收录他的《晚宿丁角村舍》："夕阳将要收敛起光芒,归鸟也要依傍着树林。平野烟雾与光芒合为一体,孤僻的村色树色变浓。旅行疲倦到茅舍投宿,喝醉酒后和着瓦盆唱歌。一晚睡得香甜,明天再走向碧绿的群山。"《青山庄》:"平泉草木徒劳地夸耀自己的美丽,金谷楼台已成了尘埃。剩下斜阳照耀下的七层宝塔,天上的风有时还能传来铃声。"《春日雨霁》:"新月还没有影子,早春乍暖还寒。"《夜过云阳》:"秋声夹岸而来芦苇摇动,夜气侵入舟船使卧具发冷。"都很妙。

五〇

【原文】

长洲秀才蒋砚畲(耕堂),少有才名,惜不永年而卒。临终,以诗稿三册,付其门人陈竹士,中多佳句,如:《欲雪》云:"昨夜风高振林薄,萧萧飒飒涛声作。晓来饥雀啄空檐,寒云一片松梢落。"《郭外晚眺》云:"初晴携杖去,郭久望斜晖。野旷寒山出,天清远树微。晚烟依水聚,归鸟背云飞。寂寞江村暮,人家早掩扉。"佳句如《得陈红桥楚中书》云:"江衙吏散鼍鸣鼓,山阁灯寒虎叩门。"亦隽。

【译文】

长洲秀才蒋砚畲,少年时即以才华出名,可惜年岁不大便已身亡。临终时,以三册诗稿,交给门人陈竹士,其中多有佳句,如:《欲雪》:"昨晚风高振动着树林,萧萧飒飒使涛声响起。早晨起饥饿的燕雀啄着空檐,寒云一片使松梢落下。"《郭外晚眺》:"刚刚天晴便携杖出行,到城外去看夕阳。乡野空旷寒山现出,天气清爽远方树影朦胧。傍晚的烟雾傍水而聚,归鸟背对着云飞翔。寂寞中江村已日暮,人家早早地关上了柴门。"佳句,如《得陈红桥楚中书》:"江衙的官吏散尽鼍鸣着鼓,山阁中的灯影寒冷好像有虎敲门。"也很隽秀。

五一

【原文】

前辈宋轶才司农,在京师同作翰林,比邻而居,今已仙去廿余年矣。春间,小住姑苏,其郎君蔼若观察执侄礼来见,并以司农《红杏斋诗集》属余作序。因录其《湾沚道中》云:"别路离怀惨不舒,四郊风物自萧疏。远山到眼青无数,一片晴光落葍舆。""炊烟如线路如弓,水面吹来杨柳风。舞尽榆钱飞尽絮,菜花黄色野田中。"

【译文】

前辈宋轶才司农,在京师和我一起入翰林,比邻而居,如今已去世二十余年了。春天,在姑苏城小住,他的儿子蔼若观察以子侄之礼来拜见,并以隔家的《红杏斋诗集》请我作序。因此收录了他的《湾沚道

荒村图

中》:"离别的道路分手的心情难以平静,四周郊野的风物各自萧疏。远山映在眼中是一片青色,一片晴光落在竹舆上。""炊烟似线小路似弓,水面上吹来杨柳风。榆钱在跳舞柳絮在飞,野田中一片黄色的菜花。"

五二

【原文】

近体诗有前用"花"字,后用"葩"字者,皆名手所无也。初学人不可不知,凡他用韵字义之犯重者,皆可类推。

【译文】

近体诗有的在前边用"花"字,后边用"葩"字,这都是名家所不提倡,初学写诗的人不可不知。凡是其他用韵的字义重复,都可以此类推。

五三

【原文】

有人好自赞其诗者,人以为嫌。袁陶村云:"勿怪也。彼自己不赞,尚有何人肯赞耶?"又有人常露官气者,人以为嫌。陶村云:"勿怪也。彼除官外,一身尚有何物耶?"其方颇隽,故录之。

【译文】

有人喜欢夸奖自己的诗作,让别人很讨厌。袁陶村说:"别去责怪他。自己不去赞美,又有什么人肯去赞美呢?"又有人经常流露出官气,让别人很讨厌。陶村说:"别去责怪他。他除了有官职外,身上还有什么别的吗?"话说得很妙。因此加以收录。

五四

【原文】

田涵斋(文龙)宰长洲,政声廉明。其父香泉先生(名玉)以武职告老,就养署中,终日跨驴虎丘、石湖园,赏花玩月,而民间无丝毫瓜李之嫌。其清风高节,可以想见。有《附蓬小草》,涵斋属余序而梓之。如《虎丘燕集》云:"喧喧歌吹趁时游,云敛天香正及秋。清客舫依沿岸树,美人帘卷傍山楼。但看七里花成市,肯信三生石点头。自是江南佳丽地,吴侬知乐不知愁。"《渡江即事》云:"不知帆席转,只讶市桥移。"《金山夜月》云:"风定铃无语,江流月有声。"《海昌塔庙思归》云:"长鱼跋浪飞寒雨,宿鸟惊林堕折枝。"《暮投寒庄旅店》云:"遥从寒水孤村外,一角青旗认酒家。"《乐安庄燕集》云:"林塘得雨鲦鱼戏,麦陇连云布谷飞。"《春兴》云:"红杏棣长回蛱蝶,绿杨墙短出秋千。""宽杯酌酒愁心醉,大字抄诗笑眼花。"俱有夷犹自得之趣。其《晋秩自喜》有云:"少有大言身许国,老无恒产宦为家。"更足以想见其胸次矣。

【译文】

田涵斋在长洲任宰官,以廉洁清明著称。他的父亲香泉先生以武职告老还乡。休养在署中,整天骑驴在虎丘、石湖之间,赏花赏月,而民间没有丝毫的瓜李的嫌疑。他的清风高节,可以想象。有诗作《附蓬小草》,涵斋请我作序后出版。如《虎丘燕集》:"喧闹的歌声趁着此时游玩,云收敛天的香气正到了秋天。干净的客船依着沿岸的大树,美人傍着山楼卷起帘幕。只看七里里花已成闹市,可以相信三生石会点头。这是江南出佳丽的地方,吴地的你只知快乐不知愁。"《渡江即事》:"不知道船帆在转动,只是惊讶市桥在移动。"《金山夜月》"风定风铃不响,江水湍流月也有声。"

《海冒塔庙思归》:"长鱼浮在浪尖天空飞着寒雨,宿鸟惊动树林堕落打折了树枝。"《暮投寒庄旅店》:"很远地从寒水孤村之外,从一面青旗认出是酒家。"《乐安庄燕集》:"林塘中有雨水充润鱼儿相戏,麦陇连着云彩有布谷鸟在飞。"《春兴》:"长坎上的红杏惹得蝴蝶回返,短墙边的绿杨下有秋千出没。用大杯喝杯担心会喝醉,用大字抄诗只会被人笑话眼花。"都有怡然自得的趣味。他的《晋秩自喜》写道:"少年时有大丈夫将生命献给国家,年纪老了没有恒产以宦为家。"更可以想象出他开阔的胸襟。

五五

【原文】

　　吴江周秉中尚书(元理),余戊午同年,宰清远时,余过其邑,小住三日,极为款洽。后官直隶总督,内迁大司空,而芳讯从兹杳然矣。近访得其孙名霁字朗宇者,年才弱冠,诗笔清嘉。得其《新妆诗》云:"新妆时样髻盘鸦,六幅裙拖越女纱。戏罢秋千身怯怯,倩郎插好鬓边花。"

　　"深院重帘日影斜,当春桃李斗芳华。小姑笑拍肩头问,开否新栽豆蔻花?"又,《以美人画障赠屠荻庄贺其纳妾》云:"绰约仙姿并藐姑,丹青好手苦为摹。他时打桨迎桃叶,如此人堪作样无?"又,《即事》云:"好诗喜自无心得,小别愁从隔夜生。"

【译文】

　　吴江的周秉中尚书,是我戊午年的同龄人,在清远任宰官时,我路过他的封邑,小住三日,极为融洽。后任直隶总督,内迁大司空,而音讯也就从此渺茫。最近查访中得知他的孙子名霁字朗宇,年龄才二十出头,诗风清妙可嘉。看到他的《新妆诗》:"新妆样子是髻如盘鸦,六幅的裙拖着越女纱。玩罢秋千身有些胆怯,让情郎插好鬓边的头花。"

　　"深院重帘日影已斜,当春的桃花李花斗弄芳华。小姑笑着拍打我肩头问道,开的是不是新栽的豆蔻花?"又,《以美人画障赠屠荻庄贺其纳妾》:"与藐姑一样绰约的仙姿,画丹青的好手为临摹而下苦功,他时划桨迎桃叶,如此之人哪能作为样本呢?"又有:《即事》:因为写好诗而高兴得之于无意之中,小别的忧愁生自隔夜之间。

五六

【原文】

锡山吴省曾,传神名手也,为尹文端公所推重。三十年前,为余写《随园雅集图》,五人神采如生。时挈其儿松崖名宝书者来见,年才舞象。别二十余年,相遇上元署中,知已入泮。诗才清雅,而尤长于词。《山行》云:"匹练横空起,光从树杪分。飞来千尺水,散作万重云。鹤唳当风远,琴声隔浦闻。此间堪寄傲,载酒一寻君。谓邵无恙明府。"

《梅花落》云:"月痕初挂镜眉新,又见冰梅落砌匀。愁煞江南春雨后,梨花庭院倚阑人。"

嵇曼叔诵其《咏蕉》云:"香阶小步碧苔侵,叶叶芭蕉展绿阴。看取风前舒复卷,不知心里又藏心。"

词如《更漏子》云:"嫩寒添,香雾软,吩咐画帘休卷。花漠漠,柳阴阴,夜长闲绣衣。怜瘦影,慵开镜,又是去年春病。睡未足,酒初醒,黄鹂一两声。"

《菩萨蛮》云:"无情流水催人去,多情花瓣留人住。今夜酒初阑,教人去住难。明知成远别,心事无凭说。欲道不相思,泪痕衣上滋。"

皆有柳屯田风味。

【译文】

锡山人吴省曾,传神的名手,为尹文端公所推重。三十年前,曾为画过《随园雅集图》画中五人栩栩如生。那带着他的儿子松崖字宝书来见我,他才是舞象的年纪,分别二十余年,又在上元署中相遇,知道他已经入州县学校学习,诗才清新典雅,而尤其擅长写词《山竹》:"匹练横空飞起,光线在树梢分开。飞来千尺的水,散成万重云彩。鹤的鸣声迎风传到远方,琴声隔江可以听到。这其中可以寄托傲骨,载着酒去寻找你这样的君子。"

《梅花落》:"月亮初升看到镜中眉目清新,又看见冰梅均匀地落在台阶上。江南的春雨过后使人忧愁,庭院中梨花伴着倚栏人。"

嵇曼叔背诵他的《咏蕉》:"在发出香气的台阶迈着小步踩着碧绿的苔藓,叶叶的芭蕉展开了绿荫。看见它在风前舒展开又卷起,不知心里又藏着心。"

他的词《更漏子》:"稍微有些寒冷,软软的香雾,吩咐画帘不要卷上。花昏暗,柳阴阴,夜漫长闲来绣起棉被。可怜瘦弱的影子,懒懒地打开镜盒,又是去

年春天的旧病。睡不够,酒刚醒,黄鹂鸣叫了一两声。"

《菩萨蛮》:"无情的流水催人离去,多情的花瓣留人小住。今夜酒刚刚喝尽,让人难以停留。明明知道将要远别,心事却无从说起。想说不会相思,可泪痕已洒在衣服上。"都有柳屯田的风格。

五七

【原文】

余老矣,年来多不识面之交。今秋,山右茹(纶常)容斋、陕西崔(仰舜)悟梅是也。复有京江杜童子(克俊)者,以诗见寄,云:"大雅于今孰典型,德星兼是老人星。编成文字五千卷,名著乾坤一草亭。北固江声流月去,南徐山色向人青。荷衣此日来趋谒,敢望高人启性灵。"《登月华山》云:"孤磬惊飞鸟,微风送落花。"

《过击竹山房》云:"渡口梅花曾有信,门前松柏不知冬。"

《偕闻抱苏抑庵访蔡芷衫师不遇》云:"忽忆停云来二妙,未邀明月作三人。"

童子年甫十三,而诗已清妙如此。

【译文】

我老了,近年来有许多没见过面的交情。今年秋天,山右的茹容斋、陕西的崔悟梅便是如此。还有京江的杜童子,把诗寄来,写道:"大雅对于今天来说谁是典型?德星又是老人星。编成了文字五千卷,名字刻在乾坤中的一座草亭中。北固江声向月亮流去,南徐的山色向人们穿的青衣。穿着荷衣今日前来拜见,期待着高人启发性灵。"

《登月华山》:"孤磬惊动了飞鸟,微风送走了落花。"《过击竹山房》:"渡口梅花曾收到信息,可门前的松柏不知冬天的来临。"

《偕闻抱苏抑庵访蔡芷衫师不遇》:"忽然想起云停时来的两位妙者,却没有邀请月亮作第三人。"小孩年满十三,而诗作已是如此清妙。

五八

【原文】

近时闺秀之多,十倍于古,而吴门为尤盛。兹又得松陵严禄华蕊珠女士《春日杂咏》云:"帘锁炉香尽日垂,曲阑低亚坐题诗。兹亲指点桃花笑,意否当年靧面时?""如烟小雨润苔衣,花坞风酣蛱蝶飞。最是无情堤畔柳,绾将春至放春归。"《新秋》云:"凉披薤簟卷帘迟,鹦鹉催成白雪诗。怪底凭栏鱼忽聚,鬓花倒影入清池。"震泽王秋卿(蕙芳)《病中和丽卿小姑诗》云:"长日厌厌坐小楼,未开奁镜懒梳头。负他帘外初三月,眉样教人画一钩。"《送兄公之淮上》云:"才唱邻鸡月尚明,夫君晓起送兄行。逍遥堂后风和雨,千万今宵莫作声。""八公山下柳毵毵,漂母祠边驻客骖。屈指行程容易到,一千里路尚江南。"

《病夜》云:"更残又转漏漫漫,瘦骨支离未得安。梦醒时间几学语,香微便觉夜生寒。垂头一穗灯花吐,隔帐频搓倦眼看。落月半钩清似水,今宵孤负好阑干。"

吴江李凤梧《病起探春》云:"轻寒恻恻雨如麻,病里生涯事事赊。起傍阑干探消息,春红又到牡丹花。"其他佳句,如:"青知春树发,红漏夕阳深。""点砚飞花初著雨,当窗高竹预迎秋。"

皆楚楚可诵。凤梧为玉洲太史孙女,足证渊源有自也。

【译文】

近来女秀才人数众多,十倍于古代,而数吴门最多。这里又收得松陵严禄华蕊珠女士的《春日杂咏》:"日落时的帘锁和炉香,坐在曲栏上题诗。亲手指着桃花笑,是否还记得当年洗脸之时?""如烟的小雨润泽着苔鲜,花坞的风柔顺有蝴蝶在飞。堤畔的杨柳最是无情,挽来春天又将春天放回。"

《新秋》:"薤簟冰凉卷帘已迟,鹦鹉催促我写成白雪诗。奇怪的池底当我倚栏时鱼儿忽然游到一起,发髻簪花的倒影已经映入清池。"

震泽王秋卿《病中和丽卿小姑诗》:"日子漫长无聊坐在小楼中,没有打开镜盒懒得梳妆。辜负了窗帘已是春三月,眉样教会人们画成一钩。"

《送兄公之淮上》:"邻居家的公鸡报晓可月色尚明,丈夫早起送君远行。逍遥堂后的风和雨,今夜千万不要作声。"

"八公山下杨柳荫荫,源母祠边是驻客的驿站。屈指算来行程容易到,行一

千里路后仍未出江南。”

《病夜》："更残漏漏没没，瘦骨羸弱不得安宁。梦醒听到儿子在牙牙学语，闻到微香便觉得夜生寒意。垂头上有一穗灯花吐蕊，隔着帐子揉着睡眼观看。落月如钩像水一样清纯，今夜辜负了美丽的栏杆。"

吴江李凤梧《病起探春》："轻微的寒意有些悲伤雨浅如麻，病中的生活事事远去。起床倚傍着栏杆探听消息，春红又使牡丹花开。"

其他的佳句："看到青色知道春天树要发芽，漏出红色知道已经夕阳西下。"

"点缀砚台的飞花与雨水接触，当窗的高大的竹小预先迎接秋天。"

都是鲜明可诵的句子，凤梧是玉洲太史的孙女，足以证明自有渊源。

五九

【原文】

南齐有才女韩兰英，献《中兴颂》。吾家侄妇戴兰英，名与之同，而才貌双绝，嫁从子口，口赴京兆试，卒于京师。兰英年才二十余，傈然婺也，教其孤阿恩，冀他日有陶、欧两母之望。余为题其《秋灯课子图》。兰英赋长句谢云："翁昔才名噪天下，惜墨南金重无价。春三闻泛武林舟，急命工师绘图画。杖朝今旦客缤纷，欲乞题词日不暇。辱承收录付侍史，顿释从前心胆怕。一回瞻拜一回幸，五月频烦三枉驾。白门归棹甫经旬，兔毫跃起珊瑚架。寄来展诵琳琅句，细楷高年真奇诧。九天云影忽下垂，千里河源惊直泻。卷中差比无盐齐，林下惭非咏絮谢。九龄稚子课未成，一盏秋灯责难卸。蒙公橡笔撰长歌，俨似莲峰耸太华。滥厕弟子十三行，我较名妹有凭籍。夫婿君家旧竹林，一脉师门非外借。仓山山色晚逾青，道远枫江阻亲炙。读尽丹铅万卷书，弱草也沾时雨化。深闺寂处提唱稀，拟托闲吟轻兴致。从今暗里度金针，络绎抽思昼复夜。蛮音岂作许田易，鸿藻翻同郑璧假。敢附齐代韩兰英，终愧君家袁大舍。"

【译文】

南齐有位才女叫韩兰英，捐出《中兴颂》。我家的侄媳妇戴兰英，名字和她一样，而才貌双全，嫁给了子口，子口去京城参加考试，逝于京城。兰英才二十来岁，突然间成了寡妇，教导她的孩子阿恩，希望日后能有陶、欧两位母亲的声望。我曾为她的《秋灯课子图》题诗。兰英写有长句以致谢："您昔日的才华名

噪天下,惜墨如南钱意重无价。春三月听说在武林泛舟,急忙请画师绘画图画。今天在朝中主事贵客盈门,想讨个题词却忙不过来。承蒙您加以收录交与侍从,顿时使从前胆小的心情放松了许多。进见一回比一回幸运,五月里频繁地来往于府上。白门的归舟已是月余,兔子在珊瑚架上来回跳跃。寄来展开诵读的佳句,年高写出楷书真是奇迹。九天的云影忽然下垂,千里的河水突然下泻。我卷轴中的画不如无盐女,才华惭愧地认为不如谢道韫的咏絮诗。九岁的孩子学习没有结束,点一盏灯重任难脱。承蒙您如椽大笔擅长写长歌,好似太华山中的莲峰,不争气的弟子有十三行的作品,我比起我门闺秀却有些资本。丈夫家的旧竹林,是老师一脉相传并非外借。仓山的山色越晚越显出青色,路途遥远枫江阻隔亲人的亲情,读完铅印的万卷书,弱草也因沾上时雨而成造化,深闺的寂静之处少有吟唱,想要寄托闲吟却无了兴致。从今暗里度着金针,络绎思考夜以继夜画画。蛮音哪里容易作为许的田地,鸿藻与郑国的假璧相同。韩兰英大胆地附赠终究愧对袁大舍。"

六〇

【原文】

今人受业于师者,不过学干禄之文,为科第起见。故科第既得,而得鱼忘筌者,往往有之。其他势利之交,更无论矣。独吾门下有两君子焉:一韩廷秀,字绍真,金陵人;一吴贻咏,字种芝,桐城人。二人者与余相识已久,无师弟称。韩中庚戌进士,吴入癸丑翰林后,都来执贽称师。其胸襟迥不凡矣。余按西汉惟于曼倩宫廷尉后,才北面迎师,学《春秋》。二贤可谓有古人风。韩《题刘霞裳两粤游草》云:"随园弟子半天下,提笔人人讲性情。读到君诗忽惊绝,每逢佳处见先生。经年共领江山趣,一点真传法乳清。努力更成三百首,《小仓集》定不单行。"

余道此诗,亦随园派。所云三百首者,因余许其合《毛诗》之数,为代刻也。韩为人温恭博学,宰广西马平县,七日而亡。惜哉!吴现馆礼亲王家。平日诗稿,尚未寄来。

【译文】

今天人们向老师学习,不过是学习干禄的文章,为了应付科第考试。因此虽然是通过科举,而得鱼忘筌,往往是这样。其他因势利之交,更是无从谈起

了。我的门下有两位君子,一
位叫韩廷秀,字绍真,金陵人,
一位叫吴贻咏,字种芝,桐城
人。两个人,和我相识已很久,
没有老师弟子之分。韩某中了
庚戌年的进士,吴某笔入了癸
丑年翰林之后,都来送礼拜我
当老师,他们的胸襟可见不凡。
我注明道:"西江的于曼倩任官
迁尉之后,才向并迎接老师,学
习春秋。两位贤者可谓有古人
的遗风。韩氏的《题刘霞裳两
粤游草》:"随园的弟子占了半
边天,提笔时人人都在讲说性
情。读到您的诗忽感惊绝,每
逢佳处都能看到先生的身影。
去年一起去领略江山的妙处,
一点点真传像乳汁一样清纯。
努力地写成三百首,(小仓山
集)一定不会独行于世。"

东方朔像,选自清·顾沅辑《古圣贤像传略》。东
方朔字曼倩。袁枚认为他的弟子韩某与吴某有东方朔
遗风。

　　我说这首诗,也是属于随
园诗派。它所提到的三百首,
因我曾想与《毛诗》的数量相
同,为之代刻。韩氏为人温顺有礼且博学,到广西马平县任宰,七天就去世了。
可惜呵!吴氏现住在礼亲王家。平时写的诗稿,还没有寄来。

六一

【原文】

　　溧阳彭贲园先生因余有《诗话》之选,寄其友京江许(乃酒杨)介山诗来。
因录其《见燕》云:"是向南飞向北飞,津亭杨柳易斜晖。此行倘过秦桥岸,只恐
春归我未归。"

《冬日闲步》云:"一路看山出里门,残冬天气比春温。隔篱犬吠生疏客,始悟吟诗过别村。"

又,九十三岁沈(培龄)文娄《燕山寺》句云:"夕阳人散邮亭冷,夜月僧归石径孤。"《石屋山》云:"紫电已飞炉焰熄,青山常在霸图休。"俱清妙可存也。

【译文】

溧阳彭贲园因我的《诗话》要选诗,寄来他的朋友京江许介山的诗作。因而收录了他的《见燕》:"是向南飞还是向北飞,渡口亭边一杨柳映在斜阳里。此行如果路过秦时的桥岸,只怕是春归而我却还未归。"

《冬日闲步》:"一路上看山走出里门,残冬的天气比春天温暖。隔着篱笆犬对着生人吠,这才想起吟诗时已到了别人村庄。"

又有,九十三岁的沈文娄的《燕山寺》:"夕阳里人散去邮亭冷清,夜晚月下僧归石经孤单。"

《石屋山》:"紫电飞来炉焰已灭,青山常在霸业却已停止。"都是清妙可存的句子。

六二

【原文】

门下士孙莲水秀才,自山左归,为余言学使阮芸台阁学,风雅绝俗,爱士怜才。渠深感栽培之恩。并诵其《小沧浪雅集诗》云:"北渚离尘鞅,明湖浸翠微。濠梁宜客性,山水愿人归。乐趣庄兼惠,吟情孟与韦。孤亭复虚榭,徙倚意无违。"

《莱阳试院晓寒》云:"渤澥阳和犹未回,晓间听鼓发轻雷。山风入院篩初重,潮气满城关未开。昨夜清樽思北海,何人博议似示莱。此时颇让江南客,官阁春深落古梅。"

余为钦佩不已,惜乎未窥全豹。近复持衡两浙,吾乡多士,得一宗工,当何如抃庆耶?

【译文】

门下的士子孙莲水秀才,从山东回来,对我讲学习使得阮芸台阁学,风雅绝俗,爱士怜才。他深深地感到栽培之恩。还背诵了他的《小沧浪雅集诗》:"北

方的小岛远离尘鞅,明湖浸染翠微。濠梁适宜客人的性格,山水愿人归来。乐趣在于庄子惠子兼得,吟情在于孟郊,韦应物之间。孤单的亭子重复着虚幻的台榭,去留之意无法违背。"

《莱阳试院晓寒》:"渤澥和暖阳光尚未回来,早晨听到鼓声如同轻雷声。山风吹入院中旌旗招展,潮气满城关门未开。昨夜饮酒思念北海,什么人像东莱一样博议。官阁春深落下老梅花。"

我为此钦佩不已,可惜不能窥全豹,最近又比较两浙,我的家乡多有士子,得到一位宗工,应当怎样鼓掌庆祝呢?

六三

【原文】

秋帆尚书家,一门能诗;自太夫人以下,闺阁俱工吟咏。余已摘所著,梓入《诗话》中。兹又得张恭人绚霄,号霞城者,《踏青词》云:"平原芳草乍芊眠,巷陌人家例禁烟。一阵风来闻笑语,绿杨楼外有秋千。"

又,《剪秋罗》词云:"半晌无言倚竹扉,绕取蛱蝶故飞飞。秋来也有风如剪,裁出香云作舞衣。"尚书长女智珠号莲汀者《踏青词》云:"绿窗今日下帘钩,女伴相邀结胜游。一样春光分冷暖,桃花含笑柳含愁。"

又,《送春诗》云:"韶光九十太匆匆,芳径香残蝶影空。一缕游丝无著处,也随飞絮过墙东。"

藻思芊绵,皆不愧大家风范。其他佳句甚多,因诗话不能多载,别刻入诸女弟子集中。但老人未接风裁,而遽蹈好为人师之戒,或未免为扫眉才子所笑耶?霞城以子鄂珠贵。诰封恭人,曲阜衍圣公□□,其婿也。智珠善写生,花卉新艳。闲居,与张恭人撰《三唐诗钞》数十卷,嫁松江陈(孝泳)通政家。

【译文】

秋帆尚书家,是一家能写诗的人,自太夫人以下,闺阁都擅长吟咏。我已经摘录他们的作品若干,收入《诗话》中。这里又收得恭人张绚霄,号霞城,《踏青词》:"平原的芳草繁盛茂颍,巷陌的人家照例要禁烟。一阵风吹来听到声声笑语,绿杨楼外有可玩耍的秋千。"

又,《剪秋罗诗》:"倚着竹门半晌无言,绕丛的蝴蝶故意飞来飞去,秋天来了秋风似剪刀,裁出香云作跳舞的衣裳。"尚书的长女智珠号莲汀,她的《踏青

词》："绿窗今天摘下帘钩,女伴相邀结伴出游。一样的春光却分成冷暖,桃花含笑柳树含愁。"

又有《送春诗》："韶光九十太匆匆而过,芳径的香气散尽蝶影已空。一缕游丝没有归处也随着飞絮飘过了墙东。"

思绪丰富,却不愧为大家风范。其他的佳句很多,因为诗话不能过多刊载,另外收入女弟子集中,但是老从我没有接受传闻,而就蹈好为人师之辙,也许未免会被扫眉才子所笑话吧?霞城因为有了鄂珠而尊贵,诰封恭人,曲阜衍圣公□□,他的女婿。智珠善于写生,花卉画得新鲜艳丽。闲居时与张恭人写了《三唐诗钞》数十卷,后来嫁给松江陈通政家。

六四

【原文】

王孔翔有才自都中归,有添香女史马翠燕进,托其带寄手札一函,诗词三种。不料三千里外,闺阁中犹爇随园一瓣香,尤足感也。来札云:"添香家本维杨,寄居京国。性耽文史,获事才人。虽三五年华,未工染翰;而四千乡路,时切依云。盖以女子书识韩康,黄金宜铸贾岛,每恨不获撰杖捧履,列弟子班也。郎主小山,宁海查声山之裔。扫眉窗下,许捧盘匜;问字灯前,得窥点画。犹恨小仓山远,大雅堂高,执业有心,望尘无分。谨藉双鱼之便,用申积岁之忱。附以涂鸦,敢求点铁。先生乐育为怀,当不择诸门墙之外,谨呈旧作《鹊桥仙·七夕词》云:"银湾斜挂,金波徐展,天上人间今夕。黄姑渚畔路迢迢,何处问支机消息?锦屏红烛,玉窗罗袜,剩喜鹊桥不隔。青鸾休促紫云车,且良夜倍相怜惜。"

【译文】

王孔翔秀才从京都回来,有位添香女史马翠燕,托他带来一手札,内有诗词三种。没想到三千里外,闺阁中还有我随园的爱好者,真是足以感人。来信称:"添香家本是维扬,寄住在京都。天生喜欢文史,给才子做妾。虽然十五年华,并未有何造诣,而四千里回乡之路,却是漫漫难忘。后以女子学习韩康,师从贾岛,每次对于不能得以文章生彩而成为真正弟子感到遗憾。丈夫是小山的主人,宁海查声山的后裔。在窗下化妆,得以捧盆洗脸;在灯前问字,得以偷看画幅。遗憾的是小仓山在远方,大雅之堂高深,有心用力,无力奢求。仅仅凭借双鱼之便,向您申明心中积愿。附之以涂鸦,请您给予指点。先生喜欢教书育人,

应该不会把我拒之门外。仅呈上旧作《鹊桥仙七夕词》："月亮像银色的港湾斜挂着，金色的波涛徐徐舒展，天上人间今夜。黄姑的小岛畔路迢迢，哪里能问到有关的消息？锦作的屏风红色的蜡烛，玉色的窗罗制袜，只剩下喜鹊桥不是阻隔。青鸾不要催促紫云车，且良宵倍加爱怜珍惜。"

六五

【原文】

夫妇能诗，古今佳话。近今如张舸斋之与鲍苣香，尤其杰出者也。久载《诗话》中矣。今冬到京口，苣香出其母陈夫人逸仙诗，方知为溺让居士（皋）之妻，诗才英妙。奁具旁一日无笔砚，便索然不乐。《南归》云："一载团圆客帝京，儿孙荐酒笑相倾。克风紫陌芳尘软，秋日金门步辇轻。绶带薄沾新雨露，邮笺重叠书归程。朝朝盼断南来雁，白发何堪远别情。"

《北河舟中》云："故国京华两路赊，人从云水泊天涯。闲寻归楚篷窗底，小艇撑来叫卖花。""乍晴乍雨杏花天，帆带斜阳柳带烟。正是客心惆怅处，晚风墙尾燕翩翩。"

《中秋忆姑》云："丹凤城边轻画轮，炷香遥祝北堂春。故乡一样今宵月，应对清光忆远人。"夫人抱此才，宜其子女俱以诗鸣。现任部郎雅堂居士，其长子也。夫人长女之兰，季女之芬俱耽吟咏，今录之兰《落叶》云："金飚何意太无情，处处园林似落英，疏柳飘残沟水急，（下缺）"

【译文】

夫妻都能写诗，这是古今的佳话。近来如张舸斋与鲍苣香，尤其杰出，早已载入《诗话》中了。今年冬天到达京口，苣香拿出她的母亲陈夫人逸仙的诗作，才知道她是海门居士的妻子，诗才英妙。化妆品旁一天没放笔砚，便觉索然无味。《南归》："在帝京做客一年团圆，儿孙劝酒笑逐颜开。春风吹来紫色街巷芳尘软，秋日的金门步辇轻巧，绶带上沾了些新雨水，邮笺上重叠了过去的归程。天天盼逝南来的鸿雁，白发人哪里忍受远别之情。"

《北河舟中》："故国的京都两路遥远，人跟着云水泊到天涯。闲来在窗底寻找归梦，小船划来有卖花声。"

"突然变晴突然下雨的杏花天，风帆上带着斜阳柳带着烟。正是客人心中的惆怅之所，晚风中桅杆尾部有燕在飞翔。"《中秋忆姑》："丹凤城边转着画轮，

烧炷香遥祝北堂的春天。和故乡一样的今晚的月亮,应对着清光回忆远行人。"

夫人有这样的才华,与她的子女的诗名很合适。现任部郎雅堂居士,是她的长子。夫人的长女之兰,三女之芬都喜欢咏诗,现在收录之兰的《落叶》:"金飚为什么如此无情,处处园林像落英缤纷。稀疏的柳树飘残沟水湍急,(下缺)"

六六

【原文】

镇江都统成警斋先生(策)见访随园,适余在扬州,未得一见。及余到京口,小住女弟子骆佩香家,先生晨夕过从,束脩之使无日不往还。将其见赠诸诗,已刻入《同人集》矣。犹记其佳句,《咏风筝》云:"遇雨不妨收掌握,乘风仍可至云端。"《即景》云:"深院飞花随碧水,画帘微雨近黄昏。"《远望》云;"红杏花娇堪驻马,绿杨丝细不遮楼。"《偶成》云:"醇醪饮酒翻羡淡,荼蓼尝多转觉甘。"俱新妙可喜。

【译文】

镇江都统成警斋先生来拜访我,正好我在扬州,未得见面。等我到过京口,在女弟子骆佩香家小住,先生早晚来往,负责传递公文的使者无日不来回。我把他的赠诗,已收入《同人集》。还能记得他的佳句,《咏风筝》:"遇到下雨时不妨收拾一下,乘风仍然可以到远云端。"

《即景》:"深院的飞花跟随着绿水,画帘前佩雨已是接近黄昏。"

《远望》:"红杏花娇嫩可以驻马观看,绿杨丝细不会遮盖楼宇。"

《偶成》:"好酒喝久了反过来想喝味淡的酒,困苦尝多了反而觉得甘甜。"

都是新鲜绝妙可喜的句子。

随园诗话补遗·卷九

大道无形,唯在心心相印耳,诗岂易言

【原文】

班史称河间献王云："夫惟大雅，卓尔不群。"

盖盛称贤王之难得也。本朝文运昌明，天潢之裔，皆说礼敦诗。前已载瑶华主人、檀樽世子诗矣。今又接到豫亲王世子思元主人诗文四册，殷殷请益。其好学虚怀之意，尤可敬也。录其《从军行》云："拔剑请长缨，从军右北平。黄云迷野戍，白雪澹荒城。旗卷龙蛇影，弓争霹雳声。燕然勒铭者，投画本书生。"

《咏桂》云："月里亭亭花发时，天香不散任风吹。繁条细蕊无心折，欲折还须第一枝。"

其他佳句，如《观瀑》云："气喷青嶂雨，凉泻碧天秋。"

《秋思》云："啼螀欲和相思韵，儿女偏怜薄命花。"

"草能蠲忿人宜佩，花到将残蝶竞扶。"

录见赠一章，入《同人集》中，以志光宠。记《答谢瑶华主人》七律，有二句云："宗子久钦龙凤质，仙才多出帝王家。"

可以移赠。

【译文】

班固在史书中评论河间献王说："这是位大雅之人啊，出类拔萃超过众人。"

这大概是盛赞贤明君王的少见难得。

本朝文运昌盛明达，天潢的后裔，都推崇礼教诗学，前面我已抄录了瑶华主人、檀樽世子的诗作了。

现在又接到了豫亲王世子思元主人的四册诗文，真心地请我修改。他这种好学谦虚的态度，尤为值得敬佩。

我抄录下其中的《从军行》诗，诗中说："拔剑请求投军报国，参军来到右北平。野外的军营中黄云弥漫，荒城上白雪起伏。旌旗在风中似龙蛇般地卷动，弓箭争先恐后地射出发出震天的响声。在燕然山刻字留名的，正是我这位投笔从戎的一介书生。"

他在《咏桂》诗中写道："在月光的沐浴中桂树亭亭而立竞相绽放，任风吹来这种浓郁的天香也不会散去。我无心去采折那繁多的枝条细细的花蕊，要折

也要去折那长一枝绽放的桂花。"

他所做的其他的佳句，例如《观瀑》诗中说："像青山上喷出的疾雨，如碧天中清凉的秋意从天而泻。"

他在《秋思》诗中说："出生时婴儿的啼哭和着相思的韵律，儿女们偏偏要怜惜这朵薄命的小花。"

"草儿能免除愤怨之气，人应该佩戴在身边，花儿到了快残败的时候蝴蝶们竞相扶持。"

我还抄录下他赠我的一章首。收入《同人集》中，以体现我受到光荣和恩宠，我记得我在《答谢瑶华主人》和七言律诗中，有二句说："很久以来我钦佩宗子的龙凤气质，如仙的才子多出自帝王之家。"

这句话可以移赠于思元主人。

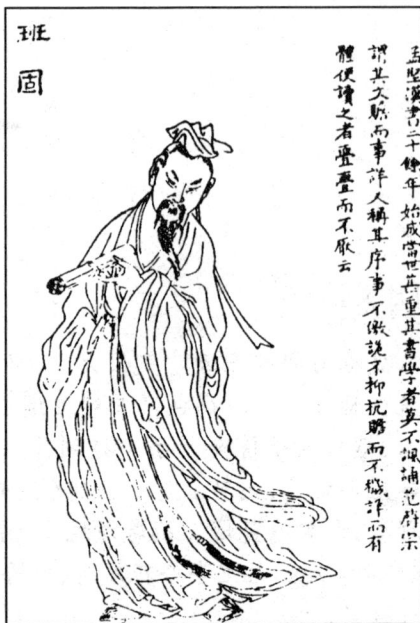

班固像，图出自清·上官周《晚笑堂画传》。班固为东汉史学家，著有《汉书》。

二

【原文】

又记瑶华主人《赋得寒梅着花未》一律云："把手问乡关，来时腊雪间。冻枝犹倔强，老铁可弯环。数点先胎玉，千重对面山。只应颜色好，无那鬓毛斑。此兴谁堪寄，何时梦得闲。南楼明月共，东阁绮筵攀。霜菊根难萎，烟蒲绿早删。凭君勤恳意，消息慰孤鹇。"

末自跋云："此那东甫祭酒课士题也。友人卢药林请赋之，因见诸人赋此题者，不过一首梅花诗而已。如《随园诗话》中所谓相题行事者，竟无一人。因书此以质之仓山居士。"

大道无形，惟在心心相印耳，诗岂易言哉？

【译文】

我又记下了瑶华主人的《赋得寒梅着花未》一首诗,诗中说:"手指寒梅问起故乡的河山,来时应笼罩在腊月冰雪间。受冻的枝条还十分倔强地挺立,柔韧的铁可以弯成圆环。数点如玉先绽放,对面山色重重。只应颜色完好,不应有鬓发的斑白,这种情致有谁能枯萎,绿色的如烟蒲草早已被删除。就凭君的这份诚恳之意,梅花绽放的讯息安慰了孤独的白鹇鸟。"

诗尾在自作的跋中说:"这是那东甫祭酒为士人们出的考题。友人卢药林请我以之作赋,因为见到众人以此题写的诗,仅仅不过是一首梅花诗罢了。像《随园诗话》中所说的要参透题意来写诗的,竟然没有一个人能做到。因此写下此诗以求教于仓山居士。"

大道理无踪无形,只是在心中心心相印罢了,诗哪能这么轻易地言说呢?

三

【原文】

檀樽主人又有《游香界寺》诗云:"暮天微雨歇,松子落深岩。石磴千峰逼,危桥夕照衔。秋声惊客梦,凉意上吟衫。空际妙香发,天花自不凡。"

《黑蝶》云:"谱翻别派写滕王,蝉翼轻惶堕马妆。栩栩漆圆才入梦,果然身到黑甜乡。"

佳句如《秋柳》云:"夕照村墟残万缕,东风楼阁忆三眠。"

《寄人》云:"燕台十月清霜冷,江上三春细雨多。"

俱能独为性灵,迥非凡响。

【译文】

檀樽主人还作有《游香界寺》一诗,诗中说:"傍晚的天空细雨渐歇,松子纷纷落在丛乱的岩缝中,坐在石凳上深感千峰逼压,夕阳照耀下的一座危桥横跨小河,阵阵秋风惊醒了行客的幽梦,一阵凉意袭上了诗人的衣衫。空蒙的天边妙香散发,像天花绽放大是不凡。"

在《黑蝶》诗中他写道:"翻抄别派的风格来做《滕王阁序》,蝴蝶抖动以蝉翼般的翅膀轻盈地飞翔我卸下了马上的戎装。在漆园中欣然自得才入梦境,果然自己已来到了又黑又甜的梦乡。"

他所做的佳句,例如《秋柳》诗中说:"夕阳洒在小树中也照到了柳树的万缕残枝,东风吹拂中独在楼阁中回忆着三秋的睡眠。"

《寄人》诗中说:"十月的燕台上清霜降下一片寒凉,春日的江面上细雨绵绵。"

这些诗都能独写性灵,绝非凡响。

四

【原文】

近日金陵多少英俊之士,年逾弱冠,而落笔清妙者,有五人焉,一、严小秋(文俊),《偶成》云:"无缘飘泊少人知,寓目园林任所之。有即竹能经雪压,无根萍总受风期。好花易惹游人梦,衰柳难留宿鸟枝。独步苍苔添逸兴,月明楼上听吟诗。"

又,"好山当户青于画,修竹盈窗绿上书。"

"青山含月隐深树,红叶随风飞半天。"

一、金桐轩(德荣),《春烟》云:"细草如茵卷翠帘,林隐深处袅轻烟。远山一角人难画,新柳千行昼欲眠。花气小窗风定后,莺声雨岸雨余天。剧怜薄暮长江外,蓊霭全迷渡口船。"

"古寺迷离望不真,晴烟漠漠罩江村。漫山树色浓无影,隔浦岚光淡有痕。嫩绿池塘风荡漾,晚花庭院月黄昏。碧纱剩有熏炉伴,缭绕余香尚满轩。"

又:"秋生桐叶怯,凉到葛衣知。"

一、庄穆堂(元燮)《闺情》云:"锦幕低随小院门,阑干深处月黄昏。醉襄翠袖拈花影,笑把银灯照酒痕。好梦醒时云髻乱,浓香熏罢绣衾湿。更阑玉臂还同看,可有蛇医旧印存?"又:"月阶坐久惊花梦,病颊秋深褪粉光。"

"裹山云似絮,远牧马如羊。"

一、司马颎莘(高),《闺情》云:"云情暧㳧画楼西,呼婢熏香翠袖低。不识檀郎千里外,可曾听见子规啼?"《访白秋水不值》云:"秋风吹我到君家,秋色犹存野菊花。料得高人行未远,案头还有带烟茶。"

又,"酒醉一枕上,船过几渡头。"

一、王西林(汝翰),《再宿随园》云:"昔年身宿蕊珠宫,此日重披立雪风。山鸟多情如识我,骚坛有主合依公。花载潘令开应早,琴对师襄鼓易工。一几乌皮书万卷,分明此景应时同。"

《舟行有见》云:"雾鬓烟鬟水上头,兰桡斜倚蓼花洲。眼波欲逐川流去,眉翠如含风色愁。细雨拟教樯燕寄,闲情敢珮珠投。分飞八字帆何驶,还想前途一并舟。"

又,《春寒》云:"人间富富来多晚,天上阳和转亦难。"

"山翠湿沾帽,水风凉上衣。"

"独笑对花语,卷帘迎明月。"

此五人者,离随园不过二三里。老人不负住秀才村,故录之,亦以勖其再进也。

【译文】

近日金陵的少年英俊之人中,年满二十,却能落笔清妙的,共有五个人。一个是严小秋(字文俊),他在《偶成》诗中说:"无缘在江湖中四处漂泊因而很少有人知道我,放眼园林任我居住。有节翠竹能经得起大雪重压,无根浮萍总是受到风儿的欺侮。美好的花儿容易引以游人的春梦,衰败的残柳难以留下夜宿枝头的鸟儿。独自在苍苔上漫步更添逸兴,月明后登站小楼听人吟诗。"

此处,他还写有:"美好的大山正对着小屋比画还要清秀,修长的竹枝映满小窗把绿意带上书卷。"

"青山中月儿隐藏在茂密的树林中,红叶随风飞上了半空中。"

一个是金桐轩(字德荣),他在《春烟》诗中说:"细草像绿色的垫毯让人卷帘观望,林阴深处轻烟袅袅升起。一角远山让人难以作画,新柳千行玉立时人儿在白日也思眠。风儿平静后芬芳的花气盈满小窗,雨过后黄莺的鸣叫声传遍了两岸的天空。分别可怜长江上薄暮初上时,浓浓的雾霭完全笼罩了渡口中的船儿。"

"古老的寺院在远山上模糊朦胧让人看不真切,晴空中云烟漠漠笼罩在江边的小村上。漫山的树色浓密得分不清树影,隔着江浦山林中的雾气在阳光中淡然有痕。嫩绿的池塘边晓风荡漾,庭院中黄昏月出夜花绽放,碧绿的纱帐还有熏炉相伴,余香缭绕飘满了小轩。"

此外,他还写有:"秋意萌生梧桐树叶心生怯意,凉气袭来单薄的衣裳已能感受到。"

一个是庄穆堂(字元燮),他在《闺情》诗中说:"低低的锦幕随着小院门掩映着,栏杆深处黄昏的月色斑驳。醉中撩起翠袖用手去拈花的姿态,笑向银灯照见脸上酒意浓浓的痕迹,好梦初醒云鬟纷乱,浓香熏罢锦缎被衾也温暖起来。一同细看新开兰花似的玉臂,上面可有蛇医留下的旧痕。"

此外,他还写有:"月下台阶上坐得久了惊扰了花儿的好梦,秋意深袭时病中的双颊褪去了脂粉和光彩。云雾像丝絮一样围绕着山峰,在远处放牧马儿也和羊儿一样小。"

一个是司马昺（莽高），他在《闺情》诗中说："画楼西面浓云蔽日，翠袖低挽唤来丫鬟点燃香炉，不知道千里外的心中檀郎，可曾听到子规鸟在啼叫？"在《访白秋水不值》诗中他写道："秋风吹送着我来到了你的家门，秋色还存留在野外盛开的野菊花中。我料想你这位高人行迹未远，案头上还放着冒热气的茶杯。"

此外，他还写道："酒醉后卧枕不起，小船不知不觉经过了几个渡头。"

一个是王西林（字汝翰），他在《再宿随园》诗中说："当年身宿蕊珠宫，今日我再次来临站到雪风之中。多情的山鸟好似认得我，文坛宗主应该就是先生。潘令栽种的花应该开放得早，对着师襄弹琴容易弹得好。乌皮几上堆放着万卷诗书，这个景象分明和以前一模一样。"

在《舟行有见》诗中他写道："烟雾围绕着鬓发水珠凝聚在头上，蓼花洲畔斜倚兰花桨。眼波正欲随着流水望去，翠眉愁皱如同含风。濛濛细雨般的愁绪打算让桅杆上的小燕子寄去，悠闲的心情还指望用佩带的玉珠相投。像八字分离远行的船儿要向何处驶去，我还想在前途中和你并舟而行。"

此外，他在《春寒》诗中说："人间的富贵大多来得很晚，天上的阳光也很难转变。"

"翠绿的山色沾湿了小帽，水上的凉风吹到了衣服里。"

"独自微笑着对花儿细语，卷起竹帘迎来初升的明月，"这五个人，所住之处离随园只不过有二三里路远。没有辜负我这位老人在此秀才村中居住，因此抄录下他们的著作，也是想帮助他们再提高诗境。

五

【原文】

黄蛟门《重到张香岩家》云："不到华堂廿载余，得来还认旧楼居。墙间半渍儿时墨，架上犹存校过画。满院枇杷阴不改，侵阶萱草茂于初。木公金母多情甚，音问频频说久疏。"

此诗，情文并至。家亦近随园。

【译文】

黄蛟门在《重到张香岩家》诗中说："二十多年来我没有来过你的家，这次重来我还能认得出你居住的旧楼。墙壁上还存有许多儿时的涂鸦之笔，书架上

还存放着校正过的书卷。满院的枇杷树荫没有更改，长到台阶上的萱草比当初要茂盛得多，你的老父母甚是热情，频频询问我说是长年不来有些淡忘了。"

这首诗，情文并茂。他的家也离随园很近。

六

【原文】

和余八十自寿诗者多矣，余最爱程望川（宗落）押"愁"字韵云："百事早为他日计，一生常看别人愁。"

和"朝"字韵云："八千里外常扶杖，五十提来不上朝。"

将杖朝二字拆开一用，便成妙谛。

【译文】

写诗和我的八十自寿诗的人有很多，我最喜爱程望川（字宗落）押"愁"字韵所写的一首诗，诗中说："诸事早已为他日计划好，一生之中常看别人的忧愁。"

以及押"朝"字韵的一首诗："常扶竹杖巡游于八千里外，五十年来辞官归隐再也不用上朝问安。"

把"杖""朝"两个字拆开来用，便构成了一个妙谛。

七

【原文】

吾乡方伯张松园（朝缙）先生，受知于福敬斋相公、毕秋帆制府，而气局恢弘，槃槃大才。亦与两贤相似。口不谈诗，而兴到偶作，迥不犹人。《清明后一日和旭亭韵迟随园不至》云："天亦多情惜好春，故将春仲闰三旬。花当极盛难评色，水到长流不染尘。偶泛烟波摇画舫，每因诗酒盼才人。嫦娥忽掩今宵月，蟾影钗光看未真。"

方伯九姬,最爱者春芳叶氏,年将四旬,而风貌嫣然,似服仙家荀草者。以扇索诗,余即席赠云:"一朵仙云出画堂,刘桢平视讶神光。牡丹开到三春暮,终是群花队里王。"

八人者皆不悦,而夫人读而喜之。适余向方伯借车,夫人以肩舆相借。因再续云:"偶向公孙借后车,竟逢王母赐花舆。坐来似欲乘风去,想见天衣重六铢。"

西王母像,图出自《绘图三教源流搜神大全》。

【译文】

我同乡的方伯张松园(字朝缙)先生曾跟随福敬斋相公、毕秋帆制府受业学习,他的话气势恢弘,快乐而有大才华,这一点也和他的两位贤师相似。他平日口中很少谈诗,但兴致到处提笔偶作,便迥然不同凡作。他在《清明后一日和旭亭韵迟随园不至》诗中说:"天也很多情地怜惜这大好春光,因此将仲春迟了一个月,花在极盛时难以评论其色彩,水能长流不息就不会沾染尘埃。偶然摇起画舫泛舟烟波之上,每每因为要吟诗饮酒而殷切地盼望着才人的到来,嫦娥忽然把今宵的明月掩起,一时间看不清她的鬓影钗光。"

张方伯共有九位姬妾,他最喜爱的是叶春芳,年龄将近四旬,但风度相貌依然妩媚动人,好似服用了仙家的荀草。她用小扇请我题诗,我即席赠诗一首说:"一朵仙云从画堂中飘起,刘桢注视着它为它的神光而惊讶,牡丹花就算是开到了三春末,仍终究是百花中的花王。"

张方伯的其他八位姬妾都很不高兴,但叶春芳读后甚是喜悦。当我向张方伯借车时,叶氏把自己乘用的肩抬小轿借给了我,因此我又续诗说:"偶然中向王公王孙借取车轿,竟然遇上王母赐给花车。坐上后好似乘飞而去,可以想象天衣只有六铢重。"

八

【原文】

溧阳王云谷,与余同寓苏州铜局,代主人杨仁山款待甚殷,诵其《咏秋月》云:"八月西风夜气寒,桂花香冷露初泫。中庭地白三更后,独鹤与人相对看。"可谓清绝,不食人间烟火。

【译文】

溧阳人王云谷,曾和我同住在苏州铜局中,他代替主人杨仁山对我款待很是热情,我诵读了他作的《咏秋月》诗:"八月的西风中夜气寒凉,在幽冷的桂花香气中露珠初凝。三更天后庭院中秋月洒下一片银白,只有仙鹤和人相对欣赏。"

这首诗真是清绝之作,好像是不食人间烟火。

九

【原文】

苏州陈竹士秀才与余同游四明,一路吟咏甚多。见赠云:"神仙从古恋烟霞,一首诗成万口夸。到处探奇逢地主,避人祝寿走天涯。生来不饮偏知酒,老去忘情尚爱花。路走二千年八十,山游不遍不归家。"

《咏蚕》云:"蚕娘辛苦说天晴,听唱罗敷《陌上行》。蓬底绿云吹不断,采桑风送剪刀声。"

《湖庄》云:"晓寒临水重,春梦近花多。"

《钱塘江阻风》云:"水能驱岸走,风不放潮归。"

皆妙。

【译文】

　　苏州的陈竹士秀才和我一同在四川游览,一路之上吟诗很多。我赠他一首诗,诗中说:"自古神仙就迷恋烟霞,吟成一首名诗受到万人齐夸。到处寻胜探奇遇上了本地之人,为躲避别人的祝寿而远走天涯。生来不饮酒却偏偏最识酒,(先生不饮酒,却精于评酒。)年事已高对诸事不动感情却还喜爱赏花。八十高龄走遍两千里路,不把名山游遍就绝不回家。"

　　他在《咏蚕》诗中说:"辛苦的蚕妇因天晴而喜悦,听着罗敷高唱《陌上行》。蚕蓬下绿油油的桑叶的剪刀声。"

　　在《湖庄》诗中他写道:"临近春水晓寒深重,面对鲜花春梦繁多。"

　　在《钱塘江阻风》诗中他写道:"水流能推动着江岸移走,风儿不放潮水回归。"

　　这些诗写得都很美妙。

一〇

【原文】

　　己未座主留松裔(讳保)先生,于诸门生中,待余最厚。乾隆七年,今上有保荐阳城马周之旨,公欲荐余,疏已定矣,余以亲老家贫,苦辞而出。今公去世已久,幸从赵碌亭先生处,得公事略,为之立传。又采录其《游天台国清寺》云:"风定幡空月满廊,悄然铃铎梵音长。依依归鸟寻巢语,淡淡闲花带露香。籁静境随云共化,心空声与色俱忘。周围缓步饶幽趣,微妙还须叩法王。"

　　《西湖断桥残雪》云:"湖旁积雪景堪描,点缀春寒属断桥。绝似钱塘苏小小,残妆剩粉不曾消。"

【译文】

　　己未年科考的主考官留松裔(字保)先生在他的众多门生中,待我最好。乾隆七年,当今皇上有保荐阳城马财的旨意,留松裔先生想举荐我,奏疏已经拟定,我以双亲老迈家境贫寒为由,再三谢绝而出。如今先生去世已久,幸而从赵碌亭先生那里,得到了留先生的一生事迹简介,为他立传。还采录下他的《游天台国清寺》,诗中说:"风儿平静旗幡不扬月光洒满过廊,铃锋声悄然响起清音悠长。归鸟寻巢依依地啼叫,悠闲的小花带着露珠散发出淡淡的清香。万籁俱

静周围的环境随着云雾共同化去,心中空灵已把声色全都忘却。在四周漫步饶有幽趣,心中微妙还需要去叩见法王。"

他在《西湖断桥残雪》诗中说:"西湖畔白雪皑皑景色值得描画,最能点缀春寒的还要数断桥。恰似钱塘的苏小小,脸上的残妆剩粉还不曾消褪。"

一一

【原文】

今年二月,余小住真州,京江女弟小骆佩香迟余不至,寄诗云:"柳外江波绿泼醅,高楼延倚首频回。心怜春雨花朝过,目盼先生桂楫来。新作羹汤储夕膳,旧眠吟榻尘埃。真州底事勾留久?不到寒闺举酒杯。"

【译文】

今年二月,我在真州小住,京江的女弟子骆佩香见我迟迟不到,寄诗说:"柳枝外江水像新酿的绿酒,我长倚高楼频频回头。心中怜惜清晨春雨扑花而下,双眼中盼着先生的桂桨荡来。新作了羹汤又储备了晚餐,扫去了旧日小睡吟诗的竹榻上的尘埃。真州有何来让您延留这么长时间?不愿前来我的寒闺中共举酒杯。"

一二

【原文】

香亭弟家居八年,有终老林泉之意。今岁因家事浩繁,治生无策,复作出山之云。恐余尼其行也,不以相告。引见后,方知之。离别之际,黯然神伤。其余年八十,弟亦六十有六矣。别后,寄诗留别云:"不忍留行不送行,去留无计共伤情。明知衰朽深怜弟,怕以穷愁更累兄。未经风波先破胆,欲言离别强吞声。痴心五载仍寻约,还想重来事耦耕。"

"岭峤分襟昔已伤,此行双鬓更苍凉。人常垂老何堪别,花到残枝那得香。

国学经典文库

誓及来生情可想,会期他日梦偏长。殷勤苦嘱双眶泪,不许临岐洒一行。"

【译文】

香亭弟在家居住了八年,有在山水林泉中终老此生的愿望。今年因为家事繁多,无法维持生计,又再度出山。他恐怕我会阻挡他的行程,没有告诉我。我们见面后,我才知道此事。在离别之际,难免黯然神伤,只因我已八十高龄,香亭弟也有六十六岁了。离别后,他寄诗留别说:"不忍留住不走也不忍让你为我送行,是去是留无计可施你我共伤叹,明知衰朽兄长,还未经历风波就先已胆战心惊,想说离别强自忍住哭声。痴心的我五载后遥将履行旧红,还想重新来的你共事农耕,""当年就已为五岭的风吹开我的衣襟而伤怀,此行只觉双鬓上更是白发苍凉。人正当垂老之年怎堪忍受离别之苦,花儿到了残败时那里还能有芬芳。我的誓言有关来生此情可想,期望他日相会偏偏此梦幽长。双眼含泪殷勤嘱咐我,不许我在岔路口洒下一行离别泪。"

一三

【原文】

乙卯二月,在扬州见巡谢香泉先生,乃程鱼门所拔士也,倜傥不凡。《游泰山》五古数章,直追韩、杜,以篇长不能备载,仅录其《飞瀑崖》云:"石罅中峰劈,飞淙曳练来。自天张水乐,平地起风雷。题咏此间遍,幽夐从妙刻。封峦经七二,御帐望中开。"

又,《跨虹桥南见唐陶山勒石绝句欣然如见故人时唐宰荆溪诗以寄之》云:"失喜陶山入望来,丹崖赤字独徘徊。吟情正忆鸣琴暇,卷画溪头日几回。"

陶山名仲冕。余读之,方知楚南有此诗人,方以不得一见为恨。不料十月间,陶山宰吴江,忽以书至云,爱而不见,今秋以重价购余全集。方知天涯又得此知己也。以诗赐观。《扫墓》云:"梦里耆腾色笑微,九原长恨隔春晖。羊肠细路通樵径,马鬣新阡隐石围。雾满藤萝侵屐湿,草枯蚱蜢傍衣飞。可怜身上拈残线,游子而今尚未归。"

余尤爱其五言十字云:"云开如让月,风定为留花。"

【译文】

乙卯年二月,我在扬州,见到了巡漕谢香泉先生,他是程鱼门所提拔的人

才,果然为人倜傥不凡。他写的《游泰山》几首五言古体诗,简直超越了韩愈、杜甫,因为篇幅太长不能全部收录,仅抄录下他的《飞瀑崖》诗,诗中说:"两峰中被劈开了一道石缝,飞瀑如练飘泻而下。大水从天而降,平地风雷骤起。这个地方我已题咏遍了,幽静辽阔众多妙处在此融聚。七十二座山峰经过了封禅,眺望着泰山君王的御帐也为之打开。"

此外,他在《跨虹桥南见唐陶山勒石绝句欣然如见故人时唐宰荆溪诗以寄之》诗中说:"惊喜陶山进入了我的视线,独自一人在刻在悬崖上的红色大字下徘徊,吟诗时我正回忆着当初奏琴时闲情雅致,一日中几次去到溪头捕鱼。"

陶山名仲冕。我读完诗后,才知道楚南竟有此等诗人,以不能见上一面而抱恨。没想到在十月间,陶山到吴江任县令,忽然写信来说爱慕我却无从相见,今年秋天用重价购买了我的全集。我才知道在天涯中得到如此一位知己。他把诗寄给我观赏。在《扫墓》诗中他写道:"在梦中我眼光迷离面带微笑,在九原长恨去世已隔了一个年头。羊肠小路是樵夫常走的山道。马鬣似的新修墓道在石园中时隐时现。浓雾笼罩在藤萝上也浸湿了脚下的木屐,草儿枯黄蚱蜢飞上了行人的衣襟。可怜身上只有断残的第线,游子却像断线的风筝一样至今不归。"

我特别喜欢两句五言诗,共十个字:"云彩分开如同是避让月亮,风儿平静是为了留下盛开的鲜花。"

一四

【原文】

陶山有二友:一、何君焕,一、胡君大观,皆有诗来。何《春望》云:"池馆依稀小谢家,每凭朱槛玩春华。巢分院语东西燕,雨过枝添向背花。田树短篱皆种芋,人归村坞半收茶。渔童小结罘罳网,溪畔冲风一笠斜。"

《偶兴》云:"风受约萍行别涧,花如扶槛睡春阴。"

胡《客中》云:"乡心秋雨集,旅况夜灯知。"

《登城楼》云:"江浮鸭绿晴方好,山带螺青雨后来。"二人诗,皆可入画。

【译文】

陶山有两位朋友:一位是何焕,一位是胡大观,他们都曾给我寄来诗作,何焕在《春望》中说:"绕池的馆舍好似是小谢的家,每每凭着朱栏玩赏着美好春

光。在庭院中啼叫的东西燕的巢儿是分开的。雨过后枝头又新开了两朵相背对着的花。田间的磊树下矮矮的竹篱旁都种下了山芋,采茶的人们纷纷走回小村。渔童们结成小鱼网。被风吹歪了斗笠在溪畔捞鱼。"

在《偶兴》诗中他写道:"风儿喜爱约同浮萍飘向别的山涧,花儿好像扶着门槛在春日的树荫下小眠。"

胡大观在《客中》诗写道:"思乡之情在秋雨中更深,旅行的境况夜晚的那盏孤灯应该知道。"

在《登城楼》诗他写道:"江水中浮着鸭绿色的浮萍在晴空下才显好看,雨后的大山带着一片田螺般的青色。"

这两个人的诗,都可以描绘成图画。

一五

【原文】

曹星湖(龙树),江西孝廉,宰如皋,政尚宽和,邑多瑞应。乾隆癸丑春,有白鸟集署,星湖诗云:"曙色遥分小院东,才栖画戟又帘栊。哺成巢子头先白,衔尽桃花口未红。可到瑶池曾浴羽,还疑雏鹤学迎风。生成一种幽闲性,莫怪丰标太不同。"

未几,邑中麦有一茎二穗至八穗及连理者,又赋诗云:"四野农歌作美谈,荐随春韭赛随蚕。孪生也与人同孕,并种浑如玉出蓝。镰趁日中阴琐碎,枷喧树外亩东南。何当写入丹青里,共庆民间帝泽覃。"

一时绅士和者千余首。

星湖又有《崇川夜舟》云:"西风吹送一帆斜,树杪危蹲几个鸦。两岸沙滩明似画,又添霜月马芦花。"

《游栖霞》云:"晴日树中疑雨至,隔江风里有云来。"

真乃天机清妙。

【译文】

曹星湖(字龙树),是江西的孝廉,在如皋任县令,为政还很宽和,县中出现了很多吉祥的征兆。乾隆癸丑年春天,有一群白色的鸟儿临集官署中,星湖写诗说:"黎明的天光在小院东方遥遥升起,鸟儿才栖息在画戟之上又飞到了窗帘中。把巢中幼鸟喂养大自己的头也已变白,衔尽桃花小嘴却仍未变红。可曾到

过瑶池去洗浴羽毛,我还以为是雏鹤在风中学步。生就一种幽静闲雅的性格,莫怪人们对丰满的标准看法太不相同。"

不多久,县中出现一茎二穗到八穗以及两颗连体的小麦,曹星湖又赋诗说:"田野中苍劲的农歌化作千古美谈,像春韭一样被进献像蚕儿一样被用来祭祀酬神。也像一样受孕生下孪生子,并种而生浑如产自蓝田的美玉。趁日中时开镰割麦闲时去捡散麦,东南方田边的大树下筝筝震天。应该把这种景象画进图画中,共同欢庆圣上的恩泽遍撒民间。"

一时间绅士相和的诗达一千余首。

星湖还写有《崇川夜舟》诗,诗中说:"西风劲吹着一叶孤帆,几只乌鸦颤巍巍地蹲在树梢上。两岸的沙滩明亮如同白昼,还有那如霜明月和雪白的芦花。"

他在《游栖霞》诗中写道:"晴空万里在树林中竟以为雨水降至,隔着江大风儿把云雾吹送了过来。"

这首诗写得真是自然清妙。

一六

【原文】

扬州方立堂孝廉之父敩楼居士,有《言诗》一首,云:"情至不能已,氤氲化作诗。屈原初放日,蔡女未归时。得句鬼神泣,苦吟天地知。此中难索解,解者即吾师。"

数言恰有神语。又,《与王晴江进士集平山堂》云:"每逢登眺感遗踪,顿觉尘心似酒浓。不信但听亭子上,迷人楼打醒人钟。"末首云:"江左风流聚一坛,无名终恐是方干。"

先生困于巾褐,二句殊可伤也。又,《赠朱草衣》云:"才高双眼白,吟苦一肩高。"

第二句,酷肖诗人穷相。

【译文】

扬州的方立堂孝廉的父亲敩楼居士,写有一首《言诗》,诗中说:"情感涌来难以抑制,云烟缭绕中已化作诗句。屈原刚被流放的日子,蔡文姬还没有回归的时候,觅得佳句鬼神为之哭泣,苦苦吟成天地可知。这其中困惑难以说清,能说清楚的人便是我的老师。"

这寥寥数句恰似神语。此外,他在《与王晴江进士集平山堂》诗中说:"每逢登高远望总是感叹旧日的踪迹,顿时觉得这颗尘缘之心比酒还要浓烈。若是不信只要去听那亭子上,令人痴迷的小楼上敲响了让人醒悟的钟。"

在最后一首诗中他写道:"江东风流雅士聚一堂,终究恐怕还数方干没有名气。"

先生为贫寒所困,这两句话让人颇生感叹。此外,他在《赠朱草衣》诗中说:"才高八斗双眼泛白藐视一切,苦苦吟诗累得一肩高耸。"

这第二句诗,酷似诗人才思不敏时的愁苦之相。

一七

【原文】

余在观音门阻风,偕小秋访林铁箫,晚与诸诗人小集六松山庄。栖碧僧有句云:"树密聚啼鸟,庵荒住懒僧。"

"天上若无难走路,世间那个不成仙。"

"有情山鸟啼深树,无事闲僧扫落花。"

董容庵有句云:"麈尾尽听前辈语,春风先上酒人颜。"

刘寿轩有句云:"蓬门久盼高轩过,蜡屐偏偕好雨来。"

栖碧僧梦人出对句云:"月出波微动。"

僧答曰:"风生树渐鸣。"

【译文】

我在观音门受大风所阻,便偕小秋去拜访林铁箫,晚上与诸位诗人在六松山庄小聚,栖碧僧作诗说:"茂密的树丛中鸟儿聚集啼叫,荒凉的寺庵中住着懒散的僧人。"

"天上若是没有难走的路,世间哪个人不愿成仙。"

"多情的山鸟在茂密的树林中啼叫,闲来无事的僧人打扫着满地的落花。"

董容庵写有一句诗说:"手摇麈尾拂尘尽情地倾听前辈的话语。春风最先飞上饮酒人的容颜中。"

刘寿轩写诗说:"我站在柴门旁久久期盼高人的车轿经过,蜡屐鞋偏偏偕着好雨一同前来。"

栖碧僧梦见有人出了一个对句:"月亮出来水波微。"

他回答说:"风儿吹来树林中渐渐有了声音。"

一八

【原文】

京江左兰城尝云:"凡作诗文者,宁可如野马,不可如疲驴。凡为士大夫者,宁可在官场有山林气,不可在山林有官场气。"

有味哉其言!

【译文】

京江人左兰城曾经说过:"凡是写作诗文的人,宁可像野马一样狂放,也不可如疲驴一样软弱无力。凡是做官的士人,宁可在官场中带有山林田园的气息,也不可隐居山林中仍有官场气息。"

这话说得很有意味。

一九

【原文】

昆圃外孙访戚于吴江之梨里镇,有闻其自随园来者,一时欣欣相告,急投以诗,属戎带归,采入《诗话》。佳句如丘笔峰《野泛》云:"棹惊归浦鸭,犬吠过桥僧。"

沈云巢《杨花》云:"夜月不知来去影,征衫偏点别离人。"

屠荻庄《醒庵分韵》云:"老衲一龛依古佛,斜阳半壁恋诗人。"

汝阶玉《即事》云:"寒忆衣裳春日典,贫愁薪米闰年添。"

【译文】

我的外孙昆圃在吴江梨里镇走亲戚时,有人听说他是从随园来的,一时高

兴得相互转告,竞相献上诗作,嘱托他带回,编入《诗话》中。其中的佳句有丘笔峰的《野泛》诗:"荡桨惊起归回水浦的野鸭,狗儿冲着过桥的僧人狂吠不止。"

沈云巢在《杨花》诗中说:"不知道夜晚月亮来去的踪影,杨花偏偏沾上离别人的征衣。"

屠荻庄在《醒庵分韵》诗中说:"神龛中的老衲皈依古佛,半壁的斜阳眷恋着诗人。"

汝阶玉在《即事》诗中说:"寒冷使我回想起春日典卖的衣裘,贫穷令我为闰年所增添的柴米而发愁。"

二〇

【原文】

处州山水清佳,而朴野已甚。余壬寅春,游雁荡山,过缙云县,见县官讼堂养猪,为之一笑。伊小尹太守到任后,寄诗来云:"弹刃十邑宰官分,四野谁歌挟纩温。山地畸零休论顷,人家三五便成村。清秋露冷猿啼树,黑夜风号虎到门。利用厚生当务急,就中俗吏恐难论。"

又,"四面青山秋意早,一城红叶市声稀。"

皆酷是处州光景。

【译文】

处州的山水清秀美丽,但民风有些过于质朴粗鲁。壬寅年春天,我去雁荡山游玩,经过缙云县,见到县官在公堂上养猪,不禁为之大笑,伊小尹太守到任后,寄诗来说:"弹丸之地由十位县令划分管理,四野之中有谁在歌唱棉衣的温暖,山地崎岖不平土地零散千万别用顷来计算,三五户人家便汇聚起一个小村。清爽的秋日露珠渐冷猿猴在树上啼叫,黑夜中狂风怒号老虎在门前出没。利用人口多的优势应当从事当前的急事,这个道理和州中的俗吏们恐怕难以说清。"

此外,他还写道:"四面青山中秋意早临,满城红叶叫卖声渐少。"

这些写的绝对是处州特有的光景。

【原文】

族弟舒亭知守大同，寄诗册属余为序。余家有阿连，而竟不知，殊自愧也！录其《施竹田丈招同泛湖访恒上人》云："破镜重湖一望收，段家桥畔系扁舟。山寒无处不宜酒，木落有时还带秋。烟景落谁佳句里，好风吹我上方游。慈云佛火殊清绝，始信花宫胜十洲。"

《闲吟》云："倦枕余闲午梦长，萧萧梧叶下虚廊。六时担喜得常静，一雨便成如许凉。花鸟心情闲甲子，湖山风月好家乡。征程千里怀人处，回首旗亭又夕阳。"

又，《游园通寺》云："路回依树曲，屋小抱山幽。"

又，《同严历亭江砚香送李宁圃从江宁移守松江宴随园听孙啸壑弹琴》云："六朝风景记当时，伯氏樽开酒敢辞？珂马声嘶芳草渡，江云影入绿波池。喜无俗客开三径，别有清风响七丝。即此仙源欣共到，芳亭倚遍夕阳迟。"

其清妙不减樊榭。

【译文】

族弟舒亭（字知）镇守大同，寄来一册诗请我为之作序。我家族中有阿连般的人物而我竟然不知道，真是太让我惭愧了！现抄录下他的《施竹田丈招同泛湖访恒上人》诗，诗中说："黎明时重重湖水俱收眼底，在段家桥畔系好扁舟。山中清寒没有什么地方不适宜饮酒，树木萧疏有时还带着点点秋意，这如画烟景落入到谁的佳句中，好风阵阵吹着我向山上继续游玩。慈云佛火很是清绝，这才相信花宫的风景要胜过十洲许多倍。"

他在《闲吟》诗中说："余闲时疲倦地倚在枕上午梦悠长，萧萧的梧桐叶飘落在空静的走廊中。很高兴六个时辰中常能得到安静，一雨之后天便变得如此的清凉。如花似鸟般的悠闲的心情伴走过一个甲子地岁月，湖光山色风清月好的家乡非常美丽。在怀念故人的地方踏上千里征程，回首旗亭又沐浴在夕阳中。"

此外，在《游圆通寺》诗中他写道："蜿蜒的山路沿着树林曲折前伸，小屋躺在山的怀抱中分外幽雅。"

此外，他在《同严历亭江砚香送李宁圃从江宁移守松江宴随园听孙啸壑弹

琴》诗中写道:"还记得六朝时的风景,方伯的酒坛已打开这杯酒哪敢推辞?佩玉骏马声声长嘶踏过芳草地,江上云彩的影子倒映在满池的碧波中。幸喜没有俗客来此隐士居所,别有清风中拨响的琴声。很高兴我们一同来到这块仙源胜地,倚遍芳亭已是夕阳西下。"

诗文的清妙不在樊榭之下。

＝＝

【原文】

青衣郑德基,久选其诗入《诗话》矣。今秋,从邳州归,又送诗来。再录其《濠梁题壁》云:"粉壁题诗半有无好花看遍又非初。十年再到重游路,似理儿时旧日书。"

《呈袁椒园先生》云:"奔走天涯岁又阑,孤飞聊借一枝安。琴除自赏知音少,衣代人裁合体难。"

吴江唐陶山明府席上,出青衣吴振邦钱圣达两人九日同游石湖登上方山诗,吴云:"短棹双飞漾白截,平湖秋淡胜于春。岭悬一线云边路,客倚残霞画里身。石洞黄花留夕照,佛楼清馨送游人。重寻旧日题诗处,藓壁模糊认不真。"

钱云:"策杖登山最上头,一湖帆影去来舟。芦花点白明如雪,枫叶烘丹画出秋。落帽西风传塔语,如钩新月挂钟楼。招邀共举茱萸会,携得双螯酒一瓶。"

又有"红蓼滩边一钓人",七字可绘作小照。余谓诗有因贵而传者,有因贱而传者,如此等诗,出于士大夫之手,而不出于奴星;则余反不采录矣。

【译文】

青衣书生郑德基,我早就把他的诗选入了《诗话》。今年秋天,他从邳州回来,又给我送来了诗文。再抄录下他的《濠梁题壁》诗:"在粉壁上题诗半有半无,看遍了好花又说最初的不好。十年后再次来到曾游地,好似在整理儿时旧日的书卷。"

在《呈袁椒园先生》诗中他写道:"奔走天涯今岁又将过去,孤独的飞鸟聊且借助一树枝头安下身来。琴声除了自我欣赏很少有知音,代替别人裁衣便很难合身。"

在吴江的唐陶山明府的宴席上,他拿出了青衣书生吴振邦、钱圣达两个人

九天内游览石湖登上方山时所写的诗作,吴振邦在诗中说:"荡起双桨小舟在白载水上飞行,平静的湖色秋意已淡却比春天还要美丽。山岭上的云雾边悬着一条羊肠小道,行客倚着落日的残霞如身处画中。石洞旁的黄色小花留住了夕阳的光辉,佛寺钟楼中清越的钟声伴着游人下山远去。再次寻找旧日题诗的地方,墙壁上青苔横生字迹模糊难以辨清。"

钱圣达在诗中说:"手扶竹杖登山走在最前头,满湖帆影尽是来去匆匆的小舟,点点雪白的芦花明亮如雪,枫叶红通通一片画了浓浓的秋色。吹落头上冠帽的西风传来了塔楼上的人语,如钩的新月牙挂在钟楼旁。重阳邀宾共举杯,带去了一瓶双螯酒。"

此外,他所写的:"红蓼滩头一位钓鱼人,"这七字诗句可以描绘成一幅图画。我认为诗句有因为高贵典雅而到处流行的,也有因低贱通俗而到处传唱的,这样的诗,若是出自士大夫之手,而不是出自小民的手笔,那么我反而就不采录它了。

二二

【原文】

昔曹子桓以金币购孔融文章,韩昌黎以光芒夸李、杜:皆追慕古人,非生同时者也。四川李太史雨村先生,名调元,与余路隔七千里,素无一面,而蒙其抄得随园诗,爱入骨髓。时方督学广东,逐代刻五卷,以教多士。生前知己,古未有也。二十年来,余虽风闻其说,终不敢信。今秋,先生寄信来,与所刻《随园诗》《童山集》。其最擅场者,以七古为第一。《观钱塘潮》云:"八月十五钱塘潮,吴儿拍手相呼招。士女杂坐列城下,人声反比潮声高。江头日上潮未起,渔子牵舟泊沙嵴。笳鼓乍鸣人竞看,一齐东向沧溟指。忽闻江上声如雷,迢迢一泉海门开。万马奔腾自天下,群龙踏跳随波来。潮头十丈飞霜散,水气横空扑人面。天为破碎城为摇,百万貔貅初罢战迤逦。不闻市声死,群儿夸强弄湖水。小舸颠簸似浮萍,一时出没烟波里。我是人海中一粟,睹此目眩身葳足。明朝风静渡钱塘,犹恐再遇灵胥蠢。"

即此一首,可想见先生之才豪力猛矣。又,《登峨嵋》有句云:"但见云堆平地上,始知身在半天中。"

方知非有才者不能怜才。

【译文】

　　当年曹子桓用金币购买孔融的文章,韩昌黎用光芒万丈来形容夸奖李白、杜甫:这些都是追慕古人的做法,他们并非处在同一时代。四川人李雨村太史,名调元,和我相隔七千里路之遥,素不谋面,却承蒙他把我的诗作全部抄录一遍,并且爱到极点。当时他正在广东督学,于是便代我刻印了五卷诗作,以向众位士人传阅。这种生前便能相遇的知己,是古代所不曾有过的。二十年来,我虽然多有所闻,便始终不敢相信,今年秋天,李先生寄信来,并附上他所印刻的《随园诗》《童山集》。他最擅长写诗体,要首推七言古诗。在《观钱塘潮》诗中他写道:"八月十五钱塘潮涌来,吴地人们拍手欢呼相互召唤。士人和女子们在城下混杂地站成一排观看,嘈杂的人声倒比浪潮声还要响。江头太阳渐渐升高潮水还未涌起,渔夫们牵引着渔船在沙嘴边停泊好,忽然胡簇锣鼓齐响人们竞相伸头观看,一齐向东指着浩瀚的沧海。忽然听到江上潮声如雷,远方海天一线处大海敞开了胸怀。潮水似万马奔腾自天而下,鱼龙跳跃着随波浪涌来,潮水前锋处飞溅起十丈高的如霜水花,水气磺空而至直扑观潮人的面庞。天空为之变得支离破碎城池为之摇动。像百万雄兵刚刚结束激战。声音纷杂让人无法听到集市中的叫卖声,众男儿逞强在潮头戏水。小舟在潮中似浮萍一样漂泊不定,不时在烟波中出没穿梭。我仅是茫茫人海中的一粒粟米,看到此雄壮景象都感到头晕目眩局促不安,明朝风平浪静后去渡钱塘江时,还担心再遇上潮神伍子胥的大旗。"

　　就从这一首诗中,就可以从中想见先生诗才豪放笔力沉猛。此外,他在《登峨嵋》诗中说:"但见云雾从平地上堆积而起,这才知道原来我已身处半天中。"

　　我这才知道除非有才之人才能去怜惜有才人。

二四

【原文】

　　和希斋大司空,为致斋公相之弟,征苗功大,皇上加封伯爵。而公位愈尊,心愈下,寄书黄小松司马云:"袁简斋圣世奇才,久思立雪。客中携《小仓山集》一部,朝夕捧诵,虚等梵经,如亲仪范,云云。"

　　又寄随园札云:"我辈当如生龙活虎,变化不测。宋儒之为道拘,犹士大夫之为位拘也。读先生之文,知先生之为人。以故愿为弟子之心,拳拳不释。"

呜呼！此丙辰五月间公亲笔也，不料至八月，而公竟薨于军中。余感知己恩深，伤心一恸。除赋诗哭公外，访求公诗，仅得《西招杂咏》十余首。录其《秋中德庆道中》云："山峻肩舆缓，征人夜未休。久忘家万里，惊见月中秋。去岁姜肱被，今宵王粲楼。喜成充国计，含笑解吴钩。"

《答瑶圃中丞问客况》云："遥想归旌绕乱山，山容新沐簇烟鬟。行人云际须眉露，恍驾鸾骖拾翠还。"

"山云初起电光斜，山雨吹来风力加。一霎小楼云雨过，最高峰上落梅花。"

《西招四时吟》云："莫讶春来后，寒容似轻添。小窗欣日色，大漠渺人烟。风怒沙能语，山危雪弄权。略存桃李意，塞上也争妍。"

"山阳四五月，嫩绿傍溪生。草长刚盈寸，花稀不识名。开窗纨扇废，挟纩纻罗轻。树有浓荫处，都翻弦索声。"

《春夜》云："银釭闪闪漏迢迢，风送边声助寂寥。残月印窗天似晓，寒雏惊梦酒初消。频年客况春尤甚，一片乡心鬓易凋。莫以沐猴讥项氏，夜行衣锦笑班超。"

《东周列国志》版画之娶夏姬巫臣逃晋图，描绘了春秋时期楚国大夫巫臣私娶美女夏姬，投奔晋国之事。

国学经典文库

随园诗话

【译文】

和希斋大司空，是致斋公相的弟弟，因为征伐苗民立了大功，皇上封他为伯爵。但他地位越高，态度越是谦虚，他在给黄小松司马的信中写道："袁简斋是圣世中的一位奇才，我常常独立雪地中长久地思念着他。在外巡视时我随身携带着一部《小仓山集》，朝夕捧读，像读佛经一样虔诚，像对待礼仪规范那样恭敬，等等。"

又在写给我的信札中说："我们这代人应该像生龙活虎一样，变化莫测，日新月异，宋代的儒行为道统所局限，就如同士大夫们被官位所约束一样。读了

先生的文章,便可知先生的为人。因此我愿意成为您的一名弟子,拳拳之意,难以释怀。"

啊!这是丙辰年五月间和希斋先生的亲笔书信。不料到了八月,他竟死于军旅之中。我深思他对我知己恩深,便伤心痛哭起来。除了写诗哭祭先生外,还访求先生的侍从,但仅寻得他所做的十余首《西招杂咏》。现抄录下他的《秋中德庆道中》诗,诗中说:"山路险峻肩抬小轿行动迟缓,出征的人儿夜晚仍未能休息,长期忘却了万里外的家乡,抬头见到中秋的明月不由暗自吃惊,去年躺在姜肱的被中,今宵来到王粲楼上,很高兴构思出扩充国疆的计策,含笑放下帐钩安然入眠。"

在《答瑶圃中丞问客况》诗中他写道:"遥想旌旗盘绕在群山之中,山色一新围拥在人的鬓发旁,行人在云端只能露出须眉,恍惚中像是驾着鸾鸟骖车拾翠而归。"

"山中风雨初起雷电斜闪,山雨吹来风力加大。一时间小楼前风雨已过峁高的那座山峰上梅花被片片打落。"

在《西招四时吟》中他写道:"不要惊讶春天来到后,田野中寒冷的容颜好像反而有所增添。临着小窗欣喜地注目阳光普照,苍茫的大漠中渺无人踪,风儿怒吼飞沙似乎也能说话,山高势危雪花扑面,稍稍存有桃李的颜色,在塞外也要争奇斗艳。"

"山南面四五月天,嫩绿的小草傍着溪水长出。小草刚刚只有一寸长,花儿稀疏也叫不出名字。推开小窗凉风习习也用不着丝扇,把棉衣换为丝罗身上衣有是越来越薄。凡是树下有浓阴的地方,都奏起琴瑟的声音。(西藏地主的妇女,不论身份地位高低,大多喜爱在树荫下臂挽着臂跳舞唱歌。)"他在《春夜》诗中说:"银灯闪烁远处更漏声声,风中传来了边关的号角声更增添了寂寥之意。弯月印在小窗上月亮得让人以为天将破晓,寒夜中雄鸡报晓惊醒雏儿的好梦酒意也略有解消。多年军旅生涯的愁苦在春天最为厉害。心中乡情一片双鬓黑发容易斑白。不要用沐猴而冠虚有仪表来讥讽项羽,身着锦衣在夜中行军笑比班超。"

二五

【原文】

赵子昂云:"诗用虚字便不佳。"

余按曹孟德亦有此论。不知歌必曼其声裁韵多,舞不长其袖则态少:此《三百篇》中所以多"兮"字也。然唐人恰有诗曰:"险觅天难问,狂搜海亦枯。不同

文易赋,为著也之乎。"

则又虚字不可多用之明证矣。

【译文】

赵子昂说:"诗句用了虚词便不是好诗。"

我下按语,曹孟德也持有这种论点。却不知歌唱时声音柔美才能旋律层出不绝,跳舞时袖子不长则美态就会减少:这也就是《诗经》中所多使用的"兮"字的原因。但唐朝人恰恰写诗说:"苦寻觅苍天难以追问,大肆搜寻沧海也将枯竭。这和把文章改为诗赋不同,那要多写些之乎者也。"

这又是虚字不可多用于诗的有力证据。

二六

【原文】

余曾咏夏姬云:"国色当年出楚宫,自餐荀草泣东风。谁知杀过三夫后,竟与巫臣共始终。"

后见宋孙奭《孟子》"伯夷目不视恶色"《疏》引《史记》云:"晋杀巫臣而娶夏姬,逐删此诗。"

后考《史记》,并无此语。再按晁公武《读书志》言:孙奭《疏》兼取陆善经之说,如云:"子莫执中,教人不可执中也。"

此解尤奇,而今本无之。盖此疏乃邵武士人伪作,见《朱子语录》。

【译文】

我曾写诗咏唱夏姬说:"当年倾城倾国的美人出自楚国的五宫,自食荀草在东风中哭泣。谁知自从她杀过三位丈夫后,竟和巫臣共始终。"

后来宋朝孙奭引《孟子》:"伯夷不用眼看邪恶之色。"

他写的《疏》中引《史记》说:"晋国国君杀死巫臣而娶了夏姬,于是便删去这首诗。"

后查考《史记》,其中并没有这句话。再按:晁公武在《读书志》中说:"你不要执中允之说,就是教导别人也不可执中允之说。"

这种见解很是奇怪,但今本中却没有这种解释。大概这本《疏》是邵武等士人伪作而成的。可参见《朱子语录》。

二七

【原文】

汉平勃安刘之功,起兵诛诸吕,不诛审食其。唐五王起兵复唐室,不诛诸武,而徒诛竖子无能为之二张,宜其留后患也。余幼时尝作诗曰:"我为五王谋,兴唐欲灭周。全家诛产、禄,远谪辟阳侯。"

同学徐鉴元笑曰:"君爱其貌似莲花耶?"

【译文】

西汉陈平、周勃有安定刘家天下的大功,他们起兵诛杀诸吕,却没有杀审食其。唐代五王起兵光复唐朝天,却没有诛杀武姓叛逆,而只是杀了无能竖子张易之、张昌宗,这就会留下后患。我少年时曾经作诗说:"我为五王出计谋,起兵兴唐欲灭武周。要学陈平、周勃杀尽吕产、吕禄的全家,并把辟阳侯发配到边远地方。"

我的同学徐鉴元笑着说:"你莫非是喜爱辟阳侯似的莲花般的容貌吗?"

二八

【原文】

陈季常作龟轩。东坡诗云:"人言君畏事,欲作龟头缩。"

非讥其惧内也。坡《别季常》云:"家有红颊儿,能唱绿头鸭。"

是季常有妾矣。又曰:"开门弄添丁,啼笑杂呱泣。"

是季常有子矣。

【译文】

陈季常建造了龟轩。苏东坡有诗说:"人都说你怕事,要做缩头乌龟。"

这并不是讥讽他惧内。东坡在《别季常》诗中写道:"家中有红颜丽人,能唱绿鸭小曲。"

是说陈季常家中有爱妾。东坡还在诗中说:"打开大门宣告家中又添了一口人,啼笑和呱呱哭泣混杂成一片。"

这是说陈季常得了儿子。

二九

【原文】

余出门归,必录入佳句,以壮行色。嘉庆初元,小住扬州,得许祥龄《过筱园》云:"楼当曲处疑无地,竹到疏时始见天。"

孙光甲《红叶》云:"偷来花样山全改,费尽秋心树不知。"

汪兰圃《夜坐》云:"半夜月明乌鹊噪,一天风急斗星摇。"

程赞宁《金山》云:"不知风流连天涌,只觉楼台尽日浮。"

《江塔》云:"晓风断渡铃先语,落日中流影渐斜。"郑奇树《遣兴》云:"花落有人常闭阁,风来无客自开门。"

林远峰《登大观台》云:"遥看万户炊烟起,一个人家一朵云。"严翰鸿《舟行》云:"船头水响知风顺,林际钟来识寺深。"

顾云亭《大江遇风》云:"不信山头还有岸,但看人面总无魂。"

亦有七字甚佳者,如汪砚香之"开到桃花雨便多";张紫珍之"云压炊烟势不高。"

皆佳。

【译文】

我外出回来后,一定会抄录下别人写的好诗句,以为此行增色。嘉庆初年,我在扬州小住,得到了许祥龄《过筱园》诗,诗中说:"小楼在路的拐角处让人怀疑前面已没了去路,竹林到了稀疏的季节才可见到天空。"

孙光甲《红叶》诗写道:"借来花儿的模样把山装点得焕然一新,红叶费尽秋心可惜树儿却不知。"

汪兰圃在《夜坐》诗中写道:"半夜中明月如雪惊醒了乌鹊,满天疾风吹动了繁星点点。"

程赞亭在《金山》诗中说:"不知风兴高采烈连天汹涌,只觉楼台在日尽头

浮动。"

在《江塔》诗中他写道:"晓风吹响了断桥渡口的风铃,夕阳西下江泫中的塔影渐渐倾斜。"

郑奇树在《遣兴》诗中说:"花落的季节有人常闭上小窗不忍观看,没有客人只是风吹开了房门。"

林远峰在《登大观台》诗中说:"遥看千家万户炊烟袅袅,一户人家像是升起一朵云彩。"

严翰鸿在《舟行》诗中说:"船头油起水花知道是顺水行舟,山林深处传来隐隐钟声让人知道寺院深远。"

顾云亭在《大江遇风》诗中说:"不信山头还会是岸,只见到每个人的脸上都是魂飞魄散的样子。"

也有人七字诗写得很好,例如汪砚香的:"桃花开时雨水就多将起来";张紫珍的"云儿压着炊烟使它难以升高。"

这些诗句都很好。

三〇

【原文】

石门孝女闻璞以无兄弟,故不嫁,训蒙养母,有齐婴儿之风。《春暮》云:"桃花落尽柳花飞,啼鴂声中绿又肥。愁绝新来双燕子,帘前相对说春归。"

【译文】

石门县的孝女闻璞因为没有兄弟持家,因此终身不嫁,训导幼童供养老母,大有齐婴儿的遗风。她在《春暮》诗中说:"桃花落尽后柳絮又四处飘飞,杜鹃鸣声中一片绿色盎然。新来的一双小燕子更令我愁绝,它们在窗帘前相对着说春天又回来了。"

随园诗话

三一

【原文】

钱塘徐紫珊诗未刻而人死矣。有人记其《过亡姬墓诗》云："伤心人出武林城,陇上松间鸟雀声。地下想来无日月,人间愁杀是清明。一杯冷酒梨花谢,二月春寒细草生。老泪无多收拾起,赤山桥畔听弹筝。"

《赠谋吉地卜葬者》云："踏遍千山与万山,寻龙不见又空还。算来此去无多路,只在灵台方寸间。"

【译文】

钱塘人徐紫珊诗集尚未印行人就已先去世了。有人记下了他的《过亡姬墓诗》,诗中说："伤心人走出了武林城,田埂上松林间鸟鸣声声。地底下想来定是暗无日月,人间清明最让人忧愁。饮下一杯冰冷的水酒梨花已经谢落,二月的春寒中细茸茸的小草渐渐萌生。收起不多的点滴老泪,在赤山桥畔倾听那动听的筝曲。"

他在《赠谋吉地卜葬者》诗中说："踏遍千山又万山,寻找不到神龙般的仙人只得空手而还。算来此去路程并不遥远,只是在我方寸大的心中。"

三二

【原文】

余在扬州,年家子方维璋、杨兆品两郎舅,各以诗来,皆翩翩少年。方《踏春词》云："一层层烂赤城霞,亚字阑干曲曲遮。行过长堤忽回首,碧桃深处阿谁家。"

《虹桥修禊》云："名园此日小勾留,荡漾春风意未休。风雨不来波不起,采兰人上木兰舟。"

杨《咏美人梳头》云："低头才理发如云,待月临风独倚栏。偶堕鬓边花点

点,隔宵抹丽不曾干。"

"丝丝委地怕沾尘,忙握牙梳半欠身。如鉴发光如玉指,未成云鬓也怜人。"

"兰膏润后绿油油,婉若游龙绕指柔。吩咐小鬟合双镜,要从三面看梳头。"

【译文】

我在扬州时,年家子方维璋、杨兆品郎舅二人,各自携诗前来,他们都是风度翩翩的美少年。方维璋在《踏春词》中写道:"被映照得红彤彤一遍的小城上红霞层层,亚字形栏杆曲折迂回。走过长堤后忽然回首望去,那碧桃深处是谁人的家。"

在《虹桥修禊》诗中他写道:"今是在各园中稍做停留,在荡漾的春风中诗意未休。风雨不来水波不兴,采兰人登上了木兰舟。"

杨兆品在《咏美人梳头》诗中写道:"低头才理如云秀发,待月出后临风独倚朱栏。花瓣点点偶然坠落鬓发边,好似昨夜施抹的粉脂还不曾干。"

"乌发根根飘落地上害怕会沾染尘埃,急忙手握象牙梳半欠起身子。秀发上油光似镜手指如玉,虽然还未梳起云鬓也令人爱怜。"

"兰膏滋润后的乌发亮油油,宛若游龙柔软地绕在指间。吩咐丫鬟把两面镜子合拢,要从三面看着梳头。"

≡≡

【原文】

伶人天然官,色艺俱佳,而天性跳荡,如野马在御,蹀躞不能自止。余赠云:"何必当筵舞鬓斜,但呼小字便妍华。万般物是天然好,野卉终胜剪采花。"

"我欲怜卿先自怜,春蚕老去枉缠绵。摩挲便了三生愿,与汝同超色界天。"

【译文】

戏曲艺人天然官,色艺俱佳,但天性活泼好动,如同野马被关在马槽中,不停走动难以自止。我赠诗与她说:"何必在酒筵前斜首起舞,只要呼唤你的小名就有华美之感,天下万物还是自然好,野花终究要胜过需要剪彩的家花。"

"我想怜爱你应先怜惜自己,春蚕已老缠着丝绵也是枉然。轻柔地爱抚就可了却我今生的愿望,要和你一同超度色界天。"

三四

【原文】

古无别号,所称"五柳先生""江湖散人"者,高人逸士,偶然有之;非若今之市侩村童,皆有别号也。作俑自史卫王家纨绔子弟,闲居无俚,创为"云麓十洲"之号,此后,好事者从风而靡。前朝黄东发,本朝姜西溟两先生辨之详矣。近日士大夫凡遇歌场舞席,有所题赠,必讳姓名而书别号,尤可嗤也!伶人陈兰芳求题小照,余书名以赠云:"可是当年陈子高,风姿绝胜董娇娆。自将玉貌丹青写,镜里芙蓉色不凋。"

"叔子何如铜雀妓,古人谐语最分明。老夫自有千秋在,不向花前讳姓名。"

【译文】

古人没有别号,所称的"五柳先生""江湖散人",都是些高人逸士,偶然得到的别号;而不像今日的市侩和村童,都有别号。这发端自史卫王家的纨绔子弟,闲居无俗,自创"云麓士洲"的外号,此外,好事春风起效仿而风靡一时,前朝的黄东发、本朝的姜西溟两位先生对此事的研究论证已经很详尽了。近日来,士大夫们凡是遇上歌舞场和酒宴,有所题赠时,都一定会隐讳姓名而写上别号,真是太可笑了!戏曲艺人陈兰芳送来一幅小照请我题诗,我写上自己的名字赠诗说:"可是当年的陈子高,风姿绝对胜过董娇娆。

陶渊明像,图出自明·天然撰《历代古人像赞》。陶渊明为晋代诗人,因其门前有五棵柳树,故白号"五柳先生"。

自己用笔墨画出如玉容颜,镜中像芙蓉花般美丽的容貌永远不会凋谢。"

"叔子怎么会像铜雀台的妓女,古人的谐语说得最为分明。老夫我自有千秋名声在,不在美人前隐讳姓名。"

三五

【原文】

以诗受乐随园者,方外缁流,青衣红粉,无所不备。人嫌太滥。余笑曰:"子不读《尚书大传》乎?东郭子思问子贡曰:'夫子之门,何其杂也?'子贡曰:'医门多疾,大匠之门多曲木,有教无类,其斯之谓欤?'"近又有伶人丘四计五亦来受业。王梦楼见赠云:"佛法门墙真广大,传经直到郑樱桃。"

布衣黄允修客死秦中,临危,嘱其家人云:"必葬我于随园之侧。自题一联云:'生执一经为弟子,死营孤冢傍先生。'"

【译文】

跟随我学诗的人,从超然于世俗之外的僧尼,到婢女美人,无所不有。人有嫌我收徒太滥,我笑着说:"你没有读过《尚书大传》吗?东郭子思问子贡说:'夫子的门生,为什么这么混杂呢?'子贡答道:'医生的门前病人多,大工匠的门前曲木多,只有尽力地教导而不去把他们分成三六九等,说的不就是这个道理吗?'"近来又有戏曲艺人丘四、计五也来跟我学习,王梦楼赠诗与我:"您的佛法门墙真广大,传授经书一直传到郑樱桃之类的人。"

布衣百姓黄允修客居秦中时死去,临危前,嘱咐他的家人说:"一定要把我葬在随园旁。我自己已题写了一副对联:'生前手执一本经书作为您的弟子,死后营造孤坟偎依在先生旁。'"

子贡像,图出自明·吕维祺编《圣贤像赞》。子贡又称子赣,复姓端木,名赐,孔子的弟子。

三六

【原文】

青浦邵明经西樵(玘),余甲子分房之荐卷也。后三十年,《过随园》云:"白首再投前荐主,绛帷宁拒老门生?"余读而感焉,问其年,登八十;家有园林,在朱家角。余甲寅到松江,顺道访之,拟师生再作盘桓,而西樵殁矣!所镌出游山居诗甚多,仅记其《病足》一联云:"跬步疑分域,同居怅各天。"

《梧巢》云:"高树送声疑雨至,虚窗弄影怯灯孤。"

【译文】

青浦县明经邵西樵(字玘),我在甲子年分房主监时推荐了他的试卷。三十年后,他在《过随园》诗中写道:"白发苍苍再次投身旧荐主的门下,您的重重帷帐难道会拒绝我这位老门生吗?"我读后颇为感叹,询问他的年龄,已有八十岁了;家中有一块园林,在朱家角。甲寅年我到松江去,顺路去拜访他,本打算师生间能再盘桓数日,不料西樵竟已去世了!他所刻印的外出游览山川时写下的诗有很多,我只记得他在《病足》诗中的一联:"咫尺之间怀疑是两个世界,同居一处惆怅各自的天空。"

他在《梧巢》诗中写道:"高高的树木哗哗作响让人疑心大雨将至,空静的窗纸上映出我的身影心中害怕世上只有这一盏孤灯。"

三七

【原文】

山阴王梅卿女子,能诗,精音律。自伊父被议殁后,茕茕无依。余虑名门之女,竟至流落,故认为继女,而教陈竹士秀才聘为继室。合卺后,子固、叔姬双双归宁。梅卿献诗,情词悱恻。并云:"俟干阿奶百年之后,愿持三年之服。"

余感其天良,为之泪下。诗曰:"等闲扶上碧云端,得遂依依膝下欢。风力

尽催花絮堕,日光能破雪冰寒。回生法试慈悲大,入骨恩深报答难。愿化衔环双喜鹊,为爷百岁报平安。"

梅卿有诗稿百余首,余撰其尤佳者,交梓人刊入《闺秀集》中。竹士两娶才女,先纤纤,后梅卿,亦奇! 梅卿初名雅三。

【译文】

家山北的女子王梅卿,能写文作诗,还精通音律。自从她的父亲遭人诽谤而死去后,孤身一人无依无靠。我担心她这位名门之女,会落到流落漂泊的地步,因此认她作继女,并让陈竹士秀才娶她作继室。两人成亲后,像子固、叔姬双双回门。王梅卿所献的诗作,言词苦闷凄切。并且说:"等干阿爸百年过世后,我愿服丧三年。"

我深感她天性善良,不由为之泪下。她写诗说:"等闲扶摇直上碧云端,得以实现膝下儿女偎依的欢乐。风儿渐大吹落片片花瓣,阳光能破除冰雪之寒。佛法回生慈悲大,恩深入骨难以报答。愿化作衔环的一双喜鹊,为爷百岁喜报平安。"

王梅卿有上百首诗稿,我挑选了其中最优秀的,交给刻书人印入《闺秀集》中。陈竹士两次娶得才女,先是纤纤,后是梅卿,也是件奇事! 梅卿最初名叫雅三。

三八

【原文】

雅三父名谋文,字达溪,为交河令,《狱中寄女诗》云:"寻常小别已牵愁,况我年衰作楚囚。劝饮花前何日再,课诗灯下此生休。舟倾宦海真如梦,拆搅离魂又到秋。料得闺中垂发女,也应北望泪双流。"

此诗,梅卿记之,而诵与余听者也。

【译文】

王雅三的父亲名叫谋文,字达溪,任交河县令,他在《狱中寄女诗》中写道:"平常的小别已足以牵动愁肠,更何况年衰的我又做了囚犯。何日又能在花前让你为我劝酒,此生休想在灯下写诗学习了。在官海中翻船真像是做了一场噩梦,打更声搅乱我的离魂又已到了秋天。料想闺房中我那长发垂肩的女儿,也

应向北眺望泪流满面。"

这首诗,是由梅卿记下的,并诵读给我听。

三九

【原文】

　　两雄相悦,如变风变雅,史书罕见。余在粤东,有少艾袁师晋,见刘霞裳而悦之,誓同衾枕;忽为事阻,两人涕泗涟如。余赋诗咏之。不料事隔十载,偕严小秋秀才游广陵,遇计五官者,风貌儒雅,亦慕严不已,竟得交欢尽意焉。为严郎贫故,便有所赠。余书扇赠云:"计然越国有精苗,生小能吹子晋箫。哺啜可观花欲笑,芳兰竟体笔难描。洛神正挟陈思至,严助刚为宛若招。自是人天欢喜事,老夫无分也魂消。"

　　临别,彼此洒泪。小秋作《离别难词》云:"花落乌啼日暮,悲流水西东。悔从前意挚情浓。问东君仙境许依通。为底事玉洞桃花,才开三夕,偏遇东风。最堪怜,任有游丝十丈,留不住飞红。春去也,五更钟。隔云烟、十二巫峰。恨春波一色摇绿,曲江头明日挂孤篷。偏逢著杜宇啼时,将离花放,人去帷空。断肠处,洒尽相思红泪,明月二分中。"

【译文】

　　两个男子相见倾心,如同改变风雅,为史书上所罕见。我在广东时,有一位少艾袁师晋,见到刘霞裳后非常高兴,发誓今生同衾共枕;忽然被事所阻,两人涕泪横流。我写诗咏唱了他们,不料事隔十年后,我偕严小秋秀才在广陵游览,遇到一位叫计五官的,相貌风度儒雅,也羡慕严小秋难以自拔,竟然得以交欢尽意。因为严小秋家中贫寒,他便有所赠送。我在扇背上题诗相赠说:"赵国计然是个出类拔萃的人,出生不久就能吹奏子晋的箫曲。断奶后便可赏花连花儿也冲他微笑,芳兰同伴笔墨难以描绘得出。路神正携着陈思一同来到,严助刚被宛若招去。这自然是人间天上的欢喜事,老夫无缘得遇也为之销魂。"

　　他们临别时,彼此洒泪不止。严小秋写了一首《离别难词》,词中写道:"花儿凋谢归鸟啼叫太阳西下,悲愤流水无情各奔西东。后悔从前意真情浓。问司春之神仙境许你通过。为何事玉洞中的桃花,才绽放了三晚,偏偏遇上东风。最值得哀伤的,是任你有游十丈丝,也留不住飞落的红花。春天已逝,五更钟响。隔着茫茫云烟,眺望着十二座巫峰。恨一色碧绿的春水荡漾,弯曲的江头

明日孤篷高悬。偏偏遇上杜鹃啼叫时,将要离去花才开放,人去后屋空。断肠处,洒尽相思红泪,在那二分明月中。"

四〇

【原文】

前人《吊张江陵相公》云:"恩怨尽时方论定,封疆危日见才难。"

张船山太史题其曾祖遂宁相国祠堂云:"功名立后田园尽,恩怨消时俎豆公。"

余哭西林相公云:"边疆功过青天在,将相荣花碧水沉。"

三诗意境,不谋而合。

【译文】

前人在《吊张江陵相公》诗中说:"恩怨了结时才能盖棺论定,在疆土危难之日很难施展才华。"

张船山太史在为他的曾祖父张遂宁相国的祠堂题诗时写道:"功名建立后田园生活从此完结,恩怨消除时再用俎豆来祭祀您。"

我写诗哭西林相公说:"在边疆时的功过自有青天可知,将相的荣华沉入了冷冷碧水。"

这三首诗的意境竟然不谋而合。

四一

【原文】

扬州巨商汪令闻,余姻戚也。己卯、庚辰间,余及见其盛时,招致四方名士徐友竹、方南塘、曹学宾诸公,有琴歌酒赋之欢;然其徽言佳句,竟不传也。今三十余年矣,余过扬州,其孙号源波者,以诗来见。有句云:"高峰匿景昼如晦,野草作花秋似春。"

又云:"特地篷窗高卷起,不怕风露为看山。"

皆清峭可爱。问其近况,久不名一钱矣。吁!家产尽而后诗人生,异哉!

【译文】

扬州的大商人汪令闻,是我的姻亲。己卯、庚辰年间,我得以见到他在家产繁盛时,广招四方名士徐友竹、方南塘、曹学宾等人,尽享弹琴旗歌饮酒作赋的欢乐;但是当时的美言佳句,竟没能传世。至今已有三十多年过去了,我住在扬州时,他的孙子叫源波的,拿着诗来见我。他在诗中写道:"高高的山峰遮住了美景使白日如同晦夜,把野草看作花儿那么秋天就如春天一样。"

他还写道:"特地将船篷上的小窗帘高高卷起,不怕经受风露只为能欣赏山景。"

这些诗句都清峭可爱。我询问他的近况,已很久身无分文了。唉!家产荡尽后才有诗人出世,真奇怪啊!

四二

【原文】

李松云太守修莫愁湖,游者题咏甚多。有姑熟名士朱滋听题三首云:"亭台好占水云涯,水上雕窗透碧纱。爱煞梁间双燕子,栖来犹恐是卢家。"

"传神妙笔等分香,雾鬓云鬟淡淡妆。道是洛神生动后,题诗合写十三行。"

"玉勒金鞍几辈过,看诗人比看潮多。争呼十五双鬟女,教唱随园《水调歌》。"

盖墙上见余诗而作也。

【译文】

李松云太守营修莫愁湖,游人题诗咏唱的很多。其中有位叫朱滋年的姑苏名士题诗三首说:"亭台占据着水云涯边的好地方,水上的雕花小窗中碧纱幽幽。可爱的梁间一对小燕子,栖息在上面还疑心是在卢家。"

"传神的妙笔分外香,云雾笼罩着她浅浅的妆饰。还道是洛神生动后,和我题诗会写十三行。"

"玉勒金鞍的几等人过去了,到此看诗的人意比观潮的人还要多。争着呼

唤十五岁扎着双鬟的少女,教唱随园先生的《水调歌》。"

大概是他在墙上看到了我的题诗后才写下了这首诗。

四三

【原文】

乾隆乙卯,秋闱榜发,主试刘云房、钱云岩两先生入山见访。余告之曰:"今科第二名孙原湘,余之诗弟子也。渠癸卯落第时,室人席佩兰以诗慰之,有'人间试官不敢收,让与李、杜为弟子'之句。今孙郎出二公门下,唐钱、刘与李、杜并称;伊妇之诗,竟成谶耶?"二公大喜。余将此语札致佩兰。渠覆书云:"读先生札,夫妇笑吃吃不休,因兰《贺外诗》,与老人心心相印也。"

其诗载《女弟子集》中。

【译文】

乾隆朝乙卯年间,秋试的文榜发布后,主考官刘云房、钱云岩两位先生入山拜访我。我告诉他们说:"今年秋举第二名孙原湘,是跟我学诗的弟子。他在癸卯年落第时,其妻席佩兰写诗安慰他,诗中有'人间的考官不敢收下你,把你推让给李白、杜甫做弟子'的句子。今日孙原湘得以出自两位先生门下,唐朝钱起、刘禹锡与李白、杜甫并称;他妻子的诗,难道竟成了预言了吗?"两位先生闻言大喜。我把这些话用信告诉了席佩兰。她回信说:"读了先生的书信,我夫妇二人笑个不停,因为我写的《贺外诗》,竟和您老心心相印。"

这首诗收载在《女弟子集》中。

四四

【原文】

余憎人自称别号,前已论之详矣。偶翻《杨升庵集》,有《讥别号》,诗云:"曾子名参字未传,如今别号转纷然。子规本是能言鸟,恰又教人唤杜鹃。"

【译文】

我憎恶别人自称别号，前面已说得很详细了。偶然翻阅《杨升庵集》，内有《讥别号》诗，诗中说："曾子名参他的字未有广为流传，如今人们的别号反倒纷繁众多。子规本是只能说话的鸟儿，恰恰它又教别人称它为杜鹃。"

四五

【原文】

圣祖南巡，偶觅《乐府解题》一书，出千金，竟不可得。后见郭茂倩解乐府云："'藁砧'者，蜗也。'山上山'者，出也。'大刀头'，环也。'破镜飞上天'，半月也。言夫在何处，'山上复有山'，已出门也。'何当大刀头'，还期不过半月。概隐语也。"

余按：汉景帝时，夏侯宽为乐府令。武帝乃立乐府，采诗。郑樵云："乐府有因听而造歌者，有因歌而造声者，亦有声有歌者，无声无歌者。崔豹以义说名，吴兢以事解目；其失传一也。"

【译文】

圣祖南巡中，偶然中找到一本《乐府解题》，出价千两白银，竟然仍没能买到。后来见一郭茂倩在解释乐府时说："'藁砧'，是指像玉的石块。'山上山'，是指'出'。'大刀头'，是指环。'破镜飞上天'，是指半缺的月亮。诗中说丈夫在何处，用'山上复有山'，是说丈夫已经出门去了。'何当大刀头'，是说归期不会超过半个月。这些大概都是隐语。"

我下按语汉景帝时，夏侯宽为乐府令。武帝设立乐府，四处采集诗歌。郑樵说："乐府诗中有按照音乐来创造诗歌的，有按照诗歌来创造音乐的，也有既有音乐又有诗歌的，和既无喜乐又无诗歌的。崔豹用字义来解释诗名，吴兢用事件来解释诗题，这都是乐府诗失传的一个原因之一。"

四六

【原文】

丁酉二月,陈竹士秀才寓吴城碧凤坊某氏,一夕,梦有女子傍窗外立,泣且歌曰:"昨夜春风带雨来,绿纱窗下长莓苔。伤心生怕堂前燕,日日双飞傍砚旁。"

"东风几度语流莺,落尽庭花鸟亦惊。最是夜阑人静后,隔窗悄听读书声。"

及晓,告知主人,主人泫然曰:"此亡女所作。"

【译文】

丁酉年二月,陈竹士秀才住在吴城碧凤坊某人家中,一天晚上,他梦见有位女子依窗站在外面,边哭边唱:"昨夜春风带着小雨同来,绿纱窗下生出了青苔。我伤心生怕堂前的燕子,每日双飞在我的砚台旁。"

"东风中几度飞莺啼叫,庭院中花儿落尽连鸟儿也为之吃惊。越是在夜深人静后,隔着小窗悄悄倾听读书声。"

到了清晨,陈竹士把梦中的诗告诉了主人。主人落泪说:"这是我死去的女儿所作的诗。"

四七

【原文】

余过观音门,有《题燕子矶诗》,不知何人之作;虽刻画"燕子"二字,有伤大方,然其苦心难没。诗云:"满岸蒹葭伴侣稀,金陵化石影依依。潮回似欲衔泥去,浪急还疑贴水飞。绝似谢安高第在,还猜杜甫片帆归。矶边莫怪春风冷,岁岁苍苔换羽衣。"

又,"山峻喜添龙虎势,台空懒傍凤凰飞。"

【译文】

我经过观音门时,看到上面有《题燕子矶诗》,不知是何人所作;虽说有意刻画"燕子"二字,有伤诗文的大方姿态,但他的良苦用心却不可被埋没。诗中说:"满岸稠密的蒹葭中双飞的燕子很少,它在金陵化作燕影依依的化石。潮水涌回时它似乎是要衔泥飞去,浪花急溅还疑心它贴着水低飞。很像是谢安高大的府第威严挺立,还让人猜测是杜甫乘着片帆小舟归来。站在矶边莫怪春风清冷,岁岁石上生出的青苔就像燕子更换的羽毛。"

此外,还有一句"山形险峻喜添龙虎之势,亭台空荡懒懒的傍着凤凰在飞翔。"

四八

【原文】

香亭在南安舟中书所见云:"沿滩渔网列西东,十网扳来九网空。能狎风波无耐性,也难江上作渔翁。"

又,"每到急流争捷处,大船让与小船先。"

俱诗外有诗。

【译文】

香亭在去南安的船上写诗记下见闻,诗中说:"河滩边渔网东西撒到,十张网撒下后倒有九张是空的。能够戏水却又耐性,也很难在江上做一个打渔翁。"

此外,"每到急流险滩船儿争先向前的地方,大船总是让小船先过去。"

这几句诗都是诗外有诗。

四九

【原文】

乙卯春,余偕陈竹士游四明,渠路上诗云:"风外潺潺识坝来,百夫缆曳客船回。波心一掷如飞弩,怒把春江水划开。"

【译文】

乙卯年春天,我和陈竹士同游四明,他在路上作诗说:"风中传来潺潺溪水声知道前面就是河坝了,百位纤夫拉着纤绳客船在水中艰难迂回地前行。向水中飞掷一块小石就如同飞弩射出一样,愤怒地把一江春水从中划开。"

五〇

【原文】

梅卿与竹士别后寄余诗云:"一春邗上侍清游,赏尽名花扫尽愁。明月招人骑白鹤,轻风先我别红楼。"

"无端小病孤清兴,(寄原约送至苏州,以病不果)。独唱骊歌上钓舟。拟遣梦魂随膝下,奈他潮水不西流。(金陵在江之东。)"

【译文】

梅卿和竹士离开我后寄诗来说:"春来在邗地伴着清凉游玩,赏尽名花也扫尽了心中的愁闷。明月召唤着人去骑白鹤飞翔,阵阵轻风已在我之前告别了红楼。"

"无端得了小病使我的清雅的兴致更加孤清,(寄父原来约定送到苏州,因为生病没能成行。)孤独地唱起离别的歌曲登上了渔船。打算将我的梦魂伴随在您的膝下,无奈潮水不向西流。(金陵在长江的东面。)"

五一

【原文】

王符《潜夫论》曰："脂蜡所以明灯,太多则晦;书史所以供笔,用滞则烦。"

近今崇尚考据,吟诗犯此病者尤多。赵云松观察嘲之云:"莫道工师善聚材,也须结构费心裁。如何绝艳芙蓉粉,乱抹无盐脸上来。"

【译文】

王符在《潜夫论》中说:"脂蜡是供点燃灯火用的,但用得太多灯光就会昏暗;诗书经史是供写作时引用参考的,但引用得不流畅就会令人烦厌。"

近来人们崇尚考据之学,吟诗中犯此毛病的人尤其多。赵云松观察写诗嘲笑这种现象说:"不要说工匠名师善于收聚良材,也要为结构费些小思去设计。为何把绝艳的芙蓉粉,胡乱地涂抹到无盐的脸上来。"

五二

【原文】

诗空谈格调,不主性情,杨诚斋道是钝根人所为。近又有每动笔专摹古样者。不知铸钱有范,而人之求之者,钱不买范也。遗腹子祭墓,备极三牲五鼎,而终不知乃翁之声音笑貌在何所,岂不可笑!

【译文】

诗文中空谈格调,不追求性情,杨诚斋把这说成是根性迟钝的人才会做出的事。近来又有人每每动笔写诗便一味临摹古诗。这是不知道铸钱要有样本,而追求钱的人买钱却不会买样本的。遗腹子去祭扫父亲的墓,准备齐了三牲五鼎的供品礼器,但始终无法得知他父亲生前的音容笑貌是什么样子,这难道不

是很可笑的吗!

五三

【原文】

六朝人称诗之多而能工者沈约也。少而能工者谢朓也。余读二人之诗,爱谢而不爱沈。佛书性理,俱叠床架屋,至数十万言,不若《论语》《大学》数章之有味。记某有句云:"闻香知梦醒,见性觉经烦。"

【译文】

六朝时诗文写得多并且写得工整精致的要推沈约。年少时就精于写诗的是谢朓。我读了两个人的诗作后,喜爱谢朓的诗而不喜爱沈约的诗。佛书论讲人性道理,都像累床架屋一样,往往多达几十万字,不像《论语》《大学》寥寥数章却大有深意。记得某人写诗说:"闻一香气后便知已从梦中醒来,见到讲述人性的佛经就感到厌烦。"

五四

【原文】

初,相士胡文炳决我六十三而生子,七十六而考终。六十三果生阿迟,心以为神,故临期自作《生挽诗》索和。不料遇期不验,乃又作《告存诗》以解嘲。奇丽川中丞抚苏州,镌白玉印见赠,一曰"仓山叟",一曰"乾隆壬子第一岁老人"。其见爱甚笃,而落想尤奇。

【译文】

年轻时,算命的相士胡文炳断定我六十三岁时生得儿子,七十六岁时将去世。我六十三岁那年果然生下阿迟,心中把他的话当作神灵,因此快到七十六

岁时我自己写了《生挽诗》请别人唱和。不料过期后没有应验,我于是又写了《告存诗》以解嘲。奇丽川中丞在苏州任巡抚,镌刻了一块白玉印赠给我,一块上刻着"仓山叟",一块上刻着"乾隆壬子第一岁老人"。他对我的爱慕之心甚深,而且构想尤为奇妙。

五五

【原文】

余四妹嫁扬州汪氏,以娩难亡。妹夫楷亭为梓《绣余吟稿》。丙辰春,见女士程友鹤云著《绿窗遗稿》,有硗岩老人序云:"其诗不在家楷亭室人之下。"

余读之怃然。《咏蝴蝶》云:"东风为剪五铢衣,觅叶寻香伴亦稀。未必邻家春独好,如何偏欲过墙飞。"

《冬夜》云:"帘垂小阁夜生寒,睡鸭香消漏已残。独有梅花心耐冷,一枝和月上阑干。"

断句如:"柳飞三径雪,花落一庭烟。"

"一湾流水下孤鹜,几点远峰横落霞。"

俱佳。

【译文】

我的四妹嫁给了扬州的汪姓人家,因分娩难产而亡,妹夫楷亭为她刻印了《绣余吟稿》。丙辰年春天,我见到程友鹤(字云)女士著的《绿窗遗稿》,内有硗岩老人题写的序,序言中说:"她的诗作水平不在楷亭夫人之下。"

我读后心中茫然有所失。程友鹤在《咏蝴蝶》诗中说:"东风为你裁剪成五铢重的轻纱衣,四处寻叶觅香连伴侣也很少。邻家的春天未必就独好,为何偏偏要飞过墙那边去。"

她在《冬夜》诗中说:"竹帘深重的小阁中深夜寒气生成,人儿像鸭子一样褪尽粉脂更漏声已残。独有梅花的心最能忍耐寒冷,一枝独放伴着月光映上了栏杆。"

她写的片段诗句例如:"柳絮纷飞好似满地飘雪,花瓣凋谢如同一庭云烟。""一湾流水从孤莺身畔流过,几点远山中横飘着落日采霞。"

这几句诗写得都很好。

五六

【原文】

乾隆丙辰，余觅馆京师，蒙征士蓬云墀先生荐与河南张太守讳学林者司书记事，聘定矣，以路远不果行。乃书扇赠云："十年独坐早知名，又见星轺奉使旌。入谒过蒙追（先生任粤西，与家叔有旧。）好，攀车无那动离情。寒花偶有难开色，德水长流不断声。此日渔阳禾正好，期公一笑比河清。"

今又嘉庆丙辰矣，在扬州遇其孙
□□，出前扇见示。诗虽不佳，而音尘若梦，乃录而存之。

【译文】

乾隆朝丙辰年间，我在京师中寻觅一份执教书馆的差事，蒙征士蓬云墀先生推荐到河南张学林太守处任书记员，聘约虽约签订，但因为路远后来未能成行。我在扇背上写诗赠给蓬云墀先生说："十年前我独坐学馆就已知道了您的大名，又见到您奉使出行的星车和旌旗。前去拜谒蒙您追忆起从前的交情，（先生在粤西任职时，和我的叔叔是旧交。）手攀行车触发了我别离的情绪。寒艳的花儿偶尔有难以开放的容颜，仁德的流水长流不息声不断。这个季节渔阳的稻米长得正好，希望先生的笑容能比黄河水要清。"

今年又是嘉庆朝丙辰年了，我在扬州遇见了先生的孙子，取出那把旧扇给我看。诗虽然写得不好，但那音容如梦一般历历在目，于是便把诗抄录下保存起来。

周文王像。韩愈在其作品《芟里操》中说周文王曾称商纣王"天王圣明"。袁枚不以为然，认为这种说法与《诗经·大雅》相悖。

五七

【原文】

郑夹漈诋昌黎《琴操》数篇为兔园册子,语似太妄。然《蚨里操》一篇,文王称纣为"天王圣明",余心亦不以为然,与《大雅》诸篇不合,不如古乐府之《琴操》曰:"殷道溷溷,浸浊烦兮;炎炎之虐,使我愁兮。"

其词质而文。要知大圣人必不反其词以取媚而沽名。余文集中辩之也详。

【译文】

郑夹漈诋毁韩愈的《琴操》几首诗是像兔园册子一样浅显的东西,语气似乎太过狂妄。但在《蚨里操》那一篇中,周文王称纣为"天王圣明",我心里也大不以为然,这与《大雅》等书中记载不相符合,也不像古乐府中的《琴操》中说:"殷朝的统治很是混乱,身处浊流中我已厌烦了;像炎炎烈日炙烤般的暴政,使我深感其罪恶。"

词句质朴而有文采。要知道大圣人们一定不会反其意以取媚他人来沽名钓誉。我在文集中对这一点已有详尽地辩说了。

五八

【原文】

刘宾客诗云:"集中惟觉祭文多。"

余按:刘公本传,七十七而薨,宜其祭文之多也。今余年又过之,而平生乐道人之善,凡王侯公卿及交厚者,不忍其湮没,文集中碑志墓铭哀词之类,不止二三百首。在当日诸公必不料余为后死之人;而余亦不料天为诸公身后事,而使我后死也。呜呼!

【译文】

刘宾客在诗中说:"我的文集中只有祭奠他人的文章最多。"

我下按语:根据刘先生传中记载,他活到七十七岁才去世,因此他为别人写的祭文自然也就会多起来。如今我的年龄又超过了他,而且平生乐于称道别人的善事,凡是王侯公卿以及和我交情深厚的人,都不忍心让他们默默无闻地死去,因此我的文集中碑志墓铭和哀悼词之类的文章,不下二三百首。在当时各位先生一定不会料到我会比他们死得晚;而我也没有料到上天为各位先生死后打算,而让我晚死啊!

五九

【原文】

余雅不喜诗坛吟社之说,大概起于前明末年鸥张门户之恶习。李、杜、韩、苏坛筑何处? 社结何方? 惟刘文房有句云:"遥闻诗将会河南。"

以诗称"将",似为坛坫先声。

【译文】

我历来不喜欢诗坛结社的说法,这大概是起源于前明朝末年各派扩张门户的恶劣风气。李白、杜甫、韩愈、苏东坡他们在什么地方修筑了诗坛? 又在什么地方结成诗社? 只有刘文房在诗中说:"遥闻诗中将军会于河南。"

用诗来称"将",这好像是诗坛的先声。

六〇

【原文】

布衣刘南庐死四十年矣,墓在通州。林铁箫来,诵其佳句云:"溪冷鹿驮红

叶雨,门闲犬有白云心。"

又曰:"茶烹雨里烟俱湿,笑向风前齿亦凉。"

铁箫诵毕别去,不十日而病死于观音门僧寺中。余为葬于瑶坊门外,题名碣云:"清故诗人林铁箫之墓。"

犹记其《龙江关》云:"一带寒山入暮烟,风帆沙鸟尚依然。回思岁月如流水,再过江头十五年。"

【译文】

布衣百姓刘南庐去世四十年了,他的墓在通州。林铁箫来到随园,诵读了刘南庐所写的佳句:"溪水冰冷鹿儿走在随雨而落的枫叶林中,门庭悠闲看门犬也有白云般闲适的心情。"

他还写道:"在雨地中煮茶烟一片湿润,在风前微笑连牙齿都感到了凉意。"

林铁箫诵读完后离去,不到十天就病死在观音门的僧寺中。我把他安葬在瑶坊门外,在墓碑上刻着:"清故诗人林铁箫之墓。"

我还能记起他所做的《龙江关》一诗,诗中说:"远外一带寒山隐入傍晚的云烟中,江中风帆和沙滩上的栖鸟还依然如故。回想岁月如流水般无情逝去,再次经过江头已过了十五个年头。"

六一

【原文】

"貌将花自许,人与影相怜。"

又,"欲语先为笑,将归又转身。"

此种绮语,非六朝人不能。唐人李建勋《殿妓诗》云:"当时心已悔,彻夜手犹香。"

只此十字,胜罗虬之"比红"百首远矣。

【译文】

"美丽的容貌可以用花来形容赞美,孤独的人儿和影子相依相怜。"

此外,"刚要说话却先露齿一笑,将要归去又要转身回首。"

这种艳丽的诗句,除非六朝时的诗人其他时代的人都无法写出。唐朝人李

建勋在《殴妓诗》中写道:"当时我的心已经后悔,一整夜我打了你的手仍然带着你身上的香气。"

只这么区区十个字,就比罗虬的百首"比红"诗要胜出许多了。

六二

【原文】

赵云松观察《渡江见访》,曰:"一幅蒲帆两草鞋,借名送考到秦淮。老夫别有西来意,半为栖霞半简斋。"

余请其小饮,以诗辞云:"灵山五百阿罗汉,一个观音请客难。"

【译文】

赵云松观察在《渡江见访》诗中说:"乘着一帆小舟脚穿两只草鞋,借着送考之名我来到了秦淮河。老夫我西来别有用意,一半为了栖霞山一半是为了袁简斋。"

我请他小酌,用诗作别说:"灵山有五百位阿罗汉,要请到一个观音可就难了。"

六三

【原文】

《潇湘录》:"高宗患头风,宫人穿地置药炉,有金色蛤蟆跳出,头戴'武'字。"

此杜诗所云:"王母顾之笑"是也。以为刺杨妃者,误。

【译文】

《潇湘录》中记载:"唐高宗患偏头疾,官人凿地安放了一个药炉,不久有一

个金黄色的蛤蟆跳了出来,头上戴着个'武'字。"这也就是杜甫在诗中所说的:"王母看到后笑了起来。"

有人以为是讽刺杨贵妃的,这种看法不正确。

六四

【原文】

余《咏宋子京》有句云:"人不风流空富贵,两行红烛状元家。"

家香亭袭之,《赠张船山》云:"天因著作生才子,人不风流枉少年。"

似青出于蓝。余《咏桂林山》云:"奇山不入中原界,走入穷边才逞怪。桂林天小青山大,山山都立青天外。"

某太史袭之,作《高黎贡山歌》云:"巨灵开荒划世界,奇峰驱出中原外。走入穷边绝徼中,掀天负地逞雄怪。"

似青出于蓝而不如蓝。

【译文】

我在《咏宋子京》诗中说:"人不风流空负了富贵一场,两行红烛明亮正是状元郎的家。"

我家香亭因袭其手法在《赠张船山》诗中说:"苍天因为要有巨著诞生便生出了才子,人不风流枉负少年一场。"

似乎是青出于蓝而胜于蓝。我在《咏桂林山》诗中说:"奇形怪状的山峰不在中原地界内,走到这边远地方才呈现出异状。桂林的天空很小青山很高大,每座山峰都耸立于青天之外。"

有位太史因袭了诗中的笔法,写了一首《高黎贡山歌》,诗中说:"巨灵神开辟洪荒划分出世界,把奇形怪状的山峰都赶出了中原。这些山峰来到偏远绝地中,座座顶天立地尽逞雄奇怪异之风。"

似乎是青出于蓝而不如蓝。

六五

【原文】

润笔之说,始于陈皇后以黄金丐相如作《长门赋》。而《北史》所载:高颖笑郑译草上柱国制词曰"笔干"是也。宋汤思退草刘婉仙制词,高宗赐金数万。君之于臣,尚且如此;则刘叉所攫者,何足算哉? 王安石知制诰,以所得润笔钱制中书省,欲表廉也。后祖无择代其职,尽取为公费。安石大怒,乃文致其罪而窜之。第古人以有韵者谓之笔,无韵者谓之笔,见《文心雕龙》。故谢元善为

陈皇后像,选自《百美新咏》。陈后,即汉武帝的姑母长公主之女阿娇,后来成为汉武帝的皇后。

诗,任随工于笔,称"任笔沈诗"。又,刘孝绰三笔六诗。皆见《南史》。

【译文】

润笔这种说法,始于陈皇后用黄金请司马相如作《长门赋》。但《北史》中记载:高颖嘲笑郑译起草上柱国的制词,说他"文笔干涸"。宋朝汤思退起草刘婉仙的制词,高宗赏赐他黄金数万两。君主对于臣子,尚且还这样;那么刘叉所得到的好处,又如何计算呢?王安石任制诰,用写文章所得的润笔之资来管理中书省,是想表现他为官的清廉。后来祖无择代替了他的职务,全部改为使用公费。王安石大怒,于是写文章声讨祖无择的罪状而使他狼狈离去。只是古人所有韵律的诗歌称为文,无韵律的散文称为笔,参见《文心雕龙》。因此沈谢元关于作有韵之诗,任随精于写无韵之散文,人称"任笔沈诗"。此外,刘孝绰写有三篇散文六首诗歌。这些都见于《南史》。

六六

【原文】

尝读《古诗纪》,而叹六朝之末,诗教大衰,凡吟咏者,皆用古乐府老题:而语意又全不相合。甚至二陆之仿《三百篇》,傅长虞之《孝经诗》《论语诗》《周易》《周官诗》,编抄经句,毫无意味。其他《饮马长城窟》而并无一字及"马";《秋胡行》,而反称尧、舜:尤可笑也!至于"妃呼希""伴阿那",则本来有音无乐矣。初唐陈子昂起而一扫空之。杜少陵、白香山创为新乐府,以自写性情。此三唐之诗之所以盛也。

【译文】

我曾经读过《古诗纪》,而伤叹六朝末年,诗学大衰,凡是写诗作赋的人,都使用古乐府诗的老题目;而且语意又全然不相符合。甚至陆机、陆云模仿《诗经》写的散文,傅长虞的《孝经诗》《论语诗》《周易诗》《周官诗》,都只是改编抄袭经书中的语句,毫无意味。其他的诗像《饮马长城窟》中并没有一个字提到"马";《秋胡行》中,却反称尧、舜;尤为可笑!至于"纪呼希""伴阿那",则是本来就只有声音而没有旋律,初唐时,陈子昂起来横扫这些旧乐府诗。杜少陵、白香山另创新乐府诗,用来抒写自己的性格感情。这就是唐朝诗学之所以兴盛的原因。

六七

【原文】

骆佩香孀居后,《咏月》云:"不是嫦娥甘独处,有谁领袖广寒宫?"余喜其自命不凡,大为少妇守寡者生色。

【译文】

骆佩香守寡孀居后,在《咏月》诗中写道:"并不是嫦娥甘心情愿独处,又有谁能领袖寂寞的广寒宫?"我喜爱她的自命不凡,大大地为守寡的少妇们增色。

随园诗话补遗·卷十

诗家两题,不过'写景、言情'四字

【原文】

六朝诗有足法者。写景,则《咏雨》云:"细落疑含雾,斜飞为带风。"

《咏月》云:"山明疑有雪,岸白不关沙。"

"雨住便生热,云晴时作峰。"

言情,则"莫嫌春茧薄,独有万重丝。"

"若不信侬来,请看霜上迹。搞门不安横,无复相关意。"

又,"回黄转绿无定期,世事反复君所知。"

"人寿百年能几何,后来新妇变为婆。"

【译文】

六朝时期的诗作手法很多。描写景物,《咏雨》里说:"细细的雨丝落下,疑心是含着雾气;雨斜着飞行,因为带着风而动。"

《咏月》里说:"山峰在月光下明亮,疑心是有雪的缘故;水岸白盈盈的,似没有沙子的存在。"

文章英丽性差基奇
袭对康乐宅住永和
谢灵运

"雨停止时,就会生出热来,云彩出来,天空晴朗时,便成为山峰。"

描写情感时,就有:"不要嫌弃春茧单薄弱小,它还有万重丝呢。"

"如果不相信你来,请观看霜上的痕迹。离家出门时不安上横栓,也不再能表达我的关切。"

又有:"时过大济、升官加禄,没有固定的期限,世事反复、转换不定,您是知道的。"

"人活上一百岁又能怎么样,新嫁的妇人最后还是要变成老太婆。"

谢灵运像,图出自明·天然撰《历代古人像赞》。谢灵运是南北朝著名诗人,但袁枚认为,他的才华要低于诗人谢朓。

二

【原文】

左思之才,高于潘岳;谢朓之才,爽于灵运。何也?以其超隽能新,故也。齐高祖云:"三日不读谢朓诗,便觉口臭。"

宜李青莲之一生低首也。

【译文】

左思的才能,要高于潘岳;谢朓的才能,要胜过谢灵运。为什么呢?因为他们超脱、隽永、能够创新,这就是原因。齐高祖说:"三天不读谢朓的诗,就会觉得口臭,索然无味。"

因而,李青莲的一生里都要才逊一筹。

三

【原文】

诗家两题,不过"写景、言情"四字。我道:景虽好,一过目而已忘;情果真时,往来于心而不释。孔子所云"兴观群怨"四字,唯言情者居其三。其写景,则不过"可以观"一句而已。因取闲时所录古人言情佳句,如吴某云:"平生不得意,泉路复何如。"《赠友》云:"乍见还疑梦,相悲各问年。"

《寄远》云:"路长难计日,书远每题年。无复生还想,还思未别前。"七言如:"相见或因中夜梦,寄来都是隔年书。""重来未定知何日,欲别殷勤更上楼。""凉月不知人散尽,殷勤远下画帘来。"

"饯虽难忍临期泪,诗尚能传别后情。""三尺焦桐七条线,子期师旷两沉沉。""最怕酒阑天欲晓,知君前路宿何村。""愿将双泪啼为雨,明日留君不出城。""垂老相逢渐难别,大家期限各无多。""若比九原泉路隔,只多含泪一封书。"

【译文】

写诗的两个主题,不外乎"写景"和"言情"四个字。我认为:景虽然美好,也不过看一眼就忘记了;情感果然真切的时候,在心间往来而不释然。孔子所说的"兴观群怨"四个字,只有言情的占据第三位。如果写景物,就不过于"可以观看"一句话罢了。因而摘录取抄偶然所记的古人诗作佳句,例如像吴某所说的:"平生不得志,失意寥落,黄泉之路又能怎么样?"在《赠友》里有:"初一见面,怀疑像在梦中一样,相互纪念、心情悲伤,已经好多年了。"

《寄远》里说:"道路漫长,难于捱过日子,书本遥远,每每自己题上年月。不再生发遥远的梦想,远远的思念是在没有告别之前。"

《七言》里,例如:"相见也许是因为夜里的梦,寄来的都是隔年的书信。"

"重再回来不知定在何年何月,想要告别时,殷勤备至,要上楼示话别珍重。"

"那冰凉的月亮不知道人已经散尽分手了,还撒下热情周到的月光,远远照到画帘上去。"

"用酒食送行时,虽然难以忍受临别归期时的眼泪,但是诗作却还可以传送、寄托分别后的深情思念。"

"三尺长的焦桐、七条线啊,子期与师旷分别时,雨蒙蒙,天阴沉沉的。"

"最害怕酒快饮尽、天快破晓的时候,知道君您前方路上宿于何村。"

"我愿意将双眼流出的泪化作雨水,留住您,不让你明天出城。"

"年纪已老,相互见面,渐渐难分别了,因为我们的期限也已经没有多少了。"

"如果比较与九原、黄泉之路的差距,只是多了一封含着眼泪的书信。"

四

【原文】

或《瘗旅客》云:"半面为君申一恸,不知何处是家乡?"无情之情,转觉深远。

【译文】

有《瘗旅客》说:"为您,我表述一下自己的哀恸,不知道何处是您的家乡啊?"那无情之中透露出的情致,让人又觉得幽深遥远。

五

【原文】

近时孙廷曜《送客之楚》云:"落日苍苔正晚钟,送君聊复坐从容。亦知少驻终成别,毕竟权留胜再逢。黄叶亭空听络纬,白载江冷梦芙蓉。倘经回雁峰头过,珍重平安信一封。"

此时亦复情深。

【译文】

近些天前,孙廷曜在《送客之楚》中说:"落下的太阳照在青苔上,正值晚钟敲响之时,送您归去,聊作从容叙别。也知道,再停一会,终归要分离,但毕竟多留一会要胜过再逢之日。黄叶飘落,亭子空荡荡的,听着马在鸣叫,白载江水冷冰冰的,又梦见了芙蓉花。倘若经过回雁峰头,一路顺风,请寄回一封平安家书。"

这首诗也是情意深厚之作。

六

【原文】

诗不能作甘言,便作辣语、荒唐语,亦复可爱。国初阎某有句云:"杀我安知非赏鉴,因人绝不是英雄。"

《咏汉高》云:"能通关内风云气,不讳山东酒色名。"

"英雄本不羞贫贱,歌舞何曾损帝王。"

可以谓之辣矣。或《赠道士》云:"炼成云母堪炊饭,收得雷公当吏兵。"

或《自述》云:"我向大罗看世界,世界不过手掌大。当时只为上升忙,不及提向瀛洲卖。"

可以谓之荒唐矣。

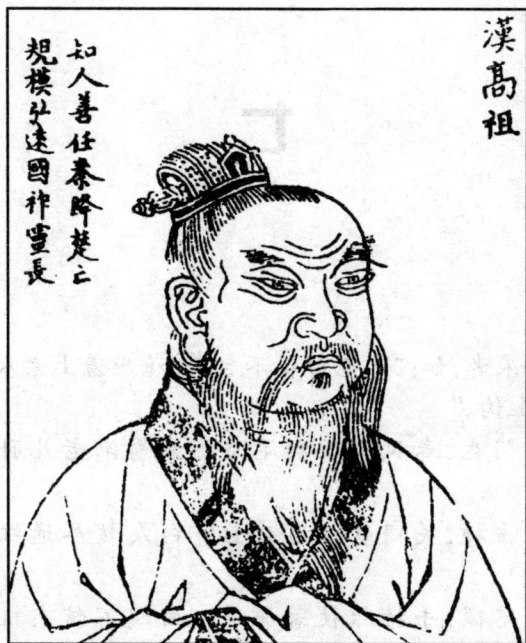

汉高祖刘邦像，图出自明·天然撰《历代古人像赞》。

【译文】

诗作不能用作表达甘甜之味，便可以作辛辣、荒唐的意味表达，也显得可爱。开国之初，有位阎某写句诗说："杀我，不足以成为可供悬赏借鉴的事，因为人们不是因为杀我而成为英雄。"

《咏汉高》里有："能够连通关内，那风涌云起的气势，不避忌在山东饮酒好色的声名。"

"英雄本来不应羞于贫穷、低贱，唱歌、跳舞又怎么会损害帝王的英名。"

这可以称为辛辣。有《赠道士》说："炼成云毋仙丹，还要生火吃饭，把雷公收投，当作小兵使唤。"

有《自述》说："我面对大罗看这个世界，世界也不过手掌大小。当时只为功名忙碌奔波，来不及拿到瀛洲卖。"

这可以算作是荒唐之语。

国学经典文库

随园诗话

【原文】

宋人绝句有补采者,如:"人老簪花不自羞,花应羞上老人头。醉中扶过平康里,十里珠帘半上钩。"

"一百二十四门生,春风初长羽毛成。袁翁渐老儿孙小,他日知谁略有情。"

"暮鼓晨钟自击撞,关门欹枕有残釭。白灰拨尽通红火,卧听萧萧雪打窗。"

"沙软波清山路微,手持筇杖著深衣。白鸥不信忘机久,见我犹穿岸柳飞。"

"冢上为亭鬼莫嗔,冢头人是冢中人。凭阑莫问兴亡事,除却虚空总是尘。"

"天一峰前是我家,满床书籍旧生涯。春城恋酒不归去,老却碧桃无限花。"

"闲把罗衣泣凤凰,先朝曾教舞衣裳。春来却羡庭花落,得逐晴风出苑墙。"

【译文】

宋人所作绝句中,有后来补采进去的,例如:"人年纪大了,头上佩带的花自己不知道羞怯,佩花应该是不好意思带上老人的头顶。醉意之中,搀扶着度过平康里,十里长的珠玉帘子已经半数上钩了。"

"这一百二十四个门生,在春风初次吹拂的时候,羽毛开始长成。年老的老翁已经渐渐苍老,儿、孙辈尚小,他日里,不知道谁个门生还略微有些情意。"

"晚上的鼓、早晨的钟还在击打敲响,关上门,倚着枕头,脸上带着残褪的红颜。在白灰制的炉子里拨旺红通通的火苗,躺下来听着静静的雪花打在房檐上。"

"沙很软,水波清,山路很崎岖,手拿着竹杖,穿着深色的衣服。白鸥不相信自己的忘性差,看到我,在岸边杨柳间穿梭飞行。"

"在墓冢上修建亭子,鬼们莫要怪罪,冢头上的人是墓中的人啊!倚着栏杆,不要问有关兴亡的事情,除去虚无、冷寂以外都是红尘滚滚。"

"我的家在天一峰前,生活在书籍间,以此度生。春天在城里贪恋饮酒。不愿归去,年老时非常喜爱碧桃,获得无限乐趣。"

"偶尔拿着罗衣为凤凰哭泣,先朝时曾经教着舞蹈的衣裳。春天到了,羡慕庭院中的落花,可以跟着晴朗的风儿飞出苑墙。"

八

【原文】

每见今人知集中诗缺某体,故晚年必补作此体,以补其数,往往出力而不讨好。不知唐人:五言工,不必再工七言也;古体工,不必再工近体也;是以得情性之真,而成一家之盛。试观李、杜、韩、苏全集,便见大概。

【译文】

每当看到今天的人们知道集中的诗作缺少某种体例的,所以故意晚年一定要补做此种体例,以弥补填合数量,但往往出力不讨好。他们不知道唐代的人,专工五言,便不需要再去工七言了;工古体,便不必再工近体了;这样才得到真切的性情,从而导致某种流派的兴盛。请试着看一下李白、杜甫、韩愈、苏轼的全集,便可以从中发现大概情况。

九

【原文】

诗有见道之言,如梁元帝之"不疑行舫往,惟看远树来。"

庾肩吾之"只记己身往,翻疑彼岸移。"

两意相同,俱是悟境。王梵志云:"昔我未生时,冥冥无所知。天公忽生我,生我复何为。无衣使我寒,无食使我饥。还你天公我,还我未生时。"

八句,是禅家上乘。陈后山云:"美人梳洗时,满头间珠翠。岂知两片云,戴著几村税。"

随园诗话

四语,是《小雅》正风。

陈师道像,图出自清·顾沅《古圣贤像传略》。陈后山宋代彭城人,号后山,因此又称陈后山,是江西诗派的主要人物。

【译文】

诗句有说明道理的作用,例如梁元帝所写的:"不怀疑行走的船在往前驶,只看到远方的树向我走来。"

庾肩吾"只记住自己的身体在前进,反而疑心对岸在向我靠近。"

两句诗的意思相同,都是感悟领会的境界。王梵志所说的:"当年我还没有出生时,冥冥之中什么也不知道。天公忽然把我降生于世上,这是为了做什么。没有衣服,我会寒冷,没有食物,我会饥饿。把我交还给天公,我还是要回那属于我的未出生之时。"

这八句诗,是禅家诗作的上乘之品。陈后山所说的"美人在梳妆洗粉之时,满头间都是珠宝翠饰。怎么知道两片云彩,戴走了多少村的乡民赋税。"

这四句,是《小雅》中的正风。

一〇

【原文】

胡书巢太守官罢,两次捐复,家资搜括已尽,第三次再捐。余寄宋人《咏被虏女子诗》云:"到底不知颜色误,马前犹自买胭脂。"

胡卒不听以行,未及补官而卒。余为刻其《碧腴斋诗集》,而葬之于金陵瑶坊门外。

【译文】

太守胡书巢被罢官,两次捐钱归复官职,家里的资产已经搜刮得快光了,第三次还捐钱。我送上来人所作《咏被虏女子》的诗说:"到底不知道自己的容颜已经耽误了,在抢人的马前还自己买胭脂粉面。"

胡书巢最后不听劝告,没等到补官,便死去了。我为他刻印了其《碧腴斋诗集》,将它葬于金陵城瑶坊门外面。

— —

【原文】

有童子作《讨蚊檄》云:"成群结队,浑家流贼之形;鼓翅高吟,满眼时文之鬼。"

盖憎其师之督责时文故也。语虽恶,恰有风趣。

【译文】

有位儿童作了首《讨蚊檄》,说道:"成群结队,浑然组成流寇毛贼的队形;鼓着翅羽,高声吟唱,满眼里是现时文章的鬼魂。"

大盖因为憎恶他的老师、学督责叱时令文章的缘故。语气虽恶毒了点,但

挺有风趣。

【原文】

余曾两题漂母祠，后有所感，又作一首，云："莫说英雄解报恩，也须早贵似王孙。倘教漂母身先死，谁挈千金到九原？"

【译文】

我曾经两次为漂母祠题诗，后来有所感触，又做了一首题诗，说道："不要说英雄摆脱解救之恩，也应该像子孙般早日高贵。倘若让漂母先死去，那么谁能带着数千金子到九原呢？"

【原文】

吾乡厉太鸿与沈归愚，同在浙江志馆，而诗派不合。余道："厉公七古气弱，非其所长；然近体清妙，至今为浙派者，谁能及之？"如："身披絮帽寒犹薄，才上篮舆趣便生。"
"压枝梅子多难数，过雨杨花贴地飞。"
"白日如年娱我老，绿荫似水送春归。"
《入都会试途中除夕》云："荒村已是裁春贴，茅店还闻索酒钱。"
"烛为留人迟见跋，鸡防失旦故争先。"
皆绝调也。

【译文】

我的同乡厉太鸿与沈归愚，都在浙江志馆，但是诗的风格、流派不合适。我

认为:厉公七古,气势弱小,不是他所擅长的;但是他的近体清新、微妙,至今是浙江派的人物,谁能赶得上他的成绩? 像:"身上披着破棉袄、戴着帽子,寒冷的天里还觉得单薄,刚登上蓝轿,趣味便油然而生。"

"压着枝头沉甸甸的梅子多的难于计数,雨后的杨花贴着地面飘扬放飞。"

"白天像年一样的漫长,催得我年纪衰老,绿荫像流水般送春天归去。"

《入都会试途中除夕》中说:"荒芜的村庄已经是载满了春贴,茅店还有听着有人在索要酒钱。"

"烛光为了把人留住,迟迟地才看到后序,鸡为了防止在旦夕之间丧失性命,所争先恐后往前跑。"

这些都是绝调。

一四

【原文】

唐人最重五律,所以刘长卿有"长城"之号。近日吴门何岂鲍(锦)专工此体。《听铁师弹琴》云:"抱琴来几年,孤寺夕阳天。往往辍残课,泠泠调古弦。未秋先落叶,无壑忽鸣泉。自觉疏慵甚,来听输鹤先。"

通首一气呵成,殊难得也。其他佳句如:"衣着旧棉重,窗糊新纸明。"

"呈诗多越坐,避酒或凭栏。"

皆是作诗,不是描诗。

【译文】

唐人最重视作五律,所以刘长卿博得了"长城"的绰号。近些天前,吴门何岂鲍专门研究、专门做此种诗体。在《听铁师弹琴》中,写道:"抱琴前来已有数年,孤零的寺庙矗立于夕阳落日之下。经常中断那残缺的功课,调着古弦发出冰冷的音调。秋天没有到来,叶子已经落地,没有沟壑,忽然有泉水鸣叫的声音。自己觉得慵懒之极,来听琴,也没有鹤来的在先。"

整首诗,一气呵成,真是很难得。其他好的句子,像:"衣服里旧棉絮显得沉重,窗户棂上糊上新纸显得透明。"

"呈送上诗作时,要多坐在那里,逃避酒席,或许要凭栏而立。"

这些都是作诗,不是用于描述的诗作。

一五

【原文】

田实发进士《咏晓钟》云："雨云魂梦初惊后,名利心思未动前。"亦妙。

【译文】

进士田实发在《咏晓钟》里写道："下雨的夜里,我从梦中惊醒,醒后,却没有再动过名利的心思。"

也是很妙的句子。

一六

【原文】

扬州陈又群(寔孙)《秋闺月》云："欲眠初卷幔,月已到床前。因怯衾绸冷,依然不敢眠。"

又,《遣兴》云："远山明向斜阳后,春睡浓于细雨时。"

甘肃吴承禧有句云："收心强学人端坐,改字频忘墨倒磨。"

又曰："却笑山居人懒甚,落花不扫待风来。"

【译文】

扬州的陈又群在《秋闺月》中写道："想要入睡,把卷着的床幔轻轻放下,月光已经来到梳妆台前。因为心怯,穿着衾衣丝绸,颇寒冷,依然不敢入睡。"

还有一首《遣兴》中写道："在斜阳照射后,远山显得明亮,在下着细雨的时候,春睡的意致才浓重起来。"

刘长卿像,选自清·顾沅辑《古圣贤像传略》。

甘肃的吴承禧有句诗写道："收敛心性,勉强学习别人端正坐姿,修改字迹时却经常忘记把墨倒在砚里磨。"

又写道："嫌山里的人太懒惰了,落花也不会打扫,只等着风来吹走。"

一七

【原文】

乙卯春,余在扬州,巡漕谢香泉侍御移尊寓所,有梦楼侍讲、香岩秀才、歌者计赋琴。门下士刘熙即席云:"谢公清兴轶云霄,宾馆移尊慰寂寥。地足骋怀宁厌小,客仍是主不需招。无边烟景刚三月,盖世才人聚一宵。定有德星占太史,千秋高会续红桥。"

"一枝玉树冠群芳,入座题襟兴倍长。从古佳人是男子,于今问字有歌郎。酒倾长夜真如海,灯照名花别有光。细数平生游宴处,几回似此最难忘。"

【译文】

乙卯年春天,我在扬州,巡漕诗御谢香泉来到我的寓所,有梦楼侍讲、秀才香岩和歌者计赋琴。门下士人刘熙即席写道:"谢公清正廉明,响彻云霄,从宾馆来到这里,打发寂寞和寥落。地方足可以驰骋心怀,还嫌它小,客人就是主人,不需亲自招呼。三月扬州,无边的烟花美景刚刚开始,盖世的人才士人欢聚一个美好的夜晚。一定有文德星为太史所占,真是千年的盛会,续写红桥佳话。"

"一枝玉树,使群芳失色,入座后题的诗有衣襟数倍之长。从古代以来,佳人就是男子,至于今天询问致谢还有歌唱之人。长夜里,倒满了酒,如海般博大,灯光映在名贵的花上,真是别有一番光彩。仔细思量平生里游玩赴宴的地点,有几回能像今日让我这样难忘呢?"

十八

随园诗话

【原文】

离随园数步,地名小桃源,有东岳道院羽士徐景仙(直青),颇爱吟咏。《溪上》云:"野塘深柳夕阳斜,断岸无人噪晚鸦。风满绿荷香不定,蜻蜓飞上水荭花。"

《漫兴》云:"药炉丹鼎伴闲身,山似屏遮树作邻。自得桃源为地主,不成仙也胜凡人。"

他如:"鹤声带月啼萧寺,树里开山对蒋山。"

皆佳。

【译文】

离随园几步之遥,地名为小桃源,有座东岳道院,里面的羽士徐景仙,很喜欢吟诗咏诗。所作《溪上》中写道:"野塘边长着深垂的柳树,夕阳斜落在上面,岸边没有人烟,噪不了晚鸦。风吹着绿荷,香气游移不定,蜻蜓在水上飞,落在荭草的花上。"

在《漫兴》中写道:"闲着没事可做,伴着炼丹作药的炉子和器鼎,山像屏障一样,与树结成邻居。自己在桃源里成为一地之主,成不了仙人,也胜似那些凡人们。"

还有的像:"鹤声在月光的护送下,溢满了寺庙,在树里开山,面对着蒋山。"

都是些上乘的句子。

清代道士徐景仙喜爱吟诗,他的诗作《溪上》及诗句"鹤声带月啼萧寺,树里开山对蒋山"等,袁枚认为是难得的佳句。

【原文】

枚少时虽受知于傅文忠公,而与福敬斋公相从未侔面。前年,蒙其在西藏军中通书问讯,见怀四诗,情文双美。今年五月,在楚征苗薨逝。枚不禁泣下,赋二诗哭之。后见外孙陆昆圃代作四章,更觉庄重,遂加润色,远寄京师,而自己所撰,又不忍割舍,故留于《诗话》中。云:"铜勋动名万口传,骑鲸人去未华巅。马援力疾犹临阵,祖逖英年早着鞭。底事三军刚洗甲,忽教一柱不擎天。圣恩加到难加处,王爵追封到九泉。"

"塞外高吟诗四章,远教驿使寄袁羊。未曾识面成知己,才得通书便断肠。万里魂归凭马革,九重亲到奠椒浆。谁知朝野衔哀外,别有闲鸥泣数行。"

【译文】

袁枚年少之时虽然受到傅文忠公的知遇之恩,但是与他从未谋过面。前年,承蒙他的厚爱,在西藏的军中通信,询问我的音讯,写下四首怀念的诗,情感与文采都很漂亮。今年五月,他在楚地出征苗人时病逝。袁枚不禁流下热泪,写了两首诗哭悼。后来看到他的外孙陆昆圃写的四篇文章,更觉得庄重凝练,于是加以润色,寄到远方的京师,而自己所写的东西,又不忍心丢弃,于是留在了《诗话》之中。写道:"万人传送,功名像铜柱般顶天立地,骑鲸的人已经离去,还没有达到华巅。马援奋勇、有力,亲自临阵参战,祖逖英年之时,早早地拿到了战鞭。三军为办理后事刚刚洗刷盔甲,忽然一根柱子断断不能直至云端。圣恩隆重,追加到难以追加之处,封为王爵,成了在九泉之下的事情。"

"塞外高声吟诵着四章诗作,让驿使寄到远处的袁羊。没有见过面,却成为知己,才刚开始通信,便让我心肠已断。一生戎马,凭借着马革,万里的魂儿回归,九重天外,我用椒浆来祭奠您。有谁知道在朝廷和朝外除了有人哭泣悲哀以外,还有飞鸥落下几行眼泪。"

【原文】

王荆公行新法,自知民怨沸腾,乃《咏雪》云:"势大直疑埋地尽,功成才见放春回。村农不识仁民意,只望青天万里开。"

祖无择笑曰:"待到开时,民成沟中瘠矣。"

荆公初召用度支判官,不就;修起居注,不就。贵朋吏拜而求之,乃逃于厕。授知制诰,方起。故有人见其《咏雪》诗而刺之,云:"不知落得几多雪,作尽北风无限声。"

又,《咏泉》云:"流到前溪无一语,在山作得许多声。"

余少时读《荆公传》云:"寡识不知《周礼》伪,好谀却忘仲尼尊。"

【译文】

王荆公推行新法,自己深知人民埋怨,反应激烈,于是作了一首《咏雪》,写道:"雪势之大,让人怀疑要把地全埋光了,功夫到了,才可以看到春天的来临。村里的农人不理解慈良人的心意,只盼望青天大开,万里晴空。"

祖无择笑着写道:"待到青天开时,百姓都成了沟中的泥土啦。"

王荆公开始被任为度支判官,不接近人;起、行、吃、住,不近人。等到官吏、朋友来拜访、求情,于是躲藏起来。后来授命为知制造,才开始想起我。所以有人看到他那首《雪》,讽刺挖苦他,说:"不知道究竟下了多少雪,让北风刮尽,造出那么多声音。"

又有《咏泉》一诗写道:"流到前方小溪,不发出一声,在山上却做出许多声音。"

我年少时读到《荆公传》说:"认识浅薄,不知道周礼的虚妄,好谀,却忘记了孔子的尊位。"

随园诗话

【原文】

弟香亭诗才清婉，而近日从澳门寄诗来，殊雄健，信乎江山之助，不可少也。《渡海》云："万顷碧琉璃，双瞳忽净洗。（内洋水色碧如翡翠，至大洋则黑。）数点山浮空，四面天垂水。腾身登巨航，渐入重洋里。雨细风不生，水摇浪自起。变态出须臾，奇光闪黄紫。溅沫泼头上，埋舟入井底。尾低头倏昂，左仄右复欹。人若釜内鱼，身作箕中米。惴惴忍颠危，频频问遐迩。出险试凝眸，得岸已在彼。拂拭湿衣裙，检点旧行李。回首一长吁，已渡海来矣。"

《越岭至深澳》云："海风大于天，海山横截浪。山裹风轮中，人行山顶上。风欲拔山飞，山怒与风抗。业已路断绝，强就天依傍。头仰方惧压，踵旋顿迷向。细径曲沿边，侧身与石让。心共悬旌摇，舆作纸鸢放。崎岖万千盘，变幻顷刻状。耻为杨朱泣，强学王尊壮。五体及百骸，安放难稳当。官途竟至此，顿然神气丧。"

又，《忆随园》云："十年杖履畅追寻，花里弹棋月下吟。过去何曾嫌日永，别来倏以及春深。画非共赏难娱目，诗未经看不放心。万里漫言归路远，梦魂常到旧山林。"

【译文】

我的弟弟香亭诗才清秀婉丽，但是近些天来从澳门寄来的诗作，特别的雄伟健壮，相信是借了江山的帮助，是不能缺少的。在《渡海》中写道："万里大海，像琉璃般碧莹莹的，双眼忽然如洗了般清净。几点山浮在空中，四面的天垂在了水中。起身登上了巨型航船，渐渐进入了重洋之中。雨丝细细，没有风起，水波摇晃，浪头自起。天气变了刚一会儿，神奇的光映出了黄紫色。溅起的水沫泼到了头顶上，把船埋到了井底。船尾低陷，船头猛的仰起，左右晃荡倾斜，飘忽不定。人们像锅里的鱼，身体像箕中的米。惴惴不安，随时忍受着颠簸翻船的危险，频频询问消息。摆脱危险，试着凝神观看，知道岸已经在眼前了。抹擦去湿着的衣袖，检查清点行李装备。回过头来，一声长叹，总算已经渡过海来了。"

在《越岭至深澳》中写道："海风比天还大的气势，海山拦腰截断浪滕。山在风势的轮转之中，人们在山顶上行路。风想要把山拔地而起，吹飞它，山则愤

怒地抵抗。路已经断绝了,勉强与天挨着为依靠。仰头,才感觉畏惧、战栗,脚跟发软、打旋,迷失了方向。在细细的山路上只有沿边走,侧着身子为石头让路。心儿跟着紧张、摇动,车子像纸鸢风筝般入向空中。山有万千盘,崎岖婉转,顷刻变幻成很多状态。后悔不愿为杨朱哭泣,强学王尊壮壮胆量。五体以至于百骸,都不能稳稳当当地各就其位。做官途中竟到这种地方,神气早就丧失殆尽了。"

又有《忆随园》中写道:"十年来沿着袁枚的足迹追寻,花间下棋、弹琴、月下吟诗。过示从未觉得日子永恒,别离一来忽然已经到了深春时分。画,如果不能共同观赏,就难以悦目,诗,如果不经袁枚审读,就不会放下心来。万里之外,归路遥远,梦里魂儿经常回到旧日的山林之中。"

☷

【原文】

余尝有句云:"水常易涸终缘浅,山到成名毕竟高。"

偶阅《词科掌录》载:沈归愚《咏北固山》云:"铁瓮日沉残角起,海门月暗夜潮收。"

《渡江》云:"帆转犹龙冲岸出,水声疑雨挟舟飞。"

严遂成《曲谷》云:"雕盘大漠寒无影,冰裂长河夜有声。"

《太行山》云:"孕生碧兽形何怪,压住黄河气不骄。"

二人四诗,皆气体沉雄,毕竟名下无虚。

【译文】

我曾写过一句诗:"水经常干涸,还是因为浅,山到出名之时,毕竟由于高。"

偶然读到《词科掌录》记载:沈归愚在《咏北固山》中写道:"太阳沉下去,残角起砚,海门月光暗淡,夜潮收起来了。"

《渡江》中有:"船帆像龙般转动从岸边起航,水声听起来好像急雨挟带着船在飞。"

严遂成在《曲谷》中有:"大漠像雕过的盘子般,寒冷的没有身影,长河里的冰解冻开裂;夜里听得到声音。"

《太行山》写道:"孕育生出怪兽,形状何其之怪,气势压住黄河,而不

二人的这四首诗,都是沉重雄伟,气势凝厚,毕竟是名不虚传,名副其实。

二三

【原文】

燕以均年虽老,而诗极风趣。近《咏七夕》云:"相看只隔一条河,鹊不填桥不敢过。作到神仙还怕水,算来有巧也无多。"

【译文】

燕以均年纪虽然大了,但是他的诗很风趣。近来的《咏七夕》中说:"相看只隔着一条河,喜鹊不填桥,不敢过河。成为神仙还怕水,算起来也没有多少灵巧。"

二四

【原文】

人但知满口公卿者为俗,而不知满口不趋公卿者,为尤俗必也。素其位而行,不忮不求,无适无莫,其斯谓之君子乎?《唐阙史》载:中书舍人路群之高淡,给事中卢宏正之富贵,雪中相过,所服不同,所言不同,而两意相忘,相好特甚。时人两美之。余尝与亚相庄滋圃赴尹文端公小饮,赋七古,有句云:"赤也端章点也狂,夫子难禁莞尔笑。"

【译文】

人们只知道满口称道公卿的人庸俗,却不知道从不称道公卿的人,更为庸俗。平时在某位行某事,不嫉妒不求情,无相合无拒绝,这些人能称为君子吗?《唐阙史》中记载:中书舍人路群清高淡泊,给事中卢宏正富贵,在雪中相遇而

国学经典文库

随园诗话

过,所穿的服装不同,所说的话不同,但两情相互投合,成为忘年之交,相互友好。当时人们都以二人之交作为美谈。我曾经与亚相庄滋圃到尹文端公家小饮,赋作七律台诗,有句诗写道:"赤端正大方,章点狂委,老夫子也难以忍得住微笑。"

二五

【原文】

宋人诗云:"梧桐直不甘凋谢,数叶迎风尚有声。"

又云:"曾经玉貌君王宠,还拟人看似昔时。"

此四句,皆为失时者言,恰有余味。

【译文】

宋代人作诗写道:"梧桐树不甘心凋零谢落,几片叶子迎风飘动,还有声音。"

又有:"曾经是如玉容貌,招惹君王宠爱,还想让人们看如当年的情形。"

这四句诗,都是为失时的人所做的,恰恰有余味。

二六

【原文】

余少年时,最怕早起。国初人有句云:"从来甘寝处,最是欲明天。"

凡种松者,初往上长,到五六十年后,便不锐上,而枝叶平铺。六朝人有句云:"泉高下溜急,松古上枝平。"

每见雀斗,必一齐下地。李铁君有句云:"斗禽双坠地,交蔓各升篱。"

游天台,夜闻雨,自觉败兴;不料早起,而路已干可游。查他山有句云:"梦里似曾听雨过,晚来仍不碍山行。"

方知物理人情,无有不被古人说过者。

【译文】

我年轻的时候,最害怕的就是早早起床。开国之初,有人写了句诗:"一向乐于睡觉的地方,最想等待明天的到来。"

凡是种下的松树,开始往上生长,到了五、六十年后,便不再迅猛上长,而枝叶开始平铺着生长。六朝有人写句诗:"泉水在高处,往下流,十分湍急,松树很古老了,上面的枝叶很平展。"

每当看见鸟儿放飞,必定一齐落于地面。李铁君有句诗:"飞禽双双坠于地面,交织生长的蔓茎使得篱笆也显得升起来了。"

游天台,夜里听见了下雨声,自己感觉败兴;想不到,第二天早起后,路面已经干了,可以游览。查他山有句诗写道:"梦里好像听到过雨声,早晨起来仍然没有妨碍我在山上游览。"

这才明白事物的道理和人们的情理,没有不被古人预料说中的。

二七

【原文】

代人悼亡,最难落笔。然古人有亡于礼者之礼,则自有亡于情者之情。吴兰雪《过竹士瘦吟楼哭纤纤夫人》云:"片纸吹来已断肠,青青潘鬓乍成霜。今生文字因缘重,此去人天离别长。三岛旧游云惨绿,一楼残梦月昏黄。罗衣单薄仙风冷,鹤背先愁怯晚凉。"

"书查药裹乱成堆,日日题笺傍镜台。一代红妆归间气,九闺彩笔仗仙才。生前手草教亲定,病里心花更怒开。闻说前宵犹强坐,挑灯为和一诗来。"

"文采谁传绛幔经,寄生小凤乍梳翎。床前诗卷抛犹满,画里眉峰惨不青。蝴蝶飘来秋影瘦,水仙梦到夜凉醒。旁人只赏流传句,不管酸心不要听。"

【译文】

替人悼念亡故者,是最难于落笔的。然而,古代人有哪些忘记常礼的礼节,也有忘记常情的情感。吴兰雪在《过竹士瘦吟楼哭纤纤夫人》中写道:"片片纸钱吹来,心肠已经断了,青青的发鬓突然变成霜染一般。今生里的文字因缘很重,这一离去,天各一方,路途迢迢。在三岛旧地重游,云彩惨绿,小楼立在残梦之中,月光昏暗发黄。仙风吹得穿着罗衣的人发冷,仙鹤的背部感到发凉,害怕

晚上来临而发愁。"

"书籍与药乱纷纷的,天天依靠着镜台为信笺题字。一代红颜才气回归路途,闺中那支彩色绚丽的文笔好像有仙气的烘托。生前曾经亲自起草文字,教导人们,生病期间,心花怒开。听说前夜还勉强坐起来,挑着灯,为了和一首诗。"

"文采传自何人,深红色的幔子经过,寄生为小凤,还在梳理羽毛。在妆台前,是堆满了的诗卷,画里的人眉举上光彩暗淡。蝴蝶飘然而至,秋影里很消瘦,水仙在梦中显现,夜里受凉而醒。其他的人只知道观赏那些流传的句子,不管那些诗让作者心酸与否,便不要听。"

二八

【原文】

金陵燕子矶有永济寺,往来士大夫,往往阻风小泊,辄有题句。国朝相国张文端(英)、鄂文端(尔泰),墨迹淋漓,尚存僧舍。老僧默默,曾刻一集,竟被火焚。余二十七岁游此寺,今八十一矣。今春又为风阻,遣家人抄存。尹少宰(会一)云:"芙蓉几朵领花宫,钟磬声高递远风。一岭白云归老衲,半潭秋水住渔翁。香林鸟语天机活,古塔龙吟地势雄。为问攒眉陶处士,可能大醉与禅通?""收缆停舟燕子矶,穿云拾级叩僧扉。远公卓锡闲随鹤,惠海蓬头自补衣。欲向三乘窥妙相,却因一语悟真机。此间早识黄梅熟,何必风幡问是非。"

张宗伯(廷璐)云:"一径秋阴蹑藓苔,翠萝深处寺门开。悬岩石色窗中出,绕阁江声树杪来。剩有禅房容徒倚,尚留先泽重徘徊。流光五十余年事,又到蒲公旧讲台。(康熙壬戌,先公有《赠蒲公和尚诗》。)"

李炳云:"偶因江水阻,散步过林巅。雾隐三台洞,云生一线天。倚松惊戏鼠,坐石盥流泉。惟爱钟山色,朝朝作紫烟。"

又,"山开榆力健,桥仄柳身支。"亦佳。

【译文】

金陵燕子矶有一座永济寺,路过的士大夫们,往往被风所阻,在此稍做停留,就留下题诗的句子。当朝的相国张文端、鄂文端,墨迹淋漓未尽,还存在僧人的房舍里。老僧默默,曾经刻了一部集子,竟然被火烧坏了。我在二十七岁的时候,游览参观这座寺庙,到今年我八十一岁了。今年春天又为风所阻,派家

人抄写存录诗集。尹少宰写道:"几朵芙蓉花统率领先花宫,钟声高扬,把远方的风给号召起来了。老衲住在山岭的白云之间,渔翁住在半潭秋水之间。林子里香气宜人,鸟儿鸣叫,天机活现,古塔站立,龙在长吟,地势雄伟。问一下眉头紧蹙的陶处士,是否大醉,已与禅道相通啦?""收起缆绳,停靠船泊在燕子矶,穿过云彩,拾级而上,叩响僧人的房舍。远公卓尔不群,间或随鹤远游;惠海蓬头垢面,自己缝补衣服。想要到三乘教中寻视妙相,却因为一句话而领悟真谛心机。这一段时间早就记住黄梅该成熟了,又何必在风中飘荡,招惹是非呢?"张宗伯写道:"一条小路,铺伸在秋阴里,把薜苔都践踏了,翠萝盛开的深处,寺门打开。悬岩的石色从窗中透出,江声绕过阁楼,树末梢伸了过来。胜过禅家,从容自若在街上闲逛,尚且留下先泽重新徘徊。流光一晃五十多年的事,又来到了蒲公的旧讲台。"

李炯写道:"偶尔迈过浅浅的溪边路,散步时路过山顶林巅。三台洞在雾影里隐现,云彩中突然露出一条缝,生成一线天,倚着松树,惊动了戏闹的松鼠,坐在石头上,洗着流动的泉水。只喜爱钟山的颜色,每天都化作为紫色的烟雾。"

又写道:"山开处,榆树的力量强健,桥倾斜处,柳树的身子支在那里。"

也是挺好的句子。

二九

【原文】

金纤纤女子诗才既佳,而神解尤超。或问曰:"当今诗人,推两大家,袁、蒋并称,何以袁诗远至海外,近至闺门,俱喜读之;而能读蒋诗者寥寥?"纤纤曰:"乐有八音:金、石、丝、竹、匏、土、革、木,皆正声也。然人多爱听金、石、丝、竹,而不甚喜听匏、土、革、木。子试操此意,以读两家之诗,则任沈之是非,即邢魏之优劣矣。"

人以为知言。纤纤又语其郎君竹士云:"圣人曰:'《诗》三百,一言以蔽之,曰思无邪。'余读袁公诗,取《左传》三字以蔽之,曰:'必以情',古人云:情长寿亦长,其信然耶?"

【译文】

女子金纤纤诗文与才气都很好,而神采与见解尤为超脱。有人问道:"当今的诗人,当推两大家,即袁、蒋并称,为什么袁的诗流传远到海外,近到闺房之

中,大家都喜欢读;而能读懂蒋氏之诗的人那么少?"金纤纤回答:"音乐有八音:金、石、丝、竹、匏、土、革、木,都是正音。然而人们大多喜欢听金、石、丝、竹,而不太喜欢听匏、土、革、木。您试着的这种理解,来解读袁、蒋两家的诗作。那么任沈的是是非非,即刑魏的优劣可以明显。"

人们都把这种回答作为内行话。金纤纤又对她的郎君竹士说:"圣人说过:'《诗》有三百首,一句话概括,就是思无邪。'我读袁公的诗作,从《左传》中取三字来概括,即是'必以情',古人说过:情意深长,寿命也长,你觉得这可信吗?"

三〇

【原文】

礼亲王世子汲修主人能诗念旧,近致书王梦楼太史,以故人贾虞龙孝廉诗,属其转寄随园,刻入《诗话》,因梦楼与贾君本系旧交故也。其诗尤工七古,篇长不能备录,录其《梦楼斋中夜话》云:"黄叶愁风雨,青衫感年华。年来贫到骨,久住即成家。奇数真三黜,吟情尚八叉。多君车笠意,深夜笑言哗。"

《别内》云:"莫讶频斟金巨罗,匆匆马首欲如何。已迟婚嫁欢情少,为历饥寒絮语多。聊向左家供杖履,休疑王粲滞关河。他时谱就房中曲,留得金徽好和歌。"

又句云:"夜月故人千里梦,他乡诗思一天秋。"

【译文】

礼亲王的世子汲修主人能作诗,识旧情,近来写信给太史王梦楼,附上老朋友贾虞龙举孝廉的诗作,托他转寄给随园主人,刻入《诗话》集中,因为王梦楼与贾君本来是旧交情了。贾虞龙的诗体尤其专工七古,篇幅极长,不能收录进去,这里录下他的《梦楼斋中夜话》,里面写道:"黄叶最忧愁风雨的到来,青衫最感觉年华的消逝。几年来贫穷到了骨子里,住得时间长了,就成了家。虽三次被黜是区区之事,但诗情长吟,尚不缺乏。承蒙您的驾车、戴笠来访的心意,深夜笑谈,情绪高昂。"

《别内》中写道:"不要为频频斟起金酒器而感动惊讶,匆匆一行,又想怎么样。婚嫁已经推迟耽搁,欢情很少,为了经受饥饿、寒冷,话语絮絮叨叨。姑且向左家提供手杖和麻鞋,不要怀疑王粲停滞于关河而不前。另外的时候,谱写成房中曲,将金徽留住以便于和歌而著。"

又有句诗写道:"夜晚的月光下,思念遥想着千里之外的朋友,在他乡作诗、思考,度过一天的秋色时光。"

三一

【原文】

方大章秀才诗,初学明七子,后受业门下,幡然改辙,专主性灵,可谓一变至道。近命其门人王鼎来谒,诗颇清新。《过陈山人崖居》云:"为有佁佟癖,诛茅古洞根。山泉飞过屋,崖石巧为门。灶冷青苔长,云屯白昼昏。我来相揖罢,晞发淡忘言。"

《过野寺》云:"片片闲云傍水隈,方知香界少尘埃。路于红树丛中出,门向青山缺处开。老衲偶然行药去,游人都为听泉来。偶留鸿爪题新句,一扫空廊壁上苔。"

又句云:"诗思因春长,归心在腊先。"

"行尽深山方见寺,参完古佛未逢僧。"

俱佳。

【译文】

秀才方大章的诗作,开始学习明代七子,后来在门下学习攻业,幡然有悟,改辙易张,专门从事关于性灵方面的创作,可以说是一下子转变到道理、道义上去了。近来命令他的门人王鼎来拜谒,诗作很是清秀新颖。《过陈山人崖居》中写道:"因为有受苦作奴役的癖好,砍伐茅草,挖古洞里的树根。山泉从房屋上飞过,山崖的石头巧妙地成为门扉。炉灶冰冷,青苔长长的,云朵囤积在那里,在如画的发白的黄昏间,我来相挥作拱以后,干燥的头发,渐渐把说话都忘记了。"

在《过野寺》里写道:"片片的白云依傍在水的身边,才知道香界的尘埃是很少的。路从红树丛中露出来,在青山的缺口处打开一道门。老衲偶然在外采药,游人们都为了听泉而来。偶尔留下一些新题的诗句痕迹,把廊壁上的青苔一扫而光。"

又有句诗写道:"写诗的思绪因为春天而绵延伸长,回归的心情早在腊月前就已经产生。"

"行到深山的尽头才看到寺庙,参拜完古佛还没有见到僧人。"

都是极美的句子。

☰☷

【原文】

余过同里与从子湘湄、笛生谈诗,其二子皆髫也,倚膝而听,若领解者。余问能诗否。其长者陶姓呈其《咏秋海棠》云:"初过凉雨拓窗纱,绿叶凄凄映晚霞。秋夜月明如水好,上阶先照海棠花。"

其弟陶容《舟行》云:"远望青山似白云,忽闻岸上有人声。夜深那有人来到,却见扳罾一盏灯。"

【译文】

我与从子湘眉、笛生过同里时谈论诗的问题,这两个孩子都是垂髫之年,倚在我的膝盖上倾听,好像是领会理解的样子。我问他们能否作诗,其中一个较大的孩子陶姓拿出他写的《咏秋海棠》,写道"凉雨刚下过后,开了窗纱,绿叶凄凄,映着晚霞。秋天夜里,月光明亮,像水一样美好,应该先照到上面阶上的海棠花。"

他的弟弟陶容在《舟行》中写道:"远远望去,青山像白云一样,忽然听到岸上有人的声音。夜已经深了,哪有人到来,却看到在扳倒的渔网上有一盏灯。"

☷☵

【原文】

阮芸台学士提学浙中,曾制团扇一柄,自写折枝于上,命多士咏之。钱塘诸生陈文杰赋《团扇词》一篇,末句云:"歌得合欢词一曲,想教留赠合欢人。"

学士大加称赏,批其旁云:"不知谁是合欢人?"即以团扇赠之。

【译文】

　　学士阮云台在浙中一带任提学，曾经制过一把团扇，自己在上面写上诗，让许多士子来吟咏。钱塘的门生陈文杰写了一篇《团扇词》，末句是："唱一首合欢词，想把它留给合欢之人。"

　　学士对此大加赞赏，在一旁批语道："不知谁是合欢之人呢？"立即把团扇赠给陈文杰。

三四

【原文】

　　余过吴江梨里，爱其风俗醇美：家无司阍，以路无乞丐也；夜户不闭，以邻无盗贼也；行者不乘车，不著屐，以左右皆长廊也。士大夫互结婚姻，丝萝不断。家制小舟，荡摇自便，有古桃源风。诗人徐山民邀余住其家三日，率其妻吴珊珊女士，双拜为师。二人诗，天机清妙，已分刻《同人集》及《女弟子集》中矣。又见山民《寄内书》云："心随书至，何嫌十里之遥；船载人归，当在一更以后。"

　　想见其唱随风致，有刘纲夫妇之思。随放棹吴江，访唐山陶明府。同行者陈秋史、徐懒云、陈竹士、俚笛生。行至八坼，大风阻舟，四人联句云："荒荒月色逼人寒，头压低蓬拥被看。一夜北风吹作雪，天教于此卧袁安。"

　　"如吼风声浪欲奔，篷窗人语听昏昏。东船西舫相依住，一夜真成水上村。"

　　笛生《调山民》云："妆楼上有女门生，应怨先生太不情。已过一更程十里，夺人夫婿一齐行。"

　　懒云《调竹士》云："留人今夕且团圆，明日分飞雁影单。君欲寻梅问消息，我能替竹报平安。"

　　时懒云先欲辞归，竹士托寄内子梅卿书，故有此诗。时嘉庆丙辰十一月十三日。

【译文】

　　我路过吴江梨里的时候，十分喜欢那里醇美的风俗：每家都没有看门的人，因为路上没有乞丐乞讨；夜里，每户均不关门，因为那里没有盗贼；行路的人不坐车，不穿木鞋，因为左右都是长廊。士大夫互相结成婚姻，不中断联系。家里制造小船，摇动、荡摇，十分方便，有古代桃花源的风气。诗人徐山民邀请我在

他家里住了三天,他领着妻子吴珊珊女士,双双拜我为师。他们的诗,天机清淡玄妙,已经分别刻入《同人集》和《女弟子集》中了。又看到山民《寄内书》中写道:"心儿随着信到,又嫌什么十里的遥远;船儿带着人归来,应当在一更后了。"

想看见他们的歌唱随着风而致兴,有刘纲夫妇的思情。随他在吴江放舟,访问明府唐陶山。同行者有陈秋史、徐懒云、陈竹士、侄儿笛生。走到八坼,大风把船阻在那里,四个人联句写道:"荒荒的月色让人感觉寒冷,头在低蓬下低低抬着,拥着被子看。一夜北风吹后,下起了雪,老天让我们行卧在这儿。"

"如吼的风声,浪花想要飞奔,篷窗里的人在说话,在听着黄昏的低语。东船与西舫相互伴着前行,一夜之间真的变成了水上村庄。"

笛生在《调山民》中说:"妆楼上扔下女门生,她可要埋怨先生太无情,已经过了一更行程超过十里,却夺走人家的夫婿,向远处行。"懒云在《调竹士》中写道:"人被留在这里,今晚姑且安心了,明日再分别飞行,身形如雁孤单。您想寻找梅花打听消息,我能帮竹士传送平安的消息。"

当时徐懒云想先辞别归去,竹士托他带给内子梅卿一封家信,所以有了这首诗。时值嘉庆丙辰十一月十三日。

三五

【原文】

吴江多闺秀,徐秀芳、彩霞,山民堂姊也。俱归李氏,以姊妹为妯娌,唱酬无虚日,惜皆早卒。山民仅记秀芳《重九》云:"满帘秋色正重阳,懒去登高倚绣床。旧日愁怀尽抛却,近时诗思已全荒。庭梧叶落寒初动,篱菊花开晚更香。一卷残书聊自遣,消闲此外别无方。"

彩霞《读秀芳姊遗稿》云:"一卷丛残稿,蹉跎录未成。开缄双落泪,看杀不分明。"

又,陈素芳《春雨次韵》云:"到地初融絮点残,酒空兼润鹊声干。暗添芳草迷香径,尽洗新花出药阑。帘阁夜吟穷百箭,池塘幽梦失三竿。遥山断浦皆生色,未怕春衫有薄寒。"

《新绿》云:"烟景乍惊梅实七,风情多学柳眠三。"

素芳,即吴江茂才李会恩之聘室,未嫁而卒。又,潘掌珍字湘裁,《寒食对雪》云:"今年寒食雪连绵,偏遇佳辰三月天。应是司霜怜好景,故将美玉种春田。难分飞絮盈阶白,只觉残花点地鲜。却笑城南游玩客,春衫空典买舟钱。"

《哭丰儿》云："苦雨凄风暑气微，忍寒扶病启窗扉。偶然想到亡儿话，掩泪回身换裕衣。（儿病中常嘱母当保重。）"

【译文】

吴江有许多闺中秀女，徐秀芳、彩霞，山民的堂姐。都嫁给李氏，姐妹成为妯娌，吟唱、应酬，不虚度日子，可惜都早早去世。山民为纪念秀芳而作的《重九》中写道："满帘秋色，正值重阳佳节，懒得去登高，倚着绣妆台。旧日的愁怀尽情地抛弃、忘却，近时的诗思已经全荒芜了。庭院里梧桐的叶子落了，寒冷刚刚来到，篱笆里的菊花开了，晚上越发香气逼人。一卷残缺不全的书，聊作自我消遣，其他的就没有什么事可做了。"

彩霞在《读秀芳姊遗稿》中写道："一卷残缺的手稿，蹉跎录印，尚未成功。打开后，双眼落泪，看着分不清楚。"

又有，陈素芳的《春雨次韵》中写道："到地面开始融化，点点残絮，明媚的天空里空气湿润，喜鹊的声音显得干亮。芳草偷偷地生出来，迷漫了香气扑鼻的小路，新开的花儿被洗得透透的，伸出采药的栏杆。在帘阁里深夜吟诗，功夫极深，池塘边作幽梦，到了三竿时分。远方的山峰、断水的岸边，都增添了不少颜色，不害怕春衫有点寒冷。"

《新绿》中写道："烟花的景色猛的惊动人，像梅实七，风情之事还要向柳眠三多多学习。"

素芳，是吴江的茂才李会恩的聘室，没有出嫁就死去了。还有的是，潘掌珍字湘载，在《寒食对雪》中写道："今年的天气寒冷，雪花绵延不断，偏偏赶上三月里的良辰佳日。可能是司霜怜惜、喜爱这美好的景色，所以故意特地用美玉来种春天里的庄稼。很难分开飞扬的杨絮与雪花，把台阶都染白了，只是觉得残花点地，鲜奇可见。然而嘲笑那些在城南游玩的客人，春衫空空，无钱作舟。"

在《哭丰儿》中写道："苦冷的雨，凄惨的风，暑期的气息微微，忍受着寒冷，托着病体，打开窗户。突然偶尔想起了死去儿子的话，掩着眼泪，转过身去，去换衣服（儿子在病中经常嘱托母亲要多保重）。"

三六

【原文】

又有朱文虎字荔生者，惯作无题诗。《闺情》云："卐字阑干白石街，自挑花虱拔金钗。新晴微觉莓苔滑，独自闺房换绣鞋。"

"好风连夜小桃开,雌蝶雄蜂次第来。采得盆中红豆子,娇憨捉臂要人猜。"

又有句云:"芦随小港绿三里,云漏斜阳红半天。"

【译文】

还有一位字荔生的朱文虎,一向喜欢作无题诗作。在《闺情》中写道:"白石街上,栏杆林立,招牌极多,自己随意挑选花虱,拨弄金钗。天气刚晴,微笑感到莓苔发滑,在闺房里独自换了双绣鞋。"

"连夜里的好风习习,小桃花开了,雌蝶、雄蜂接连着飞来。采得盆中的红豆子,娇憨地提着别人的手臂,让人猜是谁。"

还有句诗写道:"芦花随着小港,染绿了三里,斜阳从云中探出头,染红了半边天空。"

三七

【原文】

又有朱尔澄字春池者,《冬夜客舍》云:"客舍灯残淡月斜,夜深岑寂感年华。故亲手植梅千树,每到花开不在家。"

《过孙明府潇寓斋》云:"携屐盘盘松径回,疏钟远渡寺门开。茶烟透处棋声落,傲吏闲时冷客来。山拥翠鬟罗卷轴,湖浮明镜倒楼台。眼前便觉红尘隔,竹下谈诗坐石苔。"

【译文】

还有一位字春池的朱尔澄,在《冬夜客舍》中写道:"客舍的灯光残淡,清淡的月亮斜挂在空中,夜深了,寂寞寥落,感到年华的流逝。在故乡亲手种下千株梅树,每到花儿开放的时候不在家里。"

《过孙明府潇寓斋》中写道:"穿着木鞋,在松树间迂回盘旋,疏落的钟声远远地传送过去,寺庙的门打开了。茶烟透过的地方,棋的声音落下,傲慢的官吏和冷冰冰的客人间隔地到来。山峰拥着翠绿的发髻,罗纱缠满了卷轴,湖面像面镜子一样,楼台的影子倒映其间。眼前就觉得隔着红尘人们,在竹下,坐在石苔上,谈论诗作。"

三八

【原文】

诗往往有畸士贱工脱口而出者，如成容若青衣某有诗云："一杯一杯又一杯，主人醉倒玉山颓。主人大醉卷帘起，招入青山把客陪。"

又，芦墟缝人吴鲲有诗云："小雨阴阴点石苔，见花零落意徘徊。徘徊且自扫花去，花扫不完雨又来。"

【译文】

诗作，往往有畸士与贱工脱口而出的，像青衣成容若有首诗："一杯连着一杯酒，主人醉倒了，像玉山一样倾倒。主人大醉，把帘子卷起，招青山进入，把客人陪伴。"

还有，芦墟的缝人吴鲲有首诗："阴阴的小雨点落在石苔上面，看到零落的花儿，去意徘徊不定。徘徊不定时，把花儿吹落，还未吹尽，雨儿又下了起来。"

三九

【原文】

无锡杨某妻薛氏，有色，尝以诗答夫之从弟，夫疑之，讼于府。太守巴公焚其诗，不以奸科，而许其离异。妇有子尚幼，乃托为子之词，呈府求复合，太守许之。杨有族某利其财，勿许妇归，转讼于金匮县尹邵无恙。邵置笔札于庭，命妇赋诗见志。成绝句云："人间无路事茫茫，欲诉哀衷已断肠。一曲琵琶千古恨，愿郎留妾妾归郎。"

尹大喜，追偿器用，许其复合；而令族弟他徙，以绝后悔。判云："因母子而夫妇重谐，不过体太守全伦之意；远足弟而男女有别，亦以绝小人渔色之心。"

有周生者，咏其事云："忍使文君怨白头，蘼芜许为故夫留。使君身是圆通佛，消尽人间弃妇愁。"

国学经典文库

随园诗话

一七六一

"葛洪何处返仙凫,曾为怜才护薛妹。从此双鱼仍比目,衔珠应傍贺家湖。"

【译文】

无锡杨某的妻子薛氏,长得有姿色,曾经以诗答复丈夫的从弟,丈夫起了疑心,起诉到府衙。太守巴公把诗作焚烧了,不按奸科之罪犯处,而准许两人离异。妇人有个儿子尚小,就托了为了儿子的理由,呈送府衙,准求复合。太守同意了。杨家有同族某人认为有财可利,不准许妇人归家,转讼到金匮县尹邵无恙。邵无恙在庭堂上放置了笔墨和纸札,命妇人写诗以表白志向。妇人写成一首绝句:"人间无路可走,事情茫茫,想要倾诉我的衷心、哀苦,已经心碎肠断。一曲琵琶曲成为千古恨事,希望夫君能留下我,让我回到夫君的身旁。"

县尹大喜,追还器物用具,准许他们复合;而命令杨家的族弟远走他乡,防止、断绝后患之忧。判决书上写道:"因为母子、夫妇俩重新和好,不过成全了太守的重伦理之意;放逐兄弟,使男女分开有别,也可以断绝小人的好色之心。"

有位周生,为此事感叹道:"甘心让文君白头而埋怨,香草允许为已去的丈夫存留。使君真是圆通佛啊,消除散尽天下所有弃离之妇的哀怨。"

"葛洪在何处返回成为仙鸟,曾经为怜惜人才而保护薛妹妹。从今以后,双鱼仍然比目相依,衔珠也应该在贺家湖的旁边。"

四〇

【原文】

满洲王公耐溪(敬)作江宁固山府,好贤礼士。金陵诗人蔡芷衫、曹淡泉、余秋农诸人,俱从之游。诗才清妙,雅有唐音。今春,袖其稿来。《秦淮泛舟》云:"青鬟雅小发垂髫,戏倚雕栏学语娇。最是系人幽兴处,绛纱窗里篆烟飘。"

《赠诗会诸友》云:"锦绣篇成妙入神,西园清夜绝微尘。归迟莫虑无灯月,自有文光照见人。"

【译文】

满洲王公耐溪做江宁固山府的时候,好客热情,礼贤下士。金陵的诗人蔡芷衫、曹淡泉、余秋农等人,都跟从他出游。诗才清新玄妙,有唐朝那么雅致的声音。今年春天,带着稿子来。《秦淮泛舟》写道:"青鬟雅致、小巧,头发垂下

来,倚着栏杆戏闹,学着说娇弱语言。在幽静恬淡的地方,人最易被吸引,绛纱的窗子里,篆烟飘扬。"

《赠诗会诸友》中写道:"锦绣的诗篇出神入化,十分奇妙,西园的夜色清新无比,没有微尘。归去晚了不要担心没有灯光和月色,自会有文光照亮人。"

四一

【原文】

吴江严蕊珠女子,年才十八,而聪明绝世,典环簪为束脩,受业门下。余问:"曾读仓山诗否?"曰:"不读,不来受业也。他人诗,或有句无篇,或有篇无句。惟先生能兼之。尤爱先生骈体文字。"

因朗背《于忠肃庙碑》千余言。余问:"此中典故颇多,汝能知所出处乎?"曰:"能知十之四五。"

随即引据某书某史,历历如指掌。且曰:"人但知先生之四六用典,而不知先生之诗用典乎。先生之诗,专主性灵,故运化成语,驱使百家,人习而不察。譬如盐在水中,食者但知盐味,不见有盐也。然非读破万卷,且细心者,不能指其出处。"

因又历指数例为证。余为骇然。因思虞仲翔云:得一知己,死可无恨。余女弟子虽二十余人,而如蕊珠之博雅,金纤纤之领解,席佩兰之推尊本朝第一:皆闺中之三大知己也。

蕊珠扶其母夫人出见,年六十二岁矣。白发飘萧,呼余为伯父。余愕然。夫人曰:"伯父抱我怀中,赐果,而忘记乎?"询之,乃李玉渊

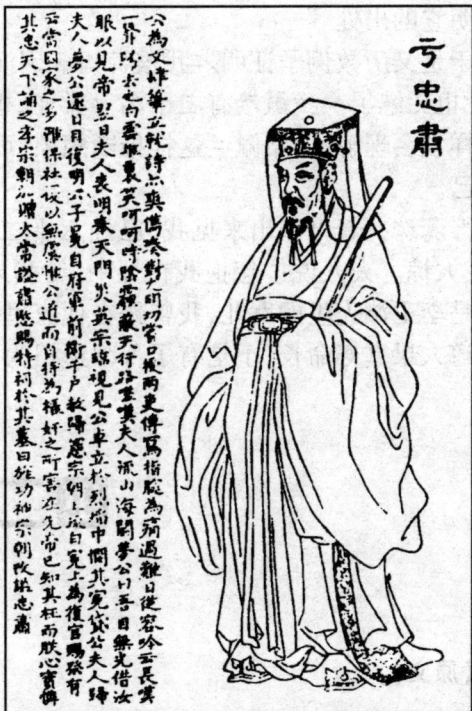

于谦像,图出自清·上官周绘《晚笑堂画传》。于谦为明代名臣,曾组织北京保卫战击退蒙古瓦剌大军的进犯,谥忠肃,故又称"于忠肃"。

先生之女孙,余尝住其家故也。记抱时夫人才四岁耳。方知人果寿长,便有呼彭祖为小儿之意。满座为之莞然。

【译文】

吴江的女子蕊珠,年龄才十八岁,聪明绝伦,当世少有,耳环、发髻、簪花都是置办简单,在我门下学习。我问她:"你曾经读过《仓山诗》吗?"她说:"没有读过,就不来学习了。别人的诗,或者有句无篇,或者有篇无句。只有先生能做到两者兼收。尤其喜爱先生的骈体文字。"

于是朗声背诵《于忠肃庙碑》,有几千字的篇幅。我问:"这里面的典故很多,你知道它们的出处吗?"严回答道:"能知道四、五成的样子。"

于是马上引证据典、历历在心,了如指掌。她又说道:"人们只知道先生的文章引用典故,但不知道先生写诗要引用典故。先生的诗,专门侧重性灵,所以使用的语言,要涉及百家,人们学习而来察觉。好像调料放于水中,人们只知道调料的味道,但看不到调料的存在。然而不是读书破万卷的人,而且心细,不能够指明它的出处。"

于是又历数例子证明。我很惊讶。因而想起了虞仲翔所说的:得到一名知己,死也无憾了。我虽然有二十名女弟子,但像严蕊珠这样渊博、雅正,像金纤纤这样领会理解,像席佩兰这样推断想象,可以说本朝第一,她们是我闺中的三大知己。

严蕊珠扶着母亲出来见我,已经六十二岁了。白发飘飘,老人称呼我为伯父,我大惊。夫人说:"您抱我在怀中,给我果子吃,难道忘记了吗?"询问详情,原来是李玉渊先生的女儿,我曾经在他家里住过。记得当年住时,夫人才四岁。才知道人果真寿命长,于是有了称呼彭祖为小儿的意思。满座为之动容。

四二

【原文】

余二十七岁,权知溧水。离任时,吏民泣送,有以万民衣披我身者,金字辉煌,皆合郡人姓名也。车中感成一律云:"任延才学种甘棠,不料民情如许长。一路壶浆擎父老,万家儿女绣衣裳。早知花县此间乐,何必玉堂天上望。更喜双亲同出境,白头含笑说儿强。"

此诗,全集忘载,故载之《补遗》及《诗话》中。

【译文】

我二十七岁时,在溧水做知县,离任的时候,官吏和百姓哭着送我,有人拿万民衣披在我身上,金字辉煌,上面写上全郡人的姓名。在车中感慨,写成一律诗道:"任延才识、学问有限,种下甜海棠树,不料百姓的情意那么深长。一路上美酒端上,万家的儿女绣缝衣裳。早知道花县有这么的快乐,又何必在玉堂上往天上看呢。更高兴的是,双亲一起出了境地,白发苍苍,含笑说儿子强。"

这首诗,我忘了在全集中记载,所以补入《补遗》和《诗话》中。

四三

【原文】

圣祖不饮酒,最恶吃烟。南巡,驻跸德州,传旨戒烟。蒋陈锡《往水恭记》云:"瑶池宴罢云屏敞,不许人间烟火来。"

【译文】

圣祖不喝酒,最厌恶抽烟。南巡时,在德州驻守停留,传旨戒烟。蒋陈锡在《往水恭记》中写道:"碧池里的宴席结束后,云屏敞开,不准许人间的烟火进门来。"

四四

【原文】

嘲嗜烟者,董竹枝云:"不惜千金买姣童,口含烟奉主人翁。看他呼吸关情甚,步步相随云雾中。"

又,《嘲女子吃烟者》云:"宝奁数得买花钱,象管雕镂估十千。近日高唐增妾梦,为云为雨复为烟。"

【译文】

　　为嘲笑嗜好抽烟的人，董竹枝写道："不惜千金，买了奴役的儿童，口里含着烟来侍奉主人翁。看看他呼吸，情意深厚，一步步跟随着来到云雾之中。"

　　还有一首嘲笑女子抽烟的诗："在化妆盒里数得买花的钱，像管雕镂估计值十千钱。近来高唐增加了妾的梦乡，为云为雨，后来又成了烟。"

四五

【原文】

　　德清蔡石公先生，会试，有妓爱而狎之，蔡赋《罗江怨词》以谢云："功名念，风月情，两般事，日营营，几番搅挠心难定。待要倚翠偎红，舍不得黄卷青灯，玉堂金马人钦敬；欲待要附凤攀龙，舍不得玉貌花容，芙蓉帐里恩情重。怎能两事兼成，遂功名，又遂恩情，三杯御酒嫦娥共。"

　　后竟中康熙九年状元。其词正而不腐，故录之。

【译文】

　　德清的蔡石公先生，前去会试，有名妓女很可爱，蔡先生与她很亲密，并写了一首《罗江怨词》答谢说道："念书求功名，风雪情感的事，本是两般事体，每天的事务繁多杂小，三番五次搞得人心难定。想要倚翠看美女红颜，却舍不得那发黄的书卷和夜里的青灯，玉堂上骑金马人钦佩敬重。想要依附、攀交皇亲国戚，又舍弃不得那如玉的面貌和如花的容颜，芙蓉帐里恩恩爱爱，情重意长。又怎么能两件事都能完成，既成就功名，又完就了儿女恩情呢，那时候，与嫦娥共同喝着皇帝赐的三杯御酒。"

　　后来，蔡石公果真中了康熙九年间的状元。因为他的这首词正当而不腐靡，所以抄录下来。

四六

【原文】

古无自刻文集者,惟五代和凝以其文镂板行世,人多讥之。至今庸夫浅士,多有集行世,殊为可嗤。然素无一面,而为之代刻其诗文以行世者,古未有也。近日满洲赵碌亭佩德侍御,绝无交往,而为我镌《自寿诗》十四首,自以隶、楷二体书之,备极精工。与李调元太史同有嗜痂之癖。二人者,吾没齿不能忘也。至于书之改卷为页,则始于唐,见《万物原始》。不可不知。

【译文】

古代没有自己刻制文集,只有五代时和凝把他的文字镂刻于板上,流传下来,人们大都讥讽他。到现在,庸俗的、浅薄的人们,经常有许多集子出世,真令人厌恶可耻。然而,平时没有一面之交,而为他人代刻印诗文传世的,从古代就没有发生过。近些日子,满洲的赵碌亭任佩德侍御,绝对没有来往与交际,却为我镌印了《自寿诗》十四首,自己用隶、楷两种字体书写,非常精致,作工完美。他与太史李调元都有喜爱刻本的癖好。这两个人,我怎么也不能忘却。至于书籍从卷改为页装,则从唐朝开始,参见《万物原始》,这是不可以不知道的。

四七

【原文】

周青原侍郎未第时,梦为九天元女召去,命题公主小像。周有警句云:"冰雪消无质,星辰布满头。"

元女爱其奇丽,为周治心疾而醒。

【译文】

周青原侍郎在没有中第的时候,曾经做梦被九天元女召上天去,命令他为

公主小像题诗。周青原写了警句，说道："冰雪融化了，没有了形体，星辰则布满了头顶。"

元女喜欢周诗的奇特美丽，为周青原治疗心病，他醒了过来。

四八

【原文】

秦松龄太史《咏鹤》云："高鸣常向月，善舞不迎人。"

世祖赏其有身份，即迁学士。

【译文】

太史秦松龄写了一首《咏鹤》："高昂着头鸣叫，经常冲着月亮，擅长跳舞，却不是为了欢迎人们。"

世祖赏赐他具有身份，升他为学士。

四九

【原文】

余摘近人五言可爱之句，如费榆村之"水清鱼可数，树秃鸟来稀"；"苔新初过雨，石古欲生云"。岑振祖《过丹阳》云："乡心随落雁，帆影过奔牛。"

可称巧对。

【译文】

我摘抄了近期人们所作五言中可爱之句，比如费榆村的诗写道："水清澈透亮，鱼可以数得出几条，树枝光秃秃的，鸟飞来栖息的寥寥无几"；又有："新生的青苔刚经过雨水的冲淋，石头古老得就要生长出云朵来。"

岑振祖在《过丹阳》中写道："思乡的情绪随落雁而去，帆影飞快得如奔牛

般迅驰。"

真可以称为巧对。

五〇

【原文】

榆村又有句云："读书不知味，不如束高阁。蠹鱼尔何知，终日会糟粕。"
此四句，可为今之崇尚考据者，下一神针。

【译文】

榆村又有句诗说："读书不知道其中的味道，不如把书放于高阁之中置之不理。你们知道的只是蛀虫与坏鱼整天与没用的糟粕打交道。"

这四句诗，可以为当今那些崇尚考据的人，下一剂根治挽救的神针。

五一

【原文】

余年逾八十，偶病河鱼之疾，医者连用大黄，人人摇手，余斗胆服之，公然无恙。又病中无事，好吟自家诗集。严历亭司马寄诗相嘲云："医学都凭放胆为，将军专断敌方摧。休论功业文章事，病也无人学得来。"

"自家诗稿自长吟，元气淋漓病敢侵。从此鸡林论价值，少须十倍紫团参。"

"追算当年求挽日，重生今始七龄人。不禁惹我疑心起，逃学儿童病不真。"

【译文】

我已经超过八十岁了，偶然一次，因为吃了河里的鱼不卫生得病，医疗的人让我连续服用大黄，人们都摇手反对，我撑着胆子服用下去，果然没有什么不

随园诗话

适。后来,生病期间没有什么事情,喜欢吟诵自家的诗集。司马严历亭寄来诗为此嘲弄道:"医学要凭借放开胆子才能发展,将军只有独断专行,才能将敌人摧毁。不要评论立功立业和作文章的事情,生病是没有人能学得来的。"

"自己家中的诗稿自己经常吟读,元气淋漓,病毒敢于侵入其中。从此后,若要论评鸡林的价值,至少要相当于紫团参的十倍。"

"追想推算当年索求挽联的日子,重生后今天才是七岁的人。不禁我被惹得疑心顿起,逃学儿童生病是否假装的。"

五二

【原文】

豫亲王扈跸滦河,佳句已梓入前卷中矣。其时,蒲快亭孝廉从行,得诗十章。兹录其《过青石梁》云:"梁亘长虹起,危峰驾六鳌。不知牛斗近,但觉马蹄高。岚翠沾衣袂,岩花拂佩刀。白云浑似海,南望首频搔。"

《广仁岭》云:"飞磴盘云上,青天豹尾悬。五丁开不到,双峡断何年。亭倚高霞出,山围大漠圆。滦阳看咫尺,瑞霭落吟边。"

【译文】

豫亲王在滦河护驾停留时,佳句已经被收入前卷中。那时候,蒲快亭被举为孝廉,跟从而行,得到十章诗。这里选录其中的《过青石梁》:"横梁贯穿,长虹架起,雄伟的山峰驾起六只大鳌。不知道牛斗临近,只觉得马蹄很高。岚翠沾上衣袖,山洞中的花拂拭身上的佩刀。白云浑然,像大海一样,往南望,频频搔头。"

《广仁岭》中写道:"石台阶在云上盘旋、飞扬,青天里高悬着豹子的尾巴。要开山找不到五丁,双峡隔断要多少年。亭子很高,傍依着霞光而出现,山势圆峭,大漠圆浑。滦阳看起来像在咫尺之间,瑞色云雾落在吟诗的地方旁边。"

五三

【原文】

严小秋丁巳二月十九夜,梦访随园。过小桃源,天暗路滑,满地葛藤,非平

日所行之路。不数武，见二碑，苔藓斑然，字不可识。时半钩残月，树丛中隐约有茅屋数间，一灯如豆。急趋就之，隔窗闻一女郎吟曰："默坐不知寒，但觉春衫薄。偶起放帘钩，梅梢纤月落。"

又一女郎吟曰："瘦骨禁寒恨漏长，勾人肠断月茫茫。伤心怕听旁人说，依旧春风到海棠。"

方欲就窗窥之，忽闻犬吠惊觉。此殆女鬼而能诗者耶？

【译文】

在丁巳二月十九日夜，严小秋梦里访问随园，经过小桃源时，天色很暗，道路滑泞，满地是葛树与藤根，不像平日所走的路。不出几步，看见两块石碑，苔藓斑斑，字已认不清楚了。当时半个月亮如残钩挂在空中，树丛中隐约出现了几间茅屋，灯像一粒豆般大小。急忙走过去，隔窗听见一名女郎吟诗："默默坐着，不知寒冷，只是觉得春衫太单薄。偶尔起来放起门帘钩子，梅梢之间，纤月下落。"

还有一名女郎说道："瘦骨禁得住寒冷，只埋怨时间漫长，让人心肠已断，月色茫茫。伤心事怕让别人听说，春风依旧吹拂到海棠花前。"

正要从窗户往里偷看，忽然听到狗叫，把人从梦中惊醒。这难道是女鬼中能吟诗的吗？

五四

【原文】

小秋妹婿张卓堂（士淮），弱冠，以瘵疾亡。弥留时，执小秋手曰："子能代理吾诗稿，择数句刻入随园先生《诗话》中，吾虽死犹生也。"

余怜其志而哀其命，选其《春雨》云："雨声淅沥响空庭，酿就轻寒洗尽春。一夜听来眠不得，那禁愁煞惜花人。"

《病中》云："病真空蓄三年艾，梦醒忙温一卷书。夜深还累妻煎药，仆懒翻劳客请医。"

小秋哭之云："心高徒陨命，身死不忘名。"

小秋妹佩秋（润兰）亦有诗，《赠小秋》云："梅能傲雪香能永，枫不经霜色不红。"

《哭夫》云："身在众中嫌赘物，心期地下伴亡人。"

果不一年,亦以疾亡。

【译文】

　　小秋的妹婿张卓堂,弱冠之军,因为疾病而亡。临死前,他拉着小秋的手说:"你能帮我整理诗稿,选出几句刻入《随园诗话》之中,我虽死犹生。"

　　我为他的志向怜惜,为他的命运悲哀,选了他的《春雨》:"雨声淅沥,响彻空空的庭院,预备着轻滋滋的寒意,把春天洗尽。一夜听雨,睡不得觉,哪让惜花人愁得忍受不住啦。"

　　《病中》写道:"病中让人三年没有蓄积学问,梦中醒后赶忙温习一卷书。夜深了,还连累妻子煎药,仆人懒惰,反而劳累客人去请医生。"

　　小秋哭诉道:"心志高远,只是命运不济,身死之时,不忘名声。"

　　小秋妹佩秋也能写诗,在《赠小秋》中写道:"梅花傲雪而立,香气保持久远,枫树不经过霜冻,叶子便不红。"

　　《哭夫》中写道:"在人群之中,嫌弃累赘之物,心想着去陪伴地下的亡故之人。"

　　果然不到一年,也因为病而去世了。

特别提示:

　　本书在编写过程中,参阅和使用了一些报刊、著述和图片。由于联系上的困难,和部分作品的作者(或译者)未能取得联系,对此谨致深深的歉意。敬请原作者(或译者)见到本书后,及时与本书编者联系,以便我们按照国家有关规定支付稿酬并赠送样书。

　　联系电话:010-80776121　联系人:马老师